KB034508

한국 현대 아동문학 비평 자료집 1

1900~20년대

엮은이
류덕제(柳德濟, Ryu Duckjee) 1958년 경상북도 성주(星州) 출생. 경북대학교 대학원 문학박사(1995). 1995년부터 현재까지 대구교육대학교 국어교육과 재직. The State University of New Jersey 방문교수(2004). University of Virginia 방문교수(2012). 논저로 『학습자 중심 문학교육의 이해』(보고사, 2010), 『권태문 동화선집』(지식을만드는지식, 2013), 『현실인식과 비평정신』(한국문화사, 2014), 「구성주의 관점의 문학교육」(2001), 「『별나라』와 계급주의 아동문학의 의미」(2010), 「대구지역 아동문학 연구」(2012), 「윤복진의 동요곡집 연구」(2013), 「일제 강점기 계급주의 아동문학의 방향전환론과 작품적 대응양상 연구」(2014), 「1930년대 계급주의 아동문학론의 전개 양상과 의미」(2014) 등 다수가 있다.

한국 현대 아동문학 비평 자료집 1 1900~20년대

초판인쇄 2016년 2월 20일 **초판발행** 2016년 2월 29일
엮은이 류덕제 **펴낸이** 박성모 **펴낸곳** 소명출판 **출판등록** 제13-522호
주소 서울시 서초구 서초중앙로6길 15, 1층
전화 02-585-7840 **팩스** 02-585-7848 **전자우편** somyungbooks@daum.net **홈페이지** www.somyong.co.kr

ISBN 979-11-5905-040-4 94810
979-11-5905-039-8 (세트)

값 68,000원 ⓒ 류덕제, 2016

잘못된 책은 바꾸어드립니다.
이 책은 저작권법의 보호를 받는 저작물이므로 무단전재와 복제를 금하며,
이 책의 전부 또는 일부를 이용하려면 반드시 사전에 소명출판의 동의를 받아야 합니다.

한국 현대 아동문학 비평 자료집 1

1900~20년대

KOREAN MODERN CRITICISM SOURCE BOOK OF CHILDREN'S LITERATURE

류덕제 엮음

소명출판

일러두기

1. 본 자료집에 수록된 모든 글은 원문(原文)을 따랐다. 다만 다음과 같은 경우에는 따로 각주(脚註)로 밝히지 않고 바로잡았다.
   가) 괄호 위치 오류 교정 : '君의 여러 말 이제까지 한 말만)은 비록 余의) 拙論 以後'와 같이 괄호의 위치가 잘못된 것은 '君의 여러 말(이제까지 한 말만)은 비록 余의 拙論 以後'와 같이 바로잡았다.
   나) 편집상 활자 위치 오류 교정: '꼿꼿하게 直立하여 잇지 아니며 / 고 卷鬚로써 他物에다 감어가하 /'와 같이, 당시 신문의 세로쓰기 편집에서 각 행(行)의 끝 음절 '며'와 '하'가 서로 행이 뒤바뀐 경우, '꼿꼿하게 直立하여 잇지 아니하고 卷鬚로써 他物에다 감어가며'와 같이 바로잡았다.
   다) 약물(約物)의 종류와 층위 오류 교정: '(a), (B), (C), (D)'나 '(가), (2), (3), (4)'와 같이 약물의 종류와 층위가 다를 때, '(a)'는 '(A)'로 '(가)'는 '(1)'로 바로잡았다. 같은 층위임에도 '◀'이나 '◎' 등과 같은 약물을 사용하거나 하지 않은 경우가 뒤섞여 있으면 일관되게 바로잡았다.
   라) 활자의 정돈 오류 교정 : 활자가 누웠거나 뒤집어진 경우 바로잡았다.
2. 띄어쓰기는 의미 분간을 위해 원문과 달리 현재의 국어표기법을 따랐다. 다만 동시(童詩)나 동요(童謠)와 같이 인용된 작품의 경우 원문대로 두었다.
3. 문장부호(주로 마침표와 쉼표)를 일부 추가하였다. 원문에는 마침표가 표시되어 있지 않은 경우가 많았으나 추가하였고, 쉼표는 의미 분간에 필요한 경우에만 추가하였다. 괄호, 따옴표, 낫표 또는 겹낫표 등의 문장 부호가 시작 부분이나 끝부분에서 빠져 있는 경우에는 적절한 위치에 부가하였다.'
4. 오식(誤植)이 분명한 경우 원문대로 수록하되 해독(解讀)에 착오가 있을 만한 것은 각주로 밝혔다. 본 자료집 내의 각주는 모두 편자 주(編者註)이다.
5. 원문에서 판독할 수 없는 글자는 글자의 개수(個數)만큼 '□'로 표기하였다. 자료의 훼손으로 인해 판독이 불가능한 글자의 개수를 헤아릴 수 없는 경우 대략의 양을 밝혀 '한 줄 가량 해독불가'와 같은 식으로 표시해 두었다. '×××'나 '○○○'와 같은 복자(伏字)의 표시는 모두 원문 그대로이다.
6. 본 자료집에 사용된 기호 표기는 원문과 달리 다음과 같이 통일하여 사용하였다.
   「 」: 시, 소설, 수필, 동요 등 작품명　　『 』: 단행본, 신문, 잡지 등 책명
   " ": 대화, 인용　　' ': 생각, 강조

아동문학 연구의 토대 구축을 위하여

일제강점기와 해방 후의 한국 현대 아동문학은 어떻게 전개되었는가? 작가와 작품에 대한 것은 윤석중(尹石重)의 「한국동요문학소사」, 「한국아동문학서지」, 「한국아동문학소사」를 거쳐 이재철(李在徹)의 『한국 현대 아동문학사』를 통해 한 차례 정리되었다. 그러나 아동문학 비평을 따로 그리고 본격적으로 다룬 연구 서적은 이렇다 할 것이 없다. 여러 가지 이유가 있겠지만 자료에 대한 접근이 쉽지 않았기 때문일 것이다.

한국 현대문학 비평에 관한 논의는 여러 사람에 의해 이루어져 왔다. 관련 자료들도 지속적으로 정리되어 나왔다. 자료에 대한 접근이 용이해지자 연구도 풍성해졌다. 해방 후 70여 년이 흐르기까지 국문학과(國文學科)의 현대문학 전공 연구 역량이 축적된 덕분일 것이다.

그러나 아동문학 비평에 관한 연구를 돌아보면 현대문학 비평 연구에 비해 양과 질 양 측면에서 비교하기 어려울 정도로 뒤처져 있다. 그간 아동문학 비평은 오랫동안 현대문학 전공자들의 관심분야가 아니었다. 교육대학에서 관심을 보일 법 했지만 아동문학 작품을 활용하는 실천적인 교육 방법에 초점이 있었지 학문적 접근은 대체로 소홀했던 것으로 보인다.

그러다 보니 원종찬이 『아동문학과 비평정신』 말미에 '한국아동문학 비평 자료

목록'을 올려놓은 지도 벌써 10여 년이 지났지만, 아동문학 비평에 대한 연구는 여전히 미흡하다. 최근 현대문학 전공자들의 눈이 아동문학으로 대거 옮겨오면서 상당한 성과가 있었다. 그러나 아직도 평자의 신원(身元)조차 제대로 밝혀지지 않은 것이 많고, 연보(年譜)나 서지(書誌) 확인에 혼란을 겪고 있는 경우가 허다하다. 연보와 서지 그리고 원본확정은 연구의 토대인데 토대가 튼실하지 못하니 연구 결과 또한 헛짚는 경우가 없지 않다. 아동문학 연구 전반에 관련되는 당연한 말이지만 비평 쪽에 국한시켜 보더라도, 누가 무엇을 언제 썼고 거기에 대한 반론이나 재반론은 어떤 것이 있는지조차 제대로 정리된 적이 없다. 일차자료에 대한 확인이 엄밀하지 못한 마당에 이를 바탕으로 한 판단이나 평가가 제한적인 의미밖에 갖지 못할 것은 당연한 일이다.

문학 연구는 문학사로 귀결된다. 사적 연구(史的研究)에 있어 일차자료를 확보하는 작업은 무엇보다 중요하다. 해석과 평가는 그 다음 일이다.

아동문학 비평 자료집을 간행하고자 한 까닭이 여기에 있다. 비평문을 찾아 모아 놓으면 비평 자료집이 된다. 언뜻 보기에 단순해 보이는 일이지만 일을 시작하고 보니 난관이 한둘이 아니었다. 먼저 '아동문학 비평'에 해당하는 글들을 찾아 목록화 하는 작업이 녹록지 않았다. '삼호 잡지(三號雜誌)'란 말처럼 언제 발간되었다 폐간이 되었는지 확인도 안 된 잡지들이 부지기수라, 누구의 무슨 글이 언제 어디에 실렸었는지를 밝히는 것이 의외로 힘들었기 때문이다. 아동문학 비평 자료가 많이 실렸던 신문도 결락된 일자가 흔해 자료 접근에 어려움이 컸다. 자료를 찾았다 해도 문제는 또 있었다. 보존 상태가 좋지 않아 읽어내는 일이 거의 암호 해독에 다름없었던 것이다. 마이크로필름으로 제작해 둔 자료들을 보면 한글도 그렇지만 한자(漢字)는 그저 하나의 점에 다름없는 것들이 허다했다. 시간과 품이 많이 드는 작업이라 공동 작업이 소망스럽지만 현실적인 여건이 따르지 못해 여러모로 아쉬웠다. 수년이나 작업이 천연(遷延)된 주된 이유일 것이다.

그러나 나선 길을 성과 없이 돌이킬 수는 없었다. 수업을 제외한 대부분의 시간을 신문과 복사물 그리고 영인본(影印本)들을 뒤져 자료를 가려내고 옮겨 적는 작업에 매달렸다. 그런데 시간이 갈수록 자료의 양이 늘어가고 욕심 또한 커져 갔다. 기존 목록에 없는 새로운 자료를 하나둘씩 발견하다 보니 새로운 자료 발굴의 필요성이 커졌다. 완벽을 기해야 한다는 욕심이랄까 부담감이 가중되었다. 게다가 문학비평 자료 외에도 포함시켜야 할 자료가 많다는 판단이 서자 작업량이 대폭 늘었다. 일제 강점기의 아동문학은 소년운동과 분리되지 않는다. '소년문예운동'이란 이름에서 보듯이 문학이 숫제 운동의 일환이었던 것이다. '소년문예운동'은 '문예운동'의 하나이기도 하지만 '소년운동' 나아가 '사회운동'의 일 부문이었다. 본 자료집에 '소년회 순방기(少年會巡訪記)'를 포함하여 소년운동 관련 자료들이 많이 포함된 것은 이러한 이유 때문이다. 이 자료집에서 갈무리하기 어려운 기사 형태의 수많은 소년(문예)운동 관련 자료들은 따로 정리할 기회가 있을 것으로 기대한다.

처음 자료집을 발간해야겠다고 마음먹었을 때는 원자료를 영인할까도 생각했었다. 결국 전사(轉寫)로 결정했던 것은 가독성 때문이다. 대신 원문에 충실하자는 것을 제일 원칙으로 삼았다. 그래서 명백한 오식 이외에는 원문을 고집했고, 신문에 수록된 글은 연재 회수마다 날짜 밝혔으며, 잡지에 수록된 글도 해당 쪽을 밝혔다.

이 자료집을 엮는데 여러 사람과 기관과 사람들의 도움을 받았다.

신문 자료는 국사편찬위원회(國史編纂委員會)의 '한국사데이터베이스'가 무엇보다 많은 도움이 되었다. 한국언론진흥재단(韓國言論振興財團)의 '미디어가온'은 한국사데이터베이스에 없는 자료를 확인하게 해 주었을 뿐 아니라, 원문 상태가 좋아 한결 쉽게 전사할 수 있도록 해주었다. 국립중앙도서관(國立中央圖書館)의 원문 서비스도 자료 확충과 교차확인에 도움을 주었다. 네이버(NAVER)에서 제공하는 『동아일보』는 검색 기능이 다소 부실했지만 언제든지 접근할 수 있는 자료라는 점에서 너무도 편리했다. 아쉬운 것은 『조선일보』였는데 자료가 공개되지 않는다는 점 때문이었다. 비용이 발생하고 시간이 걸리기는 했지만 조선일보사 원문복사 신청을 통해 자료 접근이 가능했고, 『조선일보 학예기사 색인(朝鮮日報學藝記事索引)』이 믿을 만했다는 점에서 그나마 위안이 되었다. 경북대학교 도서관에서 『조선일보』 마이크로필름 자료를 수시로 열람할 수 있었던 것도 큰 도움이 되었다.

잡지 자료는 『한국아동문학 총서』의 도움이 컸다. 연세대학교 학술정보원의 국학자료실은 제한된 범위 안에서 방문 복사만 할 수 있었지만 귀중한 자료를 많이 찾을 수 있었다. 서울대학교, 고려대학교, 서강대학교, 이화여자대학교 도서관과 경희대학교 한국아동문학연구센터의 도움도 빼놓을 수 없다. 십여 년 전쯤 부산외국어대학교의 류종렬 교수는 아무런 조건 없이 애써 모은 『별나라』와 『신소년』 복사본을 하나도 빼지 않고 전량 나에게 건네주었다. 내가 이 작업을 할 수 있도록 밑돌을 놓아준 분이어서 고맙기 이를 데 없다. 신현득 선생으로부터 『별나라』, 『신소년』, 『새벗』 등의 자료를 보완할 수 있었던 것도 생광스러웠다. 『소년세계』 소재 소년문예운동 관련 자료는 재단법인 아단문고 덕분에 채워 넣을 수 있었다. 소재지를 확인해 준 오영식 선생과 직접 사진을 찍어 보내 준 박천홍 실장께 감사를 드린다.

비평 자료들을 읽다보면 언급되는 작품과 비평문들이 적지 않았다. 여러모로 노력했으나 찾지 못한 자료가 한둘이 아니다. 해당 잡지나 신문이 멸실되었거나 소재지를 알 수 없었던 탓이다. 앞으로 더 보완할 수 있으면 좋겠다.

이 자료집은 먼저 1900～1920년대까지를 대상으로 하고, 1930년대의 자료를 이어서 발간하게 된다. 그 다음은 일제 강점기 말에서 해방 후까지를 포괄할 것이다. 1930년대 자료집은 머지않아 출간할 수 있을 것으로 보인다. 그러나 일제강점기 말엽에서 해방공간에 이르는 자료들은 아직 찾고 입력할 것이 많아 좀 더 시일이 걸릴 것 같다. 오랜 여정을 힘들여 달려왔는데 무사히 완수하여 이 자료집이 아무쪼록 한국 현대 아동문학 연구에 많은 도움이 되었으면 좋겠다.

이 자료집의 말미에 기본 정보만을 담은 간략한 필자 소개를 덧붙여 두었다. 작가 및 작품연보를 포함한 필자 소개를 작성하는데 본 자료집을 입력하는 것에 버금갈 정도의 시간을 쓴 것 같다. 필명 등 신원과 작가 활동을 밝히는 일에서부터 작품연보를 작성하는 일이 힘들 뿐만 아니라 여간 번거로운 작업이 아니었기 때문이다. 한국 현대 아동문학사의 주요 작가들이 언제 무슨 작품을 어느 곳에 발표했는지의 대체적인 모습을 가늠할 정도는 되지만, 작가 및 작품 연보를 모두 포함할 경우 단행본 한 권은 족히 될 정도의 분량이어서 이 자료집에 모두 수록할 수 없었다.

끝으로 이 자료집의 발간을 흔쾌히 맡아 준 소명출판의 박성모 사장과 여러 차례의 자료 추가와 삭제뿐만 아니라 더디고 부실한 교정(校正)에도 묵묵히 편집 일을 진행해 준 한사랑 씨의 수고에 감사를 드린다.

2016년 2월

류덕제

차례

1900~1920년대

讀『少年』雜誌

『西北學會月報』 제10호, 1909.3

『少年』[1] 雜誌는 我國 諸種 雜誌 中에 高尙ᄒᆞᆫ 資格과 特殊ᄒᆞᆫ 價値가 有ᄒᆞᆫ 者라. 此를 愛讀ᄒᆞᄂᆞᆫ 少年 諸君은 忠愛義理의 良心도 滋長ᄒᆞᆯ 것이오. 世界 見聞의 知識도 增進ᄒᆞᆯ 것이오. 冐險猛進의 勇氣도 奮發ᄒᆞᆯ 것이니 一般 少年의 教科도 되고 袖珍도 되고 迷津을 渡ᄒᆞᄂᆞᆫ 寶筏도 되고 昏衢에 導ᄒᆞᄂᆞᆫ 明燭도 될지니 此ᄂᆞᆫ 崔 君 南善의 腦髓 中 精神이 全國 少年界에 灌注ᄒᆞᄂᆞᆫ 光明線이라. 崔 君이 年方弱冠에 超等ᄒᆞᆫ 材器와 出類ᄒᆞᆫ 學識이 有ᄒᆞ야 東西名家에 各種 學問과 世界 大勢의 變遷 狀態와 學生 社會의 必要 機關을 皆 深研洞究ᄒᆞ야 發爲言文에 條理가 各當ᄒᆞ고 至於 舊學源委에도 溯遊觀測홈이 有ᄒᆞ야 宋學 王學의 辨에 關ᄒᆞ야도 ᄯᅩᄒᆞᆫ 余意와 相符홈이 有ᄒᆞᆫ지라. 是以로 對床抵掌ᄒᆞ야 互相 吐露ᄒᆞ면 犁然而契ᄒᆞ고 充然而得ᄒᆞ야 色喜의 津津을 不覺ᄒᆞᄂᆞᆫ지라. 惟我 全國 少年 諸君은 崔 君을 愛홈이 余와 同ᄒᆞ며 『少年』 雜誌(이상 21쪽)를 愛홈이 余와 同ᄒᆞᆫ가. 噫라. 此 雜誌가 發行ᄒᆞᄂᆞᆫ 日에 外國人이 覽了에 曰 至今은 幾國 學生界가 此를 愛讀ᄒᆞᆯ 程度에 未及ᄒᆞ얏다 ᄒᆞ니 惟我 少年 諸君은 此等 批評을 聞ᄒᆞ고도 憤悱心이 不發ᄒᆞᄂᆞᆫ가.(이상 22쪽)

1 1908년 11월 최남선(崔南善)에 의해 창간되었다가 1911년 5월 통권 23호로 종간된 잡지 『少年』을 가리키는 고유명사다.

『少年』의 旣往과 밋 將來

崔南善, 『少年』, 1910.6

執筆人의 생각에는 다음 卷으로 『少年』에 한 '새 紀元'를 그으려 하노니 이 機會를 臨하야 簡短히 우리의 旣往과 밋 將來를 말하고자 하노라.

『少年』 發行의 動機

精神病學者의 말을 드르면 무슨 事物에 對하야서던지 남달니 思·行을 두난 者는 다 狂人이라 하야 誇大狂도 잇고 妄想狂도 잇고 寫眞狂도 잇고 自行車狂도 잇다 하나니 그러면 우리는 免할 수 업난 新報雜誌狂이라.

내기 新聞을 닑기 始作하기는 十歲 前부텀이라. 爾來 十數年間에 하루도 報紙에 對한 精誠이 懈弛한 일이 업섯슬 뿐더러 오랜 동안에 생각이 讀者로부터 漸漸 記者로 나아가 機會만 잇스면 한번 報舘業을 일삼아보리라 하얏스니 最初의 新聞 寄稿는 十二歲 時라. 堂堂한 政論 = 더욱 革新策 十二條를 만들어 아모 新聞에 投書하얏스나 이것은 不幸히 沒書의 慘을 遭하고 其後 三年만에 다(이상 12쪽)시 달은 新聞에 自請으로 寄稿家가 되야 이번에는 多幸히 容納함을 엇어 나의 報紙上 生涯가 始初되니 이때의 깃거운 법은 形喩하기 말이 업섯슴은 毋論이라. 이러하야 同情 範圍의 極히 좁은 少年의 가슴에는 冕旒冠 아니 쓴 帝王 된다난 어림업난 바람이 속 깁히 박엿노라.

그러나 이때까지의 나의 報紙에 關한 智識은 極히 淺薄한지라. 눈에 지낸 거스로 말하야도 內地에서 刊行하난 쏠갓지 아니한 두어 가지밧게는 上海에 在留하난 西人들의 漢字로 刊行하난 『萬國公報』, 『中西敎會報』 兩種과 日本에서 刊行하난 『大阪朝日新聞』, 『萬朝報』와 밋 『太陽』, 『早稻田文學』의 舊舊紙밧게는 다시 본 것이 업더니 밋 十五의 秋에 日本으로 건너가 본즉 놀납다. 그 出版界의 우리나라보담 盛大함이여. 한 번 발을 冊肆에 드러노흐면 定期刊行物·臨時刊行物 할 것 업시 아모것도 본 것 업고 또 그 等物의 內容이나 外貌에 對하야 조곰도 批評할 만한 知見업난 눈에 다만 多大하다, 宏壯하다, 璀璨하다, 芬馥하다, 一言으로 가리면 엄청나다의 感이 날 뿐이라, 무엇에 對하야서던지, 무슨 구경을 할 때에던지 우리나라 事物에 比較해 보아 무슨 한 생각을 엇은 뒤에야 마난 이 사람이라, 이를 對할 때에도 그 압헤 한 번 머리를 숙엿고, 숙엿다가 한숨 쉬고, 한숨 쉬다가 주목 쥐고, 주목 쥘 때에 곳 '이 다음 機會가 잇슬 터이지' 하난 밋지 못할 空望을 쎠안고 스스로 寬慰함이 잇섯노라.(이상 13쪽)

自己의 손으로 親히 한 報紙의 일을 맛하보기는 十七의 때에 日本 東京에 잇난 大韓留學生會로서 刊行하던 『大學留學生會報』를 한두달ㅅ 동안 看事함이니 그리 하난 中 病에 걸녀 오래 呻吟하다가 畢竟 몸이 나라로 도라오고 또 그 月報도 仍卽 停廢하얏스며 그 後로는 別노 筆硯을 親하지 아니하얏다가 무슨 세 가지 目的으로 新文館이 舍兄의 손에 開設됨애 이에 宿年의 所望을 여긔서나 펴볼까 하야 一臂의 힘을 더할 次로 舘員이 되얏노라.

내기 海外에 놀매 남과 갓히 學校工夫도 아니하얏고 또 遊歷見學도 힘드리지 아니하얏스며 오즉 여러 해 두고 이리로 도라 왓다가 그리로 도로 가난 동안에 彼我의 百般 程度를 보고 가만한 中엔 마음을 傷하고 드러나게는 勇氣를 길을 뿐이라. 나는 泰西의 實物을 보지 못하얏스니 거긔와는 比較해 생각하기 어려운 일이나 日本 갓흔 데는 多少 본 것도 잇고 들은 것도 잇슨 즉 때때 일일노 우리나라 社會와 人心의 狀態와 比較해 보고 간절한 實感이 업지 아니한지라, 내가 처음 日本으로 갈 때는 日俄戰爭의 初期 — 곳 日本 新文明이 正히 過渡期의 한 쯧에 올으려 한 때라. 爾來 五六年間에 戰勝과 其他 地位 上進 等 여러 가지 일에 奮激된 人心이 일과 물건을 다닥다리 난 대로 거의 急轉直下의 勢로 向上進步의 實績을 보이니 눈에 보이난 바와 귀에 들니난 바가 남달으게 非常히 神經을 衝激하야 아모리 하야도 구경ㅅ군의 마음으로 모든 事(이상 14쪽)象을 接할 수가 果然 업스며 이러케 神經의 感受가 漸漸 異常하야 지난 同時에 '나라로 도라가라! 나라로 도라가라' 하난 소리가 無常時로 귀의 鼓膜을 짜리난지라. 大抵 나로 말하면 人格의 感化로 最初에 밧은 것은 陶淵明

이니 그럼으로 아즉까지도 마음의 어늬 한 구석에는 隱君子的 色態가 保存하야 잇거니와 뒤에 新文明의 潮流에 휩쓸녀 들어가서 쓰며 잠기며 그 波動을 感함에도 한 녑흐로는 아모개 아모개와 갓흔 野心 — 더욱 우리 慾으로 하면 知覺 적은 젊은 사람이 다 한번식 가져보난 온갓 方面에 對하야 다 自己 存在의 意義를 굿게 表하리란 野心이 勃勃하면서도 拙한 書生의 本色으로 心은 弱코 膽은 怯하야 또 한 녑으론 '예라 그만 두어라. 남몰으게 工夫나 한 數十年 하야서 내 몸은 궁등이를 슬슬 빼여도 남들은 連方 잡아다니도록 하야나 보자' 하기도 하고 또 一時는 社會改革家로 一世를 公敵하야 보겟다 하기도 하며 新文藝建設者로 半島文學으로 하야곰 世界上에 光色이 잇게 하야 보겟다 하기도 하야 消極積極이 一張一弛하고 出世遯世가 相勝相負하야 아직까지도 마음에 愛國이라고 잇난 것은 모든 抽象的 事爲로써 實踐할야 할 쁜이오 自己나라의 現在와 밋 將來엣 地位라던지, 사람이란 얼마만콤 時代의 牽制를 밧난다던지, 自己가 오늘날 이판에 난 것이 읏더한 意義가 잇다던지 하난 着實한 方面으론 조곰도 생각이 가지 아니하고 또 더욱 自己의 周圍가 읏더한 모양이라고 하난데 對하(이상 15쪽)야는 果然 觀察이 極히 幼稺하얏슴으로 自己의 時代는 읏지 되얏던지 一念에 생각하난 것이 오즉 自己를 發展하기 爲하야 自己를 發展할 일이라. 그리하다가 한 살 두 살 나도 더 먹고 한 번 두 번 國勢도 더 보난 대로 이때까지 全力을 드려 建築한 幻界樓閣은 하로 아츰에 弱하기 짝이 업시 문허지고 漸漸 心馬의 길이 조곰式 變하야 畢竟에는 '나라로 도라가라'란 생각을 發하게 되고 또 그런 말에 귀를 기우리게 되야서 저 혼자 큰 決斷한다 하난 것이 갈온, 나는 世界一般에 對하야 直接으로 무엇(Some-thing)을 寄與할 만한 天才도 아닐지 몰으고 또 더욱 그러한 자리를 이 世上에 엇은 者가 아니라, 갈온, 죽난 者를 보고 돈 모으기 急하다고 몰은 체 하난 것은 仁人의 일이 아니라, 갈온, 地臺가 문허진다 기동 세우기 애쓰지 말고 먼저 이것부터 修築하여라, 갈온, 너는 날 때에 國民으로 낫다 너는 살기를 國民으로 하여야 한다 하야 이러케 나라로 도라온 뒤에는 더욱더욱 新文館을 爲하야 盡力코자 하얏노라.

그러나 도라와 보니 이 생각하던 때와 이 일하려 할 때가 이믜 갓지 아니하고 또 일을 當하야 보니 書生의 甕筭과 實地의 事機가 팔팔결 틀녀서 이로 神經이 衰弱되고 心與體도 ᄯᅩ한 조곰 풀니려 하더니 異常한 것은 졂은 사람 — 자라가난 사람의 일이라, 더운 피가 血管으로 돌아다니난 德分에 精神上 物質上으로 許多한 障害을 맛나면서도 한 녑흐로 무슨 補養液이 分泌하난지 前進(이상 16쪽)하난 勇氣가 솔솔솔 소사 나오니 첫 出仕에 서리를 마져 닙새는 시들엇슬 망정 凌霜하난 勁節은 凋去益壯이라. 이것 하랴던 것은 그만 두고 저것 하자던 것은 할 수 업시 되얏스나 世上은 넓고 일은 만흔지라 東에는 失望하얏기로 西에ᄭᅡ지 落心하며, 全體에는 失敗하얏슨들 部分ᄭᅡ지 成功 못하랴 하난 마음으로 일을 求할 새 이ᄯᅢ에 無人之境으로 지쳐와서 나의 마음을 왼통으로 占據한 생각이 잇스니 곳 十年宿病인 新報雜誌에 對한 狂氣라. 이 ᄲᅮ리 굿은 狂氣가 힘세인 時世에 對ᄒᆞ야 무엇이던지 利益을 寄附하겟단 誠心과 合勢하니 弱한 나ᄯᅳᆷ 여긔 降服하지 아닐 수 업고, 强한 나로되 여긔는 屈服하지 아니치 못할지라. 읏지 하얏던지 試驗조로 한아 하야 보자 한 것이 곳 이 『少年』을 發行한 近因이오 ᄯᅩ 말할 수 잇난 動機로라.

『少年』의 抱負

내가 東京에 잇슴애 畏反 某君[1]과 ᄭᅬ하야 將次 이릐켜야만 할 思想界 建設을 爲하야 그 한 方法으로 거긔 關한 雜誌를 내이자고 計劃한 것이 잇스니 毋論 純政治에 偏하게도 아니오 ᄯᅩ 純文藝에 偏하게도 아니라. 모든 方面으로 새로 發生하난 싹에 對하야 모다 同輩의 意見을 吐露하야 우리나라 캄캄한 벌판에 城 위 燈ㅅ불을 삼고, ᄯᅩ 참말의 警鐘이 되야서 昏夜의 深夢을 ᄭᅢ치자 하(이상 17쪽)얏더니 及其 나라로 도라 온 뒤에는 最初의 經綸대로 이루지 못하고 ᄯᅩ 나라에 도라와 보니 言論의 範圍가 넘어 狹少하야 이 일 저 일노 오늘날ᄭᅡ지도 實行에 着手할 機會를 맛나지 못하얏거니와 大抵 우리 생각에는 오늘날 우리나라에 잇서서는 한 學校 한 社會에 固定한 地位를 가지고서 指導者의 일을 行하난 것보담 더욱 不偏不局한 地位에 안자서 普遍히

1 '畏友 某君'의 오식이다.

指導하난 일을 行함이 緊한 줄 알고, 또 일의 形式을 힘써 보이난 것보담도 일의 精神을 힘써 가르침이 急한 줄 알고, 또 무엇에던지 될 수 잇난데까지는 갓흔 精神으로 갓흔 步調를 取하도록 함이 매우 重한 줄 아노니 이 精神으로 우리가 하난 일은 外形上에는 自己 地位에 對한 大自覺을 喚起함과 밋 一般 智識의 程度를 向上식히난데 必要한 것이라, 지금 우리가 무슨 일에던지 臨事하난 精神과 態度는 이러한지라. 붓을 빨아가지고 이 雜誌를 當할 새 또한 이러할 섇이니, 『少年』의 目的을 簡短히 말하자면 新大韓의 少年으로 깨달은 사람 되고 생각하난 사람 되고 아난 사람 되야 하난 사람이 되야서 혼자 억개에 진 무거운 짐을 堪當케 하도록 教導하자 함이라. 만일 伊前에 經營하던 일이 現實이 되면 더 말할 것 업거니와 그것이 그러치 못하야도 이믜 이 쏠이나마 이 雜誌가 잇스니 그 範圍 안에서 하고자 함은 이 範圍 안에 毋論 못할지라도 그러나 할 만콤은 하야서 봄이 當然할 섇더러 只今 사람이 넙만 벙긋하면 教育教育 하나 그러나 教育식힐 만한 사람은 누가 잇스며, 곳은(이상 18쪽) 어대 잇스며, 先生과 書籍은 뉘와 무엇이뇨. 안자서 생각을 하야 보던지, 또 돌아다니면서 實地를 보아도 果然 말이지 업서 업난지라, 배호난 사람이 聰俊하지 아님이 아니오 誠勤하지 아님이 아니로대 그 聰俊을 啓導하고 誠勤을 應할 만한 教育者가 누구뇨. 多幸히 資力이 잇슴으로 學校에를 나간들 學校에는 쏙쏙한 先生이 누구며, 그도 그러치 못하야 學校라고는 門庭도 구경하지 못할 사람은 天才가 잇서도 그만이오 精誠이 잇서도 읏지 할 수 업스니 만일 教學이 緊要한 줄을 몰낫스면 已어니와 알고도 뜻을 드듸지 못하면 한 사람의 智能發展上으로던지 왼 나라의 人物經濟上으로던지 여긔서 더 큰 寃痛한 일이 어대 잇스리오. 그럼으로 달은 理由는 다 그만 두고라도 이것 한 가지로만도 여긔 應한 한 雜誌의 完全한 것 잇슴이 甚히 急要하며, 또 設或 處處에 相當한 教育家가 잇다 할지라도 教育의 精神으로던지 教授의 方法으로던지 오늘날과 갓히 國民精神의 統一을 要求하난 때에 잇서 果然 한길노 나올지 몰을 일이라. 그럼으로 바야흐로 自己의 地位에 對하야 눈을 뜬 青年들에게 우리나라의 大精神을 주난 위로 이러한 雜誌가 實노 莫大한 意義가 잇난지라. 아모리 語言文字의 活用이 極히 어렵더라도 그때 그때 따라서 統一的 教訓을 주난 機關이 되여야 할지로다.

原來가 이 雜誌는 少年을 對手로 하난 것이니 描辭構想를 平易케 하여야 하난(이상 19쪽) 것처럼 談道說理도 또한 低近케 하여야 할지라. 그럼으로 언제던지 이 雜誌에는 宏大한 論文이나 深邃한 學說이 揭載되기가 稀罕할지오, 또 달은 나라에 그 나라에 必要한 少年雜誌 編輯法이 잇슬 것 갓히 우리나라에는 毋論 우리나라에 必要한 編輯法이 잇스니 이것을 만일 모도다 달은 나라와 比較하야 評論할진댄 或 拙할 것이오 或 蕪할 것이오 或 幼穉할지라. 그러나 우리는 今後로는 더욱더욱 過渡時代 우리 靑年의 一般的 良師友 되기를 期하야 誠力을 殫竭하려 하노라.

『少年』의 旣往

執筆人이 이번에 달은 일노 本誌 讀者의 가장 만흔 京義沿線의 여러 地方을 歷遊할 새 到處에 熱誠스러운 참말의 愛讀者가 意外에 만흠에 對하야 마음에 매우 滿足함을 깨닷난 同時에 참말이지 속으로 未安하고 붓그럽고 뉘우쳐서 웃지 할 바를 몰낫노니, 그러지 아니하야도 지난 동안의 編輯하야 노흔데 對하야 장 銳敏한 良心의 呵責을 밧던 터인데 그 前으로 말하면 남이 그리 만히 보지도 아니하고 또 若干 보난 사람이 잇슬지라도 여긔다가 그리 精神 드리지 아니하려니 한 故로 그런대로 지내엿다가 及其 外方에를 가서 본 즉 쯧밧기다 한 句 한 字 等閒하게 보지 아니하난 心讀者를 가난 곳보다 맛나고 본 즉 自己(이상 20쪽)의 職務에 對하야 忠實치 못하얏슴을 생각하고 自然 內心이 便치 못하야 그러치 아니하랴 아니할 수 업슴이라.

이번ㅅ길 가기 前에라도 때때 天良의 마음이 穩全할 때에는 案頭에 노힌 旣往의 勞役한 結果가 넘어 意料 밧김을 보고 념헤 보난 사람도 업건마는 저 혼자 얼골이 확근확근하야 짱을 뚤코 들어가고자 하기를 한두 번이 아니엿스며, 더욱 지난 겨을에 日本을 갓다가 只今부터 三年 前, 이 일 準備를 할 때에 여러 가지 彩虹 갓흔 空想을 胸間에 그리고서 다니던 길을 것고 집을 다닐 때마다 참말참말 견대기 어려운 苦痛이 마음을 싸리며, 또 더욱 마음에는 맛지 아니한다 하야도 過去 一年間 自己가 身苦와 世苦를 對敵하야 奮闘한 遺像이라 하야, 貴重한 勞役의 唯一의 紀念碑라 하야, 一年 一卷으로부터 二年 十卷까지의 一個年 치를 美麗하고 堅牢하게 合冊하야서 案頭에 놋코 생각하니 남이 暫時ㅅ동안 슬쩍슬쩍 만든 外華는 華麗하기 저러하거늘 내가 왼 一年 애를 쓰고 일한 內容은 醜劣하기 그러한지라. 念頭에 번개 갓히 나오난 것이 눈에 보이지 말게 하잔 것이오, 벼락갓히 귀ㅅ전을 싸리난 소리는 '태여바려라! 살나 바려라!'라, 불을 켜서 대일싸 말싸 남몰으게 혼자 읏더케 애를 썻난지 只今에 追憶하야도 등에서 땀이 나노라.

整頓치 못한 紙面, 如一치 못한 記事, 서투른 修辭, 法 업난 用字, 더욱 번번(이상 21쪽)히 退步하난 모양, 세여보면 열 손ㅅ가락이 오히려 不足한지라, 제가 생각하야도 애닯다. 왜 그리 지긋지긋하게 不才하며 가지가지 無能하뇨, 不才無能하거든 가만이나 잇지 그 쏠에 무엇을 하자고 덤뷔기는 왜 하야서 저런 亡身엣 짓을 하얏노!

『少年』의 旣往은 一言으로 다하야 잘못이라. 잘못으로 써 남을 속이려 하얏스니 作罪는 크도다. 그러나 남들은 속아 주지 아니하기로 讀者가 甚히 零星하얏스니 流毒은 比較的 만치 아니하얏난지라. 이것으로 나는 조곰 責을 輕減할 수 잇슬 줄 밋으며, 또 그것은 몸 성하고 知覺 잇난 사람이 便安히 안자서 精神드려 한 것이 아니라 健全치 못한 心身과 膽富치 못한 識見의 年少蒙愚한 者가 冗務旁午한 中 한 것이니 이것으로도 조곰 責을 輕減할 수 잇슬 줄 밋으며 또 저는 속이랑으로 속임이 아니라 知見이 不足하야 속힘이 되얏고 忠實하게 하자난 것이 力能이 不及하야 散漫하게 된 것이니 마음의 바닥을 보면 또 酌量할 點이 업지 아니한 지라 이것으로도 조곰 輕減할 수 잇슬 줄 밋노니 이 멧 가지는 내가 가지고서 그 동안 眷顧하신 여러분에게 向하야 앙탈하자난 거리로라.

나는 不足한 者라. 才操로던지 힘으로던지. 만일 여러분이 果然 우리의 일을 사랑하신다면 여러 가지로 그 不足을 補充하야 주시기에 한팔 힘을 앗기지(이상 22쪽) 아니하셔야 할지니 이런 말은 男兒의 닙에 올닐 말이 아니나 弱하고 어린 나는 지나간 일을 생각하고 불상한 이 소리 내기를 禁하지 못하노라.

『少年』의 將來

只今에 와서 뒤를 도라다보건댄 果然 말이지 용하게 그 險한 길을 지나왓난지라 지난 동안만한 어려움과 苦로움이 이 압헤 노힌 것을 分明히 말 것 갓흐면 아모리 나라도 조곰 失望의 못으로 빠질난지도 몰을 지로다.

그러나 그만콤 積苦한 것이 남에게 對하야 果然 그만한 功果가 잇게 되얏난가 하면 우스운 일이다. '쎄로'로구나. 그런즉 우리가 달은 일에는 이럭저럭 責을 免한다 할지라도 오즉 自己의 모든 힘을 所用업난 일에 對하야 浪費하얏단 한 가지 重한 罪責은 謀免할 口實이 업도다.

사람이 既往을 말할 쌔에는 잘못한 것을 가리기 쉬운 것처럼 將來를 말하난 것은 거짓말 되기가 쉬운지라, 그 동안 우리가 編輯室 通寄에 所望을 말하난 것이 居半 實踐지 못한 것도 이 理致의 證據로다. 그런즉 既往에는 庸劣하야 한두번에 고치지 아니하고 거짓말하난 것이 거의 버릇이 되얏슬지라도 只今부터는 前非를 繼續코자 하지 아니하노니 그럼으로 將來에 對한 여러 가지 생각이 업지 아니하나 이 다음 事實노 하야곰 說明케 하고 여긔는 붓을 대이지 아니(이상 23쪽) 하노라.

나는 毋論 才는 疎하고 識은 短하다. 그러나 全力을 다 드리고 全能을 다 밧치면 應當 그보담은 나흐게 되얏슬지어늘 朝籌暮筆에 마음이 專一치 못하고 南船北車에 몸이 定하지 못한 中 겨오 若干 時日을 엇어 膽大하게 한다고 덤볏스니 그 꼴 그 모양 되난 것이 웃지 짜닥업슴이랴.

이제 나는 이 말을 할 쌔에 다만 두 마듸 부처 할 것은 한아는 自己도 이 다음부터는 前보담 더 忠實하게 職務를 當할 것과 쏘 한아는 將來 우리나라 靑年에게 厚大한 무엇을 주실 쎱힌 사람 假人 氏 孤舟子[2] 갓흔 腦와 腕이 兼全하고 情과 意가 俱至한 指導者가 잇슴이라. 구태여 어두운 지난 길을 말하지 말지로다. 우리의 압길은 光明이로다.

다만 바라노니 不時의 暴風雨가 피여가난 쏫과 닙새를 搖落하지 말지어다. 쏘 가

2 '假人'은 홍명희(洪命熹), '孤舟'는 이광수(李光洙)의 호이다. '氏'와 '子'는 경칭(敬稱)의 의미이다.

장 逃脫하기 어려운 孔方의 그믈이 우리를 후려서 기름ㅅ가마에 집어늣치 아니 하도록 우리

大皇祖의 聖靈이 顧佑하소서. 이는 新大韓의 일홈으로 비난 바올시다.

鍛鍊한 鐵腕과 醱酵하난 事位慾! 우리는 여러분과 한 가지 마조막까지 다하리라.

(이상 24쪽)

子女中心論

春園, 『青春』, 1918.9

一. 父祖 中心의 舊朝鮮

朝鮮서는 孝가 最上의 道德이엇섯고 孝의 內容은 子女된 者가 父母의 志를 承順함이엇섯다. 父母가 生存하는 동안에는 子女에게는 아모 自由가 업고 마치 專制君主下의 臣民과 갓히 父母의 任意대로 處理할 奴隷나 家畜과 다름이 업섯다. 父母가 生存하는 동안뿐더러 死後에도 三年의 居喪이라는 嚴法이 잇고 그 後에는 奉祭祀라는 大義務가 잇서서 子女의 時間과 精力과 金錢을 浪費하며 活動의 自由를 檢束함이 莫甚하엿섯다. 그럼으로 孝子가 되랴는 子女는 一生에 父祖를 爲하야 自己를 犧牲하는 以外에 아모 일도 할 餘裕가 업섯다. 假令 子女가 三十 되기까지 父母가 生存한다 하면 人生의 修養과 活動의 黃金時代인 靑春은 全혀 父母를 깃브게(?) 하기에 浪費하엿고 三十에 父가 沒하면 三十二 乃至 三十三까지는 不出門庭의 罪人이 되어야 하다가 그 後에 공교히 母親이 沒한다 하면 또 三十六七歲까지는 그와 갓히 罪人의 境遇를 지내야 하며 이리하야 多幸이 四十 以前에 父母가 沒하면 이에 비로소 自由의 人이 되지마는 그로부터는 四代奉祀를 한다 하고 各代에 多幸히 考와 妣 兩位만이라야 二四八 每年 八次의 祭祀가 잇슬 뿐이어니와 萬一 어느 祖考가 喪配를 하엿다 하면 每年 或은 十次 或 十三四次의 祭祀가 잇스니 每月 平均 一次의 祭祀가 잇다 하더라도 每祭에 全家族이 三日의 時間을 費하고 數多한 金錢을 費한다 하면 그것이 實로 不少한 個人的 社會的 損失일지며 其他 或은 墳墓을 꾸미며 或은(今日에 한창 盛(이상 9쪽)行하는 모양으로) 族譜를 修하며 이것저것 하야 朝鮮의 子女는 實로 그 一生을 父祖를 爲하야 犧牲하는 셈이다.

舊朝鮮의 子女는 오직 父祖를 爲하여서만 살앗고 일하엿고 죽엇다. 父祖의 뜻이 곳 그네의 뜻이오 父祖의 目的이 곳 그네의 目的이엇섯다. 萬一 어느 子女가 自己의 뜻을 主張하고 自己의 目的을 貫徹하면 그것이 아모리 조흔 일이라 하더라도 그는 不順父母之命하는 罪人일 것이다.

最近 三百餘年의 朝鮮人의 倫理 敎科書 되는 小學은 實로 孝에서 始하야 孝에서 終하엿다 하리만콤 子女를 父祖의 奴隸를 만들고야 말랴는 孝의 思想을 鼓吹하엿다. 우리가 小學이 가라치는 바를 다 順從치 아니하엿기에 망졍 萬一 꼭 고대로 하엿다 하면 우리는 只今 가진 悲慘한 境遇 以上의 悲慘한 境遇를 가젓슬 것이다.

父祖 中心의 몟 가지 實例를 더 들건댄 子息을 工夫는 식혀야겟지마는 膝下를 떠내기가 실혀서 못 식히는 것이며 子息을 工夫를 식히라면 父祖된 自己가 生活問題로 苦生을 하여야 하겟스니 自己네의 便宜를 爲하야 子息의 將來를 犧牲하는 것, 甚至에 貧寒한 農民들은 어린아이를 보게 하기 爲하야 큰아이를 敎育하지 안는 것, 子女로 婚姻케 할 때에 子女를 爲하여 하지 아니하고 父祖된 自己네의 재미나 便宜를 爲하여 하는 것 等은 實로 우리가 日常에 보는 것이다. 上述한 例를 輕하다 하지 말라. 人生의 一生에 敎育과 婚姻에서 더 큰 것이 업슬지니 敎育과 婚姻의 自由를 剝奪하면 그 사람의 個人的 幸福에 對한 自由의 全部를 剝奪함과 갓흘 것이라.

다음에 重要한 것은 職分의 自由니 우리의 子女는 父祖가 指定하는 以外에는 아모리 自己가 最上으로 自己의 能力에 最適한 줄로 생각하는 것이라도 取할 수가 업게 되는 것이라. 이것은 近日의 父母도 흔히 하는 일이니 子女가 專門學科나 職業을 撰定하려 할 때에 父祖는 비록 自己가 그 子女만한 聰明睿智가 업더라도 그 子女를 干涉하야써 一生을 그릇되게 하는 수가 만타.

二. 子女의 解放

文明은 엇던 意味로 보면 解放이라. 西洋으로 보(이상 10쪽)면 宗敎에 對한 個人의 靈의 解放, 貴族에 對한 平民의 解放, 專制君主에 對한 臣民의 解放, 奴隸의 解放, 무릇 엇던 個人 或은 團體가 다른 個人 或은 團體의 自由를 束縛하던 것은 그 形式과 種類의 如何를 勿論하고 다 解放하게 되는 것이 實로 近代文明의 特色이오 또 努力이라. 女子의 解放과 子女의 解放도 實로 이 機運에 乘하지 아니치 못할 重大하고 緊要

한 것일 것이니 歐米諸邦에서는 엇던 程度까지 이것이 實現되엇지마는 우리 짱에서는 아직 꿈도 꾸지 못하는 바라. 그러면 或者는 말하기를 彼와 我와는 歷史가 다르고 따라서 國情이 다르니 우리도 반다시 그네를 본밧지 아니해서는 아니 된다는 法이야 어듸 잇겟느냐 하겟지마는 이것은 因襲에 阿諂하는 者의 말이 아니면 人類의 歷史의 方向을 全혀 모르는 者의 말이라. 살아가랴면, 잘 살아가랴면 그러하지 아니치 못할 줄을 모르는 말이라.

女子의 解放에 關하야서는 他日에 말하려니와 여긔서는 子女의 解放을 爲先 絶叫하고 同時에 그 必要하고 緊急한 所以를 말하겟다.

生物學이 가라치는 바와 갓히 人類의 目的이(他 生物과 갓히) 個體의 保全과 宗族의 保全發展에 잇다 하면 天下의 中心은 自己요, 다음에 重한 것은 子孫일 것이니 他人을 爲하야 自己를 犧牲하는 것은 特殊한 境遇를 除한 外에는 惡이라, 하믈며 自己의 自由意志로 함이 아니오 남의 奴隷가 되어서 함이리오. 子女는 自己便으로 보면 獨立한 個體니 子女는 實로 子女自身을 爲하야 난 것이오 父祖를 爲하야 난 것이 아니니 그럼으로 子女는 決코 父祖(그도 他 個體이매)를 爲하야 自己를 犧牲할 義務가 업고 또 父祖가 子女에게 犧牲되기를 請求할 權利도 업다. 萬一 個體의 保全쑨이 目的일진댄 父祖와 子女는 아모러한 權利義務의 關係도 업슬 것이오 오직 서로 平等한 個體일 것이라. 그러나 生物에게는 個體 保全의 目的이 잇는 同時에 宗族 保全의 目的이 잇슴으로 또 그 目的을 達하랴는 本能이 잇슴으로 父母된 者는 子女를 養育하고 教育할 義務가 잇는 것이니 他 動物로 보건댄 義務를 지는 者는 父母요 子女가 아니라. 父母는 子女를 養育하고 教育할 義務가 잇스되 子女는 決코 父母를 爲하야 自己를 犧牲할 義務가 업느니 저 蜘蛛類의 어미가 그 색기의 밥이 되고 마는 것은 實로(이상 11쪽) 이러한 自然의 法則을 가장 分明히 가라친 것이라. 그리하고 子女가 父母에게 바든 恩惠를 갑흘 곳은 父母가 아니오 다시 自己의 子女니 子女로 父母에게서 바든 바를 父母로 子女에게 주는 것이라. 그럼으로 父母가 子女를 養育할 때에 하는 勞苦는 엇지 보면 自己네가 그 父母에게서 바든 바를 그 子女에게 傳한다 할 것이니 萬一 子女에게서 報償을 바들 생각으로 그 子女를 養育한다 하면 이는 人生의 根本義를 니저바린 것이라.

그러나 그러타고 人類도 他 動物과 꼭 갓히 父母에게 對하여서는 아모 義務가 업느냐 하면 그런 것이 아니니 人類를 確實히 他 動物이 가지지 못하는 道德的 感情을 가젓슴으로 또한 他 動物이 가지지 못하는 孝라는 것도 가진 것이라. 그러나 이 孝라는 觀念의 內容은 不可不 變하여야 할 것이니 이것은 他項에 更論하려니와 아모러나 子女의 最大한 義務가 父母에 對한 것이라 하던 舊朝鮮의 그릇된 道德에서 新朝鮮의 子女를 救出하여야 할 것은 焦眉의 急이오 同時에 五族 萬年의 運命이 分岐하는 地頭라.

爲先 子女에게 獨立한 自由로운 個性을 주어라. 그네로 하여곰 自己네는 父祖의 所有다 하는 觀念을 바리고 自己네는 自己네의 所有다 하는 觀念을 가지게 하여라. 다음에는 子女된 者의 最大의 義務는 自己네 自身과 自己네의 또 子女에게 잇고 決코 父祖에게 잇는 것이 아니라도 觀念을 가지게 하여라.

그리되면 子女도 父母에게 依賴하랴는 생각을 버릴 것이니 이 생각은 社會에 極히 有毒한 것이라. 自己의 能力으로 自己의 地位와 名譽와 財産을 獲得하려 아니 하고 父祖의 것만 바람으로 奮鬪할 생각이 업서저 文明이 停滯하며 더구나 經濟的 損失이 莫大하다. 엇던 代의 個人이 奮鬪의 一生으로 幾萬의 財産을 成한다 하면 그것을 그 아들들에게 分割하고 그 아들들은 또 그 아들들에게 分割하야 이러케 幾代를 經過하면 그 財産은 小額으로 分割되고 마나니 一人의 勤勉으로 數十百人의 遊食者를 出하며 또 社會의 膏血되는 財産이 無用하게 消耗되는 것이라. 그러므로 될 수만 잇스면 財産相續制度를 廢止하고 各 個人이 相當한 敎育만 바든 뒤에는 獨立하야 自己의 生活을 經營하도록 함이 理想이니 이에 비로소 完全한 子女의 解放을 어들 것이라.(이상 12쪽)

三. 子女를 中心으로 한 父子 關係

子女가 生하면 父母의 最大한 義務는 그 子女로 하여곰 激烈한 生存競爭場裏에서 獨立하야 自己의 生活을 經營하는 能力을 가지며 前代에게 傳承하는 文化를 바다 이를 維持하고 거긔다가 多少의 補益發展을 添하야 또 自己의 後代에 傳할 만한 能力을 가지게 함이니, 이 義務는 實로 父母된 者의 免하려 하여도 免할 수 업는 것이라, 만일 이것을 踈忽하는 者가 잇스면 그는 自己와 種族에 對한 大罪人 大惡人이라.

이러케 함에 두 가지 길이 잇스니 즉 萬事를 그 子女를 標準삼아서 할 것과 全力을 그 子女의 敎育에 傾注함이라. 孟母의 三遷之敎는 이를 가르침이니 그 아들의 將來를 爲하야 세 번이나 移住를 하엿단 말이라. 貧寒한 生活에 幾多의 不便과 損害도 잇스련마는 아들의 將來를 爲하야서는 그것도 다 참는다 하는데 孟母의 不朽의 模範이 잇지 아니하냐. 이 精神을 擴充하면 그만이니 住居를 擇할 때에도 子女를 爲하야, 職業을 擇할 때에도 子女를 爲하야, 무슨 일에든지 父母는 子女를 中心으로 하여서 그 子女로 하여곰 自己네보다 優勝한 公民이 되도록 힘을 써야 할 것이라.

그러나 子女를 爲한다고만 하여도 不足하니 昔日의 父母네도 或은 子女를 爲하야 寺刹에 施主가 되며 或은 子女의 安樂을 爲하야 財貨를 聚하며 或은 子女를 爲하야 賢良한 婦婿를 擇하는 等 子女를 爲하야 全心力을 다하지 아니함이 아니엇스나 그네는 첫재 子女를 爲하는 標準을 그릇하엿고 둘재 子女를 爲하는 心地를 그릇하엿다. 그네는 子女의 幸福에 必要한 모든 것을 自己네의 손으로 주려 하엿고 子女로 하여곰 自己네의 손으로 그것을 獲得할 能力을 엇게 하려 하지 아니하엿다. 財産도 주고 地位도 주고 賢妻도 주고 成功도 주려 하엿고 그것을 子女 自身으로 하여곰 獲得하게 할 能力을 주려고 아니하엿다. 이리하야 그네는 子女를 爲한다는 것이 도로혀 子女를 賊害하는 反對의 結果를 엇게 하엿다. 그럼으로 父母는 子女에게 모든 것을 물려주려고 애쓸 것이 아니오 오직 子女에게 最善한 敎育을 주기를 圖謀할 것이니 子女에게 물려주랴던 全財産을 傾盡하더라도 子女에게 敎育을 주어야 할 것이라. 重言復言(이상 13쪽)하거니와 子女에게 敎育을 주는 것은 孝보다도 忠보다도 무슨 義務보다도 父母에게는 最大한 義務라.

둘재 心地가 그릇되엿다 함은 子女를 父母 自己의 所有物로 알아서 子女를 敎育하거나 말거나 自己네의 自由라고 생각하며 갓히 子女를 爲한다 하더라도 子女 自身을 爲함이 아니오 父母 自己의 目前의 자미라든지 老後의 安樂이라든지 또는 死後의

奉祀를 爲하야 함이니 이리 하더라도 그 結果는 갓다 하더라도 그 精神은 確實히 잘못된 것이라. 子女는 決코 父母의 所有物이 아니오 子女 自身의 것이며, 種族의 것이니 父母된 者는 子女에게 對하야 父母에게 對한 듯한 精誠과 全 種族에게 對한 듯한 敬意를 表하여야 할 것이오 決코 至今까지와 갓히 自己가 任意로 處分할 수 잇는 自己의 所屬物로 생각지 못할 것이라. 더구나 子女가 成年이 지나고 相當한 敎育이 쯧나거든 完全한 個人으로의 人格을 尊重하여야 할 것이라.

더욱이 子女는 父母의 것이 아니오 全 種族의 것이라 하는 思想은 朝鮮에 잇서서 高唱할 必要가 잇다. '내 子息를 내 맘대로 하는데 相關이 무엇이냐' 하는 말은 흔히 듯는 말이오 事實上 우리 父母가 저마다 생각하는 바다. '내 아들은 내 나라에 바쳣다' 하는 스파르타의 母親의 精神은 우리의 古代의 父母에게는 잇섯는지 모르거니와 近代의 父母는 꿈도 못 꾸던 것이라. 現今 文明諸邦이 義務敎育制를 取하는 것이며 兵役의 義務를 徵하는 것을 보더라도 알려니와 今日과 갓히 民族主義가 發達된 時代에 잇서서는 善良한 父母는 決코 子女를 '내 아들'이라고 생각하지 아니하고 '내 種族의 一員'이라고 생각하나니 子女를 나흘 째에도 '내 種族의 一員'이라고 생각하고 養育할 째에도, 敎育할 째에도, 그가 社會에 나설 째나, 成功할 째에도 '내 種族의 一員'이라는 생각을 쓴치 아니 하여야 할 것이라. 녯날 家門을 빗냄으로써 子女의 榮光을 삼앗거니와 今日에는 種族을 빗냄으로써 子女의 榮光을 삼아야 할 것이 마치 녯날에는 家門의 地位로 卽 所謂 門閥로 班常을 가렷스나 今日에는 族閥 或은 門閥로 班常을 가림과 갓흘 것이라. 녯날은 族이라 하면 同姓을 일컬음이엇거니와 今日에는 族이라 하면 歷史와 言語를 갓히 하는 全 民族을 가르친다.(이상 14쪽)

四. 子女中心과 孝의 觀念의 變遷

孝의 觀念이 變하지 아니할 수가 업다. 첫재 父母의 膝下를 써나지 아니한다는 생각을 깨터려야 할지니 學校에를 다니랴도 써나야 할지오 外國 留學을 하랴면 더구나 써나야 할지오 社會에서 活動을 하라면 더더구나 써나야 할지라. 子女가 萬一 父母의 膝下를 아니 써난다 하면 그러한 種族은 滅亡할 수밧게 업다. 父母된 이가 萬一

子女를 떠나기가 실커든 子女를 딸아갈 것이니 或은 學校 近處로, 或은 事務所 近處로 집을 옴겨 딸아감이 適當하고 萬一 父母도 子女와 갓히 무슨 事業이 잇거든 每年 몟 번式 만남으로써 滿足하여야 할 것이라. 녯날 父母는 '내 겻에 잇서라, 잇서라' 하엿스나 只今 父母는 '내 겻흘 떠나라, 싸나라' 하여야 한다. 떠나서 天涯로 가든지 地角으로 가든지 네가 네 새 生活을 開拓하고 네 族名을 빗내어라 함이 今日의 父母의 子女에게 주는 訓戒라야 한다. 그리하여 남과 갓히 살아갈 것이다.

그럼으로 子女된 便의 孝도 반다시 父母의 側에 잇슴이 아니오 自己의 손으로 自己의 새 生活을 開拓하야 번적한 勝者의 地位를 獲得함이니 昏定晨省이라든지, 끼니 때마다 父母의 밥床을 밧들어 들인다든지 아롱아롱한 옷을 입고 父母의 압헤서 어리광을 부린다든지 하야 鷄初鳴부터 三更漏聲이 들닐 때까지 父母의 겻헤서만 어물어물함은 亡家亡國할 凶道오 不孝라.

둘재 居喪과 祭祀를 廢할 것이니 큰 갓에 큰 두루막을 닙고 三年이나 戶內에 蟄居하야 朝夕으로 '아이고 아이고'의 亡國哀音을 發함이 이믜 凶兆요 그 때문에 貴重한 歲月을 浪費함은 社會의 大損이며 쏘 無用한 金錢을 바려 無用한 飮食을 여투고 懶散之輩가 三四日이나 醉且飽하야 '아이고 아이고' '어이 어이'의 凶音을 發하야 隣里까지 陰鬱케 하는 것도 不緊한 일이라. 父母 沒커시든, 될 수 잇는 대로 速히 在來의 事務를 取할 지어다.

父母의 命을 順從함이 毋論 美德이지마는 올치 아니한 命까지 順從함은 도로혀 不孝라. 三諫而不聽則號泣而隨之라 하엿스나 나는 三을 三倍나 하야 諫(이상 15쪽)하기를 여러 번 하다가 그래도 不聽하시거든 自由로 行함이 조타고 한다. 父母라고 반다시 聖人되는 法은 업스니 孔子도 父가 될 수 잇지마는 盜拓도 父母가 될 수 잇슴이라. 未成年 前에는 毋論 父母의 指導를 바다야 하지마는 門戶를 빗냄이 毋論 조커니와 이것은 現代人의 目的이 되기에는 넘어 小하고 弱하다. 爲先 自己가 强하고 勝한 人다운 人이 되고 다음에 全族의 일홈을 빗냄으로써 目的을 삼을지니 이리하면 自然히 門戶도 빗나고 顯父母之名도 될 것이라. 一家의 傳統에 싈님은 우리의 取할 배 아니니 그것을(必要하거든) 廢履와 가티 집어던지고 自己가 一家의 始祖가 되리라는

氣魄이 잇서라 한다. 門戶를 빗낸다 함은 그래도 얼마큼 積極的이지마는 門戶를 더럽히지 안는다 함은 消極的이니 그가 아모의 아들이라 하야 비로소 世上의 認定을 바드며 果然 아모의 아들짜다 하야 비로소 世上의 稱讚을 듯는다 하면 그런 못생긴 子女가 어듸 잇스랴. 그가 아모의 父親이라지 하야 子女 때문에 그 父母의 일홈이 알려지도록 하여야 비로소 孝子라 할 것이라.

五. 結論

우리는 至今까지 뒤만 돌아보는 生活을 하여 왓다. 卽 祖先만 늘 仰慕하고 父母만 中心으로 하는 生活을 하여 왓다. 그럼으로 祖先의 遺産은(精神的이나 物質的이나) 祖先의 墳墓를 꾸미기에만 使用하엿고 子女의 새집을 꾸미기에는 使用하지 못하엿다. 이리하야 우리는 如干한 遺産을 말끔 祖先의 墳墓에 집어너코 말앗다. 그래서 이러케 못살게 되엇다. 그러나 이제부터는 우리는 압만 내다보는 生活을 하여야 되겟다. 死者는 死者로 하여곰 葬케 하고 生者는 生한 者, 또는 生할 者를 爲하야 生하게 하여야 되겟다. 우리는 우리의 財産(精神的이나 物質的)의 全部를 우리와 우리 子孫을 爲하여서만 使用하여야겟고 必要하거든 祖先의 墳墓도 헐고 父母의 血肉도 우리 糧食을 삼아야 하겟다. 오랜동안 父祖가 우리에게 犧牲을 强求하여 온 것 갓히(그것은 不當하다.) 우리는 이제 父祖에게 우리의 犧牲되기를 强請하여야 하겟다.(이것은 正當하다)

우리는 우리 先祖를 왼통 모화 노흔 것보담 貴하고(이상 16쪽) 重하다, 毋論 우리 父母네보담 重하다. 우리는 우리의 先祖가 하여 노흔 모든 일보다도 더 크고 만코 價値잇는 일을 할 使命을 가진 사람들이라. 그럼으로 우리는 우리가 最善이라고 斷定하는 바를 實現하기 爲하여서는 우리가 忌憚할 아모것도 업다. 우리는 先祖도 업는 사람, 父母도 업는 사람(엇던 意味로는)으로 今日 今時에 天上으로서 吾土에 降臨한 新種族으로 自處하여야 한다. 그래서 우리의 一生에 우리의 最善을 다하다가 우리의 後代에 오는 健全한 子女들에게 그것을 물려주어야 한다. 우리의 子女로 하여곰 우리의 身體와 精神을 왼통 그네의 食料를 삼게 하여야 한다. 우리의 子女되는 者로 우리를 발꿀로 차게 하여라, 우리의 억개로 그네가 놉히 오르랴는 발磴床이 되게 하여라, 우리의 身體로 그네가 江을 건너 나아가기에 必要한 橋梁의 材料가 되게 하며 泥濘을 메우는 瓦礫이 되게 하여라. 우리의 子女가 必要로 認定하거든 우리의 骨骼을 솟헤 살혀 機械를 運轉하기에 需用되는 기름도 만들어도 可하고 거의 색기 모양으로 우리를 산대로 두고 가슴을 우귀어 먹어도 可하다. 우리는 子女에게 모든 希望을 두고 價値를 부쳐야 할 것이라. 그네로 하여곰 니를 옥물고라도 强하여지고, 知하여지고, 富하여지고 善하여져서 榮光스럽고 幸福스러운 生活을 하도록 우리는 生前에나 死後에나 全心力을 다하여야 한다.

아아! 子女여 子女여, 너희야말로 우리의 中心이요 希望이오 깃븜이로다.

(一九一八.五.八)(이상 17쪽)

長幼有序의 末弊

幼年男女의 解放을 提唱함

金小春, 『開闢』 제2호, 1920.7

日前 咸南 咸興을 구경간 일이 잇섯다. 그때 停車場 門을 척 나서니 巡査가 엇던 農軍 한 사람을 붓잡고 발길로 차며 이 뺨 저 뺨을 함부로 친다. 나는 저것이 警官의 橫暴 — 特히 地方 警官의 橫暴로구나 하고 곳 傍人에게 그 故를 問한 즉 그 農軍이 엇던 幼年 兒童을 些少한 感情으로써 毆打한 故이라 한다. 相當한 方式에 不依하고 羣衆 中에서 放縱히 사람을 毆打하는 農軍에 對한 警官의 行爲도 不穩하거니와 些少感情을 理由로 하야 無邪氣한 幼年에게 敵對的 行爲를 敢取한 農軍의 橫暴는 더욱 可憎한 것이라 하얏다. 이때에 驛前에 散在하던 數三의 日本人 男女는 異口同聲으로 朝鮮人은 長者가 사람인 줄은 잘 알되 어린애도 가티 사람인 줄을 모른다 하며 一齊히 嘲罵의 矢를 放함을 …… 나는 보앗다.

쏘 우리가 如何한 곳임을 勿問하고 長幼가 同一 場所에 會合하게 되면 이런 꼴을 볼 수가 잇다. 곳 幼年이 長者와 더불어 무슨 問題를 말하다가 毫末 만치이나마 唐突의 態가 有하면 그 長者는 '요놈, 어린놈이 或 요놈 조그마한 놈이 쏘 요 — 머리에 피도 말으지 안이한 놈이 ……'이란 말을 話頭로 하야 '敢히 長者에게 ……' 하는 語調로 結末한다. 그 間에는 是非曲直이 업고 아모 條件이 업다. 그저 '어린 놈 —, 長者에게 敢히 ……' 하는 數語이면 그만이다. 이것은 오히려 헐하다. 甚한 者는 幼兒를 척 對하기만 하면 첫 人事가 '이놈'이 아니면 '이 자식'이며 自己의 前에 或立하기만 하면 '이 자식 저리가 —' 하다가 '아니 갈 테야 ……' 하는 말이 나오는 때는 그 幼年은 그만 氣가 썩기인다. 그리고 家庭에서 敎育은 얼마나 嚴行하얏스며 쏘한 長者 自己가 各其 自家의 幼年敎育을 爲하야 盡瘁한 것이 얼마인지는 모르나 幼年을 對하면 動輒 '이놈 배우지 못한 子息 …… 버릇 업는 子息 ……' 한다.

養生送死는 禮之太子라 하얏스며 愼終追遠이면 民德이 歸厚이리라 함은 옛 聖人

의 懇切히 남겨준 訓語이다. 그리고 그리하라 함에는 男女이나 長幼를 區分치 아니 하얏다. 그런대 이 訓語에 산다는 우리의 幼年에게 對한 養生送死, 愼終追遠은 如何한가. 쩌러진 소반(이상 52쪽)이어던 兒童에게로 돌려라. 씨썩이 飮食物이어던 幼兒에게 주어라 함이 兒童 養生法이다. 그러나 養生에 對한 節은 그래도 過凶치는 안타. 送死追遠의 節은 생각만 하야도 氣가 막힐 일이다. 不幸히 兒喪이 나면 不幸卽時로 油紙 조각이나 거적에 둘둘 말아 마치 犬馬의 死體를 處理하듯히 山谷山頂도 不問하고 一尺深數 簣土로써 이리저리 하고 만다. 그러면 土鼠가 그 塚을 穴하고 狐貍가 그 肉을 取한다. 엇던 地方에서는 雪寒風의 冬季에 兒童이 若死하면 그 짜위 兒屍를 爲하야 誰가 凍地를 堀하리요 하야 附近 樹枝에 屍體를 그냥 掛置하얏다가 翌春 暖節을 俟하야 비롯오 埋葬하는 바 그리하는 父老의 怪惡은 且置하고 樹枝에 걸녀 잇는 그 凶한 꼴을 忍見키 不能하다 한다. 그리고 엇더케 하얏던지 一次 埋葬한 後는 그만이다. 永永不顧見이다. 自己 祖先의 埋墓나 忌日은 記憶이 消失되고저 하는 것을 억지로 曆書 뒤 등에 적어가면서 省墓又致祭하되 自己 兒孫의 墳墓亡日은 念頭에는 唯日不忘하면서도 꿀걱 참고 돌아보지 안는다. 참 奇現狀이오 큰 戱謔이다.

新聞紙 第三面은 가끔 가르되 엇던 小學校에서는 或 敎師의 兒童 虐待로 或은 學生이 同盟休學하얏다 하며 或은 學父兄과의 不和를 致하얏다 한다. 學校의 철업는 敎師들은(勿論 全部는 아니다) 一尺餘의 敎鞭만 握하면 舊時 邏卒이 棍杖을 잡은 樣으로 空然한 逸興이 陶陶하야 툭하면 채쭉질이며 그리고 그 말은 어대서 배운 本인지 依例히 '이놈'이 아니면 이 '子息'이라 하는 等 그들의 幼年 學生에게 對한 暴虐과 專橫은 實로 言語同斷이라 하겟다.

幼年이라 함은 成年의 對稱이라 見할지며 成年이라 함은 更히 成人이라 解할 것이다. 그런대 우리 朝鮮에서는 支那의 古禮를 倣하야 年이 二十이면 均히 冠을 加케 하고 成人式을 行하면 始로 長者의 資格 — 안이 長者의 權位를 有하게 되며 未成人 卽 二十歲 以下의 人은 幼者의 取扱을 受하게 된다. 그런대 歲月의 推移를 從하야 加冠은 結婚의 象徵으로 化하고 結婚은 父母의 慰悅劑로 化하야 結婚期가 엄청나게도 일러지는 同時에 二十歲의 加冠은 十五歲 乃至 十一二歲에 加冠이 되며 짤아서 成人

卽 長者 되는 標準도 此 加冠 與否에 一從하게 되어 口中에 乳臭가 모락모락 나는 孩童이라도 結婚만 하얏스면 長者이라 하야 衆人은 그에 長者의 禮遇를 與하고 兩頤에 鬚髥이 푸른 — 안이 雪白을 欺하는 老年일지라도(이상 53쪽) 妻眷만 不有하얏스면 오히려 未成人이라 하야 一種 幼者로 指目할 뿐이오 小毫 禮遇를 不與한다. 實로 渝俗이며 惡風이다 可히 他人에게 돌리지 못할 말이다. 철업는 父母는 自己의 慰悅을 求하는 外에 尙一面으로는 自己 兒孫으로 하야곰 어서 長者인 禮遇를 受케 하기 爲하야 一日이라도 早히 結婚을 行하게 되도다.

例를 擧하자면 限이 업다. 다못 生覺하는 것을 몃 가지 적엇슬 뿐이다. (此點에 就하야는 特히 讀者 諸兄으로부터 各히 그 地方 그 風俗에 向하야 長幼間에 起하는 惡風을 널리 推想하기를 切托) 그러나 爲先 玆에 擧한 例로만 見하야도 從來 — 안이 現在의 우리 長者들의 幼者에 對한 行爲와 態度가 如何히 不合理하얏스며 不道德하엿슴을 可知할 것이다. 嗚呼라 朝鮮 幾千年間의 우리 長者들은 幾千年間 우리 幼年의 人格을 抹殺하며 自由를 剝奪한 歷史的 큰 罪人이엇스며 惡行者이엇도다.

엇지면 從來의 長者가 大罪人이 되기까지 惡行者가 되기까지 幼者의 人格을 蔑殺하얏스며 自由를 剝奪하게 되엇는가. 觀察하는 方面에 依하야는 諸多原因이 無함도 안일지나 一言으로 蔽하면 舊倫理道德의 殘弊 — 切言하면 所謂 五倫 中의 一인 長幼有序의 末弊이라고 余는 斷言하노라.

長幼有序의 根本意 — 卽 五倫을 敎하던 當初 其人의 意思를 말하면 大槪 禮儀作法上 長幼의 順序를 말함이오 決코 長者가 幼者의 人格을 無視하기까지 位序를 定하라 함은 안이엇슬 것이다. 比較的 年이 高하고 知가 長하고 體가 大한 長者에게 對하야 比較的 年이 幼하고 知가 淺하고 體가 小한 幼者로서 相當한 敬意를 表하며 多少 禮讓을 行하여야 할 것은 是 — 勿論의 事인 同時에 苟히 世間의 常識을 有한 者는 誰이나 夙認할 것이며 비록 幼年이라 할지라도 苟히 是非를 辨하는 程度에 達하면 스스로 行할 것이라 五倫의 一이라 하야 두고두고 써들 것이 업는 것이라.

옛적 먼 時代에 支那의 엇던 한 사람이 소리 질러 가로되 父子有親하라 君臣有義하라 夫婦有別하라 長幼有序하라 朋友有信하라 하다. 또 가로되 君爲臣綱이오 父爲

子綱이오 夫爲婦綱이니라 하다. 後에 엇던 사람은 거긔에 名을 與하야 前者를 五倫이라 하며 後者를 三綱이라 하다. 玆에 宏壯, 又 宏壯한 三綱五倫이란 巨影이 비롯오 世間에 出現되엿도다. 於是乎 治者被治者 — 別로히 治者, 賢者 愚者 — 別로히 賢者, 長者幼者 — 別(이상 54쪽)로히 長者가 相率而就하야(마치 夏夜 農軍이 松火에 就함과 如히 十食闕人이 粟飯에 就함과 如히) 그를 讚하며 그를 拜하며 그를 演하며 그를 頌하야 그저 거룩거룩하외다 至當하외다 하야 日이 移하고 歲 — 換하는 間에 그(三綱五倫)는 天降誥訓이 되고 大經大法이 되고 絶對神聖品이 되며 그의 威는 不可侵 그의 力은 不可抗이 되어 그의 巨影은 儼然히 東洋天地를 下覆하얏도다. 於是乎 爲君者, 爲父者, 爲夫者, 爲長者, 其他 道學者, 邪惡者, 相率而就하야(마치 大地主 밋헤 小作人 모히듯 舊大監階下에 食客 모히듯) 그에 附하며 그에 諂하며 그를 利用하며 그를 惡用하야 그의 荼毒이 世間을 病하며 그의 末弊가 人生을 蔑하얏도다. 余의 言이 미덥지 못하거던 今日까지 지내온 事實로써 暫間 對証할지라 從來로 或 君主의 專橫暴虐과 殺子賣女 無關의 親權萬能과 婦女壓迫의 男權唯一 等 非人道 非人情인 諸多巨惡의 根據地가 何處인가 모다 三綱五倫이 안인가 貪官汚吏의 人民膏血을 索하는 唯一 口實도 '이놈 兄弟不睦하엿지 …… 以少凌長 ……'이 안이엇는가. 오늘날 所謂 儒者들의 吾人에 對한 行態로써 볼지라도 理窮辭盡하면 但曰 '이놈 아비도 한애비도 업느냐 或은 이놈 三綱五倫을 모르는 놈이라' 하도다. 嗚呼라 所謂 三綱五倫의 末弊 — 안이 그의 背後에 隱하야 美名에 依하야 非道를 敢行하고 私慾을 恣逞한 그 惡漢들의 所行 — 생각하면 實로 뼈가 저리고 마음이 차도다.

이 實際를 말하면 父子有親, 君臣有義 等 그 教訓이 그러틋 惡한 것이 안이라 五倫이라 三綱이라 하는 그 名稱이 惡하며 그 名稱을 附與하고 更히 絶對 偉力을 附與하고 그리한 後 그를 利用 惡用한 邪徒가 極惡하도다. 一言으로 蔽하면 五輪 三綱의 末弊가 極惡하도다 同時에 여긔에 말하는 長者對幼者의 非道德 非人情도 長幼有序 그것의 所致가 안이라 그것이 五倫의 一이 되엇슴으로 仍히 邪徒의 惡用이 되엇슴으로써 그리된 것이다. 更言하면 그 末弊의 所致이다.

큰 屍體 잇서 아츰 바람 쌀쌀히 넘치는 저 메 뒤에 누엇스니 無邪氣한 어린 兄弟

서로 손 가르치며 '저것 生命 끈어진 舊道德 舊倫理의 形骸'이라 하도다. 사람의 소리 잇서 '그것 ― 依例히 그리 될 것이라 때가 도로혀 느젓다' 하거늘 因襲의 무서운 固執 惡을 쓰며 소리처 가르되 '嗚呼痛哉 □偸□矣'라 하도다. 그러나 그의 生命은 確實히 끈처젓도다 痛哭한다 하야도 屍體는 不可(이하 55쪽)爭의 屍體이다. 凝固한 蛋白質만 解하면 그는 곳 腐化할 것이다. 그러나 生前이 그러틋 悠久하고 爀爀하던 그는 死後라 하야 그러케 全 寂寞은 안일 것이다 그의 살던 諸多 洞穴에는 그의 꼴 비슷한 그 暗影을 認하도다. 暗影은 勿論 實物은 안이나 그러나 만히 類似하도다. 因襲의 여러 相續人들은 '이 發見! 多幸이다' 하며 서로 慶賀하며 擁護하도다. 兄弟들아 그 暗影 무엇이냐 因襲의 相續者로 보면 巨人의 남겨준 唯一 珍品이오 우리의 말로써 名하면 巨人의 끼쳐준 가장 凶한 末弊이라 할 것이다. 우리는 이 暗影을 除去하여야 할 것이다 곳 이 末弊를 除去하여야 할 것이다 爲先 長幼有序의 末弊를 除去하여야 할 것이다.

第一 幼年에게 對한 語態를 고칠 것이외다 실업슨 말이라도 그 '이놈 저놈' '或 이 자식 저 자식' 하는 말을 絶對로 쓰지 못할 것이외다. 幼年의 行爲 中에는 勿論 不恭 或 亂暴의 일도 有하겟지오 그래서 그와 더불어 問題가 될 때도 잇슬 것이외다. 그러한 때에는 될 수 잇는 대로 彼의 幼年이라는 그 點을 잘 諒解하야 十分의 九까지 海容하며 不得已 그대로 放過치 못할 境遇이어던 그에게 相當 反省을 求하되 必히 正言正色으로써 할지요 妄히 憾情的 氣分을 勿露할 것이외다. 그리고 업은 兒 말이라도 귀넘겨 들으라 함은 우리의 예부터 傳하야 오는 모토거니와 自己의 兒孫이나 或 他家의 幼年임을 不問하고 幼年의 酬酌 或 主張이라 하야 無條件으로 却下치 勿하고 아모쪼록 그에게 言柄을 與하며 一面으로 吾人의 意中을 披露하야 幼年의 自張心을 助長하며 知求欲을 滿足케 할 것이외다.

그 다음은 養生送死의 問題이외다. (家庭을 標準 잡아 말하나이다.) 우리 習俗이 幼年의 養生送死에 憾이 多한 事例는 右에 既述한[1] 바이거니와 斷然히 그 習俗을 致할 것

1 원문(原文)은 세로쓰기를 한 것이므로, 글이 위에서 아래로 그리고 오른쪽에서 왼쪽으로 이어진다. 따라서 '右에 既述한'은 '앞에서 말한' 정도의 의미가 된다.

이외다. 爲先 養生에 對하야는 境遇境遇에 必히 兒孫의 獨立한 人格을 認定하야 衣服 飮食 居處에 그 精神을 實現케 할 것이외다. '그것 兒들 것이니 아모려면 關係 잇나 ……' 함과 如한 態度는 絶對 禁物이외다. 長者가 新衣를 振하면 兒孫에게도 亦 新衣를 與할 것이오 長者가 冠履를 着하는 것이면 兒孫에게도 亦 相當 冠履를 着할 것이며 其他를 總히 此에 準할 것이외다. 모르거니와 兒童 中에는 朝鮮 兒童의 꼴이 世界中 第一 너저질 하리이다 爲先 日本 兒童과 比하야도 其差가 如何합닛가. 이것이 모다 우리 사람들은 '兒들 것이야 아모러(이상 56쪽)면 關係 잇나 ……' 하는 그 無理한 마음의 所産이외다 兒童이라 하야 그리 賤待할 理가 어대 잇겟슴닛가 반듯이 養生의 一節을 改하야 爲先 他傍國人에 對한 朝鮮 幼年의 體面을 維持케 하고 進하야 幼年으로 하야곰 自立, 淸新, 喜悅의 感을 常懷하게 할 것이외다.

送死에 對하야는 第一 葬送의 習俗을 改하야 幼年이라도 亦相當 儀節下에 葬式을 執行하게 하야 從來의 犬馬待遇와 如한 惡風을 斷掃할 것이며 그리고 적어도 第一回 紀念祭를 지내어 주며 그의 墓所도 長者의 墓所와 如히 相當 治山할 것이외다. 만일 外國人으로 하야곰 現今 朝鮮에서 行하는 幼年 送死樣을 본다 하면 實로 氣가 찰 걸이외다. 우리를 野蠻 그대로의 民族이라 하리이다 禮義東方이라는 우리의 幼年 送死樣이 웨 그러케까지 凶惡스럽케 되엇나잇가. 이것이 모다 幼年은 兒童으로는 보앗스나 사람으로는 보지 안이한 錯誤에서 나온 것이라 함니다 原因이 如何하얏던지 이것은 確實히 罪惡이외다 自己 兒孫에 對하야 스스로 惡惡을 지을 理가 何有 하겟나잇가.

幼年에게 一齊히 敬語를 用하얏스면 如何할가 하나 이것은 實現이 頗難할 것이외다. 個人 間에는 猝然難行이라 하야도 小學校와 如한 幼年의 集團 中에서 爲先 實施하얏스면 大可할 것이외다. 第一 今日 小學校員의 幼年 學生에게 對한 動作語法은 甚히 怪惡한 바 그것만이라도 斷然 改良할 것이라 하나이다. 그리고 今日의 第一 渝俗은 冠童區別의 嚴格이외다. 右에 述함과 如히 朝鮮의 冠童標準은 本來의 精神을 全失하고 全혀 結婚與否에 一依하게 된 故로 結婚期의 日早함에 從하야 冠童의 標準은 正히 冠履顚倒가 되엇나이다. 結婚與否는 自己의 境遇 又는 意志에 依하야 自由로 行하는 것이다 此로써 엇지 社會上 位階를 定할 수가 잇스리오. 우리 風俗에 大概 十五歲이면 大丈夫이라 하며 또 成年으로 認하나니 此 十五歲 假量으로써 成人 標準을 定함이 如何할가 하나이다. 口生乳臭의 黃口小兒라도 妻만 有하얏스면 敬語를 用하고 나히가 골百이라도 妻만 不有하얏스면 下待를 敢行함과 如함은 渝俗 中의 渝俗이외다. 幼而有妻는 妻된 그 女子 又는 一般社會에 對한 罪人이라 罪人에게 向하야 구타혀 敬意를 表할 理는 全無하다 하나이다.

그리고 우리 習俗에 또 滋味업는 것은 가튼 幼年이라도 男女에 依하야 넘어 區別을 立하는 것이외다. 男子(이상 57쪽)된 幼年은 비록 사람의 待遇는 못 밧는다 할지라도 幼年의 待遇와 兒孫의 待遇는 바드나 女子에게 在하야는 大概 그것도 업습니다. '저 짜위 년은 더러 죽어도 조흐렷만은 ……' 하는 것이 父母된 者의 常語이외다. 女子의 境遇야말로 果然 慘酷하외다. 幼年이라는 그 點에서 사람이란 그 格을 失하고 女子이란 그 點에서 更히 쓴 맛을 안이 보지 못하게 되엇나이다.

條件條件히 말하자면 限이 업슬 것이외다. 要約히 말하면 第一 幼年도 亦是 사람이다. 二千萬 兄弟 中의 一人이며 안이 世界 十六億萬人 中의 一人이며 將來의 큰 運命을 開拓할 일군의 一人이라 하야 그의 人格을 認할 것이외다. 그리하야 그로 더불어 아모쪼록 際會하야 長幼間에 열리는 짜수한 새길을 짓도록 할 것이외다. 이러한 精神을 長者된 우리가 各히 所有하면 長幼有序의 末弊로 起한 現下의 諸般 惡習을 改하게 될 것이며 半島의 數百萬 어린 男女는 仍習의 무서운 坑塹으로서 解放될 것이외다. 近日 女子解放論이 盛行함에 不拘하고 兒童解放論이 웨 傳하지 못하얏나잇가.

- 孔子曰 少者懷之 又曰設有敎兒問於我 叩其兩端而盡之已矣.
- 孟子曰 幼吾幼以及人之幼 大人不失其赤子之心者也.
- 崔海月曰 人來어던 勿謂人來하고 謂之天主降臨.
- 耶蘇基督曰 小兒와 가티 못하면 天國에 入하지 못하리라.
- 釋迦牟尼佛曰 世間一切皆平等.
- 레닌 曰 勞農政策의 第一 施設로 兒童에 對한 體刑을 全廢하얏노라.

兄弟들이여. 右의 여러분 말삼 가운대 長幼有序의 根本的 意義를 認할 수 잇겟나

잇가. 想必認치 못하리이다. 長幼有序는 그러케 거룩한 말이 못 되나이다. 그의 末弊는 特히 罪惡化 하얏나이다 斷然히 고칠 것이라 하나이다.

참말 偉人은 아모 儀容도 不望한다. 王冠도 劒도 元帥의 儀杖도 裁判官의 法衣도 다 일이 업는 것이다. 그런 모든 것은 그의 自體에서 흘러넘치는 慈愛에 比하야 몸을 꾸미는 힘이 半分에도 미치지 못하는 故이다.

敵은 不信實한 友보다 勝한 것이다.(이상 58쪽)

童話를 쓰기 前에

어린ᄋᆡ 기르는 父兄과 敎師에게

牧星, 『天道敎會月報』 제126호, 1921.2

나는 어린애를 貴愛한다. 그 中에도 처음 말 배운 五六歲쯤의 어린애를 第一 貴愛한다.

○

어느 녀름날 여섯 살 된 계집아해가 바느질 하시난 母親의 엽, 窓에 안저셔 밧갓을 ᄂᆡ여다보고 잇섯난ᄃᆡ 그 窓 밧게는 푸른 잔디밧이 낫볏에 쏘이고 그 솟에 翠色 깁흔 樹林이 무슨 깁흔 秘密을 감츄고 잇난 듯이 神秘롭게 잇난ᄃᆡ 그 ᄯᅢ 맛침 싀원한 바람이 어ᄃᆡ선지 불어와셔 그 翠色 깁흔 樹林이 흔들 〳〵 흔들니는 것을 보고 그 어린 少女가 母親을 보고(이상 92쪽)

"어머니 저 쏴 — 하고 부는 게 바람의 엄마고 져 나무닙사귀 흔들니는 것이 바람의 아들이지요" 하엿다 한다.

이렇케 어린애는 詩人이고 歌人이다. 그 어엽븐 조그만 눈 瞳子에 보이는 것이 모다 詩이고 노래이다.

별 반짝이는 밤 깁히 업난 天心에 둥긋이 싀원하게 뜬 달을 보고 그들은 어엽분 소래로 이렇케 브른다.

저긔 〳〵 저 달 속에 계슈나무 백혓스니
金독기로 찍어 ᄂᆡ고 銀독기로 다듬어 ᄂᆡ셔
草家三間 집을 짓고 ………………

아아 邪氣 업난 天使 갓흔 이 어엽분 詩人 어린 동모 나는 그네가 第一 貴愛롭다.

○

나는 이 貴여운 어린 詩人의 깨끗한 가슴을 더렵혀 쥬고 십지 안타. 物慾의 魔鬼를 맨들고 십지 안타.

나는 나의 가장 사랑하고 貴愛하난 어린 동모 어린 詩人의게 무엇이던지 나의 사랑하난 마음을 表하야 조흔 선물을 쥬고 십다. 그 션물로는 菓子보다도 돈보다도 무엇보다도 그의 天使 갓흔 마음 깨끗한 가슴에 가장 適合하난 깨끗한 神聖한 것을 주고 십다.

그래셔 그로 하여곰 더 맑고 더 깨끗하고 더 神聖한 詩人 되게 하고 십다. 이 生覺으로 나는 이 갑 잇난 선물을 손슈 맨들기 爲하야 이 새로운 조그만 藝術에 붓을 대인다.

○

그리고 나는 이 새 일에 着手할 쎡에 더욱 우리 教中의 만— 흔 어린 동모를 생각한다. 어엽분 天使 人乃天의 使徒 이슥고는 새 世上의 天道教의 새 일꾼으로 地上天國의 建設에 從事할 우리 教中의 어린 동모로 하여곰 애쩍부터 詩人일 쩍븟터 아즉 物慾의 魔鬼가 되기 前부터 아름다운 信仰生活을 憧憬하게 하고 십다. 아름다운 信仰生活을 讚美하게 하고 십다. 永遠한 天使 되게 하고 십다.

늘 이 生覺을 닛지 말고 이 藝術을 맨들고 십고 쏘 그럿케 할난다.

○

나는 이 일이 적어도 우리의 새 文化建設에 큰 힘이 될 쥴 밋고 남 아니 하던 일을 始作한다.

○

어린 天使 어린 詩人 그네는 늘 그 生覺의 營養을 求(이상 93쪽)한다. 우리 집에 五六人 되는 이 어린 詩人들이 늘 나를 조른다. 녯날 니애기를 해 달나고 …… 그럴 쎡마다 나는 질겨하며 니애기를 들녀쥬엇다. 어린애들은 늘 老人보고 졸은다. 小學生들은(中學生도) 先生님을 조른다. 나도 前에 퍽 졸낫다. 니애기 듯고 십어셔.

동생 잇난 兄이여 어린애 기르는 父母여 어린이 가르치는 先生님이여 願하노니 貴여운 어린 詩人에게 돈 쥬지 말고 菓子 쥬지 말고 겨를 잇난 딕로 機會 잇난 딕로

神聖한 童話를 들녀쥬시요. 썩々로 자조 ―.

○

어린 동모를 爲하야 되도록 國文으로 쓸 터이니 언문 아는 애에게는 바로 낡히는 것도 죳치만은 되도록 父母가 낡어 말로 들녀쥬는 게 有益할 듯 生覺된다. 누님이나 어머니는 밤져녁에 바느질 하면셔 先生님은 敎授하는 時間에 其外에 쏘 敎中 青年會 일로 侍日날 禮式 時間 外에 暫間― 니얘기해 쥬는 것도 조을 듯하다.

○

敎人 말고 洞內 아해나 婦人에게 자조 들녀쥬면 더 조흘 줄로 안다.

(後日에 童話 藝術에 關한 말을 할 機會 잇슬 쥴 알고 이만 긋친다.)

○

아아 나의 사랑하난 어린 동모들! 地球의 쏫인 어린애들. 그들 爲하야 내가 낫는 이 조고만 藝術이 世上 만흔 어른의 鞭撻을 밧기 바라며 쏘 이로 비롯하야 더 죳코 더 갑 잇난 童話藝術이 나기 바란다.

(日本 東京 池袋[1] 鷄林舍에셔)(이상 94쪽)

1 일본의 지명으로 이케부쿠로(いけぶくろ)를 말한다. 도쿄도[東京都] 도요시마구[豊島区] 이케부쿠로역[池袋駅]을 중심으로 한 도쿄의 부도심 지역이다.

(社說) 少年運動의 第一聲

『每日申報』, 1921.6.2

天道教少年會의 組織
과 啓明俱樂部의 活動

듯건대 天道教青年會 少年部에셔는 그 部의 活動을 一層 意義잇게 하기 爲하야 今回에 天道教少年會라는 一團을 시로 組織하고 該會의 今後 發展에 對하야 여러 가지로 劃策홈이 잇는 中 現在 會員이 벌셔 男女 三百餘 名을 算하게 되얏더라.

가만히 生覺하면 過去本位, 長者本位의 中國 倫理를 그대로 引受흔 우리 朝鮮의 社會에셔는 古來로브터 只今ᄭᅡ지 幼少年에 對흔 모든 것이 너무 苛酷하얏스며 너무 沒人情하얏스며 너무 不自然하엿도다. 이에 關흔 實例를 玆에 一々히 枚擧홀 수 업스나 우리가 一般으로 重視하는 喪祭禮에 現하는 規禮로ᄡᅥ 見홀지라도 長者의 死에 對흔 儀節은 도로혀 煩에 近하다 하리만큼 制定되얏슴에 不拘하고 幼少年의 葬祭에 對하야는 何等의 儀式도 無하얏스며 그리고 幼少年에게는 人格의 存在를 不認(勿論 右에 말흔 喪禮의 規定이 그리 된 것도 長幼有序의 倫理를 極端으로 解釋하야 長者는 사람이나 幼者는 사람이라 홀 수 업다는 點에셔 卽 幼年의 人格無視에셔 나온 것이니) 하야 兒童에게는 一切의 敬語를 不用(長者 對 幼者間은 勿論, 兒童相互間에ᄭᅡ지) 흔 等, 이 結果는 一般社會의 幼少年 除外라는 最可恐可憎의 現狀으로ᄡᅥ 出現되야 家庭에셔는 隔離가 안이면 (從來의 우리 家庭에셔 幼少年을 書堂에 보니는 意思中에는 教育보다도 兒童隔離가 도로혀 主目的이 되지 안이하얏는가 흔 嫌이 不無홈) 壓迫이엿스며 社會에셔는 除外가 아니면 賤待이엿도다. 些少 事例는 비록 말홀 것이 안이라 홀지라도 不幸 幼少年이 世上을 ᄯᅥ나는 時에 우리는 如何히 그를 葬送하는가. 棺槨을 具하는가. 또흔 喪=[1]를 使用하는가. 犬馬의 死

1 '喪輿'로 보인다.

를 取扱홈에셔 別로 다름이 업는 것이 우리가 아니며 또 長者의 死에 對하야는 其忌日을 曆書 뒤등에 젹어가며 紀念홈에 不拘하고 幼少年의 死에 對하야는 그의 一年祭이나마 執行하야쥬는 者가 果幾人인가. 그리고 第一 可憎호 것은 長者와 幼者의 標準은 結婚與否로써 定호 바 未婚 前의 사람은 其齡이 如何히 高홀지라도 幼少年으로 同視하고 家庭上 社會上 法律上의 地位를 全然히 否認호 바 그 結果는 곳 一般으로 하야 早婚의 惡風을 馴致케 하얏도다. 모든 것이 이 模様이 되얏는지라 幼少年에 對하야 如何호 機關을 設하며 如何호 用意를 重하야써 그의 指導啓發을 圖홀야 홈과 如호 事는 누구의 夢想에도 업셧도다. 그런대 지금 天道教青年會에셔 이에 所感이 有하야 少年會를 特히 獨立으로 組織하고 少年의 指導啓發이라는 一事에 向하야 시로운 旗幟를 揚홈과 如홈은 實로 其宜를 得하얏다 홀지며 且 天道教青年會라는 其 自體가 今日 朝鮮에셔 重視되는 큰 團體이며 또 組織的인 同時에 이러호 團體를 其 背景으로 호 天道教少年會는 今後의 活動 如何에 依하야는 朝鮮全少年의 蹶起를 誘致홀事가 有홀지도 不知라. 吾人은 더욱 그 會의 將來에 向하야 囑望不已하는 바이로다.

다시 그 會의 趣旨와 規程을 보면 (한 줄가량 해독불가) 에 不限하고 滿八歲 以上 十七歲 以下의 朝鮮人 少年이면 누구나 入會홀 수 有하며 (二) 會의 主目的은 一般少年의 智識啓發을 圖홈보다 寧히 少年期의 享樂을 重要視하야 快活 健全호 少年을 만들고져 홈에 잇스며 (三) 그리하야 家庭上으로나 社會上으로나 少年의 人格을 是認케 하야 사람인 幼者와 사름인 長者가 셔로 交歡하며 셔로 調和하는 곳에 活氣 잇고 感激잇는 新文化의 樹立을 策코져 홈에 잇다 하는 바 그 趣旨와 目的이 엇더호 形式으로써 어느 程度ᄭ지 實現될가 홈은 그 會의 今後 進行如何를 注視홀 外에 無하거니와 幼少年에 對호 施爲가 今日가치 零星하고 幼少年에 對호 問題가 今日가치 寂寥호 우리 社會에 잇셔셔는 少年會의 設立이란 그 一聲만으로도 一種의 刺戟劑 됨을 不失하겟도다.

抑又社會的 文物의 改善을 唯一 目的으로 삼는 啓明俱樂部에셔는 日前에 '兒童互相間에 敬語의 使用'을 促하기로 하고 몬져 學務當局에 말하야 各 普通學校 學生 互相間에 此의 實行을 交涉하기로 決議호 事가 有하다 하니 是는 卽 從來 朝鮮의 兒童은 互

相敬語를 使用치 안이 홈으로 因하야 自兒時로 人格의 尊重을 認치 못하는 同時에 他人에게 對하야는 侮視오 自己에 對하야는 自忽(敬身의 觀念이 缺乏되는 結果로)이 되는 것인즉 이 弊習을 改善치 안이하면 社會의 根本的 改善을 策홀 수 업슴을 看破홈에서 起흔 運動인 바 그의 根本義도 또흔 少年의 地位를 向上케 하야써 스사로 改善의 路에 當케 하고져 홈에 不外하도다.

要컨대 少年은 社會의 擻芽며 國家의 元氣라. 그의 敎養如何는 未來의 社會 國家를 쑤미는대 큰 關係가 잇슬 것이며 또 小年 自身의 將來 活動에 對흔 唯一 準備가 되는 同時에 一般社會의 空氣를 圓滑케 하야 老少의 衝突을 未然에 防하고 식어가는 人氣를 짜수하게 하는 一策이 될 것인 바 少年的 運動의 蹶起는 어느 點으로 보아셔도 必要하며 또 緊急흔 일이라 吾人은 이번에 設立된 天道敎少年會와 啓明俱樂部의 決議가 徹底히 進行되기를 바라며 아울너 이 두어 가지 運動이 곳 朝鮮社會에 對흔 少年運動 第一聲이 되고 다시 第二 第三의 絶叫가 處々에셔 起하야 朝鮮新文化의 花가 몬져 少年社會로셔부터 開홈이 有하여야 홀 것을 이 機會에 一言하노라.

可賀할 少年界의 自覺

天道敎少年會의 實事를 附記함

金起瀍, 『開闢』, 1921.10

벌서 年前의 일로 記憶된다. 慶尙南道 晋州 市內의 少年들이 少年會를 組織하야 그 하는 일이 매우 滋味스럽던 中 그만 中途에 萬歲運動을 일으킨 탓으로 그 幹部는 一體로 檢擧되고 그 會는 解散되얏다. 이 事實은 當時 新聞紙上으로 累次 報道된 바 생각하면 一般의 記憶이 오히려 새로울 것이다. 말하면 그 少年會가 우리 社會에 나타나자 곳 업서진 것은 마치 優曇華가 暫間 웃다가 곳 슬어짐과 한가지이엇다. 그러나 少年會 — 라 하는 그 곱고 아름다운 이름은 永遠히 우리를 記憶의 한 모퉁이를 차지하게 되엇스며 少年會를 組織하여섯다! 하는 그 事實은 朝鮮 少年으로서 自覺의 첫소리가 되엇섯다. 반듯이 그 少年會의 울림에 應하야써 그리 된 것은 아니엇겟지(이상 57쪽)마는 朝鮮 少年들은 昨年 以來로 自覺의 程度가 훨신 나위여써 或은 團, 或은 會, 或은 俱樂部, 或은 契의 名稱 等으로써 幾多의 少年集會가 多數 地域에서 일어남을 보게 되엇스며 少年 卽 兒童의 일이라 하면 눈도 거들써 보지 아니 하던 우리 어룬들 社會에서도 이 少年들의 놀음을 얼마큼 興味잇게 觀察케 되엇다.

울고 젓먹고 또 씩염질하던 無意識의 生活期를 벗어나 朦朧하게나마 비롯오 人間 社會의 어쩌한 것임을 느끼게 되는 것이 少年들이며 그래서 비록 한 가지(一個)의 보는 것일지라도 한 가지의 듯는 것일지라도 또한 한 가지의 當하는 것일지라도 모조리 異常하게 느끼며 슴즉하게 생각하는 것이 少年들이라 그 마음의 純粹하기 白紙와 가트며 그 態容의 어엽븜이 피는 쏫 가트며 그 生氣의 潑溂[1]하기 엄싹(萌芽)과 갓도다. 다못 指導者의 方法 如何에 依하야써 푸르게도 되고 발가케도 될 수 잇는 것이 그들이며 培養者의 心事 如何에 依하야써 잘 生長될 수도 잇고 못 生長될 수도

---

1 '潑剌'의 오식이다. 당대의 여러 필자들이 '발랄'을 '潑溂'과 같이 썼다.

잇는 것이 그들이다. 이러한지라 다른 잘 되어가는 나라 사람들은 이 少年 問題에 가장 깁흔 注意와 두터운 施設을 行하야써 明日의 國民과 明日의 社會를 準備하기에 熱中한다. (이 짧은 글 中에 그 實例를 들 수 업스나 爲先 그 顯例를 생각할지라도 英國의 少年團은 어써하며 美國의 少年保護法規는 어써한가.)

그러나 우리 朝鮮 自來의 少年에 對한 一切를 보면 어써한가. 長幼와 老少를 最嚴格히 區分하고 過去 規範의 祖述로써 人生의 第一義를 삼다 십히 한 儒敎의 倫理와 道德은 少年(卽 過去와는 別般 因緣이 업고 쏘 過去의 동무라 할 어룬도 되지 못하는 그들)의 人格의 根本으로 否認하고 社會的 地位나 禮儀라고는 털씃만치도 주지 아니하얏다. 卽 말에는 그를 下待하얏스며 順序에는 그를 뒤로 하얏스며 葬儀禮에는 그를 除하얏스며 입은 가젓스나 말은 업스야 하얏스며 발은 가젓스나 다름질은 못하리라 하얏다. 쌀아서 一般社會는 그들을 無視 아니 그들의 有無를 이즈리 만큼 되엿스며 다못 이가티 一般社會로부터 더러움을 다들 그 少年들 쑨이 스스로 特殊社會를 지어 날로 野卑하며 쌔로 惡化하엿슬 쑨이엇다.

그런데 이쌔 그와 가티 우리의 除外를 밧든 少年들이, 아니 그와 가티 날로 글러가는 少年들이 스스로 覺悟하야 奮發하야 健全한 少年이 되겟다 하며 健全한 少年이 될 일을 한다 하겟다. 이 얼마나 반가운 일이며 얼마나 훌륭한 일인가. 깨어잇는 어룬이어든 한 번 그들을 向하야 滿幅의 同情을 기울여 可하며 이를 動機로 하야써 우리 어룬 社會에서는 싸로이 少年問題를 硏究하며 少年에 對(이상 58쪽)한 施設을 行함이 잇서야 하겟다.

兄弟들이어 여러분이 우리 社會에 훌륭한 老人이 가득하기를 要望하는가. 그러거든 먼저 그 老人의 밋동인 壯年 靑年이 가득하기를 要望하는가. 그러거든 먼저 그 壯年 靑年의 밋동인 少年이 훌륭하여야 할 것이라. 그런데 이제 이 少年들이 훌륭하여지려 하도다. 우리 어룬된 者 — 맛당히 그 氣勢를 크게 하여 줄지며 그 不及을 보태어 줄지며 그리하야써 老少의 融合을 策하며 社會의 根本的 改造를 圖케 할지로다. 最後로 여러분의 參考를 爲하야 이 少年運動 中의 하나인 天道敎少年會의 實事를 附記하리라.

天道敎少年會는 今年 五月 一日에 天道敎會의 少年을 中心으로 한 서울 少年들의 發起에 係한 것이니 會員 되는 資格은 滿 七歲로부터 滿十六歲까지의 男女 少年으로 하얏는데 現在 會員數는 三百七十餘 名으로서 發起되는 當時의 會員數에 對하야 約 三倍가 增加되엇다 하며 只今도 나날이 新入會員을 보는 中이라 한다. 該會 規約 '둘재' 條를 보면 "本會는 會員의 德性을 치고 힘수를 늘리며 身體의 發育을 꾀하야써 快活健全한 少年을 짓기로써 目的" 한다 하얏스며 다시 그 規約 '아홉재' 條에는 "이 會의 目的을 達하기 爲하야 遊樂部와 談論部와 學習部와 慰悅部의 네 部를 두되 遊樂部에서는 遊戱와 運動을 行하며 談論部에서는 談話와 講論을 行하며 學習部에서는 社會 各 方面의 實際를 學習하며 慰悅部에서는 會員과 會員 아닌 사람 사이임을 뭇지 안코 때와 境遇에 相應한 慰問과 慶賀를 行한다" 한 바 이로써 그 會의 目的과 事業을 알 수 잇스며 여긔에 그 會 事業의 詳細를 말할 수 업스나 그 會 少年들의 하늘 일 가운대 가장 고맙다 할 것은 (一) 會員 互相間에 서로 敬語를 使用하야 愛敬을 主하는 일 (二) 會員 互相間의 友誼를 甚히 尊重하야 疾病이어든 반듯이 相問하고 慶事여든 반듯이 相賀하되 그 中에 或 不幸하는 동무가 잇거든 追悼會 가튼 일까지를 設行하야써 少年의 人格 自重心을 기르는 일 (三) 日曜日이나 其他 休日에는 반듯이 團體로 名勝古蹟을 尋訪하야 그 心志를 高尙純潔케 하는 일 (四) 每週間에 二次의 集會를 行하야 社會的 試鍊을 게을리 아니 하는 것 等이라 하겟다. 그리고 이 會의 設立과 또 그 活動은 서울 地方 할 것 업시 少年 社會에 적지 아니한 影響을 미치어 電報나 或 書信으로써 그 會의 進行 方法을 問議하며 또는 聯絡을 取하자 하는 일이 적지 아니타 한다. (이상 59쪽)

少年에게

魯啞子,[1] 『開闢』, 1921.11

머리말

少年 여러분! 지금 二十歲 以內 되시는 여러 아오님들과 누의들이며 장차 아름다운 朝鮮의 짱을 밟고 나오실 여러 아드님들과 짜님들! 나는 가장 쓰거운 사랑과 가장 큰 希望과 가장 공손한 존경으로 이 글을 여러분께 들입니다.

웨? 여러분이야말로 朝鮮의 主人이시오 生命이시니까요.

내가 이 글을 쓰랴고 붓을 들 때에는 形言할 수 업는 슬픔과 깃븜이 석겨 닐어나 자연히 가슴이 답답하고 손이 썰립니다. 돌아봅시오, 여러분과 내가 사는 朝鮮이 어대를 보든지 걱정거리만이 아닙니까. 山은 벌거벗어 해마다 바람비에 살이 싹깁니다. 江은 물이 말라 젓과 기름이 흐르는 祖傳의 옷동산이 沙漠이 되려 합니다. 사랑하는 여러분의 집은 남의 것과 가티 번적하지를 못하며, 여러분의 父兄은 남의 父兄과 가티 돈도 知識도, 德行도, 勢力도 업스십니다. 여러분의 學校는 남의 學校만 갓지 못하며 여러분의 작난터와 運動場도 남의 나라 少年들의 그것만 갓지 못합니다. 이런 것을 생각하니 어찌 슬프지 아니하겟습니까.

그러나 여러분은 다른 나라 少年들과 가티 父祖의 遺業을 밧지 못한 代身에 여러분이 여러분의 손으로 모든 것을 맨들어 여러분의 뒤에 오는 千萬代 後孫에게 遺業으로 줄 수가 잇습(이상 25쪽)니다. 여러분은 山에 森林을 입히고 江에 물을 만케 하며, 쓸어져가는 움악살이를 헐어버리고 번적한 벽돌집, 花崗石 집, 大理石 집을 지으실 수가 잇습니다. 여러분은 여러분의 귀여운 아들과 짤들을 위하야 조흔 學校와

1 춘원(春園) 이광수(李光洙)의 필명이다. 춘원의 아명은 보경(寶鏡)이고, 호는 춘원(春園), 장백산인(長白山人), 고주(孤舟), 외배, 올보리 등이었으며, 익명으로 노아자(魯啞子), 닷뫼, 당백, 경서학인(京西學人) 등을 사용했다.

작난터와 運動場과, 또 會社와 銀行과 演劇場과 公會堂을 지을 수가 잇습니다. 그리고 朝鮮에 이러한 建設을 할 이는 여러분이시오 오즉 여러분이시니 이것을 생각할 때에 어찌 깃브지 아니하겟습니까.

내가 책상에 대하야 이 글을 쓰는데 내 눈 압해는 어여쁘고 긔운찬 여러분의 얼굴이 보입니다. 책보 메고 學校로 가시는 모양, 빼트 메고 運動場으로 가시는 모양, 또 소를 끌고 개천가에 풀 뜻기는 모양, 또는 두렝이 입고 솟곱질놀음하는 모양, 달아달아하고 물작난하는 모양, 모다 지극히 귀엽고 반가운 情으로 내 눈 압에 아른아른 보입니다.

이러케 눈 압해 보이는 여러분, 濟州 끗테서 조개 줍는 도련님 아가씨로부터 豆滿江 가에 갈닙피리 부는 도련님 아가씨까지 우리 朝鮮 十三道, 十二府, 二百十八郡, 二島, 二千五百九面에, 계신. 또는 장차 오실 모든 도련님, 아가씨, 情든 本國을 써나 멀리 西間島, 北間島, 西伯利亞와, 그보다 더 멀리 하와이, 美國, 멕시코에 흐터 잇는 모든 도련님 아가씨께 나의 쓰거운 사랑과 정성의 이 편지를 쓰옵니다. 비록 여러분과 나와 서로 본 적은 업다하더라도 피차에 가튼 조상의 피를 바다 가튼 짱 우에 자라고, 가튼 말을 하며, 가튼 팔자를 난후는 우리들이니 자연히 정과 피가 서로 통할 것입니다. 내가 눈물로 쓴 것은 여러분도 눈물로 보실 것이오, 내가 깃븐 희망으로 쓴 것은 여러분도 깃븐 희망으로 보실 것입니다.

여러분! 나의 이 편지는 진실로 아니 쓰지 못하야 쓰는 것입니다. 내가 이 편지 속에 고하려 하는 말슴은 진실로 우리의 죽고 사는 데 관한 긴급한 말슴입니다.

우리의 現在와 將來의 살 길을 위하야 긴급한 말슴을 들일 곳이 어대입니까. 한울입니까. 한울에 말이 업습니다. 짱입니까, 짱에 손이 업습니다. 어른들입니까, 어른들은 늙고 힘이 업습니다. 그럼으로 이에 대한 설은 사정을 할 곳도 여러분이오 來頭의 큰일을 부탁할 곳도 여러분밧게 업습니다. 여러분의 족으마한 손에는 무한한 힘이 잇습니다. 우리(이상 26쪽)를 살릴 이는 오즉 이 손이오 이 힘쁜입니다.

그럼으로 내가 우리의 불상한 處地를 볼 때에 매양 여러분께 하소거릴 생각이 납니다. 마치 집안에 급한 병을 알른 이가 잇슬 때에 곳 名醫를 생각하는 모양으로,

생각이 나는 대로 곳 急步行을 놋는 모양으로.

이러한 뜻으로 내가 여러분께 이 편지를 쓰는 것입니다.

나의 사랑하고 囑望하는 五百萬의 朝鮮 少年男女들이시여!

第1章 朝鮮의 現狀

우리 朝鮮이 지금 어쩌한 형편에 잇는가, 이것을 아는 것이 제일 먼저 할 일입니다. 실로 이러한 問題는 普通學校나 高等普通學校에 단이시는 여러분께는 넘우 어렵고 興味업는 것일지 모릅니다. 다른 나라나 다른 時代 가트면 여러분 나에는 집에서 어른들께 쩨나 쓰고 學校에 가서 先生님들께 수중이나 듯고 算術 宿題나 푸노라고 고생을 하고 베쓰볼 풋볼로 나가 쒸놀기만 하면 그만입니다. 아즉 내 나라의 형편이니 將來니 할 쌔가 아닙니다. 그러한 여러분께 이러한 어려운 問題를 말슴하게 된 것은 실로 不幸한 일입니다. 마는 우리는 지금 어려서부터 이러한 말을 아니할 수 업는 處地에 잇습니다.

다른 나라 아이들은 자긔네가 자라나는 동안 모든 일을 어른들께 一任하면 조흡니다. 自己네들을 가르쳐 주는 것도 어른들께 一任하면 그만입니다. 아버지, 어머니, 兄님, 누님 學校의 先生님, 社會의 여러 어른들이 자키나 우리를 잘 敎導하여 주랴 하고 맘 노코 쒸놀 수 가 잇습니다. 그러치마는 우리에게는 그러케 모든 것을 一任할 어른들이 업습니다. 우리네의 어른들은 우리 아이들을 敎導하여 주기는커녕, 장차 우리네가 그네를 敎導해야만 할 형편입니다.

만일 우리 어른들이 다른 나라 어른들만 가트면 여러분 나히에는 벌서 만흔 修養과 識見을 어덧슬 것입니다. 家庭에서 父兄에게, 社會에서 尊長에게 배우는 것이 學校에서 배우는 것보다 더욱 힘이 잇고 分量도 만흡니다. 그러나 우리에게는 그것이 업습니다.

그러니까, 여러분은 여러분끼리 精神을 차려서 修養할 것은 修養하고 배울 것은 배우며, 將次 나아(이상 27쪽)갈 길도 定하셔야 합니다.

이러케 하셔야 할 理由를 한 가지 實例를 들어 말슴하오리다.

지금 우리 靑年들은 自己네가 一生에 잡을 職業을 定치 못하야 애씁니다. 짤아서 무슨 專門을 擇하야 工夫할지를 모릅니다. 이 글을 보시는 여러분도 아마 이 問題로 고생을 하실 것이오, 여러분의 동무들도 그와 가티 고생하시는 것을 보실 줄 압니다. 과연 사람의 一生에 가장 重要한 것이 셋이 잇스니 하나는 一生에 지켜갈 人生觀을 擇하는 것, 둘은 一生에 衣食住를 엇고 사람으로의 職務를 다할 職業을 擇함이오, 셋은 一生의 苦樂을 가티 하며 種族繁殖의 任務를 다할 配匹을 擇함이외다. 이 셋 중에서 첫재와 둘재는 둘이면서 하나이니 이것이 실로 사람의 一生의 幸不幸과, 그 사람이 사는 社會의 興亡이 달리는 것이외다.

만일 녯날과 가티 父祖의 가젓던 人生觀을 그냥 가지고 父祖의 하던 職業을 世襲的으로 그냥 繼承한다면 問題는 업지마는 오늘날 우리나라와 가티 民族的 生活의 理想이 定해지지아니한 곳에 사는 우리들은 우리 힘으로 우리의 길(人生觀)을 차자야 할 것입니다. 職業도 그러합니다. 우리의 父兄에게 우리의 個性과 特長을 알아보아서 適當한 刺激과 指導로써 우리의 나아갈 專門의 學術과 職業으로 引導할 만한 識見이 업스니 이 모든 것을 아이들 우리끼리 定해야 할 것입니다.

이리 하랴면 여러분은 여러분 自身의 個性과 特長을 알아내기도 하여야 하겟습니다. (여긔 대하여서는 뒤에 자세히 말할 기회가 잇겟습니다.) 그러나 우리는 혼자 사는 사람들이 아니오 社會의 一員으로 民族의 一員으로 사는 사람들이니 우리의 人生觀은 우리 民族의 生活의 一機能입니다. 그러니까 우리 個人의 人生觀이나 職業을 定함에는 民族의 現狀을 明確히 앎은 根本的으로 要緊한 일입니다.

이럼으로 나는 여러분께 들이는 이 편지의 첫머리에 '朝鮮의 現狀'을 말슴함입니다.

經濟的 破産

우리 朝鮮은 가난합니다. 世界에 一等 貧國이외다. 朝鮮이 가난하다 함은 우리 朝鮮사람들이 다 가난하고 짤아서 朝鮮 사람의 손으로 된 모든 團(이상 28쪽)體(銀行, 會社, 가튼 實業團體며, 學校, 敎會, 靑年會 가튼 公共團體며, 國家의 모든 機關)가 다 가난하다 함이의다.

朝鮮人으로 一等 富者라는 者도 千萬圓을 넘기는 者가 업고, 年前 某 新聞社에서

調査한 바를 보건대 朝鮮 內에서 五十萬圓 以上의 富者 六十名 假量이나(?) 되는 中에 머리로 二十名 假量은 日本人이오 朝鮮人은 겨우 四十名 假量 밧게 업스니 朝鮮 十三道에서 每道 平均 四人이 五十萬圓 以上의 財産을 가진 富者입니다.

朝鮮 內에 잇는 銀行이 왼통 二十一인데 그 中에 朝鮮 사람의 손으로 된 것이 約 半數에 그 中에 가장 큰 것이 資本金 三百萬圓의 漢城銀行이오, 各 銀行의 資本을 總合하여도 一千萬圓 內外에 不過하니 이것은 한 銀行의 資本을 삼더라도 外國 작은 銀行 하나에 지나지 못합니다. 朝鮮銀行이 四千萬圓, 朝鮮殖産銀行이 一千萬圓이나 여긔는 朝鮮人의 資本은 몃 푼도 못됩니다. 德國에는 一農村銀行도 千萬圓 以上 되는 것은 貴하지 안타 합니다. 다시 工業上으로 보건대,

昨年度 統計表에 朝鮮 內에서 工業을 職業으로 하는 者 日本人 一萬一千五百九十五戶 四萬二千九百六 人口에 對하야 朝鮮人이 六萬三千八百五十六戶 二十二萬九千六百五十七 人口에 不過하며 그것도 朝鮮人으로 工業을 職業으로 한다 함은 대개 幼稚한 手工業이나 其他 純全한 肉體的 勞働에 從事하는 이들이외다.

朝鮮 內에 一個年 生産品 價格 五千圓 以上 되는 工場 七百三十八 中에 朝鮮人의 것은 二個에 不過하며 資本 總計 三千五百萬餘圓 中에 朝鮮人의 資本은 一百五十萬圓을 넘기지 못합니다.

이리하야 疋木, 紙物, 陶磁器, 비누, 洋燭, 染料, 鐵物, 木物, 材木, 船舶, 菓子, 酒類, 卷燃, 淸凉飮料, 성냥, 벽돌, 瓦斯電氣 等 日常生活의 必需品을 全혀 他人에게서 사들이기만 하니 天下 一富인들 그 돈이 몃 날이나 가겟습니까. 이리하야 원악 가난한 우리 民族은 더욱 가난하야질 뿐입니다.

朝鮮 사람의 産業으로 唯一한 輸出品이 米와 大豆인데 戊午年度 輸出額이 米 二百三十一萬 八千五百五十石, 六千一百五十四萬 一千六百三十一圓과 大豆 九十五萬 七千六百八十三石, 九百五十萬 七千八百八十二圓, 都合 七千一百四萬 九千五百十三圓이니 朝(이상 29쪽)鮮 內에서 日本人의 손으로 製造되는 工業品의 一個年間 産出額 八千四百四十萬 一千五百八十五圓보다 少하기 一千三百三十五萬 二千七十二圓이오, 戊申年度 輸移入 總額 一億五千八百三十萬 九千圓보다 少하기 八千七百二十五萬 九千四百八

十七圓이니 여긔다 一千三百三十五萬 二千七十二圓을 加하면 一億六十一萬 一千五百五十九圓式 해마다 朝鮮 사람의 주머니에서 흘러나가는 셈이외다. 다 말할 수는 업지마는 이 밧게도 年年이 二千萬圓 假量은 朝鮮 外로 流出하는 것이 分明한즉 말하자면 每年 一億數千萬圓式 朝鮮 民族은 그 生活에서 밋져 가는 것입니다. 이것이 十年이면 十餘億, 二十年이면 二十餘億, 三十年이면 四五十餘億에 達할 것이니 어찌 무섭지 아니합니까. 게다가 해마다 生活의 理想과 奢侈의 範圍와 程度가 擴大하여감을 쌀아 輸入品의 種類와 價額은 더욱 膨脹하야 갑니다. 中流 以上 男女의 身體에 가진 물건은 거의 다 朝鮮製가 아니외다. 時計, 萬年筆, 洋服, 內服, 洋襪, 洋靴, 短杖, 그리고, 卷煙, 麥酒, 正宗, 쏘 家庭에서 쓰는 石油, 성냥, 各色비단, 西洋木, 玉洋木, 이것이 다 朝鮮 사람의 손으로 되는 것이 아니외다. 이러고는 가난하지 아니할 수가 잇습니까.

果然 우리가 얼마나 가난한가 여러분과 한께 實地를 구경합시다.

爲先 우리의 首都 서울. 번적번적한 大路邊의 큰 建物에 朝鮮 사람의 것이 며치나 됩니까. 우리들이 사는 家屋은 어써합니까. 낫고, 더럽고, 아모 建築의 技巧도 裝飾도 업고, 食堂, 寢室, 常居室의 區別조차 업고 自用의 水道나 下水道의 設備도 업고 浴室이나 圖書室 가튼 것은 더구나 업고, 그리고 飮食이나 其他 日常生活이 아즉 原始時代의 때를 벗지 못하도록 幼稚하고 貧弱합니다. 더욱이 農村에 가면 그 貧弱한 慘狀을 참아 말할 수가 업습니다. 農을 業으로 하는 者 一千四百三十七萬一千七百九人, 二百六十七萬五千九百九十六戶 中에 八萬一千五百四十一戶의 地主를 除하고 二百五十九萬四千四百五十五戶, 一千六百萬 人口는 小作人이외다.

朝鮮 內 全人口를 一千六百六十九萬七千十七人(戊午年 末)이라 하면 大約 每 八人에 七人이 小作人이외다. 여러분은 우리나라 小作人의 生活을 아실 것이니 구태 길게 說明할 必要가 업코 다만 悲慘이라 하면 그만일 것입니다. 이 小作人의 每戶에 平均 食口(이상 30쪽) 五人半이라 하고 그 中에 정작 農務에 從事할 만한 者는 平均 二人에 不過할 것이어늘 이러한 農夫의 平均 一年 收入은 百圓을 넘우기가 어려운즉 一個年에 每戶 平均 收入 二百圓을 食口 五人半에 均分하면 每名下에 三十六圓 强에 不過합

니다. 여러분 우리 朝鮮 사람이 얼마나 가난한가를 짐작하십니까.

다음에 知識으로나 富力으로나 全 民族의 中樞階級을 作한다 할 公務 及 自由業者(官公吏, 敎員, 醫師, 辯護士 가튼)와 商業者를 봅시다. 九十九萬八千九百五十八人, 二十萬四百三十七戶의 商業者가 잇다 하나 이 二十萬戶, 一百萬의 商業者 中에 萬圓 以上의 資本을 가진 者는 또는 百圓 以上의 月俸을 밧는 者는 十에 一이, 될락말락합니다. 그러고는 卷煙 가가, 반찬 가가, 客主집 가튼 것입니다.

또 朝鮮 內의 公務 及 自由業者는 八萬五百二十一戶, 三十四萬三千九百二十六人 中에서 二萬八千五十七戶 九萬二千四百六十四人은 日本人이니 戶數로는 日本人의 約二倍 弱, 人口로는 三倍 弱되는 五萬 二千四百六十四戶, 二十五萬 二千二百九十八人이 朝鮮人이외다. 그런데 朝鮮人은 官公吏나 敎員이나, 대개 收入이 적은 下級이며 게다가 日本人에 比하야 三과 二의 比로 每戶에 食口가 만흐니 그 生活이 어써케 가난할 것을 알 것입니다.

以上에 나는 農, 工, 商, 士의 四級의 生活에 對하야 어써케 가난한가를 말하엿습니다. 넘우 無味乾燥한 數字를 길게 늘어노하서 이러한 記事에 익숙치 못한 여러분께는 퍽 支離하섯겟습니다. 그러나 우리는 果然 가난하고나 하는 것을 分明히 깨달으시고 아모러케 해서라도 우리를 富케 하자 하는 구든 決心을 닐으키시게 되면 支離하시던 턱은 될 줄 밋습니다.

다음번에는 우리가 어써케 道德的으로 腐敗한가를 보려 합니다. 우리의 道德的 腐敗를 말하는 것이 或 民族의 자랑을 損할 근심이 잇슬 듯하지마는 그러타고 妄自尊大하야 저를 돌아볼 줄 모르는 것은 아주 어리석은 일입니다. 우리가 天下第一 貧民이란 것을 애써 說明함이 여러분의 無限한 能力을 刺激하려 함임과 가티 우리의 道德的 破産을 說明함도 여러분의 奮起를 바라기 째문입니다.

…………(未完)…………(이상 31쪽)

(二)　　魯啞子, 『開闢』 1921.12

朝鮮民族의 道德的 破產

道德과 人生生活(個人生活이나 團體生活이나)의 關係가 어써한가 함에 對하야서는 後章에말슴할 기회가 잇겟습니다, 마는 여긔서는 다만 그 結論되는 '道德은 人生生活(그 中에도 團體生活)의 第一義的 要件이다' 하는 것만 말슴해 두겟습니다. 近來에 흔히 말하기를 知識이 人生生活의 第一義的 要件이라 하는 모양이지마는 이것은 무서운 謬見이외다. 道德을 第二로 知識을 第一로 보는 團體는 滅亡하고 맙니다.

그런데 우리 朝鮮 사람은 古來로 道德에 對하야 자랑함이 매우 큽니다. '禮義之邦'이라 하야 天下에 우리가 가장 道德이 만흔 民族인 듯이 말합니다. 日本 사람도 西洋 사람도 道德으로는 우리만 못하다고 자랑합니다. 民族에게 이러한 자랑, 그 中에도 武力의 자랑도, 金錢의 자랑도 아니오 道德의 자랑이 잇슴은 크게 깃버할 일입니다.

그러나 現在 우리네는 果然 그러케 道德的으로 健全한 民族일가요? 우리가 이처럼 衰頹한 今日을 가지게 된 것에는 道德的 原因이 잇지 아니할가요? 다시 말하면 우리는 政治制度가 낫바서, 產業이 發達되지 못하여서, 教育이 업서서, 武備가 업서서, 英雄이 업서서, 다만 이러한 理由만으로 이 衰頹를 부른 것일가요? 世論 그러합니다. 政治制度가 올흐면 民(이상 29쪽)族의 모든 機能이 다 活用되고 發展되엇슬 것이오 產業이 잘 되엇더면 民과 國이 富하엿슬 것이오, 教育의 理想이 바로 서고 또 그것이 普及되엇더면 一國家를 維持할 人材가 넉넉할 것이외다, 이리할진댄 衰頹가 잇슬 理가 업습니다. 그러나 이러케 하는 根本되는 힘이 무엇입니까, 政治制度가 올흔 것이 되게 하고 產業과 教育이 發達되게 하는 根本되는 힘이 무엇입니까, 道德입니다, 道德입니다. 道德은 生命입니다.

'禮義之邦'이라는 禮義는 나의 말하는 道德이 아닙니다. 우리 어른들은 흔히 外國 사람이 三年의 居喪을 아니한다 하야, 또는 同姓이 相婚한다 하야 이것이 道德이 업는 證據라고 합니다. 이런 것을 道德의 核心이라고 합니다. 그러나 아즉 나는 여긔서 어떤 것이 우리의 지금 取할 道德이란 말은 아니하고 後章에 밀겟습니다. 그리고 다만 斷片斷片으로 現在 우리 民族의 道德의 缺乏된 것을 말하겟습니다.

(ㄱ) 虛僞. 우리 사람의 道德的 欠 中에도 가장 큰 欠이오 아울러 모든 欠 卽 罪惡의 뿌리되는 欠은 虛僞입니다. 虛僞라 하면 '有名無實', '伐齊爲名', '虛飾', '虛榮', '虛言', '詐欺', '弄絡', '手段부림', '體面차림', 이러한 말로 표시되는 일과 말이외다. 이런 것을 이러케 글字로만 써노흐면 웃스워 보이지마는 이것이야말로 우리의 民族的 生活의 根幹을 쏠아먹은 毒蟲이외다. 우리는 虛僞로 亡한 者외다.

이것은 나만이 아니오, 요사이 우리 어른네도 만히 이것을 깨달으신 모양이니 『開闢』 雜誌에서 「諸 名士의 信條와 主張과 排斥」이라는 題로 答案을 募集하엿는데 應募者 四十九 氏 中에 '排斥'이라는 項에 虛僞 또는 그와 비슷한 뜻으로 대답한 이가 九 氏요 그리고 虛僞의 反對되는 誠實을 信條로 삼는 이가 十 氏니 誠實을 信條로 한다 함은 極히 虛僞를 排斥한다함과 同一할 것이며 應答者 四十九 氏 中에 虛僞를 가장 排斥하는 思想을 가진 이가 十九 氏인 것을 보아도 지금 우리 社會가 어써케 虛僞의 毒害에 自覺되어감을 알 것입니다.

또 지난 번 少年野球大會事件을 보더래도 參加團體 十六 中에 規定의 年齡을 속인 團體가 十四라 하며 그 中에 어쩐 主日學校는 一團 九人 中에 六人이나 年齡을 속인 者가 잇다고 합니다. 이 十六團은 다(이상 30쪽) 어쩐 學校의 校長의 年齡에 關한 證明이 잇다 하니 그러면 十六 校長 中에 十四 校長이 거즛말하기를 꺼리지 안는 사람인 심이외다. 그 中에도 主日學校나 某 學校 가튼 예수의 이름을 부르는 學校의 校長들조차 이러한 거즛말을 짐즛 하엿습니다. 그러면 宗敎學校의 校長은 牧師나 長老일 터인데도.

靑年과 少年을 敎育한다는 敎育者조차 八分의 七이나 이러한 虛僞를 꺼리지 안는 性格을 가젓다 하면 다른 一般 人民은 어쩌하겟습니까.

또 司法의 統計를 보건대 우리나라에 가장 만흔 犯罪가 詐欺라 하며, 또 이것이 해마다 더욱 增加하여 가는 傾向이 잇다 합니다. 이리하야 全 民族은 날로 虛僞化해 갑니다.

우리 사람은 우리 사람을 밋지 아니합니다. 兩人이 마조 안저 終日 무슨 이악이를 하엿다 하고 서로 써난 뒤에 彼此에 彼此의 들은 말을 信用치 못하고 그 中에서 어느 말을 어느 程度까지나 미들 수가 잇슬가 하고 臆測으로 撰擇하는 지경입니다.

어른들이 젓먹이를 속이매 젓먹이는 어른을 속입니다. 先生은 學生을, 學生은 先生을, 父母는 子女늘, 子女는 父母를, 夫는 妻를, 妻는 夫를, 친구끼리 이웃끼리 서로 속이고 속는 것이 우리네의 日常生活이외다. 商人이 顧客을, 醫師가 患者를, 辯護士가 依賴者와 法廷을 속임으로 職業을 삼는 것은 말할 것도 업습니다. 우에 말한 開闢 雜誌에 난 諸 名士의 信條에 對한 對答 中에 '남을 속이지도 말고 남에게 속지 말 것'이란 것을 信條로 삼는 이가 잇습니다. 이것이 우리 짱의 생활이, 어써케 虛僞에 찬 것인가를 가장 잘 說明하는 痛嘆할 말인가 합니다.

以上에 말한 것은 虛僞의 半面인 거즛된 言行을 가르친 것이지마는 虛僞에는 또한 半面이 잇습니다. 그것은 '虛張聲勢', '有名無實', '伐齊爲名' 가튼 우리 사람이 흔히 쓰는 熟語로 說明될 것입니다. 이것이 虛僞 中에 가장 무서운 虛僞외다.

이전 韓國時代에 軍隊가 잇섯습니다. 軍隊를 두는 本意는 內로는 國內의 秩序를 維持하고 外로는 外國의 侵入을 防禦함이지마는 韓國의 軍隊는 有名無實에 不過하엿고 軍隊를 기른다하고 伐齊爲名하는 小數 野心家의 野心을 채워줄 쁜이엇습니다.

어찌 軍隊만이겟습니까, 警察도 그러하고, 行政도, 司法도 그러하고, 아니 國家全體가 이 有名無(이상 31쪽)實, 伐齊爲名에 不過하엿습니다. 웨? 이러한 모든 機關을 마튼 사람들이 모다 虛僞 사람들이기 때문에, 더 깁히 들어가 말하면 이러한 사람들을 내어 노흔 우리 민족이 왼통 虛僞에 저젓섯기 때문에.

좀 더 녯날에 올라가 科學制度를 例로 듭시다. 科擧의 本意는 國家 便으로 보면 國家의 모든 機關을 運轉시킬 人材를 고르자 함이오 거긔 應하는 人民 便으로 보면 自己의 學力을 試驗하야 國政에 參與하자 함이언마는 其實은 試驗을 보기도 前에 門閥과 顔面과 請囑을 짤아 壯元과 及第는 이미 試官의 手帖에 記入되엇고 及第한 사람은 國家야 興커나 亡커나 自家의 慾心만 채우면 그만이엇습니다.

何必 녯날 일을 말하리오, 目前의 우리 民族의 모든 事業을 삷혀봅시다.

學校들. 相當한 資本金도 敎員도 업시 '우리도 學校를 하네' 하는 有名無實의 學校를. 學生들도 무엇을 알기 爲하야 工夫하는 이보다 工夫한다는 소리와 卒業하엿다는 이름을 엇기 爲하야 하는 이가 만흡니다. 運動도 그러하야 健康을 增進하고 勇氣를 涵養하며 團結의 道德을 練習하는 本意를 잇고 아모 실상이 업는 勝負에만 골똘하야 少年野球大會와 가튼 醜態를 演出하게 됩니다.

다음에는 여러 團體들. 昨年 以來로 數업는 團體가 생겨낫습니다. 그 趣旨書와 綱領과 規則과 벌여 노흔 事業의 名稱을 보면 실로 宏壯합니다. 그러나 대개는 實力(金力과 人材)이 업스니까 有名無實입니다.

다음에는 여러 新聞과 雜誌들. 그 亦是 조흔 事業이오 또 그 趣旨도 조치마는 實力은 헤아리지 아니하고 虛名만 取함으로 或은 創刊號가 終刊號가 되고 或은 누구의 말과 가티 '月刊이 節刊도 되고 年間'도 되며 그것조차 內容을 充實케 하지 못합니다.

다음에는 여러 會社와 銀行과 其他 企業들. 이것도 實力은 업시 虛名에만 汲汲하다가 장마의 버섯과 가티 財政恐慌의 볏만 한번 쏘이면 다 슬어지고 말며, 或 殘喘을 僅保한다 하더라도 무슨무슨 株式會社라고 宏壯한 이름을 가진 企業團體가 實狀으로는 족으마한 個人의 가가만도 못한 形便입니다.

다음에는 數업는 講演會들과 巡講團들과 講演者들. 講演이라 하면 무슨 方面으로나 專門家의 할 일(이상 32쪽)이어늘 普通敎育 程度의 學識도 업는 이에게 무슨 先生 무슨 大家의 徽號를 바쳐 深遠한 演題로 講演을 시킵니다.

다음에 商店 廣告들. 무엇무엇 直輸入 販賣, 무슨 洋行 무슨 大藥房하고 新聞에 나는 廣告를 보면 宏壯하지마는 親히 그 집에 가보면 보잘것업는 것이 만흡니다.

이 모양으로 現在 우리네의 營爲하는 事業과 生活이 全혀 虛며 僞외다. 或 말하기를 이는 虛僞를 崇尙하고저 하야 그러한 것이 아니라 우리의 오늘날 形便에 團體도 잇어야 하겟고, 新聞과 雜誌도 잇서야 하겟고 社會 其他의 企業機關도 잇기는 잇어야 할 터인데 實力이 넉넉지 못하니 自然히 姑息的으로 하게 되는 것이라도 말슴하리다. 얼른 생각하면 그러할 것입니다. '그저 해야지, 언제 압뒤를 돌아볼 새가 잇나' 하는 것이 實力 업는 者에게 가장 큰 慰安을 주는 말입니다. 그러나 무슨 일이던지 먼저 사람과 돈의 豫算과 一定한 目的과 方針의 設計를 確立하고서 비롯오 일을 시작하는 것이 文明人의 일하는 法이니 그러치 아니하고 '어쨋던지 조흔 일이니 해

보자 하야 爲先 시작한 뒤에 사람을 구하고 돈을 구하고 目的과 方針을 생각하니 이야말로 本과 末을 顚倒한 것입니다. 이러케 아모 豫算이 업시 일을 시작하는지라, 自然히 僥倖을 바라게 되고, 남에게 哀乞하고 依賴하는 맘이 생기게 되고 實力이 업스며 虛飾할 때를 찻게 되는 것이니 僥倖이나 哀乞이나 依賴나 虛飾은 실로 가장 可憎한 根性입니다, 罪惡입니다.'

假令 넉넉한 準備도 업는 學生이 어쩐 高等한 學校에 入學하기를 願한다 합시다. 正理로 말하면 그의 할 일은 盡心力하야 그 學校에서 배울만한 學力을 準備하는 外에 다른 일은 업슬 것이언마는 그리하랴면 精力과 歲月을 消費하겟는지라, 이에 그는 學力을 準備하기는 그치고 入學하랴는 學校의 有力한 職員에게 對한 紹介狀을 求하랴고 돌아다니며 請하고 哀乞합니다. 그리하야 正路로 말고 어쩌케 僥倖으로 入學만 되기를 願합니다. 이 모양으로 入學하고도 入學한 뒤에는 나는 아모 學校 學生이어니 하고 自己도 滿足해 하고 남에게도 자랑합니다. 그러나 實力이 부치는지라, 試驗 때마다 아모러한 手段으로라도 발라넘기기를 애씁니다. 實力은 업서도 試驗에 발라넘기기는 極히 容易한 일이(이상 33쪽)외다. 이 모양으로 몃 번 試驗을 발라넘겨 卒業證을 엇게 되면 그는 무슨 學士요 무슨 專門家입니다. 實力은 업지마는 卒業이라는 形式을 지냇스니 卒業生입니다. 그러나 實力이 업스니까 그는 社會에서도 발라넘기는 수밧게 업습니다. 이리하야 告訴와 告發의 區別을 모르고도 法學士도 되고 辯護士도 되는 것입니다.

이럼으로 왼 社會가 正經正路의 事業과 成功보다 僥倖과 哀乞과 依賴와 짤아서 虛飾의 事業과 成功을 願하게 됩니다. 힘 안들이고, 돈과 歲月만 들이고 어찌어찌 成功하기를 願하게 됩니다. 近年에 만흔 우리 財産家가 米豆取引[2] 鑛業에 모여들어 모다 破産의 悲境에 빠지게 된 것입니다. 그뿐더러 오늘날 南大門에서 東大門에 이르는 넓고 큰길에 아츰부터 저녁까지 분주히 다니는 우리 사람들을 봅시오. 그네는 거의 다 成功을 僥倖에 바라는 虛飾者가 아닌가.

---

2 '미두 거래'의 의미이다. '取引'은 'とりひき'라는 일본어로 '거래, 흥정, 商행위'라는 뜻이다.

이러케 虛僞가 全民族을 風靡하기 때문에 사람에게 가장 貴한 道義의 念을 痲痺하야 個人과 社會의 道德的 生活이 破産의 悲境에 빠지게 되엿습니다. 흔히 말하기를 富와 强만 잇스면 一國이 興盛하리라 하나 이는 진실로 모르는 말이외다. 大羅馬帝國을 망하게 한 것은 決코 富와 强이 不足함이 아니오 道義의 念이 슬어짐이외다. 또 衰하엿던 民族이 中興함에도 갑작이 黃金비가 나리고 大砲와 軍艦의 샘이 솟아 될 것이 아니오 먼저 잇셔야 할 根本的 要件은 强固한 道義의 念이외다. 朝鮮民族이 衰頹한 原因을 或은 外强의 壓迫이라 하며 或은 一二 惡人의 所爲라 하며 또 或은 莫非天運이라 하거니와 그 根本되는 原因이 진실로 道義의 念의 痲痺인 것은 李朝의 歷史를 보면 昭詳할 것이외다. 詐欺, 詭譎, 陰謀, 虛飾, 猜忌, 謀害, 利己, 依賴, 反覆, 責任廻避 — 이런 것이 지난 三百餘 年 歷史의 主流가 아닙니까. 이러한 惡한 性質이 遺傳을 通하여 漸漸 蓄積하고 漸漸 濃厚하게 되면서 이 代에서 저 代로 흘러 우리에게까지 미첫습니다. 그래서 只今 우리 社會는 道義의 念이 痲痺하기로 世界에 몃재 아니 가는 社會가 되고 말앗스니 오늘날 우리의 行爲를 支配하는 動機는 오즉 利害의 念뿐이오 義不義를 分辨하는 道義의 念이 아니게 되엇습니다. 이리하야 世界에 在한 우리 民族의 別名이 '거즛말장이' '미들 수 업는 민족'이 되고 말앗습니다. 대개 모든 罪惡의(이상 34쪽) 母가 되며, 同時에 가장 큰 罪惡이 되는 者는 虛僞, 虛僞, 虛僞니까요.

外國 사람이 우리를 信用치 아니하는 程度는 如干이 아닙니다. 人蔘 장사와 假字愛國者로 더 할 수 업시 우리의 信用을 일허 노흔 中國은 말할 것도 업거니와 一個朝鮮民族의 代表라는 者가 十種이나 二十種이나 들여 밀려 서로 自己가 正式임을 다토아 서로 陰害하고 排斥함으로 우리의 낫에 똥을 바르게 된 勞農 俄國도 말 말고 가장 우리를 사랑하고 우리에게 親하다는 宣敎師들조차 우리의 言이나 行은 決코 額面價格으로 밋지 아니하는 形便이외다.

外國은 말 말고 우리 우리끼리는 더욱이 서로 밋지 아니하나니 밋지 안는 것이 가장 安全한 일이라 우리 사람을 밋다가는 큰 일이 날 것이외다. 돈을 쑤이거던 實物의 抵當을 바드시오, 무슨 말을 듯거던 當場에 그 말한 사람의 圖章을 바드시오 — 이러한 形便입니다.

하는 말만 밋지 안는 것이 아니라, 하는 일도 밋지 아니합니다. 누구시나 新聞紙上에 나는 여러 商店의 廣告를 그냥 미듭니까. 廣告란 의례이 거즛말하는 것으로 作定된 것입니다. 누가 富者 모양으로 차리고 다닙니다, 그가 果然 그만한 富者입니까. 이런 것은 다 적은 것입니다마는 누구누구가 어썬 主旨로 무슨 會를 組織하엿다, 하면 우리는 첫재 그 會의 趣旨를 그 會가 發表한 趣旨와 가티 밋지 아니하고 그 側面, 裏面을 살펴보며, 둘재 '只今 저러케 써버리지마는 웬 實力이 잇스랴, 몃날이나 하다가 말랴' 합니다. 이러케 첫재는 그 動機를 의심하고 둘재는 그 實力을 疑心하기 째문에 그것에 參加하거나 贊成할 熱心이 아니 생깁니다.

近來에 만히 닐어나는 雜誌들도 그러하고 會社들도 그러합니다. 創刊號가 發行될 째에는 그 第一頁에 發表한 趣旨書에는 維持할 能力이 잇슴과 쏘 彈盡心力하야 그것을 維持할 抱負를 誓約하고, 다음에는 여러 名士의 祝辭에 그 雜誌가 時代의 要求에 適할 쑨더러 그 經營者와 筆者가 쏘한 適材適所인 것을 讚揚하고 나중에 調를 놉히 誠을 다하야 그 雜誌의 永遠無窮하기를 祝합니다. 그러컨마는 그 雜誌는 創刊號가 終刊號가 되거나, 月刊이 節刊이 되고, 節刊이 年刊이 되다가 마츰내 소리업시 슬어지고 맙니다.

이러케 서로 밋지 못함에서 나오는 結果 中에 가(이상 35쪽)장 무서운 것은 團體生活의 不可能이외다. 一民族의 生活이 이미 一大團體生活인데다가 그 民族生活은 다시 無數한 大小團體生活의 集積이외다. 産業團體, 敎育團體, 宗教團體, 修養團體, 慈善事業이나 娛樂, 運動을 目的으로 하는 團體, 各種 學者의 團體, 枚擧할 수 업거니와 一民族의 生活은 이러한 各種의 團體生活을 細胞로 하야 組織된 大團體生活이외다. 國家를 個人의 集合이라고 볼 一面이 잇는 同時에 個人의 集合인 大小諸團의 集合이라고 볼 一面이 쏘 잇습니다. 그런데 이 一面은 가장 重要한 一面이니 대개 現代의 國家生活이나 民族生活은 이 一面으로 가장 잘 說明되기 째문입니다. 一民族의 生活이 個人이나 家族의 生活을 組成의 單位로 하던 것은 昔日의 일이오 現代의 民族生活의 組成 單位는 우에 列擧한 것과 가튼 大小 各種의 團體외다. 그럼으로 이러한 모든 團體가 健全하고 興旺하지 아니하고는 그 民族生活은 衰頹함을 免치 못할지니 自由團

結(Free Association)은 社會的으로나 政治的으로 今日에는 國家의 政治制度와 다름 업시 重要한, 또 그와는 서로 分離할 수 업는 것이 되엿습니다.

그런데 우리네는 서로 밋지 아니하기 때문에 이러한 團體가 成立되며 維持, 發展되기가 어려웁니다. 쌀아서 全 民族的 團體生活이 不可能하게 되고 團體生活이 不可能하면 그 民族은 滅亡할 수밧게 업는 것이외다. 크로포킨 氏의 말을 들으면 모든 動物 中에 가장 生存에 適한 者는 가장 잘 相互扶助의 實을 擧하야 가장 鞏固한 團結을 成하는 者라 하엿습니다. 그런데 이러한 團結은 서로 信任함으로 되는 것이니 서로 虛僞를 爲主하는 個體끼리 어써케 團結이 되겟습니까.

(ㄴ) 懶惰. 나는 前節에 虛僞를 말할 때에 虛僞는 우리의 生命의 뿌리를 쏘는 毒菌이라 하엿거니와 虛僞가 우리의 生命의 뿌리를 쏘는 毒菌의 웃니라 하면 懶惰는 그 알엣니라 할 것입니다. 外人이 우리를 批評할 때에는 모다 懶惰한 것을 第一로 칩니다. 긴 담배대를 물고 한대 낫잠 자는 모양을 박은 朝鮮사람의 寫眞이 西洋에 돌아다니는 寫眞帖과 甚至어 地理敎科書의 揷畵에까지 들어갑니다. 外國으로 처음 오는 손님으로 或은 釜山에서 義州, 或은 義州에서 釜山까지 지나가는 동안에 그 벌거벗은 山들, 조음도 堤坊을 整理함이 업시 가로 뛰거(이상 36쪽)나 세로 뛰거나 다라나는 대로 내버려둔 河川, 곳곳이 흘러가는 물을 두고도 灌漑의 設備도 할 줄 모르는 田畓, 다 문허져 가는 城壘와 道路, 궤짝지 가튼 茅屋들, 이런 것을 볼 때에 어쩌케 懶惰라는 印象이 아니 박이겟습니다. 外國 사람뿐 아니라, 이숙에서 자라는 우리들도 잘 살아가는 남의 나라에 갓다 오는 길이면 저들의 부지런함에 대하야 우리의 懶惰함을 痛嘆하지 아니할 수 업습니다.

懶惰한 사람의 집을 보시오, 그의 몸을 보시오 얼굴을 보시오, 어느 것에서나 懶惰의 개기름이 아니 흐르는 대가 잇는가.

農夫, 漁夫, 工匠 가튼 職業을 가진 者는 거의 다 懶惰하다 할 수 잇습니다. 우리 民族의 懶惰함을 代表하는 階級은 곳 中流 以上의 有産, 有識 階級이외다. 몃 十年 前으로 말하면 治者階級입니다. 治者階級이라 하면 全國을 다스리던 所謂 兩班階級, 모든 시골의 一郡一鄕을 다스리던 土豪階級이니 그들의 特徵은 産業에 從事하지 아니하고 오즉 官吏나 挾雜으로 業을 삼음과, 漢文字를 배워 衣服, 言語, 動作을 庶民과 判異하게 하야 써 治者로 自處함에 잇습니다. 그럼으로 이 階級은 官吏가 되지 못하면 生을 無爲로 보내나니 얼어 죽더래도, 굶어 죽을지언정, 體力을 勞하는 일을 잡지 아니합니다. 그러한 結果가 어쩌합니까. 지나간 五百年에 우리가 하여 노흔 일이 무엇입니까. 큰 都會를 建設하엿습니까. 옛날 高句麗 서울이던 平壤은 人口가 百萬이 넘엇고 쪽으마한 新羅의 서울인 徐羅伐도 九十萬이나 넘엇습니다. 그러나 現在 朝鮮에는 京城이 二十五萬이외다. 그러면 큰 建物이나 남겻습니까. 다 헐어버리다 남은 慶福宮이 잇슬 뿐이외다. 半月城, 雁鴨池, 佛國寺만한 것도 남기지 못하엿습니다. 그러면 무슨 科學을 發達시겻습니까, 哲學이나 文學이나 藝術을 産하엿습니까. 哲學으로는 李退溪의 宋學의 完成이 잇섯다 하나 亦是 漢人의 糟粕을 빨앗슬 뿐이오 文學으로는 幾個의 漢文으로 된 文集이 잇지마는 民衆에게 普及된 것으로 九雲夢, 謝氏南征記 가튼 金春澤 一人의 著書 外에 作者不明인 春香이 打鈴이 잇슬 뿐이외다. 音樂, 美術은 말할 것도 업습니다. 그러면 經濟的으로 富나 蓄積하엿습니까. 領土나 擴張하엿습니까. 대관절 지난 五百年에 하여 노흔 것이 무엇입니까. 우에도 말한 바와 가티 松蟲이 모양으로 山에 森林을 다 벗겨 먹엇습니다. 河川(이상 37쪽)에 물을 다 할타 먹엇습니다. 古代 先人의 남겨준 有産까지 다 팔아먹고 이런 도야지 우리 가튼 집에 物質的으로 精神的으로나 거지 가튼 生活을 하게 되엇습니다.

만일 그네가 날마다 싸씨 한 발식만 꼬아 싸핫더래도 그것이 이 地球를 몃 바퀴 동여맬 만한 동아줄이 되엇슬 것이오, 또 만일 그네가 하루에 흙 한 짐식만 날라다 싸핫더래도 白頭山 몃 개는 남겻슬 것이외다. 그런데 그네는 아모 것도 남긴 것이 업습니다 웨 그럴가요, 懶惰하엿던 까닭이외다. 밤낫 空想과 空談으로만 歲月을 보내고 實地로 한 일이 업섯는 까닭이외다. 多幸히 農夫의 勤勉의 德澤으로 굶어 죽지는 아니하엿슬 뿐이외다. 진실로 불상한 朝鮮의 農夫들은 五百年間이나 自己네를 爲하야 무엇 하나 有益한 일 아니 하여주는 遊民階級을 먹여 살려 온 것이외다.

五百年의 朝鮮史를 보면 壬辰, 丙子의 戰爭史를 除한 外에는 空論의 記錄이지 實地로 무슨 國家的 事業을 한 事業의 記錄은 아니외다. 壬辰, 丙子의 戰爭의 記錄조차도

그 大部分은 이것이 올타, 저것이 올타 하는 机上空論의 記錄이 大部分을 占領하고 진실로 國防을 爲하야 陸海軍을 養成하엿다던지, 要塞를 建築하엿다던지, 戰爭 後의 産業 發達을 計劃하엿다던지 하는 事業의 記錄은 別로 업습니다. 이렁하야 五百年間에 아모것도 이뤄 노흔 것이 업습니다.

過去만 그러냐 하면, 現在도 그러합니다. 近 二十年來 써든 結果로 일러 노흔 것이 무엇입니까 果然 二十年來로 써들기는 宏壯히 써들엇습니까. 그리하고 그네의 써드는 主旨도 올핫습니까. 가튼 敎育의 振興, 가튼 産業의 發達, 가튼 團結, 그러나 그네가 얼마나 産業을 振興하고 얼마나 敎育機關을 施設하엿습니까. 그네가 一哩의 鐵道나 一條의 電線을 敷設한 일이 잇스며 一隻의 汽船을 建造한 일이 잇스며 文明한 都會地에는 衣食과 가티 必要한 水道나 電燈은 敷設한 일이 잇스며 圖書舘 하나 大學 하나는 設立한 일이 잇습니까. 甚至에 京城 가튼 大都會에 運動場 하나, 演劇場 하나, 浴場 하나도 設備한 일이 업습니다. 朝鮮人이 敎育을 부르지즌 結果로 생긴 것이 족으만 私立高等普通校 三四가 잇슬 뿐이니 果然 그네가 무엇을 하엿습니까.

웨 그런가요, 그네는 懶惰합니다, 곳 實行이 업(이상 38쪽)습니다. 懶惰란 實行업다는 뜻이외다. 그리고 懶惰한 者의 本色으로 空想과 空論만 조하합니다. 아마 우리 사람처럼 무슨 일에 말 만흔 사람은 업스리라. 假令 무슨 會席에 가 봅시오, 밤낫 無用한 談論만이오, 事件處理야 몃 가지 되나, 또 하자고 決定하여 노코서는 그대로 實行하는 일이 몃 가지 되나.

우리 民族 中에 第一 만흔 罪惡인 遊衣遊食, 挾雜輩, 僥倖을 바라는 것, 虛榮, 依賴性, 哀乞性, 浮浪性 等은 진실로 이 懶惰에서 생기는 것이외다. 一言以蔽之하면 一定한 職業을 가지지 아니 한 것이 懶惰한 者의 特徵이니 여러분 보십시오, 우리 民族 中에서 農夫와 其他 勞働者를 除한 外에 一生의 職業을 가진 者가 少數가 아닌가. 또 職業을 가젓더래도 그것을 진실로 一生의 天職으로 알아 그것에 全心力을 바치는 者가 몃 사람이나 되나. 이것이야말로 滅亡의 兆외다.

假令 警察署에서 犯罪의 可能性이 가장 만타고 嫌疑 둘 者는 첫재는 無職業한 者일 것이니 대개 그는 職業이 업스매 衣食에 窮하고, 衣食에 窮하매 犯罪할 생각이 날 것

이니 여긔서 財産에 關한 罪惡이 생기기 쉽고, 또 職業이 업스매 閒暇하고 閒暇하매 여러 가지 情慾과 好奇心이 생길 것이니 여긔서 倫理的 犯罪가 만히 생길 것이외다.

그럼으로 以上에 말한 虛僞와 懶惰는 모든 罪惡의 根本이니 우리 民族間에 일어나는 모든 罪惡은 이 두 根本에 생기는 것이외다.

사랑하는 아우님과 누이들이어, 나는 이 우에 우리 民族의 經濟的 破産과 道德的 破産을 말하엿습니다. 여러분은 우리가 어쩌케 貧窮한 民族 中에 태어낫나, 어쩌케 道德的으로 墮落한 民族 中에 태어낫나, 하는 것을 보시고 슬퍼하고 落膽하실 줄 압니다. 그러나 나는 여러분에게 슬픔과 落膽을 들이자고 이 말슴을 들이는 것이 아니라, 우리의 다시 살아날 길을 찻자고 이 말슴을 들이는 것이외다. 잠간만 참읍시오, 한 번 더 '知識的 破産'이라는 슬픈 이약이를 더 하고 그 담에는 우리가 이 民族을 건질 方策을 討論하겟습니다.

여러분! 거듭 말슴하거니와 여러분은 우리의 生命이시니 爲先 虛僞와 懶惰를 버릴 工夫를 하시면서 各各 이 民族을 이 破産에 救濟해 낼 道理를 생각하야 두섯다가 내가 말슴하는 바와 對照하시기를 바랍니다.

…………(未完)(이상 39쪽)

(三) 魯啞子, 『開闢』, 1922.1

朝鮮民族의 知識的 破産

나는 朝鮮民族의 經濟的 破産과 道德的 破産을 말하고 인제 또 知識的 破産을 말하게 되엇습니다. 우리 民族의 知力은 只今 어쩌한 程度에 잇는가, 足히 民族的 生活을 하여갈 만한 知力이 잇는가. 한 民族이 살아가기에 넉넉한 富力이 不足함을 經濟的 破産이라 하고, 道德力이 不足함을 道德的 破産이라함과 가티 한 民族이 民族的 生活을 하기에 足할만한 知力이 업슴을 知識的 破産이라 하겟습니다. 破産이라 함은 貧窮과 다릅니다. 貧窮이라 하면 不足하지마는 아즉도 살아갈 수 잇다는 뜻이로되 破

産이라 하면 貧窮을 지내서 살아갈 수 업는 地境에 達하는 것을 니름이외다. 여러분은 우리 民族의 知力이 얼마나 한 지 아십니까.

한 民族의 知力을 헤아리는 가장 조흔 方法은 그 民族 中에 잇는 專門家의 數爻를 봄이외다. 대개 民族生活은 政治, 經濟, 教育, 學術, 宗教, 藝術 等 各 部門의 生活의 總合인데 이 모든 部門의 生活은 어느 것이나 專門家 업시는 할 수 업는 것이외다. 假令 政治的 生活로 봅시다. 國會議員이나, 政府에 모든 官吏, 外交官, 技術官, 모두 專門家라야 할 것이오, 經濟的 生活로 보더라도 모든 工業에 專門家를 要求할 것은 勿論이오. 鐵道, 輪船, 電信, 電話, 道路 等의 建設과 使用, 會社, 銀(이상 41쪽)行 等의 經理, 農業의 改良, 어느 것이 專門家 아니고 할 일입니까. 또 教育으로 말하더라도 教育行政學校의 施設, 管理, 教授 모두 專門家로야 할 것이오 모든 文明의 源泉되는 學術의 硏究는 毋論이오 宗教, 藝術 等 모든 生活은 專門家를 기다려서야 할 것이외다. 朝鮮民族을 一千七百萬 치고 이것이 完全한 民族的 生活을 하랴면 最小限度에 一萬名 以上의 專門家를 要합니다. 이제 그 概算을 봅시다.

官公職에 在한 者　二千名

農, 工, 商業 及 交通 等 機關을 運轉하는 者　三千名

教育者　二千名

宗教家　三百名

學　者　五百名

藝術家　二百名

醫　師　二千名

여긔 專門家라 한 것을 專門學校 以上 程度의 學校를 卒業한 者와 밋 그와 同程度의 學識이나 技能을 備한 者를 니름이외다. 右表에 揭한 數字는 반듯이 무슨 特別한 標準에 依한 것이 아니로되 또한 함부로 定한 것도 아니니 假令 醫師, 教育者 二千名은 朝鮮을 二百府郡 치고 每府郡에 平均 十名으로 잡은 것이니 其他도 이만한 根據는 잇는 것이외다. 또 醫師, 敎育者 二千名이, 卽 每府郡 平均 十名이 最小限度인 것 가티 다른 것도 亦是 最小限度외다.

그런즉 朝鮮民族이 完全한 民族的 生活을 經營하랴면 적더라도 우에 말한 種類의 一萬名 以上의 專門家를 要하는 것이니 아모리 經濟的 條件과 道德的 條件이 具備하더라도, 또 政治的 條件까지 具備하더라도 이 條件이 업시는 될 수 업는 것이외다. 만일에 朝鮮이 朝鮮 自身의 陸海軍을 가진다 하면 다시 數千名의 專門家를 要할 것이외다.

經濟的 條件이나 道德的 條件이나 知識的 條件이나 또는 政治的 條件은 대개 平行하야 充實되는 法은 업습니다. 그럼으로 萬名의 專門家가 생기노라면 其他의 條件도 漸漸 具備하여올 것이외다. 그러나 이 모든 條件의 中心이오 根本은 萬名의 專門家의 養成이니 經濟的 條件이나 道德的 條件은 이 萬名의 知識家, 卽 專門家가 맨들어노흘 것이외다.

그런데 우리의 現在의 狀態가 어써한가. 알아듯기 쉽기 爲하야 나는 뭇고 여러분은 대답하는 形式(이상 42쪽)을 取합시다. 그리하되 政治에 關한 것은 略하고 합시다.

첫재 朝鮮은 農業國이니 朝鮮農業改良에 關한 該博한 知識과 計劃을 가저 이 사람이면 農業 改良의 모든 施設을 맛길 만하다 하는 이가 몃 사람이나 됩니까, 여러분이 아는 이의 이름을 말해보시오. 나는 아는 이가 한 사람도 업습니다.

둘재 이것도 農業의 一部分일 林業에 對하야 물읍니다. 朝鮮의 急務는 造林인데, 여긔 對하야 一家見을 가젓다 할 專門家가 몃 사람이나 됩니까, 잇다 하면 그의 姓名이 무엇입니까. 나는 한 사람도 모릅니다.

또 養蠶에 關하야 물읍니다. 近年에 蠶業은 우리의 큰 副業이 되엇습니다. 그러던 桑의 栽培, 蠶의 飼養, 製絲, 織造 等에 關하야 크게는 말고 道技師나 될 만한 이가 몃 사람입니까, 그의 姓名이 누굽니까 나는 모릅니다.

그러면 우리는 農業的 生活을 할 만한 能力이 업습니다. 다시 말하면 우리는 穀物耕作, 種子의 改良, 害蟲驅除, 이런 것도 우리 손으로는 할 줄 모르고, 또 저 童濯한 山들에 造林도 할 수 업고, 養蠶도 朝鮮人 自力으로는 할 수 업는 形便이니 이것이 農

業에 關한 知識的 破産이 아니면 무엇입니까.

다음에는 工業으로 봅시다. 輪船을 짓는 것, 卽 造船術을 배운 專門家가 잇습니까, 한 사람 잇섯스나 어느 郡守인가 되고 말앗습니다, 그 다음에는 업습니다. 造船術은 말고 남이 지어 노흔 배를 부리는 재주, 卽 航海術을 아는 이는 누굽니까, 나는 모릅니다.

그런 큰 것은 말 말고, 朝鮮 사람이 저마다 닙는 西洋木, 玉洋木, 各色 비단을 맨들 줄 아는 이는 누구며, 당성냥, 비누, 물감, 花露水, 白露紙, 鉛筆, 鐵筆을 맨들 줄 아는 이는 누굽니까.

그보다도 우리가 날마다 걸어 다니는 道路의 設計와 工事, 學校, 官廳, 其他 建築物의 設計와 工事, 이것을 할 줄 아는 이는 누굽니까. 구두를 기울 줄은 알지마는 그 가죽을 닉이고, 麥酒를 마실 줄은 알지마는 그 製造法을 아는 이가 누굽니까. 누가 電氣를 알며, 누가 天文과 氣象을 압니까.

朝鮮 사람은 하나도 제 손으로 맨들지 못하고 남이 맨든 것을 사다가 쓰니 그네는 工業的 生活할(이상 43쪽) 能力이 업습니다. 그네는 工業的으로 破産한 者외다.

다음에는 教育家로 봅시다. 우리가 大學을 세운다 하면 總長은 누구로 내리까. 理科長은 누구로, 物理學 教授는 누구로, 數學 教授, 化學 教授, 天文學 教授, 動植物學 教授는 누구로 내리까. 工科에 모든 教授, 農科, 醫科의 모든 教授는 누구로 내리까. 法學과 政治經濟學을 배운 者는 比較的 만흐니 法科의 모든 教授, 政治나 經濟學科의 모든 教授는 누구로 내리까. 近來에 思想家와 文士가 만흐니 哲學, 倫理學, 心理學, 社會學은 누가 가르치며, 文學은 누가 가르칩니까. 한 사람이라도 알거든 姓名을 말하시오 나는 하나도 알 사람이 업습니다.

大學은 말 말고 高等普通學校로 봅시다. 現在 官私立의 高等普通學校 中에 朝鮮人 教員이 몃 名이나 됩니까. 그 보다도 더 程度를 나추어 普通學校로 봅시다. 普通學校 教育의 充分한 資格을 가진 者가 몃 名이나 됩니까.

다음에는 學者로 봅시다.

우리 中에 法學者라고 알려진 사람이 누굽니까. 法律學校를 卒業한 者가 반듯이

法學者가 아니니 그는 法學者가 되랴면 될 만한 基礎 知識을 배운 者외다. 判檢事나 辯護士가 반듯이 法學者가 아니니 그는 말하자면 法術家외다. 우리 中에도 法學者라고 이름난 사람 둘이 잇섯는데 하나은 某 銀行支店長으로 墮落하고, 하나은 辯護士로 墮落하엿슴니다. 支店長이나 辯護士가 賤한 職務란 말이 아니라 學者 되랴고 努力하던 것을 버린 點으로 墮落이란 말이외다.

政治學者는 누구며, 經濟學者는 누굽니까. 李承晩 氏가 美國서 政治學으로 博士가 되엇스나 그는 그 後 學者 生活을 버렷고, 鄭漢景[3] 氏가 昨年에 政治學으로 博士의 學位를 어덧스니 그는 아즉까지는 朝鮮에 唯一한 政治學者외다.

다음에 物理學者. 無! 化學者? 無! 動物學者, 植物學者, 鑛物學者, 天文學者, 氣象學者, 生理學者? 無.

다음에는 醫學者. 朝鮮에는 近來에 醫師가 꽤 만흡니다. 高等普通學校를 卒業하고 四年만에 醫學專門學校를 卒業하면 그는 開業醫의 法定한 資格을 어듭니다. 그러나 外國語學校 出身이 百名이면 그 中에 十名 內外나 語學을 배웟다 할 만한 實力을 가(이상 44쪽)지는 것을 보건대 醫學專門學校 出身의 醫師란 매우 危殆危殆한 일이외다. 西洋 醫師는 中學校를 卒業한 後 七個年을 배워 學位를 엇고 다시 一二年間 臨床實習을 하야 開業試驗을 치른 뒤에야 비롯오 醫師의 資格을 엇는다 합니다. 그런즉 四年 工夫의 醫師이 實力을 可히 알 것인데 게다가 한 번 開業하면 돈푼버리에 汨突하야 다시 硏究를 생각하는 者가 만치 못한 모양이니 醫學者 되기는 어림도 업는 것이외다. 알아보기 쉬운 것은 京城醫學專門學校에 朝鮮人 敎授가 一人도 업슴이외다.

다음에 哲學者. 아마 朝鮮人으로 哲學을 배운 者는 早稻田大學의 哲學科를 마친 崔斗善 君 一人 뿐인 듯합니다. 그러나 그가 哲學者가 되고 안 되기는 將來 問題니 아즉은 그를 哲學者라고 할 만한 아모 發表된 證據가 업습니다. 學者의 證據는 著述인데.

---

3 본명 정한경(鄭翰景, 1891～1985)이고 일명 한경(漢慶, 漢景)을 사용했다. 1910년 미국으로 망명하여 이승만, 안창호 등과 함께 대한인국민회(大韓人國民會)를 조직 재미교포의 애국성금을 모아 임시정부에 전달하는 등 독립운동을 전개했다. 『東亞日報』(1921.9.18)에 의하면 워싱턴대학교에서 철학박사를 수득하였다는 보도가 있다.

다음에는 社會學者, 心理學者, 倫理學者, 論理學者, 史學者? 無 一.

다음에는 藝術家. 畵에는 美術學校를 卒業한 이가 三四人되나 畵家 生活을 하는 이는 업는 모양이오, 音樂에는 金永煥 君의 피아노가 잇스나 聲樂家는 누구, 作曲家는 누구. 劇에 李基世 君 一派의 新現出이 잇스나 아즉 試驗 中이오, 彫刻에 업고, 建築에도 업고, 詩人도 아즉 자리잡힌 이는 업고 劇作者, 小說家도 아직 누구라고 指名할 수는 업고, 舞蹈는 아주 생각도 업고.

그러타 하면 우리는 무엇으로 文明한 民族的 生活을 하여 갑니까. 진실로 이것이 知識的 破産이 아닙니까. 知識的 破産은 곳 人材的 破産이니 이러케 人材가 업시 어쩌케 살아갑니까.

그런즉 우리네는 하로가 밧부게 무엇이나 한 가지식 배워야 하겟거늘 元來 虛僞라는 道德的 欠點을 가진 우리는 배운다는 것이 대개 伐齊爲名뿐이외다. 오늘날 敎育熱이 振興되엿다 합니다. 果然 各 學校에 入學 志願者가 넘치고 留學生도 三年 前에 倍하는 盛況이지마는 아즉 數만 增加되엇지 質은 增加되지 못하엿습니다. 그래서 무슨 學問을 배우나 그것을 끗까지 硏究할 생각은 아니하고 卒業이라는 虛名을 엇기로써 目的을 삼읍니다. 또 懶惰의 性質이 잇서 刻苦勉勵함이 업고 勇氣가 不足하며 遠大한 目的을 向하고 나갈 根據가 업서 中途에 廢하는 수가 만흡니다.(이상 45쪽)

여긔 가장 조흔 實例는 아마 語學일 듯합니다. 우리는 元來 語學에 天才가 잇다 하고 또 우리의 處地가 語學을 만히 배우게 되어서 外國語를 아는 이가 꽤 만히 잇지마는 語學者라 할 사람은 며치나 될는지, 만일 참말로 語學者가 잇다 하면 그는 반듯이 무슨 著述이 잇슬 것이어늘 별로 업는 것을 보니 아마 語學者가 업는 모양이외다. 우리 中에 完全한 英語를 한다 할 만한 者 — 卽 쓰고, 읽고, 듯고, 말하는 者가 全 民族을 떨어도 四五人에 不過한다 합니다. 그러고 본즉 우리에게는 아즉도 배워야 한다는 徹底한 自覺이 업는 것이외다.

그러면 안 배우고 살 수가 잇느냐. 卽 經濟的으로 道德的으로나 知識的으로나, 政治的으로나, 破産의 慘境에 잇는 우리로서 배운 사람, 곳 專門家를 내지 아니하고도 살 수가 잇나냐, 到底히 살 수가 업는 것이외다. 만일 녜와 가티 朝鮮사람끼리만 鎖

國的으로 산다 하면 살 수도 잇지마는 오늘날 다 가티 異民族과 석겨 生存을 競爭하는 때에는 到底히 이래 가지고는 살 수가 업는 것이외다. 남 만한 힘을 가지고야 남 만한 살림을 할 것이니 남 만한 살림을 못하면 그의 當할 것은 滅亡이 잇슬 뿐이외다.

慷慨하는 이들이 흔히 말하기를 朝鮮民族은 더 갈 수 업는 悲境에 빠졋다고 말합니다. 그리고 이미 衰殘의 極에 達하엿스니 이제부터는 다시 興함이 잇슬지언정 더 衰함은 업스리라 합니다. 그러나 이는 '내야 설마 죽으랴' 하는 心理에 나온 無知한 말이니 朝鮮民族은 더 衰할 길이 잇습니다. 아즉도 限百年 동안 더 衰하여 들어갈 餘地가 잇는 것이외다. 곳 朝鮮民族은 저 北海道의 아이누 모양으로 되랴면 될 수도 잇는 것이외다. 一千七百萬이나 되고 오랜 文化를 가진 民族이 아모러면 그러케야 되랴, 하겟지마는 歷史를 보시오. 사라세 帝國이 亡한 지가 아즉 七百餘年에 不過하건마는 아라비아人은 그네의 가젓던 領土도, 富도, 學術도, 名譽도, 다 일허버리고 只今은 한 遊牧의 蠻族으로 化하고 말앗습니다. 그네는 그러케 激烈한 競爭의 處地에 잇지 안핫건만도 그리 되엇스니 朝鮮民族 싸워는 배우기에 힘쓰고 고치기에 힘쓰고 새사람이 되기에 힘쓰지 아니하면 百年이 다 되지 못하야 京城 平壤 가튼 大都會에와 鐵道, 輪船 가튼 交通 機關에 마츰내 白衣人의 그림자를 끈코, 只今 京城 住民이 大街邊을 내노코 뫄관과 자하ㅅ골로 들여 쫏기는(이상 46쪽) 심으로 山밋으로 山밋으로 몰려나가다가 長白山 골작이에 遊牧하는 백성이 되고야 말 것이외다. 아아 그 모양이 내 눈앒헤 歷歷히 보입니다.

그런데 이러한 處地에 서서 우리의 取할 길이 둘이 잇습니다. 하나은 絶望하야 自暴自棄하고 마는 것, 또 하나은 스스로를 救濟할 計策을 講究하는 것이외다.

이미 우리 中에는 이러한 計策으로 學校를 세우며 新聞, 雜誌를 刊行하며, 講演會를 엽니다. 그래서 敎育을 하여라, 産業을 振興하여라, 文化運動을 하여라 하고 絶叫합니다. 果然 敎育과 産業과 文化運動, 이것이 우리를 救濟하는 唯一策이외다. 이것은 古今, 東西를 勿論하고 民族의 繁榮에 必須한 要件이외다. 누구나 다하는 것이외다. 그러나 오즉 問題가 되는 것은 어찌 하여야 이 敎育과 産業과 文化를 가장 速히 가장 完全히 朝鮮 內에 振興하겟느냐 함이니 곳 方法 問題외다. 이 方法이 重要한 것이오, 찻기 어려운 것이니 敎育과 產業으로야 산다는 것은 거의 누구나 아는 것이외다. 朝鮮民族이 진실로 살아나랴면 이것을 急速히, 그리되 確實히 振興시키는 방법을 차저야 합니다.

사랑하는 少年 諸君! 내가 諸君에게 우리의 듯기 실흔 슯흔 私情을 한 것이 진실로 諸君에게 우리의 現在 處地가 어쩌케 危急한 것을 分明히 自覺케 하고 因하야 우리가 다시 살아날 方法을 討論코자 함이외다.

少年 諸君이여! 우리의 命運이 諸君의 손에 달렷나니 諸君은 각기 생각하엿다가 一個月 後의 本誌上에 諸君의 압헤 하소거릴 나의 意見에 參照하도록 하시기를 바랍니다.(이상 47쪽)

少年同盟과 朝鮮民族의 復活

少年에게(其四)

魯啞子, 『開闢』, 1922.2

民族運命圖

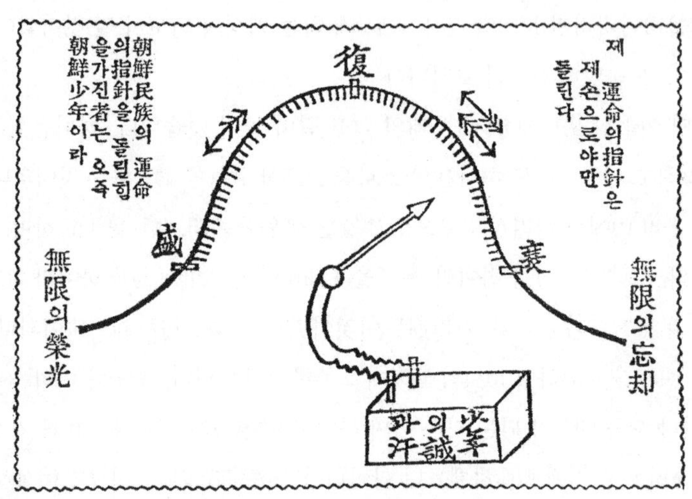

이미 三回에 亘하야 우리 朝鮮民族의 現狀을 말하엿습니다. 卽 그는 道德的으로도 破壞하엿고 經濟的으로 그리하엿고 知識的으로도 그리한 것을 말하엿습니다. 그러고 맨 나종에 이대로 가면 白衣人種의 그림자가 永永 朝鮮짱에서 消滅되리라고 痛嘆하엿습니다.

그러면 여러분! 朝鮮民族의 運命은 어쩌하겟습니까. 亡입니까, 興입니까. 그 對答은 前者일 수도 잇고 後者일 수도 잇습니다. 亡하는 대로 내버려 두면 亡할 것이오 興하는 길을 차자 全力을 다하면 興하기도 할 것이니 이 朝鮮民族의 運命에 對한 이 두 가지 問辭 中에서 어느 것을 答하는 것은 全혀 우리 少年男女에게 달린 것이외다. 高等普通學校와 普通學校에 다니(이상 57쪽)는 數十萬의 少年男女에게 興이냐 亡이냐의 問辭가 노혀 그 答辭를 求함이 急합니다. 아아 少年이어 어느 答辭를 擇하랴나뇨, 興이뇨 亡이뇨?

진실로 朝鮮民族의 運命은 少年男女에게 달렷고 오즉 그네에게만 달렷나니 저 路上에 冊褓 씨고 가고 오는 少年들, 運動場에서 아조 無心히 공치는 少年들, 스케트 메고 어름지치러 가는 少年들, 쏘는 치운 밤에 갈돕만두의 오고 다니는 少年들, 쏘는 모든 海外에 흐터져 잇는 少年들을 보고 생각할 째에 '저네가 우리의 運命이다, 우리의 興亡이 저네의 조고마한 손에 달렷다' 하는 한긋 슬프고 한긋 깃브고도 아슬아슬한 希望의 感懷를 禁할 수가 업습니다.

아아 朝鮮의 少年들아
네 이름을 뭇는이 잇거드란
金之요 李之요 할줄이 잇스랴
우리는 朝鮮의 運命이오라 하라.

果然 오늘날 朝鮮의 少年들은 全 民族의 運命이니 그네는 네요 내요 金之요 李之요 할 수가 업시 오즉 '우리'라는 一人稱 複數를 써야 할 것이외다. 그네가 바로 이째를 타서 朝鮮의 짱에 朝鮮의 사람으로 난 것은 진실로 큰 뜻이 잇스니 대개 只今 十

二三歲 以上, 二十歲 內外의 少年男女들의 一生이 될 四十年 乃至 五十年間이 朝鮮民族의 運命을 左右할 時機일 것이외다. 運命의 바늘은 마치 電流計의 指針과 가티 興과 亡 두 字의 中間에 잇서 瞬間瞬間이 顫動하면서 어느 한 便을 向하야 一分一分 올마 갑니다. 그런데 民族的 生活力이란 電氣를 發하는 發動機의 動力의 源泉되는 불은 꺼지려 합니다. 時刻時刻으로 發動機의 爆音은 써 가고 弱해 가니 맛닥하면 이 發動機는 永永 그 廻轉을 休하고 말아 저 顫動하는 指針이 亡의 便에 固定되고 말 것이외다.

불을 집혀라! 장작이라도 집히고 石炭이라도 너허라! 진실로 時刻이 急하다. 아니다, 이 發動機를 돌릴 火力은 오즉 저 少年들의 쓰거운 精誠이나, 끌는 땀이다, 그네의 기름이오, 살이요 뼈다. 少年들아 너희는 一心으로 너희의 왼통을 저 아궁지에 집어너허 顫動하는 저 指針의 方向을 돌리지 아니하랴느냐, 저 發動機의 爆音으로 朝鮮의 왼 짱을 흔들어 저 어느 便을 向하려 하는 指針으로 하여곰 興을 지나 盛을 지나 無限의 榮光의 限업는 度를 밟아 올라가게 하지 아니 하랴느냐.

世人이 或 天運을 말합니다. 昨年 八月號 本誌上에 나는 '朝鮮民族의 宿命論的 人生觀'이란 一篇(이상 58쪽) 說, 宿命論을 밋는다는 것을 論하엿고, 나아가 이 宿命論的 人生觀을 打破하기 前에 우리에게는 改造도 創造도, 따라서 復興도 업슴을 論하엿습니다. 宿命論, 쏘는 天運說이라 하면 우리의 運命의 指針을 돌리는 動力이 우리 人力以外의 무슨 神秘한 힘임을 일커름이어니와 나는 斷定코 이를 排斥하야 이 運命의 指針을 돌리는 原動力은 決코 天運도 地運도 時運도 아니오 오즉 사람의 힘에 달린 것이라고 確信합니다. 쏘 가튼 사람의 힘 中에도 저 知識階級들이 흔히 말하는 世界의 大勢나 어썬 第三者의 들는 힘이 아니오 오즉 그 興亡의 主人되는 사람, 朝鮮의 境遇에서는 오즉 朝鮮人의 힘이 잇슬 뿐이라 합니다.

이는 누구나 넘우도 잘 알고 흔히 말하는 理致이기 째문에 極히 平凡한 듯하지마는 眞理란 흔히 日常에 넘우 親熟하야 平凡하게 보이는 것 中에 含在하다는 古語와 가티 아모리 平凡하더라도 眞理는 眞理외다. 그런데 이러한 眞理를 흔히 다 아는 듯하면서도 其實은 만히 모르는 모양이외다. 卽 一部의 同胞는 우리의 興盛과 幸福을

或은 어쩌한 便에서 大勢에 무슨 急激한 變遷이 생겨서 갑자기 큰 수나 날 것을 기다리니 이것이 벌서 '제 運命의 指針은 제 손으로야만 돌린다'는 眞理를 모르는 確證이니 몰라서 모르는 것은 가르쳐서 알게만 하면 그만이어니와 알고도 모르는 것이야말로 진실로 걱정이니 이는 오는 特히 오늘 朝鮮社會 中에서 가장 큰 걱정이외다.

朝鮮民族의 運命의 指針을 돌릴 者는 오즉 朝鮮民族이 잇슬 쑨이니 이 眞理를 不顧하고 모든 僥倖에 바라는 것은 모두 外道요 異端이오 滅亡의 길이외다.

그런데 나는 웨 右에 그린 運命圖에 朝鮮民族의 運命의 指針을 돌릴 原動力이 '少年의 誠과 汗'에 잇다 하엿는가. 다시 말하면 現在의 全 朝鮮人에게 잇다 아니하고 特別히 그 中에도 少年에게 잇다 하엿는가. 그것을 말하기 前에 먼저 나의 所謂 運命圖란 것을 說明할 必要가 잇습니다.

첫재 運命의 軌道는 抛物線的이외다. 古語에 天運이 循環이라 하엿스니 循環이라 하면 그 軌道가 圓形이나 楕圓形일 것이니까, 비록 興하더라도 結局(이상 59쪽)은 衰할 것이오, 또 그와 逆으로 비록 衰하더라도 結局은 興할 것이라, 짜라서 興한다고 깃버할 것도 업고 또 衰한다고 크게 슬퍼할 것도 업겟지마는 내가 밋는 바로는 運命의 軌道는 抛物線的이라 짤아서 興의 方向으로 向한 運命은 永遠히 興의 方向으로 갈 수 잇고 衰의 方向으로 기울어진 運命은 永遠히 衰의 方向으로 갈 수 잇는 것이외다. 그런데 運命의 軌道의 自然의 方向은 興에서부터 衰로 向하는 것이기 째문에 興하던 個人이나 民族도 그 쓰던 힘, 卽 自然의 方向에 抵抗하던 힘을 그치면 그 指針은 제절로 漸漸 衰를 向하고 돌아가는 것이외다. 돌아가다가 抛物線의 頂點에 니르러서부터는 더욱 急速하게 썰어저서 썰어질스록 더욱 그 速力이 加하는 것이 마치 加速度의 原理와 가틉니다. 우에 그린 運命圖로 보건대 그 指針은 이미 復이라고 쓴 抛物線의 頂點을 지나 衰에 니르는 거의 半에 니른 것이니 이는 朝鮮民族이 저 志士의 흔히 말하는 바와 가티 이미 衰頹의 極點에 達하지 아니 하엿고, 아즉 얼마동안 더 衰하야 잇다가는 亡에, 마츰내는 씨도 업서지고 永遠의 忘却에 들어갈 수도 잇다는 것과, 또 그 衰退의 程度가 이미 抛物線의 頂點을 지나 衰를 向하야 半 以上이나 나려갓슴으로 그 衰頹의 速力이, 이 그림으로 보면 衰를 向하고 다라나는 運命의 指

針의 速力이 甚히 急速한 것을 表한 것이외다.

그런데 只今 우리의 할 일은 진실로 이 指針을 復의 方向으로 逆行시켜서 마츰내 興을 지내어 無窮한 榮光의 方向으로 永遠히 나아가게 함이니 그리하는데 가장 先되고 가장 難한 것은 이 指針을 復의 方向으로 쓸어올림이외다. 첫재 우리는 指針의 前進을 抵抗할 만한 힘을 發하여야 하겟고 다음에 우리는 이 指針으로 하여곰 一度一度 復을 向하고 逆行케 할 만한 힘을 發하여야 할 것이니 이 힘이야말로 우리의 生命이 달린 외줄이외다. 그러면 現在 朝鮮民族에게 이만한 힘이 잇는가, 만일 업다 하면 그 힘의 出處가 어댈는가. 이것이 진실로 本篇의 論文이 차자보랴는 骨子외다.

저 僥倖(天運과 世界 大勢)을 바라는 者는 이 힘을 僥倖에 어드려 합니다. 어떤 他國民의 援助를 바드랴는 者는 이 힘을 他國民에서 어드려 합니다. 이는 마치 하늘에서 黃金이 떨어지기를 기다리는 것과 가티 愚하고 남의 힘이 足히 나의 生命과 健康을 (이상 60쪽) 維持해 줄 줄을 밋는 것과 가티 痴한 일이외다. 이러한 愚와 痴를 버리고 '내 運命의 指針은 내 손으로야만 돌린다'는 眞理에 돌아오는 것이 復活의 第一步인 줄을 아프게 깨달아야 합니다.

그러면 그 힘이 어대 잇느냐. 오즉 '次代의 朝鮮民族의 誠과 汗에 잇습니다!' 다시 말하면 改造된 朝鮮民族의 誠과 汗에 잇습니다. 또는 新生한 朝鮮民族의 誠과 汗에 잇다고도 할 수 잇습니다.

나는 改造라 하엿습니다. 果然 改造외다. 現在에 잇는 것과 가튼 朝鮮民族으로는 生存의 能力이 업고 能力이 업스니까 權利도 업습니다. 제가 입는 옷감도, 제 몸치레하는 物品도, 바늘 한 개, 당성냥 한 개비도, 제가 다니는 길도, 大學校 하나, 圖書館 하나, 제가 먹는 藥 하나 만들 줄 모르는 朝鮮民族, 서로 속이고, 猜忌하고, 잡아먹고, 勇氣업고, 主義업고, 게을러빠지고, 進取性 업고, 쌀아서 세 놈도 한 대 뭉칠 수 업는 現在의 朝鮮民族은 生存할 能力도 權利도 업는 무리외다. 그러니까 이 무리로 하여곰 生存할 能力과 權利를 享受케 하랴면 그만한 能力과 權利를 가질 만한 資格이 잇도록 改造하지 아니코는 안 될 것이니 그럼으로 朝鮮民族이 살아날 수 잇는 條件은 오즉 改造외다.

또 新生한 朝鮮民族이라 하엿습니다. 果然 新生이외다. 亡하던 백성은 그대로 다시 興하는 백성이 되지 못할 것이니 現在의 朝鮮人은 三十年 乃至 四十年間에 다 죽어 업서질 것으로 보고 이 三十年 乃至 四十年間에 新朝鮮人이 나게 하여야 하리니 이 意味로 朝鮮民族이 살아날 수 잇는 條件은 오즉 新生이외다.

그런데 이미 三十歲를 지내어 志가 定한 者는 卽 道德的으로는 舊習에 물이 들고, 또 압헤 知德修養의 機會를 가지지 못한 者는 改造되기 어려운 것이니 진실로 新人이 될 수 잇는 이는 오즉 少年뿐이외다. 진실로 朝鮮民族의 運命의 指針을 돌릴 原動力은 오즉 少年의 족으마한 줌억 속에 잇습니다! 이에 이 글을 特別히 少年男女 여러분에게 부티는 뜻과 내가 重言復言 朝鮮의 運命이 오즉 少年의 손에 달렷다는 뜻이 分明하여젓슬 줄 미듭니다.

그러면 이러한 重任을 마튼 朝鮮少年은 무엇을 하여야 할가, 어쩌케 하여야 할가. 이 問題에 對答함으로 우리는 朝鮮民族의 前途方針을 解決하는 심이 될 것(이상 61쪽)이외다. 그러고 그 解答은 이미 本論의 一回, 二回, 三回에 暗示되엇는 줄 미듭니다.

朝鮮少年의 할 일은 改造되고 新生된 朝鮮民族의 民族的 生活을 (一) 組織하고, (二) 그 組織된 機關을 運轉함이니, 그네가 將次 할 事業이 決定되면 그네의 現在에 하여야 함도 決定될 것이니, 곳 二千萬이나 되는 決코 적지 아니한 民族의 團體生活을 組織하고 그 모든 機關을 運轉할 만한 사람이 될 工夫를 함이외다. 올습니다. '工夫, 工夫, 工夫를 함이외다.'

(一) 少年들아 德行잇는 사람이 될 工夫를 하기로 굿게 同盟하자.

(二) 少年들아 아모리 하여서라도 普通敎育과 專門學術의 敎育을 바다 한 가지 職業을 할 수 잇는 사람이 되도록 工夫하기를 同盟하자.

(三) 少年들아 健壯한 身體와 氣力을 가진 사람이 되도록 工夫하기를 同盟하자.

(四) 우리의 同盟으로 하여곰 가장 鞏固하게 가장 神聖하게 뭉쳐진 團體가 되어 民族改造의 大業을 成就하기에 偉大한 힘을 내도록 工夫하기를 同盟하자.

이것을 한 마디로 줄이면

'朝鮮의 少年 男子야 女子야, 朝鮮의 運命의 指針을 돌릴 原動力이 우리의 손에 잇스니 우리는 그 힘을 낼 만한 사람이 되기 爲하야 工夫하기를 同盟하자', 함이외다.

어써케 同盟을 할 것인가, 同盟은 웨 하여야 할 것인가, 工夫하기 同盟이란 大體 웨 하여야 할 것인가, 工夫하기 同盟이란 大體 무엇인가, 이것은 本誌 次號에 繼續하야 討論하기로 하고 少年 諸君은 各기 이 問題에 對하야 今後 一個月間에 硏究하심이 잇스시기를 바랍니다.(이상 62쪽)

少年同盟과 그 具體的 考案
少年에게(五)

魯啞子, 『開闢』 제21호, 1922.3

民族運命의 指針을 돌릴 길이 오즉 少年同盟에 잇는 것을 말하엿습니다. 그리고 웨 少年同盟을 하여야 하나, 또 그것을 하는 方法은 어떠한가 하는데 關하야서는 이번에 討論하기를 約束하엿습니다.

(一) 어씨해 同盟이 必要한가

무릇 傳播에 두 가지가 잇스니 하나는 思想의 傳播요, 또 하나는 行爲의 傳播외다. 思想의 傳播의 方法은 言論과 出版이니 그럼으로 어떤 社會에 新思想을 傳播하려 할 때에 言論과 出版의 自由가 重要한 條件이 되는 것이외다. 만일 그 社會의 主權者(政權을 執한 者)가 現在의 社會의 抱懷한 思想을 變動케 하기를 願치 아니하는 때, 또는 某種의 新思想이 그 社會에 浸潤되기를 원치 아니하는 때에는 言論과 出版의 自由를 拘束하는 것이 그의 最後의 方法이외다. 그래서 言論과 出版의 自由를 憲法의 條文으로 保障하도록 모든 文明한 民衆과 國家가 重大하게 보는 것이어니와 思想의 傳播라 함은 곳 觀念의 傳播를 意味함이오 行爲의 傳播를 意味하는 것은 아니외다. 毋論 어떤 觀念이 傳播되어 相當한 時機(이상 29쪽)의 醱酵를 經過하면 그것이 行爲로 變하야 들어나기도 하려니와 그러하기에는 長久한 時日이 걸릴 것이오 또 과

연 그 觀念이 行爲로 實現되어 나올는지 觀念대로 消滅하고 말는지도 알 수 업슬 것이외다. 더욱이 우리 民族과 가티 空想과 空論만 爲主하는 人民에게는 아모리 조흔 觀念을 傳播하더라도 그 觀念이 行爲로 實現되기를 바라기는 甚히 어려운 일이외다. 過去에도 우리 民族 中에 조흔 思想이 업서서 아모 것도 이룬 것이 업슴도 아니오, 現在에도 어쩌케 할 것을 몰라서 아모 것도 못하는 것이 아니라. 아는 것도 行하지를 아니하여서 아모 것도 이루지를 못하는 것이외다. 그럼으로 오늘날 朝鮮에서 急한 것은 觀念의 傳播, 換言하면 思想의 傳播보다도 行爲의 傳播외다. 그런데 오늘날 朝鮮에서 하는 것을 보면 이 妙機를 깨닷지 못하고 한갓 어떤 觀念의 探求와 揚言만 일을 삼고 行爲의 傳播에 힘쓰는 일이 적읍니다. 例컨댄 사람들이 걸핏하면 朝鮮人은 미들 수가 업다, 猜忌心이 만타, 實行이 업다 하야 입으로 붓으로 떠들지마는 이 미들 수 업는 것을 업시 할 實行, 猜忌心을 업시 할 實行, 空想과 空論만 말고 實地로 行하기를 할 實行을 하려고 아니합니다. 그래서 써드는 소리는 밤낫에 激烈하지마는 고처지는 것은 하나도 업습니다. 또 다른 例를 들건댄 勤儉貯蓄을 하여야 한다. 生活을 改良하여야 한다, 敎育을 普及시켜야 하고, 産業을 振作하여야 한다, 하고 無數이 써들지마는 實地로 어런 일이 되게 할 일을 하는 것이 적읍니다. 진실로 朝鮮人은 空論의 人이니 그에게 複雜한 觀念만 注入하려 함은 오즉 空論의 材料를 豊富케 하여 줌에 不過합니다. 만일 이대로 가면 우리는 오즉 空論으로만 歲月을 보내다가 말 것이외다. 오늘날 우리의 形便이 여간 急한 째가 아니라, 前番 運命圖에 그린 바와 가티 우리가 虛荒한 소리(이상 30쪽)만 써들고 그 虛荒한 소리를 問題삼아 씻고 싸불고 하는 동안에 運命의 바늘은 사정업시 亡을 向하야 永遠한 忘却을 向하야 一刻一刻 甎動하야 나려갑니다.

그러면 行爲를 宣傳하는 方法이 무엇인가, 이 方法이야말로, 만일 잇다 하면, 우리를 살려 낼 方法이외다.

그 方法이란 무엇이냐, 이것이 곳 同盟이외다. 行爲를 傳播하는데 가장 確實한, 가장 迅速한 方法은 곳 同盟이니 이 方法을 두고 다른 方法은 업는 것이외다.

웨 同盟이란 行爲를 傳播하는 가장 確實하고 迅速한 方法이냐. 대개 同盟이란 各

기 自己에서부터 始作하기 때문이외다. 爲先 내가 나를 改造하자, 하는 사람들이 모이는 것이 同盟이니 내가 나를 改造하기에서 더 確實한 일이 어대 또 잇겟습니까. 남더러 아모리 改造하라, 改造하라, 웨치더라도 그 사람이 改造를 할는지 아니 할는지는 未可必이지마는 내가 내 몸을 改造하는 것이야 아모 疑心도 업슬 것이니 그럼으로 지금토록 하여 오던 바와 가티 서로 서로 남더러만 하라 하고 남에게만 責任을 돌니는 것으로 일삼기를 그치고 다 各기 自己에게 돌아가 저마다 저를 改造하기를 힘쓰는 것이 民族改造나 人類改造의 第一步일뿐더러 가장 確實한 方法이외다. 그리하되 나 혼자만 그러지 안코 나와 가튼 自覺과 가튼 決心을 가진 者를 하나씩 둘씩 聯合하야 同盟員을 늘여감으로 가튼 行爲를 하는 者의 數가 漸漸 늘어갈지니 이는 다만 思想 또는 觀念의 傳播가 아니오 行爲의 傳播가 되는 것이외다.

이 모양으로 저부터 改造하랴는 者들이 同盟을 지어 처음 約束한 몃 가지 일, 가령 우리로 말하면,(이상 31쪽)

(一) 務實力行하기를 同盟하자.

(二) 信義를 지키고 勇氣를 가지기를 同盟하자.

(三) 團體生活의 訓鍊을 밧기를 同盟하자.

(四) 普通知識과 一種 以上의 學術이나 技藝를 배우기를 同盟하자.

(五) 衛生과 運動을 一生에 쉬지 안키를 同盟하자.

(六) 반듯이 一定한 職業을 가져 每日 一定한 時間의 勞力을 하며, 金錢을 貯蓄하야 저마다 제 生活의 經濟的 基礎를 確立하기를 同盟하자.

이러한 것을 實行하기를 同盟하는 人員을 增加하야 마츰내 全 民族을, 爲先은 全民族의 生活의 모든 機關을 組織한 運轉할 만한 人數를 엇기로 힘쓰는 것이 同盟의 主旨외다.

假令 2人이 이러한 同盟을 始作하야 第一年에 二十人의 同盟員을 어덧다 하고 그로부터 每年에 一人이 一人式만 새 同盟員을 엇는다 하면 第二年에는 四十人, 第三年에는 八十人, 第四年에는 一百六十人, 第五年에는 三百二十人, 第六年에는 六百四十人, 第七年에는 一千二百八十人, 第八年에는 二千五百六十人, 第九年에는 五千一百二

十人, 第十年에는 一萬二百四十人이 될 것이오, 이 比例로 나아가면 第十七年에 一百二十七萬七百二十人, 第二十年에 一千十六萬五千七百六十人의 同盟이 되고 第二十一年에는 二千三十四萬一千五百二十人의 同盟員을 어더 朝鮮 全 民族을 덥게 됩니다. 그만한 分明한 自覺과 確實한 決心을 가진 사람으로서 一年에 一人의 同盟員을 求하기는 甚히 容易한 일이 아닙(이상 32쪽)니까.

그러나 同盟員 中에 或 死亡하는 者, 中途에 規約을 어기어 쫏겨난 者, 또는 一年에 一人에 新同盟員도 엇지 못하는 者 잇슬 것을 다 豫想하고 第十年에 一萬二百四十人 될 것을 그 期間을 三倍하야 第三十年에야 엇기로 치면 아마 이에서 더 確實할 것은 업스리라 합니다. 내가 이 論文 中 朝鮮民族이 民族的 生活을 營爲할 만한 確實한 基礎를 어드랴면 적어도 一萬人의 專門家는 잇서야 한다는 것을 말하엿거니와 우리는 이 同盟의 方法으로 速하면 十年 더디더라도 三十年에 이를 確實히 어들 수 잇슬 것이외다. 或이 말하기를 이러한 同盟이 업슨 들 三十年間에 一萬人의 專門家야 엇지 못하랴 하려니와 이 同盟이 업고는 그러치 못할 큰 理由 두 가지가 잇습니다.

現在의 形便으로 보건댄 朝鮮人 中에 專門家 되랴는 者가 몃 사람 보이지를 아니합니다. 工夫한다는 것이 흔히는 伐齊爲名인 데다가 그나마 一種의 專門學術이나 技藝를 배우랴는 者가 적고 대개는 高等普通學校를 마초고는 工夫를 中止하거나 或 海外에 留學을 간다하더라도 分外와 釣名慾에 떠서 工夫를 眞實히 하랴는 이가 적고 兼하야 或은 法學, 或은 文學, 或 商工業을 배우는 이도 그것이 자기 個人과 自己가 屬한 民族의 團體的 生活에 어떠한 關係가 잇는 지를 分明한 自覺한 者가 적어서 이대로 가면 어느 때까지 가더라도 民族生活에 必要한 一萬 以上의 專門家가 언제 現出 될는지 期限이 茫然한 것이 한 理由.

또 民族性의 根本的 缺陷, 즉 本論에 말한 모도 道德的 缺陷을 改造하지 아니한 사람이 專門知識이(이상 33쪽)나 技藝를 가지게 되면 그가 個人의 生活의 資는 어들 수 잇슬는지 모르지마는 民族生活의 一職務를 擔任할 資格이 되기 어려울 것이니 例를 들건댄 거짓말하고 속이는 버릇 가진 사람이 法學을 배웟다 하더라도 그가 官吏나 辯護士도 될 수 업슬 것이외다. 그럼으로 知識이 비록 조치마는 德을 떠난 知識은 돌이어 社會에 荼毒을 줌이 큰 것이외다. 저 挾雜輩들을 보시오, 詐欺漢들을 보시오, 그네에게 知識이 업섯더면 얼마나 多幸하겟습니까. 過去의 朝鮮을 衰頹케 한 者도 知識업는 者의 한 일이 아니오 진실로 朝鮮人 中에 가장 知識잇던 者의 한 일이외다. 將來의 朝鮮을 더 亡케 할 者도 진실로 德 업고 知識잇는 者외다. 이것을 깨다를진대 道德的 改造를 無視한 知識의 普及이 어써케 戰慄할 만한 것인지를 알 것이외다. 이것이 同盟이 잇서야 할 둘재 理由.

同盟이 必要한 理由가 이 밧게 잇지마는 그것은 前에도 말하엿고 後에도 말하려니와 여긔 말한 두 가지 理由로만 보더라도 同盟이 업시는 信賴할 만한 一萬 名의 專門家를 어들 길이 업슬 것이외다.

그러면 우리의 말하는 同盟으로 어든 人物은 어써한 人物들일가. 假令 이러한 同盟에 一員이 되어 十年 間 修養한 者를 보기로 하면,

(一) 그는 거짓말 안하기, 게으르지 안키, 바꿔말하면 務實, 力行하기를 十年間 힘썻고,

(二) 그는 信義 잇고 勇氣 잇기를 十年間 힘썻고,

(三) 그는 十年間 團體生活의 訓練을 바닷고,

(四) 그는 十年間 普通知識과 一種 以上의 專門學術이나 技藝를 배우기에 힘썻고, (이상 34쪽)

(五) 그는 十年間 衛生과 運動으로 健康을 修鍊하엿고,

(六) 그는 十年間 貯蓄하야 生活의 經濟的 基礎를 세웟고,

(七) 그는 鞏固한 團結의 規約을 確守한 一人이외다.

이만하면 이 사람은 英雄도, 豪傑도, 聖人도, 아닐는지 모르지마는 信賴할 만한 一公民되기는 確實할 것이의다. '信賴할 만하고 能力잇는 凡人!' 이것이야말로 우리의 要求하는 바외다. 지금은 英雄이나 豪傑이나 聖人의 時代가 아니오 實로 多數한 信賴할 만하고 能力잇는 凡人의 時代외다. 朝鮮民族의 全部가, 全部는 못되더라도 爲先 一萬人이라도 이러한 凡人을 어더야 우리는 살아날 것이니 이 길밧게는 決코 다른 길은 업습니다.

이만하야도 同盟이 아니고는 안 될 것은 알앗스려니와 以上에 말한 것 外에 同盟이 必要한 重大한 理由가 잇스니 그것은 우리는 民族을 改造하기 爲하야 오즉 各기저부터 改造할 쑨이 아니오 넓히 全 民族을 改造하기에 必要한 事業을 할 必要가 잇기 때문이외다.

通信敎授, 書籍出版, 定期刊行物의 刊行, 圖書樅覽所의 設立, 簡易博物館, 體育場, 各種의 學校와 講習所와 集合場의 設立, 娛樂機關의 設立 等 事業은 朝鮮民族의 文明을 爲하야 업지 못할 것이외다. 學校에서나 講習所에서나 通信敎授로나 全 民族이 普通敎育과 專門學術, 또는 技藝의 敎育을 밧도록 되고 科學, 哲學, 宗敎, 文學 等 各種 書籍이 全 民族의 要求에 넉넉히 應하리 만한 書籍을 出版하고, 圖書縱覽所를 세우게 되고, 全 民族이 모도 享受할 수 잇도록 體育場과 모든 健全한 娛樂機關이 設備되어야(이상 35쪽) 이에 비롯오 朝鮮民族의 文化生活의 基礎가 確立되엇다 할 것인데 이리하랴면 幾百의 學校, 幾千萬部의 書籍, 幾百의 體育場, 娛樂場, 圖書縱覽所 等을 設立하여야 할지니 이것을 누가 하나, 이것이 업시는 分明히 民族이 살 수가 업슬 터인데 이것을 누가 하나? 할 사람이 너와 나밧게 누굽니까. 그런데 이러한 큰 事業들을 施設하고 維持하랴면 實로 想像도 못할 巨額의 資本을 要할 것이오, 想像도 못할 多數의 人物을 要할 것이니 이 巨額의 資本과 多數의 人物을 偉大한 團體가 아니고야 어대서 엇겟습니까.

조흔 일이니 하면 된다. 始作이 半이니 金錢과 人材의 豫算이야 잇든지 업든지 爲先 始作부터 하자 하야 趣旨書를 짓고 發起人의 氏名을 發表하고 宏壯한 規則을 制定하고 會長, 副會長, 總務, 무슨 部長, 무슨 部長의 全 會員의 數보다 얼마 적지 아니한 職員을 내고, 그러고는 첫 달부터도 經費가 困難하야 職員들이 '無限한 困難을 當하게 되고' 云云하는 式의 事業을 하여서는 아니 됩니다. 이것은 在來로 우리 社會에서 하여 오던 事業方式이니 이것이 社會에 利益을 준 點도 아주 업다 할 수는 업스나 民心을 浮虛케 하야 眞正한 事業을 일으키는데 妨害 됨이 또한 적지 아니 하엿습니다. 이대로 가다가는 마츰내 아모 힘잇고 永久한 事業을 經營할 수는 업시 될 것이외다.

在來로 朝鮮에서는 社會的 事業이나 敎育事業을 經營할 때에 金錢에 對하야는 寄附主義를 썻고 人材에 對하야는 唯名主義를 썻나니 寄附主義라 함은 一定한 收入을 確保할 基本金의 積立을 計圖치 아니 하고 一時一時 會員 또는 一般社會의 興奮을 利用하야 寄附金을 어더 들여서 그 事業의 資金을 삼으려(이상 36쪽) 함이니 이럼으로 그 事業의 經濟的 基礎가 確實치 못하야 朝生暮死의 悲運을 當하지 아니하면 龍頭蛇尾의 羞恥를 當하는 것이외다.

또 唯名主義라 함은 그 人物의 資格能力이야 어쩌하든지 會長이란 자리에 노흐면 會長이 되고 敎師란 자리에 노흐면 敎師가 되고 支配人이나 編輯員의 자리에 노흐면 그것이 되는 줄로 알앗습니다. 그래서 爲先 職名을 맨들어 노코는 되는대로 주어다가 그 職員을 삼으니 事業이 될 리가 萬無합니다. 오늘날과 가티 社會의 萬般業務가 複雜하고 高尙하게 分化된 時代에는 한 사람으로 한 가지 以上의 職務에 適合하기도 어려운 것이니 한 사람의 一生의 한 가지 職務의 一生이 되는 것이 通則이외다.

우리는, 懋實力行하랴는 우리는 무슨 事業을 함에던지 이 寄附主義와 唯名主義를 斷然히 버리고 金錢에는 基本金主義, 人材에는 適所主義를 實行하여야 할 것이외다.

假令 한 雜誌를 刊行한다 합시다, 그리 하랴면 먼저 雜誌 編輯室과 印刷所를 設備하고 다음에 적더라도 五年間 繼續 刊行할 만한 基本金을 세우고, 다음에는 編輯事務를 볼 適材, 營業事務를 볼 適材, 이를 統率하야 經營의 全 責任을 마틀 만한 首腦者를 擇하여 노코 그런 뒤에 每號에 寄稿할 適材를 넉넉히 定하여 노코 그러고 나서 비롯오 創刊號를 發行할 것이니 이러케 하랴면 月刊 百 頁의 評論, 文藝雜誌를 發行하기에 적어도(印刷所의 設備는 除하고라도) 二萬圓의 基本金은 必要할 것이외다.

그런즉 우에 말한 듯한 民族敎化의 모든 事業을 實施하랴면 얼마나 巨額의 基本金과, 얼마나 多數의 人材를 要하겟습니까. 이러한 金錢과 人材를 엇는 方法이 同盟을 두고 어대서 求하리까.(이상 37쪽)

(二) 同盟은 어떠케 하여야 하나?

以上에 말한 바로 同盟의 必要를 알앗거니와 그러면 그 同盟은 어떠한 方法으로 하여야 할가. 이 問題는 決局 團體를 어떠한 方法으로 組織할가 함에 歸着합니다.

團體를 組織한다 하면 우리 一般 人士의 觀念은 첫재 發起人會를 모으고 거긔서 規則委員을 選定하엿다가 創立總會에 그 規則에 依하야 機關을 組織하고 任員을 選擧하고 그리고는 會員을 募集하야 名簿를 맨들고 …… 이 모양으로 판에 박은 듯하니 이것이 과연 萬國共通의 團體組織法이외다. 그러나 이는 懋實力行하고 團結의 信義를 지켜 그 會의 主旨를 徹底히 알아 그것이 自己의 意思와 一致한 줄을 確認한 뒤에야 그 會員되기를 許諾하고, 한번 許諾한 뒤에 씃짜지 그 規則이 命하는 義務를 履行할 뿐더러 自己가 參加한 團體를 極盡히 愛護하야 자기의 쎌 수 업는 一部分으로 알 만한 사람들의 할 일이오 우리네와 가티 함부로 들어가서 함부로 잇다가 함부로 나오는 사람들의 할 일은 되지 못합니다. 그럼으로 우리와 가튼 처지에 잇는 이들은 團體를 組織할 째에도 남다른 特別한 方法을 取할 必要가 잇습니다. 이리하여야 過去에 失敗만 하던 朝鮮人 間의 團體의 覆轍을 다시 밟지 아니할 것이외다.

그러면 그 方法이란 무엇인가.

團體의 要求할 바는 그것이 가장 鞏固하고 가장 長壽하고 가장 힘을 만히 發함이니 이 要求를 채우기 爲하야는 左記한 다섯 가지 要件이 잇다 합니다.(이상 38쪽)

(一) 團體의 各 員의 意思가 그 團體의 主旨에 對하여서는 絶對的으로 同一할 것.

(二) 團體의 法을 嚴守할 것.

(三) 團體의 各 員이 團體와 밋는 다른 團員을 사랑한 것.

(四) 團體의 各 員은 團體의 行爲에 대하야 一心할 것.

(五) 團體의 目的한 事業을 할 만한 經濟的 基礎가 確固할 것.

(一)로 말하면 즉시 團體라 하면 多數人이 共同한 目的을 達하기 爲하야 모인 것이니 그 團體의 目的 즉 主旨에 對하야 各 員의 意思가 一致하지 안는다 하면 벌서 團體의 本領을 失한 것이외다. 그럼으로 어떤 團體에 들어가랴는 個人이나 어떤 個人을 바드랴는 團體는 人力으로 할 수 잇는 모든 手段을 다하야 彼此의 意思를 了解할 必要가 잇는 것이외다. 그러하거늘 우리네는 흔히 그 團體의 規則, 즉 目的과 밋 이를 達하랴는 計畫을 規定한 規則도 잘 모르고 함부로 加入하며 甚하면 發起人도 무슨

主旨인지도 모르면서 그 자리에 參與하엿기 때문에 著名하는 수가 잇스니 이러고 그 團體가 鞏固할 리가 萬無합니다.

(二) 法이 解弛하는 날 그 團體는 解體되는 것이니 이미 定한 法이면 一點一劃도 어길 수가 업는 것이외다. 무릇 人類生活은 團體生活이오 짤아서 法의 生活이니 法을 嚴守한 習慣을 짓도록 訓練하는 것은 文明人의 要件이외다. 그럼으로 國家의 秩序도 明嚴한 司法을 賴하야 維持되는 것이니 國法이라고 特히 重하고 私團體의 法이라고 重치 아니한 것이 아니라, 다 가티 나의 良心이 지키기를 許諾한 點으로는(이상 39쪽) 마찬가진 즉 國法을 지키는 嚴正한 態度로 團體의 法을 지켜야 하고 만일 法을 어그리는 이가 잇거던 團體에서는 秋毫의 容恕함이 업시 이를 罰하여야 할 것이외다.

(三), (四),도 團體를 鞏固케 하고 長壽케 하고 有力케 하기에 必要한 條件임은 勿論이 어니와 團體를 사랑하는 情, 一心하는 情은 微微한 듯하면서 그 團體의 生命이 되는 것이외다. 그러고 우리 同胞가 特히 注意할 것은 團體의 經濟的 基礎니 이것은 在來에 극히 等閒히 생각하여 오던 것이면서 其實은 極히 重要한 것이외다. 大小의 團體를 勿論하고 經濟力이 잇는 者는 盛하고 업는 者는 衰하는 것이외다.

以上에 말한 다섯 가지 條件에 맞게 團體가 組織되면 그 團體의 結束은 鞏固하고 壽命은 長하고 힘을 發함은 클 것이니 決코 在來의 여러 團體와 가티 失敗할 근심이 업슬 것이외다. 우리가 말하는 少年同盟은 이러한 種類의 團體라야 할지니 이 團體自身이 改造된 團體로 今後에 일어날 團體의 模範이 되어야 할 것이외다.

그럼으로 우리는 '朝鮮 사람으로 아모 일도 할 수 업서 ―' 하는 自嘆을 맙시다. '그러다가 또 有始無終되게' 하는 杞憂를 맙시다. 우리에게는 分明한 自覺이 잇고 구든 決心이 잇스며 確實할 計畫이 잇스니 깃버 뛰며 實行합시다.

* * * * * * * * * * *

나는 이로써 本論을 마추랍니다. 結末에 臨하야 나는 本 誌上에 五回에 旨하야 論한 바 主旨를 總括하고 아울러 내 이 편지를 바드시는 少年男女 諸君에게 재촉하는 한 말슴을 들이려합니다.(이상 40쪽)

나는 本論에서

(一) 朝鮮民族의 經濟的 破產

(二) 朝鮮民族의 道德的 破產

(三) 朝鮮民族의 知識的 破產

을 論하야 現在의 朝鮮民族에게 거의 民族的 生活의 能力이 업슴을 말하고, 흔히 우리네가 말하는 '朝鮮民族은 이미 衰頹의 極에 達하엿스니까 이제부터 天運이 循環하야 盛運에 들리라' 하는 信念의 誤謬를 指摘하야 朝鮮民族의 아즉도 衰亡의 過程에 잇스니 씨도 업시 絶滅할 것도 잇슬 수 잇다는 것을 力說하야 所謂 運命 抛物線說을 말하고,

여긔서 朝鮮民族을 救하야 盛運에 入케 하는 것은 오즉 民族을 改造하야 生活力이 업던 現在의 朝鮮民族代에 生活力이 잇는 新朝鮮民族을 造出함에만 잇다는 것을 말하고,

民族改造의 唯一한 길을 少年의 修養同盟에 잇다 하야 修養의 條目과 同盟의 必要와 方法을 말하엿습니다.

아아 사랑하는 朝鮮의 少年男女여! 나는 이 편지를 쓰기 始作할 때에와 가티 方今 이 편지를 끗내려 할 때에 여러분의 얼굴이 눈압헤 아른거립니다. 우리에게 무슨 希望이 잇습니까. 우리의 唯一한 希望은 오직 여러분이외다. 우리에게 무슨 깃븜이 잇습니까. 우리의 깃븜은 오즉 여러분이 健全하게 長成함이외다.(이상 41쪽)

여러분! 만일 여러분께서 나의 이 가슴에 피를 찍어 쓴 편지에 共鳴하심이 잇거든 그날부터 그 自覺대로 實行하기를 決心해 줍시오, 그래서 우리들이 갓가운 將來에 이 論文에 그린 듯한 少年同盟을 實現하기를 힘씁시다.

◆ 謹告 ◆

少年同盟에 對하야 더 討論키를 願하시는 篤志者가 계시거든 魯啞子에게로 通信하시기를 바라옵니다.

……(魯啞子)……

(이상 42쪽)

新朝鮮의 建設과 兒童問題

李敦化, 『開闢』, 1921.12

一. 恒常 十年 以後의 朝鮮을 잇지 말라

어느덧 十餘年 前 일입니다. 내가 關北 어썬 學校에 잇슬 째에 生徒 한 사람을 父母의 同意가 업시 斷髮을 식켜더니 미리 斟酌하엿던 바와 가티 그 生徒의 父母가 各其 棍棒을 들고 學校 門 압헤 와서 當局者되는 나의 이름을 부르며서 慘惡한 行惡을 하던 일이 아즉도 귀에 남아 잇습니다. 그런데 月前에 내가 어썬 要務를 씌고 그 地方을 巡回하다가 아는 사람에게 그 生徒의 形便을 무러 본 즉 그 地方 사람들이 一口如出로 하는 말이 當時에 問題되엇던 生徒는 只今 某 郡廳의 判任官으로 잇스며 그의 父母는 當時의 잘못을 後悔할 쑨만 아니라 한번 나를 만나면 謝過도 하고 兼하야 自己 子息의 出身의 前途를 열어준 功勞를 톡톡히 한 번 갑하야 하겟다고 벼른다 하는 긔별을 들엇습니다.

世上 일이란 大抵 이러합니다. 十年 以前에는 惡罐로 알던 일도 十年 以後에는 그를 功勞로 알게 되는 것이올시다. 그것이 大槪 一 世事의 變遷을 말하는 것이오 人心의 進步를 알게 되는 것입니다.

무슨 일의 成就되는 法이란 恰然히 春園의 풀이 當場에 보면 아모 成長이 업시 고냥 고대로 잇는 것 갓지마는 萬一 며칠을 걸러 가 보면 엉뚱하게 茂盛함과 가티 世事의 變遷하는 法도 쏘한 이와 가타야 한달두달 一年 二年 동안에는 別로히 進步된 氣色이 나타나 보이지 아니하지마는 十年이라던가 或은 幾十年이라 하는 만흔 歲月을 써어노코 그 前後를 본다 하면 實로 몰라보게 進步가 되는 것이올시다. 우리가 只今 다만 우리의 現在만 본다 하면 아모 進退與否를 아지 못하지마는 萬一 只今으로부터 幾十年 以前의 녯일을 가저다 ― 우리의 現在에(이상 19쪽) 比較하고 보면 누구던지 놀랄 만한 變遷이 잇섯다 말하지 아니할 수 업습니다. 우리가 萬一 十歲나

或은 十五六歲 되는 靑年에게 甲午年의 形便이나 或은 甲辰年代의 形便을 일러주면 그들은 그것이 거즛말이나 아닌가 하고 疑心할 일이 十에 七八은 될 듯합니다. 내가 어쩐 째에 鐘路를 나서니까 어떤 南道兩班 하나이 큰 갓을 쓰고 道袍를 입고 거리에서 彷徨하는 것을 복 오고가던 兒孩들이 손가락질을 하야 가면서 求景하는 일을 보앗습니다. 우리들은 以往 일상 보던 衣冠이니까 아모 殊常한 생각이 업지마는 그를 처음 보는 神聖한 兒童의 眼目에는 恰然히 몃 萬里 박게 잇는 他國 사람이 다른 他國 사람을 처음 對하는 感想이 잇는 듯이 보일 것입니다. 이것은 勿論 조고마한 例를 들어 말하는 것이어니와 어쨋던 사람의 社會라는 것은 善으로던지 惡으로던지 어느 便으로던지 變하야가는 것이 原則이며 그리하야 時代의 潮流가 急할스록 그 變하는 度數가 빠른 것이올시다. 그럼으로써 우리가 여긔에 永遠히 잇지 말아야 할 一事는 첫재 世事는 變하야 가는 것이라 하는 것, 둘재 그 變하는 速度는 時代의 潮流와 當事者 되는 모든 民衆의 活動과 比例되는 것, 셋재 變하야 가는 功績의 效果는 이가 積極的으로 되며 消極的으로 되는 두 가지의 岐路가 잇는 것의 새 條件입니다. 少하야도 萬一 이 세 條件이 眞理에 가까운 것이라 하면 우리는 時代와 가티 變하야 가는 것이 原則이며 旣往 變함이 原則이라 할 진대 아무쪼록 積極的 方面을 向하야 가장 놉흔 速度로 進步하는 것이 事實上 利益이 될 것입니다. 이와 가티 時代에 合理되는 進步가 過去 우리 中에 잇서오며 繼續하야 그 進步가 未來에 一層 놉하진다 하면 十年 以後의 朝鮮은 쏘 한번 몰라보게 變化할 것입니다. 우리가 只今에 안저 十年 以前의 朝鮮을 보고 그 幼稚하얏슴을 非笑함과 가티 十年 以後의 朝鮮 사람은 現在 우리 朝鮮을 돌아보고 그만치 幼稚한 程度를 嘲笑하게 됩니다. 그리하야 十年 以後의 朝鮮 사람이 現在의 朝鮮 사람의 程度를 돌아보고 嘲笑하는 分量의 多寡는 直接 十年 以後 朝鮮이 얼마만치 進步된 與否를 알게 됩니다. 卽 十年 以後의 朝鮮 사람이 現在의 우리 程度를 嘲笑하는 分量이 만타 하면 만흐니만치 그만치 當時의 朝鮮이 進步된 것이오 萬一 嘲笑할 事件이 하나도 업다 하면 업스니만치 그만치 不進步 된 것을 證明할 것입니다. 事實이 萬若 이와 가튼 原理로 돌아간다 하면 우리는 十年 以後 朝鮮이라는 것을 크게 重要시하지 아니면 아니 됩니다. 卽 十年 以後의 새

朝鮮을 맨들기 爲하야 只今으로부터 基礎를 닥그며 材料를 準備하여야 됩니다. 다시 말(이상 20쪽)하면 우리는 十年 以後의 朝鮮이라는 것을 彼岸의 樂園으로 보고 現在의 모든 苦痛을 달게 바드며 모든 犧牲을 거름하야 喜悅과 늣김으로써 徐徐히 모든 準備를 작만할 것 뿐입니다.

古人이 일럿스되 百年도 瞬息이오 萬世도 빠르다 하엿나니 우리가 十年 이라는 光陰을 그러케 길게 생각할 것이 아니오 우리 一生이 반듯이 닥칠 만한 가장 가까운 時期임을 알아두어야 합니다. 알고 보면 十年이라는 것이 實로 瞬間에 當着이 됩니다. 三十歲 되는 이는 四十歲이면, 五十歲 되는 이는 六十歲면, 六十歲 되는 이는 七十歲면, 八十歲 되는 이는 九十歲면 문득 十年 以後의 새 朝鮮을 볼 것입니다. 現在의 살아 잇는 사람은 누구나 十年 以後의 朝鮮이 그러케 멀지 아니 합니다. 이와 가티 十年이라는 것이 멀지 안은 歲月이라 하고 보면 우리의 하는 모든 일을 少하야도 十年을 一期로 삼지 아니하야서는 아니 됩니다. 卽 十年이라는 것을 한 度數로 삼고 十年이라는 歲月 안에 한 가지 事業식 成就하지 아니하면 아니 됩니다. 十年 以後에는 이 일이 반듯이 目的대로 成功되리라 하는 遠慮와 根氣와 實行을 가지고 그 準備를 只今부터 하야 두지 아니하면 아니 됩니다. 나는 平素 우리 朝鮮 사람 中에서 恒常 이러한 말을 만히 들은 일이 잇습니다. '아 — 내가 十年 前부터 그때부터 이 工夫를 始作하얏더면 只今은 免無識이나 되엇슬 걸?', '아 — 내가 몃 해 前부터 그 事業에 着手하엿더면 只今은 夫子가 되엇슬 걸?' 하는 等의 말은 常人의 恒茶飯으로 하는 말입니다. 보통의 사람이란 大槪 이러합니다. 일이 지나간 뒤에 그 일을 後悔하는 感情은 發達되엇스나 일 前에 멀리 그 일에 對한 準備를 하는 이는 甚히 적습니다.

이 點에서 우리가 只今 안저 十年 以前의 事를 생각하야 본다 하면 個人 自己의 일에나 社會 民族의 일에나 愁懷나고 斷腸할 일이 만히 잇슬 것이올시다. '아 — 教育을 十年 以前부터 힘썻더면 오늘날 이들이 되지 안흘걸?', '아 — 產業을 十年 以前부터 經營하야더면 오늘 이러틋한 貧窮을 免할 것?' 等은 個人으로나 社會로나 잇서 한 가지로 後悔하고 애를 쓴는 일이 아닙니까. 우리가 만일 十年 以前의 일을 돌아보아 이러틋 後悔가 난다 하면 우리는 斷然히 十年 以後의 일을 생각하야 모든 것을

事實로 하야 가지 아니면 아니 됩니다. 卽 十年 以後의 '나'를 爲하야 現在의 '나'를 改造하여야 합니다. 朝飯을 굶은 불상한 勞働者가 저녁밥을 爲하야 곱흔 배를 억지로 참고 一日의 勞働을 堪能함과 가티 우리는 十年이라는 光明을 자못 一日의 朝夕과 가티 생각하야 곱흔 배를 억(이상 21쪽)지로 참고 刻骨精心으로 十年의 時間을 黃金化하게 되면 十年 以後의 朝鮮은 實로 刮目하고 對하게 될 것입니다.

二. 新朝鮮의 準備는 무엇보다도 兒童問題를 解決함에 잇슴

이와 가티 우리가 十年 以後의 새 朝鮮을 爲하야 그것의 建設을 爲하야 모든 것을 只今부터 準備하야둘 必要가 잇다 하면 그 必要는 무엇에나 다 ― 適切치 아니 할 것이 업겟습니다. 크다 하면 一民族 全 社會의 일로부터 적다하면 一家庭 一個人의 일에까지 大小精細를 가릴 것이 업시 다가티 只今부터 準備를 始作치 아니하야서는 아니 됩니다. 내 自身의 學識과 財産을 圖得함도 그러하며 一家庭의 生活을 豊足케 함도 그러하며 進하야는 一洞面 一國家의 隆盛을 求함도 그러합니다. 그리하야 그를 徹底히 斷行함에는 一字의 識과 一林의 植과 一子의 教와 一業의 營이 모두 다 十年 以後를 標準하고 十年 以後에는 우리의 이마마하던 生活이 얼마마한 比例로 進步되리라는 預算과 度量과 假定으로 爲先 遠慮잇는 思量과 根氣잇는 意志와 堪能한 實行으로써 大死一番, 大悟徹底的 手段을 取한다 하면 人世 ― 寒巖枯木이 아니어든 무엇이던지 起死回生 ― 되지 안흘 者 ― 어대 잇스며 轉禍爲福이 되지 아니할 者 ― 어대 잇겟습니까. 그러나 일에는 元來 ― 表와 裏가 잇스며 根과 葉이 다르며 先과 後의 差異가 잇나니 그럼으로 事에 臨한 者 ― 먼저 深遠의 考察을 要할 것은 무슨 일에던지 그 일에 반듯이 根本的으로 改造할 者와 姑息的으로 彌縫할 者의 두 가지의 緩急을 가려 善히 處變치 못하면 그 活動은 문득 徒勞에 멋츨 뿐이올시다.

이러한 意味下에서 우리가 只今 우리 朝鮮 現下의 改造事業을 考察한다 하면 어느 것이던지 다 가티 根本的 改造를 要치 아니하는 者 ― 하나도 업는 듯합니다. 그리하야 모든 根本的 改造의 事業 中에 根本的의 根本的 될 者는 먼저 人物의 改造이겟습니다. 事의 成敗는 經營에 잇스며 經營의 善否는 人物에 잇스며 人物의 實不實은

오로지 敎育의 力에 잇나니 그럼으로 人物의 養成은 모든 根本的 事業 中 가장 큰 根本事業이 되겟습니다.

이와 가티 朝鮮의 改造事業이, 아니 世界의 改造事業이 먼저 人物 改造에 잇다하면 그 改造의 目標는 '사람' 本位에 잇는 것이오. 그리하야 사람의 改造 本位는 全히 兒童問題에 잇다 합니다. 곳 兒童을 解決함이 곳 將來 世界를 解決함이오 將來 모든 問題를 解決하는 根本的 解(이상 22쪽)決이 될 것입니다.

이른바 世界의 四大 問題라 하는 것은 勞働問題, 婦人問題, 人種問題, 兒童問題를 가르처 말함이니 兒童問題가 이러틋 世界的 四大問題가 됨으로써 보아도 兒童의 硏究가 오늘날 얼마나 重且至大함을 알 것입니다. 한 家庭의 將來를 擔當할 者도 兒童이며 한 國家의 將來를 擔當할 者도 兒童입니다. 現在의 未決한 問題를 解決할 者도 그들의 兒童이며 現在의 未完全한 思想을 完全히 할 者도 兒童입니다. 우리가 只今 생각하며 憂慮하며 希望하는 모든 것도 저들의 神聖한 兒童에게 밀우워 期於코 目的을 達할 날이 잇슬 것입니다. 우리는 저들의 兒童이 잇슴으로써 우리의 現在가 비록 不完全할지라도 不徹底할지라도 모든 것이 如意치 못하더래도 그들이 잇는 以上에야 다시 무슨 걱정이 잇스며 落膽과 失望이 잇겟습니까. 그들의 將來 活動은 우리의 現在 活動의 延長이며 그들의 將來 經營은 우리의 現在 經營의 繼續입니다. 이러한 意味에서 우리는 우리의 將來를 完成키 爲하야 그들의 兒童으로써 사라다운 模範을 짓게 하야주며 將來 모든 責任을 지게 할 만한 人格을 養成케 하여야 합니다.

以上에 말함과 가티 우리가 十年 或은 幾十年 後의 새 朝鮮을 建設키 爲함에는 그 準備를 只今으로부터 始作하지 아니하면 안 된다 하면 우리는 將來의 우리 朝鮮을 爲하야 將來의 朝鮮民族인 저들의 兒童을 우리의 現在보다 더욱 重要히 보며 至重且大히 생각하야 그들의 將來를 爲하야 周密한 用意를 가지지 아니 하야서는 아니 됩니다.

우리가 號를 짜라 屢屢히 말함과 가티 우리 朝鮮 사람은 恒常 — 將來를 輕히 하고 現在를 重히 하며 더욱이 現在보다 더 — 뒤에 잇는 過去를 重히 생각하는 故로 우리는 우리의 過去에 지낸 祖先은 尊敬하나 우리의 未來에 잇는 子孫은 한푼의 價値로도 알아주지 아니하엿습니다. 그러기에 朝鮮 사람이 兒童을 對하는 觀念은 자못 微弱하엿습니다. 다만 兒童은 兒童이니 그들의 하는 일은 모다 作亂이라 이름하야 어른의 뜻에 맛지 안는 일이면 盲目的으로 排斥하고 叱咤하고 强制하며 侮辱하엿슴이 어른 對 兒童의 關係엿습니다. 勿論 ― 兒童은 兒童이오 어른은 어른이라 싸라서 兒童의 하는 작난과 어른의 하는 일이 서로 갓지 아니할 것이며 더욱이 兒童의 생각과 어른의 생각이 彼此 合치 아니할 것도 事實은 事實입니다. 그러나 일이 갓지 아니하며 생각이 合치 아니함으로써 兒童은 兒童대로 賤待하며 어른은 어른대로 取(이상 23쪽)扱한다 하면 卽 兒童과 어른 새이에 아모 連脈이 업고 感化가 업다 하면 그럿스록 이 社會는 漸次 滅亡에 빠지고 말 것입니다. 俗語에 어른의 '밋동은 總角이라' 하는 弄談이 잇습니다. 果然 그럿습니다. 어른의 밋동은 兒童입니다. 兒童이 자라 어른이 되는 것이며 어른의 過去는 곳 兒童이엇습니다. 그럼으로 元體 되는 어른으로 사람다운 어른을 맨들고저 하면 먼저 어른의 밋동되는 兒童으로 사람다운 兒童을 맨들어야 합니다. 어려서 '굽은' 남기 커서 쏫쏫이 되지 못하며 根源이 흐린 물이 흘러서 맑은 理致가 업슴과 가티 어려서 不完全한 兒童이 자라서 完全한 어른이 될 理가 업습니다. 그럼으로 어른의 社會 어른의 階級이 사람답게 되랴면 먼저 兒童의 社會의 兒童의 階級이 사람답게 되어야 합니다. 現在의 우리 朝鮮 사람 中 ― 우리들의 어른의 社會가 이와 가티 虛僞가 만흐며 缺陷이 만흔 것을 이곳 우리들의 어른의 罪가 아니요 어른이 밋동되는 兒童時代의 罪입니다. 우리들은 이미 兒童時代에서 不完全한 兒童으로 지내 왓는지라 그의 罪惡은 문득 우리 어른 時代의 只今에 와서 當時의 모든 缺陷이 事實로 나타나게 된 것입니다.

이와 가튼 事實이 萬一 眞理라 미들 것 가트면 우리는 우리 朝鮮의 將來의 어른들을 爲하야 그 어른의 밋동되는 現在의 兒童을 잘 指導하며 잘 保證하는 것이 新朝鮮의 新朝鮮될 根本的 解決策이며 基礎的 準備術이라 할 것입니다.

三. 新朝鮮의 基礎되는 兒童問題는 如何히 解決할가

우에 一言함과 가티 兒童問題라 함은 다못 朝鮮的으로 된 것이 아니오 實로 全世界의 四大問題 中 하나인즉 全世界 사람이 合하야 本 問題의 解決을 기대리지 아니

하면 안 될 것이지만 그러나 程度와 事實에 依하야 朝鮮에 在한 朝鮮의 兒童問題는 特殊의 方針과 別個의 手段을 가리지 아니하면 안 될 것입니다. 그런 故로 우리들의 兒童問題는 넘우도 原始的임으로써입니다. 남들은 이미 硏究에 硏究를 더하고 解決에 解決을 더하야 新局面으로부터 다시 一層 놉흔 新局面을 열고저 苦心하는 此際에 우리들은 아즉도 兒童이라 하는 그것에 對하야 問題나마 成立되지 못한 今日이니까 남과 가티 제법 段階를 밟아 解決의 策을 講究할 수는 업습니다. 다만 至急한 目前의 弊害를 矯正하는 一方法으로 宣傳的이지마는 두어 가지 알에와 가튼 問題를 例로써 보이건대

甲. 爲先兒童尊敬의 風을 養하라. 우리가 우리의 背(이상 24쪽)後에 잇는 祖先의 功績을 爲하야 祖先尊敬의 風을 養함이 道德이라 할진대 그와 同一한 理由로 우리는 우리의 將來에 잇는 子孫의 希望을 爲하야 그들에게 쏘한 尊敬의 風을 養成함이 道德의 一條件이 될 것입니다. 아니 祖先의 功績 以上의 功績을 그들의 子孫에게 依賴하기 爲하야 우리는 當然히 그들을 欽仰하며 그들을 尊敬치 아니하야서는 아니 됩니다. 나는 已往 이러한 말을 들은 일이 잇섯습니다. "外國 有名한 어쩐 兒童硏究學者가 잇서 가튼 어른들에게는 甚히 傲慢한 態度를 부리지마는 문득 兒童을 對하는 째에는 그는 머리를 굽혀 恭遜히 인사하고 말을 나즉히 하야 그들의 應對進退를 順應하는 모양이 자못 狂客과 가튼 行爲를 함을 보고 그의 友人이 그 然故를 무른 즉 그는 沈吟良久에 對答하는 말이 兒童이라는 것은 참으로 神聖합니다. 決코 現在 우리 어른들과 가티 比較 對照할 것이 아닙니다. 우리의 어른들은 이미 모든 人格이 判明되어 그 以上에 더 一놉히 볼 價値가 업지마는 저들의 兒童의 中에는 將來 英雄이 될 者도 잇스며 聖賢이 될 者도 잇스며 學者, 哲人, 大富, 大貴의 資格을 가진 者도 업지 아니할 것입니다. 곳 저들은 未來의 英雄, 豪傑, 學者, 哲人입니다. 나는 이러한 일을 생각할스록 兒童을 對하면 自然히 崇拜할 생각이 납니다" 하고 말하엿다 합니다. 果然 올흔 말슴이올시다. 저들 兒童의 中에는 將來 우리의 社會를 代身하야 乾坤을 停頓하며 宇宙를 振撼할 人物이 무텨 잇는 것입니다. 생각이 한번 이에 이르고 보면 우리가 어찌하야 저들의 兒童을 賤待할 수 잇겟습니까. 우리가 眞實로 自己의

民族을 神聖히 보며 自己의 社會를 神聖이 본다 하면 짤아서 將來 自己의 民族이며 將來 自己의 社會를 料理할 저들을 神聖히 보아야 합니다.

우리는 參考 兼 只今 우리 朝鮮 사람들의 兒童에 對한 態度의 一例를 들어 봅시다. 우리들이 爲先 兒童에게 對한 말버릇이 무엇입니까. 兒童에 對한 가장 놉흔 말이 '이 애—이리 오너라. 저리 가거라' 함으로부터 '이 子息—亡할 子息' 더 甚하면 '이—종간나 새끼', '이 질알 벼리깨 가튼 새끼'(咸鏡道 地方의 方語) 等의 말로써 兒童에게 對하게 됩니다. 참으로 筆端으로 쓰기 엄청난 語法이 한두 가지가 아닙니다. 그럼으로 우리 朝鮮 兒童은 처음으로 먼저 배우는 말이 常말입니다. 생각하야 봅시다. 사람의 感情을 發表하는 말버릇부터가 이와 가티 不人道不德行이 되고 나서야 다시 모든 關係가 順調로 進行할까.(이상 25쪽)

우리 社會에는 父母가 子弟를 對하는 態度는 物品主가 物品을 다르는 態度와 彷彿하나니 物品主가 自己의 經濟上 關係를 爲하야 物品을 貴重히 봄과 가티 우리의 父兄은 倫理上 或은 家族關係를 爲하야 子弟를 貴重히 보게 됩니다. 子弟의 人格 子弟의 個性을 爲한다는 點보다 子弟로부터 受하는 待遇 或은 將來 家庭을 爲한다는 關係上으로부터 子弟를 貴하게 보게 됩니다. 그럼으로 子弟가 올튼지 글튼지 父母 自己의 뜻에 合하고 보면 子弟의 人格의 將來에야 어쩌한 影響이 밋던지 그만입니다. 그럼으로 家庭에 在한 兒童은 오즉 父母의 機械的 使用이 잇슬 뿐입니다.

그리고 우리 社會에서 學校가 生徒를 待하는 態度는 警察이 關係者를 取扱하는 態度와 彷彿합니다. 先生이 生徒에게 對한 말法이라던가 그들의 過失을 責할 時에 態度라던가 그들을 命令하며 指導하는 方法이라던가 거의 다 恰似합니다. 내가 日前 어쩐 小學校에를 갓더니 그때—마츰 어쩐 生徒 하나이 무슨 過失이 잇던 모양인데 先生되는 한 사람이 楚撻鞭을 가지고 나서면서 하는 말이 "이놈 한번 격거 보아라" 하고 나서는 威嚴이 어른 되는 나의 마음도 어찌 悚懼하던지 몰랏습니다. 그리고 다음에 어쩐 生徒 하나이 先生에게 무슨 物品을 請求하는데 先生은 족음도 和氣의 빗이 업시 "이놈—저리가—저 房에 잇서—" 하고 薄情히 말하는 態度가 겨테 잇던 내 마음에 어찌 서운하던지 몰랏습니다. 어쌔던 이것저것 할 것 업시 現在 우리

朝鮮學校에서 先生이 生徒를 다스르는 方法은 警察이 凡人을 다스르는 態度에서 別로 다름이 업서 보입니다. 그러기에 그들의 通常口中으로 하는 말이 '無知한 兒童은 때리는 것이 第一 敎訓'이라 합니다. 글 모르는 것도 때리고 辱하면 그만 作亂하는 것도 때리고 辱하면 그만 萬事 ― 오즉 때리고 辱하면 그만 效果가 나는 줄로 압니다. 그들은 恰然히 過去 저들이 初學 訓長에게 배워온 그 버릇을 또한 新敎育上에 實施하는 것이니까 勿論 先生은 强하고 弟子는 弱하니까 어른은 强하고 兒童은 弱하니까 辱하고 때리기만 하면 當場 順從하는 效果는 잇슬 것이올시다. 그러나 當場 順從하는 滋味를 조타 하고 兒童의 個性을 蔑視하며 人格을 몰라 본다 하면 그 敎育이야말로 참으로 効果가 업슬 뿐만 아니라 人道의 違反함이 그 罪 ― 크다 할 것이며 더욱 民族의 將來를 爲하야 寒心한 일이 아닙니까.

다음 우리 社會에서 社會가 兒童을 待하는 態度는 恰然히 主人이 奴僕을 對하는 形便과 갓습니다. 어른이 兒孩들을 보기만 하면 "이리 오너라. 너 ― 담배 한 匣 사(이상 26쪽) 오너라. 술 한 병 바다 오너라" 하고 絶對의 命令을 내립니다. 萬一 그 兒童이 如一 令施行으로 그 命令에 잘 服從하면 稱讚의 말이라고 하는 法이 "놈 ― 착하군? 이놈 뉘집 子息이냐?" 한다. 그러치 안코 其兒가 命令을 잘 順從치 안코만 보면 "저런 고약한 놈의 子息 보아. 그것이 뉘집 子息이냐. 亡할 子息도 잇다" 하고 咤罵합니다. 甚하면 선뜩 躊躇업시 뺨을 치기가 例事입니다. 내가 日前 齋洞 네거리에서 安洞 四街를 向하고 가는 途中에서 이러한 일을 當해 본 적이 잇섯습니다. 족으마한 洋靴屋에서 中東學校의 帽子를 쓴 나히나 十四五歲 되어 보이는 少年學生이 洋靴를 修繕하다가 어찌어찌 하야 價格의 關係로 승강이 되더니 洋靴店 主人이 無慘히 少年學生의 뺨을 치고 때리며 "이 子息 ― 어린 子息이 어른에게 함부로?" 하고 야단하는 變을 본 나는 우리 社會가 實로 社會的 弱肉强食의 原始的 狀態를 免치 못하엿다 하엿습니다. 이와 가튼 일은 우리 社會에서 恒茶飯으로 보는 일입니다. 이러하고야 어찌 兒童의 將來를 善良히 도아줄 수 잇스며 또는 그의 將來 希望을 무엇에 부틸 수가 잇겟습니까.

이와 가티 兒童을 壓迫한 結果는 兒童에게 어쩌한 惡影響이 잇느냐 하면 첫재는

兒童의 個性 發達을 막음이 甚하며 둘재는 兒童에게 人權 自由와 活氣를 썩거 兒童으로 하야금 怯病을 치게 하며 無爲의 恐怖와 萎縮의 氣를 養成케 됩니다. 只今 우리 朝鮮 사람들이 거트로 自體뿐이 늘큰하고 無脈할 뿐만 아니라 精神까지 無活氣 無突力한 態를 나타내는 것은 도모지가 兒童時代에 社會的 壓迫으로 나온 罪惡이라 할 수 잇습니다. 그럼으로 나는 新朝鮮建設의 第一步로 兒童尊敬의 風을 養成하야 그의 個性을 尊重히 하며 그의 人權的 自由와 活氣를 도아주어 完全한 人格의 사람 本位의 兒童을 養成함이 무엇보다 먼저 할 일이라 합니다.

乙. 兒童保護機關을 設置할 것. 우에와 가티 兒童尊敬의 風을 養成하야 家庭에서나 學校에서나 社會에서나 그의 風敎를 馴致케 하랴면 兒童保護機關을 設置함만 가틈이 업습니다. 들은 바에 依하면 米國에서는 各 重要한 都市에 兒童虐待廢地協會라는 것이 成立되어 그로써 兒童을 保護하야 간다 합니다. 이제 그 協會의 目的하는 바 一端을 들어보면 同 協會에서 協會의 事業으로 兒童의 虐待를 廢止코저 目的할 뿐만 아니라 兒童의 身心을 障害케 하는 社會의 모든 狀態까지 處理케 된다 합니다. 例하면 어쩐 遊戱는 兒童의 身을 障害게 하는 것이니까 그는 廢止하여야 할 것이라던가. 또는 어쩌한 處所(이상 27쪽)에는 어른들이 兒童의 將來에 妨害될 演劇的 노름이 잇스니 그것을 禁하여야 한다던가 어쩌한 곳에는 兒童들이 集合하는 空家가 잇서 거긔에서 兒童들이 不好한 遊戱를 하는 모양이니 그 家庭을 毁撤케 한다던가 하는 等을 處理한다 합니다. 米國과 가티 比較的 보다 以上으로 兒童을 尊敬하며 兒童을 保護하는 나라에서 더욱이 兒童虐待廢止라 하는 會가 잇슴이 必要타 하면 朝鮮과 가튼 原始的 狀態에 잇는 兒童社會에는 더욱이나 그러한 協會가 잇슴이 말할 것도 업시 必要한 일이라 하겟습니다.

月前 啓明俱樂部에서 兒童에게 敬語使用問題를 當局에 提出하엿다는 말을 듯고 우리는 大端히 同 俱樂部의 有志함을 嘆服하엿습니다. 바라건대 그와 가튼 機關에서 一層 더 努力에 努力을 加하야 兒童保護機關 가튼 것을 設置함이 時宜에 適當할 줄로 밋습니다.

丙. 少年指導機關과 貧兒敎育 方針. 兒童問題의 一部로 少年問題를 一言하려 합니

다. 少年은 곳 兒童의 一部입니다. 比較的 큰 兒童을 가르처 少年이라 할 것입니다. 그럼으로 少年의 指導機關은 곳 兒童의 指導機關입니다. 그러나 少年은 比較的 兒童中 큰 兒童이라 하는 意味에 잇서 少年指導機關을 特設함이 必要합니다. 文名한 國家에 잇서는 少年團體라는 것이 各種의 形式으로 만히 잇는 것은 누구나 다 아는 일입니다. 그러기에 英國에는 少年義勇團이라 하는 大丈夫的 名牌를 가진 團體까지 잇습니다. 朝鮮과 가티 아즉 啓蒙時代에 잇는 形便은로는 더욱이 少年의 모임이 至極히 必要합니다. 朝鮮에는 最近 京城에서 天道教少年會라는 것이 생겨 매우 조흔 成績으로 進行합니다. 同 少年會에서는 純粹이 사람 本位의 意味를 가지고 少年의 智力, 德性, 體育을 目的하고 그것의 完成을 期한다 하니 나는 이와 가튼 意味의 少年團體가 朝鮮 各地에 盛旺하야지기를 懇切히 빕니다.

나종에 할 말슴 할 것은 貧兒教育입니다. 이것은 特히 慈善을 目的한 有志 又는 團體가 그들의 貧兒를 救濟하는 一方策으로 더욱 만흔 힘을 써야 할 것입니다. 될 수만 잇스면 無依無托한 孤兒를 無條件으로 養成할 쑨만 아니라 나아가서 더 廣義의 意味를 取하야 一切의 貧兒에게 月謝를 不取하며 書冊을 貸與하는 等의 制度를 세워 平等의 教育을 밧게 함이 至當합니다.

다시 十年 以後의 朝鮮

다―아시는 말슴을 簡單히 이악이 삼아 한 마디 한데 지내지 안습니다. 그러나 내가 이 問題를 쓴 動機는 알고 보면 그 意味가 甚히 깁흔 대 잇습니다. 내가 머리에 十年 以後의 朝鮮이라 하고 다시 終末에 十年 以後의 朝鮮이라 한 것을 表明한 것은 聰明한 여러분이 먼저 그 뜻을 諒解하시려니와 朝鮮 사람은 넘우도 今日主義 刹那主義에 각겨 족음도 將來를 爲하는 根氣잇는 經營이 업슴이 큰 欠이며 짤아서 現在의 우리들의 어른의 이 心法 이 氣力 이 體面을 가지고는 모든 것의 建設을 根本的으로 施設하기가 넘우도 그 材料가 薄弱하다는 信條下에서 慇懃히 저들의 兒童의 將來를 바라보고 十年 以後의 朝鮮은 더들의 손에서 새것이 되어 나오리라 하는 깃븜과 느낌으로 이 問題를 널리 有志한 天下 兄弟 同胞에게 提案하는 바이올시다.(이상 28쪽)

(作家로서의 抱負) 必然의 要求와 絶對의 眞實로

小說에 대하야

方定煥, 『東亞日報』, 1922.1.6

무슨 그리 作家로서의 抱負라고 할 만한 것도 업습니다.

다만 엇더케 나는 참을 수 업서々 創作을 합니다. 그리고 또 나 自身의 生活을 챗죽질 하기 爲하야 創作을 합니다. 習慣, 矛盾, 虛僞, 罪惡, 爭鬪, 迷夢, 이 속에 뭇처 사는 만흔 人類 中의 한 사람으로서 될 수 잇는 대로 나 自身의 참으려 하야도 참을 수 업는 要求와 絶對의 眞實로써 되는 創作 — 그것에 依하야 나는 救援을 엇고저 합니다.

사람으로서의 必然의 要求 — 그것은 우리 人類 누구에게나 잇지만 世間的 生活은 그것을 막고 가리엿습니다. 막히고 가림을 밧고 要求는 더욱 切實하야지는 것임니다. 그리하야 白熱된 必然의 要求는 期於코 禁하려야 禁할 수 업시 쓰거운 힘으로써 낫하나고야 맘니다. 그 참으려도 참을 수 업는 必然의 要求와 絶對 眞實로 된 創作 그걸로 하야 거긔에는 恒常 새로운 世上이 낫하나는 것임니다. 卽 참된 새 生命이 創造되는 것임니다.

그리하야 一時의 改造나 한 쌔만의 創造가 아니고 늘 時々刻々으로 創造되는 새로운 生 — 그걸로 하야 우리는 작고 참된 世上으로 나아가게 되는 것임을 밋습니다.

그리고 나 自身이 民衆의 一人인 以上 거짓 업는 眞實한 나의 要求는 그것이 만흔 民衆의 그것과 그다지 다르지 아니할 것이며 그것은 疑心할 것도 업는 當然한 것임니다.

만흔 民衆은 모다 모든 矛盾 不合理 渾沌한 속에서 生存競爭이란 진흙 속에서 털벅어리고 잇습니다. 그리고 그 生存競爭은 아모 向上도 아니고 새로운 創造도 아니며 다만 消極的으로 貧窮을 避하고 飢餓를 免하야 아모것도 아닌 乞兒와 갓흔 慾望을 채우려고 남의 눈에 들녀고만 努力할 쌘임니다. 그러느라고 貧弱者는 富强者에게 작고 그 고기를 먹히고 잇습니다.

悲慘한 虐待밧는 民衆의 속에서 少數 사람에게나마 피여 니러나는 切實한 必然의 要求의 發露 그것에 依하야 創造되는 새 生은 이윽고 오리인 地上의 束縛에서 解放될 날개를 民衆에게 주고 民衆은 그 날개를 펴서 참된 生活을 向하야 나르게 되는 것이니 거긔에 비로소 人間生活의 新局面이 열니는 것입니다.

이리하야 恒常 쉬지 안코 새로 創造되는 新生은 民衆과 함께 걸어갈 것입니다.

以上과 갓흔 意味로서의 實際를 보여준 世上의 만흔 先進의 일홈을 닛치지 못함니다.

以上의 生覺이 내게는 헷닐로 도라가지나 안을넌지 엇덜넌지 그것은 只今 알 수 업거니와 何如커나 生覺은 늘 그리하고 잇슴니다.

朝鮮 初有의 少年軍

『東亞日報』, 1922.10.7

조텰호씨 등 유지의 발긔로

오일 오후에 발회식을 거힝

조선에서 처음으로 '조선소년척후군(朝鮮少年斥候軍)'이 싱기엇다. 소년군(일명은 동자군)이라는 것은 원래 서력 일천구백칠년에 영국 륙군 중장 '파렌, 바우엘' 씨가 창설한 것인대 목덕은 순연히 아동의 텬진스럽고 활발한 텬성을 잘 발달식히어

남자다운 용감한 긔운을 기르는 동시에 남을 위하야 자긔를 희싱에 밧치는 고상한 인격을 만들고자 함이라. 이럼으로 그 운동이 싱기인지 겨우 십여 년 동안에 전 세계에 퍼지어 구미 각국 가튼 문명국은 물론 인도(印度) 중국(中國) 일본 등 동양 각국에까지 소년군이 싱기엇스나 조선에는 아즉 이 계획이 업섯더니 시내 중앙고등보통학교(中央高等普通學校)에서 교편을 잡고 잇는 조텰호(趙喆鎬) 씨 외 여러 유지의 발긔로 조선에서 처음으로 조선소년척후단을 조직하야 재작일 오후 네 시 반에 발회식을 하얏는대 먼저

푸른 모자에 누른 빗을 씌운 연회식 군복을 입고 분홍빗 휘장을 달고 홍백의 척후긔(斥候旗)를 가진 소년 여달 명이 용장하게 중앙학교 후원에 모히어 정제히 느러선 후 여러 유지가 렬석하고 인도자 조텰호 씨가 소년군이 싱긴 후로 사회의 유익을 씻친 실례를 들어 취지를 설명하고 소년군들의 이때까지 배혼 재조를 시험한 후 소년군 중 한 사람이 례사를 베풀고 폐회하얏다. 이에 대하야 발긔자인 조 씨는 말하되 "영국에서 처음으로 이 운동이 이러난 후 세계 각국에서 채용하야 만흔 효과를 엇고 현재 전 세계에 널려 잇는 회원이 팔백만 명인대 자유와 의리를 존중하는 점에는 도로혀 압제덕인

군대교육보다도 낫다는 평판이 잇슴니다. 더욱 조선 소년가치 나약한 소년은 크

게 이런 운동을 장려하야 용감하고 고상한 긔풍을 기를 필요가 잇습니다. 그러나 이것은 장래의 조선을 위하야 만히 싱각하야 주시는 유지의 찬조를 엇지 아니 하면 도뎌히 효과를 어들 수 업습니다. 처음 일이닛가 먼저 여달 명만 중등학교 학싱 중에서 뽑아서 조직하얏는대 장래 팔세 이상 이십세 이내의 소년으로 부모나 기타 감독자의 허락을 어더서 입단하기를 원하면 엇더한 사람이든지 허락할 터이라. 이와 가티 조직된 척후단은 매주일에 한번식 모히어 산에 오르기 배젓기 헤염치기 기타 군대 싱활에서 하는 야영(野營) 가튼 것을 가르칠 터이라"고 하더라.

朝鮮 少年軍의 組織

『東亞日報』, 1922.10.8

剛健한 精神 健壯한 身體

人生이 遊戱이라 할지라도 그 遊戱는 眞個勇과 義를 要하는 遊戱이며 人生이 戰鬪라 할지라도 또한 그 戰鬪는 實노 勇과 義를 要하는 戰鬪이니 此 戰鬪 或은 遊戱에 處하는 吾人이 果然 如何한 覺悟와 鍛錬을 持하여야 할 것인가. 此 覺悟와 鍛錬 如何는 單히 吾人의 個々人의 生活과 運命을 決定할 쑨 아니라 一社會, 一國家, 一民族의 興亡盛衰의 基礎를 定하는 것이라 곳 人生 全體의 歸結을 定하는 것이라 하야도 過言이 아니니 然則 吾人은 如何한 覺悟로써 吾人의 自身를 鍛錬하며 또한 吾人의 子弟 第二 國民을 養成하여야 할 것인가. 吾人이 萬一 奮鬪努力, 果敢을 要하는 此 人間 社會에 處하야 儒弱[1]한 精神과 脆弱한 身體로써 그 生을 維特[2]하고 그 繁榮을 企圖하랴면 此는 맛치 東으로 居하기를 目的하고 西를 向하야 走함과 如하도다. 所謂 社會的 淘汰를 受하야 滅亡할 수밧게 업슬지니 人間 社會의 興亡盛衰史는 곳 此를 明白히 證明함이 아닌가 볼지어다. 羅馬의 興은 何로써 興하얏스며 또 그 亡은 何로써 亡하얏는가. 今日의 日本은 何로써 저와 갓흔 偉大한 地位를 占領하게 되고 今日의 朝鮮은 何로써 이와 갓흔 可憐한 境遇에 處하게 되얏는가. 歷史의 流動이 單純하지 아니하도다. 싸라 그 興亡盛衰의 原因이 不一할 것이나 要컨대 歷史의 主體가 되고 文明의 幹元이 되는 그 民族의 精神이 剛健하고 그 身體가 强壯하면 싸라오는 偉大한 活動에 依하야 그 社會는 盛旺할 것이며 不然하면 그 反對의 衰殘한 結果를 見하게 될 것이니 同一한 羅馬가 一時는 興하고 一時는 亡함이 그 原因이 此에 在하며 同一한 文明系統 下와 人種 內에서 一은 興하고 一은 衰함이 또한 그 原因이 玆에 存하는도다.

---

1 '柔弱'의 오식으로 보인다.
2 '維持'의 오식이다.

自然이 荒하도다. 容易히 人力에 服從치 아니하니 此를 征服하여 吾人의 利를 作하랴면 그 荒한 自然을 御할 만한 剛한 精神과 意志가 有하고 또 百折不屈하는 健實한 努力이 存하여야 하며 人間 社會가 惡하도다. 容易히 至善에 就하지 아니 하는도다. 이럼으로 吾人이 그 社會에 處하야 吾人의 理想을 實現하고 吾人의 生命을 發現하랴면 眞實노 勇力과 義感을 不斷에 持하고 亦 百折不屈하는 奮鬪가 存하여야 할지니 此 自然에 面하고 此 社會에 處하야 엇지 剛健한 精神과 不斷의 努力에 堪耐할 만한 健壯한 身體를 持치 아니하고 吾人의 生의 實現과 아울너 그 繁榮을 期할 수 잇스리오. 이럼으로 吾人은 新朝鮮 建設에 土臺가 되고 基礎가 될 우리 少年敎育에 對하야는 맛당히 이와 갓흔 覺悟와 이와 갓흔 鍛鍊으로써 勇敢하고 活潑한 氣象과 同時에 義務의 觀念이 强하고 協致의 精神이 豊富한 그와 갓흔 訓練으로써 臨하여야 할 것을 切히 感하나니 目下 朝鮮에 智識이 貴하지 아니한 것이 아니나 그러나 어늬 點으로 觀察하면 이와 갓흔 一種 氣風의 敎育 强한 意味에 在한 道德的 敎育이 一層 重하다 하겟도다. 死한 精神 弱한 身體에 千萬卷의 知識을 收한들 何等 所用이 잇스리오. 然則 目下 朝鮮社會에 가장 必要한 換言하면 새로 勃興하기를 始作한 新朝鮮社會에 必要한 그 剛健한 精神과 健壯한 身體를 養育하는 手段 方法이 如何한가. 勿論 一二에 止할 것이 아니나 吾人은 中央學校 敎職에 在하는 趙喆鎬 氏가 試하야 組織한 朝鮮少年軍과 如한 것은 確實히 그 가장 有力한 方法의 一인 것을 覺하노니 軍隊的 敎育과 訓練이 一面에 勿論 弊害가 伴치 아니하는 것은 아니나 그러나 元來 此 少年軍의 組織은 決코 彼 軍國主義, 帝國主義的 利己念에서 出한 것이 아니라 純然히 人生社會의 共存共榮을 爲하야 換言하면 모든 人生의 眞價値, 眞面目을 發揮하기 爲하야 光輝를 發하는 眞人格을 確立하기 爲하는 바 健壯한 身體와 剛健한 精神을 養함에 不過하는 것이니 이재 그 事業의 一端을 觀하건대 山에 登하는 것 水에 泳하는 것, 靑天下 大地上에 野營하는 것 等 實로 自然을 對手로 하고 眞人을 目標로 하야 努力하는 點은 壯하다 할지며 快하다 할 것이로다. 그 間에 生長이 有할지언정 何等 弊端이 存하리오. 吾人은 如此한 組織이 朝鮮 全道에 布하고 如此한 訓練이 朝鮮 全少年界에 及하야 將來 朝鮮 民衆의 全部가 그 意氣에 在하야 剛하고 重함이 泰嶽과 如하고 그

身體의 健하고 壯함이 喬木과 如하기를 바라노라. 如此한 民族, 如此한 民衆이면 그 間에 自然히 偉大한 文明, 偉大한 社會가 發生될 것이 아닌가. 아 — 少年軍의 組織 些小한 試驗과 如하나 그 實 影響의 及하는 바는 可히 그 大를 測定하기 難하도다.

天道敎少年會 童話劇을 보고

『東明』 제21호, 1923.1.21

◁ 우리 朝鮮에서는 嚆矢이며 또 그것을 天道敎少年會의 主催로 純潔하고 귀엽은 어린동무들끼리 試演한다함에야 어찌 귀넘어 들을 수가 잇스랴. 만흔 期待와 넘치는 깃븜을 가지고 내가 天道敎堂에를 물어섯슬 때는 「톡기의 간」을 上演 中이엇다. 第一 내게 조흔 印象을 주는 것은 빈틈업시 모여 안즌 觀客의 얼굴에 누구나 모두 벙글벙글 웃음을 씌고 잇슴이엇다. 사람이 제 各其 제 걱정과 제 근심을 가지고 잇스련만 그날 그 자리에 모인 사람들게는 그런 氣色도 보랴 볼 수 업섯슴이다. 더군다나 늙어 쪼브라진 한머니 한아버지가 코 위에 잇는 안경을 멀리 댓다 가까히 대엿다 하면서 궁둥이를 들먹들먹하시는 꼴만 보고서도 그네의 깃븜을 용이히 알아낼너라. 내 視線은 밧분 듯이 그제서야 舞臺 위로 갓다. 龍王의 公主 病席이 그 場面인데 病床 左右에 느런히 노혀 잇는 초ㅅ대에 썸벅어리는 초ㅅ물이 보는 사람으로 하야금 알 수 업시 근심스럽게 하야 죽음의 나라에 彷徨하는 公主의 넉돌이와 어쩌케 해서라도 단 한아인 그 딸을 救하랴고 애쓰는 龍王의 보이지 안는 '속걱정'을 잘도 表徵하앗다고 생각한다. 天井에 매달려 잇는 紅燈 두 쌍은 참으로 그럴 뜻햇다. 鼈主簿와 톳기는 正말로 그놈이 온 게 아닌가 疑心할 만큼 잘 되엇다. 期於코 欠을 차저 내랴면 龍宮에 잇는 侍女(生鮮)들의 舞蹈가 넘우도 서툴럿슴과 龍王의 擧動이 어대인지 版에 박힌 듯한 嫌疑가 잇섯슴이다. 하지만 어린동무의 노릅으로는 아조 훌릉하얏다고 아니할 수 업다.

◁ 그 다음에는 「佛兵의 危難」인데 이것도 꽤 잘 되엇다. 더욱 獨逸 將校의 그 뻔뻔한 酬酌과 兵丁의 씽씽대는 꼴은 抱腹하고 웃지 아니할 수가 업섯다.

◁ 「한네레의 죽음」을 上演할 때에 觀客이 눈물을 흘려야만 할 곳에 아하하 웃는 데는 아조 고만 질색이엇다. 하는 사람은 죽을 애를 써서 아모쪼록 그 '참'을 나타

내라고 몸부림을 하다십히 辱을 보는데 그 功勞도 업시 보는 사람은 知覺업시 웃어 버리기 때문에 그만 虛ㅅ 된 努力이 되어버리는 데야 어린동무네를 爲해서 안타까워 견될 수 업섯다.

◁ 觀客으로 하야금 가장 만흔 깃븜을 준 것은 曲藝와 「아메리카 단스」이엇다. 曲藝할 때에 어리ㅅ광대 노릇하든 아이가 "어쩝쇼" 하는 말은 어쩐지 매오 거북스럽게 들리더라.

◁ 통털어 말하면 期待에 틀림업시 滋味 잇섯고 盛況이엇다. 하지만 그 한 구석에 써서 부친 "우리의 한 가지 희망은 장차의 일꾼 어린이의 커감이외다"란 말을 주의해 본 사람이 몃치나 되는지?

◁ 그 자리에 모힌 분네가 만일 이 글자를 참으로 보앗스면 그 맘속에 包含되어 잇는 意味를 틀임업시 깨달앗다 하면 어찌하야 設使 좀 서툴고 잘못된 點이 잇다 한들 客氣를 뽐내서 왜가리 가튼 소리를 잇다금 잇다금 쌕쌕 질늘 勇氣가 잇나. 그곳을 普通 劇場으로 녀기고 求景하러 오라고 하얏나 하면서 入場料金을 돌려내라고 야단야단하는 것을 目見하얏슬 때에 나는 하도 어이가 업서서 天井을 한번 쳐다보앗다. 이와 가티 無智하고 無恥하고 沒常識하고 無神經한 사람은 이다음부터는 그런 공연에 아이에 오지 말앗스면 다른 사람에게까지도 조흘너라.

◁ 끗으로 한 가지 바라는 것은 이 後 모도 이런 모임이 끈히지 안코 잇서서 '장차의 일꾼'인 어린이들로 하야금 活潑한 氣象과 純潔한 情緖와 敏捷한 動作과 正當한 趣味와 着實한 思想을 어려서부터 鍛練하며 修養하도록 힘쓸 것이다.

◁ 또 한 가지 말하야 두고 십흔 것은 唱歌와 舞蹈를 더욱 練習하야 아름답은 音樂과 속 시원한 舞蹈로 主張을 삼고서 춤추고 노래함으로 始終을 막아달라 함이다. 마즈막으로 우리 朝鮮의 어린동무들도 모든 不合理에서 버서나서 自然 그대로 健全히 長成하야 가기를 祝福하는 同時에 이와 가튼 作亂에도 決코 凡然히 아지 말고 正當한 理解와 씀씩한 趣味를 기르도록 懇請한다.

—(李)—

새로 開拓되는 '童話'에 關하야

特히 少年 以外의 一般 큰 이에게

小波, 『開闢』 제31호, 1923.1

童話란 무엇인가 ― 童話에 對한 一般의 理解 ― 童話는 少年만 읽을 것인가 ― 古來童話의 發掘 ― 地方 青年 特히 教師, 青年會, 文藝部에 바라는 일 ― 其他의 雜感

○

昨今 우리에게서 二三의 童話集이 發刊되고 各種의 雜誌도 다투어 童話를 揭載하게 된 새 現像은 크게 깃븐 傾向이다.

只今의 이 形勢로 보면 童話 그것이 無限히 넓은 世界를 가지고 잇는 것인 만큼 새로 엄돗기 始作한 우리의 童話藝術도 그 將來가 大端 有望하게 되엇다.

이 機會에 拙見이나마 童話研究에 關한 여러 가지 問題를 되도록 具體的으로 다음 號나 느즈면 그 다음 號부터 쓰기로 한 바 이제 그것을 쓰기 始作하기 前에 極히 大體로의 童話 關한 雜感을 몃 가지 써야 할 必要를 느낀다. 그것은 아즉까지도 一部植字를 除한 外의 一般이 넘우나 童話에 對한 理解가 업는 것을 아는 까닭이다. 年前에 서울 某紙에 童話劇이라고 쓸 話字를 活動寫眞의 連續活劇이나 泰西活劇이라고 흔히 보든 活劇 우에 艱辛히 童字를 씨워서 童活劇이라고(印刷의 誤植이 아니다. 諺文까지 全文에 활 字로 잇섯다) 써 노흔 記者까지 잇섯든 것을 닛지 안는 까닭이다.

○

한 民族에 잇서서나 한 國歌에 잇서서나 또는 世界人類에 잇서서나 모든 새 思想 새 事業은 恒常 새 人物의 頭腦에서 생기고 또 그 손으로 되는 것이며 그 新人은 반듯이 少年의 世界에서 길리워나오는 것임은 여긔 다시 쓸 것이 업슬 것이다.

○

童話는 그 少年 ― 兒童의 精神生活의 重要한 一部面이고 最緊한 食物이다. 文化的으로 進化한 現代에 잇서서는 우리네의 人文的 教養의 一要素로 藝術이 絕對的으로 必

要한 것과 가티 現代의 兒童에게는 그 人間的 生活의 要素로 童話가 要求되는 것이다.

○

童話의 童은 兒童이란 童이요 話는 說話이니 童話라는 것은 兒童의 說話, 또는 兒童을 爲하야의 說話이다. 從來에 우리 民間에서는 흔히 兒童에게 들려주는 이약이를 '옛날 이약이'라 하나 그것은 童話는 特히 時代와 處所의 拘束을 밧지 아니하고 大槪 그 初頭가 '옛날 옛적'으로 始作되는 故로 童話라면 '옛날 이약이'로 알기 쉽게 된 까닭이나 決코 옛날이약만이 童話가 아닌 즉 다만 '이약이'라고 하는 것이 可合할 것이다. ('이약이'의 語源에 關하야는 興味잇는 이약이가 잇스나 그것은 다음에 仔細 쓰기로 한다.)

이 童話라는 어썬 것인가 함에 對하야는 좀 더 詳細히 말하자면 童話의 型式과 內容을 들어 그 性質을 말하고 그 起源과 發達의 經路를 차저서 童話와 다른 類似한 것과의 區別을 세우고 더 一步 나아가서 純科學的 立場에서 童話를 觀察하자면 童話의 分類에까지 들어가 그 比較硏究를 行하지 아니하면 안 될 것인 즉 그것은 勿論 아즉 童話라는 것은 누구나 아는 바 「해와 달」, 「흥부와 놀부」, 「콩쥐 팟쥐」, 「별주부(톡긔의 간)」 等과 가튼 것이라고만 알아두어도 조흘 것이다.

○

童話가 兒童에게 주는 利益은 決코 二三에 止하는 것이 아니니 다만 敎育上으로 有效한 點으로만 본대도 童話에 依하야 그 情意의 啓發을 速히 하고 理智의 判斷을 明敏히 할 쑨 外라 許多한 道德的 要素에 依하야 德性을 길러서 他에 對한 同情心, 義俠心을 豊富케 하고 또는 種種의 超自然, 超人類的 要素를 包含한 童話에 依하야 宗敎的 信仰의 基礎까지 지어주는 等 實로 그 效力이 偉大한 것이다. 그러나 此等 敎訓, 有益은 世의 敎育者 또는 宗敎家 等 兒童 以外에 指導者의 童話 利用家의 云云하는 바이며 決코 敎訓쑨만이 童話의 正面의 目的인 것은 아니다. (이것도 後에 詳述코저 한다.)

그리고 兒童自身이 童話를 求하는 것은 決코 知識을 求하기 爲함도 아니요 修養을 求하기 爲함도 아니고 거의 本能的인 自然의 欲求일다. 生兒가 母乳를 欲求하는 것과 가티 兒童은 童話를 欲求하는 것이라. 母乳가 幼兒의 生命을 기르는 唯一한 食物인 것과 꼭 가티 童話는 兒童에게 가장 貴重한 精神的 食物인 것이다.

童話가 어느 時代 어느 곳에던지 업는 곳이 업고 갈수록 더 글 世上을 넓혀가는 所以는 實로 世界全般兒童의 生活에 不可缺할 精神的 食料로 本能的, 自然으로 欲求되는 까닭이다. 보라, 風土・氣候・風俗의 關係로 取扱된 內容의 材料는 다르되 如何한 文明國에나 如何한 未開民族에게나 童話의 世界에는 한결가티 꼿이 피어 잇는 것을 보라.

○

古代로부터 다만 한 說話 — 한 이약이로만 取扱되어 오던 童話는 近世에 니르러 '童話는 兒童性을 닐치 아니한 藝術家가 다시 兒童의 마음에 돌아와서 어떤 感激 — 或은 現實生活의 反省에서 생긴 理想 — 을 童話의 獨特한 表現 方式을 빌어 讀者에게 呼訴하는 것이라'고 생각하게까지 進步되어 왓다.

그럼으로 적어도 近世에 니르러 藝術家의 붓으로 創作된 童話에 나타난 思想과 世界는 作者의 理想의 世界라고도 볼 수 잇는 것이다. 一般 兒童에게 難解한 點으로 非難할 점은 잇스나, 英國 오스카 — 와일드의 童話와 白義耳[1] 메 — 렐링의 童話를 닑으면 더욱 이 생각을 두렵게 한다.

○

藝術은 人生의 洗鍊된 再現이라 하면 童話는 훌륭한 完全한 藝術이다.

○

童話의 相對(또는 讀者)는 勿論 兒童이다.

그러나 그러타고 兒童 以外의 靑年, 壯年, 老人 — 卽 一般 큰이에게는 全혀 沒關係일 것일가 ……. 이 點에 關하야는 前項 또 前項에 쓴 것이 이미 어느 說明的 暗示를 던젓스리라고 생각하나 다시 몃 마듸 써야 할 것 갓다.

事實로 朝鮮서는 童話라는 童字만 보고 벌서 一部 讀者 以外의 거의 一般은 본톄만톄해 버려 왓다. 多少 民間에 닑혀진 興夫傳이나 또는 鼈主簿傳이나 朴天南傳 等이 童話 아닌 것은 아니나 그것은 營利를 爲하는 冊장사가 當치도 안흔 文句를 함부

---

1 '白耳義'의 오식이다. 벨기에(Belgium, 정식 명칭은 Kingdom of Belgium)를 말한다.

로 늘어노하 그네의 所謂 小說體로 맨들어 古代小說이라는 冠을 씌워 廉價로 放賣한 까닭이요 冊의 內容 그것도 童話의 資格을 닐흔지 오래엿고 그것을 購讀하는 사람도 童話로 알고 읽은 것이 아니고 古代小說로 읽은 것이엇섯다. 그것은 이때까지의 우리는 아모도, 童話를 硏究하는 이가 보이지 안핫고 아모도 童話를 들어 一般에게 보여주거나 說明해 준 이가 업서서 實로 無識하게까지 童話에 對한 理解를 가지지 못한 까닭이다.

前項에 말한 바와 가티 童話는 永遠한 兒童性을 닐치 아니한 人類 中의 一人인 藝術家가 다시 兒童의 마음에 돌아와 어느 感激 — 或은 現實의 生活을 反省하는 데서 생기는 어느 느낌을 讀者에게 呼訴하는 것이면 그 感激, 그 反省은 世上 모든 사람들의 感激, 反省이 아니면 아니 될 것이다. 아니, 그 作品에 依하야 누구나 感激의 洗禮를 밧지 아니하면 아니 될 것이요 또는 그 作品에 依하야 누구나 다 自己 各自의 生活을 反省하지 안흐면 안 될 것이다.

西洋의 어느 哲人은

"現代의 急務는 兒童으로써 돌이어 그 父母를 敎育시키는 데 잇다"고까지 하얏다 한다. 有理한 말이다. 암만 하여도 니처지지 안는 有理한 말이다. 一般의 큰이가 兒童에게 注意를 쏘으게 되고 또 자조 接近하는 것은 結局 自己自身의 反省이 되는 것이요 또 敎育이 되는 것이다.

우리는 누구나 가지고 잇는 '永遠한 兒童性'을 이 兒童의 世界에서 保持해가지 안흐면 안 될 것이요 또 나아가 洗鍊해 가지 아니하면 아니 된다. 우리는 자조 그 깨끗한 그 곱고 맑은 故鄕 — 兒童의 마음에 돌아가기에 힘쓰지 아니하면 아니 된다.

兒童의 마음! 참으로 우리가 사는 世上에서 兒童時代의 마음처럼 自由로 날개를 펴는 것도 업도, 또 純潔한 것도 업다. 그러나 우리는 年齡이 늘어갈스록 그것을 차츰차츰 닐허버리기 始作하고 그 代身 여러 가지 經驗을 갓게 되고 쌀하서 여러 가지 複雜한 知識을 갓게 된다. 그러나 그 經驗과 知識만을 갓는다 하면 그것으로 무엇을 하랴, 經驗 그것이 無益한 것이 아니요 知識이 無益한 것도 아니다. 그러나 그것만이 늘어간다는 것은 決코 아름다운 人生으로서의 자랑할 것은 못되는 것이다. 더구나 그 經驗 그 知識이 느는 동안에 한 便으로 그 純潔한 그 깨긋한 感情이 消滅되엿다 하면 우리는 어쩌랴 …… 그 사람은 설사 冷冷한 말르(枯)고 언(凍) 知識의 所有者일망정 人生으로서는 亦是 墮落한 者일 것이다.

아아 우리는 恒常 時時로 天眞爛漫하든 옛 — 故園 — 兒童의 世界 — 에 돌아가 마음의 純潔을 빌지 아니하면 아니 된다.

"아름다운 꼿을 보고 아아 곱다! 하고 理由업시 달겨드는 어린이가 나는 귀여울 뿐 아니라 거긔에 깁흔 意味가 잇는 줄로 나에게는 생각됩니다."
하고 日本의 童話作者 小川[2] 氏는 말하엿다. 과연일다. 全혀 兒童의 世界는 어쩌케 形容할 수 업는 아름다운 詩의 樂園이며 同時에 어쩌케 엿볼 수 업는 崇嚴한 秘密의 王國도 갓다.

○

이 아름다운 樂園, 崇嚴한 王國! 거긔를 世上人類는 누구나 지나온다.

그리고 어느 누구던지 人生은 모다 자기가 出生한 故鄕이 잇는 것과 가티 쏘 그 故鄕 景致와 모든 일이 永久히 니처지지 안는 것 꼭 가티 人生은 누구나 한 차례씩 그 兒童의 時代 그 世界를 지나오고 쏘 그때의 모든 일을 永久히 닛지 못한다.

三十歲가 되거나 쏘 七八十歲가 되거나 어느 때까지든지 人生은 어린 날의 樂園을 닛지 못하고 그립어 할 것이다. 그것을 그립어 하는 마음은 즉 더럽히지 아니한 純潔과 無限한 自由의 世上을 憧憬하는 마음이다. 現實 生活의 反省도 理想의 向上도 이 마음에서 나오고 젊은 벗, 將來 未來의 人生에 대한 사랑과 希望도 이 마음에서 나올 것이다. 더구나 童話는 이 마음으로 널리 쏘 眞實히 愛讀될 것이고 쏘 童話의 創作도 이러한 心境에서 眞實한 것이 나올 것이다.

아아 童話 藝術! 모든 큰이들도 이에 接하기를 누가 실혀 할 자이뇨.

○

2 일본의 아동문학가 오가와 미메이(小川未明, おがわみめい, 1882~1961)를 말한다. 본명은 오가와 겐사쿠[小川健作]인데, '일본의 안데르센', '일본 아동문학의 아버지'라 불린다. 도쿄전문학교(현 와세다대학[早稻田大學])에서 영문학을 전공하고 쓰보우치 쇼요(坪內逍遥, つぼうちしょうよう)와 시마무라 호게쓰(島村抱月, しまむらほうげつ)의 지도를 받아 동화작가로 활동했다.

以上의 意味로 童話는 決코 年齡을 標準하야 少年少女에게만 닑힐 것이 아니고 넓고 넓은 人類가 다 가티 닑을 것이며 作者도 또 恒常 大人이 小兒에게 주는 童話를 쓰는 것이 아니고 人類가 가지고 잇는 '永遠한 兒童性'을 爲하는 '童話'로 쓰는 것이다.

이리하야 우리가 一生을 두고 그리우며 憧憬하는 兒童時代의 따뜻한 故園에 들어갈 수 잇기는 오즉 兒童藝術에 依하는 밧게 업는 것이요 童話는 兒童藝術의 重要한 一部面인 것이다. 우리가 우리의 一生을 通하야 오즉 이 童話의 世上에서만 兒童과 一般 큰이가 '한테 탁 엉킬 수'가 잇는 것이요. 이 世上에서만은 大人의 魂과 兒童의 魂과의 사이에 죽음도 差別이 업서지는 것이다.

좀 더 理解를 가지고 좀 더 眞實한 態度로 一般이 童話에 注意를 向하게 되기를 나는 바란다.

○

朝鮮서 童話集이라고 發刊된 것은 韓錫源 氏의 『눈꼿』과 吳天錫 氏의 『금방울』과 拙譯 『사랑의 선물』이 잇슬 뿐이다. 그리고 그밧게 童話에 붓을 댄 이로 上海의 朱耀燮 氏가 잇다.

童話를 硏究하고 또 創作하는 同志가 좀 더 늘어주기를 懇切히 나는 바라고 잇다.

○

아즉 우리에게 童話集 몃 卷이나 또 童話가 雜誌에 揭載된대야 大概 外國童話의 譯뿐이고 우리 童話로의 創作이 보이지 안는 것은 좀 섭섭한 일이나, 그러타고 落心할 것은 업는 것이다. 다른 文學과 가티 童話도 한때의 輸入期는 必然으로 잇슬 것이고 또 처음으로 괭이(鋤)를 잡은 우리는 아즉 創作에 汲汲하는 이보다도 一面으로는 우리의 古來童話를 캐여내고 一面으로는 外國童話를 輸入하야 童話의 世上을 넓혀가고 材料를 豊富하게 하기에 努力하는 것이 順序일 것 갓기도 하다.

○

外國童話의 輸入보다도 가장 重要하고 緊要한 — 우리 童話의 舞臺 基礎가 될 古來童話의 發掘이 아모 것보다도 難事이다. 이야말로 實로 難中의 難事이다.

世界童話文學界의 重寶라고 하는 獨逸의 그리므 童話集은 그리므 兄弟가 五十餘

年이나 長歲月을 두고 地方地方을 다니며 苦生苦生으로 모은 것이라 한다. 日本서는 明治때에 文部省에서 日本 固有의 童話를 纂集하기 위하야 全國各部縣當局으로 하여곰 各其 管內의 各 學校에 命하야 그 地方 그 地方의 過去 及 現在에 口傳하는 童話를 모으려 하엿으나 成功을 못하엿고 近年에 또 俚謠와 童話를 募集하려다가 政府의 豫算消滅로 因하야 또 못 니루엇다 한다.

이러한 남의 例를 보면 古來童話 募集이 如何히 難事인 것을 짐작할 수 잇다.

더구나 政府이니 文部省이니 하고 미돌 곳도 가지지 못한 우리는 남의 五十年 事業에 百年을 費한대도 우리는 우리의 힘으로 이 일에 着手하지 아니하면 아니 될 것이다.

이 難中의 難事임에 不關하고 開闢社가 이 뜻을 納하야 決然히 今番 古來童話 募集의 擧에 出한 誠意는 無限感謝한다. 그리고 또 이 意味 잇는 일에 應하야 손수 童話發掘에 助力해주는 應募者 諸氏에게도 나는 感謝를 들이려 한다.

얼마 잇지 안하서 그들의 原稿는 내게로 올 것이다. 그리고 그 속에서 만흔 寶玉가튼 童話를 어들 수 잇슬 것을 나는 깃븐 마음으로 苦待하고 잇다.

○

그러나 決코 이번 처음의 이 일로 滿足한 結果를 보리라고는 생각하지 못한다. 이번 첫 번의 經驗에 뒤니어 이러한 機會가 자주 생겨야 할 것인 줄 나는 알고 잇다. 各 雜誌가 될 수 잇스면 다 ― 이 募集欄을 設하기 바라고 新聞도 每日 二段쯤으로 될 수 잇는 일이니 이 일에 着手해 주면 效果가 만흘 것이다.

그러나 그것보다도 내게 第一 希望을 부치기는 各地方에 계신 靑年이다. 各地學校에 勤務 中인 敎師 各 靑年會 文藝部員, 至於 銀行員, 金融組合員, 面役所員까지의 여러분이 틈틈이 될 수 잇는 일이니 차저 캐어서 懸賞募集에 應해 주거나 또 雜誌社로 보내주거나 新聞에 發表해 준다하면 만치 안흔 努力으로 만흔 收穫이 잇슬 것이다.

우리는 우리 各自가 協力하야 남에게 지지 아니하는 寶玉가튼 우리 童話를 캐여내지 아니하면 영구히 우리 童話는 캐여날 날 업시 무처버리고 말할 것이다.

거듭 거듭 地方에 계신 여러분께 이 일을 바래둔다.

○

日本童話라 하고 歐羅巴 各國에 飜譯되어 잇는 「猿의 生膽」이라는 有名한 童話는 其實 日本 固有한 것이 아니고 朝鮮童話로서 飜譯된 것인데 朝鮮 鼈主簿의 톡기를 원숭이로 고첫슬 쑨이다. (東國通史에 보면 朝鮮 固有의 것 가트나 或時 印度에서 온 것이 아닌가 생각도 되는 바 아즉 分明히는 알 수 업다.) 그 밧게 「혹쟁이」(호쟁이가 독갑이에게 혹을 팔앗는데 翌日에 싼 혹쟁이가 쏘 팔라갓다가 혹 부 個를 부처 가지고 오는 이약이)도 朝鮮서 日本으로 간 것이다. 그런데 이 혹쟁이 이약이는 獨逸, 伊太利, 佛蘭西 等 여러나라에 잇다 하는데 서양의 이 혹쟁이 이약이는 그 혹이 顔面에 잇지 안코 등(背)에 잇다 하니 쏩추의 이약이로 變한 것도 興味잇는 일이다. 이 外에 日本古書(字治拾遺物語)라는 冊에 잇는 「허리 부러진 새」라는 童話도 朝鮮의 「흥부 놀부」의 譯이 分明하다.

○

童話는 實로 限이 업시 넓은 世界를 가지고 잇다. 짤하서 그만큼 硏究도 多方面에 關係를 갓게 된다.

大槪 童話硏究에는 三 方面이 잇는데 一. 心理學的 方面의 硏究. 一. 藝術的 方面의 硏究. 一. 傳說學的 方面의 硏究의 三 方面이라는 이도 잇스나 그 設의 可否는 如何튼 그 硏究의 方面이 몹시 廣漠한 것은 事實이다.

아모리 하여도 함 사람의 힘으로는 到底히 完全한 硏究를 니루기 어려운 것을 몹시 深切히 늣긴다. 한 사람씩이라도 더 同志가 늘고 쏘 될 수 잇스면 무슨 會合을 지엇스면 조흘 것 갓다. 그리면 童話의 普及上 宣傳의 힘도 생길 것이고 兒童敎育, 少年의 指導에도 새 길이 틔울 것이다. 그리고 童話 自體는 붓적붓적 자라갈 것이다.

그러케 된다면 저 有名한 「푸른새」나 「한네레의 昇天」 等과 가튼 童話劇을 一般에게 보일 수 잇슬 것도 어려운 일이 아닐 것 갓다.

○

어쨋든가 只今의 이 形勢로 나아간다 하면 童話의 將來는 大端히 有望한 것인 줄 생각한다. 이제는 한 問題씩 한 問題씩 童話硏究에 關한 것을 써보기로 하자 …….

(十一月 十五日)

少年의 指導에 關하야

雜誌『어린이』創刊에 際하야 京城 曹定昊 兄께

小波,[1] 『天道敎會月報』, 1923.3

二月 七日에 주신 惠書는 반가히 닑엇슴니다.

出發 時에는 停車場에까지 나와 주섯다는 것을 뵙지 못하고 와서 未安 未安함니다. 그 實은 나 역시 여러 가지 일을 말슴할 것이 잇서셔 發車時間을 조몃조몃이 보면서 小春 兄께 작고 兄님 말슴을 하다가 그대로 써나고 말게 되엿섯슴니다.

何如튼가 엽헤서 남들이 '안 될 일을 헛숨 쑤지 말라'는 소리를 들어가면서 안탁갑게 우리가 議論 니여 나가든『어린이』雜誌를 이럭케 遠處에 난위여 잇난 우리의 便紙질로라도 이제 創刊되게 된 것은 愉快한 깃븐 일임니다. 이럿하야 三月 一日에 첫소리를 지르는『어린이』의 誕生은 분명히 朝鮮少年運動의 記錄 우에 意義 잇난 새 금(劃)일 것임니다.

兄님. 兄님이 이 일로 하야 京城의 志士 여러 사람을 訪問하신 일과 서울의 少年會를 爲하야 만히 애써주시는 일은 나로써 엇더케 말슴해야 할지 모르게 感謝함니다. 眞實히 努力해 주실 同志 한 분을 더 어더다 하는 내 깃븜보다도 兄님 한분을 새로 어든 것은 서울 少年會와 쏘 우리의 少年運動 우에 確實히 한 큰 힘인 것을 그윽히 깃버함니다.

兄님. 便紙로 이럿케 暫間 말슴할 일은 못 되오나 이제 우리가 한 가지 새 일을 始作해 나가는 첫길에 臨하야 兄님의 便紙를 닑고 한 말씀해야 할 것이 잇슴니다.

少年들을 엇더케 指導해 가랴…… 이것은 큰 問題임니다. 쏫과 갓치 곱고 비닭이와 갓치 착하고 어엽븐 그네 少年들을 우리는 엇더케 指導해 가랴. 世上에 이보다 어려운 問題가 업슬 것임니다. 只今의 그네의 家庭의 父母와 갓치 할가…… 그

1 원문에는 필자 이름을 '在東京 小波'라고 밝혀 놓았다.

것도 無智한 威壓임니다. 只今의 그네의 學校 敎師와 갓치 할가. 그것도 잘못된 그릇된 人形製造임니다.(이상 52쪽) 只今의 그네의 父母 그 大槪는 無智한 사랑을 가젓슬 쑨이며 親權만 휘두르는 一權威일 쑨임니다. 花草 기르듯 物件 取扱하듯 自己 意思에 꼭 맛는 人物을 맨들녀는 慾心밧게 잇지 아니함니다.

只今의 學校 그는 旣成된 社會와의 一定한 約束下에서 그의 必要한 人物을 造出하는밧게 더 理想도 計劃도 업습니다. 그때 그 社會 어느 구석에 必要한 엇던 人物(所謂 立身出世겟지요)의 注文을 밧고 고대로 작고 版에 찍어 내놋는 敎育이 아니고 무엇이겟습닛가.

그러나 어린이는 決코 父母의 物件이 되려고 生겨나오는 것도 아니고 어느 旣成社會의 注文品이 되려고 낫는 것도 아니임니다.

그네는 훌륭한 한 사람으로 태여나오는 것이고 저는 저대로 獨特한 한 사람이 되여 갈 것임니다.

그것을 自己 마음대로 自己物件처럼 이럿케 맨들리라 이럿케 식히리라 하는 父母나 이러한 社會의 必要에 맛는 機械를 맨들니라 하야 그 一定한 版에 찍어내려는 只今의 學校敎育과 갓치 틀닌 것 잘못된 것이 어대 잇겟습닛가.

우리는 우리 智識쩟 이러한 社會를 꿈이고 이러한 道德을 맨들어가지고 살지만은 그것은 우리의 思索하난 範圍와 우리의 가즌 智識 程度 以內의 쩟이지 그 範圍 밧글 내여다 볼 수 잇다면 거긔는 그보다 다른 方針과 道德으로 더 잘 살 수 잇는 것이 잇슬넌잇지도 모를 것 아님닛가.

그러면 우리는 우리 智識쩟 이럿케 꿈이고 이럿케 살고 잇지만 새로운 세상에 새로 出生하는 새 사람들은 저의끼리의 思索하는 바가 잇고 저의끼리의 새로운 지식으로 엇더한 새 社會를 맨들고 새 살림을 할런지 모르는 것임니다.

그것을 無視하고 덥허놋코 헌 — 사람들이 헌 생각으로 맨드러 논 헌 社會 一般을 억지로 들어 씨우려는 것은 到底히 잘하는 일이라 할 수 업난 것임니다.

그네들의 새 살림 새 建設에 헌 道德 헌 살림이 參考는 되겟지요. 그러나 無理로 그것쑨만이 좃코 올흔 것이라고 뒤집어 씨우려는 것은 크나큰 잘못임니다. 모든

先進이 少年들에게 對하는 態度를 大別하야 두 가지로 말하면 한 가지는 이제 말한 바와 갓치 只今의 이 社會 이 制度밧게는 絶對로 다른 것이 업다 하야 그 社會 그 制度 밋흐로 쌔러너려는 것과

한 가지는 아아 只今의 이 社會 이 制度는 不合理 不(이상 53쪽)公平한 것인즉 새로 長成하는 사람들은 이러한 不合理 不公平한 制度에서 苦生하지 안토록 하여주어야 하겟다는 것입니다.

前者에서는 必然으로 强制와 威壓的 敎育이 生기는 것이요 後者에서는 必然으로 愛와 情의 指導가 生기는 것입니다.

兄님. 우리는 이 두 가지에서 그 어느 것을 取하겟습닛가. 더구나 只今의 우리 朝鮮에 잇서서 우리는 그 어느 것을 取하겟습닛가.

우리는 이 後者를 取하고 나스지 아니하면 안이 될 것입니다. 그리하야 몃겹몃겹의 危壓과 强制에 눌녀셔 人形製造의 鑄型 속으로 휩썰녀 드러가는 中인 少年들을 救援하야내지 아니 하면 아니 됩니다.

그래서 自由롭고 재미로운 中에 저의끼리 긔운썻 활々 뛰면서 휠신휠신 자라가게 해야 합니다.

이윽고는 저의끼리의 새 社會가 슬 것입니다. 새 秩序가 잡힐 것입니다.

決코 우리는 이것이 올흔 것이니 밧으라고 無理로 强制로 주어서는 아니 됩니다. 저의가 要求하난 것을 주고 저의에게서 싹돗난 것을 북도다 줄 쑨이고 保護해 줄 쑨이여야 합니다. 우리가 그네에 對하난 態度는 이러하여야 할 것입니다. 거긔에 恒常 새 世上의 創造가 잇슬 것입니다.

이러한 態度로 하지 아니 한다 하면 나는 少年運動의 眞義를 疑心합니다.

少年運動에 힘쓰는 出發을 여긔에 둔 나는 이제 少年雜誌 『어린이』에 對하는 態度도 이러할 것이라 합니다. 모르는 敎育者의 抗議도 잇겟지요. 無智한 父母의 誹謗도 잇겟지요. 그러나 엇더케 우리가 거긔에 귀를 기우릴 수 잇겟습닛가. 우리의 所信대로 突進猛進할 쑨일 것입니다. 『어린이』에는 修身講話 갓흔 敎訓談이나 修養談은(特別한 境遇에 어느 特殊한 것이면 모르나) 一切 넝치 말하야 할 것이라 합니다.

저의끼리의 消息 저의끼리의 作文, 談話 또는 童話, 童謠, 少年小說, 이쁜으로 훌륭합니다. 거긔서 웃고 울고 뛰고 노래하고 그럿케만 커가면 훌륭합니다.

體裁變更과 粧冊을 하자는 兄님 意見에는 同感임니다. 『어린이』 雜誌에 繪畫가 만히 잇서셔 그들의 보드러운 感情을 誘發하고 一面으로 美的 生活의 要素를 길너주어야 할 것은 勿論임니다.

그러나 兄님. 누가 그럿케 조흔 그림을 잘 그리여 주(이상 54쪽)겟스며 그림이 잇슨들 엇더케 그것을 印刷하겟슴닛가. 沁山 盧君 갓흔 이의 그림도 만흔 金額과 技巧를 다하여도 『婦人』 雜誌의 表紙처럼밧게 되지 못하고 맘니다. 그것으로 무엇을 하겟슴닛가. 무슨 效果가 잇겟슴닛가.

또 한 가지 一月 二回로 하기 不便하니 一月 一回로 하고도 십습니다만은 冊價 五錢과 十錢에 큰 關係가 잇슴니다. 一回 五錢치를 二回 合하면 十錢자리가 됩니다. 그러면 불상한 朝鮮 少年들이 엇더케 그 冊을 손에 잘 만저 보겟슴닛가. 只今의 朝鮮 사람 中에 그 몃 사람이 사랑하난 子弟를 爲하야 冊 사볼 돈을 자조 줄 것 갓슴닛가. 그나마 京城少年들에게는 十錢이 만치 못할넌지도 모르나 地方에 잇난 少年少女에게 十錢式이란 돈은 그리 容易한 것이 아닐 것 갓슴니다.

단 五錢式에 해서라도 한 少年이라도 더 볼 수 잇도록 하난 것이 조흘 것 갓슴니다.

아즉 이러케 해서라도 나아가면 더 좀 엇더케 할 수도 잇겟지요. 그날를 우리 손으로 맨드러가는 수밧게 잇겟슴닛가.

兄님. 서울셔 혼차서 힘드시겟슴니다.

밧브실 몸이 오래 健全하시기만 바라오며 밧브시드래도 『어린이』 하나는 잘 키워주시기를 바람니다.

六四 二 十四夜(이상 55쪽)

처음에

方定煥,[1] 『어린이』, 1923.3.20

새와 가티 쏫과 가티 앵도 가튼 어린 입술로, 텬진란만하게 부르는 노래, 그것은 고대로 자연의 소리이며, 고대로 한울의 소리입니다.

비닭이와 가티 톡기와 가티 부들어운 머리를 바람에 날리면서 쒸노는 모양, 고대로가 자연의 자태이고 고대로가 한울의 그림자입니다. 거긔에는 어른들과 가튼 욕심도 잇지 아니하고 욕심스런 계획도 잇지 아니 합니다.

죄 업고 허물업는 평화롭고 자유로운 한울 나라! 그것은 우리의 어린이의 나라입니다.

우리는 어느 째까지던지 이 한울나라를 더럽히지 말아야 할 것이며 이 세상에 사는 사람사람이 모다, 이 깨긋한 나라에서 살게 되도록 우리의 나라를 넓혀 가야 할 것입니다.

이 두 가지 일을 위하는 생각에서 넘처나오는 모든 깨긋한 것을 거두어 모아내이는 것이 이 『어린이』입니다.

우리의 쓰거운 정성으로 된 이 『어린이』가 여러분의 짜뜻한 품에 안길 째 거긔에 깨긋한 령(靈)의 싹이 새로 도들 것을 우리는 밋습니다.

1　아동문학 잡지 『어린이』는 창간 당시 타블로이드판 12면으로 된 신문 형식이었는데, 「처음에」는 첫머리에 실린 글로 글쓴이의 이름이 밝혀져 있지 않으나 『어린이』의 초대 편집인이었던 방정환이 쓴 것이 분명하다.

『어린이』를 發行하는 오늘까지 우리는 이러케 지냇습니다

李定鎬, 『어린이』, 1923.3.20

○ 글 房이나 講習所나 主日學校가 아니라 社會的 會合의 性質을 씌인 少年會가 우리 朝鮮에 생기기는 慶尙南道 晋州에서 組織된 晋州少年會가 맨 처음이엇습니다.

…… (以下 九行 削除) ……

再昨年 봄 五月 初승에 서울서 새 誕生의 첫소리를 지른, 天道敎少年會 이것이 우리 어린 동모 男女 合 三十餘命이 모여 짜은 것이요 朝鮮少年運動의 첫 고등이엇습니다. 第一 먼저, 우리는 '씩씩한 少年이 됩시다, 그리고 늘 서로 사랑하며 도아 갑시다' 하고, 굿게 約束하엿고 또 이것으로 우리 모듬의 信條를 삼엇습니다. 그리고 조흔 意見을 박구고, 해나갈 일을 의론하기 爲하야 每週日 木曜日, 日曜日 이틀식 모이기로 하엿습니다.

○ 그리고 맨 먼저 우리를 指導하실 힘 잇는 後援者 金起瀍 氏와, 方定煥 氏를 어덧습니다. 두 분은 누구보다도 第一 우리를 理解해 주시고 또 끔즉히 우리를 사랑하시어서 우리를 爲하야 어쩌케던지 조케 잘 되게 해 주시지 못하야 늘 안타까워하십니다.

○ 우리는 참말로 親兄님가티 親父母가티 탐탁하게 밋고 매달리게 되엇습니다. 事實로 少年問題에 關하야 硏究가 만흐신 두 先生님을 엇게 된 것은 우리 運動에 第一 큰 힘이엇습니다.

(李定鎬)(未完)

(社說) 少年運動協會 創立에 對하야

『朝鮮日報』, 1923.4.30

人이 始生하야 飢하면 嗜哭하고 飽하면 嬉遊하야 世間事爲에 如何한 心機가 萌動하지 아니하고 塊然한 一個 血肉體인 乳哺時代와 喜怒의 觸覺을 始感하고 是非의 辨別을 纔解하는 孩提時代와 血氣의 循環이 强烈하고 動作에 模彷이 銳敏한 幼少時代를 天時에 譬喩할진된 群蟄이 始動하야 漸次 發榮하는 域으로 向進하는 初春과 仲春과 밋 季春과 如하도다. 그러면 一年의 歲功을 成就함이 모다 春節에 根基를 着하고 萌芽를 發함과 如히 人의 後日 榮枯와 終生 事業도 모다 幼少時代에셔 端緖를 發하나니 가장 重要한 時期가 幼少한 時代라 할지라 幼少한 時代에 學問의 修養이 無하면 他日에 비록 絶大한 人格이 有할지라도 그를 擴充하고 潤色하는 資料가 無할지며 性情의 啓導를 缺하면 비록 純潔한 資品이 有할지라도 그를 琢磨하고 鍛鍊하는 門逕이 無하야 結局 有爲할 良材로 無用한 幣物을 作할지니 敎育의 何者가 緊要치 아니하리요만은 幼少한 後進 叢生을 引導하며 敎育하는 이보다 더 緊要한 者는 無할지로다.

그럼으로 우리 東洋 古代에 子弟를 敎訓하든 往事를 溯考하여도 人이 腹中에 在할 時로부터 生後 七八歲에 至하기까지 그 中間의 敎育을 審愼히 하고 周密히 하야 小毫도 輕忽히 認치 아니하엿스나 그러나 此는 一部 特權階級에셔 行하든 바이요 共通으로 應用하지는 못하엿섯드니 挽近 西歐의 制度를 見하면 敎育政策의 整備함을 因하야 幼少한 者에게 施하는 敎育도 盡善盡美하게 舖置된지라 學校를 廣設하고 直接으로 敎授를 行함은 오히려 茶飯의 常事요 或種의 有益한 遊戲로 身體의 發育을 謀하며 或種의 方法으로 尙武하는 精神을 涵養하며 義俠의 風氣를 誘發하야 幼少할 時부터라도 그 資格이 絶對로 頑鈍한 者가 아니면 將來社會에 落伍되지 아니할 만큼 敎育을 施함으로 如彼히 健實한 國民을 造就하거늘 우리는 不遠한 過去에 在하야 彼의 完全無缺한 制度를 倣彷하지 못함은 오히려 第二問題요 近古 幾百年의 黑洞々하든 舊

規를 墨守하야 上古時에 極小 部分에서 行하든 敎育術〃지 有也無也한 中에 在하엿슴이 쏘한 今日 現象을 誘致한 一個 原因이라 할지라 前에 우리가 親히 見聞한 바 過去의 少年敎育法을 暫時 說道하건뒨 若此하도다. 現今에도 此風이 아조 歇息함은 아니지만은 더욱이 往時갓치 階級防閑이 □甚할 時에 貧富程度가 懸隔할진뒨 他事는 勿論하고 다만 少年敎育에 對한 一欵으로 論하여도 그 敎養하는 制度가 完備치 못함과 如한 觀이 有하엿스니 少年 그들이 如何히 遊戱하든지 如何히 行走하든지 모다 不計하고 다만 身體나 健實하고 疾病이나 無하엿스면 다른 敎導法이 無함으로 그의 天質이 純良한 者이면 放任하고 天質이 頑劣한 者이면 叱咤와 笞楚를 加할 而已요 他術이 無하니 그 待遇가 그럿케 冷酷하고 엇지 良好한 人材가 되기를 希望하리요. 그의 自然한 結果로 만일 出衆한 德性이 無한 者이면 浮浪者로 化하거나 頑悖下類가 되거나 그러할 外에 好果가 無하엿스니 少年의 前程을 爲하야 眞實로 茫然發歎함을 自己치 못하엿섯도다.

右와 如한 弊習을 有志한 社會에서 恒常 缺憾으로 認하야 如何한 改良策을 講究하는 바임으로 近日에 至하야는 小兒의 幼稚園과 少年의 '색이쓰카웃' 等이 組織되야 幼少한 同胞의 修養하는 機關을 作하나 此는 物質의 拘束이 有함으로 그 便宜를 一般이 共享하지 못하는 바이러니 日前에 開闢社 主筆 金起瀍 氏 外 某々 有志의 發起로 朝鮮少年運動協會를 組織하야 事務所를 開闢社 內에 置하고 오는 五月 一日을 어린이의 날로 定名하야 二十萬枚의 宣傳文을 撒布하고 演藝會가 有할 터인 바 同 事務所에서 逐日會議를 開하고 全 朝鮮 各 少年會에 勸誘하야 一致團結하기를 勸한 바 此에 對하야 贊成하는 者가 大多數이라 하니 此日을 逢하야 全朝鮮少年의 前無하든 大會合 大活動의 盛儀를 參觀하게 됨이 우리는 中心의 充欣함을 不勝하는 바이로라. 그러나 或 如何히 思惟할진뒤 同 會를 運動協會라 命名한 同時에 한번 會合하야 한번 運動이 有함을 敎育上으로 見할진뒤 그러케 重要視할 것이 안임과 如한 觀念이 有하나 此는 大히 不然하니 各 團體가 모다 聯合하야 相互間의 情誼를 交換하고 技藝를 比試하야 未來社會의 社交를 實地로 見習하는 一方에 人類는 團結하면 偉大한 力이 生하는 實例를 幼少時부터 體得하게 함이 何보다도 高尙優美한 敎育이라 할지며 더욱이 우리 少年의 舊日陋習을 革除하게 하고 우리도 國民의 一分子요 社會의 一個人이라는 覺悟를 注入하는 그 點이 絶對로 推許할 바이라. 그럼으로 我는 이 協會를 看做하기를 少年에게 對하야 無上한 敎育方針으로 認하노라.

(社說) 少年運動

『매일신보』, 1923.4.30

最近 京城 某々 團體의 有志는 셔로 協議하야 少年運動協會 한 곳을 組織하고 全般의 少年問題에 就하야 聯絡과 統一을 圖ᄒᆞ며 調査와 硏究를 遂홀 것을 標榜하며 更히 每年 五月 一日로써 特히 '어린이의 날' 卽 少年日로 定하야 一般 家庭과 社會가 셔로 和應하야 此日로써 少年에 取하야 가장 意義잇는 日이 되도록 하며 今番 第一回의 少年日에는 그 趣旨의 宣傳을 爲하야 各種의 實行方法을 講究 中이라 홈은 本紙의 報道 ᄒᆞᆫ 것과 如하도다. 吾人은 彼 可憐한 兒童을 爲하야 此 運動은 實로 慶賀홀 일이오 此를 主唱하며 實現ᄒᆞ는 諸氏의 勞力을 多하다 하는 바이로다. 現今 東西의 文明列邦은 此 少年問題를 爲하야 幾多의 國家的 施設과 社會上 運動이 盛行하는 中이나 從來 我 朝鮮에셔는 此 問題를 比較的 閑却하야 冷淡視ᄒᆞᆫ 缺陷이 不無하얏거니와 要ᄒᆞ건대 社會의 將來 主人公이오 又 家庭의 後日 主長者될 第二國民에 就하야 此를 善養하며 善導홀 것은 家庭과 社會가 互相聯絡을 取하며 方法을 講하야 그 目的을 貫徹치 아니치 못홀 것이다. 從來에 우리 社會에셔는 兒童에 對ᄒᆞᆫ 制裁와 拘束이 甚한 것은 잇셧스나 此를 保護하며 訓鍊하야 智德을 成就케 하는 社會的 施設이 一無ᄒᆞ얏셧다. 그것은 單히 兒童에 取하야 不幸이 될 뿐 아니라 國家와 社會에 取하야 莫大한 損失이오 文明한 社會의 一 羞恥가 되는 것이라. 今에 朝鮮의 文化가 日로 向上됨을 따라 此種問題가 識者의 注意하는 바이 됨은 엇지 欣喜홀 바이 아니리오. 老를 老하는 社會에셔는 반다시 一方으로 少를 少로 하는 觀念이 업시며 不可한 것은 多言을 不要하는 바 今에 朝鮮社會에셔도 少를 少하는 美風이 起하라 홈은 實로 我意를 得홀 바이로다.

少年問題에 就하야 今番의 運動은 二様의 意義가 存在하나니 一은 社會와 家庭으로 하야 少年을 慈愛하야 그 保護의 周到를 期하는 것이오 又 一은 少年으로 하야금

恒常 家庭과 社會에 感激의 念을 有하게 하고 社會生活에 訓鍊을 養하야 他日 國民으로 世에 處홈에 實로 規律이 잇스며 修養이 잇는 善良훈 人物이 되게 홈이라. 무릇 慈愛가 업시 生養된 人物은 그 平生에 感激의 念이 無하는 것이다. 또 訓鍊이 업시 長成된 人物은 公德의 如何를 辨치 못하게 되나니 兒童問題의 重大홈이 實로 斯와 如하도다. 吾人이 엇지 그 後援에 怠하며 注意를 忽히 홀 것이리오. 古人의 말한 바 生子가 難이 아니라 敎子가 甚히 難하다 홈은 此間의 消息을 道破훈 것이라. 吾人이 今番 少年運動에 無限의 歡喜로써 同感을 表하는 所以가 玆에 在훈 것이다.

그러나 吾人은 一種의 婆心으로브터 當事者에게 告홀 것이 잇나니 諸君의 그 着眼한 것과努力ᄒ는 것은 미우 感謝에 不堪하거니와 近日의 世態를 一瞥하건대 神聖치 아니하면 不可홀 各種問題가 多數는 或의 무삼 目的에 利用되며 惡用된 經驗이 不無ᄒ얏다. 吾人은 些毫라도 今日의 諸君을 敢히 疑치 아니하거니와 諸君도 此點에는 十分의 注意를 拂ᄒ야 動輒淺薄훈 風潮에 誤키 易훈 此時에 우리 少年問題로 하야금 그 渦中에 混同치 아니케 하고 實로 堅實한 向上을 期하야 眞面目으로 愼重히 홀 必要가 잇다 하는 것이다. 諸君은 應히 吾人의 此言에 首肯홈이 잇슬 것이오 從하야 吾人의 期待에 必副홀 것을 信하야 疑치 아니 하노라.

開闢運動과 合致되는 朝鮮의 少年運動

起瀍, 『開闢』 1923.5

少年運動協會의 壯擧 = 朝鮮少年의 倫理的 壓迫 = 보다 甚한 經濟的 壓迫 = 이러케 解放할 것이다 = 少年問題를 云爲하는 者에게

少年運動協會의 壯擧

듯건대 京城 안에 잇는 各 少年團體의 關係者 一同은 지난 四月 十七日로써 少年運動協會를 組織하고 地方에 잇는 幾多의 少年團體 其他 社會團體와 聯絡을 取하야써 世界的으로 意義 깁흔 五月의 一日을 期하야 朝鮮 十三道 兄弟로 하야금 一齊히 少年運動의 旗幟를 들도록 하리라 하는도다.

이번에 高調하는 그 協會의 少年運動의 眞意가 那邊에 잇슬가 함에 對하야는 우리가 아직(이 글을 쓰는 四月 二十日까지) 그 仔細한 것을 아러 엇지 못하얏스나 그 運動이 爲先 朝鮮의 少年을 標準하야 計劃되는 것이라 한 즉 今日 朝鮮少年의 特殊한 處地에 거울하야 몬져 '少年解放'이란 그것을 目標삼아 나아갈 것은 想必 疑心업는 事實일지며 쏘는 그것이 事實이 되지 아니하면 안 될 것이다.

解放! 解放! 이 말은 近來의 우리 朝鮮 사람에게 퍽도 만히 絶叫되는 말이다. 政治的 解放, 經濟的 解放을 絶叫함은 말도 말고 '女子의 解放'과 가튼 問題도 우리의 귀가 압프리 만큼 喧藉되며 잇다. 그러나 엇던 셈인지 今日 社會의 潛勢力이 되고 明日 社會의 中堅力이 될 少年 解放 問題에 對하여는 別로 이러타 하는 소래가 업섯다. 再昨年 以降으로 이곳저곳에 몃 군대의 少年團體가 생기여 空谷呼聲과 가티 얼마콤이라도 少年問題의 聲息을 傳한 바가 업지 아니 하엿스나 그 問題가 一般의 輿論이 되고 運動이 되어 萬人의 注視를 要하(이상 20쪽)기까지에는 너무나 微微하엿스며 쏘는 너무나 不鮮明하엿다. 이러한 오늘 이와 가튼 普遍的 少年運動이 니러남을 보게 된 것

은 實로 好消息 中의 好消息이라. 우리는 몬져 말만 듯기에도 一片의 衷情이 스사로 躍如함을 禁치 못하겟다.

朝鮮少年의 倫理的 壓迫

그런대 少年을 解放한다 하면 少年을 壓迫하는 事實의 存在를 前提로 하지 아니치 못할지니 그리면 從來의 우리 朝鮮 사람은 果然 엇더케 少年을 壓迫하엿난가. 말은 여긔에서브터 始作될 수밧게 업는 것이다. 그윽히 생각하면 從來의 少年 壓迫에 잇서 맨 첫재로 해일 것은 倫理的 壓迫이라. 오늘날의 우리가 무슨 宗教를 밋고 무슨 主義를 말한다 할지라도 우리의 社會的 生活의 實際는 百의 九九가 모다 儒教의 倫理밧게 한 거름을 나가지 못하는 것이라. 그런대 儒教의 倫理는 사람을 사람 그대로 觀察하지 아니하고 여러 가지로 사람을 分析하야 그 中에서 君이라 하고 父라 하고 夫라 하는 세 베리(三綱)를 發見하고 남아지의 群庶를 거긔에 服屬케 하되 別로 五倫이란 그믈코 가튼 것을 지여 써 一般의 脫出을 禁制하엿나니 少年壓迫의 唯一의 道德的 乃至 倫理的 根據가 되는 '長幼有序'라는 金言도 곳 이 五倫 中의 하나이다.

가만히 그 間의 經緯를 생각하면 五倫은 三綱에 屬케 하고 三綱 中에도 夫는 父에 屬게 하고 天은 一種 完全을 極한 既成品이라 하야 一切의 規範을 거긔에서 取하기로 하엿다. 그런대 天은 聲도 無하고 臭도 無한지라 自稱 曰 天을 繼하야 極을 立하엿다는 君王의 意思로써 天의 意思를 代表하게 되엿스니 堯舜禹湯文武周公은 卽 그이며 孔子와 가튼 사람은 그들을 잘 祖述하고 憲章함으로 因하야써 거희 그들과 同列에 居하는 聖人이 되여섯다. 卽 天縱의 大聖이 되여섯다. 伊後의 儒道의 教條를 中心 삼아써 生活한 帝王이나 學者나 또는 群庶는 千律一篇으로 그 方式을 反覆함에 지내지 못하엿다. 卽 一切의 帝王은 다 ― 가티 堯舜을 바라보면셔 堯舜만 조곰 못한 帝王이 됨으로써 最后의 理想을 삼앗고 一切의 士子는 孔子를 바라보면셔 孔子만 조곰 못한 聖人되기로써 究竟의 目標를 삼앗스며 外他의 一切 群庶는 그 當時當時의 帝王, 君子의 威風 밋헤서 指導 밋헤서 그날그날의 판박은 生活을 持續하엿슬 쑨이다. 만일 者 누구라도 여긔에서 한거름을 벗어나면 그는 곳 異端者라(이상 21쪽)는 指目

밋헤서 하염업는 犧牲이 되고 마럿슴이다.

一言으로 蔽하면 여태까지의 우리들(儒敎의 敎化에 저즌)의 머리에는 過去 — 過去에 對한 信仰이 잇는 밧게 다시 아모러한 것이 업섯다. '執古之道, 以御今之有'라는 老子의 말은 這間의 經緯를 遺憾업시 象徵하엿다. 우리에게 만일 過去가 아닌 現在나 未來가 잇섯다 하면 그것은 過去라는 큰 模型에 판박은 現在이나 未來이엿다. 다시 말하면 過去의 延長인 現在이며 未來이여섯다. 이와 가티 過去의 祖述로써 唯一의 人生是를 삼든 그때 — 오늘까지도 — 에 잇서는 過去와 그 中 잘 阿諛하고 過去와 그 中 因緣이 갓가운 사람이 第一 社會的 地位가 놉흔 사람이 되엿다. 그런대 가튼 人間 中에서도 어린이가 아니오 어룬인 그 사람은 過去와 因緣이 가장 갓가운 사람이며 過去에 對한 智識이 가장 만흔 사람이라 짜라서 어룬이 그는 그 社會에 對한 가장 놉흔 地位와 가장 만흔 許與를 밧는 反面에 '어룬'이 아닌 '어린이'는 아모것도 아니로 取扱하고 말엇다. 根本으로 그의 人格을 否認하엿다. 그의 全存在는 어룬의 玩弄品이 되는 대에서쑨 어룬의 使令꾼이 되는 대에서쑨 意義가 잇섯다. 이와 가티 어린이에 對하야는 根本的으로 그의 人格을 否認하엿는지라 日常의 接觸에 잇서도 그에게 對해서는 사랑은 잇섯슬지언뎡 恭敬은 업섯다. 그 사랑은 마치 主人이 犬馬를 사랑하는 사랑이엿스며 犬馬가 그 색기를 사랑하는 사랑이엿다. 卽 그가 貴여윗슴으로 사랑하엿스며 그가 可憐하엿슴으로 사랑하엿스며 自己 所有라 認하엿슴으로 사랑하엿다. 果然 얼마나 淺薄하고도 野俗한 사랑이엿는가.

從來의 社會에 잇서 어룬이 어린이를 無視한 생각을 하면 實로 氣가 맥힌다. 몬져 日日時時로 쓰는 言語에서 그를 한 層 나즌 놈으로 取扱하엿다. 어룬은 반다시 어린이를 下待하고 어린이는 반다시 어룬을 敬待하엿다. 行住, 坐臥, 衣服, 飮食의 모든 節次에 잇서도 반다시 어룬과 어린이를 區別하야 어룬을 第一次, 어린이를 第二次에 두엇다. 例하면 길을 갈 째에는 어린이는 반다시 뒤에 서라 하고(疾行先長者를 謂之不悌) 飮食을 먹을 째에는 어린이는 반다시 어룬이 잡수시고 난 뒤에 먹으라고 함과 가튼 것이다.

冠婚喪祭는 在來의 社會的 儀節 中에 가장 重要한 儀節이엿다. 그런대 그 儀節 中

에 어린이에 對한 것이라고는 한 가지가 드러 잇지 아니하다. 그 中의 冠婚은 儀節의 性質上 스사로 어린이를 除外하엿다 할지라도 喪祭에 對해서는 얼마라도 생각할 餘地가 잇는 것이다. 그런대 喪(이상 22쪽)禮에 어린이가 잇는가 祭禮에 어린이가 잇는가 어린이는 죽은면 그저 거적이나 油紙 쪼각으로 둘둘 마라 내다 버릴 쑨이다. 아모러한 儀式도 업고 아모러한 追念도 업다. 어룬에게 對해서는 몃 해를 두고 입는 服이오, 몃 代를 두고 하는 祭祀가 어린이에게 對해서는 單 하루의 服이 업고 한 回의 祭祀가 업다. 반다시 服을 입게 하여야 되고 祭祀를 지내게 하여야 한다는 말이 아니라 在來의 어린이에게 對한 凡節은 그러케도 野俗하게 되엿다는 말이다.

가지가지로 말할 수가 업거니와 一言으로 蔽하면 從來의 우리 東洋 사람들은 天이라 하는 一大幽靈的 古物을 등 뒤에다 숨겨노코 그 압헤서 우리의 人間이라는 것을 分析하기 始作하엿다. 君, 臣, 夫, 婦, 長, 幼, 老, 少, 男, 女, 君子, 少人, 貧者, 富者, 父子, 祖, 孫, 叔, 侄, 兄, 弟와 가튼 幾多의 稱號는 分析의 結果에 생긴 큰 조각 적은 조각에 지내지 못한 것이다. 그 中에서 君이란 것이 가장 큰 쪼각이 되엿고 어린이란 것이 가장 적은 조각이 된 셈이엿다. 그런대 어린이란 조각은 적으되 普通人의 眼中에는 씌우지도 아느리 만큼 적엇다. 實로 말이지 여태싸지의 사람들의 眼中에는 아조 어린이란 것이 보이지를 아나섯다.

그때의 形便에는 이러케밧게 더 할 수가 업서서 그리 하엿난지 또는 이러케 맨드러 노아야 몃 개 特殊 級人의 利益을 擁護할 수가 잇스리라는 惡意에서 그리 하엿는지 그것은 아직 別問題로 하고라도 엇지 하엿던 在來의 社會制度 그것이 人間이란 것을 分析하야 어린이 級을 最下位에 둔 그것은 常말노 人事不祥이엿다. 우리는 이러한 社會制度를 하루를 維持한다 하면 하루만큼 報殃을 밧을 것이라. 생각하면 毛骨이 悚然하도다.

보다 甚한 經濟的의 壓迫

둘재로 생각할 것은 經濟的 壓迫(첫재는 倫理的 壓迫)이니 몬져 倫理的 壓迫으로써 어린이의 精神을 侵蝕하고 다시 經濟的 壓迫으로써 어린이의 몸쌩이를 결단내인다.

事實대로 말하면 오늘 社會에 잇서 어린이에게 주는 經濟的 壓迫은 그들의 心身을 全的으로 敗亡하게 함이 된다. 그것은 다른 것이 아니라 現下의 社會制度로브터 오는 無産家庭의 生活難은 그 影響이 고대로 그 家庭에 잇는 어린이에게 밋처서 즐겁게 노라야 하고 힘 마추 배와야 할 어린이 그들은 不幸하게도 勞働하여야 하고 受難하여야 되게 되는 그것이다.(이상 23쪽) 오늘 朝鮮에 잇서 그 無産兒童들의 머리 우에 壓下되는 經濟的 壓迫을 생각하면 實로 氣가 맥히는 事情이라. 學校가 업서서 工夫를 못하는 것도 말할 수 업는 怪惡한 形便이려니와 學校가 門 엽에 잇서도 먹을 것이 업서서 工夫를 못하는 그 形便은 더구나 怪惡하지 아늘가. 兄弟야 오늘 우리의 어린이들노서 學校는 잇슬지라도 먹을 것이 업서서 工夫를 못하는 이가 얼마라도 잇는 줄을 아는가. 그들의 多數는 只今 每日 몃 分錢의 賃金과 즈즐치 못한 勞役으로 緣하야 前程萬里의 自身의 將來를 그릇치며 잇는 것이다. 그런대 이 問題는 오늘 社會의 經濟 制度를 根本으로브터 改造치 아느면 解決되지 못할 것인 바 그의 問題 歸屬處가 單純치 아니할 것은 事實이나 그 問題가 單純치 아니함을 理由로 하야 그 解決을 等閑히 할 수가 업는 것은 勿論이다.

이러케 解放할 것이다

우리는 여태까지 더 一數 업는 어린이들을 이와 가티 倫理的으로 壓迫하엿스며 經濟的으로 壓迫하엿다. 그래서 우리의 明日의 前程을 우리 스사로 가로막아스며 우리의 今後의 光明을 우리 스사로가 否認하엿다. 여태까지의 우리는 이와 가튼 큰 過誤를 거듭하며 잇섯다.

형제여 이러한 過誤를 大明天地의 오늘에 잇서도 쏘다시 거듭하여야 올흘 것인가. 天이 開하고 地가 闢하야 世上의 文運이 將次 根本으로브터 한번 뒤집히려 하는 오늘에 잇서서까지도 이러한 過誤를 쏘다시 거듭하여야 올흘가. 아니다 아니다 그들을 根本的으로 解放하여야 한다. 몬져 倫理的으로 解放하고 다시 經濟的으로 解放하라. 어린이 그들은 사람의 부스럭(屑)이도 破片도 아니오 풀노 비기면 싹이오 나무로 비기면 순인 것을 알자. 쏘 우리 사람은 過去의 延長物도 祖述者도 아니오 限

업는 極업는 보다 以上의 明日의 光明을 向하야 줄다름치는 者임을 알쟈. 그리고 우리가 쌔여 잇는 이 宇宙는 太古쩍 어느 째에 製造된 旣成品도 完成品도 아니오 이날이 時間에도 不斷히 成長되며 잇는 一大의 未成品인 것을 알쟈. 그런대 해마다 날마다 끈힘업시 나타나는 져 새싹이 새 순이 그 中에도 우리 어린이덜이 이 大宇宙의 日日의 成長을 表現하고 謳歌하고 잇슴을 알며 그들을 써나서는 다시 우리에게 아모러한 希望도 光明도 업는 것을 째닷쟈.

멧 千年을 두고두고 過去만 돌녀다보던 우리의 목은 아조 病的으로 그 便에만 찌우러지게 되엿슬넌지도 모른다. 그러나 이제브터는 억지로라도 져 未來를 내다보(이상 24쪽)기로 하쟈. 언제에는 過去의 標徵은 어룬이라 하야 社會規範의 一切를 어룬을 中心삼아써 云爲한 바와가티 이제브터는 未來의 象徵은 어린이라 하야써 社會規範의 一體는 어린이를 中心삼아써 云爲하도록 하쟈. 저 — 풀을 보라. 나무를 보라. 그 줄기와 뿌리의 全體는 오로지 그 적고적은 햇순 하나를 써밧치고 잇지 아니한가. 그래서 이슬도, 햇빗도, 또 단비도 맨 몬져 밧을 者는 그 순이 되도록큼 맨그러 잇지 아니한가. 우리 사람도 別 수가 업다. 오즉 그러케 할 것 쑨이다. 社會의 맨 밋구멍에 짤니워 잇던 在來의 어린이의 可憐한 處地를 활신 끌어올니여 社會의 맨 놉흔 자리에 두게 할 것 쑨이다.

그러면 그러케 하는 具體的 方策이 엇더할가. 몬져 倫理的으로 그의 人格을 認하야.

첫재로 言語에 잇서 그들을 敬待하자. 엇던 이는 말에 무슨 상관이 잇겟느냐고 할지도 모른다. 그러나 어룬된 自己自身으로써 생각해 보라. 만일 自己自身이 알지도 못하는 엇던 사람에게 下待를 밧어 본다 하면 엇더 하며 또는 試驗하야 한번 어린이에게 敬語를 쓰고져 하면(記者의 體驗대로 말함이라) 처음에는 암만 해도 敬語가 나가지지 아니 할지니 나가지지 아니하는 그것은 벌서 自己의 마음에 어린이를 差別함이 잇기 째문인 즉 우리는 어린이의 人格을 認하는 첫 表示로써는 몬져 言語에서 敬待하여야 한다.

둘제로 衣服, 飮食, 居處, 其他 日常生活의 凡百에 잇서 어린이를 꼭 어룬과 同格으로 取扱하는 慣習을 지어야 한다.

셋재로 家庭, 學校 其他 一般의 社會的 施設에 잇서 반다시 어린이의 存在를 念頭에 두어써 施設을 行하여야 한다.

다시 經濟的으로 그의 生活의 平安을 保障하야

첫재로 그들에게 相當한 衣食을 주어 自體가 營養不良의 弊에 빠짐이 업게 하며

둘재로 幼少年의 勞働을 禁하고 一體로 就學의 機會를 엇게 할 일이라.

그런데 倫理的 解放은 今日의 社會制度 밋헤서도 眞實로의 自覺만 잇스면 能히 어느 程度까지 實行할 바이거니와 經濟的의 解放에 잇서는 우에도 말한 바와 가티 根本問題가 解決되지 아느면 能치 못할 바인가 한다. 이 點에 잇서는 特히 一段의 加念을 要할 바이라.(이상 25쪽)

少年問題를 云爲하는 이에게

우리는 지금 民族으로 政治的 解放을 브르짓고 人間的으로 階級的 解放을 부르짓는다. 그런대 우리는 생각하되 우리가 몬져 우리의 발 밋헤 잇는 男女 어린이를 解放치 아니하면 其他의 모든 解放運動을 事實로써 徹底하지 못하리라 한다. 君子의 道는 그 읏이 夫婦에서브터 지여진다는 녯말이 잇거니와 우리는 써 하되 解放의 道는 그 읏에 어린이를 解放함에서 지여지리라고 한다.

或 少年問題를 말하는 사람 中에 解放問題를 뒤에 두고 今日이 現狀 그대로의 우에서 少年保護問題를 말하고 少年修養問題를 말할 사람이 잇슬넌지도 모른다. 그러나 그것은 아조 틀닌 생각다. 假令 여긔에 엇던 盤石 밋헤 눌니운 풀싹이 잇다 하면 그 盤을 그대로 두고 그 풀을 救한다는 말은 到底히 首肯할 수 업는 말이다.

오늘 朝鮮의 少年은 果然 눌니운 풀이다. 눌으는 그것을 除袪치 아니하고 다른 問題를 云爲한다 하면 그것은 모다 一時一時의 姑息策이 아니면 눌니워 잇는 그 現狀을 巧妙하게 擁護하고져 하는 術策에 지내지 아니 할 바이다. 少年問題가 論議되는 劈頭에 잇서 몬져 이것을 注意하지 아느면 안 된다. 더욱 今日 朝鮮少年運動의 論議가 主로 旣成宗教의 勢를 背景으로 하여써 니러남을 볼 째에 이러한 念을 더욱 크게 함이 잇다. 이것은 今日 少年問題를 論議하는 사람에게 잇서 特히 注意하지 아느면

안 될 點이라 한다. 몬져 두어 마디를 니야기하야써 方히 니러나는 少年運動의 意義를 깁게 하려 하며 아울너 이 運動에 關係되는 만흔 同志의 注意를 一煩하려 한다.
(이상 26쪽)

少年運動을 振興코저

전조선 소년지도자 대회를 열어

『東亞日報』, 1923.6.10

오늘 칠월 이십삼일로부터 동월 이십팔일까지 소년문뎨를 연구하는 동경 식동회와 소년 잡지를 발행하는 조선 어린이사의 주최로 경운동 텬도교단 내(慶雲洞 天道敎堂內)에서 전조선 소년지도자대회(全朝鮮少年指導者大會)를 개최한다는대

주최자 편의 모씨는 말하되 "재작년 봄부터 소년운동이 이러난 후로 곳々마다 소년회와 소년군이 이러나는 것은 우리 민족의 전뎡을 위하야 대단이 깃버할 현상이나 소년운동에 관계 잇는 니들이 한번 모와서 통일뎍으로 연구해 본 일이 업슴으로 유감으로 생각하야 오는 하긔 휴가를 리용해서 다 각기 연구하고 실행하여 오든 것을 토의코저 하야 금번 대회를 열고 이 운동에 관계 잇는 니들이 만히 왕림하기를 바란다" 하며 시일 장소와 참가 자격과 륙일간 강연할 연사와 문뎨는 여좌하더라.

一. 大會場所　京城 慶雲洞 八八 天道敎堂 內

二. 開會期間　七월 二十三日로부터 同月 二十八日까지

三. 參加資格　各地 少年團體의 代表, 幼稚園 及 各 公私立小學校 敎師 其他 有志

四. 申請場所　京城 慶雲洞 八八 全朝鮮少年指導者大會 事務所

五. 申請期間　來七月 十三日 以內

강연순서

第一日　少年運動 以外의 運動에 對한 朝鮮少年運動의 地位 金起瀍

少年問題에 關하야　方定煥

第二日　兒童敎育과 少年會　曹在浩

第三日　童謠에 關하야　秦長燮

	童謠에 關한 實際論	尹克榮, 鄭順哲
	童話에 關하야	方定煥
	童話劇	趙俊基
	童話劇의 實際	
第四日	市內 小學校 及 幼稚園 當局者의 經驗談과 그에 對한 質問 及 討議	
第五日	少年運動의 進行에 關한 主催 便 又는 參加 便 提出 議案 討議	
第六日	懇親會	

少年關係者 懇談會

『每日申報』, 1923.6.10

少年關係者 懇談會

오는 칠월이십삼일부터 륙일간

텬도교당에셔 기최홀 예뎡

됴션에 쇼년운동이 싱긴 이후로 어린이 문뎨가 비로쇼 셰상 사름의 쥬의를 쓸게 되얏는대 경셩 경운동 텬도교당 안에 잇는 됴션 어린이스와 동경에 잇는 식동회에셔는 평쇼브터 어린이 문뎨를 쥬쟝삼아 연구와 진력을 힝하야 오더니 이번에는 그 량스의 련합 쥬최로 쇼년운동관계자의 간화회(懇話會)를 오는 칠월이십삼일브터 이십팔일싸지 륙일간 텬도교당에셔 기최하고 어린이에 대하야 아릭와 갓흔 각죵 문뎨를 토의훈다는대 참회홀 자격을 가진 스람은 각 디방 소년단톄의 대표자와 유치원과 쇼학교의 션싱들은 직접으로 신청하되 그 단톄와 학교 등의 증명셔를 첨부하기를 바란다 하며 달은 유지로 참가홀 희망을 가진 사름은 쥬최즈 측의 쇼기가 필요하다는대 신쳥 기한은 칠월 십오일 이닉로 경셩 경운동 팔십팔번디 『어린이』사로 보내기를 바란다더라.

第一日

一. 少年運動 以外의 運動에 對훈 朝鮮少年運動의 地位　　金起瀍

二. 少年問題에 關하야　　方定煥

A. 그 意義와 實際

B. 各國 少年運動의 實際(夜間自由討議)

第二日

一. 兒童教育과 少年會　　曹在浩

A. 教育의 根本 意義

B. 現代學校教育狀態와 그 缺点

C. 少年運動과 少年會(夜間自由討議)

第三日

一. 童謠에 關하야 秦長燮

A. 兒童生活과 童謠

B. 詩와 童謠民謠와 童謠

C. 朝鮮 童謠論

二. 童謠에 關ᄒᆞᆫ 實際論 尹克榮, 鄭順哲

A. 童謠 取擇에 關ᄒᆞᆫ 注意

B. 發聲敎授에 對ᄒᆞᆫ 注意

三. 童謠[1]에 關하야 方定煥

A. 兒童生活과 童話

B. 童話의 種類와 意義

C. 兒童의 生活과 心理와 童話와의 關係

D. 童話口演에 關ᄒᆞᆫ 注意(夜間童話大會 開催)

四. 童話劇 趙基俊

A. 童話의 戱曲化의 精神的 價値

B. 童話劇의 製作과 演出

C. 兒童劇 反對者와 그 論據

五. 童話劇의 實際 高漢承

A. 兒童劇 材料 取擇 問題

B. 上演에 關한 諸注意(夜間自由討議)

第四日

一. 市內 小學校 及 幼稚園 當局者의 經驗談과 ᄯᅩ는 그의 對ᄒᆞᆫ 質問 及 討議

---

1 '童話'의 오식이다.

第五日

一. 少年運動의 進行에 關한 主催便 또는 參加便의 提出 意案 討議

第六日

一. 懇親會

동요 지시려는 분씌

버들쇠, 『어린이』 제2권 제2호, 1924.2

동요, 동요는 참 조흔 것이올시다. 자미잇고 리로운 것이올시다. 어린이 세상에는 이것이 잇기 째문에 쓸쓸치 안습니다. 그리고 어린이들의 깃부고 노여웁고 슯흐고 질거음에 늣기는 정을 가라치고 키워주는 큰 힘이올시다.

그러나 지금 우리 됴선 어린이 세상에는 동요라고는 참한 것이 별로 나타나지 안습니다. 업는 것은 아니올시다만은 참말 동요가 어더보기 어렵다는 것이올시다. 왜 그런가? 할 째에 나는 이러케 생각합니다.

우리 됴선에는 녯날에는 썩 됴흔 동요가 만히 잇섯는데 지금부터 몃 백년 전 = 우리 어린이 세상이 꾀로 살어가는 어른들의 참견을 밧고 어른들이 어린이는 사람의 갑을 처주지 안코 그저 잡어 눌너서 어린이들은 입이 잇서도 노래 부르지 못 하게 하고 손발이 잇서도 춤추지 믓하게 하는 무지한 것이 시작되든 째로부터 차차 뒤ㅅ거름질을 처서 지금 이 디경에 일은 것이라고 생각합니다.(이상 25쪽)

그 까닭에 우리 됴선의 녜전부터 뎐해 오는 동요는 — 동요쑨 안이라 동화도 그럿치만은 — 모다 망처 노앗습니다. 달니 망처 노흔 것이 안이오 어린이 세상에서는 용납하지 못할 어른들의 꾀와 쯧이 붓게 되여서 망처진 것입니다. 이제 나는 망처진 녯적 동요는 도라보지 말고 새 동요가 만히 생겨서 어린이 여러분의 복스러운 세상을 한칭 더 꼿다웁게 꿈이게 하고 십흔 쯧으로 동요 짓는데 알어 두실 것을 몃 가지 말슴하랴고 합니다.

쓸 것, 못쓸 것, (以下譯述)

참 동요를 짓는 데는 아래에 써 노흔 여덜 가지 됴목에 맛도록 해야 합니다.

一. 동요는 순전한 속어(입으로 하는 보통말)로 지어야 합니다 …… 글투로 짓거나 문자를 느어 지은 것은 못 씀니다.

二. 노래로 불을 수가 잇스며 그에 맛처서 춤을 출 수 잇게 지어야 합니다. 격도(格調)가 마저야 합니다 …… 노래로 불을 수도 업고 또 춤도 출 수 업게 지은 것은 못 씀니다.

三. 노래 사설이 어린이든지 어른이든지 잘 알도록 해서 조곰도 풀기 어렵지 안케 지어야 합니다 …… 사설이 어린이만 알고 어른들은 몰으게라든지 어른만 알고 어린이들은 몰으게 지으면 못 씀니다.

四. 어린이의 마음과 어린이의 행동과 어린이의 성품을 그대로 가지고 지어야 합니다 …… 어린이의 세상에서 버서 나거나 무슨 뜻을 나타내랴고 쓸 데 업는 말을 쓰거나 억지의 말을 쓰거나 엇절 수 업는 경우가 아닌데 음상사가 좃치 못한 글짜를 써서 지은(이상 26쪽) 것은 못 슴니다.

五. 영절스럽고 간특하지 안케 맑고 순전하고 실신하고 건실한 감정을 생긴 그대로 지어야 합니다 …… 어린이의 감정을 꾀로 꾀여서 호긔심을 충동여 내게 지은 것은 못 씀니다.

六. 사람의 꾀나 과학(科學)을 가지고야 풀어 알 수 잇게 짓지 말고 감정으로 제절로 알게 지어야 합니다 …… 꾀나 과학으로 설명해야 알게 지은 것은 못씀니다.

七. 이약이처럼 엇지엇지 되엿다는 래력을 설명하는 것을 대두리로 삼ㅅ지 말고 심긔(心氣)를 노래한 것이라야 합니다 …… 설명만 좍 해 노흔 것은 못 씀니다.

八. 어린이들의 예술교육(藝術敎育) 자료(資科)가 되게 지어야 합니다 …… 어린이들에게 리로웁기는 커냥 해를 씻치게 지은 것은 못 씀니다. 악착스러웁거나 잔인한 것이나 허영심을 길너 주게 될 것이나 또 사실에 버스러지게 잘못 지은 것은 못 씀니다.

이번에는 이 여덜 가지 쓸 것 못 쓸 것만 말슴햇씀니다. 이 다음번에는 실제로 잘 된 동요와 잘못된 동요 몇 가지를 들어가지고 동요 지시는데 알어 두실 것을 알기 쉬웁게 내여 드리겟씀니다.(이상 27쪽)

동요 짓는 법

버들쇠, 『어린이』 제2권 제4호, 1924.4

동요는 글이 안이요 노래임이다

동요는 본대 작문 짓듯이 짓는 것이 안이요 노래로 불은 것을 써 놋는 것임니다. 다시 말하자면 어엽분 새라든지 고흔 쏫이라든지 조고만 시내라든지 큰바다라든지 달이라든지 별이라든지 그 무엇이든지 눈에 뵈일 쌔 귀에 들닐 쌔 질거워서라든지 슯허서라든지 입에서 져절로 노래가 울어나와서 입으로 노래한 것을 글ㅅ자로 긔록해셔 세상 사람들에게 노래 불으게 하는 것이 동요임니다. 그러나 글ㅅ자로 긔록해 놋는다는 것은 동요와는 아모 관게가 업는 것임니다. 입으로 노래만 하면 그만임니다.

그러키에 동요는 글로 지어 노흔 것을 긁 읽듯이 읽는 것이 안이요 노레를 글ㅅ자로써 노흔 것을 어더케라든지 곡보를 붓처서 노래 불으는 것이올시다. 이 짜닭에 자긔가 불은 노래를 글ㅅ자로 써 노흐면 누가 보든지 이약이책 읽듯이 왱々 읽어(이상 32쪽)바리게 되지 안코 져절로 노래로 불으게 되여야만 갑 잇는 동요라고 칭찬하게 되는 것이올시다. 그러니싸 통틀어 말하자면 동요는 닑는 글이 안이요 불으는 노래라는 말이올시다.

동요가 울어나올 쌔

동요는 우연히 져절로 지어지는 것입니다. 심긔(心氣)가 스사로 나아 놋는 것입니다. 심긔가 동요를 나아 놀 수 업는 쌔에 공연히 애를 써 짓는 것이 안닙니다.

그러치만은 그러타고 가만히 잇서々 어는 쌔든지 동요가 울어나오겟지 하고 쌔가 오기만 기다리랴면 한평생에 하나도 못 짓는 분도 잇슬 것이요 동요작가(作家)라고는 어더 볼 수가 업슬 것임니다. 그러니싸 동요가 울어나오도록 자긔의 심긔를 무엇에다든지 쓸어다 붓처서 울어나올 긔회를 만들어 주어야 합니다. 가령 싸뜻한 봄날에 엄 도다 나는 꼿나무 가지에 어엽분 새가 안저서 밋친 듯이 지저귀고 잇는 것을 볼 째에 지저귀는 새의 깃붐은 엇더하며 꼿의 마음은 엇더하리라는 것을 생각해본다든지 느진 가을 서리 아침에 울고 가는 기럭이는 무슨 설흠이 잇스리라는 것을 생각해본다든지 고흔 꼿이 픠여 사람의 감졍을 질겁게 할 째에 그 꼿 속에는 무슨 신비(神秘)가 들어 잇슬가? 하는 것이라든지를 생각해 봅니다. 그리하면 그러케 생각해 보는 동안에 어느 틈에 동요를 지을 심긔가 됩니다. 그래서 동요가 저절로 울어나오게 될 것입니다. 동요가 울어나오거든 전번 책(二月號)에 말슴한 여덜 가지 쓸 것 못슬 것에 맛도록 해서 글ㅅ자로 적어 노십시요.

전례를 들어 말하자면

잘된 동요 잘못된 동요의 전례를 들어 말(이상 33쪽)하자면 이러합니다. 위선 우리 됴선에서 전부터 전해오는 동요를 한 가지 들어서 말슴하겟습니다.

새야 새야 파란새야
록두 남게 안지말아
록두 꼿이 써러지면
쳥포 장사 울고간다.

이것은 참말 고흔 동요입니다. 전번에 말슴한 '쓸 것 못 쓸것'이라는 여덜 가지에서 버스러지々 안은 것을 아실 수가 잇겟지요. 첫재 순전히 속어로만 된 것이요 둘ㅅ재 노래 불을 수도 잇스며 그 노래에 맛처서 춤도 출 수가 잇시 지은 것이요 세ㅅ재 어린이에게나 어른에게나 알긔 쉬웁게 된 것이요 넷재 어린이 마음을 노래한 것이요 다섯재 간특하지 안코 순수하게 지은 것이요 어섯재 쇠로나 과학으로 설명을 해야 알 수 잇는 것은 못 쓴다고 하는 뎜에 들어서는 좀 부족한 맛이 잇는 듯이 생각 되실 것입니다. 씃흐로 두 구절에 일으러서 "록두꼿이 써러지면 쳥포장사 울고간다" 한 것이 꾀로 설명을 해야 알 수 잇게 되엿다고 생각할 수도 잇겟습니다. 가령 록두꼿이 써러지면 록두가 열지 안코 록두가 열지 안으면 청포(묵)를 만들 감이 업서서 청포를 못 만들 것이요 청포를 못 만들면 청포장사가 청포를 못 팔너 단일 테니까 울고 가리라는 뜻인 바 이것이 꾀로 설명을 하게 된 것이라고 할 수가 잇게습니다만은 이럿케 생각하는 것은 서울(도회디)에서 자라는 어린이들을 생각하고 하는 말이 됩니다. 시골(촌, 농가)에서 자라는 어린이들은 그럿케 설명을 해주지 안트라도 알게 됩니다. 시골 어린이로 한 열아문 살만 되면 록두꼿이 써러지면 록두가 열지 안는 것도 아는 터이(이상 34쪽)요 록두로 청포를 만드는 것도 아는 터이니까 관게치 안습니다. 서울 어린이의 동요가 짜로 잇고 시골 어린이의 동요가 짜로 잇서도 관게치 안습니다. 그러기에 사토리말을 쓰는 것도 상관이 업는 것임니다. 그리고 이것은 좀 짠소리 갓습니다만은 '청포 장사 울고 간다'라는 뜻을 생각하실 때에 청포장사가 돈버리를 못해서 울고 간다는 뜻에까지 써러다가 생각하지 말고 그저 청포 장사가 청포 장사를 못 하겟스닛가 울고 간다고 하는데까지만 생각하십시요. 이까지만 생각하면 넷재로 어린이 마음에서 버스러지々 말어야 한다는 구절에도 꼭 맛게 되는 것임니다. 청포 장사가 청포가 업스면 길고 짜른 목소리로 청포 사라고 질거웁게 노래를 불으고 단일 수가 업슬테니까 울고 가리라는 뜻으로 된 것임니다. 이러케 생각하면 얼마나 더 고와짐니까. 이 동요를 지은 분도 이러한 뜻으로 지은 것일 것임니다. 지금 이 동요를 불으는 어린이들은 내가 이런 말슴을 하기 전부터 그러케 생각하실이라고 생각함니다만은 우리 됴선 어린이들은 어른들에게 너머나 간섭을 만히 밧는 터이니까 이런 말슴 부탁하는 것임니다. 동요에는 어른의 꾀는 아조 못 쓸 것으로만 잘 아러 두십니요.

다음 일곱재와 여덜째에도 버스러지지 안은 것이올시다. 전번 책를 가지고 맛처보아가며 생각해 보십시요.

다음에는 전번 책에 쏩혀서 내어드린 「비」라는 동요를 곳처 드린대로 그대로 들어가지고 말슴해 보겟습니다. 본래 지어온 것은

부슬 부슬

비는 온다

비는 누구에

눈물 인가

달님의 눈물인가(이상 35쪽)

해님의 눈물인가

저녁비는 달님

낫비는 해님

이러함니다. 이것은 전혀 동요라고는 할 수 업는 것임니다. 첫대 격됴(格調)가 맛지를 안어서 노래로 불을 수가 업슴니다. 말도 골으지를 못 햇고 음상사가 좃치 못하게 글자 배비를 해 노앗슴니다. 둘재ㅅ줄에 “비는 온다” 하는 “온다” 갓흔 것은 말을 골나 쓰지 못한 뎜으로 이 동요로서는 작댁이임니다. 그저 관주감은 지은이의 생각(著想)쁜임니다. 그래서 곳처 노흔 것이

비가와요 비가와요

부슬부슬 비가와요

하늘에서 비가와요

햇님달님 눈물와요.

저녁비는 달님눈물

아츰비는 햇님눈물

무슨서름 눈물인가

비가와요 눈물와요.

이러케 순전히 곳처 바렷슴니다. 이렷케 해 놋코 보니 동요가 되엿슴니다. 그러나 역시 험집이 만슴니다. 그리고 본대는 ‘햇님의 눈물인가’ 해서 뉘 눈물인지 의문

으로 두엇든 것을 아조 해님 눈물이라고 단뎡을 해 바렷는대 그때는 숫헤 두 귀를 만들랴는 뜻과 또는 그리하는 편이 조흘 줄로 생각하고 햇섯는데 지금 다시 생각하면 '무슨 서름'이라는 것이 어린이 마음에서 좀 버스러진 것 갓습니다.

한뎡 잇는 책장수는 다 차고 또는 지리하게 여러 번 쓸어가며 난호아 낼 수도 업기 때문에 뒤등대등 간단간단히 써 노앗습니다. 추후에 긔회가 잇거든 이번에 못한 말슴을 다해 보겟습니다.

이 글 뜻에 잘 알 수 업는 대는 어른들께 글의 뜻만 물어 보십시요. 그리하면 잘 아실 수가 잇겟습니다.(이상 36쪽)

朝鮮 代表의 少年軍은 어써케 그 회를 치릿나?

眞相에 對하야

武星,[1] 『시대일보』, 1924.5.12

지난달 십삼일부터 삼일간 북경에서 소년군 대회가 열니엇섯다.

지난 사월 십팔일부터 이십일까지 사흘 동안 북경긔독교회(北京基督教會) 주최로 북경 텬단(北京天壇)에서 소년군 대회(少年軍大會)가 열엿다 함은 임의 보도한 바와 갓거니와 이제 우리 조선에서 온 소년군 대표(少年軍代表)의 자세한 진상(眞狀)을 잠간 소개하야 보자.

지난 사월 십칠일

북경 착 렬차로 우리 조선에서도 이번 소년군 대회에 참가하랴고 대표(代表)가 온다 하기에 뎡거장에까지 나갓다. 렬차가 도착하자 소년군 대표로 조철호(趙喆鎬), 김주호(金周鎬) 량씨와 련맹회 대표(聯盟會 代表)로 뎡성채(鄭聖采), 박창한(朴昌漢) 량씨가 차에서 내리자 북경에 잇는 재류 동포들의 렬렬한 환영을 바드면서 대흥공우(大興公寓)에 묵고 그 이튼날은 무엇인지 준비를 하는 모양이엇다. 그리고 그 이튼날은 대회가 시작되는 날임으로 회장에는 장막(帳幕)을 치고 각국에서 참가하야 온 대표의 위치를 뎡하야 각각 진(陣)을 치고 국긔(國旗)를 놉드란히 쇱게 달엇는데 우리 조선소년군은 그 회장의

회장 중앙을 차지

하야 조선소년군이란 목패를 세웟슴으로 누구에게든지 뎨일 먼저 눈에 번쩍 쓰이어서 매우 좃터라.

그곳에 갓든 우리 학생과 여러 동포이며 대표 제씨는 모다 우리 자리에 모혀서 리국(異國)에 잇는 몸이란 생각도 아조 니저버릴 지경인데 우리 조선소년군들은 장

---

1 원문에 '於 北京 武星'이라 되어 있다.

막을 친다 좌석을 맨든다 하야 설비에 분주하고 죠, 김 량씨는 복장(服裝)과 텬막(天幕) 치는 것을 그 대회의 설비 위원(設備委員)인 듯한 사람에게 물어보는 모양이드니 다시 우리 동포들이 모혀 선 곳으로 와서 무에라고 수군수군하기에 나는 무슨 일인가 궁금하야 여러 사람들을 뚤코 얼는 쏘처가 본 즉 조선소년군의 자리에 전긔 뎡성태 씨가 미국긔(米國旗)를 들고 가서 그것을 쫍엇는데 이는 조선에 잇는 미국인 '내쉬' 씨가 데리고 온 미국 사람 소년군이다. 이를 보고 잇든 재류 동포들은 조선소년군은 두 대(二隊)가 잇스니 과연 그

어느 것이 진정한

조선소년군이냐고 역정을 더럭 내면서 슬금슬금 돌아가 버리고 그 자리에 남아 잇는 사람은 얼마 아니 되엿다. 나는 그 까닭을 알아보고 십허서 '조선소년군'이란 목패가 서 잇는 곳과 또 미국긔 미테 잇는 조선소년군의 량짝으로 다니며 알아본 즉 그는 이런 리유가 잇다.

이번 소년군 대회의 통지가 조선 내디에 오자 그 주최자가 북경긔독교회임으로 조선긔독교 측(基督敎側)에서는 뎡성채, 박창한 량씨와 '내쉬'라는 미국 사람이 참가하게 되엇고 정말 조선소년군 대표로는 조철호 김주호 량씨인데 그네는 북경에 도착하든 날 곳 그곳에 류학 중인 김성호(金誠鎬) 씨와 협의한 후 북경긔독교회 동자군부(童子軍部)로 이번 대회의 주최자 측 한 사람인 '캐링커' 씨와 교섭하야

대회 일에 쓸 목패

(木牌)로 김성호 씨는 그 자리에서 조선소년군이라는 한자(漢字)를 알아보기 쉬웁게 례서(隸書)로 써 주엇는데 대회 당일에 그 장소를 가 보니 례서로 쓴 것은 간대업고 해서(楷書)로 조선소년군이라 쓴 패만 잇는데 그 패 위에는 미국 국긔와 미국 사람 소년군이 잇다. 그래 나는 "조선소년군이란 자리에 정말 조선 사람 소년군은 간데온데업고서 어찌하야 미국 사람 소년군이 잇느냐"고 질문을 헷드니 주최자 측으로 한 사람인 '캐링커' 씨는 "조선에서 온 분은 미국 사람이거나 조선 사람이거나 다 가티 한 자리에 잇스라고 조선소년군의 자리를 짜로 잡지 아니햇소" 하야 그의 언행이 매우 거만할 쑨 아니라 조선 사람의 존재(存在)를 무시하는 태도이엇슴으로

이곳 류학생 측(留學生側)에서는 여러 가지 물론이 닐어나서 학생회(學生會)에서는 대표를 쏍아 박창한 씨를 대흥공우로 방문하고 "당신네가

어씨하야 이번에

참가케 되엇스며 또 뎡성채 씨는 무슨 까닭에 미국긔를 조선소년군의 자리에 쏩엇스며 또 조선소년군이라고 영어(英語)로 쓴(련맹회 대표 뎡성채 씨가 가저온 것) 패를 무슨 심사로 미국긔 미테 쏩엇느냐" 힐책을 하다가 필경 나종에는 손질까지 하게 되엇다.

少年問題의 一般的 考察

田榮澤, 『開闢』 제47호, 1924.5

O child! O new forn denigon
Of life's great city! on thy head
The glory of the morn shed
Like a celestial benison!
Here at the portral thou does stand
And with thy little hand
Thou openest the mysterious gate
Into the futures undiscoverd lnd.

— Lonffellowa —

오오어린이어! 人生이란大都市의
새로난市民이어 너의머리우에는
하날에서내리는 거룩한祝福처럼
아참의榮光빗이 흘너쏘나진
오냐너는 큰門압헤 섯고나
너의 조고만 주먹을 쥐고
未來의 未知의나라에드러가는
그神秘의門을 열어저치려고.

— 롱멜로우 —(이상 9쪽)

古來로 詩人은 어린이의 尊貴한 것을 노래 하엿습니다. 眞實로 世界에 가장 貴한 것은 어린아희외다. 비스막[1]이 路上에서 어린아희를 만날 때마다 帽子를 벗고 敬禮하는 것을 보고 그 隨從하든 사람이 "閣下여 皇帝階下밧긔 自進하야 敬禮를 하실 必要가 업는데 이것이 엇지 한 까닭이오닛가" 하고 물으매 그는 儼然히 對答하기를 "世界에서 뎨일 貴한 것은 어린아희요 獨逸의 將來는 어린아희에게 잇는 것을 모르오?" 하엿다 합니다. 예수그리스도가 말하기를 "어린 아해와 가티 되지 못하면 天國에 드러가지 못하리라" 한 말삼은 어린아해의 貴한 價値를 가라치여 아울너 人生을 警戒한 千古의 金言이외다. 東西洋을 勿論하고 녯날에는 어린이들을 虐待하여 왓스나 예수의 이 말은 어린아해의 價値를 놉히는 데 큰 힘이 되엿습니다. 그리고 近代에 니르러 各 方面의 解放運動이 니러남을 따라서 少年의 地位도 만히 놉하젓습니다. 엇든 사람은 現代를 稱하야 婦人의 時代 或은 勞動者의 時代라고 하지마는 나는 二十世紀는 '兒童의 世紀'라 하겟습니다. 和平한 家庭에서 어린아해들을 사랑하는 것처럼 平和한 世界가 니르면 自然히 어린아해를 사랑하며 尊重하게 될 것입니다.

現今 小年을 爲한 各가지 運動이 世界的으로 크게 니러나는 것을 보매 이제야 비로소 人類는 그 情神이 沈着해지고 世界는 차차 平和의 宮殿으로 드러가랴는 것 갓습니다.

二

몬저 文明한 西洋에서는 家庭에서나 社會에서 少年을 사랑하며 少年을 爲하야 努力하는 바가 만헛고 따라서 그들은 참으로 幸福스러웟스며 그들의 文華가 아름답게 되고 그 民族들이 發展 繁榮한 큰 原因이 또한 여기에 잇것마는 朝鮮의 少年은 참 不祥하엿습니다. 朝鮮에서는 古來로 少年을 爲하여 아모 生覺을 한 일도 업섯거니와 힘쓴 일이 도모지 업섯습니다. 그리고 도로혀 少年을 업수(이상 10쪽)히 녁이고 少年을 虐待하기를 甚히 하엿습니다.

그러면 現在의 狀態는 엇덥닛가. 우리의 文化運動은 엇덥닛가. 어데서 講演을 한

---

1 '철혈정책'으로 독일을 통일한 오토 폰 비스마르크(Otto Eduard Leopold von Bismarck, 1815~1898)를 말한다.

다면 그것은 어른울 爲하야 하는 것이오 무슨 雜誌나 書籍을 發行한다면 그것은 반다시 어른을 爲한 것이오 어린이를 爲하야는 아모 相關이 업섯습니다. 무슨 教育運動을 한다 하면 教育事業을 經營한다 하면 그것은 中等 以上 專門教育이오 어린이의 教育은 度外에 두엇습니다. 普通教育은 아모러케나 하여도 無妨하고 아모러케나 할 수 잇는 것으로 생각합니다.

우리의 어린이들은 참 可憐합니다. 曰 産業問題, 曰 教育問題, 勞働問題, 婦人問題, 道德 風氣問題, 하지만 우리 가운대 우리의 어린이들 爲하야 兒童問題를 생각하고 兒童教育 問題를 생각하며 여기 對하야 힘을 쓰는 이가 누구입닛가. 그리고 現今의 普通學校의 教育을 봅시다. 그 教科書를 봅시다. 그것은 兒童을 啓發하기는커녕 도로혀 버려줌니다. 그 教育制度와 教育者의 態度를 봅시다. 그 教育의 精神을 봅시다. 그거슨 다 모처럼 아름다운 어린이들의 天性과 情操를 버려주고 至極히 貴한 知力을 문질너 줄 쑨이외다.

우리는 우리의 普通學校 教育이 그처럼 不完全하고 少年問題에 대한 誠意가 이러케 不足한것은 무엇보다도 第一 근심하고 걱정하지 아늘 수 업습니다. 나는 이 少年問題가 모든 問題보다 맨 몬저 생각할 根本問題라 합니다. 어린이는 어느 나라 어느 民族의 어린이든지 다 사랑스럽고 貴하고 重한 것이겟지오. 그럼으로 비스막이 그 어린이들에게 敬意를 表하고 獨逸의 將來는 아해들에게 잇다고 하엿거니와 더구나 朝鮮에서는 少年이 몹시 重한 地位에 잇습니다. 李光洙 君이 朝鮮少年을 向하여 부르지즌 말을 나는 니저 버리지 아니합니다.

아아 朝鮮의 少年들아
네이름을 뭇는 이 잇거들란
金之요 李之요 할줄이 잇스랴(이상 11쪽)
우리는 朝鮮의 運命이오라 하라.

진실로 朝鮮民族의 運命은 男女老少에게 달녓다고 斷言할 수 엇습니다. 過去의 朝

鮮 사람은 아모것도 한 거시 업고 하는 것도 업섯고 現在 우리 社會를 일우는 朝鮮사람 至今 우리 社會를 代表하고 支配하는 그 사람으로서는 그 사람들이 죽엇다가 새 사람들이 復活한다면 모르지만 아모것도 아니 되고 아모것도 할 수 업습니다. 그러면 이에 對한 根本方策은 곳 朝鮮民族을 根本的으로 改造할 方策은 少年을 잘 길느고 가르치고 指導하야 새사람 참사람 사람다운 사람들을 만듦에 잇겟습니다. 이것이 우리 民族의 우리 社會의 根本的 改善策이외다. 그 外에는 별 수가 업습니다.

三

세상이 모두 오직 政治 法律밧게 모를 때에 아니 엇지할 줄을 모르고 다만 아득이기만 할 때에 崔南善 君이 李光洙 君과 힘을 아울너 『少年』을 發行한 것이 朝鮮에 잇서서는 少年運動의 嚆矢라 하겟습니다. 그리고는 純全히 宗敎的으로는 예수敎會에서 '主日學校'라는 것을 하여서 따로 男女 어린이를 爲하야 聖經도 가르치고 자미잇는 니약이도 해주고 작란도 식혀서 어린이의 心理를 利用하야 宗敎心을 길너주며 아울너 道德心과 그 天性을 도아주는 일이 잇서 왓습니다. 그러나 그것도 甚히 幼稚하엿습니다.

그리고 近日에 니르러 『어린이』 外 몃 개 少年雜誌가 생기고 童話가튼 少年文學이 나서 文學的 方面의 運動이 니러나려고 하고 또 趙喆鎬 氏가 始作한 少年斥候團의 쏘이스카우트로 니러나는 體育的 方面의 運動이 잇고 昨年인가 再昨年인가 엇던 이가 京城과 開城에서 始作한 少年團, 少年會로 니러난 結社的 運動이 잇섯스나 그 後의 消息을 알 수 업서 우리는 궁금이 생각하엿습니다. 그리드니 最近에 니르러(昨年부터) 몃몃 有志의 發起로 少年指導者會라는것이 생기고 또 메이데이를 卜하야 어린이날로 定하고 特別히 어린이들을 즐겁게 하며 어린이를 위하야 '少年問題'를 크게 宣(이상 12쪽)傳하게 되엿고 今年에 이르러서는 더욱 盛大히 이날을 직히게 한답니다. 百三十餘處의 少年團體에서는 一齊히 記念式을 擧行하고 三十萬枚의 宣傳書를 配布하고 少年行列까지 한다고 합니다. 내가 이 글을 쓰게 된 動機도 여긔에 잇는 것은 讀者가 벌서 짐작할 것인 줄 압니다. 나는 이러한 機會에 少年問題에 대하여 한 가지 方面을 말하여 社會의 注意를 니르키며 여러분의 硏究의 材料를 삼고저 합니다. 부듸 朝鮮에도 健實한 少年運動家 少年文學者가 만히 이러나기를 懇切히 바람니다.

(1) 少年文學과 그 敎育的 價値

近日에 日本에서 童話와 童謠 民謠運動이 盛하는 影響을 밧아서 朝鮮에서도 마치 새벽밤 별처럼이라도 겨우 少年文學이 생기게 되엿습니다. 이 少年文學은 實로 兒童의 다시 업는 樂園이오 無限한 趣味요 無變의 敎訓이오 好適한 知識의 供給物이외다. 저들의 마음은 니악이의 노래의 부드럽고 짜뜻한 품에 안겨서 그 情操와 德性과 知慧가 자라남니다. 아해들처럼 니악이를 즐기는 이가 업고 아해들은 니악이만콤 조화하는 것이 업습니다. 이와 가티 니악이를 아해들이 조화함으로(니악이와 아해들이 密接한 關係가 잇기 째문에) 少年文學은 少年에게 대하여 極히 强大한 感化力이 잇는 것입니다. 少年文學은 그 種類와 그 特性을 짜라 各各 敎育에 미치는 效果와 價値가 다를 것이나 大畧 다음의 네 가지로 말할 수가 잇겟습니다.

1. 美的 感性을 길너 줌
2. 아해들의 趣味를 넓힘
3. 德性과 知力을 培養함
4. 想像力을 豊富하게 함

아해들의 情을 길너 주는 것만 해도 큰일이외다. 엘리옷트 博士는 말하기를 "世界는 依然히 觀察과 認識과 理性에 말매암지 안코 感情으로 支配된다. 그리고 國家的 偉大와 正義는 무엇보다도 몬저 아해(이상 13쪽)들의 마음에 사랑과 正義의 情을 길너 줌에 잇다" 하엿습니다. 近日에 니르러 더욱 情操敎育의 必要를 感하야 情育의 必要를 만흔 心理學者와 敎育家들이 唱道합니다. 더구나 아래들은 흔이 知보다도 情으로 움직이는 것이닛가 情育을 힘쓰는 必要가 잇습니다. 兒童文學은 音樂이나 美術이나 自然으로 더부러 아해들의 美的 感性을 길너 주며 놉혀 주는 데 偉大한 힘을 가젓습니다.

다음에는 趣味와 德性과 智力을 길너 주는 것이외다.

趣味는 사람 生活에 極히 必要한 것이외다. 西洋 사람은 모든 일을 趣味로 하고 趣味로 살아감니다. 書冊을 닑는 것도 趣味로, 飮食을 먹는 것도 趣味 車타고 배타고 旅行하는 것도 趣味 敎會에 가는 것도 趣味 慈善事業 宣敎事業 어느 것이나 趣味 아닌 것이 업습니다. 그러나 朝鮮 사람은 萬事에 趣味 잇는 것이 하나 업고 모도 마지못하야 억지로 하고 억지로 살아감니다. 이 趣味는 機械에 기름 갓고 사람에게 血液 갓하서 個人生活에나 民族生活에나 實로 그 生命이 되는 것이외다. 이 趣味 업시는 暫時도 살 수가 업습니다. 이런 것을 생각하야 더욱 우리 少年의 趣味를 길너 줌이 무엇보다 必要합니다.

어린 아해들은 童話를 닑으며 듯는 사이에 모르는 사이에 智識이 啓發되고 趣味가 소사남니다. 兒童文學 가운데는 地上의 山川草木 禽獸魚鼈이 다 나오고 地下世界 海中의 龍宮天上의 月世界 星世界의 모든 것이 다 나타남으로 짜라서 이것을 닑는 그들의 世界가 넓어지고 無限한 趣味와 智識을 어들 수 잇습니다. 더구나 文學 藝術의 趣味는 兒童文學(童話)으로 말미암아 크게 培養이 되는 것이외다. 西洋의 여러 文豪 단태, 괴테, 실레르, 빠이론, 띡케스, 와일드는 모도 그 少年時代에 童話를 조와하야 耽讀함으로 거기에서 偉大한 마음의 糧食을 攝取하엿다고 합니다.

童話의 荒唐하고 虛誕한 假面 밋헤도 그것이 兒童의 趣味를 잇그는 同時에 生命잇는 道德的 眞理와 人類의 日常經驗 生活에 關한 訓戒的 眞理가 들어 잇슴으로 그것이 不知不識之間에 그 마음속에 뿌리를 박게 되는 것이외다. 그리고 童話는 人類歷史에 偉大한 貢獻을 하는 想像力을 걸너 주는 效果(이상 14쪽)가 큽니다. 世界의 모든 훌늉한 繪畫 彫刻, 壯하고 美麗한 大建築物 모든 아름다운 詩歌, 小說, 音樂이 다 想像에서 나온 것이니 今日 世界에서 자랑하는 모든 藝術은 이 想像 作用이 업섯든들 생기지 못하여슬 것이외다. 道德上 同情心도 이 想像力으로야 생기는 것이니 世界의 平和 階級의 平和도 易地思之하는 이 想像力으로야 될 것이외다.

(2) 少年文學과 注意点

少年文學이 兒童에게 對한 感化力이 크고 敎育的 價値가 얼마나 만흔 것은 有限한 紙面에다 말할 수 업습니다. 歐米 諸國에는 古來로 이 少年文學에 힘을 써 훌늉하고 貴한 文學이 만습니다. 그러나 우리에게는 口傳으로 도라 가는 「콩쥐팟쥐」, 「별주부」, 「沈淸傳」 가튼 너무 不自然하고 너무 俗된(非藝術的이오 너무 道德의 版에 박힌 것) 쁜이오 少年文學이라 할 만한 것이 업습니다.

少年文學은 그 本質上 어린이 精神과 腦에 다시 흐리지 못할 깁흔 印象을 주는 것이오 그 性品에 주는 感化力이 强함을 따라서 또한 거긔에 從事하는 이는 깁흔 注意와 큰 努力을 가져야 하겟습니다. 첫재에 아해들의 純性을 害하지 말고 保全 開啓해 주도록 하야겟습니다. 그럼으로 西洋의 少年文學 作家는 안델씬, 그림, 와일드, 톨스토이, 크로이로프, 호오돈 等 偉大한 詩人 藝術家들이외다. 이제 나는 少年文學運動에 대하야 注意할 点을 몃 가지 말삼하겟습니다. 그러나 朝鮮에는 아직 아해들을 爲하야 純美한 文學을 줄 참 藝術家가 업슴은 참 딱한 일이오 우리네 어린이는 참 可憐합니다.

첫재 文章과 言論에 對하야 注意하야겟습니다. 아해들이 닑는 글에는 特別히 그 文章을 注意하야 되겟습니다. 그 어머니와 언니에게서 듯든 말 제가 동모들로 더부러 말하든 그 말을 바로 써서 첫재에는 不自然하고 그릇된 말노 그 부드러운 純性을 害하지 말고 둘재는 어머니 나라의 바른말과 文章의 本을 보히도록 할 것이외다. 近日에 나는 엇던 少年雜誌에서 '의'와 '에'를 바로 쓰지 못한 것을 보고 그리고 엇든 有名한 童話를 닑다가 그것은 日語지 朝鮮말이라고는 할 수 업는(이상 15쪽) 直譯된 것을 만히 보고 퍽 딱하게 생각하고 걱정하엿습니다. 그리고 最近에 나는 몃 가지 少年雜誌에 朝鮮말 아닌 다른 말이 그 大部分을 차지한 것을 대하여는 긔가 막혀서 말할 나위도 업습니다.

다음에 注意할 것은 그 材料의 選擇이외다. 1. 엇든 無理한 目的을 두고 하지 말 것 2. 가장 淸純한 材料를 擇할 것 3. 어린 아해의 恐怖心을 더 할 만한 것이나 너무 殘忍暴惡한 니악이는 避할 것, 遊蕩心을 도을 만한 것을 避할 것. 너무 好奇心을 쓰으는 것을 記載하야 虛僞 詐欺의 惡性을 길느지 안토록 할 것 等이외다.

少年의 宗教 教育問題, 衛生 及 體育問題와 體育方面의 少年運動 農村의 少年問題 不良少年과 少年裁判所 問題에 關하야까지 쓰고 십흐나 事情에 因하야 至今은 못하고 後日의 機會를 기다리려 합니다.(이상 16쪽)

어린이 讚美

小波, 『新女性』, 1924.6

一

어린이가 잠을 잔다. 내 무릅 압헤 편안히 누어서 낫잠을 달게 자고 잇다. 볏 조흔 첫녀름 조용한 오후이다.

고요하다는 고요한 것을 모다 모아서 그중 고요한 것만을 골나 가즌 것이 어린이의 자는 얼골이다. 평화라는 평화 중에 그중 훌륭한 평화만을 골나 가즌 것이 어린이의 자는 얼골이다. 안이 그래도 나는 이 고요한 자는 얼골을 잘 말하지 못하엿다. 이 세상의 고요하다는 고요한 것은 모다 이 얼골에서 울어나는 것 갓고 이 세상의 평화라는 평화는 모다 이 얼골에서 울어나가는 듯십게 어린이의 잠자는 얼골은 고요하고 평화롭다.

고흔 나븨의 날개 …… 비단결 갓흔 꼿닙. 아니아니 이 세상에 곱고 보드랍다는 아모 것으로도 형용할 수 업시 보드럽고 고흔 이 자는 얼골을 드려다 보라. 그 서늘한 두 눈을 가볍게 감고 이럿케 귀를 기우려야 들닐 만치 가늘—게 코를 골면서 편안히 잠자는 이 조흔 얼골을 드려다 보라. 우리가 종래에 생각해 오든 한우님의 얼골을 여긔서 발견하게 된다. 어느 구석에 몬지 만큼이나 더러운 틔가 잇느냐. 어느 곳에 우리가 실혀 할 한 가지 반 가지나 잇느냐 …… 죄 만흔 세상에 나서 죄를 모르고 더러운 세상에 나서 더러움을 모르고 부처보다도 야소보다도 한울 뜻 고대로의 산 한우님이 아니고 무엇이랴.

아모 꾀도 갓지 안는다. 아모 획책도 모른다. 배 곱흐면 먹을 것을 찻고 먹어서 부르면 웃고 즐긴다. 실흐면 찡그리고 압흐면 울고 …… 거긔에 무슨 거짓이 잇스며 무슨 꾸밈이 잇느냐. 싯퍼런 칼을 들고 핍박하여도 마(이상 66쪽)저서 압흐기까지는 방글방글 우스며 대항하는 이가 이 넓은 세상에 오즉 이 이가 잇슬 뿐이다.

오오 어린이는 지금 내 무릅 압헤서 잠 잔다. 더할 수 업는 참됨(眞)과 더할 수 업는 착함과 더할 수 업는 아름다움을 갓추우고 그 우에 또 위대한 창조의 힘까지 갓추어 가즌 어린 한우님이 편안하게도 고요한 잠을 잔다. 엽헤서 보는 사람의 마음속까지 생각이 다른 번루한 것에 밋츨 틈을 주지 안코 고결하게 고결하게 순화(純化)식혀 준다. 사랑흡고도 보드러운 위엄을 가지고 곱게곱게 순화 식혀 준다.

나는 지금 셩당(聖堂)에 드러간 이상의 경건(敬虔)한 마음으로 모든 것을 니저버리고 사랑스런 한우님 — 위엄 뿐만의 무서운 한우님이 아니고 — 의 자는 얼골에 례배하고 잇다.

二

어린이는 복되다!.

이때까지 모든 사람들은 한우님이 우리에게 복을 준다고 밋어 왓다. 그 복을 만히 가지고 온 이가 어린이다. 그래 그 한업시 만히 가지고 온 복을 우리에게도 난호아 준다. 어린이는 순 복 덩어리이다.

말른 잔듸에 새 풀이 나고 나무가지에 새싹이 돗는다고 뎨일 먼저 깃버 날쒸는 이도 어린이다. 봄이 왓다고 종달새와 함께 노래하는 것도 어린이고 쏫이 피엿다고 나븨와 함께 춤추는 것도 어린이다.

비가 온다고 즐겨하는 것도 어린이요 저녁하늘이 쌝애진 것을 보고 깃버하는 이도 어린이다.

산을 조와하고 바다를 사랑하고 큰 자연의 모든 것을 골고루 조와하고 진정으로 친해하는 이가 어린이요 태양과 함께 춤추며 사는 이가 어린이이다.

그들에게는 모든 것이 깃븜이요 모든 것이 사랑이요 또 모든 것이 친한 동모이다.

자유와 평등과 박애와 환희(歡喜)와 행복과 이 세상 모든 아름다운 것만 한업시 만히 가지고 사는 이(이상 67쪽)가 어린이이다. 어린이의 살림 그것 고대로가 한울의 뜻(意志)이다. 우리에게 주는 한울의 계시(啓示)다.

어린이의 살님에 친근할 수 잇는 사람. 어린이 살님을 자조 드려다 볼 수 잇는 사람 — 배흘 수 잇는 사람 — 은 그만콤한 행복을 더 어들 것이다.

三

어린이와 얼골을 마조 대하고는 우리는 쑹긔는 얼골 성낸 얼골 슯흔 얼골을 못 짓게 된다. 아모리 성질 곱지 못한 사람이라도 어린이와 얼골을 마조 하고는 험상한 얼골을 못 가즐 것이다. 어린이와 마조 안즐 때 — 적어도 그 잠간 동안은 — 모르는 중에 마음의 세례를 밧고 평상시에 가저보지 못하는 미소(微笑)를 띄운 부드러운 조흔 얼골을 갓게 된다. 잠간 동안일망정 그 동안 온순화 된다. 깨끗해진다. 엇더케던지 우리는 고 동안 순화되는 동안을 자조 가지게 되고 십다.

하로도 삼천가지 마음! (一日三千心) 지저분한 세상에서 우리의 맑고도 착하든 마음을 얼마나 쉽게 굽어가려고 하느냐. 그러나 때로 은방울을 흔들면서 참됨이 잇스라고 일깨여주고 지시해주는 어린이의 소리와 행동은 우리에게 큰 구제의 길이 되는 것이다.

우리가 피곤한 몸으로 일에 절망(絶望)하고 느러질 때에 어둠에 빗나는 광명의 빗갓치 우리 가슴에 한줄기 빗을 던지고 새로운 원긔와 위안을 주는 것도 어린이 뿐만이 가즌 존귀한 힘이다.

어린이는 슯흠을 모른다. 근심을 모른다. 그리고 음울(陰鬱)한 것을 실혀한다. 어느 때 보아도 유쾌하고 마음 편하게 논다. 아모데 건드려도 한업시 가즌 깃븜과 행복이 쏫아저 나온다. 깃븜으로 살고 깃븜으로 놀고 깃븜으로 커간다. 뻣어나가는 힘 뛰노는 생명의 힘 그것이 어린이이다. 왼 인류의 진화와 향상(進化向上)도 여긔에 잇는 것이다.

어린이에게서 깃븜을 빼앗고 어린이의 얼골에 슯흔 빗을 지여주는 사람이 잇다 하면 그보다 더 불행한 사람이 업슬 것이요 그보다 더 큰 죄인이 업슬 것이다. 이 의미에서 조선 사람처럼 더 불행하고 더 큰 죄인(이상 68쪽)은 업슬 것이다.

어린이의 깃븜을 상해 주어서는 못 쓴다! 어린이의 얼골에 슯흔 빗을 지여주어서는 못 쓴다. 그리할 권리도 업고 그리할 자격도 업건만은 …… 무지한 조선 사람들이 엇더케 만히 어린이들의 얼골에 슯흔 빗을 지여 주엇느냐.

어린이들의 깃븜을 차저 주어야 한다. 어린이들의 깃븜을 차저 주어야 한다.

四

어린이는 아래의 세 가지 세상에서 윈통 것을 미화(美化)식힌다.

1. 이약이 세상 2. 노래의 세상 3. 그림(繪畫)의 세상

어린이의 나라의 세 가지 훌륭한 예술(藝術)이다.

어린이들은 아모리 엄격한 현실이라도 그것을 한 이약이로 본다. 그래서 평범한 일도 어린이의 세상에서는 그것이 예술화 하야 찬란한 미(美)와 흥미(興味)를 더하여 가지고 어린이 머리속에 다시 뎐개(展開)된다.

그래 항상 이 세상 모든 것을 아름답게 본다.

어린이들은 또 실제에서 경험하지 못한 일을 이약이의 세상에서 훌륭히 경험한다. 어머니나 할머니의 무릅에 안저서 자미 잇는 이약이를 드를 때 그는 아조 이약이에 동화(同化)해 바려서 이약이의 세상 속에 드러가서 이약이에 나오는 모든 일을 경험한다. 그래 그는 훌륭히 이약이 세상에서 왕자(王者)도 되고 고아(孤兒)도 되고 또 나븨도 되고 새도 된다. 그렇케 해서 어린이들은 자긔의 가진 행복을 더 널려가고 깃븜을 더 늘려가는 것이다.

어린이는 모다 시인(詩人)이다. 본 것 늣긴 것을 고대로 노래하는 시인이다. 고흔 마음을 가지고 어엽븐 눈을 가지고 아름답게 보고 늣긴 그것이 아름다운 말로 굴러 나올 때 나오는 모다가 시가 되고 노래가 된다. 녀름날 무성한 나무숩이 바람에 흔들니는 것을 보고 "바람의 어머니가 아들을 보내여 나무를 흔든다" 하는 것도 고대로 시요 오색이 찬란한 무지개를 보고 "한우님 짜님이 오르나리는 다리라"고 하는 것도 고대로 시이다.(이상 69쪽)

개인 밤 밝은 달에 검은 점을 보고는

저긔저긔 저달속에
계수나무 백혓스니
금독긔로 찍어내고
은독긔로 다듬어서

초가삼간 집을짓고

……　　　　　　……

고흔 소래를 놉히여 이러케 노래를 부른다. 밝듸 밝은 달님 속에 계수나무를 금독긔 옥독긔로 찍어내고 다듬어내서 초가삼간 집을 짓자는 생각이 엇더케 곱고 어엽븐 생활의 소지자이냐.

새야새야 파랑새야

녹두남게 안지말아

녹두쏫이 써러지면

청포장사 울고간다 (청포는 묵)

이러한 고흔 노래를 깃거운 마음으로 소리 놉혀 부를 째 그들의 고흔 넉이 엇더케 아름답게 웃줄웃줄 자라갈 것이랴. 우의 두 가지 노래(童謠)는 어린이 자신의 속에서 울어나온 것이 아니고 큰 사람의 지은 것일넌지도 모른다. 그러나 몃 해 몃 십년 동안 어린이들의 나라에서 불너 나려서 어린이의 것이 되여 나려온 거긔에 그 노래에 슴여진 어린이의 생각 어린이의 살님 어린이의 넉을 볼 수 잇는 것이다.

아아 아름답고도 고흔 이여 꾀꼬리 갓흔 자연시인이여 그가 어린이이다.

어린이는 그림을 조와 한다. 그리고 또 그리기를 조와 한다. 족곰의 기교(技巧)가 업는 순진(純眞)한 예술을 낫는다. 어른의 상투를 자미잇게 보앗슬 째 어린이는 몸동이보다 큰 상투를 그려 놋는다. 순사의 칼을 이상하게 보앗슬 째 어린이는 순사보다 더 큰 칼을 그려 놋는다. 엇더케 솔직한 표현(表現)이냐 엇더케 순(이상 70쪽)진한 예술이냐. 지나간 해 녀름이다. 서울 텬도교당 안에서 여섯 살 먹은 어린이(男子)에게 이 집(교당 內部 全體를 가르치면서)을 그려보라 한 일이 잇섯다. 어린이는 서슴지 안코 조희와 붓을 바다 들더니 것침 업시 네모 번듯한 사각(四角) 하나를 큼직하게 그려서 나에게 내밀엇다. 엇더케 놀나운 일이냐. 그 어린 동모가 그 큰 집에 들어 안저서 그 집을 보기는 크고 네모 번뜻한 넓은 집이라고밧게 더 달리 복잡하게 보지 아니한 것이엿다. 엇더케 순진스럽고 솔직한 표현이야. 거긔에 아즉 더럽혀지지 아니 한 이윽고는 큰 예술을 나어놀 무서운 참된 힘이 숨겨 잇다고 나는 밋는다. 한 폭이 풀(草)을 그릴 때에 어린 예술가는 연필을 잡고 써리씸 업시 쑥쑥 — 풀줄기를 그린다. 그러나 그 한 번에 쑥 내여 근 그 선(線)이 엇더케 복잡하고 묘하게 자상한 설명을 주는지 모른다.

위대한 예술을 품고 잇는 어린이여. 엇더케도 이럿케 자유다운 행복쌘만을 갓추어 가젓느냐.

어린이는 복되다. 어린이는 복되다. 한이 업는 복을 가즌 어린이를 찬미하는 동시에 나는 어린이 나라에 갓갑게 잇슬 수 잇는 것을 얼마던지 감사한다.

(六五年 五月 十五日)[1](이상 71쪽)

1 1860년 천도교 포덕(布德) 원년을 기점으로 65년째인 1924년을 가리킨다.

童謠를 권고합니다

鄭順哲,[1] 『新女性』, 1924.6

물론 조흔 노래를 가진 것이 업스닛가 좃코 낫븐 것을 가릴 사이 업시 아모것이나 닥치는 대로 그냥 부르는 것이라고 나는 생각합니다. 그러나 리유와 까닭은 여하하엿던지 그러한 야비한 노래를 불으는 녀자를 보면 깻긋하지 못한 사람처럼 보여서 불쾌한 생각이 나게 되는 것은 사실입니다. 활동사진이나 연극장에만 드(이상 52쪽)나드는 녀자 기생도 아니고 녀학생도 아닌 애메스런 녀자 그런 류의 녀자를 련상하게 되는 것도 사실입니다.

삼가서 그런 노래는 입에 올니지 안는 것이 조흘 것임니다. 그러나 노래에 주린 사람이 그까짓 것이나마 부르는 것으로써 저급하게나마 다소의 위안을 엇는 것을 다른 조흔 것을 주는 것 업시 그것을 빼앗으려고만 하는 것은 억지(無理)라고 생각합니다. 먼저 조흔 노래를 만히 주고 할 말임니다.

그런대 나는 아직 변변히 조흔 노래가 업는 대로(조흔 노래가 만히 생긴 후라도) 여러분 녀학생에게 고흔 동요(童謠)를 부르시라고 권고하고 십습니다. 노래 중에도 동요처럼 곱고 깻긋하고 조흔 노래는 업다고 생각합니다. 아모리 밧브거나 복잡한 일에 파뭇처 잇슬 때라도 고흔 동요를 한 구절 부르면 그만 마음이 시원하고도 고요해지고 씀즉이 깻긋해지는 것을 투철히 늣김니다. 남의 부르는 것을 엽헤서 듯고만 잇서도 마음이 순화(純化)되고 정화(淨化)되는 것을 늣김니다. 동요는 어린 사람들의 심령을 곱게 아름답게 길러주는이 만큼 젊은이 특별히 젊은 녀학생의 마음에도 곱고 아름답고 깻긋한 심정을 붓돗아주리라고 나는 밋고 잇슴다. 지저분한 세상에서 더럽혀지기 쉬운 마음을 각금각금이라도 우리는 동요의 나라에 드러가

---

1 원문에 '색동會 鄭順哲'이라 되어 있다.

세례(洗禮)를 바들 수 잇는 것이 적지 안은 행복으로 알고 잇습니다.

둥근달 밝은밤에 바다ㅅ가에는
엄마를 차즈려고 우는물새가
남쪽나라 먼고향 그리울때에
느러진 날개까지 저저잇고나

밤에우는 물새의 슯흔신세는
엄마를 차즈려고 우는물새가
달빗밝은나라에 헤매다니며
얼마엄마 부르는 적은갈맥이

이렇케 곱고 아름다운 동요를 부르고 또 드를 때 우리는 깃븜을 지나 일종의 아지 못할 감격까지 늣기여 눈물을 지웁니다. 아름답고 고흔 녀학생 여러분 나는 당신께 동요를 부르시기를 권고합니다.(이상 53쪽)

選後에 한마듸

李相和・崔韶庭(共選), 『東亞日報』, 1924.7.14[1]

今般 大邱支局에서 한 少年文藝募集은 大體로 보아 成功이라 할 수는 없섯다. 應募되기는 詩가 三十七首 文이 四十六首 小說이 八編밧게 되지 안엇다. 그러나 우리는 이것으로 그다지 失望치는 안엇다. 元來 募集이 그다지 大規模的이 아니고 其間도 短促한 嫌이 不無한대 比하여는 오히려 相當한 成績으로 역이고저 한다. 그리고 分量으로만 하기보담 內容에 드러가 볼 때에 다만 한둘이라도 그 天才的 閃光이 發揮되는 대는 우리는 滿心歡喜로 祝賀하지 안흘 수 업다. 募集의 主要精神이 그 点에 잇섯슨 즉 江湖에 숨은 少年俊才가 今般에 果然 얼마나 應募하엿는지 안엇는지는 疑問이지마는 다만 幾部分이라도 그를 發見케 된 것은 깃분 일이다. 그래서 今般에 苦心勞作한 應募諸君의 誠意에 대하야 몬저 謝意를 표한다. 이로부터 分門하여 概評을 試할까 하는 同時 所謂 選者라 할 우리도 紛忙한 中에라도 제ㅅ단은 詩, 文, 小說間에 낫々치 熟審精選한 것을 말하여 둔다. 말하자면 考選이란 으수이 大家列에 들 사람도 잘 選拔하기는 易事가 아닌대 亦 初學者인 우리가 아모리 愼重精査하엿드라도 或이나 失手나 업슬가 하는 憂慮를 씃까지 노흘 수 업섯다.

여긔 特히 附言할 것은 元來 發表한 規程에 二十歲 以內라고만 年齡을 制限하엿슴으로 自然 二十歲 以內에선 幼年 少年 二部로 난호이지 안흘 수 없섯다. 그래서 二部로 난호아 考選할까까지 하엿스나 다행이 入選된 作品의 作者는 年齡이 大概 中間年齡의 十六七歲임으로 一括하여 考選하엿다. 그러나 作品의 價値가 비슷々々한 것에는 年齡도 多少間 參酌하엿는 것도 諒解해 주어야겟다.

더욱 小說에는 年齡問題로 不平까지 드른 일이 잇다. 그것은 新聞紙上 廣告에는

---

1 당시 『동아일보』의 '월요란(月曜欄)'에서 대구지국의 현상소년문예발표(懸賞少年文藝發表) 결과를 싣고 마지막에 '선후(選後)에 한마듸'를 실어 놓았다.

詳載되지 못하엿스나 비라에는 小說은 十八歲 以上者 應募를 要한다 하엿다. 質問者는 왜 小說에는 十八歲 以上으로 하엿느냐 하지마는 이는 小說은 單純히 文章만 보는 것이 아니라 적어도 作者가 相當한 人生觀이 確立한 後에라야 自己의 主義라던지 人生에 對한 觀察을 表現할 수 잇스며 따라 創作의 價値를 드러내는 것이다. 그래서 엇던 作家는 二十五歲 以下 靑年이 小說을 지으랴 함은 妄想이라까지 말한 이도 잇다. 꼭 이 말에 拘泥하는 것은 아니지마는 主催者側에서는 旣히 少年文藝를 募集함에 小說을 뺄 수는 업스나 文藝를 遊戱視하지 안는 嚴正한 意味에서 다만 얼마라도 成年에 갓가운 이의 應募를 願하엿슴인 바 紙上에까지 發表가 못되어서 비라를 못본 遠方에서는 十八歲 以下者도 應募하엿슬 뿐 아니라 二等 當選者가 十七歲인즉 質問者의게는 더욱 未安하나 十八歲란 細則을 보지 못하게 된 것은 그의 잘못이 아닐뿐더러 나이 적을수록 그의 才分은 더욱 感嘆할 만함으로 十七歲 趙仁基 君 作品을 入選식힌 것과 元來 十八歲 制限을 말한 까닭을 이에 辯明한다.

條々이 말할 餘裕는 업지마는 今般에 비록 入選이 못된 것이라도 選外 佳作에도 參與치 못한 것이라도 — 餘望과 前程이 豊裕하야 참아 割하기 어려운 것도 不少하나 넘어 無制限하게 할 수 없서々 作者와 選者가 함께 後期를 期하자 한다.

이에서 分門異評을 하려는 것은 只今은 時間關係로 到底히 枚擧치 못하야 또한 後期로 推하거니와 就中 小說은 爲先 略言하여 둘 것은 全部 應募된 것이 不過 八編에 當選된 二編 外에는 選外佳作이라 할 것도 업서々(억지로 말하자면 晋州 徐相翰 君의 「쓰린 離別」과 大邱 金大呻 君의 「사랑의 눈물」의 功程이 可觀이라 할까.)

不得已 二等 三等만 選하엿는데 二等인 趙 君의 「良心」은 一等되기도 부끄럽지 아느나 次等을 連續할 만한 것도 업고 또는 少年作品을 넘어나 모다 最上級으로 入等하기는 將來 餘望에 엇덜가 하여 그와 가치 選하엿다.

마조막 新進文壇의 寧馨兒가 될 諸君의 健康과 努力을 빌고 붓을 던진다.

(女學生과 노래) 노래의 生命은 어대 잇는가?

尹克榮, 『新女性』, 1924.7

노래는 다시 말할 것도 업시 純感情의 表現임니다. 理智에 더럽힘이 업는 고흔 맑은 感情의 結晶임니다. 理智는 노래라는 福門엔 드려 놀 수 업는 禁物임니다. 日本에 엇썬 理論家는 "音樂은 數學的이라야 한다"고 말하엿슴니다. 그리고 近代에 와서 對位法이니 和聲法이니 하는 法律을 세워 놋코 本質 조흔 作曲者의 精神을 混雜 식혀 놋코 말엇슴니다. 이 規律은 엇던 理學者가 古代의 有名한 作曲大家들에 共通한 点을 주서 모아 술 둑써운 冊을 매여 노앗슬 쑨임니다. 그리고 그째부터 音樂 理論家라는 새로운 稱號를 어덧다 함니다. 現代 作曲家난 그 數는 만슴니다만은 참 作曲다운 作曲은 업서서 지금 各 技術家들은 古代의 作曲을 불느고 잇다고 함니다. 그러면서도 엇썬 作曲者들은 'Schum aun'[1] 가튼 作曲家를 손구락질 하면서 "그의 作曲에는 너머 억지가 만타"고 비평을 함니다. 그럼으로 只今은 이런 批評에 批評을 더한 理論을 버리고 다시 녯날 것을 이르켜서 새로운 싹을 보랴고 하는 作曲者들이 歐洲에서 하나 둘式 일어난다 함니다. 엇덧튼 노래는 一定한 形體를 가진 돌이나 나무가 아니고 흐르는 대로 흐르다가 엿못도 되고 쏘는 바다도 될 수 잇는 自由로운 물 가튼 것임니다.

노래를 感情이란 주머니가 너머서 저절로 흘르는 새암 소리라 하면 암만 銳敏한 批評眼을 가진 사람이라도 구태여 그에 基元인 感情을 非認하면 모를가 그 노래에는 조곰도 손대일 수 업는 일인 줄 암니다. 갈퀴 쥐고 나무 지고 山등성이 나려오는 나무꾼의 노래나 베틀에서 가벼웁게 손 날리는 아가씨네의 노래나 公會堂이나 劇場 가튼 裝飾 잘한 넓은 演臺에서 맘 ― 썻 소리치며 부르는 演士들 노래나 모다 노

1 'Schumann'의 오식이다.

래라는 데는 틀닐 것이 업슬 것임니다.

먼저 써 나려오던 나무군이나 아가씨의 노래는 참 詩人(이상 30쪽)에게 詩를 주고 歌手에게 노래를 가르키는 어대까지던지 自然이오 技巧가 안임니다. 넓은 演臺에서 부르는 演士의 노래는 엇던 곳 或은 엇던 때를 聯想하면서 그 氣分을 노래하는 참 感受性이 바르고 技巧가 잘 洗練된 專門家들의 부를 것이겟슴니다. 술에 醉한 사람 사랑에 醉한 사람 모든 것에 醉한 사람 노래가 참 소킴업는 純潔한 노래임니다. 엇더튼 '醉' 그 속에서 우러나오는 노래 그 一句에 瞬間의 — 짧은 生을 第一 힘 잇게 表現하는 것일 줄 암니다. 봄들에 꼿노래 하다가 술을 먹다가 꼿에 짓처서 술에 지처서 소리처 노래를 불넛다고 이것이 詩的이 아니니 노래가 아니니 하고 누가 말할 사람이 잇겟슴닛가. 이 속에서 나온 노래가 '엇던 歌劇' 속에서 나왓던지 엇썬 '리—더' 속에서 솟아던지 或은 좀 다른 「李수일歌」나 「가레스스씨」 가튼 노래든지 또는 愁心歌나 난봉歌던지 봄들이란 演臺 우에서는 가튼 '쭈로크람'에 들어가고 말 것임니다. 萬若 이것이 거짓말이라고 누가 말한다면 이는 假裝 詩人이오 假裝 音樂家라고 말할 수밧게 업슴니다.

무엇에 醉해서 나오는 노래, 다시 말하면 아니 하고는 백일 수 업시 나오는 노래 이것이 참 노래임니다. 노래란 價値를 가진 노래임니다. 엇던 분은 '베—트펜'의 月光曲이나 '로지니'의 「Stabat mater」 가튼 曲調만이 價値잇는 훌륭한 曲調요 其外 좀 民衆化된 것 卽 '쑤—노'의 「小夜曲」이나 '수—벨트'의 子守歌 가튼 것은 無價値하다고 할는지도 모르나 나는 그리 生覺지 안슴니다. 只今 愁心歌 가튼 哀愁의 노래가 엇더한 슯흔 環境에 빠저서 할 수 업시 아니하려야 아니할 수 업는 呻吟의 소리로 나왓다 하면 이것은 참 無上의 價値를 가진 노래라 하겟슴니다. 참노래다운 노래임니다. 萬若 그럿치 못하고 암만 神聖하다는 讚頌歌라도 宣傳을 爲한 救世軍과 가티 禁煙이니 禁酒니 하고 쓴 큰 燈을 메고 도라단니며 讚頌歌를 부르면서 사람 만히 往來하는 복판을 演臺로 삼고 또 북을 치며 讚頌歌를 부른다는 것이 '예수'의 指導일는지는 모르나 적어도 사랑을 爲한 아니할 수 업는 쩌러나오는 노래라면 모를가 宣傳을 하기 爲하야의 救世軍에 노래라면 이는 참노래로서는 한 푼의 갑도 업는 것임니다. 엇더튼 神聖한 노래라는 것 生命잇는 노래라는 것은 나와 노래가 하나(一)이 된 것이라고 하여야 되겟슴니다.

엇던 平凡한 妓生의 노래 곳 돈을 爲한 노래 卽 이런 돈 좀 모랴는 대에 한 手段이 되고 한 方針이 되는 노래 이런 노래답지 못한 노래 쏘는 엇썬 사람들을 쯜기 爲한 노래 이가티 虛榮에 저진 女學生이나 男學生들의 노래는 참(이상 31쪽)으로 어느 點으로 보던지 업서저야 할 것임니다.

엇던 어린 女學生들이 아니할 수 업는 큰 衝動을 밧어 하구 십흔 엇던 노래를 불넛다면 이는 참 곱고 어린 女性에 할 만한 노래임니다만은 優美館이나 團成社 가튼 劇場의 樂隊와 가티 하기 실여도 하는 것 쏘는 무엇을 어드랴는 것이 動機 되여 하고 십허저서 하는 노래 이것은 다 사람의 노래라고는 못하겟슴니다. 그래도 긔여코 노래라고 불르랴면 그것은 '돈'의 노래 或은 '虛榮'의 노래라고 할 수밧게 업슴니다. 只今 엇던 女性이 마음에 衝動을 바더 무슨 노래를 불넛는대 이것이 곳 그의 動機인 그에 衝動인 것과는 좀 다른 性質의 노래라 하면 이는 참 엇절 수 업는 社會의 罪임니다. 餓死할 만큼 된 사람에겐 그 '밥'만 못한 물이나 죽이라도 一時 요긔는 되는 셈으로 노래에 한썻 주린 우리들이 더구나 女性들이 그 쓰린 배를 불리기 爲하야 그에 衝動과는 좀 틀니는 노래를 마섯다 하기로 이것이 엇지 다만 그들의 罪라고 하겟슴닛가. 아즉 子孫을 낫치 못한, 다시 말하면 아즉 노래를 짓지 못한 어린 우리 樂壇 노래 어머니의 罪라고나 할는지오.

나의 누님은 곱고 야들야들한 노래를 즐겨하것만 우리 동생은 가벼웁게 쒸노는 노래를 조와 하것만 나는 늘 — 쓸쓸하고 구슬픈 노래를 반겨하것만 우리나라는 이러케 텡 비여서 먹으래야 어더 먹을 것이 업스니 이를 누구더러 하소연을 하겟슴닛가? 나는 들엇슴니다. 엇던 女學校에서 곱고 고흔 少女들 쒸고 노는 少女들에게 「데아부로」 가튼 男性的 노래를 가르키고 쏘 엇던 이들은 「가레스스씨」 가튼 '가쭈에'的 노래를 애써서 부른다는 것을!

이런 노래를 부르는 그 女性을 뵈올 째마다, 이가티 밥 업는 나라가 미워짐니다. 쏘 불상해짐니다.

나는 日前 엇던 少女에게 무서운 請을 바덧습니다.

“先生님! 차차 쏫은 피여오는데 무슨 쏫노래 하나 가르켜 주시오. 그리고 또 四月 八日 五月 단오날 할 唱歌를 좀 가르켜 주서요.”

몃 마듸 아니 되는 請임니다만은 저는 얼마나 놀냇는지 모르겟습니다. 또 얼마나 겁냇든지 모르겟습니다. 어엽븐 少女들이 저와 가튼 華麗한 노래를 조와 한다는 것도 잘 알엇습니다. 이 請을 들은 後 저는 우리 손에 作曲된 曲調를 골나 보앗습니다. 그리고 저는 우리의 糧食이 이러케도 업는 것을 슬퍼하엿습니다. 그러고 인제는 할 수 업시 風俗 다른 ‘진고개’로 冊을 어드러 갓섯습니다. 거긔는 日本의 本居長世[2] 氏가 지은 童謠가 만엇습니다. 그러나 四月 八日 五月 단오에 쓸만한 曲調는 업서서 저는 그대(이상 32쪽)로 도라와 그 少女에게 그 배곱흔 少女에게 한 오큼 쌀도 쥐여주지 못하엿습니다. 이 少女는 하구 십헛스나 한 노래도 엇지 못하게 되엿습니다. 이가치 몹시 하구 십헛다가 나종에는 백일 수 업스면 아무것이나 보아야 알 수 업는 뜻 모로난 「가레스스씨」나 「李수일」이 가튼 천박한 노래를 부르며 도라단이게 될 것임니다. 참으로 무섭고 두려운 일임니다. 이가치 自己性格과는 대상부동한 노래를 할 수 업시 불느는 少女들이 漸漸 이 노래에 저저서 나종에는 自己性格 自己生活을 이 노래와 가치 만들어 노아 툭하면 불느게 됩니다. 엇지 놀납지 아니함닛가. 이것은 自己의 쒸노는 가삼에서 흐르는 아니 하랴야 아니할 수 업는 衝動을 밧은 노래가 아니고 엇던 노래에 侵入을 밧어 째가 갈수록 그 노래에 奴隷가 되고 마는 것일 줄 암니다. 이것으로 보아 노래가 엇던 사람에 生活을 만들고 또는 性格까지 變하게 만든다 하면 그 노래에는 一文의 價値도 줄 수 업는 일임니다. 또 이와 좀 달니 生覺하야 암만 “가레스스씨나 李守一歌라도 自己性格 或은 自己生活이 그와 一致되여 큰 衝動을 밧어 나오는 째에는 그에도 價値가 잇지 아니 하냐고” 참 그럴 것임니다. 그러나 저는 엇던 特例를 除해 놋코 엇던 少女나 少年들의 性格이 先天으로 이런 무슨 宣傳이나 廣告나 돈 만들기 爲해서만 드러내인 노래 或은 自己들에 그 고

2 모토오리 나가요(もとおりながよ)는 1930년에 『일본창가집(日本唱歌集)』(春秋社)을 펴낸 일본의 작곡가이다.

흔 性格과 달는 노래 이것을 그다지 조와해서 참마음으로 불느고 십허서 노래하는 이는 아마도 업슬 줄 암니다. 엇절 수 업서서 부를 노래가 업서서 실켯만은 노래에 侵入을 밧어서 나오는 것일 줄 암니다. 이갓치 先入된 엇던 노래가 다시 그에 第二性格을 만들어 노아 먼저 가튼 價値에 有無라는 대까지 疑問을 이르키게 되는 것이라고 하고 십습니다. 이런 평판이 잇기 짜무네 엇던 어른들은 子弟들이 노래를 불느면은 매를 드러 짜리거나 或은 말노라도 大段히 꾸지저서 "무릇 엇던 노래던지 노래라는 것은 배울 것이 아니라고 배우면 큰일 날 것이라고" 이가튼 무서운 言辭를 이런 어린 노래하고 십허 하는 아해에게 나리고 맘니다. 아마 이것이, 이 方法이 우리나라에 큰 敎育方針이엿섯나 봄니다. 푸른 보리밧 속에서 넓은 하날까지 自由롭게 날느며 노는 '종달새' 하늑하늑한 버들까지에 가벼웁게 몸을 노흔 어엽분 '꾀꼬리' 이들에게서 종잘종잘하는 그 노래 '꾀꼴꾀꼴' 하는 그 노래를 빼서버린다면 이들 어엽분 고흔 노래를 가진 새는 애처로히 무덤 속으로 도라갈 것임니다. 저는 엇잿던지 졂으신 아가씨들 나희 어린 도령님들을 이다지 어엽쁜 고흔 노래 가진 '종달새'나 '꾀꼬리'로 생각함니다.(이상 33쪽)

말은 좀 脫線이 되엿습니다만은 사람에게는 노래가 잇고 그 노래는 自己에 性格곳 그것이라야 하겟습니다. 只今 엇던 少女 둘이 한아는 고흔 童謠를 노래하고 한아는 '男性的'인 「데아부로」를 노래한다면 主觀은 못되나 客觀으로라도 童謠를 노래하는 少女는 소김업시 져에 性格 그대로 저에 感情 그대로 나오는 生命이 잇난 노래로 들니고 「데아부로」를 노래하는 그이에게는 좀 소김이 만코 假裝이란 그 속을 낫태내지 아니하는 참 쓰거운 生命이 흘느지 안는 노래라고 하고 십습니다. 다시 말하면 自己의 感情 그것이 불갓치 나오지 아니 하래야 아니할 수 업시 나오난 노래곳 感情 그것 自己 그것이라야 그 흐르는 노래에는 生命이 잇고 남을 爲해서, 돈을 爲해서, 밥을 爲해서 엇던 宣傳下에서 부르는 노래 或은 누구를 쓰을기 爲해서 엇던 한 手段 한 方針 한 '게획' 속에서 나오는 노래에는 쓰거운 生命이 업다는 말임니다.(이상 34쪽)

(自由鍾) 兒童의 藝術教育

宋順鎰, 『東亞日報』, 1924.9.17

◇現下 敎育界에 改善을 要함이 一二에 至할 바 아니나 筆者는 特히 從來의 敎育이 넘어도 理智偏重의 傾向을 帶하여 人間의 가장 高貴한 藝術敎育을 等閑에 부침은 遺憾이다. 敎育者 諸君에게 一考를 促하려 하는 바 現今 盛히 唱道되는 藝術敎育의 思潮에 鑑하야 一層 兒童敎育者의 覺悟가 切實하여야 할 것이다.

◇人生은 갈지라도 人生의 表現한 藝術은 永遠히 存在하는 것이다. 不幸히도 只今에 우리의 敎育은 永遠한 藝術과는 其 理解가 넘어도 멀게 되엿다. 唱歌나 圖畵 手工 等을 敎科目에 排列키는 하나 敎授者 自身부터 노래나 그림을 半 그림감으로 看做하는 弊가 不無하다. 이것으로 天眞無垢한 兒童에게 미치는 影響이 엇더하다고 말하랴.

◇적어도 其 排列의 目的이 兒童의 創造的 能力을 啓發키 爲함임을 깁히 理解하여서 必修 科目과 同然視 하여야 할 것이다. 現象으로서는 手工 敎授 等에는 넘어도 理解가 缺乏한 것 갓다. 工藝의 鑑賞과 構成에 對한 趣味의 涵養을 여긔서 求할 것이 아닌가. 兒童生活에 關聯한 物形을 製作식힘에 依하야이든 體驗으로 勤勞를 조와하는 習慣과 生産과 勞働을 貴히 녁이는 精神을 培養할 것이라 한다.

◇어린이들의 情操를 무엇으로 기르려느냐. 그이들의 天賦된 藝術的 本能이 엇더한가 보라. 그들은 노래를 듯거나 그림을 보거나 童話를 드를 때에는 無我境에서 雀躍不已하지 안는가. 남들은 學校劇이니 童話劇이니 藝術敎育大會이니 놀납게 써드는데 우리는 언제나 舊殼을 脫解할는지 寒心할 뿐이다.

◇빠이론은 일즉 "藝術은 理想의 發聲이며 憧憬의 부르지즘이라"고 말하엿다. 敎育者 諸君의 藝術에 對한 理解가 嚴正하여야 우리의 理想의 發聲은 高潔하여 질지며 趣味性이 高尙化할 것이다. 이와 가치 거룩한 責任을 負한 諸君의 藝術敎育에 注

力이 如何한가 民衆의 藝術復活과도 深刻한 關係가 잇슴을 알어야 한다. 어느 歷史를 보던지 民衆의 權威가 빗나든 時代는 藝術이 極히 發達치 안엇던가. 藝術을 無視한 時代는 반드시 死滅이 짜르는 法이다. 아 — 우리 先民의 그러케도 빗나든 藝術은 우리에게 엇더한 敎訓을 주는가.

(宋順鎰)

少年軍에 關하야

趙喆鎬, 『東亞日報』, 1924.10.6

一千九百二十二年 十月 五日은 朝鮮에 少年軍이 처음으로 始作된 날이다. 卽 只今부터 滿二年 前 오날이엿섯다. 永遠한 生命을 가진 民族的 事業으로 보면 가장 짤는 時日이라 하겟다만 사람의 一 生涯로 보면 그다지 짤는 時間이 아니다. 內容은 如何間 少年軍의 精神을 가지고 指導하는 團體가 겨우 十九個所에 지나지 못하고 團員數가 四百餘에 不過하다. 우리 社會는 모든 것이 다 貧弱하고 困難하다. 그러나 남의 나라의 急速한 發展를 比較하야 볼 때에 너무도 잠자는 狀態에 잇는 것갓다. 一般 同胞에게 切實이 바란다. '百年計가 되는 우리 사람 敎育問題 中 根本的인 이 少年軍 問題에 對한 理解와 援助'를.

다음에 簡單이 少年軍에 對한 말을 몃 마듸 하랴 한다.

少年軍의 根本的 目的은 團員 個人의 個性에조차 將來의 希望잇는 職業別에 조차서 人格 智識 技術 健康 技能을 增進시키자는 修養 機關이다. 그리하야 훌융한 '社會公人'이 되는 것으로써 主眼을 삼는다. 그 結果는 남을 爲하야 社會를 爲하야 獻身하자는 것이다.

少年軍의 指導方法은 現今의 敎育과 가치 注入的이 아니요 各々의 個性을 完全히 發起시켜서 써 人格者가 되게 하며 實社會 事物에 나가서 부듸처보는 團員 各身의 自發的 敎育이다.

少年軍은 少年 서루가 사랑과 誠意로써 扶助相合하는 愛와 誠意와의 聯合團體이다. 團員은 兄弟이다. 어는 나라를 勿論하고 少年軍은 個性으로부터 湧出하는 親密한 兄弟이다.

少年軍은 出處가 南河戰爭 時 '마훠킹'[1]이요 服裝이 또한 軍服 비스름하고 行伍가 軍人 動作에 依似함으로 말미아마 軍國主義의 權化니 '軍人의 種子'니 하는 一部 人事

의 非難을 밧게 된다. 이러한 問題는 어느 때 어느 나라를 勿論하고 한번식은 반다시 나는 問題인 것 갓다. 少年軍이 創設된 英國 本 바닥에서도 그럿코 米國에서도 또한 그럿타. 露西亞 갓흔 나라는 日露戰爭 後 國情이 그럿케 맨든 것이지만 制定時代에 그럿케 盛榮하든 것이 지금은 그다지 發達되는 것갓지 아니하다. 그러나 조곰이라도 少年軍 問題를 生覺하야보고 少年軍 問題를 硏究하야보면 그러치 아니한 것을 알 것이다. 그럼으로 이는 다만 皮相的 觀察者 流의 偏屈한 言動에 지나지 못하는 것이다. 少年軍의 創設은 一九〇七年 卽 距今 十七年 前에 英國人 陸軍 豫備 中將 '로바—드 빠덴 파웰'[2] 卿의 發表에 依하야 된 것이다. 只今은 全世界에 업는 곳이 업고 四五百萬의 團員이 여기저기서 嬉々하며 活潑하게 活動하고 잇다. 勿論 强한 나라일사록 더욱 旺盛하다. 엇지 遇然의 일일가 보냐.

第四回 萬國 少年軍 大會가 今年 八月 十一日로부터 卄二日까지 十一日間 丁抹 '콤펠하—겐'에서 開催되얏다. 各國의 少年 同侔들에 이 짜뜻한 손을 서로 잡고 얼마나 깁쁜 우숨에 꼿이 피엿스며 世界平和運動에 供獻하는 배 잇스리. 아— 우리 少年들도 다른 나라 少年과 갓치 손목을 잡고 서로 親交할 機會를 맨드러주기를 바란다. 極히 簡略한 말이나마 여러 兄弟와 서로 生覺하고 祝賀하기 爲하야 쓴 것이다.

---

1 Mafeking은 남아프리카공화국 Cape 주 동북단의 도시인데, 옛 영령(英領) Bechuanaland의 행정 중심지로서 주도(主都)였다. 보어 전쟁(Bore War, 1899~1902) 때 보어인(Boer 人)에게 217일간 포위되었었다(1899~1900).

2 로버트 베이든 파월(Robert Baden-Powell, 1857~1941). 영국의 군인으로서 1899년 보어전쟁에 참전하여 Mafeking 시를 성공적으로 방어한 것으로 유명하다. 1907년 세계적인 소년 조직인 보이스카우트를 창설하였다.

童話에 나타난 朝鮮情調(一)

星海, 『朝鮮日報』, 1924.10.13

아모리 民族과 鄕土를 超越한 人類的이오 世界的인 思想의 思潮라 할지라도 思想의 土臺를 일운 그 情緖의 흘르는 或은 民族的이나 人種的으로 或은 地理的으로 色彩와 濃淡을 다르게 하는 것은 더 말할 것도 업습니다. 따라서 그 情緖의 表現인 藝術의 核心思想이 다 달을 것도 넉넉히 알 수 잇습니다. 그럼으로 南歐 明媚한 地方의 '라틔ㄴ' 民族의 文學과 北洋의 찬바람이 자죠 불어드는 北歐文學은 或은 柔軟하고 或은 剛直하며 或은 明快하고 或은 陰鬱하야 各各 民族과 地理의 特徵을 가지게 되는 것은 思想 自體가 그 地方에 土着한 人類의 精神的 所産의 表徵인 以上에는 엇지 할 수 업는 事實일 것이외다. 그럼으로 佛文學에는 佛蘭西의 特色이 잇고 露西亞文學에는 露西亞의 特徵이 잇습니다. 이러케 보아오면 生活 樣式과 言語 文字가 特殊한 우리 朝鮮에도 特殊한 情緖의 內容을 가진 朝鮮文學이 잇서야 할 것이외다. 그러나 今日의 朝鮮 現狀으로 말하면 遺憾이지마는 朝鮮에 朝鮮文學이 잇느냐 업느냐 하는 것으로 問題가 되겟습니다. 勿論 朝鮮文學이라 하여셔 世界文學史 가운데에 大書特筆한 만한 아모것도 업는 것은 事實임니다.

그러나 나는 다만 하나의 旣存하엿든 思想! 現在에도 吾人의 心的 生活의 基調가 된 情緖의 特徵이 무엇인가는 充分히 觀察할 수 잇다고 생각함니다. 이것은 오날 形便으로 하면 아즉은 組織的으로 硏究되지 못하야 文學史로서 엇더한 體系를 이루지 못한 것은 勿論 遺憾이나 이것이 早晩間 엇더한 形式으로던지 朝鮮文學의 特色이 엇더하엿다는 것을 闡明하는 同時에 將來의 엇더한 方面으로 進展할 것을 暗示하는 날이 반다시 잇슬 줄 밋습니다.

原始文學의 淵源이 神話나 童話에 잇섯다는 것은 勿論 누구든지 아는 바임니다. 이러한 意味에셔 이와 갓흔 文學의 淵源인 童話나 神話를 通하야 우리 民族의 情緖가 엇더하엿든 것과 現在의 思想主潮가 如何한 것을 아울너 考察하고 보면 매우 滋味스럽고도 首肯할 만한 것을 만히 發見할 수 잇다고 생각합니다. 이러한 童話는 在來로 固有한 것과 創作인 것을 勿論하고 그 民族의 所産으로 民族的 情緖의 特徵이 그 가운대 숨어 잇슬 것은 말할 것도 업습니다. 그럼으로 近代文學에 그 民族의 固有한 情緖가 잇는 것과 마찬가지로 그의 淵源인 古代 童話에도 반다시 나타나 뵈일 것임니다.

그러면 朝鮮의 童話에 엇더한 情緖의 特色이 잇느냐 하면 그것은 童話 種類의 如何한 것을 勿論하고 모다 哀傷的인 것이 그 特色이라고 생각할 수 잇습니다. 또 하나의 特色은 우리의 自來의 生活이 만흔 境遇에 消極的이엇고 被恐迫的이엇다. 隱遁的이엇는 것을 發見할 수 잇는 것임니다.

우리나라 짱에 발을 듸려 놀 때에 第一 먼져 늣기는 것 孤寂과 悲哀라 하는 것은 國外에 放浪하야 異國의 情操와 風物에 오래동안 慣熟한 사람들이 故國에 들어올 때에 依例히 歎息하는 말 가운대에 하나임니다. 우리가 엇더한 心的過程으로 그러케 孤獨과 哀喪을 늣기게 되는 것은 이것이 엇더한 先入見이나 槪念的으로만 그러타고 解釋할 수 업는 것임니다. 이것은 어느 程度까지 天然的으로 가삼에 달나붓든 것인 孤獨과 哀傷은 俱體的으로 볼 수 잇스며 實際로 經驗할 수 잇습니다. 더욱 近日과 가티 政治的으로는 去勢를 當하고 經濟的으로는 破散에 處한 半島 안에 무슨 活氣가 잇서 뵈이겟습니가마는 이것은 다만 近日의 現狀뿐이 아니라 昔日에도 孤獨과 哀傷의 芬圍氣는 如前히 열븐 안개처럼 半島를 덥고 잇섯스리라고 생각합니다. 이것은 무슨 宿命論 明見地에서만 말하는 것이 아니라 半島의 氣分을 體驗한 實感에서 나오는 虛僞 업는 告白이라고 생각합니다.

한편으로 보면 다른 사람은 이러케도 말할 수 잇습니다. '放浪이나 旅行하는 사람의 情緖는 어느 때에든지 感傷的이 되기 쉬웁다. 그러므로 다른 사람이 例事로 역이는 것에도 그 '셰ㄴ치멘엷'한 氣分이 動作하야 반다시 哀傷을 늣기게 하는 것이다. 그럼으로 半島 안에 孤獨이나 哀傷의 氣分이 實際로 잇는 것이 아니라 이것은 늣기는 사람의 一種 感傷的 情緖이오 主觀이다. 그러한 哀傷이 객관적으로 존재할 리는 업다. 마음 먹는 데에 잇다'고 할 것이다. 그러나 이것은 哀傷이 客觀的으로 存在

치 안코 이것을 그러게 늣기는 그 사람의 主觀이라 하든지 半島江山에 先天的으로 孤獨과 哀傷의 芬圍氣가[1] 잇셔 이것을 보는 사람이 그러하게 늣기게 되는 것이라 하든지 아모러케 말하여도 相關이 업습니다. 그것은 그와 갓티 哀傷을 늣길 것이 업는 데에도 조흘 데에도 반다시 哀傷을 늣기게 된 主觀을 가지게 된 것은 그러케 偶然한 일이라 볼 수 업는 까닭이외다.

(未完)

(二) 星海, 『朝鮮日報』, 1924.10.20

以上에 말함과 가티 우리나라 童話는 詠歎的인 哀傷이 基調를 일우엇다 함도 童話를 組織的으로 文學의 價値를 附與하야 이것을 具體的으로 硏究한 結果로 云云한 것은 勿論 아닙니다. 다만 自身의 幼稚 때에 童話에서 어든 바 感激이나 쏘는 其他의 氣分을 長成한 今日에 여러 가지 憙微한 記憶 中에셔 불러일을킬 때에 비로소 어든 바 結論임니다. 童話 自體도 아즉 組織的으로 그 系統을 硏究된 바이 업슴으로 우리가 幼稚 때에 할머니이나 이웃집 老婆의 무릅 우에서 얼골을 치어다보며 듯던 모든 童話가 반드시 우리 民族的 所産인지 或은 外國이나 他民族에게서 傳來한 것인지는 알 수 업스나 엇쨋든 이것이 우리 民族의 先祖 때부터 입에셔 입으로 傳하여 온 以上에는 그 系統 如何는 明白히 할 수 업다고 하드래도 그것이 우리 民族化한 것이라고 볼 슈는 잇슴니다.

이와 가튼 比較硏究는 大端히 興味잇는 問題이나 이것은 後日을 期함니다. 그러나 우리 朝鮮 由來의 文學이란 것이 漢文學의 分家인 感이 不無한 點으로 보아셔는 童話 亦 漢文學 思想의 影響이 크게 잇스리라고 말할 수 잇스나 나는 생각컨대 우리 民族間에 傳來하는 童話가 今日에 이르러 組織的이나 系統的으로 硏究하기 어렵도록 典籍이

1 '雰圍氣가'의 오식이다.

乏한 그것만콤 그 가운대에는 民族味가 잇는 民族的 創造라고 아니할 수 업습니다.

그럼으로 이와 가티 말함이 엇더한 獨斷에서 나옴인지 알 수 업스나 우리 民族間에 傳來하는 童話의 內容情緖는 漢文學의 影響이라 함보다는 차라리 佛敎思想이 그 基礎가 되엇다고 볼 수 잇스며 그것보다도 民族的 固有한 情操가 그 가운대에 더욱 活躍한 것이라고 생각할 수 잇습니다. 엇지하야 이와 가티 哀傷이 固有 情緖化하게 된 因果關係는 더 말할 것도 업시 原因이 結果가 되고 結果가 다시 原因을 지어 輪環聯鎖의 關係를 만들은 것이라고 볼 수밧게 업습니다. 그럼으로 우리들이 童話 그것으로 말미암아 幼稚 時에 어든 바 感銘이 잇다 하면 그것은 다시 말할 것 업시 哀傷的 氣分이라 할 것임니다.

그런데 이것을 具體的으로 좀 생각하랴 함니다. 우리나라에 傳來하는 童話에 「해와 달」이란 것이 잇습니다. 이 童話의 內容을 簡單히 말하면

> 엇더한 山中에 늙은 寡婦가 男女 세 자식을 두엇는대 살기가 대단 가난하야 하로는 뫼 넘어 洞里 富者 집에 가서 방아를 찌어주고 먹을 것을 어더가지고 오다가 山中에서 猛虎를 만나 여러 가지로 哀乞하다가 結局은 그 호랑이의 밥이 되고 집에서 母親의 도라옴을 苦待하든 어린아이들도 그 어머니로 둔갑하여 가지고 온 호랑이에게 禍를 當하게 되엿는대 그 中에 男妹 두 사람이 이 患을 避하야 집 뒤안 움물 겻헤 잇는 나무 우에 올라갓섯다. 그러나 結局은 호랑이가 그 나무로 올라오게 되야 運命이 瞬間에 逼到하엿슬 때에 두 사람이 하누님께 祝願하야 동아줄을 타고 하날에 올라가셔 한 사람은 해가 되고 한 사람은 달이 되엿다 한다.

이 童話의 內容을 생각할 때에 外面에 나타난 그것으로만 보면 참으로 詩的이오 空想的임니다. 그럼으로 엇더한 意味에셔는 童話로셔 純化된 것이라고 생각할 슈 잇습니다. 이러한 反面에 그 內容은 어느 곳을 勿論하고 悲哀가 가득합니다. 그뿐 아니라 消極的이오 退嬰的임니다. 벌셔 貧寒한 寡婦가 富者 長者 집에로 밥을 빌러 갓다는 것이 알 수 업는 厭惡를 늣기게 됩니다. 그리고 오는 길에 虎患을 當하엿다

는 것이며 또 집에서 어머니가 밥 어더오기를 침을 생켜 가며 기다리다가 自己 母親으로 둔갑하고 온 바 호랑이를 여러 번 疑心하다가 畢竟 어버이를 밋는 어린이의 純情으로 그 猛獸를 마저들여 어엽분 어린 동생을 그 餌食을 만들고 結局은 男妹 단 둘이 逃亡하야 움물가의 남우에 올라갓다가 刻一刻으로 危險하여 오는 瞬間에 하나님께 동아줄을 내려달라 祝願하야 하날로 올라가셔 해가 되고 달이 되야 男妹 두 사람이 恒常 만날 수 업시 밤낫으로 이 世上을 비최어 준다는 것을 그것을 部分部分으로 생각허드래도 이것은 어느 곳 어느 마듸에 哀傷이 아니 나타난 데가 업습니다. 哀傷으로 비롯하야 哀傷으로 끗츨 막엇습니다. 이 童話에 넘치는 情緖의 基調는 徹頭徹尾로 哀傷이오 退嬰的이오 消極的이오 詠歎的이오 被恐迫的임니다. 勿論 이 가운대에 호랑이가 나무 우에 숨은 어린이의 그림자를 움물 가운대에셔 發見하고 '함박으로 건지자! 조리로 건지자' 하고 코노래 부르는 것은 이 童話 中의 唯一한 諧謔이라 할 수 잇스나 이것을 보고 아이가 나무 우에셔 生命의 安危가 目前에 逼迫한 그때에도 히히 우셧다는 것은 어린이의 單純한 感情을 表한 것이라 無邪氣한 그 純眞을 도리혀 사랑스럽다고 생각할 수 잇스나 이것은 차라리 그 純眞이란 것보다도 우리 民族의 大陸的 悠長한 氣分을 表徵한 것이라 볼 수 잇습니다. 現代의 아모리 神經이 날카워질 대로 날카워진 兒童이라도 자긔의 生命이 危險한 그때에 일부러 나무에로 逃亡해 와 잇스면서 호랑이 하는 짓이 좀 우습다고 희희 우스리라고는 생각할 수 업습니다. 이것은 哀調라는 것보다도 朝鮮의 固有한 諧謔이나 悠長한 것을 遺感 업시 發揮한 것으로 볼 수 잇습니다. 낫분 意味로 解釋하면 우리 民族的의 鈍感을 表하엿다 할 수 잇고 好意로 解釋하면 그 悠長하고 純眞하고 詩人的 風采를 他人의 追從을 不許할 만치 뵈인 것이라고도 할 수 잇습니다.

全體로 보면 哀傷인 것은 以上에 말한 것과 맛찬가지라고 함니다. 이 童話만에 限하야 그러함이 아니라 「콩죠시 팟죠시」나 「호랑이의 恩惠 갑기」나 其他 모든 固有한 童話의 內容을 分析하여 보면 亦是 同一한 哀傷的 氣分이 流露됨니다. 이와 가튼 童話를 이약이할 때에 말하는 사람은 목메인 소리가 나오고 듯는 사람은 눈물이 흘르고 한숨이 나오게 될 것임니다.

童話에 對한 一考察

童話作者에게

凹眼子, 『東亞日報』, 1924.12.29

一

우리가 이 세상에서 兒童을 養育하는 것이 한 가지의 義務라 하면 그 兒童을 現代의 眞正한 文化人 되게 하는 것도 義務 中의 한 가지라고 아니할 수도 업다. 卽 그들로 하여금 人生의 全體를 心解把持하며 써 그 統一 우에서 살 만한 힘을 가지게 하며 偏見 狹量으로부터 버서나 統一한 全一的 性格에 依하야 全一的 生活을 할 만한 性格으로 向하야 成長식히여야 할 것이다. 이리 하려는 데에는 勿論 여러 가지 方法이 잇겟지만은 그 中에서도 內容의 多樣性인 것에 依하야 兒童心性의 各 要素를 啓養함에 만흔 힘을 內存한 童話 그것이 업지 못할 것이다.

그러면 童話라는 것은 무엇인가? 兒童이 兒童으로서의 特有한 心性에 適應하게 하는 그곳에 깃븜과 光明을 너어서 써 啓發하여 가는 이약이에 지나지 못한다. 그리고 童話는 그 樣式이 如何히 變할지라도 童話라고 하는 以上에는 어데까지든지 兒童 그것을 本位로 하여야만 한다. 또 童話는 그저 재미잇는 것으로만 될 것이 안이라 항상 그 形式과 內容이 兒童을 本位로 하기는 하면서도 一般 世人에게 對하여서도 兒童의 心理로써 하는 作者의 一種 感激을 너어 두어야 할 것이다. 그러함으로 童話라 하는 것은 우리가 兒童에게 리히기 爲하여서 지은 것 되는 同時에 또 一面으로는 一般 우리 自身이 가지고 잇는 兒童 性質에게도 이히여야 할 것이다.

二

그러한데 近日 우리나라에서 發表되는 童話를 보건대 그 硏究가 大概는 一面的이며 偏傍的으로 되여 간다고 할 수 잇스니 엇더한 것은 智力만으로 또 엇더한 것은 道德을 넘어 偏重히 하는 見地로써 考察하엿스며 엇더한 것은 兒童의 心理 또는 童話라는 그것의 發生 發達의 硏究를 等閑히 하야 가지고 다만 漠然히 童話라는 것을

遊戲視 하는 弊가 업지 아니하다. 지금도 이 童話를 藝術化 하지 못하고 그저 녯날의 舊殼을 버서나지 못하는 觀이 잇다. 甚하게 말하면 童話 그것이 무엇인지 알지도 못하는 친구가 兒童의 特有 心理를 硏究도 하여보지 못한 사람이 童話를 말하려고 한다. 참으로 가엽슨 일이다. 그들은 얼는 하면 黃金을 讚美하며 成功을 崇拜만 하는 心理를 힘을 다하며 鼓吹하려고 한다. 例를 들어 말하면 極히 가난한 사람이 엇지엇지 한 機會로써 크고 큰 부자가 되엿다든지 偶然한 幸運으로써 엇더한 나라의 王이 되엿다는 이러한 것이 가장 偉大한 事實이나 되는 드시 讚美한다. 이러한 장난은 말할 것도 업시 兒童의 純眞한 맘속에 무엇이라고 말할 수 업는 무섭은 種子를 뿥여두는 것이다. 勿論 그중에는 여러 가지 德性을 涵養하며 勸善懲惡의 思表을 喚起하는 點도 잇기는 하겟지만은 이 德性을 涵養하며 勸善懲惡 쑨만으로는 그 童話 本來 目的에서 到底히 滿足할 수는 업는 것이다.

三

더욱 우리나라에 잇서서 初等 敎科書 속에 編入된 여러 가지 童話는 참으로 우리 兒童을 毒케 함이 적지 아니 하다. 道德이 洗練되지 못 하엿든 녯날 童話 그것 속에서 잘 아는 사람들이 그저 '제 생각'대로 兒童을 對하려는 것은 크고 큰 罪惡이며 僭越이 될 쑨 아니라 더욱 큰 冒瀆이라고 아니할 수 업다. 이러함은 말할 것도 업시 그들 自身이 時代의 意識을 가지지 못한 싸닭이다.

엇지 하엿든지 童話라는 그것이 今日에 잇서서 조금도 지나간 겁데기를 벗지 못하고 이러한 傾向에서 徘徊하는 것은 말할 것도 업시 作者 그 사람들이 兒童의 好奇心과 兒童의 異常을 즐기는 心理를 利用하야 재미잇게 奇怪하게만 지으려고 그저 시재시재의 생각에만 拘束됨으로 엇절 수 업시 無理한 條件싸지라도 붓처 가지고 불상한 兒童의 無益한 精神上 代償을 求하려는 싸닭이다.

四

兒童의 心的 活動은 조금도 쉬일 새 업시 流動한다. 그럼으로 童話도 時間的 空間的으로 쏘는 內容, 形式 兩 方面으로 조금도 쉬지 안고 成長하며 流動하여야 될 것이다. 이러한 見地로써 보며 偏倚的, 固定的으로 된 今日의 童話는 決코 眞實한 兒童을

爲하여서의 童話가 되지 못한 것은 말할 것도 업고 童話의 眞義, 價値, 使命을 알아 그것을 다한 것이라 할 수가 업다.

그러함으로 조금이라도 童話를 맘 두는 사람은 무엇보다도 먼저 民族心理學的 硏究에 依하야 童話의 發生과 流動의 眞相을 아라야만 할 것이다. 兒童心理學的 硏究에 依하야 兒童과 童話와의 生命的 關係를 붓드러야 할 것이다. 그러고 더욱 文藝的 考察에 依하야 藝術로서의 童話의 價値를 아라 두어야 할 것이다. 廣義로의 童話의 敎育的 效果를 理解하여야 할 것이다. 그러고 童話 그것을 敎育的 器具로만 할 수 업는 것을 나는 이에 말하여 두고저 한다.

(完)

이러케 하면 글을 잘 짓게 됩니다

—記者, 『어린이』, 1924.12

◇생각하는, 고대로 쓰라.

◇정신을 쏘아너어 지으라.

◇만히 닑고, 만히 지으라.

◇몃 번이던지 조케 치라.

◇힘써 남의 비평을 바드라.

학교 作文 시간에뿐 아니라 어느 때던지 '엇더케 하면 글을 잘 짓게 될 수 잇슬가. 나도 한번 글을 잘 짓게 되엿스면 ……'
하고 여러분 中에는 이런 생각과 희망을 가즌 이가 만흘 줄 압니다. 물론 장래에 문학가(文學家나 文章家)가 되지 안는다 하드래도 실업가가 되던지 무슨 기술가가 되던지 무슨 직업을 갓던지 자긔의 생각과 의견을 남에게 적어 보힐 만큼 한 재조는 반듯이 가저야 합니다. 엇더케 하면 글을 잘 쓰게 될넌지 대단히 간단하게나마 나는 거긔에 대한 몃 가지를 말슴해들이겟습니다.

대톄 '그 글 잘 되엿다' 하고 층찬하는 것은 무엇을 표준하고 하는 말인지 아심닛가?

그것은 아모것보다도 먼저 그 글에 그 사람의 속생각이 분명하게 나타낫느냐 안 나타낫느냐 하는데 잇는 것임니다. 즉 누구던지 그 글을 닑고 그 글을 써 노은 사람의 생(이상 33쪽)각을 똑똑히 잘 리해(理解)하게 되엿스면 그 글은 잘 된 글이라 할 수 잇는 것임니다.

그러면 엇더케 하면 그러케 남이 내 속생각을 똑똑히 알게 쓰게 되느냐 하면 자긔의 늣김과 뜻과 생각을 족음도 더 꾸미지 말고 더 빼지도 말고 고대로 생각 고대로 써 노으면 되는 것임니다. 공연히 글 잘 하는 체 하고 남의 글에 잇든 文字만 골라다 느러노커나 남의 글 흉내만 내여 꾸며 노흐면 닑는 사람이 그 글을 쓴 사람의 속생각은 도모지 알 수 업게 되닛가 그 글은 아모짝에 소용업는 쓸데업는 글이 되여 바리고 마는 것입니다. 내가 어느 학교 사무실에 가서 학생들의 作文 지은 것을 보닛가 문데는 '春'인데 이것저것을 모다 뒤저보아도 모다

……嚴冬雪寒은 어느듯 지나가고 春三月 好時節이 來하니 我等은 大端히 愉快하도다. 桃李花는 滿發하고 蜂蝶은 춤을 추니 平和한 樂園이로다…….

서로 약속하고 쓴 것가티 이러한 글들이엿습니다. 족음 다르대야 엄동설한을 三冬大寒이라 하고 春三月好時節이 陽春三月로 변하엿슬 뿐이지 별로 다른 것이 업섯습니다. 나는 그것을 보고 마음이 퍽 섭섭하엿습니다. 엇더케 그러케 六十名 학생이 봄에 대한 생각이나 늣김이 고러케 쪽 가틀 수가 잇겟습닛가. 가튼 봄이라도 꼿이 피닛가 조와하는 사람도 잇겟지만 어느 해 봄에 어머니가 돌아가신 일이 잇는 사람이면 어머니 생각이 나서 봄을 슯흐게 생각하는 사람도 잇슬 것이고 봄은 되엿지만 아버지 병환이 계신 사람이면 꼿구경할 때도 한편에 근심하는 마음이 업지 안흘 것입니다. 또 쪽가티 봄이 좃타 하더라도 꼿이 피닛가 좃타거나 졸업을 하닛가 좃타거나 운동을 하기 조흐닛가 좃타거나 그 생각에는 사람에 짤하서 여러 가지로 다른 점이 만흘 것입니다. 그런데 그 남다른 자긔의 생각 그것이 글에는 귀(이상 34쪽)중한 것인 줄 모르고 왼통 남이 쓰는 文字만 春三月好時節이닛가 유쾌하거니 무어니 하고 느러만 노흐니 누가 그 글을 닑고 그 사람의 속을 리해는 고사하고 어림치고 짐작이나 해 볼 수 잇습닛가. 그런 글은 아모 소용 업는 붓작란에 지나지 못하는 것입니다.

그런고로 글은 짓는 것(꾸미는 것)이 아니고 쓰는 것입니다. 생각이나 늣김을 고대로 쓰기만 하는 것임이다. 짓거나 꾸미거나 하면 그만 그 글은 망치는 것입니다.

더더구나 편지를 쓰는 데는 더욱 주의하야 사실대로 생각하는 고대로 쓰지 안으면 큰 랑패하는 것입니다. 편지도 훌륭한 글인데 日氣가 치운데도 文字 꾸미노라고 편지에는 '日氣 화창하온대' 하거나 자긔는 몸이 압흐면서도 편지에는 '客館生活이 別故 업사오니' 해 노으면 무슨 꼴이 되겟습닛가. 편지나 무어나 글을 쓰는 데는 꾸

미지 말고 숨기지 말고 생각하는 고대로 늣긴 고대로만 충실히 써 놋는 것이 뎨일 잘 짓는 것입니다.

그 다음에 글에는 자긔정신을 아조 쏘아 너어야 합니다. 그래야 그 글이 피 잇는 산 글이 되는 것입니다. 그러케 피가 잇고 정신이 박힌 글이면 아모리 짧은 글이라도 닑는 사람이 감동 안 될 수 업는 것입니다. 자긔 정신은 짠데 두고 아모러케 이 글 저글 모아다가 쑤며 노커나 남에게 층찬바드려고만 살살 발러 노은 글이면 그 글이 무슨 뼈나 피가 잇스며 누가 그것을 닑고 족음인들 움즉이겟슴닛가. 짤막한 글 한 구를 쓰드라도 자긔의 왼 정신을 쏘와야 그 글은 살어나는 것입니다.

그 다음에는 되도록은 힘써 남의 글을 만히 닑어야 합니다. 잘 된 글을 만히 닑어야 합니다. 잘된 글은 몃 번이던지 되푸리해 닑어 두는 것이 좃슴니다. 그래서 내 속에 아는 지식이 만하야 무엇을 보아도 얼른 잘 늣기게 되고 생각이 만하지게 됨니다. 그러고(이상 35쪽) 누구던지 흔히 늣기는 것과 생각은 만히 잇서도 그것을 엇더케 말이나 글로 발표해 낼 재조가 업서서 갑갑해 하는 것인데 남의 잘된 글을 만―히 닑으면 그 발표할 재조가 생기는 것입니다. 그럿타고 된 글 안 된 글 함부로 닑기만 하면 람독(濫讀)에 빠저서 못쓰게 되는 것이닛가 주의하야 조흔 글 잘 된 글을 골라서 만히 닑어야 하고 쏘는 그 글 쓴 사람을 직접 맛나서 그 글을 쓸 째에 엇던 생각과 엇던 늣김으로 쓴 것까지 무러볼 수 잇스면 더욱 유익한 공부가 되는 것입니다. 그러고 우리 어린이 잡지에 썹힌 글 발표되는 글도 주의해 닑도록 하는 것이 크게 참고 될 것입니다.

만히 닑는 동시에 만히 써보도록 하여야 합니다. 암만 늣김이 만코 생각이 만코 아는 것이 만하도 자조 써보지 안흐면 글쓰는 재조 즉 내 속에 잇는 생각을 남이 잘 알도록 나타내는 재조가 늘지 안는 것입니다. 작고 힘써 짓기 공부를 하여야 글 쓰는 재조는 작고 늘어가는 것입니다.

그런데 만히 써야 한다고 작고 되나 안 되나 함브로 써두기만 해서는 못 씀니다. 하나를 써가지고는 그것을 닑어보고 쏘 닑어보고 하면서 섯투루거나 순하지 안흔 곳은 몃 번이던지 고치고 고치고 하여야 글이 훌륭해지고 글이 붓적붓적 늘어가는 것임니다. 아모러케나 써서 홱 집어 던저버리면 글이 늘기에 힘듬니다.

그리고 그럿케 고치고 고처서 쓴 후에는 자긔보다 나은 사람께 보이고 잘잘못간에 비평을 만히 들어야 함니다. 여러분이 글을 지여서 미들 만한 잡지사에 보내서 그 글이 뽑히나 아니 뽑히나 싀험해 보는 것은 대단히 조흔 일임이다. 엇던 사람은 글을 한두 번 보내서 뽑히지 안으면 그만두어버리지만 그것은 잘못하는 짓임니다. 몃 번이고 쓰고 쓰고 써서는 고치고 하야 보내되 못 뽑히면 또 쓰고 또 쓰고 해 나가야 글은 붓적붓적(이상 36쪽) 늘어가는 것임니다. 그러나 요사이 흔한 잡지나 신문에서 조희 구석이나 채우고 글 보내는 이의 환심(歡心)이나 사기 위하야 되나 못되나 함브로 뽑아주는 것을 미더서는 못씀니다. 늘지 못하고 도로혀 버려지기 쉬운 까닭임니다. 그것은 주의하여야 됨니다.

마즈막으로 한 말슴 더 해 드릴 것은 글을 쓰려는 사람은 평시에 모든 물건과 모든 일에 대하야 자상하고 치밀한 관찰(觀察)을 하여야 하는 것임니다. 가령 개(犬)의 동작(動作)을 쓰려면 먼저 개의 동작을 실제로 정밀하게 보지 못하면 도뎌히 글에 쓸 때에 개의 동작을 잘 나타내지 못하는 것임니다. 그 글을 닑는 사람이 그 글을 닑을 때 실제의 개의 동작을 바로 눈으로 보는 것가티 알게 되면 그 글은 성공한 글이 되는 것임니다.

대단이 간략하지만 대개 우에 말슴한 몃 가지를 잘 명심하야 공부하시면 반듯이 여러분도 글을 잘 쓰게 될 것을 밋슴니다.

(一記者)(이상 37쪽)

『어린이』 동모들께

편즙인,[1] 『어린이』, 1924.12

여러분! 어린이를 닑어주시는 나의 동모 여러분! 나는 어린이를 다달이 꾸며들이는 나로서 여러분을 단 한번이라도 맛나보고 십고 맛나서 하고 십은 말슴이 가지가지로 만히 잇섯습니다. 그래 늘 여러분을 맛나러 가자 사랑스런 동모를 맛나러 가자 하고 별르면서도 일이 밧버서 별로 나가서 보지 못하고 이 날까지 잇섯습니다. 이제는 금년도 아조 지나가려 하는 때이니 올해의 마즈막 편즙을 맛치고 나서 여러분께 몃 마듸 말슴을 하려고 이것을 쓰기 시작하엿습니다.

□

나는 뎨일 먼저 여러분 朝鮮에 태여난 少年少女 여러분을 퍽 가련하다고 생각하게 되여 못 견듸ㅂ니다. 여러분은 여러분 자신의 생활을 즐길 수 업는 형편에 잇는 것을 아는 까닭입니다.

나는 여러분의 생활을 잘 알고 잇습니다. 내가 어렷슬 때와 족음도 다를 것 업시 여러분은 집에서 퍽 쓸쓸스럽고 맛업시 그날그날을 보내고 잇슬 쑨 아니라 심한 때는 몹시 푸대접을 바드면서 살아가는 것을 암니다. 조용이 공부할 방이 업고 마음대로 놀아볼 터전이 업고 작란감이 업고 닑을 것이 업고 여러분이 자긔의 시간(時間)이라 할 시간이 업고 여러분의 속을 알아주려 하는 사람이 업시 나리 눌리는 것과 어른의 눈치채기와 맛업는 책 닑기쑨으로 족음도 유쾌해 볼 때가 업시 억지로억지로 그날그날을 보내고 잇는 더 할 수 업시 맛업고 쓸쓸스럽게 살아가는 것을 암니다.

□

1 '편즙인'은 이 글 말미에 '方'이라 해 둔 것으로 보아 '방정환(方定煥)'으로 보인다.

어려슬 째의 생활이 그럿틋 한심한 것은 마치 一生의 어린 싹이 차고 아린 서리(霜)를 맛는 것임니다. 아모것보다도 두렵고 슯흔 일임니다.

—此間 二十八行 削除—

□

다른 나라 소년들은 집에는 자긔의 방이 짜로 잇고 창조력과 취미를 길러주는 작란감이 만코 부모가 그들(이상 38쪽)의 뜻을 맛치기에 힘을 쓰고 그들의 생활에 방해하지 안는 고로 자긔의 생활을 즐기게 됩니다. 학교에 가면 선생이 형이나 아젓씨가티 친절함니다. 그리고 토요일마다 자미잇는 회를 열어서 그들의 마음을 한껏 즐겁게 해줌니다. 밧갓헤 나가면 그들뿐을 위하야 소년연극장이 짜로 잇고 그들뿐을 위하야 아동공원도 짜로 잇습니다. 거긔서 그들은 즐겁게 유쾌하게 한껏 맘껏 커가고 뻐더가고 잇습니다. 그럼으로 그들에게서는 풀죽은 少年 쓸쓸스런 少年을 보기가 드믐니다.

□

짓밟히고 학대밧고 쓸쓸스럽게 자라는 어린 혼을 구원하자! 이러케 웨치면서 우리들이 약한 힘으로 니르킨 것이 소년운동이요 각지에 선전하고 충동하야 소년회를 니르키고 또 소년문예연구회를 조직하고 한편으로 『어린이』 잡지를 시작한 것이 그 운동을 위하는 몃 가지의 일임니다. 물론 힘이 넘우도 약함니다. 그러나 약한 대로라도 시작하자! 한 것임니다.

□

가련한 조선 소년들을 위하야 소년운동을 더 널리 선전하고 더 넓게 넓혀가자. 한 사람에게라도 더 위안을 주고 새로운 긔운과 혼을 너어주기 위하야 『어린이』를 더 잘 꾸며가고 더 넓히 펴 가자! 우리의 온갓 로력은 전혀 여긔에 잇슬 뿐임니다.

□

그럼으로 이 일을 위하야는 하고 십은 일이 한 두 가지뿐이 아님니다. 우선 지방

지방으로 다니면서 촌촌마다 소년회를 골고로 조직하게 하고 또 왼 조선의 모든 소년회가 한결가티 소년회다운 소년회가 되게 하고 한편으로 소년 문뎨를 들어 각 부형과 사회에 강연을 할 것이고 또 한편으로 소년문뎨연구회를 더 크게 더 만히 조직하야 소년운동을 잘 진전 식히게 하고 한편으로는 동요와 동화를 널리 펴기에 힘을 써야 할 것이고 또 그리하고 십습니다.

□

잡지로는 첫재 어린이에 그림과 사진을 만히 넛코 둘재 내용을 더 풍푸하게 하고 되도록 각 지방의 소년회 소식과 여러분의 지은 글과 그림을 만히 골라내여 들리고 하야 여러분의 생각을 만히 돗괘 드려야 할 것이라고 생각하고 잇습니다.

□

그러나 그리하자면 책이 커야 할 것이고 돈이 만하야 하고 사람이 만하야 하겟는데 지금 형편으로는 돈도 업고 사람도 적습니다. 책갑도 올리자는 동모가 잇스나 시골에 잇는 어린 동모는 十錢을 엇기도 힘이 드는 터인 고로 도저히 더 올릴 수 업서서 그냥그냥 참고참고 잇습니다. 그러나 만일 어린이가 팔니기를 만히 팔리면 지금 팔리는 것도 조선 안에서는 뎨일 만히 팔리는 것임니다마는 점 더 팔려서 한 五萬부씀 팔리게 되면 十錢 잡지로도 훌륭히 잘 하게 될 것임니다. 만일 여러분이 이 뜻을 잘 짐작해 주서서 동모들께 어린이를 권고해 주신다면 그것이 어렵지 아니한 일이라고 나는 밋고 바라고 잇습니다.

□

편즙하고 난 끗에 급급히 썻고 또 조희가 모자라서 하고 십은 이약이의 천의 하나도 못쓴 것이 섭섭합니다.

(方)(이상 39쪽)

童話作法

童話 짓는 이에게 '小波生'

方定煥,[1] 『東亞日報』, 1925.1.1

◇童話, 童謠, 小品文 세 가지 作法을 九十 줄에 쓰라는 것은 도뎌히 못될 말이니 童話, 童謠를 짓는 이의 注意할 것 몃 가지만 간단히 들어노아 보기로 하겟습니다. 九十 줄에 될는지 ……

◇童은 兒이란 童童이요 話는 說話의 話인즉 결국 童話는 兒童說話라고 할 것임니다. 그러니 兒童 以外엣 사람이 만히 닑거나 듯거나 하는 경우에라도 童話 그것은 兒童을 상대로 하는 것이 아니면 안 될 것은 물론임니다. 그런고로 동화가 가저야 할 첫재 요건은 一兒童들이 잘 알 수 잇는 것이라야 한다는 것임니다. 요사이 신문이나 잡지에 실리는 것이나 또 어린이社에 드러오는 것을 보면 동화를 小說 쓰듯 하노라고 공연한 로력을 만히 한 것이 만습니다.

◇그러한 것은 童話에 잇서서는 아모 效果가 업슬 뿐 아니라 도로혀 兒童의 머리를 현란케 하는 폐가 잇기 쉬웁습니다. 알기 쉽게 말하면 녀름 日氣의 더운 것을 말할 때에 온도 몃 십도나 되게 더웁다고 하면 모름니다. 더웁다 더웁다 못하야 옷을 벗고 물로 뛰여 드러가도 그래도 더웁다고 하면 兒童은 더위를 짐작함니다. 義州에서 釜山까지 二千里나 되닛가 굉장히 멀다 하면 兒童은 그 먼 것을 짐작 못함니다. 거름 잘 것는 사람이 새벽부터 밤중까지 쉬지 안코 거러서 스므밤 스므날을 가도 다 가지 못한다 하여야 그 굉장히 먼 것을 짐작함니다.

◇그러고 또 童話를 쓰거나 이약이 하는 사람이 아모리 자상하게 길게 오래 하드래도 그것을 닑거나 듯는 兒童은 그 中에서 자긔가 알 수 잇는 것뿐만을 추려 가집니다. 兒童을 만히 接해 본 사람은 알 것임니다. 길다란 이야기를 들려주고 나종

1 원문에 '어린이 主幹 方定煥'이라 되어 있다.

에 다시 한번 물어보십시오. 군데군데 쒸여가면서 자긔 아는 것만 골라서 긔억하고 잇슴니다. 활동사진을 보아도 다른 사실은 전혀 모르고 개(犬)가 자동차를 쏫차가거나 비행긔를 타고 올라가거나 싸홈하는 것밧게는 모르고 잇슴니다.

◇그러니 童話作者나 口演者가 兒童이 아지 못할 말 兒童이 興味를 늣기지 안는 것을 쓴다 하면 쓸사록 努力만 허비하게 됩니다.

◇그 다움에 童話가 가질 요건은 二兒童에게 愉悅을 주어야 한다는 것임니다. 兒童의 마음에 깃붐과 유쾌한 흥을 주는 것이 童話의 生命이라고 해도 조흘 것임니다. 教育的 價値문뎨는 셋재 넷재 문뎨고 첫재 깃붐을 주어야 하는 것임니다. 교육뎍 의미를 가젓슬 뿐이고 아모 흥미가 업스며 그것은 童話가 아니고 俚言이 되고마는 것임니다. 아모러한 교육뎍의 의미가 업서도 童話는 될 수 잇지만 아모러한 愉悅도 주지 못하고는 童話가 되기 어렵습니다.

◇쯧흐로 셋재 교육뎍 의미를 가저야 할 것이라고 이러케 키겟는데 교육뎍 의미라는 것은 이야기하기는 장황하겟스닛가 여긔에는 그만두겟슴니다.

◇동화에 관하야도 간단하게나마도 다 쓰지 못하엿스닛가 약속 동요는 전혀 못 쓰게 되엿슴니다.

朝鮮 少年運動

『東亞日報』, 1925.1.1

○

조선 사람은 자랑할 장점을 가진 것도 업지 안치만 결점을 더 만히 가젓슴니다. 새로운 졂은 사람들은 그 결점을 잘 알고 그것 때문에 잘 못살게 된 것도 잘 알고 '곳처야 된다!'고 말하는지 오래면서 실상 족곰도 싀원히 곳치지 못하고 잇슴니다. 그것은 그 몸과 머리와 생각이 벌서 어릴 때부터 조치 못하게 굿어진 고로 용이히 마음이 곳처지지 안는 까닭임니다. 어릴 때부터 굿어지기 전부터 고흔 새 생명을 더럽히지 말고 쉽으리지 말고 순실히 커가게 하자. 이 한 가지를 조선소년운동은 남달리 더 가지고 잇슴니다.

○

그러니 먼저 필요한 것이 이때까지의 잘못된 온갓 것에 쓸리거나 구해되지 말고 온전히 새 생명을 새롭게 잘 지시할 힘과 정성을 가진 지도자(指導者)임니다. 잘못되게 길리운 사람이 자긔 고대로 가르키고 그리 본밧게만 된다 하면 소년운동은 그 생명을 널허버리는 것임니다.

○

그런대 지금 전조선 일백사십여 처의 소년회가 모다 조흔 지도자를 가젓다고 하기는 어렵슴니다. 불행한 조선소년들은 돌보아 주는 지도자도 업시 자긔네끼리 모여서 청년회 흉내만 내는 것으로 잘하는 일인 줄 아는 곳이 만코 또는 어느 교회나 청년회에서 소년회나 소년부를 세우고 어린 사람을 웃키기 잘하고 석기여 작란 잘하는 사람을 골라서 가장 덕임자라고 어린 사람 지도를 맛겨 두는 곳이 또한 만슴니다. 어린 양의 무리를 말승량이에게 맛기는 위험보다 더 무서운 일임니다.

○

외국 그것의 흉내나 내거나 한때의 흥미로운 소년운동에 관계하는 사람이 아니고 자긔의 생활에 끈힘업는 반성(反省)을 가지고 새것에 대한 렬렬한 동경(憧憬)을 가지고 몸소 어린 사람의 나라에 도라 가려는 진실한 사람이 만히 생겨야 조선의 소년운동은 바른 길을 밟아가게 될 것임니다. 지금 긔세 좃케 니러나는 소년운동은 기실 그런 사람을 엇기 위하야 또는 짓기 위하야 선전하고 준비하는 것이라고 보는 것이 맛당함니다.

○

조선의 소년운동이 진실로 잘 되여 간다 하면 그때에 큰 방해가 두 쪽으로 생겨옵니다. 하나는 소년들의 부형이 자긔네의 날근 눈에 들지 안코 전가치 무조건 복종을 하지 안케 되는 까닭으로 반대하는 것이요. 하나는 보통 교육 십일년 간으로 준(準) 일본사람을 맨들리라 하는 총독부의 교육방침이 소년운동으로 말미암아 방해될가 렴려하야 간접으로 간섭하고 방해하려는 것임니다. 작년 녀름에 몃 군데만 빼여놋코 전선 여러 곳의 공립학교 교장들이 '소년회에 가면 퇴학식인다', '어린이 잡지는 닑으면 벌을 씨운다'고 어린 사람들을 위협하엿슴니다. 우리가 항의하닛가 그러지 안헛노라고 태연히 거짓말하는 사람이 잇섯슴니다.

○

먼저 학부형에게 소년운동에 관한 리해를 갓게 하야 학부형으로 하여곰 그들에게 항의하고 싸호게 되게 되어야 함니다. 이 점으로도 조선의 소년운동은 아즉 선전긔에 잇다 할 것이니 지금 현상에 락망할 것은 아니고 힘써 서로 련락하야 힘을 모아가지고 크게 선전에 힘쓸 것이라 함니다.

○

'조선의 소년운동'이란 굉장히 큰 문뎨를 구십 줄에 쓰라 하닛가 구십 줄이 벌서 넘치고도 세 마듸 밧게 못 썻슴니다. 후일에 다시 말슴할 긔회를 기다리겟슴니다. 여러 곳 소년회에 새해의 건전한 발전을 빕니다.

(十二月 二十二日)

朝鮮 少年軍

趙喆鎬,[1] 『東亞日報』, 1925.1.1

少年軍 —'쏘이스카우트'는 지금부터 十九年 前에 世界的 天才이라고 하는 英國 '로바 — 드, 쌔덴, 파웰' 將軍(陸軍 中將)이 처음으로 엇던 한 적은 섬(島)에서 열두 사람의 少年을 모하 가지고 組織한 것으로부터 생겨난 것이올시다. 그리하야 그 後 不過 二十年을 지나지 못한 今日에 와서는 어느 나라의 어느 社會를 勿論하고 '카—키' 빗 服裝에 三葉印 徽章을 단 少年軍의 그림자를 보지 못하는 곳은 업슬 만콤 되엿습니다. 精確한 數는 모르겟스나 大略 五百萬 가량이나 된다고 함니다. 그러면 이에 잇서서 우리 朝鮮의 少年軍을 말씀하기 前에 五百萬이나 되는 만흔 平和運動者를 엇게 된 그 動機와 經過를 大綱 말씀하겟습니다.

사람이 가장 뜻잇게 사람다운 生活을 하야 보랴고 하면 爲先 무엇보다도 適者가 되여야 할 것이외다. 卽 이 宇宙의 모든 眞理와 合致하여야 할 것이외다. 그 理想을 實現코저 함에 우리는 人生의 첫거름을 거러나가는 어린이를 고르는 까닭이올시다. 이와 가튼 理想이 모든 사람의 마음을 共鳴식이는데 잇서서 全世界의 志士들은 이를 圓滿히 實現식혀보겟다는 마음으로 千九百二十年 七月에 英京 '론돈'에서 第一回 少年軍國際大會와 및 國際聯盟 會議를 여러 二十二個國 五萬七千五百餘人의 參加를 엇고 그 後 때를 짜러 各處에서 大會를 열물 짜라 參加人員도 日增月加하고 參加國도 四十餘個國이나 되도록 만흔 數를 보히게 되엿습니다. 이와 가치 少年軍의 基礎가 漸々 鞏固하야지고 그 氣脈이 全世界에 흐르게 되매 우리 朝鮮에 잇서서도 임의 그대로 看過치 못할 形勢에 잇슴으로 맛참내 千九百二十二年 十月 五日에 이르러

1 원문에 '少年軍 大將 趙喆鎬'라 되어 있다.

비로소 少年軍을 組織하고 方今 세 돌을 맛게 되엿습니다. 그러나 눈뜬 지가 임의 얼마 되지 못함으로 아즉 充分히 普及치 못하고 基礎도 鞏固치 못합니다.

이 點에서 다만 여러 同胞들의 援助를 바라는 바이올시다. 그리고 아래에 少年軍律을 列記하야 보겟습니다.

軍律 十五綱

一. 團員의 言은 神聖하다. 生命을 賭하더라도 名譽를 重히 하며 信과 義를 직힐 事

二. 團員은 社會上 父母 長者 又는 雇主와 및 下人에게 이르기까지 誠意로 接할 事

三. 團員의 義務는 有爲하고 他人의 有助됨을 本旨로 할 事

四. 團員은 地位 身分의 如何를 勿論하고 그 親友이요 兄弟로 生覺할 事

五. 團員은 禮儀를 重히 할 事

六. 團員은 動物을 愛護할 事

七. 團員은 父母 上長에게 唯々服從하는 同時에 紀律은 一般社會의 利益과 秩序를 維持함에 必要한 것임을 了解할 事

八. 團員은 快活하고 困苦를 困苦로 역이지 말 事

九. 團員은 勤儉할 事

十. 團員은 思想, 言語, 操行을 共히 高潔히 할 事

十一. 團員은 勇敢할 事

十二. 團員은 敬虔할 事

十三. 團員은 萬事에 進取的이며 그 行動에 全 責任을 負할 事

十四. 團員은 義俠 勇敢하며 恒常 弱者를 助하야 自己를 考慮치 말 事

十五. 團員은 一日 一善을 行할 事

童謠에 對하야(未定稿)

밴댈리스트, 『東亞日報』, 1925.1.21

一

驚異의 世界가 잇다 하면 그것은 어린이의 맘 世界임니다. 그들은 반짝거리는 하늘의 별을 보고는 自己의 작난감을 삼으려 하며 숩 사이에서 노래하는 새를 自己의 親故로 알고 이야기하랴고 함니다. 풀닙사귀와 쏫과 흘으는 냇물 — 어린이의 周圍에 잇는 모든 것은 어린이의 맘에 未知境의 憧憬과 神秘를 소군거려 주지 안는 것이 업습니다. 그리하야 그들은 어머니에게 둥글한 하늘의 달을 짜 달라고 졸음니다. 이러한 心情은 어린이에게만 約束된 것으로 가장 貴여운 일임니다.

朝鮮 어린이는 오래 동안 이러러한 驚異의 아름다운 世界를 일허바리고 無味한 束縛과 까닭스러운 形式으로 因하야 그들의 貴여운 個性은 自由를 쌔앗기고 壓迫에 壓迫을 거듭하여 왓습니다. 그들은 어린 靈을 美化식힐 만한 아모러한 것도 업시 '不幸' 속에 자라 왓습니다. 이러한 째에 近頃 새로운 童謠와 童話의 — 少年文學 運動이 여러 곳에서 여러 有意한 人士에게 計劃되야 個性의 自由를 일어버린 어린이의 새로운 世界가 두 번 다시 開展됨은 깃버하지 안을 수 엄는 일입니다. 이러한 運動은 家庭生活과 學校教育에 '驚異의 再生'이 되는 同時에 文化生活과 創造的 生活의 高唱에 업서서는 아니 될 必然임니다. 갑 만흔 未來를 創造하랴 하는 精神이 이에 잇습니다. '어린이의 꿈' 갓튼 純美的 世界에서 고요히 자라날 어린이의 幸福이 클 것임을 생각하면 아름다운 깃븜을 禁할 수가 업습니다.

二

어머니는 自己의 어린이를 재우랴고 곱고 나즌 목소리로 「애기보기 노래」를 노래해 줍니다. 어린이의 맘에 詩歌에 對한 사랑을 늣기게 됨은 이째부터일 것임니다. 無心하게 그 노래를 듯는다 하면 아모러한 神奇한 뜻이 업슬는지도 몰으겟습니다. 이 노래가락 속에는 自己를 니저바리고 '어린이'도 니저바리는 無我的 쓧업는 사랑의 世界가 잇슬 뿐임니다. 다시 말하면 어머니의 靈과 어린이의 靈은 곱고 보드랍은 노래가락의 美音에 醉하야 모든 束縛을 버서 바리고 쓧업는 未知의 꿈 世界로 가서 하늘을 날아가는 小鳥처럼 한갓 깃븜을 늣기게 됨니다. 두 靈을 結合하야 神秘世界로 引導하는 것은 여러 말할 것 업시 말의 韻律임니다. 곱은 말과 아름답은 曲調로 생기는 韻律로 因하야 靈과 靈은 自由롭은 旅行을 하게 됨니다.

그럿슴니다. 韻律은 사람의 맘을 보드랍게 하며 조금도 거즛업는 '自然스럽은' 곳으로 引導하야 平和와 安靜을 줍니다. 이것은 外部世界에 對하야 意識的으로 努力할 必要를 못 늣기게 되는 同時에 內部世界가 統一과 明證의 狀態에 잇게 되는 까때임니다. 이곳에서 사람은 가장 自然스럽은 狀態를 엇슴니다. 그러기에 韻律은 生命의 脈搏이며 自然의 呼吸임니다. 物과 心의 두 곳을 貫流하며 統一케 하는 至上靈法임니다.

이 韻律이라 함은 말할 것도 업시 詩歌의 그것임니다. 詩歌로 因하야 까닭스럽고 괴롭은 實生活을 버서 나서 生命의 源泉인 사랑의 世界를 發見하게 되는 것은 經驗잇는 이로는 누구나 알 것임니다.

'아름답은 靈'을 위하야 가장 自然스럽고 가장 아름답은 韻律이 잇서야 하겟슴니다. 그것이 업시는 어린이의 '아름답은 靈'은 美化되지 못함니다.

童謠는 다른 것이 아니고 이것임니다. 在來의 唱歌에 對한 새롭은 唱歌라고 하여도 조흘 것임니다.

三

남을 울니랴고 하면 반듯시 自己부터 울어야 함니다. 童謠는 '어린이의 靈'을 美化케 하는 同時에 '어룬의 靈'도 美化식혀야 합니다. 問題는 이곳에 잇슴니다. 童謠에 對한 內容과 形式은 엇더한 것이라야 할가임니다. '아름답은 靈'을 純眞한 美化로 引導함에는 그러한 內容과 形式의 것이 아니여서는 아니 될 것임니다. 醜惡한 童謠는 '어린이의 靈'을 허물 내일 뿐임니다. 웨 그런고 하니 童謠의 目的은 어린이의 情操의 訓練과 想像의 解放이기 때문임니다. 이 點에서 童謠의 價値는 詩歌의 價値와 갓하 童謠를 尊重하는 마음은 詩歌의 藝術를 尊重하는 마음입니다.

童謠는 藝術的 價値를 가진 것으로 말할 것도 업시 文藝의 한 部分입니다. 그러기에 童謠라는 것은 詩作者의 심々破寂의 일이 아니고 純正한 詩歌를 지을 때와 꼭 갓튼 狀態로 童謠를 짓지 안아서는 아니 될 것입니다. 眞正한 詩歌의 價値는 '詩를 짓겟다' 하는 意志에서 생기지 아니하는 것과 가치 童謠도 또한 '童謠를 짓겟다' 하는 特別한 狀態로는 되지 못합니다. 어룬이 일부러 '어린이답은 心情'을 가지랴고 努力함은 도로혀 不純性을 거듭하게 됨니다. 대개의 童謠의 感興은 意志的 狀態를 떠나 無心히 自然萬衆을 對할 때에 니러나서 '어린이답은 心情'을 가지게 되는 것입니다.

'어린이'를 위하야 童謠를 지으랴는 것보다도 '어린이가 되야서'의 見地에서 童謠를 써야할 줄 암니다.

이 點에서 童謠는 '어린이'에게 엇던 智識을 주는 方法이나 功利를 暗示하는 것이 아니고 어데까지든지 이러 것을 떠나 藝術的이라야 합니다. 거듭 말함니다만은 새롭은 童謠는 在來의 學校의 唱歌와는 달나 智識와 功利의 手段이 아님니다. 알기 쉽게 말하면 藝術的 唱歌가 童謠입니다.

四

藝術 鑑覺의 즐겁음이 自我發見의 즐겁음이라고 하면 藝術的 唱歌 — 童謠에서도 自我를 發見할 것입니다. 童謠을 읽고 날마다 멀어가는 지내간 쑴과 가튼 아름답 世界를 생각할 때에 맘에는 반듯시 새와 가치 맘의 故鄕인 곳으로 돌아가고 십흔 所望이 간절해집니다. 그러기에 '어룬'이 童謠에서 엇는 것은 언제 한 번 읽혀버린 自己의 모양을 돌아보며, 더럽워진 靈을 두 번 다시 깨긋하게 할 수가 잇습니다. 詩歌와 童謠는 兄弟입니다. 하나는 '어룬'을 다른 하나는 '어린이'를 위한 世界이나 그들이 가는 곳은 다 가치 藝術의 宮殿입니다. 그곳에는 永久性이 잇습니다. '프로베르'의 "우리들은 어린이의 뒤를 쪼차 간다"는 言句가 이에서 남 몰을 意味를 가짐니다.

童謠를 사랑치 아니 하는 사람은 結局 詩歌를 사랑치 안는 사람으로 眞善美와는 아모 因緣이 업는 것입니다.

(寄書) 少年軍의 眞意義

趙喆鎬, 『東亞日報』, 1925.1.28

二十世紀 今日 物質文明의 産物은 滔々히 우리 人類로 하야금 唯物主義의 魔堀에 모라닐 形勢와 가트며 柔儒 軟弱한 狀態는 罪惡의 坑塹에 彷徨하다가 氣盡自滅하게 될 만한 趨勢이다. 이와 가튼 우리 社會를 一變하야 '에덴'의 樂園을 다시 보랴고 하는 新運動이 發生하엿다. 이 活動力은 時々刻々으로 그 威勢를 擴張하야 歐米의 天地를 風靡하고 임의 그 큰 날개 그림자는 우리 東洋에까지 펴게 되엿다. 그리하야 半萬年間 錦繡江山에서 天然의 惠澤을 힘입어 桃園에서 享樂하든 우리도 頹廢惰弱에 傾倒한 精神과 體質을 一變식히지 아니 하면 아니 될 時代가 到來하엿다. 그의 일홈은 朝鮮少年軍이다. 이 少年軍은 우리 朝鮮少年들의 肉體와 精神을 健全確實하고 將來 有用한 사會의 公民이 되도록 敎養하는 團體이니 其 有力한 것은 從來까지 우리가 取하야 오든 여러 가지 敎育方式으로는 밋지 못할 바이다.

爲先體育에 對하야 例를 들어 말하자면 只今까지의 學校와 社會에서 行하야 오든 여러 가지 運動과 여러 가지 遊戱는 한갓 方型的 形式的이다. '뽀이스카우트'의 行하는 바와 가치 健康的 實地的이 못되는 것이다. 德育에 對하야는 學校의 修身과 訓育과 및 特히 有力한 宗敎의 힘이 잇스나 그러나 그는 모도 다 理論과 感情에서 헤매는 가장 힘이 弱한 道德에 지나지 못한다. 少年軍에서 行하는 것과 가치 實踐躬行하는 强烈한 意義가 잇는 道德과는 同日의 論이 아닐 것이다. 또 智育에 對하야도 現今 學校敎育을 우리 人生의게 가장 偏狹한 敎育으로 是認하니 이는 盲目的이오 因習的에 지나지 못하는 弊端이다. 이 人生을 機械와 가치 맨드는 것이다. 그러나 다만 우리 現時 形便으로 보면 物質的 破産이 極度에 達함으로 말미아마 物質 그것에 對한 自覺은 蔑視할 수 업슬 것이다. 그러나 不勞而取하며 遊而自生을 圖謀하는 一攫千金의 不合理的 物質慾은 取할 것이 아니다. 要컨대 人生은 民族的 自覺 우에 確乎不拔하는

精神을 가진 後에 物質도 必要한 것이다. 또한 그의 所得이 될 것이다. 物質的 生存競爭 法則에 從하야 가장 强한 者가 가장 狡猾한 者가 弱한 正義를 밥는 者를 壓倒하는 것은 一時的 現像이다. 正義는 最後의 決勝을 잡는 것이 眞理이다. 眞理를 根本삼아 힘(力)과 사랑(愛)을 具體化하자는 것이다. 즉 眞理 우에다 物質을 써야 하겟다. 同胞 全體가 熱烈한 深刻한 決心과 渾身의 力愛를 질겨 行하는 者가 되기를 修練하여야 하겟다. 少年軍의 곳 目的이 이것이다.

歐米 一部 學者는 以上 陳述한 바 弊害를 矯正하기 爲하야 新敎育論을 絶叫하는 者도 不少하다. 卽 現今까지의 敎育制度는 우리의 實生活을 幸福으로 알 만큼 靑少年에게 咀嚼이 되지 못한다. 그러나 少年軍에서 敎養하자는 智識은 敎育하는 것이 아니요 다만 兒童의 各自가 有한 바 個性을 助長 啓發하는데 잇는 것이다. 何時던지 靑少年의 理解力과 實驗과에 依하야 確實한 所有가 되게 하자는 것이다. 此等을 綜合하야 考思할 때 少年軍은 德智體 三育에 對하야 從來 하야 온 敎育方式보다 卓越한 新敎育法이라 하겟다. 自然要求로부터 發生하는 社會運動에 對한 革新敎育法이다. 米國에서는 少年軍은 社會 모—든 것에 對하야 宣戰을 布告하엿다 한다. 이를 總言하면 敎育法으로 하야금 實生活化 하자는 것이며 過去의 不充分한 것을 革破하고 이 少年들의 손으로써 새로운 平和와 正義를 地球上에 세우자는 偉大한 世界的 運動이다.

이와 가치 有力하고 有益한 少年軍 運動을 모르며 돌보지 아니함은 民族的 自覺이 업다 하겟고 民族으로서 時代에 落伍하엿다 할 수밧게 업다. 또한 敎育者로서 理解가 업다 하면 아니다. 理解는 姑捨之하고 妨害한다 하면 이는 羞恥라 하겟다. 朝鮮에 損失이 안일가 보냐. 況이

少年軍의 活動이 다만 우리 第二世 國民 되는 少年에게만 利할 쑨이 아니라 如何한 階級人士를 勿論하고 다 實生活에 應用할 수가 잇는 것이며 또한 身體를 健康하게 하며 後進 有用의 人材를 硏磨할 수 잇는 것이니 靑年會 普通學校 中等學校에서 모름직이 다투워서 그 硏究 成立을 圖謀하여야 하겟다. 家庭으로서 學校로서 一般社會로서 民族全體가 들어서 이 少年軍 運動을 힘써서 그의 充分한 發達을 期하여야 하겟다. 이것이 民族 永遠의 生命길이며 曙光의 반짝임이라 하겟다. 永遠히 살 길이

라 하겟다. 少年軍의 組織發達 以下로라도 遲延하면 우리 民族의 意義 잇는 希望은 하로만콤의 損失이 될 것을 民族 全體가 覺悟하여야 하겟다.

우리 半島江山의 方々谷々이 少年軍의 姿影을 보는 날이 卽 新生命의 呼吸을 하는 날이 되겟다. 朝鮮의 主人公이 될 活氣 橫溢한 우리 靑少年의 힘을 나는 밋는다. 우리의 이 散亂한 現狀을 두 억개에 짊어지고 이러날 少年軍의 組織을 나는 밋는다. 希望은 이 뿐이다.

사랑하는 兄弟여. 共鳴하라. 이것이 朝鮮少年軍의 眞意義이다.

童謠 選後感

選者, 『東亞日報』, 1925.3.9

應募된 童謠 數가 二百個를 넘엇슴니다. 그 中에서 一二三 等 세 篇을 쏍고 選外 佳作으로十四篇을 골낫슴니다. 新春文藝에 對한 童謠의 成績은 어느 點으로 보든지 가장 優秀한 地位를 所有하엿슴을 選者도 깃버하는 同時에 作者와 讀者에게 賀禮하며 이 깃븜을 한길가치 난호랴고 함니다.

이番 童謠의 첫 자리를 占領한 韓晶東 君의 「소곰쟁이」와 그 밧게 멧 篇은 朝鮮에서는 첨 되는 貴엽은 作品임니다. 그것들을 엇더한 童謠壇에 내여놋는다 하여도 決코 二流의 地位에 잇슬 것이 아니고 第一流가 될 줄을 깁히 밋슴니다. 童謠는 單純한 唱歌가 아니고 藝術味 만흔 詩임니다. 이러한 意味에서 童謠라는 것은 功利的이나 手段的이나 教訓的이라는 것보다도 永遠한 未知의 驚異世界이며 詩的 恍惚 그것이 안일 수가 업슴니다. 이것은 그러한한 功利的 童謠는 어린이의 感情 生活에 아모러한 關係가 업는 까닭입니다.

한마듸로 말하면 只今까지 紙級[1]한 功利的 唱歌를 童謠라고 하면 새롭은 意味를 가진 童謠는 純實한 藝術的 唱歌라고 하겟슴니다. 어린 아희의 눈에 보이는 것은 하나도 未知의 世界이며 驚異 아닌 것이 업서 둥글한 하늘의 달을 짜서는 작난감을 삼으랴고 하는 것이 그들의 世界임니다.

흔히 어린이들이 노래하는 「톡기와 거북」이라는

여보々々 거북님 내말들어보오
天地間 動物中에 네발가지고 저와가치 느즌거름 처음보앗네

---

1 '低級'의 오식이다.

하는 것과 韓 君의 「소곰쟁이」의

창포밧 못가운데
소곰쟁이는
1234567
쓰며 노누나

하는 첫 節과 比較하여 보면 얼마나 藝術的이며 얼마나 리듬이며 노래의 想이 아름답은가는 容易히 發見하게 될 것입니다.

이러한 곱은 童謠를 읽을 때에는 無條件으로 허물나지 아니한 靈을 어르만지는 音樂的 詩美에 醉케 됩니다. 韓 君의 童謠에는 그 想과 表現이 다 가치 調和되야 듯기 조흔 멜로듸를 이루엇습니다. 韓 君의 그 밧게 童謠의 「초사흘달」, 「달」, 「갈닙배」, 「落葉」의 四篇도 「소곰쟁이」에 比하야는 얼마만큼한 遜色은 잇스나 또한 三讀三嘆할 貴한 作品임을 斷言합니다.

그러고 둘재 자리를 占領한 張石田 君의 「蓮쏫」은 白蓮쏫을 公主로 紅蓮쏫을 王子로 보고 輕快한 리듬 곱은 音樂을 만든 데는 한갓 忘我的 恍惚을 늣길 쑨이엇습니다. 난호기는 첫재니 둘재니 하엿지만은 韓 君의 그것보다 못할 것이 업슬 만합니다. 다만 韓 君의 童謠는 여러 篇 되고 同 君 것의 것은 두 篇밧게 아니 된 때문에 이렇케 等別을 하게 된 것입니다. 그러고 同 君의 「검은 구름」은 「蓮쏫」에 比하야 만흔 遜色이 잇습니다. 만은 또한 조흔 作의 하나임은 일치 아니 하엿습니다.

셋재 되는 劉澤寬 君의 「가마귀」 한 篇은 '童謠'라는 것보다도 詩에 갓가운 어린이의 世界를 써낫다 하는 생각이 잇섯습니다. 이 한 篇도 엇더한 곳에 내여 놋코 자랑을 하더라도 조곰도 부쓰러울 것이 업습니다.

검은몸에 흰삶을 쒸려
뜻는달 초불되는

숩으로 간다

한 이것은 「가마귀」의 둘재 節임니다. 이것을 보고도 貴엽다 하지 안을 이가 잇겟슴닛가. 選後感보다도 評에 갓갑엇슴니다.

選外 佳作에도 全體로 보아 劣作이 적고 대개는 다 훌릉한 作이 만슴니다. 所謂 大家의 作이라는 看板을 붓친 作보다도 훨신 뛰여나게 된 것이 적지 아니 하엿슴니다. 다음에 佳作을들면

童謠選外佳作(順序不同)

◇은별 한 개

京城府 北米倉町 八八 金乙姬

◇陽地짝

黃海道 白川邑 內 彰東學校 幼芽生

◇봄 外 멧 篇

咸北 淸津府 新岩洞 八六 世昌旅館 內 朴 一

◇반달

京城府 壽松洞 普成高普 內 李軒求

◇물방아

馬山府 午東洞 一二九 河貴鏞

◇별

平北 寧邊郡 西部洞 梁基炳

◇아우의 죽음

明川郡 西面 良化洞 金永勳

◇설

仁川府 外里 二五 朴東石

◇쏫의 魂

平壤府 新陽里 二九　李根泰

◇귀곡새

京城府 益善洞 四五　李學仁

◇기럭이

京城府 樂園洞 協成學校　邊鎬鐸

◇마지 하자

京元線 高山驛 前　姜英均

◇저녁때

京城府 北米倉町 四四　全鎭守

◇쓰르람이

南滿線 開原驛 朝鮮精米所　任基烱

이 깃분 날

어린이 부형씌 간절히 바람니다

方定煥,[1] 『東亞日報』, 1925.5.1

一

전조선 몃 십만의 어린 동모들과 함께 손곱아 기다리든 '어린이날'이 이제 하로 밤을 격하게 되니 여러 날 잠 한잠 못 잔 피곤도 니저버리고 그냥 마음이 깃블 쑨임니다. 이제 오늘밤 마즈막 준비를 맛치고 리발하고 목욕이나 하면 왼통 새 세상을 마지 하는 늣김을 어들 것 갓습니다.

二

예전 '스팔타' 사람들은 리웃나라와 싸와 패전하야 전승국에서 '너의 나라의 어린 사람 백명을 우리나라로 다려오너라' 할 째에 '우리가 모다 죽을망정 우리나라의 어린 사람은 단 한 사람이라도 남의 나라에 보낼 수 업다. 차라리 어린이 대신 우리 큰 사람 백 명이 가겟노라' 하고 디옥사리보다 더 괴로운 적국의 노예로 자진해 갓습니다. '지금은 너의에게 젓슬 망뎡 우리 어린이 대에도 질 줄 아느냐 우리가 종이 될 망뎡 어린이를 남에게 맷기는 것은 우리의 장래까지 쌔앗기는 것이다' 생각한 그들은 몹시도 영악한 사람들이엿습니다.

三

아모럿케라도 새로워저야 할 우리의 처디에는 스팔타 사람 이상으로 어린이들에게 긔대하는 바가 만코 간절함니다.

장래를 살리자! 장래를 살리자! 그것밧게 바랄 것이 업고 미들 것이 업는 우리에게 오늘날이 새로운 생명의 략동을 보는 깃붐이 엇지 몃 개 소년운동 관계자 쑨의 것이겟습닛가. 五月 一日 오후 세 시 왼 조선 이십여만 명의 어린 일순이 갓흔 마음

---

1 원문에 '少年運動協會 方定煥'으로 되어 있다.

갓흔 정신으로 웨치는 만세소리를 드를 때에 우리는 늙어진 고목에 돗기 시작한 새파란 싹이 웃적웃적 자라나는 것을 불보듯 환연히 볼 것임니다.

四

어린이의 날 희망의 날 이날에 우리는 엇더케 하면 깃붐으로 모르고 밝은 빗을 보지 못하고 자라는 우리 어린이들에게 더 만흔 깃붐을 주어 그들의 마음이 씩씩하게 자라고 그들의 긔운이 한이 업시 뻐더가게 할가 그것만을 생각하고 십습니다.

五

리해 업는 어른의 밋헤 눌리고 짓밟히여 밝은 빗을 보지 못하고 씃씃하지 못하게 자라나는 그들로 하여곰 저의 타고난 긔운을 펴고 더 좀 씩씩하고 명쾌한 긔질을 갓는 사람이 되도록 한다는 일은 우리 조선 부모에게 뎨일 긴급하고 긴요한 일일가 함니다.

六

아즉도 조선의 부형은 이 어린이의 날을 엇더한 단톄의 세력 확장을 위하는 일이나 자긔 선전을 위하는 일로 알고 잇는 이가 만하 흔히 남의 일 가치 구경만 하는 이가 만히 잇는 것이 유감임니다. 바라건대 우리 조선 사람 모다가 스팔타 사람 이상의 마음으로 어린이를 대한다 하면 조선의 장래는 오늘날 듯고 보는 어린이의 운동과 그들의 고함소리 갓치 희망과 환희에 찰 것이겟습니다.

七

다만 몹시 밧분 중에도 어린이들 틈에 석기여 그냥 깃불 쑨이라 조용히 가라안지 안어서 더 차근차근한 말슴이 나오지 안습니다만은 다만 한 가지 일반 부모가 오늘날 반도강산을 흔들며 웨치는 어린이들의 부르지즘을 똑바로 듯고 생각해 주엇스면 할 쑨임니다.

少年運動의 本質

朝鮮의 現狀과 및 五月 一日의 意義

李定鎬, 『매일신보』, 1925.5.3

五月 초하로는

어린이의 날임니다.

해마다 이날은

어린이의 날임니다.

집안이 잘 살려도

어린이가 잘 커야 하고

나라가 잘 되랴도

어린이가 잘 커야 함니다.

동포가 한마음으로

이날을 祝福합시다.

어린 사람의 마음은 항상 단순하기 째문에 아침 해뜰 째부터 저녁 해질 째까지 잠시 동안을 쉴 새가 업시 무슨 작란이든지 하고셔 놉니다. 이것이 □ 어린 사람의 生命□에셔 날 쒸는 自然의 姿態 그것의 搖籃임니다.

어른은 이것을 공연히 막으려고 애를 쓰지만 그것은 아조 잘못임니다. 만일 어린 사람의 노는 것을 조금이라도 뜻잇게 注目하여 본다면 참으로 놀날 만한 일이 만습니다.

흙을 파셔 山을 만들고 내를 만들며 풀을 뜻어다 각씨를 만들어 놉니다. 이럿케 어린 사람은 어른이 꿈도 못 꿀 創造를 그들의 손으로 만들어 냄니다.

그뿐 아니라 꼿이나 풀이나 즘승을 말하면 사람과 가치 넉이고 이약이를 함니다. 이와 갓치 어린 사람의 싱각은 무한히 溫和한 가운대 가장 단순하여셔 어른의

生活과 趣味와는 全혀 다른 것임니다. 이것을 널니 알지 못하고 깨닷지 못하는 이는 이것을 공연한 쓸대업는 작란이라고 무단히 制止하거나 외롭게 하지만은 무한 自由롭게 뻣어나가는 어린 힘을 그대로 뭇질너바리는 것임니다.

어릴 때에 제 마음대로 작란을 하고 노리를 하는 것은 이다음 커서 學校 敎科書를 배호는 以上의 효과를 낫하내는 것이니 어린 사람의 生活은 될 슈만 잇스면 아모조록 自由롭게 고대로 키워야 할 것임니다.

어린애는 무슨 작난을 하거나 모다 空想的임니다. 이 空想이 가장 偉大한 創造를 나하 놋는 것임니다. 임금 노릇을 하고 대장 노릇을 하고 先生님 노릇을 하는 것이 모다 어린 사람의 單純한 感情을 굿세게 □動식히는 空想의 힘으로 낫하내는 것임니다. 또 어른의 흉내를 내거나 무슨 장사치에 흉내를 내여가며 그것으로써 즐거워하고 깃버하는 것이 어린사람의 先天的으로 □□에 對하야 가장 굿세게 要求하는 것임으로 되도록은 이러한 작란을 우숩게만 알 것이 아니라 그를 □□하여야 할 것입니다. 特히 어린 사람이란 말과 힘이 어른과 가치 充分치 못한 까닭에 自己의 □□가 잇셔도 어룬이나 누구에게 發表치 못하는 대신 單純한 어린 마음의 空想을 現實의 世界로 옴겨다 노려고 애를 쓰는 것을 보면 분명히 그들은 마음과 뜻이 잇스면 무엇이나 잇는대로 實地를 낫하내려는 欲求를 가진 것임니다.

어른은 무엇이나 싱각한 것이 잇스면 마음으로 경륜과 決定이 잇셔야 實行을 하나 그러나 어린 사람의 마음이란 한번 늣긴 일이 잇스면 늣긴 그대로 그여히 하고야 마는 先天的으로 欲求하는 마음이 강한 것임니다.

그리고 어린 사람의 滋味 붓치는 □□□□ 一定한 것이 안이다. 마음으로 注意하는 焦点은 感情의 □을 밧는 대로 感動되는 까닭에 그의 눈은 恒常 분주하게 四方으로 注視하고 活動하는 것임니다.

이럿케 어린 사람의 心情은 할수록 自己自由대로 무슨 일이든지 쳐단하려 하며 또한 感動되는 것도 만흔 □하고 變化가 만흔 고로 그 品性을 바로 잡기 爲하아셔의 고때에 가장 □□한 □□이 잇서야 하고 指導가 잇셔야 할 것임니다.

×

일천구백십팔년에 米國에셔 일어난 兒童保護運動은 世界 사람의 耳目을 내일 만큼 宏壯한 運動이엿슴니다. 그뿐 안이라 米國 政府에셔는 이 해를 □히 兒童保護年이라 하야 여러가지로 國民에게 兒童에 對한 認識을 普及식히기에 적지안은 努力을 하엿고 그때에 一般에게 宣傳햇든 標語는 "健全한 兒童은 健全한 國家의 긔초라" 일커럿슴니다. 이와갓치 좀더 깨이고 좀더 發達된 다음에 잇셔셔는 어른의 問題보다도 兒童의 問題를 얼마나 重大視하고 힘쓰는지 몰음니다. 그만큼 얼만한 偉大한 효과가 들어나는가를 다 — 갓치 싱각해 보십시요.

그 뒤를 니여 우리 東洋에 잇셔셔도 各地에서 일어나는 少年運動은 불 일듯이 猛烈한 氣勢로 일어낫슴니다. 日本이 그럿코 中國이 그럿슴니다.

그러나 우리 朝鮮은 남의 나라에셔 '健全한 兒童은 健全한 國家의 긔초'고 民族의 根本을 主로 한 가장 올흔 運動을 하는 대신에 어린 사람은 반듯이 '家庭教育이 엄해야 한다'는 無□한 主見으로 잘한 일에 칭찬은 잘 안하고 조곰만 짜ㅅ닥하면 벼락갓흔 꾸지람과 사나운 매만 때려셔 윽박질느고 나리눌너셔 키운지라 씩々하고 참된 사람을 만들기는 고사하고 겁 만코 비슬비슬하는 못난 사람을 만들엇슴니다. 이리하야 限업시 自由롭고 快活한 어린 사람의 高尙한 性格을 그대로 짓발버 온 것은 事實이엿슴니다. 이러케 자란 그들이엇는지라 항상

'무엇이나 하면 반듯이 된다는 自信力을 기르지 못한 지라 하면 된다는 自信을 가지고 달겨들지 못하고 먼저 하다가 안 되면 엇저나 — 하는 겁부터 가지기 때문에 每事에 어물어물해바리는 病身을 만들엇슴니다.'

어린 사람을 이러케 無能하게 키우고도 남보담 더 나은 幸福과 成功을 바란 것이 우리 朝鮮 사람이엿슴니다. 그리다가 비로소 三年 前에야 天道敎少年會를 비롯하여 全國各地에셔 우리도 남과 갓치 잘 살녀면 家庭으로나 社會로나 다 갓치 우리 朝鮮의 씨가 되고 뿌리가 되는 어린 사람을 뜻잇게 키우자는 어린 사람의 압길에 對한 끗업는 光榮을 뜻하며 民族의 압길에 對한 끗업는 幸福을 누리기 爲하야 가장 깨끗하고 가장 아름다운 動機에셔 이루어진 날이 卽 五月 一日이며 復興民族의 모 — 든 □ 諸般 努力 中에 잇는 우리 朝鮮에 잇셔셔는 아모것보다도 가장 緊切한 말로 누구

나 다 갓치 무참하게 짓발펴 온 어린 사람들의 生靈을 爲하야 一年 中에 한 날을 作定하여 이 날을 祝福하고 紀念하자는 뜻에셔 擧論된 날이 卽 五月 一日임니다.

이 運動이 始作된 후로 적으나마 한 군대 두 군대셔 어린 사람만을 爲한 集合이 싱기고 團體가 싱기고 어린 사람만을 爲하는 □□가 하나둘 生겻스며 어린 사람에 對한 問題를 □□썻 할녀 하시고 연구하시는 분이 작고작고 늘어가는 것뿐은 아모 것도 보잘것업는 우리 朝鮮에 잇셔셔 가장 깃거워할 現像이겟습니다.

理論보다도 事實에 잇셔셔 三年 前 맨쳐음으로 어린이 運動이 이러낫슬 때는 全鮮을 통트러 三十個 少年團體에 五萬枚의 宣傳 '비라'가 오히려 남는 것이 再昨年에 와셔는 六十餘 少年團體가 되고 十萬餘枚의 宣傳 '비라'를 쓰게 된 것과 再昨年보다도 昨年에 잇셔셔 百餘 少年團體가 되고 三十萬枚의 宣傳 '비라'를 쓰게 된 것과 昨年보다도 今年에 잇셔셔는 一百六十餘 少年團體에 七十萬枚의 宣傳 '비라'도 不足될 現像을 보게 되엿스니 멀지 안어셔 朝鮮도 가장 새로운 意味에 잇셔셔 굿세인 朝鮮이 될 줄로 알고 疑心하지 안는다는 것을 가라쳐 망녕된 밋음이라고 말할 사람이 누구이겟슴닛가?

새로운 朝鮮, 굿세인 朝鮮, 未久에 어린 사람들의 힘으로 建設될 것이며 빗나는 三千里江山 無窮花 동산에 새롭은 쏫이 펴일 때 아 — 이것이 朝鮮 사람의 깃븜이 안이고 무엇이겟습니 까? (끗)

京城少年指導者 聯合發起總會 議事

『東亞日報』, 1925.5.29

참가단톄는 시내 일곱군대

경성소년지도자련합 발긔 총회는 예뎡대로 지난 이십사일 오후 두 시에 간동(諫洞) 백십이번디 불교소년회관(佛敎少年會舘) 안에서 의댱 뎡홍교(丁洪敎) 씨의 사회로 개회되엿는데 리원규(李元圭) 씨를 서긔로 자벽하고 의안을 결의할 새 련합회 조직에 대하야 취지는 일치 가결하고 회명은 오월회(五月會)라고 하기로 되엿스나 혹은 총회에서 개칭하게 될는지도 모른다 하며 창립총회는 오월 삼십일일 오후 여덜 시에 하기로 되엿다는데 준비위원은 아래와 갓치

丁洪敎, 朴俊均, 李元珪, 金興慶, 張茂釗

다섯 사람이 선거되고 참가 단톄는 아래와 갓다더라.

半島少年會, 佛敎少年會, 새벗會, 明進少年會, 鮮明青年會少年部, 中央基督敎少年部, 天道敎少年會

創立總會 決議案

一. 少年問題

(가) 京城少年總聯盟으로 改稱할 件

(나) 少年運動線上에서 一致的 行動을 取할 件

(다) 各 少年會 運動 狀況 調査의 件

(라) 異類團體의 對한 件

一. 附帶問題

(가) 少年問題의 件

(나) 少年會와 連絡의 關한 件

(다) 少年事業 着手의 關한 件

(라) 少年會 指導者의 關한 件

(마) 少年會의 向上에 關하야 聯盟에서 行할 만한 施設에 關한 件

綱領

一. 우리는 社會進化 法則에 依하야 少年總聯盟을 締結함

一. 共存共榮의 精神으로써 京城 少年團體와 聯結하야 少年事業에 增進을 圖謀함

一. 相助相扶의 主義와 人類共存의 思想으로써 時代 潮流에 順應코자 하야 少年聯盟을 完全히 達成코자 함

宣言

우리는 圓滿한 理想과 遠大한 抱負와 堅實한 實力으로써 本 聯盟의 目的을 徹底히 貫徹코자 이에 宣言하노라.

童謠選後感(東亞日報 所載)을 읽고

柳志永, 『朝鮮文壇』, 1925.5

選者에게

발서 月餘를 지난 只今에야 이것을 쓰게 되매 좀 느저진 늣김이 업지 안치만은 혹시 바야흐로 머리를 들려는 童謠復興運動에 害를 끼침이 잇슬진대 그대로 남의 일과 갓치 몰은 체하고 지나칠 수는 업슴으로 이제 되나 못되나 나의 意見을 써 노아 보는 것이다.

選者여! 數百餘 篇이나 되는 數만흔 各人各樣의 作品을 考選하기에 얼마나 만흔 수고를 하엿겟습니까? 選者의 努力에 對하야는 感謝한 뜻을 表합니다. 이제 兄의 童謠 選後感 = 東亞日報所載 = 와 밋 當選童謠 = 東亞日報 新春文藝懸賞募集 當選童謠 = 에 對하야 이른바 나의 淺薄한 所感을 몃 마듸 말하고자 하니 혹시 攻擊에 갓가운 句節이라든지 失禮되는 言辭가 잇슬지라도 容恕하기를 바라는 바입니다.

紙上發表에는 匿名의 必要가 잇셔서 그리햇는지는 몰으겟스나 '選者'라고만 하고 選者가 누구라고는 記錄하지 안엇섯든 까닭에 내가 너머 輕率한 소치인지는 몰르겟스나 글의 內容을 읽기 전부터 어느 自信업는 者의 종작업는 考選이나 아닌가? 하는 생각으로 조곰만 汎然햇드면 空然한 時間을 虛費하지 안흐려 하얏슬른지도 몰르겟섯습니다마는 童謠나 童話에 關한 글이라면 골돌히 차저보려는 나로서는 눈에 씌인 것을 참아 그대로 지나칠 수도 업섯거니와 童謠 選後感이라고 公然히 發表되기는 兄의 글이 矯矢[1]이며 또는 이번에 不幸히 부질업슨 作亂으로 나도 應募者 中 한 사람이 되엿든 까닭으로 안이 읽으랴 안이 읽을 수가 업섯습니다.

그러나 應募者로서 이것을 쓰기에는 嫌疑적은 생각도 업지는 아니 하나 이글의

---

1 '嚆矢'의 오식으로 보인다.

全文을 通하야볼진대 그다지 嫌疑를 밧게 되지는 안으리라고 생각합니다.

近日 朝鮮의 新聞 或은 雜誌 等에서 童謠에 對한 感(이상 129쪽)想文 或은 童謠作法 비슷한 것을 數次 읽은 일이 잇섯습니다마는 童謠는 다만 어린이를 一時 깁겁게 하는 한번 불러바리고 마는 滋味스러운 노래라는 말은 들어본 일이 잇섯스나 아직까지도 兄의 말과 가티 童謠란 '藝術美 만흔 詩'라는 소리는 들어본 經驗이 업섯다가 이제 비로소 選者에게 그나마 반가운 말을 드르니 넘치는 깃븜을 抑制할 수 업습니다. 그러나 只今 兄의 말에도 나는 쏘한 不足을 늣기엇습니다. '藝術味 만흔 詩' — 만흔이란 얼마나 되는 것인지? 다만 '만흔'이라고만 해서는 너머나 曖昧하지 아니합니까? 다음에 "童謠라는 것은 功利的이나 手段的이나 敎訓的이라는 것보다도 永遠한 未知의 驚異世界이며 詩的 恍惚 그것이 아닐 수가 업습니다" 하얏스니 다시 말하자면 童謠라는 것은 功利的이요 手段的이요 敎訓的이지만은 그것보다도 永遠한 未知의 驚異世界이며 詩的恍惚이라고 아니할 수 업다는 意味일 것이니 '藝術味 만흔' 이란 '만흔'과 '敎訓的이라는 것보다도'라 한 '이라는 것보다'란 말과 '안일 수 업다' 한 말의 朦朧함을 보아서도 選者의 童謠 理解에 對한 自信不足을 알겟스며 大體로 보아서 童謠를 알지 못한다는 廣告가 充分히 된 줄로 나는 생각합니다. 大體 '藝術味 만흔 詩'란 엇더한 것이며 '藝術味 적은 詩'는 엇더한 것입닛까? '藝術美 만흔 詩'는 選者가 말하는 '타고아'의 詩 가튼 것이며 '藝術味 적은 詩'는 選者의 創作詩와 갓튼 것인가요? 엇지 그리 分明한 입으로 어룰한 말을 합니까?

童謠는 詩 가튼 것이 아니요 童謠는 곳 詩입니다. 兄이 그 언제인가 童謠는 詩가 가출 것을 大概 가추엇스나 思想의 흐름이 조곰도 업고 머리에 남은 것이 아모것도 업스니까 詩와 가티는 갑을 처 줄 수가 업다고 하드니 于今썻 그러한 所見을 갓지나 안엇는지 몰르겟습니다. 萬若 그러타 하면 이제 한 例를 들어보겟습니다.

못 보든 세상

(英國) 스틔분손 作

벗나무를 탈수잇기는 몸이날샌 나뿐이겟지,

두손으로 가지붓들고 못본세상 구경하누나.

눈압헤는 이웃후원이 고흔꼿의 세상이로세,
그밧게도 보지못하든 엄청난게 만히뵈누나.

춤을추며 흐르는내나 청하늘은 거울이로세,
틔끌이는 쏘리단길에 사람들이 걸어가누나.(이상 130쪽)

나무키가 좀 더컷스면 더먼데가 뵈이련마는,
저시내가 넓게되여서 배뜬바다 뵈이련마는.

저기저길 훨신더멀니 「페야리」국 뵈이련마는
그곳서는 오시가밥때 작란감이 살엇스리라.

한 것이라든지 또는

솟곱각씨

(英國) 로셋틔 女史 作

종소린 모조리 들니우고, 새들은 모조리 노래하네. 「모리」가 깨여진 솟곱각씨, 그 압헤 울고서 안젓슬 때,

아! 아 못난이 이 「모리」야!

네 ―가 깨여진 솟곱각씨, 그압헤 울고서 안젓슬때, 종소린 모조리 들니우고 새들은 모조리 노래하네.

飜譯은 重譯이요 쏘는 서투르게 되엇슬른지 모르겟습니다마는 여러 말 하지 안트라도 選者도 이 童謠를 읽고 나서는 童謠라면 훗두루 思想의 흐름이 업다거나 머리에 남는 것이 업다고는 敢히 말하지 못할 줄로 생각합니다. 이는 眞正한 童謠인 同時에 完全無缺한 詩일 것입니다. 童謠는 手段的도 아니요 功利的도 아니며 쏘 敎訓的도 안입니다. 혹시 어린이들의 未來의 醇化된 藝術的 生活에 들어가는 架橋가 될른지는 모르겟습니다.

그러나 童謠나 詩가 다른 것은 事實입니다. 어느 點이 달르냐 하면 童謠는 詩가 가진 것 以上으로 가추지 안으면 안 되는 것이 잇습니다. 첫재는 童謠는 어린이의 것이기 째문에 어린이의 心情界를 쩌나서는 아니 되며 둘재로는 어린이가 能히 아는 말 칠팔세 된 어린이들이라도 곳 알 수 잇는 말을 골라 쓰며 셋재로는 曲調를 부처 노치 안트라도 노래할 수 잇고 그에 마추어 춤출 수도 잇시 格調가 잇는 것 等 爲先 이 세 가지가 다른 것입니다. 그럼으로 童謠는 어린이의 詩요 놀애인 同時에 어룬들에게도 쏘한 詩요 놀애인 것으로서 어룬들로 하여금 天眞爛漫한 罪업는 지나간 어린이 째의 쏫다운 境地에 다시 드나들게 하는 것입니다.

拘束이라고 할른지 기반이라고 할는지 몃 가지 업서서는 안 될 것은 긔 위 압헤 말하얏거니와 한번 다시 말하자면 童謠에는 天眞爛漫이 잇서야 하며 어룬들로서는 돌히어 기맥힌 늣김을 일으킬 驚異가 잇서야 하며 希望과 欲求가 넘치는 것이라야만 됩니다. 함부로 어(이상 131쪽)린이의 生活을 그려노앗다고 童謠가 아니며 함부로 어린이의 動作을 그리어 노앗다고 童謠가 안입니다. 다시 簡單히 말하자면 압헤 말한 바 모든 條件을 具備한 놀애 불을 수 잇는 詩가 곳 童謠입니다.

選者여! 選者은 이번에 무엇을 考選한 세음입니까. 남의 作品을 考選하기를 무슨 作亂갓치 생각합니까. 남의 作品을 考選하랴면 그 作品들에 對한 知識이 잇서야 하며 그 作品을 알어볼 힘이 잇서야 될 것은 勿論이거니와 考選者 個人에 대한 私感 다시 말하자면 作品이 自己 마음에 合하고 不合한 것이라든지 쏘는 作者에 對한 親不親을 보아서 考選할 수 업스리라는 것은 選者도 斟酌할 줄 밋습니다. 모든 點으로 보아 童謠에 對한 知識이라고는 一毫半些도 업는 選者로서 오직 自尊心 만흔 根性과

헛뱃심으로 너머나 당돌하게 數百餘名의 應募者와 밋 그의 作品을 弄絡한 것은 實로 우리 童謠 復興運動을 爲하야 容恕할 수 업는 일입니다.

選者여! 童謠란 엇더한 것이라는 것을 以上에 말한 바 잇스니 選者가 이번에 選拔한 童謠에 빗추어 보십시요. 考選이 果然 엇더케 된 것을 알 수가 잇슬 줄로 밋는 바입니다.

一等 소곰쟁이

창포밧 못가운데 소곰쟁이는 1234567 쓰며 노누나
쓰기는 쓰지만두 바람이불어 지워지긴하지만 소곰쟁이는
실타고도아니하고 뺑々돌면서 1234567 쓰며 노누나

이는 缺點이라고는 格調를 맛치느라고 苦心한 것이 宛然히 나타나서 어근버근하야 잣칫하면 문허질 듯한 늣김이 잇스나 實로 選者의 말과 가티 엇다가 내어놋튼지 붓그럽지 안흘 作입니다. 이는 一等의 價値가 充分할 것입니다. 그러나 아모리 갓흔 사람의 作이라 밋는 點이 잇다고 할지라도 갓흔 '클럼'에다가 갓흔 일홈을 내부치고 '달'이란

놉흔달아 저달아 기럭이도 왓는데 새가을도 왓는데 어머니는 안오니
가을밤에 귓도리 고흔노래 불을제 기럭이함께 오시마 약속하신 어머님
밝은달아 저달아 우리옴만 왜안와 압집곤네읍하고 정셩드려 뭇는다.

를 쏍아 실어 노앗스니 소곰쟁이 作者의 才操 程度를(이상 132쪽) 슬몃이 말하는 것이 될 쑨더러 選者의 考選이 果然 엇더하다는 것을 스사로 廣告하는 것이 안입니까? 二等 選拔에 對하야는 實로 選者가 童謠에 對한 知識이 털끗만치도 업는 것이 完全히 表明되고 말엇습니다.

二等 련쏫

青龍亭 蓮못속에 紅白蓮이 피엇더라, 붉은王者 紅蓮이는 하얀王女 白蓮이와 방긋방긋 우스면서 바람소리 曲調맛처 너울너울 춤을춘다.

이것이 엇지해 童謠입니까? 이 속에 무엇이 잇서서 童謠입니까? 天眞爛漫은커녕 諧謔味나마 잇슴니까. 말이 어린이의 말인가요? 어린이의 生活을 그린 것인가요? 어린이의 心情을 말한 것인가요? 어린이 눈에 紅蓮과 白蓮이 王子와 王女로 뵈이겟는가요? 選者는 이것을 읽고 忘我的 恍惚을 늣길 뿐이엇섯다고요. 무엇으로 그러한 怪常한, 童謠를 아는 이 世上 사람으로는 늣겨보랴 늣겨볼 수 업는 늣김을 늣기엇습니까? 銅錢 한 푼에 한 무덕이식 팔 詩로 보아서 늣기엇는가요. 妓生집 마루 밋헤 곰팡 냄새 나는「李秀一과 沈順愛」唱歌와 가튼 것으로 보아서 늣기엇는가요? 選者의 所謂 忘我的 恍惚한 늣김이란 一錢 한 푼에 멧 삭이나 하는 것이며 하로에 멧 百番式이나 늣기는 것입니까? 더욱이「소곰쟁이」와「련쏫」을 첫재니 둘재니 난호기가 어려운 것을 소곰쟁이 作者는 여러 篇을 보내고「련쏫」作者는 단 두 篇을 보낸 까닭에 二等으로 뽑앗다고 하니 그러케 考選하는 法도 間或 잇는 일입니까? 選者는 精神에 異狀이 잇거나「련쏫」作者가 選者로서는 괄세 못할 上殿인 것이 틀님 업스리라고 생각합니다. 다음에 三等으로「가마귀」는 選者도 말하엿거니와 新詩에 갓가웁다는 것보다 新詩 그것일른지는 몰르겟스나 童謠는 안입니다. 그것을 選拔할 째에는 暫時 新詩 考選으로 머리가 밧구엿든 것이 아닌가 합니다. 다음에 所謂 選外 佳作으로 選拔한 것 중 選者가 寓居하는 집 主人의 족하로 選者와 師弟와 가튼 關係가 잇는 李學仁이란 사람의「귀곡새」와 나의 習作「은별 한 개」를 對照해 보십시요. 一二三等은 規定이 잇섯스니까 不得已 劣作이나마 數爻를 맛추어 選拔하얏스려니와 選外 佳作이야 三等 다음 갈 것으로 서로 比等한 것만 골라 뽑고 나마지는 아모리 作者와 親分이 잇슬지라도 바리는 것이 올흘 것이어늘 選者는 엇지한 생각으로 그리하얏는지는 몰르겟스나 아모리 沒知識하기로서니 다음의 두 作品을 相反하다고는 할 수 업슬 것입니다.

귀곡새(이상 133쪽)

새가운다 새가운다 이른봄날 안개속에 적은몸을 감추고서 귀곡귀곡 슬피운다.

아츰부터 밤깁도록 구슬푸게 우는새는 제목숨을 살지못한 아가씨혼 귀곡새라.

大體 이것이 엇지 해서 童謠의 門에인들 들어갈 수가 잇겟습니까. 詩로나 佳作입니까. 「톡기와 거북」과 갓흔 唱歌로나 佳作입니까?

은별 한 개

우리아기 굴레치장에 은별하나 달아주랴고,
하느님의 빌엇드니만 소원대로 떨어젓다네.

하도깃버 뛰여나가서 재를넘어 차저봣스나,
그곳아이 하는말들이 또한재를 넘으라하네.

한재두재 세재넘으니 개울속에 그별빠젓네,
손을너허 건지려하나 물결저서 못건지겟네.

박아지로 건저노흐니 그제서야 띄워젓기에,
남볼서라 치마자락을 쏙덥허서 가지고왓네.

방에들어 열어보니까 별대신에 등잔불일세,
어머니는 속도모르고 바보라고 핀잔만하네.

選者여! 考選을 함에는 반드시 남의 作品을 添削을 아니하면 考選者의 위신이 떠러지는 줄로 알엇습니까? 남의 作品을 엇지 하야 함부로 添削을 합니까? 添削도 올케나 햇스면 돌히여 感謝하겟습니다마는 添削을 하야 남의 作品을 망처노앗스니 그 책임은 엇더케 하겟습니까? 「은별 한 개」에서도 둘재번 “그곳 아이 하는 말들이” 한 것을 “그곳 아이 이르는 말이”라고 곳처노앗스니 엇지한 생각으로 곳친 것입니까? 어린이 말에 ‘이르는 말’이라 하면 ‘고자질 하는 말’이 되고 마는 것이요 그러치 안으면 어른이 敎訓하는 말로 알게 되는 것입니다. 여러 아이들이 그곳에서 보기에는 또 한 재 너머에 써러지는 것 가티 뵈이엇는 고로 또 한 재를 넘으라 한 것인데 “그곳 아이 이르는 말이” 하면 여러 아이들이 異口同聲으로 다 가티 한 말이 아니요 엇더한 한 아이가 한 말로 變하지 안엇습니까? 또는 제 삼련에 “물결저서 못 건지겟네” 한 것을 “물살처서 못건지겟네”로 곳치어 노앗스니 물결지는 것과 물살치는 것을 갓다고 생각합니까? 물살친다고 하면 쏠녀나리는 물에서 절로 생(이상 134쪽)기는 물결을 말함이요 내가 물결진다 한 것은 손을 너흐니까 손으로 해서 물결이 진다는 것을 말한 것입니다. 저절노 지는 물결 속으로는 어룽지기는 할지언정 별이 反射는 되는 것이지마는 손을 느어 물결이 지면 별의 反射가 손에 가리어서 별의 反射가 업서지는 까닭에 못 건진 것인데 그것을 그 아이 생각에는 물결로 해서 못 건진 것으로 알 게 된 것을 그리어 노흔 것입니다. 그러면 곳친 까닭으로 그 노래를 얼마나 큰 험점을 내여노흔지를 알 수가 잇슬 것입니다.

選者여! 끗흐로 選者의 幸福을 빌매 選者의 못 생긴 自誇心과 덤벙대는 마음이 업서지며 모든 것에 대한 充實한 工夫가 잇기를 빌어서 써 將來에는 훌륭한 考選者가 되기를 바랍니다.

— 끗 —(이상 135쪽)

童話의 元祖

안델센 先生(五十年祭를 □□□)

丁炳基, 『時代日報』, 1925.8.10

안델센은 北歐의 巨星이요 丁抹의 자랑거리다. 아니다 세계의 寶玉이다. 그는 더욱이나 兒童世界의 天使다!

한쓰・크리쓰찬・안델센은 只今으로부터 一百二十年 前 春四月 三日 北歐 丁抹 퓬벤 小島 오덴쓰라는 村에서 出生하얏나니 그 아버지는 구두 修繕하는 것이 業이요 어머니는 불상한 漂迫의 女子이다. 이러케 그의 環境이 조치 못하얏스나 그 아버지는 普通 구두 修繕하는 사람과 달라서 안델센을 爲하야 가르치는 것을 게을리하지 아니 하얏다 한다. 그러함으로 自己의 職業 以外의 餘暇에는 恒常 讀書와 有識한 사람들과 論議함으로써 일을 삼앗다고 한다. 晴明한 봄날 달 밝은 가을 밤에는 안델센과 海邊에 散步하며 野談이나 惑은 亞剌比亞 傳說 가튼 책을 그 아들에게 들려주엇다고 한다. 그쁜만 아니라 자긔의 몸이 疲困하드라도 안델센의 要求이면 무엇이든지 하자는 대로 하얏다고 한다. 그리하야 그 아버지는 嚴父가 아니엇스며 慈父엿다.

안델센이 兒童文學에 힘쓴 것은 그 아버지의 教訓의 影響이라고 할 수밧게 업겟다. 이러한 教訓을 바든 안델센은 智慧가 敏活하고 神經質이며 感情이 强한 性格者이엇다. 그리하야 어린 안델센의 머리에는 空想的이어서 童話나 傳說 中에 잇는 어린 王子도 되고 어느 貴族의 집 졂은 主人도 된 것 가티 생각하얏다 한다. 이러케 空想으로 未來의 幸福을 꿈꾸는 안델센은 나히 겨우 十四歲 되든 해에 그의 사랑하는 아버지는 永遠의 나라로 스러지고 말앗다. 어린 안델센의 슯흠이 어쩌하얏스랴? 그러나 幸福의 未來를 꿈꾸는 안델센에게는 모든 일에 힘쓰면 된다고만 생각하얏슬 쁜이엇다. 그럼으로 어머니가 改嫁를 가거나 義父가 虐待를 하거나 모든 것을 堪耐하야 惑은 裁斷師에게 가서 裁斷일도 하얏다고 한다. 將來의 詩人인 안델센은 十

八歲 되든 해 어머니의 許諾을 어더 丁抹의 首府 '코 — 펜하겐'으로 가서 演劇의 俳優를 志望하얏스나 아모 劇場에서도 採用치 아니하얏다. 그는 落望 中에서 冒險的으로 自己의 聲樂을 演奏하겟다고 音樂學校를 차저가서 援助를 請하얏다. 그는 그러케 神奇치 아니한 援助를 어더 冒險 演奏의 初舞臺는 마치엇다. 이것이 幸인지 不幸인지 그 當時流 聲樂家의 讚揚한 바가 되어 어느 劇場의 歌手로 잇게 되엇다. 그러나 不幸이 繼續되는 안델센에게는 이 歌手의 生活이 길지 못하얏다. 겨우 數月이 못되어 그의 美音은 衰退하야젓다. 슯흠에 압흔 가슴을 부둥켜안고 다시 故鄕인 '오덴쓰'로 돌아와서 脚本 著述에 힘쓰는 한 便으로는 脚本을 熱心으로 各 劇場에 보내어 上演을 請하얏다. 이러케 熱心으로 하는 功이 잇서서 國立劇場 管理人의 推薦으로 二十四歲 되든 해에 國費留學의 特典을 바다 스라 — 겔 — 쓰의 리덴 學校에서 배우게 되엇다. 이로부터 안델센은 純實한 藝術的 生活이 始作하얏다.

藝術家인 안델센은 詩人으로 戱曲家로 小說家로의 理想을 가지엇다. 그리하야서 그의 小說 中 有名한 것은 「卽興詩人」, 「그림 업는 畵帖」 以外에 創作 數十篇 以外에 童話로는 「雪의 女王」, 「醜한 家鴨」, 「人魚」, 「雛菊」, 「野原의 白鳥」 가튼 것 잇다.(以上에 列記한 것은 日本 말로 譯版된 것)

안델센의 作品이 모든 사람에게 讚揚을 밧는 것은 그 天眞의 視察을 材料로 하야 假飾 업시 純然한 兒童의 空想을 그대로 活潑하게 活動해가는 것을 淸新한 自然의 筆致로 된 까닭이라 하다.

北歐의 巨星 안델센이 逝去하든 해 四月 三日은 七十四 誕生日이엇다. 이 날 國都及 誕生地인 '오덴쓰'를 爲始하야 盛大한 祝賀祭가 擧行되엇다. 우으로는 王室로부터 알로는 山間僻地까지 이 貴重한 童話作者의 誕生日을 國民祭日로 하고 誠心으로 祝賀하얏다 한다. 이러한 國民의 사랑스러운 抱擁을 바드면서 一八七五年 八月 四日七十一歲의 老齡으로 寓居 國都에서 北歐의 巨星 兒童의 恩人은 永眠하얏다 한다.

童話와 文化

'안더쎈'을 懷함

『東亞日報』, 1925.8.12

一

八月 四日은 正히 兒童世界의 大開拓者 안더센의 五十年 記念祭에 當한다 하야 世界가 다할 수 잇는 誠悃으로써 어린 마음에 生長에 對한 그 힘 잇는 施肥를 다시 한번 頌祝하게 되엇다. 時代의 新芳인 어린이의 愛護에 對하야 겨오 새 精神을 차리기 시작한 東明의 國民도 변변치 아니한 祝典이나마 衷心으로 擧行하야 그의 偉業에 對한 人類의 感頌에 작은 響震이라도 더하얏슴은 다만 對 兒童自覺의 一 表現으로 機宜를 어든 일일 쓴 아니라 일변 世界 與 朝鮮 心的 連結의 一 機緣으로도 쏘한 意味잇는 일이 아니랄 수 업다. 兒童의 世紀라는 二十世紀는 그대로 朝鮮人 又 朝鮮兒童의 世紀이게 할지니 이리함에는 世界의 모든 것을 쓰러다가 朝鮮의 生命을 복도들 것이오 그 一部分으로는 世界가 當來 時代의 繼嗣者인 小國民 培育을 爲하야 調製貯蓄한 一切 肥料를 그대로 옴겨다가 우리 어린이의 心田에 施給하기에 아모 遲疑와 謙讓을 가질 必要가 업는 것이다. 南洋의 棉種이 우리의 衣料를 살지게 하고 西歐의 豚種이 우리의 胃壁을 기름지게 하는 것처럼 '안더센'이고 '하우프'이고 '그림'이고 '쌔른손'이고 모다 들어다가 우리 次代 主人의 健啖大養에 提供하기를 한껏 努力함이 可할 것이다. 여긔 對한 一 刺激으로 하야 우리는 '안더센' 五十年 紀念祭가 朝鮮에서 웨 좀 더 盛大하게 設行되지 아니하얏는가를 애닯이 녁인는 者이다.

二

안더센은 要하건대 一個의 童話作家이다. 말하자면 「콩지팟지」의 새 동무이고 「銀방망이 金방망이」의 새 임자일 쑨 아니냐 하면 그러치 아니 그런 것 아니다. 그러나 童話의 作家가 決코 작은 職司가 아니다. 도로혀 그로 더부러 世代를 가치한 幾

多의 갸륵하다는 學者. 文士, 工人, 政治家들로 千百年 後에 이르러 巍勳과 및 거긔 쌀흐는 芳譽가 能히 그를 匹敵할 者 몃치나 될가. 萬人羨慕의 準的이 되고 一代榮耀의 標幟가 되는 일은바 英雄豪傑 偉人大家들이 或은 百年에 빗츨 일코 或은 二百年에 들림이 업서저 五百年 千年의 동안에는 好事者의 古談에나 그 名字가 幸傳하게 될 時節에도 우리 '안더센'—구차한 갓바치의 한 시중꾼이든 '안더센'의 勳名은 도다오는 달이 더욱 밝음을 더하는 것처럼 갈스록 더 烜赫하고 갈스록 더 隆崇할 것을 생각하면 사람이 당치 못할 艱窘과 逼迫과 罵詈嘲弄의 中에서 潛伏隱蔽 寂寞孤苦를 備嘗하는 純文化的 숨은 일꾼도 一服의 慰安劑를 마시는 생각이 업슬 수 업슬 것이다. 미상불 文學 藝術이라는 一 部面으로 말하야도 十九世紀만콤 만흔 天才와 作家를 내인 적이 업섯다 하려니와 누구니 무엇이나 하야 아직까지 쐐 큰 勢力을 가지는 幾多의 詞典稗說도 대개는 古典이라는 化石이 되고 말 째에도 우리 '안더센' 가튼 이의 生生無盡하는 어린이의 心曲에 물렴물렴 쑤리는 說話의 씨는 해마다 새로 실염하는 禾穀처럼 항상 生生無盡하는 生命의 새 糧食이 될 것이니 生前의 그의 權威는 能히 世界大이지 못햇슬지라도 死後의 그의 生命은 분명히 人類長이라 할 것이다.

三

世界는 一進行物이다. 그 生命과 價値는 항상 來頭에 잇슬밧게 업다. 그럼으로 社會의 尊崇은 맛당히 그째그째 最後의 繼嗣者일 兒童에게로 集注되어야 하는 것이다. 더 내켜서 말하면 社會의 健全性 將就力은 그 兒童中心의 程度에 正比例가 된다고도 할 것이다. 社會의 最大事가 兒童教育이라 함도 이 原則에 말미암는 것 國家社會 將來의 運命은 그의 兒童에 徵驗하라 함도 이 原則에 말미암는 것이다. 그런데 兒童의 最大事가 무엇인가 갈온 教育이오 教育의 最要點이 무엇인가 갈온 그 天稟의 自由로운 發展이오 天稟 發展의 最秘機가 무엇인가 智情意의 圓滿한 調和를 助成하야 줌이어늘 童話는 實로 智識增長 情操涵養 意志鼓勵의 모든 效能을 가지는 同時에 又 一面에 잇서서는 三者의 統合的 訓鍊에 對하야 唯一 最高한 司命이 되는 것이니 童話의 教育的 效果 社會的 使命 文化的 價値가 쏘한 常料 以上으로 重且大하지 아니하냐. 어느 意味로 말하면 童話는 兒童敎育의 核心 乃至 全部라 할 것이오 文化鍾毓의 基本 乃至 樞紐라 할 것이니 社會의 將來를 重大히 아는 만콤 兒童을 重大히 아는 것처럼 兒童의 敎育을 重大히 아는 만콤 童話를 重大히 알아야 할 것이다. 이러 하야 童話의 善不善 童話作家의 得不得은 그 影響 關係가 實로 尋常치 아니한 것이 잇다.

四

이제 朝鮮은 모든 것에서 새로 차리는 정신을 바야흐로 事實化 價値化하기 위하야 그 귀여운 발자국을 쎄어 놋는 참이다. 兒童愛護도 그것 童話建設도 그 한아이다. 고읍고 향내 나는 次代의 國民을 보기 爲하야는 아모 것보담 몬저 또 만히 努力의 實績 잇기를 바랄 것이 그네 生命의 糧食일—그네 榮養의 資料일 만한 健全妙好한 童話의 生長이라 할 것이다. 그네의 感情을 한껏 아름답게 하고 그네의 思想을 한껏 活潑하게 할 만한 가장 有力有效한 心靈의 날개를 부처 주는 이가 하로 밧비 쒸어나와야 할 것이다. 저 佛蘭西의 '페롤'가튼 獨逸의 '하우프'가튼 露西亞의 '그릴로프'가튼 英吉利의 '와일드'가튼 또 그 中에서도 爝火叢中의 太陽인 丁抹의 '안더센' 가튼

文學上으로 본 民謠 童謠와 그 採輯

梁明, 『朝鮮文壇』, 1925.9

只今부터 二千四百餘年 前 中國 山東에 孔丘라는 사람 하나가 잇섯다. 自己 나라 曾國에서 相當한 大官을 지내고도 그것만으로는 不足하엿든지 좀 더 큰 베슬을 하여보겟다고 各國으로 돌아 단니엇다. 그러나 結局 맘대로 되지 아니 함으로—'不義而富且貴 於我如浮雲', '窮卽獨善其身 達卽善天下'…… 라는 듯기 조흔 말을 하면서 남은 年生을 敎育과 著作에 從事하엿다. 그의 著作 中에 詩經이란 冊 한 部가 잇다. 그것은 그가 當時에 通行하든 數만흔 歌謠 中에서 傑作(?) 三百餘首를 모아서 通行區域의 順序로 排列하야 編輯한 것이다. 이 冊은 現存하여 잇는—中國 古代의 가장 信聽할 만한 史料로 非但 政治史, 思想史, 風俗史를 硏究함에 必要不可缺할 重要한 經典일 쑨 아니라 그의 文學的 價値는 甚히 優越하야 過去 中國의 古文學 中 그에 比肩할 만한 傑作은 거의 全無하다 하여도 過言은 아닐 것이다. 註 달기로 有名한 漢, 唐, 宋, 明의 中國學者들은 거기에 別々 註를 달아서 數十種 數百種의 註解를 만들엇다. 그 中의 하나인 朱喜[1]의 集註는 다른 여러 가지 漢籍과 갓치 우리 社會에도 輸入되여서 一千 몃 百年 동안 선비의 必習科가 되엿단다.

中國 古代 文化에 換腸된 過去 우리 民衆은 남의 歌謠(詩經)은 이처럼 神聖視하야 그 '愛之重之' 하면서 自己네의 그것은 賤待를 繼續하여 왓다. 自己 말을 常말이라 하고 自己 글을 常말글(諺文)이라 하야 蔑視한 그네들은 임의 歌謠는 '三經의 一'이라 하야 追遵하면서 自己네에 그것은—'野鄙하고 淫亂하고 粗暴한—下等輩의 그것'

1 '朱熹'의 오식이다.

이라 하야 賤待하기 짝이 업섯다. 三國遺事에 新羅 鄕歌 十餘首가 남아 잇스나 이것은 모두 第二流나 第三流 以下의 作品이라 할 수박게 업다.

그것은 當時 漢文에 中毒된 採輯者가 漢文과 文體가 相似하고 佛教와 關聯된 것만 모와 둔 까닭이다. 또 十餘首에 不過한 그것이나마 千餘年間을 아모도 注意한 이가 업슨 所致로 只今은 그의 大部分이 도모지 알아볼 수 없은 異常한 것으로 되고 말앗다. 今後 우리 考古學家의 多大한 努力이 업다면 그것좃차 업는 것과 別 差異가 업슬 것이다.

過去 우리 社會에는 여러 方面으로 보와 文學이 發展될 만한 — 相當한 傑作을 具備하고 잇슨 것이 分明하다. 또 崔致遠, 鄭(이상 83쪽)圃隱, 李艮溪,[2] 朴燕巖[3] …… 等 思想上으로나 文藝上으로 相當한 才質을 가진 이도 적지 아니하엿다. 그러나 不幸히 그네들은 모두 中國 古文의 模倣과 中國 古人의 奴隷로 一平生을 보내고 말앗다. 純全한 우리 文學 — 特히 民衆 本位의 鄕土文學上으로 보아서는 全혀 沒交涉이엿다고 하여도 可할 것이다. 三千餘年의 長久한 歷史를 가지엇다는 우리 民衆의 純粹한 自家文學으로는(그것이나마 大部分이 漢文으로 記載되엿지만 —) 다만 十餘首 新羅鄕歌 高麗 李朝 時代의 文人이 심々消日거리로 지어둔 千餘首의 時調와 春香傳, 놀보傳 …… 等 멧 卷 小說과 現在 鄕間의 婦幼가 심々消日거리로 부루는 民謠 童謠가 잇슬 쑨이다. 아 — 얼마나 痛歎할 일이냐!

近世 民俗學, 方言學, 言語學上 歌謠는 相當한 地位를 占領하고 잇다. 特히 民衆文學上 — 그의 地位에 對하여는 누구나 否認하지 못할 것이다.

나는 이 意味에 서々 우리의 民謠 童謠에 對하야 相當한 興味를 가지고 잇섯다. 그러나 不幸히 海外에 流離하게 되고 보니 實地 採輯은 勿論이오 出版物까지도 맘대로 어더보기 힘든 處地에 잇다. 多幸히 요사이 『開闢』, 『어린이』, 『東亞日報』 日曜號

2 '李退溪'의 오식으로 보인다.
3 '朴燕巖'의 오식으로 보인다.

…… 等을 通하야 各地의 歌謠 二百餘首를 읽게 됨애 나의 이에 對한 興味와 信念은 더욱 깁허감을 느끼게 되엿다. 내 個人의 眼光으로 보아서는 우리 文學上 歌謠의 位置는 決코 中國文學史上 詩經에 比할 바가 아니다. '非先王之法言不吸'이라는 所謂 '有識者'들이 絶句 四律로 唐, 宋, 文人의 종노릇을 하고 잇는 동안에 우리의 無知한 民衆은 自己네의 固有한 말노 自己네의 固有한 懷抱를 을펏다. 우리의 所謂 '兩班'이 '喜怒不視於色'이라는 허수애비를 理想的 人物로 誤認하야 虛僞와 假飾을 일삼는 동안에 所謂 '常놈'이라는 우리의 民衆은 自己네의 喜怒哀樂을 多情多恨한 民謠, 童謠에 부치어서 自由自在로 表現하엿다. 民俗學, 言語學上의 價値는 그만 두고 文學上의 그것만으로라도 우리 歌謠는 確實히 古今 우리의 모든 作品 中에서 最高 位置(勿論) 그의 內容 그의 體裁가 모든 方面으로 보아 甚히 不充分한 것은 事實이지만!)를 占領한 것이다. 그의 材料의 多方面임과 그의 內容이 純朴함과 天眞爛漫함으로 보아서 過去 우리의 作品 中에는 이에 比肩할 만한 것이 하나도 업섯다.

나는 이제 나의 일근 二百餘首 歌謠 中에서 몃 首를 들어 그의 純朴한 그 天眞爛漫한 그의 自然的임을 實際로 證明하려 한다. 第一 처음에 들려는 것은 '님 생각' — 즉 閨中의 女性의 男便을 그리는 — 多情多恨한 그것이다.

第一首

월사三更 발근달애
외기럭이 울면간다
白日靑天 뜬기럭이
혼자울고 어듸가늬?
오늘밤도 밤들엇다(이상 84쪽)
書齋道令 올때로다
시아버지 꾸민물레
왯죽빗죽 안돌아간다! (龍岡 民謠)

第二首

님이란건 위이런듸?

잠들기前엔 못잇갓데!

밥을먹고 닛자드니

술숫마다 님의생각

잠을자고 닛자드니

숨결에도 님의생각

滋味업는 세상살이

박덩굴이나 올려보세! (龍岡民謠)

第三首

안자스니 님이오나

누엇스니 님이오나

뒷담속에 蟋蟀소리

사람의간쟝 다뇌긴다!

白日靑天 뜬중달이

요내속가태도 달쩌서라!

마당전에 북덕불은

요내속갓티 속만탄다! (龍岡民謠)

第四首

해롱해롱 황해롱아!

님죽은지 三年만에

무덤압헤 쏫치폇네

그쏫이름 무엇인가?

님을그려 相思花라

꼿튼잇서 피건마는

님은가고 아니오네!

내가죽고 제가살면

꿈에라도 다니리라! (伊川民謠)

◇

다음에 들려는 것은 靑年 男女間에 서로 和答하든 것 — 즉 男性이 女性을 그리고 女性이 男性을 그리어서 서로 주고밧고 하든 …… 그것이다.

第一首

「부릇대」(상채)로 蓄바터

平頭別星 驛奴兒야!

驛의딸이 아니더면

나의안해 삼고제라!

아화야 이兩班아!

하늘의 日月님도

「서강」(똥물)에도 비치신다

쑤리채로 실어가소! (慶北民謠)

第二首

尙州 咸昌 恭儉못에(이상 85쪽)

蓮밥싸는 저處女야!

蓮밥즐밤은 내싸줄게

내집明紬는 너싸다구! (慶北民謠)

第三首

……………………

楊州狼川 흐르는물에

뱃추(白菜) 씻는 저處女야!

것대나썩입흔 다저치고

속에나속대를 나를주게!

언제나보든 님이라고

속에나속대를 달나시요?

지금보면 初面이요

잇다가보면 舊面일세!

初面舊面은 구만두고

父母님무서워 못주겟네! (江原 民謠)

◇

一年 前에 나는 新文學 建設과 한글 整理(開闢 三十八號)라는 題目下에서 舊文學과 新文學에 한 重要한 差異라 하야

"舊文學은 形式文學이요 新文學은 寫實文學이다. 舊文學은 그의 作者 거이 社會經驗이 不足한 貴族出身인 外에 멧 千年 前의 죽은 文體 內容과 事實이 符合되지 안는 문자(古典)를 使用하야 '文以載道'라는 좁은 範圍 안에서 '勸善懲惡'이라는 것을 唯一한 目標로 — 複雜社會 微妙한 人情을 그릴려 하엿다. 쌀아서 그의 結果는 現 社會의 人物을 멧 千年 前의 죽은 허수아비가 되게 하거나 쏘는 自己를 속이고 남을 속이는 거짓말을 하고 말앗다. 누구를 차자갓다가 만나지 못하고 돌아왓다면 그네들은 依例히 '題鳳而四'라 하고 누구를 기달엿다면 依例히 '首邱而望'이라고 한다. (中略) 그러나 新文學은 이와 反對다. 그네들에게는 죽은 文體로 산 사람을 模寫하여야 할 苦痛도 업고 自己를 속이고 남을 속이어야 할 必要도 업다. 더구나 '文以載道'라든지 '勸善懲惡' 가튼 것은 그네들에게 아모 意味도 주지 못한다. 豊富한 經驗과 周密한 理想을 가

진 그네들은 다만 自由한 形式 自由헌 內容으로 복잡한 社會 微妙한 人情 社會와 人生" 의라고 말한 일이 잇다. 이러헌 標準下에서 우리의 漢文文學과 歌謠를 比較하여 본다면 정말 '天壤之差'가 잇다. 勿論 歌謠도 形式上으로 完全히 自由한 地域에는 到達치 못하엿고 더구나 模寫方面으로 보아서는 不足한 點이 甚히 만흐나 적어도 過去 우리의 文學 中에서는 形式과 內容上의 自由가 이와 比較할 만한 것이 하나도 업섯다. 우리가 民謠, 童謠를 일글 때에 반드시 一種 — 生氣 잇는 自然的인 天眞爛漫한 — 過去 우리에 다른 作品에서 到底히 맛볼 수 업는 — 그 무슨 印象을 엇게 됨은 全혀 이러한 長處가 잇는 까닭이다. 이러한 方面으로만 보아서도 우리의 歌謠는 五言, 七言의 絶句와 四律에 比較하야 멧 十倍 멧 百倍 價値잇는 文學이라 할 수 잇다.

歌謠의 文學的 價値에 對하야는 이 우에 더 길게 쓸려고 하지 안(이상 86쪽)는다. 그러면 마즈막으로 멧 首 '시집살이' — 즉 不自由한 大家族制度下에서 三重四重으로 甚한 虐待를 밧고 잇는 — 靑春婦女의 可憐한 心懷를 을픈 民謠를 멧 首 例로 들고 다음은 歌謠 採輯에 對한 나의 생각한 바를 簡短히 말하려 한다.

第一首

四寸兄님! 四寸兄님!

시집살이 어첫듸가?

열새「무녕」(木綿)「반물」(黑色)초매

눈물씨기에 다첫엇네!

열냥짜리 銀가락지

코물씨기에 다녹아젓네! (龍岡 民謠)

第二首

성아성아(兄)! 사촌성아!

시집살이 어쩌터노?

시집살이 조터마넌

쏘구마한 도리판(圓盤)에

수제놋키 에럽(어렵)더라!

웅굴둥글 수박개우(食器)

밥담기도 에롭더라

중우(胯)벗은 씨아재비(씨叔)

말하기도 에럽더라!

第三首

兄님 兄님 四寸兄님!

시집살이 어쩝듸가?

苦草唐草 맵다더니

시집살이 三年만에

삼단갓튼 이내머리

다북송이가 다되얏네!

白玉가튼 요내손이

오리발이가 다되엿네!

생주갓튼 시누동생

말전주가 왼일인가? (江原 民謠)

◇

이 우에 나는 民衆文學으로의 歌謠의 價値와 그의 우리 文學史上의 地位에 對하야 簡短히 말하엿다. 民衆文學으로의 歌謠의 價値는 누구나 公認하는 바다. 特히 過去 우리의 文學史上에서는 이것이 한 重要한 位置를 占領할 만한 可能性이 充分히 잇다. 그러나 오늘 우리 社會에는 여기에 對하야 조곰이라도 注意하는 이가 極히 적은 것 갓다. 또 『開闢』, 『어린이』, 『東亞日報』 日曜號 …… 等에 間或 紹介되는 것이 업지 안으나 그의 採輯 方法이 너머도 不統一的이 되여서 그의 本然의 美를 損失함이 甚多하다. 그런대 一方面으로는 敎育의 普及과 農村의 衰頹로 우리의 民謠, 童謠는 나날이 遺失되는 中이다. 이대로 간다면 不過 몟 해가 안 되여서 우리의 唯一한 民衆文學은 거이 全部 遺失되고 말 것이다. 우리의 歌謠는 第二의 新羅 鄕歌가 되고 말 것이다.(이상 87쪽)

그러면 엇더한 方法으로 이것을 採輯하여야 할가? 여기에 對하야 나의 主張을 간단히 말하면 아래 두 條目에 불과하다.

(一) 採輯은 採輯으로 創作은 創作으로 할 것. 요사이 新聞 雜誌上에서 나는 間々히 創作 歌謠가 揭載되는 것을 본다. 기뿐 現象이다. 그러나 所謂 創作이라는 中에는 元來 잇는 것을 自己의 맘에 맛도록 고친 것도 업지 안코 特히 採輯이라는 中에는 大部分이 本然의 美를 損失한 — 그것이다. 勿論 民謠나 童謠 中에는 修辭나 構造가 너머도 亂雜한 곳도 업지 안코 또 土話로 記載되여서 다른 地方 사람으로는 알아보기 힘든 곳도 적지 안타. 그러나 歌謠의 眞正한 美는 거기에 잇는 것이니 決코 修訂의 붓을 加하여서는 아니 된다. 알기 힘든 方言에는 註解를 달 것이고 文法上으로나 修辭上으로 錯誤된 곳이 잇다면 그에 對하여는 自己의 意見을 附記하도록 할 것이다. — 簡短히 말하면 創作과 採輯은 모두 必要하나 그의 性質이 粗異한 以上 우리는 반듯이 싼 精神과 다른 方法으로 이 두 가지 工作에 對하여야 할 것이다.

(二) 附帶 傑作을 明記할 것 …略…

多情多恨한 우리의 歌謠 — 純朴하고 自然的인 우리 文學史上에서 한 重要한 位置를 占領할 可能性이 充分한 우리의 歌謠…그의 採輯은 우리 民衆의 여러 가지 必需工作 中 重要한 하나이 될 것이다. 더구나 그것이 — 우에도 말한 바와 가치 나날이 遺失되여가는 것을 생각할 때에 우리는 우리의 이 工作이 하로라도 猶豫할 수 업는 急한 그것임을 깨닭게 된다. 그러나 이것은 한 두 사람의 힘으로는 到底히 完成식킬 수 업는 큰 事業이다. 複雜한 事業이다 …… 나는 이 意味에서 特히 冊子를 읽으시는 여러분에게 이 方面의 努力을 切望한다.

(一九二四. 六. 一 北京에서)(이상 88쪽)

(讀者와 記者)[1] 目的은 同一한데 方針이 各各 懸殊

『東亞日報』, 1925.10.10

합하얏다가 갈라진 조선소년군

목덕은 한가지나 방침이 다르다

兩派 分立한 少年軍 消息

경성 시내에 소년군 본부(少年軍本部 鐘路 基督敎靑年會館) 안에 잇는 소년척후대조선총련맹(少年斥候隊 朝鮮總聯盟)과 견지동(堅志洞) 칠 번디에 잇는 조선소년군총본부(朝鮮少年軍總本部) 중에 어느 것이 확실한 본부인지 그 래력을 좀 알 수 업슬는지 (先着者 市內 桂洞 郭珉烱)

쏙가튼 의복과 맛창가지 사회봉사 사명(令命)을 가지고 나가는 일음부터 귀여운 조선의 소년군(少年軍)이 조선 안에 나타난 지도 얼마 아니되야 어느 파니 누구 지휘이니 하야 서로 대장이라는 것을 세상 사람이 보아 알 수 업도록 된 것을 무르시는 독자에게 대답하는 긔자가 어써케 말하엿스면 조흘지 모르겟습니다. 이에 대한 말슴을 하기 전에 긔자로서 두 가지가 다 조흔 목덕으로 나간다는 것만 알아 두시고 어느 쪽을 취하시든지 그것은 마음대로 하시라는 것입니다.

出生으로 分立까지

견지동 조선소년군총본부는 방금 중앙고등보통학교 교원인 조텰호(趙喆鎬) 씨가 지휘를 하는 것이요 종로 긔독교 중앙청년회관 안에 잇는 소년척후대조선총련맹

---

1 讀者 桂洞 郭珉炯, 記者 金剛道人. 원문에 '讀者課題 記者記事'로 되어 있다.

은 그 청년회 소년부 간부 뎡성채(鄭聖菜) 씨가 주당을 한답니다. 소년군이 처음으로 조선 사회에 나타난 것은 지금부터 사년 전 일천구백 이십이년 십월 오일에 조털호 씨의 여덜명 소년군이 그것인가 합니다. 뎡성채 씨의 소년척후대도 아마 가튼 때에 이 세상에 나타난 듯 십흔데 또 어느 말을 들으면 그 후 약 이십여일 후에 세상에 알려젓다고 합듸다. 처음부터 파가 갈리게 된 소년군과 소년척후대는 한동안 합하자는 말이 잇서 한동안 합하엿다가 서로 리상(理想)이 맛지 아니하야 또다시 두 파로 갈리게 되야 지금도 의연히 서로 대립하여 잇담니다. 합하엿다가 갈린 때가 아마 작년 사월 이십 팔일에 중국 북경(北京)에 열린 만국동자군련맹대회(萬國童子軍聯盟大會)에 두 편 간부가 갓다온 전후인가 합니다. 그때에 북경으로부터 들어오는 소문은 별별 자미업는 소리가 만핫섯담니다. 그것이 사실이엇던지 그때에 잘못 난 풍설이엇던지는 몰으나 총련맹 측에서 간 대표가 미국 국긔(米國 國旗) 밋헤서 그 회당으로 들어갓다는 것이 총련맹 측에 대한 공격의 도화선이 되엿섯더람니다. 누가 올코 누가 그른지는 지금 와서 새삼스럽게 말할 필요도 업슬가 합니다. 내막을 아지 못하는 국외(局外) 사람의 말보다 조코 그른 것을 바로 가리는 량편의 당국자의 말을 소개합니다.

理想이 懸殊

◇總聯盟 側

鄭聖彩 氏 談

내가 본래 중앙긔독교청년회 소년부 일을 보게 되엿슴으로 소년부원 어린이에게 이전부터 소년척후대의 정신은 만히 너어 주엇다가 차림차림 이를 세계 '뽀이쓰카우트'로 하고 나서기는 일천구백이십이년 구월삼십일이엿슴니다. 그 후 조털호 씨의 합하자는 주당으로 시내에 잇는 멧 단테와 한번 청년회관에서 모히여 의론을 하야 그때에 소년척후대조선총련맹을 조직하엿섯는데 조털호 씨는 항상 자긔의 주당만 하여 피차에 리상이 맛지 안케 되엿슴니다. 세상에 알리기도 실슴니다마는 북경에 갓든 풍설로 더욱 피차에 오해를 품게 되엿슴니다. 지금 간판을 긔독교 청년회에다 부처서 세상에서도 긔독교의 선뎐긔관인 줄 오해를 하야 줍니다. 조텰호 씨와 우리와는 근본부터 리상이 맛지 아느니 언제든지 합할 수는 업슴니다. '쏘이쓰가우트'는 세계뎍인 것을 조텰호 씨는 구태여 조선식으로 하자는데 뎨일 질색임니다. 그보다도 뎨일 소년척후대의 장래에 위험한 것은 자미롭지 못한 단톄에서 척후대를 빙자하고 나올가 하는 것임니다. 지금 우리 련맹에서 관계하는 단톄는 전조선을 통하야 열두 단톄인데 시내에 련락하는 데는 중앙긔독교청년회 소년척후대와 대화(大華) 광활(光活) 두 척후대올시다라고 말합듸다.

朝鮮的 精神

◇總本部 側

趙喆鎬 氏 談

조선 어린이에게 자립뎍 훈련을 주는 데에는 용감한 활동과 의용스러운 긔게를 주는 소년군 생활 식히는 것이 뎨일일 듯 십허 야영(野營) 생활을 각금 식히는데 세상에서 무슨 군주 사상(軍主思想)을 고취한다는 비평으로 요전에 중앙청년회관에 잇는 소년척후대총련맹 측과 갈리게 된 원인의 하나임니다. 그러나 내가 주창하던 련맹에 내가 나오게 된 것은 순전히 리상이 맛지 안은 것인데 총련맹 측의 주당하는 서양식 그대로를 뎍합치 못한 조선아이들에게 구태여 쓰자는 데에서 나는 조선뎍 소년군을 만들자고 주당한 것이 내가 탈퇴한 분긔뎜임니다. 우리 총본부가 경향간 련락하는 단톄는 모도 이십오개소인데 시내에는 중림동 소년군(中林洞 少年軍)과 상조소년군(相助少年軍)임니다. 되도록은 서로 합하엿스면 조흘 터이나 아마 상당한 시일이 걸닐 것이지요 합듸다.

(自由鍾) 少年運動을 何故 阻害?

金五洋, 『東亞日報』, 1926.1.27

◇江景, 金泉, 馬山 等地의 普通學校는 저 愚直한 敎育方針이 少年運動을 阻害하며 防止하랴고까지 드는 事實이 新聞紙上에 자조 報道가 된다. 果然 普通學校에서는 이 少年運動은 眞情으로 防害할 것인가? 뭇노니 普通學校 先生들이여! 歷史는 進化한다. 이것이 그 全幅의 生命인 것이다. 그럼으로 少年이 차지할 社會는 우리의 踼踏[1] 하는 社會보다 훨신 進明 하여 가지고 出現할 것도 막지 못할 必然의 運命인 것이다.

◇짜라서 그 敎育은 機構와 發育을 完全하게 助成식여서 眞正한 效用을 보게 하나니 이것이 社會形成態에서 要하는 骨子로 그 進化하는 思想은 防遏할 何等의 手段도 認識치 아니하며 速度의 緩急은 잇슬지나 不斷히 發展을 하고 잇는 것이다. 그럼으로 朝鮮人의 바로 박힌 思想은 民族運動에서 다시 社會運動으로 轉化하여 가고 잇스니 이것은 모름직이 少年의 意氣를 代表하는 큰 現象이 아니고 무엇인가?

◇이것이 곳 朝鮮의 將來를 意味하는 事實이니 政治的으로나 經濟的으로 解放의 戰術을 鍛鍊[2]식힐 것은 朝鮮人치고 너나 업시 最大의 敎育 要件이 아니겟느냐. 頑冥無類한 敎育者 …… 特히 普通學校 先生 諸君! 우리의 處地를 잘 삷히고 우리의 思想을 尊重히 보라. 그리하야 兒童의 個性을 充分히 伸張케 하라! 一大 苦難이 압흐로 닥처올 것을 미리 깨닷것든 少年運動을 尊重히 하라!

◇이러한 非常의 時機에 잇서 勇壯한 氣性이 豊富한 少年을 要求할 것은 勿論이요 그러한 우리 朝鮮을 볼 때에 엇지 少年運動이 緊切치 아니 하더냐. 나는 더욱이 朝鮮人이 大部分 先生으로 들어박힌 普通學校에서 이러한 事實이 生기고 잇는 것을 갑절이나 寃痛하게 生覺한다는 것보다도 오히려 憤激한다.

---

1 '踼踏'의 오식으로 보인다.

2 '鍛鍊'의 오식으로 보인다.

◇野蠻이니 犬馬이니 하는 屈辱을 堪耐하기에 足한 性格만 남게 될 悲痛한 우리의 處地를 엇지 生覺지 못하는가? 生活을 扶持하기 爲하야 本意에 업는 그것을 하고 잇다는 諸君도 個中에 혹 잇슬 줄 推測이 될 때에 더군다나 君 等이 이러한 點에 明哲히 理解를 하고 크게 少年運動을 聲援할진뎌.

(江景 金五洋)

童話의 價値

安德根,[1] 『每日申報』, 1926.1.31

어느 달 밝은 밤에 筆者는 最愛하는 年齡은 六歲이며, 方今 幼稚園에 在學 中인 熙東이를 업고, 靑石墓 山上에를 올나갓섯습니다. 공교히 달이, 구름에서 떠러지랴 하엿습니다. 그때 筆者는

"아!아! 달이 얼골을, 내미럿다" 하고 別班 認識업시 말한 즉, 熙東은

"얼골은 내미러서도 코는 업네 ……?" 하엿습니다. 筆者는, 이 無意識的의 어린이의 말을 퍽 滋味스럽게 늑겻습니다.

어린이는 참으로 大人의 밋치지 못할 相像[2] 批判藝術의 主人公임니다. 成人에게는 成人의 藝術이 잇스며 그리고 어린이는 또 어린이의 藝術을, 要求하는 權利를, 가지고 잇슴니다. 어린이의 藝術에 가장 重要한 것은 童話임니다. 吾等이 藝術에 依하야 人生에 對한 批判 考察의 態度를 敎養밧는 거와 갓치 우리들의 어린이는 童話에 依하여 人生에 對한 批判考察의 態度를 敎養식혀야 될 것임니다.

좀 더 正確히 말하면 人類共通의 偉大한 意識, 理想, 希望에 向하야 共鳴하는 可能性을 養成치 안으면 안 될 것임니다.

童話는 大人이 말하며 어린이에게 들이여주는 것이라고 生覺하는 것은 表面的 見法에 不過함니다. 吾等이 어린이에게 童話를 들니여줄 때에는 반다시 吾等은 大人으로서의 가지고 잇는 智識과 感情을 버리고 어린이 心理로 同化하여야만 될 것이라고 筆者는 信함니다.

吾等은 大人으로서의 늣김과 標準과 價値의 判斷을 떠나서 어린이와 同化치 안으면 童話를 들여줄 수 업다는 데서 보면 童話는 어린이의 心理에서 出生하야 大人의

1 원문에 '海州 安德根'이라 되어 있다.

2 '想像'의 오식으로 보인다.

입을 通하여 어린이의 心理로 도로 도라간다고도 할 수 잇습니다.

'童話의 世界를 여는 다만 한아의 열쇠는 우리들의 童心' 永遠의 兒童性인 吾等은 이 童心에 눈 뜰 쌔에 처음으로 童話를 들니여줍니다. 그러면 童話는 吾等의 童心의 面貌 가운데에 비치는 宇宙人生의 그림자라고도 할 수 잇습니다.

좀 더 簡單히 生覺하면 우리들의 心中에서의 우리들의 어린이 時代 復活이라고도 할 수 잇습니다.

童話는 어린이의 藝術임니다. 吾等의 人生的 一要素로서 藝術의 絶對 必要한 것 갓치 어린이에게는 人生的 敎養의 要素로서 童話가 絶大的으로 必要합니다. 藝術은 人生의 洗練된 再現임니다. 人間 生活의 結晶임니다. 그리고 其 敎養의 結果는 人間으로서의 人生의 森羅萬象에 對한 公正한 批判과 考察의 힘을 이르킴니다. 이것은 人間의 精神生活上 업서서 안 될 것인 것은 一般이 共鳴하는 바임니다.

여러 가지 童話 中에서 甚히 複雜한 人生의 諸相과 幾多의 特色 잇는 性格을 發見할 수 잇습니다.

어린이는 此等의 여러 가지 生活 記錄에 依하야 自己生活을 豫想하며 또 生活記錄의 批判에 依하야 思想 構成의 習慣을 養成하는 것임니다.

今日 童話를 單한[3] 재담으로만 認定하고 귀를 기우리지 안는 분은 學校에서 배우는 目前의 功用쑨이 唯一의 道德觀念을 養成하는 것이며 童話의 職務가 修身談과 갓흔 斷片的의 것이 안이고 大部分은 한 完成한 人生 또는 性格을 表現하는 데에 依하야 修身書에서 期待할 수 업는 徹底한 人生觀을 給與하는 것을 모르는 曖昧한 敎育家라고 하지 안을 수 업습니다.

그리고 保守派의 사람들이 藝術과 道德이 接近치 못할 것 갓치 生覺하는 것은 큰 誤解임니다. 道德은 藝術에 依하야 具體化되는 것을 모르는 아니 卽 趣味라든가 藝術 이런 것을 모르는 時代의 느즌 머리의 所有者인 彼等에게는 到底히 童話의 價値를 알 理가 萬無합니다.

---

3 문맥상 '簡單한'의 오식으로 보인다.

人間은 思想의 藝術임니다. 日常 思想의 支配에서 써날 수 업슴니다. 思想的 內容의 空虛한 것을 充實식힌대는 것은 人生의 價値에 判斷의 標準이 되는 것임니다.

어린이는 어린이의 思惟를 가지고 思想에 成長하는 可能性을 가저야 될 것이며 吾等은 이 어린이의 尊貴한 思想의 싹을 도다 주는 童話의 使命을 徹底히 覺悟하여야만 되겟슴니다.

英國의 少年軍(一)

趙喆鎬 先生에게

朴錫胤,[1] 『東亞日報』, 1926.2.4

오늘은 休戰日 뒤ㅅ 第一 日曜日입니다. 倫敦 안의 全 '로ㅡ버스'가 大戰 紀念碑 압폐 모혀서 英國을 위하아 죽은 사람들의 魂에게 꼿을 올리며 그 精神을 새로 맛보는 날입니다. 九時 十五分에 '템스' 江岸 倫敦의 中心인 그 '세노타푸' 近處에 가니 어둠어둠한 아츰 안개 속에 발서 數千의 '로ㅡ버스카웃쓰'가 모혓습니다. 저는 倫敦大學 '로ㅡ버스'의 一員으로 比較的 行列의 前部에 씨엇슴으로 그 人數가 얼마나 되는지 斟酌할 수 업섯습니다마는 적어도 萬에 達하는 數이엇스리라고 생각합니다. 그 만흔 사람이지마는 누구 하나 指揮하는 사람도 업시 整然히 行列을 지어 처음부터 쯧짜지 거진 한 個의 有機的 機械가치 行動하는 데는 다시 그들의 訓練과 敏捷을 놀랏습니다. 或은 極히 簡單한 것이엇습니다. '베이든 포웰' 將軍의 企圖와 찬송가 一章으로 맛첫습니다.

이 運動의 發祥地인 英國에서 이 運動의 第一 創始者인 '베이든 포웰' 그 사람을 볼 때마다 저의 마음 가운대 구더지는 것이 잇스며 世界를 通하야 二百萬이라는 少年少女가 한 目的을 위하야 나어가는 것을 생각할 째에 人類의 將來를 위하야 한 功獻이 될 것을 確信합니다.

오늘 瞥眼間에 붓을 들어 이 글을 쓰게 된 動機는 두 가지입니다. 第一은 東亞日報 十月 十日 發行 第一八六九號 第三面 讀者와 記者欄에 揭載된 "目的은 同一한데 方針이 各各 懸殊 兩派 分立한 少年軍 消息"이라는 一文을 읽은 것이오 第二는 今朝의

1 원문에 '在倫敦 朴錫胤'이라 되어 있다.

全 倫敦 '로 — 버스'의 集合을 機會삼아 英國 와서 본 이 運動과 大陸에서 본 이 運動을 (獨, 佛, 丁抹, 和蘭) 이약이해 드리려는 것임니다.

◇

少年軍 運動의 目的은 '베이든 포웰' 自身이 千九百八年 一月에 쓴 Scouting for Boys(少年의 斥候術) 第一 페지에 明示되어 잇슴으로 다시 贅言할 何等의 餘地가 업슴니다. 그러고 더욱 仔細히 알기 爲하야는 前記한 冊 千九百二十四年版(十一版에 對한 緖言 五페지 — 七페지)를 읽으면 '三百三十二 페지' 읽지 아니하야도 完全히 理解할 수가 잇슴니다.

"한마듸로써 말하면 '森林의 智識(Woodcraft)' — 이 '우 — 드 크라푸트'라는 字의 包含한 深長한 意味가 거진 少年軍의 全 精神을 代表한다고 할 수 잇는데 適譯을 생각할 수 업슴으로 위선 字義대로 飜譯하야 둡니다. '自然을 憧憬하는 森林生活術'이라 하면 아시는 이는 斟酌할 듯함니다. — 을 通하야 市民의 資格을 기르는 學校이다." 品格, 健康, 手藝, 奉仕를 通하야 個人的 能率을 向上 식히는 것이 가르침의 目的이다. 이것을 達하기 爲하야 少年을 三段으로 난홈이 適當하다.(八歲 — 十一歲) Wolf cubs(狐子) 十二歲 — 十七歲 Scouts(斥候) 十八歲 以上 Rovsrs[2](遊歷者)

이 目的의 發達은 이 冊이 보이는 대로 거진 全部를 camping(野宿生活)과 Wood activities(森林 속 生活)으로써 하여야 될 것이다 …… 그런고로 少年軍 訓練의 目的은 社會奉仕로써 自己를 代身 식히는 것이다. 少年으로 하야금 個人的으로 能率과 德性과 健康을 向上식히며 이것으로 社會奉仕에 쓰게 하는 것이다 …… (同書 五 페지) 英國의 少年軍은 그 目的이 우에 말한 바에서 明白함니다.

(계속)

2 'Rovers'의 오식이다.

(二)

朴錫胤, 『東亞日報』, 1926.2.6

◇

B.P 少年軍의 組織에서 森林 속 天幕生活을 除하면 '베이든 포웰' 將軍의 뜻하는 眼目이 업서집니다. 이 숩 生活을 조와한다는 것이 곳 B.P 少年軍의 眼目입니다. 이 B.P 少年軍에 對하야 一言할 必要가 잇습니다. 英國에서 少年軍이 決코 한 種類뿐이 아입니다. 제가 아는 것만 하야도 四五種이 더 넘습니다. 또한 가튼 B.P 少年軍 制度를 取한 各國의 少年軍 運動도 그 나라에 따라서 英國의 그것과 判異한 點이 적지 아니합니다.

萬一 '野營'을 軍主思想으로 誤認하는 사람이 잇스면 그것은 野營의 意義와 少年軍의 目的을 조곰도 理解하지 못하는 사람입니다. 이 少年軍 運動이 軍主思想과 關係가 잇다는 攻擊을 밧는 것은 非但 朝鮮이리오. 世界 各國이 다입니다. 저도 今年 二月부터 이 運動에 實際로 參加하야 모든 것을 學理와 實地로 硏究하면 硏究할사록 이 世界의 批難을 밧는 軍國主義가 加味될 危險이 적지 아니한 것을 때때로 切實히 늣깁니다. 이것은 英國에서도 날마다 이 運動에 對하야 攻擊을 밧는 焦點이며 따라서 이 運動에 參加한 우리는 모든 힘을 다하야 軍國主義의 加味를 斷然히 避하여야 하겟스며 우리가 이것을 아는 以上에는 避할 수 잇다고 밋습니다. '베이든 포웰' 自身의 말은 "이 少年軍 運動에는 何等의 軍事的 意味가 업다. 사랑스러운 少年들로 하야곰 피에 주린 자 만들고 십흔 意思는 조곰도 업다. 平和의 斥候는 '힘의 充實과 自律'에 잇서서 사람 中에 사람 만들 것뿐이다."(同書 三二六 폐지)

이 '힘의 充實과 自律(Resomcefulness and self-reliance)'이라는 말이 少年軍 運動 그 물건을 雄辯으로 나의 가슴 안에 너허줍니다. 東亞日報에 揭載된 鄭聖采 氏의 말슴에 意志하면 "'쏘이스카우트'는 世界的인 것을 趙喆鎬 氏는 구타여 朝鮮式으로 하자는 데 第一 질색입니다"라고 말슴하섯습니다. 이 말슴에 對하야 저의 意見을 드리고저 합니다.

저는 鄭聖采 氏가 어쩌한 意味로 이 '世界的'이라는 語句를 쓰섯는지 알 수 업스나 그 밋테 말슴하신 '朝鮮式'이라는 語句와 對立식혀 생각하면 어느 程度까지 斟酌 못할 것도 업슴니다.

이 BP 體 少年軍 運動은(이 우에도 暫間 말슴하엿거니와 이 少年軍 運動은 英國 안에서도 그 種類가 許多할 쑨 아니라 大陸 諸國에 이르러서는(佛, 獨, 丁抹, 和蘭)가치 BP 體를 採用하면서도 그 組織體가 數個로 갈려 잇슴니다) 世界的인 同時에 世界的이 아님니다. 이 運動의 참 精神으로 보아서 반드시 世界的인 同時에 當然히 世界的이 아니여야 할 것님니다. 이 矛盾되는 두 觀念의 兩立에는 相當한 說明을 要함니다.

이 運動의 根底는 아시는 바와 가치 第一 斥候 約束 三章과 第二 斥候法 十條에 잇슴니다. 그러나 이것은 英國에 잇서서의 約束 三章이오 法規 十條이지 바다 건너 佛蘭西만 가면 그대로 採用하지 못할 것이 하나둘이 아닌 것은 佛蘭西의 約束과 法規를 보면 明白히 나타나 잇슬 쑨 아니라 國民生活이 다른 곳에 當然히 나타날 現象입니다.

(繼續)

(三)

朴錫胤, 『東亞日報』, 1926.2.18

只今까지 제가 어더 본 約束과 法規 中에 五個國의 그것의 差異가 얼마나 顯著한 것을 發見할 째에는 차라리 놀나움을 익이지 못하얏슴니다. 그러나 仔細히 생각하야 보면 이것이 當然한 歸結입니다.

요前 崔斗善 君의 손을 빌어 보내드린 寫眞과 그림 葉書와 瑞西에서 올린 글월은 밧으섯슬 줄 압니다마는 今夏 '에핑 森林' 속에서 三週間 實習科를 工夫할 째에 두 차려나 '베이든 포월' 將軍과 會談할 機會를 가젓섯는데 公衆에게 對해서나 사사로 제게 對해서나 將軍의 말은 "世上이 稱하는 所謂 BP體는 大部分 나 個人이 생각한 것인데 性質上 各 國民에게 그대로 適用할 수 업는 것은 勿論이려니와 다만 나의 뜻하는 바를 取하야 各國의 國民生活에 適合하도록 發展식히기를 바란다"고 屢次 말합듸다.

이것은 將軍의 數種의 著書 안에서도 적어도 四五 次 이 意味의 記述을 일엇습니다.

이 以上에 論述한 意味에 잇서서 少年軍 運動은 明確히 世界的이 아입니다. 쓴만 아니라 自體의 性質上 世界相 될 수가 不可能한 일입니다. 짜라서 中國을 써나서 中國의 童子軍의 存在의 意味가 업슬 것이며 日本을 써나서 日本의 少年團의 存在의 意義가 업슬 것이며 '朝鮮式'을 써나서 朝鮮 안에 少年軍이 存在할 何等의 意義가 업슬 것입니다. 今夏 實習科 講習 時에 十六國에서 모힌 運動 關係者들에게서 各自 如何히 이 精神을 英國에 取하야 國民生活과 適合하도록 制度와 其他 모든 것을 變更하는 이약이를 들엇슬 쓴 아니라 제가 實地로 佛蘭西, 瑞西, 和蘭, 丁抹 等의 組織體에서 調査한 것과 今夏 瑞西 '버 — ㄴ'에서 모힌 世界 少年軍 大會의 報告 等을 綜合하야 생각할 째에 各國의 '自國式'을 容易히 發見할 수가 잇섯습니다.

저는 來月에 잇는 學理科 試驗에 應하기 爲하야 少年軍의 聖經인 『少年의 斥候紙』을 數讀하얏고 其他 指定된 冊을 數卷 일것습니다마는 다른 冊은 姑捨하고 『少年의 斥候紙』 中에서도 朝鮮에 適用치 못할 것이 如干 만치 안습니다.

朝鮮的 精神이 朝鮮 少年軍의 柱礎가 되어야 할 것은 勿論임니다. 鄭聖采 氏의 질색이라고 말슴하신 '朝鮮式'이 朝鮮 少年軍의 生命인 것을 저는 確信함니다. 쓴만 아니라 軍主思想이라고 批難을 밧는 所謂 '野營'을 極度로 獎勵하여야 할 것이며 森林과 天幕을 써나서 Rq[3] 少年軍 運動을 云云하는 것은 저는 적어도 이것은 BP 少年軍 運動은 아니라고 斷言함니다.

이 森林 속의 野人生活(野營)은 軍主思想과는 何等의 關係가 업습니다. 쏘한 업는 것을 世人에게 證明하여야 될 줄 압니다. 이 自然을 憧憬하는 生活에서 참 品格의 建築이 나옴니다.

少年軍은 運動會 날 票 파라주고 門 직켜주는 것이 決코 아님니다. 이상스러운 服裝과 帽子를 쓰고 市中을 도라댕기는 것이 아닙니다. 이 點은 베이든 표월 將軍의 혀가 달토록 말하는 點입니다. 『少年의 斥候隊』 第三百三十一 폐지에 依하면 "要컨

3 'BP'의 오식이다.

대 우리의 計案의 目的은 小年의 性格이 뻘거케 쇠 달듯한 그 時期를 잡아서 바르고 고든 形體를 치으며 個性의 發展을 충동식히는 것이다. 그리하야 그 少年이 조흔 사람이 되며 곳 將來에 나라를 위하야 쓸데 잇는 市民이 되도록 自己를 教育식히게 하는 것이다"라고 明言하엿습니다.

이것이 先生의 말슴하신 '自立的 訓練'임니다. 다시 말하면 少年軍 運動은 쓴 意味에 잇서서의 所謂 社會奉仕가 決코 아니올시다. 個性의 發現이 업는 社會奉仕가 어데 잇겟슴니까. 少年軍 運動은 무엇을 가르치는 것이 아니올시다. 自己가 스스로 自己를 가르치도록 引導하는 것입니다. 自己의 個性 우에 自立하도록 訓練하는 것임니다. 저는 鄭聖采 氏가 意味하신 '朝鮮式'이라는 觀念과 對立식힌 '世界的'으로는 存在할 수가 업다고 생각함니다. 적어도 少年軍 運動에 잇서서는.

(四) 朴錫胤, 『東亞日報』, 1926.2.20

同時에 BP體 少年軍 運動은 世界的임니다. 基督教나 佛教나 世界的임과 다른 意味에 잇서서 世界的임니다. 絶對를 멀리멀리 써난 極小 限度의 相對에서 世界的임니다. 佛蘭西나 中國이나 朝鮮은 敢히 넘어다보지 못하는 世界的임니다. 對立, 上下, 廣狹과 아무 關係업는 한 '道理'의 世界的임니다. 父母가 子息을 사랑하고 子息이 父母를 사랑한다는 意味에 잇서서의 世界的임니다. 四海 同胞라는 意味에 잇서서의 世界的임니다. 이 以上의 世界的은 決코 아니며 길 수가 업습니다. 이 以上에 多少間 '自立的 訓練'을 實行하는 方法에 잇서서 各 國民이 共通임니다. 여긔서 少年軍 世界總 本部가 생겨나게 됩니다. 싸라서 國際聯盟 規約과 가튼 各國을 拘束하는 何等의 法規가 업고 다만 廣汎한 精神의 共鳴이 空中에 둥둥 뜰 뿐임니다.

朝鮮의 少年軍은 朝鮮的 精神 우에 確立할 것임니다. 다만 이 朝鮮的 精神을 發揮하는데 BP體의 方法을 採用할 것 뿐임니다. 우리에게는 우리에게 固有한 精神과 人

類愛의 憧憬이 先天的으로 存在합니다. 英國人에게 英國人의 固有한 精神이 잇고 中國人에게 中國人의 人類愛의 憧憬이 存在한 것과 何等의 다를 것이 업습니다. 다만 이것을 個性의 自立 우에 表現 식히는 '理路와 方法'이 BP體가 가장 優越함으로 그것을 採用하는 것 뿐입니다. 우리의 民族 生活에 適合하는 程度까지.

日前에 國際 總本部 委員 '마—틴' 氏를 맛나니 氏가 말하되 朝鮮에서 登錄을 要求하야 왓스나 直接으로 受理할 수 업다고 합듸다. BP體를 採用한 朝鮮이 어찌 直接으로 登錄할 수가 업느냐 하는 問題는 後日에 仔細히 알려드리려 하며 그때 다시 그 根本精神과 矛盾되는 行動과 組織을 痛擊하려니와 여긔서 한 말슴 드리고저 하는 것은 그 登錄의 要求를 所謂 總聯盟 側이 하엿든지 또는 總本部 側이 하엿든지 兩 團體의 存在가 明白한 以上 한편 團體를 無視하얏다는 意味에 잇서서 우리 運動의 精神과 違反되는 것을 깁피 슬퍼합니다. 더구나 두 團體가 적어도 表面 BP體를 採用하는 以上 두리 合하기 前에 世界와 合하려는 것은 너무도 생각이 不足한 行動인가 합니다.

(五)

朴錫胤, 『東亞日報』, 1926.2.22

나는 只今까지 先生이 主張하시는 團體에서 하섯는지 鄭聖采 氏가 主張하시는 團體에서 하섯는지 알지 못합니다. 日前 瑞西에서 올린 글월 가운대 이 問題를 물엇지마는 아즉 그 答章이 주섯드래도 올 때가 못 되엿습니다.

제의 意見을 말슴하면 몬저 兩 團體가 合하여야 될 줄 암니다. 그러고 全 運動의 動脈이 '朝鮮式'으로 흘러야 할 것은 勿論임니다. 萬一 國際 總本部에 登錄하려면 現 制度가 그대로 잇는 以上 奇怪한 手續을 要하여야만 될 터임으로 登錄할 必要가 업다고 생각합니다. 이 問題는 後日 仔細히 말슴하며 다른 나라의 例도 좀 더 仔細히 調查하야 보려니와 오는 二十六日 倫敦大學 軍 晩餐會에서 베이든 포월 將軍을 맛날 터임으로 問題를 充分히 議論해보려 합니다. 今日의 國際聯盟이 奇怪한 것과 맛찬가지로 所謂 英國式의 少年軍 運動에도 奇怪한 點이 적지 아니한 것을 깁피 記憶하시기를 바람니다. 엇재ㅅ든 卽時 登錄할 수 잇다 할지라도 朝鮮的 精神이 어느 程度까지 이 運動 우에서 익기까지는 登錄 아니하는 것이 조켓습니다.

倫敦大學에는 三十二個 民族의 學生의 모힌 곳임니다. 亞弗利加 黑人이 四百名 잇는 것만 말슴하면 大概 斟酌하실 줄 암니다. 싸라서 倫敦大學 軍은 黑白黃 야단야단스럽습니다. 來月에 學理科 試驗에 應하고 明年 三月에 行政科 試驗에 應하랴 함니다. 實行科는 多幸히 今夏에 及第하엿슴으로 運이 조흐면 明年 여름에는 '우ㅡ드배지' 佩用의 資格을 어들가 함니다.

今夏 大陸 旅行 中 佛蘭西에서 두 團體를 訪問하엿습니다. 第一은 大部分 BP制를 採用한 것이며 第二는 BP制의 一部分에 亞米利加 紅印度人式을 만히 加味한 것인데 英國에서도 近日에 '인듸안' 生活의 硏究가 宏壯하며 漸漸 採用의 程度가 增加하야 감니다. 天幕生活에야 '아메리칸 인듸안'을 當할 수 업습니다. 丁抹에서도 두 團體를 보앗습니다. 그러나 主義 다를 뿐이지 서로 尊敬하며 서로 理解하는 點은 果然 놀라웁듸다. 決코 입으로 싸우지 아니 하고 實行에 잇서서 서로 그 結果로 自己의 優越을 나타내려 하는 努力은 참 可賞합듸다. 獨逸에는 그보다 더 다른 두 團體가 잇습니다. 和蘭도 그러함니다. 그러나 亦是 제 생각은 BP制가 祖宗이라는 結論에 이르럿습니다. 明年에 다시 이 나라들을 歷訪하야 더 仔細히 硏究하며 도라가는 길에 米國의 少年軍 運動도 硏究하려 함니다. 歸國하면 先生의 指揮下에 一員이 되면 幸福이겟습니다.

(十一月 十五日 밤)

文藝와 教育(一)

金南柱, 『조선일보』, 1926.2.20

어느 時代의 文運의 進退를 占하는 데는 그 時代의 兒童問題와 教育 如何에 그 大部分을 볼 수 잇다. 오늘 우리 朝鮮의 文化가 進步의 道程에 잇느냐 敗北의 深淵에 빠즈려나 하는 것은 우리 少年教育의 健不健에서 가장 的確하게 端的으로 볼 수 잇다.

두말할 것 업시 우리 父兄의 大多數는 子弟의 教育에 엇든 漠然한 企待는 잇슬망정 거긔에 對한 무슨 理想이라거나 意見이 업다고 하여도 過言이 아니겟다. 다만 學校에 보내고 거긔 要하는 學費를 잘 當함으로 그들은 子弟教育에 할 일은 맛첫노라고 하는 이가 얼마나 만흔가. 이것도 徹底만 하며 學校를 그만큼 미더서도 關係 한을 만치 學校教育이 完全無缺하게 進步가 되엿다림 그럼즉도 할 일이겟다.[1]

그러나 오늘의 學校는 知識의 傳達은 한다고는 하겟지만 德性의 陶治라든지 人格의 擴充를 爲하야는 全然 無省察이라 하여도 틀림이 업슬까 한다. 兒童은 感受에 銳敏하다. 그럼으로 社會에서 그들은 엇든 空氣를 意識은 못할망정 批判은 업더라도 多分으로 吸取한다. 더구나 우리의 朝鮮의 少年은 學校에 그다지 信賴를 안는 것이 事實이다. 그들은 十五歲만 되면 家庭의 舊道德과 自己의 理想이 틀리는 것을 發見안흘 수 업는 悲慘한 地境에 빠진다. 그러고 보니 學校도 未信賴 家庭도 不認하고 보니 그들의 갈 곳은 自然히 社會的의 그 무엇이 되고 말 것이다. 朝鮮의 少年會가 그 創在支持에 大人의 힘을 빌지 안코 少年이 自手로 하는 것이 쏘한 理論이 잇는 바 아닌가.

兒童은 學校의 教導에서 버서나려 한다. 父兄의 權力에서도 避하려 한다. 그리고 自己네의 세운 理想에 쌀아 거긔다 一生을 處하려 한다. 그 얼마 危殆하고 大膽한 바

1 '關係 안흘 만치 學校教育이 完全無缺하게 進步가 되엿다면 그럼즉도 할 일이겟다'의 오식으로 보인다.

이냐. 家庭에 들어와 쌋듯함을 엇지 못하고 學校에 가서 마음 便함을 보지 못하니 그들의 가는 곳은 여럿이 모아서는 너무도 힘에 過한 時事政談이나 그럿치 안흐면 社會評論을 일삼는다. 혼자 안저서는 工夫를 하려고 冊을 들어야 그들의 敎科書가 모도 다 버성글고 親하기 어려운 日本말쑨이다. 누가 學課만을 읽고 달리 아모것도 손에 들지 말나면 견될 이가 잇겟스랴. 그들은 더욱 그들의 學課가 全然 必要 以外 아모것도 업스며 將來生活의 準備로 실흐도 실흐도 注入을 强要하는 것밧게 업스니 무엇이 그들의 興味를 닛그는 것이 잇는가. 모래를 씹는 듯한 乾燥無味한 것이 잇슬 쑨이다. 智識技能이라든지 科學의 敎育이 人生에 必要치 안타는 것은 아니다. 그러나 너무도 低卑한 實用 一方으로만 달아난 機械的 物質的 敎育이 完全한 人格을 만들며 高尙한 德性이라든가 優美한 情操의 薰陶를 할 수 잇슬까. 할 수 업는 것은 次置하고 발서 兒童 自體가 그것을 견듸지 못하지 안는가. 朝鮮語 讀本이 名目만은 잇다. 그러나 年 一冊의 그것이 日語의 補助學課에 지나지 못하게 그러케 編纂이 되엿고 말은 우리말로 읽기는 하지만 그것이 우리의 民族性이라든지 鄕土色이란 것이 影子나 보이는가. 그들은 이것을 읽어 亦是 何等의 精神的 交涉이라든지 慰安을 엇지를 못한다.

精神에 潤氣가 업고 마음에 站氣가 업는 人生을 누구나 幸福이라 일카를까. 우리의 山川이 벌거버서 버리고 하늘이 바시바시해진 것과 가티 우리 少年의 마음엔 소사나는 샘가튼 愛情도 熱氣도 아모것도 그들에게서는 求할 수 업스리라. 어룬이면 술이나 먹지 色情에나 달어가지만 純眞하고도 틔 업는 그들의 고흔 마음에서 기름을 모조리 쌔 버리고 나니 그들은 모다 가을바람에 고라진 나무닙히 되고 말지 안혓는가. 무서운 소리다. 나는 이 글을 쓰면서 戰慄하지 안흘 수 업다.

우리의 少年이 一時라도 執著할 곳 文藝 이밧게 다시 갈 곳이 업겟노라. 보자 그들이 一冊의 少年雜誌나 童話集이나 童謠를 엇어서 그들이 하는 態度를 가만히 보자. 그야말로 개미가 꿀 본 것과 다를 것이 무엇이냐. 처음에는 그들에게 讀書의 訓練이 不足한 그들에게는 親하기 어려운 것 갓기도 하다. 그러나 그들에 한번 그의 맛을 알고는 그 다음을 보자. 우리는 그 事實을 悲痛한 늣김을 아니 가지고 볼 수가 잇슬까. 이 말이 나의 誇張이라 하되가[2] 잇슬는지 몰은다. 그러나 다시 한 번 仔細히 우리 子女를 살펴보지 안하련가. 우리 少年이 文藝에 나아가지 안흘 수 업는 環境과 또 그 徑路를 대강 말한 것이다. (未完)

(二)

金南柱, 『조선일보』, 1926.2.21

나는 여긔서 文藝의 意義를 말하고저 아니 하며 文藝敎育論을 學究的으로 論述하려고도 안는다. 다만 우리 現下 少年의 切實한 問題의 한아로 그들에게 健全한 讀物을 提供하고 십다는 것을 平素에 마음에 두고 오든 바를 말하려 할 샏이다.

過去의 敎育 封建時代의 敎育은 文武로 갈러 나가서 國防과 掠奪에 힘쓰는 者를 武로 軍事敎育만을 식혓다. 들어서 國政을 擔하며 文敎를 마튼 者를 總히 文이라 하엿섯다. 때의 文學은 範圍가 넓엇섯고 그 機能이 또한 오날과 懸殊하엿섯다. 오날에 學問의 分果가 만허지고 文學이 漸漸 純文學의 좁은 地域 內로 몰려드물 따라서 그것은 더욱 깁허 가며 더욱 纖細해 간다. 그러고 이것은 漸漸 一部 專門家의 手中으로 몰려들게 되는 것도 事實이다.

그래서 一般 國民은 그것을 過去와 가티 必需的으로 하지 안으면 안 된 義務도 漸漸 업서저 간다. 아니 全然 업서진 것이 오늘의 現狀이다. 그샏 아니다. 生活은 漸漸 複雜해만 가고 生存의 競爭은 날로 甚해저서 吟風詠月을 하고 잇슬 餘暇도 업서지는 一便이다.

그러타고 우리에게는 今後의 生活에 永永 文學藝術이 必要가 업겟느냐. 그는 아니다. 이와 反하야 우리가 文學을 할 수 업슬 만치 生活이 複雜하여짐을 따라 우리의 精神은 더욱이 疲困의 度를 加하고 따라서 만흔 慰勞와 娛樂을 要하게 되는 것이며 그것은 過去와 가티 遊獵이나 閑散을 맛보지 못하는 것만큼 우리는 高尙하고 優

2 '할 수가'의 오식으로 보인다.

美한 文學藝術을 더 만히 求한다.

文藝의 要求는 더욱이 만어지고 그를 修得할 時期는 더욱이 짧어 간다. 그래서 오늘은 文藝를 가르키고 그의 對한 眼目을 열어 줄 時期는 普通學校나 高等普通學校의 在學期間에 限定되고 말엇다. 그 時期에도 入學試驗의 重荷를 지는 者는 거긔다 時間을 악기지 안흘 수 업게 되엿다. 入學으로 苦心하는 者는 오히려 그만큼 多幸이다. 오날 우리 普通學校를 마친 兒童이 얼마나 中等學校에 就學을 할 수 잇나. 一割에 아니 五分에 지나지 못하고 그 남어지는 모다 집에 도라가서 不遇世를 嘆하며 怏怏히 一生을 咀呪로써 보내는 者가 되고 말지 안는가. 이러한 現狀으로 보아서 무엇보다도 必要한 것은 普通學校라도 다니는 아이라도 그에게 讀書力을 涵養식히며 집에 잇서서도 家業에 從事하는 餘暇에 그래도 學問이라 할까. 讀書에 依한 自身의 修養이라 할까. 그것과 떠나지 안는 사람을 만들고저 願한다.

(三) 　　金南柱, 『조선일보』, 1926.2.22

少年問題가 크다. 그는 우리에게 무엇보다도 第一 큰 問題의 한아이다. 이에 對하야 우리 社會가 얼마나한 注意를 하며 努力을 하는가. 그 現狀을 볼 때에 누가 寒心치 안는 이 잇슬까.

父兄들은 이런 말을 한다. 그도 四五十 되니 들은 더욱 만히 이러한 말을 한다.[3]

"나는 인제 늙어서 時代에 뒤저서 아모 所用업는 物件이 되여 버렷지만 우리 아이들은 잘 키워서 ……."

이러한 말을 각금 듯는다. 아즉 나희로 말하면 靑年期를 僅僅히 좀 지낫고 바야흐로 씀쓱한 事業을 해낼 一生의 第一 精力의 旺盛한 때 兩班들이 이런 소리를 하는 것이 퍽 不滿한 일이지만 時代는 이러케 달럿고 그네들의 思想과 能力은 이 世上과

3　'그들도 四五十은 되니 더욱 만히 이러한 말을 한다'의 오식으로 보인다.

는 아모 關係가 업고 말엇고 보니 그들의 소리가 얼마나 悲痛한 이야기며 熱誠에 넘치는 말인가. 家族制度의 물에 든 이의 말이라 子息을 自己에게 形便 조케 만들자는 그런 慾心이 그 말에 多分으로 석겻겟지만 엇더케 햇섯든지 未來의 훌륭한 人才를 우리에게 보내자 하는 말이니 반가운 일이다.

말이 넘어 橫路로 달어낫다.

敎育은 사람으로 하여금 天賦의 能力을 가장 만히 가장 아름답게 發揮하게 만드는 手段에 不過하다. 文藝는 사람으로 하여금 高尙하게 하며 愛情잇게 하며 勇氣잇게 希望잇게 밝음을 보게 義理에 맛게 새롭게 堅實하게 하는 作用을 가졋다. 적어도 健全한 文藝는 이만한 이보다 더 만흔 條件을 가진 것이다.

道德과 文藝를 甚히 갓갑게 論하엿다. 人生과도 密接하게 말하엿다. 藝術을 爲한 藝術이라고 藝術의 絶對性을 말하노라고 그의 尊嚴을 保全하려고 藝術의 獨立性을 毁하엿다고 非難할 이가 잇슬는지 몰으나 敎育이란 範圍 안에서 藝術을 論할 때는 人道主義에 가차운 人生을 爲한 藝術을 말 안을 수 업다. 내가 여긔 題로 쓴 文藝란 것은 文學과 藝術을 가티 이야기함이라고 보아주기를 願한다. 文學 以外의 美術 工藝가 또한 文學만치 敎育에 必要치 안은 것은 아니나 文學 卽 文字藝術이 가장 民衆的이며 廣汎함으로 이것을 말한 것이다.

나는 以上에 文藝를 敎育에서 엇더케 보아야겟다 우리 朝鮮의 少年敎養에 文藝가 얼마나 切實한 關係가 잇는 것을 이야기하엿다. 다음에 暫間 現在의 우리로서 少年文藝運動 文藝敎育에 對하야 하고 십흔 두어 가지 것을 말하려 한다. 먼저 學校敎育의 爲政者를 보자. 그들이 너무도 理解가 업다. 日本의 學校劇 禁止의 文部省 令을 보드라도 알 수 잇다. 文政을 掌한다는 一國의 大臣이 조그만 弊害가 잇다고 兒童의 天賦의 劇的 本能을 發揮하며 그로써 限업는 깃븜과 慰安이 되며 學習에도 만흔 效果가 잇슬 뿐 아니라 人間性의 自然 表現인 劇을 禁止한다는 것이 긔가 막힌 度를 지나 失笑할 일이 아닌가.

(四)

金南柱, 『조선일보』, 1926.2.23

우리 朝鮮의 敎育行政者는 그보다 몃 層이나 더한가. 敎科 編纂이 발서 急進的 同化 以外의 아모 目的이 잇는 것 가티 보이지 안는다. 何暇에 藝術敎育을 도라볼 수 잇슬가. 그들을 禁制 以外에 아모것도 能事가 업다. 우리는 이제 그들에게 무엇을 求할까. 다만 그들로 하여금 모든 것을 理解를 식혀 가도록 힘써 갈 짜름이다. 그들은 또 걸핏하면 實業敎育, 實果指導를 말한다. 오늘 우리 가티 經濟 破滅을 當한 者이 먹기가 무엇보다 必要하며 敎育에도 그 方面의 指導가 第一着의 急務인 것은 두말할 餘地조차 업는 것이다. 할 수만 잇스면 우리도 丁抹과 가튼 純 農民敎育도 하고 십흔 일이다.

다음에 實際 敎育者에 對하여 보자. 그들은 理解도 잇다. 經綸도 잇다. 그러나 어려운 일 阻障되는 일이 얼마나 만흔가. 爲政者와 父兄이 理解가 업스니 그 사이에 끼어 孤軍籠城으로 적지 안흔 힘이 드는 것이다. 世論은 敎員의 學力不足을 非難함이 만타. 事實이다. 그들은 만흔 師範敎育을 못 바덧스니 事實이 그러하다. 그러나 그들의 熱誠을 보라. 하려 하는 일이며 알려는 精誠이 얼마나 잇는가.

小說을 읽으면 子息을 바린다고 하엿다. 오늘에 와서 小說을 안 읽으면 말을 할 資格이 업다고 하지를 안는가. 이만큼 文藝의 危險性이란 것을 그릇된 것이라는 思想이 퍼지지 안엇나. 그것이 모다 文學者나 社會의 形便으로 그러케 되엿다고도 하겟지만 敎育의 힘이란 것을 니즐 수가 잇슬가.

普通敎育을 마터 하는 이에게 이 말을 하고 십다. 前에 하는 것이 잇스면 반가운 것이다. 健全한 讀物을 兒童에게 알으켜 주기만 하면 가르키지 안트라도 그 글을 읽나니 될 수 잇는대로 注意하여서 適當한 것이 나는 날에는 그것을 兒童에게 紹介하기를 게을리 말라 하고 십다. 父兄에게도 이 말을 하고 십다. 米國 小學兒童은 平均해서 年 五十冊 以上의 書籍 雜誌를 읽는다 한다. 敎科書 以外인 것을 勿論이고 그의 大部分이 文藝의 것이며 八年間의 義務敎育을 바드니 우리 少年으로 얼마나 불어운 것이냐. 日本만 하드라도 엇더한 現狀이냐. 다음에 우리의 知識階級 더욱이 少年

問題에 留意하며 硏究와 注意를 하는 이와 몃 가지 잇는 少年雜誌의 編輯者와 그의 寄稿者에게 一言을 하고 십다.

우리 少年少女 雜誌가 만타고 누가 할가. 經濟的 條件 人物의 缺乏 讀率의 低下 等으로 그의 善美를 求할 수 업다. 그러나 그것이 잇스며 어린이 가튼 雜誌는 相當한 部數가 나가는 現狀이니 여긔에 더 一層 努力하여서 發展을 바라며 그것을 支持해 나가는 이들의 功勞도 謝할 바이라 한다.

그러나 現在의 몃 種類의 少年雜誌의 內容을 注意하여 볼 때 거긔에 너무도 兒童과 距離가 먼 것 또는 哀調에 만히 빠진 것들을 發見할 수 잇지 안은가.

兒童의 世界 大人의 縮少가 아니고 別世界의 살림을 하는 兒童의 精神生活에 相距가 업는 것들을 바라고 십다.

感傷的 分子가 만코 너무도 어른스러운 것들은 兒童에게 親하기도 어려울 쑨 아니라 그들을 오히려 萎縮하며 早成하게 할 그러한 念慮가 잇지 안은가. 그리고 大體로 우리의 鄕土 맛이 적다는 것도 한갓 缺點이 안일까. 外國 것에다가 우리의 옷을 닙혀 논 것 그런 것이 잇다. 外國의 小學讀本을 볼 때 거긔에 그 나라의 環境이 엇더케나 歷歷히 보이는가.

米國의 奇怪하고 宏大한 것, 英國의 점잔코 紳士的인 것 露國의 陰沈하고 흙냄새가 날 듯한 것들을 볼 때 우리 兒童에게

중놈이야기, 洪吉童이야기, 科學이야기, 江原道 범이야기

이 가튼 것이 바로 그대로 우리 兒童의 피가 되고 살이 되여서 朝鮮의 神秘를 알고 自然과 傳說에서 우리의 兒童을 길느고 십지 안은가. 나는 너무 긴 말을 한 것 갓다. 인제는 擱筆한다.

—二六.一.二〇—

어린이를 옹호하자

어린이 데이에 대한 각 방면의 의견

『每日申報』, 1926.4.5[1]

해라밧고 욕먹고 ᄭᅮ지람 듯고 매 맛고 업슴 역임 밧는 가장 가엽슨 처디에 잇는 가장 착한 — 가장 고결한 사람 — 어린이들을 위하야 새로운 옹호 운동을 이릇켜 장릐 '됴선의 주인'이 될 어린이들에게 자치(自治)심과 자존(自尊)심의 졍신을 길너주자.

ᄭᅮ지람보다

感化的 教訓

뎨일 고결한 그들에게

학대는 무슨 리유인가

青邱少年會 文秉讚 氏 談

참 싱각할사록 가엽슨 것은 됴션의 어린이들이올시다. 무엇보다도 몬져 긔자가 자랄 ᄯᅢ에 어른들에게 밧은 멸시만 싱각하야도 긔가 막힐 디경이올시다. 나희가 빅살이 되야도 장가만 못들면 아해 노릇을 하지 아니치 못하는 됴션에는 오즉 장유유서(長幼有序)라는 — 어른에게 유익한 교훈만 밧드러 왓지 어른들은 아해들에게 엇더케 하지 안으면 안 된다는 가릇침이라고는 보도 듯도 못한 것이올시다. 그럼으로 자녀갓흔 인싱으로 태여나서 — 가장 죄가 젹으며 가장 순진 고결한 몸과 마음을 가지고 잇는 어린이들이 가장 비쳔한 디위에 잇셧슴니다.

부도는 의례히 자손들에게 믜를 드러 ᄯᅢ리는 것은 여사로 하며 귀여운 어린이들에게 참아 듯지 못할 욕셜을 하되 조금도 뉘웃칠 줄은 모르는 것이올시다. 이와가튼 무조건하에 졀대뎍으로 누르고 썩는 어른들 틈에서 자라나는 됴선의 어린이들

1 『매일신보』의 '어린이를 옹호하자'는 총14회 연재가 되었으나, 10회 이하는 소년회 관계자나 소년운동 관계자가 아닌 유치원 원장 등의 글이라 생략하였다.

속에서 비록 텬재가 난들 그것을 누가 북도도아주며 못된 것을 배혼들 누가 바로 잡아 주겟습니가. 그러함으로 여러 부모되시는 이는 꾸짓기보다 사리로 타일느시고 싸리기보다 조흔 말노 감화를 식히시기를 바라는 바 — 올시다.

人格을 認定하고

尊敬하라!

가히 본 바들만한 외국의 아름다운 풍속

佛教少年會 丁洪教 氏 談

어린이 데 — 를 압헤 두고 더욱히 늣기는 것은 외국 사람들이 어린이들을 뎨일 존경하는 미풍이올시다. — 존경을 하되 자손을 부모와 갓치 위하는 것이 안이라 매사에 어린이라고 멸시하지 안코 항상 일개의 인격을 허락하야 어린이 자신에 관한 일은 어린이 자긔의 의사를 극력으로 졷차 쥬며 비록 잘못된 싱각을 가지고 잇는 줄은 안다 해도 됴션의 부모들 모양으로 우션 싸리거나 우션 꾸짓는 일이 업시 바로 국졔담판이나 하듯키 어린이를 불너 셰우고 일샹토론을 하야 끗까지 부자간에 의론 닷홈을 하다가 긔어코 어린이가 스사로 자긔가 잘못됨을 깨닷고

"어버지! 졔가 참 잘못하얏습니다."

하기를 기다려 그 부친은 잘못을 뉘웃치는 아들을 가장 귀엽계 안아셔 입을 맛치며

"너는 장릐의 대통령 가음이다! 너는 자긔의 잘못된 것을 가장 잘 깨닷는 아해이다."

하며 극력으로 칭찬을 하야 가며 길느는 것이니 엇지나 남의 일이라도 부럽지 안으며 하로밧비 본을 밧지 안을 것이겟습니가.

(二) 『每日申報』, 1926.4.6

해라밧고 욕먹고 꾸지람 듯고 매 맛고 업슴 역임 밧는 가장 가엽슨 처디에 잇는 가장 착한 — 가장 고결한 사람 — 어린이들을 위하야 새로운 옹호 운동을 이릇켜 장릐 '됴션의

주인'이 될 어린이들에게 자치(自治)심과 자존(自尊)심의 정신을 길너주자.

衣服이 重한가 子女가 貴한가

甲子幼稚園 劉賢淑 女史 談

어린아희들에게 거짓말하는 폐단도 대단하지요만은 더욱 한층 딱해 보히는 것은 어린 아해의 젼신의 자유를 의복으로 붓드러 매어셔 아해가 의복에게 매어서 사는지 의복이 어린아해들에게 위엄을 밧고 지내는지 알기 어려웁게 되는 일이올시다. 즉 다시 말하면 일것 고흔 의복을 어린에게 지어 입혀 놋코는

진 땅에도 가지마라

흙장란도 말나

다름질도 말나

침도 흘니지 말나

하야 어린아해는 의복을 더럽히지 안키 위하야 젼신에 소사나는 활동을 일코 말며 만일 실수하야 의복만 드럽히면 믜를 짜리고 야단을 치니 도모지 의복이 귀한지 애기네가 더 귀한지 분간도 하기 어렵게 되는 것이올시다.

天眞한 子女를 欺瞞하는 弊風 — 거짓말로 속히지 말나

半島少年會 李元珪 氏 談

어린이들을 사회뎍으로 지로하는 칙임을 가진 소년회의 한 사람으로 일반 가뎡을 바라볼 때에 무엇보다 뎨일 늣기는 것은 어린 아해들에게 거짓말을 하는 것이올시다. 우는 아해에게 구경을 식혀준다 하고 시힝치 안키와 사탕 사준다 말내고 우름만 긋치면 모르는 체하는 그 태도는 아모리 보와도 딱하야 못 견대일 것이올시다. 그쁜만 안이라 순사가 온다고 어린 아해를 놀내며 호랑이가 온다고 위협을 하야 그날그날의 어린이의 입을 막어가는 것을 볼 때에 그 아해들의 장릭를 싱각하면 오직 암담할 쁜이올시다.

三團體新參加

'五月會' 주최에 관한 오월 일일 어린이 데에 새로히 참가한 단톄는

▶ 新光少年會 ▶ 朝鮮中央少女舘 ▶ 青邱少年軍

이라. 이로써 젼부 십사 단톄의 련합 션뎐의 큰 운동을 이루워간다.

宣傳實行委員

오월회의 '어린이 데이'의 션뎐실힝위원은 다음과 갓치 결뎡되얏더라.

◎ 宣傳部 = 李基世, 李瑞求(每申), 趙明熙, 趙岡熙(時代), 李漢容(우리 少年會)

◎ 交涉部 = 文秉讚(青邱), 李元珪(半島), 閔丙熙(和一), 崔圭善(鮮明)

◎ 庶務部 = 朴埈杓(鮮明), 丁洪教(佛教), 尹小星(侍天), 韓榮愚(第四), 高長煥(서울), 金成俊(第四), 張明浩(和一), 洪性德(紫門)

(三) 『每日申報』, 1926.4.7

해라밧고 욕먹고 꾸지람 듯고 매 맛고 업슴 역임 밧는 가장 가엽슨 처디에 잇는 가장 착한—가장 고결한 사람—어린이들을 위하야 새로운 옹호 운동을 이릇켜 장릐 '됴션의 주인'이 될 어린이들에게 자치(自治)심과 자존(自尊)심의 졍신을 길너주자.

순리로 일으라

아모리 해를 주지 안코

공포만 주는 것은 불가

和一 새벗社 閔丙熙 氏 談

어린이날이 시작된 이릐 각 가뎡에서 어린이들애 대한 태도가 얼마나 나어졋는가 도라볼 때에 아즉까지도 어린이들에게 대한 태도가 싸듯하지는 못하야졋다고 싱각이 듭니다. 그야 물론 삼쳔 셰계에 자식을 사랑치 안으시는 부모가 어대 잇겟

슴닛가만은 됴션의 부모는 자손을 사랑하되 오직 그 몸이나 그 재롱을 사랑하실 뿐이지 이 아해는 엇더케 교육을 해야 조흔 사람이 되겟다는 리해잇는 사랑을 하시지 못하는가 함니다. 더욱히 심한 것은 아해들이 잘못하야 그릇을 께치거나 돈 가튼 것을 이러바리는 때에도 그 아해의 두려워 떠는 꼴을 보시며서도 오히려 매를 더하야 극도로 '공포'를 늣기게 하야 그 어린 아해는 결국 바보를 만들고 마는 일이 만슴니다. 본시 어린이들은 자라나는 터이요 불완젼에서 완젼으로 가는 도뎡에 잇는 사람들이라 혹 어린이들이 잘못하는 일이 잇셔도 그것은 결코 악의이나 과실이 안이요 어린이로셔는 업지 못할 한 가지 불완젼한 형상일 것이니다. 정히 일너셔 적은 일노 말매암아 어린이의 장취를 뎨일 크게 도읍는 정신을 썩지 마시기를 바라는 바이올시다.

악착한 형벌

이것이 뎨일 배척할 것

서울 少年會 高長煥 氏 談

힝랑 뒤 골목이나 좁은 길로 지내려면 어머니에게 잡혀서 죽도록 매를 맛는 아해들의 늣겨우는 소리를 각금 듯습니다. 임의 정부에서도 태형을 폐지한 오늘날 부모가 되야 자녀를 싸린다는 것은 너모나 긔괴하며 싸려도 피가 흐르고 살이 부프러 오르도록 싸리는 이들의 심졍은 참으로 민망한 것이올시다. 셰상에 누가 자녀가 미워서 싸리겟슴니가만은 자녀를 꾸짓거나 가릇치는 수단을 '뚜다리는' 것으로 취하는 것은 참으로 긔가 막히는 것이올시다. 더욱히 가소로운 것은 화김에 죽도록 싸려 놋코 나죵에는 즉시 뉘웃쳐셔 안어서 달내인다 피를 씨서 준다 하며 일정 소동을 피우니 때릴 때는 무슨 의사이며 달내일 때는 무슨 의사이겟슴니가. 무엇보다도 어린이들에게 악착한 미는 절대로 들지 안키를 바라는 바이올시다.

(四)

『每日申報』, 1926.4.8

해라밧고 욕먹고 쑤지람 듯고 매 맛고 업슴 역임 밧는 가장 가엽슨 처디에 잇는 가장 착한—가장 고결한 사람—어린이들을 위하야 새로운 옹호 운동을 이릇켜 장릐 '됴션의 주인'이 될 어린이들에게 자치(自治)심과 자존(自尊)심의 졍신을 길너주자.

賞罰을 分明히

어린이의 자유를 위해

우리 少年會 金孝慶 氏 談

아해들에게는 아해 친고가 잇고 아해들에게도 친고와 사고혀 놀고자 하는 의식이 잇는 이상 부모되시는 이는 결코 그 어린이들에게 잇는 아릿답은 우정(友情)이며 피어나는 졍서(情緖)를 무시하야서는 안이 됩니다.

"어머니! 나 봉동이 집에 좀 놀너가요."

할 째에 아해들이 안이꼬읍게 동모가 다 무엇이냐. 어셔 일즉 자거라 하시는 어머님은 실노히 그 애기를 진졍으로 귀해 하시는 것이라고 논하지 못할 것이올시다.

"오냐! 작란 말고 잘 놀다가 일즉 오너라! 늣게 오면 안 된다."

하시는 어머님이야말노 얼마나 자손을 위하야 조흔 어머니가 되시겟슴니가. 한번 슌리로 잘 일너셔 놀너 내보내엇다가 만일 잘못한 일이 잇거든 그째에는

"너는 일느는 말을 듯지 안이하니 이틀 동안은 대문 밧그로 놀너 나아가지는 못한다."

하는 벌측을 나리시어서 하로이틀 어린이들의 압길을 쏫다읍게 여러 주실 것이올시다.

生日祝宴에는

어린이를 주빈으로

侍天敎 少年會 尹小星 氏 談

저는 어렷슬 때에 부모께셔 차려주시는 싱일떡은 미년 엇어 먹엇스나 한번도 마음에 흡족한 일은 업셧습니다. 그것은 다른 것이 안이라 자긔의 싱일잔치인지 부모님데의 동리노리인지 모르게 된 까닭이엇습니다. 싱일 임자가 어린이인 이상 싱일잔치의 손님도 쏘한 어린이가 중심이 되지 안으면 안이 될 것이올시다. 그러나 일홈만 어린이의 싱일이지 어린이의 동모보다는 어룬의 친고가 집에 넘처서 고만 어린이들은 밀녀나게 되거나 그럿치 안으면 젼혀 어린이의 동모는 부를 싱각도 안이하야 결국은 뎨일 깃버해야 할 싱일 임자는 젹막하게 어른들 틈에 끼워셔 지내게 되고 마는 것이올시다. 될 수 잇스면 압흐로는 어린이의 싱일에는 어린이의 동모들을 주빈으로 하야 싱일잔치를 차리시기로 하시는 것이 가장 조흘 것 갓습니다.

(五) 『每日申報』, 1926.4.9

해라밧고 욕먹고 쑤지람 듯고 매 맛고 업습 역임 밧는 가장 가엽슨 처디에 잇는 가장 착한—가장 고결한 사람—어린이들을 위하야 새로운 옹호 운동을 이릇켜 장릭 '됴션의 주인'이 될 어린이들에게 자치(自治)심과 자존(自尊)심의 정신을 길너주자.

어린이 노리터

탑골공원 압 근방에

노리터를 신셜하라

青邱少年軍 李龍根 氏 談

어졔 신문을 보니 경성부에셔는 특히 사회과를 신셜하고 탁아소(托兒所)도 셜치하리라고 하엿습니다. 참으로 무산계급의 어린이들을 위하야셔는 가장 반가운 소식이라 하겟스며 이왕 어린이들에 이만콤 착안을 한 경성 부윤인 이상 — 쏘 한 가지 청할 것은 탁아소를 셜치하는 동시에 시내 빠고다 공원 음악당 압 너른 마당에다가 '아동의 노리터'를 한 개 작만하야 주엇스면 조켓다고 싱각함니다. 북촌으로 드러스면 길거리일지라도 그다지 위험치는 안으나 뎐차길 부근에 사는 어린이의 부모들은 어린이를 길에 내어놋코는 능히 한시도 마음을 놋치 못할 것이올시다. 그러함으로 다른 외국의 공원 모양으로 아동의 노리터를 탑 공원 가튼 곳에 작만하야 놋코 모리터(砂場) '유동 원목', '근에' 등 여러 가지 셜비를 갓츄어주면 오작히나 아해들도 잘 모도혀 들며 부모들인들 감사하겟습니가. 그러함으로 이왕 어린이들을 위하야 시설을 하는 쯧이거든 우선 탑골공원 가튼 즁앙디에라도 한 곳 '아동의 노리터'를 작만하야 주엇스면 조흘 것이라 합니다.

욕을 금하라

입에 못담을 욕셜은

시작할 째 엄금할 일

鮮明少年會 朴埈杓 氏 談

어린이에게 말을 가릇킬 째에 뎨일 불가한 것은 '욕'을 장려하는 것이 올시다. 어린이의 입에셔 말이 비로소 흘너나올 째에 얼마나 그 부모 되신 이의 마음이야 깃브시겟습닛가. 그러나 아모리 귀엽다고 '망할 자식'이니 '짝졍이'이니 하는 욕을 배워가지고 옴기는 것까지 재롱삼아서 내바려두는 것은 참으로 불가한 줄노 암니다. 본시 어린이들이 말을 처음 배호는 졍도는 남의 흉내를 내는 대 잇는 것이라 어린이들의 말솜씨가 야비하고 안이 야비한 데는 실노히 그의 가뎡의 교양 뎡도도 엿볼 수 잇는 것이다. 아못조록은 어린이의 입에서 만일 욕셜만 나거든 시작할 째에 진작 쑤지지시어서 그 가튼 폐풍이 업도록 하시엇스면 조켓습니다. 어는 가뎡에셔는 내외분이 마조 안자서

"아바지더러 욕해라."

"어머니를 좀 싸리고 오너라."

하시며 한 재동으로 역여서 어린이들의 입버릇 손버릇을 못되게 만드는 일도 잇는지라 특히 주의하실 것이올시다.

해라밧고 욕먹고 쑤지람 듯고 매 맛고 업슴 역임 밧는 가장 가엽슨 처디에 잇는 가장 착한—가장 고결한 사람—어린이들을 위하야 새로운 옹호 운동을 이릇켜 장릭 '됴션의 주인'이 될 어린이들에게 자치(自治)심과 자존(自尊)심의 졍신을 길너주자.

돈을 주지 말 일

돈에 애착을 이르

킴은 절대로 불가

朝鮮中央少女舘 劉時鎔 氏 談

어린이들이 울거나 알커나 하면 어버이되신 이들은 의례히 '돈'을 주시는 폐해가 잇습니다. 그러나 그것은 결국 자라나는 어린이들에게 군것질하는 버릇과 '돈'에 대한 애착심을 이릇켜 나종에는 별々 폐단이 다— 싱기는 터이오니 어린이들에게는 철날 쌔까지는 절대로 돈을 모르게 하시는 것이 죠흘가 싱각하며 돈 대신 어린이들에게 유익한 과자를 만이 사 두엇다가 주시긔를 바라는 바이올시다.

사랑하는 맘은

고마우나 운동

졔지함은 불가해

虎勇青年會 姜壽明 氏 談

어린이들을 귀해 하시는 부모들의 심려하시는 지셩은 실로히 자손된 이들의 감읍할 바이나 그 방법에 일으러셔는 너모나 불합리한 뎜이 만타고 싱각합니다. 어린이가 운동을 하러 나아간다고 하면

"이 애 어듸나 닷치여서 병신이나 되면 엇지 하느냐."

하야 즉시 졔지를 하는 부모가 만흐십니다. 물론 운동터에 나스면 위험한 일도 만켓지요만은 그럿타고 신톄의 건강을 주안으로 삼은 운동장에 만일의 부상을 념려

하야 내보내지를 아니하시여 일싱의 톄질을 섬약하게 만드시는 것은 너모나 유감이올시다. 속담에

'곤닭의 알 지고 성 밋헤 가지 못한다.'

는 말슴도 잇거니와 뜻밧게 불힝을 념려하야 일싱의 불힝을 사게 하시는 것은 너모나 답々하다고 함니다.

(七)

『每日申報』, 1926.4.11

해라밧고 욕먹고 꾸지람 듯고 매 맛고 업슴 역임 밧는 가장 가엽슨 처디에 잇는 가장 착한—가장 고결한 사람—어린이들을 위하야 새로운 옹호 운동을 이릇켜 장릐 '됴션의 주인'이 될 어린이들에게 자치(自治)심과 자존(自尊)심의 졍신을 길너주자.

自尊心 培養

第四少年部 韓榮愚 氏 談

됴션의 어린이는 바보이올시다. 됴션의 어린이갓치 사람답지 못한 아해는 다시 업슬 것이올시다. 무엇보다도 됴선의 어린이들에게는 나도 한 싱명을 가진 사람이다 — 하는 자존심(自尊心)이 업는 것이올시다. 자존심이 업는 어린이는 죽은 사람과 다를 것이 업고 사러서 움즉이는 고기덩이와 다를 것이 업슬 것이올시다. 다님 한아를 매는데도 부모의 간섭을 기다리고 대문밧게를 나아가도 부모의 눈치가 보히며 동모를 사고히는데도 부모의 감시를 쓰리는 바보가 되야 나종에는 자긔라는 것은 몰각이 되고 오직 부모의 싱존(生存)의 일 연장(延長)으로밧게 안이 보히는 터이라 엇지나 가엽지 안켓슴니가. 그러함으로 일반 부모들은 어대까지든지 어린이들의 자존심을 길너주시기를 바라는 바이올시다.

自治의 精神

新光少年會 安俊植 氏 談

져는 무엇보다도 각 소학교에셔 창가회이나 또는 학예회 가튼 것을 젼혀 션싱들의 게획과 지휘 감독하에 어린이들은 긔게와 갓치 출연식히는 것이 불가한 줄노 암니다. 장릭의 큰일쑨이 되랴면 어려셔부터라도 자치의 정신(自治精神)이 필요한 줄노 암니다. 항상 남의 말만 기다리고 남의 지휘만 밋고 하든 어린이가 장릭에 무슨 큰일을 하겟슴니가. 그러함으로 무슨 어린이들의 회가 잇슬 때에는 어린이들 즁에서의 장과 평의원을 썝아

자긔네의 일은 자긔들이 게획한다.

는 관념을 너허 준 뒤에 다만 션싱이나 어른들은 고문이나 상담역의 태도로 어린이들의 게획을 완셩(完成)케 하시는 것이 조흘 것 갓슴니다.

(八) 『每日申報』, 1926.4.11

해라밧고 욕먹고 쑤지람 듯고 매 맛고 업슴 역임 밧는 가장 가엽슨 처디에 잇는 가장 착한—가장 고결한 사람—어린이들을 위하야 새로운 옹호 운동을 이릇켜 장릭 '됴션의 주인'이 될 어린이들에게 자치(自治)심과 자존(自尊)심의 졍신을 길너주자.

뎍당한 작란감

못된 작란을 말니고

됴흔 작란감을 주라

新進少年社 崔奎善 氏 談

됴션의 부모들은 어린이들에게 작란가음을 션턱하야 줄々을 모르는 모양이올시다. 세상의 어린이들을 위하야 작란가음다운 쟉란가음을 사주시는 부모는 드무실 것이올시다. 그러함으로 어린이들은 대개 흙쟉란이나 그러치 안으면 돌쟉란밧

게 더 할 줄 모르는 것이올시다. 본시 어린이들의 마음의 함양 여하는 결국 그들의 장릭를 뎜치게 되는 터이라 과학에 관한 작란가음이며 쇠조가 고흔 작란가음을 사쥬어셔 한편으로는 어린이의 정셔를 북도도와주며 겸하야 머리를 치밀하게 믿들 '싱각'이라는 것을 갓게 하는 것이니 아못조록 어린이들에게 흙작란을 말나 돈치기를 마라 하시는 대신 경졔가 허락하시는 대까지 죠흔 작란가음을 사주기를 바라는 바이다.

시간을 직혀라

침식에 시간을 직혀

모든 폐해를 막을 일

兒童世界社 李明濟 氏 談

어린이들의 몸은 속담에도 두부살에 바늘 쌔[2]라는 말도 잇거니와 가장 귀하게 양보치 안으면 안이될 것이올시다. 그러함으로 누구에게보다도 더 대즁하계 시간 싱활을 식히지 안으면 안이 되리라고 싱각함니다. 그러나 우리 됴선에서는 어린이들에게는 젼혀 시간 싱애를 몰각식히어 아모 때나 먹이고 아모 때나 재워셔 별별 동을 다 이릇키게 하는 것이올시다. 그러함으로 녯 로인들도

'미운 애기이거든 밤[3]을 만히 주라'는 금언(金言)을 남기기까지 한 것이니 아모 때이나 시간 관념이 업시 밥을 막오 먹이는 관게로 배탈이 나고 창증이 싱기고 나종에는 귀즁한 싱명까지 빼앗기기까지 하는 폐해가 싱기는 것이니 될 수 잇는 대로는 침식하는 시간과 뎡도를 엄뎡하시는 것이 좃켓습니다.

2 '쌔'의 오식으로 보인다.
3 '밥'의 오식으로 보인다.

童話의 種類와 意義

丁洪敎, 『每日申報』, 1926.4.25

朝鮮에서도 三四年 以來로 童話를 硏究하는 同志가 만히 싱기게 되얏다. 그리하야 處々에 어린 사람으로써 組織하는 少年會의 看板을 부치고 때때로 童話會를 開催케 되얏다. 또한 兒童을 相對로 하는 雜誌를 著作하야 兒童文藝와 童話 等을 記載하야 一般 兒童의 벗이 되게 하얏다. 衰退되는 朝鮮에 잇서 또한 閑散되여 잇는 朝鮮에 잇서서는 무엇보다도 歡喜할 바이다. 또한 兒童을 압박과 구속으로 支配하야 兒童으로 하여금 멍텅구리를 만드는 우리의 處地에 잇서서는 더욱 一層 깃버할 바이다. 果然 우리로서는 兒童으로 하여금 文化人의 處地에 잇도록 힘씀이 우리의 한갓 責任일 것이다. 어린 사람을 文化人으로 支配할 것 가트면 完美한 敎育이 必要할 것이다. 完美한 敎育의 內容은 여러 가지가 잇지만 童話的 敎育이 完美한 敎育의 한가지일 것이다. 엇지하야 그러하냐 하면 童話는 그 內容이 多樣性에 싸러서 兒童心性의 各 要素를 啓發식히는 힘이 잇는 까닭이다. 兒童은 靈活한 心的 活動者임으로 支那는 支那的 童話를 選擇하여야 할 것이며 米國이나 英國이나 日本에서는 各各 自國的 童話를 選擇하여야 할 것이다. 그럼으로 朝鮮人의 處地에 잇서서는 朝鮮的 童話를 選擇하는 것이 무엇보다도 重大한 問題일 것이다. 그러나 只今까지의 出版하는 童話集을 보면 大槪 外國人의 著作한 冊子에서 飜譯할 싸름이고 우리 兒童의 適當한 創作童話. 말하자면 寓話는 볼 수가 업섯다. 그러면 朝鮮兒童의 靈魂의 糧食은 完全히 될 수 업슬 것이다. 童話라 하면 大槪 녯이야기를 意味한 것이다. 그러면 單純한 녯이야기로써 兒童의 心靈的 發達을 주겟느냐 하면 엇더한 方面으로 보든지 兒童의 참다운 心의 糧食이 될 만한 本質的 價値가 업다 할 것이다. 그럼으로 童話의 意義를 擴充하야 兒童의 德性, 智力, 情緖 等을 啓發할 만한 童話를 取扱치 안이치 못할 것이다. 大槪 童話의 種類를 擧하면 幼稚園話, 滑稽談, 寓話, 昔話, 傳說, 神話, 歷史譚, 自然

界話, 實事譚 等으로 分할 수 잇슬 것이다. 幼稚園話라는 것은 大槪 七八歲된 어린아해에게 相對로 된 것일다. 童話 中에 가장 簡短한 形式으로 造成되여 잇다. 이것을 두 가지로 난호와 말하면

(一) 童話 全體가 韻律的으로 된 詩의 形式으로 되엿고

(二) 詩의 形式은 아니고 一種의 散文으로 一節〳〵式 節奏된 것이다.

滑稽談은 興味를 中心으로 한 것인데 그 內容을 두 가지로 分할 수 잇다.

(一) 無意義譚, (二) 笑話

寓話는 生物 또한 無生物을 假用하야 말한 것인데 敎訓이 第一義이며 興味가 第二義가 될 것이다. 幼稚園話와 滑稽譚은 興味가 第一義가 되고 敎訓이 第二義가 되나 寓話는 敎訓이 第一義가 되고 興味가 第二義가 되여 잇다. 幼稚園話와 滑稽談은 녯이야기로부터 싱긴 것이 되며 寓話는 創作으로 된 一說이 될 것이다. 말하자면 前者는 民族의 詩才로부터 소사나온 것이 되며 後者는 個人〳〵의 思想과 社會 思潮를 合하야 創作한 것이다. 藝術上으로 말하자면 前者는 全然힌 民族文學에 屬할 것이며 後者는 個的 文學에 屬할 것이다.

녯이야기(昔話)는 童話界의 王者라고 할 만하야 形式이 多様한 것이라든지 敎訓的에 드러서라든지 兒童心情에 適合한 것이라든지 한 点에는 他 童話가 比할 수 업는 点이 만타. 例를 들어보면

(一) 兩親에 對한 兒童의 態度

1. 從順 2. 勤勉

(二) 兒童에 對한 兩親의 態度

1. 慈愛 2. 保護 又는 救助

(三) 兒童이 兒童에 對한 態度

1. 同情 2. 化合 3. 不和 4. 救助

(四) 사람이 사람에 對한 態度

1. 同情 2. 冷靜無慈悲 3. 救助 4. 强制 5. 契約의 履行, 不履行, 虛言

(五) 動物에 對한 사람의 態度

1. 同情　2. 不同情

(六) 神에 對한 사람의 態度

1. 信賴　2. 不信賴

(七) 사람에 對한 神의 態度

1. 同情　2. 褒賞　3. 賞罰

(八) 善行의 勝利

(九) 惡行의 應報

이와 갓치 分할 수 잇다. 傳說이라는 것은 녯사람이 行한 事實을 近代에 와서 말하는 것이다. 이것을 二種으로 分하야 말하면

(一) 엇던 時代에 엇던 地方에서 일어난 일

(二) 엇던 時代에 엇던 地方에서 엇던 사람이 行한 일

이와 갓흔 것을 이야기한 일이며

神話는 自然神話와 人文神話가 잇다. 自然神話는 自然界의 여러 가지 現像의 發現을 解釋한 것이며 人文神話라는 것은 民族의 마음을 살—어서 有價値物 背後에 엇던 自然的 靈格을 認定하야 그 靈格의 直接 行動 또한 保護 管掌에 따러서 生活과 文化가 發生하고 發展하얏다는 것이다.

歷史談이라는 것은 過去의 實際로 起한 人類活動을 記錄한 一種의 童話이다. 그리하야 두 가지로 分하면

(一) 個人을 中心으로 하야 過去의 모—든 사람 가운데에서 兒童의 靈魂을 成長할 만한 滋養이 잇는 것

(二) 社會를 中心으로 하야 過去에 起한 社會的 思想 가운데에서 兒童의 全 人間的 長成을 啓導식힐 만한 것

말하자면 前者는 年齡이 少한 幼年에게 適當하며 後者는 年齡이 多한 兒童에게 適當한 것이다.

自然界話는 自然界의 物語와 事物과 現像을 科學的 精確한 物語的 興味를 가진 것

이다.

實事談이라는 것은 現實世界에서 日常 存在하고 發生한 事實을 이야기하야 兒童의 智力, 德性 또한 情緖를 涵養식히는 것이다. 그리하야 두 가지로 選擇할 수 잇다.

(一) 가장 優越하며 偉大하고 高한 事實 行爲

(二) 簡單하고 尋常한 實的 行爲로 價値 잇는 것

前者는 그 偉大盛과 高貴性으로 兒童에게 말하는 것이며, 後者는 日常生活에 頻發하는 事實 行爲를 兒童에게 말하는 것이다.

'메이데'와 '어린이날'

一記者, 『開闢』, 제69호, 1926.5

메 — 데 — 가 왓다. 萬國 勞働者의 祭日인 메 — 데가 왓다. 萬國의 勞働者는 이 祭日을 잘 紀念함으로 해서 勞働階級의 國際的 聯結感을 一層 濃厚히 하는 同時에 勞力群衆을 本位로 하는 新社會의 建設을 一層 促成케 함이 되는 것이다.

一般이 아는 바와 가티 메 — 데 — (May Day)는 英語에 五月 一日이라는 意味로서 一八九〇年 以後로는 萬國 勞働階級의 國際的 祭日 또는 勞働祭日이 된 것이다. 이 五月 一日이 勞働祭日이 된 所以는 지금으로부터 四十餘年 前에 米國 勞働者가 이날로써 八時間 勞働運動을 行한 데에 잇섯다. 卽 一八八五年 米國에 잇는 各 有力한 勞働團體는 八時間 勞働 實施의 目的을 達키 爲하야 翌 一八八六年의 五月 一日로써 全國의 勞働者가 一時에 八時間 勞働을 要求하고 萬一 拒絶될 境遇에는 同盟罷業을 斷行할 事를 決議하얏다. 그리고서 五月 一日 되는 그 날에는 全 米國의 勞働者가

"오늘부터 以後는 單 한 사람일지라도 八時間 以上은 일하지 말자. 八時間의 勞働!, 八時間의 休息!. 八時間의 敎養!"

을 떠呼하면서 一大 示威運動을 行하엿는데 그 날부터 數日이 못 되야 全 米國의 資本家는 다 — 가티 八時間制를 承認하게 되엿다. 米國 勞働者의 이와 가튼 成功은 全 歐羅巴의 勞働者를 激動식힘이 되야 一八(이상 40쪽)八九年 巴里에서 생긴 國際社會黨은 翌年으로부터 五月 一日을 期하야 萬國 勞働者의 國際的 同胞主義와 階級的 一致를 示키 爲하는 世界的 大 示威運動을 行하는 日로 定한 바 一八九〇年의 五月 一日에는 歐米 兩 大陸을 通하야 大小都市의 勞働者가 '勞働階級쑨의 國際的 祭日'을 祝賀하엿다.

일로부터 메 — 데 — 는 해를 따라 盛況을 일너 오다가 歐洲大戰이 勃發하며 世界의 勞働運動이 四分五裂 됨에 따라 一時 沈滯하더니 그後 戰爭이 終結되고 第三 國

際共産黨에 依한 勞働階級의 國際的 團結이 復活되며 메—데—도 亦是 復活하야 오늘날에 니르러 勞働者가 잇는 곳은 곳 이 祭를 執行함과 가튼 一致的 景況을 짓게 되엿다.

우리 朝鮮에서는 一九二三年부터 이날을 紀念하기 始作하야 始作하는 그 해에는 爲先 京城에 잇는 印刷職工을 爲始한 多數의 勞働者가 業을 休하고 奬忠壇公園에 會合하야, 勞働時間短縮, 賃金增上, 失業防止의 三種 決議를 行하고 示威會合을 行함과 가튼 景況을 보혓스나 그로부터의 當局의 取締는 逐年 嚴重하야 何等 積極的 示威를 行하지 못하고 京城이나 地方이 한가지로 이날을 沈痛히 지내엿슬 뿐인데 今年도 亦是 示威行列과 가튼 積極的 紀念은 하지 못하게 될 모양이다.

가튼 慘境을 當하고 잇스면서도 가튼 동무들로 더브러 이 祭日을 紀念하지 못하는 白衣 勞働者의 가슴 속에는 한 層 무서운 忿鬱과 悲哀가 잇슬 것이다. 萬國의 勞働者들아. 그대들이 힘 잇게 뜻 잇게 이날을 紀念하는 그 마당에 잇서 그대들이 聯結할 만흔 勞働者 가운데에는 全民族的으로 無産階級에 屬한 朝鮮의 大衆이 잇다는 것을 另念하라. 그래 그들은 世界의 누구보다도 가장 이날을 沈痛히 지내고 잇다는 것을 記憶하라.

(參考)지금 五月 一日로써 國際的 勞働祭를 行하야 勞働階級의 國際的 一致를 高調하지마는 勞働者(이상 41쪽)의 國際的 結合은 一八六四年 九月 二八日 倫敦에서 英, 佛, 白, 伊, 及 波蘭의 勞働代表者가 國際勞働者聯合會 (第一 인타—나소날이라 하는 것)의 設立을 決議한 그때로부터 始作한 것이니, 이제 이 聯合會의 創立總會 때 (一八六六年 九月 三日 제네바에서)에 通過, 發表된 宣言書 (막스의 손에 起草된 것)를 參考삼아 附記하면.

"생각컨대 勞働階級의 解放은 勞働階級 自身이 實行하지 아느면 안 될 것이다. 그리고 勞働階級을 解放하기 爲한 鬪爭은 勞働階級이엇던 特權이나 또는 利益을 壟斷하기 爲한 鬪爭이 아니요 同等의 權利와 義務를 賦課키 爲하야 一切의 階級을 廢止하기로 目的해서 行하는 것이다."

"生産手段 卽 生産資料의 獨占者(資本家를 意味함)에게 勞働者가 經濟的으로 依賴하고 잇다는 그것이 모든 屈從, 社會的 不平, 精神的 墮落 及 政治的 隷屬의 基礎가 되는

것이다."

"故로 勞働階級의 經濟的 解放이 究極의 大目的이오 政治運動과 가튼 것은 다못 이 大目的을 達하기 爲한 手段에 不過하는 것이다."

"이 大目的을 爲한 過去의 모든 努力이 失敗에 歸한 原因은 各國 內에 잇는 各種 勞働團體의 結合이 不充分하엿는 것과 各國 間에 잇는 勞働階級의 友愛的 聯合이 缺如하엿는 故이다."

"勞働階級의 解放은 地方的 또는 國家的의 일이 아니요 世界的의 問題이다. 卽 現代的의 社會狀態를 具備한 一切의 國과 國을 包括한 問題이다. 따라서 그 解決은 가장 進步한 여러 나라들의 實行的 及 理論的의 協力(이상 42쪽)을 기다리지 아느면 안 될 것이다."

"目下 歐洲의 各 工業國에 잇는 勞働階級의 覺醒은 새 希望을 喚起함과 同時에 過去의 過失을 反覆하지 안키 爲하야 嚴히 警戒하고 또 지금까지 連絡 못된 모든 運動을 緊密히 結合할 必要를 늣기게 한다."

"右와 가튼 理由에 依하야 이 勞働者 最初의 國際會議는 아레와 가튼 宣言을 한다.

國際勞働者聯合會 及 이 會와 뜻을 가티 하는 모든 團體와 또 個人은 眞理와 正義와 道德으로써 이를 相互間 及 人種, 宗教, 國籍의 如何를 不問하고 一切의 同胞에 대하는 行爲를 基礎를 삼을 것을 承認하며. 또 本會는 各人이 自己 及 其 義務에 忠實한 모든 사람들을 爲하야 사람으로서 또 市民으로서 權利를 要求함으로써 各人의 義務를 삼을 것을 認하나니 義務 업는 곳에 權利가 업는 것이오. 權利 업는 곳에 義務도 또 업는 것이다."(未)

'어린이날'에 하고 십흔 말

五月 一日은 國際的으로 勞動祭日이 되는 同時에 우리 朝鮮에 잇서는 다시 少年運動日 卽 '어린이날'이 되엿다. 이 '어린이날' 紀念은 亦是 一九二二年 辛酉에 端을 發하야 一九二二年 五月 一日부터는 아조 全 朝鮮的의 少年運動日로 化하고 마랏다. 그래서 그날은 京城이나 地方임을 勿論하고 數千數萬의 어린이 示威行列이 行하게 되

는 同時에(이상 43쪽)

"우리 朝鮮 五百萬의 少年少女를 在來의 倫理的 또 經濟的의 壓迫으로부터 解放하라"는 가장 새로운 叫號를 듯게 된다. 이번 五月 一日도 京城, 地方할 것 업시 少年團體 또는 少年運動을 理解하는 동무가 잇는 곳에서는 제 各各 이 '어린이날'을 紀念할 準備를 急히 하며 半島山河는 이 '메 — 데'와 '어린이날'의 紀念 氣分으로 充滿되는 感이 잇다.

이와 가티 少年運動을 紀念하는 '어린이날'에 잇서 우리가 한 마듸 말을 하고 십흔 것은

첫재, 少年團體에 關係하는 指導者나 또는 少年 自身은 一層 少年運動의 意義를 理解하고 그 意義에 準하야써 萬般을 進行하여야 할지니 萬一 그러치 못하고 이 運動이 다만 一時의 好奇心이나 遊戲感에 몰녀서 하게 된다 하면 이야말로 少年運動을 冒瀆함이 甚한 同時에 人의 子를 毒함이 클 것인즉 一般은 이에 대하야 共同으로 注念할 必要가 잇겟스며

둘재, 少年運動은 다른 運動과도 달나서 少年自身이나 또는 그 少年들을 指導하는 몃 個 有意人의 努力에 依하야써 될 것이 아니오 各 家庭이면 家庭, 社會면 社會 一般의 共同한 發意와 努力에 依하야 비로소 好果를 어들 것인 즉, 적어도 社會의 一般 福利를 念頭에 두는 사람씀이면 다 — 가티 이 運動의 進行을 注視 督勵하야 지금과 가티 이 運動을 어린 사람 그들이나 또는 몃 名의 指導者에게 맛기고 도라보지 안흠과 가튼 無關心한 態를 取치 말도록 할 것이며

셋재, 在來의 우리 父老들은 自己 밋헤서 자라나가는 어린이에게 대하야 그저 '날 달마라 날 달마라'라 하야 好意 또는 强制로써 在來의 傳統을 注入할 쑨이엿는 바 이것이 어린 사람에 대한 一大 害毒이엿는 것은 말할 것도 업는 일이오 여긔에서 또한 가지 새로 問題되는 것은 어린 사람에게 注入的 教養을 하는 것이 不可하다 하야 어린 사람을 自己 되여가는 그대로 保養해 가쟈 하는 그것이다. 勿論 어린 사람(이상 44쪽)을 自己 생긴 대로 保養해 갈 수가 잇다고만 하면 이 밧게 더 조흔 일이 업겟지만 實地의 事實을 보면 어린 사람에게 아모러한 것을 注入하지 안코 그대로 길너 간

다는 것은 結局 現 社會(乃至 現狀)의 一切를 그대로 是認하고 擁護하는 것을 가르킴이 되고 마는 것이다. 웨 그러냐 하면 우리가 現 社會에 處하야 이 現狀을 타고 잇는 것은 마치 一葉片舟가 不斷히 흘너나리는 여울물에 떠 잇슴과 가타야 그 배가 積極的으로 그물을 漕上하는 努力만 업스면. 그 배는 스사로 그 물을 따라 내려가는 모양으로 우리 사람도 이 現狀에 대하야 積極的으로 批判 反抗하는 努力이 업스면 우리는 그저 그대로 잇슬지라도 스사로 이 社會의 이 現狀에 妥協服從함이 되는 것이다. 故로 우리가 根本的으로 이 社會의 이 現狀을 完全無缺한 것으로 認한다 하면 다시 할 말이 없겠거니와 만일 조곰일지라도 이 사회 이 현상을 修正改革할 必要를 認한다 하면 우리는 到底히 우리 뒤에 거러오는 少年少女에게 대하야 無條件하고 이 社會 이 現狀을 是認하게 할 수는 업는 것이다. 그러니까 우리는 스사로 어린 사람을 自己 생긴 그대로 커가게 한다 하야 그의 思想이나 感情이나 行動에 無關心하는 態度를 取할 수 업는 것이다. 할 수 잇는 데까지는 在來의 傳統이 뿌리박기 前 그때에 一段의 努力을 하지 안흘 수 업는 것이다. 이것은 우리와 正反對의 境遇에 선 저를 支配者 側에서 이 少年들의 團束 敎練(自己便에 有利하도록)에 어대까지 留意하는 것을 보아서도 推側할 수 잇는 것인 즉 무릇 少年運動에 뜻을 머무른 사람은 다시금 이 點에 留意할 必要가 잇스리라 한다.(이상 45쪽)

兒童의 生活 心理와 童話(一)

丁洪敎, 『東亞日報』, 1926.6.18

吾人이 恒常 말하는 바와 가치 童話 그것은 兒童에게 歡喜를 엇게 되여야 합니다. 兒童이 엇던 童話를 읽는다든가 또는 그것을 들을 때에 兒童에게 興味와 歡喜를 사지 못하는 童話는 만약 그것이 우리들의 눈으로 보아서 高尙한 道德이 含有하여 잇스며 高貴한 藝術의 美가 包含되여 잇스며 智力的 優秀性이 存在하엿다 하더라도 그것은 決斷코 兒童에게 참다운 精力을 너허주지 못할 것임니다. 웨 그러냐 하면 數多의 特點이 잇다 하더라도 오즉 兒童에게 歡喜를 사지 못하는 까닭은 童話가 兒童의 心理와 生活을 把握식키지 못하는 原因이라고 하겟습니다. 그러면 엇더한 要素가 含有한 童話가 가장 兒童으로 하야금 질겁게 하며 生活心理에 適應케 하겟느냐는 것이 우리가 童話를 硏究하는 데에 가장 重大한 問題가 되겟다고 생각하겟습니다.

生活感

兒童은 年齡의 多少와 心的 發達의 階級에 엇더함을 不顧하고 各各 自己의 特有한 生活力을 가지고 잇습니다. 그리하야 自己生活을 享樂식키는 興味와 權利를 無意識中에 차지하고 잇는 것임니다. 그럼으로 童話는 그 가운데에 兒童에 對한 特有한 生活感이 豊富히 含有할사록 兒童은 童話 그것에게서 歡喜와 興味를 엇게 될 줄 암니다.

感官印象

色彩, 音響, 香味, 運動 等은 感官印象에 對하야 兒童의 欲求를 滿足식키는 것임니다. 이것은 兒童에게 뿐만 아니라 壯年에게도 또한 眞理일 것임니다. 우리들의 心神을 恍惚케 함은 오즉 色彩, 香氣, 形狀, 運動의 五官에 對한 刺戟과 印象임니다. 五官에 對한 興味는 壯年보다는 兒童이 日層 더 强함니다.(欲求의 纖細와 峻酷에 對하야는 壯

年에게 밋치지 못하지만) 壯年으로 알지도 못한 숩풀 사이에서 빨간 꼿을 차저내며 壯年은 생각지도 못한 路傍의 써러저 잇는 果實을 形成한 要素의 童話는 含有한 要素가 夥多할사록 그 童話는 兒童의 興味를 끄는 것임니다.

想像的 要素

野蠻이나 또는 未開民族 갓흔 個的 原始人 갓흔 兒童도 豊富한 想像力을 가지고 잇는 것임니다. 兒童의 想像은 年齡 多少와 心的 發達에 짜라서 二種으로 分할 수 잇스니, 一은 '現實 愛好 時期'이며 二는 '想像 馳騁 時期'임니다. 現實愛好時期의 兒童은 日常의 經驗한 事物에 通하야서의 想像을 깁버하며 想像馳騁時期의 兒童은 日常生活의 直觀을 超越하야 奇怪한 事物에 想像을 질겁게 하는 것임니다. 그럼으로 童話가 兒童의 頭腦를 眩惑 疲勞케 하지 안이할 만한 程度의 想像的 要素가 含有한 童話는 兒童에게 만흔 興味를 썰게 함니다.

(계속)

(二)

丁洪敎, 『東亞日報』, 1926.6.19

神秘的 要素

兒童은 探究性과 好奇心을 가지고 잇습니다. 그럼으로 神秘的 또는 魔術的 事物이 兒童에게 多大한 刺戟을 줍니다. 兒童의 생각에 '이상한 것은' 마음속으로 未來의 무슨 일이 發生될 터이라는 期待를 가지고 잇게 됩니다. 이것이 兒童의 興味를 끄는 第一의 原因이 될 것이며 그리하야 期待는 다시금 一種의 心的 緊張과 將來의 發生하랴고 하는 '엇던 물건'은 대체 무엇인가를 알고저 하는 欲求가 發生하게 함니다. 하고 또 이것이 兒童으로 하여금 第二의 興味를 엇게 하는 原因이 될 것이며 最後에 그 알냐고 하든 '엇던 물건'의 正體가 分明하게 나타날 째에 探究와 欲求의 滿足과 心的 緊張이 弛緩하게 됨으로 마음이 썩 愉快하게 되는 것임니다. 이것이 兒童에게서 興

味와 快感을 사는 第三의 原因이 될 것입니다. 그럼으로 神秘的 要素가 含有한 童話는 그러한 原因이 잇는 까닭에 兒童의 興味를 쓰는 것입니다.

驚異性

童話 가운데에 驚異性이 含有한 때에는 그것이 兒童에게 興味와 快味를 늦게 됨니다. 卽 이것이 그것에 對한 一 要素가 될 것입니다. 그것의 詳細함을 여러 가지로 分明히는 말하지 못하나 다만 兒童을 心的 驚異식힘으로 하야 그 童話의 興味를 쓰는 胚胎가 될 것입니다.

活動性

兒童은 活動性의 特有者임니다. 그럼으로 兒童을 집에 가두워 두는 것 가치 苦惱하는 것은 업스며 兒童들이 自己 스스로가 活動을 한다든가 싼 물건의 活動을 보는 때에는 더할 수 업시 질거워하는 것임니다. 그럼으로 童話 가운데에 活動性이 띄워 잇스며 活動性을 含有치 안은 童話에 比하야 兒童은 만은 興味와 快感을 늣기게 될 줄 암니다. 왜 그러냐 하면 그러한 活動要素가 含有한 童話는 自己生活의 活動性에 比가 되는 까닭임니다.

冒險的 要素

兒童은 마음에 滿溢하여 잇는 活動性과 探究性으로 하야 冒險性을 有한 그것이 만흔 興味와 愉快를 늣기게 함니다. 그럼으로 兒童의 冒險을 愛好하는 事實을 心理的으로 解剖하여 보면 二種의 原因이 잇습니다.

一. 冒險은 活動性과 探究性을 滿足식힘으로

二. 冒險은 成功을 豫想하며 짜라서 成功의 目擊 또는 體驗은 他人 또는 自己의 힘을 鮮明하게 意識시키는 原因임니다.

그럼으로 童話 가운데에 冒險的 要素가 豊足히 含有하게 되면 그것만치 兒童으로 하여금 그 以上 업는 興趣를 늣기게 하는 것은 업슬 줄 암니다.

滑稽的 要素

兒童은 滑稽를 愛好합니다. 그럼으로 童話는 滑稽的 笑話가 含有하여 잇슬사록 兒童은 만흔 興趣를 感하게 됩니다. 童話의 滑稽的 要素가 童話 그것에 큰 權威일 것임니다.

誇張的 要素

誇張은 또한 兒童에게 對하야 特別한 魅力을 가지고 잇슴니다. 兒童이 誇張을 얼마나 愛好함은 自己들의 듯고 본 事物을 他人에게 이야기할 때에 그 눈과 손에 따라서 實際的으로 알 수 잇슴니다. 그리하고 誇張은 誇大와 誇小의 二種으로 分할 수가 有하니 이 두 가지는 兒童의 마음을 쓰는 데에 큰 威力을 가지고 잇슴니다. 그럼으로 童話의 誇張的 要素가 含有한 童話는 兒童心性에 歡喜을 주는 重要 要件의 一이 되겟슴니다. 이와 가치 童話는 童話 그것이 兒童의 生活心理의 適應한 童話라야 그때에 비로소 兒童의 興味와 歡喜를 사며 따라서 그 童話의 價値를 發揮할 수 잇게 됨니다. 그럼으로 童話 全體가 冒險性으로만 씌왓다든지 滑稽的 要素만을 含有하엿다든지 驚異性 要素만을 包含하엿다든지 神秘的 要素 또는 各 部分的 要素만이 存在하엿스면 또한 兒童으로 하여금 感興을 엇지 못할 것임니다. 그럼으로 童話 그것이 兒童의 興味를 사며 따라서 童話 中에 希望인 그것을 發揮하랴 할 것 갓흐면 以上에 말한 바와 갓흔 各 要素가 含有한 童話라야 되겟다고 하겟슴니다.

(一九二六. 六. 八)

어린이의 동무 '안더 — 센' 선생

五十一年祭를 맛고(上)

金泰午, 『東亞日報』, 1926.8.1

오는 팔월 사일은 '덴마크'의 '안더센' 선생이 도라가신 날이외다. 우리 어린이들은 반드시 그의 사적을 한번 아라 둘 필요가 잇습니다.

세계의 어린이의 동무 안더 — 센 선생님이 세상을 써나신 지 금년이 오십일년ㅅ재 되는 해임니다. 그리고 八月 四日 이날은 어린 사람의 장래라는 것을 모르고 그를 존경할 줄 모르는 사람으로 가득히 찬 이 세상에서 가장 진실하게 가장 열렬하게 어린 사람의 세계를 고조(高調)한 안더 — 센 선생이 써난 긔념의 날임으로 온 세계 각국에서는 이 날을 해마다 해마다 성대히 긔념제를 드림니다. 그리하야 뎡말에서 영국에서 불란서에서 독일에서 이태리에서 세계에 어린 사람이 사는 모든 나라에는 이 날을 의미잇게 긔념함니다.

×

펼 대로 펴보지 못하고 자라나는 우리 배달의 어린 령들은 온 — 세상의 어린 혼들을 위하야 참으로 알어주는 그를 생각하고 추억함도 씃이 잇는 일이 될가 하야 그 선생의 뎐긔(傳記)를 이제 간단히 소개하겟습니다.

녜전부터 어린이를 위하야 동화를 쓴 이는 세계 각국에 퍽 만을 것입니다. 그러나 한업시 곱고 아름다운 동화의 쏫을 피여노아 가장 존경을 밧고 칭송드러 오기로 유명한 사람은 내가 지금 소개하는 '안더 — 센'이라는 선생임니다.

◇

그는 지금으로부터 百二十二년 전 쏫 피고 새 우는 고흔 봄날인 四월 二일에 북쪽 구라파 덴막크(丁抹)란 나라 푸렌이란 섬 가운데 잇는 오덴스란 조고만한 마을에서 낫습니다. 아버지는 구두 곳치는 사람이오 어머니는 한때는 거지까지 하든 사람이엿습니다.

×

그는 물론 학교에도 못 다니고 배곱하 우는 가난한 신세엿습니다. 그는 十八 세에 이르도록 일자무식이라는 별명짜지 드러왓습니다. 그는 하는 수 업시 거지노릇짜지 하여 온 불상한 신세엿스나 그 반면에는 독서(讀書)와 소설(小說)을 조와하는 아버지를 가젓습니다. 그리하여 아버지께서는 여러 가지 자미잇는 이야기와 「아라비안나잇트」 가튼 이야기가 쾌활한 자긔 아버지의 입으로부터 흘러나올 째에 그는 부지 중에 문학(文學)에 마음이 몹시 쓸니엿습니다.

×

그리고 아버지의 구두 곳치는 직업을 게속하고 잇스면서도 늘 — 책읽기를 게을니하지 안엇습니다. 그는 벌서 위대한 문학자 되기를 자긔 혼자 마음으로 결심은 하엿습니다. 그 후 얼마 아니되여 희곡 창작(戱曲創作)을 시작하여 점차로 시(詩)와 동화를 만히 써 세상에 남겨 새ㅅ별 가튼 눈을 반작이는 온 — 세게 소년 소녀에게 보내는 무수한 선물, 자미잇는 동화를 주엇습니다.

×

안더 — 센이 아동학에 힘쓰게 된 동긔는 그 아바지의 교훈하신 영향이라고 할 수밧게 업습니다. 이러한 교훈을 밧은 장래의 행복을 쑴꾸는 안더 — 센은 나희 겨우 十四 세 되는 해에 그의 사랑하는 아버지는 영원의 나라로 스러지고 말엇습니다. 그째에 어린 안더 — 센의 설음과 슯흠이 엇더하엿겟습닛가. 그러나 안더 — 센은 모든 일에 힘쓰면 된다는 굿세힌 의지를 품고 어머니 개가(改嫁)를 가거나 의부가 학대를 하거나 모든 것을 참고 견대여 잇던 재봉사에게 가서 재봉일도 한 일이 잇섯습니다. 장래의 시인(詩人)이 될 안더 — 센은 마츰내 그가 십팔 세 되는 해에 어머니의 허락을 어더 덴막크의 서울 고벤하 — 겐을 차저갓습니다.

(下)

金泰午, 『東亞日報』, 1926.8.4

그리하여 연극의 배우를 지망하엿스나 아모 극장에서도 채용해 주지를 아니하엿습니다. 그리는 동안에 얼마 안 가진 노비까지 모조리 업서지고 객디에서 방황하는 참으로 불상한 신세엿습니다.

×

그러나 그는 어려서부터 음성이 조왓슴으로 — 모든 모험을 무릅쓰고 자긔의 성악(聲樂)을 연주하겟다고 음악학교를 차저가서 도아주기를 청햇습니다. 그리하여 엇던 훌융한 — 음악가의 도음으로 엇던 연극장에서 노래를 해 주면서 겨우 지내고 잇섯습니다.

×

그러나 불행일넌지 다행일넌지 그의 목소리는 얼마 아니 가서 거츠러젓슴으로 그는 하는 수 업시 겨우 멧 달이 못 되여 슯흠에 압흔 가슴을 부둥켜안고 고향인 오덴스로 도라왓습니다.

고향에 도라온 안더 — 센은 참으로 빈궁한 생활을 계속하면서도 그는 열심으로 각본을 써서 열심으로 각 — 극장에 보내여 상연하기를 청햇썻습니다. 그래 그의 열심에 감동된 한 — 선배의 주선으로 그 나라의 국비 류학생이 되여 — 바다스라켈스의 라렌이란 학교에서 공부하게 되엿습니다. 그리하여 그는 공부를 다 맛친 뒤에 영국, 독일, 불란서, 이래리, 동양 한편까지 유람을 하여 그 여러 나라의 경치와 풍속을 만히 연구하엿습니다.

×

그가 유명한 이약이책 첫 권을 세상에 내여노키는 三十一 세ㅅ 적이엿습니다. 이 — 이약이책이 그의 일홈을 영원히 빗나게 한 것입니다.

그의 소설 중에 유명한 것은 「즉흥시인(卽興詩人)」, 「연명초(延命草)」, 「그림업는 화첩동」 외에 수십 편이며 동화로는 「인어(人魚)」, 「추한 가압(醜의 家鴨)」, 「설의 왕, 야원의 백조(雪의 王, 野原의 白鳥)」 가튼 것입니다.

×

그의 사상은 건전하고 종교덕 실미가 잇습니다. 안더 ― 센 작품이 모든 사람에게 찬양을 밧는 것은 그 텬진의 시찰을 재료로 하야 거즛업시 순연한 아동의 공상을 그대로 것침업시 활동해가는 것을 청신한 자연의 필치로 된 짜닭임니다. 그는 六十二 세가 되엿슬 때에 크게 성공한 몸이 되여 다시 정 만코 짜뜻한 고향에 도라오게 되엿습니다. 그때에 고향 사람들은 그의 도라옴을 밋츨 듯이 깁버 날뛰며 동화의 텬사가 온다 이약이의 아버지가 온다고 하며 그 마을은 맛치 경축일(慶祝日)과 갓치 학교에서는 공부까지 쉬이고 번화하게 장식하여 그의 오는 길에는 보기에도 조흔 쏫까지 뿌리엿습니다. 그리고 그는 온 ― 세게의 아동을 위하야 만은 로력을 하시다가 一八七五年 八月 四日에 그 나라 서울 코벤하 ― 겐에서 七十 세를 일긔로 영원히 이 세상을 떠낫습니다.

×

여러분 ― 보신 바와 갓치 이러케 훌융한 선생님의 력사를 그 전에는 잘 모르다가 알고 보니 얼마나 반갑습닛가. 그리고 우리 조선에서도 서울 싀골 할 것 업시 각 소년회에서나 어린이들은 이 날을 의미잇게 그를 추억하고 긔념하시기를 바람니다. 그리하여 미리 소개한 것임니다.

어린이와 童謠

鄭利景,[1] 『每日申報』, 1926.9.5

지난 어느 날 저녁이엿다. 하도 더워서 저녁밥을 먹은 後 散步 次로 下宿을 나섯다. 어대서인지 風琴 소리가 나며 어린이 唱歌소리가 들닌다. 바로 目白女子大學 압헤 족으마한 집 二層을 바라본 즉 문이 열엿는대 房 안에는 발근 電燈빗 밋테서 그리 크지 안은 處女가 風琴을 타고 잇고 그의 同生인 듯한 사나히 아해는 唱歌를 하며 그보다 더 적은 어린이가 '짠스'를 하고 잇슴을 보앗다. 아마 學校에서 배왓든 것을 練習하는 貌樣이다. 이것을 엽헤서 보고 듯고 잇는 그의 어머니는 얼골에 우슴을 씌고 귀여워하는 듯하엿다.

그 風琴은 무엇을 타는지 曲調가 分明치 못하고 唱歌는 다만 목소리만 놉힐 뿐 쏘한 '쌘스'야말로 房바닥이나 굿칠 것밧게 업는 것이엿다. 그러나 이 갓흔 家庭的인 것이나마 그럿케 넉々지도 못하여 보이는 이 家庭의 形便을 像想하고 그 어머니의 얼골을 볼 때에는 音樂의 어대인가 감츄어 잇는 偉大한 힘이 이 家庭을 짜쓰하게 휩싸고 잇음을 알 수 잇섯다. 나는 거기에 醉하야 길가에서 그만 우둑하니 서서 잇다.

'어린이는 天性 音樂을 즐겨 한다'는 말은 늘 듯는 말이엿지만 새삼스럽게 어린이가 音樂을 즐겨하는 줄을 쌔달엇다. 果然 興味를 가지고 잇다. 여름날 밤 家庭의 니야기도 어린이들은 그러케 父母를 즐겁게 하려는 意思도 업시 저녁밥이나 먹으면 무엇에 感動을 바덧는지 自己의 조화하는 音樂을 한다. 아모 意識도 업시 쑤다리며 노릐 부르며 춤춘다. 實로 天眞爛漫함에 父母는 自己의 子女의 音樂을 듯고는 아마도 아모리 변변치 못한 音樂일지라도 現世의 苦에서 떠나 樂園을 向하야 가는 듯한 感이 업지 안을 것이다.

---

1 원문에 '在東京 鄭利景'이라 되어 있다.

이갓치 어린이가 音樂을 즐겨 한다 하면 우리는 여기에 適當한 曲調를 주지 안어서는 안 되겟다. 그는 勿論 우리의 責任일 것이며 더구나 教育界에 잇는 이들로서는 큰 任務라고 할 수 잇겟다.

엇더한 曲調를 쥬어야 할가. 朝鮮 家庭에서 길은 어린이는 어른들과 갓치 外國 事情은 몰는다. 짜라서 外國에 對한 憧憬心이 別로 업다. 그럼으로 朝鮮的이면서도 世界的이다. 여기에 外國 曲보다 朝鮮 우리 사람의 作曲이 만이 要求될 줄 안다. 創作에 依하야 어린이는 쳐음으로 죡금도 틈임업시[2] 서로 一致되여 어린이의 藝術的 世界가 展開할 것이다. 어린이들은 어른들처럼 外國에 對한 好奇心이 업고 아조 純眞하고 朝鮮 固有이다. 只今 우리의 環境이 許諾지 안어서 이것을 往々히 無視하고 全然히 日本化 쏘는 西洋化하게 되는 傾向이 만이 잇스니 우리의 創作態度 더욱이 어린이 曲에 잇서서는 留意하여야 할 바이다. 袁[3] 勿論 朝鮮의 어린이를 爲하야 잇는 曲이 別로 업스닛가 不得已 日本 것이나 外國의 것을 取하야 不滿足하나마 朝鮮의 歌詞를 너을 수밧게 업는 줄 안다. 그러나 創作처럼 '악센트'가 一致하며 完全한 詩며 쏘한 曲과 詩가 合致될 만한 藝術品으로 完全한 것이 못될 줄 안다. 젹어도 童謠에 對하야 우리 어린이를 爲한 創作本位로 하여야 한다는 말이다.

이上과 갓치 어린이가 音樂을 조와하고 自身의 音樂인 童謠가 創作本位이여야 한다 하면 多少는 勿論하고 創作하는 이들은 더욱이 어린이 教育에 留意하는 이들은 이 事業에 投身하지 안어서는 안 되겟다. 最近에 와서 童謠熱이 놉하지고 一般이 童謠에 對하야 注意하는 것 갓틈은 미오 깃버할 現象이다.

그럿타고 創作이라 하면 어린니들이 다― 조와 하는냐 하면 그런 것은 안이고 曲이 조흐면 밥 먹을 째나 길 갈 째 언제든지 웅얼〜 입에 올니고 잇스나 曲이 변々치 안으면 아죠 싱각지도 안는다.

그러면 엇더한 曲 엇더한 創作이 必要할 것인가. 여기에는 어린이의 自由天地가 잇다. 어른이 좃타는 것이라도 어린이에게는 실은 것이 잇스며 어른이 실은 것도

2 '틀임업시'의 오식으로 보인다.
3 '袁'은 오식으로 잘못 들어간 활자로 보인다.

어린이는 조와하는 것이며 어른이 쉬워하는 것도 어린이는 어려워하는 바가 잇다. 또한 어른이 반다시 必要를 늣기고 한 作曲이라도 어린이는 그리 불으지 안는 수가 잇다. 그것이 第一 唱歌를 몰으는 어린이가 부르게 된다면 少數의 錯誤된 어린이 부름으로 말미암아 多數가 짤아가게 된다면 作曲者는 여기에 一考치 안이치 못할 것이며 어린이의 自由를 蹂躪하여서는 안 된다. 아 — 어린이의 自由 어린이의 純眞한 마음으로 나오는 自由는 곳 自然 그대로가 안인가. 그 前의 모 — 든 理論은 흣터지고 말 것이 안인가? 안이 한거름 나아가 理論과 一致될 것이 안일가. 理論 그것일 것이다. 어린이의 自由天地를 代合할 創作할 曲調, 音樂上으로 본 自然과 自由, 自由와 理論, 어린이의 自由, 後日에 다시 論할 때가 잇슬가 한다. (끗)

八月 二十七日 府下高田에서

當選童話「소금장이」는 飜譯인가

虹波, 『東亞日報』, 1926.9.23

日前일이다.

나는 讀書에 깁히 잠들어 이 宇宙에는 冊과 나 自身 以外에는 人物도 업는 듯 십헛슬 때이엿다.

누군지 房門 압 마루에 와 안지며 나에게 무어라 말하는 것 갓핫다. 나는 冊에서 視線을 고리로 돌이키엿다. 그는 十五歲 된 B라는 집안 兒孩이엿다. B는 恒常 文學이 조와요 저는 文學과 生命을 가치 할 터이야요 하며 나에게 時時로 童謠를 갓다 주고 보아 달나는 때가 만앗다. 그리하야 나는 집안 兒孩들 中에서 第一 귀여한다. 今年에 某 高普 二學年인대 才操도 相當히 잇는 兒孩이다. 나는 日常과 가치 童謠를 써 가지고 왓나 하야 "무슨 童謠를 써 가지고 왓니 어데 보자" 하며 손을 내민 즉 B는 그러치 안타는 듯이 고개를 흔들며 自味잇는 일이 生겨서 왓다 한다. 나는 무슨 自味잇는 일인가 하고 잇슬 때에

"저 — 기 「소금쟁이」라는 童謠가 잇지 안아요."

"그래."

"그것이 누가 진 것이지요."

"韓晶東이라는 사람이 써서 昨年 東亞日報社 新春文藝 懸賞募集 時에 一等으로 入選된 童謠다."

"그러치 안아요. 이것을 좀 보서요" 하며 싱글싱글 웃는다. 그리고 이어서

"普通學校 冊을 너 둔 궤짝에서 六學年 때의 夏期休學習帳에 日文으로 잇서요. 韓晶東이라는 사람은 昨年에 내엇지마는 이 冊은 再昨年 것이야요. 이것을 譯을 하야 一等을 타 먹엇지요. 별 우스운 忘알 子息.

그리고도 뻔뻔하게 제가 詩人이라고 코구녕이 詩人야 그 따위가 잇스니 되기는

무엇이 되야" 하며 無邪氣한 意味하게 입에 담지 못할 욕을 퍼붓는다. 나는 그게 무슨 소리이냐고 소리를 좀 놉혓다. B는 얼골이 빨개진다. 平常에 나에게 큰소리를 듯지 안타가 처음 들으닛가 그런 模樣이다.

나는 冊을 바다 들고 B가 말하든 童謠를 읽엇다. 그 內容은 果然 十五歲된 少年에게 욕 먹어도 應當하다고 生覺케 하엿다.

내가 最初에 韓晶東 君을 알기는 (勿論 對面은 업다) 昨年 東亞日報社 新春文藝 作品 發表 時엿다. 그때에 一等 當選된 「소금쟁이」를 읽엇다. 그리고 韓 君의 兒童心理에 對한 觀察이며 童謠(詩)의 表現 技巧에 豊富함에 나는 깃벗다. 朝鮮에도 숨은 天才가 잇고나 하고 生覺할 째에 더욱 깃벗다. 그리고 其後부터 여긔저긔 揭載되는 韓 君의 詩나 童謠의 大部分을 읽엇다. 그리고 저는 不滿을 늣기면서도 오히려 韓 君의 將來를 비는 同時에 朝鮮 詩壇이 健全하게 됨을 祝望하얏다.

그러나 이 瞬間에 와서 나는 나의 韓 君에 對한 朝鮮 詩壇에 對한 慾望과 期待는 사라저 가고 오히려 韓 君의 野卑한 行動이 말할 수 업시 미워진다. 그리고 異常하게 生覺됨은 韓 君이 良心에 每日 매 마저가며 곳 自白을 안이 하고 今日까지 엇더케 지내오나 하는 奇異한 生覺이다. 그뿐더러 韓 君이 野卑한 行動을 하게 한 것을 韓 君 自身의 罪보다도 오히려 其 當時의 選者의 責任인 줄 안다. 왜 그러냐 하면 萬一에 選者가 그것을 안 째에 韓 君에게 곳 通知를 하던지 그러치 안으면 落選을 식히든지 하얏드면 韓 君은 野卑한 行動을 아니하얏슬 것이다. 그러나 인제는 할 수 업는 일이다. 그러나 나는 나의 朝鮮詩壇을 生覺하야 韓 君의 辯明을 할야 하얏다. 그리하야 나는 辯明을 시작하야 얼맛침 進行 中에 나의 辯明하는 말에 矛盾이 生김을 알고 더 말할 수가 업섯다. 나의 辯明하는 말에 矛盾이 生겻다 함은 卽 韓 君의 行動이 矛盾이라는 말이다. 勿論 矛盾이라는 말을 可便으로 理解하기는 어렵다 하야 矛盾된 世間에서 矛盾된 일을 行햇다 하면 그는 容恕치 못할 일이다. 말하자면 엇더한 惡이 되는 場所에서 惡을 行하얏다 함은 容恕치 못할 일과 갓다 하야 할 수 업시 韓 君은 罪를 免하기가 어렵다. 아니 질 수밧게는 업다. 그리하야 나는 여긔에 日文 童謠와 韓 君의 「소금쟁이」를 적어 模倣인가 譯인가 或은 創作인가를 一般에게 判斷하야 바드랴 한다.

萬一에 創作이라 하면 吾等은 朝鮮詩壇을 爲하여 깃버하야 할 것이다.

장포밧못가운대 소금쟁이는
1 2 3 4 5 6 7 쓰며노누나
쓰기는쓰지만두 바람이불어
지워지긴하지만 소금쟁이는
실타고도안하고 뱅뱅돌면서
1 2 3 4 5 6 7 쓰며노누나

(一九二五.三)

小池の小池の　みづすまし
いろはにほへと　書いてゐる
書いても書いても　風が來て
消いても行けど　みづすまし
あきずにあきずに　お手習ひ
いろはにほへと　書いてゐる

(一九二四.七)

이러하엿다.

韓君이여. 未知友人의 韓君이여. 怒하지 말라. 아니 그대는 오히려 歡喜의 눈물을 흘닐 것이다. 그는 今日까지 苦痛 밧든 君의 良心에 검은 고름집을 이제 바늘노 破腫하엿스니.

끗흐로 君의 健强과 새로운 압길에 光明잇기를 빌며 붓을 논는다.

(一二六.九.八)

「소금쟁이」를 論함
虹波 君에게

文秉讚, 『東亞日報』 1926.10.2

나는 本來 童謠에 對하야 만히 알지는 못하나 만흔 趣味는 가지고 잇다. 그리하야 朝鮮 사람이 썻다는 童謠라면 밥도 먹을 줄 모르고 잠도 잘 줄 모르고 읽어 보앗든 것이다.

우리 朝鮮에는 童謠 作家라고는 별로 업다고 하야도 過言이 아일만치 보기가 어려운 까닭 거긔 짜러 朝鮮童謠라고는 童謠다운 童謠가 불과 멧멧에 지나지 안는다.

九月 二十三日 東亞日報 第三面을 읽을 째에 「當選 童謠 「소금쟁이」는 飜譯인가?」 하는 題目下에 三段이나 차지하야 쓴 글이 얼는 눈에 씌엿지. 그런데 韓晶東 君이 쓴 「소금쟁이」에 對하야는 나도 日常 만흔 好感을 가지고 잇서서 만히 부르기도 하엿섯다.

虹波 君은 너무도 지독히 人身攻擊쑨아니라 韓 君을 너무도 악착스럽게 모욕하려는 것이다. 여짓것 우리 社會에 童謠가 얼마나 旺盛되엿는가.

나는 韓 君의 「소금쟁이」에 對하야는 日文에 飜譯이라 할지라도 朝鮮童謠에 잇서서는 나는 名作童謠로 볼 수 잇다. 「소금쟁이」 童謠가 이 世上에 나온 지는 얼마 되지 안으나 우리 쏫가튼 少年少女들은 大端한 好感을 가지고 노래하며 춤추는 것은 事實이다. 짜러서 나도 「소금쟁이」의 童謠에 對하야는 만흔 興味를 가지고 불으기도 하엿다.

虹波 君! 나도 그대는 未知 友人이나 그대가 말한 바와 가치 "韓 君이여. 未知 友人이나 韓 君이여. 怒하지 말라. 아니 그대는 오히려 歡喜의 눈물을 흘닐 것이다." …… 中略 …… "쏫흐로 君의 健康과 새로운 압길에 光明 잇기를 빌며 붓을 논다" 이런 감사한 말을 하지 안엇는가. 사람다운 사람의 良心으로는 到底히 붓들니지 안임을 아렷든 것이다. 韓 君의 동요 「소금쟁이」 作品에 對하야 너무도 韓 君의 生命을

빼스려는 것 갓다. 이런 것은 이러케 社會의 公開가 不必要한 일이다. 公開치 안어도 넉넉히 다른 防責도 잇슬 것이다.

虹波 君아. 그대는 얼마큼 어느 때 童謠깨나 써 본 人物인지는 모르나 우리 社會에 이마큼이나 飜譯을 하는 童謠作家가 만히 잇다 할지라도 압흐로 名作의 童謠가 만히 產出할 줄 밋는다. 짜라서 創作家도 만히 產出될 줄 밋는다. 그러함에도 不拘하고 韓 君의 압길을 妨害하려는 心事는 到底히 穩當케 보지 못할 바이다.(妨害도 되지 안치만은) 虹波 君아. 發展을 위한다 할 것 갓흐면 輕率한 態度를 부리지 말고 좀 더 愼重한 態度를 取하기를 간절히 바란다. 그리고 現下 우리 社會에 童謠作家에 대한 觀察力을 養成하라.

이런 事實을 들을 것 갓흐면 아마 虹波 君은 놀라 잡바질 것이다. 前 짜리아會 尹克榮 君이 作曲하야 發行한『반달』童謠 曲譜集에 실닌 小波 方定煥 君의 作謠라는「허잽이」라는 名作童謠를 읽엇는가?

허잽이

一. 누른소에허잽이
　　우습고나야
　입은벌녀우스며
　　눈은성내고
　학생모자쓰고서
　　팔은벌니고
　장째들고섯는꼴
　　우습고나야
二. 누른논에허잽이
　　맘이조와서
　작은새가머리에
　　올나안저서

이말저말놀려도
　　모르체하고
입만벌녀웃는꼴
　　우습고나야　(끗)

이것은 小波 作謠라고 자랑하엿지만은 其實을 알고 보면 蔚山에 잇는 徐德謠이라는 어린 小年의 作品이다 開闢社 어린이部에서 發行하는 『어린이』 雜誌의 徐 君이 出品한 것을 小波 君이 막 빼아슨 것 아니 盜적질한 것이다. 一九二四年度 어린이 雜誌를 全部 들처보면 알 것이다. 이런 곳다운 어린이 作品을 빼앗는 作品 盜賊者도 잇지 아는가. 이것은 飜譯도 아니고 徐 君의 作品을 고대로 빼앗은 것이다. 참으로 불상한 小波이다.

나는 이것도 여짓것 默過하얏든 것이다.(누가 쏘 알엇는지는 모르나?) 虹波 君아. 될 수 잇는 대로는 韓 君 갓흔 事情에는 私協으로 할 것이 必要할 줄노 안다. 그리고 한 君 갓흔 사람과 손 붓잡고 나가기를 바란다.

韓 君은 나도 未知 友人이다. 한번 相逢한 적이 업는 사람이다. 먼저 한 말은 너무도 우리 社會에는 동요 作家 作曲家가 貧弱하니짜 말한 말이다. 누구를 攻擊하거나 韓 君을 稱頌한 것은 안인 것만을 알어두고 깁히 生覺하야 愼重한 態度를 取하기 간절간절이 바라며 붓을 논는다.

文秉讚

「허잽이」에 關하야(上)

方定煥, 『東亞日報』, 1926.10.5

이 사이 새로운 創作童謠가 만히 生겨 나오는 깃버할 현상 중에 남의 創作을 가저다가 自己의 것이라고 하는 이가 갓금 生기고 甚한 이는 作歌 作曲을 都트러 自己의 것이라고 하는 이까지 잇는 것을 보고 대단히 不快한 생각을 가지고 잇는 터에 나 自身이 '남의 것 더구나 어린 사람의 創作을 盜賊하엿다'는 辱을 먹게 된 것은 實로 意外의 일입니다.

×

日前(九月二日) 이 文壇是非欄에 文秉讚 氏라는 이가 「소금장이를 論함」이란 題下에 소금쟁이 이약이를 하든 끗헤 이런 말슴을 썻습니다.

"짜리아會의 尹克榮 君이 作曲하야 發行한 『반달』 曲譜集에 실린 小波 方定煥 君의 作謠라는 「허잡이」는(謠는 略) 小波 作謠라고 자랑하엿지만은 其實을 알고 보면 蔚山에 잇는 徐德謠이라는 어린 少年의 作品이다. 어린이 雜誌에 徐 君이 出品한 것을 小波 君이 막 빼아슨 것 아니 盜賊질한 것이다" 하고 "참으로 불상한 小波이다" 하는 말슴까지 썻습니다.

×

尹克榮 君의 童謠曲集 『반달』을 가즈신 이는 아실 것이어니와 그 『반달』에는 「허잽이」라는 童謠가 업습니다.

쏘 蔚山 徐德謠라고 쓴 것은 아마 徐德出이라는 出 字의 잘못인 것 갓흔데 徐德出 氏는 내가 잘 아는 '어린이 讀者'인대 그의 童謠는 보내는 대로 늘 注意해 닑고 잇스나 그이가 「허잽이」 그것을 써 보낸 일은 업섯습니다.

徐德出 氏가 그것을 닑으면 이상해 할 것입니다.

×

자세 모르고 한 말슴 갓흐나 이제 이러한 말슴이 난 때어니 나로서 변명삼아 여긔에 고백할 말슴이 잇슴니다.

재작년 가을 어린이 十月호를 編輯할 때에 童謠欄이 퍽 不振하야 단 三篇밧게 업서서 단 한 頁도 못 되는 三分之二 頁에도 차지 못하는 故로 貧弱해 보이는 것도 안되엿거니와 上段에 잘러 논 紙面에 餘白이 生겨서 休紙上으로도 보기 실케 되엿슴니다.

그래 編者의 한때 언뜻 생기는 慾心으로 아모 것으로나 餘白을 멕구려 하엿슴니다. 그러나 編輯하다가 말고 別 것을 求할 사이도 업서서 急한 대로 내 床에 잇는 雜誌帳에서 舊作 中의 一篇 「허잽이」를 내여서 압뒤 아모 생각업시 編者의 항용하는 常套로 匿名하기 위하여 徐三得이라는 假名으로 실엇든 일이 잇섯슴니다.

(下)

方定煥, 『東亞日報』, 1926.10.6

한때 밀려진 編輯을 밧부게 모라치는 때에 急한 中에 한 짓이고 編者의 匿名은 常套라고는 하나 그러나 그 後로 아니할 짓을 하엿다는 後悔가 生겨서 그 後로는 조흔 童謠가 업스면 아조 童謠欄을 빼고 만 일도 종종 잇섯고 억지로 아모 것으로나 채우려는 짓은 하지 안앗슴니다.

×

나와 자조 맛나는 동무는 그것을 처음부터 알고 잇섯든 터이라 親友의 一人 尹克榮 君도 허잽이가 나의 舊作인 것은 잘 알고 잇섯슴니다. 그러나 作曲 第一集인 『반달』에도 그것이 發表되지는 안엇슴니다. 그래서 나는 그 童謠가 나의 本名으로 發表되엿다는 것은 아즉 듯지도 못하엿고 알지도 못함니다. 萬一 잇섯다 하면 나의 지금 생각에 『반달』 外에 따리아會에서 謄寫版 印刷로 發行하야 同好者 間에 돌려진 童謠曲集 中에 잇섯는가 疑心됨니다만은 그것은 처음부터 보지 못하엿섯는 故로 지금도 얼는 차저 볼 길이 업슴니다. 萬에 一이라도 그런데에 나의 本名을 發表되엿다 하면 그것은 尹 君이 나의 作品인 것을 알고 잇는 關係로 本名으로 發表한 것일 것임니다. (자세는 몰라도)

×

一時 形便으로라도 假名을 지여 發表하엿든 일은 아니할 짓을 하엿섯다고 잘못된 일을 알고 잇슴니다. 그러고 本名으로 發表된 것이 잇서서 보시는 疑心이 生기게 된 줄을 진즉 알지 못하고 잇섯든 것은 遺憾임니다.

×

오해 밧기 쉽게 된 시초는 내게서 생긴 일이닛가 누구를 원망하거나 억울하다는 것도 아니나 남을 가르켜 盜賊이라 하거나 불상한 小波라고까지 公開해 말슴할 때에는 단 한번이라도 眞相을 알아 본 後에 하여도 늣지 안을 것이라고 생각함니다.

×

닛흐로 한 말슴 공연한 말슴 갓흐나 남의 童謠나 글을 정말로 盜賊하는 이가 단 한 사람이라도 잇지 말게 되기를 바람니다.

「소곰쟁이」에 對하여

金億, 『東亞日報』, 1926.10.8

◇지내간 番에 虹波 氏「소곰쟁이는 飜譯인가」 하는 一文을 익엇슬 때 나는 그 當時 責任을 가진 選者의 一人으로 무엇이라고 한마듸 表明하랴고 하엿스나 私事에 밥바서 하로 잇틀 밀우는 동안에 이番 또다시 「소곰쟁이를 論함」 하는 글을 읽고 나선 무엇이라고 한마듸 해야 할 것을 切實히 늣기고 이 붓을 든 것이다.

◇말할 것도 나는 韓 君에 대한 辯護를 하랴는 것이 아니고 다만 그 童詩가 韓 君 自身의 創作品이고 아닌 것에 對하야는 韓 君의 藝術的 良心에 一任할 뿐이고 다른 異義를 니르키랴고 하지 아니한다. 虹波 氏가 소곰쟁이가 飜譯임에 不拘하고 選者가 無識하야 그 童詩를 當選식혓다 하면 허물을 選者에게 돌닌데 對하야 한마듸 하랴고 한다. 엇지 생각하면 選者의 無識으로 생긴 허물일는지 몰으겟다만은 選者라고 超人的 博讀健記를 所有하지 못한 以上 엇더케 一一히 짤막하고 적은 것까지 다 알 수가 잇슬가 하는 말을 말하면 아마 責任回避라고 할지 몰으나 如何間 選者의 無識이라고 責亡할[1] 것은 아닌 줄로 안다.

◇더욱 그때에 우스운 것은 考選 發表 뒤에 發見한 것으로 「별」이란 一篇 갓튼 것을 一千號 紀念號에 當選된 것이 또 다시 當選(選外나마)된 것과 가튼 것은 選者의 不注意라는 點도 잇겟스나 選者가 가튼 選者가 아닌 以上 또는 설마 前番에 當選된 것을 또 다시 보랴 하는 생각도 업지 안코 보니 그대로 當選될 수밧게 업는 일이다. 이에 對하야 허물을 하랴거든 前番 當選된 作品을 또다시 보내서 選者를 속이지 아니하면 아니 될 應募者를 잡아서 허물하지 아니할 수가 업는 일이다. 속이랴는 이에게는 속지 아니하는 壯士가 업는 法이다.

1 '責望할'의 오식이다.

◇韓 君의 作品에 對하야 이야기하면 同 君의 童詩에는 소곰쟁이 한 篇만이 잇든 것이 아니고 「갈닙배」 以外 여러 篇이 잇섯든 것을 記憶한다. 「갈닙배」와 가튼 作品은 決코 소곰쟁이에 比하야 遜色잇는 作品이 아닐 쑨 아니라 다만 그때에 소곰쟁이의 題號를 取하야 發表하엿기 때문에 當選된 줄로 생각하는 모양이나 그 實은 그럿치 안앗다는 것을 明言한다.

그러고 그 뒤에 發表되는 韓 君의 童詩 作品을 읽으면 韓 君은 童詩의 그만큼한 作品을 創作할 만한 素質임을 짐작하기 때문에 설마 남의 作品을 自己의 創作이라고 내여 놋치는 안으리라고 밋기는 하나 임의 虹波가 原文과 對照해 노흔 것을 보면 實際 韓 君의 創作의라고 認定할 수가 업게씀 되엿스니 나로서는 韓 君을 위하여 辯護할 길이 업서진다.

◇그러나 이것을 好意로 解釋하자면 佛國 劇作家로 名聲 놉흔 '로스탕'의 엇던 劇이 米國서 米國의 無名氏의 解釋이라는 詰難을 바다 訴訟까지 하야 結局 '로스탕'이 敗訟하야 作品을 盜賊햇다는 累名을 벗지 못햇다는 것과 갓지 안이할가 한다. 그 뒤에 米國 無名氏는 傑作을 내이지 못하엿스나 '로스탕'은 如前히 偉大한 作品을 내엿스니 亦是 '로스탕'이 애매한 累名을 써다고 할 수밧게 別 道理가 업는 일이다. 이번 일도 이와 갓튼 것이 안일가 하는 것이 나의 好意의 解釋이오 그것이 創作이며 안인 것은 韓 君 自身이 알 쑨이다.

◇또 그러고 飜譯이건 創作이건 소곰쟁이라는 一篇이 어린동무에게 害를 주지 아니하고 만흔 利益을 준 以上 나타난 結果인 功利的 意識으로 보아서 그 즛을 자미업다 할지언정 韓 君을 그럿케 苛酷하게 詰責할 것은 아니고 엇던 便으로 보면 感謝할 餘地가 잇슬 것이다. 이것을 가르처 寬大한 好意라고 할는지 몰으겟스나 大體 이럿케 解釋하는 것이 조치 아니할가 하며 選者엿든 一人으로의 한마듸를 한 것쑨이다.

(一九二六. 一〇. 二)

「소곰쟁이」는 번역인가?(1)

韓晶東, 『東亞日報』, 1926.10.9

나는 「소금쟁이는 번역인가?」에 對하야 변명하랴는 것이 아니다. 소금쟁이 作者니 다만 그 作에 對한 顚末을 社會의 여러분 압헤 드리려는 것쁜이다.

나는 본래 물 만은 곳 다시 말하면 섬(島)이나 다름 업는 곳에서 자라난 사람이다. 어려서부터 소금쟁이와는 親하엿다. 그 親하게 된 理由는 이러하다. 나는 물 만은 곳에서 자라나면서도 헤염칠 줄을 몰낫다. 그래 書堂의 여러 동무들에게 여간 놀니움을 밧지 안엇다. 그런데 하로는 田◯◯이란 사람이 소금쟁이를 잡아먹으면 헤염을 잘 치게 된다고 하는 말을 들엇다. 이 말을 고지드른 나는 이로부터 남모르게 소금쟁이 잇는 곳을 차자 가서는 잡기로 애를 섯다. 얼마동안 애를 무한히 썻지만 소금쟁이는 한 마리도 잡지 못하엿다. 그러나 결국 헤염만은 치게 되엿다. 그래 田◯◯란 사람의 하던 말이며 소금쟁이는 언제던지 記憶에서 사라지지를 안엇다. 이와 갓치 생각에서 써날 줄 모르던 소금쟁이를 詩로 읇게 된 經路는 쏘한 이러하다.

내가 高等普通學校를 卒業한 後에는 生活上 關係로 故鄕을 써나게 되엿다. 그럼으로 故鄕을 늘 憧憬하게 되엿다. 더욱이 내가 詩에 趣味를 둔 後부터는 鄕土에 對한 憧憬은 日復日 더하게 되엿다. 그런데 내가 詩를 쓰기 始作한 것은 一九二二年 봄부터이다. 그 이듬해 一九二三年 첫여름 六月이다. 나는 故鄕을 차잣다. 그쌔는 바루 논에 물을 잡아 녓코 혹 갈기도 하며 移秧하는 쌔이다. 農家에서는 퍽 분주한 쌔이다. 그런데 내 故鄕에는 兄님과 아우와 親戚들이 만히 살고 잇다. 다소 분주도 하려니와 나는 어린애를 퍽 사랑하는 싸닭으로 나의 족하 그쌔 여섯 살 된 애와 네 살 된 애와 둘난 애에 셋을 다리고 들노 젓먹이러 나가든 길이엿다.

기름이나 바른 것처럼 반작반작 아름다운 新綠의 밋흐로 수문(水門)을 通하야 물이 드러오는 개굴에는 장풍(창포)의 향긔를 더욱 모내리만치 적은 바람이 부러 오는 때이다. 마츰 그 水門 턱에는 소금쟁이 네다섯 놈이 물을 거스러 올나갓다는 물에 밀리여서 내려오고 또 올나갓다 내려오군 하엿다.

(2)

韓晶東, 『東亞日報』, 1926.10.10

수태도 재미스러워서 야 殷燮아(여섯 살 된 아희) 저 소금쟁이가 무엇 하고 잇니 하고 무럿더니 그 애는 조곰도 주저치 안코 三寸 그것 소금쟁이가 글 쓰느나 하였다.

나는 생각도 못 하엿든 意外에 대답의 놀내엿슬 뿐아니라 곳 그때의 實景을 그려서 詩 한 篇을 써 보앗다. ―(그때 바람이 조곰식 불기는 하엿지만 물결이 일 만한 바람은 아니엿다. 바람이 부러서 지워지군 한다는 것은 原作을 곳칠 때에 말에 궁해서 그저 잡아 너은 것이다. 그때의 實景이 아즉도 눈에 뻔하다.)

장포밧헤
소금쟁이
글시글시
쓰며논다

글시글시
쓰지만도
물들너서
지워진다

지워저도
소금쟁이
글시글시

또써낸다

그 詩의 原作은 이러하다.

그런대 말이 넘우도 기러지지만 나는 엇진 까닭인지 四四調나 八八調를 그닥지 조와하지 안는 까닭에 이것을 自己가 조와하는 七五調로 곳첫스면 혹 엇덜가? 하고 여러 번 생각도 하엿고 또 童詩에는 쉽고도 재미로운 것이 조흐려니 하는 생각으로 '글시글시'란 것을 좀 더 재미롭게 하기 爲하야 數字 1234567을 너은 것이오 또 지워진다는 말을 형용할 수가 업서서 바람을 불어도 안을 것을 억지로 잡아너엇든 것이다. 그럼으로 나로서는 改作이 原作만 못하다고 생각한다. 그러나 이미 世上에 發表된 것이니 不滿하나마 참고 왓섯다. 그런데 이렁저렁 말이 만흔 모양이니 또 한마듸 아니할 수 업다.

나는 普通學校 學習帳에서 그런 글을 본 적도 업스려니와 내가 이 童詩를 처음 發表한 것이 一九二三年 十二月임에야 엇지 합니까.

또 그뿐 아니라 나는 詩, 童詩를 勿論하고 아직것 번역이라고는 못 해보앗다는 것을 말해 둔다.

日後에 機會가 잇스면 번역이란 것과 創作이란 것에 對하야 좀 論해 보려 하지만 詩의 번역이란 大體 될 것인지? 나는 그 말부터 의심하기를 마지안는다.

附 (그 새에 鎭南浦에는 支局의 事情으로 한 二十日 가량 東亞日報를 보지 못하여서 나의 筆이 느진 感이 업지 안치마는 굿해여 번역을 아니 쓰랴고 한 것이 너무도 日文 作과 이상하게도 갓태서 社會 여러분이 혹 誤解나 가지지 안나 하야 그 詩作의 由來를 대강 말한 所以임니다.)

끗

藝術的 良心이란 것

韓秉道, 『東亞日報』, 1926.10.23

韓晶東 君의 「소곰쟁이」에 對하야 問題가 만은 모양이다. 이에 對하야 虹波 君의 駁文은 當然한 것이다. 나는 차라리 飜譯인가? 하는 미지근한 말을 쓰니보다 剽竊이라고 하는 것이 至當할 줄로 안다. 그 內容과 思想(그것은 文學의 中心 生命)을 異國人인 晶東 君이 飜譯이라는 밋업지 안은 安全辦을 利用하야 剽竊한 것이다. 韓 君의 辯白도 잇스나 그 糢糊한 發明이 도리혀 틀니엿다.

한데 여게 關하여 文 君이 虹波 君이 너무 過하다느니 人身攻擊이니 侮辱이니 한 것은 암만 해도 모를 소리 갓다. 그리면서도 方 君의 「허잽이」가 엇잿는데 이때 寬忍한 態度를 가젓노라고 誇張한데 이르러서는 더욱 입맛이 나지 안는다. 그리고 金億 君도 虹波 君의 非를 말하엿다. 그리면 이러한 事實을 發見한 때에 엇더케 해야 올타는 말인지 알 수 업지 안은가? 選者라고 世上에 發表 된 글을 다 아는 수는 업는 것이요 또 記者라는 職業 밋헤서 選者의 任을 본 金 君인 以上 널니 보지 못하고 選拔하엿달지라도 큰 失手라고 말할 수는 업는 것이다. 한데 金 君은 「소곰쟁이」를 一等으로 選拔한 所以는 그 밧게 그보다 못지 안는 여러 篇이 잇섯기 때문이라 하엿다. 그것도 그리 틀닌 말은 아니겟다만 「소곰쟁이」가 兒童에게만은 實益을 주엇기 때문에 그대지 韓 君을 詰責할 것은 아니다 한 論法은 아모려나 首肯할 수 업다. 實益을 與하엿다는 것을 내세운 것이 功利的 見解가 안닌가? 萬一 「소곰쟁이」에서 實益을 어덧든 사람이 剽竊인 줄을 안 때에는 얼마나 憤慨하여 할가? 朝鮮의 文壇을 얼마나 疑心하며 못 밋어 할 것일가? 속임수로 주는 實益을 讚揚하거나 黙認함은 結局 讀者를 無視하는 것이요 作家의 藝術的 良心의 痲痹를 招致하는 말이라 하겟다. 萬一 藝術的 良心이 잇는 作家라면 公公然히 飜譯이라고 내세울 것이 아니냐. 그리고 金 君은 韓 君에게 그만한 創作的 素質이 잇기 때문에 詰責은 姑舍하고 感謝할 餘地

가 잇다고 말하엿스나 나는 그만한 素質이 잇슴을 認定함으로서 더욱 그 所行을 미워하지 안을 수 업다. 才質로서 사람과 제 몸을 속임이 엇지 올흔 일이랴? 가난한 者가 업기 때문에 盜賊하엿다면 그래도 容恕할 點이 업잔아 잇슬 것이다. 잇는 놈이 잇는 것을 방패로 巧妙히 남의 것을 빼앗는 例는 로스랑이 後에 名作을 만니 내엿슴으로 累名을 버섯다고 말하엿스나 어데까지던지 그것은 功利的 解釋이다. 가진 놈일수록 가지지 안은 놈을 더 만히 搾取하는 事實을 우리는 만히 보는데 金 君의 論法으로 보면 搾取者가 훌륭하다 하여야 할 것이다. 物質이란 엇던 놈의 手中에 들어가던지 亦是 그 自體의 價値를 保全할 것이지만 그 搾取하는 놈을 엇지 올타고 하겟느냐 말이다. 나의 同窓生인 어느 道參與官의 令息인지 한 者가 學生들의 時計, 外套, 洋靴를 수태 盜賊질 한 일이 잇섯다. 學生들은 꼭 그를 집혀야 할 境遇에도 설마하고 그를 疑心치 안엇다. 사람에게는 그만치 偏僻된 性質이 잇다. 그리하야 그를 더 큰 盜賊을 맨들엇다. 結局 三年만에 잡고 보니 그 녀석은 數업시 만히 盜賊하엿섯다. 家門과 金錢은 그의 罪狀을 掩蔽하는 保障이 되엿다. 學生들은 그 保障을 보고 그 놈의 行動을 疑心치 안엇다. 그러나 發見된 後에는 잇는 놈이기 때문에 더욱 미워하엿다. 나도 韓 君의 才質을 대강 짐작한다만 그러한 君으로 이러한 짓을 하엿다는 것을 發見한 以上 우리는 藝術的 良心으로 또는 人格的 見地에서 더욱 峻嚴한 態度를 取하지 안을 수업는 것이다. 우리가 情實로나 功利로 보아 엄울엄울해 버린다면 朝鮮文壇을 無視하는 것이요 또는 韓 君을 생각하는 道理도 되지 못 할 줄 안다. 적어도 文壇에서는 울면서라도 그를 鞭韃하지 안을 수 업는 것이다.

그리고 마지막 한 말 하구 십흔 것은 方 君의 辯白文이 퍽 점잔코 人格的인 것이다. 여게서도 方 君이 朝鮮 童謠界 또는 兒童敎化의 一人者인 것을 足히 엿볼 수 잇다.

「소금쟁이」는 飜譯이다

崔湖東, 『東亞日報』, 1926.10.24

지난 달 二十三日 本紙 附錄에 虹波 氏의 글이 실니자 뒤를 이어 是非가 일게 되엿스니 문제는 韓晶東 氏의 童謠 「소곰쟁이」가 創作이냐 譯이냐는 것이엿다. 내가 이 問題를 向해서 筆을 執한 目的도 勿論 「소금쟁이」가 創作인가 創作이 안인가를 말하려 함이니 「소금쟁이」 童謠가 一般 어린이에게 利益을 주엇든 안이 주엇든 間에 創作이든지 飜譯이엿슴을 判斷하야 말하여야만 할 것이니 잔소리는 집어치우자. 虹波 氏는 日文 「소금쟁이」를 普通學校 六年生 夏期休學學習帳에서 發見하엿다 하엿스니 事實 그 童謠가 夏期學習帳에 記載되엿든 것이면 普通 流行童謠라고 推測할 수 잇다.

그런데 晶東 氏의 作品과 日文 作品을 對照하면 晶東 氏의 作品은 두말할 것 업는 譯이다. 日文과 두어 句節 相違되는 點이 잇지만 그것은 우리말로 飜譯하랴면 그대로 譯할 수 업는 部分이니 그것을 理由로 하고 飜譯임을 否認하면 그 수작이야말로 東西不辨의 어린애 수작이다.

나는 斷然히 「소금장이」를 飜譯이라 하겟다. 아니 나뿐만이 아니라 誰某를 勿論하고 原文(日文)을 보고 나면 飜譯임을 判斷치 안코는 안 될 것이다. 나는 다시 붓끗을 돌리여 뒤를 이어 是非를 말하든 文秉讚, 金億 兩 氏에게 말하려 한다. 文 氏가 엇더한 理由로 韓 氏를 責한 虹波 氏에게 攻擊을 하엿는지 나는 理解할 수 업다.

文秉讚 氏와 韓晶東 氏는 親友 間인 듯하다. 文 氏가 虹波 氏에게 重言複言 말한 것은 한마듸도 헤아릴 수 업는 군소리고 全部가 韓 氏를 盲目的으로 싸고도는 意味의 말밧게는 업다.

勿論 晶東 氏가 만흔 作品으로 어린 동모에게 有益을 준 것은 나도 잘 안다. 그러나 西洋에 Dnyden[1]은 말하기를 正義는 盲目으로 어느 누구든지 分別치 안이한다고 말하엿다. 남의 作品을 窃取하야 제 것인 체하는 者에게 正義의 筆鋒을 던젓슴에 文

氏는 무엇을 不正타 하는가.

虹波 氏가 누군인지 나는 모른다. 그러나 내나 虹波 氏나 韓晶東 氏가 「소금쟁이」를 發表하야 어린동무에게 만은 利益을 준 것에 對해서는 어대까지든지 感謝하는 바다.

文秉讚, 金億, 兩 氏여 자서히 드로라. 虹波 氏와 나는 韓晶東 氏에게 말함이 오즉 한마듸뿐이니 엇지해서 譯을 創作이라 하느냐는 質問뿐이다. 나는 決코 韓 氏에게 '엇지해서 그까위 作品을 紹介하엿느냐'고 責함이 아니다.

끗흐로 附言코자 하는 것은 더구나 '번역 소곰쟁이'가 '창작 소곰쟁이'로 東亞 新年號에 入選까지 되엿다니 참으로 可笑로운 일이다. 當時 選者가 金億 氏라니 한마듸 하려 하는 것은 처음에도 말하엿거니와 夏期學習帳에 실리인 것은 全部가 流行하는 글이니 이것을 모르고 選拔한 氏는 참으로 沒常識하다 아니할 수 업다. 氏가 辯明한 말에 '속이려는 이에게는 속지 안는 壯士가 업는 法'이라고 하엿스니 이것은 알고도 속앗다는 말인가. 이러한 辯明만은 도로혀 自身의 朦昧함만 暴露식힘에 지나지 안음을 金億 氏에게 附言해 둔다.

氏는 끗흐로 말하기를 그 童謠가 創作이든 譯이든 어린 동무에게 有益을 주엇스니 어물어물해 넘기자는 意味의 말을 하엿다. 그것은 絶對로 肯定할 수 업는 것이다. 晶東 氏가 童謠作家라 하니 作家로 안저서 이까위 不正한 行動을 演出하엿슴은 어듸까지든지 懲戒치 안을 수 업다고 나는 斷言한다. 그러고도 다시 뒤를 이어 暗然한 辯明만 느러노아 끗까지 創作인 체 함에는 무엇이라 말할 餘地좃차 업다.

1 'Dryden'의 오식으로 보인다.

「소곰장이」를 論함

金元燮, 『東亞日報』, 1926.10.27

요사히 是非거리도 되지 안는 소곰쟁이로 因하야 是非가 이러나 꽤 興味를 가지게 하엿다. 그것이 創作인지 飜譯인지 또는 盜賊한 것인지 우리는 알 수 업다. 그것은 다만 作者라 하는 韓 君의 藝術的 良心에 맷길 뿐이다. 이제 그 是非가 이러나니 몃 해 前 어느 紙上인지는 記憶지 못하나 春城[1]이가 베르렌의 검검 끗업는 잠이라는 詩를 살작 盜賊헤서 내엿다가 金億 氏에게 톡톡히 猖皮를 당한 일이 생각난다. 今般 소곰쟁이에 對하야 選者이엿든 金億 氏는 그것이 飜譯이건 創作이건 소곰쟁이라는 一篇이 어린동무에게 害를 주지 아니하고 만흔 利益을 준 以上 나타난 結果인 功利的 意識으로 보아서 그 즛을 滋味업다 할지면정 韓 君을 그럿케 苛酷하게 詰責할 것은 아니고 엇던 便으로 보면 感謝할 餘地가 잇슬 것이다. 이것을 가르쳐 寬大한 好意라고 할는지 몰으겟스나 대체 이럿케 解釋하는 것이 좃치 아니할가 하며 選者엿든 一人으로 한마듸를 한다고 하엿다.

나는 金億 氏의 녀머도 지내친 好意의 解釋이란 말에 不快한 感을 늣기지 안을 수 업다. 적어도 文藝가 時代 人心에 反映을 주는 以上 소곰쟁이가 兒童에게 만흔 利益을 주엇다면 그야말로 滿腔의 謝意를 表치 안을 수 업다. 그러나 藝術的 人格과 價値를 엇지 混同할 수야 잇슬 것인가? 아모리 韓 君이 그 後에 發表한 만흔 作品이 소곰쟁이 以上의 價値가 잇다고 하드라도 그것은 別 問題가 아인가 생각한다. 보담 더 나흔 作品을 創作할 만한 素質이 잇다 하드라도 — 設令 남의 作品을 飜譯하거나 盜

1 춘성(春城)은 노자영(盧子泳)의 호다. 춘성은 당대에 표절로 악평이 나 있었다. 춘성이 발표한 「잠-」(『東亞日報』, 1923.12.24)은 김억(金億)의 번역시집 『懊惱의 舞蹈』에 수록된 베를렌(Paul Verlaine)의 「검고 끗업는 잠은」과 '쪽 가튼 시상을 쪽가튼 용어로 표현'했다고 염상섭이 「筆誅」(『廢墟以後』(1924.2)를 통해 통박한 적이 있고, 하평(河平)이 번역한 아르치바셰프(Mikhail Artsibashev)의 소설 『사닌』(1907)을 '읽어보고 출판하겠다'고 원고를 가져간 후 「병든 청춘」이란 이름으로 게재하여 자신의 이름으로 발표한 것으로도 알려져 있다.

賊질 해서 發表해도 關係치 안타는 그런 어림업는 말은 업슬 것 갓다.

이제 韓 君이 作에 對한 顚末을 發表하야 그것이 어대까지든지 飜譯이 아니요 創作이라고 言明하엿다. 그러나 그것이 우리에게 참 그럿코나 하는 마음을 갓게 못하고 오히려 乳臭를 免치 못한 어린애 수작인데야 엇지하랴? 前번 虹波 君이 日文은 昨年度 夏期學習帳에 낫든 것이요 韓 君의 그것은 今春 新年文藝號에 發表되엿스니 그것을 創作이라 밋을 수 업다고 함에 對하야 韓 君은 다시 그것을 發表한 것이 一九二三年 十二月임에야 엇지 하랴 하는 한마듸로 그것은 果然 韓 君의 것이엿고나 하고 是非는 끗을 막은 것 갓다. 그러나 이제 韓 君이 一九二三年 十二月作이라 하는 그것은 虹波 君의 昨年度 夏期講習帳에 잇든 것이라고 말한데 對한 구차한 辯明에 不過하게밧게는 아니 들닌다. 이제 日文의 原作者?인지 그야말로 오히려 韓 君의 그것을 譯한 사람인지는 모르나 日文으로 쓴 그 사람이 萬若 一九二三年 十二月 以前에 發表한 것이라면 좀 말이 길어지는 듯하나 韓 君은 무엇이라고 할 터인가.

韓 君은 그 童謠를 쓰게 된 動機를 느러노코 구태여 飜譯을 아니 쓰랴 한 것이 너무도 日文과 이상하게도 갓태서 社會 여러분께 惑 誤解나 가지지 안나 하야 由來를 대강 말한 所以임니다라고 原作이라는 것을 써 노코 크게 辯明에 힘썻다. 또 그러나 그때 바람이 조금식 불기는 하엿지만 물결이 일 만한 바람은 아니엿다. 바람이 부러 지워지군 한다는 것은 原作을 곳칠 때 말에 궁해서 그저 잡어너은 것이라고 하엿다. 말에 궁해서 집어넛다는 것이 엇저면 그러케 日文과도 똑갓흘 수가 잇슬가? 必然코 日文이 韓 君의 그것을 譯한 것이 아닐진대는 …… 어듸까지든지 君의 創作이거든 그런 朦朧한 말을 쓰지 말고 보담 더 明確히 말하라.

너무도 장황하니 이에 긋치고 끗흐로 韓 君의 말에 詩에 飜譯이란 大體 될 것인지? 나는 그 말부터 의심하기를 마지안는다라는 말에 한마듸 하고자 한다.

아! 韓 君아 이 무슨 文藝에 沒交涉한 말이냐. 그러면 詩를 譯하는 사람들은 全部 自己의 詩를 쎄르렌이나 하이네가 지은 것이라고 내여 논다는 말인가. 그 말 한마듸가 우리가 韓 君에게 企待하든 바 藝術的 素質과 人格에 얼마나 落望을 주는 말이냐. 아마도 그 말은 소곰쟁이에 對하야 韓 君이 너무도 辯明하기에 애 쓴 結果 주정

삳에 잠고대 갓흔 말을 한 것 갓다. 읏흐로 이번 소곰쟁이 싸닭에 以後는 뻔뻔하게 남의 作品을 盜賊하거나 譯한 것을 創作이라고 世上에 내여 놋는 者에게 굴고 크다란 銅針 한 대式 준 것을 깃버한다.

「「소곰장이」를 論함」을 닑고

虹波, 『東亞日報』, 1926.10.30

人生은 恒常 人生과 爭鬪에 奔走하다. 그 爭鬪에는 直接 行動도 잇고 情神上 行動도 잇다. 아니 爭鬪라는 文字를 쓰느니보다 오히려 人生의 情다운 相議요 美麗한 속살임일 것이다.

나는 月前에 韓晶東 君의 소금쟁이!에 對하야 韓 君에게 爭鬪의 態度를 取하엿섯다. 아니 情다운 相議요 美麗한 人生의 속살임을 하엿섯다.

此에 對하야 나는 十月 二日 本報에 揭載된 文秉讚 君의 소금쟁이를 論함 虹波 君에게 하는 文을 나그네 路中에서 多幸히도 某 邑內 本報 支局에서 對面하게 되엿다.

此時에 나는 歡喜의 微笑를 禁치 못하며 新聞을 買受하야 가지고 留宿所로 도라왓다. 그리고 一讀 再一讀 하는 동안에 나는 一層 더 歡喜에 싸이게 되엿다. 假面을 뒤집어 쓴 僞善者의 歡喜가 아니요 眞實한 人生의 아름다운 歡喜를 感受하엿다. 내가 眞實 人生의 한 아름다운 歡喜를 感受하엿다 함을 認識하게 될 瞬間에 나는 更一次 歡喜에 包圍됨을 覺悟 내가 如此한 歡喜에 包圍케 한 行爲者는 則 文 君이다. 그럼으로 나는 文 君에게 感謝의 謝禮를 여긔에 表한다. 그러나 나는人生이란 (惡者던 善者던) 稱號의 所有者임으로 文 君의 曲解와 矛盾된 말 數 個를 들어 人生의 爭鬪를 아니 情다운 相議요 美麗한 속살임을 하랴 한다.

文 君이여. 君의 時間이 重한 줄을 모르는 바는 안이지마는 헛된 소린 줄 알고 들어주소라.

君은 나에게 如此한 말을 하엿다.

(上略) 나는 韓 君의 소금쟁이에 對하야 日文의 譯이라 할지라도 朝鮮童謠에 잇서서는 名作 童謠라 볼 수 잇다 云云하엿다.

그 얼마나 矛盾된 文句이냐. 本文에 나타나는 代名詞를 使用한 이유로 君 單獨히

名作視 할 수 잇는지는 未知 中이나 或 名文을 譯하엿다 하면은 그 譯文인 本文과 如히 名作이라 하랴. 나는 그리기에는 躊躇함이다.

君은 又 (上略) 우리 社會에 이만콤이나 飜譯하는 童謠作家가 만히 잇다 할지라도 압흐로 名作의 童謠가 産出될 줄 밋는다 云云하엿다. 此 亦是 나의 글에 그 얼마나 曲解한 말이냐. 나는 譯者라고 名作이 업다고 肯定한 者는 아니다. 너머나 過度히 曲解를 바더서는 좀 不安하다. 그리고 나는 譯者가 그르다고 한 말도 아니다. 譯者가 譯을 하얏스면 正直하게 譯이라 發表하얏스면 問題가 不成立이겟지마는 譯者가 譯文 發表時에 가장 自己創作인 듯한 態度를 取하는 것이 너머나 可憐하야서 한 말이다. 그 譯者만 可憐하얏스면 오히려 졷켓지마는. 너머나 社會 人間을 無視하는 源由로 한 말이다. 則 譯者가 譯文 發表時에 譯이라 아니 함은 "그까진 社會 人間이 讀書部數가 멧 卷이나 되랴. 내가 讀書한 部數의 數百分之一, 或은 數千分之一에 不過할 것이다. 그러면 내가 읽은 中에 名作을 譯하야 創作이라 하기로 그까진 者들이 알까" 하는 野卑한 心理下에 譯을 譯이라 아니하고 創作이라는 까닭에 한 말이다. 君은 너머나 文에 表面만 重視하고 暗示를 돌보지 안나 하는 疑心을 나로 하여곰 갓게 한다. 내가 此言을 發하니 君은 곳 말할 것이다.

너의 月前 文에는 韓 君을 빈정댄 暗示 以外에 더 잇느냐. 그러나 君아 그 빈정댄 後面에 潛伏한 그 무엇(以上에 쓴 말이다)이 잇는 줄을 모르는가?

君은 又 나에게

(上略) "그리고 現下 우리 社會에 童謠作家에 대한 觀察力을 養成하라" 云云하얏다. 此 忠告는 感謝하고 밧겟다. 그러나 君아 君은 내가 韓 君의 소곱쟁이만 말하고 徐君의 터잽이를 아니 말하엿다고 如此한 言을 發하얏다. 君은 나에게 너머 輕率한 態度를 取하지 말나 忠告까지 하얏다. 그러나 나는 君의 輕率에 忠告를 마지안는다. 그는 허잽이에 對하야 君은 徐 君의 言을 小波 君이 빼아섯다 하엿다. 그러나 나는 絶對로 否定하고 십다. 此는 내가 小波 君의 辯明함은 아니다. 又 事實은 誤解하게도 되엿지마는 그 實은 如下하다.

君이 나에게 허잽이를 보랴거든 一九二四年度 어린이를 보라 하엿다. 事實은 나도 一九二四年 十月인가 十一月에 尹克榮 君에게 갓다가 갓치 보앗다. 그리고 小波 君의 同號에 揭載된 귀쓰람이보다 오히려 少年의 作品이 날 듯십다고까지 하엿다. 作曲하는 것까지 보고 曲譜出版할야고 五線紙에 그리는 것까지 보앗다. 그러고 짜리아會에서 갓치 부르기까지 하엿다. 則 이것이 昨年 十二月頃 일이다. 나는 十二月 中旬에 나그네길을 써낫다가 今年 三月에 와 보니 出版은 이미 되엿섯다. 나는『반달』을 어더보니 樂譜 밋헤 너흔 歌詞에 誤字가 만음을 보앗다. 그리고 甚한 데는 君이 말한 徐 君을 小波라고 作歌名까지 가라 노앗다. 나는 直接 그 理由를 尹 君에게 뭇고 십허스나 맛침 不在中임으로 갓치 잇는 K 君에게 물엇다. 하엿더니 石版印刷時에 日人이 쓴 고로 漢字는 고사하고 國文字까지 誤字가 만타 한다. 자 君아. 如此하다. 인제 알앗는가.

萬一에 君이 此를 不信用한다면은 아니 나까지도 이것이 거짓이라 하면은 勿論 小波 君이 大過失이다. (그러나 나는 君의 말을 否定한다.) 君아. 君은 小波 君은 作品 盜賊까지 하엿는대 譯을 하고 創作이라 하엿기로 무슨 罪가 잇느냐 하는 意味의 말을 하엿다. 君은 必然 或人이 强盜질을 하면 君은 절盜질을 平凡한 事業으로 알고 實行할 人物갓치 보인다.

君은 쏘 나에게

(上略) "우리 社會에는 童謠 作家가 貧弱하니까 말이다" 云云하엿다. 이 말은 則 作家가 드무니 不正한 行爲를 實行하드라도 放任하라 하는 말노 들닌다. 君아. 假令 여긔에 얼마 안 되는 人口로 成立된 國家가 잇다 하자. 君아. 그러면 그 國家 等은 殺人이나 强盜질을 하야도 人口가 弱小한 源由로 罪를 免해라 하는 말과 同一하지 안는가. 萬一에 此 境地에서도 君이 殺人者나 强盜者를 罪人이라 名稱한다면은 前番에 내 말에 그리 曲解는 아니 하엿슬 줄 밋는다.

나는 씃흐로 君에게 말하겟다. 本文은 나의 辯明이 아인 同時에 小波 君의 辯明도 아니다. 다만 君이나 나나 人生이란 名稱의 所有者임으로 爭鬪를 아니 情다운 相議요 美麗한 속삭임인 줄 알아 두라.

虹波여. 너는 只今도 辯明하는 말이 안니냐.

조곰만 더 大膽하려무나.

如何間에 君의 忠告는 感謝히 바다 두고 그 謝禮를 表하며 붓을 논는다.

「소금장이」 論戰을 보고

編輯者, 『東亞日報』, 1926.11.8

朴虹波 君의 「소금장이」는 飜譯인가라는 一篇이 文壇是非에 揭載된 것이 導火線이 되어 各 方面으로 甲論乙駁이 잇섯다.

'文壇是非'란 欄을 낸 것은 讀者의 自由討論欄을 提供키 爲한 것이니 될 수 잇스면 投書 드러 오는 것을 全部 내고 시프나 紙面이 許諾지 아니함으로 爲先 이 問題에 限하야는 그치려 생각한다. 其間 揭載된 中에 間或 例外는 잇스나 大概는 眞摯한 態度와 他人의 人格을 尊重하는 言論이 잇고 쓸데업는 人身攻擊과 빈정거리는 것이 업슨 것은 編者의 깃써하는 바이다.

그런 中에 小波 方定煥 氏에게 對하야는 無根한 일로 一時 誤解를 사게 된 것은 그 過責이 編輯者에게 업다 하더라도 事實 調査를 輕忽히 한 罪를 小波 氏에게 謝罪하는 바이며 氏를 攻擊한 安 君도 事實이 그 가치 判明된 以上 아직도 謝過의 表示가 업습을 遺憾으로 생각한다.

本論에 入하야 「소금장이」 一篇이 飜譯인가 아닌가 함에 對하야 原作(이란 것과) 比較컨대 飜譯이 아니라 할 수 업다. 原作者는 創作이라 主張하는 創作이 的確한 憑據를 提出치 못하얏다. 그것이 一九二三年 作이라고 明言하얏지마는 그때에 發表된 데가 업스니 엇지 그 眞否를 알랴. 萬若 그것이 참으로 飜譯이 아니고 創作이라 할진대 그 作者는 運命의 神의 惡戲라고 斷念할 수밧게 업고 剽竊의 名은 버슬 수 업다. 이제라도 바데든 懸賞金을 返還하고 마는 것이 作家의 良心에 조흔 일이라고 생각한다.

다음에 飜譯을 當選식혓다고 選者를 나무랜 이들이 잇섯스나 이는 過責인 줄로

생각한다. 選者는 投稿된 것이 創作이라 假定하고 當選하는 것이지 第一 作品의 眞僞까지 調査하게 된다 하면 時間과 努力이 到底히 이에 밋지 못할 것이 아닌가. 언젠가 春園이 本報 詩壇 考選을 마텃슬 때 十九歲 少年의 詩 一篇이 疑心나서 當者에게 質疑까지 하엿스나 當者가 盟誓코 自作이라 함으로 發表하엿다가 뒤에 그것이 某詩人의 作을 그대로 벽겨 보낸 것이 判明된 일도 잇다.

이번 論爭에 우리가 어든 것이 두 가지가 잇다. 하나는 剽竊이란 것이 文壇에 容納지 못할 惡德인 것을 한 번 더 徹底히 宣傳되엇고 또 하나는 남을 攻擊할 때는 그 事實의 正確 如何를 徹底히 調査할 必要가 잇다 함이다. "正確은 學者의 靈魂"이라 한 '엘리옷트'의 格言이 생각난다.

이 論爭을 쯧막으면서 投書하신 여러분께 感謝하는 同時에 아푸로 더욱 큰 問題에 對하여서도 가튼 態度로 '따뜻한 마음과 서늘한 머리로' 討論이 盛行하기를 바란다.

글 도적놈에게

牛耳洞人,[1] 『東亞日報』, 1926.10.26

現下 朝鮮에는 生活困難이 極度에 達하야 盜賊이 漸漸 느러가는 近來에 文學界에도 葛藤이 생겨서 글 도적놈이 漸漸 느러가는 모양이다. 世上에서 物品 等을 盜賊하는 것을 法律은 이것을 罪惡이라 하야 刑罰에 處하지만 나는 글 도적과 갓치 世上에서 第一 惡罪人은 업다고 生覺한다. 世人이 人肉市場의 主人을 吸血鬼라고 苦惡하게 녁이지만 글 도적놈은 人肉市場의 吸血鬼보다 더 — 至毒한 吸血鬼다. 웨 그러냐 하면 글 쓰는 사람이 小說, 戱曲, 童話, 詩, 童謠 等을 쓸 때에 全心全力으로 無名指를 끈어서 血書를 쓰는 것보다도 다 — 힘드려 쓴 作品을 紙面에 記載한 것을 作者도 안인 사람이 自己 創作品으로 自己의 일홈으로 他 紙面에 記載하는 사람이 만흐니 이런 무섭고 荒惡한 吸血鬼의 罪惡은 世上에 첫재라 하겟다. 日本人 高山樗牛의 "글은 사람이다"란 말노 보드라도 글 도적놈은 남의 피를 빠라 먹으려고 하며 남의 生命을 빼앗아 먹을녀는 大惡人이다. 이제 여긔에 나는 도적 글이 新聞雜誌에 發表된 것을 나 아는 대로만 몃 가지 적어놋켓다. 再昨年 時代日報 新年號에 懸賞文 募集을 하여서 當選된 中에 「나의 所願」[2]이란 三等에 當選된 詩가 一篇 잇섯다. 나는 이 詩를 읽고 놀내엿다. 이 詩는 朝鮮에서 民衆詩人으로 오직 한 사람이라고 할 만한 石松 氏의 所作을 엇던 사람이 글자 한 자 곳치지 안코 그대로 적어 노왓다. 石松 氏가 그것을 보왓더면 얼마나 놀내엿스랴. 그리고 再昨年 東亞日報 新年號에 一等에 當選된 童謠(나비사공) 一篇이 싼 사람의 일홈으로 싼 新聞에도 안이요 東亞日報 昨年 新年號엔가

1 원문에 '東京 牛耳洞人'이라 되어 있다. '李學仁'의 호다.

2 양약천(梁藥泉)의 「나의所願」(『時代日報』, 1925.1.1)을 가리킨다. 석송(石松)은 김형원(金炯元, 1901~?)의 호다. 1922년 「草葉集에서」(휘트맨 作, 金石松)(世界傑作名篇, 開闢二周年記念號附錄)(『開闢』 제25호, 1922.7, 19~28쪽)를 통해, 미국의 민중시인 휘트먼의 시 「先驅者여 오 先驅者여」, 「내가 農夫의 農事함을 볼 때」, 「憧憬과 沈思의 이 瞬間」, 「將次 올 詩人」, 「어떠한 娼婦에게」, 「假面」 등을 소개했다.

무슨 記念號엔가 三等으로 當選된 것을 보왓다. 또 再昨年엔가 昨年 봄엔가 筆者가 京城圖書館에서 『鐵道之友』란 鐵道 雜誌에서 저번에 世上을 떠난 故 羅稻香 氏 所作 「별을 안꺼던 우지나 말건」이란 小說을 엇던 사람이 도적해 내인 것을 본 생각이 난다. 이 밧게도 外國의 有名한 文豪의 作品을 飜譯하야 自己의 創作이라고 發表한 것은 여러번 보왓다. 無名作家가 그런 즛을 하면 모르고 그랫다고나 할 터인데 現今 朝鮮서 젠 체하고 도라가는 文士가 이런 즛을 하는 것을 여러 번 보왓다. 三年 前에 엇썬 文士 양반이 日本 『早稻田文學』이란 雜誌에서 小說을 한편 飜譯하야 創作品으로 『開闢』 雜誌에 내엿든 일이 잇섯다. 그때에 東京서 工夫하는 엇썬 친구로부터 보낸 글에 "그 作品을 世上 사람은 그 사람의 創作으로 속고 잇지만 남의 作品을 도적한 것임니다. 그런 作家는 벌서 마음부터 썩어진 作家임니다. 남의 그 作家를 大文豪라고 할지라도 나는 글 도적놈이라 할 수밧게 업습니다"란 편지를 읽은 생각이 아직도 나의 記憶에 남아 잇다. 몃칠 전에 東亞日報 文藝欄에 文秉讚 君의 評文 中에서 오늘날 朝鮮서 '어린이'들에게 만은 尊敬을 밧고 잇스며 또는 '어린이'들을 위하야 일한다고 하는 方 某가 蔚山에 사는 徐德謠라고 하는 어린 少年이 지은 「허잽이」이란 童謠를 自己의 作品으로 發表하엿다고 한다. 昨年 봄에 金億 氏가 東亞日報 學藝部 記者로 잇슬 때에 무슨 記念號에 懸賞文을 募集하야 選者의 任에 잇서는데 그때에 金億 氏가 筆者보고

"별별 더러운 놈이 만타"고 탄식하는 것을 보왓다. 이 밧게도 新聞 雜誌를 보면 참으로 별별 더러운 쏠을 만이 볼 수가 잇다. 文學의 길을 처음 밟는 이로는 模作 갓튼 것을 하면 關係치 안은 일이지만 남의 글을 도적하는 것은 希望의 압길에 不幸을 豫備하여 놋는 것이다. 文學의 길을 처음 밟는 青年이 여러 文豪의 作品을 만이 읽고 처음으로 붓을 잡게 되면 模作을 하게 되기는 쉬운 일이다. 애써서 模作을 할려고 하는 것은 나쁜 일이지만 自然이 自己도 모르게 模作하게 되는 것은 조흔 일이라고 할 수 잇다. 日本人 能島武文[3]의 말고 갓치

3 노지마 타게후미(のじま たけふみ, 1898~1978)는 일본의 연극 평론가이자 번역가로, 다이쇼 말(大正末)에 『演劇新潮』를 편집하였고, 저서로 『作劇の理論と実際』(新潮社, 1926)가 있다.

"처음에 讀書를 만이 한 結果에 先進한 사람의 影響을 밧는 것은 不得已한 일이여서 如何한 사람이던지 模倣時代라고 하는 것이 잇는 고로 無意識的 模倣은 決斷코 붓끄러워할 必要가 업다." 엇지 하엿던지 글 쓰는 사람으로는 어느 째든지 藝術的 良心을 가지고 쓰지 안으면 一生을 通하야 거짓 生活을 하게 되는 것이다. 現今에 '文壇'이라고 特別이 일홈 붓칠 것이 업는 朝鮮에서 글 쓰는 사람으로써의 取하지 안을 길을 만이 取하는 사람이 잇는 것은 朝鮮 文學界의 將來를 위하야 서든 일이라 안이할 수가 업다. 그러나 그것은 모다 한째의 잘못 생각으로 그런 것이지 결단코 마음이 고럿케 더러워서 그런 것이라고는 생각되지 안는다.

도적놈 중에 '글 도적'놈 갓치 大罪人은 업나니 以前에는 엇쩌케 잘못 생각하고 글 도적질을 하엿거니와 이제부터는 그 잘못된 마음을 바로잡고 自己의 먹은 마음과 自己의 끌는 피로 붓대를 잡기를 마즈막으로 바라는 바이다.

(當選童謠)「소금쟁이」

韓晶東,『東亞日報』, 1925.3.9

新春文藝 當選童謠 (一等) 鎭南浦

韓晶東

소금쟁이

창포밧 못가운데
소곰쟁이는
1 2 3 4 5 6 7
쓰며 노누나

쓰기는 쓰지만두
바람이불어
지워지긴하지만
소곰쟁이는

실타고도안하고
뺑々돌면서
1 2 3 4 5 6 7
쓰며노누나

(二等) 大連

石田

검은구름

수박가튼 달덩이가
하늘가에 열렷더니
黑心만은 중구름이
바람속에 싸넛는다

全知萬能 하느님이
霹靂大神 불으시어
呼令呼令하시더라

(三等) 白川

靑華塔

가마귀

어둠덥힌 저녁길우에
가마귀 싸우싸우
어대로 가나

검은몸에 흰쉮을쑤려
돗는달 촛불되는
숩으로 간다

달

鎭南浦 韓晶東

놉흔달아 저달아
기럭이도 왓는데
새가을도 왓는데
어머니는 안오니

가을밤에 귀ㅅ도리
고흔노래 불을제
기럭함께 오시마
약속하신 어머님

밝은달아 저달아
우리옴만 왜안와
압집곤네 읍하고
정성드려 뭇는다

갈닙배

鎭南浦 韓晶東

외대배기 두대배기
청갈닙배야

새밝안 아해들의
쑴을태우고

다라나라 갈닙배야
얼는가거라

아해들의 단꿈이
깨가나전에

한썻한썻다라나라
어듸까지던

꿈나라의 복판까지
얼는가거라

朝鮮少年團의 發起를 보고

參考를 爲하야

吳祥根, 『東明』 제7호, 1926.10.15

緖論

少年은 青年의 根盤이오, 青年의 社會의 中堅이라, 活力의 源泉이 되는도다. 짤하서 그 나라 그 社會의 少年의 志氣가 旺盛하면, 그 나라 그 社會의 將來 進運을 可期어니와, 萬一 此와 反하야 彼等에게 進取 氣像이 缺하고, 勇邁精神이 乏하면 非但 그 少年과 그 家庭의 不幸이 될 쑨 아니라, 쌔치어 그 나라 그 社會에 波及되는, 惡影響이 甚大함도 可히 推知할지니, 이에 少年의 指導 啓發이 社會 進運上, 甚히 緊切한 것은 깁히 깨달을지오, 決코 輕忽히 보지 못할 問題이라, 우리 一般 社會의 가장 注意할 바이며, 兼하야 人生問題로 볼지라도, 人生의 一期 卽 사람의 한平生 中의 가장 佳期이며, 遙遠한 前途事爲의 出發點이 여긔서 비롯하는지라, 압흐로 조흔 理想도 이때에 싹이 돗고, 人生은 人生답게 지낼 압헤 希望과 結果도 이때에 싹이 생기는도다.

이럼으로 이를 覺醒한 社會에서는, 少年의 訓育과 誘掖에 全力을 盡하나니, 이 訓育・誘掖 二者는 가장 重要하고, 쏘는 至極히 어려운 問題라. 저 歐米에서는 이 問題의 目的을 貫徹하기 爲하야, 오래 前부터 여러 가지 方法을 講究함이 잇스니, 例컨대 日曜學校・少年俱樂部・少年圖書舘青年會・少年部 等과 如한 者이, 總히 이 目的을 達키 爲하야 設立된 機關이라. 朝鮮서도 挽近에[1] 新現像이 닐어나, 幼年主日學校・少年部 等이 各地에 勃興하고, 蹴球 野球 等 少年運動의 聯合이 가끔 잇게 됨도 그 動機가 少年의 指導로서 비롯한 것으로 볼 수 잇도다.

그러한데 世界가 改造되며, 時代의 線을 變하려 하는 오늘에 잇서, 人類의 共存共榮을 圖함에, 將來 社會의 中軸이 될 少年에 對한, 指導 敎養을 어찌 泛忽에 付할가.

---

1 '輓近에'의 오식이다.

압 社會로 完全한 社會를 만드는 것과 社會 모든 組織을 合理이며 自然스럽게 하자면, 반듯이 天眞爛漫한 少年들에게, 가장 善良한 方法으로써, 訓化하지 안흐면 되지 안흘 것이라. 故로 少年 訓育에 對하야 決코 形式에 陷치 말지며, 恒常 趣味와 興味를 도아주어서, 良好한 習性을 作케 함으로써 指導 誘掖함이 可하도다.

이에 朝鮮 少年에게 理想的 發育을 實施하여 보려고, 少年指導의 責任을 負하고 各地에서 少年團을 組織함에 對하야, 喜悅을 못 이기어 誠을 盡하야 贊賀하는[2] 同時에, 少年團 創立에 參考를 爲하고, 且 朝鮮少年團 創立者인 馬湘圭[3] 君의 要求에 依하야, 歐米 一二國 少年團의 槪略을 玆에 紹介하노라.

少年義勇團의 本旨와 系統

【本旨】 最近 現世 各國에서, 少年의 訓練과 修養을 主眼으로 하야, 創設된 者의 名稱은 少年義勇團이라 하니, 是는 少年에게 特히 義勇을 獎勵하는 意味 下에서, 이러한 名稱이 생긴 듯하다. 그런데 이 少年義勇團이 設立된 지가 얼마 되지 안컨마는, 그 主義 宣傳이 歐米諸國 到處에 播及되어, 어느 나라 어느 地方을 勿論하고, 解團의 創設이 盛하게 됨을 보게 되고, 近者에는 少女義勇團이란 것이, 또 創設되게 되는 盛況을 엇게 되니, 이 무슨 까닭인가. 少年義勇團의 왼 世界의 喝采를 엇게 됨은 이 무슨 까닭인가?

그 主因 되는 本旨가, 義勇團은 抽象的인 綱領을 가지고 團員을 律하는 者이 아니오, 그 標榜한 바 主義는 實地에 就하야, 躬踐實行하는 點에 在하다. 簡單히 말하면 兒童 本來의 性質을 善導하야, 實踐躬行의 眞趣 發揮로써, 身體 鍛錬을 爲하고 品性 向上을 圖하는 것이로다.

【系統】 現에 各 邦國에 設立된 少年義勇團의 各其 系統은, 此에 別로이 論할 必要가 無하나, 그러나 本來 最初에 少年團이 設立된 그 系統은 知할 必要가 有하다. 그 少年

2 '攢賀하는'의 오식이다. '攢賀'는 '두 손바닥을 마주 대어 손을 가슴에 모으고, 경사스러운 일을 축하함'이라는 뜻이다.

3 마해송(馬海松, 1905~1966)의 본명이다.

團의 最初 創立되기는 英國이오, 其外 邦國은 以後에 設立된 者이며, 英國에서 된 것으로도 그 系統을 二種으로 分하여 言할지니, 一은 로버드・뽀란・빠웰 卿의 設立에 係한 者니, 이는 軍隊的 傾向을 가진 것이 特色이오. 二는 푸랜시쓰・우엔 卿의 組織에 係한 者니, 이는 平和的 敎育主義를 가진 것이 特色이라, 그런데 「우엔」 卿은 本是 빠웰 卿을 도아, 義勇團 設立에 盡瘁하든 사람으로서, 國民平和義勇團을 組織하야, 平和敎育主義 宣傳에 努力하게 된 者이라, 故로 英國의 少年義勇團은 兩 卿으로 中心을 삼아 自然 二種의 系統이 生하다.

그리 되어, 빠웰 卿이 中心이 된 義勇團은, 單히 英 帝國 內에 對한 事業에 힘을 쓰게 되어, 中央機關과 他國에 對한 此種 團體와는 全혀 交涉이 無하고, 우엔 卿이 中心된 義勇團은, 이에 反하야, 世界的 運動으로 世界 各地에 支部를 두게 되니, 一例를 擧하면, 千九百十年에 同 卿이 親히 伊太利에 赴하야, 同團의 主義를 鼓吹하야 드듸어 一支部를 設立함이 그것이라.

이 二種의 系統이 彼此 各異한 點이 有한 것 가트나, 그 眞義에 及하야는, 同一한 點에 歸着되고 少毫도 다른 것이 업다. 다만 創立 當時에 事勢의 相左로 分岐되엇스나 彼此 秋毫의 衝突도 업고 爭論도 업고, 互相提携하야 그 事業에 向進할 쑨이다.

英國少年義勇團 起原

少年義勇團은 南阿戰爭 當時, 英國 陸軍 中將 로버드・뽀란・빠웰 卿의 創設로 源이 起하다. 빠웰 卿은 千八百九十九年으로 그 翌 千九百年까지에 亘한 南阿戰爭에 際하야, '메푸킹'이라 云하는 一市街를 防禦할 새, 孤軍弱卒로 倍勇奮鬪하야, 能히 拔羣의 功을 奏함으로 英名을 天下에 揭한 사람이다.

그런데 當時 將軍 麾下의 將卒은, 겨우 千人 內外에 不過함으로, 優勢의 敵 뽀아人의 猛烈한 攻擊을 堪키 難하엿섯다. 戰鬪員은 時時刻刻으로 減하여지고, 援兵의 來到를 待하기가 자못 急하고 어려웟다. 이때에 將軍은 不得已한 計策으로, 同 市內에 잇는 一羣의 英國 少年들을 集合하야 軍隊的 訓鍊을 施하야 軍事行動에 充하엿섯다. 이 少年들은 彈雨飛飛하는 속으로 驅馳來往하며, 斥候 又는 傳令使의 責任을 擔當하엿다. 그 結果가 甚히 良好하엿다. 그 少年들이 身을 挺하야 그 使命을 盡함으로, 多大한 便益을 그 軍隊에 與하야 援軍의 來到를 待함에 益이 多하고, 援軍의 來到로 同市는 無事하엿다.

이러한 實地의 經驗을 지내본 빠웰 卿은 소년군의 유리함을 深覺確信하고, 此를 平時에 조직하야, 일반 소년에게 志氣를 鼓舞시키어, 有事時에 活用함이 필요타 하야, 소년단의 조직을 스스로 唱道하니 이것이 卽 少年義勇團의 緣起이다.

概況

千八百九十九年頃에, 南阿의 족으마한 '메푸킹' 市에서 비롯한 少年義勇團이 不過十數年에 滔滔히 天下를 風靡하야, 至今은 世界各國에 創立되지 안흔 대가 別로 업게 되고, 그 組織이 完備하야 規律이 整然함은 實로 可驚할 바이라. 이는 이 創設 運動이 時代 要求에 適切한 까닭으로, 世界에서 國旗를 날리는 三十邦國에는, 少年團 업는 대가 업고, 總 團員 數百萬에 達하는 盛況을 이루게 되엇다.

그런데 英國으로 말하면, 英吉利 國內 모든 少年義勇團의, 總裁는 英國 皇帝가 되고, 團長은 빠웰 卿이 되어, 힘써 指導하나니, 各 都市와 各 地方에 各其 機關이 잇서 秩序가 整然하며, 조직은 軍隊的으로 되어, 서로 連絡과 統一이 完全하다. 一年 一回나 二回식 大競技를 行하야, 優勝少隊에는 名譽旗의 行賞이 잇고, 時로 觀兵式을 行하나니, 倫敦 練兵場 가튼 대서 數三萬의 少年義勇團 閱兵式을 擧行할 時에는, 英皇陛下가 親臨閱兵하고, 又는 期日을 卜하야 總集合을 行하나니, 年前의 '써밍감' 市에서 擧行하는 集合에는 不, 獨, 米, 匈의 觀覽者가 多數히 參例하엿섯다. 이러한 集合이 되는 時는, 軍隊的 行動을 함으로, 軍幕의 露營, 野營의 生活을 試習한다. 英領 新西蘭, 濠洲, 加奈陀, 印度, 南阿 等에도, 少年團의 活動이 甚大하다.

이가티 少年團이 蔚興함은, 少年 自體의 覺醒으로 보기는 難하고, 將來 社會를 爲하야 各 社會 有志 先覺者의, 周圖用慮로 말미암음이라 할 수밧게 업다.

綱領

國民 一般이 標準삼으리 만한 것과, 社會 共同生活에 準則이 되리 만한 것과, 人生으로 人生다운 意志를 가진 만한 것 等으로 綱領을 定하고, 이 綱領을 依支하야 團則을 定하고, 이를 常時 遵守케 하는 것이 少年團 綱領 定하는 原則이 될 것이다. 그러나 時代와 社會 形便을 쌀하, 多少의 差異가 잇슬 것도 그러할 일이다. 그럼으로 그 綱領 條文에 對하여서는 詳記할 必要가 別로 업다. 그러나 英國 少年團은 團의 開祖인 觀이 잇고, 又는 參考에 깁흔 關係上 그 綱領을 玆에 記한다. 故로 現今에서는 不適當한 者이 만흔 것도 모르는 바이 아니나, 그 不合當한 것을 取할 것이 아니라, 但只 參考에 供할가 함이오, 그 合當한 것은 期於히 取함이 조흐리라 하노라.

一. 神及皇帝에 對하여 恒常 充實할 事

二. 他人의 危急에 際하야는, 如何한 境遇일지라도 身을 挺하야 그 急에 赴할 事

三. 常時 團則에 服膺할 事

第三項 團則은 左와 如히 分함

一. 團員의 名譽를 重히 하며, 團員은 互相 信賴할 事

二. 團員은 皇帝를 尊崇하며, 國家에 忠實할 事

三. 團員은 身分이 如何한 人에게 對하든지, 友情을 傾注할 事

四. 團員은 禮節을 尙할 事

五. 團員은 動物을 愛護할 事

六. 團員은 長上의 命令에 服從할 事

七. 團員은 如何한 境遇에든지 從容할지니, 笑顔으로써 沈着自發하야, 항상 스스로 餘裕를 存할 事

組織 及 進級

地位와 名望이 잇는 人物을 擧하야, 少年義勇團長으로 推戴하고, 그 次에 副團長을 置하야, 團長을 援助하며, 團을 監督한다. 그 下에 更히 指揮官을 置하야 團員에 訓練을 맛게 하고, 그 다음에는 少隊長과 伍長을 두어, 各各 指揮官을 도으며, 團規

에 振肅을 힘쓰게 하니, 이는 少年義勇團 幹部의 組織이요, 次에 團員의 階級으로 言하면, 團員의 年齡은 十一歲로 十八歲까지의 範圍 안에서 入團을 許하고, 階級은 三級으로 分하야, 見習生・二級生・一級生 等으로 定하고, 更히 그 上에 二等生・一等生의 別이 잇다.

그리하야 最初 入團한 者는 見習生이 되어, 上長의 指導를 반듯이 밧는다. 그런데 見習生도 相當한 資格을 要求하나니, 卽 左의 諸 要件을 體得한 者로서, 비롯오 見習生이 되어 入團을 許하고, 同時에 團의 定한 바 徽章을 授與한다.

一. 團의 規約을 了知하여야—

二. 團의 規定한 禮式을 能通하여야—

三. 國旗를 맨들 줄 알고, 國旗의 所重한 바와 旗의 뜻과 使用法을 알어야— 見習生으로서 二級生에 進級하는 것은, 左의 各項을 體得하여야 된다.

一. 적어도 一朔 以上의 實地演習을 하여야—

二. 他人을 救助 又는 繃帶의 用法을 알어야—

三. 團의 暗號를 了解하여야—

四. 一哩를 十二分間에 疾走하여야—

五. 燐寸二枝(석냥 두 개)로써 野外에 火를 放하여야—

六. 釜鼎 업시 一磅의 肉과 二個의 馬鈴薯를 能히 調理하여야—

七. 貯蓄銀行에 預金이 적어도 六七錢 以上이 잇서야—

八. 羅針盤의 主要한 地點 十六 個所를 知하여야—

右 條件에 及第한 者로서 二級生이 되고, 다시 一級生으로 通級함에는, 左記 諸件의 熟習을 要한다.

一. 五야드(다섯 마)의 游泳을 能히 하여야—

二. 貯蓄銀行의 預金이 五十錢 以上이 되어야—

三. 受信器에다가 一分間에, 十六通의 電報의 受信과 記錄을 하여야—

四. 一人 又는 數人을 「쏘드」에 태여 가지고, 七哩의 往復을 하여야—

五. 항용 食物을 調理할 줄 알어야—

六. 燒死・溺死・凍死・感電致死의 際에 應急 手當을 施할 줄 알어야—

七. 地圖를 펴노코, 羅針盤이 업시, 方向을 能히 暗射하여야—

八. 距離・量容[4]・高低 等의 判定을 能히 하여야—

九. 日用品 使用에 習熟하여야—

十. 見習生 監督을 能히 하여야—

以上의 難關을 모다 熟練함을 要하고, 다시 二等生으로 上進함에는, 左의 各項 中 적어도 三者의 合格이 잇서야 한다.

一. 戰地用 馬車에 操縱

二. 自轉車의 操縱

三. 射擊에 練達한 者

四. 水夫의 技量이 잇는 者

五. 信號의 練習이 잇는 者

六. 喇叭을 吹奏하는 者

이와 가티 次第로 上級이 됨을 쌀하, 技術이 至難케 된다. 그러나 右에 合格한 者로서, 비롯오 冠門이 有한 徽章을 授하고, 一級生의 上이 되어, 團員에게 相當한 敬重을 밧고, 다시 一等生이 됨에는, 此 以上의 科目을 定하여, 試驗을 바다서 登第한 者임을 要하다. 이 外에도 團則 中에 滋味스러운 것이 만타. 例컨대 團員은 一日의 一善을 行하라는 것과, 實踐實行을 힘쓰게 하야, 空然히 口舌로만 人道니 正義니 함은, 絶對禁物이 되는 것과, 陸海軍事에 關한 것과, 船泊・汽車・電車・郵便・電信 等 交通機關에 關한 것, 自然・人物・社會・觀察・旅行・露營・水泳・登山・應急救護・人工呼吸・傷病者扶助運搬・深呼吸・冷水摩擦 等 모든 것이 實行 條目이 되어 實社會 實生活에 合當한 者이다.

4 '容量'의 오식으로 보인다.

社會教育上으로 본 童話와 童謠

秋日의 雜記帳에서[1]

鄭利景, 『每日申報』, 1926.10.17

兒童世界는 豫想 못할 自由와 美와 純眞한 우리의 羨望하지 안이치 못할 엇던 世界를 創造하고 잇는 것이다. 이 純眞한 世界를 다시금 자라게 한다는 것은 社會敎育上 重要한 任務일 것이다. 兒童時代야말로 人間의 마음이 感情的이여서 無意識 中에서도 外界의 刺激을 取하야 自己性化 하는 傾向이 만이 잇기 때문에 그 時代의 어린이에게 純眞한 아름다운 깃븜과 希望을 表現하는 童謠 童話의 出現을 만이 보게 하여 거기에 만이 接觸하게 하도록 하는 것은 兒童의 將來를 爲하야 매우 必要한 것이다. 近來 朝鮮에도 이 方面에 留意한 이들이 心力을 다 하야 童話나 童謠의 著作을 거듭 보게 되엿슴은 만은 期待와 한가지로 敬賀하야 마지못할 일이다.

이런 이야기가 잇다. 自由를 憧憬하야 理想的 社會를 建設하여 보려고 英國의 '쀼ー리턴트'가 亞米利加 大陸에 移住한 일이 잇다.

그리한 사람들이 第一 困難을 感한 것으로 亞米利加 '인디안'의 襲擊을 밧는 일이엿다. 엇던 때에 多數한 土人의 襲擊을 밧게 되여 應戰한 바 맛참내 土人을 擊退하엿는대 이 싸홈에 한 事實이 發生하얏다. 그것은 多數한 土人이 僚友의 死屍를 남긴 채로 다 逃亡하얏는대 오직 年少한 處女가 頑强히도 最後의 한 사람이 되여서 抵抗하고 잇섯다. 그리하야 移住民은 結局 이 용감한 少女戰士를 捕虜하야 調査하여 본 즉 그는 土人이 안이라 確實한 白人의 處女이엿다. 一同 意外의 일에 놀내여 엇지하여 이러한 일이 生기엿는가를 거듭 調査하야 그 眞相을 알게 되엿다. 그는 十餘年 前 移住民의 部落이 土人의 襲擊을 밧어 不幸이 幼女가 잡피여 갓다. 그 幼女가 土人에게 養育을 밧어 가지고 土人들이 再次 襲擊하는 싸홈에 戰士로써 勇敢히 出戰하얏다.

1 '秋日의 雜記帳에서'란 제목은 이 글 앞에도 2회(1926.9.26 · 10.3)가 있으나 아동문학(동요)과 무관하여 제외하였다.

이 處女가 곳 이 幼女이엿다. 비로소 거기서 깃븜에 뛰노는 그의 母親의 품에 안기여 養育을 밧을 수 잇게 되엿스나 그러나 이 處女는 어대ᄭᅡ지든지 그를 自己의 母親으로 알지 안코 오직 自己 父母는 蔦色의 土人이라고 主張하며 그들게로 가겟다고 울며 불으지졋다. 그리하여 그 母親은 그 ᄯᅡᆯ의 可憐한 心境을 살피고 날마다 ᄯᅩ다시 셜음에 북밧치는 울음과 한숨으로 歲月을 보내게 되얏다. 그러나 이 悲劇은 오리 繼續지 안코 ᄯᅩ다시 奇蹟的으로 平和의 날이 그 母女에게 닐으게 되얏다. 엇던 날 母親은 그 ᄯᅡᆯ의 어렷슬 ᄯᅢ에 불으든 童謠를 고요히 불너보게 되얏다. 어머니의 祈禱 갓튼 참마음의 노릐는 漸次로 深境으로 들어갓다. 이ᄯᅢ에 異常하게도 이 意識을 일코 ᄯᅱ든 ᄯᅡᆯ은 녯날 한ᄯᅢ 잇섯든 날의 記憶을 일으키어 果然 그가 참 어머님임을 發見하게 되엿다.

그리하야 感動에 못 이기는 ᄯᅡᆯ은 그ᄯᅢ야 비로소 異常한 自己의 運命을 ᄉᆡᆼ각하면서 그 몸 어머니의 ᄯᅡ듯한 품에 안기웟다고 한 事實이 잇다. 이 一例를 보드라도 兒童에 對한 童謠 그것이 얼마나 有力한 것인가를 想像할 수가 잇는 것이다.

現今 文人들 中에서 새로운 ᄯᅳᆺ잇는 靑年들이 이 方面에 留意하고 잇슴은 매오 깃버할 바이다. 그러나 아직도 여기에 만이 理解를 가지々 못한 사람이 不少할 ᄲᅮᆫ 外라 發表한 作品이라 하여도 오히려 아름다온 兒童世界를 破壞할 慮가 만음은 遺感千萬으로 ᄉᆡᆼ각하는 바이다. 이 惡傾向을 주는 童謠는 兒童의 불을 것이 못되고 成年者의 專有物이며 ᄯᅡ라서 그 生命이 比較的 긴 關係로 兒童에게 밋치는 惡影響은 二次的으로 擴大하여짐이 遺憾이다. 童謠와 對峙하여 兒童에게 影響을 밋치게 하는 것은 童話다. 童話 中에는 理智的으로 ᄉᆡᆼ각하여 보면 甚히 荒唐無稽한 것도 만으나 그러나 空想을 實現化하는 힘이 强한 兒童에게 잇서서는 무엇보다 必要한 것이기 ᄯᅢ문에 永久히 其 生命을 保全할 수가 잇다. 아름다온 兒童心理로 보면 童話 中에 나타나는 勇敢한 '로 — 만틱'한 男子 갓흔 것을 ᄉᆡᆼ각할 ᄯᅢ에 그들의 마음은 現實化하야 버리고 마는 것이다. 그리하야 그들은 勇氣와 歡喜를 더 가지게 된다. 나라이 달으면 그 나라의 童謠의 風調도 달으지만 共通한 흘음이 잇슴은 어느 것이나 空想的, 理想的일 것이다. 어린이는 成年의 ᄉᆡᆼ각 못할 空想과 理想을 現實化하는 것은 以上에도

論하엿거니와 例컨대 손을 내여 밀면 달을 잡으려 하고 물을 보면 龍宮을 像想하며 션 채로 英雄도 되고 天才도 되며 詩人도 되는 것이다. 이 點으로 보면 兒童은 天才며 詩人이며 英雄이며 征服者이다. 이에 作者 自身이 이러한 兒童性을 硏究 精査하여 가기에 合當한 것을 社會에 提供한다는 것이야말로 오즉 社會 兒童에게 큰 影響을 밋치게 할 뿐만 안이라 作者 自身으로 보아도 큰 光榮일 것이다. 그럿치만 兒童이 조와 한다고 헛트로 空想과 理想만을 助長해서도 안 될 것이다. 元來 兒童은 空想을 理想化하는 天才인 까닭으로 全然이 이 方面의 助長을 沒却하여서는 안 되나 이 氣分에 Productive Power, Creative Power를 加味하엿으면 조켓다는 것이다.

(下宿집 少女의 노릐를 들을 때 — 十月 六日 —)

婦女에 必要한 童話
소년 소녀의 량식

松岳山人, 『每日申報』, 1926.12.11

부인들의 가장 큰 텬직(天職)에 하나 되는 것은 자녀교육이니 이것의 절대한 필요는 지금 다시 이약이하는 것이 어리석다할 만치 명약관화한 것입니다.

그런대 특히 가졍에셔 자녀를 교육하는 여러 부인네들에게 반드시 권하고자 하는 것은 동화(童話)를 만히 읽고 동화칙을 만히 보라고 하는 것입니다.

동화는 어린사람들의 미일 먹는 밥에 다음 가는 즁요한 정신량식(精神糧食)이니 어른들이 듯고 늣기는 바와 어린 자녀들이 듯고 늣기는 바가 젼연히 다름니다.

그뿐 아니라 어른들은 동화가 별로히 신긔치 안타고 하야도 소년소녀에게 한하야는 결코 취미나 유희에 각갑다는 것보다 절대한 필요를 가진 것임니다.

여러분 부인데들이 귀여운 자녀를 안으시고 「콩쥐팟쥐」 이약이나 「해와 달」 이약이를 들녀 줄 때 어린소년들을 글 배호는 것 이상 과자 먹는 것 이상의 질거움을 밧는 것을 보시지 안습니까? 이것이 무엇을 의미하는 것이겟습니까? 아직 세상과 교섭이 업고 인싱 사회를 모르는 소년소녀들에게는 그의 졍신과 육톄가 놀고 잇는 곳이 젼부 동화의 나라임니다.

그리하야 훌융한 동화의 셰계에셔 무셥게 정화(淨化)되고 무셥게 큰 교훈을 밧고 놀날 만한 상상력(想像力)을 길느는 것임니다.

소년 소녀에게 "잘해라 착한 사람이 되여라" 하고 수신 교훈을 하는 것보다는 착한 일을 하야 상을 밧고 조흔 일을 하야 훌융히 된 동화를 들니난 것이 얼마나 유익하고 깁버할지 알 수 업습니다.

그럼으로 자녀를 길느시는 여러분이야말로 세계의 동화집을 만히 볼 것입니다. 갓흔 니약이를 여러 번 들니는 것보다 셰계각국의 훌융한 니약이를 츄리고 츄리어 항상 어린 자녀들의 상상력과 령혼을 길너 쥬는 동화 이약이거리가 끈허지々 아니하도록 주의할 것입니다.

童謠를 奬勵하라

부모들의 주의할 일

松岳山人, 『每日申報』, 1926.12.12

조선 부인네의 가졍교육에 대한 개량할 졈을 들자면 한두 가지가 아니지만은 특히 자녀교육에 대한 주의할 졈이 만슴니다. 젼날에는 어머니 되시는 분이 특별히 동화(童話)에 대한 지식을 가질 필요가 잇다고 말한 바 잇거니와 오날은 조선 부인들의 동요(童謠)에 대한 리해가 업는 것을 말하겟슴니다.

어린이들의 말과 부르지즘은 곳 동요이요 그들의 이약이는 곳 동화임니다.

하날에 찬란한 무지개를 보고 '아 — 무지개 보아라' 하는 것이 곳 동요이요 풀각씨를 해놋코 신랑신부 노름하는 것이 곳 그들의 동화극이요 동화임니다.

그들이 곡조 안 맛고 혜(舌)가 잘 도라가지 안는 말로

'달아︿ 발근 달아'

하고 노릐 부를 때에 그들은 아모 욕심 업고 아모 싱각 업고 오즉 맑고 밝은 달을 찬미하며 질거워할 짜름임니다.

만약 이들의 질거운 노릐를 부를 때에

'듯기 실타!' 하고 큰 소리로 쑤짓는 어머니가 잇다 하면 이는 그때 그 어린 사람들에게 큰 영향을 주는 것이니 그때의 소녀의 젼젹 싱활(全的生活)을 유린(蹂躪)하는 것임니다.

어린 사람의 졍죠를 길너 쥬고 어린 사람에게 유일한 유쾌함을 쥬고 어린 사람의 무한한 쾌활함을 길느는 동요야말노 부모된 이가 가라치고 장려할 것이요 결코 막고 못하게 할 것은 안임니다.

'계집 아해가 노릭만 불너 무엇하니' 하는 것은 흔히 소녀들의 노릭 불늘 쌔 리해 업는 부모의 말이니 귀한 자녀의 깨긋한 령(靈)을 길느기 위하야 동요를 장려하기를 바람니다.

讀者 作品 總評

편즙인, 『별나라』, 1926.12

一. 作文

百四十二 편이나 들어온 作文 가온대에서 지금까지 發表한 것은 여섯밧게 아니됩니다. 처음에는 독자 여러분의 글도 잡지의 반분을 채이랴 하얏던 것이 아조 예산에 틀어저버렷습니다. 그것은 이럿케 만흔 作文 가온대에도 선뜻 發表할 만한 것이 얼마 못되는 까닭임니다. 高敞 朴炳吉 君의 「우리 時期」와 義州 張善明 君의 「洪水의 光景」 가튼 것은 適切한 니야기를 썻지만은 아직 글이 서툴너서 나종을 긔다림니다. 宋明淳 君의 「薄運」은 鄭在德 君의 「籠속의 새」와 함게 글이 익속함니다.(이상 47쪽) 大田 宋完淳 君은 開闢 停刊을 슬퍼하얏고 開城 쥬덕룡 君은 죽의신 누이동생에게 눈물 뿌리는 글을 보내셧습니다. 이분들은 將來 훌륭하실 줄 밋습니다만은 우리 잡지에는 실어드리지 안겟습니다. 아못조록 좀 더 少年的이오 光明力을 가즌 글을 원함니다.

돌아써 잇는 문뎨를 가지고 論文을 쓰는 것보담은 우리 少年들 自身에 대하야 눈에 보이고 귀에 들리는 感想을 가리움 업시 써보아야 할 것임니다. 이러한 범위 안에서 불만족하나마 오히려 金一郞 君의 小品 「반듸불가튼」 것을 자미잇게 봄니다. 徐準錫 君의 「秋夕날 밤」도 쩔은 小品文이지만은 글 끗테 "사나희 마음이 얼마나 상쾌하오!" 한마듸가 퍽 조씀니다.

義州 李徹億 君의 첫가을의 늣김은 적지 안은 글이엿습니다만은 純眞한 마음속에서 이러나는 感興이 조금도 업습니다. 開城 현동염 君은 장래가 보이는 글을 써보냇습니다. 그러나 아직 더 힘쓰서야 할 것임니다.

海州 金殷寬 君의 「첫가을」은 義州 李明植 君의 「질거운 가을」과 말도 거의 갓고 재죠도 비슷하야 지난 十一月號에 두 글을 다 發表하랴고 하다가 時期가 느저서 빼

이엇슴니다. 鄭在德 君의 「어린이와 宗敎」라는 小論文을 보내신 것이 잇는데 글 內容이 아직 발표할 만치 修練되지 못햇슴니다. 오히려 李天九 君의 「셔울과 싀골」이란 感想文이 실어드릴 만한 것이라고 생각함니다.

少年은 소년다운 생각을 가지고 소년다운 글을 지여서 소년들에게 셔로 닑혀 보자! 이것이 별나라 讀者文壇의 目的임니다. 적지 안은 글이라던지 어른의 생각가튼 글은 少年잡지 별나라에 發表하지 안켓슴니다.

여러분! 새해부터는 무엇보담도 우리 속마음에서 샘솟듯 흘너나오는 소년다운 생각(이상 48쪽)으로 글를 지여서 더욱 만히 보내 쥬십시오.

二. 동요와 동화

동요를 처음 지어 보는 분이 아모렷케나 써 보낸 것도 적지 안케 잇섯슴니다만은 잘 지은 분이 만히 게신 것을 퍽 깃버함니다. 무엇보담도 우리 소년들이 쳐음으로 글을(藝術的 作品) 지어보는데 동요가 데일 첩경으로 짓기 쉬웁고 자미잇슴니다. 작고작고 만히 지어 보내시면 조흔 것과 잘된 것을 發表하야 드리고(새해부터는) 쏙々 賞品을 보내들이겟슴니다.

동화는 거의 칠십 편이나 들어와 싸혓슴니다. 그러나 모집한 것이 후회가 나도록 조금도 마음이 내키지 안이한 니야긔들쁜임니다. 우리 文壇 엇던 어른의 말슴과 가치 '쓰면은 모다 글이냐 하면 그럿치 안슴니다.' 쟈긔 마음에 이런 니야기가 쏙 쓰고 십다고 할 만큼 그 니야기가 우리 소년에게 적당하고 훌륭한 것이라야 글의 참 생명과 갑어치가 잇는 것임니다. 쳐음부터 동화는 나희 어린 독쟈들이 혼자 생각하야서 지어오기를 바라지는 못하얏슴니다. 그러나 일본책 구통에서 말 한마듸 똑々하게 번역되지 못한 것을 써 보낼 줄은 몰낫슴니다.

이짜위 동화는 수만 편을 보내도 소용이 업슴니다. 하라버지나 할머니에게 들은 우리 조선의 녯날이야기에서 그 중 쟈긔 마음에 맛고 쟈미잇는 니야기를 골나서 재조 잇는 붓끗흐로 적어 보내서야 그것이 비로소 동화의 참 갑어치를 갓게 되는 것임니다.

죠선의 소년이 몃만 명이 넘고 별나라의 독자가 오쳔을 돌파한 이때에 소셜 한 편은커녕 동화 하나 제법 잘된 것이 업고 소품문(小品文)이라야 엡쑤게 쓴 것이 업스니 우리 독자문단은 아직도 번창할 시긔가 멀 것 갓트어 마음에 서운합니다. 미국에는(이상 49쪽) 열세 살 먹은 소년 시인도 잇고 보통학교에서 지은 동요가 어른의 날근 생각으로 지은 노래보담 더 묘하게 된 것이 수두룩하야 어른들을 놀나게 한담니다. 어린 때에 노래 하나도 잘 짓지 못하고 니야기 하나 변々히 쓰지 못하고서야 쟝래에 온 세상에 나서볼 큰 사람이 될 수 잇겟슴닛까?(이상 50쪽)

少年軍의 必要를 論함

趙喆鎬, 『現代評論』 제1권 제1호, 1927.1

緖論

時勢의 進運은 우리로 하야금 언제까리[1] 東洋 一角에서 惰眠을 貪하게 두지는 아니할 것이다. 世界의 文明은 마치 回轉作用을 하는 것 갓다. 東에서 西로 西에서 다시 東으로 進行하고 잇지 아니한가 한다.

新羅 古代에 花郞 制度가 有하얏스니 一名은 國仙 或은 風月主라 하야 곳 少年의 容儀와 德行을 닥그며 貧賤을 勿論하고 뽀아서[2] 名山大川을 巡歷하야 民情風俗과 地理植物 等 大自然을 硏究하는 同時에 才操와 道行이 가장 나은 者는 나라에서 쓰는 것이다. 然故로 國仙이라면 一般이 尊崇하며 싸라서 누구든지 그 徒衆에 들기를 願하게 되얏다. 斯多含郞 갓흔 이는 芳年 十六에 大伽倻를 討平하고 金庾信은 高句麗와 百濟를 統一한 巨人이니다 — 花郞에서 빼낸 사람들이다. 이 花郞制度와 精神上 倣似한 形式으로 編成될 靑少年의 敎養團體가 西洋에도 約 二十年 前에 英國에서 始生하얏스니 名 曰 (Boy scout) 뽀이스카우트라 한다. 大體에 잇서 前者와 同一한 것임으로 長皇하게 呶々할 必要는 업을가 한다. 그러나 花郞의 制度는 때도 오라고 漠然 粗糢하야 仔細한 것을 알기 어렵고 또한 少年의 制度가 輸入된 지 五個 星霜에 이르럿스나 모 — 든 妨害와 不自由로운 氛圍氣에 싸여서 아즉 널이 아지 못하는 故로 새삼스럽게 拙筆을 들어서 멧 마듸를 同志들이 主幹하는 現代評論의 紙面을 비러서 여러분과 갓치 硏究하랴 한다. 以下 少年軍의 起源으로부터 먼저 그 動機를 摘記하고 次에 必要論에 이르고자 한다.

---

1 '언제까지'의 오식이다.

2 '뽑아서'의 오식으로 보인다.

一. 起源으로부터

西歷 一九〇七 卽 十九年 前 일이다. 英國 陸軍 中將 '로바 — 드 빠덴파웰'이 그 甚深한 늣김에서 慨然히 組織하야 發表한 쏘이스카우트(Boyscout)가 現今 世界的 大運動이 된 少年軍 嚆矢의 名譽를 갓게 된 것이다.

빠덴파웰 將軍은 一八九九~一九〇〇年間 南阿戰爭에 嘖嘖한 驍名을 發揚한 鬼將軍이다. 마침 그 戰爭 中(이상 136쪽) 將軍은 當時 大佐로서 '마훼킹' 市街를 守備하며 매우 苦辛의 經驗을 맛보앗섯다. 同 市街에 駐屯하는 英國兵은 極히 少數얏섯다. 卒然히 '포 아'人의 包圍가 되야 兵備를 增할 道理가 업는 故로 將軍은 不得已 住在한 英國人 中에서 義勇兵을 募集하야 겨우 一千餘人의 兵員을 得하얏다. 當時 市街에 住在者는 白人 男女와 밋 兒童을 合하야 겨우 一千六百人에 不過하고 土人은 七千餘人이나 잇섯다 한다. 그리하야 此小數의 兵員을 가지고 十重 二十重이나 包圍한 敵兵을 支撑하며 援助軍의 到來를 苦待하얏다. 將軍의 苦心은 참으로 想像 以外이얏섯다. 날마다 戰死者 負傷者 病人은 增加하야 兵員은 益益減損되야 안다.[3] 戰時의 互相間 連絡을 取하는 傳令兵을 缺치 못할 要員임에 不拘하고 此에 充用할 사람이 업섯다. 將軍은 百計를 다 하야 一案을 生覺하야 在留한 英國少年들를 集合하야 傳令과 斥候의 任務를 命하얏다. 少年들이요 또한 처음의 試驗임으로 그의 成績을 매우 疑心하얏섯다. 그러나 算外에 十分 十二分의 好果를 現出하얏다. 適當한 指導가 如此히 少年으로 하야금 成人도 따라 못할 任務를 達한 일을 目擊 實驗한 將軍은 深甚한 興味를 가지고 靑少年 指導問題에 對하얏다.

南阿의 포아 土人 少年과 英國 少年과를 比較 硏究하얏다. 文明의 惠澤을 享愛한 白人少年이 놀날 만큼 纖弱無方한데 反하야 蠻野한 風習 속에 放置한 土人 少年이 剛健한 것을 發見하얏슬 때 將軍은 憤然히 文明의 餘弊를 思하고 土兵의 勇敢함이 偶然함이 아님을 깨닷는 同時에 敎育과 社會上 環境이 如何히 少年들을 — 아니 全 人類를 善化하며 또는 惡化하는지를 痛切하게 배우게 되얏다. 포아 少年들의 自然 戶外

3 '간다'의 오식으로 보인다.

生活은 實로 彼等으로 하여곰 何如如한 危險한 境遇에라도 辟易하지 아니할 만한 頑强自恃의 身體와 心意를 修得하게 하는 것이엇다. 이 自然的 敎育은 科學에 依하야 文明人에게 適用할 수 잇스면 반다시 優良한 國民을 養成할 수 잇슬 것을 確信하엿다. 이것이 쏘이스카우트 組織의 必要를 늑긴 動機의 하나이다.

英國이 十九世紀 以後 外에 領土를 만히 갓게 되고 强大한 海軍을 擴張하며 싸라서 나라가 富强하게 되매 一般 人心은 奢侈를 조와하고 物欲에 偏重하며 德性은 頹敗하고 身體는 弱하게 되엿다. 一方으로 大陸에는 列强의 虎視耽耽한 威壓을 밧고 잇섯다. 國家의 安危가 此一機에 잇스리라고 大勢를 觀破한 憂國之士는 참 念慮 아니할 수 없섯다. 이 근심을 덜고 바로잡는 데는 成人에 잇지 아니하고 반다시 少年들을 잘 敎養하야 根本的으로부터 病根을 除去히야 한다는 데서 少年軍 組織한 것이 그 必要의 둘(이상 137쪽)재라 하겟다.

二. 學校育育의[4] 缺陷으로부터 國民의 敎育과 訓練에 對한 모ー든 缺陷을 學校만에 依하야 補充하랴고 하는 것은 너무나 學校敎育을 過信하는 無謀한 일이라고 하겟다. 現下 學校敎育 制度와 方法은 冷情한 觀察眼으로 봐서 그다지 適當하다고 할 수 업스며 다만 機械的임에 不過함이 만다.

師弟의 情誼上으로의 德義도 衰하야진 것이 事實이다. 도라서면 先生의 辱說을 맘대로 하게 되얏다. 절문 少年들이 神經衰弱에 걸여서 病을 이루며 自殺하거나 敎程에는 趣味를 갓지 아니하고 다른 軟文學을 戱弄하야 成績이 不良한 者가 차차 만이 난다. 그리고 갈사록 兒童들은 劣等의 體力과 懶弱한 性質에 싸라 奢侈 文弱에 흐르게 된다. 뜻잇는 者로 누가 等閑視하랴. 大抵 學校가 兒童을 監督 指導하는 時間은 一週에 겨우 三十 時間 內外에 不過한다. 其餘 百三十八 時間은 學校 勢力이 不及하는 時間이라는 것보담 차라리 이것을 破壞하는 時間이라 하겟다. 兒童들은 大概 有害한 他 勢力 아래에 잇서 물들기 쉬운 品性을 惡 傾向에 引導하는 것이라. 그리면 五分四에 當하는 惡 勢力에 對하야 겨우 五分一에 當하는 興味 적은(兒童 自體로 봐서) 學

4 '學校敎育의'의 오식이다.

校教育의 無力한 것도 當然히 그러할 것이다. 또 學校敎育 內容에 들어가 잠간 考慮하야 보면 其 無力한 것을 發見하기 容易하다. 學校에서 兒童을 普通으로 六七十 名을 한 學級으로 編成하야가지고 한 先生이 擔任하니 兒童의 固有한 特性과 長短 等을 級師가 能히 認識하야 한 사람 사람의 個性을 適當하게 啓發식히기는 不可能한 일이다. 따라서 兒童의 其 個性을 充分히 活動시키기 極難하고 極端으로는 反히 個性을 沒却식히는 일이 不少하다고 보겟다.

그러면 學校 以外에 그 무엇으로던지 이것을 補充하야 健實한 第二世 國民을 敎養할 團體의 組織이 업서서는 안이 되겟다. 이 點이 學校敎育의 缺陷으로 보아서 少年軍의 組織이 必要하다는 것이다. 少年軍이 組織된 以後 間或 이러한 말을 듯는다. 時間과 여러 가지 關係로 學校 工夫에 妨害가 되지 안느냐고. 그런 것이 아니다. 時間은 잘 利用하는 데 잇는 것이오 만타고 工夫를 잘하며 적다고 工夫를 잘못하는 것이 아니라 만흐면 도리혀 等閑心이 생겨서 그 時間에 조치 못한 言行에 젓기 쉬운 것이다. 例를 들건대 活動寫眞館에나 出入하며 저이끼리 모혀서 쓸데업는 雜談이나 하며 吸煙이나 하야 衛生上 큰 害를 어드며 日用 돈이라도 空然히 浪費하게 되는 것이 아닌가. 또는 惰怠한 피가 흐르는 그들로 하야 낫잠이나 자게 하는 데(이상 138쪽) 지나지 못할 것이다. 아니다. 事實 그러하다. 이러한 弊害를 바로잡자는 것이 少年軍의 目的이며 精神이다. 또 學校 課程을 補充하야 趣味를 주며 體驗시키자는 것이다. 普通學校나 中學校에서 敎習하는 學科에 對하야 生徒가 興味를 갓지 못한다는 것은 識者가 누구나 다 認識하며 憂慮하는 바가 아닌가. 其 學校知識에 依하야 如何한 事業을 行할는지 또는 이 知識이 그 事業을 成就하는 데 얼마씀 必要한지를 알이는 데 따라서 容易하게 生徒에게 興味를 復活시킨다면 少年軍에 行하는 方法을 取해야 하겟다는 것이다. 例를 들어보면 算術은 어느 學校에서든지 生徒가 즐겨하지 아니하는 學科이다. 그러나 그들을 郊外에 다리고 가서 敎練하면서 “저 河幅은 簡單한 單比例로 알 수가 잇다” 하고 告하면 生徒는 其 利用法을 알고 곳 學校 科目에 興味를 갓게 되야 比例를 배우고자 할 것이다. 敎師 監督 下에서 마지못하야 하거나 또는 하지 안으면 罰를 行한다는 威嚇 下에 배운다는 것은 決코 그 預想의 結果를 엇지 못할 것이다. 또 우리 人生의 興味를 주며 不可解할 저 蒼空에 반작이는 星學을 알이기 爲하야 夜間에 青少年을 生踈한 地方에 引導하야 "北極星의 所在나 '오리오' 星座만이라도 記憶하야 두면 夜間에 進路를 誤失할 念慮가 업다" 하고 가리치면 그들은 깃버서 天空의 各 星座를 硏究하랴고 힘쓸 것이다. 地理學도 亦是 여러 學生이 比較的 興味를 가지고 배우는 科目이지만 同科 教授들이 必要업는 數百의 都市 河川의 名稱, 面積, 人口, 等의 單調 無味한 것만을 暗記시키는 故로 조흔 成績을 엇지 못하게 되는 것이다. 萬若 學生을 郊外에 引率하고 가티 土地를 觀察시키며 이 地上에는 무슨 植物을 生하며 또 무슨 野獸類는 무슨 植物을 飼料로 하야 生活한다는 것을 教授하면 그들은 連하야 他郡 他道와 乃至 外國 某 地方이 如何한 土壤을 有하며 如何한 植物을 有한지를 알고자 할 것이다. 짜라서 이 精神이 像想도 못하든 地方의 開拓을 하랴 할 것이다. 다시 彼等 少年들을 近處의 異見珍聞매[5] 接케 하면 반다시 遠地方의 旅行視察을 生覺하게 되며 그의 希望은 반다시 外邦의 地理를 硏究하랴 하는 好奇心을 起케 하는 것이 定한 理致이다. 如此히 局部의 地圖를 抽寫하면 그보다 더 크고 廣大한 地形을 抽寫하야 보랴고 할 것이요 또 教授 밧을 時에도 容易하게 理解할 것이다. 이러한 몃 가지 例에 지나지 안이하지만 이것으로 學校教育의 缺陷을 補充하야 將來社會의 一員이 되는데 完全한 人格者의 土臺를 닥자 하는 点에서 少年軍의 組織이 必要하다는 것이다.

三. 市街 生活의 害로부터 大凡 社會가 文明할사록 都會가 發達하며 都會가 發達할사록 人煙이 調密하며 一般(이상 139쪽) 施設이 複雜하야지는 것이다. 同時에 우리 사람의 生活上 가장 重要한 空氣는 不潔하야저서 사람의 血液을 混濁하게 한다. 市民의 不健全 不攝生을 이루게 되는 것이 아니냐. 이로 말미야마 사람의 心性에까지 惡影響을 주는 것이다. 天眞하고 純白한 年少 子女들은 不知不識間에 조치 못한 것을 만히 보며 짜라서 조치 못한 行動을 例事로 하게 된다. 나는 우리 社會의 모—든 무엇보다 더 근心되고 걱정되는 것은 우리 青少年들의 無氣力하고 虛弱한 것이다.

---

5 '異見珍聞에'의 오식으로 보인다.

말하자면 그들을 肺病쟁이나 阿片쟁의쎄와 恰似하다고 酷言하고 십다. 社會는 한 有機體로 볼 수가 잇다. 이 團體가 强하고 잘 發達하랴면 그의 細胞體가 힘잇고 生氣 잇는 것이라야 될 것이 안닌가. 朝鮮 全體의 弱하고 自由업는 것을 歙어하는 者여! 먼저 各自를 도라보아서 튼튼히 하는 同時에 貴한 子女들를 반다시 튼튼하게 하는 것이 急先務라고 알아야 된다. 先哲의 말과 갓치 튼튼한 身體에 튼튼한 精神이 자는 것이다. 나는 쏘한 悲觀하기를 시려 하는 한 사람이다만 이러한 虛弱 無氣力의 主人公들이 웃지 이 波瀾이 甚하고 曲折이 만흔 우리 社會의 重任을 勘當할가 하는 쌔에는 悲觀치 안을 수 업다. 善美華麗한 都市生活이 이갓치 德性이 頹敗하고 文明病의 虛弱한 靑少年을 輩出케 하는 原因은 만흔 餘裕의 時間을 가지는데 쌀아서 惡戲, 活動, 寫眞, 劇場, 座談, 間食, 飮酒, 吸煙 等等 其他 만흔 不美한 行實를 能事로 알게 되는 데 잇다. 그럼으로 이 惡現狀으로붓터 이 불상한 現代 靑少年들을 救濟하려고 少年軍을 組織하야 天空이 紺碧하고 晴朗하고 종잘새 놉히 空中에 우는 봄이나 金風이 蕭瑟하고 爽快한 가을날에 산이나 덜이나 개울가로 靑少年들을 다리고 갈 쌔에 일즉이 애러케 크고 널고 아리싸운 自然에 接할 機會가 업든 그들은 野外 趣味를 憧憬하야 날이 가는 줄 모르게 하로를 자미잇게 놀게 된다. 或은 풀을 싸며 쏫을 썩그며 石을 投하며 흙을 파며 새를 쏘치며 나비를 잡으며 고기를 낙그며 배를 저며 自轉車를 타며 競走를 하며 씨름하면서 하로를 맛친 靑少年들은 온갓 惡醜를 다 — 감춘 陰鬱한 都市으로 들어가기를 시려하게 된다. 그리하야 그 마음 集合을 焦待한다. 이 点으로 보아서 少年軍의 組織이 가장 必要하다는 것이다.

쏘 家庭敎育으로 봐서 取할 点이 잇느냐 하면 舊式에 억매인 拘束的 敎育이나 그러치 아니하면 放任主義에 지나지 못한다. 쏘 社會 方面으로 보자. 우리 現 社會는 아무리 過渡期에 免치 못할 事實이라고 하지만 너무나 複雜하고 渾沌하고 無秩序하야 그다지 靑少年의 배우고 본바들 만한 点을 찻기가 極히 어렵지 아니한가. 이와 갓치 學校로(이상 140쪽)나 家庭으로나 社會로나 쏘는 都市制度로나 우리 靑少年의 修養하며 배우기 不適當하고 不足한 것을 곳치고 補充하야 少年時代로부터서 完全한 敎養으로 知識의 土臺를 닥게 하며 規律 잇는 訓練으로 身體의 健全을 保케 하야 複

雜하고 어려운 일을 잘 料理할 일군을 만들자면 綿密하고 周到한 考案으로 組織되야 普通敎育 方法에서 超越하고 兒童 個性의 啓發을 爲主하는 이 少年軍 敎育方法에 依치 아니하면 아니 되겟다.

仔細한 說明은 避코자 하나 現下 우리 朝鮮에 잇서서는 어느 点으로 보던지 少年軍이 가장 時期에 適合한 必要한 團體라 하노라. 우리 祖先으로부터 흐르는 惰怠文弱의 幣로 보던지 學校制度로 보던지 無秩序하고 團體的 訓練性이 不足한 点으로 보던지 우리는 힘쓸 것도 만코 할 것도 만코 改良할 것도 만코 하지만 오ㅡㄴ 갓 것을 다 젓처 노코서라도 모ㅡ든 犧牲을 다ㅡ하야서라도 이 少年軍을 歡迎하야 援助하며 發展시키지 아니하면 아니 될 줄 안다. 一年之計는 在於農하고 十年之計는 在於林하고 百年의 計는 사람 기르는 데 잇는 것이다. 우리의 일은 참으로 급하다. 本根이 튼튼치 못하면 枝葉의 繁盛을 期待키 어려운 것이다. 아모리 急하지만 百年之計로 本根的 解決策이 必要치 아니한가 한다. 世間에는 或者 少年軍의 組織이 多少規則이 嚴하야 君國主義를 模倣한다는 말을 하는 이도 잇다. 그러나 嚴正한 規則은 여러 사람이 同一한 行動을 取하는데 免치 못할 條件일 쁜 안니라 團合心 協同心을 養成하는데 도리혀 必要한 것이다. 乺 服裝이 누럿코 齋一한[6] 点으로 批評을 加하고 애쓰는 이도 잇다. 물론 經濟의 乏迫을 當하는 우리로서는 多少 過分한 点이 업다는 것은 決코 아니다. 그러나 그보담 다른 利가 만흘가 하야 하는 것이다. 或은 主義를 云云하는 이도 잇스나 이는 아조 事理에 不明한 所論이라 하겟고 乺 大體로 봐서 兒童에게는 아모조록 人間 正體의 根本 土臺 닥도록 힘쓸 쁜이 適當하다고 하겟다. 根本되는 土臺만 잘 닥가 논 다음에는 그 우에 무엇을 심으며 세운들 엇지 잘 아니 됨이 잇스리오. 이 蕪雜한 멧 마듸로 必要 編을 그치랴 하고 다음에 少年 訓練 課目의 大綱과 綱領을 參考로 記한다.

---

6 '齊一한'의 오식이다.

綱領

一. 社會를 爲하야 忠實 勇敢하자.

二. 사람을 사랑하며 心身을 鍛鍊하야 恒常 準備하자.

三. 少年軍의 準律을 잘 직히자.(이상 141쪽)

第一年度

第一年度(自衛 敎鍊)

四月. 入團式, 結繩法, 觀察法, 步行法

五月. 保健法, 人垣,[7] 形跡追及

六月. 信號法, 測天氣

七月. 水泳法, 漕船法

八月. 動植物硏究, 野營, 登山

九月. 方向發見學測量

十月. 獨立生活, 自轉車

十一月. 乘馬, 見學

十二月. 練習, 一, 二, 三月 未備点 補習

第二年度(救護 敎鍊)

四月. 奔馬, 暴漢, 火災

五月. 繃帶法, 擔架法

六月. 人工呼吸法, 一般急法

七月. 地震, 汽車顚覆, 航空機 墮落[8]

八月. 洪水, 難船

九月. 溺水, 練習

7 히토가키(ひとがき)라는 일본어인데, '많은 사람이 빙 둘러싸서 울처럼 된 상태'를 뜻한다.

8 '墜落'의 오식이다.

十月. 偵察法, 傳令法, 架橋法

十一月. 養禽法大要, 旅行 登山

十二月. 殖民法, 自治制法

一月. 指導法

二月. 練習, 熟練을 圖

(以上) (이상 142쪽)

처음 보는 純 朝鮮童話集

六堂學人,[1] 『東亞日報』, 1927.2.11

어느 意味로 보아 朝鮮은 시방 새로 한 번 文藝復興期에 들어가는 中이다. 온갓 部面에서 새로운 眼光으로 朝鮮을 다시 凝視하고 새로운 心匠으로 朝鮮을 力織하여야 한다. 그런데 그 第一步되는 것이 本來 朝鮮相의 蒐集, 整理, 闡明이다. 說話上에도 그러하고 童話上에도 그러하다. 朝鮮 童話의 蒐集, 整理, 標準作成은 童話를 中心으로 하는 一 文化部面의 必要 又 切急한 基礎工事일밧게 업슬 所以가 여기 잇다.

朝鮮童話의 蒐集, 整理가 重要 緊切한 만큼 이 任務를 克當할 그 사람은 容易치 아니하다. 무엇으로나 先躅의 蹈襲할 것이 업고 成典의 依據할 것이 업다. 朝鮮에서는 童話 蒐集도 다른 것에와 한 가지로 남다른 困難과 苦痛에 當面치 아니할 수가 업다. 이에 對한 時代의 要求가 간절한 분수로는 이를 應하야 나서는 이를 볼 수 업슴이 괴이치 아니하다 할 것이다.

外國 童話의 草草한 移植과 朝鮮것이라도 남의 수고의 대궁먹는 것 가틈은 容易한 일인 만큼 그 價値도 크달 수는 업다. 童話에 잇서서도 處女地에 첫 괭이를 집어너코 건불밧헤 빤한 길을 내이는 이야말로 時下의 復興文藝의 一部分으로 翹望渴想[2] 되는 者이다. 저 '쌔른손'과 가치 '안더센'과 가치 朝鮮 童話의 金字塔을 建設할 者는 이제 급작히 出現될 리가 업다 할지라도 줄잡아서 그리하리란 熱誠을 가지고 그러케 될 素地를 만들어가는 이만은 시방부터 出現되지 아니하면 아니될 것이라 한다.

일즉부터 兒童文學과 一般文化와의 關係에 남달은 銳感을 가지는 우리는 朝鮮 童話界의 進展에 對하야도 저절로 相當한 注意를 가지게 되엿다. 그러나 이때까지의

1　육당(六堂), 육당학인(六堂學人), 한샘 등은 최남선(崔南善)의 호다.

2　'교망갈상'은 '발돋움하여 바라본다는 뜻으로 몹시 기다림을 이르는 말(翹望)'과 '몹시 그리워하다, 갈망하다(渴想)'는 뜻이다.

그것에는 그다지 感服할 만한 業績이 업슴을 遺憾이라 아니치 못할 터니 뜻밧게 一道의 喜信이 丁卯의 歲華와 한가지 우리의 案頭를 차저왓다. 그것은 友人 韓冲 君의 苦心을 그대로 表現하엿다 할 『朝鮮童話集 우리동무』[3]란 新刊物이다. 眞正한 意味로의 朝鮮童話 蒐集에 對하야 韓 君의 努力이 年數로도 오래임을 진작부터 알앗지마는 이제 그 業績의 一部가 이러케 發表됨을 보매 남다른 喜悅이 새로히 湧起함을 禁할 수 업다. 다만 友人의 宿願이 實現된 것으로만 그런 것이 아니라 그것 그대로 내 宿願의 實現이기 때문에 그러치 안을 수 업는 것이다.

그만해도 朝鮮童話라는 正鵠을 바로 쏘려 한 眞摯한 誠意를 엿보기에 足하기 때문이다.

韓 君의 新著는 무론 朝鮮童話의 大成도 아니오 또 그 標準的 作品이 아닐는지 모른다. 그러나 그것이 純한 朝鮮語, 朝鮮心, 朝鮮傳承에 忠實하려 한 初有의 努力임에는 아모나 相當한 敬意를 주지 아니치 못할 것이다. 그 取材의 範圍와 選擇의 標準과 行文과 用語 等에 여러 가지 可議할 것이 잇슴은 毋論이지마는 이것이 文壇的 局外人의 處女作이거니 하고 보면 그만만 해도 큰 成功이라 하기를 躊躇할 것 업스며 다만 純然한 朝鮮童話集 作成上에서 시방까지 업든 成績을 나타내엇슴만을 稱道해 줌이 맛당할 줄 안다. 이 點 하나만으로도 此 書의 價値와 信用을 支持하기에 足하리라 한다.

나는 本書의 內容을 번거로히 紹介하지는 아니한다. 다만 忠實한 內容으로나 淸楚한 外華로나 作者의 讀者에의 深愛眞情을 담은 良心的 著述임으로나 다만 童話上으로만 아니라 一般 著作界를 通해서 近來에 드믈게 보는 一 好著임만을 말하야 두겟다. 그리하고 엇더한 家庭에서나 그 趣味率 增進을 爲하야 一卷식 작만해 둘 만하고 더욱 사랑하는 子弟에게의 安心하고 줄 수 잇는 선물임을 揚言까지 해 두겟다.

(韓冲 著 『朝鮮童話 우리동무』 全一冊 定價 六十錢 發行所 京城 長橋町 四六 藝香書屋 振替 京城 一三四二番) (쑺)

3 1927년 예향서옥(芸香書屋)에서 발간한 총 30 편의 전래동화집이다. 최남선이 서문을 쓰고 이상범(李象範)이 삽화를 그렸다. 내용이 충실하고 삽화, 표지, 제작 등의 측면에서 호화판이라 할 만하다. 1926년에 발간된 심의린(沈宜麟)의 『조선동화대집(朝鮮童話大集)』과 함께 당대의 쌍벽을 이룬다 할 수 있다. 책의 정확한 명칭은 표지에 나와 있는 『朝鮮童話 우리동무』이다.

朝鮮童話集 새로 핀 無窮花를 읽고서

作者 金麗順 氏에게

李學仁, 『東亞日報』, 1927.2.25

麗順 氏께서 지으신 朝鮮童話集 『새로 핀 無窮花』를 친히 보내주어서 감사하게 바다 읽엇습니다.

日本人 中村亮平[1]이란 사람이 朝鮮童話集을 日本語로 出版한 것을 보고 나는 설은 마음을 참지 못한 일이 잇습니다.

우리의 이야기를 우리말로 우리가 만드러 내지 못하고 싼 나라 사람이 먼저 우리 할 일을 할 때에 엇지 설지 안켓습닛가.

오늘날 조선에서 싼 나라 동화를 신문과 잡지에 번역해 내는 것은 물론이요 책으로 내인 것만 하여도 벌서 삼 년래에 다섯가지 책이나 나왓습니다만은 朝鮮童話集은 볼 수가 업더니 오늘날 려순 씨의 손으로 된 朝鮮童話集을 볼 때 참으로 감사함을 마지안나이다. 所謂 童話作家라고 自稱하는 그네들은 신문사나 잡지사에서 월급푼이나 어더 먹는 데에 마음을 일코 제 나라 동화를 거두워 모으지 안는 이때에 넉넉한 집안에서 호화롭게 지내가는 어린 처녀의 몸으로 朝鮮童話集을 모으노라고 努力한데 대하야 朝鮮文學運動에 뜻을 두고 잇는 나로써는 려순 씨의 마음에다가 다스한 입을 맛추지 안을 수가 업습니다.

中村亮平이란 사람은 "朝鮮 사람들이 금일 저들이 朝鮮同胞인 것을 알고 잇지만 그 國民童話가 곳 아름다운 日本童話를 나아 노은 어머니인 것을 아는 이가 적다"고 하엿습니다. 이와 갓치 日本童話의 어머니까지 되는 우리 童話를 우리의 손으로 모

1 나카무라 료헤이(なかむら りょうへい, 1887~1947)는 나가노현(ながのけん, 長野県) 출신으로 미술 연구가인데 나가노사범학교를 졸업하고 고향에서 교편을 잡고 있다가, 1925년 조선(朝鮮)의 대구사범학교(大邱師範學校) 교사를 지내기도 했다. 1926년 조선의 민화와 전설 62편을 모은 『조선동화집(朝鮮童話集)』(富山房)과 『지나조선대만신화전설집(支那朝鮮台湾神話傳說集)』(近代社, 1929), 『조선경주지미술(朝鮮慶州之美術)』(芸艸堂, 1929) 등의 저서를 남겼다.

와 노키도 전에 日本 사람이 몬저 압발치기로 모와다가 日本말노 세상에 내노을 째에 부즈런하지 못한 우리의 자신을 생각하면 부끄럽기도 하지만 분하기도 함니다.

그러나 려순 씨가 이에 뜻을 두시고 童話의 붓대를 들엇슴에 그 序事詩와 갓튼 고흔 붓놀림으로 無窮花 三千里 江山에 고을에 골작이에 홋터저 잇는 童話가 한 편도 빠지지 안코 모와 노여지리라고 밋슴니다.

나는 려순 씨를 女詩人으로만 아럿더니 이번에 쓴 동화를 보고 나는 시보다 동화에 만은 재조가 잇다고 생각하엿슴니다.

그리하야 나는 려순 씨에게 바라는 것은 朝鮮 各 地方으로 도라다니며 흐터저 잇는 朝鮮 童謠를 모와 노으면 朝鮮文學史上에 큰 사업자라고 하겟슴니다. 단순하게 朝鮮童謠만 모아 논 것을 무슨 사업이라고 하겟느냐고 질문할지 모르겟지만 그것이 결코 적은 일이 아님니다. 오늘날 조선에 잇서서는 참으로 文學史上에 一大 事業일 것임니다. 朝鮮童話는 엇던 이들에게 일키여진 니야기만도 안임니다.

童話는 朝鮮歷史에 나타나지 안는 四千年 歷史일 것임니다. 오날날 녀자로써 시와 소설을 쓰는 이가 다섯 명도 못 되는 朝鮮에서 어린 처녀의 몸으로 동화의 붓을 잡은 려순 씨께 만은 감사를 드리거니와 이 압흐로도 쉬지 말고 만히 쓰기를 바라며 붓대를 던지나이다.

(긋)

金麗順 孃과 새로 핀 無窮花

李學仁 兄께 올님

廉根守, 『東亞日報』, 1927.3.9

몃칠 前에 東亞日報에서 보니까 李 兄이 金 孃을 하늘씃까지 飛行機를 단단이 태워주엇다. 그러나 나는 飛行機를 金 孃에게나 태워준 李 兄에게 숨킬 수 업는 몃 마듸 말을 안이 할 수 업다. 나는 길게 말하지 안코 대강대강 말하랴고 한다.

童話에 들어가서는 (몰으기는 하지만) 못하는 것이 업다. 그럼으로 늙은니가 어린애도 되고 엽분 새악씨가 마술쟁이도 되고 독갑이가 이약이도 하고 호랑이님이 담배도 잡숫는다. 말하자면 童話처럼 거짓말이면서도 事實 안인 것이 업는 것이 업다.

그런데 제 아모리 그짓말이나 무슨 소리를 해서란듣지 能히 成功할 수 잇는 어수룩한 童話로 아럿다. 분수를 친다한들 남의 作品을 살작 집어다가 (도적질은 안이지만) 朝鮮 하이네라는 春城 盧子泳 先生님의 單獨經營인 일홈 고흔 靑鳥社에서 天眞한 金 孃의 일홈을 살작 너허 살작 出版하여 살작 팔아 三百萬 어린이를 살작 속여먹고 말엇다. 重言할 餘地가 업지만은 그것을 몰으고 純 朝鮮童話를 朝鮮 情調가 흐르게 朝鮮心이 갓득하게 朝鮮人 손으로 하지 못하고 外人이 그것을 自己 나라말로 고처 팔아먹는 것을 씃 깁히 슯어한 李 兄이 金 孃의 새로 핀 無窮花를 읽고 조아서 춤을 덩실덩실 춘 것이 불상하기 짝이 업다.

그러나 말하자면 내가 李 兄이나 金 孃을 미워한 것은 안이다. 단지 그 사이에 숨어 잇는 살작 文士의 살작 式을 고치엿스면 한다. 씃흐로 金 孃도 良心이 잇스면 가슴에 손을 대고 生覺해 보기를 바란다.

(씃)

廉根守 兄에게

崔湖東, 『東亞日報』, 1927.3.16

거짓말 잘하고 남의 글 도적질 잘한다는 所聞 놉흔 春城 氏를 兄은 쏘한 거짓말장이로 모라버리고 마럿다.

事實로 金麗順 氏의 童話冊이 盧 氏의 作品인지 안인지 그것은 내가 잘 안다. 當時 그 原稿가 印刷所 文撰室에 잇슬 때 나는 正確히 그 原稿를 보앗다. 그 原稿는 金麗順 氏의 筆蹟으로 쏘박쏘박 써 잇든 것이 至今까지 眼前에서 스러지지 안는다.

筆蹟만이 金 孃의 筆蹟이라고 그의 作品이라 긋긋내 主張하기는 어려우나 쏘한 여러 가지 點으로 보아서도 나는 金 孃의 作品이 안이라고 認定할 수가 업다.

兄은 그 作品이 金 孃의 것이 안이고 盧 氏의 것이라 主張한 것은 무엇을 證據로 하고 말하엿는지 모르겟다. 내 生覺 갓해서는 兄의 裡面에 엇더한 秘密이 잇다는 暗示만 하고 마럿슬 때는 무슨 秘密이 잇는 것도 갓다. 그러나 그 冊을 出版하든 當時에 金 孃과 盧 氏와는 아조 갓가운 交際가 잇섯다. 廉 兄은 이러케 두 사람이 갓가운 交際가 잇섯스니가 반다시 그 童話冊은 盧 氏가 써서 金 孃의 일홈으로 發行한 것이라 짐작하고 아니 그러케 밋고 盧 氏의 作品이라고 大膽하게 말하지 안엇는가.

靑鳥社는 春城 氏의 靑鳥社다. 그러나 靑鳥社 出版物이라고 全部 盧春城의 作品은 안일 것이다.

兄이여! 나는 아즉까지도 그 作品을 麗順 孃의 作品으로 밋는다. 盧 氏가 그 作品에 若干의 添削을 加한 것은 모르겟다. 그러나 兄의 말과 가치 그 作品이 盧 氏의 것이라고 미들 수는 업노니 兄이 엇더한 證據를 속 깁히 가지고 잇거든 發表해 주기를 바란다.

附記 『새로 핀 無窮花』에 對하야 나는 할 말이 만히 잇스나 只今은 한 時間의 餘裕도 갓지 못하야 이것으로 擱筆한 後 機會를 기다리고 잇겟다. 그리고 兄 個人에게 特

別히 무르려는 것은 언의 作品에 兄은 '염근수'라고 쓰는 것을 보앗스니 '염'은 언의 경우에 쓰고 '렴'은 엇더한 境遇에 쓸 것인지 알고 십기도 하지만 異常하다고 生覺한다.

—읏—

廉根守 兄에게 答함

李學仁,『東亞日報』, 1927.3.18

아직 對面도 업는 廉 兄으로부터 東亞日報를 通하야 주신 글월은 感謝感謝하게 바다 읽엇습니다. 童話作家로 머지 안은 將來에 우리 朝鮮文學界에 出現하야 活躍할 것을 期待하든 廉 兄으로부터 '알지 못하던 것을 알게' 하여 주시니 참으로 感謝하지 안을 수 업습니다.

나는 兄의 글월을 다 읽고

"무슨 뜻인지 알 수 업다"고 하며 두어 번 다시 읽어보니 (春城 盧子泳 先生)이 "도적질은 안이지만 남의 作品을 그냥도 안 집고 살짝 집어다가 金麗順 氏의 일홈을 살짝 너어서 살짝 出版하여 살짝 파라 三百萬 어린이를 살짝 속여먹고 말엇다"는데 나는 그런 것을 알지 못하고 金麗順 氏를 넘어 稱讚하엿다고 나를 꾸지람한 것인 것을 알엇습니다. 兄도 或時 아실는지 모르나 내가 盧子泳 氏의 「病든 靑春」에 對하야 "남의 飜譯한 것을 自己가 飜譯한 것이라고 하야 出版하엿다"고 『文藝時代』 二月號에와 日前 『中外日報』 紙上에 쓴 일이 잇지요? 그럿케 나는 盧子泳 氏를 滋味업시 생각하고 잇든 가온대에 다시 또 이런 兄의 글을 보게 되니 엇던 영문인지 정신을 차릴 수가 업습니다.

金麗順 氏로 말하면 '女詩人'으로만 알엇는데 童話集 『새로 핀 無窮花』를 내엿씨에 筆致도 곱고 더욱이 朝鮮童話를 모와 노왓씨에 그의 마음이 아름다워서 兄의 말과 갓치 '하늘끗까지 飛行機는 태워준 일이' 업지만 贊讚은 하여준 것이 事實임니다. 그런데 나는 金麗順 氏가 『새로 핀 無窮花』의 原稿 쓰는 것을 直接 보지 못하기 때문에 오직 金麗順 氏의 良心에 매끼려 합니다.

그리고 兄의 말이 정말이라 하면 그거야말로 설은 일이 아니겟습닛가? 그러나 兄은 確實한 證據를 가지고 말한 것인지 무슨 感情을 가지고 말한 것인지 나는 兄의 말을 밋을 수가 업습니다. 그러닛가 '罪惡은 어느 때든지 暴露'가 될 터임으로 後日을 — 金麗順과 盧子泳 두 사람이 共謀하고 그 童話集을 出版하엿는지 或時 兄이 잘못인지를 기다려보기로 하고 마즈막으로 한마듸 할 것은 兄은 나더러 "純 朝鮮童話를 朝鮮情調가 흐르게 朝鮮心이 가득하게 朝鮮人 손으로 하지 못하고 外人이 그것을 自己 나라말노 곳처 팔아먹는 것을 뜻 깁히 슬퍼한 李 兄이 金 孃에게 『새로 핀 無窮花』를 닑고 조와서 춤을 덩실덩실 춘 것이 불상하다"고 하엿스니 그래 兄은 盧子泳을 남으러하는 마음을 가진 이가 그런 거짓말을 하니 結局 兄의 良心 없는 것을 新聞에 廣告하지 안엇슴닛가? 東亞日報 讀者가 누구던지 兄의 글을 보고 '거짓말하는 사람이라'고 兄의 良心을 疑心할 것입니다. 나는 絶對로 兄에게 惡感은 아니 가짐니다만은 兄은 내게 준 글 가튼 것은 퍽 稱讚한 뎜도 잇지만 나 一 個人에 對하야 말한 것은 점지안치 못한 態度임니다. 내가 그러한 事實을 알고 稱讚을 하고 쏘는 兄의 말과 가치 춤도 추엇스면 밸 빠진 놈이라 하겟지만 兄이 말한 대로 '그것을 모르고' 이러니저러니 한 사람에게다 '불상하다'느니 엇저니 하엿스니 兄은 퍽 鎭重치 못한 態度를 公衆에게 廣告하엿다고 나는 봅니다.

그리하야 나는 兄에게 自重하기를 바라고 이 아래에 나의 住所를 記錄하여 두니 兄은 『새로 핀 無窮花』에 對한 事實을 좀 — 더 자세히 적어서 私信으로라도 부처주시면 感謝하겟습니다. 未知의 벗이여! 그러 나쁘게 알지 말고 修養에 努力하시기를 빌며 쏘는 마음으로나마 握手하야 나감이 끈어지지 안키를 멀리서 바라며 긋나이다. (東京 巢鴨町 宮下 一五八一, 天道教 宗理院 內로)

廉根守 及 牛耳洞人에게

朴承澤,[1] 『東亞日報』, 1927.4.2

새로 핀 無窮花에 對한 結束하기로 하엿스나 當社 側의 辯白임으로 責任上 此 編을 실림니다.(記者)[2]

日前 本誌 '文藝欄'을 通하여 『새로 핀 無窮花』와 「病든 靑春」에 대한 말이 실니엿다. 도적을 하엿느니 '살작式'을 썻느니 하고 辱說을 하엿다. 그리고 良心이니 무엇이니 하엿다.(中略)

몬저 廉根守 君의 말을 들어보자.

君은 『새로 핀 無窮花』를 西洋童話라고 햇스니 西洋에 엇던 童話 中에 그러한 童話가 잇드냐? 「조금 장사」, 「범 의약이」, 「선녀의 치마」 등 이러한 것들은 童話 云云은 그만두고라도 엇던 사람을 勿論하고 그의 이약이는 在來 우리가 우리 부모들에게서 듯든 의야기가 안이냐? 그리고 春城 君이 번역하고 '金麗順' 孃의 일홈으로 出版하엿단 말은 그 무삼 수작이냐? 世上 사람들을 다 君 갓흔 사람으로 생각하느냐.

『새로 핀 無窮花』는 金 孃이 오랜 歲月을 두고 材料를 蒐集한 것이오 또는 그가 그 동화를 쓸 때에 理解 업는 父母들은 말성까지 하엿다 한다. 엇지 그뿐이랴. 總督府 圖書課에 드러가 잇는 原稿를 보아도 알 것이다. 그 原稿에는 金 孃의 流麗한 筆致로 한 字 한 劃의 失手도 업시 正書하듯이 쓴 것을 볼 수가 잇고 間間히 諺文이 잘못된 곳에 春城 君이 그의 날카러운 붓으로 校正한 것을 볼 수가 잇다. 아니 이보다도 피를 흘녀가며 쓴 原作者가 잇지 안으냐? (그 作者는 大 분개 中이지마는) 靑鳥君[3]에서는

1 원문에 '靑鳥社 朴承澤'이라 되어 있다.

2 "(文壇是非) (擔任記者) 本欄에 그동안 실리든 論爭에 對하야 李學仁 氏 靑鳥社 代表 朴承澤 氏 崔允秀 氏 金履均 氏 穎水生 氏 金志瀧 氏 其他 數氏의 論駁文이 到着되엿사오나 紙面의 關係로 揭載치 못하옵으로 前記 數氏에게 謝하오며 '海外文學' 及 『새로 핀 無窮花』에 對한 論爭은 이로써 끗을 맺겟습니다"(『동아일보』, 1927.3.27)라고 한 것에 대한 해명이다.

3 '靑鳥社'의 오식으로 보인다.

다못 얼마의 (三十圓 가량) 原稿料를 주고 그 原稿를 사슬 쑨이다. 廉 君아! 君은 그야말로 良心을 조곰 도라봄이 엇더할까? 이러한 문뎨에 대하여는 君은 司法의 엄한 맛을 보고 거짓말이 무서운 것인 줄을 조곰 알어 보랴는가? 君은 自重하라. 前途가 만흔 少年이니 공연히 君의 압헤 鐵網을 만들지 말고 ……

那終으로 牛耳洞人[4]에게 몟 마듸 말을 하여둔다.(中略)

「病든 靑春」은 '알틔바세쯔'의 사닝을 抄譯한 것이니 그 冊 序文에도 그 말이 分明히 씨워 잇고 쏘는 內容에도 그 말이 씨워 잇다. '사닝'을 '病든 靑春'으로 곤쳣다고 말성이냐? 勿論 번역할 째에는 題目을 고치는 것이 非一非再다. 그 가장 갓가운 例를 한아 든다면 하―듸의 The melancholy Hussal of the 'german legion' 갓흔 것을 '戀無情'이라고 번역하엿다. 그리고 君은 編이라고 햇다고 말을 햇스니 編이란 譯이란 말보다도 더 輕한 말이다. 編이라고 햇다고 作이라고 생각하느냐? 編字이 암흠조차 몰으는 君아. 編은 編輯햇단 말이 안이냐? '도적질' 햇단 말은 무삼 말인가?

그리고 '河平 君'의 번역이라고 햇스니 처음에 河 君이 그것을 번역해 보랴고 한 것은 事實이다. 只今도 그의 번역한 原稿 八十七枚가 本社 編輯部에 잇스니 事實이 歷歷하거니와 그 原稿가 語不成說로 그만 冊床 속에 던지게 되고 다시 盧子泳 君이 稿를 起하여 原稿 二百五十七枚로 그 冊을 完成햇스니 總督府에 드러가 잇는 原稿를 보든지 쏘는 그 冊의 流暢한 譯文을 보든지 다시 疑心할 必要가 업는 것이다. 이러한 엉터리도 업는 事實을 가지고 남을 (한갓 感情으로) 辱하는 것은 그대들의 良心에 붓그럽지 안이 한가? 評을 하랴면 世界的 名作인 그 冊에 대하여 번역이 잘못 되엿다든지 쏘는 脈絡이 잘못 되엿다든지 이러한 말을 하면 우리는 責任을 지고 도리혀 謝過를 하겟다만은 ……

그러나 牛耳洞人은 眞實한 사람이다. 이 우에 誤解을 自白하고 鄭重한 謝過의 편지를 (春城에게) 햇스니 君을 責함이 엇지 本社의 뜻이랴. 다못 一般의 誤解를 풀기

4 이학인(李學仁)의 필명이다.

위함이다. 다못 君의 健康을 빌고 이 붓을 끗친다.

(一九二七. 二. 二九日)

朝鮮의 童謠와 兒童性

孫晉泰, 『新民』, 1927.2

學友 鄭寅燮 君은 熱々한 鄕土藝術 研究家이다. 君이 三年 前에 나에게 보여준 君의 採集錄에는 헤일 수 업는 우리의 童謠, 婦謠, 處女謠, 民謠가 잇섯다. 나는 그것을 보고 입을 벌녓다. 同時에 나는 君의 母土愛에 敬服하엿다. 말만 내면 曰, 英國의 誰某의 詩가 엇더니, 曰 佛獨의 誰某 小說이 엇더니 하는 外國文學 模倣崇拜 時代에 잇는 우리 文壇에, 이러한 超流한 篤志家의 잇슴을 나는 처다보앗다. 나는 元來 탐々한 土俗研究者이지만, 君의 研究와 나의 研究에는 어늬 곳에서인지 共通하는 點이 잇섯다. 하고 君의 感情과 나의 感情 사이에는 鄕土愛라는 共通한 情熱이 흘너 잇다. 해서, 君의 材料에 나는 若干의 盜心을 늣겻다. 나는 君에게 數月間만 그 採集錄을 빌녀 달나고 하엿다. 君은 그것을 快諾하엿다. 나는 무슨 큰 寶貝나 어든 것처름, 睡眠時間을 節約하면서 그것을 謄書하엿다. 그러고 뒤로도 鄭君과 함께 더 만흔 採集을 하리라고 생각하엿다. 하나, 그 뒤에 時間의 흘음을 짜라, 나의 決心도 흘너버렷다. 鄭君은 지금도 아마 熱心히 蒐集 中에 잇스리라고 밋는다. 이러케 생각하면, 나의 弱한 心志에 憤하기도 하지만, 구태여 自辯自慰를 하면, 君에게는 큰 後援者가 잇고, 나에게는 그것이 업다. 그 숨은 後援者는 君의 妹氏이엇다. 그러한 누의를 가지지 못한 내야, 엇더케 하랴.

如上한 까닭임으로, 내가 지금 쓰고저 하는 우리 童謠의 材料는 大部分이 鄭君의 '노—트'에서 나온 것이오. 君이 慶尙道 出生임으로 因하야 그 材料도 擧半 慶尙道의 것이다. 하나, 元來 固有한 童謠는 方言의 差違로 各道 사이에 若干의 틀님은 잇스나, 大體로는 共通되는 것이 만흠으로, 慶尙道의 材料로서도 一般을 窺知할 수 잇다. 만일, 全國의 材料를 모다 採收한 뒤에 이 글을 쓸냐면, 그건 참 何待歲月이다.

또 한 가지 말해 둘 것이 잇다. 前年에 鄭君은 엇던 會席上에서 —宴會가 안이라,

兒童問題를 硏究하는 '색동會'라는 會 — 君의 朝鮮童謠硏究의 長編 論文을 우리 會員들 압헤 朗讀한 일이 잇섯다.(이상 46쪽)

나는 君에게 그 論文을 엇던 雜誌에든지 發表하여보라고 勸告하여 보앗다. 하나, 君은 아즉 未完結된 것이라고 辭讓하엿다. 穩健着實한 君의 態度로서는 當然한 措處이겟지만, 君보다 燥急한 나의 性미로서는 完成을 기대릴 수 업다. 해서 盡善盡美한 君의 童謠 料理 맛은 讀者와 함긔 다음날에 맛볼 셈 치고, 爲先, 나의 粗雜한 童謠 料理를 諸君의 食慾 압헤 내여 놋키로 하엿다. 乾燥하나마, 貴한 맛으로 한 술 써주시면 感荷〳〵.

生動性

前年에 엇든 外國學者가 朝鮮을 旅行한 뒤에, 그 感想의 一節로 이러한 말을 나에게 하엿다.

"朝鮮에 살아 잇는 것은 오즉 아희들 뿐이다. 怜悧하고 귀여운 朝鮮 아희들을 볼 때에는, 朝鮮의 前途에 만흔 動的 光明과 欣喜를 늣겻스나, 靑年들의 느릿〳〵한 꼴을 볼 때는 한숨이 나오드라"고 하엿다. 나는 우스면서 이러케 對答하엿다.

"우리 싼에는, 이만하면 꽤 快活하고, 쏙々한 줄 아는대, …… 그것 참. …… 하나 그것은 모다 環境의 影響이겟지오. 우리도 不遠한 將來에는 당신 나라의 靑年만큼 쏙々하여저 보겟습니다."

두 사람은 우섯다. 兒童이란, 非但 朝鮮 뿐 안이라, 아모 나라의 아희들이라도 生動的인 것이다. 그들은 靜寂과 憂鬱을 스려 하고, 恒常 뛰고, 노래하기를 조와하며, 快樂과 光明을 要求한다. 요새 朝鮮의 아희들은 感傷的인 것을 一般으로 조와하는 傾向이 잇지만, 그것도 좀 큰 애들의 말이오, 더 어린 아희들에게는 亦是 生動的인 것이 喝采를 바들 것이다. 하지만 그러케 童心을 雀躍식힐 作品을 짓는 사람은 發見할 수 업다. 在來의 童謠는 兒童의 産物이요, 兒童生活의 表現임으로, 만히 그런 것을 볼 수 잇다. 例하면

갈밧헤 갈입이 가 — ㄹ갈

대밧헤 댓입이 대 — 대

솔밧헤 솔입이 소 — ㄹ솔

무당의 붓채가 훠 — ㄹ훨

아전의 갓신이 쩌 — ㄹ쩔

妓生의 댕기가 짜 — ㄹ짤

활양의 장구가 쩌 — ㅇ쩡 (慶尙)

그들은 이러케 動的 音響을 조와하엿다. 쏘 가령, 우리가 葉草 장사나, 나무신 장사를 볼 쌔에 우리에게는 그것이 尋常하게 보이지만, 그들은 詩的 音響을 거긔서 發見하엿다.

버석〰 담배장사

왈각달각 나무장사

바더라 반두나물

미러라 미나리나물

울넘어간다 호박넌출

웁벅둡벅 호박나물(이상 47쪽)

놀ㅅ짱〰 배추속임 (慶尙)

맛치 지금 호박넌출이 울을 쒸여 넘어가는 것처럼 그들은 노래한다. 그들은 모든 것에 生動의 무서운 힘을 보앗다.

우리가 만일, 아희들에게 이약이를 한 자리 하라고 要求하야 그들에게 一席의 材料가 맥힐 쌔에는

덕석짓놈 허리넝청 한자리

담배쏙대기짓놈 궁기빡굼 한자리
똥장군이짓놈 쑤리〳〵 한자리
울섭짓놈 버석〳〵 한자리
(자 —, 이만하면 네 자리나 햇소) (慶尙)

하고 遁辭를 부린다. 똥장군이의 쑤리〳〵한 내음새에도 그들은 限업는 興味를 늣겻다. 덕석의 허리가 넝청〳〵함도 그들에게는 헛터로 보이지 안이하엿다. 담배쏙지의 빡곰 뚤녀진 구멍에도 그들의 探索心은 움직이엿다. 해서 그것들을 모다 그들의 生活과 갓치 살녓다.

兒희들은 丈夫로운 말타기를 부러워하엿다. 하나, 그것은 危險性이 잇슴으로, 그들은 竹馬를 타고도 意氣만은 큰 사람보다 倍나 하엿다.

이라말아 굽다칠나
양반님 나가신다 (慶尙)

라고 소리치면서 勇敢스리 말을 달닌다. 그들은 무엇이든지 잡아타기만 하면 — 어머니 등이든지, 동무들의 허리든지, 하다못해 문지방이라도 잡아타기만 하면

말탄놈도 꺼댁〳〵
소탄놈도 꺼댁〳〵 (慶尙)

하면서, 맛추어 몸도 꺽댁거린다. 이러케 動的인 그들은 부슬비를 스려 하엿다. 細雨가 올 쌔에는 猛烈한 惡水가 쏘리워지도록 소래를 친다.

비야〳〵 細雨비야
싼치동々 細雨비야

惡水갓치 싸워저라!　(慶尙)

'싼치동々'이란 것은 무슨 말인지 알 수 업지만, 그들은 귀여운 어린 勇士들이엇다.

食慾, 所有慾

우리의 어린 勇士들은, 그들의 潑々한 生動을 위하야 養分을 必要로 하엿다. 그들은 무엇보다도 먹는데 마음을 빼앗기고, 먹는데 興味를 늣겻다. 그들의 도야지노래를 들어보자. 집々에 저녁 烟氣가 끗치고, 大地가 크다른 눈섭을 스르르 감기 시작할 때에, 아희들은 거리에 모힌다. 그 中에 한 아희가 도야지로 選擧되고, 다른 한 아희는 도야지를 붓들고 이러케 노래의 問答을 주고 밧는다.

무엇먹고 살엇노?(이상 48쪽)

도야지먹고 살엇다

무슨저로 먹엇노?

쇠저로 먹엇다

누구〳〵 먹엇노

나혼자 먹엇다

그러면, 여러 아희들은, 혼자 먹엇다는 놈을 쫏처가면서

숣々, 되—지 〳

하고 소래 질으며, 도야지 된 아희는 거름아 날 살녀라고 다라난다.

이 노래는 慶尙, 江原 諸道에 잇는 모양이다. 도야지란 元來 이 노래와 맛창가지로 獨食하기를 조아하는 즘생이오, 색기에게까지도 分食할 줄을 몰은다. 그것이 아희에게 憎惡感을 이르키게 한 同時에, 그들의 食慾의 한 모퉁이를 刺戟하야, 이 노

래를 産出케 한 것이다. 食慾이 旺盛한 그들에게는 獨食이 限 업는 快感을 주는 것만치, 分食치 안이 하는 놈에게는 憎惡感을 가지게 되는 것이다.

그들은 어머니가 주시는 조고마한 食器에 恒常 不滿을 가젓슬 것이다. 해서, 말(斗)만한 밥그릇으로 한번 먹어보앗스면 하엿다. 그들이 山谷의 反響을 들을 때에, 그 反響은 山에 잇는 巨人이 보내는 것이라고 생각하엿다. 그리고, 그 巨人의 食器는 아마 宏壯히 크리라고 聯想하야

백산아 ―

너 밥그릇하고 내 밥그릇하고 박구자! 하고 山谷을 向하야 소래 질은다. 山ㅅ골이 亦是 "너 밥그릇하고 내 밥그릇하고 박구자"라고 對答하면, 그들은 그 말만으로도 飽食을 늣기는 모양이다. 다른 노래를 들어보자.

바람아 ― 불어라
大棗야 ― 써러지거라
어룬아 ― 주어라
아희야 ― 먹어라 (慶尙)

疾風이 휘 ― 소래치며 부는 것도, 그들에게는 快하엿슬 것이다. 하나, 그보다도 그들의 熱望하는 것은 大棗의 써러지는 것이엇다. 大棗가 成熟하기 前에는, 어룬들이 그것을 짜먹지 말나고 야단을 친다. 그래서 그들은 바람에게 應援을 請하엿다. 하고, 어룬아 주어 오너라 아희들은 먹어주마 함은, 平素에 그들을 抑壓하는 長者에 對한 復讐 心理의 發露일 것이다. 그러케 보는 것이 재미 잇슬 것 갓다. 이 노래를 좀 倫理的인 아희들은

아희야 ― 주어라

어룬아 〰 잡수시오

라고 한다. 하지만 이것보다는 前者가 매우 藝術的이다.

그들은 무엇이든지 한번 제 손에 들어온 것이면, 斷然코 그것을 남에게 주지 안이한다. 그들이 길을 가다가 낫(鎌)을 한 개 주섯다. 그러면 그들은 이러케 노래하엿다.

길노 〰 가다가(이상 49쪽)
　낫한가락 주엇네
주은낫을 남줄가
　꼴이나 뷔 ─ 지
뷔인꼴을 남줄가
　말이나 먹이지
먹인말을 남줄가
　각씨나 태우지
태운각씨 남줄가
　첩이나 맨들지　(慶尙)

버릇업는 말이지만, 그들은 귀여운 利己主義者들이엇다. 이러케 먹구집이오, 利己主義的인 그들은 먹을 것을 남에게 주지 안코저 하기는 勿論, 그것으로 동무들의 속을 좀 태워주랴고까지 하엿다.

그들이 만일, 어머니에게나, 어룬에게 먹을 것을 어드면, 그것을 가지고 동무들에게 쒸여 간다. 그는 맨입으로 놀고 잇는 동무들에게 飮食을 빗보이면서

누 줄고?

하고 뭇는다. 하면, 그 中의 한 아희가

날 도고(날 다오)

하고, 손을 내민다. 그러면 악가 아희는

날도괴미 쏭줄가? (慶尙)

하면서 가젓든 飮食을 제 입에 집어 너어 버린다. 함으로 이 豫定的 戰術을 아는 아희들은, 처음붓허 날 다오 소리를, 하지 안는다. 하지만, 마음씨 고흔 아희들 中에는, 한번 傳統的으로 拒絶한 뒤에, 다시 논와 먹는 일이 잇슴으로 그들은 닷토와 '날 다고' 소래를 지른다. 咸興 아희들은

누구 줄고?
내 달나
내란게 쏭과 四寸인가?

하면서 제 입에 실어 넛는다. 그들은 귀여운 小惡魔들이엇다!

하나, 그들도 남에게 무엇을 빌 때에는, 飮食을 주어야 되리라고 생각하엿다. 例하면, 그들이 동무들과 작난을 치며 쏫처 단이는 바람에, 엇든 동무의 눈에 몬지나, 틔가 들어가면, 그 애의 눈을 손으로 부벼주면서

싸치야 ─
물에싸진 너색기건저줄게
이애눈 나사다오
고기하고 밥줄게
이애눈 나사다오
(휘여 ─, 나삿다, 가자가자) (慶尙)

하면서, 눈을 아즉도 뜨지 못하는 동무를 쓰을면서 다라난다. 제가 말할 때에는, "싸치야, ─ 내 눈 나사다고"라고 한다.

싸치가 눈을 낫게 하여준다는 것은, 아마 昔日의 神鳥崇拜에서 나(이상 50쪽)온 것일 것이다. 옛날 우리 祖先들은 귀신가마귀 卽 神鳥를 偉大한 神이라고 崇拜하야 病

과 福을 빌엇다. 諸君의 洞口 압헤 '솟대'(蘇塗 或 소줏대, 或 표줏대, 或 거릿대라고도 한다)가 잇거든 그 우에 안친 木鳥는 古代의 神鳥崇拜의 遺物인 줄 짐작하시오, 아희들은 그 神鳥가 그들의 눈병도 곳칠 수 잇다고 생각한 것이다. 하나, 그저 곳처 달내서는 效力이 적을 것 갓흠으로, 고기하고 밥을 줄게 하는 것이다. 神鳥도 고기와 밥을 그들과 갓치 조와하는 줄 알엇든 그들의 心理가 매우 滋味잇게 생각된다.

單純, 自然兒

生動的이오, 貪慾的인 그들은, 同時에 單純하엿다. 그들은 '잠자리'(蜻蛉)을 잡을 쌔, 或은 두 손가락을 찍개와 갓치 오물켜 쥐든지, 쏘 或은 갈ㅅ대 씃헤, 거믜줄을 얼켜서 맨든 三角形의 그물을 붓처 가지고 돌아단이면서, 잠자리를 보기만 하면

철々이 붓거라
붓흔자리 붓거라
먼데가면 죽는다　(慶尙)

고 誘惑한다. 얼마나 單純한 誘惑이뇨! 쏘 그들이 개똥벌네를 잡고저 할 쌔에는

개똥불아 ︿ ︿
번쩍 ︿ 개똥불아
이리와서 나와놀자
그리가면 더웁단다
이리오면 서늘하다
개똥불아 ︿ ︿
나의동무 개똥불아
그리가면 도랑잇다
어둔밤에 써러저서

고흔쑥지 저저질나　(元山. 嚴弼鎭『朝鮮童謠集』에서)

맛치 개똥벌네를 썸직히 생각하는 것처럼 誘引하는 것도 우섭지만, 개똥벌네가 저희들과 갓치 더워하리라고 생각하는 것도 可觀이다.

그들은 肉體의 束縛을 스려하엿다. 어룬들이 가죽신과 매투리를 신드래도, 그들에게는 그것이 苦生스리 보엿다. 해서, 그들은

兩班은 가죽신
상주는 매ㅅ투리
어룬들은 집신
아희들은 맨발　(慶尙)

하고 맨발을 讚美하엿다. 印度의 '타고 — 르' 영감이 들엇스면 매우 조하할 노래일다. 그 영감은 아희들에게 신발 신기는 것은 매우, 아희들의 感覺生活을 沮害하는 것이라고 하는 고집쟁이이엇다. 朝鮮 어머니들은 옛날붓터 '타고 — 르' 學徒이엿다. 그들은 아기의 머리를 만지면서(이상 51쪽)

둥굴︿ 모개야
아모짜나 크거라
너치장은 내 할게　(慶尙)

라고 노래한다. 自然대로 크거라라는 말이겟지. 아희들은 自然을 사랑하엿다. 그들은 어룬들과 散步하기를 조와하지 안이한다. 아희들은 自然物의 모든 美에 心醉한다. 하나, 갓치 갓든 어룬들은, "이놈, 무슨 헛눈을 파늬, 쌀니 가자" 하면서, 어엽분 花草와, 귀여운 動物의 美에 醉하여 잇든 아희들의 感興을 깨터려버린다. 理論보다 例를 들어보자. 그들은

이청저청 대청밧게
사랑청々 권청밧게
왕大棗라 휘출남게
금실나뷔 안젓길네
그나무 구경타가
父母간곳 모르네라 (全羅)

意味不明한 말도 잇지만, 大意는 "父母야 집에 가면 맛나겟지, 이러한 美를 엇지 지내처 보랴" 하는 것이다.

音樂的

自然을 사랑하는 그들은 必然的으로 音樂을 조와하엿다. 무엇이든지 音樂的으로 한다. 가령, 날세가 추우면, 우리는 "어, 추어라"라고 한다. 그러나 兒희들은 그것을 非音樂的이라고 비웃는다. 그들은 모통거럼을 걸으면서

아이고 칩어라 칩도당
건너ㅅ도당 내ㅅ도당
아희하나는 쥐색기
어룬하나는 당나귀 (慶尙)

를 連해 부르면서 닷는다. '건너ㅅ도당 내ㅅ도당'은, 아마 '내(川)를 건넛다'는 말을 그러케 틀어서 하는 모양이나, 무슨 까닭으로 이 노래 中에 '아희 하나는 쥐색기, 어룬 하나는 당나귀'라고 집어너엇는지 알 수 업다. 하나, 그것은 그 中에 意味와 論理를 求하는 우리가 無理일 것이다. 추우닛가, 論理을 생각할 餘暇도 업시, 입에서 나오는 대로 불는 것일 것이다. 이러케 그들은, 아모리 추운 때에라도 音樂을 잇지 안이하엿다.

그들은, 몬지가 들어 압흔 눈을 부비며, 눈물을 흘녀가면서도, 오히려 '까치야 ︿﹀ 고기하고 밥 줄게' 云々의 노래를 잊지 안이 하엿다. 문ㅅ지방이나 목침을 타고도 '이라 말아 굽 다칠나'라고 勇敢한 노래를 불은다.

그들은 무슨 일이든지 默々히 沒趣味하게 하지를 안이한다. 그들이 어룬들의 계와 밟는 흉내를 내면서도

계와 밟자 ︿﹀︿﹀
어화칭々 계와밟자(이상52쪽)
서룬두장 계와밟자
계와밟자 ︿﹀︿﹀
경상도 계와밟자　(慶尙)

라고 노래한다. 달팽이(蝸牛)가 쌜을 내밀면, 그들은 그것을 달팽이가, 그들과 갓치 춤추는 줄노 알엇다. 해서, 그들은 달팽이를 보기만 하면,

영감 ︿﹀ 장구처라
할맘 ︿﹀ 춤추어라　(慶尙)

라고 소래친다. 그들에게는 모든 現象이 音樂的으로 反映되엿다. 쏘 그들이 만일, 엇든 草根(失名)을 엇게 되면, 그것을 손ㅅ고락으로 부비면서

使令방에 불켜라
軍奴방에 불켜라　(慶尙)

라고 노래한다. 그러면, 그 草根은 漸々 赤色으로 變하야, 맛치 불을 켯는 것 갓치 된다. 그들은 이러한 變化性에 興味를 가지면서도, 그 態度는 科學的이 안이오, 恒常

詩的이며, 音樂的이엇다. 이러케 音樂을 조와하는 그들임을 어머니들은 잘 알엇섯다. 함으로, 어머니들도 그들의 教育에는 劇的, 音樂的 態度를 取하엿다.

例하면, 어머니들이 아기에게 말을 가러칠 때에는, 어머니가 自己의 머리를 헌들어 보이면서

도래〳〵 도래〳〵

를 가러친다. 表情은 퍽極히 簡單한 劇的으로, 말은 가장 單純한 音樂的으로 하여야 되는 것이다. 주먹을 쥐엿다 폇다 하면서는

조막〳〵 조막〳〵

을 가러친다. 한편 손ㅅ바닥을 다른 편의 둘쩨 손고락으로 찔넛다 쎄엿다 하면서는

진々 진々

을 가러치며, 손바닥을 서로 마조 치면서는

짝장구 〳〵

를 가러치며, 한 손바닥으로 입을, 덥헛다 쎄엿다 하면서는

아와 〳〵 아와 〳〵

를 가러친다. 이것은 모다 劇的, 音樂的 發音教授法이다. 불메란 것을 가러치고저 할 때는, 어머니가 아기의 두 손을 쥐고, 마조 두 발을 아기와 참긔빼친 뒤에, 아기를 압뒤로 흔들면서

불메 〳〵 불메야
이불메가 누불멘고
경상도 대불멜세 (慶尙)

라고 불메(鞴)의 모양을 흉내내여 보인다. 그들에게 이약이를 할 때에도, 普通의 會話로서는 效果가 적다. 함으로 아기 보는 사람들

알강달강 서울가서

밤한되를 어더다가
찰독안에 두엇드니(이상 53쪽)
머리감은 새양쥐가
들낙날낙 다까먹고
단한개만 남엇구나
썹질낭은 애비주고
본일낭은 어미주고
알킬낭 너하고나하고갈나먹자! (慶尙)

고 노래한다. 밤 알맹이를, 너하고 나하고만 먹자는 것은, 아기 보는 사람들의 지어낸 말이겟지만, 여긔서도, 아희들과 飮食의 關係를 엿볼 수 잇다. 韻律 가진 말, 卽 音樂이라야, 아기의 興味를 끄을 수 잇는 까닭으로 이약이도 반다시 이러케 音樂的으로 하는 것이다.

여러 동무들이 群이 되여 놀 때에, 만일 저도 한 번 갓치 그 群 속에서 놀고 십흐다고 하면, '이 애들아, 나도 갓치 놀자ㅅ구나' 해서는, 非藝術的이다. 그럼으로, 그들은

참께 들께 다노는데
아죽깨는 못노는가 (慶尙)

노래하면서, 群衆 속으로 뒤여 들어간다. 音樂은 그들의 生命의 半分이엇다.

革命的, 征服的

潑々한 生動的인 그들에게는, 무서운 것이 업섯다. 그들의 압헤 무슨 障害物이 잇슬 때에 그들의 意氣는 그것을 破碎치 안코는 참지 못하엿다. 그들은 남에게 지기를 스려하고, 階級的 下待를 미워하엿다.

만일 거리에서 누구가, 그들에게 어룬이라는 態度로 高慢히 굴면 力腕으로 對敵

치 못할 것을 잘 아는 그들은,

어룽이 더룽이 동내파랭이 (慶尙)

라고 辱을 하면서 도망한다. 동내 파랭이란 말은, 아마 洞內에서 파리와 갓치, 남의 것을 빠라먹고 사는 卑陋한 놈이라는 意味일 것이다.

또 그들의 一群이 쒸면서 노는 것을, 어룬들이 겻헤서 求景만 하고 잇슬 때에는

쒸자〳〵 쒸여나보자
먼데사람 듯기좃케
겻헤사람 보기좃케
모기들도 한데자네
잇때안이면 언제놀고
오소〳〵 이리오소
어룬이라고 빼지말고 (全羅)

하면서 솟소래를 놉히 친다. 이 노래는 어룬들이나, 或은 아희들이 環을 지어서 춤추며 놀 때에 부르는 것이라고 記憶한다. 그들의 眼中에는 어룬의 빼는 꼴이 우수웟슬 것이다. 音樂과 舞踊을 모르고 所(이상 54쪽)謂 어룬을 그들은 木偶人視 하엿다. 그들의 意氣에는 傳統的 長幼階級이 똥갓치 보이엿다.

同時에, 兩班階級의 子息이나, 富家의 子孫들이 書堂에 가서 글 工夫하노라고 傲慢부리는 것이 俗物갓치 草芥갓치 보이엿다. — 그들은 詩人이오, 音樂家이엿슴으로, 또한 勇士들이엿슴으로, 書堂에 단이는 도련님을 붓들고는

서당강아지 똥강아지
누른밥쌀〻 글거서

先生님 한그릇 처박드리시오
나한그릇 잡숫고　(慶尙)

라고 놀려준다. '이놈들 外面으로 바로 얌전을 빼면서도, 內心으로는 先生님을 처먹으라고 하고, 저는 잡숫는다고 생각하는, 表裏不同한 僞善者'라는 意味의 辱일 것이다. '너희들 똥강아지에 比하야, 우리의 態度를 보라. 얼마나 率直한 自然兒들이냐' 하는 意味도 包括되여 잇슬 것이다. 童謠에 그러케 깁흔 意味가 잇슬 턱이 잇나, 그것은 너의 自作한 군소리 解釋이다라고, 웃는 이가 잇다면, 나는 다음의 노래를 그이의 코 압헤 내여놋는다. 그들이 둑겁이를 보면, 그놈의 우수운 꼴을 이러케 말한다.

뚝겁아~ 너등어리가왜그럿노
全羅監司살적에 妓生妾을만이해서
창이올나그럿타
뚝겁아~ 너속바닥이왜그럿노
全羅監司살적에 將棋바독을만히두어서
뚝겁아~ 너눈깨리가왜그럿노
못이백혀그럿타
全羅監司살적에 울군불군만히먹어서
붉힌눈이 남어잇네[1]　(全羅)

둑겁이 눈알의 튀여나온 것을, 全羅監司 살 적에 울군불군 搾取해 먹을 째 붉혓든 눈이 習慣性으로 남어 잇는 것이라고 한다. 얼마나 痛快한 社會諷刺이며, 吸血階級에 對한 귀여운 어린 反抗心의 發露이냐! 아희들이라고 업수히 넉이다가는, 코을

1　노래의 배열이 오식으로 보인다. "全羅監司살적에 將棋바독을만히두어서 / 못이백혀그럿타 / 뚝겁아~너눈깨리가왜그럿노 / 全羅監司살적에 울군불군만히먹어서 / 붉힌눈이 남어잇네"가 바른 배열로 보인다.

쌔일 것이다.

다음에, 그들의 勝僻을 보자. 俗談에, 癩病者가 보리밧헤 숨엇다가, 아희들이 지내가면 잡아서, 그 살을 먹어 病을 고치고저 한다고 한다. 함으로 아희들이 혼자서 보리밧흘 지낼 때에는 戰々兢々한다. 하나, 하편으로 그들은 조고마한 復讐心을 늣기게 된다. 夕陽에 보리밧흘 지낼 때는

보리밧헤 문둥아
해다젓다 나오너라! (慶尙)

하고는, 문둥이가 정말 나올가 십허 走ㅅ字을 쌘다. 그때에 누구가 정말 보리밧 속에서 '어악' 소래를 치고 나왓다고 하면, 그들은 魂飛魄散을 할 것이다. 그러케 神經이 弱한 그들이면서도, 그들의 意氣는 衝天을 하고도 오히려 餘裕가 잇섯다.

만일 누구가 그들에게 '너희들은 아직 어리닛가 發音을 잘못한다'고 하여보라. 그러면 그들은(이상 55쪽)

저건너 집웅에잇는 콩짝대기가
싼콩ㅅ덱인가, 안싼콩ㅅ댁인가

를 서슴지 말고 反覆하여 보라고, 도로혀 우리들에게 難題를 提出한다. 우리들이 그것을 서슴다가는 그들에게 '너희들 어룬도 별 수 업구나' 하는 嘲笑를 밧게 될 것이다. 그들의 眼中에는 어룬도 업고 아희도 업다. 그들에게는 詩가 잇슬 쌘이오, 音樂이 잇슬 쌘이다. 咸鏡道 아희들은

별하나쑥짜 행주짝가
망태너어 東門에걸고
별둘쑥짜 행주짝가

망태너어 西門에걸고

별셋쑥싸 행주싹가

망태너어 南門에걸고

별넷쑥싸 행주싹가

망태너어 北門에걸고

를 서슴지 말고, 한숨에 다해 보라고 한다. 별을 싸서 행주로 닥는다고 한다. 또 엇든 咸鏡道 아희들은

별하나쑥싸 구어서 불어서
　　줌택이너어라
별둘쑥싸 구어서 불어서
　　줌택이너어라
별셋쑥싸 구어서 불어서
　　줌택이너어라
별넷쑥싸 구어서 불어서
　　줌택이너어라

를 서슴지 말고 한숨에 몇 번이든지 反覆하라고 한다. 아희들끼리는 그 反覆의 度數로서 그들의 勝負를 決定한다. 먹구집이인 그들은 별도 밤갓치 먹는 것인 줄 알엇다. 慶尙道 아희들 사이에는

별하나쑥싸, 별둘쑥싸

별셋쑥싸, 별넷쑥싸

별다섯쑥싸, 별여섯쑥싸

별일곱쑥싸, 별여덟쑥싸

별아홉쑥싸, 별열쑥싸

를 한숨에 서슴지 말고 다해 보라는 것이 잇는 모양이다. 모다 그들의 勝負의 表現인 것 갓다. 또 그들이, 이약이(이약이를 慶尙道에서는 '이박이' 或은 '이박우'라고 한다)의 材料에 窮迫할 때에는

이박 저박 깟치박
덤풀밋헤 쏘두박
이웃영감 두루박 (慶尙)

이라고 遁辭를 부린다. 그들은 自退을 卑劫하다고 생각함으로, 무슨 소리든지 해서 그 자리를 糊塗라도 하고야 만다. 또 엇던 아희들은 이약이하라고 졸느면,(이상 56쪽)

옛날옛적 간날갓적에
아희 어룬ㅅ적에
어룬 아희ㅅ적에
툭수바리 영감ㅅ적에
나무접시 少年ㅅ적에
한사람이 잇섯그든 …… (慶尙)

하면, 傍聽者들은 발서 窮餘의 헛튼 수작인 줄 알고 '고만 주어라'라고 妨間(야지)를 한다. 엇든 慶尙道 아희들은

이약이 때에기 밧때기
마루밋헤 萬자리
천장밋헤 千자리

배나무밋헤 百자리

신나무밋헤 쉰자리

한울밋헤 한자리. 하々︿

한다. 釜山 아희들은, 이박우(이약이) 材料에 窮하면, 소래처 노래를 불은다.

이박우 저박우 강태박우
江太한짐 질머지고
佐川장에 팔너갓드니
江太한짐 다못팔고
매만맛고 똥만쌋네
저아바니안테 기별하니
기별한둥 만둥
저어머니안테 기별하니
기별한둥 만둥
兄님안테 기별하니
기별한둥 만둥
동생안테 기별하니
기별한둥 만둥
게집안테 기별하니
기별한둥 만둥
저할머니안테 기별하니
고내孫자 잘마젓다!　(洪在範 君의 말)

江太란 江原道産의 明太란 말이오, 佐川 장은 釜山鎭의 市場이다. 이 노래는 아희들의 獨立性을 말하는 同時에, 그들의 殘忍性 — 남의 不幸을 快히 녁이는 — 이 表

現되여 잇다. 그러나, 그들의 殘忍性은 그들의 노래 中에 훌륭히 美化되여 잇다.

好奇性

常的이오, 自然的인 것은, 그들의 感興을 끄을지 못하엿다. 異常하고 非自然的인 現象만이 그들의 快興을 이르켯다. 그들의 感情은 物理的이 안이오, 化學的이엿스며, 그들의 趣味는 科學的이 안이(이상 57쪽)오, 詩的이엿섯다. 亦是 그들이 이약이 材料에 몹시 졸닐 때에는, 그들의 最後의 秘訣을 내여 '꼬바부' 할미 이약이를 시작한다.

옛날 옛적에
꼬부랑할머니가 꼬부랑짝지를집고
꼬부랑길을가다가 꼬부랑남게올나가서
꼬부랑똥을누니 꼬부랑강아지가와서
꼬부랑똥을먹거든 ……
꼬부랑할머니가 꼬부랑짝지로
꼬부랑강아지를 때리니
꼬부랑강아지가 꼬부랑쌩々 ︵︵
하면서달아나드란다.

'자 — 이만하면 한 자리 햇구나' 한다. 이 소리가 나오면, 이약이판은 식어지는 법이다. 하나 이 소리는 그들의 꼬부랑 할미에 對한 好奇心에서 産出된 것이다. 그들은 꼬부랑 할미의 꼬부랑 똥과 꼬부랑 강아지의 꼬부랑 쌩쌩에 喝采를 하는 것이다. 아희들은 '장님'에게도 好奇心을 가젓섯다. 그들이 장님 소리를 할 때는, 한 아희가 장님된 아희를 붓들고 다음과 갓치 問答한다.

봉사︵ 대봉사
어데를가오 대봉사

아희잡으려 간다
아희는잡어서 무엇할네
코ㅅ구멍에 약할난다!

코ㅅ구멍에 약하겟다는 소래를 들으면, 다른 아희들은 '야 이것바라. 장님(慶尙道에서는 봉사라고 한다)의 코ㅅ구멍에 약이 되엿다가는 큰일이다' 십허서, 다라날 準備를 한다. 장님을 붓든 兒희는 繼續하야

東으로갈네 西으로갈네
길거너줄게 말해바라 (慶尙)

하고는, 장님의 머리를 붓들고, 한바탕 뺑々이를 돌닌 뒤에는, 어아 소래를 치며 다라난다. 다른 아희들도 다라나고, 장님은 아희들을 잡으려고 쫏처간다. 잽히는 아희는 다음번의 장님이 되는 것이다. 생각컨덴, 이 소리의 起源은 이러할 것이다. 옛날 엇든 아희가 장님의 도랑 건너려고 애쓰는 꼴이 불상해서, "여보, 장님 어듸로 가시오" 하고 물엇다. 장님은 아희의 親切에 侮辱感을 이르켯다. '이놈 내야 어듸를 가든, 네게 업어다 달나니' 하는 생각으로 "아희 잡으려 간다"고 威嚇을 하엿다. 아희는 '이걸 좀 놀려 주리라' 하고는 "아희는 잡아서, 무엇 할네" 하고 물엇다. 장님은 내친 길에 더 威嚇的으로 "코ㅅ구멍에 藥할난다"라고 對答하엿다. 아희는 골이 번적 나서 "에, 이놈의 장님" 하고는, 뺑々이를 식힌 뒤에 도망질을 하엿다. 장님은 그 애를 잡으려고 터덕그렷다. 아희는 집에 도라와서, 지낸 光景을 가만히 생각하여 보니 쏙 한판의 노리꺼리가 되엿다. 해서, 동무 아희들을 모와다 놋코 시작해 본 것이, 이 장님노리(이상 58쪽)일 것이다.

그들은 밋구라지(鰍魚)의 싹々 벌니는 입에도 興味를 늣겻다.

그리고, 아마 저희들과 갓치 먹을 것을 달나는 意味이라고 解釋하엿다. 해서, 그들은 밋구라지를 건저다 놋코는

아구리 딱々 별녀라
열무짐치 들어간다 (慶尙)

를 反覆 노래한다. 그들은, 말을 보기만 하면

콩복가줄게 배처라 (慶尙)

를 놉히 질은다. 그러면, 말은 콩이 먹고 십허 그런지 '오르간'을 내여서 저 배을 친다고 한다.

俗談에 우슴 잘 웃는 사람을 '방긔만 뀌여도 웃는다'고 하지만, 아희들은 방긔 뀌는 말만 들어도 웃는다. 그들의 노래 中에는 이러한 것이 잇다.

아자바 까자바 아듸가노
새잡으러 간다
한마리다고 구어먹자

두마리다고 쎄지먹자
쎄지남게 불이붓허
요록쏘록 박쏘록
臙脂색기 분쏘록
숭어색기
납조록
오좀이짤끔 방구투두랑탕 (慶尙)

하고는, 허々 치며 웃는다. 論理도 업는 노래이지만, 오좀이 잘금하고, 방긔가 투두랑탕 나온다는 것이, 그들의 笑神經을 매우 刺戟하는 모양이다.

愛—悲愛

最後로 特히 말하여 둘 것은, 그들의 귀여운 愛情의 萌芽이다. 이것은 엇던 나라 아희들보다, 우리 아희들의 가삼 속에 깁히 아름다운 쑤리를 박고 잇는 것 갓다. 以上에서 煩述한 諸兒童性은 外國의 童謠에서도 다 갓치 發見할 수 잇는 바이다. (外國과의 比較는 後日에 鄭寅燮 君의 完全한 發表가 잇겟기로, 나는 一切을 略하엿다.) 하지만 仁情愛 = 라고 할는지, 特히 그들의 아치러운 愛心의 萌芽는 外國 童謠 中에 만흔 類例를 求하기 어렵다. 一例을 들면, 英米 아희들은

Rain, rain go away,

Come again another day;

Tommy Piper wants to play.　Mother Goose.

라고 한다. 大意를 말하면

비야― 오지마라

다음날에 또오너라

「톰미 파입퍼」 못놀겟다……　(「母鵝」에서)

고, 놀지 못하는 것을 恨嘆한다. 日本 아희들은(이상 59쪽)

雨こん　―　降つとくれ

あしたの晩に　降つとくれ

라고 한다. 大意는

비야― 오너라

來日밤에 오너라

는 것이다. 英國 아희들은, 다음날에 오라고 하고, 日本 아희들은 來日 밤에 오라고 한다. 여긔에 國民性의 一部가 表現되엿다. 今日主義的은 日本 아희들은, 오늘만 안이 오면, 來日 밤에야 오든지 말든지 關係치 안타고 하지면, 英國 아희들은, 좀 더 餘裕 잇게 다음날에 오라고 한다. 하지만 朝鮮 아희들은, 놀지 못하는 걱정보다는, 누의님의 結婚服이 저즐가 念慮한다.

비야〜 오지마라
우리누나 싀집간다
가마꼭지 비들치면
다紅치마 얼넝진다
무명치마 둘너쓴다
비야〜 오지마라 (慶尙)

라고 한다. 全羅道 아희들은

비야〜 오지마라
우러머니 싀집간다

라고 한다. 어머니가 싀집간다는 건, 우섭지만, 柳春燮 君의 말에 依하면, 全羅道에서는 이 노래에 關하야 다음과 갓흔 傳說이 잇다. 논고동이 색기를 칠 때에는, 母體의 底部에 産卵을 한다. 그 産卵은 母體를 食糧으로 하야, 生長함으로 고동의 색기가 一個의 고동이 될나면, 母體를 盡食하는 것이다. 함으로, 어미고동은 색기를 위하야 그의 生命을 犧牲하게 되는 것이다. 기가 올 때면 썹질만 남은 어미고동은 定處업시 등々 써나가게 된다. 이것은 맛치 아기를 길느느라고 애쓰는 어머니의 獻身的

愛情에 比할 만한 것이다. 해서 아희들이 비오는 날 어미고둥의 뷘 겁질을 보고는 쏘 或은 그것을 聯想하고는 '비야 ᅳ 오지마라, 우러머니 싀집간다'를 부르는 것이 原意이라고 한다.

이러케 朝鮮아희들은, 비오는 날을 當하면, 外國 아희들이 想像도 못할 여러 가지 아처러운 설엄을 노래한다. 그들은 어렷슬 때붓허 人生의 悲哀를 맛보앗다. 이것은 過去 우리 民族의 외롭고 悲痛한 生活을 말하는 것이 안이고 무엇시랴!

우리 아희들은 綠豆남게 안즌 새를 보고는, 靑푸장수 할머니의 설엄을 위하야 쓰거운 同情을 밧처 노래한다.

새야ᅳ 파랑새야
녹두남게 안지마라
녹두쏫이 써러지면
청푸장수 울고간다

부르는 아희들에게는 尋常하다 할지라도, 듯는 우리는 이 노래에 울(이상 60쪽)지 안을 수 업다. 이 노래는 우리 朝鮮民族의 過去 現在의 全 歷史生活을 한 말에 表現한 것이다. 幸福스런 外國 아희들은 生의 悲哀를 모르고 자란다. 하지만 우리 아희들은 어룬과 함긔 生의 苦痛을 맛보며, 生의 苦痛에 눈물짓는다. 生의 苦痛을 맛보고, 그 苦痛에 눈물짓는 아희들은, 그것을 凡然히 생각하는지 몰으고, 第三者들은 그것이 兒童의 處地로서는 幸福스럽다고 할는지 몰으겟다. 하나, 第二者인 우리의 處地로서는, 天眞한 우리 아희들에게, 生動的인 우리 아희들에게, 勇敢한 우리 어린 사람들에게, 悲哀感을 주게 되는 것이 얼마나 憤한 일이며, 얼마나 붓그러운 일인가! 그들은 우리의 슬퍼하는 것을 보고 우리와 함께 울고저 한다. 하나, 우리들의 罪로서 우리의 아희들을 울니는 것은 우리의 참아 못할 일이 안인가. 그들은 어머니의 품속을 그들의 天國이오 樂地로 생각한다. 해서, 그들은

새는～ 남게자고

쥐는～ 궁게자고

돌에붓흔 짱갑지야

남게붓흔 솔ㅅ방울아

나는～ 어듸잘고

우리엄마 품에자지 (慶尙)

라든지, 쏘는

숭어색기 물에놀고

밋구랭이 뻘에놀고

나는～ 우러머니품에노네 (慶尙)

하고, 어렷슬 째에도, 어머니의 가슴을 讚美한다. 하지만, 그들이 將次 커지면 어머니의 가슴을 일허버리지 안이치 못할 것을 그들은 잘 알엇다.

새는～ 남게자고

쥐는～ 궁게자고

나는～ 우러머니품에자고

五六年이 되여가니

속절업시 써러지네? (慶尙)

라고 큰 아희들은 노래한다. 이것이 엇지, 다맛 兒희들의 平凡한 恨嘆뿐이랴. 生長코저 하는 아희들이면서도, 朝鮮의 아희들은 長成하기를 슬퍼하엿다. 왜?(이상 61쪽)

童謠研究(一)

牛耳洞人, 『중외일보』, 1927.3.21

◇ **머리에 한마듸**

달아달아 밝은달아
리태백이 노든달아
달가운대 계수나무
옥도끼로 찍어내고
금도끼로 다듬어서
초가삼간 집을짓고
부모량친 모셔다가
천년만년 살고지고

이 놀애는 朝鮮 어느 곳을 가든지 어린이들이 불른다. 이 놀애가 어린이들의 입으로 불르게 된지는 오래엇지만 十餘年前까지도 놀애라고만 하얏지 '童謠'란 말을 부치어 부르지 안햇다. 쑨만 아니다. '童謠'란 이름부터 몰랏다. 그러든 것이 지금은 말할 줄 아는 어린이면 '童謠'라는 것이 무엇인지 잘 안다. 그리고 암만 어린 학생이라도 創作 童謠까지 製作하게 되엇다. 그리고 現在 朝鮮文壇에 韓晶東, 文秉讚 氏 外 數人의 童謠作家가 出現하얏다. 아즉 以上에 列擧한 몃 분을 完全한 '童謠作家'라고 斷言은 할 수 업스나 그들의 밟아가는 길을 보면 얼마 잇지 안하서 내가 그들을 '童謠作家'라고 斷言할 때가 잇슬 줄 안다. 筆者도 퍽 오래 전부터 童謠와 詩에 留意하야 왓스나 '이러타' 할 만한 童謠 一篇을 지어 發表하지 못하얏다. 이제는 한 三年 되엇지만 어쩐 新聞社에서 童謠를 懸賞으로 募集할 때에 「귀곡새」란 童謠를 一篇 投稿한 일이 잇섯는데 選者가 마음대로 쓰더 고치고 웃 절은 빼고 '選外'로 當選하야

망신당한 일이 記憶된다. 選者가 筆者와 親分이 잇서 마음대로 고친 것인데 고친 것이 돌이어 原作만 못하야 筆者는 不安을 품고 잇든 중에 柳志永 氏가 朝鮮文壇에 記載한 評文에 筆者의 童謠는 아모 것도 아니라 表明하야 '창피'한 생각이 아즉도 남아 잇다.

空然이 쓸대업는 이약이를 하얏나보다. 어찌하얏든 筆者도 童謠에 留意한 사람 中의 一人이기 때문에 이제 童謠에 關하야 되는 대로 몃 마듸 해 보려고 한다. 아즉 童謠에 留意만 하얏지 硏究를 別로 하지 안해서 여긔에 日本 西條八十 氏의 『現代童謠講話』와 野口雨情 氏의 『童謠作法』과 내가 생각한 意見과 綜合하야 이약이한다는 것을 미리 말하야 둔다.

(二) 牛耳洞人, 『중외일보』, 1927.3.22

◇ 童謠의 起原

童謠가 어느 때부터 불려젓는지 알 수 업는 일이다. 어린애들을 가만이 注意하야 보면 암만 말할 줄 모르는 아이라도 무어라 웅얼웅얼하는 것을 볼 수가 잇다. 이것만 보아도 人類 歷史가 잇는 始初부터 童謠가 어린이의 입에서 불려젓스리라고 생각한다.

달아달아밝은달아
리태백이노든달아

란 이 童謠를 보면 分明히 李太白이가 달을 낙그다가 죽은 以後에 불려진 것이겟다. 그런데 우리는 가끔 무슨 意味인지 알지 못할 童謠를 볼 수 잇다.

새야새야 파랑새야

너어하야 나왓느냐
솔닙대ㅅ닙 푸릇키로
봄철인가 나왓드니
백설이펄펄 헛날린다
저건너저 — 靑松綠竹이 날속이엇네

이 童謠의 意味는 別로 神奇롭지도 안흘 쑨 아니라 무슨 意味인지 좀 모호하다.

이 童謠는 甲午 東學亂 째에 全琫準 氏의 失敗를 吊傷한 意味에서 나온 것이라 한다. 다시 말하면 全琫準 氏가 째아닌 째에 나왓다가 失敗 當하얏다는 설은 놀애이다. 또 東學亂에 對한 童謠가 하나 잇스니

갑오세 갑오세
을미적 을미적
병신되면 못간다

란 것은 甲午年에 東學亂이 쌜리 成功하여야지 萬一 甲午年에 成功치 못하고 乙未 丙申에 다달으면 東學亂이 失敗한다는 意味이다. 다시 말하면 쑤물쑤물하지 말고 革命運動을 쌜리 行하라는 쯧이다.

알에ㅅ녁새야 웃녁새야전주고부 두도새야 두루박, 짝짝우여

이 童謠는 甲午 東學亂에 金介南이란 사람이 全琫準과 함께 닐어낫다가 頭流山(智異山) 下 朴姓人에게 敗한다는 意味라 한다. 이것이 東學史에 기록되어 잇는 것인데 우리는 이러한 童謠를 보면 過去의 童謠가 어쩌케 起原이 되엇는지 짐작할 것이다.

◇ 童謠의 意義

童謠는 어린이들이 불르기 쉬운 놀애이다. 말은 처음으로 배우는 젓먹이 어린이라도 부를 수 잇게 쉬운 말로 지은 놀애다. 자세히 말하면 '兒童 自身이 創作한 詩'의 意味다. 곳 '兒童들이 自己의 感動을 何等의 形式에든지 拘束하지 안코 自己 스스로의 音律을 마추어 부르는 詩'의 意味다.

요사이 朝鮮서 小學校나 普通學校에서 兒童들이 부르는 唱歌는 大部分이, 아니 全部가 功利的 目的을 가지고 지은 散文的 놀애이기 때문에 無味乾燥한 놀애쁜이어서 寒心하기 짝이 업다. 우리들은 곳 童謠에 뜻을 둔 이들은, 藝術美가 豊富한 곳 어린이들의 空想과 곱고 깨끗한 情緖를 傷하지 안케 할 童謠와 曲調를 創作해 내지 안흐면 안 될 義務가 잇다고 생각한다.

從來의 唱歌라는 것은 全部 露骨的으로 말하면 敎訓 乃至 知識을 너허주겟다 目的한 功利的 歌謠이기 때문에 兒童들의 感情生活에는 何等의 交涉도 가지지 안흔 것을 遺憾으로 생각하고 그 缺陷을 補充하기에 滿足한 內容 形式보다도 藝術的 香氣가 잇는 新 唱歌를 創作하겟다는 것이 童謠 運動의 目的이라고 생각한다. 그리하야 新興童謠의 定義는 '藝術的 味가 豊富한 詩'라고 할 수 잇다.

◇ 唱歌와 童謠

朝起

닐어나오 닐어나오
맑은긔운 아츰날에
새소리가 먼저나오
닐어나오 닐어나오
아츰잠을 일즉깨면
하로일에 덕이라오

닐어나오 닐어나오

아츰잠을 늣게깨면

만악(萬惡)의본이라오

닐어나오 하는소리

놀라서 꿈을깨니

상쾌하다 이내마음

반달

푸른하늘銀河물

하얀쪽배엔

桂樹나무한나무

톡기한마리,

돗대도아니달고,

삿대도업시,

가기도잘도간다,

西쪽나라로.

銀河물을 건너서

구름나라로,

구름나라지나면

어대로가나,

멀리서반짝반짝

비추이는것,

샛별燈臺란다

길을차저라.

— 계속 —

(三) 牛耳洞人, 『中外日報』, 1927.3.23

우리는 「朝起」와 「반달」을 創作한 作者의 心理가 퍽 다른 것을 볼 수 잇다. 이러한 놀애는 두 가지로 난훌 수 잇다. 「朝起」를 쓴 作者는 아모 感興도 업는 것을 '어린이에게 일즉 닐어나게 하기 위하야' 쓴 것이오 「반달」을 쓴 尹克榮 氏는 이러한 功利的 目的이 하나도 업시 詩的 感興이 닐어나서 쓴 것이다. 「朝起」와 가튼 類의 놀애는 어린이들이 學校에서 强制로 배워주면 할 수 업시 불르지만 絶對로 學校 以外에서는 불르지 안는다. 불를내야 別로 잘 記憶도 안 될 것이다. 그러나 「반달」은 學校에서도 가르켜 주지 안흔 놀애이지만 現下 全 朝鮮에 퍼젓다. 「반달」이란 童謠가 짓기도 잘 지엇거니와 더욱이 曲調가 조하서 筆者도 「반달」을 놀애하는 것을 들을 때에는 '工夫고 事業이고 다 — 집어치우고 이 놀애 들엇스면' 하고 忘我的 恍惚을 感覺한다. 筆者도 심심할 때엔 「반달」과 「작은 갈매기」를 불르곤 한다. 우리 朝鮮에서도 小學校에서 以前 唱歌라고 하는 것을 唱歌 全 科目으로 하지 말고 童謠를 가르켜 주지 안흐면 안될 것이다.

◇ 創作 注意

작을갈매기[1]

둥근달밝은밤에 바닷가에는
엄마를차즈려고 우는물새가
南쪽나라먼故鄕 그리울때에
늘어진날개까지 저저잇고나

밤에우는물새의 슯흔신세는
엄마를차즈려고 바다를건너

1 '작은갈매기'의 오식이다.

달빗밝은나라를 헤매다니며

엄마엄마부르는 작은갈매기

이 놀애의 말이 얼마나 아름답습니까. 붓잡으면 살아질 듯한 놀애다. 암만 잘된 童謠라 할지라도 마음이 보들압지 못하고 거칠고 구든 마듸가 잇스면 眞實한 童謠가 될 수 업다. 이 「작은 갈매기」는 現在 朝鮮 童話界의 '王'이라고 부르는 方定煥 氏가 日本 童謠 「濱千鳥」란 것을 「갈매기」라고 題目을 고치어서 飜案한 것이다. 그러면 「濱千鳥」란 原文은 어쩌한 것인가.

青い月夜の 濱邊には

親をさがして 鳴く鳥が

海の國から 生れ出る

ぬれたつばさの 銀の色.

夜なく鳥の かなしさは

親をたづねて 海を越え

月ある國に 消えて行く

銀のつばさの 濱千鳥.

朝鮮서 「작은 갈매기」가 全 朝鮮에 퍼진 거와 가티 이 「濱千鳥」도 日本 全國, 아니 日本 사람 사는 곳에는 어느 곳이든지 퍼진 것이다. 아마 우리 朝鮮 小學生 中에서도 이 「濱千鳥」를 別로 모를 이가 업슬 줄로 생각한다.

作家로 안저서 어쩌한 感興을 어덧스며 '이것은 어린이가 부를 것이다'란 생각을 니저서는 안 된다. 그리하야 童謠 作家로 안저서는 '어린이'들과 동무과 되어서 '어린이'들의 말에 注意하야 듯고 童謠 創作할 쌔에는 어린이의 말로 쓰지 안흐면 안 될 것을 니저서는 안 될 것이다.

그러고 또 어린이들의 고은 마음을 상치 안흘 ― 곳 어린이들에게 낫븐 影響을 줄 作品인가? 조흔 影響을 줄 作品인가를 區分해 보지 안흐면 안 될 것이다.

◇ 作者의 感動

여러분은 이 우에서 今日의 童謠가 從來의 唱歌가티 單純히 兒童 興味를 中心으로 한 乃至 知識 敎訓 等을 包含해서 兒童에게 주기 위하야 創作한 '오부라토'[2]式 歌謠가 아닌 것을 알 터이지오? 곳 今日의 童謠가 作者 自身의 眞實한 感動이 닐어나서 이것을 兒童이 불러서 깃버할 뿐만 아니라 作者 自身도 이것을 지은 데에 創作의 歡喜를 늣길 것이다.

그리해서 從來의 唱歌의 大部分이 藝術品이 아니고 童謠가 그 代身으로 藝術的 唱歌라고 하는 理由는 眞實로 이 點에 存在한 것이다.

가나리야

놀애를니저버린 가나리야는
뒷동산수풀속에 버려둘가요
아니,아니,그것은 안되겟서요

놀애를니저버린 가나리야는
압강변모래바테 파무들가요
아니,아니,그것은 안되겟서요

놀애를니저버린 가나리야는
실버들채찍으로 때려볼가요
아니,아니,그것은 가엽습니다.

---

2 オブラート. 독일어 Oblate는 먹기 어려운 가루약 따위를 싸는 얇은 막을 일컫는데, 독일의 그리스도교 제단(祭壇)에 드리는 얇은 밀가루 전병에 약을 싸서 내복하던 것에서 비롯되었다고 한다.

놀애를니저버린[3] 가나리야는
상아배에은 노를부려노코서[4]
달밝은바다에 씌어노흐면
니저버린놀애를 생각하지오.

(四)

牛耳洞人,『中外日報』, 1927.3.24

이 童謠는 日本 童謠作家로 有名한 西條八十 氏의 名作인데 急速히 飜譯하노라고 하야 흠집이나 내지 안햇는지 모르겟다. 그러나 別로 흠집이 낫스리라고는 생각되지 안는다. 西條八十 氏가 이 「가나리야」 一篇을 쓴 動機를 紹介하면 조켓스나 넘우나 길어서 그만 둔다. 作者는 '우에노' 공원에 가서 散步하다가 지나간 어린 쌔를 追憶하고 感動된 바가 잇서 썻다고 한다. 作者의 動機의 씃절에 다음과 가티 말하얏다. 왼 처음에 「나가리야」[5]를 다시 記錄하야 가르되

"이와 가티 뭇고 이와 가티 對答하는 어머니와 아들 소리는 참으로 當時의 나의 가슴 가운 대에 써나지 안햇다. 自問自責의 소리의 象徵에 지나지 안흐나 그러나 역시 歲月의 寬大한 손바닥은 이 섧은 金絲雀(가나리야)에 니저버렷든 넷날의 놀애를 回想할 機緣을 주엇다. 나는 쌀하서 一個의 詩人으로 再生하얏다. 今日에도 나는 이 놀애를 닑으면 當時의 自己의 切迫 緊張햇든 氣分이 생각나서 눈물을 흘리지 안흘 수 업다. 그리해서 그쌔의 悲壯한 介在된 生活 感動이 無意識 中에 다시 나타나서 이 놀애를 낸 것을 切實히 늣긴다. 實로 「가나리야」의 놀애는 나의 一個人 의 感銘 깁흔 自敍傳 一節이다"라고 말하얏다. 筆者가 性急하야 正確하게 飜譯을 하지 못하얏지만 大概의 뜻은 理解할 줄 안다.

---

3 '놀애를니저버린'의 오식이다.
4 작품은 원문대로 전사하였는데, '상아배에은노를 부려노코서'로 띄어 써야 옳다.
5 '「가나리야」'의 오식이다.

이제 우리 童謠 作家의 作品을 하나 紹介하려고 한다.

소금쟁이

장포밧못가운대 소금쟁이는
1234567 쓰며노누나
쓰기는쓰지만두 바람이불어
지워지긴하지만 소금쟁이는
실타고도안하고 뺑뺑돌면서
1234567 쓰며노누나

이 童謠가 鎭南浦 三崇學校에서 敎鞭을 잡고 잇는 韓晶東 氏의 創作童謠인데 東亞日報의 新年號인가 무슨 記念號에 一等으로 當選한 것이다. 이 童謠도 全 朝鮮에 퍼저서 '어린이'들이 자나 깨나 볼르는[6] 것이다. 이 童謠가 發表된 當時에 어떤 분이 「소금쟁이」는 日本 童謠의

小池の小池の　みづすまし
いろはにほへと　書いてゐる
書いても書いても　風が來て
消しては行けと　みづすまし
あきずにあきずに　お手習ひ
いろはにほへと　書いてゐる

와 갓다 하야 非難을 만히 바닷스나 그것은 한 誤解엿섯다. 筆者가 韓晶東 氏를 잘 알므로 「소골쟁이」[7]가 이상하게도 日本 童謠와 갓지만 韓晶東 氏의 創作品인 것을

6 '불르는'의 오식이다.
7 '「소곰쟁이」'의 오식이다.

確實히 안다. 이제 나는 韓晶東 氏가 이 「소곰쟁이」 쓴 動機를 여러분께 紹介해 볼가 한다.

나는 본래 물 만흔 곳 다시 말하면 섬(島)이나 다름 업는 곳에서 자라난 사람이다. 어려서부터 소금쟁이와는 親하얏다. 그 親하게 된 理由는 이러하다. 나는 물 만흔 곳에서 자라나면서도 헤염칠 줄을 몰랏다. 그래 書堂의 여러 동무들에게 여간 놀리움을 밧지 안햇다. 그런데 하로는 田○○이란 사람이 소금쟁이를 잡아먹으면 헤염을 잘 차게 된다고 하는 말을 들엇다. 이 말을 고지들은 나는 이로부터 남모르게 소금쟁이 잇는 곳을 차저가서는 잡기로 애를 썻다. 얼마ㅅ동안 애를 무한히 썻지만 소금쟁이는 한 마리도 잡지 못하얏다. 그러나 결국 헤염만은 치게 되엇다. 그래 田○○란 사람의 하든 말이며 소금쟁이는 언제든지 記憶에서 살아지지 안햇다. 이와 가티 생각에서 떠날 줄 모르든 소금쟁이를 詩로 옮게 된 徑路는 또한 이러하다.

내가 高等普通學校를 卒業한 後에는 生活上 關係로 故鄕을 떠나게 되엇다. 그럼으로 故鄕을 늘 憧憬하게 되엇다. 더욱이 내가 詩에 趣味를 둔 後부터는 鄕土에 對한 憧憬은 日復日 더하게 되엇다. 그런데 내가 詩를 쓰기 始作한 것은 一九四二年[8] 봄부터이다. 그 이듬해 一九二三年 첫녀름 六月이다. 나는 故鄕을 차젓다. 그때는 바루 논에 물을 잡아너코 흑 갈기도 하며 移秧하는 때이다. 農家에서는 퍽 분주한 때이다. 그런데 내 故鄕에는 兄님과 아우와 親戚들이 만히 살고 잇다. 다소 분주도 하려니와 나는 어린애를 퍽 사랑하는 까닭으로 나의 족하가 그때 여섯 살 된 애와 네 살 된 애와 돌 된 아이 셋을 더리고 들로 젓 먹이러 나가든 길이엇다.

기름이나 바른 것처럼 반작반작 아름다운 新綠의 미트로 수문(水門)을 通하야 물이 들어오는 개굴에는 장풍(창포)의 향긔를 더욱 모내리 만치 작은 바람이 불어오는 때이다. 마츰 그 水門 턱에는 소금쟁이 네다섯 놈이 물에 밀리어서 내려오고 또 올라갓다 내려오군 하얏다.

8 이 부분은 韓晶東의 「(文壇是非) 「소곰쟁이」는 번역인가?」(『東亞日報』, 1926.10.9)에서 인용한 것인데, 한정동의 원문에 '一九二二年'으로 되어 있고, 시간상으로 보아도 '一九二二年'이 분명하다.

(五) 牛耳洞人,『中外日報』, 1927.3.25

수태도 재미스러워서 야 殷變아(여섯 살 된 아이) 저 소금쟁이가 무엇하고 잇니 하고 물엇드니 그 애는 족음도 주저치 안코 아저씨 그것 소금쟁이가 글 쓰느나 하얏다.

나는 생각도 못하얏든 意外의 대답에 놀래엇슬 뿐 아니라 곳 그때의 實景을 그려서 詩 한 篇을 써보앗다. —(그때 바람이 조금씩 불기는 하얏지만 물결이 일 만한 바람은 아니엇다. 바람이 불어서 지워지군 한다는 것은 原作을 고칠 때에 말에 궁해서 그저 잡아 너흔 것이다. 그때의 實景이 아즉도 눈에 뻔하다.)

장포바테
소금쟁이
글시글시
쓰며논다

글시글시
쓰지만도
물들러서
지워진다

지워저도
소금쟁이
글시글시
또써낸다

그 詩의 原作은 니러하다.

그런데 말이 넘우도 길어지지만 나는 어쩐 까닭인지 四四調나 八八調를 그닥지 조하하지 알는[9] 까닭에 이것을 自己가 조하하는 七五調로 고칫스면 혹 어썰가? 하고 여러 번 생각도 하얏고 또 童詩에는 쉽고도 재미로운 것이 조흐려니 하는 생각으로 '글시글시'란 것을 좀 더 재미롭게 하기 爲하야 數字 1234567을 너흔 것이오 또 지워진다는 말을 형용할 수가 업서서 바람을 불어도 안흘 것을 억지로 잡아너헛든 것이다. 그럼으로 나로서는 改作이 原作만 못하다고 생각한다.

이것이 또 무슨 말써리나 되지 안흘지 모르나 筆者도 良心이 잇는 사람이니까 족음도 거리씸업시 紹介한 것이다. 그리고 作者가 創作의 動機를 적을라면 하도 만키에 以上 두 분의ㅅ것만 紹介한다.

◇ 藝術이란 무엇인가

藝術이란 무엇인가. 이것은 참으로 어려운 問題 中 의 하나다. 西條八十 氏 의 말을 빌면 이러하다.

藝術은 人生의 觀照라고 불러도 관계치 안타. 人生의 觀照란 것은 우리 人間이 여러 가지 弛緩한 雜念을 버리고 緊張하고 眞摯한 마음으로 된 人生의 第一義를 생각하는 것이다. 皮相的이 아닌 點의 意義에 對한 人生 — 깁히 全體的으로 人生을 생각하는 것이다.

그리해서 이 一種 莊嚴한 心境으로부터 나온 것이 藝術이다. 그러한 고로 적어도 藝術이라고 이름 부친 作品에는 그 作者가 人生을 본 때의 眞實한 더할 나위 업는 感動이 나타나지 안흐면 안될 것이다. 또 일편으로 말하면 이 人生 觀照로부터 나온 藝術이 우리 人間에 주는 刺戟 乃至 印象이라고 할 心的 狀態를 總括한 이름은 '美'다. 하야 一般으로 藝術의 目的은 美의 創造에 잇다고 말한다. 그것은 藝術을 이 裡側으로 본 때의 定義다. 곳 繪畵는 形과 色彩에 依하야 그 美를 創造하려고 하고 彫刻은 形에만 依하야 또는 普通은 音響에 依하야 그 美를 創造하랴는 것이다. 그리하야서 詩는 人間의 言語를 그 表白의 媒介物로 하야 그 美를 創出하는 것이다. 米國에 有名한 詩

9 '안는'의 오식이다.

人 '에도카아・아란・포' 氏는 "詩는 美의 韻律的 創造라"고 말한 것도 이 意味다.

그런 고로 一節의 놀애에 作者의 그 人生에 對한 眞摯한 感動이 가득한 境遇에는 그 놀애는 藝術的 價値가 잇는 것이 된다. 또는 藝術品이 되는 것이다. 만약 여긔에 反對되는 境遇에는 그 놀애가 如何히 아름답고 如何히 巧妙하게 썻다 할지라도 嚴重한 意味에 依하야 藝術品이라고 불를 수 업다.

우에 筆者가 「朝起」는 藝術的 歌謠라고 할 수 업지만 「반달」은 훌륭한 藝術品으로 일러 주는 것은 以上과 가튼 理由에 依함이다.

◇ 三 詩人의 童謠觀

이제 나는 日本 詩人의 三木露風 氏의 童謠觀을 紹介하겟다. 三木露風 氏는 童謠集 『眞珠島』의 序文 中에 말하기를

"童謠에는 역시 自己自身을 表現한다. 自己自身을 表現하지 안흐면은 조흔 童謠가 아닙니다. 創作態度로써는 童謠를 創作하는 것도 自己自身을 놀애하는 것이라고 생각합니다. 童謠는 곳 天眞스러운 感覺과 想像이란 것을 쉬운 말로써 놀애한 詩입니다. 쉬운 어린이의 말은 그것은 정말 詩와 다르지 아흔[10] 것을 쉬운 어린이의 말로 나타낸다는 意味입니다. 그리하야 童謠는 詩입니다."

(六) 牛耳洞人, 『中外日報』, 1927.3.26

여긔 또 北原白秋 氏의 童謠觀을 紹介합니다.

"童謠는 結局에 어린이의 말로 쓰는 것을 이름이다. 나는 童謠를 지을려면 먼저 어린이에게 돌아가라고 말햇스나 그럴 必要는 업고 童謠를 쓸 째에 어린이의 말, 그대로 쓰기만 하면은 童謠가 되는 것이다."

10 '안흔'의 오식이다.

西條八十 氏의 童謠觀은 어써한가.

"童謠는 詩라고 할 수 잇다. 世上에는 이 明白한 事實을 알지 못하고 童謠를 쓴 사람이 매우 만타. 童謠라고 하면은 오즉 調子의 아름다운 文句와 어린이들의 조하할 題材를 늘어노코 甘味가 만타고 하야 쏘이는 놀애만 써도 조타고 생각햇다. 그의 藝術的 氣韻이란 것은 족음도 생각하지 안는 作者가 만핫다. 그것을 注意할 것이라고 생각한다. 나의 意見으로는 童謠는 어대까지든지 詩人이 써야 될 것이라고 말하는 것은 나는 世上에 흔히 잇는 職業的 詩人을 가르치는 것은 아니다. 참으로 詩人의 魂 이 잇는 사람으로써 붓을 잡아야 한다. 그리 하지 안흐면 우야 從來의 唱歌란 名稱을 童謠라고 불르는 것을 고칠 必要가 어대 잇슬가? 從來 이 敎育의 손에서 지어진 어린이 놀애를 詩人이 대신 마타서 創作하는 것이야말로 新興 童謠의 童義를[11] 確立하는 것이다." 이 外에도 紹介할 童謠觀이 만치만 大槪 비슷한 것이어서 고만 둔다.

◇ 童謠도 詩일가

童謠가 藝術品이 될랴면 作者의 人生에 對한 眞摯한 感動이 닐어나서 創作하지 안흐면 안된다고 이 우에서도 말햇다. 或은 歌謠가 藝術品이라고 하는 것은 곳 그 歌謠가 詩라고 하는 것이다. 그래서 新興 童謠는 從來의 唱歌보다도 만히 作者 自身의 感動이 가득 찬 고로 唱歌보담도 만히 藝術的 價値를 가지고 또 그보담 더 ― 만히 詩에 갓가운 까닭이다. 그러타고 '童謠는 詩라'고 斷言할 수는 업다. 웨 그런고 하니 純粹한 詩에 比較해 보고 童謠에는 한 가지 남은 條件을 發見할 것이다. 그것은 詩와 꼭 가튼 것을

'平易한 어린이의 말로 나타내이자' 하는 條件이다. 詩는 무엇인가. 簡單히 이것을 말하면 '詩는 먼저 藝術의 目的으로써 敍述한 人生 觀照를 作者가 그 表現에 가장 適當한 音樂的 녯말로써 나타내는 것이다. 곳 人生에 向해서의 作者의 率直한 感動

11 '意義를'의 오식으로 보인다.

을 言語의 音樂으로써 될 수 잇는 대까지 完全히 表現하는 것이다. 이것이 詩의 使命이다. 詩에는 以外 何等의 目的도 업고 附屬 條件도 업다. 그런데 童謠는 이 以外 條件이 잇다. 詩人은 童謠를 쓸 때에 平常時의 作詩할 境遇와 달라 '이것은 어린이들에게 부르게 한 것이다."

'어린이들께 놀애 부르게 할 것이니까 쉬운 말로써 表現하지 안흐면 안 된다' 等의 副意識을 腦中에 두는 것이다. 그리해서 이 副意識에 依하야 作者의 感動은 어썬 程度까지는 束縛을 밧는다.

結局 作者는 童謠에 對해서는 平常時의 作詩의 境遇보담 自由대로 그 感動을 披瀝하는 것이 되지 안는 것이다. 이 點에서 보면 童謠는 詩가 아니다. 이것은 從來의 唱歌에 比較하면 쪽 詩에 갓가운 것이라 하지만 詩와 全然 同一하다고는 하지 안는다.

(七)

牛耳洞人, 『中外日報』, 1927.3.27

'그러치만 現今 詩人들에 依하야 創作된 童謠는 어느 때든지 詩 部類에 들지 안흘가?'고 여러분은 물을 것이다. 나는 여긔에 '그러나 大部分에 對해서 純粹한 詩는 업다'고 對答하고 십다.

'그러면 童謠는 짤하서 詩에서는 잇지 안흔가? 結局 第二義的 藝術 以上에 더 지나지 안흔가?'고 여러분은 다시 물을 것이다. 이 물음에는 나는 '아니'라고 대답하고 십다. 그리고 '今日에 童謠라고 부르는 作品 中에는 그대로의 훌륭한 詩가 存在한다'고 말하고 십다. 웨 그런고 하니 그 놀애를 짓는 作者의 態度 如何에 잇는 것이다. 다시 말하면 가튼 童謠라도 作者의 態度 如何에 依하야 詩라고 認定할 童謠도 잇고 非詩라고 否認할 童謠도 잇다.

童謠쑨만 아니라 詩에 잇서서도 억지로 꾸미어 노흔 詩는 언제든지 詩가 될 수 업스며 感興이 닐어나서 作者의 마음에서 한 번을 펴진 詩를 創作한다 하면 그것이야말로 藝術的 價値가 잇는 참된 詩일 것이다. 여긔에 한마듸 하야 둘 것은 詩나 童

謠를 쓸 째에 作者가 實感을 엇고 構想하야 놀애로 불러보아서 놀애가 되면 붓을 들어야 참된 詩品이 되리라고 밋는다.

◇ 童謠의 種類

여긔에 나는 말하기를 피하고 그 代身으로 種類의 童謠를 한 편씩 적어노흐려 한다.

俚語로써의 童謠

압니빠진걱송아지(작은쇠새끼)

우물길에가지말아.

들에쏙지(들에박쏙지)째싹하면

붕어새끼놀라난다.

問答으로써의 童謠

형님온다 형님온다

반달가튼 형님온다

내가무슨 반달이야

초생달이 반달이지

녯니야기로써의 童謠

녯날에 한아비가

서울길을 가다가

밤한말을 사다가

다락우에 두엇드니

머리감은 새양쥐가

다—싸먹고

밤한톨이남앗거늘

너허고나허고먹자,달궁달궁.

寓話로써의 童謠

한울세상 얘기듯고
꼿시뿌린 세아이는
한울구경 가련다네.
봉선화를 심은아이
싹나오길 기다리네
한숨으로 세월일세.

채송화를 심은아이
꼿피기를 기다리네
울음으로 세월일세.
맨드램이 심은아이
씨여물기 기다리네
발버동이 세월일세.
(버들새의 「한울구경하려고」)

遊戱놀애로써의 童謠

동무들아 동무들아
이곳에서 모래성쌋세
청기와로 놉흔집지어
힌진주로 기동하고
호박으로 들보하고
청옥으로 도리하고
황금으로 벽바르고

수정으로 문을달아
부모형제 모셔다가
천년만년 살고지고.

追憶詩로써의 童謠

눈이나리는밤에
어머니의
무릅에안겨서
생각나는것 —

붉은돗대단
작난짬의배는,
녀름냇물에
니져버렷든배는,
어대로흘러서가나.
(西條八十)

(八) 牛耳洞人, 『中外日報』, 1927.3.28

◇ 象徵詩로써의 童謠

The trees are dusty in The park,
The grass is hard and brown,
I'm glad I've got a Nosh's ark,
But I'm sorry I'm in town,
A tot of little girl's and, boys,

Are not so rich as me;

But oh! I'd giYe[12] them all my toys,

For shells besids[13] the sea

이 詩는 現代 英國 女流詩人 Laurence Alma Todema의 作品 Inl"ondon"[14]이란 것인데 여기에 서틀게나마 飜譯해 놋는다.

공원의나무는 몬지로덥혓고

풀닙흔 재ㅅ빗으로 구덧다

나는『말십조개』가진것이 깃브기만[15]

도회에잇는것이 셜습니다.

어린게집애와산애들은

나와가티 부재가아니다[16]

그러나오오 나는그들에게

나의조개를다주겟다

만일해변에서 조개를줍게되면은 —

童話로써의 童謠

여기에 나는 '栽香' 君의 「정직한나무꾼」이란 作品을 紹介하려 한다. 니야기의 내용은 '이솝'의 동화에서 취하야 조선 전래의 니야기로 고친 것이다.

별노 잘 되지는 못하얏지만 標本으로 보이기 위하야 紹介하는 것이다.

12 'give'의 오식으로 보인다.
13 'besides'의 오식으로 보인다.
14 'In London'의 오식이다.
15 '깃브지만'의 오식이다.
16 '부자가아니다'의 오식이다.

넷날에도넷날인 태평시절에
강원도짜산속에 나무꾼하나
하로는나무하러 산으로갈제
곤한잠을못니겨 시냇가에서
내가예서잠자다 도끼하나를
니저버려업새고 찻지못해서
벌이하는연장이 업서젓서요
오늘부터날마다 살아갈길이
아득하고답답해 운답니다요

눈치빠른수신은 이말을듯고
향긔로운바람을 쏘여가면서
달콤한쑴을쑤며 잘도자다가
발벗은그동안에 도끼하나를
빠털여물속에 잠겨버렷다

나무꾼이잠깨여 도끼차즈나
물에빠진도끼가 어대잇스리
불상한나무꾼은 도끼를일코
어이업시안저서 울기만하니
어느누가도끼를 차저서주랴

때마츰물속에서 수신하나이
나무꾼우는소리 넌짓듯고서
물우로솟아나와 나무꾼보고
『너는무슨일로써우느냐』고요

나무순은울음을 뚝끄치고서
수신을바라보며 반기는듯이
『수신님내말슴을들어주시요』
위로하여하는말 정도답도다
『우지마오나무순 일흔도끼는
내아모리재조가 업다하야도
내정성것힘들여 차저주리다』

수신은말한뒤에 물속나라로
깁히깁히들어가 아니보인다
수신일흔나무순 정신일코서
우지도못하고서 수신오기만
태산가티미드며 안젓노라니
수신이얼마만에 다시나오며
『나무순의도끼가이것인가요』
번쩍번쩍금도끼 찬란한도끼
소매에서끄내어 나무순준다

나무순은고개를 절절흔들며
『내도끼가아니오 내도끼는요
무쇠도끼작은것 광이업서요
수신은금도끼를 냇가에노며
『그리면은다시가차저보리라』
물속으로들어가 오래간만에
다른도끼은도끼 어여쁜도끼
나무순을주면서 네도끼냐고

◇

정직한나무꾼은 속임이업시
『아니요내도끼는 은이아니오
무쇠도끼작은것 그것이라오
『그러면다시가서 차저보리니
족음도념려말고 기다려보오』
수신은다시한번 물속에든다
얼마잇다쏘다시 솟아나오며
이번에는참말로 나무꾼도끼
무쇠도끼작은것 갓다가준다

나무꾼은깃거워 춤을출듯이
수신에게절하며 치사하드니
『당신의마음이야 정직합듸다
당신의마음을요 시험하랴고
금도끼며은도끼 갓다주어도
욕심내지안코서 아니라하니
나는당신마음에 감동되어서
당신의한평생을 도아주리다
이금도끼은도끼 당신차지요』
물속으로고요히 수신은간다
불상한나무꾼은 수신이도아
일허버린도끼와 보배를어더
길이길이부자로 잘살엇더라

◇ 뒤에 한마듸

처음에 붓을 들 때엔 具體的으로 좀 잘 써보겟다고 하얏건만 아즉 硏究가 不足하야 남의 글만 옴겨노케 되어 여긔까지 쓰고는 실증도 나고 더 쓴대야 신긔치 안켓씨에 後日로 밀고 이에 붓대를 놋는다. 그러나 처음으로 文學工夫를 하려는 어린 사람에게는 한 參考가 될 듯하야 찌저버려야 조흘 것을 그냥 눈 감꼬 이 되지 안흔 글을 내놋는다.

(一九二七年 三月十一日 於 東京)

少年文藝運動 防止論

特히 指導者에게 一考를 促함(一)

崔永澤, 『중외일보』, 1927.4.17

本文은 崔永澤 氏로부터의 寄稿입니다. 多少 支離하고 坯한 獨斷에 떨어진 듯한 嫌疑가 업지 아니하나 當面의 問題가 問題인 만큼 여러 가지 見地에서 充分히 討議되지 아니하면 아니될 性質의 것임으로 이를 이에 揭載 發表하는 바입니다. 多幸히 讀者 諸氏의 熱烈한 討議가 잇기를 바라는 바입니다.　擔任記者

現下 朝鮮에는 少年運動이 大熾하는 中에 잇습니다. 죽은 듯이 잇는 朝鮮이 되게 하지 안코 산 朝鮮을 맨들기 爲해서 天眞이 아즉도 흘르는 少年 그들의 運動은 움즉여야 할 朝鮮을 爲해서 얼마나 깃버할 일이겟습니까. 少年들의 모임이란 그 모임이 單純하니만큼 그 運動이 春水와 가티 進行되는 中에 잇습니다. 그들의 運動은 時代思潮를 벗어나지 못햇슴으로 運動 그것의 中心은 이미 明白히 나타낫슴으로 밝히 알 수 잇는 것이니 그 運動의 中心은 다른 데 잇지 안코 文藝 方面에 잇서서 고사리 가튼 어여쁜 精神의 손을 벌이고 아름다운 文藝의 나라를 建設하고자 하는데 잇지 안흔가 합니다.

◁

文藝라는 것이 사람을 살리는 生命이 되는 것이라고 하지마는 文藝 그 自體는 아니지마는 文藝의 꼿이 滿發햇든 그 자리에는 섭섭하고 쓰라린 눈물이 잇게 되는 것은 歷史가 밝히 證明해 주는 수도 잇는 것입니다. 그러나 文藝가 全 人類의 血管을 通해서 感激과 讚美와 勇氣로 나타나는 點으로만 돌이켜 생각하면 '文藝 그것이 人生 全面의 表現이라'고 하는 이에게 感謝하지 안흘 수 업는 바며 '文藝는 人生의 꼿이라'고 놀애하는 이에게 坯한 感謝하지 안흘 수 업는 바요 其他 여러 가지 方面으로 文藝 이것이 이러케 조흔 것이라고 쳐들고 잇는 이에게 一一이 感謝하지 안흘 수 업는 것입니다. 朝鮮의 모든 少年運動이 이 方面에 城을 싸코자 하는데 니르러서는 깃버함을 마지 안는 것입니다.

◁

사람은 遠慮가 업스면 近憂가 잇다고 햇습니다. 荊棘이 뒤덥힌 朝鮮에서 魚魯를 지내친 이는 벌서 苦痛을 늣기고 呻吟하는 中에 잇지마는 世上이 自己 마음과 가티 純眞한 줄만 안 어여쁜 少年들이 거의 自己의 마음과 가튼, 다시 말하면 緋緞紋彩와 가튼 文藝 그것과 놀아보기 爲해서 이것으로 出動해서 未來의 文藝 朝鮮을 꿈꾸고 잇는 이때에 그들의 文藝運動을 防止하자고 하는 것이 얼마나 不吉하냐고 하겟습니다. 그러나 그들이 비록 天眞스러운 處地를 벗어나지 안햇다고 어대든지 쌀하 다니는 魔手가 거긔에는 絶對로 接近하지 안해서 아모러치 안타고 安心치 못할 것인 줄로만 알면 이 少年文藝運動에도 遠慮가 아니면 近憂는 잇게 되는 것입니다.

(二) 崔永澤, 『중외일보』, 1927.4.19

筆者도 旺盛해지는 朝鮮의 少年運動을 敢히 指導하는 處地에 잇는 한 사람입니다. 나의 經營은 宗敎界의 少年을 本位로 하고 해 나가는 것이라 一般 少年運動과 劃然한 區別은 하지 안흘지라도 좀 分別을 할 必要가 잇슴을 前提로 하고 나에게는 只今 讀者가 數千 名이 잇다는 것이며 그들의 內面狀態를 살펴보면 可慶可賀할 일도 잇지마는 섭섭한 일도 만흔 것입니다. 宗敎團體에 屬한 일이라. 여긔서 이것을 가지고 論하는 것은 偏한 感이 잇슴으로 削하는 바요 墻과 壁을 헐어버리고 一般 少年運動에서 본 바와 생각한 바를 記錄하고자 합니다. 내가 본 바와 생각한 바 가운대서 비록 적다 하는 弊端일지라도 모하노면 크게 되니 그럼으로써 少年文藝運動을 防止할 必要가 잇지 안흐냐는 데 歸着할 것입니다. 그럼으로 나는 이것을 爲해서 敢히 근심스러운 붓을 들게 된 것이다.

文藝는 말하자면 感化와 衝動이올시다. 그러나 이것은 文藝를 아는 이에게 말할 바입니다. 그러치 안코는 文藝는 誘引性이 만타고 할 것입니다. 朝鮮은 在來 文藝國이오 朝鮮 사람 치고 文藝를 실타고 할 이는 거의 업는 것 갓습니다. 그러타면 朝鮮에서 나하 논 少年들도 文藝를 憧憬할 것은 勿論입니다. 더구나 모든 새틋한 것뿐인이 文藝의 帳幕 속에 숨어잇고 文藝는 朝鮮 사람을 全部 文藝의 사람을 맨들고자 해서 된 것 안 된 것을 함부루 주서 님고 判斷力이 强치 못한 朝鮮 少年들을 부를 째에 朝鮮 少年들은 그곳으로 向해서 왼통 文藝의 술에 醉하는 中이 아닙니까. 只今도 자꾸 文藝 方面으로만 가는 中에 잇습니다.

◇

좀 말슴키는 어렵습니다마는 배운 것 업는 文藝運動者가 朝鮮에 만하젓습니다. 己未年 爾來 文藝運動이 한참 勃興될 째에는 '에' '의'와 '을' '를'의 分別만 할 줄 아는 이면 全部 文藝運動者로 自處햇습니다. 그래서 그들은 잡은 바 職業을 헌신짝 가티 거더 차버리엇섯고 學校를 中途에 물러나왓스며 이 가운대서 不知中 家産을 蕩敗하는 者도 만핫습니다. 自己가 特히 조하하는 方面에 成功이 잇는 것이라고는 하지마는 自己라는 個性과 時代와 處地를 冷靜히 살펴보는 觀察力이 업섯슴으로 그러케 만히 생긴 自稱 文藝運動者들이 마츰내 落望의 絶頂에 다달아서 거긔서 그대로 自殺한 者도 잇스며 발길을 돌이켜서 아모 것 아닌 變態人物이 된 者도 잇스며 浪人도 되엇스며 高等遊民도 되엇스며 甚至於 浮浪者가 되기에까지 니르릿습니다. 이것은 前途가 만흔 靑年이 自己의 갈 길을 글흐처서 文藝의 술을 耽醉하랴 하다가 이와 가튼 慘狀을 낸 것입니다. 이것은 朝鮮을 爲해서 어써한 損失의 것은 다시 더 말할 必要가 업습니다.

◇

이러케 되어 감을 不拘하고 이 文藝運動은 日昇의 歲로 자꾸 旺盛해지드니 挽近에는 少年運動이 이 文藝를 中心으로 닐어나는 中에 잇슴으로 이 文藝運動은 少年에게로 옴기어서 空前의 盛況을 呈하는 運動임을 알게 되엇습니다. 三四人의 어린 少年들이 모인 坐席에는 談材가 반듯이 文藝方面으로 集中이 되며 全朝鮮 坊坊曲曲에

少年團體는 다 잇는 模樣인데 그들이 무엇을 가지고 活動하느냐 하면 文藝를 가지고 活動하는 中에 잇는 것을 알 수 잇습니다.

(三)

崔永澤,『중외일보』, 1927.4.21

다구나 十六七歲의 少年들이 文士風을 꾸며 가지고 돌아다니는 것은 京城에만 限해도 발이 걸리게까지 되엇습니다. 朝鮮의 文藝를 爲해서 얼마나 깃븐 일이겟습니까. 그들은 안즈면 所長이 그것이니까 그러켓지마는 다른 걱정도 좀 해야 할 터이나 그것은『吾不關焉』으로 視若無視하는 것입니다. 언제든지 그들의 論과 視가 文藝에서 寸步라도 떠나지 못하고 固着해 잇는 것입니다. 다시 말하면 文藝的 高談峻論만이 暴雨와 가티 쏘다집니다. 그래서 앗가운 歲月이 저긔까지 니르지 안흘 限度에서 消耗되엇스면 할 만한 感想을 닐으키기까지 되엇습니다.

이러케 저러케 論을 거듭해서 判斷을 내릴 것이 업시 現下 朝鮮 少年은 全部 文藝運動者인 것 갓습니다. 文藝와는 別問題라고 할 것입니다마는 漢子熟語 몃 개 모르는 少年이 며츨 닉히면 될 수 잇는 半成諺文 記錄을 가지고 이제는 文士가 되엇다고 하는 이때에 모든 少年은 나도 文士요 나도 文士요 해서 文士 天地가 된 것은 숨기지 못할 事實입니다. 더구나 朝鮮 現下 思想界가 어쩐한[1] 가운대로 趨進하는 것도 不關하고 世界의 大勢가 어쩌한 가운대 잇는 것도 不關하고 朝鮮 過去와 現在의 文藝가 어쩌한 것도 不關하고 時代를 料理하는 文士로 自處하는 者가 만흔 것입니다. 全혀 여긔에 對한 智識이 업서도 關係치 안흔 듯이 平易한 言文으로 쓴 稚的 記錄을 가지고 자랑하는 것입니다. 文藝라는 것이 貴重하다는 것은 그것이 어 쩌한 人間에게든지 絶對의 慰安이 된다는 것입니다. 이와 動力이 업시 記錄해 놋는 것이 아모 有益은 업고 오즉 迷惑과 浮華를 닙혀 주는 舞文弄筆이 아닌가 합니다.

---

1 '어쩌한'의 오식으로 보인다.

◇

家弟 湖東의의 經營『少年界』라는 雜誌는 發行된 지 五個月에 不過하나 讀者가 三千餘名에 達한 것을 보면 少年의 讀書熱이 얼마나 宏壯할 줄을 알 수 잇습니다. 나는 餘暇가 잇스면 每日 數十通式 들어오는 讀者의 글을 살펴봅니다. 그들의 쓴 것은 全部 文藝인데 그것은 全部 九歲로부터 十四五歲된 少年의 글입니다. 그러나 그들의 글은 아모 生命이 업섯슴을 遺憾으로 아는 것입니다. 文藝라는 것은 異常한 것입니다. 비록 써 논 것이 平凡하고 無色彩하고 아모 것이 아닌 것 갓지마는 다시 한 번 들여다 볼 때에 거긔에는 萬重의 힘이 잇는 것이며 숨은 눈물과 너털거리는 웃음이 잇는 것이며 朝鮮이면 朝鮮이 거긔에 잇고 少年이면 少年의 참 生活 다시 말하면 洋洋한 압길을 내다보고 웃는다든지 우는 것이 잇서야 할 터인데 아모 것도 업고 오즉 써논 것뿐입니다. 그들의 文藝生活의 表現이 이러타 하면 얼마나 섭섭하겟습니까마는 여긔에 짤하서 氣막힌 弊害가 생긴 것을 알앗습니다.

一般 學生을 둔 學父兄에게서 듯는다든지 學校 當局으로부터 새어나오는 말을 들으면 少年運動으로 해서 不可不 걱정을 하지 안흘 수 업다는 것은 工夫 잘 하든 學生이 瞥眼間 成績이 不良해지고 誠勤하든 學生에게 缺席과 遲刻이 만하지고 甚하면 스스로 退學하는 學生이 만흔데 그것은 原因이 다른 대 잇지 안코 少年運動에 參加해 지내는 대 잇다고 합니다. 이러케 되는 큰 原因은 그들이 原稿를 어더 가지고 무엇을 쓴다고 監督하는 父母의 눈을 피해서 쓰는 대 잇다는 것입니다. 이보다도 더한 層 危險한 것은 敎導할 줄 모르는 이들이 少年 本位의 雜誌에다가 戀愛文이나 其他 形容할 수 업는 奇文怪題를 넘우 만히 羅列해 노하서 어린 腦를 亂相化시킨 까닭도 잇다는 것입니다. 이러케 말하면 아지 못하는 소리라고 할른지는 모르겟습니다. 朝鮮 社會와 一般 家庭의 形便이 外國의 그 社會와 그 家庭과는 틀리는 것이니까 이와 가튼 事實이 잇다면 朝鮮 特殊의 事實이니까 여긔 對해서 深甚한 注意를 하지 안흐면 안 될 것입니다.

(四) 崔永澤,『중외일보』, 1927.4.22

文藝를 알 만한 智識도 업고 文藝를 바다들일 만한 智識도 업스니까 文藝로 해서 亡한다는 말이 나는 것이며 同時에 文藝로 해서 亡햇다는 말이 나는 것이다. 過去 朝鮮이 亡해 내려오는 자최를 살펴보면 알 수 잇는 것입니다. 이것을 차저내기 爲해서 世界 歷史를 뒤저보면 적지 안케 차저낼 수 잇는 것입니다. '文'에는 '弱'이 붓습니다. '弱'이라면 넘우 漠然합니다마는 여긔에는 深長한 意味가 잇는 것입니다. '弱'은 곳 '退'를 意味한 것이지만 곳 '逸高'를 意味한 것입니다. 朝鮮 過去가 여러 가지로 해서 문어젓지만 이 '文'으로 해서도 퍽 큰 傷處를 바닷습니다. 現下 朝鮮은 먹어야 된다고 합니다. 朝鮮을 爲해서는 勞働을 不辭해야 된다는 것입니다. 中國에서는 三民主義를 가지고 更生의 中國이 되랴고 하는 中에 잇습니다마는 우리 朝鮮은 졸가리를 차즐 것도 업고 體面을 볼 것도 업시 勞働해야 할 것입니다. 아즉까지도 宦官熱이 잇서서 안저 먹는 것만 조하하는 이때에 文藝運動이라는 것이 닐기를 始作해서는 商보다도 農보다도 '文'이라고 하는 것입니다. 朝鮮에 만흔 少年들은 文藝雜誌 한 卷式은 들엇스며 그들이 말하는 것은 '來日날에 배울 學課 이약이나 어쩌케 하면 살 수 잇다'는 데는 잠잠하고 文學이니 文士이니 하고 써드는 가운대 잇습니다. 이것이 어찌 尋常한 問題라고 해서 等閑히 볼 것이겟습니까. 아름다운 文藝의 나라를 建設하고자 하는 아름다운 現狀을 가지고 이러케 생각할 것이 무엇이냐고 말할 사람도 잇겟습니다마는 이와 가튼 現狀에 對해서 鞭撻과 矯正이 업스면 안 될 것입니다. 짤하서 이 方面으로 덥허노코 몰려오는 奇現狀이 업서젓스면 하는 것입니다. 그래서 이 불가티 니는 少年運動을 살펴보면 朝鮮을 어쩌케 살리겟느냐는데 主力을 쓰는 것은 업고 아모러한 猛省이 업시 닐어나는 것 가튼 것이 事實이니 過去 朝鮮에 잇서서 朝鮮을 더 速히 죽이든 그것이 오늘날 닐어난 것이나 아닌가 합니다. 過去의 朝鮮은 '文'으로 해서 어쩌케 되엇다는 것은 다시 말하지 안흘 지라도 아는 것과 가티 안저서 뭉기적어리고 붓으로만 어쩌타고 하고 입으로만 무엇이라고 하는 그것이 다시 이 少年運動으로 해서 擡頭하는 것이나 아닌가 합니다. 全部 괭이를 들어야 하고 勞働服을 닙어야만 될 이 時期를 노치게 되는 것이 아니냐 하는 것입니다. 實業學校라든지 工場 方面으로 나아가든 이가 돌이켜서 이 少年運動으로 向하는 것은 더욱 이와 가티 되라고 하는 것임을 雄辯으로 證據하는 것이 아닌가 합니다. 이것이 어찌 걱정되는 일이 아니라 하겟습니까.

그럼으로 나는 여긔서 少年文藝運動을 防止헤야 한다고 말하는 것입니다. 文藝運動 이것이 時代의 가르침이오 이것이 돌이어 朝鮮을 살리는 것이라고 主張할른지도 모르나 까닭을 모르는 어린 少年들이 規則的으로 되어 나가는 一種 拘束의 學課보다 自由性이 豊富한 文藝方面으로 흘르고자 父母를 속여서 學課를 걸르고 月謝金으로 原稿나 雜誌를 사버리는 데 니르러서는 그러케 작은 問題로 알아둘 수가 업지 아니한가 합니다. 이것은 少年運動者 指導者들이 驚愕을 늣기지 안흘 수 업는 問題라고 합니다.

(五) 崔永澤, 『중외일보』, 1927.4.23

朝鮮人은 다 敎育이 必要하다고 부르짓는 中에 잇습니다. 그러나 一部에서는 敎育亡國論을 提唱하는 것과 가티 少年運動이 이와 가티 旺盛하게 닐어나는 것이 깃븐 消息이 아니라고는 할 수 업스나 이 運動이 마츰내 이와 가튼 弊害를 나하 놋는다는 것입니다. 俗所謂 '철부지' 어린 少年들이 文士로써 自處하는 者가 만흐면 그들이 全 朝鮮에 널려 잇는 만흔 少年들을 指導한다고 揚言하지마는 그 指導의 方面이 完全하겟느냐는 데 疑問을 할 것도 업시 이와 가티 자꾸 弊害가 생기는 中에 잇스니까 이 運動을 指導하는 이들은 相當한 主見이 잇서서 그들의 所長을 짤하서 여러 方面으로 引導해야 된다는 것입니다. 더구나 그들의 運動이 文藝方面으로 向하는 中에 잇슨 즉 비록 文藝만이라도 어쩌케 利用해서 朝鮮의 第二世 主人인 一般 少年들에게 朝鮮에 對한 智識과 愛著心을 길러주어야 된다는 것입니다. 無定見 無主見한

雜誌로써, 集會로써 그들을 모아 노코 아모 뚜렷한 意味가 업시 지내게 하는 것은 여간 不幸이 아닐 것입니다.

이와 가티 하는 데는 勿論 修養잇는 指導者, 人格 잇는 指導者를 要求하는 것이며 文藝 아니고도 다른 길로 넉넉히 朝鮮을 살릴 수 잇는 것이라고 다른 길을 열어주고자 애쓰는 한편으로 一般 家庭과 學校와 聯絡을 取해서 어린 少年의 압길을 親切하게 引導하기도 하고 고처주기도 해야 되는 것입니다. 제폴 대로 放任해 둔 그들 少年文藝運動이 이러케 危險한 것임을 알고도 家庭과 學校와는 沒交涉的으로 지내는 것은 잘못입니다. 그래서 그들의 父兄으로 하야금 子女의 性變化를 근심하게 하며 甚해서는 少年運動이라는 것이 全혀 危險하다는 것으로 認識케 하는 것은 잘못입니다. 더구나 文藝가 精神運動인 만큼 實務보다 趣味가 잇슴에서 自己의 處地와 性格에 무엇이 適當한 것을 알 것이 아니라듯이 여긔에 기울어저서 全혀 理論의 生活이라야 完全한 生活이오 朝鮮을 살리는 生活이라고 하게 하는 것은 매우 섭섭한 일입니다. 더구나 武士風에 저진 日本人과 가티 仕宦熱에 들떳든 朝鮮의 後進 少年들이 文士風에 휩쓸려서 論者의 處地만 찻고자 하는 것이 貧寒한 그의 家庭을 爲해서 貧寒한 朝鮮을 爲해서 얼마나 愛惜한 일입니까. 統計가 確實치는 못합니다마는 이 少年文藝運動이라는 것이 實際 方面으로 나아가는 靑年을 이끌어다가 無爲度日하는 無職業的 遊民을 맨든 이 일이 얼마나 되는지 모르겟다고 합니다. 그럼으로 우리 少年運動의 指導者들은 이와 가티 文藝 中心으로 나아가는 立場에서 分派를 시켜서 여러 가지 方面으로 向하자고 引導할 것입니다. 그리고 文藝를 助長한다 할지라도 그들에게 그대로 맛기는 것보다도 될 수 잇는 대로는 農文藝 가튼 方面으로 引導해서 그들이 붓을 들고 人生을 그리다가도 農具를 들고 快濶하게 나설 만한 一定한 標準이 잇서야 할 것입니다.

이러케 말하는 것은 좀 弱한 말 갓습니다. 더구나 防止할 것이라고까지 하는 데는 넘우 抑塞한 것 갓습니다마는 나는 큰 勇斷으로 이와 가튼 弊害를 指摘햇습니다.

文藝를 中心으로 하는 朝鮮 現下의 少年運動에서 다시 사는 朝鮮이 너울너울 춤을 추고 나올른지는 모르겟슴니다마는 나는 이러한 弊害가 생긴다고 敢히 말슴하는 것입니다. 나는 不文의 人입니다. 所懷의 一端도 넉넉히 그릴 수 업습니다. 賢明한 여러분은 『少年文藝運動防止論』이라는 이 題目에 着目해 주셔서 이 글에 나타나지 안흔 곳에까지 達見이 미처서 아름다운 이 少年運動이 반듯이 새로운 朝鮮을 現出하도록 하는 것이 맛당한 줄로 알앗습니다.

— 一九二七. 四. 一三 —

少年文藝運動 防止論을 낡고(一)

劉鳳朝, 『中外日報』, 1927.5.29

四月 十七日부터 本紙上에 실리운 「少年文藝運動 防止論」[1]은 처음 對할 때부터 異常한 感想으로 낡고 대번에 붓을 들려고 하얏스나 아즉은 한낫 書生이라 함부로 써 들 썬 아니고 또는 싸움 잘하는 朝鮮의 文壇이라 이만한 重大問題에는 先輩 諸氏의 熱烈한 討議가 잇스리라고 아즉썻 기다렷스나 終是 無消息함으로 淺薄한 識見임도 돌아보지 안코 이 붓을 든 것임니다.

×

그런데 나는 그의 無秩序하고 要領이 確實치 못하고 넘우나 獨斷에 흐른 그의 글을 一一이 들어 말하랴고 하얏스나 時間, 紙面이 許諾치 안코 또 아무 有益이 업슴으로 主義 그것에 對하야만 나의 主張을 세워 노흐면 讀者 諸氏의 賢明한 批判이 잇스리라고 밋고 本文으로 걸음을 옴기려 합니다.

×

過去 時代에는 少年이란 것이 社會에서 아무 地位를 가지지 못하얏든 것이 事實이다. 그러나 現代에 잇서서는 少年도 堂堂하게 社會의 一分子이다. 그럼으로 少年의 世界도 壯年이 가지는 모 — 든 것을 가저야 함과 同時에 文藝도 반듯이 잇서야 할 것이다. 아니 少年의 世界일스록 文藝가 더욱 發達하여야 할 것이다. 웨? (나는 이 곳에서 少年文藝의 重軸이 될 만한 童話를 들어 말하고저 한다.)

童話란 것이 兒童에 對하야 重大한 價値를 가지게 된 것은 童話 그것이 單純한 '녯말'로부터 몃 걸음 더 나와 神話, 傳說, 奇談, 歷史, 科學, 探偵, 地理 等 廣汎한 意味를 包含하게 된 것은 다른 나라는 그만 두고라도 少年文藝 發達의 年條가 오래지 안흔

1 최영택(崔永澤)의 「少年文藝運動 防止論」(『중외일보』, 1927.4.17~23)을 가리킨다.

朝鮮에서도 能히 發見할 수 잇는 事實이기 때문이다.

×

그러나 崔 氏의 말에 依하면 少年雜誌 戀愛文을 써서 어린이의 頭腦를 亂相化하게 한다. 一文이란 것은 弱을 意味하는 것이다.— 그러고 規則的인 學校課程보다도 보들아운 文藝方面으로 머리를 잠그게 된다 — 無定見한 無主見한 雜誌나 集會로서 아무 뚜렷한 意味의 무엇이 업시 …… 하얏다.

朝鮮 少年雜誌 戀愛文을 늘어노튼 이가 며치나 되며 無定見한 雜誌의 經營者나 少年指導者가 얼마나 되는지 나는 그것을 모르지만(?) 잇다고 하면 그것은 相當히 考慮할 必要가 잇는 것이니 各自의 反省을 바란다.

×

'文은 弱한 것이다.' 이 말에는 一理가 잇는 줄 생각한다. 웨? 지나간 朝鮮이 그랫든 것은 歷史가 明白히 우리에게 말하야 준다. 그러나 그랫다고 文藝를 埋葬할가? 아니다.

해는 西쪽으로넘어갓다
아! 人生도저와갓구나

하고 厭世的 詩를 쓴 詩人이 잇다고 '詩'라는 것을 업새어 버리려는가. 아니다. 그 뒤에는 希望에 불붓는 精神에 차(充)잇는 詩人도 잇는 것이다.

해는 넘어갓다
그러나 별은써왓다
넘어간해는 來日의
準備를 하고잇는것이다

(『兒童中心主義의 教育』에서)

이 두 詩에서 어느 것을 取함인가. 살려는 朝鮮 사람은 後者를 取할 것이다. 그러면 害를 주는 것은 排斥하여야 할 것이고 有益을 주는 것은 助長하여야 할 것이어늘 文藝란 그 全部를 害로만 보는 것은 넘우나 淺見에서 나온 獨斷이 아닌가 한다.

(二)

劉鳳朝, 『中外日報』, 1927.5.31

少年들이 規則的, 拘束的 學校敎育을 실혀 하는 것을 崔 氏는 어찌하야 危險으로만 보앗는가.

現下 敎育制度가 그네들 少年에게 무엇을 주는지 崔 氏는 아즉 모르는가. 나는 當然히 그러리라고 밋는다. 崔 氏는 朝鮮 少年은 아모 自覺이 업는 것으로 認定하얏다만 나는 朝鮮의 少年은 相當한 自覺이 잇는 것을 안다 — 어대로부터?

그네들을 보아라. 沈淸을 모르는 그네들이 ××郞은 잘 아는 것이고 檀君을 모르는 그네들이 ××大神은 넘우도 똑똑히 아는 것이다. 그러니 그네들이 배우는 것이 무엇이 맛이 잇스며 더 배울 힘이 날 것인가. 甚至於 朝鮮語冊까지도 ××× 飜譯 비슷한 야릇한 말로 써 노흔 그런 敎育 미테서 멋도 모르고 잇는 少年들이 自己의 兄님 동생(朝鮮 사람)이 活動하고 잇는 글을 볼 때에 世界로 向하야 急激한 反動으로 달려오는 것은 必然한 일이라고 나는 생각한다.

崔 氏는 朝鮮 사람은 全部 農業을 하여야 하며 勞働을 하여야 한다고 하얏지만 그 農業이 몃 날을 가며 그 勞働이 몃 날을 갈 것인가를 나는 疑心하야마지 안는 바이다. 집 하나이 서자면 기둥도 잇서야 할 것이고 섯가래도 잇서야 하는 것과 마찬가지로 農業을 하는 사람도 잇서야 하고 勞働을 하는 사람도 잇서야 할 것은 事實이지만 現 社會에는 ××者도 잇서야 할 것이 아닌가. 崔 氏는 또다시 學校와 家庭이 아무 連絡이 업슴을 크게 痛嘆하얏다.

崔 氏여 — 나는 이곳에서 내 마음대로의 말을 못한다마는 月謝金으로 하야 쫏겨나는 學生을 보고라도 그 大部分은 斟酌할 수가 잇슬 것이 아닌가.

여긔서 나는 少年文藝運動을 더한층 熱烈히 늣기는 바이다. 家庭이 相當하다면 오죽이나 조흐랴만 朝鮮의 家庭은 十의 九는 無産者이고 文盲者이다. 그럼으로 家庭에서는 未來社會를 創造할 만한 어린이를 맨들 아무 힘이 업다. 이와 가튼 現象 미테서는 拾錢이나 五錢짜리 價廉한 雜誌로 다른 곳에서는 죽어도 못 배울 아니 ×××× 으로 끌려 들어가는 그네들을 救할 外에는 아무 方針이 업다고 나는 斷言한다.

(三)

劉鳳朝, 『中外日報』, 1927.6.1

그러면 웨? 何必 文藝에만 그 힘을 비는가? 나는 말하고저 한다.

어린이에게 思想 論文을 닑히려는가. 科學書類를 배워주려는가. 아니다. 어린이에게는 探究的 精神이 豊富하다는 것은 그네들이 무엇이든지 알도록 뭇고야 마는 대서 이것을 證明할 수가 잇는 것이다. 그럼으로 童話를 들드라도 그 속에 무엇이든지 업는 것이 업슴으로 그네들의 趣味를 쌀하 各其 나갈 것이다. 文藝는 보들업고 닑기가 쉬웁다. 그럼으로 나무ㅅ조각 가티 딴딴한 글보다는 닑기 쉽고 삭이(消化)기 쉬운 것은 文藝의 힘이 偉大하다는 것을 說明하는 것이다. 웨 그러냐 하면 文藝作品을 닑을 때에는 自己가 그중에 한 사람이 되어가지고 活動하게 되기 때문이다. 例를 들면 어떤 少年이 가진 險難을 격다가 쯧쯧내 니기고 自己 아버지의 寃讐를 갑핫다면 그것을 닑는 少年은 작은 손에 땀을 쥐어가며 그 結課를 기다리다가 成功이 되면 그때에야 큰 숨을 한 번 쉬고 깃버할 것이다. 깃버할 것 뿐인가. 將次 自己가 그런 境遇를 當할 때에는 거긔 方策이 나설 것이다.

'꾀 — 테'의 「쎌텔의 슬픔」을 보고 獨逸에는 自殺이 流行하얏단다. 그와 마찬가지로 春園의 「開拓者」를 닑고 죽엄으로 勝利를 어드랴는 어리석은 處女도 잇섯슬 것이지만 曙海의 「紅焰」을 닑고 머리ㅅ속에 큰 것을 깨달은 사람도 만흘 것이다. '해라해라' 하는 것보다도 하고 잇는 것을 볼 때에 더욱 힘이 나는 것은 누구나 다

알 것이다. 자 ― 그러면 이곳에서 崔 氏는 말하리라. "그것은 文藝를 아는 사람에게 하는 말이오. 모르는 사람에게 할 말은 아니다." 그러나 暫間 기다릴 것이다.

(四)

劉鳳朝, 『中外日報』, 1927.6.2

말이 마즌 말이다. 이때까지의 文藝는 닑는 사람으로 하야금 作品 中에 主人公이 못되엇다. 웨 그러냐 하면 讀者의 生活과 作品에 나타난 生活은 넘우나 遠隔한 差異가 잇섯다. 다시 말하면 藝術이란 것이 뿌르조아의 妓生妾 노릇을 하고 民衆에게는 아무 有益을 주지 못하얏기 때문이다. 그러나 時代는 變하야 간다. 지금의 藝術作品은 눌리우고 잇는 民衆 그것에서 題材를 가저다가 未來社會로 살아나갈 힘을 加하야 表現하얏슴으로 그것을 보는 사람은 꼭 自己의 處地인 그 世界를 한번 돌아나오면 그의 압헤는 반듯이 나아갈 길이 훠 ― ㄴ하게 밝아질 것은 事實이 아닌가. 다시 말하면 文藝란 것이 時代의 反映이고 代辯者이다. 그럼으로 누구든지 어슴푸렷하게 가젓든 思想이 明白하게 되는 것이다. 例를 들면

어쩌한 問題로 討議할 때에 自己에게도 어쩌한 意見이 잇기는 한데 그것을 能히 말로 發表를 못하고 망설거릴 때에 겨틔ㅅ사람이 自己가 생각하고 잇는 것을 쪽쪽하게 말하면 不知中에 '옳소 ―' 하고 贊成하는 것과 마찬가지다. 그러면 文藝는 그 말하는 사람이란 말이다. 그럼으로 나는 여긔서 文藝 方面에서 일하는 사람의 人格은 高尙하여야 한담을 말하야 둔다.

×

나는 以上에서 文藝가 사람에게 주는 힘을 大槪 말한 듯하다. 그러면 어린이의 文藝는 어쩌하여야 하겟는가. 더 말할 必要도 업시 朝鮮 大衆의 헤맴을 가르켜 줄 만한 文藝는 어린이에게 잇서서는 그 初步를 밟게 하여야 할 것이다. 文藝로서 그네들이 배울 수 업는 思想을 알게 하여야 할 것이고 歷史를 배워주어야 할 것이고 處地에 徹底히 눈쓰게 하여야 할 것이고 더욱이 '말'을 가르켜주어야 할 것이다. 一週

日에 몃 時間 못되는 것으로 배우는 朝鮮말로는 到底히 完全하다고 할 수 업을 것이다. 그러고 어대든지 그래야 할 것이지만 더욱이 朝鮮의 文藝는 눈감은 感傷에 흐르는 것을 避하야서 좀 더 움즉이는 힘 잇는 것이 아니면 안 된다고 몃 번이나 말하고 십다.

×

나는 또다시 崔 氏에게 뭇고저 하노니

"平易한 諺文으로 쓴 稚的 記錄을 가지고 ……"란 것은 무엇을 意味하는 것인지를 나는 알 수가 업다. 諺文이란대서부터 나는 多大한 不快를 늣겻다. 諺文으로 쓴 것이 어찌하야 幼稚한가? 只今에 漢文을 만히 쓰지 안흐면 完全한 글을 못 쓴다고 漢文 아는 사람이 意氣揚揚하게 豪言할 것인가. 아니다. 漢文을 쓰지 안흐면 아니 될 形便을 맨들어 노흔 그 사람 卽 우리의 祖上을 원망하여야 할 것이며 責任을 지워야 할 것이다. 그러면 現今 少年을 指導하고 잇다는 崔 氏는 日本말, 朝鮮말, 漢文을 어린 頭腦에 쓸어너치 안흐면 안 될 그들을 어찌하야 가엽게 못 녀겻는가. 아니 이곳에서 奮起하야 漢字撲滅論을 主唱하지 못하얏는가

×

그러고 나는 또다시 崔 氏에게 뭇고자 하노니 崔 氏는 어린이의 作品에는 生命이 업다고 하얏스니 文藝란 것이 가치 닐어낫다고 하야도 過言이 아닌 朝鮮의 어린이에게서 生命 잇는 作品을 차자내자는 것은 억지의 짓이 아닌가 한다. 詩나 小說을 쓰는 이도 相當한 年齡에 達하기까지는 거의 模倣이거늘 이네들은 아즉 글 세우는 模倣에 잇슬 것이 아닐가. 그러고 나는 어린이의 作品에서 生命의 움즉임을 만히 보앗다.

그 例를 들면 넘우 지루하니 그만 둔다만 設令 全部가 보잘 것 업는 것이라 하자. 누가 그 責任을 질 것인가.

더러는 生命잇는 作品을 쓰고 더러가 못 쓴다면 少年들의 才操에나 熱心에다 責任을 지울 수 잇슬른지 모르나 全部가 그러탐에는 指導者 諸氏가 그 原因에 울고 섯지 안흐면 안 될 것이다. 그러나 今番 崔 氏의 글은 큰 失手라 치고 지금부터는 大奮

發하야 힘 잇는 朝鮮少年을 맨들어주기를 바란다. 그러나 崔 氏는 宗敎方面에 계시다니 말이지만 宗敎方面의 指導가 完全한 朝鮮의 少年을 맨들 수 잇는가 함에는 또한 가지 疑問이지만 이곳에서는 避하여 둔다.

×

이제 마지막으로 몃 매듸만 더 하면 崔 氏는 根本問題는 解決하지 안코 影響을 바든 少年들에게만 그 責任을 지워서 少年文藝運動을 防止하랴고 하얏스니 끌른 물에 冷水만 부어 너코 불 끌 道理는 하지 안는 것과 꼭 마찬가지라고 나는 생각한다. 그런 글을 쓰기보다는 少年에게 適當치 못한 글을 쓰는 사람에게 鐵鋒을 나리는 것이 맛당하며 學校에 잘 안가고 文士行世(?)를 하는 어린이도 學校에 잘 가도록 하는 妙한 글을 써내는 것이 少年 指導者로서 할 일이라고 생각하며 이 붓을 놋는다.

一九二七.五.一九日

내가 쓴 少年文藝運動 防止論(一)

崔永澤, 『中外日報』, 1927.6.20

「少年文藝運動 防止」라는 題下에 나의 管見이 敢히 發表하게 되엇든 바에 對해서 여러 方面으로부터 懇曲한 가르침을 밧게 된 것을 感謝합니다. 더구나 中外日報를 通해서 바든 劉鳳朝 兄의 가르침에 對해서는 크게 感謝하는 바올시다. 그러나 劉鳳朝 兄의 말슴에는 誤解된 點이 업지 안흔 것 가타서 이에 反言을 들이지 아니치 못하게 된 것을 遺憾으로 생각합니다.

내가 「少年文藝運動 防止論」을 發表한 것은 文藝가 絶對 不必要하다고 해서 防止하자고 한 것은 아닙니다. 文藝는 車軸의 기름과 가타서 人生이 잇고는 업슬 수 업는 것이라고 햇습니다. 感謝의 歡喜를 주는 아름다운 文藝의 수레가 우리 白衣人의 가슴에 永遠히 흘러 잇스리라고 햇습니다.

그러나 文藝라는 이것도 사람이 잘못 利用하면 큰 中毒과 큰 傷處를 주는 것이라고 文藝를 讚美하며 同時에 警告를 發하게 된 것입니다.

▷

劉鳳朝 兄은 나의 愚見이 여긔에 잇는 것을 아지 못하고 文藝를 力說한 것은 感想記錄의 當路를 失하신 것이 아닌가 합니다. 그리고 學課를 缺하며 原稿를 쓰고 이것도 不足해서 中途에 退學을 하는 事實이 잇다는 데 對해서 劉鳳朝 兄은 잘못 아시고 ××××이니 ××××이니 하는 것만 가르치는 學校가 무엇이 조하서 가겟느냐고 한 것은 臆測과 誤解가 아닌가 합니다. 내가 말한 바 眞意는 學課를 缺하고 아니하는 것은 別問題요 父母가 짱을 팔아서 시키는 工夫요 땀을 흘려서 어든 收入으로 굶줄여가며 시키는 工夫임을 不拘하고 文藝의 生活을 한다고 붓작난만 일을 삼는다는 것입니다. 더구나 그들은 異性의 甘味를 幻想하는 글을 써가지고 돌아다니는 것이 어쩌케 危險하다는 대서 이 말을 쓰게 된 것입니다. 劉鳳朝 兄은 文藝를 쓰고

자 함에서 學課를 厭忌하는 것은 몰르고 그들이 大思想家의 態度를 잡고 서서 現教育制度를 反抗하는 것으로 認識하셧슴은 誤解입니다. 이러한 兒童이 假使 잇다 할지라도 어더보기가 甚히 드믄 것 갓습니다.

▷

여긔서 더 한層 나아가서 劉鳳朝 兄께 알으켜들일 것은 現下의 教育制度는 朝鮮人의 要求하는 바에 適應되지 안햇스니까 雜誌가 代身 朝鮮인의 要求하는 學校教育 노릇을 한다는 것은 잘못 생각하신 것이 아닌가 합니다.

雜誌는 雜誌요 學校教育은 學校教育입니다. 雜誌를 밋고 現下 朝鮮人의 教育制度를 否認해서 學校를 버리고 文藝雜誌로 살랴고 해서는 妄斷이 될 것이오. 여긔 짤하서 큰 危害가 올 것입니다. 文藝雜誌를 밋고 學校를 否認할 것은 問題가 될 것도 아니며 여긔에 付托해 둘 것은 現下 朝鮮의 學校制度가 어쩌할지라도 文藝雜誌에 글을 쓰라고 學校에를 보내지 안는데는 니르지 안키를 바라는 바올시다.

▷

劉鳳朝 兄은 感想文이 아니라 一編 文藝論을 記錄한 가운대는 小說과 童話가 어쩌한 것을 力說햇습니다. 나 亦 同感을 가진 바올시다. 그러나 내가 文藝運動 指導者들을 非難하며 防止論까지를 쓰게 된 것은 少年運動을 닐으킨 爾來 아모러한 效果가 나타나지 안는 것이며 이 運動의 中心인 文藝方面을 觀察하면 少年을 웃기고 울리는 뼈가 울고 살이 뛰는 奇觀壯事를 記錄해 논 것은 甚히 드물고 荒唐한 이약이 골치압흔 戀愛童話, 戀愛詩밧게는 차저 볼 것이 업다는 대서 過去의 朝鮮을 한업시 불상하게 맨들든 文藝의 狂風이 가장 希望이 만흔 第二世 國民의 少年運動에 멈을러 잇지 안흔가 함에서 防止論을 쓴 것입니다.

(二)

崔永澤, 『中外日報』, 1927.6.21

나라는 自身이 아모것도 아니지마는 내가 朝鮮人인 以上, 나 亦 敢히 少年運動을

指導한다는 處地에 잇는 以上 文藝를 中心으로 하고 잇는 少年運動만 되지 안햇드면 내가 얼마나 깃버 햇겟습니까. 나는 妄佞된 防止論을 쓰지 안햇습니다.

◇

劉鳳朝 兄은 諺文으로 쓴 아모것 아닌 글을 가지고 文士인 체 한다는 말에 對해서 여러 가지로 말한 바는 劉鳳朝 兄이 잘못 理解한 바에서 나온 것이 아닌가 합니다. 내가 諺文을 無視하는 것이 아닙니다. 무엇보다도 諺文은 朝鮮의 자랑거리가 된다고 합니다. 내가 말한 바는 아모러한 感觸과 修養과 準備가 업서가지고 少年된 自身의 趣味性을 온통 기울여 쓴 것이 虎도 아니오 猫도 아닌데 니르지 안느냐는 말에 잇는 것입니다. 學課에나 家庭 複習에 반듯이 作文時間이 잇슨지 그 時間은 온전히 힘써 짓는 時間으로 虛費하고 다른 時間은 배을 學課 時間인즉 學課를 쌀하서 부지런히 배우다가 文藝家가 되랴거든 文藝家가 되고 其他 形便과 處地를 쌀하서 되라는 것입니다.

◇

劉鳳朝 兄은 집을 지랴면 들보도 잇고 석가래도 잇서야 하는 것이니까 文藝思想을 絶對 助長해야 되겟다고 햇습니다. 人生의 組織을 아는 말슴입니다. 劉鳳朝 兄이 말하기 前에 내가 먼저 말한 것입니다. 나도 文士요 나도 文士요 하고 모다 文士라고 하니 朝鮮은 文士 빼노코는 다른 일할 사람이 업스니 좀 調節을 할 必要가 잇지 안흐냐고 나는 말햇습니다. 나는 이 말에서 한 걸음 나아가서 時急한 問題를 解決하는 것이 正當한 順序니까 文藝를 鼓吹하되 實質 잇슬 農民文藝를 鼓吹해서 文藝를 쓰고 안젓다가도 괭이를 잡게 되는 아름다운 事實, 다시 말하면 먹을 것 업다고 써드는 朝鮮에서 이만한 實寫眞이 朝鮮人을 웃게 하는 것이 어써하냐고 말햇습니다.

◇

劉鳳朝 兄은 나의 말한 바 一般少年의 쓴 글에는 生命이 업다고 한 것은 甚한 말이 아니냐고 햇습니다. 劉鳳朝 兄은 少年文藝運動이 닐어난지 얼마나 되기에 그러케까지 責하느냐고 햇습니다. 잠자듯이 고요하든 朝鮮少年이 이만큼 써드는 것도 귀여우니까 자꾸 웃기만 햇스면 조켓습니다마는 그러타고 내버려만 두라는 것은 잘못

입니다. 全世界의 思想 進步가 速急度로 되어가는 中입니다. 이 速力으로 밀우어 생각하면 朝鮮의 少年運動 그것도 나히가 相當히 먹엇슬 것입니다. 그러컨마는 아즉도 少年이어 大膽의 날애를 가질지어다 하는 意味深長한 부르지즘이 나타나지 안코 情男과 奉愛라는 두 少年少女가 쏫피어 滿發한 달 알에서 그리운 情懷를 말하느라고 사람의 발자최도 째닷지 못한다는 種流의 글만 쓰느라고 애쓰고 또 써 노하야만 된다고 이짜위 글만 주어모으랴고 애쓰는 指導者의 收入政策이 어찌 朝鮮 少年의 마음을 中毒시키는 일이 업다고 斷言하겟습니까.

여긔서 指導者들의 말이 낫스니 말입니다. 그들이 朝鮮少年을 指導한다고 奔走히 돌아다닙니다마는 해 논 것이 무엇입니까. 少年 그들의 쓴 것이 空虛함에 갓가우니만큼 그들의 해 논 것도 空虛할 것이니까 少年運動의 中心인 文藝運動을 防止해 노코 다른 길을 取해서 주는 것이 어쪄하냐는 대까지 니른 것입니다.

(三) 崔永澤, 『中外日報』, 1927.6.22

劉鳳朝 兄은 少年文藝運動을 防止하자고만 햇지 어쪄케 해야 될 것은 말하지 안흔 것을 섭섭히 녀긴 것 갓습니다. 그것은 劉鳳朝 兄의 잘못 생각인 것 갓습니다. 少年運動을 絶對로 認定하고 鼓吹하는 나로서는 오즉 文藝中心의 運動만을 업새자고 하는 바입니다. 그럼으로 나는 少年文藝運動을 防止하자는 데만 熱中해서 論을 立하고자 애쓰는 터에 어쪄케 어쪄케 改善하자고 할 理가 업는 것은 아실 만한 것입니다. 첫재 文法의 組織도 그러케는 나가지 안흘 것입니다.

그러나 劉鳳朝 兄은 말하지 안흔 것을 매우 섭섭히 녀기시는 것 가트니까 말하는 쓰테 말해들이겟습니다. 劉鳳朝 兄은 少年運動이 文藝에만 中心이 되어 잇서야 하겟습니까. 文藝는 慈母의 젓과 가타서 人生이고는 반듯이 文藝를 쌀흐는 것인데 자꾸 文藝로만 모이라고 하면 되겟습니까. 붓이라는 것은 全部 文藝가 아닌 즉 등불과 갓고 소금과 갓고 집행이와 가튼 붓을 가지고 少年 그들을 이 方面 저 方面으로 引導해야 된다는 것입니다. 少年運動의 裡面을 살피어 보면 少年運動이 範圍는 넓고 넓어서 多方面으로 努力하자는 標準은 업고 文藝만을 標準하고 오물오물한다는 것입니다. 내가 무엇을 안다는 自信은 업스나 이러케 文藝만 崇尙하다가는 쌀밥은 이미 먹게 되지 못한지가 오래이나 조쌀밥 먹을 것까지 일허버리지 안흘가 합니다. 말슴하자면 理論도 잇슬만큼 잇서야 하지 넘우 甚하면 배가 곱흔 것이니까 實際에 汗漫하고 理論에 偏重한 文藝가 少年運動의 全部를 占領해서는 안 되겟다는 데 잇는 것입니다. □□□□, 갈지 字 걸음, 山水風月이 朝鮮을 亡해 노핫스니까 비록 그 模型을 그대로 쓰고 나올 것은 아니나 朝鮮少年들은 只今 文士의 生活 이것은 帝王이나 權力者의 支配政策보다 훨신 뛰어난 高貴한 生活이라고 모든 少年들이 써드니 그들의 눈에는 文士의 生活 以外에 다른 職業이 업는 것 갓지 안습니까. 이러하면 朝鮮의 文藝를 爲해서는 可賀할 現狀이라 할른지 모르겟습니다마는 安貧樂道라고 큰 소리 하고 안저서 自己의 子孫과 나라가 빌엉뱅이 되는 것도 모르든 朝鮮이 亡하든 녯이약이를 생각하면 다시 살아나는 途程에 잇는 朝鮮이 밥을 굶되 온통 文藝요 살 짱이 업되 온통 文藝라고 할 것 아닙니까. 이럼으로써 나는 文藝中心의 少年運動은 防止하자는 것입니다.

劉鳳朝 兄은 내가 이와 가티 하는 것을 넘우 섭섭히 녀기지 마시기를 바랍니다. 失敗가 만흔 朝鮮이라 朝鮮을 사랑하는 劉鳳朝 兄이나 내가 이러버리엇든 해ㅅ빗을 다시 東便 하늘에서 차저내어 更生의 朝鮮을 붓들고 웃을 때에 前轍을 다시 밟을가 念慮해서 이러케 말한 바에 지나지 안는 것이니 내가 向者에 遠慮가 업스면 近憂가 잇다는 古語를 들추어 말슴한 句節에서 思念의 걸음을 멈치시고 만흔 考究가 잇서 주기를 바랍니다. 그리고 劉鳳朝 兄은 나에게 말한다. 宗敎家의 見地에 잇서서 그러할른지 모르나 宗敎로써 少年을 指導할 수 잇다는 것은 疑問인 것가티 말슴하셧습니다.

宗敎家가 아닌 者로는 그러케 말하기가 쉽습니다. 어쩌한 이는 宗敎는 拘束이라고 햇습니다. 그러타면 世上에 어느 것 처노코 拘束 아닌 것이 잇겟습니까. 宗敎는 拘束이면서도 自由입니다. 正義가 宗敎의 本領인데 이 안에서만 벗어나지 안흐면 이만큼 自由스러운 대는 업슬 것입니다. 그럼으로 이만큼 훌륭한 地盤이 업다고 차저오는 이가 만흔 것입니다. 여긔서는 兄弟를 사랑할 줄 알고 勞働을 歡迎할 줄 알고 其他 時代가 要求하는 대로 應할 만한 自信이 잇는 點으로 보면 이런 것을 爲해서 죽는 것까지도 조하하는 點으로 살혀보면 宗敎는 人生이 말하고 십고 하고 십흔 곳에 解決鍵이 되는 것입니다. 이 안에서 少年을 길른다는 것이 誤解는 아닐 것이오 當然히 잇슬 것입니다. 나의 根本意가 宗敎觀으로 少年運動을 말하고자 하는 바가 아니니까 아즉 이만큼만 말해 둡니다.

나는 여긔까지 니르러 더 쓰지 안코 나의 쓴 바가 劉鳳朝 兄이나 其他 少年을 指導하는 兄弟들의 容納함이란다 하면 少年運動을 爲해서 朝鮮을 爲해서 이만한 多幸은 업다고 생각하겟습니다.

一九二七. 六. 二 一

별나라를 위한 피 · 눈물 · 땀!! 수무방울

쌀낭애비, 『별나라』, 1927.6

◎ 韓晶東 선생님은 진남포 삼숭학교(三崇學校)에 게십니다. 언제던지 서울만 오시면 꾁 붓들고 놋치를 안을 터입니다. 별나라를 위하야서는 사죽을 못 쓰시는 분이지요. 그러고 운동을 썩 조와하신다는데 어데서 그러케 고흔 노래(동요)가 나오시는지.

◎ 주요한 선생님은 東亞日報도 보시고 東光社에도 게시니가 한 몸에 두 지게를 지시고 쩔々 매십니다. 그래서 요즘은 글을 못 쓰시지요. 그러나 별나라를 몹시 사랑하신담니다.

◎ 劉道順(紅初) 선생님은 江西郡 靑年會學校에서 교편을 잡고 게신데 힘도 세시고 씨름도 잘 하시고 뛰기도 잘하십니다. 그럿컷만 어데서 그러케 고흔 솜씨가 나오는지 눈물이 쏘다지는 연극도 잘하시고 가르치기도 잘하십니다. 요좀은 여러 가지 사정이 잇서々 얼마간 쉬섯는데 별나라와는 백년을 갓치 살기로 구든 약조를 하엿습니다.

◎ 秦宗爀(雨村) 선생님은 仁川 習作時代社에 게신데 언제던지 늘 — 웃는 얼골노 사람을 대하기 때문에 아모리 무뚝(이상 40쪽)々한 사람이라도 그만 녹어남니다. 그래서 女子란 별명까지 듯습니다. 아무릿튼 얌전하고 곱고 별나라 조와하는 분이지요.

◎ 李學仁(牛耳洞人) 선생님은 日本 가서 공부하고 게신데 얼골도 한번 뵙지는 못하엿스나 몹시 조선이란 이 쌍을 사랑하시는 분으로 글 구절마다 뼈가 웅々울도록 쓰시는 분이람니다.(現住所는 東京 巢鴨町 宮下 一五八 天道敎 宗理院 內)

◎ 金道仁(可石) 선생님은 처음부터 별나라를 위하야 전 노력을 하신 분입니다. 우리에게는 둘도 업는 恩人이며 얼골이 잘 생겨서 조순〳〵한신 게 누구를 보

던지 다정하게 굼니다. 지금은 仁川서 밧분 일을 보고 게신데(現住所는 仁川府 柳町 五 仁興精米所 內)임니다.

◎ 李定鎬(微笑) 선생님은 京城 어린이社에 게신데 『어린이』 하나만 가지고도 쩔々매실 그 틈을 타서 별나라에 대한 일이라면 한 집안가치 굴어서 정이 붓습니다. 글만 보서도 아시겟거니와 조곰도 빈틈업시 얌전하십니다.

◎ 安俊植(雲波) 선생님은 별나라의 옷이요 밥이요 집이니가 더 말할 수 업고 키가 훌적 크신데다 목소리가 크세서 미구에 그 목소리는 '라듸오' 모양으로 전세게를 진동하실 것입니다. 비바람 눈을 무릅쓰고 분투하시는 선생님은 언제나 늘 별나라社에 게시고.

◎ 崔奎善(靑谷) 선생님은 주판 잘 노으시기로 유명하신데 韓一銀行에서 곰곰한 일을 보시고도 그래도 시간을 남기셔서 少年運動을 열々히 부루지즈십니다.

◎ 李康洽(오로라生) 선생님은 어려서부터 아직까지 쌈이라고는 해 보신 적이(이상 41쪽) 업습니다. 글씨 잘 쓰시고 코가 쌜 — 간 분이 어데로 보나 착하십니다. 별나라와는 닛지 못할 못이 굿게 백여 굉장이 도와주시는 분입니다. 지금은 (京城 市外 城北洞)

◎ 梁在應(孤峯) 선생님은 서울 光熙町 二丁目에 게신데 그야말노 머리가 고슬︿︿ 하시고 맘이 서글︿︿ 하십니다. 마조 안저 이약이를 하면 먼저 우슴부터 나옴니다. 그러케 재미잇는 분이십니다.

◎ 延星欽(皓堂) 선생님은 정말 선생님이십니다. 京城 蓮建洞 培英學校에서 낫과 밤을 이어 일을 하시고도 별나라를 위하야 극력 후원하야 주십니다. 키가 작으마하고 얼골이 싸무죽々하신 분이 썩 다정해요.

◎ 元경묵 선생님은 東光社에 게신대 대모테 안경 쓰시고 써들기 잘하시고 진지만히 잡수시고 악수할 쌔는 팔이 써러질 것 갓흐신데 얼골이 환 — 하게 아주 선々한 분임니다. 별나라에서 싸지면 안 될 분임니다.

◎ 崔秉和(蝶夢) 선생님은 안경 쓰시고 얌전한 학생이십니다. 설은 이약이를 조와하시기 쌔문에 언제나 「무궁화 두 송이」 가튼 것만 조와하시지요. 얼마나

우리들을 울니시려는지(별나라社)

◎ 金永喜 선생님은 女선생님으로써 시작할 때부터 지금까지 무진 애를 써 주섯습니다. 이번에 실닌 「北間島로 끌녀간 任順이」를 보십시오. 소리 업시 착하고 눈물 만흔 詩人이심니다.

◎ 姜炳周(玉波) 선생님은 그야말노 샛별가치 맘속에 빗을 가지신 분임니다. 여러 가지 괴로운 중에서도 별나라를 위하야 적지 안은 노력을 해 주심니다.(現住所 京城(이상 42쪽) 樂園洞 二三六)

◎ 崔喜明(실버들) 선생님은 大邱師範學校에 게심니다. 얼마 안 잇스면 어데로 가시게 될넌지 알 수가 업습니다. 퍽 재미잇고 너그러운 어룬이심니다. 처음부터 지금까지 꼭 한마음으로 별나라만 위하심니다.

◎ 朴芽枝 선생님은 全南 莞島中學院에 게신데 썩 얌전하시고 교리 잇는 어룬으로 편지 구절만 낡어봐도 정이 폭々 듬니다.

◎ 尹基恒 선생님은 시원〳〵하심니다. 무엇이든지 사내답게 일을 돌보아 주시며 지금은 京城 需昌洞 四二 番地에 게심니다.

◎ 廉根守(樂浪) 셩생님은 별나라社에셔 제일 혼나시는 분임니다. 안 선생님과 함께 밤을 득々 새시는데 이번에는 사진까지 낫스니 실컷 들여다보아 주십시요.

—(이후에 긔회 잇는 대로 또 쓰겟습니다.)—

(이상 43쪽)

少年文藝運動 防止論을 排擊(一)

閔丙徵,[1] 『中外日報』, 1927.7.1

상서럽지 안흔 일을 쓰집어 問題를 삼는 일이 만타. 아즉까지도 朝鮮社會에는 이러한 일이 非一非再하니 爲先 最近에 中外日報紙에서 論戰하고 잇든 崔永澤 君의 少年文藝防止論이 卽 그것이다. 勿論 崔 氏는 宗敎家인 만큼 聖神의 洗禮를 바다 度量잇는 생각으로 朝鮮의 第二 國民의 將來를 爲하야 文藝를 防止하섯것니와 이와 가튼 不徹底한 防止論을 쓰시고 게다가 反論을 擧하섯다는 것은 度量이 크신 崔永澤 氏의 큰 失手가 아니신가 생각하고 잇다. 猥濫하나마 나 亦 崔 氏의 防止論에 反駁의 붓을 잡으려든 사람 中의 하나이엇슴으로 이번에 氏의 駁文을 보고서 多少 自家의 見解를 말한 後 朝鮮少年의 文藝運動도 方向을 轉換하여야만 한다는 것을 말하려 한다.

×

朝鮮少年運動의 歷史는 길지 못한 나희를 가지고 잇다. 그 나희가 不過 七八年밧게 되지 못하는 가운대 그동안 여러 指導者 諸氏의 努力도 적지 안햇슬 것을 나는 밋는다. 그러면 이 少年運動을 高喊처 여러 少年들을 모아 少年會를 組織한다. 그러치 안흐면 以前의 少年指導方法을 버리고 새로운 方式으로 그들의 未來를 爲하야 努力하는 그 目的은 무엇인가! 勿論 崔 氏 論文 가티 第二世 國民의 養成을 爲하는 것이엇다 하면 별다른 큰 問題는 업슬 것이다! (여긔에서 보면 崔 氏는 少年指導 方法이 根本的으로 틀렷다.) 少年運動은 적어도 少年解放을 主로 하고 生氣잇는 그들에게 自由로운 解放을 주어 未來事會를 보며 달음질치기 爲한 少年運動이어야 할 것이다. 그러면 그들에게 위선 어떤 道具 어떤 方式으로 指導를 해야 올흘 것이냐 하면 첫재로 文化的 基礎를 너허주어야 할 것이다. 이러한 點으로 보아 少年運動에는 무엇보다도 文

1 '閔丙徽'의 오식이 분명하다.

藝가 必要하다는 것이다. 그리하야 文藝에 依하야 覺悟를 促하고써 未來事會를 建設하게 하여야 할 것이다. 崔 氏의 反論의 一句節을 보면 이러케 말햇다.

"나라는 自身이 아모것도 아니지마는 내가 朝鮮人인 以上, 내가 亦是 少年運動을 指導하는 處地에 잇는 以上 文藝運動만을 中心으로 하고 잇는 少年運動만을 中心으로 하고 잇는 少年運動만 햇스면 얼마나 깃벗겟습니까" 云云.

果然 豪言이 아니고 무엇이냐!

그러타면 氏의 指導 方式대로 하고 보자 (宗敎에 根據를 두고) 聖神 압헤 나아가 거짓말이나 들어가며 狂人이나 巫女들과 마찬가지의 迷信的 指導를 바다야 올흔가! 神聖이란 무엇을 말한 것이냐. 무엇보다 現實 少年運動 線上에서는 宗敎를 排背하여야 한다! 宗敎란 朝鮮民衆에게 害毒를 준다. 民衆解放을 爲한다거나 少年運動을 爲한다 하면 爲先 먼저 업새일 것은 宗敎다! 氏는 이 말에 怒할른지는 모른다. 그러면 少年文藝 防止한 뒤에 어써한 方式을 取해야 조흘 그것을 말하야 주기 바란다. 그러타 하면 學校에 가서 學科 工夫만으로써 그들은 完備한 人格者(?)가 되는 줄 아는가. 少年들의 요사이 배우는 것이 무엇인가. 더욱이 普通學校의 敎育制度란 어써한 것인가! 氏도 朝鮮의 志士요 少年指導者요! 宗敎家라 하면 그만한 것은 잘 보살필 줄 안다.

(二)

閔丙徽, 『中外日報』, 1927.7.2

朝鮮의 少年에게는 『×××××』가 무슨 必要가 잇는 줄 아는가. ××××××××가 무슨 所用이 잇느냔 말이다! 不幸한 運動을 가진 朝鮮少年들이 이 때문에 이러한 배우기 실흔 敎育을 밧고 잇는 것이 아닌가! 그러한 現狀에 잇는 少年들에게 무엇을 주어야 그들에게 滿足이 잇스며 氏의 말과 如히 第二世 國民의 未來를 꼿다웁게 하게 할 수 잇느냐 말이다.

×

崔 氏여! 氏는 말햇다. 少年運動에 "文藝 말고 다른 方法을 取하면 어써켓느냐고." 짤하서 "情男이와 奉愛라는 두 少年少女가 쏫피어 滿發한 달 알에서 그리운 情懷를 깨닷지 못해서 사람의 발자최도 모르는" 글만 쓴다고. 이것을 볼 째에 나는 崔 氏의 幼稚함을 비웃엇다. 더욱 氏는 學課를 缺하며 原稿를 쓰고 이것도 不足해서 中途에 退學을 하는 事實이 잇는데 對해서 劉鳳朝 兄은 잘못 아시고 ×××××××이니 하는 것을 가르치는 學校가 무엇이 조하서 가겟느냐고 한 것을 臆測과 誤解가 아닌가 합니다. 내가 말한 바 眞意는 學科를 缺하고 아니 하는 것은 別問題요 父母가 짱을 팔아서 工夫시키는 工夫요 땀을 흘려서 어든 收入으로 굶어가면서 文藝生活을 한다고!』 氏는 이러한 一分子를 들어내 가지고 一般少年을 無視한 것이다. 이것이 氏가 幼稚한 證據가 아니고 무엇인가. 그래 文藝를 닑는 少年이란 다 이러한 것이라고 氏는 보는가! 그러한 少年은 벌서 墮落한 少年이다. 다른 少年과는 짠 생각을 가진 少年이다. 그러타 하면 아모것도 배우지 안코 글방에만 다니든 도령님들은 將來에 墮落이 업슬 것인가? 萬一 그들도 墮落을 한다 하면 그것도 文藝의 害毒이라 할가. 이 얼마나 幼稚한 수작이냐! 나는 여긔서 氏에게 文藝를 좀 닑으라고 忠告하고 십다! 짤하서 氏의 論文 全體가 臆說이 아니고 무엇인가 한다. 萬一 氏가 少年文藝 運動을 排擊한다 하면 徹底한 理論을 세운 뒤에 할 것이다. 그 가튼 不良少年의 一分子를 들추어 가지고 무슨 論文을 쓰며 쓴다 한들 氏가 그만큼 防止論을 쓸 째에는『그러케 하지 안흐면 아니 되겟다』라는 方式을 써야 一般의 誤解가 풀어지지 안흘 것인가. 萬一에 氏의 말과 가티 少年文藝運動이 少年들에게 害毒이 된다 하면 指導者라는 運動者라는 이름을 등에 진 者 누가 文藝를 排擊하지 안흐랴. 氏가 아닐지라도 벌서 運動方式을 轉換하얏스리라.

×

나는 崔 氏와는 더 말을 하지 안키로 하고 말이 난 김에 쏘 한 가지 論하야 두려는 것이 잇다. 그것이 즉 앗가 말한 바 少年文藝運動 아니 그보다 全朝鮮少年運動의 方向轉換 그것이다. 社會運動이 方向이 轉換되어감을 짤하 少年運動도 그 方向을 轉換치 안흐면 아니 될가 한다. 무엇보다 以前에는 事實上 童話는 긔운이 업섯다. 그보다 少年運動이란 一個 少年 그들을 爲하는 民族的 意識으로 하야 왓섯다. 忠臣이 되고 굿세인 國民이 되고 참된 少年이 되자고— 그러나 나는 좀더 나아가 '푸로레타리아'의 鬪士를 修良하고 그들에게 解放的 思想을 너허주어야 할가 한다. 崔 氏는 文藝를 防止하자고 하얏스나 나는 未來의 新 '유토피아'를 建設하기 위하야 少年文藝 그것도 階級意識을 담아갓고 鬪爭的 '힌트'를 주어야 할 것이라고 본다. 그것은 社會運動線의 가튼 步調로 나아가 ××××× 를 세우기 위하는 까닭이다. 나는 여긔서 바라는 바 잇다. 少年運動者 — 그들도 『푸로레타리아』 運動과 함께 少年들에게 ×× 思潮를 너허주라고 —

끗트로 臨하야 崔 氏의 反省을 促한다. 그보다 차라리 自己가 文藝를 질기지 안커든 防止論을 쓸 생각도 말라고 付托한다.

— 完 —

少年文學運動 可否

어린이들의 문학열을 장려하는 것이 가할가, 考慮를 要하는 問題

金長燮 · 鄭聖采 · 李益相 · 朴八陽 · 丁炳基, 『東亞日報』, 1927.4.30

근일에 경성과 디방 소년소녀간에 문학열이 매우 왕성합니다. 동요든 시를 짓고 작문을 지어 신문이나 잡지에 발표하기를 퍽 조화합니다. 또 소년운동에 뜻을 두는 이들도 문학 방면으로 아이들을 지도하는데 힘을 만히 쓰는 경향이 잇슴니다. 그리하야 지금 소년 잡지의 전성시대를 일우엇슴니다. 이것이 자연과 흙에 친하야 과학뎍 지식을 닥그며 건강한 신톄를 길우어 될 시긔에 잇서서 조희와 붓만 친한다 하는 것이 과연 가할까 교육자와 부모들의 한 번 고려할 만한 일임니다. 그래서 이 문뎨에 대한 몃 분의 의견을 아래와 가치 들어보앗슴니다.

學校敎育의 補充을 爲하야

金長燮(徽文高普 敎員)

나는 可하다고 생각함니다. 그 理由는 다음과 갓슴니다.

1. 敎育過程으로 보아서 사람은 智的 生活을 하자면 自己自身의 思考力, 思索力을 길너야 합니다. 少年文學은 少年 時에서 이 힘을 길너 주는 效果가 잇슴니다.

2. 現下 朝鮮 形便으로 보아서 現下 朝鮮 兒童은 學校에서 朝鮮語를 一週日에 大槪 세 時間式 배홈니다. 그들은 小學校를 授業한 後에 편지 한 장을 제 意思대로 쓰지 못하는 것이 普通임니다. 그곳에 무슨 偉大한 將來 文學을 期待할 수가 잇겟슴닛가. 一般文學을 反對한다면 모르거니와 그것을 是認하는 以上 그 努力은 少年時代부터 始作되어야 함니다.

3. 世界 趨勢로 보아서 少年文學運動은 世界的 運動임니다. 世界的으로 必要한 것이 朝鮮에서만 不必要할 수는 업슴니다.

實行方策

第一 家庭에서 第二 學校에서 하는 것이 가장 理想이겟지마는 朝鮮 現下 事情으로는 不可能함니다. 그러닛가 할 수 업시 社會的으로 하는 수밧게 업습니다. 新聞雜誌가 그것을 計劃的으로 奬勵하는 것이 必要하고 쏘 少年少女會 自體가 그것을 行하여야 할 줄 암니다.

理想에 치우침보다 實際 生活로

鄭聖采(少年斥候團)

一. 少年에게는 그 實際生活과 比較하야 그 範圍 內에서 하는 것이 可하다.

二. 專門的 或은 程度에 넘치는 것은 將來 人間生活에 合致되지 못하기 쉬웁다. 卽 理想만 發達되고 實際的 活動 能力이 弱한 不具者 될 念慮가 잇다.

少年 時期는 모든 것이 아즉 터가 잡히지 안엇스며 쏘는 그 心理가 치우치는 傾向이 잇다. 故로 敎育에 對하야 注意할 點은 어려서부터 한 가지 치우치는 敎育을 避할 것이다. 少年 時에는 萬能한 人格을 培養하랴고 힘써야 할 것이다. 成長한 後에 專門的 人才가 됨은 各各 그 自身 發達에 잇슬 것이며 又는 敎育者가 그 個人의 特性대로 指導할 쑨이다. 然則 文學이 어느 程度에 限하야 少年에게 實施함으로 將來 豐美한 生活을 與케 할 것이오. 少年에게는 活動的 訓練과 實際的 運動을 勸勵하야 理想과 實際가 兼備한 人格者가 되게 할 것이다.

今日의 그것은 別無 利益

李益相

'文弱에서 버서나자' 하는 것이 朝鮮 黎明期에 잇서서 한 叫呼이요 標語이엿다. 이것은 그릇된 文學이 朝鮮을 그릇첫다는 意味이엇다. 軍國主義 萬歲의 時代의 純全한 反動思想이라고 볼 수 잇다. 그러나 今日에 생각해보면 크게 奬勵할 必要는 잇슬지언정 이것을 禁止하거나 制限할 必要는 少毫도 업슬 줄 안다. 文學도 文學 나름이다. 自己享樂이나 陶醉만을 爲한 것을 少年에게 주랴는 것이면 勿論 不可하다. 다시 말하면 一般文學이라는 것보다는 차라리 이름과 가치 少年 自體가 理解하고 그들의

情緖를 發達식히고 創造性을 培養할 程度의 特殊한 少年文學이면 크게 奬勵하여야 할 것이라 생각한다. 그러나 朝鮮 今日의 所謂 少年文學運動은 업는 것보다는 나흘는지 알 수 업스나 別로 利하리라고는 생각할 수 업다. 少年의 보는 世界와 어른들의 보는 世界는 다르다. 그런데 그들은 어른이 보는 그 世界를 그들로 하여금 꼭 가치 보라는 것은 너무나 無理한 까닭이다. 가장 簡單히 말하면 少年에게 文學을 運動한다는 것이 아니오 少年文學을 運動한다는 것이라면 平日부터 吾人의 바라는 바이다. 그 方法에 對해서는 여러 가지로 생각한 點도 업지 안흐나 그러케 簡單히 말하기는 어렵다.

眞正한 意味의 健全한 文學을

朴八陽

이 問題에 對해서 別로히 생각해 보지도 못하고 여긔에서 可否를 말슴하는 것은 퍽 輕率한 일이 되지 안을가 생각합니다. 그러나 지금 제 생각 갓해서는 少年들의 文學運動을 反對할 重大한 理由가 別로 업지 아니할가 합니다. 勿論 아즉 心志 未定한 어린 사람들이 文學답지 아니한 軟文學類의 書籍에 中毒되는 것도 事實 큰 問題이겟지요. 그러나 그것은 眞正한 意味의 健全한 文學이 아니닛가 文學運動이라고 말하기 어려울 것임니다. 그럼으로 問題는 少年文學 運動의 根本的 可否라는 것보다는 少年文學 運動을 하되 그들을 엇더한 方面으로 指導함이 問題일 줄 압니다. 다시 말하면 '少年 文學運動은 可하다. 그러나 그것을 指導하는 이들이 健全한 方面으로 指導할 重大한 任務가 잇다'고 생각하는 것임니다.

實社會와 背馳 안 되면 可

丁炳基(朝鮮少年運動協會)

소년문학운동을 가타고 생각합니다. 일부의 반대 의견은 '문학' 그 자테가 약한데 흐르기 쉬운 것이여서 안일(安逸)한 생활을 생각케 하는 념녀가 잇다. 그러함으로 "소년문학은 실사회와 등지는 관게상 단연히 배척하겟다"는 것을 말슴하나 그러나 그것은 문학은 뎡해 놋코 약한 것이라고 밋는 것은 온당치 못한 의견을 가진 까닭임니다. 우리는 소년문학을 실사회와 배치되지 아니한 방향으로 지도하여야만 될 것임니다.

말하자면 자긔 자신이 붓으로 그려보고 몸으로 해 보도록 하는 것이 오날의 소년문학의 소중한 사명이라고 생각함니다. 그야말로 심신(心身) 병행(竝行)의 문학이야만 되겟슴니다.

그러함으로 우리는 가공뎍 문학을 말슴치 아니하고 실천뎍 문학이야만 되겟슴니다.

童謠作法(三)

韓晶東, 『별나라』, 1927.4

4. 童謠에는 엇더한 말이 죠흐냐

우에 말한 바와 갓치 童謠란 어린이의 노래이니까 두말 할 것 업시 어린이다운 말일 것임니다. 다시 말하면 正直하고 순결하고 아름다운 젓냄새가 몰신 ― 나는 어리고도 藝術味가 가득한 말임니다.

그레면 童謠를 노래하는 말이 무슨 特別한 말이 아님을 알 수 잇지 안슴니가. 말할 줄 아는 이가 아름답고 새롭고 날카럽고 강한 自己의 感動과 생각을 속임 업시 그대로 노래하면 그만인 것도 알 수 잇지 안슴니까. 그러나 다른 사람이 다른 말노는 노래할 수 업는 참된 말을 고를 것과 될 수 잇는데까지 노래하기에 합당한 말이 아니면 안 된다는 것만은 알어야 함니다. 그러타고 일부러 말을 고르다가는 짯닥하면 無味하고 슴々한 것이 되고 맘니다. 크게 注意할 点임니다.

그리고 한 가지 더 말하고자 하는 것은 地方의 말 卽 方言에 對하야 임니다. 方言 갓흔 것은 순직하게 그대로 써야 할 것이라고 함니다. 거긔에는 歷史的 價値가 잇을 것이오 鄕土的 藝術美가 잇을 것임니다. 곳 平安道면 平安道 말노, 京畿道면 京畿道말노, 全羅道면 全羅道 말노, 咸鏡道면 咸鏡道 말노, 될 수 잇는 데까지 鄕土的 色彩가 톡々이 붓게 써야 할 것임니다. 그리하면 맛치 장미와 山白合, 菊花와 蘭草, 梅花와 모란이 한거번에 한결갓치 핀 것과 갓해서 대단히 아름답고 훌늉한 것이 될 것임니다. 더욱이 이우러젓던 童謠가 새로히 피여나기 시작하는 우리나라에 잇서々는 鄕土的 童謠를 第一 몬저 發達식이는 童詩에 압흐로 ― 힘(이상 48쪽)을 만히 쓰는 것이 꼭 바른 順序라고 생각함니다.

5. 童謠에는 律調(格)가 必要하냐

童謠란 읍는 것임니다. 그러니까 字數의 多少에 따라서 格이 죠코 낫분 것이 잇습니다.

그러니까 童謠를 쓸 때에는 몬저 그 律調의 죠코 낫분 것을 擇할 必要가 잇습니다. 假令 말하면 七五調라던지 五七調라던지 八八調(或은 四四調)라던지 八五調라던지 이 외에도 만이 잇지만 爲先 이런 것들이 보통 씨이는 것인가 합니다.

그런데 童謠란 本是 規則的으로 格을 마추지 안으면 안 될 것은 아님니다. 더욱이 처음 쓰랴고 하는 이의게는 極히 禁物임니다. 웨 그런고 하니 無理하게 空無히 格을 맛추느라고 손을 곱앗다 핀다 하는 동안에 그 童謠는 힘 업고 맛업고 변々치 못한 것이 되고 말기 쉬우니까 말임니다. 그런 즉 格 갓흔 것은 自己가 創作해도 상관업스리라고 생각함니다. 쁜 아니라 도로혀 재미스럽고 귀여운 것이 되지 안을까 함니다.

몬저 말해 둔 바와 갓치 만히 낡고 만히 쓰는 동안에는 自然히 格調에 드러맛게 될 수가 잇는 것이니 그져 마음에서 흘너 나오는 대로 말의 흘너서 읍허지는 대로 無理가 업시 自己가 노래하기 죠토록 쓸 것임니다.

다시 말하면 童謠는 노래하면서 쓰는 것임니다. 그리고 自然히 노래할 수 잇는 말만이 합해져서 한 격조가 되여 가지고 自己의 마음과 꼭 부합이 되는 것임니다. 그 点을 잘 注意하야 만히 쓰면 될 것임니다.

6. 童謠는 엇더케 써야 잘 쓸 것이냐

童謠는 어린이면 누구나 쓸 수 잇다고 하엿지오. 그리고 그 어린이가 쓴 어린 作品에도 남모를 高尙한 藝術的 香내가 감초여 잇다고 하엿지오. 그러면 童謠라고 그저 덥허노코 쓰기만 해도 안 될 것도 잘 알게 되지 안엿습니다. 곳 藝(이상 49쪽)術的 價値가 업스면 안 될 것임니다. 여긔에 잘 쓰고 잘못 쓰는 區別은 생길 것임니다. 그르면 '엇더케 쓰면 잘 쓸 것이냐' 하는 問題가 생겨남니다. 아래에 몃 가지를 드러 보려 함니다. (가) '몬저 잘 쓴 童謠를 낡을 것'임니다. 그르면 잘 쓴 童謠란 엇던 것을 말함이냐 할 것입니다. 그 童謠는 第一 格調가 마자서 닑고 잇는 동안에 自然히 노래하고 십게 되고 그 쓴 動機와 그 쓴 材料가 아조 재미럽고 아름다와서 몃 번을 닑던지 노래하던지 실증이 나지 안는 꽉 自己氣分에 맛는 것을 말함입니다. 이러한 것을 만이 닑어서 充分히 그 意味를 맛보아엇어야 할 것입니다. 그리하면 自己가 무엇을 쓰랴고 할 때에는 '이런 것은 이러케 하여야 된다', '이런 것은 이러케 하여야 가부엽고도 맛이 이슬 것이다', '이런 데는 이러한 말이 씨워야 될 것이다' 하고 만은 參考와 智識이 될 것입니다.

(나) 그리고 잘 쓴 童謠를(이하 몇 자 해독 불가)니다. 엇던 사람이던지 어머니 배속에서 배와 가지고 나온 사람은 업슬 것입니다. 아모리 잘 쓰는 사람이라도 처음부터 잘 쓴다고는 못할 것입니다. 처음에는 아모리 하여도 自己가 쓰랴고 생각하는 대로 되지 안는 것이며 自己가 쓰고 십흔 대로 슬々 잘 나가지 안는 것입니다.

그런 고로 몬저 自己가 第一 잘 되엿다고 생각하는 童謠 멧 가지를 본밧아서 格調라던지 가쟝 아름답게 된 곳이라던지를 빼서 지여 볼 것입니다. 그러타고 봄과 꼭 갓튼 것을 만들나는 말은 아니요 全然히 다른 것을 만들나는 말입니다. 다른 사람의 것을 그대로 빼서 쓰면 그것은 '글도적'이 될 것입니다. 만일 남의 것을 도적질해서 或 엇던 懸賞에 當選이 된다고 합시다. 거긔에 맛을 부치게 되면 그 사람은 불상하게도 自己의 本能은 일허버리고 압길이 꼭 막히고 마는 것입니다. 다시 말하건대 본밧는다는 것은 決코 남의 것을 그냥 빽겨서 쓴다(이상 50쪽)는 것은 아닙니다. 特히 注意할 点입니다. (다) 그리고 '自己의 힘으로 쓸 것'입니다. 우에 말한 바와 갓치 하는 도안에는 童謠란 엇더케 짓는 것인 줄을 알게 될 것입니다. 그리 되면 남의 것을 보는 것은 재미업게 되야 싹 거더 치우고 自己의 힘으로 創作을 하게 될 것입니다. 곳 自己가 본 것, 드른 것, 감격한 것을 그냥 써서 노래를 만들게 될 것입니다. 그때의 그것이 아조 훌늉한 것은 못 된다 하더래도 自己로서는 以上 업는 깁붐이 될 것이며 짜라서 작구――써 보게 될 것은 定한 리치입니다. 그리는 동안에는 不完全한 곳과 마음에 들지 안는 곳은 조곰식 곳처서 참말노 귀한 作品이 나타날 것입니다. 그래 自己의 作品을 自己의 힘으로 곳치게만 되면 그만입니다. 또 參考 한

마듸 할 말이 잇슴니다. 지여 가는 동안에 뜻 갓흔 동무가 잇으면 서로〳〵 박구어서 서로 닑고 서로 곳쳐주고 하는 것도 좃슴니다. 何如間 만이 닑고 만이 쓰는 동안에는 自然히 잘 쓰게 될 수 잇습니다. 마그막으로

童謠를 쓰시는 여러 어린 동무의게

나는 童謠를 사랑함니다. 짜라서 만히 硏究해 왓슴니다. 이후에도 긋치지 안코 더욱〳〵 힘써 硏究하려고 함니다.

여러분 童謠를 사랑하시는 어린 동무들이어 여러분도 熱心으로 童謠를 硏究하시리다. 그르면 여러분 가운데서 自己가 지은 것 가운데서 아모리 하여도 滿足을 엇지 못하는 것이 잇을 것 갓드면 □□□로 보내주시면 힘 잇는 이와 갓치 연구하여 재미스럽게 가르쳐 드리려고 함니다. 가르쳐 드린다는 이보다 좀 재미스럽게 만드러서 보내드리고져 함니다.

이것은 우리의 童謠 發表을 爲하야 조곰이라도 도움이 될가 하는 마음에 나온 나의 要求이오니 그 点만을 알아주시면 나의 마음이 滿足하겟슴니다.

一九二六. 八. 三一(이상 51쪽)

朝鮮 少年運動의 意義

五月 一日을 當하야 少年運動의 小史로

北岳山人, 『중외일보』, 1927.5.1

朝鮮 少年의 處地와 形便

一九一九年 三月의 朝鮮××運動은 우리 朝鮮의 사람사람을 모든 方面으로 움즉이게 하얏다. 그리고 그 運動이 해를 지내며 文化的으로 思想的으로 한 層 쏘 한 層 깁히 드러감에 짤하서는 여러 갈내의 部門運動 具體運動을 니르킴이 되엇스니 지금 말하는 少年運動은 卽 그 中의 하나이다.

從來의 朝鮮 少年은 그 家庭에 잇서서나 社會에 잇서서나 아모러한 地位도 認定되지 못하얏다. 그들의 人格은 蹂躪되고 情緒는 枯渴되고 總明[1]은 흐리우고 健康은 耗損되고 社會性은 痲痺되어 말하면 形容할 수 업는 處地에 빠지엇다. 더욱 近來의 ×××義的 經略이 政治勢力을 背景으로 한 ××××의 손을 거치여 擴大되며 朝鮮 사람의 經濟生活이 破滅됨에 밋처는 朝鮮 少年 大多數의 運命은 한層 더 崎嶇하게 되엇다. 그들은 自己 家庭의 生活難으로 因하야 公私立의 普通學校, 書堂 其他 學校에서 工夫하는 約 七十萬名의 幼少年을 除한 外의 約 四百七十萬名 幼少年은 全혀 文盲이 되고 말을 쑨이 아니라 그들은 大概 새벽으로부터 밤중까지 工場과 農場에 拘置되어 견델 수 업는 勞役에 從事하는 同時에 그들의 聰明과 健康은 온전히 潰滅되고 잇는 것이다. 이러함에 不拘하고 몃 해 前까지의 우리 社會에서는 이것을 問題조차 삼지 아니 하던 바 우에 말한 바와 가티 겨우 己未運動 以後로 비로소 이에 對한 尨大한 覺醒과 潑溂한 運動이 니러난 것이다.

---

1 '聰明'의 오식이다.

少年運動 發現의 經過

少年團體의 出現이 반다시 少年運動의 出現이라 할 수는 업스나 少年運動의 發興經路를 더듬는 때는 스사로 少年團體의 發興으로부터 니야기하지 안흘 수 업다. 勿論 우리 朝鮮에도 開化運動이 니러나자부터 或은 基督教會가 드러오자부터 多少의 兒童을 相對로 하는 集會 團體가 업지 안헛슬 것이나 그것은 主로(거히 純然히) 宗教의 宣播 或은 文字의 記誦, 또는 그들 새의 戱樂을 目的한 것인 바 少年運動의 意味에서 본 少年便體[2]라 할 수 업고 적어도 少年의 處地, 形意識하고[3] 그 意識 밋헤서 어썬 目的을 세우고 그 目的에 到達하기 爲하야 정말 運動的으로 니러난 己未 以後에서 차즐 수밧게 업다.

大體 이러한 前提 밋헤서 朝鮮 少年團體의 發興된 자취를 차즈면 一九二〇年(庚申) 겨울에 慶南 晋州에서 姜敏鎬 金敬浩 等 十數人의 發起로 晋州少年會가 創立되며 少年會라는 일홈이 비롯오 新聞紙上으로 傳하게 되엿다.

그런데 이 少年會에서는 發起 卽時로 東鮮××××로 부르기로 決議한 바 그것이 곳 發覺되야 그들은 沒數히 檢擧되며 少年會는 곳 업서지고 말엇다. 嚴正한 意味로 보아서 晋州少年會를 發起한 그들이 한 朝鮮 사람으로의 〇〇萬歲를 불을 것을 그 會의 成立 內意로 하는 以外에 보다 더 한 거름을 드러가 한 少年으로서의 處地와 形便을 意識하고 거긔에 相應한 運動을 니르킬 것까지를 內容으로 하야 그 會를 發起햇던 것인지는 모르나 如何間 그 會는 會員 多數가 犧牲(最高 一年半을 爲始하야 大概 約 一年의 役을 밧엇섯다)됨과 가티 中絶되고 말은 바 이 以上 더 말할 나위거리가 업고 이 일이 잇슨 후 약 四個月만인가 京城에 天道教少年會가 생기엿다. 때는 一九二一年 辛酉 四月 그 會는 아레에 적은 것과 가튼 다섯 가지를 朝鮮 少年運動의 綱領으로 하야 宣傳, 組織에 熱力하얏다.

첫재 어대까지 少年의 人格을 擁護하야 在來의 倫理的 壓迫을 물니칠 것

둘재 어대까지 少年의 情趣를 涵養하야 在來의 沙漠가튼 쓸쓸한 生活을 업시 할 것

---

2 '少年團體'의 오식이다.

3 '形便을 意識하고'의 오식으로 보인다.

셋재 어대까지 少年의 慧明을 發輝揮하야 在來의 不學에서 생기는 無知를 업시할 것

넷재 어대까지 少年의 健康을 護持하야 在來의 不當 勞働에서 생기는 過勞를 防止할 것

다섯재 어대까지 少年의 社會性을 길너서 새 世上의 새 主人되기를 準備할 것

이뿐이 아니라 天道教少年會는 天道教 그 自體의 宗旨가 이 人間을 宇宙의 最高 存在者로 認하고 人間 中에도 幼少年을 現下의 旣成人間보다 한겹 더 進化 鍊成된 人間으로 보는 그만큼 天道教 本精神으로의 이 運動을 支持하는 點이 强하며 (二) 天道教의 地盤이 相當한 것만큼 그 會로서의 發展이 便易한 關係 等으로 因하야 날로달로 旺盛함을 보게 되매 이것은 만히 全 朝鮮의 青少年을 刺戟함이 되얏다.

一九二一年 以降으로 京鄉處處에 少年團體가 盃興한 裡面에는 多少 이로써 動起된 事實도 업지 안헛슬 것이다.

'어린이날'의 刱定과 其意義

一九二二年 봄 일이다. 天道教少年會에서는 東京에 잇는 색동會(이 會는 일즉히 少年問題를 硏究키 爲하야 東京에 留學하는 方定煥 秦長燮 外 六七人으로 成立된 것이다) 其他 京城에 잇는 少年團體와 議論을 通하야 每年 五月 一日을 幼少年의 日, 다시 말하면 '어린이날'로 定하고 그 날을 期하야 全 朝鮮 五百餘萬 幼少年이 一齊히 少年運動 自祝 示威를 하기로 하야 그 해(一九二二年) 五月 一日부터 實行하얏다. 勿論 이 '어린이날' 運動이 첫해에 잇서는 一般에게 對한 宣傳이 未及한 關係上 그에 對한 意識이 明確하게 되지 못하야 큰 成果를 엇지 못하얏스나 해를 지냄에 짜라 그냥 成蹟을 엇게 되야 一九二五年의 이 날에는 朝鮮 全國에서 約 三十萬의 幼少年이 이 運動에 參加(紀念式과 行列에 參與한 것을 標準함) 하는 盛況을 이루워섯다. (한 줄가량 해독 불가)

特 五月 一日을 指選한 것은 무슨 뜻이엿는가 하는 것이다. 푸러 말하면 어린이날은 (一) 幼少年 自身들로 볼 째에는 자기네들의 잘 놀고 잘 즐겨하는 唯一한 '名節날'인 同時에 (二) 少年運動의 氣勢와 威力을 一般에게 보히여 그 運動의 意義와 進行

을 年復年으로 새롭게 하고 促進식혀가는 '示威의 날'이며 (三) 幼少年을 相對로 하는 어른들 便으로 볼 때에는 '幼少年 保育의 날'이라 할 것이다. 말이 좀 우수워지는 지는 모르나 오늘까지의 어린이날은 幼少年의 名節날이오 少年運動 示威의 날이오 幼少年 保育의 날이라 함이 最可할 것이오 五月 一日을 指選한 것은 (一) 少年運動을 象徵하는 節候로 보아서 이달 이날이 最適하다는 것과 또 이날은 歐洲에서는 녯적부터 어린이의 名日이 되여 잇는 等 理由에 基因한 것이다.

'쏘이스카우트'의 出現

朝鮮 少年運動의 發現 經路를 보면 一九二〇年 末 乃至 一九二一年 春에 그 소래를 發하야 一九二二年부터 아조 盃興되엇다고 할 수 잇다. 一九二二年에 잇서 特記할 것은 少年會의 名義 及 性質을 가진 少年團體가 各地에서 勃興함을 본 以外에 少年斥候 或은 少年軍이란 일홈을 가진 英米式의 '쏘이스카우트'가 組織된 것이다. 쏘이스카우트는 一九〇七年에 英國 陸軍 中將 '싸덴파웰' 氏가 一九〇〇年間 南阿戰爭 때에 少年 斥候를 使用해 본 것을 動機로 組織한 것이니 오늘 世界 各國에 傳播된 것으로서 少年運動 氣分이 一般으로 盛旺하게 되는 一九二二年 秋에 鄭聖采, 趙喆鎬 氏 等 指導者를 通하야 우리 朝鮮에도 組織된 것이다. 卽 鄭聖采 氏는 基督敎 其他 宗敎 便의 少年을 中心으로 朝鮮少年斥候團이란 일홈으로써 쏘이스카우트를 組織하야 一九二四年에 斥候團聯盟을 組織한 바 그에 加盟團體가 十九處에 約 四百名의 團員을 가지고 잇고 趙喆鎬 氏는 宗敎的 地盤을 떠나서 朝鮮少年軍이란 일홈으로써 쏘이스카우트를 組織하야 今日까지 六十四隊에 約 五百名의 團員을 가지고 잇다.

'쏘이스카우트'라 함은 무엇이냐. '쏘이'라 함은 英語에 兒童이오 '스카우트'라 함은 英語에 斥候라 兵隊라 하는 말인대 이 '쏘이스카우트'의 刱立者인 '싸덴파웰' 氏의 說明에 依하면 斥候라 함은 어느 짱 어느 時間에도 存在한 것이다. 卽 새로운 가지각색의 探險을 하야 人智를 나위여 公益에 資하고 널리 世間人類를 위하야 貢獻을 하는 사람사람은 모도가 斥候이다. 이런 意味에서 少年은 少 (한 줄가량 해독 불가)

具體的 綱領으로는 (一) 神과 國家社會에 對한 自己의 義務를 다하고 (二) 언제던지

他人을 도아주고 (三) 自己 團體의 準律에 順服할 것과 自己 健康의 護持에 注力할 것을 指摘한다. 朝鮮의 '쏘이스카우트'도 大體로 英米式 그것을 輸入한 것으로서 그 訓鍊 方式으로서는 '쏘이스카우트'의 共通 教範에 依하야 秩序 잇는 行進과 野營生活과 其他 自己 及 他人을 爲하야 當面의 善을 實行할 技能을 가르친다. '쏘이스카우트'에 對하야 一言할 것은 그와 가티 漠然한 意味에서 神과 國家 或은 自己와 他人에 對한 盡忠할 義勇을 가르키는 것은 스사로 現 世上 現 社會를 信賴하고 그에 對한 忠實을 期하게 되는 바 그 結果는 正히 오늘 各 帝國主義 國家에서 各其 自國家 또 自階級의 利益을 護持하기 爲하야 青少年을 訓鍊함과 가튼 意趣에 맛추게 된다는 그것이다. 다시 말하면 現下 少數 支配의 斥候軍 되는 데에 運命을 마추게 된다. 이 點은 如何間 考慮할 處이겟스나 要는 '쏘이스카우트'라는 名稱이나 方式 그것이 問題가 아니라 實際로 해 나가는 指導精神 그것이 問題일 듯십다.

少年團體의 形態

지금 朝鮮에 잇는 少年團體는 첫재 그 名稱으로 보아 少年會, 少年軍, 少年斥候隊 等이 잇고 或은 少年團體의 意味를 間接으로 取하야 샛별會 修養會 가튼 名稱을 가진 것이 잇스나 朝鮮 少年團體의 形態는 少年會와 少年軍(或은 斥候)의 二者로 大別할 수가 잇다.

各少年團體의 運動 傾向

우에 말함과 가티 朝鮮少年團體는 그 形態로 볼 때에는 少年軍과 少年會의 二者가 잇스나 그 團體들의 傾向을 볼 때에는

(一) 어써한 階級에 屬한 少年임을 不問하고 少年이면 少年會圓이다 하는 趣意 밋헤서 純然히 少年의 情緖涵養과 人格保育에 主力하는 便

(二) 엇던 少年이나 會員으로 하는 點은 前者와 同一하나 運動의 目標를 더 좀 現實的으로 하야

(가) 少年의 人格 擁護

(나) 少年의 情緖 涵養

(다) 少年의 文盲 退治

(라) 少年의 社會生活 訓練 等을 主張하는 便

(三) 少年을 어대까지 法律的 軍隊的으로 訓練하야 이 社會에 對한 善良한 市民을 지키기로 目的하는 便

(四) 純然한 階級的 見地에서 露國의 '삐오넬'(少年探險隊) 式을 取하야 少年敎導를 하려는 便

(五) 이도저도 아니고 半好奇的 半遊戲的으로 少年□情을 享하려는 便

運動의 目的性

論者 中에는 少年을 少年 그대로 깨끗하게 곱게 保養함에 긋칠 뿐이요 거긔에서 한 거름을 더 나아가 一定한 主義와 目的 밋헤서 意識的 敎養이나 訓練을 주려 함과 가튼은 도로혀 不自然한 일이라고 하는 이가 잇스나 그러나 이러한 論法은 아즉 생각을 조곰 덜한 主張이라 할 수밧게 업스니 웨 그러냐 하면 少年도 結局 이 社會와 이 環境의 雰圍氣를 떠나서 살을 수 업는 人間인 以上 少年을 少年 그대로 다시 말하면 아모러한 目的意識이 업시 그를 敎養하자 함은 結局 現 境遇 現 社會에 順應하는 人間을 짓자 함과 맛찬가지의 結果에 빠지는 故이다. 이런 點에 對해서는 特히 생각하고 넘어가지 안흐면 안 될 것이라 하고 십다.

오늘 以後의 問題

一九二五年 十月 末 現在의 國勢 調査에 依하면 우리 全 朝鮮 內의 幼少年은 七歲로 十一歲까지의 幼年이 二百二十九萬餘人이오 十二歲로 十九歲까지의 少年이이 三百十二萬餘人으로서 合計 五百四十一萬餘人이다. 그런대 最近까지의 朝鮮 少年團體를 보면 團體 數 約 七百餘個所에 關係 少年이 約 八萬人인 바 朝鮮 少年運動은 오히려 千里一步의 感이 잇스며 또 右에 말한 團體와 會員이라 할지라도 아직까지 分明한 理論과 方式을 가지지 못한 것이 만코 甚함에는 朝設暮廢의 團體도 잇다.

이번 어린이날을 마즈면서 少年 非少年을 勿論하고 우리가 한가지로 생각할 것은

첫재 엇더케 하면 朝鮮 五百五十萬의 幼少年을 다 ─ 가티 少年團體에 入屬케 할가

둘재 엇더케 하면 이 少年團體에 入屬되는 團員을 바른 理論과 周到한 方式 밋헤서 緊切하게 訓鍊해 갈 수가 잇슬가

그리고 이러케 하기 爲하야는 各 少年團體를 網羅하는 무슨 有機的 聯合機關을 짓는 것이 急하지 아니 할가. 朝鮮의 少年運動도 이제는 期[4] 量을 생각하는 同時에 質을 생각하지 안흐면 안 될 때에 들은 것 갓다. 同時에 보다 以上에 散漫을 許할 수는 업겟다. 뜻 잇는 이의 再思를 빈다.

4 '其'의 오식이다.

少年運動의 方向轉換

'어린이날'을 당하야

丁洪敎, 『중외일보』, 1927.5.1

少年運動도 方向轉換을 當面하얏다. 在來의 自然生長性的 運動은 그 自身이 벌서 倦怠를 늣기고 잇슬 섄 아니라 必然的으로 그 運動의 揚棄를 要求하고 잇다. 이제 少年運動의 方向轉換을 論爲할 제는 반듯이 過去의 形態와 性質을 考察하야서 그것이 必然的으로 方向轉換을 하지 안흐면 아니 될 性質을 갓고서 어느 目標 밋헤 轉換하지 안흐면 아니 되게까지 到達하게 하는 바 그 客觀的 條件을 論하야써 方向轉換의 具體的 理論까지 進出하여야 될 것이다.

朝鮮의 少年運動도 世界少年運動 戰線의 一角인 以上 그것은 確實히 組織을 要求한다. 그러나 在來의 朝鮮 運動은 英雄的 偶像 運動에 沈襲을 바더 二世 國民 及 二世 敎徒의 密造이거나 或은 軍國主義式 反動訓練 等으로서 小뿌르조아 思想의 高潮로서 그 重要 任務를 가지고 잇섯다. 또한 甚한 것에 至하야는 舞蹈, 音樂 等을 少年運動의 唯一한 任務인 것 가티 思量하고 잇섯다. 그러나 少年은 벌서 저 — 발버둥질이나 액맥이 가튼 音樂 소래에는 倦怠를 늣기고 잇는 것이다. 消化劑 가튼 언슬푼 童話보다는 좀 더 活氣 잇는 이약이를 要求하는 것이다. 少年 自身이 벌서 그것을 要求한다. 더욱 指導者들에게 잇서서는 크게 過去 運動을 反省하지 아니치 못할 것이다. 그리하야 斷然히 過去 運動 形態로부터 飛躍하지 안흐면 아니될 여러 가지 조건을 늣기게 되는 것이다. 말하자면 過去의 自然生長性的 乃至 宗教的 魔醉運動으로부터 分離하야 斷然히 目的意識的 運動으로 飛躍할 것을 急迫히 要求하는 것이다.

나는 지금 이에 對하야 생각되는 몃 가지만을 적으려 한다.

一. 첫재로 우리들이 말하는 바 所謂 '어린이날'이라는 五月 一日에 잇서는 多少 문뎨가 잇게 된다. 五月 一日은 世界 勞働者들의 名節 '메이데이'이다. 그러면 이 國際的 勞働祭日과 우리 '어린이날'과는 가튼 五月 一日을 名節로 하고서 잇다. 그러나 그것은 確實이 조치 못한 關係를 가지고 잇다. 왜 그러냐 하면 朝鮮 가튼『메이데이』紀念이 아즉 盛況이 아니인 그것만큼 아즉 相殺關係를 實現치는 아니하고 잇스나 事實에 잇서 '메이데이'가 紀念된다면 두 곳에 紀念的 行動은 甚히 不便을 늣길 뿐 아니라 서로히 障害될 것은 未久에 올 事實이다. 그럼으로 '어린이날'을 元來 五月 一日로 定한 것은 先輩들의 確實히 잘못된 智慧가 産出한 案이라고 生覺할 수 밧게 업다. 이제 우리는 今年만은 모르겟스나 來年부터는 '어린이날'을 少年運動하는 諸同志들과 妥協하야 반듯이 그 日字를 改定할 必要를 늣기며 다시 國際的으로서 已定되는 바 國際靑年會 少年部의 每年 定하는 '어린이날'을 紀念하든지 두 가지 中에서 決定할 것이다. 그 理由는 '어린이날'을 잘 살리고자 하는 까닭이다.

一. 둘재로 少年運動 組織問題에 잇서는 在來의 散放的 行動으로부터 緻密한 組織을 要求하게 되나니 위선 京城에서 在京少年會가 그 數爻가 數十 個이다. 그 놈을 聯盟이나 同盟은 못한다고 하드래도 各 少年會의 代表로서 聯合委員會를 設置하야 그 곳에서 京城少年運動에 對한 一切을 協議하는 同時 쏘한 地域別로 委員會를 組織하며 洞里라든지 各 學校라든지 하는 일뎡한 地반 우에 잇는 少年會員들은 班이나 隊로서 한 개의 結束을 갓고서 各히 訓練하는 等 하야써 모―든 것을 組織的으로 쌀하서 能動的으로 活動하며 敎養을 엇게 할 것이다.

一. 셋재로 어린이 敎養問題에 잇서 우리 恐怖할 만한 中毒 作用을 發見하는 것이다. 이 敎養에 잇서는 朝鮮 어린이 運動을 살리고 죽이는 重要한 문데이다. 學問이라는 것은 現實에 잇서는 그 本來의 使命을 □殺하고서 어느 一部의 武器로 使用되는 以上 近來 少年運動은 그 敎養에 잇서 確實히 恐怖할 만한 症候를 떄이고 잇는 것이다. 우리가 先輩라고 보는 指導者들 가운데에서도 少年運動을 商品化하야 人物 中心에서 宗敎化하고 잇는 傾向은 누구든지 視得할 수 잇는 것이다. 더욱이 쏘이스가트 運動에 잇서는 封建的 頑惡한 諸 精神은 如實히 暴露되어 잇스니 少年들의 反動行動을 隱然히 潛在的으로 助長하고 잇는 結果를 본다. 이곳에서 우리는 學問은 眞正한 法理를 體系로 한 것을 要求하나니 自然과 社會와 努力 等의 連絡된 敎育을 要求하는 것이다. 부질업시 써추룸한 童謠나 로맨틱한 童話로서 少年心을 陶醉할 것이 아니라 우리는 當面 문뎨로서 우리말 우리글을 배울 必要를 늣기며 짤하서 眞正한 意味의 敎養을 要求하야 마지 안는 바이다.

나는 今年 一九二七年에는 少年運動에도 반다시 方向의 轉換이 오리라고 본다. 그 內在的 條件이라던가 外在的 諸 條件은 반다시 方向을 轉換시키지 안코는 마지 아니하리라고 생각한다. 이곳에 새로운 飛躍이 잇고 進展이 잇슬 줄 안다. 또한 그 만콤 指導者 諸氏들의 思惟가 必要하며 짤하서 理論鬪爭이 必然的으로 擡頭할 것이다. 今年의 '어린이날'은 반다시 朝鮮少年運動의 劃時期的 모임이 되기를 바라며 내가 밋고 또한 올타고 생각하는 바 將次 施行코자 하는 五月會의 今年(一九二七年)의 主張과 스로칸을 이곳에 借載하여 둔다.

一. 五月 一日은 世界의 勞働祭이니 우리는 우리의 名節을 새로히 찻자.

一. 우리는 저 ― 頑惡하고 局限된 少年運動과 抗爭하자.

一. 우리는 朝鮮 歷史와 朝鮮語를 朝鮮 사람에게서 배우자.

一. 無産兒童의 義務敎育 機關의 實施를 要求하자.

一. 우리는 自然과 社會와 勞力과 速成된 敎育을 밧자.

一. 우리 運動은 世界 少年運動 戰線의 一角이니 組織的으로 團結하여야 된다.

一. 勞働 兒童을 絶對 保護하자.

一. 우리는 朝鮮 靑年 前衛隊의 後備軍이 되자.

一九二七.四.二十五日

(時評) 少年運動

사회의 주인

『東亞日報』, 1927.5.4

◇ 우리 어린이의 운동이 점점 완성해 감니다. 오월 일일(五月 一日)을 전후해서 신문지상으로 전해지는 어린이날의 소식은 우리 사회에 큰 활긔를 줍니다. 경성을 위시해서 조선 각처에서 몃십만 명의 어린이들이 동원(動員)해서 어린이날을 축하하엿습니다.

◇ 사회를 유망하게 하려면 사회의 모종인 소년소녀들을 사회뎍으로 잘 길느며 또 사회뎍으로 인도하여야 함니다. 그러치 못해서 한때의 소년소녀가 잘못 지도(指導)되면 다음 때의 사회는 보잘 것이 업시 됨니다.

◇ 우리 조선사회는 이때까지는 남의 사회에 비하여서 써러저 잇습니다. 보잘 것이 업시되여 잇습니다. 짤아서 만흔 설음을 밧고 잇습니다. 이것을 향상(向上)식히고 우리가 설음으로부터 해방(解放)되기 위하야 청년과 장년들이 모든 힘을 다해야 할 것이야 물론이지마는 그러나 그것만 가지고는 부족합니다. 이와 가치 큰 사업은 짧은 세월에 성공되기 어려운 것임니다. 우리는 쉬지 안코 하는 동시에 또 유유하게 준비해야 함니다. 우리의 다음 대를 우리가 준비하여야 함니다.

◇ 그럼으로 우리의 소년소녀를 사회뎍으로 훈련하야 장래에 훌륭한 일꾼이 되도록 만들 필요는 우리에게 더욱히 만습니다. 그런대 이와 가튼 운동은 아즉 학교에서는 잘 되지 안습니다. 또 가뎡에서도 잘 되지 안습니다. 어린이의 단톄를 조직하지 아니하면 아니 됩니다. 즉 어린이들은 그 학교를 뭇지 말고 또 그 가뎡도 써나서 오즉 디역뎍(地域的)으로 단결(團結)해 가지고 사회와 즉접으로 접촉해가면서 훈련 밧게 됩니다. 그것이 어린이의 운동임니다. 우리는 그 운동을 통해서 우리의 장래를 점칠 수 잇는 것임니다.

◇ 그런대 한 가지 주의할 일은 이 운동은 학교와 가뎡의 도움이 업서서는 잘 발

달할 수 업습니다. 한 가지 례를 들어서 말슴하면 학교나 가뎡에서 어린이들을 그 운동에 들지 못하게 하면 그것만으로도 큰 타격을 밧지 아니할 수 업습니다. 그럼으로 학교 선생 되시는 분이나 쏘 부모 되시는 분은 만히 생각해서 이 운동에 대해서 리해를 가저야 할 것입니다. 학교 학과에만 충실해라 하는 교훈은 벌서 시대에 뒤진 말입니다. 사회를 써난 각 과가 잇슬 리가 잇겟슴닛가. 이러한 의미에서 우리는 어린이 운동을 적극뎍으로 응원할 의무가 잇습니다.

(씃)

훌융한 童謠는 十歲 內外에 된다

어린이는 감격의 세계로 指導에 努力하자

『每日申報』, 1927.5.4

동요(童謠)를 지을 수 잇는 어린이는 힝복하다 하겟스니 동요가 잇는 어린이는 인간미(人間味)가 가장 만흔이 아이라고 하겟다. 마음에 여유가 업는 어린이는 동요를 지을 수 업슴으로 마음에 여유를 가질 수 잇는 가경과 환경(家庭과 環境)에 잇는 어린이는 가장 훌륭한 동요를 지어낼 슈 잇슬 것이다

어린이가 감졍을 솔직하게 표현하야 가쟝 훌륭한 동요를 지을 수 잇는 때는 열 살까지의 유년긔(幼年期)이니 이때에는 아무 거리기임도 업고 긔교(技巧)도 부리지 못하고 다만 넘쳐 나오는 감졍을 그대로 표현하게 되는 법이니 이 시긔에 지은 동요는 어린이의 긔분(氣分)에 꼭 드러맛는 것이 될 수 잇는 것이다.

그러나 열 살이 넘어서면 갑작이 어른다운 버릇은 싱기고 기교를 부려서 순진한 어린이 동요는 되지 못하나니 이 시긔에 지은 동요는 참 의미로 보아서 동요라고는 할 수 업다. 이러케 싱각하면 참의미의 동요는 열 살 내외간이라 하겟슴으로 그 때에는 어린이로 하야금 동요를 지을 수 잇슬 만한 감격(感激)의 세게에서 자라나도록 하야 줌이 어버이로서의 가쟝 큰 의무라 하겟다. 동요는 짓는 것이 안이요 가삼에서 울어나오는 대로 노릐함이니 가령 산이나 들로 어린이를 데불고 단일 때에 우는 새소리와 나비의 춤을 듯고 보게 할 것이며 시내ㅅ가에 갓슬 때는 흘러가는

물소리에 귀를 기우리게 하며 바다ㅅ가에 나갈 때는 널고 널분 바다의 출렁거리는 물결을 보게 하면 그 즁에셔 자연히 시졍(詩情)이 움지기어서 훌륭한 동요가 울어나올 것이다. 그런데 어른들이 잘못 싱각하야 동요는 이러케 짓는 것이다 쏘는 이러케 짓지 안이하면 안이 된다고 지도를 함은 돌이어 어린이의 감정을 헛트리게 되며 쏘한 부즈럽시 말과 글자에 구속을 밧게 되는 결과에 니르게 될 것이다. 어린이는 무엇에든지 감격을 바더서 감격된 감셩을 그대로 표현하면 자년히 아름다운

'리듬'을 품은 훌륭한 동요가 솟사날 것이다.

어린이로 하야금 어른의 숙내를 내게 함은 절대 금하여야만 될 것이니 위선 우리는 어린이로 하야금 감격의 세계에서 자라나도록 노력함에 끄칠 것이라 하겠다.

全朝鮮少年聯合會 發起大會를 압두고 一言함(一)

金泰午, 『東亞日報』, 1927.7.29

오래ㅅ동안 懸案으로 내려오든 少年聯合會 이것은 其間 만흔 波瀾을 격고 겨우 이제야 成案을 지은 貌樣이다.

荒蕪地 가튼 遙遠하고 쓸쓸한 人間社會의 벌판에서 彷徨과 咀呪로써 힘업시 자라나는 朝鮮의 어린 靈들을 爲하야 兒童擁護機關인 少年運動의 切實한 高調를 意味한 少年會 看板이 只今에 二百餘 團體이다. 그러나 少年愛護運動의 歷史가 엿듬을 따라 아즉까지 氣分運動이엇스며 形形色色으로 各自가 千層萬層으로 指導하며 主張해 왓다.

그리면 언제던지 이 方向과 形式이 다른 少年運動을 高唱할 것인가? 아니다. 거긔에는 廢亡이 잇슬 뿐이오 짤아서 進展은 어더 볼 수도 업슬 것이다.

그리하야 이에 만흔 늣김을 가진 五月會 幹部 멧 사람과 斯界의 有志들이 糾合하야 全朝鮮에 흐터저 잇는 二百餘 少年團體의 運動을 統一하며 其 進展을 圖謀하기 爲하야

一. 朝鮮少年運動의 統一的 組織의 充實과 發達의 敏活을 圖함

二. 朝鮮少年運動에 關한 硏究와 實現을 圖함

이란 二大 標語下에 朝鮮少年聯合會 發起準備會를 새로히 組織하고 各 地方에 잇는 團體에서도 이에 對한 共鳴이 즘짓부터 큰 바 잇서 이제 六十個體 團體와 四個 聯盟團體의 承認을 得하고 來 三十日을 期하야 發起大會가 召集케 됨을 무엇보다도 朝鮮 어린이의 다시 업는 길잡이가 되고 將來 朝鮮의 幸福이 이에 잇슬 줄 確信한다.

그러나 意思 別論으로 破裂的 感情을 唱道하는 幾個 團體가 잇슬는지 모른다. 그러나 在來의 因循과 習慣으로 相煎의 禍를 짓는 蕭墻[1]의 賊이 되지 말어야 한다. 자—呶呶히 말할 것 업시 朝鮮 各地에 散在한 少年 細胞團體를 總合하야 中央集權的 最

大 機關을 造成하는 것이 急務이며 가장 適切한 方法이오 武器일다.

자! 우리와 處地와 環境이 가튼 白衣 大衆아. 一致的으로 共鳴하여 한데 뭉치자! 그리면 우리의 運動과 使命을 다 함에 其 武器는 무엇인가. 一. 統一, 二. 組織, 三. 計劃 이것을 우리는 唯一한 武器로 活動하며 나아가자는 것이다.

그 동안 우리 少年運動이 잇슨지 四五年에 統一的으로 되지 못하고 破裂的으로 — 組織的으로 되지 못하고 散組的으로 — 計劃的으로 되지 못하고 臨時的으로 — 하여 왓다. 그럼으로 만흔 金錢과 努力을 虛費하여 왓지만 그에 對한 別스런 效果를 엇지 못하엿다.

그럼으로 飢渴이 莫甚한 우리로써 生命水를 求함에 반다시 우물(井)을 파서 돌이나 나무로 방틀을 싸어야 물이 고이며 그 판 우물을 맛볼 것이다. 萬一 방틀을 쌋치 안코 파기만 할 것 가트면 만흔 努力만 虛費만 하고 말 것이다.

우리의 少年運動은

一. 統一的으로 하자!

나의 말하는 統一은 안렉산더의 英雄的 統一이 안이오 實際 우리 少年運動에 잇서 가장 適切한 思想으로 產出되는 運動의 中樞인 最高機關으로 大衆이 團結하여 計劃的으로 指揮하며 一致行動을 하여야 할 것이다.

그리고 健全人格 鞏固團結 이것을 우리 少年運動 建設의 標語로 하자. 過去의 우리 모든 經營 가온데 龍頭蛇尾와 가치 有始無終하여 事業의 失敗가 만흠은 무슨 짜닭인가! 하면 첫재로 指導하는 그 사람의 人格이 健全하지 못하고 둘재로 일하는 그 덩이의 團結이 鞏固하지 못함에 잇는 줄 안다. 즉 非常한 일을 할 人格 그 일을 일울 原動力이 되는 鞏固한 總合團體 이것을 언제든지 부르짓는다. 자! 우리는 一言以蔽之하고 한데 뭉치자! 大同團結하자! 그리면 바야흐로 머지 아니한 將來에 '유토피아'

1 '소장(蕭墻)'은 임금과 신하가 조회하는 곳에 세우는 병풍을 뜻하는데, 내부의 변란을 말하기도 한다.

가 올 것이다.

二. 組織的으로 하자!

何事業을 勿論하고 組織的이 안이면 未久에 破滅이오 成功을 期待할 수 업슬 것이다. 組織은 씨와 날이 合하여 베도 되고 무명도 되고 명주도 되는 것이다. 萬一 날이 날대로 씨는 씨대로 잇스면 그야말로 베도 무명도 명주도 되지 못할 것은 明白한 事實이다. 그럼으로 組織은 獨立이 안이오 連結性을 가젓다. 그래서 나의 말하는 組織的 運動은 前에 하든 單獨 行爲를 버리고 連結 一致 行動을 取하자는 말이다.

— 계속 —

(二)

金泰午, 『東亞日報』, 1927.7.30

三. 計劃的으로 하자!

計劃이 업는 일은 成功이 업다. 그래서 우리의 運動이 힘은 힘대로 쓰고 무슨 볼만한 成算을 짓지 못하는 것이다. 家屋을 建築하는 者 먼저 圖形을 그려 가지고 그 圖形대로 집을 準備하고 豫備하는 法이다. 萬一 이런 圖形과 算이 업시 집을 짓는다 하면 그야말로 空中樓閣일다.

우리는 이 慘憺한 悲境 속에서 全 家屋이 破壞된 우리가 그대로 압날의 希望을 두고 새로운 希望과 튼튼하고 凜凜한 아름다운 집을 建設하려는 우리로써 運動 進行의 아모 計劃도 업시 막 써드는 것으로 일이 될 수 업고 함부로 일을 저질러 놋는 것으로 成功될 수 업는 것이다.

그런데 우리의 處地와 環境으로써 무슨 計劃에 對한 말을 터노코 헐 수도 업고 計劃이 잇슨들 實行하기가 極難한 우리의 身勢다. 그러나 그럴사록 우리는 周圍의 事情과 때의 形勢를 仔細히 살펴 其 事情에 適合한 길을 取하고 무슨 方法으로던지 이 準備運動을 實踐하는데 明哲한 計劃이 잇서야 할 것이다. 칼과 총을 둘러메고 戰爭

하러 나아가는 軍士가 어쩌한 成算, 計劃이 잇슨 然後에야 動할 것이고 그러한 方法을 取함에 반다시 勝利의 月桂冠이 到來할 것이다.

그럼으로 우리의 하고야 말 少年運動을 爲함에는 努力이 統一的으로 되여야 하겟고 犧牲도 組織的, 計劃的으로 하여야 할 것이다.

結論

씃흐로 一言하고자 하는 것은 少年少女의 指導者 된 이는 어린이를 對할 때나 어른을 對할 때 좀 더 熱情的 態度로써 하며 서로 兄弟요 同侔임을 覺悟하고 끗임업시 同友가 되자! 그리고 하로밧비 全朝鮮少年團體의 總 團結과 指導者의 大同團結로 한 뭉치가 되여 나아가자는 것이다. 그리고 아즉까지 加入치 못한 細胞團體는 速히 共鳴하기를 바란다.

서로 손을 잡고 뛰고 노래하며 웃고 울고 하는 其 天眞의 兒童의 狀態는 新朝鮮을 建設할 天分이 具한 그것이다. 果然 그들의 하는 모든 짓거리가 모다 創造的 衝動을 發揮하야 地上의 眞理와 善美와 慈悲와의 嚴存을 立證할 새 天使가 아닌가!?

아 — 白衣 大衆아. 아모 所有가 업다고 落心마라. 目前 當場에 보배로운 所有를 보고 깃버 雀躍하소서. 果然 어린이야말로 朝鮮 民族의 富이다. 先祖와 우리들이 저질러 노흔 恥辱을 그들이 저다가 十字架에 못박혀 바릴 하나님의 어린 羊이다.

우리는 모든 所有의 代表인 少年少女를 잘 指導함에 우리의 所有를 찻는 것이다. 그러면 바야흐로 멀지 아니한 將來에 우리 짱 우에도 남부럽지 아니할 만한 '파라다이스'가 올 것이다. 마즈막으로 全朝鮮少年聯合會 發起大會가 아모 故障 업시 順調로 잘 進行됨에 짜라서 上述한 바와 如히 統一 組織 計劃이 三個 條項을 吟味함에 만흔 成功이 잇기를 祝福하고 이만 펜을 놋는다.

— (씃) —

童話의 元祖 안더·센 氏

五十二年祭를 마지하며

金泰午, 『朝鮮日報』, 1927.8.1

'오는 八月 四日은 어린 사람의 世界를 高調한 안더 — 센 先生이 지금으로부터 五十二年 前에 世上을 써난 紀念의 날임으로 世界 各國에서는 이날을 해마다 해마다 盛大히 紀念祭를 들입니다. 우리 朝鮮에서도 그 先生의 作品 紹介도 種種 잇섯습니다마는 全世界 어린 靈들을 爲하야 참으로 알어주는 그를 다시금 되풀이하여 생각하고 追憶함도 意義잇는 일이 될가 하야 그 先生의 傳記를 簡單히 紹介하겟습니다.'

×

世界童話界에서 그 이름이 놉흔 丁抹의 偉大한 詩人, 한쓰·크리스찬·안더 — 센은 北歐의 巨星이오 丁抹의 자랑거리다. 그리고 世界의 寶玉이오 兒童世界의 天使다! 그는 只今으로부터 一百二十二年 前 春四月 三日 '덴막크'의 푸렌이란 小島 오덴스라는 조고마한 村에서 出生하얏나니 그의 父親은 구두 修繕하는 靴工이오 母親은 不祥한 漂迫의 女子이엇다. 이러틋한 環境속에서 날쒸며 貧窮한 家庭에서 자라난 그는 階級的으로 敎育을 바들 幸運兒가 되지 못하야 十八歲에 일으도록 一字無識이라는 別名까지 들어왓섯다 한다.

그러나 한때는 거지노릇까지 하여 본 貧困하고 陰鬱한 어머니를 가진 反面에 讀書와 小說을 끔직히도 조와하는 아버지를 가지엇든 것이다. 그리고 그의 父親은 自己 職業 以外의 餘暇에는 晴明한 봄날 달 밝은 가을밤에는 안더 — 센과 가티 海邊에 散步하며 「아라비안나잇트」 가튼 傳說을 들려주엇다.

이 니야기가 안더 — 센의 귀로 되풀이하여 들어갈 때에 未來의 幻想世界에 對한 가슴을 울렁거리며 그의 아버지의 感化를 바더 讀書와 思索에 醉하기 始作할 때 그는 벌서 偉大한 文學者 되기를 스스로 心中에 誓約하던 것이다. 어린 안더 — 센의 머리는 感情이 强한 性格者이며 쌀아 空想的이어서 童話나 傳說 中에 잇는 어린

王子도 되고 어느 貴族 집 젊은 主人도 된 것가티 생각하얏다 한다. 未來의 幸福을 꿈꾸는 안더 — 센은 나히 겨우 十四歲 되는 해에 그의 사랑하는 아버지는 永遠의 나라로 스러지고 말엇다.

어린 안더 — 센은 이때 얼마나 설고 애닯엇슬가!? 그는 슬픔에 가슴을 부둥켜안고 모든 것을 힘쓰면 된다는 굿세힌 意志下에 어머니가 改嫁를 가거나 義父가 虐待를 하거나 堪耐하여 왓섯다.

×

將來의 詩人인 안더 — 센은 마츰내 어머니의 許諾을 어더 丁抹의 首府 '코펜하 — 겐'으로 가서 演劇의 俳優를 志望하얏섯다. 그러나 아모 劇場에서도 採用치 안헛다. 그는 落望中에 冒險的으로 그 나라 音樂學校에 가서 援助를 請하엿다. 그는 그러케 神奇치 아니한 援助를 어더 冒險的 演奏의 初 舞臺는 마치엇다. 其後 幸일는지 不幸일는지 當時 聲樂家의 讚揚을 바다 어느 劇場의 歌手로 잇게 되엇다. 그러나 얼마 아니되어 그의 美音은 衰退하여젓다. 그래 허는 수 업시 다시금 故鄕에 돌아와서 戲曲創作을 爲始하야 漸次로 詩, 童話의 經路를 밟어서 脚本은 各 劇場에 보내어 熱心으로 上演하기를 請하엿다.

이러케 熱中하게 하는 功이 잇서 畢竟에는 國立劇場 管理人의 推薦으로 二十四歲 되는 해에 國費 留學의 特典을 바다 스라켈스의 라렌이란 學校에서 배우게 되엇다. 이로부터 안더 — 센의 純實한 藝術的 生活이 始作되엇던 것이다.

藝術家 안더 — 센은 詩人으로 戲曲 作家로 小說家의 理想을 가진 이엇다. 그리고 어린이에게 보내는 無數한 膳物 滋味잇는 — 童話를 만히 써 世上에서 남겨 어린이들로 하야금 永遠히 그들의 世界에서 살게 하고 지금으로부터 滿 五十二年 前인 一八七五年 八月 四日 七十一歲의 天壽를 다하고 北歐의 巨星 兒童의 恩人은 永眠하엿다 한다.

×

이러틋 功이 만흔 先生을 紀念하기 爲하야 世界의 구석구석에서는 지금에 새ㅅ별 가튼 눈을 반작이는 少年小女가 丁抹에서 佛蘭西에서 獨逸에서 스칸지나븨아에서 伊太利에서 그 外의 陸地가 連하여 잇고 어린이가 사는 모든 나라에서는 이 날을 意味잇게 記念한다. 이제 우리 薄幸한 朝鮮의 어린이 펼 대로 펴보지 못하고 자라나는 그들을 爲하야 世界의 어린이들을 참으로 알어주는 그 先生을 우리 朝鮮에서도 京鄕各地 少年團體에서는 그를 意義잇게 紀念하는 同時에 우리 어린이를 한겹 더 貴重하게 위해 주며 마즈막으로 이 짱에도 오래지 안해 그러한 人格者가 出現될 줄 밋고 쌀아서 우리의 少年運動이 氣分運動의 한 階級을 밟어 組織運動의 促進을 바라며 압흐로 알리려는 朝鮮少年聯合會에 만흔 祝福이 잇기를 빌고 이만 그친다.

一九二七. 七. 二二 一(욧)

方向을 轉換해야 할 朝鮮少年運動(一)

崔青谷, 『中外日報』, 1927.8.21

一方에서 少年運動의 方向轉換이 提案됨에도 不拘하고 이것이 少年運動論上에서만도 論議되지 안이하는 것이 現狀임으로, 이 一文은 問題의 正當한 解決이라느니보다 單純히 '問題의 提出'로서 一般의 注意를 喚起하고 熱烈히 討議되기를 編者로서 希望한다. …… 군대군대에 意味가 鮮明치 못한 곳을 編者任意로 省略 或은 文句의 修正을 敢行하야 發表하는 所以이다. 筆者의 諒解를 비는 바이다. — 編者

一. 朝鮮少年聯合會의 任務

朝鮮의 少年運動이 그 根本的 意義가 少年愛護運動이오 少年解放運動이오 修養運動에 잇슴은 再次 論議할 必要까지 認치 안흐나 現 階段의 少年運動을 少年運動者로서 觀察할진대 無限히 悲慘하며 말까지 하기 極難한 處地에 入하얏슴으로 單簡[1]하나마 意見을 말하는 것이다.

八個年이라는 長久한 歲月을 보내면서 少年愛護路線에 入하야 소리를 치며 날카로운 理論! 主義 主張으로 布告하면서 全心全力하얏다고 하는 것은 分明한 事實이며 時間의 餘裕가 업슴에도 不關하고 少年運動을 위하야 몸을 내어노신 분에게는 무엇이라 하얏스면 조흘지 感謝함을 마지 안는다.

그러나 現 階段에 니르기까지의 收穫은 무엇인지 그것을 생각해 볼 必要를 늣기는 바이다.

朝鮮少年運動을 必要로 認하고 그의 主義 主張을 布告한 以來에 이 貴重하고 참된 運動은 朝鮮人 全般의 運動이 못되고 五百萬이라 稱하는 少年 中에서 겨우 三萬名 內

1 '簡單'의 오식이다.

外가 動員하얏섯스나 날을 거듭함에 짤하 完全한 統計를 일우지 못하고 잇다.

그의 原因은 經濟問題라고도 말하는 者가 잇스나 大體는 少年運動者 自身이 根本的으로 運動의 意義를 알지 못하고 多角多形으로 少年運動을 對한 것이 無理라고는 못할 말이며 其中에도 未來 朝鮮을 左右할 이 少年運動을 一種의 娛樂物로써 取扱해 온 일도 全無하다고는 斷言하기가 難하고 指導者가 社會運動者라는 口實下에 齷齪하게도 少年들의 모임까지 禁止하며 급기야 解散까지 斷行하는 것은 보기가 실토록 보앗다고 할지라도 過言은 안일 줄 안다.

事實이지 地方 少年會는 社會團體가 存在하는 地方에 多大數가 잇는 것이다. 그러고 쏘 그 團體의 援助가 업스면 維持하기가 어느 程度까지 어려운 것도 事實이다.

아모리 指導者 或은 少年運動者가 社會團體에 關係가 잇고 쏘한 主義 主張이 달르다 할지라도 그의 意識을 가지고 少年運動을 對할 理는 萬無할 것이다.

(此間省略)

長久한 歲月에 滿載하얏든 不滿과 不平을 써나 正統 朝鮮少年運動의 最大事命을 일우기 위하야 朝鮮少年聯合會 創立準備委員은 全 朝鮮에 散在하야 全 朝鮮의 少年運動 團體를 集中하고 잇스니 이 얼마나 아름다운 일이랴. 少年運動者 全體는 朝鮮少年聯合會를 中心으로 五百萬 朝鮮少年을 圓滿히 動員시키기 위하야 (此間略) 그때엔 우리 朝鮮少年運動은 正堂한 局面으로 展開될 줄 밋는 同時에 多角多形의 各自各位로 된 現 少年運動의 方向은 轉換되어 根本的으로 少年運動의 眞 意義를 發揮하기에 니르를 것이라 밋는 바이다.

(二) 崔靑谷, 『中外日報』, 1927.8.22

二. 朝鮮少年軍의 任務

두말할 必要도 업시 朝鮮少年運動은 一般으로 誤解를 아니 사지 못할 만큼 되어 잇다. 그리하야 그 眞意를 알기 前에는 兵隊運動으로 取扱하는 同時에 小資本主義의

運動으로 認定하는 사람이 만흐며 同時에 이를 가지고 우리는 그리 妄論이라 할 수는 업게 되엇다.

또한 그의 事業은 準警官이라는 別名까지 듯고 잇다. 그러나 이것은 責任者로 잇는 趙喆鎬 個人問題로 돌릴 수밧게 업다. 何如間 至今으로부터 朝鮮少年軍은 在來의 不美한 運動에서 收穫한 不祥事의 總決算을 新任 全栢 氏로 하야금 斷行케 하며 急轉直下로 方向轉換을 하기 위하야 爲先 地方虎隊의 狀況을 視察하기 始作한다는 말을 들엇다.

朝鮮少年運動을 誤解한 분은 날카로운 눈동자로 朝鮮少年軍 運動의 方向轉換에 對하기를 希望한다.

方向轉換을 斷行한 以後의 朝鮮少年軍 運動은 果然 어써케나 될른지? 다만 나는 생각하기를 '쎄오네르'(中略) 萬一 내가 생각한 대로 施行이 된다면 더 말할 수 업시 깃븐 일이겟다. (中略) 何如間 朝鮮少年軍은 朝鮮少年運動에 如斯한 大衆的 貢獻이 잇서야 할 것이며 이것이 任務라 생각한다.

三. 朝鮮少年文藝聯盟의 任務

朝鮮少年運動의 文化路線에 立脚한다고 大言하면서 創立된 團體가 잇스니 이는 곳 朝鮮少年文藝聯盟이다. 朝鮮少年은 朝鮮 國文을 그야말로 시시하게 녀긴다. 그러나 朝鮮 少年雜誌는 만흔 犧牲을 拂하면서도 國文保存 運動을 부르지즈며 숨찬 것을 어찌할 수 업는 것 가티 허덕허덕하면서 잇다.

勿論 世界語가 國際的으로 實施하기 前에는 國文運動이 必要하는 것은 事實이나 朝鮮에 잇서서 國文保存에 全力하는 그 少年文藝는 오히려 利롭지 못하다고도 할 수가 잇스니 그 大體가 現 生活(貧寒한 것)을 否認하는 째문이다. 넘우나 뒤썰어진 낡은 文藝를 紹介하는데 끗치는 째문이다. 이러케 말하면 '無産文學을 少年째부터?' 하고 反問할른지는 몰르겟스나 沒落過程에 잇는 特權階級 愛護文學이 新進少年에게 必要하다 할 理由는 조음도 업다 하는 바이다.

文學은 언제든지 行動을 生하는 것인 만큼 時代와 아울러 處地를 살펴 어느 째든

지 必要타 認定하는 때는 (下略)

쓰트로 少年文藝聯盟은 오로지 그 綱領에서 벗어나지 안흘 程度 以內에서는 그의 事業이 展開되어야만 될 것이다.

멀지 안해서 朝鮮少年文藝聯盟의 宣言書가 一般社會를 차저갈 것이니 그때에 少年文藝聯盟의 正當한 任務는 再議되기를 기다린다. (完)

八月 十日

(社說) 少年團體 解體에 對하야

『東亞日報』, 1927.8.26

一

조고만한 일이라 할는지 모른다. 그러나 다시 생각하면 重要한 問題다. 朝鮮 사람이 다 말하여야 할 問題다. 咸南 洪原郡 龍源面에 各 洞里 少年會를 網羅하야 一個의 少年聯盟이 組織되엇다. 同 會가 成立된지 不過 數日인 지난 二十日에 洪原警察署에서는 同盟 執行委員을 召喚하야 其 綱領 中 '新社會를 建設할 役軍이 되자' 하는 條目이 '不穩'하다 함과 又는 少年들의 背後에 '煽動者'가 잇서 '惡思想이 傳染' 된다는 理由로 同 聯盟과 加盟된 細胞團體의 解體를 '命令'하엿다.

翌日인 二十一日에는 江原道 華川에서 華川少年會가 發起되엇는 바 該地 公立普通學校 校長 長久保山 氏는 學生들을 召集하고 '學生들은 學校의 指導를 바들 것이지 少年會에 들 必要가 업다' 하며 '少年會에 入會하려면 學校를 退學하고 하라'고 訓示하엿다 한다.

朝鮮人이 그 生活을 向上식히는 데 하여야 할 努力의 範圍와 기피를 알리는데 잇서서 上記한 兩 個의 小 事件은 典型的이라 할 수 잇다.

二

典型? 무엇의 典型을 우리는 보는가. 彼所謂 '惡思想'의 浸透의 速度와 堅靭力도 볼 쑤 잇다. 彼所謂 '背後'의 '煽動者'의 組織과 用意도 볼 수 잇다. 그러고 여긔 對峙한 勢力의 用意의 周到함도 볼 수 잇다. 思想運動에서 勞動運動에서 靑年運動에서 學生運動에서 又 잇섯다 하면 政治運動에서의 兩 勢力은 少年運動에까지 相對하게 된 것이다. 겨오 한 小 地方의 事件에 不過한 듯하나 誤認하여서는 아니 된다. 넘어 나추 評價하면 失手다. 이것은 病源을 다치는 것이기 째문에 苗床을 蹂躪하는 것이기 째문에

朝鮮의 政治的 空氣는 逆轉 途中에 잇다. 이러케 吾人은 부르짓는 지 오래다. 暗黑한 寺內主義로 恐怖的 사벨主義로 그 以後의 그리워진 '커브'를 急角度로 屈曲식혀 逆轉을 試하고 잇다.

群衆의 勢力이 侮蔑키 어렵다고 생각한 警官은 그 態度를 緩和하려고 하엿스나 지금은 다시 本然에 도라가려고 애를 쓰고 잇다.

우리는 教會堂의 祈禱會와 中學生의 討論會에 警官의 立會를 要하던 時代를 回想한다. 運動競技와 兵式體操와 雄辯會와 親睦會까지 禁止를 當하던 當時의 學生生活을 回起한다. 그리하고 現在의 朝鮮少年이 그 先輩들의 지나온 苦味의 經驗을 다시 맛보지 안을 것을 壯談할 수 업다. 이미 그들은 少年會에 加入할 것을 退學의 '威脅'으로 禁止 當하지 안엇는가.

이런 空氣가 少年들을 包圍하려고 할 째에 그들의 天眞爛漫한 態度는 어대가서 차저 보아야 할 것인가? 차랄히 그들로 하여곰 活活潑潑하게 行動하게 하는 것이 조치 아니할가? 그리하야 그들로 하여곰 사람을 親하고 밋고 그러하야 그 心情이 바로 자라나게 하는 것이 조치 아니할가? 그와 가치 되는 째에 人類의 社會에는 우숨이 잇고 快樂이 잇고 歡喜가 잇고 짤어서 사람의 社會는 모든 달은 生物들이 부러워하는 것이 되지 아니할가? 少年들의 行動을 넘우 拘束할 것은 아니라고 생각하는 바이다.

九月號 少年雜誌 讀後感(一)

申孤松, 『朝鮮日報』, 1927.10.2[1]

구태여 九月號 쑨이 아니다. 내가 읽어오든 少年雜誌들을 對할 째 나는 늣기는 바 잇서 機會를 타서 붓을 들게 된 것이다. 그러나 거북함을 마지 못하겟다. 果然 내가 여러 少年雜誌의 讀後感을 쓸 수 잇슬가. 만히 躊躇하든 바이다. 그러나 아니 쓰고는 아니 되겟다. 내가 感想한 것에 다른 사람과 共通한 무엇이 업지는 안흘 것이니 拙筆로써라도 編輯하는 분에게 또는 子女의 읽히는 父兄에게 參考되게 할가 한다.

多種의 少年雜誌가 뒤를 니어 出刊되는 이째에 그 雜誌를 낡는 우리 또는 子弟들에게 낡히는 父兄들은 雜誌의 選擇에 만흔 注意를 하지 안흐면 안 될 것이다.

그 雜誌로서 感化되는 힘은 정말로 偉大할 것이니 兒童이란 白紙에는 스치는 대로 善惡을 뭇지 안코 聞見 그대로 記錄하엿다가 다시 어든 機會에 利用하게 될 것이다. 사람은 善에도 强하며 惡에도 强하다. 兒童은 슯흔 記事를 볼 째는 同情하는 눈물을 흘릴 줄 알며 분한 記事를 낡을 째는 義憤을 니르킬 줄 알며 조치 못한 짓이라도 模倣하려하는 本能을 가젓다. 그리고 그것이 지나면 全部가 消滅이 되는 것이 아니고 兒童의 氣質 養成에 만흔 影響을 줄 것이다.

兒童은 善惡을 判定치 못한다. 萬若 그들이 善惡을 判定하는 能을 가젓다면 우리는 敎育도 必要치 안흘 것이다. 그러한 理由로 雜誌를 選擇할 必要가 잇다. 그들에게 모든 好奇心을 助長시키며 虛榮心을 니르키는 非敎育的의 記事는 要치 안는다. 그들은 好奇心을 가젓다. 이것을 善한 길로 引導하는데 敎育的 價値가 잇다. 兒童은 바른 사람이 또 弱한 사람이 슯흔 境遇에 쩔어진 것을 可憐히 생각하고 同情을 한다. 한

1 4회가 빠진 것으로 나타나 있으나 내용을 보면 "『새벗』, 『少女界』, 『少年界』, 『무궁화』, 『朝鮮少年』, 『아희생활』, 『新少年』, 『별나라』, 『어린이』의 順序"로 살펴본다 했는데 이 잡지들을 모두 언급하고 있다. 이로 볼 때 총 5회가 맞고 5, 6회는 4, 5회의 회 번호를 잘못 부여한 것이다.

가지로 惡한 것 强暴한 것이 敗하고 屈服되면 가장 喜悅하며 安心한다. 우리는 이 道德的 觀念과 情緖的 活動을 助長해야 할 것이다. 사람이 한 個人으로써 完全한 生活을 하랴면 人生의 全體를 解得하며 統一한 生活을 할 수 잇는 性情을 가저야 할 것이다. 그러니 우리는 全一한 生活을 하기 位하야 知情意의 混成적 發達을 할 수 잇는 敎育을 줄 것이며 敎化事業의 하나인 雜誌도 이 範圍 內에서 活動 안흐면 안 될 것이다. 더욱이 만흔 蹂躪에 困憊한 朝鮮少年에게 만흔 愉悅을 줄 수 잇고 偏奇的 成長에서 解放하여 줄 수 잇고 慰安을 줄 수 잇는 最大의 機關이 아니되면 아니 될 것이다. 自己의 일홈을 내기 爲하야 위에 말한 意義에 未及하는데서 何等의 硏究업는 雜誌는 子弟에게 낡히지 안흘 것이다.

慘憺한 朝鮮의 出版界에서 手財를 너어가며 少年雜誌를 出版하는 여러분의 特志는 참으로 感謝하는 바이다. 그러나 엇저면 그다지도 그 內容이 貧弱하며 硏究가 업슬가. 나는 사랑하여 낡는 나의 雜誌로서 이러한 類가 잇는 것을 퍽도 슯허 한다. 打算的으로 나오는 말로 '가튼 갑이면 조흔 것으로' 내지를 안는가 한다. 나는 讀者로서 當面의 利害關係를 가지고 잇는 바이니 衷心으로 비는 바이다.

내 손에 들어온 雜誌를 一一히 穿鑿해서 그 是非를 指摘하는 것이 아니고 나의 讀後의 意見을 말해 볼 것이다. 萬若 나의 말에 틀린 것이 잇거든 相當하게 叱責을 주면 나는 甘受하겟다. 짤아서 同意하는 바가 잇거든 곳 實行해주기를 바란다.

(二)

申孤松, 『朝鮮日報』, 1927.10.4

자! 그러면 아모 秩序도 업시 써보겟다. 새벗, 少女界, 少年界, 무궁화, 朝鮮少年, 아희생활, 新少年, 별나라, 어린이의 順序로 나아가자.

『새벗』[2]

十錢에서 五錢으로 갑을 나리게 된 것을 感謝한다. (달 밝은 어느 날 밤 어느 정다운 두

소년의 풀넷트와 맨도린의 合奏)라는 아름다운 寫眞으로 表紙를 하게 되엇다. 그러나 새벗이라는 題字가 넘우도 美感을 니르키지 안는다. 좀 더 妙하게 藝術的으로 써주엇드라면 그리고 글자의 排列이 何等의 統一이 업고 짜집(堅張)이 업다.

三十餘種이나 되는 目次를 훌터 볼 때 누구를 不問하고 놀라울 것은 探偵 冒險小說이 만흔 것이다. 探偵小說 그 全部가 敎育을 주는 것이 아니다. 이 雜誌를 編輯하는 분은 朝鮮 少年을 全部 探偵으로 養成하려는지 八題의 童話 小說 中에 半數가 探偵小說이니 깁히 생각해 볼 餘地가 잇다. 探偵의 재조도 必要할 것이다. 그러나 거긔에는 不統一의 意義가 잇다. 그 探偵小說의 內容이 엇더타는 것은 勿論이어니와 全페지의 半數나 이에 虛費한 編輯者의 編輯한 動機를 憎惡 아니할 수 업다. 웨 그러냐 하면 雜誌를 팔기 爲하여 讀者의 興味를 썰어내기 위하여 第二 意義로 쓴 것이 分明하다. 그러치 안타면 筆者가 探偵小說이란 奇異한 感에 模倣的으로 試驗的으로 쓴 것일 것이다. 어느 편이든지 敎育的 價値는 업다.

『少女界』

目次에 나타난 執筆者의 數로 보아도 그 內容이 整頓된 것을 알겟다. 노래 두 편은 兒童으로써 넘우도 不可解의 것이다. 兒童에게 닑히는 雜誌이니 兒童이 알기 쉬울 만한 範圍에서 그들의 生活에 密接한 노래를 써주면 조흘가 한다. 색씨님들이 編輯해서 그러한지 何等의 '유모어'가 업다. 少年에게는 우름만이 糧食이 아니라 우슴이 最大의 糧食일 것이며 더구나 朝鮮少年으로서는 그들의 處地를 보아도 우슴을 줄 必要가 잇다. 이로써 그들은 만흔 愉悅과 慰安을 어들 수 잇슬 것이다.

十餘 題의 童話, 小說을 다 닑어 보니 두 세 篇 外에는 全部가 飜譯과 西洋것의 模倣이다. 勿論 西洋의 그것도 必要하다마는 우리는 朝鮮 사람이니 朝鮮的 氣分을 너허줄 것이며 尊重하여야 할 것이 아닌가. 「새야 새야 파랑새야」 하는데서 朝鮮을 엿볼 수 잇스며 「쌈금 쌈금 쌈가락지」라는데서 朝鮮을 차즐 수 잇스며 「히히 오라

2 "새벗 十錢에서 五錢으로 갑을 나리게 된 것을 感謝한다"로 편집되어 있으나 아래 다른 잡지를 소개하는 것과 형식이 통일되지 않아 똑같은 모양으로 맞추어 '『새벗』'으로 하고 아랫줄에 이어 쓰는 걸로 고쳤다.

바, 히히 오라바」라는 데서 朝鮮맛을 알 수 잇슬 것이고「王子님」이니「인형」이니「요술할머니」 가튼 것들은 朝鮮少年과는 懸隔한 相距가 잇다. 그러타고 保守的 傳統的 意味에서 말하는 것은 아니다. 新舊를 能히 調和하는 데서 우리는 生活의 安定을 어들 수 잇다.

쯔트로 '問題다', '感謝한다', '안을 수 업다' 가튼 말은 情답지를 못한 것 갓다. 어린 사람 읽기에는 尊敬體로 쓰면 조흘가 한다. 또 少女雜誌이니 文藝만에 汨沒하지 말고 家事 戲□ 等 女子로서 必要한 讀物을 너허주면 조흘 것이다.

『少年界』

表紙의「바다의 少年」은 잘된 그림은 아니다마는 못난 寫眞보다는 나흘가 한다. 이 雜誌를 읽고 나서 가장 늣기게 된 바는 少年으로서는 咀嚼하기 어려운 것이 만흔 것이다. 엄청나게 어려운 漢字와 文句와 말이 만타. 이것으로 推測하건대 筆者들은 兒童에게 對한 硏究가 그다지 업는 것 갓고 兒童의 生活에 接觸해 본 적이 적은 것 갓다. 自己의 作品을 發表하는 機關이 아니고 남에게 읽히자는 더구나 어린 사람에게 읽히자는 雜誌이니 少年에게 有益할 쁜만 아니라 그들의 興味를 쯔을 수 잇는 알기 쉬운 것을 실리는 것이 조흘가 한다.

二大 脚本이 잇스니 이것은 所謂 二大 脚本이고 價値 잇는 兒童劇은 아니다. 時計店 寶石 廣告 가튼「金百圓也」는 엇던 訓話를 줄는지는 알 수 업다마는「싀골구두점」 정말 싀골 假設舞臺에서 할 脚本이고 出場人物의 일홈 記憶하기에도 욕을 보겟다. 뒤를 니어 엇던 場面이 나올는지는 몰으나 지금 가태서는 兒童에게 닑히지 안해도 조켓다. 實演해서 아모 滋味를 못 볼 것들이다.

지즐지즐한 描寫보다는 淡泊하고도 簡素한 가운대라도 純眞한 맛이 잇는 것이 兒童이 닑기에 조흔 것이다.「콩주와 팟주」,「무지개 나라로」 가튼 것이 二大 脚本보다는 나흘 것 갓다.

內容흘 여러 가지로 羅列해 잇다마는 別로히 不足함을 늣기겟다.

좀 더 兒童을 硏究하고 兒童에게 接觸하여서 그들의 生活에 糧食이 될 만한 讀物

을 만히 내여줄 것이며 自己의 作品을 發表하려는 少年界가 되지 말고 讀者를 本位로 삼는 少年界가 될 것이며 表裝보다는 實質을 重要視하여 주기 바란다. 如何間 튼튼하고 미더운 雜誌이다.

(三)

申孤松, 『朝鮮日報』, 1927.10.5

'難問難答 척척학교'라는 것은 웨 둔 것일가. 笑門에 萬福來라고 하엿지. 唇門에 萬福來는 아니겟지. 兒童에게는 우슴이 가장 必要하다. 그러나 우슴을 주자고 둔 이 欄이 最新 唇說을 가르치는 곳이 되어서는 本意를 일우지 못한 것이다. '아이놈아', '경칠 놈', '에라 요놈', '너짜진 녀석', '자식' …… 이런 것들은 兒童에게 가르칠 必要가 잇슬가. 唇[3]이 그들의 將次을 싸홈의 武器라면 가르처 주어라. 깁히 생각해 주기 바라며 좀 더 이 欄을 意義잇게 써주면 조켓다.

自己들의 말가티 京城 第一의 編輯術일는지 그리고 難解의 文句와 譯字가 만흐니 少年에게 알기 쉽게 해 줄 것이다.

ᄭᅳᆺ트로 付託은 日本의 ◯◯俱樂部 가튼 第二類의 下流의 雜誌가 되지 말고 粗雜한 趣味的 讀物을 버리고 좀 더 硏究 잇는 作品을 내 줄 것이며 無産少年의 指導에 만흔 努力이 잇슴을 바란다.

『무궁화』

『무궁화』란 題字에 나는 만흔 興味를 늣기엇다. 무궁화란 일홈이 조하서 그런 것이 아니요 題字의 맵씨가 妙한 것이다.

이 雜誌는 다른 雜誌와는 빗다른 것을 알겟다. 自己들이 말하는 것 가티 '우리는 농촌 少年을 爲하여 모든 희생을 단호한다' 하엿스니 再言할 것도 업다. 農村의 少年

3 이상 '唇'이 세 번 쓰였는데 모두 '辱'의 오식이다.

이 얼마나 慘憺한 境遇에 잇나! 그들은 배홀 수 업는 사람이 半數 以上이다. 낫과 밤을 勿論하고 쌈에 파무처 일하는 그들의 情境은 可憐한 것이며 또 감사할 바이다. 그들에게 慰安을 주자. 知識을 주자. 都會에서 福스럽게 사는 동무의 消息을 알외여 주자는 目標로 進出한 것은 고마운 일이다. 쌀아서 이 雜誌로써 農村의 少年의 慘境을 都會의 少年에게 알려주는 機關이 되기를 바란다. 이러한 重大한 目標와 使命을 가진 무궁화는 理論으로나 實際로나 農村少年을 위하여 熱烈한 事業이 잇서 무궁화의 무궁화다웁게 하기를 비는 바이다.

內容을 좀 보니 퍽 貧弱하다. 紙面이 적은 것은 農村少年의 經濟를 삷혀 그러케 한 것인 줄 아나 이 뒤로 擴張하는 대로 內容을 좀 豊足하게 하면 조켓다. 한 발이나 긴 일홈을 가진 探偵小說이 잇다. 飜譯인 것 가튼데 少年의 그다지 必要한 讀物이 아니다. 必要한 讀物이 아니라는 것보다는 그 小說에 나오는 主人公이 少年을 모델로 삼은 것이 아니고 째무든 어룬의 活動이며 그 內容에 잇서도 趣味란 것뿐이요 다른 意義가 업다. 무궁화는 만흔 期待를 가졋다. 나아감을 쌀아 內容이 좀 더 充實해질 것이며 紙面이 擴張해지기를 바라며 거긔에 만흔 硏究를 해주면 조흘가 한다.

『朝鮮少年』

北鮮 唯一한 少年雜誌로서 九月 처음 創刊이다. 이 雜誌를 볼 째 가장 눈쓰이는 것은 '사투리'와 誤字가 만흔 것이다. 사투리도 鄕土性을 내는 必要는 하다마는 여긔에 나온 사투리는 그러한 意味를 가진 것이 아니다. 이것을 보고 卽感된 것이 이 雜誌의 編輯者는 그다지 硏究도 權威도 업는 줄을 알앗다. 그 例를 들어보면 '정거장(停車場)'을 '덩거장'이라 하엿스며 '녯날'을 '넷날'로 '의'를 '에'로 쓴 것들이다. 그리고 이 뒤라도 '익 ᄋᆞ 돌' 가튼 것은 '애 아 달'로 쓰면 조켓다. 또 한가지 付托은 '날은 발것습니다' 가튼 것은 '밝엇습니다'로 고칠 것이며 '밧앗습니다'는 '바삿습니다'로 닑게 되니 그런 것은 '바닷습니다'로 쓰면 조흘가 한다.

童話, 少年小說 가튼 것은 퍽 만히 잇는데 나아감을 쌀아 조흔 것이 續出될 줄 미드며 한 가지 不滿을 주는 것은 넘어도 科學的 讀物, 娛樂 趣味 讀物이 업는 것이다.

文藝雜誌일지라도 小量은 必要할 것이다. 創作小說이 만흔데 모다 稚號로 씨여 잇스니 누구인지는 몰으겟스나 創作을 거듭함을 딸아 나허지겟다.

그런데 編輯은 大 失敗다. 自己들의 말가티 첫솜씨라. 다음부터는 잘 할 것이라고 하엿지마는 '첫솜씨'라는 것이 問題이다. 첫솜씨면 世上이 容恕할 줄 아느냐. '될성불은 풀닙은 떡닙부터 알아본다'고 사람들은 첫 事業 하나로 닥처오는 모든 事業을 占치고 만다. '그들의 事業이 언제나 그러할 것이지' 하는 自乘的 斷定을 던저버린다. 그리면 첫솜씨라고 容恕하자. 그러치만 누가 練習物로 짜아낸 것을 잘 낡어줄 줄 하느냐. 들으니 執筆者가 少年이라니 號를 거듭함에 權威를 엇게 될 것이다마는 나는 이 雜誌를 보고 퍽 憂慮하는 點이 둘이다. 첫제 아모 計劃도 업시 遊戲的으로 내엇다는 것이다. 다음은 이 雜誌의 運命이 얼마나 길는지 하는 것이다.

다만 北鮮의 唯一한 雜誌로써 滿足 말고 全鮮的으로 나아갈 雜誌가 되기를 바라는 바이다.

(五)

申孤松, 『朝鮮日報』, 1927.10.6

『아희생활』

基督教에 톡톡히 물들린 雜誌이다. 少年에게 聖人 基督을 가르치는 것은 東洋에서 孔孟의 道를 가르침과 가티 必要할는지 알 수 업다. 그러나 孔孟의 道가 얼마나 朝鮮少年에게 拘束을 주엇느냐. 朝鮮少年이 아즉도 衰殘해서 元氣가 업는 것은 아즉 解毒이 다 되지 안해 그럴 것이다. 基督의 教가 孔孟의 道와는 平衡하지 아니 할 것이다마는 基督教가 하나님으로서 童話的 意味로 쓴다면 알 수 업스나 非童話的 엇던 寓意를 가진 訓話的 — 訓話라면 大人 되기를 促成하는 意味가 잇다 — 意味로서 쏘는 偶然한 非現實을 말하는 하나님은 否定하겟다. 傳道로 一貫한 朝鮮 基督教가 全 朝鮮少年에게 읽히자는 雜誌에까지 하나님을 찾지 아니하면 兒童教育을 못할 所由는 어듸 잇나. 基督教에서 내는 雜誌이니 傳道를 해도 怪異하지 안흘 것이지마는 全 朝鮮少年을

目標로 한 雜誌로서는 共通的 意義에서 이것을 不容할 것이 可하지 안흘가.

表紙가 넘우도 無味乾燥하다. 좀 어린 사람의 마음에 쏙 맛도록 그리면 엇덜는지 表紙를 빨간 것으로 한 것은 잘못이다. 兒童의 視力에 만흔 關係가 잇다. 何等의 美感을 일으키지 못할 쁜만 아니라 검은 印刷 글자가 잘 뵈이지 안는다.

內容은 여러 가지로 퍽 停頓되어 잇스나 質로서는 아즉도 未洽한 것이 만타. 世界에서 有名한 「썰피와 旅行記」는 퍽 簡略해젓스나 나아가는 대로 滋味를 일으킬 줄 안다. 남의 雜誌에 敗劣됨이 업고 나아가기를 바란다.

『新少年』

獨特한 步調와 獨特한 體裁로 나아가든 新少年이 지난 八月號부터 다른 雜誌를 模倣해서 四六版으로 내이게 된 것은 內容이 엇던 變動이 잇는지 將次 變動이 생길 前兆인지 모르나 나는 조치 안케 생각한다. 內容이 엇더하다는 것보다 雜誌란 雜誌가 全部 四六版으로 되어 잇는데 오즉 달럿든 新少年까지 싼 것을 模倣햇스니 퍽 落心하고 愛惜히 녁이겟다. 雜誌 政策 上으로 그러지 안흐면 안 되는 事情 잇다면 그는 할 수 업스니 뒤만 보고 잇자.

表紙의 寫眞은 조치 못하다. 三色版이 아니라도 八月號 가튼 그런 고흔 表紙 그림을 내여주면 조핫슬 것이다.

內容도 그 前보다는 좀 貧弱해진 것 갓다. 그 代로 讀者의 紙面을 보고는 적이 安心햇다. 新少年으로 하야금 만흔 讀者가 붓의 洗禮를 바들 줄 안다. 그리고 內容의 統一이 잇고 多方面으로 讀物이 展開된 것을 感謝한다. 한글欄은 말할 것도 업시 少年에게 우리글의 常識을 너어주는데 效果가 잇슬 것이며 綴字法의 어려운 것을 現行 綴字法으로 註解해 노흔 것이 잇스니 아모라도 알 수 잇슬 것이다. 그 內容에 잇서도 우리 朝鮮 古名士를 紹介해지는 第二의 意義가 잇슬 줄 안다. 科學欄 趣味 常識欄을 均等하게 둔 것은 當然한 일이다. 「兒童의 朝鮮歷史」는 筆者가 거긔에 만흔 硏究가 잇고 硏究에서 짜아낸 것이니 少年이 咀嚼하기에 조흘 것임은 말할 바도 업다. 幼年欄은 아름다운 말씨로 平易하게 굵은 活字로 挿畵를 만히 너흔 것들은 다 그들에게 有益한 讀物이 될 것이다.

(六)

申孤松, 『朝鮮日報』, 1927.10.7

挿畵가 만흔 다른 雜誌에서 못 보는 이 雜誌의 特色이다. 그럼으로 하여금 讀物의 興味를 사는 것이 만흠은 말할 것도 업다. 그러나 그림은 좀 더 藝術的으로 그릴 것이며 數年 前부터 쓰든 挿畵 구지락이는 업새버리면 엇들는지 요번 달 編輯은 좀 失敗한 模樣이다. 新少年이여 나는 安心하고 너를 닑으며 동모에게 아우에게 닑히겟노라.

『별나라』

表紙의 그림 웨 그다지 여위엿슬가. 朝鮮의 가을이라 그런지 朝鮮의 少年이라 그런지 貧寒하고 衰弱하기 짝이 업다.

별나라의 經濟에도 만흔 關係가 잇겟지만 紙質이 퍽도 조치 못하여서 活版이 잘 보이지 안는다. 그리고 誤植과 落字가 퍽 만타. 엇던 페지는 도모지 要領을 몰으겟다.

中國의 通俗小說이 둘이나 飜譯되어 連載된다. 그 有名함은 다 아는 바이며 施耐庵의 水滸誌는 元代의 四大 奇書의 하나로 그 趣向과 文章이 千古에 冠絶할 만하다기까지 高評의 小說이며 孫悟空 卽 西遊記는 東洋의 아라비야나이트라고 하는 神奇한 小說로 世界的으로 紹介되는 것이다.

그러한 通俗小說을 飜譯해서 少年에게 읽히자면 그 飜譯을 如干히 하지 안흐면 안 될 것이다. 더욱이나 그것이 어려운 純 漢文을 地名, 人名 가튼 것을 取扱하기에는 퍽 어려울 것이며 잘못해서는 그 要領을 엇지 못할 것이고 繁雜하여질 쑨일 것이다. 여긔의 飜譯도 妙를 어덧다고 할 수는 업다. 그러나 兒童이 읽고 興味는 쩌을 줄 안다.

『어린이』

九月號 어린이가 나지를 안해서 퍽도 섭섭도 하다. 엇더튼 安心하고 兒童에게 읽힐 수 잇는 雜誌인 줄 안다.

쓰트로 늣긴 바는 雜誌란 雜誌는 다 同一한 것을 模倣해서 내는 것들이기에 정말이지 처음 읽는 것은 적이나 讀後感이란 것이 잇섯스나 쓰테 본 별나라 가튼 것은 讀後의 感이 업다.

이것이 모다 쏙가튼 內容이기에 처음 한 말로 씃까지 通用할 수 잇다. 모다가 넘어나 平凡한 것들이고 獨特한 色彩를 가진 것이 업다.

執筆하는 여러분은 自身의 일홈과 慾望을 爲하여 執筆하지 말고 참으로 兒童을 爲하여 兒童을 研究하고 接觸해서 그들의 참된 벗, 맛 조흔 糧食이 되어주기를 바란다.

九.二七

(社說) 少年運動의 指導精神
少年聯合會의 創立大會를 際하야

『朝鮮日報』, 1927.10.17

一

오래 前부터 準備 中이든 朝鮮少年聯合會의 創立大會는 豫定과 如히 昨今 兩日間 市內 慶雲洞 天道敎紀念館에서 開催 中이다. 五個 聯盟과 百餘 細胞團體의 加盟으로 全 朝鮮 各地에서 多數의 代議員이 參集하야 大盛況을 일우게 되엇다. 靑年運動의 總本營인 靑年總同盟과 勞農運動의 總 本營인 勞農總同盟을 발서 四年前에 가지엇고 民族的 單一黨인 新幹會, 女性運動의 總 本營인 槿友會, 衡平運動의 總 本營인 衡平社總 本部까지도 이미 가지게 된 우리로서 少年運動의 總 機關이 이제야 出現됨은 晩時의 嘆이 적지 안커니와 짤아서 그에 對한 一般의 期待를 甚히 크다 할 것이다.

二

少年은 第三國民이라 한다. 靑年은 第二國民이라 함에서 由來함이 勿論이다. 그러나 朝鮮과 가튼 經濟的 落後民族에 잇서서는 靑年이 第二國民인 同時에 事實上으로 社會的 支柱가 됨에 짤아 少年은 第三國民인 同時에 第二國民으로서 任務를 가지게 된다. 여기에 必然的으로 初期 運動의 中心이 靑年運動이 되는 同時에 少年運動의 任務가 甚히 重大하여지는 것이다. 더구나 改革的 任務에 잇서서 그러 하나니 中國의 國民革命運動이 아직까지도 學生運動을 그의 가장 重要한 部門으로 하고 잇고 勞農 露西亞에서 少年 及 幼年의 敎養 訓練에 가장 細心의 注意를 하고 잇슴은 우리의 잘 아는 바이다.

三

그러면 朝鮮의 少年運動에 잇서서 그의 指導 精神은 어쩌하여야 할 것인가? 우리는 여기에 張皇히 말코저 안커니와 다른 모든 運動에 잇서서와 가티 少年運動에 잇서서도 그의 指導精神을 樹立함에 잇서서 무엇보다도 留念하여야 할 것은 民族의

現實的 環境이 될 것이다. 或者는 少年運動의 本意가 天眞性의 涵養에 잇다 하야 現實에 置重함을 反對한다. 그러나 少年運動의 任務가 第二國民으로의 敎養에 잇고 現實을 써나서 民族的 生活이 不可能하다면 現實을 써나거나 또는 現實을 無視하는 少年運動은 民族的 一 部門運動으로의 少年運動의 任務를 遂行하지 못할 것이다. 이 點에 잇서서 우리는 靑年運動과 少年運動에 對하야 그의 根本的 指導精神에 잇서서 어썬 特殊한 差別을 두고저 하지 안는 바이다.

四

그런데 이제 朝鮮少年運動의 一般的 傾向을 본다면 이와 가튼 指導精神에 對하야는 別로 留念함이 업시 오직 趣味만을 目的하는 童謠, 童話, 童謠劇 等으로 그의 一時的 興趣를 끄음에 그치고 마는 것 갓다. 勿論 少年과 幼年은 靑年과 달라서 趣味로써 끄을고 그의 天眞性을 涵養함이 不絶히 留意하여야겟거니와 여기에만 執着됨으로 指導精神을 閑却하고 말은 根本을 이젓다 하지 아니할 수 업슬 것이다. 그럼으로 吾人은 이제 少年聯合會의 創立大會를 際하야 特히 이와 가튼 指導精神에 留念할 것을 少年指導者 諸氏와 代議員 諸氏에게 바라고 또 밋는 바이다.

(社說) 朝鮮의 少年運動

『東亞日報』, 1927.10.19

一

朝鮮少年聯合會가 지난 十六日에 成立을 告하게 되고 니어서 그 翌日 十七日에는 그 臨時大會를 보게 되엿다. 그리하야 幹部의 選定과 部署의 作定이 임의 쯧나고 여러 가지 進行方針에 對하여서 各히 委囑 或 決定한 바 잇섯다. 이와 가치 하야 少年運動에 잇서서도 全 朝鮮적으로 統一機關의 出現을 보게 된 것은 매우 慶賀할 일이라고 하지 아니할 수 업스니 우리는 그것이 成長되여가기를 雙手를 들어 祝禱하는 바이다.

二

少年은 靑年보담 한 거름 더 느저서 將來에 잇서서 社會經營의 責任을 擔當할 이들이다. 俗談에 '사람 될 것은 썩닙부터 안다'고 하는 것과 가치 어렷슬 때에 한번 精神이 바로 백히면 그것이 퍽 힘 잇게 그 一生行路를 決定하는 것이니 이러한 點을 생각할 때에 社會의 將來에 對하야 向念하는 사람이면 누구나 그 敎養指導를 겨울리 하려고 할 수 잇스랴? 그럼으로 우리는 어느 곳에 잇서서던지 初等敎育이라는 것이 國民敎育으로 되여서 或은 義務的으로 或은 勸誘的으로 되여 그 普及에 向하야 努力하여지지 아니 하는 곳이 업는 것을 보는 것이니 그것은 참으로 當然한 일이라고 하지 아니할 수 업는 것이다.

三

그럼으로 少年을 敎育하는 機關이 完備되면 特別히 少年運動이라는 것이 그 必要가 업슬이라는 것도 어느 意味에 잇서서 主張될 수 잇는 것이다. 그러나 學校敎育 以外에서 바더질 少年의 訓練이라는 것이 多少間 그 餘地를 남겨서 少年運動이라는 것을 일으킬 수 잇게 하는 것이니 '뽀이・스카트' 가튼 것은 그러한 意味에서의 少

年運動이라고 볼 수 잇는 것이다. 그것은 整頓된 社會에 잇서서 보는 바 少年運動이라고 할 수 잇는 것이니 그것은 社會의 現狀에 對하야 別로 難問題를 提出하야 懷疑的 態度를 가지게 될 것이 아니라고 할 것이다. 그러나 朝鮮에 잇서서의 少年運動이라는 것은 그 指導的 精神이 '쏘이 · 스카트'와는 顯著히 달을 것이 잇서야 할 것을 밋는 바이다.

四

이와 가치 하야 朝鮮의 少年運動은 民族的으로 社會的으로 世界 大勢의 必然에 應하야 人類解放의 浩大한 精神에 依하야 指導되지 아니 하면 아니 될 것이니 朝鮮에 잇서서의 少年의 環境은 그것에 그대로 順應해 나갈 性質의 것이 아니요 人類의 最高 理想으로부터 흘러 내려오는 光線으로 그것을 비최여 보아서 갈 길을 차저 내지 아니하면 아니 될 것이다. 現下 朝鮮의 狀態下에 잇서서 그것이 얼마만한 活動을 할 수 잇슬가 하는 것은 今後의 經過에 徵하여 보지 아니하면 알 수 업는 바이겟지마는 何如間 그 指導精神을 確立하야 참으로 眞正한 意味에 잇서서 解釋된 世界의 平和와 人類의 幸福을 爲하야 努力하는 것이 되여 만할 것이다. 그와 갓흔 重大한 使命을 가지고 나아갈 運動이 여러 가지 難關에 逢着할 수 잇슬 것도 쏘한 豫想할 수 잇는 것일 것이나 우리가 엇더한 큰 事業이 困難업시 成就되엿는가를 생각하여 볼 때에 그 指導者들이 決코 落心하지 아니할 것을 미들 수 잇는 바이다.

十月의 少年雜誌(一)

果木洞人, 『朝鮮日報』, 1927.11.3[1]

(二)

果木洞人, 『朝鮮日報』, 1927.11.4

그러나 이번 號 祝辭는 그 祝辭를 써준 이의 일홈을 陳列한 것에 不過하엿다고 볼 수밧게 업다. 그 다음에 哀話 「콩쥐 팟쥐」는 씃이 다 ― 나지 안헛스니까 길게 말하려 하지 안커니와 哀話를 童話라 햇스면 조흘 것 갓고 이것은 퍽 興味잇는 글이다. 오즉 한가지 그 글 執筆者는 넘우 野俗한 言句를 쓰지 안토록 注意하는 것이 조켓다. 몃 張 안 되는 雜誌에 두 곳에다 한 사람의 것을 겹쳐 실느니보다 各 사람의 것으로 滋味잇고 조흔 글로(特히 讀者와 讀者欄 가튼데) 실는 것이 조흘 줄 안다. 그 뒷장으로 넘어가서 「세가지 원」이란 童話에 執筆者의 굉장히 큰 寫眞이 실려 잇다. 이 寫眞은 무엇하러 집어너헛느냐고 이

寫眞의 主人公인 編輯者에게 뭇고 십다. 編輯者가 아모리 훌륭한 言辯으로 對答한대도 나는 그것을 단지 自己 看板 廣告라고밧게는 더 볼 수 업는 것이다. 이 代身에 그 寫眞 너흘 자리에 훌륭한 글 한 篇을 더 실는 게 낫지 아니할가? 洪銀星 君의 「兒童과 가을 讀物」이란 글은 冊 廣告하는 書籍業者의 廣告文에 지나지 안는다.

'동화' 「동생의 마음」은 寓話라 햇드면 조왓슬 것이며 「健全한 일꾼이 되라」는 훌륭한 題目 알에에 雜誌 宣傳文 가튼 글귀를 집어너치 말고 애당초에 큼직하게 廣告文 하나를 써서 실엇드면 엇더햇슬가 생각한다.

---

1 조선일보사에 문의해 본 바, 원문이 부재함을 확인하였다. 果木洞人은 연성흠(延星欽)의 필명이다.

鄭炳淳 君의 史談 「居陀知 이약이」는 지난번 九月號를 보지 못하엿슴으로 始初는 알 수 업스나 이 이약이를 史談이라고 부칠 만한지 疑問이다. 다음으로 朴弘濟 君의 「경호의 설음」은 新聞 二面記事를 낡는 것 가튼 感이 업지 안타. 아직도 어리고 서투른(少年의 것이라면 말할 것 업겟스나) 筆致다. 그리고 그리 길지 안흔 글 속에 '하엿다'와 '하엿습니다'가 混同된 것은 注意하지 안흔 짜닭인 줄 알겟다. 十月號에는 深刻한 作品이나 거긔에 갓가운 作品은 하나도 업다 하야도 過言이 아니다. 虛飾을 重要視하야 거긔에 기우러지지 말고 眞質에 묵에가 잇게 하기를 編輯者에게 바란다.

『朝鮮少年』

求해 보랴 햇스나 求해지지 못햇기 째문에 보지 못하엿다. 섭섭하나 다음 機會로 밀 수밧게 업다.

『學窓』

創刊號인 만큼 페이지 數도 적지 안타. 創刊辭는 넘우 어렵다. 少年으로서는 좀처럼 解得지 못할 文句가 적지 안아서 靑年學生에게 읽히는 雜誌가 아닌가 하고 疑心할 만하다.

表紙는 보는 사람에게 美感은커녕 흐리터분하야 不快를 일으킬 뿐이다. 筆者가 말하지 안해도 알 일이지마는 表紙는 다달이(內容도 그럿켓지만) 愼重히 생각하야 쓸 必要가 잇는 것인데 더구나 創刊號임에서랴.

四五編의 祝辭는 더욱 놀라웁지 안흘 수 업는 일이다. 이 雜誌를 누구에게 읽히랴고 내여노앗느냐고 編輯한 이에게 뭇고 십다. 이런 祝辭(글 뜻이 조치 안타는 것은 勿論 아니다)는 찰아리 너치 안엇드면 조왓슬 것이다. 글 쓰는 이에게 付托하야 少年으로서 넉넉히 깨달아 알 수 잇도록 써 달라고 할 것이다. 「哲人 徐孤靑 先生」도 넘우 難句가 만타. 맛조흔 飮食이 잇기는 잇스나 먹으면 滯할 것이니 엇더케 먹을 수 잇는가 말이다. 「空氣의 이약이」와 「理科 動□□□□□」이 二篇을 낡은 筆者□□□□□□ 時代의 學校 理科時間을 □□ 아니할 수 업다. 이 가튼 學校敎育的 理科는

學生으로서는 學校에서 다시 배호는 것이니까 업서도 조흘 줄 안다. 이보다도 趣味잇고 實益잇는 科學을 만히 실는 것이 조켓다. 이 우에도 말한 것과 가티 「體育에 對하야」, 「兒童의 指針」, 「社會와 人物」 等 三篇은 全部 難澁의 文句로 들이차 잇다. 이 글은 이 雜誌를 낡는 少年과는 沒交涉의 □□□□ □□ 채움에 지내지 안는다. 「□□된 처음 이약이」는 滋味잇고 有益한 글이다. 「唐皇 李世民이가 혼나든 安市城」 題目이 넘우 平凡하다. 좀 짧게 滋味잇게 하엿드면 한다. 이것은 朝鮮 歷史 이약이로 楊萬春 將軍의 事蹟인데 벌서 前에 여러 가지 少年雜誌에도 紹介되엇섯다. 이 歷史를 쓴 이는 仔細한 點까지 그리기에 퍽 애를 쓴 모양인데 돌이어 읽는 讀者들에게 煩雜한 感을 주지 안흘가 疑問이다. 그리고 말쯧마다 新聞記事나 古代小說처럼 '하더라', '업스리로다', '이니라' 等 文句를 쓴 것은 編輯者로서 고쳐야 할 點인 줄 안다. 「少年書翰文範」은 必要 업슬 줄 안다. 이런 글을 읽는 것보다는 찰아리 純國文 편지를 보는 것이 나흘 것이니까 말이다. 편지글이 妙하고 滋味잇는 것이면 두 말할 것 업겟지마는 『諺漢尺牘』類에서 빼여 고쳐논 感이 업지 안흔데야 □□햇대야 무슨 必要가 잇슬 것이냐? 曲調까지는 너흔 「音樂會」라는 童話(?)는 曲調가 조화서 너헛는지는 알 수 업스나 童謠라 할 것이 못된다.

(三) 果木洞人, 『朝鮮日報』, 1927.11.5

童謠 「쑴의 배」는 누구의 것을 譯하엿는지는 몰으나 이런 것을 실느니보다 朝鮮 흙냄새 나는 여러 사람의 고흔 情緖 속에서 숨여나온 創作童謠를 골라 실토록 힘을 쓰라고 筆者는 編輯者에게 勸한다. 少女哀話 「百圓에 팔녀려는 貞姬의 설음」 이것은 웨 실엇는지 編輯者의 對答을 듯고 십다. 이것이 新聞記事인가? 小說인가?

쯧트로 『學窓』 編輯者에게 한 마듸 말하고 그만 두려 한다. 이왕 하는 보람잇게 해 보랴거든 素養잇고 經驗잇는 이에게 맛기여 하도록 하는 것이 엇더할가 하고 …….

紙數는 九十二 페이지나 되지마는 讀者에게 深刻한 有益은 姑捨하고 興味를 줄 만한 것이 二三篇에 지나지 안는 것은 큰 遺憾이다.

일홈만으로 目次만 채울 생각을 말고 少年問題에 뜻깁흔 硏究를 하는 이들의 글을 만히 실어 朝鮮의 압잡이가 될 少年의 利機가 되게 하기를 빌 뿐이다.

『새벗』

지난 달에 엇던 이가

表紙 이야기를 할 때에 '새벗'이라는 두 글字를 갈라고 한 일이 잇섯다. 나도 거긔에 同感이다. 已往이면 웨 보기조케 쓴 글시를 取하지 안코 요모조모를 싹거낸 글시를 쓰느냐 말이다.

첫 두목 卷頭言으로 「目標를 定하라」고 題目한 글을 普通學校 修身書를 닑는 것 갓다. 좀 더 情답게 좀 더 滋味나는 글을 맨들엇스면! 한다. 童話 「바람결을 짤어서」는 意味잇는 글인 줄 안다. 그러나 「바람결을 짤어서」라고 하지 말고 달리 題目을 부쳣드면 엇댓슬는지?

'悲絶壯絶慘絶' 이 可笑로운 文句는 아마 이 雜誌의 專賣特許인 모양이다. 「匕首를 들어 …… ?」라는 이약이가 무엇이 悲絶하며 壯絶하며 慘絶하냐? 나는 그 뜻을 몰으겟다. 活動寫眞 宣傳式 이러한 用句는 쓰지 안는 것이 조흘 줄 안다. 이 글과 「大王을 차자」는 日文雜誌에서 譯載한 것이니까 길게 말하지 안코 「젊은 王님」은 조흔 童話이나 譯이 서툴러서 意味를 얼른 알 수 업는 곳이 잇는 것은 遺憾이다. 「荒波를 넘어서」라는 小說은 二回째이고 아즉 계속 中이니까 잘라 말할 수는 업스나 少年少女 雜誌에는 너흘 만한 것이 못 된다. 찰아리 靑年雜誌에나 너헛스면 엇덜는지? 그 小說의 經路와 그 內容은 어쨋든지 主人公이 少年이나 少女이면 少年小說이나 少女小說로서의

責任을 다 — 한 것이라고 보아서는 안 된다.

「척척학교」는 무슨 必要로 두는지 貴한 紙面이 앗가웁기 測量업다. 이것을 읽는 少年은 무슨 有益을 바들 것이랴? 못된 말성이나 辱 배호는 것이 有益이라면 몰으거니와 그러치 안타면 무엇하러 이런 짓을 하는지 編輯者의 心思를 알 수 업다. 少年

들은 이런 것을 滋味잇게 녁일는지는 몰은다. 그러나 철업는 어린애가 작구 졸으고 또 조와한다고 번연히 滯해서 病이 날 줄 알면서도 飮食을 작구 먹여야만 할가? 남이 하는 대로 日本 少年俱樂部의 滑稽大學이란 것을 本뜬 것인 모양인데 그런 것을 模倣치 아니해도 조치 안을가?

「새벗 文壇」 中 「近日 農村」이란 것은 普通學校 朝鮮語 敎科書式이다. 우리는 이러한 作文은 歡迎치 안는다. 「우리의 압길」, 「漣川 金氏童 君에게」 等 이러한 作文은 作文選欄에 실을 것이 못된다. 이 以上 더 잘 된 讀者 作品이 업스면 찰하리 이 달만은 이 欄을 걸느고 그 代身 實益잇는 科學 가튼 것을 실는 것이 나엇슬 것이다.

奇怪 探偵 「毒胡蝶團」! 일홈만 보아도 끔직스럽다. 더구나 '캇트'를 보면 마음 虛弱한 사람은 놀라 잡바질 것이다. 探偵小說이

意氣의 冒險性을 길라주는 어느 限度까지는 必要할지 몰으나 이 「毒胡蝶團」이라는 小說은 少年들에게 心志未定한 少年들에게 무엇을 보혀주려는 것인지 알 수가 업다. 어린 사람들에게 活動寫眞 探偵欄을 보혀주는 것과 가튼 危險이나 잇지 안홀가? 念慮하며 이 小說을 쓰는 이는 이 點에 着眼이 잇기를 바란다.

쯧트로 「讀者로부터」欄에 下待語가 석겨 잇다. 이것은 敬待語로 고치는 것이 조흘 줄 안다.

이번 號에는 日文誌에서 譯載한 것이 四篇이나 되는 모양이다. 題目만 눈에 씌이게 골를 생각을 주리고 참으로 훌륭한 글이 만히 나오기를 바란다.

(四)

果木洞人, 『朝鮮日報』, 1927.11.6

『무궁화』

갑이 싸니만큼 紙數가 적은 이 雜誌! 이 雜誌를 經營하는 이의

主義 主張만은 贊成할 만하다. 그러나 八페이지밧게 안 되는 雜誌에 短篇 作品을 너허도 시원치 안흔데 더구나 連續小說을 揭載하는 것은 덜한 생각이다. 連續物은

不得已한 일 以外에는 실지 안는 것이 조켓다. 童話「고향 가는 제비」는 그 무엇을 象徵하려 한 것이나 그리 시원치 안흔 作品이다. 紙面이 째이는데 題目과 가티 '雜同散離'를 집어너흔 것은 編輯者의 큰 失策이다. 더구나 그 이약이 內容이 在來의 우숨거리를 늘여서 맨들어 쓴 것임에랴.

「가을 맛는 그들」은 조흔 글이다. 그러나 맨 끄테 ― 여러분의 무긔는 '왜?'가 잇슬 쑨이다 한 것은 무슨 뜻인지 알 수가 업다. 다른 號는 몰으거니와 十月號는 質이나 量으로 보아 묵에(重)가 업다. 이 雜誌를 經營하는 이가 적지 안흔 物質을

犧牲해 가면서 애를 쓰는 줄 아는 筆者는 만흔 感謝를 들이거니와 아못조록 貴한 紙面을 無益하게 써버리지 말기를 바란다.

『少女界』

表紙는 그리 잘 되지 못하엿다. 內容에까지는 아직 엇절 수 업슬는지 모르나 表紙에까지 外國 그림을 너흘 것이 무엇이랴. 朝鮮맛이 잇는 表紙를 쓰도록 힘쓰는 것이 엇덜가? 한다. 「皇帝와 盜賊」은 譯篇이니까 두말 안 한다. 그러나 「指姬」라는 童話 …… 이것도 譯한 것이지마는 한 마듸 하지 안흐면 안 될 말이 잇다. 이 이약이 끄테 = 告 = 라고 해 노코 동당실 ― 童話集으로 刊行할 것 中에 한 篇입니다 ― 苦待하십쇼 동무여 ― 桐堂室人 ―』이라 한 것은 무슨 주착업는 짓인지 모르겟다. 이런 것은 編輯者가 지워버리고 내어도 조흘 것이다. 이제 刊行하랴고 꿈꾸고 잇는 童話集을 宣傳하랴는 뜻인가 말이다.

탐정소설 「鄭刑事의 活動」은 題材가 글럿다. 內容은 繼續이 되어서 잘 말할 수 업스나 이번 回의ㅅ 것으로 본다면 別無神通할 것 갓다. 글 쓰는 이 特히 少年雜誌에 探偵小說을 쓰는 이는 거긔에서 讀者에게 미치는 影響을 깁히 考慮한 뒤에 붓을 들겟다는 것을 니저서는 안 된다. 「아밀과 아미스」는 筆者가 올 正月인가 昨年 十二月에 飜譯하야 中外日報에 題名을 고처 실엇든 것이니까 더 말 아니하랸다.

「六月 創作의 散感」은 가튼 동무의 作品을 읽은 感想을 적어 논 短文이다. 서로서로 잘된 것은 배호고 잘못된 것을 고처가기 위하야 이런 글을 쓰는 것은 조흔 일이다.

琴徹 君의 「小喜歌劇 六篇」 題目 中 「맛잇는 辨當」은 「맛잇는 點心」의 誤譯인 모양이다. 特히 日本 말을 譯하는데 注意할 點이다. 題目은 「小喜歌劇」이라 하엿스니 짧은 것이니까 '小'字를 너흔 것 갓다. 그러나 喜劇 될 것은 업다. 이런 脚本(?)을 實地로 舞臺에 上演한다면 엇더한 感興을 줄 수 잇슬가 疑問이다. 讀者文壇(童謠)은 퍽 整頓이 잘되엇다. 이제 쯧트로 더 한마듸 말하고 십흔 것은

科學과 趣味 記事가 全혀 업는 것이 큰 遺憾이란 말이다.

『아희생활』

어느 때나 『아희생활』을 손에 들고 펴보면 耶蘇敎 냄새?가 나는 것 갓다. 表紙는 그림이 좀 똑똑지 안허서 조흔 폭은 못된다. 『朝鮮史概觀』은 必要한 것이다. 이 글을 쓰는 이도 퍽 애를 쓰면서 쓰는 줄 아나 좀 더 複雜을 避하도록 힘을 써 주엇스면 한다. 『世界 有名한 사람들』이란 題下의 世界 偉人 紹介는 조흔 글이다. 『童謠를 쓰실여는 분에게』도 滋味잇고 有益한 글이다. 『無窮花의 世界』(童話劇)에는 意味 깁흔 뜻이 숨어 잇스나 넘우 複雜하고 實演하기 어려운 點이 업지 안흘 것 갓다. 傳說은 특히 少年雜誌를 編輯하는 이로는 特別한 注意와 考慮를 한 後에 記載할 必要가 잇슬 줄 안다. 歷史에 根據업는 것이라도 그대로 民間에 流布되어 돌아다니는 이약이만을 듯고 傳說이라고 躊躇함 업시 쓰는 사람이 업지 아니한 이때에 特히 注意하지 안흐면 안 될 것이다.

童話 「불상한 少年」은 耶蘇敎 宣傳 童話라고밧게 볼 수 업다. 그 이약이 內容이 넘우도 抑制로 꿈여진 것임은 감출 수 업다. 質이나 量으로 보아 이번 號는 만흔 有益을 讀者에게 주엇슬 줄 안다. 그러나 이것은 말한대야 本誌의 主旨가 그것이니까 所用업는 말인 줄 아나 抑制로 꿈이어 내여 '하나님 나라'로 어린 사람들을 끌어들이랴는 點이 보히는 것은 不快한 일이다.

(五) 果木洞人, 『朝鮮日報』, 1927.11.8

『별나라』

表紙의 그림을 보면 新小說 表紙를 보는 것 가튼 感이 잇다. 그러나 이것은 十六七歲의 少年이 그렷다는 點으로 보아 더 길게 말 안하랴 한다.

歷史는 每號마다 거르지 말고 넛는 것이 조흘 줄 안다. 어른들이 지은 童謠가 만히 실린 것은 달은 雜誌에 比하야 한 가지 特徵이라고 할 것이다.

童話「제비」는 朝鮮色이 석긴 글이다. 퍽 滋味 잇다. 「兒童 水滸誌」는 그것이 長篇인만치 어린 讀者의 머리를 어수선하게 맨들 것이 틀림업다. 어수선해지는 생각이 나기 始作하면 읽을 생각이 적어질 것이다. 編輯者는 이런 點에 注意하야 넘우 長篇을 삼가 실른 것이 조흘 줄 안다. 趣味科學「버레 잡아먹는 식물」…… 이 한 페이지만은 滋味스러운 달은 方式으로 版을 짜엇드면! 한다. 童話「九月 九日」은 意味 잇는 글이나 붓놀림이 썩썩한 것도 갓고 제비와 少年의 對話가 混同되어서 意味잇는 말句를 抹殺시킨 곳이 間或 잇다.

長篇「孫悟空」은 이 우에 말한「水滸誌」에 對한 意見과 틀림이 업습으로 그만 두고 小說「달도 운다」에 對하야 말하고저 한다. 이때쩟 여러 가지 雜誌를 닑어나려온 中에 創作小說에 잇서서는 이것 한 가지뿐임으로 한層 더 細密한 注意를 가지고 이 小說을 닑엇다. 이 小說은 두 말할 것 업시 現 社會에 잇서서 가지가지로 구박 밧는 可憐한 少年 壽男의 身勢를 그려논 것인 그만치 이야기 全部가 事實에 갓가웁다. 이 點에 잇서서 讀者들의 만흔 歡迎을 바들 줄 안다. 그러나

洗練되지 못한 筆法과 俗된 言句에는 만흔 注意를 해야 할 줄 안다. 五錢짜리 雜誌中에서 압흐로 進就性 만코 缺點이 적기로는 첫손가락을 꼽을 만한 雜誌이다. 編輯자와 아울러 同人 一同의 奮鬪를 빌며 質로나 量으로나 묵에 잇슬 作品을 내 노흘 날이 오기를 바란다.

『어린이』

지난번에 九月號 少年 雜誌 讀後感을 쓴 분이 말하기를 "마음 노코 少年에게 낡힐 雜誌는 어린이"라고 말한 일이 잇섯다. 事實로 『어린이』는 少年 雜誌 中에서 第一 첫 손가락을 쏩을 수밧게 업다.

表紙는 三色刷로 맨든 만치 곱게 되엇다. 懸賞問題 意案도 퍽 滋味잇게 되엇다. 더구나 目次는 鮮明히 눈에 씌이게 잘 짜앗다.

「가을은 왓다」(편지글) 가을을 當하야 고향을 그리워하며 아우를 생각하는 마음에 넘치어서 쓴 고흔 글이다. 「朝鮮의 자랑」은 지나간 옛 朝鮮을 아조 쉽게 환하게 그려논 글 참말로 작구작구 되풀이하야 읽을 만한 글이다. 「파선(破船)」(名話)은 方定煥 氏 童話 譯編 『사랑의 선물』 첫 頭目에도 잇는 이야기이다. 그런데 여긔 실린 것은

飜譯을 잘햇다고 할 수 업다. 「이건 참 자미 잇고나」는 그 題目과 가티 참 滋味나는 短行 常識庫라 할 수 잇다. 「鄭夢周 先生 이야기」도 有益한 글이다.

「少年詩論」欄은 퍽 滋味잇다. 쏘 만흔 有益이 잇슬 줄 안다. 「닛지 못하는 少年少女들」은 눈물나는 感想文이다. 繼續 揭載되는 長篇은 다음 機會로 밀을 수밧게 업다.

「어린이 世上」은 趣味와 實益이 兼全하다. 더구나 十一月號부터는 紙面을 刷新한다 하니 刮目하야 볼 일이다.

×

以上의 여러 가지 雜誌의 十月 總 收穫을 보면 말 아니다. 十一月에는 이보다 몃 倍 더 큰 收穫이 잇기를 바라며 이 拙稿나마도 編輯하시는 여러분에게 參考나 된다면 幸일 줄 알고 이만 擱筆한다.

二七年 十月 三十日

京城保育學校의 兒童劇 公演을 보고(一)

沈熏, 『朝鮮日報』, 1927.11.16

때아닌 겨을날에 드설네는 비바람이 바로 무슨의 兆朕이나 보이는 듯한 十四日 저녁 이날은 우리 젊은 女子 同志들의 손으로 朝鮮劇場이 占領되엇습니다.

국직국직한 專門學校 學生들이 前衛隊의 步哨兵가티도 舞臺와 觀衆을 직히고 섯고 舞臺 뒤에는 數十名 女子軍(?) 들이 첫 번 開戰을 準備하느라고 非常한 緊張과 興奮한 가운데에 導火線에 불을 질러놋코 開幕될 瞬間을 기다리며 작은 가슴으로 갓부게 呼吸을 하고 잇습니다. 그 情景이 드려다보이는 듯합니다.

×

…… 朱黃 빗 銀幕이 몃 번이나 열니고 닷치는 동안에 二層 맨꼭댁이에 끼어 안젓든 나는 차츰차츰 갓가히 쓸려가서 「날개 도친 구두」가 클라이막쓰를 向하야 劇이 高潮될 때에는 나도 모르는 겨를에 아래ㅅ層 舞臺 압까지 쏘처 내려가서 안젓지도 못하고 서 잇지도 못하고 形容할 수 업는 感激에 거의 몸 둘 곳을 몰랏습니다.

最後의 犧牲者인 어린 군밤 장사 돌쇠의 戰死한 피흘닌 屍體 싸늘하게 식어가는 팔다리를 어루만지며 嗚咽하는 늙은 할머니와 절쑥바리 少女 '로시아 빵' 장사가 市街戰(?)으로 말미암아 성한 다리 하나가 마저 썰아진 채 불상한 제 身努[1]를 同情해서 「날개 돗친 구두」(幸福의 象徵)를 차저주려고 헤매어 다니든 '돌쇠'의 죽엄 압헤 업드러저서 흐덕이며 늣겨 울 때 그의 죽엄을 쌔압흐게 同情하는 同志들이 마즈막 불러주는 '코러쓰'가

캄캄한밤을 헤매어다니는 가엽슨무리여

1 '身勢'의 오식으로 보인다.

이치운밤에 어데로가나?

오오 어대로 가려나!

하고 고요히 그리고 가늘게 썰며 이러날 때 舞臺 우로 뛰여올러 가 그들과 가티 노래를 불르고 어린 同志 '돌쇠'의 萬歲를 가티 불러주고 십헛습니다. 나종에는 어린 애처럼 엉엉 울고 십흔 것을 억지로 참고서 남몰래 손手巾을 써내기 참 한두 번이 아니엿습니다.

×

나는 그네들과 조그마한 情實도 업는 第三者요 그네들이 妙齡의 女性들이라고 好奇心에 쓸녀서 이러케 讚辭를 느러놋는 것이 決코 아닙니다.

演劇이나 映畵 구경치고는 빼어노치 안코 다니는 나는 여러 가지 意味로 이날 밤과 가티 劇場 안에서 가슴속이 썰니도록 感激을 밧고 깃버서 쏘는 슬퍼서 마음으로 울어본 적이 업섯든 까닭입니다. 그러타고 그들이 俳優로서의 技藝나 演出만이 훌륭하엿다고 하는 것도 아닙니다.

×

工夫하는 女學生들이 演劇을 한다 — 좀 神奇한 듯하나 조그마한 單純한 事實입니다.

옷도 붓그러워할 젊은 女子들이 서울의 한복판 朝鮮劇場 舞臺 우로 들쓸어 나왓다 — 엇지 생각하면 怪狀한 現象 갓기도 합니다

그러나 생각해 보십시다. 賢母良妻主義의 판백이 敎育으로 젓가슴이 永遠히 쏘그러 붓는 줄 알엇든 그들이 더구나 迷妄한 宗敎의 毒液이 骨髓까지 浸潤된 줄만 녁엿든 敎會學校의 女生들이 大膽하게도 新興藝術의 旗幟를 들고 舞臺를 밟는다 — 모든 곰팡 냄새 나는 因襲의 헌 누덕이를 버서버리고 男性의 압장을 서서 街頭로 나섯다 — 이것이 現在의 우리에게 잇서서 單純하고 조그만 事實이라고 看過해 버릴리 게습닛가?[2] 쏘는 好奇心으로만 그네들의 努力을 對할 것임닛가?

적으나마 어둠 속에서 움즉여 나오는 힘!

白晝에 이러나려는 奇蹟! 아 나는 얼마나 이 奇蹟이 나타나기를 오래오래 苦待하고 잇섯는지요.

(계속)

(二) 沈熏, 『朝鮮日報』, 1927.11.18

批評이라느니보다는 그날 밤의 所感을 二三回로 나노하 적어보려 할 즈음에 第二日을 보고 돌아온 畏友 巴人이 中間에 뛰어들어서 「날개 돗친 구두」의 原作의 價値와 作品의 內容 紹介며 作者의 精神 演出에 일르러서까지 遺憾업시 例의 雄筆을 휘두르고 씃흐로는 再公演을 熱烈히 要求해서 내가 하려든 말삼까지 해 버렷스니 나는 더 길게 느러놀 말슴이 업게 되엇슴니다만은 이왕 붓을 든 김이니 演出 其他에 關해서 몃 마듸 적어볼가 합니다.

첫재 夢幻劇이나 哀傷的인 宗敎劇이나 稚拙한 兒童劇이 山積하것만 그것을 다 거더치워버리고 特殊한 處地에 呻吟하고 잇는 우리 民家에게 「코리카, 스투핀」을 選定해서 將來할 劇界의 조흔 傾向을 가르처준 演出者에게 好意를 表합이다. 쌀아서 그의 손으로 된 脚本 飜案도 훌륭하엿습니다. 難澁한 外國의 戲曲을 아조 平易한 純全한 朝鮮 말로 消化시켜 놋키가 거의 創作에 갓가운 힘이 들엇슬 것입니다. 더구나 暗示와 諷刺로 始終한 쎄리프의 한마듸 한마듸가 여간 洗練이 잘되지 안헛습니다.

×

出演한 분 中에는 老婆 영순 할머니의 役을 마터 한 金仁愛 孃이 자못 그 中의 白眉엿다고 보앗습니다. 扮裝도 조하거니와 힘잇는 劇白과 빈틈업는 動作 무엇보다도 그에게는 熱이 잇섯습니다. 職業 俳優로도 그만한 演技를 싸르지 못할가 합니다.

굼밤장사 돌쇠의 役으로 崔淑姬 孃을 빼여노코 그만한 適役을 女性 中에는 차저

2 '버리게습닛가?'에 '릴'이 더 들어간 오식으로 보인다.

내지 못할 것이요 無智한 군밤장사의 動作이나 性格을 들어내려고 無盡히 애를 쓴 痕迹이 歷歷히 보혀스나 初 舞臺가 되어 그러한지 아즉 '스테지'에 발이 붓지를 못한 것이 遺憾이엿지만 그가 先天으로 女性이매 꼭 男子와 가태 달라는 注文은 無理할 것입니다.

구두방 主人의 안해(黃쓰라 孃 扮)와 로시아 빵장사(尹文玉 扮)도 매우 素質이 豊富한 분이엿고 구두방 主人과 약장사와 여러 가지 役을 한 몸으로 마타 한 분은(金善姬 孃 扮)과 타이프가 훌릉이 그 役이 適合하고 線이 굴거서 '코메데이안'으로는 조켓스나 臺辭에 사토리가 석긴 것과 動作이 조금 지나처 誇張된 것 갓습듸다.

그리고 오좀을 채 누지도 못하고 붓잡혀 갓친 싀골 영감쟁이도 대단히 滋味잇든 人物(劇中의 人物을 가르침)이엿고 그 밧게 助演한 분들도 無雜히 해 넘겻습니다. 그러나 巡査가 바보어든 좀 더 바보가 되고 말이 分明하엿드면 人夫 監督이 좀 더 獰猛한 動物과 가태 해드면 ……

그리고 한 가지 遺憾은 누덕이옷 입은 사나희는 이 戱曲 中에 가장 重要한 役의 態度를 印象밧지 못함은 큰 遺憾이라고 아니할 수 업습니다.

×

쏘 한 가지는 俳優들이 扮裝에 對한 注意가 적어서 全體의 效果가 薄弱해진 것을 보앗습니다.

×

兪亨穆 氏의 裝置는 大體로 順朴한 가운데에 沈鬱한 氣分이 나타나고 헛되히 華奢한 場面을 보히려고 하지 안흔 것이 조핫스며 아모 設備가 업는 곳에서 그만한 새로운 試驗을 하기가 여간 어려울 것이 아닐 것입니다.

照明도 그 우에 더할 수 업섯겟고 舞臺 效果도 周倒하엿다 하겟습니다.

×

쯧트로 가장 어려운 일을 한 몸을 統括하고 우리 民衆이 渴望하는 意義잇는 조흔 演劇을 보혀준 新進 演出者 柳仁卓 氏의 努力을 거듭 感謝하는 同時에 出演한 여러분은 勿論이어니와 숨어서 만흔 힘을 도아주신 保育學校 職員 여러분께도 一 觀客으로서 致합니다. 압흐로도 더 훌융한 藝術家들이 당신네의 '그릅프' 속에서 나와줍시요. 그리고 조흔 演劇을 演出하서서 우리에게 나아갈 길을 啓示해 주시기를 懇切히 바라며 마즈막으로 「날개 돗친 구두」의 劇中의 劇白 한 句節을 여러분과 함께 소리처 외워봅시다.

×

모든 절쑥바리들아 손을 잡어라. 쇠사슬을 발알래에 문질러 짓밟고서 샛밝간 太陽이 쩌오르는 너의 아츰을 마저라!

(二七. 一二. 一六日)

轉換期에 선 少年文藝運動(一)

金漢, 『中外日報』, 1927.11.19

現下 우리 少年文藝運動이 어쩌한 過程을 밟아 왓스며 일로부터는 어쩌한 使命을 遂行하기 爲하야 어쩌한 方向으로 展開할 것이며 아니 해야 할 것인가? 하자면 이 運動의 發生的 條件을 講究하는 同時에 이 運動의 過程해 온 歷史的 考察을 비롯함으로 이것을 究明하게 되리라 생각한다.

하나 이 少年文藝運動을 말하기 前에 먼저 少年運動 그것부터 考察하지 안흐면 안 되겟다.

朝鮮에 少年運動이 닐어나기는 일로부터 六七年 前이다. 그러면 이 運動이 닐어나지 안흐면 안 될 그 原因이 어대 잇섯는가—當時 우리 少年의 現實이 어쩌하얏는가—를 무엇보다 먼저 探索하지 안흐면 안 되겟다. 當時 朝鮮의 封建的 思想의 殘滓는 全然히 어린이의 社會的 存在를 肯定치 안햇다. 그들은 어른의 專用으로서 그들의 人格은 餘地업시 蹂躪되엇고 그들의 情緖는 無慘히도 □□되엇다. 그뿐이냐. 일즉이 輸入된 ××××主義의 思想으로 그들로 하야금 都市에서나 農村에서나 過重한 勞役에 酷使되어 그들의 健康은 □□되고 그들의 □□은 □□되엇다.

社會의 地位가 그러하얏고 家庭의 現實이 그러하얏다. 그들은 오즉 勞役과 苦痛에 呻吟하지 안흐면 아니 되엿섯다.

여긔에 어린이 自體의 現實이 切實하게 무슨 運動을 欲求하게 되엇고 歷史的 □法은 이 運動이 必然的으로 □成되게 하얏다.

一九三一[1]年 봄은 왓다. 地殼 미테 準備되엇든 새싹은 터 나왓다. 時代 속에 胎胚되엇든 少年運動은 첫 울음을 째치고 나오게 되엇다—그해 四月에 알에와 가튼 綱

1 '一九二一年'의 오식이다.

領을 내어달고 외치고 天道敎少年會가 先頭로 나오게 되엇다.

(一) 어대까지 少年 人格을 擁護하야 在來의 倫理的 壓迫을 물리칠 것

(二) 어대까지 少年의 情緖를 涵養하야 在來의 沙漠가튼 쓸쓸한 生活을 업시 할 것

(三) 어대까지 少年의 □明을 發揮하야 在來의 不學에서 생긴 無知를 업시 할 것

(四) 어대까지 少年의 健康을 維持하야 在來의 不當勞働에서 생긴 過勞를 防止할 것

(五) 어대까지 少年의 社會性을 길러서 새 世上에 새 主人되기를 準備할 것

여긔에 이 運動의 意味를 잘 □□□한 人士는 또는 少年指導의 責을 痛感한 人士들은 □□를 勿論하고 이에 □□하야 爭先하야 少年運動을 닐으키엇다. 各地에 少年會가 組織되엇고 無産兒童 敎養機關이 設立되엿다. 그 翌年에는 全朝鮮少年指導者大會가 열리며 少年運動協會가 組織되엇다. 其後□□하야 五月會가 組織되어 各各 少年運動에 全力해 왓다. 이에 人格的 蹂躪과 壓迫에 어둠 속에서 □痛하든 어린이들은 비롯오 光明을 向하야 自己의 社會的 地位를 意識하게 되엇고 □□되엇든 人格을 回復하게 되엇다. 하나 그 運動 거의가 敎養運動에 置重하니만치 消極的이엇슴은 避치 못할 事實이엇다. 그러나 時代는 變動한다. 轉換의 機運이 이미 닉엇다.

近者에 全朝鮮少年運動聯合大會가 열리엇다 한다. 어쩌튼 나는 그것이 第二期的 活躍에 잇스리라고 밋는다.

한데 少年文藝運動은 어쩌하얏나. 이 運動도 亦是 一九二一年 少年運動의 勃興에 짤하서 必須的 條件 알에서 엇개를 견우고 나오게 되엇다. 이때에 産婆 後의 苦勞를 앗기지 안흔 이는 우리가 잘 아는 바와 가티 小波 方定煥 氏엿다. 此外에 몃몃 분도 게시지마는 初期에 잇서서는 專혀 氏의 活動이 만햇든 것이 事實이다.

그해 四月(?)에 氏의 손으로 『어린이』가 世上에 나왓다.

이 『어린이』야말로 氏가 항상 말한 바와 가티 '학대밧고 집밟히고 차고 어두운 속에서 잘아는 어린이'의 □을 거룩히 慰勞할 수 잇섯다.

어두운 속에서 허덕이는 그들에게 비롯오 밝은 빗츨 비처주엇다. 깨끗한 理想을 그려주엇다. 짜뜻한 人情味를 불어 주엇다. 아름다운 藝術의 感激을 주엇다.

無□한 ○○의 酷毒한 罰責을 當해 가며 억지로라도 집어 생키지 안흐면 안 될 奴

隷的 ○○ 過程에다 比할 째 그야말로 그들은 慈母의 품에 안킴과 다름업섯다. 天使의 呼吸을 늣겻다.

그리해서 『어린이』를 土臺로 하야 小波 색동會 諸氏가 아름다운 童謠 재미잇는 童話, 史譚, 笑話 等으로 만흔 少年을 웃기고 울리고 興奮시키고 沈思시키고 하야 어린이에게 잇는 모든 情緖를 잇는 대로 자아내어 涵養助長하는데 큰 功績을 나타내엇다.

(二)

金漢, 『中外日報』, 1927.11.20

이 밧게 鄭烈模, 鄭芝鎔, 韓晶東, 高長煥, 延星欽, 丁洪敎 等 諸氏가 『新少年』, 『새벗』, 『별나라』, 其他 少年雜誌를 通하야 한결가튼 功績을 만흔 少年에게 주엇다.

그리해서 누구 할 것 업시 모다 情緖運動, 敎化運動에 全力을 傾注하야 왓다 하나 一時 絶頂에 處하얏든 이 運動도 今年에 잡아들자 方向轉換을 부르는 소리가 놉하젓다. 우리는 벌서 過去의 形式 內容으로서 不滿을 늣기게 되엇다.

왜? 朝鮮의 情勢는 날로 날로 變遷한다. 階級과 階級의 戰線은 刻刻으로 急迫해 온다. 이때에 우리가 다만 情緖運動에만 安住할 수가 잇슬가. 아니다. 過去의 運動은 일로써 淸算해버리고 다시금 新方向을 展開하지 안흐면 안 되겟다.

하나 나는 이것을 論究하기 前에 오늘날 普遍的으로 把持되어 있는 誤謬된 觀念을 檢討하야써 現 階段의 少年文藝를 究明코자 한다. 그러면 그 普遍的 觀念이란 어써한 것인가. 나는 便宜上 이것을 大槪 二種으로 分類하랴 한다.

그 하나로는 어린이의 世界는 □然 不可侵할 獨立性을 가젓다. — 그들은 想像이 豊富하고 神秘的이다 — 그들의 想像의 世界 神秘의 世界를 깨털임은 그들의 成長發達을 沮害함이다. 함으로 그들에게 現實的 知識은 禁物이다. 또 하나는 純潔無垢한 어린이에게 現實의 醜惡을 알림은 넘우나 悲慘하다. 쑨만 아니라 아름다운 理想(?) 世界에 그들의 靈을 遊離시켜주어 그들이 成長하야서 그와 쪽가튼 理想世界를 建設할 수 잇스리라고 — 하는 생각이다. 이 얼마나 虛妄한 생각이냐. 얼마나 非辨證法

的 考察이냐. 나는 順序를 짤하 먼저 前者를 討究하랴 한다.

그러타. 그들은 神秘의 世界에 살앗다.

그러나 이 現實이 그들에게 神秘 그대로를 간즉하게 하느냐 말이다.

"부자ㅅ집 아이들은 지난 밤 크리스마쓰에 보고 십든 예수를 맛나서 그들이 가지고 십든 幸福을 어덧다고 소근거린다. 그들은 神秘의 王國에를 다녀왓다고 盛大한 宴會가 열린다. 北國의 女王이 白色 手巾을 膳物로 그들에게 보냇다고 그들은 서로 웃는다. 그러나 잠을 자기는 하얏스나 北國의 女王의 先物도 엇지 못하고 工場에도 가지 안코 神을 爲하야 禮拜하얏스나 도모지 幸福을 엇지 못하얏다."(朴英熙) 그들은 幸福도 업고 神秘도 업고 다만 악착한 現實이 그들 압헤 걸려 잇슬 쑨이다. 한데도 不拘하고 그의 靈을 形而上學的 所謂 神秘 世界에 遊離 痲醉시키어 억지로라도 現實을 掩避하고 魔女와 狐狸를 主人公으로 한 巧邪 鈍智的 讀物이 아니면 王子 王女를 讚美하는 奴隷的 讀物을 提供하야써 그들의 熱烈한 創造性(××的)을 沮害함은 確實히 反動 運動에 지내지 안는 것이다.

(三) 金漢, 『中外日報』, 1927.11.21

그러면 다시 後者를 생각해 보자. 이 現實을 純潔無垢한 그들에게 알림은 넘우나 無慘하다고, 그러타. 天眞爛漫한 그들에게 이러케도 慘酷한 現實을 알리자면 아니되게 된 것은 眞實로 悲痛한 일이다.

그러나 악착한 現實은 누가 알랴서 알려지는 것이냐. 現實 그것이 달려드는 것이다. 보아라. 朝鮮의 어린이 八九割은 無産者이다. ― 그들은 農村의 오막집에서 都會의 工場 안에서 過重한 勞役과 酷毒한 楚痛 알에 울고 부르짓고 잇지 안흔가. 하면서도 그날의 조쌀 알이나마 변변히 어더먹지 못하는 이 現實을 어찌 알리랴 알려지는 것인가.

다음에 理想世界를 그려줌으로 그들에게 理想世界를 建設하라고 하는 생각이다. 아즉 그 말대로 是認한다손 치자.

여긔에 現實 속에서 자라나는 어린이의 空想 속에서, 아니 理想 속에서 자라나는 두 어린이를 假定하고 보자. 前者는 强烈한 日光 알에 자라나는 풀과 가타서 現實에 시달리면 시달리니만치 그는 頑强히 抵抗해가며 悲壯한 싸움 가운대에 完然히 成長할 수가 잇슬 것이다. 그와 反對로 後者는 그늘에서 자라난 풀과 가티 現實이 暴風이 한 번 불면 纖纖軟弱한 그 가지는 그만 挫折되어 그는 落魂과 敗殘의 길을 밟지 아니치 못하게 될 것이다. 萬若 그런 어린이가 잇다면 以上 더 不幸이 업스리라.

'플라톤' 以後로 만흔 理想家들이 여러 가지로 理想을 그려보앗다. 그러나 그런 理想鄕이 存在해 잇지 안흔데야 어찌하랴. 보아라 '로바—트・오헨'의 『協和共力村』[2]이 '모리쓰'의 『유토피아』가 이 地球 어느 모퉁이에 存在해 잇는가.

나는 以上으로 粗略하나마 誤解된 觀念을 檢討하얏다. 그러면 現 階段에 잇서서 少年文藝는 어쩌해야 할 것인가. 나는 支離하게 됨을 避하기 爲하야 朴英熙 氏의 말을 빌어 簡單히 이에 대답하고 말랴고 한다.

'自己는 社會의 富를 맨드는 사람이다. 自己는 社會의 모든 文化를 맨드는 사람이다. 그런데 自己에게는 富도 업고 文化도 업다. 그 原因이 어대 잇는가를 探索하는 (十七字 削) 科學이다.'

그러타. 우리는 그들에게 우리 ×××民族의 어린이에게 우리 푸로레타리아 어린이에게 科學的 智識으로써 우리의 現實을 如實히 보여주어서 自己階級의 '이데오로기'를 把握시키고 쌀하서 ××的 思想을 興起시키는 文藝가 아니면 안 되겟다.

그들의 現實的 生活이 누구보다 苦惱와 悲痛에 복개느니만치 그들은 누구보다 自由를 憧憬하고 解放을 欲求하느니 만치 그들은 이에 興味 感激을 늣기게 되고 쌀하서 이 解決의 秘□을 차즈랴 한다.

이에 이 解決의 秘□을 차저 주는 것이 轉換期에 잇는 少年文藝의 任務가 아닌가 한다.

一九二七年 十一月 十二日

---

2 '協力共和村'의 오식으로 보인다. 영국의 선구적인 사회주의자 로버트 오웬(Robert Owen)이 추구했던 협동조합과 협동사회를 뜻하는 것으로 보인다.

學生文藝에 對하야

金東煥,『朝鮮日報』, 1927.11.19

우리들은 學生層의 運動이라면 그가 社會科學 運動이든지 文藝運動이든지 極力 支持하여야 할 것이다. 더구나 얼마 전에 일어낫든 朝鮮學生의 社會科學運動이 必然的인 階級性을 씌엇다고 支配階級의 空前한 大彈壓을 바더 外觀上으로 停頓의 不得已에 이른 事實을 보고 더욱 그런 늣김을 갓는다. 이제 學生層의 表現運動으로는 文藝運動이 許諾되어 잇스나 그것이라야 겨우 各 學校의 校友會報에 不過하지마는 그조차 保守的 教育家의 손으로 움즉이어 나가든 터이라 新興 學生層의 思想 感情을 表現하자면 迫害를 아니 바더 올 수 업섯다.

於是乎 各面으로 이러케 閉塞되어 잇는 學生 諸氏의 文藝運動을 爲하야 적으나마 우리가 紙面을 이러케 提供하는 일이 뜻 업는 일이 아닐 것이다.

그러나 지금까지 들어온 各位의 寄稿를 보면 우리의 期待에 어그러지는 것이 넘우 만타. 우리들은 各位에게서 반듯이 時代 人心을 울리고 웃기고 할 큰 부르지즘이 나올 것을 미덧다. 가장 精粹分子인 諸氏에게서 이런 期待가 채워지지 못한다면 우리들은 어느 곳을 向하야 이것을 바라랴.

그러나 우리들은 아직 失望치 안는다. 後繼할 新興文壇을 完成할 큰 力量을 가진 분들이 不遠에 반드시 나올 것을 밋는 까닭으로 이제 投稿 諸氏의 注意 二三을 指摘하는 것으로 이 붓을 긋켓거니와 못처럼 提供된 이 欄을 諸氏는 十分 活用하여 주기를 바란다.

◇ 文藝의 機能은 어듸까지든지 사람의 情緖를 움지기는 데 잇다.

웃지도 울지도 안튼 平時의 感情을 飛躍시켜 情緖의 躍動인 感激을 밧도록 하는 데 잇다. 이 큰 感激은 반드시 큰 行動을 쓰으러내는 것임으로 文藝의 武器인 一面이 여긔에 잇는 것이다. 그러함에 不拘하고 諸氏의 投稿 中에는 한갓 科學者의 實驗

報告가티 事理만 캐어노흔 것이 만타. 그것은 理性에 訴하는 科學者의 態度로는 올켓지만 情緖에 置重하는 文人의 取할 길은 아니다. 注意하기 바란다.

◇또 한 가지는 外國作家의 模倣이 만타. 假令 詩歌 上으로 볼지라도 쒜—터나 실레루・하이네 等流를 하는 일이 만치만 그것은 쒜—터가 나든 獨逸國 靑年으로 쒜—터 時代에 處한 靑年들이나 할 일이지 地理的, 社會的 條件이 全異한 朝鮮 靑年이 할 일이 아니다. 今日 朝鮮에 낫다면 以前에 지은 것과 全혀 다른 詩歌를 지엇슬 것이다. 諸氏는 獨創에 힘쓰되 內容表現을 다 大膽하게 하기를 바란다. 그 밧게 簡潔하게 쓰라는 것과 平易하게 쓰라는 것을 付託하여 둔다.

(끗)

心理學上 見地에서 兒童讀物 選擇(一)

金泰午, 『中外日報』, 1927.11.22

現下 朝鮮에 잇서 兒童讀物이라 하면 最近까지 續刊하고 잇는 十餘種의 少年少女雜誌와 其外 七八種의 童話集과 若干의 科學書類일 것이다. 朝鮮兒童의 讀物이 外國에 比하면 퍽으나 貧弱하다는 것은 이제 새삼스럽게 늣기는 바는 아니겟지만 넘우나 뒤써러저슴을 말하지 안흘 수 업다.

從來 朝鮮에 少年讀物이 잇섯다 하면 大部分이 童話와 童謠일 것이다. 童話와 童謠가 少年讀物에 잇서서 가장 重要한 要素를 占領하고 잇다 하면 從來에 말할 수 업는 混沌狀態에 빠저 잇섯든 것은 事實이다. 勿論 우리의 立場과 周圍의 環境이 許諾지 안흘 만큼 避할 수 업는 形便이엇다. 그러나 넘우나 內容이 不徹底하고 그것의 骨子를 차저볼 수 업섯다는 것이다. 讀物 選擇이라 하면 過去에 잇섯든 것을 選擇하고 評한다 하는 것은 甚히 錯□할 일이다. 그럼으로 압날의 讀物 選擇에 對하야 생각하고 取할 것은 取하고 버릴 것은 □然히 除去하자는 것이다.

×

그런데 今年 夏期에 平安道, 黃海道, 京畿 一部의 各 重要한 都市로만 一個月餘를 두고 童話□□를 하든 中 當地의 少年運動者 몃 동무들이 兒童讀物에 對한 質問과 今後 朝鮮兒童에 잇서서 어써한 讀物을 選擇해야 되겟느냐는 討議가 잇섯다. 그래 그네들의 參考와 童話 童謠作家와 또는 글쓰는 이들과 父兄 諸氏에게 한갓 參考로 提供하려 한다.

그리고 所謂 朝鮮少年聯合會 敎養部라는 重且大한 責任을 마튼 筆者로써는 이 問題에 對하야 愼重히 考慮하고 생각하기 째문에 여러 번 □□하얏다가 心理學的 考察로 본 나의 斷想을 少年雜誌 執筆者와 一般 父兄에게 公認하고 朝鮮에 아즉것 讀物 選擇에 對한 具體的 批判이 업는 只今에 잇서서 이것이 □□의 焦點이 되어 嚴正한 批

判으로써 朝鮮少年運動과 兼하야 等閑視할 수 업는 兒童敎養問題에 圓滿한 解決이 잇기를 바라며 만흔 評論으로 압날의 向上 發展을 빈다.

그런데 日前 朝鮮日報에 記載된 申孤松 님의 少年雜誌 讀後感이라든가 果木洞人의 어느 小評[1] 그것도 조흔 것이다. 나는 여긔에 對해서 말하지 안흐려 한다. 그러나 이 압흐로 評을 한다면 — 어느 形式과 派閥主義에 拘泥되지 말고 그리고 評者는 公正한 眼目과 冷靜한 頭腦로 觀察하야 그 作品에 對한 內容을 大凡하게 具體的으로 嚴正한 意識으로써의 批評과 論爭이 잇슴에 짤하 압날의 發展을 企待할 수 잇스며 모든 것이 理想대로 展開되리라고 밋는다.

×

讀物이라고 하면 精神의 糧食이다. 身體를 養育하는데 食物이 絶對的으로 必要한 것과 마찬가지로 精神을 養育하는데는 讀物이 업서서는 안 된다. 그래도 身體의 適當한 食物만이 身體를 잘 기르는 것과 가티 精神의 要求에 適當한 讀物 그것이 精神을 잘 기르는 것이다. 萬若 그러치 못하면 畢竟에는 害惡이 잇슬 쑨이요 有益은 全無할 것이다. 그럼으로 兒童讀物 選擇의 問題가 생기게 되는 것이다.

(二)

金泰午, 『中外日報』, 1927.11.23

一般이 成長하는 兒童의 身體는 成長 그 時期에 依하야 要求하는 食物을 變更하게 되는 것이라 個人的에는 그 體質에 適當한 食物을 選擇한다 하면 發展하고 잇는 兒童의 精神도 亦 發達의 時期에 要求하는 讀物도 다를 것이다. 쏘 그 個性에 依하야 讀物을 定하는 것이다.

精神上 動作과 生命度量을 心理學上으로 考察하야 본다면 一歲 乃至 六歲에 一時期를 짓고 七歲 乃至 十一歲가 쏘 다른 一時期를 □成하야 動作과 生命의 度數가 此□는

---

1 신고송(申孤松)의 「九月號 少年雜誌 讀後感」(전6회, 『朝鮮日報』, 1927.10.2~7)과 과목동인(果木洞人)의 「十月의 少年雜誌」(전5회, 『朝鮮日報』, 1927.11.3~8)를 가리킨다.

顯著히 發達 向上한다. 그리하야 前者를 幼稚期라 하고 後者를 兒童期라고 稱한다. 그리고 十二歲 乃至 十九歲까지는 또 心□의 活動이 兒童期로부터 一段 向上하는 것이다.

이것을 靑年期의 □□라고 한다. 只今 問題가 되어 잇는 讀者에 關하야 少年少女라고 하면 卽 兒童後期의 十歲로부터 十四五歲까지의 年齡者를 包含한 것이라고 본다. 그러면 此□問에서 이러한 讀物을 選擇하여야 될 것인가를 心理的으로 考察한다면 第一은 少年期의 心身活動에 잇서서 心身에 正當한 發達을 誘導하고 充實生活을 持續할 適用物을 選擇하여야 할 것이다.

×

兒童精神發達의 時期로부터 吟味하야 보면 幼少한 째는 아즉껏 幻想世界에서 사는 것이다. 그럼으로 少年少女의 讀物은 한편으로만 치우처서는 안 된다. 各種多樣의 것을 닑혀주어야만 되는 것을 父兄들은 注意해야 될 것이다. 少年에게는 勇敢스런 것과 自然科學의 風이 잇는 것 — 少女에게는'센티맨탈'한 구슯흔 이약이, 少女小說 風이 잇는 그것으로만 制限을 하고 兒童讀物上 男女의 差別을 부친다거나 하는 것은 滋味스럽지 못한 것으로 思惟한다. 願컨대 雜誌나 무엇이든지 十四五歲까지 少年讀物은 구지 少年少女 區別을 하면 兒童에게 滋味업는 印象을 너허주는 것이니 될 수 잇는대로 避하자는 것이다.

身體의 營養은 □多의 糧食이 必要한 것과 가티 精神上 營養에도 男女의 差別을 될 수 잇는 대로 無視하고 여러 가지 讀物을 平等으로 닑혀주어야 할 것이다.

神話, 傳說, 童話, 童謠 들도 勿論 조흐나 八九歲의 幻想의 꿈 世界를 깨우치는 男子에게는 英雄談, 冒險談, 歷史談, 事實談 가튼 것을 질겨 한다. 女子에게는 可憐하고 少年소녀에 關한 쉽고 애닯은 이약이 가튼 것에 趣味를 부치게 된다. 다음 十二, 三歲쯤 되어 性的 傾向이 눈쓰게 되면 趣味가 또 一層 넓고 깁허저서 後代의 小說과 詩나 劇 가튼 것을 要求하게 된다.

그리고 이 方□을 大槪 말하기를 感情的 要求에 關한 것으로써 所謂 文藝讀物이라고 한다. 이것은 兒童讀物의 一部□□다. 그것이 □□하야 活動하면 空想에 갓갑고 感傷的 傾向으로 기울어진다. 精密히 事物을 觀察한다거나 正確히 理路를 追求하야

判斷하거나 하기는 어려운 일이다. 좀 强硬한 讀物로 나아가면 精確히 닑을 만한 勇氣를 일허버리고 現階段에 선 兒童은 재미를 부치지 안케 된다.

(三)

金泰午, 『中外日報』, 1927.11.24

이처럼 興味를 못 엇는데 對해서는 自然界에 對한 好奇心에 應하야 觀察力이 □□되는 것이다. 汽車, 汽船, 飛行機 等에 對한 興味를 부치고 工夫 考察力을 기르기 爲하야 理科的 讀物을 提供하는 것도 조흘 것이다. 이것은 늣드라도 八九歲쯤 되어 鮮明한 그 힘을 보고 깨닷기 始作하야 普通學校를 卒業하고 中學校에 入學하야 理科教育을 適當하게 遂行할 것도 한 가지 條件이라고 생각한다. 이 方面의 重要한 것은 理智的 要求에 應하야 所謂 科學讀物이라고 한다.

×

어쨋든 少年期에 가장 顯著하게 發展하는 機能은 運動과 知覺일다. 外部動作이 急速히 敏捷하게 되고 巧妙한 可能性을 크게 가지고 잇는 時期이다. 外界에 對한 □覺, 味, 臭의 知覺이 銳利 精細하게 되는 可能性을 크게 發揮하는 것은 此 時期에 하는 것이다. 卽 精神의 外向的 方面은 또 靑年期 □에 盛하게 되는 것이다.

그리하야 感情은 可及的 强硬히 發動하나 그것은 外部 動機가 大體로 □□하는 種類의 感情이고 內部 動機로부터 潤色하는 일이 淺薄하다. 그리고 少年의 心理는 靑年에 比하야 客觀相을 띄고 잇는 것이다.

上述한 바와 如히 少年의 心理는 禽獸, 虫魚, 樹木, 砂石, 日月星辰 等 自然界의 事例에 크게 好奇心과 興味를 늣기게 되는 것이다. 그리고 또 그것을 相對로 하야 種類의 動作 □□를 始作한다.

그럼으로 自然의 事變 事物을 少年의 好奇心과 興味에 適當한 것, 그리고 自然에 相當한 理路를 알려주며 '이솝프' 物語 가튼 것은 □讀에 不過하는 가장 □은 寓話이다. 어느 程度까지는 禽獸가 相談하고 쏫과 열매가 서로 이약이를 하며 별님이 이약이를 하는 想像化한 것도 조타. 그러나 넘우 唐荒無稽한 것은 少年에게 오히려 虛僞에 빠지게 하는 害가 될 念慮가 잇스니 이 點에 特히 注意하지 안흐면 안 된다.

또 少年은 活力이 增進하는 時期인 만큼 活潑, 勇敢 그러한 動作을 조하 한다. 그러나 單只 少年의 興味만으로써 지은 冒險談은 돌이어 害가 적지 안타. 少年 自體가 理解할 만한 어느 程度까지는 正義를 目標삼고 勇敢活潑하게 지은 作品은 少年讀物로써 가장 適當한 것이라고 생각한다.

少年文藝는 少年의 正當한 心理의 欲求에 糧食이 됨으로써 少年의 마음을 正善으로 指導하지 안흐면 안 될 것이다.

'씹프링'의 『짠쎌쑥』 中의 이약이는 如上의 見地로써 보아 推薦할 만한 天空快調의 讀物이다. 或은 英雄史談이나 '스마일스'의 自助談 가튼 것은 少年精神上 保健的 讀物이라고 생각한다.

×

現下 朝鮮에 잇서 特히 白衣少年에게 適當한 讀物을 選擇함에 그에 對한 管見과 注意는 各人의 意思 別論으로 主義主張이 다르겟지만 나의 가장 重大하게 생각하는 것은 左와 如히 三種目으로 例擧하랴 한다.

一. 衛生上 障碍가 업는 것으로 그리고 文字의 大小, 地質, 眼의 衛生上 害되지 안는 것으로 選擇할 것을 第一 注意할 것이다.

二. 近來 多種의 少年雜誌가 뒤를 니어 出刊되는 이때에 그 雜誌를 모도 다 맘노코 닑힐 것이냐 그러치 안타. 여러 子弟들에게 닑히는 父兄들은 雜誌의 選擇에 만흔 注意를 가지지 안흐면 안 될 것이다.

(四) 金泰午, 『中外日報』, 1927.11.25

兒童은 善惡을 判定치 못한다. 萬若 그들이 善惡을 判定하는 能力이 잇다면 우리는 敎育의 必要를 늣기지 못할 것이며 쌀하서 讀物 選擇의 問題가 생길 必要도 업슬 것이다.

讀物로써 感化되는 일이 가장 偉大한 것이나 兒童이란 白紙에 스치는 대로 善惡을 긋지 안코 聞見 그대로 記憶하얏다가 다시금 어느 時期에 利用하게 됨으로 사람은 善에도 强하며 惡에도 强하다. 그리고 兒童은 분한 記事를 닑을 때는 義憤을 닐으킬 줄 알며 섧고 애닯은 記事를 볼 때에는 同情하는 눈물을 흘리게 된다. 그리고 惡한 것 强□한 것이 敗하고 征服이 되면 가장 喜悅하며 安心하는 것이다. 우리는 이 道德的 觀念과 情緖的 活動을 助長시키기에 適當한 讀物을 選擇하여야 한다.

內容은 兒童에게 興味잇는 것으로 …… 그러나 好奇心을 助長시키며 虛榮心을 닐으키는 非敎育的 記事는 害가 적지 안타. 讀物의 生命은 兒童이 그 內容에 感應 如何에 잇는 것이다. 또 넘우나 興味主義로만 치우치는 讀物은 敎育的 意義가 抹殺하기 쉬운 것이다. 近日 出版物 中에는 종종 兒童의 劣等한 興味 그것으로 맘을 살려고 하는 것이 만타. 이것을 判斷하는데는 父兄과 敎師의 責任이 크다고 생각한다.

三. 그 個性을 考慮하야 이것에 適當한 것을 取하며 …… 讀物에는 一般으로 文學的 趣味에 豊富한 것도 조흐나 넘우나 치우치게 되면 兒童을 '센티맨탈'的 氣分이 濃厚해 질 念慮가 생긴다. 그럼으로 科學的 趣味가 잇는 것과 文學的 趣味가 잇는 그것을 適當하게 料理하여야 個性의 短處를 補充하고 어느 意味에 잇서서는 個性의 長處를 發揮하는 것에 用意하지 안흐면 안 된다고 思惟한다.

(五)

金泰午, 『中外日報』, 1927.11.26

結論

쯧트로 우리의 少年運動, 其他 모든 運動이 過去의 分散的이오 孤立的이오 派閥的인 氣分運動에 날뛰는 그것을 斷然히 버리고 모든 것을 淸算하야 統一集力으로 鞏固한 團結로써 組織的 運動으로 方向을 轉換햇다고 하면 우리 少年文藝運動도 在來의 混沌狀態의 아모 主義主張이 업는 劣等의 拙品 卽 自己의 이름을 내기 爲하야 우에 말한 意義에 未及하는 記事는 쓰지 말기로 하자. 그리고 「요술王」이니 「公主」니 「王子님」이니 「人形」이니 하는 가튼 童話는 朝鮮少年과는 懸隔한 相距가 잇다. 그러타고 保守的 傳說的 意味에서 말한 것은 아니다. 外國童話나 童謠를 收入하는데 가장 先入見을 가지고 白衣少年에게 무엇보다도 周圍의 事情에 適合하게 생각되는 能히 그것이 잘 消化되는 것으로 收入하여야 할 것이다. 收入하야 滯症이 생기어서는 안 된다. 過去의 少年讀物은 넘우나 '센티맨탈'的 氣分이 濃厚한 것이 大部分이엇다. 우리의 處地인 만큼 그런 記事를 歡迎하얏든 것은 事實이다. 그러나 現階段에 잇서 더욱이 만흔 疑問에 만흔 苦痛과 困難을 當한 少年들에게 感想的 그것에만 나아가서는 안 된다. 좀 더 科學的 讀物을 要求하며 愉悅을 줄 수 잇고 偏奇的 成長에서 解放하며 活潑勇敢한 記事, 美談, 冒險談, 歷史談 그리고 現實을 가장 잘 描寫하는 作品을 要求한다.

좀 더 朝鮮의 氣分이 잇는 童話 쏘는 朝鮮의 흙냄새 나는 童話를 推奬하여야 된다. 그리고 民族意識이 잇는 것으로 …… 特히 하대 밧고 짓밟히며 치고 어두운 곳에서 자라나는 朝鮮의 少年을 爲하야 어린이의 精神生活을 指導하고 完全한 人格과 充實한 役軍을 養成함에 좀 더 힘잇는 ××의 意識을 너허주자는 것이다. 그리고 少年敎養에 잇서서 쑤준한 努力을 함에 우리의 理想鄕이 바야흐로 멀지 안해서 展開되리라고 미드며 다음 機會로 밀우고 이만 붓을 놋는다.

十一月 少年雜誌(一)

宮井洞人,[1] 『朝鮮日報』, 1927.11.27

지지난달에는 申孤松 君이 「少年雜誌 九月號 讀後感」을, 지난달에는 果木洞人 君이 「十月의 少年雜誌」라고 讀後感을 썻는 바[2] 申孤松 君의 「讀後感」은 多少 그의 衷情을 볼 수 잇섯지마는 果木洞人의 그것은 넘우 形式에 흐르고 獨斷에 치우첫다고 할 수 잇다.

이곳에서 그것을 評하려는 뜻이 아님으로 다만 내가 본 十一月號의 少年雜誌를 쓰고자 한다. 그리고 한말 해 두고자 하는 것은 나의 것이 먼저 評한이라든지 또는 나종에 나오는 분에게 參考거리가 된다면 幸甚일다.

『새벗』

이것을 全體로 말하면 이곳에는 特出한 編輯手段이 잇는 것을 發見할 수 잇다. 그러나 실린 作品들의 內容에 잇서서는 말할 수 업시 貧弱하다. 첫재 「쏫나라를 차진 병신 새」는 쓰느라고 애쓴 影跡은 보인다. 그러나 지루하고 이약이가 넘우 單純하다. 그리고 구태여 時代 뒤진 無抵抗 思想을 쓸 必要가 업지 안흘가. 이곳에 나더러 少年에게 닑킬 만한 것을 말하라 하면 「쭈리앙과 배드로」 少年劇과 「새로운 마을」에 나타난 思想을 일치 안헛스면 한다. 그리고 넘우 '燒增シ'[3]을 하지 말엇스면 조켓다. 더 한 말 付托할 것은 常識이 좀 더 잇서야겟다. 한 例를 들면 「荒波를 넘어서」라는 少年小說 비슷한 글 속에 "경도(京都)를 지나 대판(大阪)에 이르럿다." 이것은 큰 失數다. 東京서 朝鮮으로 오면 몰으겟다. 그러나 朝鮮에서 東京驛에서 早稻田町

---

1 홍효민(洪曉民)의 필명이다.

2 신고송(申孤松), 「九月號 少年雜誌 讀後感」(전6회, 『조선일보』, 1927.10.2~7)과 과목동인(果木洞人), 「十月의 少年雜誌」(전5회, 『조선일보』, 1927.11.3~8)를 가리킨다.

3 야키마시(やきまし). (사진의) 복사, 추가 인화라는 뜻이다.

까지 人力車를 탓다 하니 東京驛에서 早稻田이 一哩이나 걸린다. '탁시' 電車 갑싼 물건이 얼마든지 잇고 지금은 人力車를 使用치 안는 것을 알어야 한다. 이러한 것이 모두 常識問題이다. 동물 희가극 「서울동물원」은 무슨 소리인지 몰르겟다. 첫재 동물 희가극이란 무엇인가? 아동을 보이는 것이 아니고 동물 보이는 것인가. 그것은 그러타 하고라도 '아푸리카'를 '애푸리카'라는 소리와 '나이루' 江이 아푸리카에 잇다는 소리 ('나이루'가 아니라 '나일'이고) '오아씨스'라는 말이 잇다. 이러한 것은 웬만한 어룬도 몰으면 新術語인데 그대로 통재로 쓰는 것은 또한 常識不足이다. 새벗은 넘우나 缺點이 만허서 紙面만 잡기에 고만 두거니와 한 가지 부탁하는 것은 뒤에 잇는 '戀愛小說 廣告' 가튼 것은 아니 실엇스면 한다.

『별나라』

새벗보다 印刷가 鮮明치 못하고 頁數가 적으니만치 缺點은 적다. 그러나 한가지도 特出한 作品은 업다. 통틀어 少年雜誌들이 '燒増シ病'에 걸렷다. '燒増シ'도 조흔 것을 하엿스면 조치마는 「少年 북삼이」, 「沈着한 少年」, 「少年 傳令使」 이러한 것들을 美談이라고 썻다. 이것을 解剖分析하랴면 思想的으로 이약이하게 되겟슴으로 避하거니와 現今 朝鮮에서는 軍國主義 精神이 美談일 수는 업다. 「큰 것과 적은 것」, 「少女와 自然」, 「放送해 본 이약이」 等이 오히려 나흘 것 갓다. 한 가지 付托할 것은 「兒童水滸誌」에 지리하고 거덥운 이약이는 그만 두엇스면 한다. 그리고 「孫悟空」 이것은 滋味잇는이 만큼 더 少年이 알아 듯도록 解釋할 것이다. '삼십삼천'이라는 글 뜻과 '도솔궁' 이러한 것을 "금단은 한울의 지극한 보배이니 죽은 사람이라도 살릴 수 잇는 조흔 약입니다" 한 것과 가티 삭여 노앗스면 조켓다. 그 外에 注意할 것은 한울하고 싸혼다면서 한울께 긔도한다는 것은 우습지 안흔가.

『少年 뉴—쓰』

이것은 먼저 '페—지'에 적음을 늣기게 되고 짤아서 長編 가튼 것은 아니 실엇스면 한다. 이번 號는 아무 評할 건덕지가 업다. 이번은 더욱이 丁洪敎 君의 編輯도 아니오나 어린 사람 朴弘濟 君의 編輯이어서 그런지는 몰으겟지만 넘우 貧弱하다. 그러나 「함」이라고 하는 童話만은 어느 點으로 보든지 우리가 그러케 하지 안흐면 안 될 것이다. 支社 紹介 가튼 것은 '우리글'로 하고 漢文을 적지 안헛스면 한다. 한 가지 쓰트로 付托할 말은 '페 — 지' 적은 곳에 長編 — 繼續 讀物 — 은 실지 안는 것이 조타.

(二)

宮井洞人, 『朝鮮日報』, 1927.11.28[4]

(三)

宮井洞人, 『朝鮮日報』, 1927.11.29

『아희생활』

耶蘇敎 兒童 機關紙인 만큼 넘우나 宗敎臭가 나서 못쓰겟다. 天道敎에서 하는 『어린이』와는 넘우나 精神이 露骨化하지 안는가. 더 말하자면 社會 云云하고 野卑하게 '하나님 아버지시여!'를 그대로 써내 놋는 雜誌와 마찬가지다. 表紙부터 洋人 兒童의 그림이다. 이러한 그림 外에는 너흘 그림이 그러케 업슬가. 그들의 心事를 뭇고십다. 그 다음 朝鮮史 槪觀은 넘우나 簡單하고 그릇 써논 것이 만타. 歷史에 잇서서는 文籍이 잇는 것임으로 조금도 잘못하면 그의 智識을 暴露하고 마는 것이다. 이제 그 한 例를 든다면 七. 朝鮮時代의 맨 末行에 "연유쇼남태(演有沼南怡)와 가튼 무관이"라고 한 것은 큰 잘못이다. 우에 '우리글'이 연 字로 쓰인 것을 보아 印刷의 誤植도 아니다. 나더러 訂正하라면 "어유쇼, 남이(魚有沼, 南怡)"라고 생각한다. 이러한 것은 歷史를 取扱하는 이가 넘우나 그 智識 程度를 曝露하엿다고 볼 수 잇다. 童話 「왕궁을 지은 대담한 청년」은 싱겁기가 한량이 업다.

---

4 조선일보사에 문의해 본 바, 원문이 부재함을 확인하였다.

(四) 宮井洞人, 『朝鮮日報』, 1927.12.1

고무줄을 배에다가 대이도록 가만이 잇섯든가. 어린이가 닑는 것이라고 事理가 넘우 닷지 안케 쓰면 우슴을 사는 것을 알으시는지 그 다음 「크리쓰마쓰의 손님」은 그 內容이라든지 筆法이 얌전하다. 그러나 이러한 것을 꼭 예수敎 意識을 너허야만 시원한지 몰으겟다. 「닷친 문」은 語不成說이고 「억센 바둑의 무덤」은 어룬이나 닑을 것이고 兒童 讀物에는 距離가 멀다. 「世界에 有名한 사람들」과 「偉人 逸話」 거진 비슷한 붓 作亂이다. 그런데 '世界에 有名한 사람들'이 아니라 '世界의 有名한 사람들'일 것 갓다. 살어 잇는 사람이면 쏘 모르겟다마는 죽은 사람은 '에'에 必要치 안켓지. 이런 것은 全혀 常識 問題이다. 「아버지의 유언(遺言)」은 지리하고 일종 불쾌를 늣기도록 內容이 업다. 長編 「福童의 探險」, 가극 「톡기의 世界」, 哀話 「정숙의 죽엄」 等은 다 조타. 兒童에게 닑킬 만하다. 「童謠를 쓰실여는 분들에게」는 넘우 槪念쑨이고 돌이어 쓰시는 분이 더 硏究를 하시고 發表하섯스면 한다. 픗내가 넘우 나는 까닭이다. '사랑하면은…?' 하고 疑問符號를 첫기에 무엇인가 하얏더니 우숩기가 한이 업는 호랑이가 보굼이 집에 갓다는 이약이다. 이것도 一種 常識에 關係되는 것이다. 사랑하면 호랑이도 무섭지 안타는 수작이다. 왼뺨을 싸리거든 바른뺨까지 맛는 酬酌이로군. 一笑에 부치고 말자. 「西北地方童話巡訪記」는 '우리글'로 썻스면 한다. 童話巡訪記라는 말이 되엇는가 題目 부친 筆者는 생각해 보라. 童話를 하러 가서 童話를 찻고 왓는가. 이 雜誌도 全體를 通하야 『새벗』만큼이나 欠이 만타. 한 가지 付托할 것은 '아버지'를 '아부지'로 죄다 고첫스니 무슨 생각인지 그러면 '어머니'를 '어무니'로 고처야 하겟는데 그것은 그대로 두엇다. '아버지'라는 말로 쓰기를 바란다.

『무궁화』

이 雜誌는 當局에 檢閱 申請 中 押收가 되엇다 하니 퍽 遺憾이다. 그러나 無産兒童에게 安心하고 읽킬 것은 이것쑨인가 한다.

『學窓』

이것은 넘우 缺陷이 만해서 무엇무엇이라고 指摘하고 십지도 안타. 차라리 中學校 學生 雜誌를 經營하든지 그러치 안커든 普通學校 五六學年用이라든지 하는 것이 조켓다. 지난달 果木洞人도 말하엿거니와 참말로 이대로 繼續해 나간다면 少年運動圈外로 驅逐하지 안흐면 안 되겟다.

編輯者의 만흔 反省이 잇기를 바란다. 속만 묵어우면 冊이 아니다. 內容이 第一이다.

『朝鮮少年』

이것은 義州에서 發行한다는데 어더 보지를 못하야 퍽 遺憾이다.

『少年界』

表紙의 그림이 不調되엿다. 色을 잘 마칫스면 한다. 「금별과 이슬」은 깨끗한 童話이다. 詩로 내노와도 損色이 업슬 것 갓다. 「라듸오」 이약이는 넘우 짤다. 오히려 별나라에 실린 것이 나흘 것 갓다. 그러나 별나라에는 寫眞이 넘우 커서 보기 실혓다. 彼此의 長處短處가 다 잇다. 「아메리카 發見」은 客된 말이 넘우 만타. 이런 것이야말로 簡單히 썻스면 한다. 童話劇 「파랑새」는 아무런 늣김이 업는 平凡한 것이다. 조금 쌔가 잇도록 하엿스면 한다. 童話 「五色紙의 봄」은 繼續인 모양이요 小說體 비슷이 쓰는 모양인데 繼續이면 繼續이라든지 아니면 아니라든지 明白히 하여야 할 것이다. 이것은 內容의 進展이 恒用 잇는 報恩의 이약이일 것이다. 文章만은 洗練되엿다. 少年小說 「好勇伊」가 全卷을 通하야 內容이 第一 나흘 것이다. 쏘한 이러한 精神을 이저서는 아니 된다. 「鄭刑事의 活動」 이러한 것은 실지 말엇스면 한다. 內容이나 文章보담도 이러한 것을 쓰는 作者의 指導心理를 알고 십다. 童話劇 「개고리 王子」는 잘되엇다고 본다. 그러나 編輯者에게 뭇고 십다. 가튼 內容의 것을 「개고리의 임금님」 둘식 실는 생각이 어대 잇는고. 이다지도 作品이 업는가. 하나는 빼는 것이 훨신 나흘 것이다. 「小喜歌劇之編」은 넘우 짤고 歌劇 되기는 어렵다. 小喜劇이라면 조켓다. 「孝心 만흔 三吉」은 잘 된 것이다. 이러한 精神을 일치 말엇스면 한다.「싀원한 나라의 望海寺를 차저」文章이 어리다.

(四) 宮井洞人,『朝鮮日報』, 1927.12.2

어린이만치 자미잇섯다. 힘쓰면 잘 쓰게 되겟다. 編輯者의 남다른 精神을 要求하야마지 안는다. '하나님'은『아이생활』以上으로 쓰게 하니 무슨 일인지 알고 십다.

『新少年』

이것은 이 달에 안 나왓는지 어데 보랴 어데 볼 수가 업섯다. 그러나 體裁를 적게 한 만큼 漸漸 沒落해 가는 듯한 늣김이 나서 寒心함을 禁치 못하겟다. 엇던 때는 小學校 側으로는 獨步인 듯 하엿든 것을 생각하엿든 까닭이다.

『少女界』

表紙 그림은 色도 맛고 妙하게 되엇다. 탐정소설「수풀 속의 白骨」은 무슨 意味로 실엇는지 모르겟다. 그저 趣味로 실엇겟지.(?) 그러나 何必 三角戀愛가 少女에게 趣味를 쓸가. 作者의 그 精神을 뭇고 십다. 일로부터 아예 이러한 것은 執筆 안 하는 것이 조타. 삼가기를 勸告한다.「이소푸 얘기 數種」은 이야기만을 적을 것이 아니라 箴言 가튼 것을 하나식 부치는 것이 엇덜가 한다. 少女歌劇「人造花와 自然花」는 넘우 平凡하다. 만히 힘써야겟다. 童話「獅子의 報恩」은 흔히 世上에서 돌아다니는 것이다. 그리고 文章이 넘우 어리다. 만히 힘써야겟다. 童話「慈悲心 만흔 少女」 이것도 만히 힘써야 글 쓸이 되겟다.「외로운 少女」,「情다운 兄弟의 죽엄」 이것은 잘 되엇다고 본다. 이곳에는 이만한 것이 업슬 듯하다. 더욱이「情다운 兄弟의 죽엄」은 참으로 讀者에게 '쏙크'를 만히 주겟다.「英雄 모세」는 잘 된 紹介다. 그러나 아즉 '出埃及'에는 오지 안어서 '하나님' 타령이 넘우 만허 讀者에게 厭忌를 줄 수가 잇다. 宗教方面으로 흐르지 말기를 한번 付托하야 마지안는다.

『少年朝鮮』

이것은 今月 十五日에 나올 것인 바 애처롭게도 當局의 忌諱에 抵觸되어 原稿 沒收를 當하엿다 한다. 나는 少年雜誌 押收에 對하야 늘 이러한 늣김을 갓는다. 少年으로서는 넘우 左翼 小兒病으로 나가지 안는 것이 조켓다. 익지도 안흔 국이 쓰겁기만 하다고 少年問題를 모르는 이들의 執筆이란 좀 禁하는 것이 조켓다.

『어린이』

趣味本位의 總 本營『어린이』는 이 달에도 아니 나왓다. 그러나 이 다음 우리는 多少 變함이 잇스리라 한다. 客觀的 情勢란 무서운 것이다. 趣味 時代는 갓다. 이제는 小國民으로서 小國民다운 目的意識을 갓게 하여야 한다.

끗트로 十一月 全 少年界를 通틀어 조흔 것을 概括해 말하야 두겟다. 兒童圖書館의 設立計劃과 童謠研究會의 少年文藝講演 豫告를 筆頭로 少年運動者의 熱烈한 運動이다.

나는 萬腔의 希望을 가지고 今後의 少年運動을 企待하고 잇다. 여러분의 健鬪를 빌며 擱筆한다.

(硏究) 童謠를 쓰실녀는 분들의게(二)

金台英, 『아희생활』, 1927.11

—(承前)—

3. 동요(童謠)의 地位

우헤 말한 바와 갓티 그 민족의 말이 생길 써붓허 노릐가 잇섯스면 우리 노릐는 아조 오린 력사를 가졋슬 터이지오? 한데 노릐의 력ᄉ를 말함이 이 글의 목뎍이 아니고 엇지해야 잘못 쓰던 벗들과 못쓰나 쓰실 애를 쓰는 동도들을 다뭇 좀이라도 도와들일가 함이 목뎍임으로 이댐붓허는 나의 생각한 童謠作法을 쓸 터임니다. 朝鮮서 지금 잇는 노릐를 난호면 뒤강 이러함니다.

'時調, 新詩, 民謠, 童謠' 등으로 童謠를 빼놋코는 모다 어룬들이 대강 다 하지오. 어룬들은 자긔네들의 노릐로 사상포현(思想表現)을 할려고 함니다만은 우리 노릐의 世界은 그렇치 안슴니다. 누구든지 늬게 뭇기를 "너는 어린이들의 세계에서 무엇을 보느냐?"고 물으면 나는 이렇케 대답할 터임니다. "어린이들의 나라는 오즉 쌧긋함과 맑음밧게 보이지 안는다"고요.

얼마나 거륵한 나라의 백성들임닛가? 싸라서 우리의 노릐도 씻긋한 맘에서 우러나는 것이라야 됨니다. 흔이 노릐(童謠)를 지을 써 잘못되는 것은 쌧긋함을 파뭇고 쓰지 못할 긔고(技巧)를 애쓰는 써문이외다. 技巧는 엇던 것임을 다음에 말하리라. 나는 이렇케 말하겟슴니다. 노릐(童謠)를 쓰실 생각이 잇거든(이상 50쪽) 쌧긋한 맘으로 쓰자고.

二. 童謠作法

1. 예술감(藝術感)

노릐를 지을 써 첫재 가는 중요한 것이 잇는데 그것은 예술감(藝術感)이라는 것임니다. 예술감이라 엇든 것이냐? 무엇이냐? 가령 우리가 엇던 하로 날 산에 놀나갓슴니다. 나무숩을 헷치고 풀밧을 지나 바위 아레 니르럿슬 쎡 쏠々거리는 소리를 듯는다고 합시다. 우리는 소리 나는 곳을 찻고 또 찻다가 맛츰 고 엽헤 잇는 산골짝이에서 물이 아조 맑게 흐르는데 고것이 쏠々 소리를 너엿다고 합시다. 그 물이 바위에 붓듸쳐 이리로 부서지고 저리로 허터지면서 짝구 쏠々 소리를 낸다고 합시다. 그것을 본 우리는 나도 몰으게 미감(美感)이 생기고 사랑하는 맘이 생기고 노릐 짓고 십흔 맘이 남니다. 쉽게 말하자면 그것이 예술감(藝術感)이지오. 예술감이 물론 산골짝을 타고 흐르는 그 물쑨이 아니외다. 슯흘 쎡도 생기고 즐거울 쎡도 생기고 언짠을 쎡도 생기지오. 더 알게 쉽도록 말하자면 늣김(感興)이 생기고 애착(愛着)이 생기고 노릐 쓸 맘이 생기는 그것이 즉 예술감이외다. 이것이 노릐의 꼿이외다. 웨 그런고 하니 꼿 업는 열매가 업스닛가요. 자— 여러분 이 밋헤 잇는 노릐가 무엇에다가 예술감(藝術感)을 엇은 것인지오? 알어보십시오. 나는 여기 올닌 노릐를 잘 되엿다고 올닌 것은 아니람니다. 또 못되엿다는 것도 아니지오. 다못 여러분들이 한번 보신 글이니 새로 보시면서 뎨목을 일부러 슘겻스니 엇든 데서 예술감을 엇엇는가를 아러 보십시오. (本報 第二卷 八號 所載) 지으신 이는 柳敬淑 氏람니다. 나도 몰으는 분인데 지으신 이의게 아모 말 업시 빌니는 것은 용서하소서.

압뜰과뒷산에 봄빗은다가고
화창한여름이 쏘다시왓고나(이상 51쪽)
무럭무럭흰구름 빙々돌아서
태산과긔봉을 공즁에일웟네
　　천산과만야에 꼿빗은찬란코
　　록음과방초는 여름의경칠세
　　자최업시나라드는나븨와벌들
　　꼿속에업드려 단숨을쑤도다

또 이 댐에 잇는 노릐는 어듸서 예술감을 엇엇는지 아러보십시오.

오누의두제비는
　　　냇물에목감네
찰 — 삭 차르르
　　　나릐를담근다
　　　×　×　×
오누의두제비는
　　　의좃케 나른다
휠×휠 물우에서
　　　물거울보면서

(未完)(이상 52쪽)

(三)

金台英,『아희생활』, 1927.12

우리가 생각하는 데서든지 보는 데서 예술감(藝術感)이 니러난다은 것을 압헤 대강 말하엿습니다. 그런데 예술감은 제절로 니러나야 되지 애를 서서 니르킬 생각을 해서는 안 됩니다. 눈에 씌이는 것 생각는 것 그 가운데서 쯧하지 안튼 츙동(充動)[1]이 니러나 내 맘의 정서(情緖)를 잡어 흔들어 한 개의 노래의 목숨의 쑤리인 예술감을 되게 합니다. 시인(詩人 노래짓는 사람)은 이것을 시상(詩想)을 크게 난호면 두 가지로 난홀 수 잇스니

1. 인상(印象)의 시상(詩想)
1. 상상(想像)의 시상(詩想)

1　'衝動'의 오식이다. 이하 '充動'이라 표기된 것은 모두 '衝動'이 맞다.

우엣 1, 2으로 난호인 것이외다. 인상은 엇든 것이냐고 하면 내가 엇든 것을 본 데서든지 들은 데서 엇는 것인데 즉 밧게서 온(外來) 츙동(充動)이라고 할 것임니다. 그러나 인상(印象)의 시상(詩想)이라고 결코 밧게서 직졉 예술감을 주는 것은 아(이상 15쪽)니외다. 예술감(卽 이상)이 될 만한 것이 밧게서 내 정서이 의식(意識)의게 충동(充動)을 주면 내 마음의 졍서는 한 개의 생명 잇니 시상(詩想)을 낫케 됩니다. 우리가 검은고를 칠 때 우리 손이 소리가 되지 안코 우리 손고락이 줄을 치면 그 줄에서 소리가 나는 것과 비슷함니다. 그러면 인상(印象) 시상은 엇든 것인지를 대강 하섯겟지요.

상상(想像)의 시상(詩想)은 엇든 것이냐고 하면 밧게서는 아모 충동을 줄 만한 것이 업서도 내 맘에서 쏘한 정서(情緖)를 잡어 흔들어 시상을 니르키는 것임니다. 즉 아모 대상(對像)이 업시 절로 이러나는 노래의 생명인 예술감일 것이라는 말이외다. 우리는 노래(동요)가 될 만한 예술감이 내 맘에서 닐든지 본 데서든지 들은 데서든지 니러나거든 꽉 붓들고 안 노하 주어야 됩니다. 이 예술감을 긋쳐서는 찻기 어렵습니다. 쏘 님너들일[2] 것은 우리가 항상 몸과 맘이 깨끗하여야 아름답고 깨긋한 시상(예술감)이 우리를 찻지만 맘과 몸이 때가 무더서는 올흔 예술감을 잡기 어렵닐니다. 그럼으로 우리는 몸과 맘을 깨긋하게 하여 예술감이 차즐 때 긋치지 말고 잘 잡도록 힘씁시다. 이것을 간단하게 쓰면 이렇케 됩니다.

잘 잡고 됴흔 예술감을 찻게 할려면

1. 감수셩(感受性)을 민쳡하게 할 것

2. 깨긋한 맘과 몸을 가질 것

예술감(즉 시상)이 엇더하다는 것을 대강 하섯겟지오. 이 다음부터는 예술감이란 맘은 그만두고 시상(詩想)이라고 하겟습니다.(이상 16쪽)

2 '닐너들일'의 오식으로 보인다.

2. 구상(構想)

시상이 우리의 맘속에 일 때(그 시상은 인상의 시상이든지 상상의 시상이든지) 그것을 죽이지 안코 잘 내여노흘 계획(計劃)을 하여야 될 줄 압니다. 그 계획이 즉 구상(構想)이 될 터임니다. 우리가 집을 지을 맘이 생기면 엇지 짓겟다는 계획과 갓치 한 개의 시상이 생겻스면 엇더케 노래를 만들 것을 계획하여야 될 터임니다. 조희에 먼져 쓰기 젼에 잘 생각하여 이럿케 하면 되겟다는 자신이 잇도록 할 것임니다. 시상이 그만 떠올나 왓다고 잘 생각지도 안코 쓰다가는 만흔 해가 잇슬지니 례를 들면 가령 잘 생각지도 안코 일을 시작하면 그 일이 잘 되기 어렵겟지오? 내가 그림을 그릴 때도 사생(寫生)을 한다면 그 본 것을 자세희 보고 눈에 닉혀 내가 이 그림은 어듸다 노코 져 그림은 어듸다 노흘 것을 잘 생각하고 난 뒤에 화폭(畵幅)에다 옴겨야 그 한 장의 그림이 자리가 잡히고 질서가 잇거 될 것이 아님닛가? 잘 되고 못되는 것이 또한 손씃에 달녓스니 그것은 뒤에 말할 긔교(技巧)에 다시 말할 터이고 이 구상에는 엇잿든 만희 생각하야 맘으로 이리 쓰더붓치고 저리 쓰더붓처서 한 개의 그림을 벌서 맘속에다 그려놋코 됴희에 옴기기 시작하는 것과 갓치 잘 생각하라 계획을 잘 하라 하는 말을 니저서는 안 됨니다. 여기에 됴흔 니약이가 잇는데 여러분 혹 아실는지 몰으나 로서아의 톨스토이 션생이라면 문호(文豪)로서 일홈난 어룬이신데 그이는 젼쟁과 평화라는 소셜의 구상을 칠년이라는 길다란 셰월을 허비하엿다고 함니다. 이 구상(즉 노래의 구상)을 그럿케 여러 해를 생각하야 쓰라는 말은 아니(이상 17쪽)나 엇잿든 만희 그리고 잘 생각하여야 될 터임니다. 혹 엇던 이는 이 구상을 사람에 비하면 옷과 갓다고 하니다. 그 뜻은 아마 사람이 아모리 잘 나도 바지와 져고리를 밧고아 닙으면 그 사람은 바보 즁에도 아조 여간한 바보가 아니라는 말이겟지오. 옷은 그럿케 닙을 사람은 업스나 구상은 잘못하면 압헤 쓸 것을 뒤에 쓰고 뒤에 쓸 것을 압헤 써서 흉업슨 그리 갓지도 안흔 것이 되게 쉬웁습니다. 또 시상이 아모리 훌륭하여도 사람의게도 조흔 옷을 닙히면 됴케 보이고 두덕이 옷을 닙히면 추하게 보이는 것 갓치 구상을 아모러케나 하면 시상의 옷과 갓흔 구상이 잘 될 수가 잇슴닛가? 여긔에 실졔로 교훈이 될 만한 노래 하나를 들겟습니다.

샘물이 혼자서(쥬요한 씨 작 아름다운 새벽에서)

샘물이 혼자서
춤추며 간다
산골작이 돌틈으로
샘물이혼자서
우스며 간다
험한산길 꼿사이로
하늘은 맑은데
즐거운 그소래
산과들에 울니운다.

져 혼자 솟는 샘물은 이 시인의 정서(情緖)의 줄을 울려 시상을 니르켯습니다. 이럿케 아름다운 소래가 얼마나 자리잡힌 그대로 우리의 맘에 눈에 곱은 그림과도 갓치 됴흔 음악과 갓치 울니며 보이는 듯하면서도 무엇이 들니는 듯함닛가? 만약 이 노래가 자리잡힘이 업시 뒤숭숭하게 씨엇드라면 우리는 이럿케 됴코도 아름답게 들(이상 18쪽)니지 안엇슬 것임니다.

일졀에는 그 샘물이 너훌너훌 춤추며 산골작과 돌 틈으로 가는 것을 이젼에도 그 샘물이 험한 산길과 꼿 사이로 우스며 가는 것을 삼졀에는 구름 업시 하늘은 말슴한데 졸々거리며 산골짝과 돌 틈과 울숙불숙한 험한 산길과 꼿 새로 혹은 우스며 혹은 춤추며 가는 그 즐거운 소래가 산에도 들에도 울니는 것을 그렷습니다. 그럿케 그려놋케 쏘한 좀씨를[3] 내게 한 것도 구상을 조직뎍(組織的)으 잘하여서 뒤숭함이 업시 질서잇게 되지 안엇슴닛가? 아모리 솜새가 훌륭하여도 그 구상을 잘 생각하지 안엇든들 이런 쟈미스런 노래는 되기 어려웟슬 터임니다. 그럼으로 구상(構想)은 시상(詩想)을 죠직뎍(組織的)으로 질서가 잇게 생명을 살려주는 하나의 큰 문이

3 '솜씨를'의 오식이다.

될 터임니다.

(다음 호에 쏘)(이상 19쪽)

十一月號 少年雜誌 總評(一)

赤兒, 『中外日報』, 1927.12.3

近日 雜誌 批評 — 特히 少年雜誌를 評하는 이가 만히 생기는 모양이다. 별 웃으운 模樣으로 탈을 쓰고 뛰어나오는 적지 안흔 少年雜誌가 잇는 中에 撰擇을 切實히 늣기는 오늘날에 잇서서 깃버할 現狀인 줄 안다. 그런데 먼저 批評하는 이의 態度에 對하야 말하지 안흐면 안 될 것이 잇다. 요지음 어쩐 이의 말을 들으면 藝術的으로 價値가 잇는지 업는지도 모르고 함부로 雜誌에 실린 것이면 捕捉해 가지고 말거리를 삼으니 그것이 評인가? 中傷인가? 하고.

勿論 作品을 評함에 (普通 文藝거나 少年文藝거나) 藝術을 알아야 한다는 것은 緊切한 일이다. 藝術을 몰르면 藝術을 解釋할 줄 몰르면 批評家 될 資格이 업다. 그러나 藝術을 알기만 하면 그만인 것이 아니다. 縱橫으로 속속들이 들어가서 생각할 必要가 잇다. 假令 人間이란 것에다 生物學的 觀察을 나린다는 것만으로 立言하면 못난이나 미치광이나 무엇을 물론하고 사람이면은 人間이란 範疇에 집어너흘 수가 잇슬 것이다. 英雄이나 豪傑이나 天痴도 모도다 相關 업슬 게다. 그러나 우리가 理想하고 憧憬하는 것은 倫理的으로 完全한 人間일 것이다. 다시 換言하면 淸廉하고 正大하고 深厚한 人間일 것이다. 現 文壇에 잇서서 普通文藝나 少年文藝에 執着된 藝術을 解釋할 줄 아느냐 몰르느냐 하는 問題는 以上에 例擧한 動物學的으로 觀察한 人間의 定義만에 該當하다고 볼 것이다. 이것은 겨우 한 발걸음에 지내지 안는다고 볼 밧게 업다. 이 한 발걸음 — 처음 내드듸는 이 第一步가 緊要하기는 하다. 이 한 발걸음을 글홋 내어 드듸면 十里의 過程도 何等의 意義가 업게 될 것이다. 그러나 이 一步를 바르게 곳게 내어드된 以上에는 다시 그 步程을 展開하고 擴大할 必要가 잇다. 第一步를 바르게 내어드듸엇다고 그것만으로 滿足히 녀기어 그대로 停止한다면 目的한 十里의 길을 다 것지 못할 것이다. 그러면 筆者는 少年文學이 第一步를 내어 드될 대

로 그대로 停止하고 잇다는 것을 무엇을 가지고 말앗느냐고 具體的 證據를 들어서 말하려고 하는 이가 잇슬지 몰르겟다. 證據는 잇다. 作品 內容 批評 一味에만 偏重하는 批評 卽 鑑賞批評 — 의 터밧을 한걸음이라도 더 — 내어 드듸는 빗이 보이면 그 글을 쓴 이나 그 글을 실은 雜誌 編輯者들은 눈을 모로 뜨고 '그것은 批評이 아니다' 하고 대번에 排去해 버리랴는 — 近日 朝鮮日報 紙上의 申孤松, 果木洞人 對 洪銀星, 宮井洞人의 論志 — 것이 이 好例라 할 것이다.[1] 少年雜誌 批評에 例外의 얼토당토안흔 말이 들어 잇다면 排擊할 만하지마는 그것이 그 雜誌批評에 關連이 이슨지 업는지도 모르고 이러니저러니 하는 것은 早斷이오 妄斷이라 할 것이다. 特히 朝鮮日報에 記載된 宮井洞人이니 果木洞人이나 申孤松 君 程度의 鑑識眼이면 누구나 생각 잇는 사람은 가지고 잇슬 것이다.

藝術을 解釋할 줄 아느냐 모르느냐 하는 問題나 評이 되느냐 안 되느냐 하는 第一步의 問題는 서로 了解된 것으로 녀기고 第二步, 第三步 나아가서 論議해야지 만일 自己 생각이 거긔까지 미치지 못하는 것은 모르고 어쩌든지 그 論志를 다시 第一步로 끌어들어가 가지고 論破하지 안흐면 안 되겟다고만 한다면 언제를 가든지 鑑賞批評의 城은 업서지지 못할 것이다. 鑑賞批評의 城을 넘어서지 못한다면 그 結果는 作品을 쓰는 이가 (現今 少年文學은 童謠를 除한 外에는 創作이 드므니까 事實 鑑賞批評을 하기도 어려우나 이것은 特히 닥처올 압날 現狀을 생각하고 쓰는 것이다) 自己의 이름만을 내기 爲하야 技巧한 所謂 手腕만을 發揮하기에 熱中할 것이오 批評家는 그 技巧와 手法의 □□한 味□만을 자랑하게 될 것이다. 그리고 보면 作品을 쓰는 이는 素材를 □□할 만한 準備도 良心도 업시 그저 巧緻에만 腐心할 것이다.

---

1 신고송(申孤松)의 「九月號 少年雜誌 讀後感」(전6회, (『朝鮮日報』, 1927.10.2~7)과 과목동인(果木洞人)의 「十月의 少年雜誌」(전5회, 『朝鮮日報』, 1927.11.3~8), 그리고 궁정동인(宮井洞人)의 「十一月 少年雜誌」(전5회, 『朝鮮日報』, 1927.11.27~12.2) 사이에 있었던 논전을 가리킨다. 과목동인은 "洪銀星 君의 「兒童과 가을 讀物」이란 글은 冊 廣告하는 書籍業者의 廣告文에 지나지 안는다"고 하였고, 궁정동인은 "지지난달에는 申孤松 君이 「少年雜誌 九月號 讀後感」을, 지난달에는 果木洞人 君이 「十月의 少年雜誌」라고 讀後感을 썻는 바 申孤松 君의 「讀後感」은 多少 그의 衷情을 볼 수 잇섯지마는 果木洞人의 그것은 넘우 形式에 흐르고 獨斷에 치우첫다고 할 수 잇다"고 한 바 있다.

(二)

赤兒, 『中外日報』, 1927.12.4

또 이 巧緻에 對해서는 批評家는 어느 程度까지는 承認한다. 그러니까 作品을 쓰는 사람은 더욱더욱 冒險을 要할 만한 難事業의 素材를 捕捉하야 그것을 써보랴는 것 가튼 □□를 缺하게 될 것이다. 批評家는 또 批評家이니까 作品을 쓰는 이가 素材의 撰擇을 批難하는 것을 실혀할 줄 잘 아니까 技巧에 對해서만 所論케 된다. 그러나 이런 것은 저런 것을 몰르는 □人 批評家는 그러케까지 깁히는 몰르고 함부로들 쓰서 내이니까 作品을 쓰는 사람은 批評家를 웃읍게 보고 그 批評에 依하야 생기는 影響이 絶□하다고 公言하게 된다. 그러나 한 번 가만히 안저서 冷情히 생각해본다 할 것 가트면 批評이 鑑賞, 味識에만 執着되어 잇스면 그 結果는 素材□選이란 重大問題를 等閑視하게 되고 □□ 또는 그 外의 여러 가지를 等閑視하게 되어 惡影響을 밧게 될 것은 明白한 事實이다.

그러니까 現今 少年文學 □□의 一策은 먼저 批評家가 作品을 쓰는 사람을 指導할 만한 抱負를 가지고 以上에 말한 第一步의 테 밧게까지 내어달아 縱橫으로 발길을 내어드듸어야 하겟다는 것이다. 鑑賞批評 以外에 그 以上 더 나아가야겟다는 것이다. 그러나 批評의 □□는 하도 만흐니까 그 中의 어썬 것을 取해야 할가 하는 것이 問題가 될 것이다.

假令 宇宙에는 큰별이 몃이 잇다든가 또는 地球의 直徑이 얼마나 된다든가 하는 特殊한 硏究를 基礎로 한 批評도 잇겟고 雜誌 表紙의 그 表現의 效果가 毁傷되엇다는 것을 指摘하야 말한 것이라구 無益한 批評이라고는 할 수 업는 것이다. 울긋불긋 色彩칠만 해 노핫다고 훌륭한 것은 아니니까 事實 硏究도 疎忽히 하지 못할 것인 것을 作者나 編輯者에게 反省시킬 수도 잇는 것이다. 誤字 誤植을 指摘하야 말한 것이라고 無益한 批評이라고는 할 수 업다. 그 雜誌 編輯者에게 注意를 시킬 수 잇는 것이다.

上述한 바와 가튼 批評은 업서도 조코 잇서도 조흘 만한 程度의 묵에밧게 업는 批評이지마는 雜誌 編輯上 編輯者나 作家에게 주는 效果는 相當히 잇다. 넘우 길어젓스니까 批評에 對한 다른 것은 다음 機會에 이약이 하기로 하고 이제는 標題대로 쓰기로 하자. 現今 朝鮮에는 自稱 童話 作家, 童謠 作家(쥐꼬리만 한 短文을 雜誌나 新聞紙上에 發表하기만 하면 作家로 行世하려는)가 만흔 것은 꼬락신히 어질어운 일이다. 自稱 作家여! 自重하기 바란다. 第三者로 안즌 사람들의 코웃음소리를 못 듯는가?

(三)

赤兒, 『中外日報』, 1927.12.5

『朝鮮少年 뉴―스』, 『少女界』, 『少年界』, 『새벗』, 『별나라』, 『朝鮮少年』, 『學窓』이 例대로 손에 잡힌 그대로 쓰려 한다. 特히 『아희생활』은 우리 뜻에 어글어진 雜誌이니까 애저녁에 그만두겟다.

『朝鮮少年 뉴―스』

첫 □에 「힘」(講話)은 우리의 헤어진 힘을 굿세게 뭉치자는 뜻으로 낡어 둘 글인 줄 안다. 그러나 前달에도 果木洞人이란 이가 말한 것과 가티 이 雜誌 編輯者는 '에' 字와 '의' 字 하나 區別해 쓸 줄 몰르는 模樣이다. 한글 運動의 宏大한 오늘날 어찌 된 세음판을 모르는 模樣인가?

北海의 白鳥(童話)는 譯인 模樣인데 끄시 안 낫스니까 길게 말하지 안커니와 그리 神通치 못한 것이다.

'讀者童謠'欄은 整頓은 잘 된 模樣이나 그리 눈에 씌이는 것이 업다. 洪銀星이란 이의 「어느 小批評에 對하야」라는 短文은 어느 누구에게 낡히랴고 실엇는지 特히 果木洞人에게 햇스니 果木洞人이란 이더러 보라는 것인 模樣인데 이런 것은 여긔에 실을 것이 못 된다. 編輯者는 自己 雜誌 辨駁文 대신 실은 모양인가?

엄청나게 작은 雜誌에 繼續 讀物이 한둘이 아닌 것은 不注意의 짓이다. 繼續讀物은 삼가서 골라 실을 必要가 잇지 안흔가?

「妖女의 선물」(童話)은 譯인데 繼續되다가 이제야 끗을 막은 모양이다. 끄테다 解釋을 註한 것은 낡은 讀者의 그 解釋에 對한 判斷力이 問題될 念慮가 잇스니까 너치 안해도 조핫슬 것이다.

'讀者作文'은 골라 실을 必要가 잇슬 것인데 골르지 안코 실은 것 가튼 點이 보인다. 그 中의 「落葉」이 그러타. 이달치는 質이나 量으로 보아 具體的으로 內容을 들어 말할 만한 묵에 잇는 것이 업다. 方向轉換! 입으로만 부르짓지 말고 거긔에 갓가운 것이나마 실지 못할가?

『少年界』

卷頭로 김려순이란 분의 「수풀 속의 白骨」(探偵小說)은 말할 갑어치가 업는 것이나 말하지 안흐면 안 될 理由는 이것이 少年少女에게 낡히려는 探偵小說이 아니라 戀愛小說이기 때문이다. 이 이약이의 梗槪를 짜서 쓰자면 '한 아름다운 女子를 사이에 너코 서로서로 親近한 두 靑年이 戀愛에 깁히 빠저서 爭奪戰을 한 끗테 한 靑年이 그 다른 靑年을 때려 죽엿다'는 것이다. 이 雜誌를 마타서 編輯한다는 김려순 氏여! 이 글을 少年少女에게 낡히어서 무엇을 보여주려 하얏스며 무엇을 가르처주려 하얏는가? 여기에 對한 確然한 對答을 듯고 십다.

「人造花와 自然花」(少女歌劇)는 韓錫源『少年少女歌劇集』中「草露人生」이라는 데서 떼어 왓다고 해도 좋을 것이다. 이것이 歌劇일게 무엇 잇는가? 少女가 □場하고 唱歌 몃줄이 들엇스니까 歌劇이란 말이냐? 이것을 쓴 崔□姬 氏여! 이러한 잠고대 끗테 나온 글(?)은 그만 집어치우는 게 어썬가?

「獅子의 報恩」은 조흔 童話다. 그러나 譯이 퍽 서투르다. 잘 記憶은 안 되나 이 童話는 前에 다른 雜誌에 실렷든 것이고 童話劇으로 고치어 어썬 少年會에서 實演한 일이 잇섯다. 이 童話의 槪要를 적으면 "羅馬에 돈 만코 勢力 잇는 富者 하나가 잇섯는데 한 방울의 눈물도 업시 젊은 종을 내어 쪼찻다. 종은 치웁고 배곱흠을 참지 못하야 깁흔 山속으로 들어갈 때에 富者의 銀접시를 훔치엇다. 山속에 들어가서 무서운 獅子를 맛나 그 獅子가 발에 가시가 박여서 죽을 애를 쓰는 것을 보고 그 가시를 빼어주어 獅子는 그 恩惠를 닛지 안코 종을 爲하야 먹을 것을 어더다 주게 되엇다. 그 後에 종은 富者ㅅ 집에서 銀그릇을 훔친 것으로 因하야 暴虐한 羅馬 兵卒에게 붓잡히어 가서 死刑에 處하게 되엇는데 그때 死刑 執行은 獅子에게 물려 죽이는 것이엇다. 그러나 종을 잡아먹으려 뛰어나온 그 獅子가 이 종에게 恩惠를 닙은 獅子이엇기 때문에 목숨도 건젓슬 뿐 아니라 종이라고 하는 恥辱의 굴레를 永永 벗엇다는 것이다."

이것은 外國童話를 譯한 것이다. 外國童話도 조흔 것이면야 이것을 朝鮮化하야 닑힐 必要가 잇다. 돈 잇고 勢力잇다는 有産家輩가 自己慾心을 채우기 爲하야 다— 가튼 사람임에도 不拘하고 종이라는 恥辱의 굴레를 들씨워서 악착한 채쭉질과 暴虐한 발길질한 것이 外國에만 그러햇스랴? 羅馬에만 그러햇는가? 朝鮮은 더욱 甚하얏다. 班常의 區別이 그것이 아니고 무엇인가? 이런 童話는 純然히 朝鮮化시키어 隱然한 가운대 徹底한 階級意識을 讀者에게 너허줄 必要가 잇지 안흔가? 그리고 無産者는 盜賊이 아니다. 배곱흠과 치움을 못니겨서 銀그릇을 훔치는 것이 無産者의 할 짓이 아니다. 有産家輩에게 蹂躪을 當할스록 오로지 情誼를 目標로 하고 銀그릇을 훔쳣다는 것은 無産者를 盜賊으로 녀긴 것이 分明치 아니한가? 이 童話를 譯한 毛允淑 氏여? 外國童話라고 그대로 옴겨다 놋는 것은 잘못이다. 朝鮮과 沒交涉한 □□한 差異가 잇는 배부른 者의 생각한 世界가 朝鮮兒童과 무슨 關連이 잇슬것인가?

「慈悲心 만흔 少女」 여기에 대해서는 길게 말 안 하련다. 아즉 끗이 막지 안햇스니 斷言은 하기 어려우나 어리고 힘 업는 少女의 말 한마듸애 頑惡하고 暴虐한 權力輩(사나운 짐승과 사냥軍)가 順順히 讓步를 하야 感激해 하다니 이런 矛盾이 어대 잇는가? 이것은 넘우도 억지로 꾸며 논 글발에 지내지 안코 童話라고는 할 수 업다. 이왕 쓰려거든 滋味 잇스면서도 (어썬 주착 업는 사람은 滋味 잇는 童話가 무슨 必要냐 하고 말한 일이 잇지마는) 더—어린이 實生活에 갓가운 것을 쓰는 것이 어썬가?

(四)

赤兒, 『中外日報』, 1927.12.6

「외로운 少女」(童話) 이것은 童話라고 햇스나 小說이라고 해야 조흘 것이다. (어썬 사람은 童話니 傳說이니 그까짓 것은 區別해 무엇하느냐는 어리석은 말을 한 일이 잇스니까 그런 사람의 눈으로 보면 別 다를 게 업겟스나) 譯이라니까 길게 말 안하고 무엇을 取하야 짧지도 안흔 것을 실엇느냐고 編輯者에게 뭇고 십다. 譯이 서투르니 讀者에게는 別로 有益을 줄 수 업슬 것이오. 取할 點은 航海 後에 돌아오지 안는 아버지를 기다리는 마음, 돌아간 어머니의 무덤을 永永 떠나지 안키로 決心하얏다는 그것이라 할가? 이것은 戀愛小說을 억지로 고치어 논 것이 틀림업는 것 갓다. 이따위 것을 실르니 압길이 有望한 朝鮮의 압잡이 될 少年少女에게 업지 못할 科學的 記事를 만히 실른 것이 조켓다고 編輯者에게 勸한다.

「가난한 동무」(少女劇) 이것은 繼續이라니까 더 — 말하지 안흐랴 하거니와 이것을 假令 上演한다면 서로 마주 서서 '그랫늬', '그랫다' 하는 對話(?)에 지내지 안흘 것이다. 이것은 劇이 못된다. 劇은 다른 것과 달라 直接 눈으로 보는 사람에게 感動을 주는 것이기 때문에 그만한 劇的 興味가 잇슬 만한 것이라야 한다. 다른 것도 그러켓스나 더구나 劇가튼 것은 아모나 다 — 못 쓰는 것임을 알아야 한다.

朴世峰 氏의 「아버지를 업구서」(少女哀話)는 고은 글이다. 그러나 아버지 어머니가 다 — 업는 少女 곱단이의 落心한 點은 取할 것이 못된다. 어쩐 困難, 어쩐 波瀾, 어쩐 障碍가 잇드라도 그것을 참고 박차고 나아갈 만한 勇氣를 少年少女에게 부어주어야 할 것이다.

'少女文藝' 欄은 꽤 整頓되엇스나 눈에 띄우는 作品은 업다. 「英雄 모세」는 埃及王 비로의 暴虐한 손아귀에 걸려서 慘酷히 죽는 數만흔 '이스라엘'의 어린 生□ 가운대에서 홀로 살아나 壓迫, 殺戮, □□, 侮辱에서 울고 부르짓는 '이스라엘' 百姓을 救해낸 '모세'의 事蹟이다. 그러나 宗敎 中毒者의 쓴 그대로를 옴겨 놋는 것 가튼 感이 잇는 것은 不快한 일이다. 現 朝鮮 現狀에 비추어 보아 여긔에 適合하도록 될 수 잇는 限度에서 고처 쓰는 것이 조흘 줄 안다.

「白鳥王子」(童話) 이것은 「열두 王子」로 벌서 前에 다른 雜誌에 실렷든 것이기에 아마 이것은 別 다른 方式으로 쓴 것인가 보다 하는 생각에 仔細히 닑어 보앗다. 그러나 前의 것 그것과 다를 것이 업다. 特히 外國童話를 譯하는 이로 注意해야 할 것은 外國童話를 譯할 때에 그 童話ㅅ속에 抑壓, 蹂躪, 苦痛, 困難으로 들이찬 朝鮮 現狀

과 符合한 點이 잇다면 切實히는 模寫할 수는 업겟스나 (周圍 事情으로 보아) 될 수 잇는 대로는 表現시켜야 할 것이오. 넘우 沒交涉 배부른 者의 하폄 가튼 글은 애당초에 옴겨 놀 생각도 말아야 할 것이다.

「情다운 兄弟의 죽엄」(小說) 이것은 '繼母에게 구박밧는 불상한 少女가 추운 겨울에 딸기와 달래를 캐어오라는 억지의 命令을 어길 수 업서서 깁흔 山 구석에 들어갓다가 道僧을 맛나 죽은 어머니를 보게 되자 그의 뒤를 쌀하 이 世上을 떠낫고 繼母의 親딸은 그 어머니와 달리 배다른 언니 (죽은 少女)를 그리워 하다가 病들어 죽엇다는 것이다.' 이것이 무슨 小說이냐? 小說은 事實을 그려놋는 것 아니겟느냐? 意志薄弱한 어린이에게 이가티 虛無孟浪한 알 수 업는 死의 世界를 憧憬케 하는 脆弱한 心志를 길러주어야 할 것이냐? 朝鮮少年들은 目前에 繼母의 要求보다 더 以上으로 억지의 要求를 當하는 일이 넘우도 만타. 어찌할 바를 모르는 少年으로 하야금 이 억지의 要求에 屈服케 하며 이 壓迫과 蹂躪을 두려워 하야 逃避하랴고 勸하여야 할 것인가? 아니다 ××를 들고 뛰어나설 勇氣를 길러주어야 할 것이다.

이번 號는 童話와 哀話가 넘우 만코 科學的 讀物이 全無한 것이 큰 遺憾이다. 少年으로서 能히 알 수 잇슬 만한 程度로 社會學的 思想을 너허주는 것도 必要할 것이오 將來의 主人公인 少年少女에게 自然科學에 趣味 부칠 習性을 길러주어야 할 것이다.

(五) 赤兒,『中外日報』, 1927.12.7

『少女界』

卷頭로 「금별과 이슬」(童謠)(馬春曙)은 넘우 쎙티멘탈한 것이다. 筆者는 이런 童謠는 歡迎치 안는다. 朝鮮 흙냄새 나는 純 朝鮮的 童謠를 낡고 십다.

「科學 이약이 라듸오」는 簡單하지마는 滋味잇고 有益한 줄 안다.

「아메리카 發見」(探險)은 繼續이지마는 '컬럼버스'가 아메리카를 發見하든 때까지의 事蹟인 모양인데 조흔 것인 줄 안다.

「파랑새」(童話劇)(高長煥)는 白耳義 作家 '메랠링그'의 作 「青鳥」의 한 구통이에서 떼어온 것임은 疑心할 餘地가 업다. 原作 六幕 全部를 낡힌대도 讀者는 그 뜻을 차저 내기 어려울 것인데 더구나 이 一幕으로는 讀者에게 아모 '힌트'도 주지 못하얏슬 것이다. 이 「青鳥」가티 사람들이 만히 아는 作品을 疎忽히 구통이를 떼어내는 것은 안 할 것인 줄 안다.

「五色紙의 봄」(童話) (동당실人) 이러한 웃으운 標題를 걸고 나온 이 童話는 씃이 아즉 안 난 모양이니짜 다음 機會에 말하기로 하고 그리 큰 일은 아니나 한 마듸 말할 것은 '십쇼'라 하든지 '하십시오'라 할 것을 '십소'라 한 것이나 '팔린다'라 할 것을 '팔이다' 한 것은 前者는 뜻이 달라질 쑨 아니라 不注意한 點이니짜 다음에는 注意해야 할 것이다.

少年小說 「好男伊」는 '아버지가 가물에 먼 곳에 잇는 물을 끌어들이랴고 쓰거운 햇빗 알에서 일을 하얏기 째문에 日射病에 걸려서 세 食口가 먹을 것이 업게 될 것을 알고 어린 好男伊는 더운 볏 쓰거운 볏을 무릅쓰고 아버지가 하다 남은 일을 턱턱 업들어저 가면서 다 — 하야 노핫기 째문에 남들은 뷘손이건만 男伊에는 그 해 가을에 세 食口 먹을 秋收를 해 들엿다는 것이다.' 男伊를 북도두어 주는 조흔 글이나 深刻味가 업고 筆致가 서투르다.

「개고리 王子」(童劇)와 「개고리의 님금님」(童話) 이 두 篇은 童話로 다른 雜誌에서 눈이 압흐도록 본 것이오 쏘 귀가 압흐도록 들은 이약이다. 이것을 童話劇으로 고치어 썻대야 讀者에게 주는 뜻은 가튼 것이니 가튼 것을 둘 式 한 冊에 실튼 것은 可笑로운 짓이다. 더구나 이 童話는 이제에 잇서서는 아모러한 刺戟도 주지 못할 것이매 더욱 그러타.

(六)

赤兒, 『中外日報』, 1927.12.8

「小喜歌劇 六篇」(琴徹) 題目 中 '맛잇는 辨當'이란 것은 이 글을 쓴 사람이 잘못 썻드래도 編輯者가 고처야 할 것이거늘 (前에 果木洞人도 말한) 그대로 두 번째나 집어너흔 것은 쪽을 들어내는 것이다. 이것의 內容에 잇서서도 낫잠자기 실혀서 쓴 것에 지내지 안는다고 筆者는 斷言한다. '辨當'! 辨當이란 것이 朝鮮 말 어느 句節에나 잇는가? 웨 벤쏘!라 하지 안햇는가?

「심리학 강화」(崔相鉒) 이것은 닑어서 有益한 글인 줄 안다. 그런데 이것을 六號活字로 한 구석에다 쑤어박은 것은 編輯者의 큰 失策인 줄 안다. 가튼 것을 둘式 실르니 이런 글을 알아보기 쉬운 자리에 실른 것이 조켓다.

「시원한 나라 望海寺를 차저」라는 紀行文은 닑기 쉬웁게 잘 쓴 글이다. 그러나 녀름 紀行文을 十一月이 다— 지낸 지금에 닑으니 승겁기 짝이 업다.

讀者 作文, 웃음거리와 讀者 童謠를 잘 區別해 노치 안해서 混同이 되엇다. 족음만 더 編輯에 努力하얏스면 가튼 紙面 가지고 잘 꾸미어질 것을! 넘우 等閑視 하는 것 갓다. 讀者의 作品이면 되나 안 되나 막우 실른 것은 失手다. 어린 사람들의 作品을 함부로 실른 것이 雜誌 販路上 若干의 影響이 잇슬지는 몰르나, 어린이들의 才操를 勸獎하는 意味에서 이것은 當然히 排除할 必要가 잇슬 줄 안다.

「吸取紙 發明 이약이」는 오히려 「小喜劇 六篇」보다 낫다. 재미잇게 썻다. 洋服 廣告 가튼 것은 쓰트로 밀고 여긔에다 눈에 띄게 너치 안코 六號 活字로 오물여 너흔 것은 編輯者의 잘못인 줄 안다.

이 雜誌도 童話와 童謠(?) 童話劇에 偏重된 感이 잇다. 좀 더 압흐로는 範圍를 넓혀 보자.

『새벗』

卷頭로 「두 돌을 마지하면서」는 닑을 만한 글이다.

「꼿나라를 차진 병신 새」(童話) (韓東昊)

이 童話는 새로운 方向으로 붓을 움즉이랴고 애쓴 빗이 보인다. 그러나 짓밟히고 채고 구박밧는 病身 새의 밟을 길이 隱遁이라야 할가? 落心하여야 할가? 아니다. 구박이 크면 클수록, 발길질이 세면 셀수록 勇氣를 내연다. 닥처오는 逼迫과 싸와야 할 것이다.

冒險奇談(猛虎도 어찌할 수 업시」(李元珪) 이것은 讀者의 勇氣를 길러줄 수 잇슬지 모르겟다. 그러나 그대로 日本雜誌의 것을 옴겨노랴고 애를 쓴 것이기 때문에 어쩐 方面의 疑惑을 밧기 쉽겟다. 國境 特히 鴨綠江 沿岸에서 넘어 낫다는 것을 集團이라고 賊徒로 認定할 수 잇슬가? 이러한 것은 (現在 朝鮮國境의 形勢로 보아) 가려서 쓸 必要가 잇지 안흘가?

(七)

赤兒, 『中外日報』, 1927.12.9

「쭈리앙과 □데로」(少年劇)은 동무와 동무 間의 義理! 自己 몸은 犧牲하드라도 동무의 事情을 보삷혀주는 그 情만은 取할 만하다.

「새로운 마음」(童話)(崔奎善) 桑田이 碧海된다는 말과 가티 잘 산다고 뽐내고 자랑하는 사람도 亡하야 거지가 될 때 잇고 當해내기 어려운 苦生살이를 해 가는 사람도 이 괴로움을 免 할 때가 잇겟다는 意味잇는 童話다. 닑을 만하다.

「척척 학교」 이와 이런 것을 두랴거든 제발 辱說이나 좀 □엇스면 조켓다. 이런 말투 말구라도 달리 滋味잇시 할 方法이 잇지 안흘가?

「서울 동물원」(동물희가극)은 뼈는 업서도 웃읍고 滋味잇다.

「少年百科塔」은 보아둘 만한 것이다. 그러나 한꺼번에 열 뻬이지 式이나 실을 것 업시 每號마다 몃式 추려서 실엇드면 조핫슬 것이다.

'童話'에다 標題를 「돌잔치」라고 부처논 것부터 不自然 하지만 愛讀者가 보내준 自己 雜誌 자랑을 잘된 童謠라고 二等으로 뽑고 評까지 부칫스니 웃어서 죽을 노릇이다. 讀者作品이라고 되나 안 되나 막우 실튼 것은 雜誌 威信上 不可不 注意할 일인 줄 안다.

이번 號는 紀念號인 만큼 五錢짜리 雜誌 中에서는 보기 드물게 紙數도 만코 寫眞도 만타. 特히 附錄에는 缺點도 만치마는 눈에 씌이는 것도 間或 잇다. 財政上 廣告를 실릴 것은 當然한 일이나 戀愛小說 廣告로 들이찬 것은 어쩐 일이냐? 天下第一 새벗이라 햇스니 戀愛 廣告 만키로 天下第一인 새벗이란 말이냐? 이 雜誌는 누구에게 읽힐 雜誌인지 생각이 업는가? 쯔드로 注意를 빌며 奮鬪를 바란다.

(八)

赤兒, 『中外日報』, 1927.12.11

『學窓』

卷頭辭는 高等普通學校 漢文讀本 한 課를 고처 논 것에 지내지 안는다. 이제는 漢文式 支那崇尙式 套를 벗어야 한다. 알기 쉬운 '한글'이 잇스니 固有한 그 글로 쓸 생각을 하자!

「新羅의 文明」(黃義敦) 이 글은 이 글을 쓴 이가 여긔에 對한 □志가 깁흔 이인 만콤 되집허 낡을 價値가 잇다. 그러나 억세임을 免치 못할 句節이 잇슴은 遺憾이다.

「作文漫說」(鄭寅普)은 조흔 글이다. 有益한 글이다.

「물의 이약이」(張□震) 直接 學校에 다니지 못하는 사람들에게 限하야 낡어 둘 만한 것이다. 「動植物 觀察」이 그러코 「地球의 이약이」도 그러타. 이 雜誌는 標榜과 가티 學術雜誌이니만콤 評하기가 승겁다.

「조선문법」(鄭貞姬) 이것은 以往이면 徹底히 '한글' 그대로를 써 주엇스면 조켓다. 그리고 쌀하서 勿論 알기 쉬웁게 해야 한다. 이 一篇만은 活字도 '한글'式으로 너허 주엇스면! 한다.

「漢字 된 처음 이약이」(강석) 이것은 滋味잇다.

「金后稷 先生의 □諫」(盧永錫) 님금 압헤 忠誠을 다한 忠臣의 이약이다. 쯔트로 "우리도 이런 충성을 본바다서 살아서나 죽어서나 나라를 爲하야"라 하얏스니 어대다 어쩌케 하라는 것인지 알 수가 업다. 父母 업서진 몸이 어대다 孝道를 하며 집 업는 놈더러 남의 집을 爲하야 告祀 지내라는 말인가?

「少年書翰文範」은 神通한 것이 못된다.

「新 營養 븨타민은 무엇이냐?」(閔泳珍) 이것은 常識으로 알아둘 必要가 잇는 것이다.

事實 美話 「兒孩들아! 弱한 者를 도으자」(南建模) 이것은 『어린이』 雜誌 지난 二月號에 실렷든 少年美談 「동무를 위하야」라는 이약이를 옴것다 논 것이다. 오히려 쌕쌕한 이것을 닑느니 『어린이』 二月號를 다시 보는 것이 낫지 아니할가?

童謠 「싸치」는 실을 만한 것이 못 된다. 童謠가 퍽 貴한 모양이다.

「鐵갈퀴」(探偵小說) 標題부터 可笑롭다. 少年에게 探偵小說類를 닑히는 것은 勇氣와 意氣를 培養하는데 한 도움이 잇게 하기 위하야 趣味를 부치게 하기 爲하야 쓰는 것일 게다. 그런데 이 「鐵갈퀴」라는 小說은 日人의 이름인 秋山 君(아깃야마군) 渡邊(와다나베) 이 가튼 것을 가르치랴고 쓴 것은 아닐 것인데 "아씨야마니", "와다나베상데스가? 호테루노…", "소 — 데스 아나다와" 이런 것을 쓴 것을 보니 日語 勸獎을 뜻함이라 아니할 수 업다. 「鐵갈퀴」라는 것을 쓰는 이어! 探偵이 들고 惡漢이 들엇다고 이것을 少年少女에게 닑힐 探偵小說로 알아서는 큰 잘못이 아닐가?

'愛讀者 作品欄'에도 愼重한 注意를 하야 作品을 골라 실어야 한다. 「가을바람 칼바람에」이라 한 것이 童話가 아니오 '녯날 녯적 고랫적'이란 말이 들엇다고 이것이 다 — 童話가 아닌 것을 알아 달란 말이다.

少年少女에게 有益을 만히 줄 『學窓』의 發展을 빌며 글 써 주시는 이에게 한 가지 注文은 좀 알기 쉬운 말로 (努力이 들 것은 一般이니까) 써 달라는 것이다.

其他

『어린이』, 『新少年』, 『무궁화』가 이 달에 얼굴을 보이지 안흔 것은 遺憾이다.

이 달은 이만침 하고 붓을 노차. (솟)

一九二七年 十一月 三十日

童話研究의 一斷面

童話集『금쌀애기』를 읽고

天摩山人,[1] 『朝鮮日報』, 1927.12.6

兒童教育과 童話 — 이것은 참으로 서로 써나지 못할 密接한 關係가 잇는 것은 우리가 다시 贅言을 不要하는 바이니 그것은 兒童心理 生活에 莫大한 影響을 끼치는 까닭이다.

그럼으로 우리가 여긔에서 먼저 考慮할 바는 童話創作에 對한 그 技巧問題보다도 그 題材의 撰擇이 아니여서는 아니 된다. 在來의 童話에 對한 一般的 態度는 너무도 그것을 重要視 하지 안엇드니만치 차라리 兒童의 한갓 趣味的 讀物로 看做하여 왓슴으로 마치 兒童들에게 玩具가튼 것을 들여 주는 것과 가튼 意味에서 童話를 創作提供하여 왓다. (勿論 兒童心理學上으로 보아 娛樂的 心意를 培養하는 玩具遊戲 等을 無意味하다는 것은 아니니다.) 그럼으로 그 內容은 大概 滑稽的의 것이 아니면 神話에 갓가운 一種의 幻想的 虛搆的의 것으로 쓸데업시 兒童들의 單純한 頭腦로 하여금 浮虛한 空想만 자아내게 하엿쓸 뿐이다. 이와 가튼 傾向을 朝鮮에서만이 아니라 古代 希臘 以後 歐米各國에서도 모다 그러하엿던 것이엇다.

그러나 最近에 이르러서 모든 다른 것과 함께 이 思潮는 急變하여 童話의 그 意義가 廣大함을 깨닷게 되엇스니 童話는 兒童의 感性과 智力과 情操 等을 涵養함에 唯一한 職能을 가진 것이라고는 말하엿다.

엇젯던 童話는 兒童의 讀物이니 만치 그 全的 價値를 兒童教養上에 두지 안흐면 안이 될 것이니 그럼으로 童話는 '兒童心理의 唯一한 糧食'이 안이여서는 안이 된다는 말도 相當히 一理가 잇는 말이라 아니할 수 업는 것이다.

如上한 意味에서 우리는 童話를 한갓 兒童들의 消遣品으로 看過할 것이 아니라

---

1 권구현(權九玄)의 필명이다.

적어도 兒童心理의 完美한 全一的 發達을 爲한 廣義의 兒童讀物로 取扱하지 안흐면 아니 될 것이니 同時에 童話의 創作的 態度도 곳 여긔에 立脚하지 안흐면 아니 될 것이다.

時間上 關係로 이에 對한 詳細는 避하려 하거니와 童話의 材料로서의 取扱할 物話에 對한 X氏의 分類에 依하면 左와 如하다.

一. 幼稚園 物語

二. 滑稽譚

三. 寓語

四. 往古譚

五. 傳說

六. 神話

七. 歷史譚

八. 自然界

九. 事實譚

等 이것이다. 또 그러고 藝術的 合宜性과 藝術的 優秀性을 具備한 物語이면 全혀 이것은 童話로서의 名目의 原因을 包括하게 되는 것이라 하엿다.

이와 가튼 것은 勿論 童話 藝術에 對한 一般的 見解일 것이다. 그러나 우리가 이보다도 먼저 高調하지 안으면 아니 될 것은 當初에도 말한 바와 가티 童話가 兒童의 娛樂 本能 滿足에만 긋칠 것이 아니라 한 거름 더 나아가 兒童의 心靈的, 全一的 發達을 期하는 廣義의 職能을 가진 것인 以上 먼저 모든 事象을 通하여 그의 生存意識을 積極的으로 培養함에 잇는 것이니 卽 矛盾된 現代生活 制度로부터 感染되기 쉬운 뿌르조아 意識의 支配를 警戒하는 他面으로 人間의 本然性인 相互扶助的 精神을 發揮토록 指導하지 안으면 아니 될 것이다. 다시 말하면 當面한 事實과 事實 뒤에다 階級意識을 暗示하며 兒童들의 天才的 覺醒을 告함으로써 우리는 兒童 敎養上 莫大한 役割을 가진 童話 運動에 出脚하지 안으면 아니 될 것이다.

이에 筆者는 敎育童話『금쌀애기』집을 讀하고 多少의 느낀 바가 잇어서 本論을

草하거니와 『금쌀애기』 童話集은 첫째로 東西 一八個國의 優秀한 童話를 選拔하여서 編成된 것이니만치 童話 硏究上 一讀할 價値가 잇스리라고 믿으며 둘째로는 質的으로 보아서 그 內容이 各各 國別을 따라서 斬新한 맛이 있는 同時에 在來의 童話集보다 어느 程度까지 現實에 가까운 點으로 보아 또한 우리는 새로운 興味를 느끼는 만치 이것을 우리 童話界에 紹介코자 하는 바이다.

어쨋든 우리는 '未來는 靑年의 것'이라는 말을 한거름 더 延長하여서 '未來는 少年의 것'이라는 標語下에 兒童敎化運動으로서의 童話 運動에 積極的 努力이 잇기를 빌어 마지안는 바이다.

運動을 攪亂하는 忘評忘論을 排擊함

赤兒의 所論을 읽고

朴弘濟, 『朝鮮日報』, 1927.12.12

少年運動의 陣營은 攪亂시키고 幾個 雜誌 經營者를 배불이기 爲하야 唐突히 妄筆을 愚弄하야 無人之境가티 縱橫自在하는 사람이 잇다.

그는 두말을 기다리지 안코 近日 中外日報 紙上의 '赤兒'라고 하는 얄구진 別號로 「十一月號 少年雜誌 總評」[1]이라고 쓴 覆面兒가 그것일 것이다.

내가 以上에 말한 것 또는 좀 더 '赤兒'가 누구라는 것짜지 摘發하고 십지마는 그의 改悛을 바라고 그의 쓴 妄論 妄評만을 말하고 말겟다.

다시 말하면 그 自身의 前述를 어데만큼 寬恕를 하고 또는 저윽히 安定되어가는 少年運動에 너무 만히 影響을 씨치지 안키 爲하야 그만큼 해 둔다는 말이다.

이제 赤兒 君의 所謂 「少年雜誌 十一月號 總評」이라고 하는 것을 말하겟다.

申孤松, 果木洞人, 宮井洞人의 以來 讀後感 또는 批評해 내려온 것을 무엇으로 基準을 삼고 鑑賞批評이라고 하는지 알 수 업스며 또한 남이 다 해 노흔 批評을 自己의 地位 또는 남을 攻擊하기 爲하야 아지도 못하는 藝術을 云云하야 나 어린 少年을 瞞着하랴 한다.

申孤松 君의 「九月號 讀後感」은 또 모르겟다. 그것은 特히 讀後感이라고 썻스니까 그러나 적어도 果木洞人이라든가 宮井洞人의 批評은 그 基準이 어대 잇는 것을 그 一文이 足히 表現하고 잇는 것이다.

다시 말하면 적어도 少年運動을 基準하고 썻다는 말이다. 그러함에도 不拘하고 이것을 치기 爲하야 얄구진 手段 藝術를 使用하지 안헛느냐.

一一히 그의 글을 짜서 例를 드는 것은 繁雜을 避키 爲하야 또는 다른 분도 쓰시

1　적아(赤兒)가 『중외일보』(1927.12.3~12.11)에 연재한 글의 제목이다.

겟다고 하야 例를 들지 안커니와 大體 君이 말하는 藝術批評이라는 것이 어대서 온 것이냐.

"개에게 眞珠를 주지 말나."

한 '바이불'에 말과 가티 진실로 君 가튼 사람에게 藝術 두 글자를 안다는 것이 그것과 맛찬가지다.

"藝術이라는 것은 그 社會, 그 階級의 文化運動이기 때문에 決코 그 社會, 그 階級을 떠나서는 存在치 안는다." — 血 —

과 가티 少年藝術은 그 少年社會 少年階級을 떠나서는 存在할 수 업는 것이다. 그와 맛찬가지로 少年運動을 無視하고 멧멧 雜誌를 출어 評하는 그 心事를 足히 써 알 것이며 또한 雜誌 經營者의 營業 政策으로 그리는 것을 잘 알 수 잇는 것이다.

적어도 申孤松, 果木洞人, 宮井洞人은 嚴正히 批判하얏다. 果木洞人에게 잇서서는 多少 偏頗된 嫌이 잇지마는 또한 그의 立場이 그러한데 잇는 것을 잘 알고 잇다.

그러나 이제 赤兒 君은 所謂 藝術批評을 한다 하고 무슨 말을 하엿나 잘 볼 수 잇는 것이다.

朝鮮社會에서 저 잘낫다고 또는 自己만을 올타고 하기 爲하야 붓으로 싹 밀어바리고 自己 것만을 내세우는 것이 이 赤兒의 批評이다.

少年運動이 이마만큼 展開되어 잇고 少年運動者가 남부럽지 안케 運動하는 오날에 잇서서 藝術과 運動의 交互作用이 업는 藝術은 無用이라는 말이다.

쯧트로 한 말 할 것은 이것을 읽으시는 분은 먼저 赤兒 君에 妄評가튼 것이 나와서 우리 運動線을 混亂시킬 念慮가 잇서서 이 붓을 든 것이니 少年運動의 當面해 계신 여러분은 이 赤兒의 對하야 筆誅 또는 正體 暴露까지라도 하야 주섯스면 한다.

그와 함께 幾個 雜誌 販賣術로 그 雜誌의 直接 經營者로서 赤兒라고 匿名하야 쓰는 것으로 滿天下 少年동무는 잘 알어주기 바란다.

少年運動과 그의 文藝運動의 理論 確立(一)

洪銀星, 『中外日報』, 1927.12.12

一. 序論－問題의 提出

일즉이 지난 五月에 同志 丁洪敎 君이 五月一日 '어린이날'을 機會하야 少年運動의 方向轉換論을 簡單하나마 쓴 줄 안다.

그 後 少年運動에 잇서서는 少年運動者協會라든가 五月會가 在來의 派閥的 '이데오르기'를 揚棄 乃至 克服하야가지고 지난 十月에 니르러는 全 運動을 總體化, 集中化 하기 爲하야 以來의 軋轢, 中傷을 超越하야써 少年運動의 總 本營인 朝鮮少年聯合會를 組織하얏다고 본다.

이것은 두말을 기다리지 안코 必然的으로 그러케 過程하고 온 것이니 卽 五月會 對 少年運動協會가 必然的으로 닐어나는 — 少年運動의 刷新派 又는 中間派 — 大勢는 이 두 對立의 存在를 內的으로 必要치 안케 되엇고 又 全 朝鮮解放運動이 社會主義 對 民族主義의 兩立으로 必要로 늣기지 안코 돌이어 이것을 合한 單一運動이 展開됨에 짤하 必然的 又는 決定的으로 少年運動의 '모토—'도 在來의 兒童生活의 繁榮 — 兒童의 趣味增進 — 으로부터 敎養 又는 社會的 進出을 要求하게 되엇다.

말하자면 少年運動도 朝鮮 모든 社會運動과 가티 '구로조크' 運動에서 大集團運動으로 '모토—'를 轉換하게 되엇다는 말이다.

從來 『어린이』, 『어린 벗』의 時期, 말하자면 自然生長期로부터 今年 五月 一日을 最高 派閥運動의 總決算으로 하고 意義잇는 組織的 運動期에 들어왓다. 다시 말하면 自然生長期로부터 目的意識期로 들어왓다는 말이다.

그러나 少年運動에 잇서서는 正確히 自然生長期 — 組合主義運動 — 에서 目的意識期 — 大集團的 又는 社會的 進出, 弱小民族의 解放運動의 一部門 運動 — 로 왓지마는 그의 表現機關이라고 하는 모든 少年少女 雜誌는 在來의 自然生長期 — 趣味時

代, 또는 組合主義 時代 — 의 것으로 그대로 잇다.

그런데 한 가지 最近의 可笑로운 것은 少年運動의 展開 또는 理論을 無視하고 各自의 主見을 너흔 거진 主觀化한 小評이 마치 雨後의 竹筍과 가티 나와서 正體모를 批評을 함부로 하고 甚至於 感情에 흐른 者는 句節句節이 남을 中傷하고 또는 自己 혼자 少年運動 또는 그 文藝運動을 하는 것 가티 말한다.

그 조흔 例로는 赤兒, 果木洞人 等과 이러한 正體 모를 匿名者들이 書出魍魎 모양으로 나온 것이다.

이에 對하 吾人은 少年運動과 또는 그 文藝運動에 잇서서 理論鬪爭을 高調하려 하는 바이며 아울러 確乎한 理論을 樹立하야 글흣된 方向을 取치 안케 하고자 하는 바이다.

問題의 展開에 잇서서 한 가지 더 말하고자 하는 것은 少年運動이 지난 十月을 劃하야 方向을 轉換하얏다고 할 수 잇는 것은 多言을 要치 안흘 것이다.

그와 同時에 必然的으로 方向을 轉換하지 안흐면 안 될 少年運動의 表現機關인 少年少女 雜誌는 勿論 當局에 檢閱 關係도 잇지마는 新聞紙上의 揭載되는 評論 또는 批評만은 少年運動의 集中的 表現, 總體的 機關인 朝鮮少年聯合會를 根據로 한, 또는 基準으로 한 辨證法的 交互作用의 批評 또는 評論이어야 할 것이 盲人占象의 以上의 것임으로 不得已 또는 少年運動 全體를 爲하야 이것을 上程한다.

(二) 洪銀星, 『中外日報』, 1927.12.13

二. 少年運動과 그 文藝運動의 社會的 價値

少年運動과 그 文藝運動의 社會的 價値를 말하기 전에 一般 社會에서 少年運動을, 아니 少年에게 對한 待遇를 如何히 하야 왓는가를 말할 必要가 잇다.

李朝 五百年 以來, 班常의 區別과 똑가티 少年에게 對하야서도 '在下者有口無言'이란 階級的 汚點 또는 侮蔑을 바다 왓다. 다시 말하면 絶對 封建社會 制度 미테서 存在

를 否認할 만치 되어 잇섯다. 만약에 억지로라도 그 存在를 차저보고저 할진댄 父母나 祖父母의 玩弄物, 또는 才弄거리로만 녀기어 自家의 牛馬와 如한 所有物로 알앗섯다.

그러나 少年은 원래 다른 勞働階級이나 農民階級과 갓치 안해서 反抗力 또는 自衛術에 아모런 保障이 업섯다.

以上과 如히 少年은 封建社會에 잇서서 全 存在가 抹殺되엇슴에 不拘하고 近代 資本主義的 自由思想은 어느 程度까지는 少年의 地位를 容許하야 줄 것이엇스나 이것도 그러치 아니하야 學校라든가 또는 學生 가튼 資本主義的 '리알리슴'을 鼓吹하는 機械的 成人敎育을 너키에 결을이 업섯다.

말하자면 前者는 少年을 玩弄物, 傳統物로 待遇하는 一面 그에게 주는 敎育은 極히 非衛生的이오 非組織的이엇든 것은 지금도 書堂이라는 것을 보면 잘 알 수 잇는 것이며 또 後者, 學校 敎育은 ××地的 敎育政策을 밧는 資本主義 '리알리슴'인 것은 두말할 必要가 업지만 그 制度에 잇서서는 衛生的이오 組織的이오 訓練的이다.

그리하야 一部는 머리 짜코 筆囊 차고 書堂에 가는 少年과 또 一部는 帽子 쓰고 冊褓 끼고 學校에 가는 少年이 잇게 되엇다. 말하자면 ××地 敎育者 政策을 밧는 곳에 義務敎育 云云은 거진 妄論에 갓가운 소리가 되고 말앗다. 그리고 世界에 比有가 업는 畸形의 敎育을 밧게 되엇다.

(이 點에 잇서서는 日前 朝鮮日報 所載 金振國 氏 「朝鮮人의 普通敎育」[1]을 낡어주기 바란다.)

이러한 情勢 미테서 자라나오든 朝鮮의 少年은 왼 社會가 물끌틋하고 三千里 半島江山이 울든 己未運動을 지내 朝鮮民族 各層의 解放運動은 猛烈하얏섯다. 이에 짤하 少年運動 先驅者 同志 方定煥 君의 다만 少年을 한 人間으로 存生□□□해 주는 同時에 未來 社會의 國民 — 第二世 國民 — 의 人間다운 人間이 되기 爲한 漠然한 運動이 닐어낫다. 말하자면 少年도 人間인 것을 認識하자는 것마치 衡平運動이나 女性運動의 初期(지금은 그러치 안타)와 가티 먼저 人間的 存在로부터 出發하기 비롯하야

1 김진국(金振國)이 쓴 「今日의 問題, 朝鮮人과 普通敎育」(전20회, 『조선일보』, 1927.10.19~11.11)을 가리킨다.

왓든 것이다. 그러나 그 少年 保護運動이 내가 말하는 自然生長期 또는 組合主義 時代라고 말하는 것이다. 그러기 때문에 그 運動은 各自의 意見을 添附한 '그루쏘크'로 全 朝鮮에 彌滿하얏섯다. 그리고 何等 集團的 意義라든가 組織的 '푸로그람'이 업시 그저 童話를 輸入하얏고 童謠를 振興시켯다. 그와 함께 必然的으로 要求되는 것은 少年을 뭉둥그린 集團, 곳 少年會를 必要로 해 왓다. 그리하야 먼저도 말한 바와 가티 各自의 意見을 添附한 '그루쏘크'가 全國的으로 熾烈히 닐어나게 되엇다.

더 말할 것 가트면 少年會는 少年保護를 必要로 그들에게 趣味를 增長시키기 爲하야 童話會, 童謠會 또는 遠足, 野遊會를 하얏슬 쑨이오 何等 民族解放을 意味한 朝鮮 少年으로의 밧는 ××에 對한 ××運動은 아니엇든 것이다.

於是乎 少年運動과 그 文藝運動은 社會的 存在를 엇게 되어 少年會는 學校 輔導機關, 그 文藝運動은 課外讀物로 取扱되엇다. 아즉까지도 一般 世人은 少年運動과 그 文藝運動을 그러케 보는지 모르겟다. 그러나 少年運動과 그 文藝運動은 社會的 價値가 그러치 아니하고 朝鮮民族의 가지고 잇는 特殊한 處地를 얼른 運動 곳 解放運動의 一部門으로 社會的 價値가 決定되게 된다. 그러치 안코는 少年運動과 그 文藝運動은 現 階段의 朝鮮社會運動에 對하야 何等의 價値가 업게 된다.

이러기 爲하야는 — 社會的 價値를 振作 — 먼저 在來의 自然生長的 少年運動을 揚棄하여야 된다. 이것을 揚棄함에는 果敢한 理論 闘爭이 아니면 不可能하다. 果敢한 理論闘爭과 함께 方向轉換도 될 수 잇는 것이다.

(三)　　洪銀星, 『中外日報』, 1927.12.14

三. 方向轉換

지난 五月 一日 同志 丁洪教 君이 方向轉換論을 簡單하나마 쓴 줄 안다. 이제 그 論文이 잇스면 그 論文을 檢討하면서 내가 提出할 方向轉換論을 더욱 完實히 맷고저 하얏스나 그 論文이 이곳에 업고 쏘한 나의 記憶에도 何等의 남을 바이 업스니 나의

方向轉換論을 이곳에 그대로 展開시키겟다.

먼저도 말하얏거니와 少年運動 쏘는 그 文藝運動의 先驅者 同志 方定煥 君은 少年保護運動을 積極的으로 高調하얏다.

그리하야 李定鎬, 張茂釗, 丁洪敎, 延星欽 等 만흔 同志가 或은 少年會 組織, 或은 雜誌 刊行, 一言으로 말하면 少年保護運動의 積極 進出을 하얏다는 말이다.

그러나 그들 運動은 何等 思想이나 主義를 加味하지 안흔 純然한 少年의 趣味 增長, 學校敎育의 補充敎養을 하야 왓다. 다시 말하면 少年運動으로 하야금 社會的 存在를 알렷다. 그러나 問題는 이곳에서 벌어저 五月會와 少年運動者協會가 對立되도록 되엇다. 勿論 裡面에 個的 關係도 多分 잇겟지마는 그 重大한 原因은 思想的 差異다. 同志 方定煥 君의 民族主義를 加味한 思想이라든가 同志 丁洪敎 君의 社會主義를 標榜한 運動은 初期의 必然으로 잇는 分裂이 잇게 된 것이다.

'結合하기 前에 먼저 깨끗히 分離하여라.'

와 가티 必然的으로 分離되어 五月會 對 少年運動者協會는 對立鬪爭을 하야 왓다. 말하자면 派閥運動이다. 지난 五月 一日 어린이날가티 醜態를 極度로 暴露시킨 적은 업스리라고 생각한다.

그러나 各 地方의 熾烈한 두 團體 — 五月會, 少年運動者協會 — 에 對한 反對運動과 朝鮮少年軍 및 中間派의 活動은 다시금 大築□運動을 닐으키어 지난 十月에 朝鮮少年聯合會날 出生되엇다. 이것은 少年運動 自體에 對한 內的 發展이다.

그러나 少年運動을 그러케 規範하도록 社會的 條件, 外的 條件은 朝鮮社會運動이 政治運動으로 方向轉換을 하얏다.

다시 말하면 社會主義 對 民族主義의 구든 握手는 또한 全 運動의 一 部門이라고 할 수 잇는 少年運動싸지도 規定하게 된 것이다.

그러면 方向轉換의 實證的 産物은 이 朝鮮少年聯合會임이 틀림업다. 그러나 朝鮮少年聯合會가 創立되기 前 果敢한 理論鬪爭이 잇섯드라면 오늘에 내가 이러한 붓도 아니 들엇스려니와 쏘한 理論鬪爭 展開가 必要치 안흘 것이엇섯다. 그러나 朝鮮少年聯合會는 創立 當日의 中間派 同志와 新派의 理論鬪爭으로 — 全柏, 崔奎善, 曹文煥

同志 — 의 理論에 克服되엿다.

이와 가티 完全치 못한 理論鬪爭 미테 組織된 朝鮮少年聯合會는 必然的으로 理論鬪爭을 再開하게 되는 것이다.

그의 好例로는 果木洞人의 小市民的 批評과 赤兒 君의 少年運動을 忘却한 藝術批評답지 안흔 藝術批評이다.[2]

우리는 理論이 업는 實踐은 妄動이오 實踐이 업는 理論은 空論인 줄 잘 안다. 그와 함께 理論 樹立을 高調하는 바이다.

한 말로 말하면 在來 自然生長期 運動으로부터 目的意識期에 到達한 것은 속일 수 업는 事實이다.

그럼으로 우리는 少年運動을 如何히 하여야 社會的 一 部門으로 아니 全 朝鮮民族運動의 一 部門으로 運動할 것인가. 또는 그 指導精神을 如何한 方向으로 突進하여야 될 것인가가 問題된다.

나는 여긔에 잇서서 우리 少年運動으로 하야금 轉換할 方向은 두말을 기다리지 안코 朝鮮少年聯合會의 綱領을 貫徹함에 잇다고 본다. 그러나 그 綱領이 어느 程度까지 全然 是認될 物件은 아니다.

少年運動은 朝鮮少年聯合會의 綱領이 少年運動의 方向이다.

(四)

洪銀星,『中外日報』, 1927.12.15

四. 少年運動과 少年文藝運動과의 關係

少年運動이 少年에게 對하야 核心的, 正常的 運動이라고 할 것 가트면 또한 少年文藝運動은 少年의 文化的 向上 또는 敎養運動으로의 必要不可缺한 것이다. 그리하야 少年會가 存在 아니 創立됨에 따라 會報라든가 機關紙는 반드시 잇서야 할 것이다.

---

2 과목동인(果木洞人)의 「十月의 少年雜誌」(전5회, 『朝鮮日報』, 1927.11.3~8)와 적아(赤兒)의 「十一月號 少年雜誌 總評」(전8회, 『中外日報』, 1927.12.3~11)을 가리킨다.

이리하야 少年運動에 잇서서는 그 文藝運動이 全的으로 效果를 □奏하게까지 된다. 少年會에서 하는 童話 口演 또는 童謠 口演도 必要할 배가 아닌 것은 아니다. 그러나 이것은 그들로 하야금 直接 教養運動의 맛과는 性質이 다르게 된다. 따라서 童話口演은 必然的으로 趣味를 包含한 또는 口演人의 技術을 必要로 하게 된다. 그러치 안흐면 少年은 今時에 倦怠를 늣기게 된다. 그와 함께 그 口演은 必要가 업시 된다.

於是乎 紙上을 通한 文藝作品을 提供하게 된다. 그리고 그에 딸하 思想 注入이라든가 또는 指導精神의 暗示를 할 수 잇는 것이다.

한말로 말하자면 少年運動과 그 文藝運動은 彼此의 交互關係를 가지고 잇서서 맛치 藝術, 哲學, 宗教 等等 이러한 것이 全 人民層에 上部構造인 것과 가티 이도 또한 少年運動의 上部構造이다.

그런데 이곳에 한 가지 問題되는 것은 少年文藝運動이 少年運動의 上部構造임과 가티 文藝運動으로의 特殊體系가 잇는 것이다.

이리하야 赤兒 君 가튼 論者는 特殊 體系만을 가지고 論하야 藝術 云云하게 된다. 勿論 少年文藝가 存在해 잇는이 만큼 藝術性을 云謂하지 안흘 수 업다. 그러나 少年運動을 떠난 藝術性은 無用의 것이다. 왜 그러냐 하면 全體性을 通한 特殊性이 아닌 까닭이다. 말하자면 藝術을 爲한 藝術이라든가 理論을 爲한 理論과 맛찬가지다.

이 點에 잇서서는 筆者가 變名으로 朝鮮日報 紙上에 發表한 (宮井洞人의 十一月 少年雜誌)[3] 小評이 비록 小評일지나 그것은 少年運動을 通한 小評인 것을 말한다. 그것은 무엇이 證明하는가 하면 나는 나오지 안흔 雜誌에 對한 小評이라든가 쑷헤 兒童 圖書館에 對한 것으로써 足히 짐작할 줄 안다.

이와 가티 少年運動을 떠나서는 少年文藝이고 少年에 對한 一切가 存在해 잇지 안흔 것이다.

이곳에 조음 더 말할 것은 赤兒 君과 果木洞人의 小評이니 이것은 近者 少年運動 方向轉換 以後(나는 朝鮮聯合會 創立을 整理期에 入한 또한 目的意識期에 入한 方向轉換으로 본다)

---

3 궁정동인(宮井洞人)의 「十一月 少年雜誌」(전5회, 『朝鮮日報』, 1927.11.27~12.2)를 가리킨다.

의 申孤松, 果木洞人, 赤兒 君 等의 비록 짧은 短文의 序說이 나와 理論을 展開한 것임으로 보아 少年文藝運動의 理論 確立이 만흔 □옴이라고 말하지 아니할 수 업다.

그럼으로 우리의 問題 — 少年文藝 — 는 반듯이 朝鮮少年聯合會의 綱領에 어그러지지 안는 또는 그를 補佐할 만한 文藝가 아니고는 排擊 又는 拒否를 躊躇치 안코 理論鬪爭으로써 그 正鵠을 어더야 한다.

五. 結論

稿를 結함에 臨하야 넘우나 槪念的 또는 非具體的인 것을 늣긴다. 그러나 少年運動이 漸次 展開를 압세고 잇는 오늘날임으로 別로히 걱정은 아니 된다. 이 一文이 元來의 意義가 赤兒 君의 鑑賞批評, 또는 藝術批評 이러한 것을 云謂하고 歷史現象批評 — 社會的批評 — 을 몰음으로 (알고도 몰으는지는 몰으지마는) 이것을 抄한 것이다.

그러기 때문에 槪括的으로 運轉해 내려오게 된 것이다.

쯧트로 한 말 하고자 하는 것은 이 一文으로서 赤兒 君 또는 만흔 同志의 理論 展開가 잇슬 것 가트면 더욱 조타. 그러나 나는 나의 身邊이 多忙한 關係, 또는 時間上 問題로 이곳에서는 그만 擱筆한다.

兒童劇에 對하야(一)

意義, 起源, 種類, 効果

李定鎬, 『朝鮮日報』, 1927.12.13

'兒童劇의 義意'

어린 사람(兒童)의 生活은 거의 全部가 遊戱 — (작란) — 임니다. 遊戱란! 어린 사람 自身이 自發的으로 無限히 自由롭게 또 自然스럽게 노는 自己發展의 活動인 까닭에 遊戱를 떠나서는 到底히 살어갈 수가 업슬 만치 그들의 生活의 大部分이 遊戱임니다. 特別히 어린 사람들이란! 움즉임(動)을 밧는 것보다는 자기 스사로 움즉이고 — (自動性이 豊富) — 보고 듯는 것을 고대로 흉내 (劇的 本能의 模倣性) — 내기를 조하하는 까닭에 遊戱도 여러 가지 中에 다른 것을 고대로 흉내내는 作亂 — (模倣性 遊戱) — 을 第一 즐겨(樂)합니다.

그런 까닭에 어린 사람의 生活은 누가 억지로 시키지 안해도 遊戱! 그것으로 因해서 거의 全部가 劇的 本能의 自由로운 表現을 하고 잇슴니다.

우선 여러분이 각금 보시는 바와 가티 어린 사람들이 집안에서나 或은 洞里에 나가서나 여러 同志들을 모아 노케 솟곱 作亂을 하지 안슴닛가?

아버지를 만들고 어머니를 만들고 풀각씨와 人形으로 아들과 딸을 만들고 또 풀(草)이나 나무닙새(葉)를 따다가 반찬가가를 버리고 흙(土)을 파다가 쌀(米) 가가를 버리고 또 길거리에 내버린 석냥개피를 주서다가 장작(柴炭) 가가를 버리고 그리고 유리쪼각이나 사금파리를 주서다가 밥이나 반찬 담는 그릇(器)을 만들릅니다.

그래서 萬般 準備가 다 되면 하 — 얀 모래(砂)를 주서다가 通用貨를 만들어 이것을 가지고 여러 가가에 가서 各種의 物件을 죄다 사다가 나무 판대기(木板) 소반 우에다 모 — 든 飮食을 채려 놋습니다.

그래 그럿케 모다 채려 노흐면 집안 食口가 왼통 삥 둘러 안저서 먹지도 안흔며 먹는 척하다가 다 먹엇다고 하며 그래도 아츰밥이라고 먹고만 나면 으레히 아버지 되는 사람은 實로 아모 데도 갈 곳이 업것만 事務보러 간다고 큰 기침을 連해 하면서 부지깽이나 집안에서 몰내 가지고 나온 하라버지의 집행이(杖)를 사타구니에다 끼고는 '이러 낄낄!', '이러 낄낄!' 하면서 나감니다.

그러면 집에 남어 잇는 어머니 되는 사람은 설거지를 말쟁이 하고 그리고 나서는 머리를 곱게 빗고 각씨나 人形을 다리고 놀다가 공연히 울지도 안컷만 '울지 마라 울지 마라!' 하며 —(幼稚園이나 學校에 단이는 어린 사람이면 幼稚園이나 學校에서 배혼 자장가(子守歌) 노래를 부르기도 하고) — 젓도 먹이는 척하다가 업어도 주다가 또 안어도 줍니다.

그러면 조곰 잇다가 아버지 되는 사람이 事務를 다 맛치고 왓다고 오기만 하면 어머니 되는 사람은 각씨와 人形을 그 아버지에게 맛기고 나가서 또 저녁 밥상을 채리고 그래서 그 저녁 밥상이 씃나면 조곰 후에 아조 환 — 한 대낫이것만 그들은

'아이고 인제 밤이 깁헛스니 어서 잠자야지!'

하고 各其 들어누어서 조름도 오지 안는 잠을 억지로 잡니다. 그래 그렇케 들어누어서 잠간 잠을 자는 척하다가 자긔네들 입으로

'꼭끼요!', '꼭끼요!' 하고 닭의 소리를 내면

'아이고 발서 아츰이 되엇구면!' 하고 벌덕 일어나서 먼저 번과 똑가튼 作亂을 작고작고 되프리합니다. 그래서 그들은 그들의 獨特한 한 家庭과 한 社會를 만들어 그 속에서 하로 동안에도 낫(晝)과 밤(夜)이 數十番이나 繼續됩니다.

자아 이것은 누구의 것을 고대로 흉내내인 것이겟습닛가? 이것은 말슴하지 안해도 그들의 정말 아버지와 어머니 그리고 여러 장사치들의 行動을 非組織的이나마 고대로 흉내내인 劇的 遊戱이겟습니다.

(二)

李定鎬, 『朝鮮日報』, 1927.12.14

이와 가티 어린 사람은 天賦的으로 劇的 本能을 가지고 거의 全部가 이것의 衝動으로 因한 生活을 — (遊戱) — 하는 그만치 우리는 이것을 그양 看過해서는 안 됨니다.

兒童劇의 本旨가 어린 사람의 創造的 本能과 藝術的 衝動을 잘 誘導하야 그들의 心性을 自然스럽고 圓滿하게 發達시키고 그들의 生活을 充實케 함에 잇는 것이니 우리는 非組織的이 아니나마 劇的 遊戲 — (模倣性 遊戲) — 거긔서부터 兒童劇을 생각하고 이것을 啓發시킬 必要가 잇습니다. 이것을 規模잇게 整頓시키고 引導하야 그들의 主活을 좀 더 義意잇게 充實케 하며 짜라서 豊富케 하여야 하겟습니다.(五行畧)

兒童劇의 起源

特別히 우리 朝鮮에 잇서서는 녯날부터 어룬이고 어린이고 間에 所謂 演劇을 한다고 해서 所謂 舞臺에 나스기만 하면 발서 그것은 아조 지지 下賤의 광대색기로 몰엿기 때문에 먼저 말슴한 것과 가튼 劇的 性質의 遊戲 — (模倣性 遊戲) — 는 그냥 盲目的으로 容認해 왓지만 아조 제법 劇이라고 일홈을 부처서 舞臺에 나슨다는 것은 좀 行世하는 집에 어린 사람으로는 — 어룬도 그랫치만 — 꿈도 꾸지 못할 어려운 일이엿습니다.

그리다가 世界 風潮가 밀려듬을 짜아 우리 朝鮮에도 예수教가 들어온 뒤에 所謂 그들이 말하는 바 聖誕 祝賀의 '크리쓰마쓰' 劇을 '예수'教 信者의 子姪들을 모아 實演하기 始作한 것이 아마 우리 朝鮮에서는 어린 사람들이 舞臺에 올나스게 된 始初일 것 갓습니다.

그러나 그것은 아즉까지도 거의 全部가 어린 사람 自身을 爲하야 演出케 한다는 것보다는 그 어린 사람들을 한 道具로 使用하야 自己네들의 宗教를 宣傳하는 一種의 宗教 宣傳劇에 지나지 안헛습니다.

그리다가 次次 各 公立普通學校에서 學藝會 째나 그러치 안흐면 卒業式날을 利用하야 어린 學生들에게 教育的 意味의 兒童劇을 演出시키기 始作하엿고 그 뒤를 니어서 必然的 現像으로 몃 千年 몃 百年 동안 單純히 어리(幼)다는 理由! 그리고 내 子息내 孫子라는 理由로 어룬들의 주먹 미테 이러케 저러케 까닭업시 눌리고 짓밟혀만 살어오던 우리 朝鮮의 어린이들도

'크거나 적거나 우리도 한 목 사람의 갑(人權)슬 주시요! 우리에게도 自由를 주시요!'

하고 무섭게 소리치면서부터 — 다시 말하면 朝鮮의 少年解放運動이 일러나면서부터 各地에 少年會가 벌쩨가티 일러나고 各 少年會에서 자조 會員들에게 藝術的 意味의 演出시킨 일이 잇섯스나 그러나 이 亦 쏘한 充實한 硏究와 努力이 업섯습니다.

(三)

李定鎬, 『朝鮮日報』, 1927.12.15[1]

(四)

李定鎬, 『朝鮮日報』, 1927.12.16

그리고 特別히 어머니 배ㅅ속에서 世上에 태여나서부터 몸이 몹시 虛弱하다던지 쏘는 學校에서 體操 가튼 것을 根本으로 실혀 하는 어린 사람이 잇다면 그럿타고 그들에게 運動을 奬勵해 주어야 하겟느냐 하면 이 亦 不可한 것이니 될 수 잇는 대로 그러한 어린 사람일스록 더욱이 조흔 脚本을 選擇하야 그들의 自發的으로 演出을 시킬 수만 잇다면 별안간 特別하게 들어나는 有益은 업다고 하드라도 單純히 一定하게 定해 놋코 가르키는 學課 以上 外에 그 마음과 몸을 一時에 活動시킬 수 잇는 點으로만 보아서도 多少間 얼마만한 敎育的 效果를 어들 수 잇슬 것이라 생각합니다.

그리고 萬一 그 使用한 脚本이 多年히 藝術的 美가 豊富한 것이엿다면 單純히 敎育的 效果 거긔에만 긋칠 것이 아니라 別다른 有益도 겹처 生길 수 잇는 것입니다.

敎育的이라고 …… 世間에서 흔히 普通 말하는 바의 道德的 敎訓을 注入시켜 준다던지 或은 歷史的 쏘는 衛生的 쏘는 地理的 或은 科學的 智識을 그 演劇으로 해서 그들의 머리에 너어준다는 말슴은 決코 아니올시다.

그럿타고 辯舌을 익숙하게 만들어준다던지 記憶力을 길너준다는 말슴도 아님이다.

---

1 조선일보사에 문의해 본 바, 원문이 부재함을 확인하였다.

그러면 大體 엇더한 意味의 敎育的 效果냐 하면 그것은 以上의 말한 모—든 敎育을 좀 더 超越한 根本的으로 限업시 廣凡하고 限업시 高尙한 意味의 敎育的 效果라는 말슴입니다. 그러면 그것은 쏘 무엇이겟는가? 이것은 이 다음 順序에 나오겟스잇가 지금은 畧해 바립니다.

둘재 녯날 原始時代! 生存競爭이 極히 猛烈하야 사람들이 누구나 모다 野獸的 性質을 가지고 잇든 그때로부터 지금까지 아즉도 그때의 그 性質을 그대로 遺傳해 나려오는 여러 가지의 本能과 衝動이 잇는 그 中에는 아버지나 어머니는 그럿치 안해도 그 아들은 거짓말을 잘 하거나 쏘는 남의 物件을 훔치기 조하하거나 고약한 辱을 함부로 하거나 空然히 아모 까닭업시 동모를 괴롭게 굴거나 더욱 甚해서는 피(血)가 나도록 負傷을 시키거나 쏘는 까닭업시 적은 動物(버러지나 즘생)—을 죽이기 조하하는 버릇을 가진 어린 사람이 만슴니다.

(五)

李定鎬, 『朝鮮日報』, 1927.12.17

이런 것은 普通 그러한 어린 사람들의 父母나 그럿치 안흐면 그의 祖父母 째부터 遺傳해나려오는 것이라고 解釋하시는 분도 잇스나 그러나 이것은 결단코 그의 父母나 祖父母 째부터 遺傳해 나려오는 것이 아니라 아조 太古쩍 原始時代의 遺傳性으로 보는 게 當然한 일이라고 생각합니다. 그것은 왜 그러냐 하면 그럿케 太古쩍 原始時代 째에는 그럿케 하는 本能과 衝動이 가장 必要하엿기 째문이라고 推測되는 까닭입니다. 그래서 그럿케 亂暴하고도 殘忍스러운 性格을 곳처주기 爲해서는 그의 父兄이 그 어린 사람의 하는 버릇과 가티 매를 몹시 때린다던지 쏘는 房속이나 헛간(倉庫) 가튼 곳에다 가두어 두어야 한다고 욱이시는 분도 잇스나 이것은 크게 틀리는 理論이고 정말 가장 有利하게 根本으로 그들의 性格을 곳처주는 데는 그럿케 매를 때리고 監禁을 시키고 여러 말로 訓誡를 하는 것보다는 그들에게 適合한 兒童劇을 만들어 實地로 實演하는 것이 가장 큰 效果를 낫타내는 것입니다.

가령 例를 들어 말슴하면 고약한 辱을 함부로 하는 어린 사람이라던지 쏘는 弱한 사람을 까닭업시 괴롭게 군다던지 突然히 툭하면 싸홈만 하려고 하는 어린 사람에게는 그럿케 만든 脚本으로 그러한 役을 맛하서 하게 하고 쏘 남의 物件을 훔치기 조하하는 어린 사람에게는 훔치는 役을 맛기고 쏘 거짓말을 잘하는 어린 사람에게는 亦是 거짓말을 하는 役을 맛겨 준다면 그들의 性格은 自己 自身도 모르는 동안에 隱然히 스사로 곳쳐지는 것입니다.

'아니 그러치 안해도 어린 兒孩들이란 活動寫眞만 보아도 그 活動寫眞 속에서 낫분 짓하는 것을 배워가지고 고대로 實施하는 못된 兒孩가 만흔대 하물며 그러한 못된 버릇을 演劇으로 미리 練習을 시킨단 말이냐?'고 쑤지람을 하실 분이 게실는지 모르나 그러나 어린 사람의 心理란 발서 거긔서 確實히 所動과 能動의 큰 差異가 生기는 것이올시다. 즉 다시 말하면 活動寫眞 가튼 것을 그냥 눈으로 보기만 하는 까닭에 好奇心이 生기고 그 好奇心을 充足시키기 위해서 그러한 것이 몹시 하고 십허지는 것이지만 萬一 엇더한 形式으로든지 그 하고 십흔 그것을 한 번 해 바리면 그뿐으로서 그 好奇心은 充足되고 滿足해바리는 것입니다.

어린 兒孩들의 行動이란 半分 以上은 거의 無意識的 衝動으로써 하는 까닭에 엇더케 하든지 한번 해바리기만 하면 발서 그 몹시 하고 십흔 생각이 그만 스사로 업서저바리는 것입니다.

그리고 이것이 한 演劇인 以上 즉 다시 말하면 한 作亂에 지나지 안는 한 遊戲인 以上 —(그 脚本을 만든 사람이 多少 有意만 하고 만들엇다면)— 絶對로 아모러한 害가 업는 것입니다.

이 말을 좀 더 쉬웁게 말슴하자면 가령 活動寫眞 가튼 것을 보고 盜賊질을 해보고 십허하는 어린 사람이 잇는데 萬一 演劇으로 그 하고 십허 하는 그 盜賊질을 하게 해 바리면 그 盜賊질이라는 것이 얼마나 卑劣한 짓이라는 것을 스사로 깨다러 알게 되는 同時에 盜賊질을 하고 십허 하든 그 好奇心도 演劇으로 한번 해 보앗스닛가 그것뿐으로써 滿足해 바려서 정말 演劇을 하지 안흘 때에는 그 盜賊질을 하고 십흔 생각이 決코 나지 안는다는 것입니다.

그러닛가 勿論 이러한 演劇의 脚本을 쓰는 사람은 반듯이 兒童敎育의 만흔 素養과 經驗이 充分한 사람이면서 또 깁흔 硏究가 잇는 사람이 아니면 안 될 것입니다.

이것이 아모리 한 演劇이라고 하드라도 납분 버릇을 조흔 것으로 誤解하도록 한다던지 또는 修身 敎科書와 가티 아조 露骨로 敎訓하듯이 하여도 안 되는 것입니다.

아조 卑劣한 어린 사람이 잇스면 그 相對로는 아조 高尙한 어린 사람들 …… 또 아조 殘忍스러운 어린 사람이 잇스면 그 相對로는 아조 慈悲스러운 어린 사람을 恒常 對照해 보게 해서 그 어린 自身이 隱然 中에 스사로 그 行動을 優劣을 自覺하도록 하는 것이 조흘 것입니다.

(六)

李定鎬, 『朝鮮日報』, 1927.12.18

셋재 어린 사람들에게 兒童劇을 자조 演出시키는 中에 그들은 스사로 分業의 對한 必要를 알게 되고 또 어린 사람 各自의 獨特한 特殊한 才能도 알게 되며 쌀아서 또 發揮하게 되는 것입니다.

가령 例를 들어 말슴한다면 지금 어린 사람들을 만히 모와 놋코 兒童劇을 한 가지 實演할 터인데 萬一 어룬들이 도모지 간섭을 하지 말고 全部를 그들에게 맛겨보십시요. 그들은 勿論 自己네끼리 모혀서 各其 自己네의 才操것 또는 智能것 할 것입니다.

내가 直接 關係를 가지고 잇는 까닭에 種種 當해 본 經驗도 잇슬 뿐 아니라 確實히 그럿슴니다.

누가 억지로 시키거나 일너주지 안해도 自己네끼리 죄다 分業的으로 分別해 맛습니다.

'이애 아모개야 너는 그림을 잘 거리지 너는 저 背景의 그림을 좀 맛해서 그려라.'

'이애 아모개야 너는 글씨를 잘 쓰지 너는 길거리에 붓칠 廣告紙를 좀 써라.'

'이애 아모개야 너는 손 才操가 잇스니 너는 저 道具를 좀 만들어라.'

'이애 아모개야 너는 '올―강'을 잘 치니 너는 잇다가 演劇을 할 때 노래의 맛춰서 '올―강'을 쳐주어라.'

'이애 아모개야 너는 힘도 튼튼하고 또 친절하니 門과 손님 接待를 맛허 해라.'

이러케 必要上 또는 各自의 才操와 長技대로 조하하는 대로 自然히 分業的으로 일을 갈나 맛하서 하게 됩니다.

그래서 이것은 그의 父母나 學校의 先生님들까지도 全然히 아지 못하는 사이에 意外의 才能이 發揮되고 또 늘어나가는 수가 만습니다.

그러면 그때야 비로소 그 父母나 先生님들이

'올치 이애는 손 才操가 잇구나!'

'올치 이애는 '올―강'을 잘 치는구나.'

하고 그들의 才能을 잘 아실 것입니다. 그래 그것을 안 뒤에는 그들의 다 各各 長技대로 그의 才能대로 잘 誘導만 해서 잘 發揮하도록 할 수 잇는 方針도 生길수 잇슬 것이며 或은 演劇 脚本을 외이(誦)는 동안에 言語의 發音하는 法이나 또는 記憶力 乃至 能辯術까지 또는 演劇臺本을 만드는 想像力까지 甚至於 背景이나 衣裳을 工夫하는 동안에 그들의 製作力과 發明力을 鍊磨할 수도 잇고 한 걸음 더 나가서 그들의 創造的 本能을 誘發하고 딸아서 압흐로 잘 發達하는 中에 想像 以外에 多大한 效果를 엇게 되는 것입니다.

(七) 李定鎬, 『朝鮮日報』, 1927.12.20

世上에 남의 어버이 된 사람이 모다 그러타는 것은 아니나 何如間 大槪는 自己가 하는 일이면 自己가 조타고 생각하는 일이면 絶對로 고집을 세이는 분이 만습니다.

가령 例를 들어 말슴하면

自己 醫師 노릇을 하면서 醫師가 조타고 생각하면 그 아들의 意思는 如何하든지 더퍼노코 醫師를 만들려 하고 自己가 實業家이면서 實業이 조타고 생각하면 그 아

들의 意思는 如何하든지 더퍼노코 實業家를 만들려 하며 自己가 萬一 文學者로서 成功하엿스면 그 아들의 意思는 如何하든지 더퍼노코 文學家이나 敎育家를 만들려는 분이 대단히 만흔 것이 事實입니다.

이것이 얼마나 억지의 짓이면서 우수운 일이겟습닛까?

自己의 아들이라고 반드시 自己의 特殊한 才能을 고대로 닮는다던지 고대로 遺傳하여야 한다는 까닭이 어대 잇느냐 말슴입니다.

間或 性格上 그 아버지의 생각과 가튼 아들도 잇기야 잇겟지요. 그러나 의레히 그러케 꼭 닮어야 된다는 法이야 업지 안슴닛가?

다른 나라에도 요前 世紀까지는 그러한 例가 만헛고 特別히 우리 朝鮮에 잇서서는 더욱 이러한 前例가 가장 甚햇든 것도 事實이며 아즉도 그러한 분이 만흔 것을 생각하면 참말 寒心하기 짝이 업습니다.

글세 여러분도 좀 생각해 보십시요. 동그랏케 生긴 구멍(穴)에다 네모(四角)진 物件을 억지로 집어느라는 말이나 무엇이 다를 것이 잇는가……

이것은 어느 程度까지 그 어버이가 그 아들의 才能을 全然히 아지 못하는 中에서 흔히 生기는 일이겟지요!

그러니 이러한 父母일스록 그 아드님에게 兒童劇을 자조 하도록 하시면 알고 십지 안해도 自然히 그의 才能을 아시게 될 쌘 아니라 그러케 沒理解한 억지의 짓은 아니 하시리라고 밋습니다.

그리고 兒童劇에 자조 出演하는 어린 사람일스록 自己 特長의 對한 自覺과 自信이 生겨실 것입니다. 그리고 그에 쌀아서 敎師로 게신 분이나 또는 그 어버이까지라도

'이 兒孩는 藝術家가 되기에 適當한 素質을 가젓구나!'

'이 兒孩는 學者님의 風이 잇고나!' 或은 外交家가 되기에 …… 或은 工業家가 되기에 充分한 才能을 가젓고나! 하고 이럿케 환 — 하게 잘 아실 수 잇스니 우선 이것만으로도 兒童劇의 效果가 얼마나 큰지를 아시지 안켓습닛가?

넷재 우리 사람은 社交的 動物이라고 하지요!

그러나 이것은 어룬들의 世上에서는 絶對로 그러치 안습니다.

다시 말하면 어룬들은 體面이라는 거짓 탈을 뒤집어쓰고 自己가 좃케 생각하는 사람이나 실케 생각하는 사람이나 누구를 勿論하고 이 世上을 살어가려니싸 실코 조코 間에 사람을 사괴일 째 억지로 사괴는 境遇가 만흐나 그러나 어린이들만의 世上에서는 到底히 容納할 수 업는 問題입니다.

(八)

李定鎬,『朝鮮日報』, 1927.12.22

于先 이것은 좀 問題 밧게 말슴일지 모르나 何如간 實例를 한아 들어 말슴한다면 나는 어룬의 雜誌와 어린이의 雜誌 두 가지를 함께 發行하는 雜誌社의 잇는 關係로 내가 實地로 體驗해 본 이야기를 한아 하겟습니다.

어른의 雜誌는 發行하는 日字의 조금 늣는다던지 內容이 좀 不滿足하다던지 하야 讀者로서 대단히 不快하고 언짜는 境遇가 항용 잇는데 이것은 讀者가 어룬인 만치 體面을 보게 됩니다.

그래서 自己 마음 갓해서는 담박 雜誌社를 辱을 실컨 하고 십지만 어룬이라는 體面을 생각하는 싸닭에 辱을 하고 십허도 辱을 하지 못하고 억지로 꿀썩 참습니다.

그러나 어린이의 雜誌는 엇덧습닛가? 이와는 全然히 反對올시다. 發行하는 日字의 좀 느저 보십시요. 당장 편지에 하고 십흔 辱을 실컨 써서 보냄니다. 쏘 內容이 좀 貧弱하든지 不滿足해 보십시요. 쏘 당장 辱을 써서 보냄니다. 이러케 어룬과 어린 사람의 態度가 根本으로 다른 그만치 어린 兒孩들을 한곳에 모아놋코 무슨 일이고 서로 協力하야 해보라고 해 보십시요.

그러나 萬一 그들에게 다른 일을 시키지 말고 兒童劇을 實演해 보라고 해보십시요.

그러면 그들은 한번 듯지도 보지도 못하든 사이이것만 決코 실탄 말이 업시 곳 應諾하고 깃부게 질겁게 하지 안는가!

이것은 有獨 兒童劇쑨 아니라 엇더한 遊戱이던지 自己네들의 하고 십허하는 즉 要求하는 作亂이라면 알고 알지 못하는 사이고 간에 서로 의좃케 잘하는 것입니다.

이럿케 兒童劇은 親不親을 莫論하고 自然히 協力의 조흔 習慣과 精神을 기르는데 큰 訓練을 밧게 될 섇 아니라 이것이 비록 적은 일 가트나 이 다음 크게 大業을 成就하는데 가장 必要한 基礎가 되는 것입니다.

그리고 어룬들의 世上에서 地位 다툼을 하드키 어린 사람들이 演出하는 이 兒童劇의 世上에서는 絶對로 이러한 납분 버릇이 업스나 甚至於 빌어먹는 乞人 노릇을 하드라도 제 各其 달게 깃부게 합니다. 그래서 이들은 비로소 서로 맛흔 그 役에만 熱中하려는 그것에섇 努力하려는 習慣을 갓게 됩니다.

'少年雜誌送年號' 總評(一)

洪銀星, 『朝鮮日報』, 1927.12.16

朝鮮의 少年運動은 自然成長期로부터 目的意識期 — 이 目的意識이라 함은 朝鮮少年聯合會의 創立과 아울러 그의 綱領을 觀徹하는 組織的 運動을 이름이다. — 에 드러가고 잇다. 이에 쌀아서 少年運動의 表現機關으로 되어야 할 少年雜誌가 幾個 經營者의 私利 또는 大勢의 蒙昧한 執筆의 글을 그대로 실는다. 그것을 警戒하기 爲하야는 이러한 評을 쓰지 안흘 수 업다. 또 더 나아가서는 妄論 忘評을 防止하기 爲하야는 大膽히 評의 붓을 들지 안흘 수 업다. 그러나 決코 이 評이 여러 讀者나 또는 執筆者의 意志에 맛도록 되라는 法은 업스니까 이 評에 對하야 잘못이 잇다고 論戰을 건다든지 直接 말하는 분에게 對하야는 그 理論 — 缺點에 對하야 — 首肯할 만한 일이면 快快히 同志들 압헤 머리를 숙일 것이오. 그러치 안흐면 씃까지 싸홀 것이다. 너무 군말가티 되엇지만 나의 立場으로는 이런 말을 아니할 수 업는 것을 알어주기 바란다. 자 그러면 少年雜誌 十二月號의 評으로 드러가자.

『무궁화』

▶ 小星 氏의 「두 고개를 넘으면서」의 內容은 無窮花라는잡지의 險한 世上을 거러왓고 또 한 해를 넘게 되엇다는 悲痛한 哀訴다. 이것이 組合主義다. 왜? 무궁화만이 이 悲痛한 險한 길을 걸어왓드냐. 朝鮮少年運動이 全體로 이 沈痛한 險한 길을 걸어왓다는 것을 알어야 한다. 만약에 이 길을 우리 少年運動의 두 고개를 넘으면서 하면 더욱 조핫슬 것이다. 이것은 經營者의 讀者에 對한 哀訴가티 되지 안헛는가. 더욱이 오날 朝鮮少年運動이 集中的 또는 總體的으로 일하는 이 자리에 이런 말이 될 말이냐. 그러나 이러한 소리 한 것도 이 잡지에 쌘이다. 참다운 朝鮮少年聯合會의 表現機關이 되엇스면 한다.

▶ '靑谷' 氏의 「무궁화는 엇써케 發展할 것인가」 이것도 우헤 것과 大同小異한 內容이다. 이 속에 조흔 말은 '世界平和를 朝鮮的으로'라고 한 말은 처음 보는 傑作의 소리다. 그러나 이것에 對하야도 '무궁화는 엇써케 發展할 것인가' 하엿드라면 조핫슬 것 갓다. 이곳에 하고 십흔 말도 먼저 小星 氏에게 말한 말을 또 하고 십다. 우리는 組合主義的 '이데오로기 —'를 揚棄하고 少年運動 全體를 標準으로 한 集團意識을 高調하지 안흐면 아니 된다.

▶ 「朝鮮歷史講座」는 筆者의 變名으로 發表한 것인 바 內容은 古代 朝鮮을 쓴 것 — 檀君, 箕子, 衛滿으로 너무 尊敬詞를 만히 하는 것 가티 늣겨지며 또한 그前 『어린벗』의 실엇든 것임을 말한다. 이것은 文籍에 잇는 것을 우리 글로 譯할 뿐이다. 筆者로서는 이러케 써 내려가면 너무 오래 될 것을 근심한다. 여긔 對하야는 어느 다른 분이 評해 주섯스면 한다.

(二)

洪銀星, 『朝鮮日報』, 1927.12.17

▶ 李璿林 氏의 少年小說 「福男의 決心」은 小說 되기는 어렵고 또한 體도 童話體이다. 그러나 그 內容은 取한다. 그 內容은 '공장에 단이는 福男이라는 어린이가 기름냄새 몹시 나고 납(鉛) 냄새가 몹시 나는 공장의를 每日 出動을 잘 하건만 月給을 잘 아니 주어서 집안에 늙은 부모와 어린 동생의 對하야 걱정하고 이 세상을 咀呪하든 씃헤 무엇을 하려고 하는 것이다.' 그러나 한 가지 遺憾인 것은 무엇을 하려고 또는 무엇 하엿는지가 疑問이 될 만큼 以下 全文削除란 무서운 處刑을 당하엿다. 內容만은 조타. 그러나 文勢가 조금 썩썩하다. 만히 쓰기를 願한다.

▶ 梟眼子 氏의 「農村과 都會와 겨울」이야말로 沈痛한 內容이니 그 一節을 빌어오면 "농촌에 가보자 풍년은 풍년이다. 어대를 가든지 년사가 잘못되엿서 하는 곳은 업슬 것이다. 그러나 그들은 또한 전과 가티 운다. 그의 눈방울에는 피 석긴 진주 방울이 경쟁뎍으로 쏘다저 나온다. 디주(地主)는 더 차지한다. 경제는 폭락이요 물가

는 고등하니 그들은 엇지 할 것이냐" 하는 것이 잇다. 그의 思想을 나는 사랑한다. 이것도 以下 全文削除라는 法網에 걸엿다. 될 수 잇스면 感想하고 童話이든지 少年小說에도 이러한 것이 나왓스면 한다. 文章도 洗練되엇다. 힘쓰면 잘 쓸 줄도 밋는다.

▶ 尹小星 氏의 「朝鮮의 革命歌 崔水雲 先生」은 너무 짤벗다. 아무리 紹介라고 하드라도 엇더케 槪念만 써서는 滋味업다. 그리고 一種 宣傳하는 듯한 氣分이 잇서 不快를 感하게 한다.

▶ 盧福將 氏의 「겨울을 압두고」의 內容은 '자긔의 體驗으로 鐘路 모퉁이에서 아홉 살이나 될낙 말낙한 少年거지를 보고 자긔 處地와 그의 處地와 朝鮮 首府 京城에 이러한 것이 잇슬 적에 싀골 農村은 엇더랴한 卽感된 쓸아림을 쓴 것이다.' 그 뜻만은 가상하다고박게 할 수 업다. 그것은 너무나 朝鮮의 悲慘한 境地만을 感激의 눈물 悲痛의 눈물로 울기만 하엿지 우리는 엇더케 하여야 살겟다는 것을 말치 안헛다. 이것이 다만 곱게 자라난 사람의 感想이기 때문이다. 그리하야 그의 小市民性을 엿볼 수 잇는 것이다. 좀 더 나도 저러케 되겟지 우리는 엇더엇더하기야겟다는 말을 아니 써는가 한다. 이런 것은 그 뜻을 가상하다고박게 評해 줄 수 업다.

▶ 筆者의 「文盲과 敎養」은 글자 그대로 文盲과 敎養의 對하야 이약기한 것이다. 그러나 文勢가 썩썩하고 너무 非組織的인 것을 말함이다.

▶ 南千石 氏 「내가 본 무궁화」는 過度한 稱讚이며 이것 역시 組合主義的으로 흘넛다. '무궁화를 위함은 조선사회의 절대 책임이다' 하엿스니 그래 무궁화가 少年運動 全體를 代表한다는 것인가. 만약에 '少年運動을 위함은 社會이 絶對 責任이다' 하는 것이 훨신 나하슬 것이다.

▶ 高長煥 氏의 「짠누다 — 크」의 內容은 '짠짝이라는 童貞女가 後園에서 啓示밧는 것을 劇으로 表現한 것이다.' 그러나 劇的效果를 내기에는 千里萬里로 들엿고 쏘한 섯투른 솜씨의 重譯이다. '짠짝'을 '짠누다 — 크'라고 한 日文을 고대로 譯하엿다. 高 氏에게 對하야 이러한 作品은 좀 더 考慮하야 써주기 바란다. 別로히 큰 失數는 아니나 對話의 不調和와 登場人物의 □□ 이러한 것으로 因하야 읽키는 對話로도 成功의 못한 것이다.

다시 이 『무궁화』 全體를 들어 말하겟다. '페 ― 지' 적은 것이 이 雜誌의 遜色인 것은 平凡이 보드래도 알 것이나 조금 더 編輯 排列에 注意해스면 조켓다. 적은 '페 ― 지'를 가지고도 좀 더 나을 수가 잇다. 이곳은 紙面關係로 고만 쓰겟다.

(三) 洪銀星, 『朝鮮日報』, 1927.12.20

『아희생활』

▶「정묘년을 보내면서」는 漠然한 글이다. 그저 잘 되자는 漠然한 글이다. 紙面에 關係도 잇지마는 實質的 아무 소리도 업시 "토기 해이라더니 깡충깡충 빨니도 감니다"라는 무슨 점잔치 안흔 소리일가. 적어도 卷頭言이라는 것을 알어야지오. 이것은 甚하다고 할는지 몰으지마는 文字 羅列의 지나지 안는 卷頭言이다. 삼가 쓰기를 바란다. 鄭重히 쓰기를 바란다.

▶ 鄭炳淳 氏의 「朝鮮史概觀」은 쓰노라고 애쓴 것은 안다. 浩繁한 歷史를 적어도 四十年史를 한 二三 頁식 써서 十三 回에 쓰기는 어려운 일이다. 그와 짤아서 마치 '무당 푸닥거리' 하듯 몰아첫다. 多少 誤植과 잘못이 잇다. 그러나 한 가지 謹愼하여야 할 것은 '철종(哲宗)의 다음은 흥선군(興宣君)(英祖의 玄孫)의 둘재아들 리희(李熙)가 임군이 되엇는데 뒷날에 대한광무황뎨(大韓光武皇帝)가 되엿습니다' 한 말은 큰 失數다. 어린 사람에게는 '되엇습니다' 하는 소리를 쓰고 멧 해까지도 우리가 그 밋해 臣子 노릇을 하든 어룬의 諱字를 아무 것침업시 쓴다는 것이 너무나 어린이로 하야금 ×國에 對한 愛着을 이저버리게 할 것이다. 쏘 몰으겟다. 달은 임군은 묘호(廟號)를 썻스니까 그러나 굿대여 大皇帝에 일르러서는 諱字를 그대로 쓰니 筆者는 이 다음 謹愼할 必要가 잇다. 그리고 글에 낫타난 사람에 일홈에 잇서서는 누구 일홈을 그대로 쓰고 누구는 堂號만을 쓰는 그 心事를 뭇고 십다. 알겟다. 筆者의 崇拜하는 사람이란 것을!

그러나 堂號만을 쓰거든 弧號를 치고 일홈을 써야 알어먹지 안는가. 다시금 달은

雜誌에 좀 더 徹底히 嚴正한 붓을 들엇스면 한다. '무당 푸닥거리'는 하지 말고 그리고 粗雜하게 느러놋치도 말고 썻스면 한다. 鄭 氏에게 한 말 하고자 하는 것은 좀 더 愼重히 하라는 말이다.

▶ 朴仁寬 氏의 「배우자!」는 너무나 英雄主義로 씨는데 갓갑도록 썻다. 또한 神經質的으로 너무 몰아처서 이러한 말이 잇다. '…배운 사람은 가슴통을 내밀고 다니고 못 배운 사람은 머리를 숙이고 단입니다…' 이러한 소리는 너무나 感情에 흐른다. 배운다는 것을 鼓吹하는 것마는 조타. 그러나 글 쓸대 그 主題에 맛치기 爲하야 感情的으로 흐르면 못쓴다.

▶ 김태영 氏의 童謠 「野菊」은 잘 썻다. 童謠보담도 童詩라는 편이 나흘 것 갓다.

밝안 옷 색시님은 머리 숙이고
파랑치마 우에서 졸고 잇다오

이 옷 節이야말로 아름다운 童詩가 아니고 무엇일가. 이러한 것을 만히 쓰기를 勸告하고 십지는 안타. 그것은 너무 情緖에 흐르는 짜닭이다. 同氏의 노래 「감(柿)」도 조타. 깨끗한 表現이다. 노래를 불으기에는 조금 거북할 것 갓다.

▶ 鄭仁果 氏의 「왕궁을 지은 대담한 청년」의 今回 內容은 '목수가 공주를 안악삼고 돌아오게 되엇는데 왕이 공주 빼긴 것이 분해서 병뎡을 보내여 追擊하게 한다. 그럴 때에 전에 목수가 해 노흔 호랑이 여호 말이 병뎡들에게 풀리게 되어 목수를 잡으러 갓다가 목수가 태연히 잇는 것을 보고 다라나오는 것이다. 그리하야 목수는 공주와 잘 지냇다'는 이야기다. 前回보담은 滋味가 잇섯고 그럴듯하며 修辭도 것칠지 안타. 그러나 좀 더 쎄가 잇는 童話가 만히 잇슬 줄로 생각한다.

(四) 洪銀星, 『朝鮮日報』, 1927.12.22

▶ 金台英 氏의 童謠 硏究 『童謠作法』은 지난번에는 픗내가 나는 이야기를 하얏드니 지금은 조금 더 나가 詩作法(서투룬)을 쓴 것 가티 되엇다. 조금 '레 — 벨'을 낫

추면 마질 줄노 안다. 지난번보다 훨신 힘드려 硏究한 形跡이 보인다. 만히 힘쓰기를 願한다.

▶ 李成洛 氏의 少年哀話 「順男의 죽엄」의 內容은 '어머니 일흔 順男이가 홀아버지의 품에 자라면서 學校를 단이여서 成績 조흔 아희로 일홈이 낫다. 그리고 부자집 아들 신복이라는 동무를 사괴여 親하게 지냇다. 그런데 어느 눈 오는 날 順男이는 學校를 가서 신복에게 쇠(鐵)鉛筆 五十錢짜리를 거저 어더 가지고 오다가 넘우나 눈이 와서 싸혀서 그 속에서 얼어 죽는 것이다. 그리고 이듬해 그의 동무 신복이가 그의 동무를 생각하야 우는 것이다.' 참 잘된 內容이다. 눈물겨운 作品이다. 또한 農村 가난한 집 少年으로서 五十錢짜리 鉛筆을 어덧슬 때 얼마나 깁버스랴. 近來 드문 創作이다. 더욱이 신복이와 順男의 義잇는 場面은 잘 썻다. 修飾이나 描寫는 좀 거치른 것이 잇스나 '스토리'가 좃타. '안더슨'의 「석냥파리 處女」만 하다고 할 수 잇다. 그의 前途를 빈다.

▶ 金昌俊 氏의 少年美談 「샙프로의 十字架」는 繼續 讀物로서 아즉 알 수 업스나 이 분에 筆法은 넘우 거칠다. 描寫나 修飾이 不統一된 곳이 만타. 內容에 잇서서는 씃막을 때 이야기하겟다.

▶ 田榮澤 氏의 聖劇 「입다의 딸」은 劇으로 效果를 내기에는 넘우 짧다. 더구나 三幕이라는 것이 六 頁박게 안 된다. 그러케 '세레프'가 적고서야 劇으로는 벌서 틀엿다. 그저 對話라는 것이 조흘 것 갓다. 聖劇이라고도 할 수 업다.

▶ 高長煥 氏의 「썰리버 旅行記」는 그전 六堂 崔南善 氏의 손으로 번역된 것도 보앗지만 이번 것이 오히려 그전 것보다 낫다고 할 수 잇다. 文體가 時體이고 또한 洗練된 맛이 잇다.

▶ 崔相鉉 氏의 「세계에 유명한 사람들」은 이번은 英國의 '아스퀴드' 이야기이다. 너무 英雄主義을 宣傳하는 것 갓태서 不快하다. 文章은 洗練되고 글도 滋味업지는 안타. 그러나 英雄主義 高調마는 말엇스면 한다.

▶ 「크리쓰마스 祝賀大會」와 西北地方 童話 巡訪記는 評할 性質이 못되어 그만둔다. 讀者文壇은 잘 써엿다. 『아희생활』도 우리 少年運動의 한 도움이니만치 넘우 宗

敎的 色彩를 씌우지 말엇스면 한다. 우리는 모든 힘을 集團的 單一的으로 合하기를 爲하야는 勞働少年, 農村少年, 宗敎少年, 모든 少年 大衆으로 하야 朝鮮少年聯合會로 結成 集中되지 안흐면 안 된다. 우리의 運動으로 보아 決코 宗敎 單體라고 排斥하야서는 안 된다. 우리는 다 가튼 괴로움을 밧는다. 그 程度에 差異는 잇슬지언정 모든 힘은 朝鮮少年聯合會 큰! 넘우 말이 脫線이 되엇다.

(五.)

洪銀星, 『朝鮮日報』, 1927.12.23[1]

1 조선일보사에 문의해 본 바, 원문이 부재함을 확인하였다.

在來의 少年運動과 今後의 少年運動(一)

洪銀星, 『朝鮮日報』, 1928.1.1

一. 서론

소년운동이 조선에서 일어난지는 불과 삼사 년의 지나지 안습니다. 그러나 그 운동에 잇서서는 장족(長足)의 발달을 보게 되어 이제는 어느 도(道) 어느 고을(郡)을 물론하고 거의 다 소년회(少年會)라는 것이 잇게 되엿습니다.

그런데 우리의 소년운동이 이마만큼 발전되엇고 쏘한 이보담 더 발전될 것을 우리는 부단히 노력하며 활동하야 마지안는 바이나 우리는 다만 소년으로 하야금 취미(趣味)를 엇게 하엿고 쏘는 소년이라는 것도 크나 적으나 사람의 한 목이 잇다는 것만을 만히 배양해 왓습니다. 다시 말하면 우리는 안으로 잇서서는 질서(秩序) 업시 막우 노는 어린이를 질서 잇게 하엿고 소국민(小國民) 되기에 노력하엿스며 밧그로는 어린이 사회이라는 곳 사회덕으로 가치가 잇다는 거슬 일반사회에 알렷슬 쁜입니다.

그러나 오늘날 — 일천구백이십팔년을 맛는 오늘날에 잇서서는 좀 더 재래의 해오든 모든 소년의 대한 운동을 정리(整理)하는 일면 지금 조선 사람이 다 요구하고 잇는 무엇 쏘는 지금 조선 사람으로써 반드시 알어야 할 조선 사람의 특수(特殊)한 처디 곳 남다른 처디를 일반 어린이들이 깨닷도록 하자면 엇지 하여야 할가 하는 문데로 한 개의 범론(汎論)에 갓가운 것이나 다 이에 초하고자 하는 바입니다.

二. 재래 소년 운동 개관

일즉이 들음애 조선 소년운동에 첫 고등 맨 처음으로 일으킨 것은 경상남도 진주(晋州)라고 합니다. 그러나 하등의 효과를 잘 내이지 못하고 유야무야 중에 뭉크러지고 텬도교(天道敎)에서 동지(同志) 방뎡환(方定煥) 군이 일천구백이십이년에[1] 텬도교소년회를 조직하고 그 다음해 즉일천구백이십삼년에 『어린이』라는 소년 잡지를 창간하엿습니다.

그리하야 소년운동은 차차 긔반을 닥게 되어 각 도 각 군에 벌떼와 가티 일어나게 되엇습니다.

아즉까지도 필자의 긔억에 잇처지지 안는 것은 동지 장무쇠(張武釗) 군의 열렬한 운동으로 조선에 처음으로 명진소년회관(明進少年會館)을 건축한 것입니다. 그 다음에 『어린 벗』이라는 등사판으로 된 잡지와 또 이와 거진 자매지(姊妹紙)라고 할만한 『朝鮮少年』과 또 개성에서 발행하는 『샛별』이라는 잡지가 잇섯습니다. 그리고 반도소년회(半島少年會)에서 발행하든(이것도 등사판) 반도소년(半島少年)이란 잡지가 잇섯고 각 디방에는 소년회 소녀회가 창립되며 그곳에 각자의 그 회의 긔관으로 혹은 등사판으로 혹은 필긔로 돌러보는 곳까지 잇섯습니다.

그리다가 『어린 벗』, 『朝鮮少年』, 『샛별』, 『半島少年』은 경비 곤난 혹은 경영자의 무성의로 업서지고 이것들이 채 업서지기 전에 『새벗』, 『별나라』, 『少年界』, 『少女界』, 『무궁화』, 『아희생활』 등 여러 잡지가 나와서 이즈음은 진실로 서뎜이 어린이 잡지로 판을 채릴 만치 되어 잇습니다.

그리고 소년 단톄(少年團體)에서 동화회(童話會), 동요회(童謠會), 원유회(園遊會), 등산회(登山會) 등 등산(山)에서 들(野)에서 강(江)가에서 봄은 봄이라고 '봄노리'를 하고 가을은 가을이라고 '추석노리', '가을노리'를 자미있게 하야 아즉까지 개와장, 조갑지, 팽이 등등 작난감답지 안흔 작난감을 가지고 '비사잡기', '팽이 굴이기', '딱지치기' 등 이러케 헤알릴 수 업는 작난 비조직뎍(非組織的)의 작난을 조직뎍으로 하도록 우리는 학교(學校)을 주례로 소년회(少年會)를 보조긔관(補助機關)이라고 할 만콤 하야 왓습니다.

좀 더 말하자면 우리는 소년으로 하야금 재래의 '在下者有口無言'이라는 절대 압박 밋테서' 어린이도 크나 적으나 한 개의 사람입니다. 그러면 우리도 사람의 한 목

1 '일천구백이십일년에'의 오식이다. 천도교소년회(天道敎少年會)는 1921년에 조직되었다.

을 줍시오. 우리를 당신데의 재롱거리로만 보시지 마십시요' 하는 일종 인격(人格) 운동이엇습니다.

그러나 결국 녀성운동(女性運動)이나 형평운동(衡平運動)과 가티 적극뎍(積極的)으로 반항하는 운동이 아니고 얌전하고 조신한 소극뎍(消極的) 운동이어서 말하자면 겸손하면서 어른에게 대항하는 정신을 길너 왓습니다. 한 가지 전례로는

'발을 밟히고 未安합니다!' 가튼 스사로 겸손하며 그의 반성(反省)을 촉하는 순한 듯하면서 강한 무저항주의(無抵抗主義)로써 저항해 나왔든 것입니다.

좀 더 구톄로 말한다면 소년에게 한편으로는 교훈(敎訓) 되도록 힘쓰며 어른에게 대하야 어룬의 아름답지 못한 뎜을 반성해 오도록 구해 왓든 것입니다.

이에 일반사회에서 소년운동을 한 개의 교육의 대한 보조긔관으로 생각하야 (지금도 그러케 생각하는 분이 만흘 것입니다) 소년으로 하야금 소년회에 가도록 권고하신 부모도 계섯습니다.

(二)

洪銀星, 『朝鮮日報』, 1928.1.3

이러케 자미롭게 또는 조직뎍으로 전 조선에 퍼저 왓섯는데 소년운동의 암초(暗礁)라고 할 만한 소년운동자협회(少年運動者協會)와 오월회(五月會)라는 두 단톄가 딱 대립(對立)해 잇게 되며 전국의 소년운동은 혹은 소년운동자협회의 계통(系統)으로서 잇게 되고 혹은 오월회(五月會) 계통으로서 잇게 되어 맛치 가튼 줄기 물이 두 갈내로 난운 것 가티 되엇섯습니다.

더욱이 일천구백이십칠년 오월 일일에 잇서서는 소년운동자협회에서는 소년운동자협회 계통의 아동(兒童)을 다리고 큰길거리로 시위운동(示威運動)을 하고 오월회는 또 오월회의 계통에 잇는 소년을 다리고 큰길거리로 시위운동을 하엿습니다.

말하자면 이것이 량파(兩派)의 암투(暗鬪)의 최고 표현(最高表現)이엇든 것입니다.

이리다가 조선 전국뎍으로 일어나는 신진 소년운동자는 이 두 파로 하야금 자연

히 합하지 아니치 못할 만큼 그들에게 위압해 오게 되엇습니다.

그리하야 조선소년련합회(朝鮮少年聯合會)를 동지 최규선(権奎善), 고장환(高長煥) 등 십여인이 발긔하야 텬도교소년회를 발긔 단톄로 가입(加入)시키게 되매 비로서 량파의 파벌(派閥)은 침식이 되고 더 나가서 십월의 창립대회 때는 원만히 단란하게 창립이 되엇습니다.

이것이 일천구백이십이년 오월 이후로의 간단히 보아온 력사입니다. 곳 말하면 개관(概觀)이라는 것입니다.

三. 방향전환(方向轉換)

일천구백이십칠년 오월에 동지 뎡홍교(丁洪教) 군이 로동자(勞働者)의 달인 '메—데이'와 어린이날이 서로 충돌될 념려가 잇다는 론(論)으로부터 재래의 운동을 방향(方向)을 돌이자는 극히 간단하고 막연한 것을 썻섯습니다. 그러나 그때에 잇서서는 아무런 효과(效果)가 업섯지마는 조선소년련합회를 준비하게 됨으로부터 방향을 밧구게 되는 '푸로그람'을 내세우게 되엇습니다.

그때 준비회 강령은 주로 파벌(派閥)을 타파하는 것으로써 잇섯습니다.

그리자 완전히 조선소년련합회가 창립되자 다시금 강령이 문뎨 될 것입니다. (아즉 강령은 발표되지 안헛습니다.)

말을 다시 돌여서 리론(理論)을 갓겟습니다.

먼저도 말하엿거니와 우리는 소년으로 하야금 학교 교과애 충실하며 짜아서 한 인간으로서 인간이라는 것을 인식(認識)해 달나는 운동을 해 왓습니다. 그러나 이것이 조선 소년으로 꼭 가저야 할 것은 아니엇습니다. 아니 또 몰으겟습니다. 그 시긔에 잇서서는 그것으로도 족햇슬는지 몰릅니다. 그러나 시대는 변합니다. 짜아서 사상(思想)은 고정해 잇슬 것이 안입니다. 그리고 모든 운동도 계단(階段)이 잇습니다.

그러기 때문에 우리는 일천구백이십이년으로부터 일천구백이십칠년 구월까지를 자연성장긔(自然成長期)라고 봅니다. 그리고 일천구백이십칠년 십월 이후를 정리긔(整理期), 진출긔(進出期), 목뎍의식성뎍(目的意識性的)이라고 하는 것입니다. 이제 순차로 이 정리긔, 진출긔를 잠간 말하겟습니다.

정리긔(整理期)

우리는 소년으로 하야금 취미를 엇고 또한 소년회라는 것을 엇던 것이라는 것을 알리기 위하야 외국의 동화를 번역하고 조선 안에 파뭇처 잇는 동요를 진흥시키엇습니다.

그리하야 이제는 소년운동을 직접 간접으로 돕는 소년잡지가 십여 종이 생기게 되엇고 또한 소년을 위하야 동화집(童話集), 동요집(童謠集) 모든 소년에게 대한 서적이 오십여 종이나 나오게 되엇습니다.

그러나 그 만히 나오는 소년잡지 또는 동화집, 동요집이 필요하냐 하니까 만흔 문뎨가 일어나게 됩니다.

다시 말하면 소년을 위하야 동화집이나 동요집을 출판한다 또는 소년을 위하야 소년잡지를 경영한다 하는 아름다운 일홈을 씌우고 사리(私利)를 탐하는 서적상도 잇스려니와 시대 뒤써러진 낙듸 날은 여항(閭巷)에서 잡담으로 구을너단니는 것을 동화집 혹은 동요집 운운하고 또는 동화 개작(童話改作)이니 동요 개작이니 하는 무됴건하고 자미잇고 우슴 웃게 되면 또는 정서(情緖)를 늣기게 되면 동화이요 동요이요 소설이요 하게 되엇슴으로 우리는 하로밧비 소년잡지로부터 단행본(單行本)으로 나오는 서적을 조선소년련합회 일홈으로서 정리(整理)하지 안흐면 안 되게 된 때입니다.

또 단톄로 말하오면 년령을 제한하지 안코 막우 밧고 혹은 공이나 치고 작난만을 위주하는 소년 단톄도 적지 안흠으로 급히 정리하지 안흐면 안 될 줄로 암니다.

이것이 지금 조선소년련합회로서는 당면 문뎨(當面問題)인 줄로 생각함이다.

진출긔(進出期)

재래의 운동은 사회에서 알거나말거나 소년을 단합하기 위하야 '사회'라는 것에 대하야는 거진 맹목(盲目)이라고 하여도 과언이 아닐 만치 소년운동 자톄로서도 등한시하여 왓고 쏘한 사회에서도 그러케 하여 왓섯습니다.

말하자면 피차(彼此)에 아모 유긔뎍 련락(有機的連絡)이 업시 너는 너고 나는 나라는 싸로싸로의 관념으로 지내 왓섯습니다.

그러나 이제 모든 운동이 신간회(新幹會)를 목표로 하고 민족뎍 단일운동(單一運動)이 일어나는 오날 이 마당에서 재래와 가티 너는 너고 나는 나다 하는 싸로싸로의 관렴을 가저서는 안 된다고 생각한 것입니다.

말하자면 조선소년련합회로서도 반드시 참가하여야 될 신간운동 즉 민족뎍 단일운동입니다. 이제 리론상으로 보아서는 꼭 이러함에도 불구하고 현실주의(現實主義)를 가진 몃몃 동지는 반대합니다.

(쌕・레뷰 —) 靑春과 그 結晶

世界少年文學集을 읽고

銀星學人, 『朝鮮日報』, 1928.1.11

靑春은 아롱진 무지개(虹)로도 거릴 수 업고 쏘한 至極히 貴하다는 보배(寶)로도 박굴 수 업는 것이다.

그와 짤아 靑春期에 잇서서는 누구나 다 情熱에 뛰논다.

至極히 快活하고 至極히 高貴로운 精神을 오직 이 靑春期에만 볼 수 잇는 것이다.

그러나 或時는 이 快活한 氣象 高貴한 精神을 그릇되이 誤入의 길노 들어가는 靑年도 만흔 것이다.

이제 나의 벗 高長煥 君은 그러치 아니하야 무지개보담 아름답고 寶石보담 貴한 그 精神을 『世界少年文學集』을 編成하는데 썻나니 이제 그의 編成한 『世界少年文學集』이란 果然 얼마마한 것이며 엇재서 이 筆者가 「靑春과 그 結晶」이라는 것을 쓰게 되는가를 알게 될 것이다.

이제 高 君의 編成한 『世界少年文學集』은 그 編輯의 綿密함과 選擇의 周到함을 말하지 아니할 수 업다. 대강대강 그의 主題만을 적어도 二百餘種이나 될 것이다. 그러나 이곳에는 다만 그의 排置해 논 大 題目을 줄일 것 가트면

이야기의 세상

별님의 동산 — 웃음의 나라

달님의 동산 — 깁븜의 나라

해ㅅ님의 동산 — 즐거운 나라

한울의 동산 — 平和의 나라

永遠의 동산 — 달듸단 나라

노래의 세상

개나리 동산 — 봄의 나라
새파란 동산 — 녀름의 나라
분홍빗 동산 — 가을의 나라
무지개 동산 — 겨을의 나라
새하얀 동산 — 天使의 나라

이러케 組織이 되어 잇다. 한 題目에 적어도 五六種의 童話와 童謠 乃至 子守歌, 子長歌까지를 編入한 것을 볼 때 나는 놀나지 안흘 수 없섯다.

일즉이 同志 方定煥 君의 『사랑의 선물』이라는 것을 맨 첫 고등으로 出刊시켯섯스나 그것은 다만 童話만으로 滋味와 實益이 업는 바는 아니나 今番 高 君의 『世界少年文學集』만은 못한 듯한 늣김이 난다.

또 同志 李定鎬 君의 『世界一週童話集』도 잘 되엇섯다. 그러나 方 兄의 『사랑의 선물』과 比等하엿고 以來 童話集 童謠集이 만히 나왓섯스나 方, 李 兩 兄의 것의 損色이 잇섯는 바 아직 이번 高 兄의 『世界少年文學集』만은 方 李 兩 兄의 그것보다도 나흔 줄로 안다. 或時 過度한 評이라고 할는지는 몰으나 나는 나흔 줄로 認定한다.

이에 나는 躊躇치 안코 五百五十萬 少年에게 勸하는 바이다. 이 金보다 貴하고 銀보다 튼튼한 高長煥 兄의 『世界少年文學集』을

이제 그 冊에 잇는 아름다운 몃 개의 노래를 이곳에 적어보랸다.

해ㅅ님

햇님은햇님은 내건너오시고
응달은응달은 내건너가시오

×

져쪽은져쪽은 닭똥이더럽고
잇쪽은잇쪽은 썩냄새맛조타

×

건너서오시오 건너서오시오

당신님한테도 조금듸립시다

(中國 雲南 童謠)

三月 삼질날

중 중 때 때 중

우리애기 까까머리

×

길라라비 훨훨

제비색기 훨훨

×

쑥 뜨더다가

개피떡 만들어

×

호호 잠들여 노코

냥냥 잘도 먹엇다

×

중 중 때 때 중

우리애기 상제로 사갑쇼

(朝鮮 鄭芝鎔)

이러한 무지개가티 아름답고 비단결 가튼 童謠, 童話가 참말로 車載斗量 格으로 수두룩하게 싸혀 잇다.

그리하야 나는 青春을 노래하고 쏘한 그의 青春期의 짜내 논 結晶의 '선물'을 나는 讚揚 아니할 수 업서 鈍한 붓을 들엇다.

"어린이는 새 세상의 희망이며 싹이다. 어린이를 위함은 사회의 절대 책임이다" 라는 말과 가티 우리는 少年을 爲하는 同時에 이러한 少年의 對한 金石과 가튼 寶玉을 支持하지 안흐면 안 될 것이다.

— 宮井洞 一隅에서 —

丁卯 一年間 朝鮮少年運動(一)

氣分運動에서 組織運動에

金泰午, 『朝鮮日報』, 1928.1.11

緒論

朝鮮의 少年運動이 잇슨 後 過去 一年과 가티 熾烈한 때는 일즉이 업섯다고 본다. 熾烈하엿다는 것보다도 思想上의 分野가 잇서 그저 朦朧하야 무어라 指名키 어렵든 過去의 少年運動이 彼我이 分別이 明白해지고 좀 더 徹底한 意味가 보이게 되엇다.

一九二六年에 陣容을 整制한 朝鮮少年運動이 一九二七年에 至하야는 그에 一步를 더하야 組織的이엇고 深刻味가 잇섯다. '그저 되나 보자구나' 하든 過去의 氣分 乃至 切利心에 依據하엿든 少年運動이 적어도 一定한 方式 알에에서 具體的 打算案을 가지고 當하게 되엇든 것이다.

實로 一年間의 朝鮮의 少年運動은 質로던지 量으로던지 적지 아니한 收穫을 어덧든 것이다.

混沌, 缺裂, 紛亂의 渦中에서 彷徨하든 朝鮮의 少年運動이 全朝鮮少年聯合會를 一線으로 하야 階段을 넘어 그 歸着點을 發見하게 되엇다. 아니할 수 업스며 짤아 氣分運動에서 組織的 運動으로 方向이 轉換됨에 對하야 確實히 우리는 자랑할 바이며 또한 少年團體의 郡 同盟이 各地에 組織되고 道 聯盟을 일으키게 된 것이라던지 또는 職業別의 勞働少年 團體가 생긴 것으로 보아 그 얼마마한 長足의 進步를 하얏다 할가!

一九二七年의 朝鮮의 少年運動은 一九二六年 그것에 比하야 實로 隔世의 感이 잇다 할 것이며 더욱히 紀念할 만한 事實이 陰으로 陽으로 發生 또는 發育되엇다고 볼 수 잇는 것이다.

이제 過去 一年間의 朝鮮의 少年運動을 至極히 簡單하나마 其 大體만을 分裂에서 統一 — 方向轉換 — 實際運動 — 理論鬪爭의 順序로 論하야 보고저 한다.

分裂에서 統一로

우리는 一九二七年을 少年의 ××的 結成過程으로 본다. 우리의 唯一한 武器는 團結이다. 團結이란 싸로 생기는 것이 아니요 大衆 自體의 間斷업는 奮鬪에 依하야 戰取되는 것이니 運動이 出發하자말자 곳 結成될 수 잇는 것이 아니오 여러 가지 大小過程을 지내야 비로소 結成되는 것이다.

그런데 朝鮮少年運動은 미처 그런 過程을 過程하지 못한 것이니 所謂 分裂이 單一黨線의 編成을 妨害하여 왓다. 그 結果는 實로 運動의 前進을 沮喪하엿나니 一九二七年은 드듸어 運動 自體로 하여금 分裂에 對한 大膽한 開戰을 命하엿든 것이다.

그러나 其後 少年運動에 잇서서는 少年運動者協會라던가 五月會가 從來의 派閥的인 '아이씌'를 揚棄 乃至 克服하여 七月 三十日에 이르러 全 運動을 總體化 執中化 하기 爲하야 從來의 軋轢 中傷을 超越하야 少年運動의 最高機關인 朝鮮少年聯合會 發起大會를 六十八個 團體와 四個 聯盟의 承認으로써 六十餘名의 代議員이 侍天教堂에 모힌 알에에 發起大會를 無事히 마치고 創立準備委員 十五人을 選定하야 各其 任務에 當케 되엇섯다.

이것은 두말을 기다리지 안코 必然的으로 그럿케 된 것이니 卽 五月會 對 少年運動者協會에 對하야 必然的으로 일어나는 刷新派, 中間派의 大勢는 이 두 樹立의 存在를 內的으로 必要치 안하얏고 또 全朝鮮解放運動이 社會主義 對 民族主義의 兩立으로 必要를 늣기지 안코 單一運動으로 展開됨에 쌀아 少年運動의 '모—토'도 決定的으로 社會的 振出을 要求하게 되엇든 것이다.

換言하면 在來의 自然生長期로부터 昨年 七月은 最高 派閥運動의 總決算으로 하고 意義잇는 組織的 運動期에 들어왓섯다.

十月에 들면서 □案으로 내려오든 朝鮮少年運動의 總力量을 集中化한 最高本營인 朝鮮少年聯合會 創立大會는 豫定과 가티 天道教紀念館에서 十六, 十七 兩日間의 會議가 創立되엇나니 이 會集이야말로 朝鮮少年運動의 歷史的 會議라고 하지 안흘 수 업는 것이다.

그리고 이야말로 離散으로부터 統一에 氣分運動으로부터 組織的 運動에 轉換할

絶對 必要의 唐麵적 確然性을 가저온 것이다.

方向轉換

過去의 少年運動은 氣分的으로 少年會 組織 또는 雜誌 刊行 — 卽 다시 밧구어 말하자면 少年保護運動의 進出에 不過하얏든 것이다. 그리하야 이 運動은 何等 思想이나 主義를 加味치 안코 純然한 少年의 趣味增長, 學校 敎養의 補充 敎材를 하여 왓섯든 것은 事實이다.

朝鮮의 社會運動이 自然生長的 組合主義的 ××으로부터 政治運動으로 方向을 轉換하얏다. 다시 말하면 社會主義 對 民族主義의 握手는 또한 全 運動의 一部門이라고 할 수 잇는 少年運動까지도 波及케 되엇다. 말하자면 少年運動도 朝鮮 모든 社會運動과 가티 '클라식' 運動에서 大集團的 運動으로 '모토'를 轉換하게 되엇다. 卽 自然生長期로부터 目的意識期에 들어왓다는 것이다.

少年運動者協會와 五月會의 對立은 其 裡面에 엇더한 衝突이 잇섯슴을 말하기 前에 其 重大한 原因은 思想的 分野가 잇섯든 것이라고 볼 수 잇다. 卽 民族主義를 加味한 思想이라든가 社會主義를 標榜한 運動이엇다. 그럼으로 初期의 必然으로 잇는 分裂이 잇섯다. 卽 五月 一日 '어린이날'을 두고 보더래도 其 醜態를 알 수가 잇섯든 것이다.

客觀的 情勢란 무서운 것이다. 五月會 對 少年運動者協會에 對한 各 地方團體의 熾烈한 反對運動이 蜂起하야 그의 中間派는 다시금 大集團 運動을 일으키어 朝鮮少年聯合會를 創立하엿나니 이것이야말로 少年運動 自體의 內的 發展이라 하겟다. 그리면 方向轉換의 實證的 産物이란 卽 朝鮮少年聯合會 그것이다.

(二)

金泰午, 『朝鮮日報』, 1928.1.12

實際運動

五月 一日의 全 朝鮮의 어린이날 紀念은 每年 宣傳하야 왓스나 丁卯年가티 盛大하게 擧行하기는 過去에 잇서서 일즉이 보지 못하얏다. 京鄕 各地에서 旗行列, 童話會,

講演會, 園遊會 等, 中止禁止, 解散 裡에 그래도 盛旺하게 擧行되엇다.

京城에서는 五月 三日에 旗行列에 參加한 少年小女가 實로 五千餘名에 達하여 京城天地를 뒤흔들엇스며 映畵大會 或은 演藝大會는 자못 前에 보지 못하던 盛況이엇다.

그리고 往年 米國人 許時模의 少年 私刑事件을 비롯하야 釜山, 大邱, 咸興 等 各地에서 發生하얏던 私刑 事件에 對한 各 少年 團體의 蹶起는 자못 非常한 氣勢를 보히엿다. 그리고 또 少年團體 解體에 對하야는 咸南 洪原 事件이 잇섯고 江原道 華川少年會 件에 對하여는 積極的으로 擁護 又는 對抗策을 講究하는 한편 特派員을 派送하야 事件 顚末을 調査하야써 大衆에게 □明 又는 公布하여 어느 程度까지 好結果를 보히엇다. 그쁜만 아니라 大邱, 光州 等地의 製糸工場의 少年 盟罷事件에 잇서서도 相當히 收獲이 잇섯다고 볼 수 잇는 것이다.

七月에 들며 朝鮮少年文藝聯盟이 創立되엇고 九月 一日에 朝鮮에 優秀한 童謠作家를 網羅하야 朝鮮童謠硏究協會가 創立되엇다. 그리고 十月 下旬에 들어가서는 朝鮮兒童에 對한 敎養問題와 根本策이 되는 兒童圖書館을 몃몃 同志들의 손으로 發起하게 되엇다. 이 모든 것을 보아 一九二六年에 比하야는 隔世의 感이 업다고 할 수가 업는 것이다.

理論鬪爭

理論이 업는 實踐은 妄論이오 實踐이 업는 理論은 空論인 줄을 우리는 잘 안다. 그리고 理論이란 社會運動쁜만이 아니라 少年運動에 잇서서도 絶對 不可缺의 것이다.

그러커늘 朝鮮에 잇서서는 從來에 理論이 等閑視되어 왓다. 그러나 그 잘못의 決定的 原因은 少年運動者에게 돌리는 것보다 其 運動 自體의 發展階段이 幼稚하엿다는 것에 돌리는 것이 正當할 것이다. 그러나 過去 一年間의 理論은 相當히 展開되엇다고 볼 수가 잇다.

일즉히 丁洪敎 君이 五月 一日 어린이날을 期하야 方向轉換論을 簡單하나마 쓴 적이 잇는 줄 안다. 仔細히 記憶되지는 아니하나 氣分運動에서 組織運動으로의 方向을 轉換하는 同時에 派別主義를 除去하야 統一的 方向으로 展開하여 나아가자는 것이 그 骨子인 듯십다.

그리고 筆者도 「朝鮮少年聯合會 發起大會를 압두고」란 題目下에 일즉히 멧 마듸 쓴 일이 잇섯다.

其 大要는—

“朝鮮少年運動은 方今 一大 轉換의 必要에 다다랏나니 分立으로부터 統一로의 劃時期的 飛躍이 卽 그것이다. 小黨分立은 運動의 幼稚한 때에만 잇는 것이니 運動의 發展에 따아서 그것은 쏘한 必然的으로 統一로의 轉換을 要求하게 된다. 漸漸 有力하게 展開되는 朝鮮의 少年運動은 ‘分裂에서 統一로’이 重大한 轉換이야말로 全生命에 關한 一大 重要問題이다. 이 重大한 轉換을 速히 實現시키기 爲하야 傳來의 모든 精神과 싸워서 統一의 旗발로 하여금 우리의 陳頭에 날리게 하자!”

換言하면 朝鮮의 少年運動은 統一的으로 …… 組織的으로 — 計劃的으로 하자는 理論의 展開이엇다.

八月에 崔青谷 君은 「方向을 轉換해야 할 朝鮮少年運動」[1]이란 題下에 簡單히 中外紙上에 發表한 것이 잇섯다. 나는 이것을 記憶한다. 其 大意는 ……

朝鮮少年軍의 任務, 朝鮮少年文藝聯盟의 任務(其外 一은 생각나지 안는다) 엇재든 朝鮮少年大衆이 無産者인 만큼 小資本主義의 運動으로부터 換言하면 沒落過程에 잇는 少年運動의 ‘모토’를 轉換하야 無産文學을 少年에게 紹介하자는 것이다.

九月에 들며 申孤松 君의 少年雜誌 讀後感을 비롯하야 果木洞人, 筆者의 兒童讀物選擇에 對한 論文이며 宮井洞人과 赤兒 君의 雜誌 總評이라던가 實로 볼만한 것이 만헛섯다.

年終에 臨迫하야 洪銀星 君의 「少年運動과 그의 文藝運動의 理論確立」이란 論文을 發表한 것을 안다. 그리고 同 君 對 赤兒 君의 理論鬪爭이 잇섯다. 筆者는 무엇보다도 洪 君의 意見이 나와 가틈을 보고 未知의 健實한 同志임을 밝혀둔다. 꾸준히 努力하기를 바란다.

1　최청곡의 「方向을 轉換해야 할 朝鮮少年運動」(전2회, 『中外日報』, 1927.8.21~22)을 가리킨다.

結論

여러 가지 環境이 少年運動을 일으키게 한 것은 確然한 일이지마는 그러케도 ××의 高壓이 잇슴에도 不拘하고 反動分子(灰色分子)이 沮害가 잇슴에도 不拘하고 얼마 되지 안는 짧은 동안에 今日의 延展을 보게 된 것은 그 얼마나 반가운 일이냐.

經濟的 政治的 ××××의 ××에 ××하는 朝鮮 ××은 恒常 生活不安과 思想의 苦痛으로 不滿의 氣分과 態度를 取치 안흘 수 업섯다. 이러한 生活을 背景으로 한 우리는 오로지 少年 及 幼年의 敎養, 訓練에에 가장 細心의 注意를 가지고 少年運動을 일으키어 왓다.

不過 六七年의 歷史를 가진 朝鮮의 少年運動이 偉大한 □跡은 업섯스나 過去 一年의 朝鮮少年運動을 總觀하면 氣分에서 組織으로 — 分立에서 統一로 — 運動의 陣容이 整頓된 點이 업지 안타. 이에 轉換期를 넘는 朝鮮의 少年運動이 小數 思想家의 손을 써나 農村에서 工場에서 街路에서 實際的으로 展開되어야 할 것이니 이곳 少年運動의 民衆化가 그것이다.

…(完)…

少年運動의 指導精神(上)

金泰午, 『中外日報』, 1928.1.13

朝鮮의 少年運動이 잇슨 後 過去 六七年間 어느 程度까지는 發展이 잇섯스나 넘우나 混沌, 缺裂, 紛亂의 渦中에서 彷徨하얏든 것이 事實이다. 그러나 過去 一年間의 少年運動은 質로든지 量으로든지 적지 아니한 收穫을 어덧다고 아니할 수 업스며 一九二六年의 그것에 比하야 隔世의 感이 잇다 할 것이며 더욱이 紀念할 만한 事實이 陰으로 陽으로 發生 又는 發育되엿다고 볼 수 잇다.

氣分에서 組織運動으로, 自然生長期로부터 目的意識期로 왓다. 다시 말하면 過去의 自然生長期로부터 昨年 七月 三十日을 期하야 最高 派閥運動의 總決算을 하고 意義잇는 組織的 運動에 들어왓다는 것이다.

從來의 朝鮮少年運動에 잇서 其 指導精神이 넘우나 混沌 狀態에 沒落되어 아모 主義 主張이 업시 理論確立을 볼 수 업섯든 것이 九月에 잡아들어 漸次 理論鬪爭이 展開되어 各自의 意思別論으로 少年運動과 兼하야 少年文藝運動에 對한 理論이 展開됨에 짜라서 만흔 興味를 끌게 되엿다.

現下 朝鮮少年의 指導精神에 對하야 나는 이제 簡單하나마 적어보려고 한다.

少年은 靑年보담 한 거름 더 느저서 將來에 잇서서 社會經營의 責任을 擔當할 이들이다. 俗談에 '사람 될 것은 썩닙부터 안다'고 하는 것과 가티 어렷슬 때에 한번 精神이 바로 박히면 그것이 퍽으나 힘잇게 그 一年生 行路를 決定하는 것이니 이러한 點을 生覺할 때에 社會의 將來에 對하야 向念하는 사람이면 누구나 그 敎養 指導에 等閑視할 수 잇스랴!

그럼으로 우리는 어느 곳에 잇서서던지 初等敎育이라는 것이 國民敎育으로 되어서 或은 義務的으로 或은 勸誘的으로 되어 그 普及에 向하야 必然的으로 努力할 것이니 그것은 참으로 當然한 일일 것이다.

그리고 第二 國民으로써 任務를 가지게 된 少年은 여긔에 必然的으로 初期運動의 中心이 靑年運動이 되는 同時에 少年運動의 任務가 甚히 重大하여지는 것이다. 더구나 改革的 任務가 잇서서 그러하나니 中國의 國民革命運動이 아즉까지 學生運動을 그와 가장 重要한 部門으로 알고 잇고 勞農 露西亞에서 少年 及 幼年의 敎養訓練에 가장 細心의 注意를 하고 잇슴은 우리의 잘 아는 바이다. 그리면 朝鮮의 少年運動에 잇서서 그 指導精神은 어쩌하여야 할가! 여긔에 나는 長遑히 말코저 안커니와 現實을 無視하는 少年運動은 民族的 一 部門으로의 少年運動의 任務를 遂行하지 못할 것은 明白한 事實이다.

(下)

金泰午, 『中外日報』, 1928.1.14

이 點에 잇서서 우리는 靑年運動과 少年運動에 關하야 그의 根本的 指導精神에 잇서서 어쩌한 特殊한 差別을 두고저 아니 한다. 다시 말하면 少年運動도 다른 모든 運動과 가티 그의 指導精神을 樹立함에 잇서서 무엇보다도 留念하여야 할 것은 朝鮮民族의 現實的 環境이 되어야 한다.

或者는 少年運動의 本意가 天眞性의 涵養에 잇다 한다 하야 現實에 置重함을 反對한다. 그러나 少年運動의 任務가 第二國民으로의 敎養에 잇고 現實을 써나서 살 수 업는 民族的 生活이 不可能한 것은 누구나 否認치 못할 事實이기 때문이다.

朝鮮의 情勢는 時時刻刻으로 變한다. 階級과 階級의 戰線은 나날이 急迫해 온다. 이때에 다만 情緖運動에만 安住할 수는 업는 것이다. 過去의 運動은 일로써 淸算해 버리고 다시금 新方向을 展開하지 아니하면 안 될 것이다.

朝鮮의 少年이 八, 九割은 無産者인 만큼 그들은 農村에서 都會의 工場에서 過重한 勞役과 酷毒한 危險 알에 울고 부르짓고 잇지 안흔가? 그날의 糊口의 糧을 免치 못하여 조밥이나마 변변히 어더먹지 못하는 오늘날의 現實을 어더캐 보는가? 現實

그것이 달려드는 것이다.

勿論 少年과 幼年은 靑年과 달라서 趣味로써 쓰을고 그의 天眞性을 涵養함에 不絶히 留意하여야 할 것이다. 그러나 여긔에만 執着됨으로 指導精神을 閑却하고 말은 根本精神을 이젓다 아니할 수 업슬 것이다. 그럼으로 우리는 戊辰年을 際하야 特히 이와 가튼 指導精神에 留念할 것을 少年指導者 諸氏에게 말하야 둔다.

或者는 少年을 敎養하는 機關이 完備되면 特別히 少年運動이라는 것이 그 必要가 업스리라 한다. 그것도 어느 程度까지는 主張될 말이다. 그러나 學校敎育 以外에서 어더질 少年의 訓練이라는 것을 이르킬 수 잇는 것이니 '뽀이스카우트' 가튼 것은 그러한 意味에의 少年運動이라고 볼 수 잇다는 것이다. 그러나 現下 朝鮮에 잇서서의 少年運動이라는 것은 그 指導精神이 '뽀이스카우트'와는 顯著히 다를 것이 잇서야 할 것은 重言할 必要가 업다는 것이다.

朝鮮의 少年運動은 民族的으로 社會的으로 世界 大勢의 必然에 應하야 人類 解放의 浩大한 精神에 依하야 指導하지 안흐면 안 될 것이니 換言하면 人類의 最高 理想으로부터 흘러내려오는 光線을 비롯하야 그것을 비최어 보아서 갈 길을 차저내지 안흐면 안 될 것이다.

朝鮮 少年의 環境은 그것에 그대로 相應해 나갈 性質의 것이 아니다. 何如間 그 指導精神에 잇서서 만흔 理論鬪爭이 公開되어야 하겟고 짤하서 指導精神을 確立하야 참으로 眞正한 意味에 잇서서 解放된 世界平和와 人類의 幸福을 爲하야 努力하는 것이 되어야만 할 것이다.

그럼으로 이와 가튼 重大한 使命을 지고나갈 鬪士들은 모든 難關을 물리치고 꾸준히 싸와 나아감에 반듯이 成功이 잇슬 것으로 밋는다.

一九二七. 一. 二〇

少年運動의 理論과 實際(一)

洪銀星, 『中外日報』, 1928.1.15

一. 緖論

나는 일즉이 中外日報 紙上에 「少年運動과 그의 文藝運動의 理論 確立」[1]이라는 것을 써썻다. 그것을 쓸 때에 結論에 잇서서 完全한 結論을 짓지 안코 조금 模湖히 中斷한 것을 요지음 더욱 늣기게 되엿다.

그때에 그 本文에도 後日을 期約하기로 하얏지마는 나는 그 論文에 잇서서 만흔 同志들의 理論鬪爭이 잇기를 바래섯다. 그리고 그와 함께 우리 少年運動과 그의 文藝運動이 具體的 理論이 確立하기를 企待하얏섯다. 그러나 于今것 엇던 同志의 새로운 理論도 업고 또한 나는 그 먼저의 抄한 一文이 未備한 點이 만흔 것을 새삼스럽게 더 깨닷는 것보다도 쓰지 안흐면 안 된다는 一種 義務感이라고 할 그 무엇이 잇기 때문에 鈍한 붓, 또는 粗雜한 붓을 또 드는 바이다.

그리고 이제 抄하는 一文이 지난번 中外日報 紙上에 上程하얏든 論文 — 少年運動과 그의 文藝運動의 理論 確立 — 과 連鎖的 關係를 가지고 잇는 것을 알어주어야 한다.

이제 우리의 모든 運動 — 朝鮮에서 일어나는 一般 解放運動 — 은 方向을 轉換하면서 整理期, 組織期에 한거름 한거름 내놋는 째임으로 결코 少年運動이라고 等閑視하야서는 안 된다. 누가 等閑視하고 잇는 바는 아니지마는 내 自身에 잇서서는 少年運動을 等閑視하는 것 가티 늣겨지는 때가 만타. 그것은 直接 少年運動者로서 或은 理論만을 置重하는 이도 잇고 或은 實際만을 置重하는 이도 잇서서 그 正確이라고 할 만한 理論과 實際를 못볼 째에 더욱이 同志들이 참되게 少年運動의 硏究를 안이 한다는 게 늣겨지며 짤하서 等閑視하게 보는 것 가티 된다는 말이다.

1 홍은성의 「少年運動과 그의 文藝運動의 理論 確立」(전4회, 『中外日報』, 1927.12.12~15)을 가리킨다.

그럼으로 나는 이 一文을 抄함에 잇서서 반듯이 우리는 少年運動의 對하야 엇더한 理論 엇더한 實際를 갓지 안허서는 안 된다. 곳 말하자면 우리는 반듯이 正確한 理論 正確한 實際를 찻지 안흐면 안 된다. 그것은 우리가 늘 말하는 少年運動도 社會的 情勢 쏘는 內在的 矛盾에 依하야 方向을 轉換하지 안흐면 안 될 過程에 잇기 때문이다. 말하자면 다른 一般 우리의 運動과 가티 우리의 少年運動도 가장 貴重한 '모멘트'에 섯기 쌔문이다.

그러면 우리는 如何히 이 貴重한 '모멘트'를 認識하여 把握하겟는가. 이것이 내가 屢屢히 말하는 바와 가티 同志들의 不屈의 努力과 勇敢한 理論鬪爭이 아니면 아니 될 것이다.

그러기 쌔문에 우리는 한 問題에 對하야 얼마든지 싸워야 한다. 지난번 나의 發表한 論文이 決코 完全한 論文이 아니라는 것을 認識把握하야 가지고 果敢히 鬪爭하는 곳에 우리의 少年運動의 對한 □□한 理論이 잇스며 쏘한 發展이 잇다고 하는 말이다.

이에 쌀하 이 論文이 쏘한 □□한 指導理論이 되기를 나는 企待하야 마지안흐나 나 個人으로는 그러나 이것도 正鵠이 아니라는 反撥의 理論이 잇서 鬪爭할 時는 우리의 그만큼 硏究力이 줄ㅅ지며 彼此의 把持하고 잇는 바 各自의 見解가 누가 올코 누가 그른 것이 나올ㅅ지며 쌀하서 主體의 理論이 잇을 줄 안다.

(二) 洪銀星, 『中外日報』, 1928.1.16

조금 脫線에 가까운 序論을 느러노앗다. 그러나 나는 把握하고 잇는 바 '이데올노기'에 依하야 論文이나 말에 展開될 것임으로 別로히 脫線된 잘못은 잇지 안흐리라고 생각한다. 자 그러면 本論으로 들어가자.

二. 少年과 幼年의 區別

이 小 題目 — 少年과 幼年 — 은 조금 뒤지고 날근 듯한 늣김이 들지만은 우리의

少年運動에 잇서서 — 在來의 少年運動 — 늘 少年과 幼年을 混同해 너엇다.

그리하야 少年도 幼年으로 取扱밧을 째도 잇고 幼年이 少年의 取扱밧을 때도 잇섯다. 말하자면 뒤죽박죽 범벅이라고 할만치 混亂狀態에 잇섯다.

그리하야 나는 이 小題目이 조금 뒤느진 늣김을 먹으면서도 아니 쓸 수 업게 되엇다.

文學上 乃至 作品上에는 問題가 되지 안치만치 直接 少年을 씰게 필 째 問題되는 것이다. 例하면 우리가 童話口演이라든가 童謠口演을 할 째 問題되는 것이다. 말하자면 實際 運動上에 큰 問題되는 것이다. 그때에 짜라서 童話나 童謠나 乃至 童詩 對話劇을 變하겟지마는 그러케 쉬웁게 師年과[2] 少年이 갈나저서 모히는 법이 업다. 그리고 童話作者나 童謠作者가 통트러 少年作品 쓰는 이가 그저 漠然하게 少年에게 닑히는 것이다. 쏘는 나의 藝術感도 아주 無視할 수 업다 하야 作者 各個가 아는 少年 — 偶像 — 을 세워놋코 自己가 感興된 藝術慾을 그 속에 너허 發展하게 된다. 말하자면 少年과 師年이 區別되지 안이함에도 不拘하고 或은 少年의게 맛게 혹은 幼年의게 맛게 써 논는다. 이러기 째문에 우리의 少年運動과 그의 文藝運動은 水平線 以下에서 놀게 된다.

우리는 무엇보다도 核心問題가 年齡에 잇다. 이 年齡을 反別[3] 整理하지 안코는 少年運動이 如何히 힘을 들일지라도 아무런 效果를 내일 수 업는 것은 贅論을 不待할 것이다. 그러면 우리는 如何히 하여야 우리 少年運動의 核心問題인 年齡問題를 解決할가 論議되지 안흘 수 업다.

이러기 째문에 우리는 먼저 어느 곳 — 멧 살 — 이 幼年이고 어느 곳까지가 少年이라는 것을 階段的으로 嚴正히 쏘는 正確히 세우지 안흐면 안 된다. 그러자면 아즉까지 朝鮮에는 幼年에게 對한 一部 階級에 盲目的 態度, 甚한 이는 '재농거리'로만 아시는 父老에게 이것을 그러치 안타는 幼年의 社會的 地位를 確立식혀야 한다.

우리가 少年問題를 論議할 째 얼버무린 것도 — 幼年을 — 잘못이다. 그것은 반

2 '幼年과'의 오식으로 보인다.
3 '區別'의 오식으로 보인다.

듯이 區別해내지 안흐면 아니 될 것임에 不顧하고 얼버무린다.

나의게 생각으로는 五歲로부터 十歲까지를 幼年期로 하야 이들로 하야 文學上보다도 입으로 童謠이라든가 童話를 만히 들녀줄 必要가 잇다. 아니 꼭 그래야 할 것이다. 그리고 日本의 그것과 가티 (꼭 그것과 가티 하라는 말이다. 그것보다 나어도 좃코 그것 비스름하야도 좃타) 繪本[4]을 맨드러서 보히는 것이 반드시 잇서야 하겟다.

이제 엇쩌한 少年 雜誌를 내놋코 보면 幼稚하기 짝이 업는 것도 실여 잇슬려니와 高尙하기 짝이 업는 것이 실여 잇다. 말하자면 먼저도 말한 것과 가티 뒤범벅이다. 小學校 一, 二學年生도 닑을 수 잇게 된 것도 잇고 高普校 一, 二學年도 닑을 만한 것도 잇다.

勿論 朝鮮은 義務敎育이 업는 以上 골고루 文化가 普及되리라는 것이 問題 되는 이만큼 農村에서는 三十이나 된 이도 少年雜誌를 닑고 잇다. 이것도 모든 것이 特殊한 朝鮮에 社會制度에 關連된 일이겟지만 우리는 우리로서의 主體가 되어서 이것을 校正해 놋치 안흐면 안 된다. 그러기 爲하야는 — 이것을 整理, 校正 — 먼저도, 곳곳이 말하얏거니와 幼年이라는 싼 部門을 떼어 노하야 한다. 그러고 넘우들 少年雜誌 云云하고 少年雜誌만을 經營하지 말고 幼年雜誌 — 繪本 가튼 것 — 를 發行하고 그 다음 現今 少年雜誌 編輯者는 幼年 닑기에 갓가운 것은 실지 안는 것이 조켓다.

— (續) —

(三)

洪銀星, 『中外日報』, 1928.1.17

이곳에 굿하여 어느 少年雜誌의 것은 少年讀物이 아니고 幼年讀物이라는 것을 指摘하고 십지는 안타마는 너무 만흔 것은 事實이다. 그의 整理方法으로는 우에 말한 것을 要約하야 말하면 年齡을 區別하야 모든 作品 또는 集會까지 싸로싸로하야 混同

4 '에혼(繪本, えほん)'은 일본어로 '그림책'이란 뜻이다.

이 업고 發展에 支障이 업다는 것을 말하고 이 項을 맺겻다.

三. 少年文藝의 基準

在來에는 少年文藝의 對한 基準이 업다고 하야도 過言이 안일 만치 粗雜하얏섯다. 甚한 例로는 戀愛小說 또는 이와 類似한 種類를 것침업시 실고도 泰然自若하얏다. 그러든 것이 지난해부터 우리의 運動이 組織期에 드러오니 만치 이런 것들을 等閒히 볼 수는 업게 되엿다. 이 點에 잇서서 어린 同志 申孤松 君의 讀後感이라는 것이 얼마마한 보배이며 또한 壯擧인지도 모를 것이다. 그리고 그 뒤밋처 果木洞人, 赤兒 等等의 것이 다들 一面一面의 批評基準은 잇섯든 것이다. 굿태여 그들 批評이 鑑賞批評이니 藝術批評이니 하고 評에 對한 評을 하고 십지 안흘 뿐 아니라 紙面關係도 잇스니 그것은 고만 두거니와 그들 批評이 少年雜誌 經營者 또는 그의 編輯者의게 만흔 反省과 改良을 준 것은 속일 수 업는 事實일 것이다.

그러나 아즉 少年運動이 組織期에 드러가자마자 하는 過程에 잇는이 만큼 少年文藝에 對한 基準이 正確하지 못하며 짤하서 그의 批評基準도 正確하지 못한 것은 否定할 수 업는 일이다. 그러면 우리는 組織期에 드러오는 一方便으로 또는 묵은 모든 것을 整理하는 方便으로 少年文藝의 基準을 세우는 것도 無謀의 일, 無用의 일은 안일 것이다.

在來의 基準이 잇다는 사람들의 것이 勸善懲惡的 또는 趣味的이라고 하면 新生할 朝鮮 未來를 憧憬하는 理想的이라든지 또는 朝鮮人 一般의 共通된 主義의 基準을 要求하여야 할 것이다.

우리가 藝術이라는 것이 社會를 써나 存在해 잇지 안흐니 만큼 少年大衆을 써난 運動 乃至 文藝는 必要를 늣기지 안흘 것이다. 아니 업서도 조흘 것이다.

그러면 우리는 十歲 以上 十八歲 乃至 二十歲까지를 少年의 年齡으로 標準 삼고 그 다음 新生할 朝鮮, 更生할 朝鮮의 國民이 될 만하게 하지 안흐면 아니 될 것이다. 이러기 爲하야는 在來의 것으로부터 우리가 解決할 수 잇는 範圍 안에서 좀 더 一步를 내켜 드듸여야 하겟다.

말하자면 社會現象을 主로 한 文學과 가티 우리는 少年大衆의 現象을 먼저 考察하야 이곳에 맛는 文學이어야 한다. 어느 때이든지 問題는 大衆이나 民衆을 主體로 하고 論議됨과 가티 少年問題에 잇서서도 쏘한 그런 것이다.

그러나 指導者 卽 前衛에 잇서서는 쏘한 前衛의 對한 自體의 敎養이 업고는 墮落하고 말 것은 누구나 다 알 것이다. 그러면 우리는 가장 最善의 方便, 쏘는 手段은 少年大衆을 일치도 안코 쏘한 自體의 敎養도 밧어야 할 만한 그러한 方向 우에 스게 된다.

그러기 때문에 우리는 少年文藝現象에 잇서서 먼저 基準을 세워야 된다. 決코 永久不變의 基準이 아니다. 적어도 組織期에 드러온 少年運動으로서 가저야 基準이다. 우리는 戀愛라든가 그 우에 戀愛의 類似한 讀物을 排擊하자는 議論이라도 集團的 大團의 名義로 制約해 노아야 한다. 그리고 짜로히 少年文藝의 基準이 될 만한 것을 朝鮮少年文藝聯盟에서 자조자조 討論하지 안흐면 안 된다.

(四)

洪銀星, 『中外日報』, 1928.1.18

우리는 반드시 橫的으로 '별塔會', '색동會', '쏫별會' 무엇무엇하는 少年文藝運動의 指導的 地位를 가지고 잇는 小集團을 한곳으로 모아야 한다. 그러치 안코는 少年文藝의 基準을 세울 수도 업는 것이오 세워지지도 안는 것이다. 쏘한 少年文藝 執筆者가 짜로짜로 헤여저 잇는 만큼 少年雜誌의 對한 影響이 크다. 말하자면 少年雜誌經營者에게 私利나 競爭的 販賣政策에 올너 안게 된다. 우리는 먼저 少年運動을 如何히 하여야 될가. 그다음 少年運動을 하자면 少年雜誌에 對한 우리의 前略을 如何히 세워야 할가 問題되는 것이다. 우리는 主體가 少年運動에 잇고 쏘한 少年大衆에게 잇고 一二 個의 雜誌에 잇는 것이 아닌 것을 알어야 한다. 그러기 爲하야는 小集團의 '쏫별會', '별塔會', '색동會'를 當然히 解體하고 반드시 朝鮮少年文藝聯盟을 支持하여야 된다.

그의 짜라서 우리는 少年文藝의 基準을 完全히 正確히 세울 수 잇는 것이다. 나는 늘 主張하야 마지안는 바이지마는 在來의 모든 一切의 것은 朝鮮少年聯合會와 朝鮮少年文藝聯盟으로 結合 集中되지 안흐면 完全한 方向, 完全한 基準을 세울 수 업는 것이다. 우리는 모름직이 在來의 小市民的 小集團을 버리고 朝鮮少年文藝聯盟으로 結合하야 完全한 少年文藝의 基準을 세우기를 論하야 마지안는다. 그러치 안흐면 完全한 基準은 바랄 수 업는 것이다. 그리고 우리는 지금부터도 少年文藝가 少年大衆의 現象을 主로 한 基準인 것을 이저서는 안 된다. 이것을 좀 더 組織的 俱體的에 잇서서 반드시 大團을 要求한다는 말이다.

四. 少年과 家庭

在來의 少年과 家庭과의 關係는 隨處에서 呶呶히 말한 바도 잇지마는 '在下者有口無言'이라는 마치 鐵則가튼 嚴格한 律法 밋헤서 지내왓고 비록 現今에 思潮를 多少間이라도 안다는 분도 曰 "學校工夫도 다 못하는데 少年會란 무엇이냐 少年雜誌란 무엇이냐 네가 만약에 優等을 하고 그것을 본다면 或是 許諾할는지 몰으지마는 밤낫及第쏠지, 落第만 하는 주제에 少年會이니 少年雜誌이니 하는 게 다 무엇이냐" 하는 바람에 아무 抗拒도 못하고 쥐 죽은 듯이 자저진다. 이만침 少年에게 對한 理解가 不足한 以上 少年雜誌를 父兄이 사다 준다고 하면 이것은 마치 奇蹟的의 것일 만치 드문 바이다.

우리가 그리고 우리가 얼는 쉬웁게 發見할 수 잇는 것이 또 하나 잇스니 그것은 鐘路 네거리나 또 그 外 다른 큰길거리에서 幼年이나 少年을 爲하야 玩具商이 업는 것이다. 近年來에 '부테풀' 商會라든가 무엇무엇하는 것이 잇지만 이것는 日本의 작난감 西洋의 작난감을 混合해 논 外來種의 玩具商이다. 純粹한 朝鮮式의 玩具는 차저 볼내 차저볼 수 업는 것이다. 만약에 억지로라도 朝鮮 幼少年의 玩具를 찾는다면 '조갑지', '깜팽이', '기와장', '바둑돌', 이짜워 것쑨이다.

(五) 洪銀星, 『中外日報』, 1928.1.19

이런 것을 보드래도 朝鮮 父老가 子弟敎育에 잇서 實際 方面은 조금도 着眼치 안엇다고 하야도 過言이 안일 만치 等閑하얏다. 그저 五六歲만 되면 『白首文』, 『類合』, 『童蒙先習』, 『孝經』 等만을 强制 注入하얏고 버더나갈 힘 또는 兒童에게 趣味 實益을 줄 만한 것은 除外되엇든 幼年 少年은 敎養不足보다도 自然히 몰으는 결을에 '골샌님'이 되어서 셋만 모힌 데를 가도 얼골이 밝개지고 넷만 모힌 데 가도 말을 못하고 나려오다가 學校敎育이란 新制度의 敎育을 밧게 되며 多少 '골샌님' 範圍에서는 脫却된 세음이다. 그러나 이번에는 前者와 正比例로 學校 敎科書 萬能主義다. 甚한 분은 自己自身이 學校敎育을 改良하야 하느니 革新하여야 하느니 하면서 自己 아들 보고는 少年會나 少年雜誌 보는 것을 禁하는 분도 잇다.

내 自由를 尊重히 알면 남의 自由도 尊重히 알어야 될 것이다. 이런 말과 가티 어린이도 한 個의 人間인 以上 이들이 監督하는 範圍 안에서는 少年會나 少年雜誌를 닑도록 하여야 할 것이오 幼年에게는 人形 한 게라도 사도 줄 만하여야 할 것이다.

前述한 情勢를 鑑하야 우리는 眞實과 誠意로써 少年을 對함과 가티 少年의 父母의게 對하여서도 그러하여야 할 것이다. 在來의 '어러니 大會', '아버지 大會'의 方式도 조키는 좃치마는 우리는 좀 드러가서 直接 少年의 父母 되는 이를 차저보고 不斷히 宣傳하고 理解 식히지 안흐면 안 된다. 그러기 爲하야는 在來의 少年이 或是는 家庭을 隱匿식히고 少年會니 少年雜誌를 오거나 닑다가 叱責을 當케 하지 말고 少年會를 오면 오고 少年雜誌를 닑으면 닑게 少年의게 父母의게 잘 아시도록 指導하지 안흐면 안 된다.

이러기 때문에 우리는 少年과 家庭을 區別치 말고 家庭을 少年보다도 더 宣傳에 努力하여야 한다. 이것이야말로 少年大衆의 모듸고 안 모히게 하는 關鍵을 가진 곳이다. 그리고 우리는 힘자라는 데까지는 幼少年이 가지고 놀만한 玩具와 이와 類似한 意義 잇는 遊戱는 만히 創案 硏究하지 안흐면 안 된다.

五. 結論

나는 이번은 좀 다른 째보다 具體로 論하려고 매우 힘썻다. 그러나 나는 언제든지 그러치마는 써 놋코 보면 未備하고 性急히 한 구석이 만히 잇다. 그리하야 어쩐 째는 不快를 늣기는 적도 잇다. 그런데 이번 쓴 것이 썩 具體的으로 못된 것을 또 恨하지 아니할 수 업다. 그리하야 이다음 좀 더 具體로 論하려 하고 이곳에는 이만 두거니와 우리는 自然生長的 少年運動으로부터 組織期에 드러온 것으로 이저서는 안될지며 少年運動이 朝鮮 民族 解放運動의 하나인 만큼 그 任務를 이저서는 안 된다.

더 자세히 말하면 朝鮮少年만으로 뒤에 처질 必要도 업거니와 少年만으로의 解放되는 것도 안임으로 普遍 妥當性을 몰나서는 아니 되며 또한 그와 함께 少年運動은 少年運動의 特殊體系가 잇서서 少年運動으로부터 脫線한 理論과 實際가 있는 째는 果敢하게 鬪爭하지 아니하야서는 아무런 進展이 업는 것이다.

짤하서 이 理論이 同志 諸君의게 만히 論議하기를 바라고 擱筆한다.

— 冷房 무궁화社에서 —

少年運動의 當面 諸問題(一)

崔青谷, 『朝鮮日報』, 1928.1.19

一. 序 – 이 問題의 意義

조선 소년운동은 가장 약하고 약한 진영(陣營)을 형성하고 잇습니다. 조선 모든 운동 — 맨 밋층에서 자라는 만침 진실로 이 운동을 위하야 노력하는 분은 적으나 공현히 시시비비하시는 분은 매우 만습니다.

소년운동이 소년의 막연한 의사와 막연한 주장을 그 운동자로 대신하야 운동이 전개(展開)되는 줄을 몰으고 자긔의 독단과 소년운동의 근본사명과 내지 계단(階段)은 조곰도 돌보지 안코 대담하게 운동을 전개한다고 하면서 한 사람 두 사람의 무지하고 계획 업는 행동은 금방 소년운동에 해를 박게 하니 이것이 소년의 의사를 어느 정도까지 시인하고 한 노릇인지는 몰으겟습니다.

분명한 의식과 주장으로 대한다면 모르겟는데 맹목뎍이요 독재뎍이요 전재뎍인 소년운동자가 얼마나 잇슬른지 구구히 이곳에서는 말삼을 피하나 소년운동을 위하신다는 말 조케 운동자의 양심의 고백을 희망하길 마지안습니다.

얼마만한 그 진영으로 얼마만한 그 주장으로 얼마만한 성의로 소년운동자의 행세를 하는지 조선 모든 운동을 통하야 소년운동은 진실로 한심하기 마지안습니다. 팔구년이란 소년운동으로써 조선은 매우 북그러운 뎜이 만습니다. 혹은 자긔의 변명의로 구구한 수작도 할 수는 잇스나 조선 전톄로 보면 소년운동은 진실한 일꾼이 그리 업섯씀으로 이 사람 손에서 저 사람 손으로 그야말로 조선의 희망과 세계의 희망을 좌우하고 일어나는 맨 밋층 운동이면서도 맨 웃층 운동이라고 할 수가 잇는 '소년운동'은 운동이라고 말까지 붓치기 황송할 만치 가엽고 억울한 과정을 과정해 왓습니다.

소식(局外內)통은 매일 수십 싸지의 국내외에서 질의를 하나 그중에서 사실 몃 가지를 실행을 하엿는지 어린 소년을 대하기 미안하고 일반 사회를 대하기 또 미안스런 일이 만헛습니다.

특별이 우리로써 능히 할 수 잇는 가장 좁은 범위를 가지고 긔분과 긔분에서 헤매이는 그 운동자는 수십 가지의 결의를 짝 맛치고 그 다음에는 엄몰엄물하는 곳도 업섯다고는 할 수 업슬 것임니다.

지금에 와서 지난 것을 되푸리한다고 한들 아모 소용이 업슴으로 '지난 것은 모도 다 이지고 압날을 준비하자!' 하는 의미에서 몃 가지씀 쓰려고 합니다.

물론 지금 쓰는 것이 조선 소년운동으로써 가장 필요하다고 인증 밧을 전톄뎍 됴건은 아니나 현실주의 입장에서 쓴다고 하는 것은 미리 말슴해 둡니다.

또한 조선 전톄의 소년 운동정세(運動情勢)를 구톄뎍으로 종합은 못하얏스나 몃 군대의 것을 표준으로 전톄뎍으로 언급함을 마지안습니다.

분렬파 리론가 여러분은(一部分) 조선 소년운동에 현실주의란 대톄 무엇 하시면서 성급하신 반박도 미리 생각하면서 자신의 의사로만 쓰렵니다.

"소년운동의 역활이 역활인 만침 그에 언급하실 분은 누구를 물론하고 소년운동의 특수성 (特殊性)을 이저서는 안됩니다." 소년운동은 아즉 정통뎍 리론 확입이 못되고 산산조각인 리론을 가지고 잇는 운동인 만큼 매우 주의를 해야 할지며 '맹목뎍 좌익 소아병'을 퇴치해야 할 것이 가장 급한 문뎨의 한아라 할 수가 잇습니다.

(二) 崔靑谷, 『朝鮮日報』, 1928.1.20

二. 細胞組織의 根本的 再組織

세포 진영은 일개 소년 단톄의 말슴입니다.

경성에서 디방에까지 그 소년 단톄의 수는 통계를 꾸밀 수 업슬 만치 만흐며 대외로 표시는 안하나 몃 소년의 가(假)집단도 매우 만습니다.

그러나 금일까지에 엇더한 조직톄로 나려온 것인가 하는 것은 매우 주목할 바입니다.

지금에 잇서서 좀 더 우리의 소년운동을 널리기 위하야서는 위선 이 조직톄를 아니 말슴할 수가 업습니다.

사실상으로 소년운동의 근본적 사명과 근본뎍 의식을 가지고 나온 소년회가 얼마나 만흐며 — 맹목뎍이요 아모 주견과 주장이 업시 단지 어린 소년이 모히니싸 소년회라고 일홈을 부친 곳이 얼마나 만흔지 — 이것은 두말할 것 업시 맹목뎍이요 무주견으로 소년 단톄를 조직한 곳이 나는 더 만흐리라고 밋습니다.

이것이 우리 소년 운동자로서의 솔즉한 량심의 고백일지며 긔운찬 운동을 전개하기 위하야서는 숨길 수 업는 뎐통뎍인 사실일 것입니다.

그뿐 아니라 이 운동이 아모 탓 업시 학대와 구박으로 자라는 조선 소년! 갈스록 추악성은 그대로 자라며 어린 소년의 인간성을 축방하는 것이 비법이며 도저히 용서할 수 업는 일이라 하면서 몃 동지의 의견은 — 少年解放 — 少年擁護 — 를 불으지즈며 이러난 소년운동이엇슴으로 봉건사상에서 신음하는 가뎡과는 하등의 관계를 맺지 안코 소년운동이 오늘까지 닐으럿든 것이 아마 유리한 말슴일 줄 압니다.

그러나 종교(宗教) 방면의 일홈 준 소년운동은 지금 우리가 부르짓고 나려온 — 少年解放 — 少年擁護 — 의 근본정신이 업는 것이나 텬도교와 시텬교(天道教及侍天教) 이 두 종교계의 그 소년운동은 우리와 한가지로 나려왓다고 하는 것은 미리 알어 두서야 합니다.

외뎍(外的)으로는 다소의 심하실 분도 계실 것이 사실이나 우리 소년운동 전톄와 한결가티 발을 마추며 조선소년련합회를 지지하고 나가는 현상입니다.

소년운동이 발서 칠팔년 동안을 지내온 것이 지금에 잇서서 엇더한 효과를 매젓느냐고 뭇게 되면 나는 이러케 대답하렵니다.

"朝鮮 小年運動은 封建的 思想과 抗爭함으로써 出發한 것이나 何等의 家庭과 아모 連絡을 못하고 그 家庭의 눈을 避하야 少年을 容納하엿스니까 情勢는 出發 當時보다도 보잘 것이 업스며 눈뜬 知識階級조차 이 運動을 眞實로 認識치 아니함으로 第一線에선 그 運動者도 할 수 업시 機會主義로 化하려는 것 갓습니다. 그리고 好果로는 第一線에 선 그 運動者의 苦痛밧는 그것뿐이지요 할 싸음입니다."

우리의 소년운동이 그래도 장구한 력사를 가지고 잇느니 만치 오늘에 잇서서는 소년 단톄의 조직을 근본덕으로 새로 편성하는 것이 가장 급합니다.

지금의 소년 단톄의 조직으로는 도뎌히 엇지할 수가 업습니다.

다소 운동이 퇴보(氣分的이나마) 되드래도 새로운 운동을 전개하기 위하야 — 少年과 그 家庭을 本隊로 이 운동을 전개하는 분은 前衛隊로 이러케 그 가뎡과 써나면 안이 될 만치 우리 소년 단톄의 재조직이 필요합니다.

집안을 몰래 나와서 소년회로 오는 그 소년으로 목덕의식이니 방향전환이니 하는 말을 듯고 볼 쌔 엇지도 무지한지 아니 우슬 수가 업습니다.

급히 말슴하면 靑年運動에 잇서서를 소년운동에 잇서서 — 단지 청년을 소년으로 글자만 박구어 사상서적에서 번역하기에 애를 쓰며 소년운동의 실제를 무시하는 망론자도 만흔 것이 사실입니다.

"조선소년련합회 교양부 위원인 金泰午 氏의 행동도 그러하니 소년운동을 좀 더 연구한 뒤에 교양부 위원이 되엇스면 합니다."

제 아모리 써든다 할지라도 소년운동이 요구하지 안는 것은 소용이 업습니다. 우리는 가뎡과 소년을 본대로 — 그 운동자를 전위대로 소년 세포진영을 새로 편성하는 것이 무엇보담도 급하다고 밋습니다.

(三) 崔靑谷, 『朝鮮日報』, 1928.1.21

三. 中央機關에 再組織

세포진영(個體團體)을 소년과 그 과정을 본대로 — 운동자를 전위대 — 재편성을 하는 것이 절대로 필요하다는 것은 우에 말한 것이나 그 세포단톄를 모아 논 그 중앙긔관도 스사로 재조직이 될 것은 물론이나 지금에 잇서 중앙긔관에까지 언급하기가 매우 곤난한 것이 온갓! 사실임으로 중앙긔관은 차차 실행하드래도 중앙긔관으로서는 이것을 필설뎍으로 인식하고 운동을 일으키여야 할 것이나 지금까지 조선소년련합회는 창립한 지가 불과 몃 달이 못 되나 세포진영으로서 막연하나마 불평을 가지고 잇슴으로 세포단톄를 용납지 못하는 그 중앙긔관은 맛치 — 中國政府와 가틈으로 세포단톄가 중앙긔관을 중심으로 운동을 전개할 수 잇슬 만한 □정 정책을 수립해야 할 때입니다.

조선소년련합회는 사실상으로 말하면 조선 소년 단톄를 모아 논 데에 끗칫스며 아모 의의를 갓지 못한 것도 사실입니다. 젼 조선의 소년 단톄가 모힘으로써 경성에 잇서 아모 주장 업시 분립을 고집하든 朝鮮少年運動協會, 五月會의 싸홈을 죽인 것이 오로지 조선소년련합의 창립일 것입니다.

어느 분은 이러케 말슴합니다.

"朝鮮少年聯合會는 朝鮮少年運動協會와 五月會가 在來의 分立을 克服하고 形成 乃至 創立하엿다고."

이것은 분명이 발긔과정(發起過程)을 모르고 그러켓지 하는 자신의 주장을 토하는 것이나 발의만은 오월회가 한 것은 사실일 것이지마는 발긔대회를 맛칠 때까지의 모든 사정은 兩□의 분도 마아 몰을 것입니다.

대단한 소리 갓흐나 오월회와 운동자협회가 합침으로(어느 정도까지는 그럿치만) 조선소년련합회가 창립된 것은 아니고 전조선소년단톄가 엉킴으로써 그 대세에 극복하고 자긔네의 무주견을 반성하고 진실한 운동단톄로 난온 것이 朝鮮少年聯合會 發起大會에 참석한 것입니다.

그것은 발긔대회를 열기까지에 복잡한 내용은 — 過去는 一切 否認 — 이라는 표어 밋헤서 고만두는 것이 필요할 줄 밋습니다.

그리고 조선소년연합회는 복잡하고 복잡한 그 가온대에서 몃 동지의 독단뎍 전횡(專橫) 밋헤서 회의를 맛첫슴으로 第二 — 第三 — 의 중앙집행위원회는 고만 류회를 머금고 去年 十月十六, 七日의 대회가 맥킨 것을 금년 초닷셋날에 이르러 중앙상무위원회의 결의를 보앗스니 그중에는 英雄的 心理運動을 橫切하는 — 無智한 동지도 간혹 잇겟스나 대다수는 그때 창립대회 당시의 불평으로 일절 중앙긔관의 명령을 우서 바림으로 인한 초긔의 운동은 더 보잘 것이 업습니다.

그러면 엇더케 하면 조흘 것인가? 하여간 창립대회에서 불평을 사게 할 것은 —

準備委員이면서 現 委員 ─ 인 경성의 간부 전톄가 총사직(總辭職)을 단행하고 비간부파로 하여금 조선소년연합회를 재조직케 함이 우리 소년운동 초긔에 잇서서 가장 큰 문뎨의 한아입니다. 몰으고 그러는 곳도 잇겟스나 소위 리론가를 가진 그 단톄도 중앙긔관을 등한시하고 독단으로 취하는 행동은 참아 현 경성의 잇는 위원으로서는 볼 수가 업습니다.

연합회를 조직(創立大會)할 쑤 업는 깁흔 사정이 잇서 그대로 창립만 하여 두자 하는 경성창입위원의 현실주의파와 현실주의란 대톄 무엇하는 파냐는 수머 잇는 불평은 대회 그 이튼날부터 폭발된 것 갓습니다.

디방에서 오신 분으로는 상당한 주장이나 일단 가입을 맹세하고 가튼 길로 나가자고 한 이상에는 철두철미 중앙긔관을 상대로 싸워야 할 것이며 외뎍으로 남의 일가티 비평만 하는 그 심사를 버리기 바랍니다.

뎨일회의 뎡긔대회가 금년 삼월 중순이면 열릴 것이니싼 일반 가맹 단톄는 이 그릇된 행동을 곳치기 위하야 힘 잇고 굿세고 용감한 리론뎍 전개가 잇기를 마지 안습니다. 초긔에서 신임을 못 밧는 경성 재적의 위원은 소년운동의 실천뎍 전개를 위하야 지금까지의 모든 책임을 지고 총 사직으로 소년연합회를 재조직할 의무가 잇슴을 인식해야 합니다.

(四) 崔青谷, 『朝鮮日報』, 1928.1.22

三. 無智한 方向轉換의 意味

일즉이 조선의 모든 운동에 잇서 방향전환론이 일어나자 그 방향전환의 의미는 소년운동에까지 언급하게 된 것은 넘우나 새삼스런 말슴 갓습니다.

일뎡한 시긔를 기다려 방향전환을 주창하는 것은 대톄 무엇인지 방향전환긔 하고 쩌드는 소년운동자의 망동은 참으로 아니꼬아 못 견듸겟습니다.

조선의 모든 운동이 방향을 전환하니까 우리 소년운동도 방향을 전환해야 하겟습니다 하는 그 정톄는 미리 짐작할 수는 넉넉하오나 얼마만한 소년운동의 조직을 가지고 방향전환을 의미하고 포고하는지 재래의 소년운동이 어는 것이 民族主義 社會主義로 보엿는지 나는 반문하길 마지안습니다.

어는 째든지 주의라는 것은 필요하지마는 소년운동에 잇서서 대담스런 少年運動의 方向轉換 하고 불으짓는 그 분이 얼마나 소년운동의 정세와 그 대세를 인식하고 하는 말인지 福本[1] 氏의 方向轉換을 읽고 그것을 少年에게 빗취여 말슴하십니가? 하고 나는 반문할 책임을 갓고 잇습니다.

지금에 와서 달은 운동이 말한다고 소년운동도 가티 말할 수는 업슬 것이지요.

소년운동은 아즉것 정통덕 조직데를 못 가젓스며 진실한 그 운동도 업다고 끈어 말할 수 잇는 이때에 目的運動期, 方向轉換期 이것이 무슨 말슴에요. 이것은 미래에 잇서 우리가 마지할 것이고 지금에 잇서서는 우에서 말슴한 것과 가티 — 家庭과 少年이 本隊로 — 運動表를 前衛隊로 — 힘 잇게 조직을 아니하고서는 아모 소용이 업슬 것입니다.

소년운동은 달은 운동과 특수한 것이 만흐나 그중에 중한 것은 이 운동은 소년으로써 막연하게 깨닷고 막연하게 요구하는 것을 그 전위로 사명을 하는 것인 만큼 소년운동자 소년 가운데로! 소년 가운대로! 들어가 소년의 전톄 의사를 넉넉키 대표할 수가 잇서야 합니다.

방구석에 안저서 책이나 읽엇다고 무엇이 엇더니 무엇이 엇더니 하는 實際를 몰으고 소리치는 英雄 行動은 단호히! 물리칠 것입니다.

아모리 소년운동에 나슨 분이라 하드라도 소년운동의 계단!을 무시하고 독재덕! 주견은 쓸대가 업습니다.

지금의 소년운동이 불으짓고 싸워야 할 것은 오즉 소년운동의 조직 문뎨에 잇슬 뿐입니다.

소년은 저만쯤 잇는대 운동자만이 방향을 전환한다고 하면 엇지한단 말슴임니까?

우리는 위선 소년을 — 獲得 — 할 구톄덕 조직을 힘써야 할 것입니다.

---

1 '福本和夫(ふくもとかずお)'를 가리킨다. 루카치(G. Lukacs)의 영향을 받은 후쿠모토가 '方向轉換(redirection)'이란 용어를 처음으로 사용했다.

공현한 공상에서 버서나 실제덕으로 그리고 대중덕으로 우리 소년운동을 전개하기 위하야 — 組織問題 — 로 리론덕 전개가 잇기를 무엇보다도 질겨 하는 바입니다. 엇째짜고 소년운동이 방향전환?

四. 結論

소년운동으로서 당연이 가저야 할 '當面 諸問題'는 이것 쁜만이 아닐 것입니다. 운동자의 태도조차 선명치 못하고 빈간판으로 작난삼아 직키고 잇는 단톄도 업지는 안켓지요. 그중에 잇서서 번역주의 리론은 소년운동에까지 언급하는 이때이라 매우 소년운동에 당면한 분으로서는 가장 주의를 하서야 할 것입니다.

'新聞에 글쓸 時間은 잇스나 會議 參席 與否의 通信하실 時間은 업스시겟지요. 某同志여!'

'이 압으로 우리의 할 일은 만흐니 만침 운동을 전개하겟다고 나온 여러 동지는 될 수 잇는 대까지 힘을 쓸 의무가 잇기를 항차! 영웅심리를 그대로 가지고 잇는 심사는 무엇인가? 소년운동의 현상이야말로 한심한 처디에 잇슴이니 즉 — 人物難 財政難 — 이것이일 것이다. 지금이 어느 째인 줄 몰으고 넘우 지나치는 그 리론! 내지 본 바를 대중에게 발포함은 자긔의 죄를 감춤이나 조선의 맨 밋층인 소년운동에서부터 철뎌덕이요 규측덕으로 성의것 이 운동을 걸으길 全小年運動 同志에게 眞心으로 哀訴합니다!'

= 씃 =

文藝時事感 斷片(三)[1]

洪銀星, 『中外日報』, 1928.1.28

前項에서 大衆文學에 對한 이약이를 暫間 하엿다. 그런데 이 童話라는 것도 大衆文學에 들 수 잇는 것이다. 이것은 곳 少年의게 限하여서만이 아니다. 童話란 未開國民에 잇서서 업지 못할 一種의 重要한 藝術이다. 그러함에도 不顧하고 童話를 輕視하는 年淺, 輕薄한 所謂 童話 作家輩가 만타. 더욱이 甚한 것은 日本 것의 直輸入이다. 日本 것의 直輸入을 하고 오히려 말이라도 잘 맨드러스면 조흐련만 語不成說의 것이 車載斗量이다. 이러한 것을 그저 보고 大家然 또는 文壇人體를 하는 者를 보면 嘔吐가 되도록 밉다.

우리는 맨 아래 層부터 잘 다저야 할 것을 말하지 안는가. 그러나 實際에 잇서서 距離가 너무 써러저 잇지 안흔가. 그러기 爲하야는 — 實際로 좀 더 드러가기 爲하야는 — 우리는 童話도 藝術上에 多大한 힘을 가진 것을 알어야 한다. 거저 아무것이나 不係하고 日本 少年 雜誌에서 譯하고 自己 것처럼 시침이를 째우기 째문에 童話를 輕視하도록 맨든 것이다. 이로부터 少年文藝作家는 모름직이 이러한 것을 하지 말어야 한다. 厚顔無恥도 分數가 잇지 안흔 것인가.

少年文藝作品은 絶對 創作主義를 세우고 飜譯物에 排擊을 일삼지 안흐면 朝鮮의 童話는 沒落하고 만다.

지금에 童話라는 것은 恨心하기 짝이 업다. 朝鮮의 童話이라는 것은 하나는 在來부터 傳해 내려오는 傳說을 童話化한 것이오 그 다음은 外國 것으로 自己 것 가티 盜賊해 온 것이다. 그리고 朝鮮 童話를 쓰도록 勸告하면 白骨 파내기에 겨를이 업다. 아무런 修養이 업시 二十 안 되는 젊은 사람에 頭腦에서 나오는 것이 나오면 얼마나

---

1 「文藝時事感 斷片(一)~(二)」(1928.1.26~27)는 아동문학과 무관한 내용이다.

傑出한 것이 나올 것인가. 말하자면 배울 사람이 글을 쓴다는 것이 朝鮮이 아니면 못 볼 現狀이다.

그리고 朝鮮에는 少年 指導를 靑年이 하게 되는 것이다. 그것이 벌서 少年運動의 支障을 낫는 큰 原因이다. 日本만 놋코 보드라도 少年指導에 決코 靑年쁜만이 아니라 相當히 社會的으로 文壇的으로 基盤이 잇는 小川未明, 巖谷小波, 野野南情, 北原白秋 等等 낫살이 지긋한 사람이 指導들을 한다. 이러한 것을 보면 朝鮮의 父兄을 限하지 안흘 수 업다.

이러한 弊端을 根治하기 爲하야는 自尊心을 좀 버리고 少年文藝에 責任잇는 執筆을 하지 안흐면 結局 우리가 損을 보는 것이다. 이 點에 잇서서 나는 童話를 輕視하지 말나는 말을 거듭하고 말햇다.

映畫의 流行化[2]

2 이하 아동문학과 무관한 내용이다.

空想的 理論의 克服

洪銀星 氏에게 與함(一)

宋完淳, 『中外日報』, 1928.1.29

1. 序言

우리의 少年運動은 在來로 어쩌한 集團的 — 全國的 — 統一 運動이 못되고 分散的 — 局部的 — 地方運動에만 긋치었기 째문에 具體的 理論이 確立되지 못하고 쌀하서 運動者로서도 運動自體에 對한 確乎한 意識을 把握하지 못하는 同時에 그의 運動은 □□的 運動이엇섯다. 其 好例로는 五月會 派의 朝鮮少年運動協會 派의 對立하얏든 것이 가장 우리에게 雄辯的으로 說明하지 안핫는가?

그러나 此等의 集團的 紛糾는 結局 조흔 成績을 주지 못하는 것이라. 及其也 一九二七年 十月에 五月會 及 少年運動協會의 兩派가 集合하야 在來의 派閥的 意識을 揚棄하고 集團的 總本部인 朝鮮少年聯合會를 創設하야가지고 組織 團結을 鞏固히 하는 同時에 一步 나아가 全國的 運動으로 進出하게 되엇다.

— 이와 가티 局部的 自然生長期에서 全線的 — 惑은 組織的 集團的 — 目的意識期로의 方向轉換을 試하게 되자 거긔에서 몃몃의 少年運動 指導者들의 理論의 提唱을 보게 되엇다. 그러면 그들의 理論은 모다 實踐과 背馳되지 안흔 理論이엇스며 우리 特殊한 事情에 잇는 朝鮮의 客觀的 情勢를 細密히 考慮하고 여긔에 符合되는 眞正한 理論이엇든가? 勿論 어느 點에 잇서서는 우리의 特殊事情과 및 現實에 背馳되지 안는 論文도 잇엇스나 어든 點에 잇서서는 이 모든 것을 沒交涉하고 自己의 主體的 觀念論만을 網羅한 論文도 잇섯다. 그러면 이와 가티 殖民地的 特殊事情과 沒交涉하고 實踐과 分離된 理論은 한갓 觀念的 空想的이 되고 말 것이다. 웨? 그러냐 하면 評論이야 아모리 써든다 해도 實行치 못하면 회계가 업슴으로 그럼으로 우리는 언제나 理論과 實踐이 竝行할 것을 □□한다. 안히 반듯이 竝行하여야 한다. 理論이 先行하고 實踐이 遲□된다든지 實踐이 先行하고 理論이 遲□된다든지 하야서는 안히 된다. 實踐이 理論이

되고 理論이 實踐이 되야 한다. 空然히 理論을 過重評價 한다든지 實踐을 過重評價하는 것은 運動 自體를 沒理解하고 運動의 方法과 方式을 全然 沒覺한 錯誤된 理論이다. 너무나 만이 나의 쓰랴고 생각한 바와 間隔이 멀어진 것 갓다. 그러나 나의 생각한 問題를 論議하랴면 먼저 以上의 要領만을 말해 두는 것도 無意味한 일은 안일 것이다.

그러면 이제 本論으로 들어가서 나의 생각한 바를 論議하기로 하자!

2. 理論을 爲한 理論

一月 十五日서부터 十九日까지 本紙에 連載되든 洪銀星 氏의 所謂 「朝鮮少年運動의 理論과 實際」[1]라는 論文은 우리에게 무엇을 말하엿는가? — 이것을 嚴密히 우리는 檢討하야 볼 必要가 잇다. 웨냐? 하면 氏의 本論文 中에는 우리의 朝鮮 事情을 理解하는 듯하면서도 沒理解하고 實際에 符合되는 듯하면서도 其實은 虛無孟浪한 空想的 觀念論만을 늘어노와 實踐과는 距離가 十里나 二十里의 間隔이 잇슴으로이다.

그러면 우리는 여긔에 氏의 論文을 細密히 檢討하야 보자!

氏는 말한다. "…그리하야 少年도 幼年으로 取扱바들 때도 잇고 幼年도 少年으로 取扱 바들 때도 잇섯다. (지금까지 그렇다. — 筆者) 말하자면 뒤죽박죽 범벅이라고 할 만치 混沌狀態에 잇섯다. (지금까지 그러한 狀態에 잇다. — 筆者)" 하고 다시 "文學上 乃至 作品上에는 問題가 되지 안치만 直接 少年을 쓸게 될 때 問題되는 것이다" 하고 다시 뛰어 가서 나의 생각으로는 五歲로부터 十歲까지를 幼年期로하야 이들로 하야(?) 文學上보다도 압으로 童謠라든가 童話라든가를 만히 들려줄 必要가 잇다. 안히 꼭 그래야 한다.(童謠 及 童話)(이하 3행 해독 불가) ——— 할 수 잇다.

1　홍은성의 「少年運動의 理論과 實際」(전5회, 『中外日報』, 1928.1.15~19)를 가리킨다.

(二)

宋完淳, 『中外日報』, 1928.1.30

少幼年을 混同視하야서는 못쓴다고 하든 氏는 文學上 乃至 作品上에서는 何等 問題가 되지 안는다고 하다가 다시 섭섭하든지 幼年에게는 글로 닑히는이보다 口頭로 들려주는 것이 낫다고 햇다. — 이 어쩐지 觀念的 妄論이며 粗雜한 認識 錯誤이냐? 果然 少幼年을 混同視하는 것은 質로 量으로 어느 모로 보든지 조치 못한 일임은 再言할 必要도 업다. 그러나 文學上 乃至 作品上에는 無關하다고 하엿스니 氏여! 少年이나 幼年 兒童이 文學上 乃至 作品上에서 어쩌한 感化를 밧는지 아는가? 어른도 詩나 小說 가튼 데에서 적지 안흔 感化를 밧거든 況 心志가 弱하고 模倣性이 만흔 少年과 幼年의게 果然 文學上 乃至 作品上으로는 모든 것을 混同해 닑혀도 되겟는가? 나는 心理學에는 門外漢이라 以上에 한 말이 錯誤된 말인지는 모르겟다. 그러나 그 어느 程度 = 勿論 나로서는 以上의 나의 한 말이 올타고 생각한다. — 까지는 나의 한 말이 그의 錯誤된 意見은 안일 것이다.

그러고 幼年에게는 글로 닑히느니보다 口頭로 들려주고 가르켜 주는 것이 올타고 햇스니 그래 果然 그럴 것인가? 勿論 口頭로 하는 것이 效果는 더 잇슬 것이다.

그러나 全然 글로는 닑히지 말고 말로만 해서 될 것일 것인가? 안이다. 口頭로도 만히 일러주는 同時에 쏘한 글로도 알리어야 할 것이다.

그리고 다시 氏의 말에 依하면 幼年兒童에게는 日本 兒童의 繪畫本 가튼 것이 꼭 必要하다 하얏다. 그런데 그 繪畫本으로 말하면 西洋 것도 못쓰고 朝鮮 것 — 업기는 하지만 — 도 못쓰고 반듯이 日本의 그것과 꼭 가타야 한다고 하얏다.

쏘다시 氏는 "少年雜誌만을 經營하지 말고 幼年雜誌 — 讀本(?) 가튼 것 — 을 發行하고 그 다음 現今 少年雜誌 編輯者는 幼年 닑히기에 갓가운 것은 실지 안는 것이 조캣다" 하얏다.

우리는 다시 以上의 氏의 말에서 氏는 模倣性이 만코 現下 우리 朝鮮의 經濟的 窮乏에 沒理解한 空想論者임을 可知할 수 잇다.

우리는 幼年에 鑑賞식힐 繪畫本을 맨들드란대도 반듯이 우리의 客觀的 情勢와 周

園의 環境을 보아서 여긔에 合當한 것을 맨들어야 할 것이다. 보라! 日本兒童의 繪畫本이 그 어는 것이 우리 朝鮮 幼年兒童에게 的合한 것이 잇는가? 그들의 畵讀本은 거의가 우리의 ×××××××××× 呻吟하는 朝鮮의 幼年兒童에게는 想像치 못할 것쑨이 아닌가? 그럼에도 不拘하고 盲目的으로 이러한 愚論을 大膽(?)하게도 吐한 氏야말로 果然 偉大(?)한 理論家이다(!) 그리고 現今의 少年雜誌에는 幼年讀物을 揭載하는 것이 不可하다 하얏다. 咄! 果然 이 얼마나 忘論妄說이냐. 만일 少毫라도 氏가 朝鮮의 經濟現狀을 理解 乃至 分析 考察하야 보앗다면 이러한 空想的 妄說은 하지 안흘 것이라고 나는 생각한다.

웨? 그러냐? 하면 勿論 現今의 少年雜誌에는 인저 幼年讀物 揭載는 不可하다 하얏스니까 다시 現存한 少年雜誌 以外에 다시 幼年雜誌 刊行을 希望한것은 말치 안하도 氏의 말을 綜合하야 보면 能知하리라. 그러면 우리는 여긔에서 다시 생각해보자. 果然 다시 現存한 少年雜誌 外에 幼年雜誌를 刊行할 힘이 우리에게 잇는가? 아니 힘이야 잇겟지만 經濟的 條件이 그를 許諾을 할 것인가? 否.

우리에게는 아즉도 그러한 餘裕가 업다. 차라리 少年雜誌 中의 二三가지는 幼年雜誌로 맨들라든지 或은 少年雜誌에다 特別히 幼年欄을 設置하라든지 햇든들 當分間 氏의 人身保護는 되엇슬른지 몰른다. 그러나 直接 이와 가튼 愚論을 吐하야써 氏의 自體를 氏 스스로가 餘地업시 □□식히고 말앗다.

於是乎 우리는 盲目的으로 理論이니 '이데오로기'이니 써들 것이 아니다. 空然히 되지 못한 粗雜한 文句만 늘어노코 理論인 척 하다가는 自己自身만 民衆 압헤 □□식킬 것이며 惑은 理論을 爲한 理論을 吐하기 쉬운 것이다. 그러니까 무엇보다도 모든 것을 □□히 考察하야 어써한 意識을 確實히 把握한 後에 말하란 말이다.

氏의 本論文 亦是 粗雜 散漫한 文句만 羅列하여 노앗기 째문에 理論을 爲한 理論이 되고 쌀아서 實踐과 背馳밧게는 더 ― 나아가지 못하엿다.

(三)

宋完淳, 『中外日報』, 1928.1.31

3. 文藝運動의 作品 行動

少年運動이 方向轉換을 함에 쌀아 少年文藝運動에도 漸次로 그의 方向轉換을 하지 안흐면 안히 되게 되얏다. 안히하여야 한다. 웨냐? 하면 少年運動과 少年文藝運動과는 — 其他 一切의 少年에 對한 모든 運動도 그러치만은 — 分離할 수 업는 必然的 形勢에 잇슴으로 卽 少年文藝運動은 少年運動의 一部門 — 一翼 — 에 不過한 것이다. 萬一 少年文藝運動이 獨立的 價値가 잇고 特殊性이 잇다 하면 그야말로 空言妄說이다. 그럼으로 一切의 少年文藝運動은 少年運動과 가티 이에 쌀아서 動하여야 할 것이다. 그리고 少年運動으로 하야곰 文藝運動의 行動도 規範되어야 할 것이다. 文藝運動에 구태여 特殊性을 말하게 된다면 文藝運動은 文藝運動임으로 特殊性이 잇는 것이다.

그러면 方向轉換을 한 우리의 少年運動은 如何히 理論을 展開할 것이며 如何히 作品 行動을 할 것이냐? 그런데 나는 理論의 展開는 勿論 무엇보다도 必要하다고 생각함으로 다시 어써한 理論이 必要할까? 하는 것은 讀者 諸君의 思考 材料로 미루어 두고 時間과 紙面 關係도 잇스니 爲先 作品行動에 對하야만 말해 두겟다. (具體的 論議는 追後 다시 말하기로 約束해둔다.) 作品行動에 對하야 우리는 어써한 作品을 써야 할까? 毋論 □□□□□의 兒童인 만큼 — 우리의 少年運動이 無產階級 兒童의 運動인 만큼 글을 쓰는 데에도 반듯이 實踐的 條件下에서 '푸로레・이데오로기'를 抱含한 作品을 써야 할 것이다.

우리의 少年 文藝라 할 것 가트면 大槪 童話, 少年少女小說, 童謠, 童詩 等으로 大別할 수가 잇다. 그러면 在來의 是等 文藝는 우리의게 무엇을 선물로 주엇든가? 어린이들은 그 文藝作品을 보고 어든 바 무엇이 잇든가? — 나는 이 質問이 나온다면 一言으로써 答하겟다. — 在來 一切의 少年文藝作品에서 어린이들이 어든 利益은 하나도 업다.

잇다면 虛構한 空想과 封建的 奴隸觀念과 忠君的 帝國主義 觀念밧게 업다 — 고. 보라! 童話 한 가지를 써도 第一 出發點은 나라의 宮城이요 '요술할멈'의 집이요 '한

우님'의 뒤ㅅ간 等이다. 그리하야 이약이도 「님금님」, 「요술할멈」, 「王子, 王女」, 「한우님」 等 列擧하면 不知其數이며 돌이 말하고 귀신이 작란하고 龍이 비를 주고 어쩌고 어쩐다는 虛無孟浪한 글을 그리지 안허도 虛榮心 만코 愚直한 어린이들을 보이며 읽히여 오지 안핫는가? 或者는 天眞爛漫한 어린이에게 生活現實을 科學的으로分析하야 들려준다는 것은 넘우나 愚論한 □□□이라고도 할 것이다. 그러나 그 所謂 天眞爛漫이란 大體 우리의 ××××××××××으로서는 알지도 못하는 말이다. 우리 朝鮮 兒童은 어머니 胎內에서 나올 때부터 粗惡한 現實味 — 卽 衣食住 — 에 저젓슬 것임에도 不拘하고 天眞爛漫이란 무슨 □兒의 藝言이냐? 朝鮮 兒童은 空想보다도 現實味를 虛榮보다도 實踐性을 더욱더욱 感深하게 된다. 그럼에도 不拘하고 在來의 空想的 虛僞滿滿한 封建的 觀念을 注入식히려는 者는 우리의 敵이 아니고 무엇이랴? 이 後부터는 이 모든 一切의 空想的 觀念을 버리고 오로지 現實과 背馳되지 안는 作品을 써야 하며 닑혀 주어야 할 것이다. 아니 꼭 그러케 하여야 한다.

그런데 洪銀星 氏는 말하기를 甚한 例로는 鑑賞小說 또는 이와 類似한 種類를 것침업시 실코도 泰然自若하얏다. 그러든 것들을 지난해부터 우리의 運動이 組織期에 들어온 이만치 "이런 것들을 等閒이 볼 수 업게 되엇다", "우리는 戀愛라든가 그 우의 □□에 類似한 讀物을 排擊하자는 □論이라도 '集團的 大□의 名義로' 制約해 노아야 한다" (傍点은 宋) 하얏다. 果然 初期의 喜消息이다. 그러나 氏여! 戀愛小說만 排斥하고 其他는 在來 그대로 두어야 할까? 아니다. 우리는 戀愛小說類도 排斥하는 同時에 먼저 나의 말한 一切의 것도 徹底히 排擊하여야 한다.

(四) 宋完淳, 『中外日報』, 1928.2.1

四. 結論하기爲하야

나는 以上에서 少年文藝運動의 作品行動에 對하야 大綱 究明하얏다. 그러면 이에 問題는 다른 方面으로 展開된다. 卽 文藝려니와 어린이들이 가지고 노는 玩具는 어떠한 것이 조흘 것이냐? 하는 것이다. 그러면 우리는 먼저 玩具가 어린이에게 무슨 效果를 주는 것이냐? 하는 疑心이 나는 것을 否定치 못하는 事實이라 하겟다. 여기에 잇서서 或者는 다만 愉快하기 위한 '작란거리'로만 알 것이다. 그러나 絶對로 그러치 안흔 것이다. 그들은 玩具 가지고 노는 그 속에서 不少의 感化 — 惡感이든지 好感이든 間에 — 를 바들 것이다. 그런데 不幸하게도 우리 朝鮮 兒童은 可否間 玩具 한 개를 長成도록 만저 보지 못 하는 사람이 만흐니 참 寒心한 일이다.

그런데 洪銀星 氏 말에 依하면 "少年雜誌를 낡히도록 할 것이요. 幼年에게는 人形 한 개라도 사 줄만 하여야 할 것이다"라고 한다. 果然 조흔 말이다. 그러나 在來로부터 父母들이 아해들을 無關心하고 奴隷視한 것은 事實이나 지금의 우리 兒童의 父母들은 雜誌와 玩具 等 사 줄 돈은 第二 問題요 爲先 衣食의 窮乏이 來襲하지 안는가? 氏는 언제나 우리의 經濟事情을 沒理解 乃至 無視하고 小뿌르조우的 空論만 提出한다. 그러타고 絶對로 此等 雜誌나 玩具가티 必要하다는 것이 안이라 우리의 周圍와 環境을 考察하야 보고 그러한 論議를 하여야 그의 論理가 成立되는 것이지 空空然하게 抽象的으로 左之右之하여야 何等 論議가 成立되지 못하고 그 理論은 한갓 空想論으로 歸結되고 마는 것이다. 그러면 돈이 업는 우리는 어린이에게 어떠케 玩具를 사 줄가? 아아 나는 이 問題에 對하야는 確實한 對答을 못 하겟다. 이것은 첫 條件이 '돈'이기 째문이다. '돈' 업는 우리에게는 玩具보다도 '팡'도 마음대로 求할 수 업지 안흔가? — 그러면 別道理가 업시 우리가 만들어 주어야 할 것이다. — 이러한 點에 잇서서 또한 우리 科學的 知識과 手工業의 必要를 切感하는 바이다.

그런데 氏는 먼저 空想的 觀念論을 말하고는 那終에 와서는 우리의 事情을 沒理解햇든지, 幼少年이 가지고 놀만한 玩具와 이와 類似한 意義 잇는 遊戲는 만히 創案 硏究하지 안흐면 안 된다(傍点은 宋) 하얏다. 果然 이 말에는 何等 異議가 업다. 그러나 氏의 먼저 말한 바와 이 말과는 적지 안흔 矛盾이 生起지 안는가? 그러타면 氏의 말은 一種의 抽象論이다. — 이와 가티 空想的 抽象論과 主觀的 觀念論만 말하든 氏는 그의 結論의 끗헤 가서는 "脫線한 理論과 實際가 잇는 째는 果敢하게 鬪爭하지 안히 하야서는 進展이 업는 것이다" 하얏다. 그러타. 氏는 이번 氏의 理論이 모다 우리 少

年運動의 客觀的 條件에 妥當한 줄 알고 쓴 것이겟지? 그러나 氏의 이와 가튼 말이 氏 自身에게로 도라갓다. — 如斯한 點에 잇서서 우리는 氏의 假面을 벗겨 바리고 抽象的 空想論者의 正體를 暴露식히어 克服하여야 한다.

나는 더 — 論議하기를 避하고 이만 擱筆하겟다. 그러나 한 말 더 하야 둘 것은 氏가 어전지 前보다 散漫한 □□를 가지고 理論을 너무 過重評價하는 것 가트니 매우 疑心스럽다. 씃흐로 氏의 더욱 健鬪를 빌며 나의 本論 中에 誤謬된 點이 잇거든 同志諸君은 어듸까지든지 檢討하고 論議하야 주기를 希望한다.

— 了 —

天道敎와 幼少年 問題

方定煥,[1] 『新人間』, 1928.1

特히 우리 敎內 幼少年 指導 敎養問題에 關하야 늘 생각하는 바 意見을 쓰려고는 오래 前부터 벼르면서도 점점 손이 적어지고 점점 더 밧버지는 開闢社의 일에 부닥기노라고 時間을 엇지 못해오던 次 이번 新人間의 新任 主幹 春坡[2] 兄의 感謝한 催促을 밧아 그 一端을 쓰려하면서 亦是 年終 가장 밧븐 째이라 塞責으로 題目만 써 밧치게 되는 것을 여러분과 또 春坡 兄께 謝함니다.

第一 첫재 어린 사람에게는 어른(成人)의 세상과는 全혀 짠판인 조곰도 갓지 안코 짠판인 世上 하나가 짜로히 잇는 것을 幼少年 對하는 사람은 잘 알아야 함니다. 이것을 모르고 어른이 어른 自己 世上 윗것으로 어린 사람을 對하는 故로 十이면 十 모다 失敗하고 마는 것임니다.

五六歲의 어린 사람에게 사람을 하나 그려보라 하십시요. 그 아해는 반듯이 이 그림처럼 얼골 밋에다가 목아지, 가슴, 배를 다 쌔버리고 직접 얼골 밋헤 두 다리와 두 팔만 그림니다. 사람은 목아지가 업스면 죽습니다. 팔이 업거나 다리가 업시는 살 수 잇서도 가슴이나 배가 업스면 살지 못함니다. 그런데 어린 사람은 것침업시 그것들을 쌔버리고 두 팔끗 손가락(手指) 다섯씩은 정성스럽게 그려놋습니다. 이것이 무슨 까닭인지 이 까닭을 잘 알어야 어린 사람을 對할 자격이 잇는 것임니다. 어른도 그럿치만 어린 사람의 생명은 움즉(活動)이는 것임니다. 그들의 생활로 움즉이는 것 뿐임니다. 그러기에 어른은 한 時間이라도 감안히 안젓슬 수 잇지만 어린 사람은 잠이 들기 전에는 단 一二분 동안도 바스럭대지 안코는 못 견듸는 것임니다.

---

1 원문에 '어린이 主幹 方定煥'이라고 되어 있다.

2 박달성(朴達成)의 호다. 박달성은 천도교청년회(天道敎靑年會)를 주도한 사람 중에 하나이며, 『개벽(開闢)』의 창간 동인이었고, 『학생(學生)』과 『신여성(新女性)』의 편집 겸 발행인이었으며, 『어린이』 편집에도 참여하였다.

그런데 얼골에 눈섭과 귀와 코는 움즉이지를 안는 고로 어린 사람의 세상에서는 존재의 인정을 밧지 못합니다. 그러닛가 눈이나 입이 보일 째 눈섭도 코도 보이지만 어린 사람은 그것을 긔억하지 안는(이상 34쪽) 고로 그림 그릴 때에 나오지 안는 것이요 눈은 부즈런이 깜박깜박 깜작어리고 입으로는 부즈런히 사탕이나 엿을 먹어드리는 고로 활동을 하는 것인고로 그 긔억이 무엇보다도 분명할 것입니다. 목아지와 가슴과 배가 아모리 중하여도 그것은 어른들의 말이지 아모 활동이 업는 고로 어린 사람에게 렴려 업시니 저버림을 밧는 것임니다. 팔과 다리는 부즈런이 움즉이는 것이요 그 中에도 손가락은 다섯 개가 신통스럽게 쉴 새 업시 움즉이는 고로 무엇보다도 그것을 정성스럽게 그리는 것입니다.

행실 낫븐 女子가 남편에게 들켜서 내외 싸홈하는 것을 처음브터 씃까지 말그럼이 구경하고 와서도 어른 갓흐면 '아모개의 녀편네가 외입을 하다가 들켜서 그 남편에게 두들겨 맛드라고' 가장 흥미 잇게 이약이 할 터인데 어린 사람은 서방질이니 외입을 햇느니 하는 소리를 모다 듯고 와서도 말을 옴기되 "복동이 어머니가 복동 아버지의 심브림을 아니햇다 막 때려주어요" 합니다.

서방질이니 외입이니 하는 말을 귀가 압흐게 듣고 왓지만 그런 것은 어린 사람의 세상에 아모 상관업는 것이닛가 아모리 들엇서도 그의 머리속에 들어가지 안흔 까닭임니다.

이약이가 저절로 기러젓슴니다만은 어린 사람의 세상에 통용되지 안는 말은 암만 소중한 이약이라도 그 머리에 들어가지 안는 것입니다. 드를 때에는 눈을 깜박—깜박 모다 듯고 잇는 것 갓지만은 하나토 그 머리에는 안 드러가는 것입니다. 교회에서 시일(侍日)날 강도를 좀 쉬웁게 하면 부인네까지도 알아드를 수가 잇슴니다. 그러나 어린 사람에게는 절대로 드러가지 아니합니다.

그러닛가 아모리 우리의 욕심이 급하여도 교리나 교회 력사가 그대로 어른이 자긔 지식만 가지고 그냥 해 주는 것이 그들의 머리속에 들어가지 아니하는 것이요 그것을 억지로 너어주잔 즉 하폄만 하다가 다라나고 그 다음브터 오기를 질기지 아니 합니다. 그러닛가 우리로서 第一 급한 것은

敎理와 敎會史의 童話化

임니다. 우리가 우리의 교리를 가지고 남의 나라에 가서 포교를 하려면 그 나라 말을 배호고 그 나라 말로 번역해 가지고 가야 할 것과 맛찬가지로 어린 사람의 세상의 통어를 배호고 그 세상식으로 쑴여가지(이상 35쪽)고 가야 할 것임니다. 쓴 약이 病에 이(利)롭다고 그냥 퍼먹이려면 먹지도 안코 억지로라도 퍼먹이면 금시 토해버려서 아모 소용도 업시 됨니다. 그러닛가 아모리 조흔 약이라도 어린 사람에게 먹일 때에는 사탕칠을 하거나 엿에다 싸서 먹여야 함니다.

금년 一년에 우리는 무슨 방법으로던지 특별한 위원(委員)과 특별한 시간을 작만하야 교리와 교회사를 동화(어린 세상의 論文)로 쑴여야 하겟습니다. 그럿치 안코는 어린 사람의 侍日學校나 少年會가 正말 실속잇게 시작되기 어렵습니다. 아모리 힘을 써도 대신사, 해월신사, 의암성사가 어린 사람과 친해질 수가 업습니다.

우리 교리 더구나 파란 만흔 東學史를 童話化해 노앗스면 오작 좃켓습닛가. 그럿케 되면 어린 사람뿐 아니라 鄕村 婦人네와 鄕村 農民 포교에게도 만히 리용될 것임니다. 되나 못되나 그럿케 좀 쑴여보려고 생각은 하지만은 나는 開闢社의 밧븐 책임을 진 몸이요 또 그 일이 달달이 쫏기고 쫏기여 씃날 날이 업는 일인 故로 도뎌히 되지 못하고 잇스나 금년 새해 一년 또 어물어물하다가는 참말 안이 되겟습니다. 여러분과 함께 특별 위원과 특별 시간을 억지로라도 지여볼 도리를 연구해야겟습니다.

幼少年 年齡 問題

그 다음에는 년령 문데인데 나는 열 살까지는 普通 童話로 그냥 해야겟고 敎會的 指導는 氣分으로만 해야 할 줄 암니다. 그 以上은 절대로 무효임니다. 氣分的이란 그냥 텬덕송을 깃븐 마음으로 갓치 부르게 한다던지 天日, 地日, 人日 긔념을 퍽 조흔 명절로 알게 한다던지 세상은 텬도교 판이요 텬도교가 第一인 줄 알게 하는 것임니다.

그리고 열 살까지에 이약이를 잘 드를 수 잇는 버릇(基礎 밋천)을 지여가지고 十一

歲부터 童話化한 敎理와 敎會史를 너어주기 시작하여야 할 것임니다. 그러면 절대한 효과를 볼 것을 불보다 더 확실히 밋고 봄니다.

발서 밤 새로 두 時임니다. 다른 것이 밀려 잇스니 이번에는 이걸로 용서를 밧고 氣分 지도에 관한 말슴은 요다음에 해보겟슴니다.

(끚)(이상 36쪽)

少年聯合會의 當面任務

崔青谷 所論을 駁하야(一)

洪銀星, 『朝鮮日報』, 1928.2.1

一. 緖論

나는 隨處에서 少年問題에 對하야 論文을 發表하엿다. 그것은 少年問題를 새로히 喚起하자는 뜻은 아니엇섯다. 다만 在來의 少年問題에 對하야 이제는 自然生長期를 지나 目的意識的 組織期에 들어왓다. 이 말은 곳 우리 朝朝少年運動을[1] 方向을 轉換하지 안흐면 안 된다는 말이엇섯다. 그러나 今年에 접어들어 金泰午 氏의 「丁卯 一年間의 朝鮮少年運動」이라든가 쏘는 同氏의 論文 「少年運動의 指導精神」[2]을 論할 때 나는 그의 만흔 誤謬를 發見하엿다. 그러나 그의 大體의 體系에 잇서서는 그리 脫線치 안헛고 쏘한 어느 程度까지 是認할 點도 잇서서 나는 그것을 그대로 默過하엿다. 만약 이러한 것이라도 그냥 默過하엿다는 것이 過失이 아니냐 하면 나도 少年運動을 하겟다! 하는 信念에 잇서서는 過失이라고 늣겨진다.

그런데 近間 朝鮮日報 紙上에 崔青谷 氏의 「少年運動의 當面 諸問題」[3]가 上程 되엇섯다. 나는 일즉 崔 氏에게 對한 企待가 만헛는이 만큼 그의 論文을 熟讀하엿섯다. 그러나 그의 論文이 小市民性的이오 無體系이오 一種 中傷的 形態도 씌인 것이 잇서서 나는 다시금 그것 — 崔 氏의 論文 — 을 檢討하면서 더 나가서는 駁하면서 그의 無體系的 쏘 小市民性的 觀念을 깨트리며 한편 그의 觀念에 바로잡힌 同志를 救出하지 안흐면 안 될 것을 늣기엇다.

그리고 내가 以來 發表한 論文에 잇서서 大概는 汎論을 써왓다. 다시 말하면 直接 組織體 (朝鮮少年聯合會 쏘는 朝鮮少年文藝聯盟)에까지는 言及한 일이 업섯다. 그리하야

---

1 '朝鮮少年運動을'의 오식이다.

2 김태오의 「丁卯 一年間 朝鮮少年運動－氣分運動에서 組織運動에」(전2회, 『朝鮮日報』, 1928.1.11~12)와 「少年運動의 指導精神」(전2회, 『中外日報』, 1928.1.13~14)을 가리킨다.

3 최청곡의 「少年運動의 當面 諸問題」(전4회, 『朝鮮日報』, 1928.1.19~22)을 가리킨다.

나는 直接 組織體까지 論義하려든 次에 崔 氏의 所論이 發表되엇슴으로 밧분 중임에도 不拘하고 鈍筆을 또 들엇다. 그리고 나는 늘 말하는 바이지만 나의 論文에 잇서서 體系가 업다거나 現今에 當面한 少年運動에 對하야 正視 또는 正論이 못 될 것 가트면 具體的으로 檢討하야 주기를 誠心으로 바라서 마지 안는 바이다. 그러나 世間에서는 往往히 自己의 實力 如何는 不問하고 그저 후려 때리면(體系가 잇든지 업든지) 그는 무슨 凱旋將軍 가튼 늣김을 가지는지 몰으겟지만 좀 더 考察하고 좀 더 硏究하야 讀者로 하야금 우슴을 사지 안케 하고 또한 論文은 責任이 잇는 것을 알어서 그 다음 그 다음 나올 順序를 定해 두어야 한다. 나는 나의 性急한 것을 스스로 鞭撻하야 마지 안흐나 間或 性急을 表現하게 됨으로 뉘우치는 때가 만다. 그러나 世間에는 나 以上으로 性急하고 나종에는 輕擧妄動하는 사람이 만허서 近來의 論文은 論文다운 氣分이 거의 업다고 하야도 過言이 아닐만치 辱 論文이 發表된다.

(二)

洪銀星,『朝鮮日報』, 1928.2.2

우리는 決코 주먹과 辱으로 익이려고 하여서는 匹夫之勇에도 尤甚한 者일 것을 認知하여야 하겟고 또한 誠意잇는 運動者의 態度가 아니다. 우리는 늘 反省하야 참다운 運動者 되기를 힘써야 한다.

또한 同志 間에 잇서서는 自尊心보다도 謙遜하는 態度가 만허야 할 것이다. 그와 反面에 理論이나 實踐을 다른 사람보담 만히 하기를 힘써야 할 것이다. 말이 만히 線 박그로 흐른 곳이 만타. 그러나 나로서는 이러한 말을 아니 쓸 수 업는 그러한 늣김을 자아내기 때문에 쓴 것이다. 그러면 本論으로 드러가서 우리는 果然 如何히 하여야 朝鮮少年運動을 現今의 境地로부터 잘 展開할가. 다시 말하면 在來의 自然生長的 運動을 揚棄하고 目的意識性的 組織期에 運動을 할가 함이다.

이러기 爲하야서는 — 目的意識性的 運動을 하기 爲하야는 — 在來 諸氏의 發表된 諸 論文과 崔 氏의 所論 「少年運動의 當面問題」를 駁하여서 順次 具體로 論議하고자

한다. 그러면 本論으로 드러가겟다.

二. 方向轉換의 再論

前項 辯論에도 말하엿지만 崔 氏의 所論의 「少年運動의 當面 諸問題」는 처음부터 現階段의 少年運動을 規定치 안헛다. 元來의 崔 氏의 認識 錯誤는 現階段의 少年運動이 如何한 것이라고 規定치 안헛기 때문에 그의 論文은 體系를 일엇다. 그의 認識은 그의 論文(少年運動의 第二項 「細胞組織의 根本的 再組織」(細胞 團體의 根本的 再組織일 것이다. 傍點 洪)이라는 곳에 崔 氏는 말한다. "朝鮮 少年運動은 封建的 思想과 抗爭함으로써 出發한 것이나 何等의 家庭과 아모 連絡을 못하고 그 家庭의 눈을 通하야 少年을 容納하엿스니까 情勢는 出發 當時보다도 보잘 것이 업스며 눈 뜬 智識 階級조차 이 運動을 眞實로 認識치 아니함으로 第一線에선 그 運動者도 할 수 업시 機會主義로 化하려는 것 갓습니다. 그리고 結果로는 第一線에선 그 運動者의 苦痛밧는 그것 쑨이지요 할 짜름입니다."

이곳에 發露된 그의 小市民性的 認識錯誤된 點을 우리는 볼 수 잇는 것이다. 勿論 처음에 朝鮮 少年運動이 外來的 資本主義 近代 自由思想으로 出發하야 封建舊習의 저진 父老에게 抗爭하엿는 것이다. 그리하야 朝鮮의 輸入된 少年會 運動은 自主國 運動으로 볼 것 가트면 '쏘이 스카우트'가 될 것이엇스나 朝鮮의 經濟的 形態는 必然的으로 ××××× 리알리슴을 少年會라 畸形的 形態로 낫타나게 된 것이다. 그러나 現今에 朝鮮의 客觀的 情勢는 資本主義의 ××인 近代 勞働者가 産出됨과 쌀아 勞働 少年을 낫게 되엇든 것이다. 그러면 그 本質에 잇서서 客觀的 情勢는 崔 氏가 말한 바와 가티 보잘 것 업스며 分散的인 것은 事實이다. 그러나 氏의 認識은 이러치 안코 少年만을 解放하려는 少年을 爲한 少年運動을 하려고 한다. 그것은 少年運動 가트나 少年運動은 아니다. 卽 朝鮮의 客觀的 情勢는 朝鮮人이 ××××××××××이니만큼 이 ××로부터 ×××××되지 안흐면 決코 朝鮮 少年만이 ××될 수 업는 것이다. 그러기 때문에 우리는 朝鮮少年을 보는 觀點을 朝鮮人이라는데 出發하여야 한다. 마치 女性運動이나 白丁運動이 人間的 待遇 奪還으로부터 運動하는 그런 運動

— 人間的으로 認識해 달나는 — 으로부터 一步前進한 運動이다. 그러기 째문에 朝鮮少年도 朝鮮 天地에 써러지자마자(出生되자마자) ×××階級의 子息이다. 이리하야 普遍 妥當性的 ××은 少年에게도 밋치는 것이다. 例하면 現今 ××學校의 政策的 ××이 그것이 ×××××이냐. 이러한 普遍的 ××을 不拘하고 다만 朝鮮人 封建 勢力에서 脫却하자는 運動은 벌서 現階段에 와서는 아무런 價値가 업다는 이보다도 그 鬪爭에 對像이 朝鮮 父老 階段에 잇는 것이 아니라 더 나가서 ×××××의 對한 ××이기 째문에 우리는 在來의 運動을 自然生長期的 運動이라고 보는 것이다.

다시 말하면 처음에는 封建主義에 對한 抗爭이엇스나 이제는 封建主義에 對한 抗爭이 아니라 ××主義에 對한 抗爭이다. 決코 少年이라고 少年을 拘束한다고 하는 一念에만 着眼하여서는 아무런 效果가 업는 것이다. 다만 少年을 保護하는 (極히 消極的) 말하자면 少年 擁護가 少年을 趣味 增長식히고 少年의 氣槪를 기흔다는 것보다도 少年이 버더나갈 바 길을 열어야 할 것이다. 이것을 崔 氏는 左翼小兒病이라고 하는 거은 모르나 決코 朝鮮人이 ××되지 안코는 한 部分에 朝鮮 少年만히 ××되는 것이 아니오. 또한 朝鮮만이 ××되엇다고 世界平和가 到來하는 것은 아니다. '肝要한 問題는 世界 ××에 잇다'는 말과 가티 決코 朝鮮少年의 目標는 다만 少年會로 少年을 모아 노키만 하는 것이 問題가 아니다. 少年을 如何한 意識으로 모하 노흘가 如何한 意識으로 모흘가이다.

(三) 洪銀星, 『朝鮮日報』, 1928.2.3

그러기 째문에 먼저 우리는 粗雜한 頭腦를 所有한 少年運動 前衛隊를 깨긋이 分離克服시킬지 안흐면 안 된다. 우리는 少年을 모흐기 前에 理論을 세워야 하고 또한 現階段이 朝鮮에 對한 如何한 階段인 것을 認識하여야 한다. 먼저도 말하엿거니와 우리는 在來의 資本主義的 自由思想에서 ××××××思想으로 飛躍한 것을 몰나서는 안 된다. 家庭과 少年과의 關係 究明도 반드시 在來의 그 父老를 對抗하는 自體

認識의 運動이 아니라 그 父老階級과 連絡된 ××××運動의 一部門이라는 것니다.

이곳에 崔 氏의 認識이 在來 自由思想에서 움지긴 少年指導者의 態度라는 것이다. 더 자세히 말하면 在來의 運動을 一切 否認한다고 하면서 새로운 理論을 가진 것이 아니라 在來의 運動을 새로운 形態로 되푸리하는데 不過하는 것을 아는지? 崔 氏에게 뭇고 십다.

이리하야 우리는 在來의 運動을 漠然한 非組織的 少年運動이라는 卽 自然性長期運動이 라는 것이오 現今의 運動을 目的意識期 運動 卽 在來의 것으로부터 方向을 轉換하여야 할 運動이라는 것이다.

三. 少年聯合會의 任務

少年運動의 當面問題라는 崔 氏의 朝鮮少年聯合會의 任務를 볼 것 가트면 一. 細胞團體의 再組織과 二. 中央總機關의 再組織을 要求하엿다. 그 理由로는 一은 七零八落의 少年會와 朝生暮死的 少年會 例하면 夏期放學 時 가튼 때는 웃적 늘럿다가 다시 開學 時期가 되면 우수수 解體하는 말하자면 眞正한 少年會가 못 되고 假字 少年會가 만흐니까 다시 再組織을 하야 참다운 堅實한 少年會를 만들어 統計表 하나이라도 完全히 꿈이자 하는 말이며 二은 이러한 것을 包容하고 잇는 것은 반드시 解體하고 새로운 참다운 組織을 밟자 함이다.

余는 이 再組織 問題에 잇서서는 多少 同意하는 바이다. 그러나 우리는 늘 잘 알고 잇는 事實이 잇지 아니한가. 卽 우리는 理論이 업는 實踐은 妄動이오 實踐이 업는 理論은 空論이란 것이다. 그리기 때문에 崔 氏의 理論이 업고 다만 實踐만이 잇다. 實踐만을 高調하는 그분들에게 잇서서는 必然的 妄動이 되기 쉬운 것이다. 우리는 먼저도 말한 바와 가티 理階段을 究明하고 그 다음 客觀的 情勢를 斟酌하야서 이곳에서 理論을 가저오는 것이다.

다시 말하면 우리는 少年運動을 如何히 定義할가. 그 다음 우리는 少年運動을 如何히 展開시킬 것인가. 쏘 그 다음 우리는 少年運動을 如何히 하여야 成功할 것인가 하는 것을 몰나서는 아니 된다는 말이다. 그러면 余는 이제 少年運動에 잇서서 다른 朝鮮의 모든 ××運動과 가티 被××階級 被××××이라는 것을 몰나서는 아니 된다. 그 ××의 程度에 잇서서는 靑年이나 壯年과는 다으다. 그러나 普遍性에 잇서서는 마찬가지다. 그러면 우리는 이 少年運動이라는 것과 全 ××××運動과 連鎖 關係가 잇는 一環에 堂堂한 것이다. 그리하야 나는 靑年運動과 少年運動을 ×× 程度로 區別하야 國際的 民族的의 ××은 小할지나 少年에게 잇서서는 弱少民族 쏘는 ××× 階級이라는 것은 맛찬가지다. 그리고 靑年에게 對해서 밧는 ×× 쏘는 父老에게서 對하는 壓迫은 特殊한 朝鮮임으로써 그것이 잇는 것이다. 다시 말하면 아즉도 封建的 因襲에 저진 少年에게 대한 迫害는 잇는 것이다. 이것을 崔 氏는 主體로 말하고 한 말이나 實相 主體는 그것이 아니다. 더구나 現階段에 와서는 그것이 主體 커녕 問題도 아니 될 만한 境遇에 잇는 것이다. 이러기 때문에 余는 崔 氏를 小市民性的 理論이오 同時에 小市民性的 實踐이라고 하는 것이다. 더 나가서는 崔 氏는 資本主義 '리알리슴'에 갓가운 것이라고 하고 십다.

(四)

洪銀星, 『朝鮮日報』, 1928.2.4

다시 問題를 돌러서 方今의 少年運動의 定義을 말하면 그것은 必然的으로 ×××××× 에 對한 抗爭的 運動이다. 同時에 ××××××의 共鳴하는 父老階級에 對抗하는 運動이다. 그리하야 그 主體의 對象이 少年으로서는 넘우 唐突하다고 볼는지 몰으나 ××××××에 잇는 것이다.

그 다음 우리는 少年運動을 如何히 展開할가 함에 잇서서는 우리는 먼저 말한 바 少年運動의 定義 밋해서 그것을 展開하여야 할지니 우리는 堅實하고 努力的인 少年會를 組織하야 먼저 ×× 主義의 對한 ××××가 되는 敎育을 그들에게 ××시키지 안흐면 안 된다. 崔 氏은 ××에 눌여서 그러케 할 수 업다고 하리라.

그러나 우리는 어느 範圍까지는 그러케 할 수 잇는 것이다. 우리는 表面으로 무슨 運動 무슨 團體하고 看板보담은 實際의 少年 大衆에게 이러한 意識이 浸透만 되면 그때는 如何한 것이라도 두려울 것이 업다.

中國이 國民運動이 決코 처음부터 團體를 모으고 看板을 내걸고 싸웟다는 것보다도 모르는 가운데 가만히 가만히 그들은 ××에 對한 意識을 길넛는 것이 아닌가. 우리는 무엇보다도 少年敎養 問題에 잇는 것이다. 卽 敎養은 朝鮮이 如何한 特殊 地境에 잇다는 것을 잘 알도록 하여야 된다. 만약에 崔 氏의 意見으로 본다면 少年의 情緖를 涵養하고 그리고 그 깨끗한 少年意識을 말하엿다. 그러나 이것은 資本主義的 自主國에서나 할 소리이지 決코 現今에 朝鮮에 對한 少年의 것은 아니다. 우리는 集會 ××가 무서운 것이 아니라 또는 少年會 解體가 무서운 것이 아니라 少年 大衆을 일는 것과 組織的 敎養을 못 주는 것이 크게 무서운 것이다. 그럼으로써 우리는 崔 氏의 少年의 情緖를 涵養한다는 것을 政策的으로 是認한다. 그러나 主體的으로는 是認하지 안는 것이다. 이곳에 問題는 둘노 나누이게 된다. 그리고 崔 氏의 細胞團體의 再組織과 中央機關의 再組織도 意味가 둘노 나누이게 되는 것이다. 卽 하나는 情緖 涵養을 基礎로 한 少年敎養과 또 하나는 社會意識을 基礎로 한 少年敎養이 될 것이다. 그러나 우리는 이것을 各各 썰어트려 二元論的으로 보지 안는다. 一元的으로 보되 社會意識이 先이오 情緖 涵養은 政策的 乃至 戰術上의 것으로 副次 作用이라는 말이다. 이것으로 보면 崔 氏의 理論은 主客顚倒의 感이 잇는 것이다.

그러기 때문에 現今 朝鮮 少年聯合會는 必然的으로 社會意識을 基礎로 한 少年運動으로써 各地方 細胞團體의 再組織에 必要는 이리하야 늣겨지는 것이다. 그러나 中央機關에 잇서서는 再組織에 必要를 늣기지 안는다. 만약에 細胞團體가 再組織을 하엿스니 너도 再組織을 하여라 하는 것은 넘우나 機械的 公式主義다. 나는 이 點에 잇서서 細胞團體의 再組織은 必要하다. 中央 機關은 再組織할 必要가 업시 그것들이 細胞團體가 再組織되면 次期 大會에는 반드시 變動이 必然的으로 잇스리라는 말이다.

(五) 洪銀星,『朝鮮日報』, 1928.2.5

이러기 때문에 나는 現今의 朝鮮少年聯合會의 任務는 먼저 現階段에 맛도록 綱領을 세워야 할지며 그 다음 全 運動의 總集中體인 新幹會의 有機的 連絡을 지어야 할 것이다. 그러기 爲하야는 깨긋히 ××××的 '리알리슴'을 止揚하지 안흐면 안 된다. 어느 極端에 意味로는 情緖 云云은 抛棄하여도 좃타. 少年이 意識에 어리다고 情緖로 움지기게 한다는 것은 一種 政策的 手段에 不過한 것이다.

이러기 때문에 나는 말하는 바이지만 먼저 現階段을 完全히 把握한 綱領으로써 新幹會에와 有機的 連絡이 잇서야 하겟다는 것이다.

四. 結論

나는 具體로 朝鮮少年聯合會의 任務를 말하려고 하엿다. 그러나 내가 朝鮮少年聯合會에 幹部에 한 사람이 아닌 以上 細目細目히 말하는 것을 나 自身으로는 避하지 안흘 수 업다. 그러치 안코 이것이 또 新聞紙上으로 發表되는 以上 넘우나 公式을 버리는 것은 이것이 敎授的 三段論法이 되겟슴으로 避하는 바이다.

씃트로 한 말 하고자 하는 바는 崔 氏의 今般 「少年運動의 當面 諸問題」로는 먼저도 말한 곳이 잇거니와 無體系, 無定見의 글노써 甚하게 말하면 乃至 感情으로 되나 안 되나 썻다고 본다. 그와 함께 「無智한 方向轉換의 意味」라는 項은 現今 社會에서 써들고 잇는 張日星[4] 氏 系에 論文에 感染된 듯한 늣김을 알 수 잇는 것이다.

朝鮮 全運動에 잇서서는 在來의 運動을 組合主義的 經濟鬪爭이냐 그러치 안흐면 漠然한 非組織的 自然生長性的 政治鬪爭이냐 하는 問題이다. 이 問題에 잇어서는 前

---

4 張日星(1894~?)은 필명이고 본명은 신일용(辛日鎔)이다. 1920년대 초반 사회주의 사상을 활발하게 소개하였다. 이후 『朝鮮日報』와 『東亞日報』에 「帝國主義 時代의 民族運動의 進化」(『朝鮮日報』, 1927.3.11), 「當面의 諸問題」(전13회, 『東亞日報』, 1927.11.7~30), 「新幹會와 그의 任務에 對한 批判－盧正煥 氏의 理論을 排擊함」(전5회, 『朝鮮日報』, 1927.11.29~12.2), 「民族問題－當面의 諸問題의 續」(전12회, 『東亞日報』, 1927.12.6~26), 「認識 錯亂者의 當面 諸問題 批判－GH生의 無知를 嘲함」(『朝鮮日報』, 1928.1.13) 등의 글을 발표하면서 청산론자라는 비판을 받기도 하였다. 위에 언급된 홍은성의 말은 청산론자로서의 장일성을 지칭하는 것으로 보인다.

者는 福本和未의 飜譯的 直譯的 運動이라고 排斥할는지 몰으나 少年運動에 잇서서 在來의 運動이 決코 한 덩어리로 自然生長性的 政治鬪爭에 잇섯든 것이 아니다. 쏙바로 말하면 ××主義的 '리알리슴'에 支配된 ××××××× 곳 말하자면 '在下者有口無言'을 一蹴한 '나는 사람이다. 다 가튼 人間으로 의××를 주시오' 하는 運動이다. 그러기 때문에 自然生長性的 運動이라는 性質이 判異히 달은 것이다. 그러기 때문에 方向轉換이라는 것도 한 줄에 쏘인 方向轉換이 아니라 한 飛躍 過程을 過程하고 온 것이다. 마치 自主國에 잇서서 組合主義的 經濟鬪爭으로 飛躍하야 全體的 集中的의 政治鬪爭으로 轉換하는 것과 가티 資本主義的 '리알리슴'으로부터 飛躍하야 ××××××××으로 轉換하는 것이다.

아즉까지도 在來의 少年運動과 가티 趣味增長, 情緒涵養 等 이러한 甚하게 말하면 一種 體面 保持의 道樂的 運動 쏘는 雜誌에 글 실는 것 等等에 感染되어 少年運動을 指導하고 少年運動 云云하는 것을 나는 만히 본다. 이러한 것을 깨긋히 分離해내지 안흐면 안 된다. 곳 말하자면 排擊해내지 안흐면 안 된다는 말이다.

나는 今番 崔 氏의 所論에 잇서서 매우 朝鮮少年聯合會에 結合하기 前에 깨긋히 分離치 못하야 問題 만흔 것을 잘 窺知 하엿다. 그와 同時에 굿건히 努力의 人이 主體가 되어 排擊해 내기를 바라는 바이다. 그러나 崔 氏의 理論이 今般 發表한 것이 그 理論이라면 우리는 그를 餘地 업시 克服하여야 한다. 그는 小市民性的 中間派를 假裝하엿스나 在來의 그것과 조금도 變함이 업는 까닭이다. 쌀아서 「無智의 方向轉換의 意味」라는 것은 崔 氏의 自身으로 되돌일 말일가 한다.

余는 余 自身에게 잇서서는 不充分하나마 大綱 그를 檢討하엿고 쏘한 具體의 나의 理論을 더 알고자 하면 朝鮮日報 今年 一月 一號 以來 所載한 「在來의 少年運動과 今後의 少年運動」[5]이라는 拙論을 參照하야 주기 바란다.

一九二八. 一. 廿四日 稿了

5 홍은성의 「在來의 少年運動과 今後의 少年運動」(전2회, 『朝鮮日報』, 1928.1.1~3)을 가리킨다.

少年運動의 當面問題

崔靑谷 君의 所論을 駁함(一)

金泰午, 『朝鮮日報』, 1928.2.8

辯論

近日 朝鮮日報를 通하야 崔 君의 少年運動의 當面 諸問題라는 커 — 다란 標題를 걸고 文章의 =雜한 것은 그만 두고라도 要領不得의 잠고대 가튼 소리를 羅列해 노앗다. 그런데 이 問題가 重且大한 問題인 만큼 가장 愼重하게 嚴正한 態度와 冷情한 頭腦로써 觀察 又는 理論을 展開할 것임에도 不拘하고 적어도 過去 七八年間의 歷史를 가진 朝鮮의 少年運動을 一切 否認 云云하고 自己 以外에는 少年運動에 잇서서는 그야말로 同志들의 擧動一致的 努力에 依하야 促成된 것이오 決코 一小 클럽의 獨占的 功績이 아닌 것은 勿論이다. 獨斷과 偶然을 論하는 觀念論者가 아닌 以上에 全體의 功績을 一部에서 騙取自誇하야 傍若無人의 態度를 取할 者는 업슬 것이다. 적어도 唯物史觀을 알고 因果關係에서 事物를 理解하고 辯護法으로써 現狀을 分析 肥握하는[1] 우리로써는 決코 그와 가튼 妄斷을 敢行하지 못할 것이다. 만일 그러한 徒輩가 잇다 하면 그들은 虛榮的 反動輩와 妄自尊大者로써 徹底히 排擊치 아니하면 안 될 것이다.

이제 張皇히 말치 안커니와 나는 崔 君의 頹廢한 論을 읽고서 默過할 수 업슴으로 이제로부터 崔 君의 論文을 引用하야 나의 主見을 樹立하는 童詩 崔 君의 少年運動에 對한 誤謬 認識의 錯誤를 條目을 들어 檢討하려고 한다.

崔 君은 이러케 말하얏다.

"분명한 의상과 주장으로 대한다면 모르거니와 맹목뎍이오 독재뎍이요 전재뎍인 소년운동자가 얼마나 잇슬런지 구구히 이곳에서는 말삼을 피하나 소년운동을 위하신다는 말 조케 운동자의 양심의 고백을 희망하길 마지안습니다. 얼마마한 그

---

1 '把握하는'의 오식이다.

진영으로 얼마마한 그 주장으로 얼마마한 성의로 소년운동자의 행세를 하는지 조선 소년운동을 하야 소년 운동은 진실로 한심하기 마지안습니다."

以上의 囈言을 나열해 노앗다. 君은 아지 못하는가? 朝鮮의 少年運動이 잇슨 후 過去 七八年間 어느 程度까지 發展이 잇섯스나 넘우나 混沌 紛亂의 渦中에서 彷徨하얏다는 것은 누구나 다 아는 否認치 못할 事實이다. 一九二六年에 陣容을 整制한 朝鮮少年運動이 一九二七年에 至하야는 그에 一步를 더하야 組織的이엇고 深刻味가 잇섯다. '그저 되나 보자굿나' 하는 過去 氣分 乃至 功利心에 依據하얏던 少年運動이 적어도 一定한 方式 알에에 具體的 打算案을 가지고 일에 當케 되엇던 것이다. 全朝鮮少年聯合會를 一界線으로 하야 其 歸着點을 發見하게 된 것이라던지 氣分運動에서 組織的 運動으로 方向이 轉換됨에 對하여 質로던지 量으로던지 적지 아니한 收穫을 어덧다 아니할 수 업스며 確實히 우리의 자랑할 바의 事實이 아닌가 말이다.

一九二七年의 朝鮮의 少年運動은 過去 七八年 그것에 比하야 隔世의 感이 잇다 할 것이며 더욱히 記念할 事實이 만타 하는 것이다. 換言하면 氣分運動에서 組織的 運動으로 — 自然生長期로부터 目的意識期로 왓다.

(二)

金泰午, 『朝鮮日報』, 1928.2.9

崔 君은 現下 朝鮮少年運動의 情勢를 잘 알고 말햇스면 조켓다 함에도 不顧하고 眼下無人格으로 獅子가 잠잘 째 호랑이 제멋에 깃처 덤비는 셈으로 그야말로 脾胃가 傷하지 안흘 수 업다. 君의 말과 가티 아모 意識과 主張이 업시 일에 對한다고 하면 그야말로 몰으겟다마는 적어도 누구나 意識이 업시 덤비는 사람은 업슬 것이다. 그리고 盲目的이오 獨裁的이오 專叢적인 少年運動者뿐이라고? 過去 녯날에 잇서서는 몰으겟다. 又 運動의 幼稚한 째에는 小黨分立 傳制 獨斷은 必然的으로 잇슬 過程임을 우리는 잘 안다. 그리고 運動의 發展에 딸아서 必然的으로 統一로의 轉換를 要求하게 되는 것이다. 漸漸 有力하게 發展되는 朝鮮少年運動은 分裂에서 統一로의 全

生命에 關한 一大 重要問題가 이미 昨年 一年을 通하야 其 歸着點을 보지 안헛는가 말이다. 君으로써 이제야 이 말을 늘어놋는 것은 넘우나 時代의 뒤ㅅ쩌러지는 소리로 看做할 수밧게 업다는 말이다.

나는 君에게 反問하려 한다. 君은 大關節 얼마만한 主張으로 如何한 誠意로 少年運動者의 行勢를 하엿는가 말이다. 그대의 良心의 숨김업는 告白을 公開하여짜고… 君이야말로 實踐을 爲한 理論이 아니고 理論을 爲한 妄論에 不過한 말이다.

地方에 잇는 執行委員 乃至 代議員을 君의 獨占的으로 無視한다고 왼눈이나 깜작할 배 萬無하지만 君과 가튼 少年運動의 妄動者에게는 ××를 내리지 안흘 수 업다. 그러타고 놀라지 말 것이다. 끗까지 鬪爭을 하여야 한다는 말이다. 君의 處地로써 아즉 어린 少年運動者로 그처럼 輕擧妄動할 줄이야 뜻하지 아니하엿다는 말이다. 무엇 하나 내노흔 것이 잇스면 中央常務委員의 一人으로써 君의 言及한 以上의 條件을 남김업시 實踐하고 大言壯語하는 말인가? 이것이야말로 君의 人格上 큰 損失임을 마지안는가?

그리고 眞實한 少年運動者는 中央에서 功利心에 依據에 엄범덤벙하는 그네들보다 (勿論 다 그러타는 말은 아니다) 참다운 少年運動者를 차저보랴면 모름직이 地方으로 農村으로 차저오라는 말이다.

細胞團體의 再組織

어느 運動을 勿論하고 其 組織體가 完全히 結成되어야만 일에 잇서 容易하게 運轉해 갈 수 잇는 것임을 우리는 잘 안다. 그리고 健全一格(四字畧)이야말로 少年運動의 重要한 要素일 것이다.

그럼으로 나는 일즉이 同志 몃 사람과 委員會 席上에서 우리 組織體를 完全히 함에는 從來 局部的이오 獨立的이오 封建的인 非組織體를 解體하는 同時에 朝鮮青年總同盟에서 樹立한 組織 原則上에 빗최어 一層 大衆의 總 力量을 集中하고 現下 朝鮮青年總同盟의 組織體와 가티 少年運動의 指導와 統制를 敏活히 하고 單一 少年群 同盟으로 組織을 擴大 革新하자는 地方 代議員 및 同牟들과 가티 建議案을 提出 或은 力說

力論함에도 不拘하고 中央□□에 잇서 君 亦是 反對論者의 一人이 아닌가 말이다.

反對 理由에 잇서 裡面에 ××運動이 混在해 잇섯슴을 여긔에 구구히 말을 避하고 십다. 엇재튼 聯合會體이란 文句부터가 퍽 懦弱해 보이고 다시 말하면 何等의 熱情的××가 들어가지 안는다는 것이다.

그럼에도 不拘하고 君은 이제야 새삼스러히 멧 층이나 뒤ㅅ쩌러지는 소리를 내놋케 되니 얼마나한 時代的 錯覺者이냐? 君의 云云한 바 細胞團體의 再組織은 中央集權的 最高機關이 根本的으로 組織體를 總 同盟體로 再組織을 하기 前에는 細胞團體는 쌀아서 容易하게 實現될 수 업슬 것이 어느 程度까지 體驗한 바 事實이다.

(二)

金泰午, 『朝鮮日報』, 1928.2.11

그럼으로 나는 組織問題에 잇서 朝鮮少年運動의 總 力量을 集中化한 最高 本營인 朝鮮少年聯合會 그것을 總 同盟體로 今年 三月 定期大會를 期하야 새로히 組織體를 變更하여야 되겟다는 것을 再三 主張하며 力說하고 십다. 그러면 全 朝鮮 各地에 散在한 細胞團體는 自然히 必然的으로 그대로 實行될 것은 여긔에 呶呶한 說明을 要치 안는 것이다.

그리고 綱領과 規約을 새로히 制定하야 하겟고 무엇보다도 緊急한 것은 오늘날 朝鮮少年運動의 指導精神을 確立하고 모든 父兄 게게와 大衆에게 公布하여 우리 少年運動을 民衆化하게 努力할지며 在來의 運動보다 一層 今年 戊辰年에 잡아들어 새로운 面面으로 새 運動의 陣營을 展開해 나아가지 안흐면 안 될 絶對 必然性을 가지엿다. 君은 쏘 左記와 가튼 말을 하얏다.

"조선 소년 운동은 봉건뎍 사상과 항쟁함으로써 출발한 것이나 하등의 가뎡과 련락을 못하고 그 가뎡의 눈을 피하야 소년은 용납하얏스닛가 정세는 출발 당시보다 보잘 것이 업스며 눈 뜬 지식계급조차 이 운동을 진실로 인식치 아니함으로 뎨일선에선 그 운동도 할 수 업시 긔회주의로 화하려는 것 갓습니다. 그리고 효과로는 뎨일선에선 운동자의 고통밧는 그것뿐이지요 할 짜름입니다" 하엿다.

筆者 亦是 어느 程度까지 君의 論을 是認 안하는 바는 아니나 이 말은 벌서 할 말을 이제 햇다는 것이다. 오늘날 朝鮮의 모든 運動의 現階段에 잇서서 過去의 自然生長期로부터 目的意識期로 轉換함에 우리 모든 運動의 總力量을 集中化한 民族的 單一黨인 新幹會가 잇지 안흔가?

現下에 잇서 우리 社會運動의 一部門인 少年運動을 否認하며 反對할 이는 업스리라고 思惟한다. (萬若 잇다고 하면 別人物 問題로 말하고) 오늘날 ×× 運動을 함에 少年運動을 가장 重要한 部門으로 알고 잇고 少年 及 幼年의 教養指導에 細音의 注意를 가지고 잇슴은 우리의 잘 아는 바의 事實이다.

또 君은 左記와 가튼 要領不得의 말을 敢行하얏다.

"집안을 몰래 나와서 소년회로 오는 소년으로 목뎍의식이니 방향전환이니 하는 말을 듯고 엇지 무지한지 아니 우슬 수가 업습니다. 급히 말슴하면 青年운동에 잇서서들 少年 운동에 잇서서 단지 청년을 소년으로 글자만 밧구어 사상서적에서 번역하기에 애를 쓰매 소년운동의 실제를 무시하는 막론자도 만흔 것이 사실입니다. 조선소년련합회 교양부 위원 김태오 씨의 교양부 위원을 맛혓스면 함니다" 하엿다.

筆者는 君의 頹廢한 論에 잇서 其 骨子를 차저볼 수 업다는 것이다. 누가 少年을 向하야 目的意識이니 方向轉換이니 하엿다는 말인가? 누구나 그 말이 잇섯다 하면 指導者에게 하는 말일 것이다. 君은 글을 對함에 웨 — 그리도 觀察力이 不足한가 말이다. 참으로 進行의 아모 計劃이 업서 막 써드는 것으로 일이 될 수 업고 함부로 일을 저질러 놋는 것으로 成功할 수 업는 것을 알어야 한다.

그리고 君은 目的意識이 잇다는 것을 否認한는가. 萬一 否認한다면 君의 態度가 尤甚 模湖하다. 宇宙의 모든 事物의 一擧一動이 모다 目的이 잇다는 말까지 否認하겟는가?

그럼으로 觀念我가 假像의 觀照에 沒入하얏다고는 할 수 업는 것이고 그것이 必然性을 가저야 目的意識이다. 그리하야 우리의 하고야 말 少年運動도 반드시 目的意識을 세워 노코 일에 當케 되어야 한다.

(三)

金泰午, 『朝鮮日報』, 1928.2.12

君은 또 方向轉換 反對論者이다. 오날에 잇서 모든 運動을 通하야 이러한 人物은 要求치 안는다. 우리는 徹頭徹尾 이러한 分子는 排擊하여야만 하겟다. 君은 또 "靑年運動에 잇서서를 …… 少年運動에 잇서서 ……" 하고 云云하얏다. 그리면 思想家로 看做하는가? 君은 確實히 灰色分子이다. 派閥運動者이다. 君아 — 보아라. 오늘날 少年運動은 民族的 一部門으로의 現實을 無視하는 少年運動은 少年運動의 任務를 遂行하지 못할 것임니 틀임업다. 그럼으로 少年運動은 全××運動의 正統的 連鎖的 機關임이 否認치 못할 事實이다. 그래서 少年運動을 짜로 孤立하여 외ㅅ짠길을 取하며 짠 方向으로 進行할 수 업는 必然的 條件이 눈 압헤 擡頭하여 잇다.

그뿐 아니라 目下 朝鮮少年運動者(指導者)들은 □□ 靑年運動者임이 틀임업다. 中央에 몃사람을 除한 外에는 地方에 잇서서는 十分之九割은 靑年運動者임이 숨길 수 업는 事實이다. 君은 言必稱 靑年運動者로써 少年運動에 발을 멋추는 사람은 反動分子로 看做할 수밧게 업다고 햇디만 그것을 現下 朝鮮의 運動을 沒覺하고 하는 말이다. 길게 말하지 안커니와 朝鮮의 모든 運動 — 少年, 靑年, 勞働, 農民, 衡平, 女性 各運動을 新幹會로 總 力量을 集中하여야 할 것은 지금에 呶呶히 說明치 안트라도 다 아는 正統的 事實이다.

"君은 또 나더러 少年運動에 만흔 硏究를 한 後에 敎養部 委員을 맛흐라고 하얏지?"

君의 冷情한 忠告라면 달게 밧겟다. 그러나 敎養部에 잇서서 自稱해서 責任을 맛흔 것도 아니오 衆望에 依하여 委員들이 選擧함에 不得已 職任에 當케 되엇든 것이다.

그런데 아즉 君의 處地로서 아즉 어린 少年運動者로써 이 말을 敢發함은 넘우나 지나치는 일일 것이다. 말이 나왓스닛가 말이지 나 亦 少年運動을 爲하야 싸워 온지가 모름직이 十餘 星霜의 長久한 歲月이엇슴을 말하지 안흘 수 업다. 一九一八年 여름에 光州 楊波亭에서 同志 十餘人이 會集하여 呱呱의 聲을 發하야 少年團을 組織하고 씩씩한 同志를 糾合한 後 各其 任務에 當케 되어 오날까지 모름직이 꾸준이 싸워 왓섯든 것이 事實이다. 朝鮮少年運動의 最初 發産地를 晋州라고 하지만 그 實은

光州일 것이다. 其 當時 新聞에 發表는 안헛슬 뿐이라 ××運動을 實際的으로 展開하여 나아가면 그만이다는 信條와 主張을 가지기 때문이다.

그리고 君은 만흔 硏究를 하라고 고마운 말이다. 그러나 나는 實際運動에 모름직이 꾸준한 奮鬪를 해 온 줄은 光州뿐 아니라 朝鮮을 두고 아는 이는 다 안다. 그리고 五六年間이나 少年敎養運動의 敎鞭을 잡고 잇섯다. 그러타고 誤解해서는 안 된다. 나는 英雄的 心理運動을 橫切하는 無智한 同牟들을 抗爭하려고 하는 나로써는 沈默을 직히고 잇슬 뿐이엇다.

君은 아직 나이 어린 少年運動者의 同志로써 少年運動에 발길을 너혓다면 넉넉잡고 不過 四五年이엇슬 것이다. 그럼에도 不顧하고 過去의 少年運動과 指導者를 함부로 中傷 乃至 惡評함은 君으로써 지나치게 果敢한 行動이라고 말하지 아니할 수 업는 것이다.

(四) 金泰午, 『朝鮮日報』, 1928.2.14

그러타고 傳統的 思想이나 過去의 盲目的 少年運動者를 擁護한다는 意味로 解釋해서는 誤謬이다. 君이 千萬번 모든 일에 着實히 하고 責任 已行을 遺憾업시 하엿드라도 좀 더 沈重한 態度로 붓을 들엇드라면 한다. 그러나 多幸히 理論 展開만큼은 반가운 일이다.

中央機關에 再組織

우리는 少年運動이 그래도 長久한 歷史를 가지고 잇는이 만치 오늘날에 잇서서는 朝鮮少年運動의 最高 本營인 中央機關과 各 細胞團體를 根本的으로 새로히 編成組織하는 것이 運動의 根本問題 中 하나일 것이다. 崔 君은 細胞陣營을 새로히 組織編成하면 其 細胞團體를 모하논 中央機關도 스스로 再組織이 된다고 力說하얏지만 그것도 어느 程度까지는 主張될 말이나 그러나 朝鮮靑年運動의 歷史와 過程을 回顧

하여 본다든지 目下 少年運動의 現 過程을 考察하여 본다면 君의 立論이 不成立될 것을 늣길 것이다. 보라! 組織 原則에 비최어 從來의 分散的이오 非組織的인 少年會를 斷然 解體하고 少年運動의 指導와 統制를 敏捷히 할 單一群 少年同盟으로 組織된 곳이 光州, 大邱, 開城, 安州 全鮮을 通하야 同盟體는 그곳뿐이다. 그래도 道聯盟이란 全南聯盟이 겨우 잇슬 뿐이다. 이러케도 組織運動이 遲延케 됨은 中央機關의 根本的 組織이 굳는 까닭이다.

다시 말하면 '대가리'가 튼튼한 組織的으로 되어야 其 細胞機關은 自然 容易히 支配 運用할 수 잇슴은 틀임업는 體驗談일 것이다. 卽 뿌리가 든든히 백혀야만 枝葉 及 細胞組織에 잇서서도 活氣를 펴고 모든 養分이 뿌리로 集中될 것은 植物學上으로 보더라도 明若觀火한 事實이다.

그리고 執行委員會 組織에 一任하야 速히 組織體를 變更하자는 建議案과 討議가 잇섯슴에도 不拘하고 아즉것 아모 消息이 업스며 常務委員會를 몃 번이나 召集햇지만 大會에서 一任한 提議 案件에 잇서서 하나도 解決은 姑捨하고 具體的 理論조차 업섯다 하니 이래서야 될 일일가? 實로 少年을 對하기 북그러움을 마지못하겟다.

그리고 朝鮮少年聯合會는 複雜하고 混沌된 그 가온대에서 멧 同志의 獨斷的 專橫 밋테서 會議를 마쳣기 째문에 이러한 結果를 보게 되엇든 것이다. 쌀아서 創立大會 席上에서 地方 代議員의 京城 在籍 委員에 對한 不滿을 품고 내려왓섯기 째문에 지금 中央機關을 相對로 新任을 못밧을 것은 豫想할 일일 것이다. 쌀아서 地方團體에서 常務機關에 問議가 잇섯슴에도 아모 解決의 通知조차 업슴으로 더욱 疑心하길 마지안헛다.

"初期에 信任을 못 밧는 京城 在籍 委員은 少年運動의 實踐的 展開를 爲하야 지금까지의 모든 責任을 지고 總 辭職을 하고 少年聯合國를 再組織할 義務가 잇슴을 認識해야 할 것이다."

崔 君의 此論에 잇서서는 나 亦 同感이다. 나는 京城 常務委員 뿐 아니라 中央執行委員은 全體가 總 辭職을 斷行하고 非幹部派로 하여금 朝鮮少年總同盟을 새로히 再組織하여야 될 것이다.

第一回 定期大會가 三月 二十五日 頃에 開催될 것이니 地方에서 올나오는 代議員 여러분은 相當한 主張과 加盟을 期約하고 가튼 步調를 마처 나아가자고 한 以上에는 少年運動의 힘잇고 긔운찬 展開를 하기 爲함에는 實踐를 爲한 果敢한 理論的 鬪爭이 잇기를 마지안는다.

(五) 金泰午, 『朝鮮日報』, 1928.2.15

筆者는 이제 崔 君의 未備한 것과 又는 提出되지 아니한 것을 一般 少年運動者 同志들에게 나의 管見을 簡單하나마 公開하여 理論的 展開를 하려 한다.

一. 少年運動의 根本方針

이것은 問題가 問題인 만큼 具體的으로 論하여야 할 것이나 지금 나의 몸이 不便한지라 粗雜하나마 簡單히 理論만 展開하랴고 한다. 그리고 여러 同志들의 具體的 理論鬪爭으로 理論確立을 세우지를 아니한다. 根本 方針에 잇서서는 먼저 少年運動의 指導精神을 確立해 노아랴만 될 것이다. 崔 君은 내게 對하야 말하기를 아즉 少年運動이 組織期에 잇슴으로 벌서 少年運動의 持導精神[2] 云云은 尻으로써 性急한 것이라고 말햇다.

그러나 이 얼마나한 認識錯誤이며 뒤ㅅ썰어진 말이랴! 如何한 運動을 莫論하고 指導精神을 確立치 못하고 뒤범벅으로 運動을 展開하며 나아갈 수 업는 것이니 軍士가 어써한 成算計劃이 잇슨 然後에야 動할 것이고 그러한 方法을 取함에 반드시 ××의 月桂冠이 到來할 것이다. 그리고 싸움에 반드시 目的意識을 確立하고 사운 그 싸움이 價値잇는 싸움일 것이다.

그럼으로 우리는 如上 길을 밟은 然後에 統一된 戰術과 正確한 指導精神과 眞正한

2 '指導精神'의 오식이다.

指導者와 또 ××××××××도 結晶 收穫할 수 잇는 것이다. 먼저 이것을 確立하고 實踐에 나아가자는 것이다. 少年運動의 指導精神에 잇서서는 筆者가 일즉이 中外日報 紙上에 發表한 일이 잇스니 그것을 多少 參酌하기를 바란다.[3]

그런데 其 問題에 對하야 同志들의 理論 展開를 企待햇스나 아즉것 업슴을 遺憾으로 思惟한다. 組織問題에 잇서서는 이미 前述하얏스니 再論을 하고저 아니한다.

二. 敎養問題

이 問題 亦是 少年運動의 根本 問題 中 하나인 枝葉問題이다. 그럼으로 少年運動의 指導精神과 敎養問題는 連鎖的 關係를 가지고 잇다. 過去의 少年運動은 氣分的으로 少年會 組織 또는 雜誌 刊行 다시 밧구어 말하자면 少年保護運動의 進出에 不過하얏던 것이다.

그리하야 이 運動은 何等 思想이나 主義를 加味치 안코 純然한 少年의 趣味增長, 學校 敎養의 補充敎材를 하여 왓섯든 것이 사실이다. 말하자면 지금의 少年運動은 朝鮮 모든 社會運動과 가티 '클라식' 運動에서 大集團的 運動으로 '모토'를 轉換하게 되엿다. 卽 自然生長期로부터 目的意識期로 들어왓다는 것이다.

崔 君은 이 말을 듯고 또 目的意識이니 方向轉換이니 햇스니 思想 書籍에서 번역하얏다고 말할 것인가? 또 惻낼 것인가? 그리고 또 君의 實際運動을 無視한다고 혼자서 날뛰니 어썬 것이 實際運動인 것이나 알고서 말하는 條件인가 말이다. 나는 또 現下 朝鮮少年의 敎養問題를 말하랴닛가 過去의 敎養運動을 말하지 아니할 수 업기 때문에 以上의 簡單한 轉換을 말한 것이다.

그럼으로 오늘날 朝鮮少年運動의 敎養運動은 過去 그것과는 顯著히 달러야 할 것은 重言을 要치 안는다. 或者는 少年運動의 本意가 天眞性의 涵養에 잇다 하야 現實에 置中함을 反對한다. 그러나 少年運動의 任務가 第二×民으로의 敎養에 잇고 現實을 써나서 살 수 업는 ××的 生活의 不可能한 것을 누구나 否認치 못할 事實이기 때

3 김태오의 「少年運動의 指導精神」(전2회, 『中外日報』, 1928.1.13~14)을 가리킨다.

문이다.

보라! 朝鮮少年의 八, 九割은 無産者이다. 그들은 農村에서 都會와 工場에의 過重한 勞役과 酷毒한 ××일에 울고 부르짓지 아니한가? 그날의 糊口의 難을 免치 못하여 조밥이나마 변변히 어더먹지 못하는 오늘날이 現實에 잇서서 情緖教養에만 安住할 수 업다는 것이다. 날이면 날마다 男負女戴하고 저 — 荒蕪地 가튼 쓸쓸하고 遙遠한 人間 社會의 벌판인 西北 間島와 쓸쓸한 玄海灘을 건느는 이가 하로를 두고도 얼마나한 數字를 計算하게 되는가?

(六)

金泰午, 『朝鮮日報』, 1928.2.16

우리는 무엇보다도 無産者 少年教養運動에 積極的으로 徹頭徹尾하게 硏究 又는 實際運動에 步調를 가티 하여 싸워 나아가야만 될 것이다. 우리 ××少年은 넘우도 勇氣가 죽엇다. 풀이 죽엇다. 精神은 混沌狀態에 沒落되엇다. 무엇하나 것잡을 수 업슬 만큼 되엇다는 것이다.

그럼으로 이 危境에서 呻吟하는 그네들을 참다운 길을 일너 줄 教養指導에 等閑視하여서는 안 된다. 이것은 모든 問題 中 가장 重大한 部門을 占領하고 잇기 째문이다. 白衣少年에게 잇서서 무엇보다도 좀 더 活氣잇는 열 번 싸워도 너머지지 안는 ××意識을 너허 주어야 하며 남에게 굴하지 아니할 만한 勇氣를 길러주어야 한다.

三. 年齡問題

이 問題는 創立大會 席上에서 大綱 討議되다가 執行委員會에 一任한 것이다. 이 年齡問題도 重大한 問題의 하나이다. 創立大會 席上의 代議員들은 한번 觀察함에 中老人, 青年, 若干의 少年 이러케 混沌狀態이엇다. 엇재뜬 初期의 大會集인 만콤 可觀이엇다. 이러케 되고서야 少年運動을 水平線으로 整制할 加望이 茫然하얏다. 思想上의 分野가 相當히 잇슬 것이오 理論鬪爭에 잇서서도 아즉 意識이 서지 못한 理論이라던가 各其 意思가 千層萬層일 것이니 今年 第一回 定期大會를 期하야 반드시 討議條件으로 너허서 年齡을 嚴正히 制限하여야 되겟다는 것을 再三 力說하고 십다.

나의 主見은 年齡 制限을 한다 하면 滿 二十一歲까지 하여야만 適當한 줄로 思惟한다. 그리고 그 후 滿 二十二歲 以上이 된 이는 새로히 被選된 委員會에서 決議하여 從來로 少年運動에 功勳이 만흔 이로 推薦하여 評議員制를 둔다거나 或은 顧問으로 選擧하여 指導를 바덧스면 한다. 그리고 그들은 積極的으로 後援하여야 될 것이다.

創立大會때 年齡 超過者에 限해서 發議權이니 決議權 與否니 選擧權 又는 被選擧이니 하고 或은 可不可의 論難이 만헛슬 때 몃몃 나 만흔 同志들의 反駁이다. 더욱이나 우수은 것은 其 當時 司會하던 그이부터 功利心 乃至 英雄的 心理運動을 橫切함에 넘우 다 말할 수 업는 북그러움을 마지못하얏다.

青年運動도 그러하거니와 더욱 少年運動에 잇서서 아직 時機尙早니 運動이 幼稚하니 하는 口實로 그러켓지만 지금 이 時代가 必然的으로 그러케 要求하는 대야 엇절 것인가! 반드시 年齡을 制限하지 안흐면 씩씩하고 긔운찬 少年運動은 언제던지 活潑하게 展開되지 못할 것은 否認치 못할 事實일 것이다.

四. 少年文藝運動

文藝運動도 亦 重且大한 問題이다. 이것은 教養指導 問題와 連結的 性質을 가젓다. 兒童을 教養指導함에 心靈의 糧食이 되는 讀物이 잇서야 한다. 우리가 人性的 教養에 잇서 藝術이 絶對的으로 必要한 것과 가티 兒童에게는 무엇보다도 讀物을 要求하게 된다. 짤아서 兒童讀物 選擇의 問題가 生起는 것이다.

兒童讀物 選擇에 對한 問題는 筆者가 일즉히 中外日報 紙上에 發表한 일이 잇기 때문에 畧하거니와 俗惡한 讀物은 非教育的 活動寫眞과 가티 兒童의 마음을 毒殺시키는 害가 적지 안타. 그럼으로 朝鮮少年聯合會 教養部와 朝鮮少年文藝聯盟의 任務가 적지 아니함을 우리는 잘 안다.

身體의 營養은 雜多의 沌食이 必要하다. 그대로 身體에 適當한 植物만이 身體를 잘 길으는 것과 가티 精神의 要求에 適當한 讀物 그것이 精神을 잘 길으는 것이다.

그럼으로 目下 朝鮮少年에 잇서 現實이 要求하는 ××를 너허 주어야만 될 것이다. 그리고 '센티멘탈' 그런 이야기는 지금에 잇서서 좀 避하고 좀 더 '유모아'가 흐르는 것과 又는 科學的 讀物을 要求한다.

그런데 小集團인 색동會, 별탑會, 꼿별會 等의 少年敎養 指導團體를 — 한데 集中화하얏스면 한다. 卽 朝鮮少年文藝聯盟으로 總 集團을 일으키어 나아갓스면 한다. 이 點에 잇서서 同志 洪銀星 君과 同感이다. 그뿐 아니라 定策이라던가 政見이 나와 同一함에 잇서서 結實한 同志임을 말하고 십다.

그런데 모든 雜誌에 잇서도 偏見을 바리고 一致 相應主義로 나아갓스면 한다. 그리고 同志 高長煥 君의 『世界少年文學集』[4]과 其外 朝鮮少年이 要求하는 適當한 讀物을 — 그리고 外國에서 收入한 것이라도 우리 少年에게 消化가 잘 될 것으로 少年總同盟에서 推認하며 兒童에게 읽히게 하는 것이 가장 完全할 것이다 짜아서 朝鮮兒童圖書館의 創立 促成을 企待하는 바이다.

結論

前者의 論한 以外에도 問題의 問題가 업지 안헛 잇는 것도 알지마는 筆者의 생각에 時急問題이며 緊急하다고 생각하는 것만을 추려서 簡單하나마 理論을 展開해 노앗습니다. 多幸히 同志 崔青谷 君의 理論展開는 반가운 일입니다. 그리하야 崔 君을 相對로 政見이 다름에 짜아 條目을 들어 檢討하면서 나의 主見을 公開해 노앗스니 다른 同志들의 理論을 듯고 십습니다. 如何間 우리 少年運動의 當面問題에 잇서서 敎養指導 問題에 對하야 具體的 理論鬪爭으로 — 理論確立을 세운 後에 實際運動에 나아가 싸워야만 될 것입니다. 稿를 脫함에 具體的으로 못 됨을 筆者도 늣기는 바입니다. 나의 身上이 多事로울 쁜만 아니라 지금 不便한 中에 잇슴으로 다음 機會로 미루며 이만하고 펜을 놋습니다.

— (읏) —

4 고장환(高長煥)이 편찬한 『세계소년문학집(世界少年文學集)』(博文書館, 1927)을 가리킨다.

特殊性의 朝鮮少年運動

過去 運動과 今後 問題(一)

曺文煥, 『朝鮮日報』, 1928.2.22

序言

朝鮮의 少年運動이 지금으로부터 이미 八九年間의 長久한 歷史를 가지게 되엇스니 卽 一九一九年 三月의 朝鮮 三一運動이 일어난 後 各 部門運動을 具體的으로 이르키게 되자 여긔에 少年運動도 그 中의 하나이엇다. 그리하야 過去 八九年의 運動은 그 成果에 잇서 全 朝鮮 坊坊谷谷에 散在한 少年團體 數가 約 三百餘個를 算하게 되엇스나 그러나 그 三百餘個를 超過한 運動이 넘우나 無意識的이엇고 分散的 運動에만 局限되엇든 것이 事實이다. 여긔에 잇서 先驅者 諸氏는 좀 더 具體的 運動이요 組織的 運動 그리고 目的意識的 運動을 展開하기 爲하야 客年 七月 三十日 京城 侍天敎堂에서 近 七十個의 細胞團體와 四個 聯盟 八十餘名의 代議員으로 朝鮮少年聯合 發起大會를 開하엿고 客年 十月 十六日, 十七日 兩日間에는 天道敎 紀念館에서 百餘 參加團體와 全 朝鮮 各 地方에서 雲集한 百十餘名의 少年運動 指導者의 會合으로 (朝鮮少年運動의 統一機關이라고 볼) 朝鮮少年聯合會를 誕生시켯든 것이다. 그리하야 過去 分散的 運動에서 統一的 組織的 運動에로 — 無意識的 運動에서 目的意識的 運動

(이하 9줄 가량 신문지 탈락)

하고 잇는 □時期라고 볼 수 잇섯다. 그럼으로 朝鮮少年聯合會 綱領으로는 一. 本會는 朝鮮少年運動의 統一的 組織의 充實과 實現을 圖함 二. 本會는 朝鮮少年運動에 관한 硏究와 實現을 圖함이라고 하엿다. 이와 가티 過去의 分散的 運動을 統一 集中케 하며 無意識的 運動을 意識的 運動으로 轉換 — 指導할 重且大한 使命과 役割을 지고 나오게 된 것이다. 卽 朝鮮少年聯合會라고 볼 수 잇다. 그럼으로 우리는 여긔에서 發展을 차질 수 잇는 것이며 쏘한 朝鮮少年聯合會가 組織됨으로써 우리로서의 展開發展 目的意識性 모 — 든 것을 여긔에서 차저낼 수 잇는 것이다. 或者는 말하기를

錯覺的 誤解로 朝鮮少年聯合會를 幾個分子로서 또한 指導者 幾個 分子의 擧動一致로서 紐帶케 되엿다는 말을 하게 된다. 다시 말하자면 現實이 要求치도 안는 것을 紐帶하엿다고 한다. 그러나 그는 넘우나 主觀的 卽 念慮者인 同時에 純全히 客觀的 情勢를 無視한 理論에 不過하며 全然 現實을 忘却한 觀念論者라고밧게 볼 수 업는 것이다. 그는 또한 朝鮮에 잇서서의 特殊性을 沒覺한 者라고 볼 수 잇스며 조금이라도 實舞臺에 나와서 싸워본 者로서는 그러한 愚論은 敢히 내놋치 못할 것이다. 그럼으로 이것을 所謂 運動者 中의 一分子라고 自處하는 筆者로서도 袖手傍觀할 수 업는 事實이며 拙筆이나마 貴여운 紙面을 비러 一般에게 筆者의 意思를 多少 表示코저 하는 바이다. 그런데 客年에 朝鮮少年聯合會가 組織된 以後 우리 少年運動에도 各 新聞紙上으로 理論鬪爭이 百出하게 되엿다. 筆者로서도 여긔에는 퍽으나 感激을 늣깃는 바이며 有力한 諸 同志의 理論이 잇섯스니 그 中에는 方法論까지도 提出한 바 잇섯다. 그러나 넘우나 具體的이지 못되엇스며 充分한 指導的 理論이 못 되엇슴을 筆者로서는 퍽도 遺憾으로 역기는 바이며 또한 一般이 다— 늣깃는 바일 것이다. 그러나 筆者 亦是 敎養이 不足함으로써 筆者의 意思를 완전히 發表할 수 업스며 一般讀者에게 小毫의 認識이라도 주저 못할 것을 無限히 늣깃는 바 잇스니 筆者로서는 一般讀者 諸氏에게 먼저 만흔 容許가 잇기를 바라고 이제 몃 마대 쓰고저 합니다.

過去 運動 及 運動의 發現

從來에 잇서 朝鮮少年은 家庭에 잇서서나 社會에 잇서서나 조고마한 自由와 地位가 업섯스며 그들의 人格은 蹂躪되고 情緖는 枯渴되고 聰明은 흐리우고 康健은 耗損되고 社會性은 痲痺되어 말하자면 形容할 수 업는 處地에 빠저 잇섯스며 더욱이 나날이 朝鮮 사람의 經濟生活이 破滅의 地境에 이르게 됨을 딸아 우리 朝鮮少年 大多數의 運命이야말로 말할 수 업는 處地에 빠지게 되엿다. 그리하야 生活難으로 因하야 學校에 가 工夫하는 幼年 約 七十六萬餘名을 除한 外에는 約 五百萬餘名의 幼少年은 거저 文盲이 되어버릴 뿐 아니라 그들은 목숨을 求하기 爲하야 大槪는 工場 及 農場에 목을 매고 勞力을 팔게 되엿스니 그들의 聰明과 健康은 冒瀆되고 마는 것이다.

그럼에도 不拘하고 朝鮮에서는 몃 해 前까지도 이를 問題조차 삼지 안혓던 것이 事實이다. 이리 하다가 朝鮮의 三一運動이 잇슨 後 비로소 뒤밋처 少年運動이 일어나게 되엇섯다. 그리하야 朝鮮에 잇서서의 第一 처음 少年團體가 誕生되기는 一九二〇年 冬期에 慶南 晋州에서 有志 十數人의 發起로 晋州少年會가 創立되어 이 消息이 비로서 新聞紙上에 올으게 되엿든 것이다.

(二) 曹文煥, 『朝鮮日報』, 1928.2.24

그러나 晋州少年會는 創立된 지 不過 얼마 되지 안해 업서지고 말 事情이엿든 것이다.(事情 理由는 畧) 其後 一九二一年 四月에 京城에서 天道教少年會가 創立되엇스며 其後로 全 朝鮮 坊坊谷谷에 우렁찬 소리를 부르짓고 나오게 된 것이 少年團體이엇다. 그리하야 今日까지의 全 朝鮮 各地에 散在한 少年 團體 數는 무릇 三百餘 團體를 超過함에 이르럿스며 全朝鮮少年運動의 統一機關인 朝鮮少年聯合會를 百餘 細胞團體와 四個 聯盟으로서 묵게 되엇섯다. 그러면 아즉도 半數 以上이 參加치 아니 하엿스니 果然 過去 運動 傾向이 엇지나 되엇든가 말하자면 過去 運動은 分散的이엇고 無意識的이엇다는 것은 두말할 餘地조차 업는 것이다. 그럼으로 統一的이 못 되엇스며 組織的이 못 되고 그리고 無意識的이엇든 運動은 一年 一次 五月 一日을 朝鮮 幼少年 自祝 記念日로 定하고 一九二二年 五月 一日부터 비로서 實行하게 되엇다. 그리하야 一九二二年으로부터 四年만인 一九二五年에야 비로소 全 朝鮮 幼少年 五百二十萬餘名 中 約 三十萬이란 幼少年만이 五月 一日 卽 어린이날 紀念에 參加하게 되엇든 것이다. 呶呶치 안터라도 一般이 더 — 詳細히 아는 바와 가티 京城에 잇서서 少年運動者協會와 五月會라는 兩個 團體가 恒常 分離와 軋轢을 圖하엿든 것이 事實이다. 그럼으로 五月 一日 어린이날 紀念에 잇서서도 統一되지 못하고 언제나 兩便이 짜로짜로히 紀念式을 擧行하게 되엇든 것이다. 쏘한 이 紀念쑨이 아니엿든 것이랴? 모—든 運動에 잇서서도 恒常 對立性을 가지고 나왓든 것은 속일 수 업는 事實이다.

그리다가 運動은 漸漸 發展함에 이르며 客觀的 情勢 및 現實에 잇서서 分離와 對立을 必然的으로 要求치 안흠에 잇서 客年 七月 二十九日를 最終의 分離 軋轢, 對立性의 期로 하고 客年 同 七月 三十日인 朝鮮少年運動의 統一機關을 불르짓고 나오게 된 朝鮮少年聯合會 發起大會 席上에는 가티 參席하게 되엇섯다. 이야말로 朝鮮에 잇서서는 劃時期的이라 아니할 수 업스며 우리 少年運動 歷史上 얼마나 記錄과 銘心될 일일가. 그러면 이제 少年聯合會가 誕生될 때까지의 運動이엇스며 指導精神은 엇더 하엿슬가. 筆者가 呶呶치 안터라도 一般이 다 — 잘 아는 바이지마는 우리는 언제나 過去를 無視할 수 업는 데서 또한 矛盾 가운대서 發展을 차질 수 잇는 것이니 過去運動에 잇서서 圓滿한 批判이 잇기 前에는 또한 우리의 새로운 戰術을 取할 수 업는 것도 事實일 것이다. 그러면 過去 運動의 傾向을 大略 말하자면

一. 엇더한 階級에 屬한 少年임을 不問하고 少年이면 少年會員이라는 覺悟 밋테서 純然히 少年의 情緒涵養과 人格保育에 主力하는 便 二. 엇던 少年을 勿論하고 會員으로 하는 點은 前者와 同一하나 運動의 目標를 더 좀 現實的으로 하야 (가) 少年의 人格擁護 (나) 少年의 情緒涵養 (다) 少年의 文盲退治 (라) 少年의 社會生活 等을 主張하는 便 三. 少年을 어대까지던지 法律的 軍隊的으로 訓練하야 社會에 對한 善良한 市民을 짓기로 目的하는 便 四. 純然한 階級的 見地에서 露西亞의 삐오넬 '少年探險隊' 式을 取하야 少年敎導를 取하는 便 五. 이도 저도 아니오 半好樂的, 半遊戱的으로 少年感情을 길으랴는 便.

이러케 運動에 잇서서 여러 갈래로 나누어 갓스니 이것을 말하지 안트라도 다 — 잘 알 것이다. 또한 組織에 잇서서도 우에 말한 바와 가티 運動方法에 잇서서 다 各各 달은 組織體를 가졋슬 것이니 엇던 것을 보면 幼稚하기 짝이 업시 一 村落에서 어린아희 五六名의 少年을 모아 노코 아모 하는 것 업시 지내는 그것에도 少年會라는 名稱을 부치게 되엇스며 또한 年齡이 훨신 超過한 二十餘歲된 靑年들이 모아 묵거 논 것도 少年會라는 名稱을 갓게 되엇섯다. 이뿐만 아니라 이 外에도 여러 가지 이런 組織體를 가진 團體가 全朝鮮을 通하야 無數의 만헛슬 것이니 이 組織을 가진 團體가 運動을 하엿스면 얼마나 하엿겟스며 또한 이에 指導者들은 얼마나 만흔 意

識을 가진 指導者라고 볼 수 잇슬가. 組織 原側에 비최어 根本的으로 組織다운 組織을 가지지 못한 朝鮮少年運動에 잇서서 그 얼마만한 成果를 어덧겟스며 또 이 少年運動에 對한 一般民衆 及 父兄에 誤解를 사게 된 것에 對하야 責任을 아니 질 수 업슬 것이니 過去에 잇서서 虛榮心과 優越感과 地位慾을 다 ― 버려야 할 것이며 그 氣分行動에서 自體의 敎養과 訓練을 充分이 바든 後에 우리로서는 참다운 少年大衆이 要求하는 運動 그리고 少年本位인 運動에로의 새로히 발길을 드듸어야 것이다.[1]

(三)

曹文煥, 『朝鮮日報』, 1928.2.28

말하자면 過去運動은 少年運動者이면 運動者 그리고 指導者면 指導者의 運動과 指導에만 局限되엇다 할 수 잇다. 그럼으로 少年 大衆으로서는 스스로 딸아오지 못할 것은 事實이엇스며 또한 少年 自身으로는 딸아올 수도 업섯든 것이다. 그리하엿슴으로 八九年間의 長久한 歷史를 가진 運動이엇스나 果然 그 얼마나한 發展과 成果를 어덧겟는가. 過然 寒心한 少年運動 일이라 아니할 수 업는 것이다. 全 朝鮮 各地에 團體 數로는 三百餘個나 잇스나 이는 오즉 表面上 看板쁜이엇고 또한 事實上 看板만이라도 維持하고 잇는 少年團體라 할지라도 其實에 少年 自身으로서는 한사람도 업다 하여도 過言이 아닐 것이다. 이와 가티 우리 少年運動에 잇서서 浸滯 또 休息狀態에 잇는 現狀이며 現 階段에 잇서서 朝鮮少年聯合會이나마 細胞가 튼튼치 못한 統一機關으로서 組織만 되어 잇슬 쁜이오 아즉 그의 役割을 履行하기에는 넘우나 힘이 밋치지 못할 것이며 이 압흐로 展開될 問題에 잇서서 매우 愼重한 立地에서 考慮치 안흐면 안 될 것이다.

---

1 '할 것이다'의 '할'이 탈락되었다.

朝鮮少年運動의 總 本營이라고 볼 수 잇는 朝鮮少年聯合會가 創立된 以後 未解決 問題도 만흘 뿐더러 現 階級에 잇서서의 우리로서 반드시 解決하지 아니하면 아니 될 諸 問題가 宿題로 남어 잇다. 朝鮮 無産階級 運動이 過去의 自然生長的 運動에서 目的意識的 運動으로 — 部分的 運動에서 全體的 運動으로 — 그리고 經濟鬪爭으로부터 全面的인 政治鬪爭으로의 方向을 轉換하야 이제 民族的 單一黨 結成을 全 民族的으로 부르짓고 잇스며! 全 民族的 單一黨의 媒介形態인 新幹會를 全 民族的으로 支持하고 잇는 過程에 잇다. 그럼으로 우리 少年運動에도 過去의 分散的 運動 그리고 無意識的 運動에서 統一集中的이고 意識的인 組織運動으로서의 方向轉換하려는 過渡期的 過程을 過程하고 잇다고 볼 수 잇는 것이다. 여긔에 잇서서 先驅者 諸氏의 一層 精神的 緊張과 現 階段으로서의 指導者 諸氏의 任務의 重且大함을 늣기는 바이다.

또한 우리 少年運動에 잇서서 統一的 理論이 確立되지 못한 此 時期인 만큼 全 朝鮮的으로 運動이 休息狀態에 잇다 하여도 過言이 아닐 것이다. 그런데 近來에 와서 所謂 運動者라고 自處하는 분들은 朝鮮少年聯合를 가르처 方向轉換의 實際的 産物이라고 부르짓는다. 筆者는 이런 생각할 때 엇더한 意味에서 朝鮮少年聯合會를 가르처 方向轉換의 實證的 産物이라고 하는지? 그 意義가 那邊에 在한지를 疑心치 안흘 수 업는 것이다. 참으로 漠然한 理論으로서의 方向을 轉換하엿느니 또는 氣分에서 組織運動으로 — 自然生長期에서 目的意識期에 들엇다느니 한다. 이러한 理論은 自己主觀뿐일 것이요 도모지 外的 情勢를 無視한 妄動的 理論일 것이니 이런 理論을 貴여운 新聞紙上에 올닌 純觀念論者들은 좀 더 考慮할 必要가 잇다고 할 것이다. 過去 運動이 무슨 運動이엇고 이제는 무슨 運動으로 方向을 轉換하엿다는 말인지 알 수가 업다. 그리고 方向轉換에도 여러 가지 意味가 잇는 것이니 이 方向轉換論은 現實에는 도모지 맛지 안는다. 그저 漠然한 말로 方向轉換을 부르지즈며 朝鮮少年聯合會를 가르켜 方向轉換의 實證的 産物이라 하니 무슨 말인지를 알 수 업는 것이다. 社會運動이 方向轉換을 高調하얏스니 少年運動도 方向을 轉換하여야 하겟다는 漠然한 觀念으로 하는 것이 아닌가? 그러나 少年運動은 政治運動이 아니오 階級運動이 아닌 것만을 認識하여야 할 것이다. 認識한다고 할진대 敢히 그런 말이 안 나올 것 갓다. 무엇이 自然生長期로부터 目的意識期로 들어왓다는 것인가? 그러면 어느 時期를 自然生長期로 보며 어느 時期를 目的意識期로 보는가. 쏘한 過去의 무슨 運動으로부터 무슨 運動에 轉換하엿길래 少年聯合를 가르며 方向轉換의 實證的 産物이라고 보는가. 過去는 分散的 運動으로만 局限되엇든 것이 統一을 부르지짓고 나오게 된 少年聯合會가 誕生되니까 그것을 目的意識期로 들어왓다고 보며 方向을 轉換하엿다고 보는가. 이런 現實을 沒覺한 妄動的 理論은 아니 내노는 것이 조흘 것이다.

(四)

曹文煥,『朝鮮日報』, 1928.2.29

이런 妄動的 理論을 내놋키 때문에 우리 運動에 만흔 損失이 되며 運動者들의 頭腦를 空然히 괴롭게 한다. 말하자면 이처럼 말할 수 잇는 것이다. 現 階段은 過去의 氣分運動 乃至 分散的 運動 그리고 無意識的 運動으로부터 統一 集中的이며 組織的인 意識的 運動으로의 過渡的 過程을 過程하고 잇는 時期라고 할 수 잇는 것이다. 그럼으로 이러한 過程에 處한 少年聯合會는 自己의 役割을 履行치 못하고 잇스며 全 朝鮮 各地에 散在한 細胞團體조차 아즉 少年聯合 旗幟 下로 모라 넛치 못하야 過去 少年運動은 그대로 持續되고 잇슬 쑨 아니라 그나마 浸滯狀態에 빠저 잇는 데가 全半이라고 볼 수 잇다. 그리고 新聞紙上으로 每日 보는 바 지금 現實이 要求하지도 안는 組織體의 少年團體가 各處에서 일어나게 됨을 본다. 이럼에도 不拘하고 이 時期를 가르켜 目的意識期 云云하며 方向轉換 云云할 수가 잇는가? 쏘 한가지는 이런 말이 잇다. 過去의 五月會와 少年運動者協會는 派閥團體이라고 그리하야 이 兩 派閥主義者들이 少年聯合會 創立 當日에 中間派 同志, 新派 同志의 理論鬪爭으로 全栢, 崔奎善, 曹文煥 同志의 理論에 克服하엿다 한다. 이런 말은 좀 더 깁히 생각하고 내노을 말이다. 무엇을 가르켜 過去運動을 派閥運動으로 보겟는가? 그리고 누가 中間派다 하엿스며 누가 新派라 하엿든가? 참으로 이야말로 派閥을 助長시키는 理論이라고 보겟다.

이에 對하야서는 過去 우리 運動에 빗최어 보와 一般이 더 仔細히 알 것임으로 더 말하지 안흐나 見解가 다른 點이 잇다면 얼마든지 理論으로 싸워주기를 바란다. 그런데 少年聯合會에 對하야도 좀 더 깁히 考慮하여야 할 것이다.

組織만은 되엿스나 아즉것 立法이며 行政을 못하고 잇스니 이것은 將次에 적은 問題라고만 볼 수 업는 것이다. 말하자면 少年聯合會가 創立 以後 四五次나 中央執行委員會를 開催하려고 召集까지 하엿스나 畢竟은 이때까지 一次도 열지 못하엿스며 去般 常任委員會에서 不法인줄 알면서도 한 것 갓다. 이만치 아즉도 完全한 □□을 가지지 못하엿스며 압흐로의 展開問題에 잇서서도 매우 어려운 가운대 잇다고 보겟다. 그뿐만 아니라 全 朝鮮에 散在한 細胞團體도 아즉 半數 以上도 集中시키지 못하고 잇스며 더욱 第一 問題되는 指導的 機關紙가 하나도 업는 것이다. 지금 少年雜誌로 數十種이 發刊된다고는 하나 거긔에는 特殊環境에 處한 우리 朝鮮 少年으로서의 맛당히 볼 만하고 또 보아야 할 雜誌는 하나도 업다 하여도 過言이 아니다. 이것만으로 보더라도 過去에 잇서서의 運動者이며 指導者들로서 넘우나 責任感이 全無하엿스며 自己의 私利를 爲하야 또는 그 무엇을 爲하야 모—든 것에 잇서 少年 本位를 忘却하고 少年 大衆을 써난 行動을 取하엿다는 것이 속일 수 업는 事實일 것이다.

少年斥候隊! 이는 世上이 다—아는 바와 가티 英米의 '뽀이스카우트'式으로 組織된 것이니 '뽀이스카우트'는 一九○七年 英國 陸軍 中將 '빠덴파월' 氏가 一九○○年間 南阿戰時에 少年斥候를 使用해 본 것을 動機로 組織된 것인 바 一九二二年 秋에 우리 朝鮮에도 비로소 이것이 組織된 것이다. 卽 少年斥候隊라 하는 것은 基督敎 其他 宗敎 便의 少年을 中心으로 하야 指導者인 鄭聖采 氏를 通하야 가지고 組織된 것이니 (一九二五年) 現在 全 朝鮮에 허터저 잇는 隊數가 十九隊에 約 四百餘名의 隊員으로서 全朝鮮少年斥候聯盟은 京城 中央基督敎靑年會館 內에 그 事務所를 두엇스니 그 存在한 根本理由요 具體的 綱領으로는

一. 神과 國家社會에 對한 自己의 義務를 다하는 것 二. 언제든지 他人을 도아주는 것 三. 自己 團體의 準律에 順應할 것

等을 指摘한다.

(五) 曹文煥,『朝鮮日報』, 1928.3.1

그 大體가 英米式의 그것을 輸入한 것인 만치 그 訓練方式으로는 秩序잇는 行進과 野營生活과 其他 自己 及 他人을 爲하야 當面의 善을 實行할 技能을 가르킨다. 그러나 그와 가티 漠然한 意味로서의 神과 國家 或은 自己와 他人에 對한 盡忠할 □□을 가르키는 것은 그 結果가 正히 現下 小數 支配級의 斥候軍 되는 데에 使命을 마추게 되는 것이니 '쏘이스카우트'의 名稱과 方式 그것이 問題라는 것보다도 實際로 해 나가는 指導精神 그것이 問題될 것이다. 여긔에는 筆者 亦 無限한 遺憾을 늣기는 바이며 또한 朝鮮에 잇서서의 少年運動이 可及的 成果를 보지 못한 것은 이런 곳에서 적지 안흔 影響을 입게 되는 것이다. 그러나 時期인 만치 當者들의 分解 批判이 잇기를 발아며 또한 反省을 促하는 바이다. 萬若 朝鮮의 特殊性을 忘却하며 現外的 情勢를 沒覺하고 긋긋내 그러한 反動的 行動을 取한다는 것은 우리 運動에 잇서서 利롭지 못한 것이다. 그리고 朝鮮 사람인 精神으로 觀察하여 보라. 現下 政治的 經濟的으로 二重 三重의 ××××××××× 朝鮮의 民衆은 破滅의 洞窟 속에서 허매이고 잇스며 朝鮮少年의 八九割 以上이 文盲과 健康에 주리고 잇는 現象이다. 文盲과 健康에 주린 八九割 以上이나 되는 少年大衆이 그러한 運動을 要求치 안흘 것은 勿論이다. 또한 그 指導者들의 主觀으로는 正當한 運動이며 그 運動이라야만 ××한 運動일 것 가티 認識하는지 몰으겟스나 설사 그럿타고 하자. 그럿타 할지라도 大衆이 要求치 안흐니 現實에 背馳되는 運動이면 그만 두는 것이 조켓다. 하물며 現實과 大衆이 要求치 안코 朝鮮의 特殊性을 認識치 못함에 잇서서이랴?

그럼에도 不拘하고 朝鮮의 現實과 特殊性을 無視하고 自己들의 地位慾, 虛榮心, 優越感을 固持하고 그리고 또 極少數임에도 不拘하고 그러한 反動的 對立 反逆的 行動을 긋까지 取한다면 筆者 個人으로는 何等의 責을 하지 안켓스나 그러나 筆者가 朝鮮사람의 한 사람인 以上 朝鮮의 마음을 代身하야 그 反省을 促하는 바다. 當者들이여! 깁히 생각하라! 그리하야 反省의 意를 表하도록 하라! 그리하야써 우리 少年運動의 統一을 불지즈며 所謂 目的을 達키 爲하야 손목을 맛잡고 힘잇게 나가자! 團結

은 弱者의 武器다. 이제 筆者로서 最後로 一言을 하겟다. 諸君이 씃씃내 反省함이 업시 特殊環境인 朝鮮 안에 잇서서의 그런 態度를 取한다면 차라리 米國이나 英國, 日本 等地로 가서 그런 行動을 取하기를 바란다.

少年軍! 이도 亦是 '뽀이스카우드'로 組織되엇나니 一九二二年 秋에 趙喆鎬 氏를 通하야 組織된 것이다. 그리하야 今日에 잇서서는 七十餘隊에 約 六百餘名의 隊員을 가지게 되엇다. 그런데 現 指導者로는 少年聯合 敎養部 幹部인 全柏 同志가 少年軍 總司令의 責任을 □하고 指導하고 잇다. 그런데 이 少年軍도 少年聯合會 創立 當時에까지는 퍽 問題가 되어섯다. 그러나 少年聯合會 發起 當時 卽 客年 七月 三十日에 이르러 少年軍의 責任者인 全栢 同志와 議論한 結果 少年軍을 解體치 안코는 그대로 少年聯合會에 加入할 수가 업게 되엇다. 왜 그러냐 하면 少年軍도 一 最高 陣容인 同時에 또한 同一한 最高機關인 少年聯合會에 그대로는 들어올 수가 업엇든 까닭이다. 그러나 形式보다도 일을 爲하야 實際를 把握하기 爲하야 少年軍 그대로가 少年聯合會에 들어오게 되엇든 것이다. 그리하야 將次 創立大會까지에 少年軍을 解體하고 少年聯合會로 全部 드러온다던지 그러치 안코 當分間 少年聯合會와 少年軍 間의 合同委員會를 둔다던지 하고만 말엇던 것을 少年聯合會 創立大會에 와서는 筆者와도 百方으로 討論도 하엿스며 여러 同志와 議論한 結果 理論이 合致되어 結局 少年軍은 解體를 하고 少年聯合會에 全部 드러와서 더욱 힘잇게 一致한 步調로 統一을 부르짓자는데 問題는 落着되고 말엇든 것이다. 그리하야 거긔에 對한 諸 問題는 거의 解決되엇스나 少年聯合會에 對한 組織問題에 잇서서는 創立大會에 決定치 못하고 今年 三月 定期大會까지 保留됨으로서 이 問題만도 確實한 決定을 보지 못하고 그대로 現今까지 나려온 것이다. 그러나 責任者인 全栢 同志가 少年軍을 解體하겟다고 言明까지 하엿고 또한 自己로서 訓練方式만은 少年聯合會에 一部門을 두고 그 訓練方式을 實現 持續하겟다고까지 責任진 말을 하엿섯다. 그럼으로 이 少年軍에 對하야는 別問題가 업슬 것이며 또한 今年 三月 定期大會에서는 모—든 問題가 圓滿히 解決될 것은 今年 三月 定期大會를 비롯하야 우리 少年運動도 具體的이며 組織的이며 意識的이니 質的 運動으로의 한거름 두거름식 내여드될 것이며 만흔 發展에 成果가 잇슬 것을 밋는 바이다.

(六) 曹文煥,『朝鮮日報』, 1928.3.3

今의 展開와 少年聯合會의 當面任務

今後 展開에 잇서서는 매우 問題가 만흔 것 갓다. 그러나 第一로는 組織問題일 것이다. 過去의 分散的 組織 — 그것으로부터 統一的 組織으로의 機關이 잇서야 할 것이다. 그런데 客年 十月 十六, 十七 兩日間에 組織된 朝鮮少年聯合會가 그 役割과 任務만은 가지고 나왓다고 보겟스나 그러나 그 組織만은 아즉도 全 朝鮮에 散在한 細胞團體를 그 組織 陣容 營內에 지버넛치 못하고 잇스며 또한 그 組織體는 自由聯合體임으로써 完全한 意識的 組織運動을 일으키지 못하며 指導하지 못하게 되는 것은 事實이다. 그럼으로 우리는 現 段階에 잇서서 組織다운 組織을 가저야 할 것이며 또한 不斷의 努力과 敏活한 活動이 잇서야 할 것이다. 그럼으로 朝鮮少年聯合會도 必然的으로 組織體를 變更하여야 할 것이며 今年 三月 定期大會에서는 반드시 變更하여야 할 것이니 名義부터 朝鮮少年總同盟이라고 하여야 할 것이다. 그럼으로 이 압흐로의 組織은 一郡府를 單位로 한 郡府 單一 少年同盟을 組織하야 그 郡府 單一 少年同盟으로써 全朝鮮少年運動 總 本營 機關인 朝鮮少年總同盟을 結成케 하여야 할 것이니 이리하고야 우리 運動은 中央集權制로 展開될 것이다. 그리하야 道에는 行政機關으로 道 聯盟을 두며 郡 同盟에는 各面에 支部를 두고 또 各 洞里에는 班을 두어야 될 것이다. 府 同盟에서는 地域別로 支部를 置하며 各洞, 里, 町으로 또는 工場 內까지 職業別로 班을 置하여야 할 것이다. 이리하고야 비로소 우리 運動은 組織的이며 意識的으로 展開될 것이다. 우리는 이 組織을 急成키 爲하야 不絶의 努力과 獻身的 活動을 할 것이다. 그럼으로 少年聯合會 自體로서도 內的으로나 外的으로 만흔 活動을 開始하야 今年 三月 定期大會 時는 이 組織體를 完成시켜야 할 것이며 또 이리하여야만 任務를 履行한 것으로 볼 수 잇는 것이다. 組織問題를 말하자니 여긔에 關聯된 年齡問題까지 말하지 아니할 수가 업게 된다. 그러면 年齡問題에 잇서서는 어느 限度까지 制限하여야 할 것인가. 過去 우리 運動이 急進的으로 發展치 못한 것은 이 原因이 만히 年齡 關係에 잇섯다. 그리하야 二十歲를 超過한 靑年들을 갓다가 少年會員

이라 하엿스며 十歲 未滿된 幼年에게도 少年會員의 資格을 주엇든 것이 事實이다. 그럼으로 過去 運動은 말하자면 少年 自身의 本位인 運動이 아니엇든 것이다. 그리하야 二十歲 以上의 所謂 少年運動者들은 恒常 現實을 無視한데서 自己들의 獨斷 乃至 專制的 行動을 取하얏스며 그 行動과 意識을 揚棄하지 못함에 우리 運動은 發展을 보지 못하야 大衆은 이저버려지고 大衆을 써나서 나왓든 것이 事實이다.

(七)

曹文煥,『朝鮮日報』, 1928.3.4

우리는 반드시 이에 年齡 制限이 잇서야 할 줄 밋는 바이다. 朝鮮少年聯合會 創立大會 時에 十二歲까지로 하자는 意見이 今年 三月 定期大會까지 保留되고 말엇든 것이다. 筆者 亦 언제나 그 必要를 늣기는 바이다. 國際 上으로 보아서는 十一歲로부터 十五歲까지를 少年으로 하얏스면 조흘 생각이다. 그러나 우리 朝鮮은 特殊性을 씌인 만치 그만치 아즉은 十二歲로부터 十八歲까지로 하는 것이 조흘 것 갓흐며 筆者도 여긔에는 별 異議가 업다. 그리고 우리 少年運動에 잇서서 敎養 及 指導問題를 퍽으나 等閑視하여 왓다. 過去의 指導的 敎養으로는 냄새나는 童話 等이며 그리고 또 純全히 天眞性을 敎養함에 끗치엇고 도모지 現實性을 把握하지 못하얏스며 特殊環境에 處한 朝鮮으로의 少年運動과 靑年運動에 對하야 特殊한 差別을 取하려 하엿든 것도 事實이다. 그리고 朝鮮에 잇서서의 少年運動의 任務가 重且大하다는 것을 認識하지 못하엿스며 또한 少年運動이 民族的의 一部門으로의 運動 任務를 遂行하지 못하엿든 것도 明確한 事實일 것이다. 그럼으로 이런 말을 主張한 사람이 잇다. "少年運動은 獨立하여야 쓴다"고 — 이는 少年運動의 本質을 아지 못하는 者의 말이니 朝鮮의 現實과 特殊性조차 沒覺한 者라고 볼 수 잇슬 것이다. 보라 — 中國에 잇서서의 ××運動이 學生運動을 重要視하며 勞農 露國이 幼少年 敎養訓練에 가장 置重하고 잇슴을 — 일로써 보더라도 小年에 對한 問題가 如何히 重要한가를 알 것이다. 우리는 여긔에 잇서서 보다 더욱 敎養指導 問題에 置重하여야 할 것이다. 兼하야 指導的 理論을 確立하여야 할 것이다.

그리하야 우리 少年運動은 民族的으로 社會的으로 世界 大勢의 必然에 應한 意義가 잇슬 것이다. 그러나 過去의 所謂 指導者나 運動者 自身부터 敎養과 訓練을 바더야 할 것이며 우리 少年 大衆이 要求하는 機關紙다운 機關紙를 하나라도 爲先 가저야 할 것이다. 筆者는 여긔서 더 張皇히 말하고저 하지 안는다. 朝鮮少年聯合會의 第一會 定期大會가 急迫하야 오니 모—든 問題는 大會 席上에서 解決될 것이며 少年運動 또한 筆者가 呶呶하기 前에 諸 同志로서 有力하고도 만흔 理論을 新聞紙上에 發表한 바 잇섯스니 여긔서 더 말할 必要도 업겟고 또한 時間 關係로 보더라도 그만 두려고 한다. 그러나 붓을 놋키 前에 더 한마대 쓰고저 하는 것은 少年斥候聯盟이며 少年軍이 모다 解體를 하고 少年運動의 統一 陣營 內로 드러와 참다운 精神下에서 一致한 補助로 나아가기 前에는 우리 少年運動의 急進的 發展과 圓滿한 成果를 엇지 못할 것이다. 그리고 다음과 가튼 標語를 내놋코 십다.

一. 從來의 ××××的인 頑味[2]한 迷信的 少年運動에 對하야 抗爭하자!

一. 우리는 靑年運動 前衛隊의 充實한 後備軍이 되자!

一. 分散的 運動에서 統一 組織的 運動으로 方向을 轉換하자!

一. 無意識的 氣分運動으로부터 意識的 目的運動을 展開식히자.

一. 少年 文盲을 退治하자!

一. 우리는 少年의 政治的, 經濟的, 社會的 利益 獲得을 爲하야 運動을 일으키자!

一. 少年의 社會的 地位를 찻자!

一. 三百二十餘萬이나 되는 우리 少年들을 하로라도 速히 統一 旗幟 下로 集中시키자!

一. 우리 二百 三十萬餘 幼年의 指導에 눈뜨자!

一. 우리는 中央集權制인 群府 單一 同盟을 單位로 한 最高 機關 總 同盟을 結成하자!

一. 우리는 十二歲부터 十八歲까지로 年齡은 制限하자!

一. 少年運動은 少年 自身이 하자.

---

2 '頑昧'의 오식이다.

一. 우리는 無産兒童을 絶對 保護하자!

一. 우리는 勞働 少年 及 農村 少年 敎養에 注力하자!

一. 우리는 世界大勢에 順應하자.

一. 우리는 新幹會와 靑總의 指導下에서 나가자!

結論

이제 筆者로서도 이 우에 별로히 쓸 것이 업다. 그러나 問題인 것은 十二歲부터 十八歲까지의 少年이 約 三百二十餘萬이나 되는데 그들을 엇더한 方式으로써 統一陣營 內로 集中시키며 또한 訓練과 指導를 할가! 그리고 또 지금도 各處에서 少年 團體가 일어나기는 하나 大概가 다 朝設暮解의 傾向이 업지 안흐니 組織問題에 잇서서도 特히 急速한 解決을 지어야 하겟다는 것을 力說하고 십다. 그러고 運動者 및 指導者 諸氏도 過去의 희미한 意識을 揚棄하고 새로운 意識을 갓는 同時에 自體의 敎養과 訓練을 爲하야 만흔 努力이 잇서야 할 것이며 運動 自體로도 質的 □開가 잇서야 할 것이다. 그리고 遺憾으로 생각하는 것은 過去에 잇서서 靑年運動者나 社會運動者들이 넘우나 等閑視 ― 無關心하엿다는 것이다. 더욱 우리 少年運動을 指導하여야 쓸 靑總에서조차 少年運動에는 問題조차 삼지 안헛든 것이다. 그리고 우리 朝鮮에 잇서서는 무슨 運動을 勿論하고 經濟의 打擊을 밧는 바이지마는 더욱 經濟權이 업는 우리 少年에 잇서서 少年運動을 運搬하야 나가기에는 적지 안흔 힘이 들 것이다.

그러나 矛盾에서 眞理를 차즐 것이며 鬪爭에서 發展을 차질 수가 잇는 것이니 過去에 잇서서 그만한 鬪爭과 矛盾이 업섯드라면 지금에 이만한 發展을 보지 못하엿슬 것도 事實이다. 그럼으로 우리는 過去 運動을 批判하며 또한 不絶이 鬪爭하야 우리 運動의 發展을 圖할 것이다. 우리는 恒常 現實性을 잘 把握하는 同時에 朝鮮의 特殊性을 忘却하지 말고 少年大衆이 要求하는 少年 本位의 運動을 展開시켜야 쓸 것이다. 그리고 우리 少年運動은 民族的 單一黨인 新幹會와 靑年運動의 總 本營인 靑總의 指導를 바더야 할 것인 바 少年聯合會로서 新幹會와 靑總 間의 有機的 ××下에서 指導를 바더 나가야 할 것이다. 모든 不足한 點에 잇서서 無量의 遺憾으로 생각하며

後日의 期會로 미루고 이만 긋친다.

— (끗) —

少年運動에 對한 片感

田小惺, 『新民』 제34호, 1928.2

運動은 運動을 爲한 運動이면 안 된다. 또 理論이나 形式만 차저도 못쓴다. 오즉 運動이 運動으로써 對象된 群衆의 向上과 發達에 實效를 收獲하는 그것이라야 바야흐로 生命이 잇고 意義 잇는 運動이 될 것은 勿論이다. 그래서 나는 무슨 運動이던지 理論과 形式은 過程的 時期에 긋칠 것이요 언제던지 理論展開 — 外形 收拾만으로 하려는 運動은 排斥하고 십다. 또 누구라도 그런 運動을 즐겨서는 안 될 것이다. 이에 現下 朝鮮少年運動에 對하야 數言의 片感을 말하기로 한 것이다.

理論의 收拾과 實效의 獲得

少年運動은 元來 少年運動 自體로써의 意義가 잇고 또 使命이 잇다. 그러므로 少年運動은 政治運動이나 思想運動 그것뿐으로 보는 것은 偏見에 갓갑다.

이에 理論이 運動의 生命인 것만은 原則이지마는 過去 七八年間의 少年運動은 그 奇形的 進步와 한가지 무던히 그 理論의 展開를 보게 되엿다. 그러나 그 理論은 大概가 少年運動의 意義와 價値를 思索하는대 긋치고 或은 概評的 必要論 乃至 그 檢討에 不過하엿던 것은 아마 事實일가 한다. 그러면 運動의 生命인 理論이 理論만으로써 運動의 實際的 收穫을 볼 수 잇느냐? 하면 그것은 空想이다. 다시 말하면 理論이 理論만에 긋친다면 이런바 卓上空論이고 마는 것이다. 故로 現下 朝鮮少年이 아즉도 充分한 理論의 展開 乃至 그 綜合을 보지 못한 只今에 突然히 理論 展開를 排擊 乃至 否認하는 理論은 勿論 成立되지 못할 것이나 그러타구 理論을 停頓식혀서 實踐할 判局을 열지 못한다면 그것은 우리로써 크게 考慮할 바 아니랴. 於是에 나는 只今 理論을 收拾하야 實際 運動에 效果를 나타내는 努力이 必要한 時期임을 主張하나니 이는 朝鮮 少年運動이 발서 八年의 沿革을 가젓고 다시 少年運動으로써의 劃期的 大勢

가 顯著한 今日에서도 實際上 進展이 업슴을 痛歎치 안을 수 업스며 또한 理論은 實情을 根據로 한 者라야 生命이 잇는 理論일 것이라는 意味에서 理論과 實踐을 竝行식히자는 것은 오히(이상 27쪽)려 適切한 理論일 것을 밋는다.

더욱 理論의 對立은 그 對象인 群衆이 足히 感受할 수 잇고 또 適切한 그것이라야만 하는 것이다. 이로부터 우리는 指導級의 幾 個人이나 第三者的 評論 갓흔 것만으로는 滿足할 수 없다. 적어도 少年群衆 自體가 體驗과 經綸에서 理論 그것을 判定할 自覺 乃至 意識의 發作을 보아야 할 것이며 實際的 苦鬼에서 더욱 理論을 要求하게 되는 見解를 確執케 하여야 할 것이다. 여긔서 나는 複雜長閑한 敍述을 避하기 爲하야 討究와 證論을 除하고 簡單히 對照的으로 數三所見을 略記하기로 하겟다.

智的 敎養의 偏望과 그 弊害에 對하야

大體로 從來의 少年運動이라면 少年會 말이다. 또 少年會의 敎養이라면 大概는 讀書, 映畵, 童話, 討議, 講演, 音樂 等이 그것이다. 그러면 이것은 知的 方面일 쑨이다. 卽 少年의 意識方面에 偏重된 運動일 쑨이니 이것이 우리의 注意할 바이다. 말하자면 意識은 觀念만이 아니 意識이 生活을 支配하기까지에 及到하여야 한다는 것이다. 設或 거긔까지는 못 간다 할지라도 覺得된 바 意識은 修練과 經論이 充足하여야 明瞭 確固해지는 童詩에 活用性이 豊富해질 것이다.

그럼으로 一層 理性이 發達되지 못하고 感應性이 넘치는 少年으로써야 모처럼 覺得한 意識도 겨우 觀念的일 쑨이란 말이다.

今에 二三 例證을 들건대 講演을 듯고 난 少年 됴흔 말에 醉한 少年 — 이 그 말대로의 生活에 實行코저 한다고 假定하자. 그것은 確然追從에 不過하며 또 그 말대로 實行키 어려운 支障을 當한다면 勿論하고 말 것이 分明하다. 그러면 그 少年의 覺得한 바 所謂 意識이란 아모 것도 아니다 — 겨우 意識的 言論의 携帶者임에 不外할 것이다. 그래서 論壇에 當々한 雄辯의 能도 結局은 紹介 傳謁辭에 不過한 것이다. 쑨만 아니라 生活과 認識 乃至 觀念이 大異하야 自身이 矛盾撞着에 싸일 때는 漸々 墮落할 쑨일 것은 미더도 됴흔 것이다.

그래서 나는 此에 關한 改善의 一案을 말하려 하오니 今日 朝鮮少年運動으로써의 敎養方法 그것을 改善할 것을 主張함이다. 그것은 理論과 實踐을 竝行 식히자는 것이니 이는 智育과 體育의 竝行에서 그 方法이 쉬울 것이다.

要컨대 室內에서 覺得한 意識을 室外에서 實踐하자 — 意識 그대로의 生活을 必要로 함이다 — 또 體驗하자 그래서 意識은 生活에서 더욱 구더지고 生活은 더욱 意識을 求하게 되자는 것이다. 이제 그 方法으로 經驗의 數條를 들면

1. 會合에서 組織으로 — 會合과 組織을 區別하는 대는 適當한 討究를 要하는 것이다. 그러나 百名 二百名을 그대로 모아 놋코 會長이나 指導 先生님이 무엇하고 가르키는 것은 아모리 생각해도(이상 28쪽) 組織으로 볼 수는 업다 — 그것은 會合이다 — 組織은 體系를 必要로 하나니 數百 群衆이 烏合的 聚集을 하엿다고 그것을 組織이라고 못할 것이요 設或 帝王式 回章이 그 會合을 圓滿히 操縱할 수 잇다 할지라도 그것은 威壓이요 組織의 效果는 아니다. 더욱 群合式 體裁를 말한다 할지라도 此等도 帝王的인 會首의 議會가 될 뿐이요 畢竟 少年群衆 自體로써는 何等의 內獲도 못 본다. 故로 單一體的 班制 組織을 主張하나니 그것은 總轄的 體裁가 同盟體와 달은 것을 말함이 아니요 最少數의 被敎養者 數를 標準으로 班(patnol)을, 그래서 그것으로 一體로 構成식히는 組織이라야 할 것이다. 이것을 學說上 班制敎養(patnol sistum)이라 하고 다시 그 體裁를 가라처 單一體라는 것이며 이 體裁에 組織이 잇는 然後에야 充分한 敎養의 實施가 便宜 周到되는 것이다.

放牧的 自由에서 規律的으로 — 朝鮮少年은 — 文弱에 흐른다. 節制를 실터라고 法憲을 排斥한다. 그래서 浪漫的이요 徒食主義的 虛榮에 빠지는 傾向은 우리의 익게 認知한 바이지마는 이런 故로 嚴格한 規律的 訓練이 아니고는 그러한 文弱과 墮落性을 助長하는 것밧게는 안니 되는 것이다. 소위 人格 自由 云々 等이 곳 墮落과 頹敗를 意味하는 無秩序일 뿐이랴? 오히려 害毒이 甚한 例證을 살펴야 하는 것이다. 卽 非法의 産物은 非法일 뿐이란 것이다. 於是 平法適切한 法憲 節制를 써나서 統一과 向上을 企待할 수 업다는 것이니 이로써 우리는 規律的 訓練을 渴求하는 것이다. 要컨대 嚴格한 規律은 鞏固한 團結의 産님을 否認치 못할 것이다. 생각건대 自由가 無

秩序를 意味함이 아인 以上 巨身長驅의 群衆의 튼々한 團結이 卓的 壯嚴한 步武에 一致케 될 데 바야흐로 少年運動의 實效를 獲得할 것이요 運動의 究竟 目的도 여긔서 쑨 可能한 것이 아니랴.

過去運動의 淸算에 對하야

解體는 組織이 잇고야 成立된다 — 淸算은 改善과 建設의 第一步이다. 淸算이 업시 過去의 運動 그대로써는 組織도 施設로 轉換도 아모것도 안 된다. 萬若 된다면 廢家 우에도 新築이 될 수 잇다는 말과 가튼 것이다. 그러면 엇더케 淸算할 것이냐? 이 淸算이란 意味에는 改善, 驅追, 收拾 等 여러 가지 意味가 包含된 것이니 勿論 現狀의 모든 實情을 보아서는 相當한 困難이 잇겟지마는 이 困難을 避하기 爲하야 淸算을 아니하겟다는 忌避는 妥協이다. 아니 破滅의 意味도 된다. 卽 退步, 頹廢 乃至 睡眠인 것은 斷言해도 조타. 故로 나는 淸算이 卽刻으로 實現되기로 絶執하는 同時에 事實上 時日를 要할 者가 잇스면 只今은 淸算에 準備만이라도 等閑치는 못한다는 것이니 그 方法로의 若干 姑舅된 바를 말하자면 첫재 運動을 하나로 集中식히란 말이다. 勿論 現今의 우리들이 努力 中에 잇는 바이지마는 少年聯合會는 一層 威信을 自認해도 조타. 그래서 運動의 分散을 積極的으로 檢討, 料課할 수 잇는 것이니 그것(이상 29쪽)은 現下 朝鮮少年運動의 總聯 機關이니만큼 萬若 거긔 不備한 點이 잇다면 散在한 少年運動 全般은 當然히 드러와서 그 改善, 完實을 圖謀하야 奮勵할 것이요 第三者的 評論이나 獨尊的 傲慢으로 淸白을 誇張하는 것들은 발서 그 自體는 別天地의 個人 乃至 局部的 家族主義者이며 따라서 大般的 一般運動의 見地로써 當然히 反動視할 바이다.

勿論 個人으로써 運動을 써나는 것은 別問題이다. 그러나 運動을 하고 잇고 또 運動을 爲하는 誠意가 잇다면 自身이 運動을 取扱할 勇力과 熱이 잇서야 할 것이다.

그럼으로 運動에 關하야는 가장 無慈悲한 態度로써 넉々히 그 種類의 淸算을 斷行할 수 잇슬 것을 밋는다. 다음 한 가지 方法으로는 少年運動의 獨立을 主張할 것이니 當初에 運動自體로써 獨立을 主張할 必要조차 우리 社會에서쑨 볼 수 잇는 奇現狀

이겟지만은 現下의 朝鮮少年運動은 可觀이다. 或 宗教, 學園, 團體 等의 附屬이 아니면 個人의 遊戱的 虛榮的 弄物인 것이 그것이다. 이것은 問題를 起할 만한 餘地가 업는 일이지만 今日 少年運動의 情勢에 依照하야는 事實上 問題가 안 되는 것도 아니요 갑작이 處斷하기도 어려운 實情이 不少하니 此에 關하야 그 方法의 第一着으로는 그 獨立을 主張하야 爲先 그 附屬的 寄生的 形態에서 떠나도록 할 것이임에 말이다. 또 셋재로는 指導者에 對한 것이니 이것은 勿論 相當히 討究해 볼 問題이다. 그러나 運動에 害毒을 끼치도록까지 甚한 者는 少年運動 自體로써 適當한 制度가 必要하다. 그것은 그 指導者의 意識이나 指導方法이 不足함에도 不拘하고 自己所有感的 僑漫은 못하도록 할 것이니 이에 對하야는 少年 群衆 或은 그 周圍의 間接 關係者 間에서 어느 程度까지 干涉할 수 잇도록 — 그래서 指導者 自身의게도 持心이 되도록 — 規定이 잇서야 할 것인가 한다. 말하자면 검은 指導者는 붉은 群衆을 指導할 수 업다는 것이다.

片感은 元來 片々이다. 長閑한 細論을 避하엿기 때문에 理論과 考究가 성그런 點은 그 責任이 나에게 잇슬 쁜니지만 좀 더 充分한 論者은 後日 미룬다.(이상 30쪽)

今後의 藝術運動, 朝鮮프로레타리아藝術同盟 聲明

『朝鮮日報』, 1928.3.11

以上 畧. 一九二六年 末期로부터 果敢한 鬪爭 가운대에 政治鬪爭 舞臺로 登場하는 方向轉換을 함으로 비롯하야 民族的 單一 協同戰線黨의 出現을 必然的으로 出現케 하엿스며 쌀아서 本 同盟도 朝鮮 民族 自己의 生活條件에 依하야 方向轉換을 必然으로 하게 되엇든 것이다. 本 藝術同盟의 方向轉換이란 곳 朝鮮의 藝術運動의 方向轉換을 意味하는 것이니 그러면 朝鮮의 藝術運動의 方向轉換은 어쩌케 戰取되엇든가. 그것은 勿論 다른 모든 우리들의 運動部門이 한 것과 쪽가티 民族的 協同戰線에 合流하게 되엇든 것이다. 그런데 여긔에서 肝要한 問題는 '合流하는 것이 아니라 어쩌케 合流하게 되는가' 하는 것이 問題될 것이엇다. 그러나 우리는 여긔서 大膽히 告白치 안흘 수 업는 것은 本 同盟의 方向轉換 當時에 잇서서는 그런 '問題의 提出'을 解決함이 업시 거운 機械的으로 거운 公式的으로 方向轉換답지 안흔 方向轉換을 하게 되엇스니 그것은 鬪爭으로서의 方向轉換이 아니엇고 '決議'로써의 方向轉換이엇스며 그러함으로 말미암아 方向轉換 뒤의 鬪爭도 또한 組合主義的 領域을 버서나지 못하엿다는 것이다. 그럼으로 거긔에서는 折衷主義的, 似而非的, 公式主義的 藝術理論의 擡頭를 보게 되엇스며 그 橫行으로 말미암아 眞正한 藝術運動의 進展을 妨害하엿든 것도 事實이엇다. 그러나 우리는 우리들의 果敢한 鬪爭은 그 誤謬를 認識케 하엿스며 淸算케 하엿스며 쏘한 克服하지 안코는 마지 안헛는 것이다. 그래서 昨年 가을부터 始作된 우리들의 理論鬪爭은 바야흐로 本 同盟이 가진 似而非的 藝術運動의 殘存을 向해서 銳利한 화살을 쏘면서 잇다. 우리들의 運動은 반드시 이런 對立物의 鬪爭으로서만 進展할 것이다.

그런데 여긔에서 注目하지 안흐면 안 될 것은 이러한 誤謬를 淸算하는 過程에서 分裂的, 反動的으로 內部에서가 아니라 外部에서 '벌서 淸算하고 잇는 誤謬를 向하야' 挑戰하는 卑劣한 무리가 往往이 잇는 것이다. 이것은 世界의 歷史가 말하는 바이며 우선 本 同盟에 對立하려고 出現한 '自由藝術聯盟'도 쏘한 그 部類의 하나가 아니랄 수 업다. 우리는 여긔에서 '自由藝術聯盟'의 正體를 暴露하는 同時에 그 얼마나 우리의 藝術運動을 攪亂시키는 者이며 우리로 하야금 永遠한 自己들의 欺瞞 가운데 隷屬시키려는 魂膽을 處斬하려 하는 바이다. 彼等의 「發起宣言概要」는 말한다.

"…… 맑스주의의 宣傳 삐라式 似而非 藝術運動을 徹底히 排擊하고 ××××의 建設을 合理化할 正統 無産階級의 藝術을 强調하지 안흐면 아니 된다. 여긔에 '自由藝術聯盟' 創立 發起의 意義가 잇다."

이러한 抽象的 文句의 羅列을 批判함은 오히려 우리들에게 어리석음이 잇는 것 가트나 그려하나 그 抽象的 文句 가운데서도 쏘한 우리는 如干 크지 안흔 反動性을 發見할 수 잇스니 우리들은 그 反動性을 撲滅하는 것만으로라도 쏘한 그것을 默過할 수 업는 것이다. '宣傳삐라式 似而非 藝術運動을' 排擊한다는데 對해서는 上述한 바와 가티 우리로서도 그 誤謬이엇슴을 認識하는 同時에 何等의 異議를 申込치 아니하지만은 '맑스主義 藝術'이 그런 것 模樣으로 無智한 看取로 因하야 우리들이 犯햇든 誤謬를 다시 한 번 되푸리하면서 反 맑스主義的 旗幟를 휘날리고 나오는 것은 쏘한 엇던 것이라는 明示도 업시 그야 참말 '自由聯盟式'으로 '아나키스틱'하게 '×××建設을 合理化할 正統 無産階級的 藝術을 强調 云云'함은 맛치 장님이 毒蛇 엽흘 平然히 지나가면서 '나의 勇氣를 보라!'고 부르짓는 것과 何等의 差를 認證할 수 업다. 彼等은 엇던 것이 '×××'이며 그 '建設을' 爲해서는 엇더케 '合理的' 方法이 잇슬 것을 몰은다. 그것은 웨? 彼等은 '아나키쓰트'이기 쌔문에 아나키쓰트는 ××한 低級 感情의 原始的 爆發을 그대로 爆發식혀서 一 個人의 慾望을 滿足식힐 수 잇게 되는 것만이 그들의 究竟의 目的인 싸닭에 그 到達하는 方法 역시 쏘한 그러한 原始的 '自由聯合'的 方法 以外의 方法을 몰으기 쌔문에 여긔에 잇서서 彼等이 建設하려는 '社會'가 얼마나 우리들이 가지려고 하는 社會와 差가 잇스며 그 合理的 方法으로써의 藝術이 쏘한 그 얼마나 原始的 形態일 것은 推測하고도 남는 바이다. 彼等은 그럿키 쌔문에 鬪爭을 하지 안는다. 오즉 攪亂하려는 彼等의 魔手는 分明코 쪽가튼 線上

에 잇서서 우리가 死守하는 民族的 單一 戰線을 어김업시 攪亂식힌 것이다. 그러면 그것이 우리들의 敵이 아니고 무엇이겟는가. 우리가 뭇질너야 할 것이 아니고 무엇이겟는가. 朝鮮의 大衆은 正當한 길을 것고 잇는 單一 戰線을 死守하지 안흐면 아니 될 것이며 그 正當한 單一 戰線에 正當히 合流하고 잇는 藝術運動을 곳 本 同盟을 支持하지 안해서는 안 된다.

우리는 大衆의 힘으로 彼等을 粉碎할 것이며 本 同盟의 果敢한 鬪爭으로서 彼等을 撲滅할 것을 聲明한다.

一九二八年 三月 日

朝鮮프로레타리아藝術同盟

童謠意義

童謠 大會에 臨하야

高長煥,『朝鮮日報』, 1928.3.13

十三日 밤 中央靑年會館에서 翠雲少年會 主催 朝鮮日報 學藝部 後援으로 '童謠大會'를 開催함에 臨하야 朝鮮童謠硏究協會를 대신하야 몃줄 쓰겟습니다.

×

童謠는 어린 사람 마음에서 생긴 말의 音樂입니다. 어린 사람 마음에서 생긴 말의 苦樂이 藝術的 價値가 잇스면 童謠라고 할 수 잇습니다. 또한 童謠를 가르켜 어린 사람 맘에서 나온 自然詩라고 할 수 잇습니다.

다시 말하면 童謠는 日常에 쓰는 通俗말로 누구든지 알도록 어린이의 心思를 그대로 表現하면 그만입니다. 즉 詩 가튼 形成이 업고 自由로 생각해서 感覺한 일을 自由로 노래하면 그것으로써 조흘 것입니다.

童謠는 어듸까지 노래의 形象을 具備한 童心藝術입니다.

그러나 童謠를 單純히 되나 못되나 童謠라고 노래하며 한 다른 道具로 쓸 것은 絶對로 아닙니다. 적어도 그 以上 童謠는 兒童의 精神生活을 指導하고 그로 인하야 一個의 完全한 人格者가 되기까지 圓滿히 生育하는 힘이 되지 안흐면 아니 될 것입니다.

童謠는 民族과 가티 生겨나서 文學의 一部門을 지으며 그 나라 文學 全體와 共通點을 갓고 잇는 것은 勿論입니다.

詩는 感激에 딸아 생겨 오는 것입니다. 童謠는 純眞한 詩임으로 純眞한 感激性에 딸아 온다는 것은 當然한 일입니다. 不純한 感激에 딸아 생겨온 童謠는 童謠라고 볼 수 업습니다.

童謠는 民族性 啓發의 基礎敎育입니다. 國家에 對한 愛着心은 感激性에서 나오는 것으로 感激性은 立體的이고 平面的이 아닙니다.

詩가 업는 生活은 感激 업는 國民性을 一層 墮落식히는 것입니다. 感激性이 만흔

國民을 멘들여면 조흔 童謠를 어린이에게 주는 것이 무엇보담도 급합니다.

童謠는 童話와 步調를 合하야 非常한 氣勢로써 盛旺하야 왓습니다. 어린 사람의 것으로써 童話도 童謠도 結局 똑 가튼 것입니다마는 지금 말하면 童謠는 童話의 한 층 말이 音律的으로 緊縮한 것이라고 말할 수 잇습니다.

— 童謠는 노래할 것

— 童話는 읽은 것 乃至 이야기할 것. 이만한 形式이 틀일 쑨입니다.

그러나 發達함에 쌀아서 各自가 正確히 各自의 地步를 點領하야 바려서 지금에는 童謠, 童話의 境界가 正確히 되어 잇습니다.

童謠를 童話化하야 童話와 똑가튼 效果 아니 그 以上의 效果를 나타내는 일도 잇습니다.

童謠의 種類를 들으면 알에에 세 가지가 잇습니다.

一. 어린 사람 自身이 自己의 思想, 感情, 經驗 等을 心中에서 일어나오는 韻律에 쌀아 表現하는 것

二. 어룬이 어린 사람이 되어 思想, 感情, 經驗 等을 感覺하고 이것을 어룬이의 말 어린이의 韻律로 表現하는 것

三. 어린 사람의 心靈이 將來에 完美하게 發表함에 쌀아 到達할 일을 希求할 世上을 어룬이 노래해 주는 것

그러나 이들 童謠를 通하야 반드시 內存하지 안흐면 아니 될 本質的 生命의 要表는

1. 通俗말로 써서 어린이나 어룬들도 能히 알 수 잇도록 할 것
2. 能히 노래할 수 잇고 춤출 수 잇슬 것
3. 어린이의 生活을 絶對 土臺로 할 것
4. 藝術的 價値가 잇슬 것
5. 新鮮하고 純眞한 思想 感情을 노래한 것일 것
6. 感情에 諧訴하야 科學的 說明을 超越한 것일 것
7. 童心을 通해 본 것으로 모든 事物을 노래할 것

充分한 童謠의 意識 — 本質이 업시 童謠를 批判하고 童謠의 作品을 發表하여 世上

에 내놋는 것은 □□□□□上 으로 보아도 謹愼할 일이며 또 一方으로 보면 童謠에 對하야 無智함을 暴露하는 것이 되오니 童謠를 論하는 以上 또 童謠를 創作하는 以上엔 더욱 엇더한 것인가를 硏究할 必要가 잇습니다. '童謠는 어린 사람이라도 지을 수 잇는 소용업는 것이다' 하고 輕視하는 것은 넘우나 애처롭기 짝이 업습니다.

少年團體 又는 家庭 其他 學校에서 어린이에게 童謠를 불으게 하며 또 춤추게 하며 는 것 가튼데 — 無資格者 — 恒容 童謠 아닌 邪道의 童謠를 가르켜 어린 사람의 前途와 짤아서 조선의 前途에 對한 큰 不幸을 맨들고 잇는데도 잇습니다.

自己 一個의 趣味에서 그 童謠의 取捨를 定치 말고 널이 社會的 立場에 서서 모든 일을 생각해 주시기 바랍니다.

一. 童謠를 좀 더 一般的으로 普及하자!

一. 童謠를 小學 敎育 科程에 늣키를 提唱하자!

一. 四月에 創刊되는 純童謠 雜誌를 積極的 支持하자!

三. 一二. 아츰(未定稿)

(社說) 朝鮮의 少年運動

『東亞日報』, 1928.3.30

一

意識的으로 少年을 賤待한 社會와 時代가 어대 잇섯스랴마는 愛護하고 信賴하자는 好意가 結果로는 돌이어 그들로 하야금 撥剌한 氣品과 天眞한 態度를 일허버리게 하는 일이 往往이 잇섯스니 이것은 朝鮮 少年이 正히 그 가운대 被害者의 하나이엇다고 할 수 잇다. 在來 우리 社會의 글홋된 訓育方針과 變通性 업는 倫理觀이 그들의 知能의 啓發과 品性의 陶冶를 意識치 못하는 中에서 妨害를 하야 온 것은 事實이다. 往昔과는 조금 달라젓다는 今日에 家庭에서 兒童을 如何히 取扱하는지 그것을 보아도 前日의 우리 少年의 社會的 待遇가 어쩌하얏든 것은 넉넉히 像想할 수 잇다. 如何튼 朝鮮少年처럼 一般 家庭과 社會에서 理解 못 바다 온 것은 文化를 가진 社會로서는 極히 少數의 例라 할 것이다.

二

그러한 現像이 時代의 進步와 함께 漸次로 업서질 運命下에 잇는 것은 勿論이나 그러나 이 運命을 促進하게 한 것은 八九年 前부터 움돗기 始作한 少年들 自體에서 發生한 運動이니 이 運動이 發生될 初期는 極히 微弱하얏지만 今日에 와서는 全 朝鮮的으로 澎湃한 勢力을 가지고 坊坊谷谷에 少年의 團體가 簇生하게 되엇다. 그리하야 每年 五月의 어린이날의 主催가 잇게 되엇고 昨年에는 各 少年團體를 聯合한 朝鮮少年聯合會가 出生하얏스며 今年에 와서는 다시 그 組織을 朝鮮少年總同盟으로 變更하야 여러 綱領을 發表하고 이러한 同盟體가 잇슴으로써 朝鮮 少年의 할 일이 어쩌케 多大하다는 것을 보여주엇다.

三

吾人은 兒童을 잘 理解치 못하는 朝鮮에서 少年運動이 이와 가티 勃起한 것은 自

然한 現像으로 생각하는 同時에 朝鮮少年을 爲하야 또한 慶賀하는 바이다. 그러나 이 少年運動이 朝鮮에서는 첫 試驗인 故로 前途에 障碍와 失敗가 업스리라 할 수 업스며 그러고 또한 크게 問題 될 것은 指導者이니 少年運動의 主體는 말할 것도 업시 天眞한 兒童들임으로 그들은 自己의 意思를 行한다는 것보다 다른 사람의 指揮와 引導를 기다리어 비롯오 行動하는 것인 만큼 指導者에게 絶對의 權威가 잇다 할 수 잇다. 그럼으로 少年運動이 永遠한 生命을 가지고 發展하야 나가는 것도 指導者에게 잇고 中途에서 瓦解하고 路程을 글흐치는 것도 指導者에게 잇슬 뿐이오 少年 自體에는 何等의 責任을 지어 줄 수 업다 하겟다. 어린이들은 無能力者인 까닭이다.

四

그러고 少年運動의 出發과 目的을 分明히 하야 運動의 實蹟을 나타내어서 一般社會가 그 功績을 認定케 되도록 하야 할 것이다. 萬一 그러한 運動이 何等의 實效를 보이지 안코 헛된 宣傳을 일삼는다면 社會의 輿論은 運動 自體의 存在까지 否定하게 될 것은 分明한 일이다. 少年運動의 存在를 意義잇게 할 實績을 보임에는 學校에서나 家庭에서 어들 수 업는 또는 訓練될 수 업는 여러 方面의 敎養을 少年 그들로 하야금 스스로 엇도록 하여야 될 것이오 兒童으로 理解할 수 업는 運動은 兒童으로는 할 수 업는 것이니 指導者의 가장 自重할 點은 兒童 本位로 어쩌한 運動이든지 進行시킴에 잇슬 것이다.

認識 錯亂者의 排擊

曹文煥 君에게 與함(一)

金泰午, 『中外日報』, 1928.3.20

緖論

全 無産階級 藝術運動의 一翼的 部門運動인 少年運動 陣營 內에 잇서서 運動을 整理하기 爲하야는 먼저 自己 陣營 內에 潛在하야 잇는 不純分子를 無慈悲하게 排擊치 안흘 수 업다. 그것은 運動의 發展上 急務의 하나이기 때문이다.

그럼으로 우리 運動線上에 展開된 諸 問題를 正當히 分析 認識 把握하야 새로운 階段으로 規定치 아니하면 아니 되게 되엇다. 따라서 小市民性的 — 自然生長期 意識의 把持者를 克服하여야 하며 反動分子를 徹底히 排擊하여야 한다.

그런데 이제 가튼 陣營 內에서 反動的 錯亂을 새로히 비롯하는 同志가 생기엇슴을 우리는 보게 되엇다. 그것은 日前 『朝鮮日報』를 通하야 「特殊 朝鮮 少年運動의 過去運動과 今後問題」[1]이라는 논문을 쓴 曹文煥 君의 行動이 卽 그것이다.

나는 일즉 曹 君에게 對한 企待가 만헛는이 만큼 그의 論文을 熟讀하얏섯다. 그러나 筆者는 落心치 안흘 수 업섯다. 그 論文은 混沌, 反動 그리고 無體系的, 小市民性的, 認識 錯亂者임을 暴露하얏다. 딸하서 우리 少年運動 線을 퍽으나 混沌케 하얏스며 그리고 朝鮮의 特殊性을 認識하는 듯하면서 小뿌르조아 乃至 折衷主義者임을 暴露하고 말엇다. 딸하서 그는 主觀的 觀念論者인 同時에 純全히 客觀的 情勢를 沒覺한 認識 錯亂者임이 틀림업다.

우리는 如此한 反動分子는 果敢한 理論鬪爭에 依하야 淸算해야 할 것은 勿論이다. 그런 가튼 陣營 內에도 意識的이던 無意識的이던 數多한 誤謬를 犯하고 잇는 同志를 發見할 수 잇다.

---

1 조문환(曹文煥), 「特殊性의 朝鮮少年運動－過去 運動과 今後 問題」(전7회, 『조선일보』, 1928.2.22~3.4)를 가리킨다.

그럼으로 우리는 이 錯亂한 誤謬를 嚴酷한 科學的 立場에서 批判하야 그 誤謬를 矯正하여주지 안흐면 안 된다는 意識下에서 理論鬪爭이 가장 必要하다.

그리고 아즉 우리 運動自體의 自體的 理論이 確立되지 못하고 짤하서 運動者로써도 植民地的 特殊 事情인 朝鮮少年運動 自體에 對한 確乎한 '이데올로기'를 認識把握하지 못하고 다시 말하면 運動의 自體를 沒理解하고 運動의 方式과 方法을 全然 沒覺한 主觀的 觀念論者만을 辯護한 理論은 餘地업시 克服하여야 한다.

넘우나 말이 나의 쓰려고 생각한 바와 線 박그로 흐르는 것 갓다. 그러나 나의 생각한 主見을 提議하랴면 먼저 以上의 □□을 말해두는 것도 無意味한 일은 안일 것이다.

(二) 金泰午, 『中外日報』, 1928.3.21

理論 淸算에 對하야

그러면 이제부터 本論으로 드러가서 그의 無體系的 — 小市民性的의 認識錯誤된 點을 細細히 分析 檢討하기로 하자.

曹 君은 이러케 말한다.

"過去의 分散的 運動에서 組織 運動에도 無意識的 運動에서 目的意識的 運動에로의 方向轉換할 過渡的 過程을 過程하고 잇는 劃時期的이라고 볼 수 잇다. 그럼으로 朝鮮少年聯合會의 綱領으로는 一. 本會는 朝鮮少年運動의 統一的 組織의 充實과 그 實現을 圖함 二. 本會는 朝鮮少年運動에 對한 硏究와 實現을 圖함이라고 하얏다. 이와 가티 過去의 分散的 運動을 統一 執中케 하며 無意識的 運動을 意識的 運動으로 轉換 指導하고 重且大한 使命과 役割을 지고 나온 것이 卽 朝鮮少年聯合會 그것이다." 이러케 말하고 뛰어가서 "그들은 氣分運動에서 組織運動으로 自然生長期에서 目的意識期로 들어왓다느니 한다. 이러한 理論은 도모지 外的 情勢를 無視한 妄動的 理論이다. (또 뛰어가서) 過去 運動이 무슨 運動이엇고 이제 무슨 運動으로 方向을 轉換

하얏다는 말인가. 그저 漠然한 말로 方向轉換을 부르지즈며 少年聯合會를 實證的 産物이라고 하니 무슨 말인지를 알 수 업다."

여긔에서 君은 似而非的 少年運動의 誤謬된 認識의 正體를 暴露하기에 躊躇치 안햇다. 그야말로 要領不得의 '잠꼬대' 가튼 소리로 看做할 수밧게 업다는 것이다.

曹 君은 現下 朝鮮少年運動의 方向轉換을 혼자서 是認하얏다가 否認하얏다가 하면서 自問自答式으로 混沌錯亂하니 그야말로 主體업는 妄動的 理論이다. 그리고 君은 現實에 맛지도 안는 創立大會 때 그 構圖를 只今까지 圓滿히 生覺하는 모양이다. 君은 또 少年聯合會는 方向轉換의 實證的 産物임을 證明하면서도 排擊한다. 이 얼마나한 錯覺的 認識이며 理論遊離를 □는 일분인가 — 그리고 또 —

"新聞紙上으로 每日 보는 바와 가티 現實이 要求치도 안는 組織體의 少年團體가 各處에서 일어나게 됨을 본다. 이럼에도 不拘하고 目的意識期 云云하며 方向轉換 云云할 수가 잇는가?" 目的意識期 及 方向轉換에 對하야는 曹 君이 임의

前項에 잇서 明確히 證明하얏스니 더 말할 것이 업다. 보라! 또 君은 現實을 沒覺한 主觀的 觀念論者임에 들림업다. 一九二八年 新年 劈頭를 비롯하야 君의 錯誤된 認識과 十分, 十二分 判異한 現實이 要求하는 理論的 運動인 單一 卽 少年同盟體로만 七八處가 組織이 되엇다. 이야말로 少年運動의 到□的이라고 할 수 잇다.

(三)

金泰午, 『中外日報』, 1928.3.22

君은 卽接 이와 가튼 愚論을 吐하야 君의 自體를 君 스스로가 餘地업시 暴露하고 말엇다.

"一般이 더 詳細히 하는 바와 가티 少年運動者協會와 五月會라는 兩側 團體가 恒常 分離와 軋轢을 圖하얏든 것이 事實이다. 五月 一日 어린이날 紀念에 잇서서도 統一되지 못하고 언제나 兩便이 싸로 싸로히 紀念式을 擧行되엇든 것이다. 또한 이 紀念뿐만 아니라 모든 運動에 잇서서도 恒常 對立性을 지고 나왓든 것이 속일 수 업는 事

實이다."

또 건너서

"畧 …… 過去의 五月會와 少年運動者協會는 派別運動이라고? 그리하야 兩派主義者들이 少年聯合會 創立 當日에 中間派 同志 全栢, 崔奎善, 曹文煥 理論에 克服하얏다고 한다. 이런 말은 좀 더 깁히 생각하고 내 노흘 것이다. 무엇을 가르처 過去 運動을 派閥運動이라 하는가?"

曹 君은 이러틋 過去의 派閥運動임을 認識하얏다가 또 섭섭하던지 — 否認하얏다가 하면서 矛盾, 攪亂, 混沌 속에서 헤매이니 도모지 頭緖를 잡을 수 업스며 無定見한 妄動的 理論이라고 말하고 십다. 過去의 派閥運動을 君 스스로가 雄辯的으로 證明하고 그처럼 錯覺하는가? 新派 中間派 云云은 同志 洪銀星 君이 性急히 쓴 듯하나 그러나 어느 程度까지의 否認치 못할 事實이다.

於是乎 우리는 空然히 되지 못한 粗雜한 文句만 늘어노코 理論인 척 하다가 自己自身만 民族 압헤 暴露식힐 것이며 或은 理論을 爲한 理論을 吐하기 쉬운 것이다.

그럼으로 무엇보다도 모든 것을 愼重히 考察하야 어쩌한 意識을 確實히 把握한 後에 말하란 말이다.

方向轉換 再論

曹 君은 또 全 無産階級 解放運動에 잇서서 特殊性이 잇는 現下 民族問題의 現 階級問題에 들어가서 이러한 方向轉換論을 主張하얏다.

"朝鮮의 無産階級運動이 過去의 自然生長的 運動에서 目的意識的 運動으로 — 그리고 經濟的 鬪爭으로부터 全面的인 政治鬪爭으로의 方向을 轉換하야 이제 全 民族的 單一黨의 媒介 形態인 新幹會를 全 民族的으로 支持하고 잇는 過程에 잇다. 그럼으로 우리 少年運動도 …… 以下 略 —" 云云하얏다.

君의 誤謬가 百出하는 病源이 여긔 잇다. 무엇을 보아서 全 朝鮮의 無産階級 解放運動이 局部的인 經濟鬪爭으로부터 飛躍하야 全體性的 政治鬪爭으로 方向을 轉換하얏는가 말이다. 其 意義가 那邊에 在한가! 君이야말로 殖民地的 特殊 事情과 沒交涉

하고 客觀的 情勢를 無視한 또는 現實을 妄覺한 主觀的 觀念論者이다.

君은 아마도 日本 福本 一派와 G.H. 生의 論文에 感染 乃至 中毒된 모양이나 말이 나왓스니 말이지 우리는 이것을 徹頭徹尾 把握하야 反動的 理論을 徹底히 排擊하여야 할 것이다. 君이여 말로 資本主義 國家와 理論이라고 正當히 直譯하얏스면 …… 그러나 日本의 福本이슴의 左翼小兒病的 思想을 잘 모르고 盲目的으로 輸入하는 것은 可憐한 일이다.

그런데 그들은 이러한 弱小民族運動의 特質의 認識 ― 그 歷史的 發達의 特殊性의 認識 把握함이 업시 機械的으로 日本運動의 理論을 斷斥的으로 直譯하여다가 方向轉換이라는 것을 거의 自己自身과 가티 朝鮮에 適用하려고만 햇다.

(四)

金泰午, 『中外日報』, 1928.3.23

그리하야 快痛한 '슬로간'의 無意味한 反對, 福本 一派의 難澁怪常한 獨逸文藝流 文句의 修辭的 羅列로써 科學的 假裝을 해 가지고 今春 以後 그의 熱狂的으로 理論鬪爭을 高調하면서 一種의 '센세 ― 순'을 짓고 잇다.

보라! 確實히 純然한 政治的 ××意識에서 鬪爭한 朝鮮 運動者의 '이데올로기'를 억지로 組合主義, 經濟主義라고 機械的으로 公式的으로 規定하는 그너들의 머리는 確實히 '압노말'이다.

於是乎 經濟鬪爭만 하다가 비로소 처음으로 政治鬪爭 '압흐로 갓'을 불러서 於是乎 처음으로 開始된 것이 안이다. '어둔 밤에 홍두깨도 분수가 잇지 ……'

우리 少年運動 陣營 內에까지 이러한 不滿分子가 暗暗裡에 潛在하야 우리의 陣營을 覺醒식히고 따라서 그 陣營의 發展에 적잔은 妨害를 줄 것이니 우리는 組合主義 經濟鬪爭에서 政治鬪爭으로 方向을 轉換하자는 格의 追隨的 傾向을 가진 新 中間派들이 少年運動 陣營 內에까지 들어와서 巧妙한 手段으로 運行하며 '헤게모늬' □取를 하려는 如此한 反動輩는 果敢한 理論鬪爭에 依하야 淸算할 것은 勿論이다.

그럼으로 元來 少年運動은 少年運動으로의 特殊性이 잇는이 만치 自主國 '푸로레타리아' 階級에 잇서야 할 方向轉換을 — 殖民地的 特殊 環境이 잇는 少年運動에까지 直譯的 …… 또는 現實은 沒覺한 方向轉換을 適用하랴고 함은 純全히 觀念論者이다. 少年運動에 잇서서 方向轉換을 한다면 現實을 把握한 少年運動으로서의 方向轉換을 要求하는 것이다.

쏘이스카우트의 處置

斥候隊의 少年團은 元來 一九二二年 가을에 於是乎 朝鮮에도 이것이 組織되엇다. 그의 具體的 理論이오 綱領으로는 ……

一. 神과 國家社會에 對한 自己의 義務를 다하는 것

一. 언제던지 他人을 도아주고 自己□□의 □律에 □□할 것

等을 指摘한다. 그리하야 그 大體가 英米式의 그것을 輸入한 것이다.

斥候隊는 鄭聖采 氏, 少年軍은 趙喆鎬 氏가 指導하게 되엇다. 그러나 이에 □□□□는 恒常 (가튼 陣營임에도 不拘하고) 分離軋轢을 □하야 對立性을 가저온 것은 속일 수 업는 事實이다.

이러한 때문에 우리는 特殊性의 少年運動에 對한 正當한 認識이 업시 더욱이 그 運動의 歷史的 發達의 特殊性에 對한 愼重한 考慮와 理解도 업시 純全히 客觀的 情勢에서 遊離된 先進國의 地에서 米國 또는 英國에서 展開하고 論議된 理論을 朝鮮에다가 直譯的으로 移植하야다가 非正常的으로 發達된 우리 少年運動을 比較的 正常的으로 發達된 自主國 資本主義 社會에서 實行하고 잇는 쏘이스카우트를 輸入하여 器械的으로 規定하는 머리는 確實히 '앱노말'이 아니고 무엇인가?

보라! 그네들이 조금이라도 朝鮮의 特殊性과 客觀的 情勢를 考究하여 認識하고 把握하얏다면 斷然 解體하고 時急히 現實이 要求하는 全朝鮮少年運動의 最高 機關의 統一 旗幟 下로 集中하여야 할 것이다.

그런데 曹 君은 이 '쏘이스카우트'를 批判함에 넘우나 偏狹的 乃至 重傷을 거듭하얏다. 이 쏘이스카우트(斥候隊, 少年軍)은 가튼 主張과 綱領 또는 精神으로써 定策을

樹立하야 展開하는 것임에도 不拘하고 斥候隊에 잇서서는 重傷 乃至 惡評까지 하고는 少年軍에 對하야는 辯護 或은 □□式의 折衷主義의 小뿌르조아的 理論을 敢行하얏다.

(五)

金泰午, 『中外日報』, 1928.3.24

曹 君은 少年軍에 잇서 辯護하는 말이 —

"略 …… 그러나 責任者인 全栢 同志가 少年軍을 解體하겟다고 言明까지 하얏고 또한 自己로서 訓練方式만은 少年聯合會 內에 一部門을 두고 그 訓練方式을 實現 持續하겟다고까지 責任진 말을 하얏스니 少年軍에 對하야는 別問題가 업슬 것이다" 이러케 云云하얏다. 果然 그러타. 理論만이야 조타. 그러나 實踐과 分離된 理論은 한갓 觀念的 空想的이 되고 말 것이다. 왜? 理論이야 아모리 써든다 하드라도 實行치 못하면 회계가 업슴으로써 그럼으로 우리는 어제나 理論과 實踐이 竝行하여야 한다.

보라! 全栢은 일즉히 少年軍을 解體하겟다고 하고 …… 只今까지 少年軍 陣營 內만 날로 擴張하노라고 地方에 巡廻하며 宣傳 또는 組織하러 다니기에 沒頭한 行動을 보지 못하는가? 그와 가티 朝鮮少年聯合會 敎養部 委員임에도 不拘하고 何等의 事業設計는 그만두고라도 敎養問題에 對한 何等의 役割을 못하얏다. 또는 그가 訓練方式을 맛터서 實現 支持하겟다고 責任진 말을 敢行하얏스니 …… 이 말이 事實이라면 嘲笑하지 안을 수 업다. 그러면 特殊 朝鮮少年運動의 敎養訓練을 다시금 '뽀이스카우트' 式으로 하자는 말인가? 이 말은 盲目的으로 是認한 追論者의 行動이나 이 말을 敢行한 ××은 보기 조케 理論만으로는 客觀的 情勢를 理解한다고 하면서 小부르조아 乃至 折衷主義의 中間派的 妄動者가 우리 少年運動 陣營 內에 暗暗히 潛在하야 運動線을 攪亂케 함은 우리 陣營 內에 적지 안은 混沌과 發展上 莫大한 防害를 주는 것이다.

그리고 아모리 帝國主義 國家式 쏘이스카우트라 하기로 적어도 七十餘隊의 約 六百餘名이나 되는 그 運動自體를 帝王式 專制下에 혼자서 解體 與否 云云은 少年軍에서만 볼 수 잇는 現象이다.

우리는 徹頭徹尾 이러한 反動輩나 盲目的으로 現下 朝鮮少年運動의 特質을 把握하지 못하고 쏘이스카우트式 運動을 于今것 持續하여야 한다. 그럼으로 그런 分子를 淸算하여야만 우리의 運動은 힘 잇게 긔운 차게 展開되리라고 밋는다.

結論

우리는 朝鮮少年運動의 集中的 表現 總體的 機關인 少年聯合會를 根據로 한 批評 또는 評論이 잇서야 한다. 그럼에도 不拘하고 定見이 업는 無體系的 ― 全然 現實을 忘却하고 客觀的 情勢를 無視한 또는 朝鮮에 잇서서 特殊性을 沒覺한 主觀的 觀念論者의 理論은 餘地업시 克服하여야 한다.

마즈막으로 曹 君이 事實에 잇서서 錯覺的 誤解를 犯하엿다 하면 科學者의 態度로써 그를 取調할 것이다. ― 筆者는 曹 君의 그 無體系的 小市民性的 ― 主觀的 觀念論을 餘地업시 깨트리며 쌀하서 그의 論文을 檢討하여 한편 觀念에 바로잡힌 同志를 救出하지 안흐면 안이 된다는 義務感을 자아내기 째문에 拙筆을 쏘 든 것이나 씃흐로 ― 여러 同志의 꾸준한 努力과 健鬪를 빕니다.

童謠와 그 評釋(一)

李貞求,『中外日報』, 1928.3.24

어린이의 藝術인 어린이의 놀애(童謠)를 爲하야서 적지 안흔 硏究를 하야 보려는 나로서는 到底히 이 놀애(童謠)의 出現을 渴望치 안흘 수 업다.

朝鮮의 어린이 일순은 주렷다. 팡에도 …… 글에도 …… 모든 것에 주린 일순이다. 그리고 놀애도 일즉이 말러버렷다. 녯날의 한가한 시절에 부르는「짜북네」놀애도「아리랑」타령도 지금은 우리 어린이에게서는 듯기가 甚히 거북하다. 그 代身으로 우리 어린이의게도 한갓 설음에 얼싸힌 눈물의 시절이 차저 왓다.

그리하야…길가에서…산과들에서…골흔 배와 헐벗은 몸집을 부둥켜안고 餘地업시 哀처러운 울음을 운다고 그러고 헤맨다.

그러나 우리의게도 겨울이 잇스면 봄이 잇다는 格으로 뿌리가 잇스면 쏫이 핀다는 例로…눈물의 歲月이 잇스면 놀애의 세월이 잇슬 것이오 울음의 날이 잇스면 웃음의 시절이 또 잇슬 것이다. 우리는 이 압날에 차저 올 놀애의 시절을 準備하기 爲하야 어린이의 놀애(童謠)를 奬勵시킬 必要가 업지 안타. 아니 꼭 장려시켜야 한다. 그리하야 나는 지금 어린이의게 이 뜻의 놀애를 장려시키기 爲하야서 나의 創作童謠集 가운대서 數十篇의 동요를 들어 이것을 評釋하려 한다.

×

쏫밧

분홍쏫이 피엿네
노랑쏫이 피엿네
굴밤낭게 열린밤
새싸맛케 닉엇네

×

잠자리도 오섯고
나뷔님도 오섯네
밤짜러온 다람쥐
썰어지고 말엇네

(一九二六.九. 作)

분홍꼿 노랑꼿의 가지가지의 꼿이 가을 꼿밧을 장식한 곳에 잠자리도 왓다. 나뷔도 날럿다. 가을은 모든 꼿이 싀드는 째이다. 그러나 싀드는 시절에 유달리 분홍꼿과 노랑꼿이 꼿밧 한 구석에 피엇다. 그리하야 몹시도 筆者의 눈을 끌어 주엇다.

마츰 그 엽헤는 밤(栗)나무가 잇섯다. 그러고 나무 우에는 다람쥐가 재간를 피우다가 썰어젓다.

밤(栗)나무는 이 놀애의 生命이다라고 筆者는 생각햇다. 왜?냐고 물으면 만약 밤나무가 없서드면 이 꼿은 가을임을 모를 것이다. 筆者는 이런 범위 안에서 이 놀애를 읊혓다.

단풍닙

단풍닙 욹읏븕읏
　　빗도곱구나
곱기는 곱지만두
　　바람이불어
앗갑긴 하지만두
　　썰어지누나
　　×
날리는 단풍닙이
　　쓰기는해도
그리운 엄마나무

　　넛지를못해
올라도 채못가서
　　떨어지누나

(二)

李貞求, 『中外日報』, 1928.3.25

이 童謠을 쓰게 된 筆者의 動機는 이러하다. 當時의 文壇에 是非꺼리가 되든 韓晶東 氏의 童謠

장포밧못가운데 소금쟁이는
1234567 쓰며노누나
쓰기는쓰지만두 바람이불어
지워지긴하지만 소금쟁이는
실타고도안하고 뺑뺑돌면서
1234567 쓰며노누나

를 닑엇다. 그리고 퍽이나 好感을 어덧다. 그리하여 나는 이 동요를 모르는 사이에 외여 버렷다. 들에를 가나 산에를 가나 이 노래(童謠)를 한번 부르지 안흔 적은 업다. 이럿케까지 나는 이 童謠와 갓가워젓다. 어느 날 가을 나무 그늘 밋헤를 지나가는데 단풍닙히 몹시도 나에게 아기자기한 感興을 주엇다. 그리하여 나는 卽時 이 노래를 부르면서 단풍닙이라는 이 一篇의 노래를 「소금쟁이」의 (韓 氏의 童謠) 童謠에 대고 불럿다. 그 結果가 이 「단풍닙」이다.

퍽이나 韓 氏의 소금쟁이와 親한 作品이다.

초사흘날달

초사흘날 달님은
　　외쪽의뱃님
내동생을 태워간
　　험상한배가
초사흘날 달님인
　　저배이련만
　　×
듯는척 보는척
　　아니하고서
이번에는 누구를
　　태이엿는지
　　×
푸른하날 놉히써
　　돗대도업시
여기여차 배저어
　　노래부르며
두룩놉흔 섬들을
　　돌아가누나

(一九二六. 겨울밤)

초사흘날 달님은 살작 갓티도 보이고 老人의 굽은 '허리'가티도 보인다.

그러나 나에게는 단지 하나인 아우의 죽엄을 追懷식히는데 不過하엿다. 그리하야 나는 멧 번이나 그 달을 보고 말 못할 호소를 하소연 할려고 하얏다. 그러나 그 달이 무정한 쪼각의 돗업는 배(船)처럼 보일 째 筆者는 無數히 그 달을 비관하고 십헛다. 그리하야 나는 쪼각달을 외쪽의 배로 생각하고 나의 동생을 다려간 배라고 불릿다. 그러고 푸른 한울을 바다 놉흔 산을 섬(島)으로 볼 때 나의 마음은 더욱이 쓰렷다. 달이 산을 넘어 갈 때 — 나는 저윽히 쓸쓸함을 늣겻다. 그리고 또 이번에도 다른 이를 태우고 天國으로 이끌고 가는 것 갓햇다.

추녓물

간밤에 눈마즌
    우리집웅은
눈오시고 치워서
    못견딜밤도
그냥두고 옷한벌
    주지안허서
생각하면 간밤이
    설어웁다고
말도업시 고요히
    눈물흘려요

(一九二六. 겨울날)

겨울 짯뜻한 날! 밤새에 온 눈은 초가집 집웅에서 녹아 이스랑 물이 되여 흘러내린다.

어린이의 마음엔 이 눈 녹은 물이 몹시도 설어 보혓다. 더욱이 우리의 처디는 눈물이 만흔 처디여서 모든 것이 哀처러워 보인다.

눈이 오나 비가 오나 치우나 더우나 입을 것 하나 안 주는 집웅의 身勢는 이러케 가련하다. 집은 이러케 울어 본 적이 만흘 것이다.

自己네들만 滿足하면 恩惠를 입는지 갑는지도 모르게 지내는 人間이 數百일 것이다. 나는 이 노래를 어린이에게 들일 때 한 慈悲心의 惹起를 바랏다.

(三) 李貞求,『中外日報』, 1928.3.26

싸마귀

싸마귀 싸마귀
　　자꾸웁니다
어제밤 추위에
　　잠못잣스니
온아츰 울밋서
　　자구십구만
잠잘때 사람이
　　잡아갈까바
마음이 겁나서
　　자꾸웁니다

(一九二六 겨울)

그러타. 우리는 이 싸마귀의 신세와 가티 마음노코 잠 한 번 잘 시절이 업다. 모든 것이 싸움이다.

모든 것이 敵이다. 싸마귀는 사람의 손에 잡힐가바 몹시도 마음을 조리엇다. 우리 어린 일꾼도 한가지로 마음을 노코 잠을 잘 시대는 아니다.

어제 밤에 치워서 잠을 못잣스니 오늘 아츰에는 울타리 미테서 한 잠 자 볼가? 하는 싸마귀의 마음을 나는 잘 알어댓다. 그러고 終乃 겁이 나서 잠은 못 자고 울기만 한 것을 어린이들은 알어라.

銀샘

햇빗바른 양디쪽에
　　눈이녹으면

가느다란 은새암이
　　　　되어가지고
짜스한 봄햇빗이
　　　　보고십다고
지재는 새소리가
　　　　듯고십다고
웃음짓는 꼿송이를
　　　　맛나려고요
졸졸졸 속살대며
　　　　날어갑니다
햇빗바른 양디에
　　　　눈이녹으면
아기장 아기장
　　　　흘으는샘이
기다리는 새들을
　　　　만나려고요
낫닉은 우슴을
　　　　차저볼나고
보실비 은실비
　　　　오는나라로
머지안은 봄나라를
　　　　차저감니다

(一九二七. 첫봄날)

一九二七의 봄날은 왓다. 눈 녹는 날 — 햇빗이 쌋뜻한 陽地 쪽에 눈이 녹으면 족으만 샘(泉)이 되여가지고 몹시도 아상스러운 손짓을 하며 흘너나린다. 맛치 머지 안흔 봄나라를 차저 새 우는 나라, 쏫 피는 나라, 보슬비 나리는 아지랑이 아질어리는 봄날을 차저 흘르듯이 — 나의 눈의는 이 흘르는 듯한 春情으로 보엿다. 머지 안흔 쏫봄노래의 봄을 筆者는 이 눈(雪) 녹은 물에서 想像햇다.

해지는저녁

어제도 오늘도
　　지는햇님은
가볍게 두둥실
　　가라안고요
응달진 산미테
　　초가집에선
엄마엄마 부르는
　　아가울음이
썰어지는 햇님을
　　쌀하갑니다

(一九二七 가을)

(四)　　李貞求, 『中外日報』, 1928.3.27

어쩐 이인가 이 童謠를 某誌에 評하기를

"조선 아가의 울음이다"라고 햇다.

사실이다. 筆者 亦是 그러한 뜻으로 이 童謠를 썻다. 해 넘어가는 때는 저녁이다.

그러고 조선의 아가는 듬달(陰地)에서 자라난다. 그러고 주렷다. 어머님의 젓(乳)은 말럿다. 이리하야 아가의 울음은 어느날 하로 안 들리는 날이 업다.

筆者는 이 불상한 이의 울음을 속 시원하게 저 — 먼 — 나라로 해를 짜러서 날려

보내고 십흔 듯한 애타는 感懷이엿다.

아! 우는 이의 압길을 우리가 만히 생각하자!

잠자는海棠花

明沙十里 海棠花

잠을잡니다

바람부는 벌판에

동무가업서

안개저즌 섬들을

바라보다가

파도소리 겁나서

잠을잡니다

×

힌모래밧 海棠花

잠을잡니다

금모래 은몰애

쥐고십허도

힘세인 파도가

겁이나련만

기다리는 벌나븨

언제오난고

숨속에 잠도요

잘못잡니다

(一九二七.八.四)

明沙十里와 海棠花는 有名한 것이다.

元山에서 明沙十里 海棠花를 모르고 자라나는 분은 업지요. — 아니 朝鮮에서도 모다 알 것이다.

一九二七년 한가한 틈을 利用하여 明沙十里를 차저보고 어쩌하든지 海棠花를 읇허보겟다는 마음이 불타듯 닐어낫기에 붓을 들고 쓴 作品이 이것이엿다. 그럿타. 明沙十里의 海棠花는 조흔 시절에도 잠만 잔다. 잠도 무서움 속에서 마음이 조비빔을 못 견대서 단잠을 자 본 적이 업다.

明沙十里는 말ᄲᅮᆫ이다. 探勝客의 그림자가 듬은 것이 海棠花로 하여곰 얼마콤 쓸쓸한 바람을 맛게 하는지 모른다. 그리하야 나븨도 벌도 업는 벌판에서 파도만 바라보는 海棠花의 마음을 저윽히 적적하다는 것을 筆者는 天下萬人에게 알리고 십헛다.

ᄯᅥ나는이[1]

뱃고등 틈니다
　　마즈막ᄯᅡ에
어머님 아버님
　　어서타세요
ᄯᅥ나는 이ᄯᅡ에
　　눈물흘리면
누구라 그눈물
　　담어가리요
　　×
뱃고등 틈니다

1　원산 이정영(元山 李貞永('李貞求'의 오식이다))의 「ᄯᅥ나는 이」(『동아일보』, 1928.1.2) 원문은 다음과 같다. "뱃고등 틉니다 마즈막ᄯᅡᆼ에 / 어머님 아버님 어서타세요 / ᄯᅥ나는 이ᄯᅡᆼ에 눈물흘리면 / 누구라 그눈물 담아가리요 // ◇ 뱃고등 틉니다 마즈막길에 / 어머님 아버님 들어가세요 / ᄯᅥ나는 이길에 한숨남기면 / 누구라 그마음 알어주리요 // ◇ 뱃고등 틉니다 마즈막고등 / 어머님 아버님 우지마세요 / 흙냄새 ᄯᅥᆯ어진 이길우에서 / 누구라 그울음 들어주리요".

마즈막길에

어머님 아버님

들어가세요

써나는 이길에

한숨남기면

누구라 그마음

알어주리요

×

뱃고등 틉니다

마즈막고등

어머님 아버님

우지마세요

흙냄새 썰어진

이길우에서

누구라 그울음

들어주리요

(一九二七 겨을날)

이 노래는 筆者의 童謠 중에서도 第一 미듬성 잇다고 생각하는 가장 現實에 각가운 노래인 줄 생각한다.

그리하야 일즉이 노래는 東亞日報 今春 懸賞文藝 詩歌에 當選되엿섯다.

첫 절은 故國을 등지고 北國에 쏠로 발길 옴길려는 무리의 뱃다리(棧橋)에 나선 광경이다.

어머님 아버님 아들의 三人 食口가 통터러 가는 이 설음에 當面한 아버님 어머님은 울지 안을 수 업다. 그러나 아들님의 그 無邪氣한 마음에 어머님과 아버님은 더 한층 마음이 쓰렷슬 것이다.

둘재 절은 배 우에서 머ㅡㄴ 마을ㅡ녯마을ㅡ을 처다보고 한숨을 지은 곳이요 솟 절은 뱃길 우흐로 바다의 뱃길은 故국을 버리고 써나는 이의 마지막 눈물ㅡ마지막 울음을 그려낸 것이다. 筆者는 이러한 처참한 눈물・한숨・울음을 여러 동무에게 알리고 십헛다.

(五)

李貞求,『中外日報』, 1928.3.28

꼿피면?

어머님
외짜른 이길가에
꼿피면 무엇해요
오는이 가는이의
손버릇 어쩌고요

×

어머님
물마른 이길까에
꼿피면 무엇해요
하로가 채못가서
시들면 엇저고요

(一九二八. 첫봄)

그럿타ㅡ물도 말르고ㅡ사람도 업는 외짜른 길까에 꼿치 피면 누구가 그 꼿을 인정하랴. 오히려 가는 이 오는 이의 손부림이 되고 말 것이다. 하로가 채 못가서 말러버릴 것이다. 그보다도 우리는 기름진 짱을 차지하고 그곳에다 깨끗한 꼿을 꼬저 노하야만 萬人의 崇拜가 불가트리라. 우리는 누구나 다ㅡ理想을 찻는 무리일 것이다. 모든 것이 滿足한 곳에 우리의 곳도 滿足한 우슴을 우슬 것이다.

―쏫―

付記

이것은 어린이의 노래를 爲하여 쓴 것입니다. 어린이들이 흔히 부르고 십고 짓고 십고 읇으고 십흔 場面에 當하드라도 마음대로 못부르는 째가 만습니다. 이러한 点을 爲해서 더욱이 童謠를 쓰고 그 童謠의 씃과 읇흔 이의 마음과 쏘 읇흘 째의 感을 적어 어린동무에게 밧칩니다.

理論鬪爭과 實踐的 行爲

少年運動의 新展開를 爲하야(一)

金泰午, 『朝鮮日報』, 1928.3.25

序言

朝鮮의 모든 運動이 一九二七年을 過程하는 동안에 일즉히 보지 못하던 激烈한 理論鬪爭으로 一貫되엇다는 것은 누구나 否認치 못할 事實이다. 그에 짤아서 全無產階級運動의 一部門인 少年運動 陣營 內에 잇서서도 客年 十月을 基礎로 하야 果敢한 理論鬪爭이 展開되엇섯다.

於是乎 理論鬪爭은 理論確立을 爲하야 敢行되엇고 理論確立은 全體性的 運動을 爲하야 遂行할 수 잇게 되는 것이다. 過去의 理論의 提議가 모다 ― 實踐과 背馳되지 안흔 理論이엇스며 우리의 特殊한 事情에 잇는 朝鮮의 客觀的 情勢를 細密히 考察하고 여긔에 符合되는 眞正한 理論이엇든가? 毋論 어느 點에 잇서서는 우리 特殊事情과 背馳되지 안흔 理論도 잇섯스나 이 모든 것을 沒覺하고 自己의 主觀的 觀念論만을 網羅한 小市民性的 無體系의 論文도 업지 안허 잇섯다. 그러면 이와 가티 殖民地的 特殊 事情과 沒交涉하고 實踐과 分離한 理論은 한갓 觀念的 空想的이 되고 말 것이다. 왜? 그러냐 하면 理論이야 아모리 써든다 하더래도 實踐이 업스면 회계가 업슴으로써이다. 그럼으로 우리는 언제든지 理論과 實踐이 竝行하여야 할 것을 慫望한다.

理論이 先行하고 實踐이 遲緩한다던지 實踐이 先行하고 理論이 遲緩한다던지 하야서는 안 된다.

元來 無產階級 ××運動은 그 自體의 實踐過程에서 抽出한 經驗을 全體性에서 集約한 새 意識을 獲得하지 아니하면 發展할 수 업는 것이다. 이러한 ××理論에 依하야 指導되지 아니한 實踐은 잇슬 수 업다. 우리는 언제나 理論을 써난 實踐이나 實踐을 써난 理論 卽 理論을 爲한 理論을 認定치 안는 理論과 實踐은 二個의 別立物이나

同一物은 아니다. 이 兩者의 不可分的 關係에서 理論과 實踐의 價值를 判斷하는 것이 우리의 任務다.

理論업는 實踐은 盲目的 動作에 不過할 것이오 實踐업는 理論은 觀念的으로 되지 안흘 수 업는 것이다. 그러타고 □然히 理論을 過重評價한다든지 實踐을 過重評價하는 것은 運動 自體를 沒理解하고 運動의 方法과 方式을 全然 沒覺한 錯誤된 認識이다.

理論의 收拾

於是乎 나는 지금 理論을 收拾하여 實際運動에 效果를 나타내는 努力이 가장 必要한 時期임을 主張하나니 이에 理論이 運動의 生命인 것만은 原則이지마는 過去 七八年間의 少年運動은 그 畸形的 進步와 한가지 무던이 客年 以後로 그 理論의 展開를 보게 되엇다.

그러나 그 理論은 大概가 少年運動의 意義와 價值를 思索하는데 긋치고 或은 概評的 必要論 乃至 檢討에 不過하얏든 것이 어느 程度까지의 事實이다. 그리면 運動의 生命인 理論이 理論만으로써 運動의 實際的 收穫을 볼 수 잇는가? 하면 그야말로 卓上空論에 不過하고 마는 것이다.

(二)

金泰午, 『朝鮮日報』, 1928.3.28

그럼으로 現下 朝鮮少年이 아즉 充分한 理論의 展開 乃至 그 綜合을 보지 못하는 지금에 突然히 理論展開를 排擊 乃至 否認하는 理論는 勿論 成立되지 못할 것이다. 그러하고 理論을 展開힉혀서 實踐할 判局을 열지 못한다면 그것은 우리로써 愼重히 考慮할 바가 아니랴!

이는 朝鮮少年運動이 발서 八年의 沿革을 가젓고 다시금 少年運動으로써 劃期的 大勢가 顯著한 今日에도 實際上 進展이 업슴을 痛嘆치 안흘 수 업스며 또한 理論은 實際를 根據로 한 者라야 生命이 잇는 理論일 것이라는 意味에서 理論과 實踐을 竝行

힉히자고 한 것은 오히려 適切한 理論일 것을 밋는다.

우리는 指導級의 幾 個人이나 第三者的 評論 가튼 것만으로는 滿足할 수 업다. 적어도 少年群衆 自體가 體驗과 經綸에서 理論 그것을 判定할 自覺 乃至 意識의 發作을 보아야 할 것이며 實際的 苦衷에서 더욱 理論을 要求하게 되는 見解를 確執하여야 할 것이며 짜라서 徹底한 理論의 收拾을 삼가 規範하는 '이데올로기'를 把握하여야 한다.

鬪爭의 檢討

朝鮮의 全無産階級 ××××이 發生한 以後로 激烈한 理論鬪爭이 展開됨에 짜라서 그의 一翼的 部門運動인 少年運動에 잇서서도 現下 朝鮮의 客觀的 條件이 必然的으로 運動의 展開를 爲하야서는 理論을 要求하게 되엇던 것이다.

그래서 客年 十月에 잡아들어 同志 宮井洞人, 果木洞人, 筆者 等의 理論展開와 다시금 年末에 至하여 洪銀星 同志의 「少年運動의 理論 確立」[1]에 對한 論文은 우리 少年運動 線上에 가장 힘 잇는 '힌트'를 주엇다. 그리고 同志 間의 論戰은 始作되엇던 것이다.

一九二八年 新年 劈頭에 洪銀星 君의 「在來의 少年運動과 今後의 少年運動」이며 筆者의 「丁卯 一年間 朝鮮少年運動」과 쏘는 「少年運動의 指導精神」의 論文이 發表되자 그 뒤를 니어 同志 崔青谷 君의 「少年運動의 當面 諸問題」가 上程되엇섯다. 그 論文이 씃을 막자마자 뒤를 니어 同志 洪 君과 筆者의 駁文이 崔 君의 理論을 餘地업시 克服식히는 그 사이에 다시 宋完淳 同志의 「空想的 理論의 克服」이란 評論이 洪 君에 對한 理論의 排擊이 잇섯다. 그러나 이러타는 效果는 주지 못하얏다.

엇재쓴 가튼 우리 少年運動의 陣營 內에 잇서서 同志 間의 果敢한 論戰은 始作되엇던 것이다. 於是乎 特殊 朝鮮少年運動을 規範하기 爲한 論戰은 일즉히 보지 못하든 理論鬪爭이엇다. 少年運動에 잇서서 主體的 指導確立을 爲하야 意識的으로 움직

---

1 홍은성(洪銀星)의 「少年運動과 그의 文藝運動의 理論 確立」(『중외일보』, 1927.12.11~15)을 가리킨다.

이는 同志들의 活動 實踐的 行動을 넉넉히 엿볼 수 잇섯다.

이와가튼 過程을 過程하는 지금에 少年運動 陣營 內에는 나날이 全體性的 運動과 合流되어 나가는 새로운 進展이 보이엇다. 엇재뜬 其外 여러 同志들의 發表한 論文等을 ─ 機械的, 公式的으로 發行하지 안키 爲하야 理論鬪爭을 展開하얏고 運動者는 여긔에 對하야 意識的으로 努力할 '모맨트'에 섯다.

(三)

金泰午, 『朝鮮日報』, 1928.3.29

나는 同志들의 諸 論文을 具體的으로 檢討하려고 하얏스나 그에 對한 文獻이 具備치 못하고 쏘는 아즉 이른 感이 업지 안헛스며 三月 二十五日 定期大會에 모 ─ 든 理論이 여러 同志들 사이에 論議되겟기 …… 다음 時間을 利用하여 具體的으로 究明하며 把握한 후에 다시금 拙筆을 들려고 한다.

넘우나 말이 問題에 脫線이 되어 間隔이 멀어진 것 갓다. 그러나 나의 생각한 問題를 題議하랴면 以上의 要領을 말해두는 것도 無意味한 일은 아닐 것이다.

於是乎 우리는 씩씩하고 긔운찬 少年運動을 힘 잇게 展開하기 爲함에는 果敢한 理論鬪爭이 잇서야 할 것이며 特殊環境에 處한 少年運動을 究明하야 敎養 及 指導問題에 對한 理論確立으로써 우리의 特殊性과 現實性을 잘 把握 認識하여 指導的 理論을 確立하여야 할 것이다.

그러자면 우리는 不斷히 鬪爭을 繼續하여야 할 것이다. 그러타고 理論만을 過重評價하야서는 못 쓴다. 우리의 特殊事情과 沒交涉하고 實踐과 分離한 理論 ─ 쏘는 少年運動의 體系를 버서난 理論은 排擊하여야 될 것이다.

그러면 우리는 理論鬪爭을 함이 가장 冷情한 頭腦로써 現實을 잘 把握 料理한 然後에 붓을 들어야 한다. 하면 鬪爭이란 얼마마한 價値가 잇스며 行動體系인가를 分析하며 把握할 必要가 잇다는 것이다.

鬪爭은 手段이오 目的이 아니다. 鬪爭은 歷史의 副産物이오 先天的 旣存體가 아니다. 그럼으로 鬪爭은 鬪爭 그것이 目的이 아니라 어느 다른 ××을 定하고 그 ×××××하기 爲하야 取하는 方法이며 經過다. 그러나 鬪爭 그것을 것치지 아니하면 그 生存에 絶對的 條件이 되는 (一行畧) 그 鬪爭이 目的이 되는 때가 잇다.(以下 十餘行畧)

複雜한 社會일스록 必然的으로 鬪爭이 進展하게 되는 것이다. 쌀아서 그 鬪爭의 戰術도 單純하지 못하고 戰術에 잇서서도 그만큼 複雜한 故로 한가지 行動에 對하야 여러 가지의 觀察이 可能하고 細末의 是非에 쓸니어서 大局에는 着目하지 못하는 弊害가 흔이 생기는 것이니 特히 注意를 가저야 할 것이다.

鬪爭은 歷史上 繼續된 事實이오 避치 못할 運命인 以上 그 鬪爭의 價値를 否認할 수가 업다. 그러나 鬪爭이면 모조리 價値를 가지는 것이 아니라 그것이 社會 進化 또는 그 運動 發展에 貢獻이 잇지 아니하면 그는 한갓 暴行이오 害毒이 되고 마는 것이다.

우리는 現下 모든 運動線上에 鬪爭을 만히 보게 된다. 그러나 그 鬪爭 中에 小뿌르조아的 無體系的으로 運動線을 混沌케 하는 理論鬪爭도 種種 發見되나니 우리는 그 機會마다 此를 指摘하여 究明하고 論評하여 왓고 또는 現段階에 對한 認識錯誤 認識不足한 同志의 理論을 克服하여 왓다. 지금도 하는 中이라 하면 — 우리는 理論을 爲한 妄論보다도 實踐을 爲한 果敢한 理論鬪爭이 잇서야 한다.

(四)

金泰午, 『朝鮮日報』, 1928.3.30

發展 過程

우리 少年運動은 從來로 어쩌한 集團的, 全線的, 統一的이 못되고 分散的, 孤立的, 局部的 地方運動에만 쓴치엇기 때문에 具體的 理論이 確立되지 못하고 쌀아서 運動者로써도 運動 自體에 對한 確乎한 意識을 把握하지 못하는 同時에 그의 運動은 派閥

運動이엇슴이 否認치 못할 事實이다.

그러나 此等의 派閥的 紛糾는 結局 조흔 成績을 주지 못하는 것이다. 在來의 派閥的 意識을 揚棄하고 集團的 總本營인 朝鮮少年聯合會를 創設하야 가지고 組織團結을 鞏固히 하는 同時에 一步 나아가 全線的 運動으로 進出하게 되엇나니 이와 가티 局部的 自然生長期에서 全線的 或은 組織的 — 集團的 目的意識期로의 方向轉換을 試하게 되자 거긔에 짤아서 멧멧 少年運動의 同志들의 理論의 提議를 보게 되엇던 것이다.

朝鮮의 少年運動은 ××××××××과 함께 반드시 過程하게 만큼 發展過程을 意識的으로 過程하야 現階段에까지 進出하게 되엇다. 朝鮮 特殊事情이란 客觀的 情勢는 全體的 部分運動인 少年運動에까지 多大한 影響을 끼치고 잇는 것이 明確한 事實이다.

이러함에도 不拘하고 우리 運動 自體를 相當한 實質에 잇서서 이러타 할 만한 機能을 發揮하지 못하고 소리칠만한 效果를 나타내지 못하엿다는 것이다. 그럼으로 過去의 少年運動은 無意識的 行動인 自然生長期의 運動이니만치 運動自體의 誤謬와 缺陷이 存在하얏슴으로 …… 이것이 究明된 目的意識的 行動인 第二期의 運動을 促進하게 되엇다.

이와 가티 第一期인 自然生長期의 運動으로부터 第二期인 目的意識期로의 質的 轉換을 敢行하게 되엇다. 나는 願컨대 三月 定期大會는 必然的으로 第二期的 任務를 遂行하기 爲하야 同志들의 激烈한 理論鬪爭이 잇서야만 할 것이다.

以上에 指摘한 發展過程이 少年運動 陣營 內에 얼마마한 影響을 주엇는가? 쏘한 同志 間에는 如何한 方法으로 如何히 意識的 行動을 敢行하얏든가? 이것을 具體的으로 論議하야 보는 것도 運動의 發展上 無意味한 일이 아닐 것이다. 다시 말하면 過去의 少年運動을 回顧하야 定期的 大會 쌔에 充分히 討議하며 一九二八年의 運動을 加一層 組織的으로 效果잇게 움즉여 나가자는 것이다.

實踐 過程

運動은 運動을 爲한 運動이면 안 된다. 또 理論이나 形式만 차저서는 못 쓴다. 오즉 運動이 運動으로써 對象된 群衆의 向上과 發展에 實效를 收穫하는 그것이라야 바야흐로 生命이 잇는 意義잇는 運動이 될 것은 呶呶할 必要도 업다.

그럼으로 나는 무슨 運動이든지 理論과 形式은 過程的 機械에 끗칠 것이나 언제든지 理論 展開만으로 하려는 運動은 排斥하고 십다. 또 누구나 勿論하고 그런 運動을 즐기지 안흘 것이다.

運動은 進展하고 發展하지 안흐면 안 된다. 그럼으로 運動은 進展한다. 成長하는 運動의 進展은 그 自體의 發展을 爲해서 運動의 各 階段을 過程하는 것이다.

段階를 過程하려면 ×××××의 客觀的 條件은 分析하고 究明하여야 할 것이다. 그 實踐을 組織的으로 統一的으로 한 一段階를 過程함으로써의 必然의 理論이 잇게 된다. 勿論 實踐의 理論의 것도 아니다. 理論과 實踐은 相互關係에 잇다. 그럼으로 實踐의 體系化를 爲한 理論의 展開 업시 實行적 過程의 體系的 展開를 보기 어렵다. 짜라서 理論업는 實踐은 盲目的 動作에 不過할 것이나 實踐업는 理論은 觀念的으로 되지 안흘 수 업다. 理論과 實踐의 辨證法的 交互作用에 依하야서만 산 理論과 힘잇는 鬪爭이 展開될 수 잇는 것이다. 이러한 산 鬪爭理論만이 能히 大衆運動의 戰鬪物指南이 되는 것이다.

(五) 金泰午, 『朝鮮日報』, 1928.4.3

이러한 意味에서 特殊性의 朝鮮少年運動은 運動의 各 發展過程을 過程하며 새 階段을 넘는 重要한 '모맨트'에 섯다. 이 貴重한 '모맨트'를 如何히 認識把握하겟는가? 하면 同志들의 不斷의 努力과 過去運動을 淸算하는 果敢한 理論鬪爭이 잇서야 한다. 淸算은 改善과 建設의 第一步이라고 말할 수 잇다. 淸算이 업시는 過去運動 그대로

써는 組織도 施設도 轉換도 아모것도 안 된다. 萬若 된다면 廢家 우에도 新築이 될 수 잇다는 말과 가튼 말이다. 그래서 運動의 分散을 積極的으로 檢討 過程할 수 잇는 것이니 現下 朝鮮少年運動의 最高 本營인 少年聯合會에 들어와서 散在한 少年運動 全般은 當然히 드러와서 改善 完實을 圖謀하야 奮勵할 것이오 努力하여야 할 것이다.

少年運動의 機關紙

運動과 機關紙 이것은 참으로 써날 수 업는 連鎖的 關係가 잇는 것이다. 우리 少年運動은 이 運動 自體의 統一的, 指導的 戰爭과 戰術의 實踐으로서 우리의 機關을 갓지 안흐면 안 될 것이다. 그리하야 우리는 이 機關紙를 通해서 特殊 朝鮮 無産少年運動을 하며 그에 짤아 敎養指導함에 둘도 업는 指針이 되어야 할 것이다. 그리고 우리 運動의 歷史的 任務와 現階段의 ×와 金力 모든 것의 窮乏하기 째문에 우리의 少年運動이 八年이라는 長久한 沿革은 가지고 잇지만 한 개의 機關紙가 업섯다. 이 點에 잇서서는 一般 同志들도 퍽으나 느씨는 바일 것이다.

役割을 하지 안흐면 아니 될 것이다.

(六)

金泰午, 『朝鮮日報』, 1928.4.5

하기 째문에 少年運動에 잇서서 理論이 等閑視하여 왓스니 發展의 遲延이 여긔에 잇는 것이다. 우리는 定期次會에 이것을 討議條件의 하나로 하고 期於 施行하도록 하여야 할 것이다. 우리의 意識과 힘만 合한다면 못할 리가 업슬 줄 안다. '판푸렛트'를 못한다면 '리프래트'라도 月刊으로 發行하여 少年運動의 指導的 任務의 役割을 지고 나아가만 될 것이다. 그리하여야만 씩씩한 運動을 展開해 나아갈 줄 밋는다.

結論

少年運動의 陣營 內에 잇서서 實踐的 新展開를 意識的으로 敢行하려고 努力하여

야 할 것이다. 理論이 업는 實踐은 妄動이오. 實踐이 업는 理論은 空想임을 우리는 잘 안다. 偉大한 實踐을 낫키 爲하야는 그 理論的 根據가 明確하여야 하겟고 理論的 根據가 明確하랴면 理論確立을 爲한 不斷의 理論鬪爭이 잇서야 할 것이다.

理論의 價値評價를 하기 爲하야는 그 理論의 規□할 實踐의 檢討를 必要하며 그 實踐의 檢討를 正을 일치 안키 爲하야는 批評家의 客觀的 態度를 要하는 것이다.

少年運動 陣營內에서 理論確立에 依한 實踐的 行爲가 업시는 運動의 機能을 全혀 發揮할 수 업는 同時에 全體性運動을 爲하야 潑剌한 鬪爭을 할 수 업는 것이다.

이러한 理由기에 우리는 新年 劈頭부터 實踐的 行爲를 敢行하지 안허서는 안 된다는 理論의 展開가 百出하얏다.

그리면 一九二八年 三月 定期大會를 期하야 나타날 것이며 짤아서 그를 爲한 理論鬪爭이면 어대까지던지 激烈한 論戰을 展開식혀 맑쓰主義的 方法論에 依한 指導理論 確立에 努力해야만 할 것이다.

그런데 우리 少年運動에도 特殊性의 朝鮮 少年運動의 認識 — 그 歷史的 發達의 特殊性의 認識 — 把握함이 업시 器械的으로 公式的으로 理論을 斷片的으로 — 移植하여다가 痛快한 '슬로간'의 無意味한 反響 — 福本 一流의 難澁 怪常한 同志가 暗暗裡에 擡頭하고 잇다. 곳 그러면 運動의 核心에 흐르는 '이데올로기' 곳 運動의 指導精神의 運動者의 鬪爭意識이 公式的으로 運動을 實踐에서 遊離해서 恒常 學問的으로만 解釋하랴고 애쓰며 實際 運動의 具體的 發展을 無視하는 그들은 少年運動 뿐만이 아니라 어느 運動에 잇서서던지 徹頭徹尾케 排擊하여야 할 것이다. 쏘는 그것이 理論이라면 餘地업시 克服식혀야 한다.

우리는 恒常 現實性을 잘 把握하는 同時에 朝鮮 特殊性을 忘却하지 말고 우리 少年運動은 ×××××× 新幹會와 靑年總同盟과 有機的 連絡으로 現下에 잇서서 少年大衆이 必然的으로 要求하는 少年本位의 運動을 展開하여야만 할 것이다.

兒童劇과 少年映畵(一)

어린이의 藝術敎育은 엇던 方法으로 할가

沈薰,[1] 『朝鮮日報』, 1928.5.6

아해들은 나히가 어려서 작란(遊戱)을 하는 것이 아니라 작난을 하기 위하야 어린이의 時代가 잇는 것이다 …… (그로 — 스)

遊戱할 때의 人間이야말로 참 정말 사람의 모습을 나타내는 것이다 …… (시러 —)

여러분! 노래를 부르고 춤을 추어도 오히려 견딜 수 업시 깃부고 질거운 '어린이 날'을 마지하는 여러분 여러분이여! 이가티 조흔 날에 섭섭한 말을 해서 대단히 안 되엇습니다만은 여러분이 밥 먹기 보다도 더 조와하고 學校의 공부보다도 더 자미 잇서 하는 조흔 演劇이나 活動寫眞이 이제까지 우리 朝鮮에는 잇섯다고 할 수가 업습니다. 아름다운 이 江山에 태어나서 아득한 녯날로부터 남붓그럽지 안은 文明한 살림사리를 누리어 오든 우리 배달족속이언만 어린이들에게 크게 有益한 兒童劇이나 少年映畵를 우리들의 손으로 해 보지도 못하고 구경조차 못하는 것은 참으로 눈물이 흐르도록 섭섭하고 분한 일입니다.

그러치만 업는 것은 밤낫 업는 대로만 잇슬 리치가 업습니다. 우리도 손발이 잇고 다른 나라 사람보담도 더 재조잇는 머리를 가졋스니까 지금부터라도 열심히 만드러내고 작구 해 보면 안 될 것이 잇겟습니까? 그러니까 업다고 걱정만 할 것이 아닙니다.

말도 잘 겨누지 못하는 아기들이 나무토막을 가지고 싸엇다 허무럿다 하는 것은 기양 작란이 아니라 집을 짓고 십허 하는 타고난 버릇(本能)을 가진 까닭이요 男女를 분간도 못하는 人形 가튼 아기씨가 장독대 겻해서 자근 옵바하고 비닭이처럼 마

---

1 '沈熏'의 오식이다.

조 안저서 눈곱만한 그릇에 풀닙새를 담어가지고 '너 먹어라', '아이 손님 몬저 잡수서요' 하고 노는 것은 솟곱작란이 아니라 자라서 살님살이(家庭生活)을 하려는 演劇을 미리 하고 잇는 것입니다.

우리가 어렷슬 쌔에 양디짝에서 노이는 병아리처럼 혼자 쫑알거리든 것이 자라서 성악(聲樂)이 되고 숫거멍으로 벽에다가 란초를 치든 버릇이 자라서 미술(美術)이 되고 마루에서 쒸엄박질을 하든 것이 무도(舞蹈)가 되고 달 밝은 밤에 동모들이 銀杏나무 그늘에 모혀서 '숨박굽질'을 하고 '싸막잡기'를 하는 것이 커지면 연극(演劇)이 되는 것이요 그 그림자를 박혀낸 것은 별다른 것이 아니라 바로 활동사진(活動寫眞)입니다.

(二)

沈薰, 『朝鮮日報』, 1928.5.8

우에 말슴한 것과 가티 어린이는 暫時도 움지기지 안코는 견듸지 못하는 本能을 타고 낫슴으로 나날이 長成해가는 것이요 일은바 지각(理智)이 나지를 못햇슴으로 그 마음ㅅ자리는 왼통 感情투성이입니다.

'능금' 한 개를 보고도 손ㅅ벽을 쑤드리며 참새가티 쒸놀고 조금만 비위에 틀리는 일이 잇스면 발을 동동 굴으고 통곡을 내어놋습니다. 그러기 째문에 어린이를 指導하는 責任을 가진 사람은 무엇보다도 어린이의 感情生活에 가장 큰 注意을 해야 할 것입니다. 感情을 無視한 敎育은 반편(畸形)이요 썹덕이에 지나지 못하는 것이외다.

일본말 한마듸라도 더 가르치기에 눈이 벌것코 순진스럽기가 天使와 가튼 兒童을 兵丁다르듯 하는 朝鮮의 學校敎育을 보면 참으로 寒心합니다.

그럼으로 우리는 自由를 어들 수 잇는 範圍 안에서 童謠, 童話, 自由畵, 兒童劇 等 藝術敎育運動을 니르켜서 지금 우리네가 밧고 잇는 病身敎育으로부터 感情敎育, 藝術敎育, 自由敎育으로 改善치 안흐면 안 될 것입니다. 이것은 決斷코 한쌔의 流行으로나, 마음이 들뜬 藝術家들의 작란이나 消日거리를 할 것이 아니라 참다운 教育家들의 손으로 愼重하게 硏究하지 안으면 아니 될 重大問題입니다.

○

거듭 말슴하거니와 어린이에게는 藝術的 本能이 잇스니 그들의 日常生活이 이미 戱曲的이라 自由로운 舞臺에서 自由로운 劇本을 가지고 自由롭게 演劇을 하면서 제 몸을 니저버리고 모든 것을 돌아보지 안는 그 無邪氣하고 더럽히지 안음이 얼마나 尊貴하고 純眞한 姿態입니까? 여긔에 잇서서만 우리는 '하나님'을 맛나 볼 수 잇고 '부처님'을 갓가히 할 수도 잇는 것이니 넘우도 싯그럽고 더러운 이 짱 우에서는 이보다 더 貴엽고 깨끗한 모양을 볼 수가 업는 것이올시다.

나는 이 우에서 어린이의 藝術教育이 엇재서 必要하다는 것을 대강 말슴하얏습니다. 그러나 모든 點으로 대단히 自由롭지 못한 處地에 잇는 우리로서 엇더케 하여야 어린이의 藝術教育을 理想대로 펴보고 그 抱負와 使命을 다해 볼가 함이 가장 큰 問題일 것입니다.

나는 이 問題에 對해서는 더구나 專門으로 硏究해 본 적이 업습니다. 그러나 이왕 붓을 든 김에 童話劇, 少年映畵의 各 部門을 난호하 가지고 엇더케 實行해야 되겟다는 方針을 아조 簡易히 이 아래에 말슴해 보려 합니다.

(三)

沈熏, 『朝鮮日報』, 1928.5.9

(一) 兒童劇

兒童劇은 두 가지로 나노아 볼 수 잇스니 하나는 '어린이에게 보여주는 演劇'이요 하나는 '어린이에게 식히는 卽 어린이 自身이 俳優가 되어 出演케 하는 劇'입니다.

'로시아'에는 어린이만 出入하고 兒童劇만을 專門으로 上演하는 劇場이 짜로 잇는데 어느 有名한 婦人이 거느리고 잇서서 날마다 午後면은 農民이나 勞働者의 子女들을 모아가지고 조흔 演劇을 보여준다고 합니다. 쏘다른 나라에도 만켓지만 日本

서도 築地 少劇場에서 가끔 '어린이의 날'을 작뎡해가지고 「가방 劇場」, 「콩이 삶어질 때까지」, 「羊치는 사람」, 「박쥐」, 「작란감 兵丁」 가튼 자미잇는 脚本을 가지고 여러 번 上演한 적이 잇습니다. 또 얼마 전에 서울서도 柳仁卓 氏 演出로 朝鮮劇場에서 「날개 돗친 구두」를 上演해서 만흔 歡迎을 밧엇습니다. 그밖게 少年會 主催로 童話劇을 잇다금 하는 모양이지만 「날개 돗친 구두」나 世界的으로 有名한 「파랑새」(靑鳥) 가튼 脚本은 '모스크바' 藝術座에서 벌서 千번이 넘도록 上演을 햇답니다만은 이러한 戱曲은 어른이 해서 어린이게게 보혀주는 것이요 돌이어 一般 어른들이 더 만히 보게 된 것이니 純全한 兒童劇이라 할 수가 업습니다. 그럼으로 이러한 種類의 '쭈라마'는 戱曲이나 演劇에 理論을 잘 알고 人間生活에 깁흔 理解와 사랑을 가진 兒童敎育家로서야 비로소 손을 내밀 수 잇는 것이니 아즉 가태서는 그 實際를 밟을 可望이 업습니다.

그러니까 정말 兒童劇은 어린이의 손으로 하고 어린이끼리 구경을 할 수 잇는 것이겟는데 우리는 조촐한 劇場 하나도 짓지를 못햇슴으로 그러한 어려운 일을 꿈일려고 헛애를 쓰지 말고 위선 室內劇이나 野外劇가튼 形式을 빌어서 試驗해 볼 것입니다.

엇더케 하는고 하니 자미잇는 童話 가튼 것을 脚本으로 만들어 가지고 (朝鮮 古來의 녯날이야기, 이를테면 「흥부놀부」, 「콩쥐팟쥐」 가튼 것이나 새롭고 意味 잇는 것) 마루 大廳이나 房 안을 舞臺로 삼어가지고 별다른 扮裝도 할 것 업시 동모끼리 모혀서 演劇을 '공석'이라도 깔어 놋코 동내 도련님 아가씨부터 모아다가 안치고요 ……

'어린이날'을 어쩌케 대할 것인가?

崔青谷, 『東亞日報』, 1928.5.6

오날은 조선에 잇서서 오십여만의 소년이 긔운잇게 불으짓고 움즉이는 '어린이날'이올시다.

일즉이 우리 소년운동에 잇서서 '어린이날'이라는 것이 잇고 그것을 명절로 지키어 온 것은 부인할 수 업는 사실입니다마는 금년도에 거행되는 '어린이날'은 소년운동의 최고 본영인 '조선소년총련맹'을 조직한 후 첫재 번 '어린이날'인 만큼 전년도 '어린이날'에 비할 것이 되지 못하며 아울러 소년 아닌 소년으로써 거행되든 것이 소년의 소년운동으로 참다운 운동으로 들어가는 초긔인 만큼 더욱 가볍게 볼 것이 아닙니다.

그럼으로 녜전에 잇서서 소년운동이라든가 '어린이날' 긔념 그것이 소극덕이오 국한뎍이라는 것보담도 준비긔에 잇는 것이고 금년도에 잇서서 소년운동과 '어린이날'은 참다운 어린이들로서의 '어린이날'을 씁직하게도 긔념하랴는 초긔운동입니다.

어느 철업는 사람으로서는 소년을 쩌나서 소년운동은 살어도 소년으로서 소년운동은 살지 못한다는 그야말로 소년운동의 참다운 사명과 새 일꾼 양성을 거부하고 소년 아닌 소년들이 소년으로써 소년운동을 하자는! 조선소년총동맹(지금은 총련맹)의 결의가 잇슴에도 불구하고 급속히 선후책을 강구치 안코 왼 책임을 그대로 내던저서는 안 될 것이다. 더구나 소년회로부터 나와 국외자 노릇을 하며 쏘한 이런 정당한 결의를 무시하고 일개인을 위하야 수백 군중의 집단을 경솔하게도 중앙긔관으로부터 탈퇴를 하는 등 자못 어린아이 아닌 어린아이 수작을 하면 아니 될 것입니다.

이것을 보아도 오늘날까지의 소년운동의 정톄를 표현하는 것이며 아울러 총결

산을 말해주는 듯합니다. 그럼으로 이하야 우리는 최선의 힘을 다하야 오날 '어린이날'을 당함으로써 소년으로 하야금 소년운동을 살리기 위하야 전력할 것을 약속하지 안흐면 안 될 것이며 독단뎍으로 소년운동을 좌우하랴고 하야서는 안 될 것입니다. 그뿐 아니라 조선에 잇서서 모든 것이 다 절박하지마는 그 중에 잇서서 모든 절박 그것을 깨털이기 위하야서는 어린이를 위하지 안코 달은 방법을 아모리 강구한다고 한들 잇슬 리가 업습니다.

조선을 위하야 조선의 민족은 소년운동을 넓힐 책임이 잇는 줄 알어야 하며 세계를 위하야 디방뎍 발전의 책임이 잇는 줄 알어야 할 것입니다.

결단코 소년운동이란 이 '어린이날'만이 그 명절이 될 수가 업스며 각층으로 각각 어린이를 위한 명절을 맨들어 '어린이를 써나서 장래 희망이 어찌타 잇슬 것이냐?' 하는 생각을 서로 가지서야 합니다.

一. 어린이는 새 세상의 희망의 꼿이며 주인이다!

一. 어린이를 위함은 사회의 절대 책임이다!

一. 하로밧비 건실한 새 일꾼을 맨들자!

一. 소년이면 소년회로 참가할 의무가 잇게 하자!

一. 일반은 스스로 소년운동을 도읍자!

어린이날의 歷史的 使命

崔青谷, 『朝鮮日報』, 1928.5.6

一

어린이는 새 세상의 희망이며 동시에 꼿이라는 가장 아름다운 '슬노간' 미테서 우리는 이 오월의 첫 일요일 즉 '어린이날'을 마지하게 되엇습니다.

일즉이 우리 어린이들은 남과 가티(다른 나라) 자랄 째 잘 자라지 못하고 배울 째 배우지 못한 것은 차치 물론하고 다른 나라 어린이들과 다른 환경에 태어나서 어룬과 다른 나라 사람에게 '이놈!' 한마듸에 놀내도록 압축(壓縮)되고 무긔력(無氣力)하야 어룬이나 외국 사람을 대할 째는 벌셔 무서움과 두려움으로써 판을 짜 가지고 다라나기부터 시작합니다. 그리고 배우는 글이라고는 요사히는 어룬들도 잘 알아보지 못할 만한 백수문(白首文), 계몽편(啓蒙篇), 동몽선습(童蒙先習), 통감(通鑑) 등이로 해일 수 업는 한문학뎍 공부를 바더왓고 한문학뎍 도덕을 우리들에게 쓰워왓습니다.

간단이 박구어 말하면 중국문학(中國文學)을 토대(土臺)로 한 봉건사상(封建思想)과 성인교육(成人敎育)을 썻다는 것입니다. 그러나 디구(地球)는 끈임업시 돌아가는 것과 가티 시대(時代)와 사상(思想)은 몰으는 사이에 이러한 날근 교육(敎育)과 사상은 몰락(沒落)하지 아니치 못하게 된 것입니다.

二

그럼으로 봉건시대(封建時代)의 아동 즉 '어린이'는 어룬 압헤 무릅을 꿀고 양수거지를 하고 서게 되며 더 나가서는 어룬들의 작난감이나 놀이개가티 이러라면 이리 하고 저러라면 저리 하야 자랄 째 자라지 못하고 피일 째 잘 피지 못하야 다른 나라의 소년은 총을 메고 말을 타고 어룬의 하는 일을 하게 되어도 조선의 소년은 열 살만 넘으면 아버지와 어머니의 만족(滿足)을 채우기 위하야 자긔보다 다섯 여섯 살 이상 되는 '안해'와 장가들게 되는 것입니다. 즉 조혼(早婚)이라는 놀나운 형태(形態)로써 이것을 준수(遵守)치 아니치 못하게 되엇든 것입니다. 짜아서 이곳에서 이러나는 필연덕(必然的) 모순(矛盾)은 자손의 저렬(低劣)한 자를 내이게 되엇든 것입니다.

자손이 나약 저렬해짐을 인종(人種)의 멸망이 아니고 무엇이겟습니까. 불란서(佛蘭西)에서 고취(鼓吹)한 '루소—'의 사상은 전세계에 미만(彌漫)하얏슬 쑨 아니라 우리 조선 반도에도 수입되어 드듸어 일천구백이십이년에 진주(晋州)에서 소년회(少年會)가 생기 비롯하얏습니다.

三

물론 다른 나라는 발달된 국가임으로 상무적(尙武的) 긔분(氣分)으로 소년척후대(少年斥候隊) 혹은 소년군(少年軍), 소년단(少年團) 등 여러 가지 것이 생겻습니다.

그러나 우리 조선은 특수한 형태에 잇는이 만큼 먼저 소년회(少年會)라는 것이 생겻습니다. 그 후에 소년군이라든지 소년척후대라든지 소년단이 생기지 안흔 바는 아니오나 엇더튼 조선에는 경상도 진주에서 소년회라는 형태로 낫타낫고 그 다음 텬도교에서 소년회를 창립하야 인하야 소년운동이라는 일홈도 붓게 되고 이 운동이 전국덕으로 셩대히 퍼지게까지 된 것입니다.

즉 조선에서는 일천구백이십이년을 필두로 하야 이래 소년운동을 륙칠년 해 내려 온 것입니다.

그런데 우리 조선 소년운동은 다시 한 거름 더 나아가서 작년 십월 이후에는 재래의 비조직적(非組織的)이든 것이 조직적이 되엇스며 또한 오월회(五月會), 소년운동자협회(少年運動者協會)가 합동을 하게 하얏스며 더 나아가 금년에는 조선소년총련맹(朝鮮少年總聯盟)이 조직되기까지에 니른 것입니다.

四

물론 이러한 과뎡을 걸어오는 동안 그리 크다고는 하지 못할망정 사회덕 일군(社會的 一群)으로써 겨을르지 안흔 것은 필자가 말하지 안트래도 여러분이 더 잘 아실 줄 아는 바입니다. 짜아서 우리는 이 '어린이날'을 마지할 새 깁븜과 질거움이 넘처 흐름을 끊치 못하며 어쩌케 하든지 조선 소년이라고 난 사명(使命)을 다하야 마지 안흘 것을 우리는 이저서는 안 된다는 것을 말하는 바이오며 분투노력(奮鬪努力)하지 안흐면 안 된다는 것입니다.

一九二八.五.五.

행복을 위하야 어머니들에게

어린이날을 당해서

고장환, 『中外日報』, 1928.5.6

녯날에는 맹모(孟母)와 가티 어머니 된 임무가 중대함을 깨다른 현모(賢母)도 잇섯습니다마는 소위 문명햇다는 오늘날 조선사회에 잇서서는 어린이를 넘우도 경시한다 함이 사실이겟습니다. 마치 야단스럽게 열리는 꼿봉오리를 꺽는 것 갓고 힘내려는 싹을 짓밟고 잇는 것 갓습니다. 그리하야 녯날부터 어린 사람을 이러케 경시하야 온 우리 조선 사회는 점점 쇠퇴하야 오고 이 반면에 저 — 서양 각국에서는 어린이를 위함이 지극하야서 뒤떠러젓든 문명이 멧 백년이나 압서 잇게 되어 잇습니다.

사람과 동물이 꼭가티 가지고 잇는 본능(本能)으로 어머니는 모다 어린이를 사랑합니다. 그러나 사람으로써 어린애를 사랑하랴면 다만 동물과 가티 본능이 인도하는 그대로 아모런 의미업시 사랑하는 것으로는 부족합니다. 모다 본능 그대로만 한다는 것은 결코 사람으로써 상찬할 것이 아닙니다. 어린이를 심리학뎍(心理學的)으로 연구하는 것은 그들을 참으로 알기 위하야 어머니로써 당연히 노력하지 안흐면 안 될 중요한 것입니다. 어린 사람에게 대하야 아모리 생각하얏다 해도 그것으로써 완전히 어린 사람의 세계(世界)를 차즐 수는 업습니다. 오늘날까지의 현상은 어머니된 분이 다만 자식 사랑만 하얏지 그 아이의 장래와 후세에 엇더한 일이 올는지는 생각지 못해 왓습니다. 다시 말하면 병이 나돌면 열심히 낫도록 간호하고 낫기를 축원햇스나 그보담 더한 교육에는 — 정신 방면에는 다시 힘쓰지 안코 내려온 것이 사실이겟습니다.

이 짱 우에 인류가 나서 약 이십오만년이 되엇습니다. 지금까지 발달해온 인류의 긴 력사를 생각해도 현재와 장래에 잇서도 부인과 어린 사람과는 떠러질 수 업는 관계를 갓고 잇습니다. 부인이 가령 여하한 전문뎍 학문을 깨치고 고등교육을 바뎟드라도 어린 사람에게 대한 책임을 니즈면 안 될 것입니다. 원래 한 민족(民族)이 성쇠하는 것은 여러 가지 복잡한 원인이 잇슴으로 한마듸로써 무슨 근본 조건을 짓기는 어려우나 그중 제일 유력한 원인은 그 민족이 어린 사람을 위함과 어린 사람을 짓밟는 대 잇슬 것입니다. 그럼으로 민족의 발달과 진보를 위하려면 반드시 어린 사람을 중히 여기고 그 양육과 교육에 충분히 노력할 것입니다.

부자ㅅ집에서 가뎡교사를 두어 학교에서 배운 교과를 예습하며 복습을 하게 한다고 참 의미의 가뎡교육이 아닙니다. 만일 그러한 형식뎍 방법이 참 의미의 가뎡교육이라고 한다면 부자나 권력계급의 아이들은 다 가티 우량아(優良兒)이고 실사회에 나서서는 성공자가 될 것입니다. 그러나 결코 그러한 법측이 업스며 돌이어 가난한 집에서 영웅이 날 것이며 참된 소년이 날 것입니다.

이와 가티 오늘날의 조선 사회는 아동애호(兒童愛護)가 한심하기 짝이 업스며 어찌 될지를 몰릅니다. 칠년 전부터 어린 사람들이 새 세상을 찻고 견실한 사회에 살아나가자는 목뎍으로 소년회(少年會)가 처처에 생기고 어린 사람을 옹호하자는 해마다 거행하는 어린이날에 당한 이때 우리는 사회 문뎨의 선결로 어린 사람 문뎨를 해결하고 제이세의 문(門)을 깨긋이 열도록 좀 더 어머니들은 생명을 밧치고서라도 미래사회의 주인공이고 새 조선의 싹인 어린 사람을 신톄상으로도 정신상으로도 힘썻 위하고 힘썻 키워나가야만 그때 비로소 행복이 올 것입니다. 우리의 행복을 위하야 어린이를 위합시다. 압날에 잘 살기 위하야 어린이를 위합시다. 갓가운 희망의 날 어린이날을 축복합시다.

少年指導者에게
어린이날을 當하야

丁洪敎, 『中外日報』, 1928.5.6

五月 第一 日曜日은 少年運動으로써 가장 질거운 '날'이다. 어쌔서 가장 질거운 날이 될가. 그리고 우리는 이 질거운 날을 어쩌하게 지내야 할가 함에 關하야서 少年指導者 諸氏에게 簡單하게 '어린이날'을 마지하는 뜻을 述하고저 한다.

우리 朝鮮少年運動은 벌서 一千九百二十年代에 胎生하기 始作하야 以來 八九年間을 꾸준히 일하야 온 것은 어느 째는 異常한 色眼鏡 밋헤서 至極히 危險視하게 된 째도 잇섯고 어쩌한 째에는 同志와 同志 사이에 感情的 軋轢으로 因하야 別個의 運動을 한 일도 잇섯다.

勿論 언제든지 眞理는 꾸준히 繼續的으로 努力하는 곳에 잇는 것임으로 우리의 少年運動도 반드시 世間에 誤解를 풀 날은 꾸준히 努力하야마지 안는 곳에서 나오리라고 미덧다. 그 信賴는 果然 우리 少年運動으로 하야금 今日이라는 곳 一千九百二十七年의 첫 어린이날을 맛게 된 것이다.

싸라서 少年運動 自體로서도 內的 發展을 끈임업시 해 왓지마는 모든 客觀的 情勢는 우리 少年運動으로 하야금 今日의 組織體를 낫케까지 된 것이다. 곳 말하자면 在來의 封建 黨習에 저저 頑固하기 짝이 업는 도령님으로부터 帽子 쓰고 가방 멘 學生이 되기까지에 이른 것이다. 그러나 決코 이것은 形式으로의 變動이지 思想으로의 變動은 아니다.

적어도 少年運動으로서 方向轉換 云云하게 된 것은 昨年 以來의 事이다. 우리 少年運動도 在來의 封建 因習을 버슨 '리알리슴'에 立脚한 少年運動은 社會思想을 띄인 少年運動으로 進展하지 안흐면 아니 되엇든 것이다.

그리고 '어린이날'에 잇서서도 在來에는 '五月 一日'을 직혀 왓다. 그것은 萬國勞働祭日과도 상치될 쑌 아니라 少年運動으로도 五月 一日은 너무나 不便을 늣기는 感

이 잇서서 朝鮮少年聯合會 昨年 定期大會에서는 適然히 五月 第一 日曜日로 곳치게 된 것이다.

이곳에서 다시 朝鮮少年聯合會로서 朝鮮少年聯盟으로 轉換되기까지에 過程을 一瞥할 것 가트면 一. 社會民主的 中央集權制, 年齡制限! 이러한 透徹한 變換이 잇게 된 것이다. 그리고 當面鬪爭으로서 最先務로 一. 少年健康 保護 一. 義務敎育 實施 一. 早婚의 徹底的 廢地 一. 少年虐待 絶對防止 一. 少年早起運動 獎勵 一. 少年喫煙 絶對禁止 等 여섯 가지의 '스로간'을 우리가 實行할 수 잇는 範圍 안에서 決議를 하얏다.

어제 '어린이날'을 當함에 우리는 이 모든 것을 集中的 表現을 하지 안으면 아니 될 時期에 到達하고 만 것이다.

이에 少年指導者 諸賢이 반드시 알어야 할 것은 우리의 當面 鬪爭의 役割은 急激한 ××主義도 아니요 또한 柔軟한 現實主義도 아니다. 우리는 반드시 鬪爭하야 어들 수 잇는 條件만을 提出한 것이다. 그러나 一部 少年指導者 間에도 往往히 左翼小兒病的 ××主義에 拘泥되어 極左적으로 흐르는 傾向을 가지고 잇스나 이것은 運動을 모르는 '書齋派'의 □値的 遊離이다. 짜라서 그들은 입과 붓이오 안방구석이다.

그러하나 非大衆的이오 非全體的인 것은 再言을 要치 안는다. 또 一方 軟派가 有하야 在來의 '리알리슴'을 固執하는 一派가 잇스나 그것은 必然으로 沒落을 스사로 告하고 잇는 것이다.

우리는 이 點에 잇서서 簡單히 생각하야써 우리 少年運動으로 하야금 非合法的 또는 脫線적 運動이 되지 안케 하야주기를 바라며 當面 '슬로간'에 對하야 만흔 努力이 잇기를 바란다.

어린이는 當來할 社會의 主人公이다!! 모든 힘은 朝鮮少年總聯盟으로 —

어린이날을 마지며 父老 兄姊께(一)

오날부터 履行할 여러 가지

丁洪敎, 『朝鮮日報』, 1928.5.6

五月달 첫재 일요일 되는 六日날은 우리 '어린이'의 날이올시다.

어린이날 어린이날!

얼마나 즐거운 날입니까?

우리 조션소년련합회(朝鮮少年聯合會)에서 이날을 어린이날로 작명하야 우리 어린이를 애호하는 사상을 고취하자는 날이올시다. 우리가 어린이의 애호를 부르짓는 것은 결코 우리 부형들이 본래로 어린이를 애호치 안는다는 것이 아니라 시대가 변함을 쌀아 애호사상에도 여러 가지 연구할 것이 잇고 또한 거기에 대한 방법과 풍속(風俗)에도 여러 가지로 곳처야 할 것이 만습니다. 사람은 자긔의 자손을 더욱 번창하게 하랴는 자연뎍 욕망이 잇습니다. 자긔 평생에 뜻두고 못 니르든 것도 자손에게나 일워질가 하는 것이 개인이나 가문(家門)의 희망이겟고 또 우리 조선 사람 전톄로 보드라도 지금보담 더 좀 총명하고 튼튼한 사람이 될랴면 이제는 우리 어린이들에게나 희망을 붓치겟습니다. 그럼으로 어린이들은 요다음 우리 사회(社會)의 주인이며 곳 우리 희망의 꼿이며 행복의 열쇠라 할 것이올시다.

어린이도 또한 인간(人間)으로 생겨날 때부터 세 가지 자연뎍 요구(自然的 要求)가 잇습니다. 첫재 잘 나(出産)아야 되겟고, 둘재 잘 자라야 되겟고, 셋재 잘 배워야 되겟습니다. 성장한 뒤에 잘 살고 못 살는 것은 제 책임이라고 하겟지만은 아무것도 모르는 유약(幼弱)한 어린이로 불행한 가뎡에 태여나서 자연뎍 요구를 채이지 못하고 한 평생을 불행으로 보내게 된다면 다만 그는 그 책임이 어린이게 잇는 것이 안이라 오로지 그 부형의 책임이며 또는 이 사회 전톄의 련대 책임이라 하겟습니다.

우리 조선 부형의 자식 사랑이 특별하신 터이 안이심닛까. 그러나 사랑만 잇고 이것을 잘 행하지 못하고 보면 또한 책임을 다한다 할 수 업습니다. 그럼으로 우리가 여긔에 생각하여야 할 것은 사랑에도 우열이 잇다는 것입니다. 사랑에도 절도(節度)가 잇다는 것입니다. 사랑에도 참과 거짓이 잇다는 것입니다. 사랑에도 쓸 사랑, 못 쓸 사랑을 구별해야 된다는 것입니다.

(二)

丁洪敎, 『朝鮮日報』, 1928.5.8

엉童이는 그 부모의 모든 못쓸 사랑으로부터 되어진 결과의 한 덩어리 표본입니다. 이것의 더 자세한 례를 들어보면 첫재 그 분들은 어린이에게 음식을 주는 때를 모릅니다. 젖먹일 때부터 장성하기까지 만이 먹이기만 하면 조흘 줄 알고 먹여서 조흘 겐지 조치 못할 것인지도 분간치 안코 울기만 하면 하로 몃 번이라도 때업시 먹입니다. 그리고 그분들은 어린이 운동을 적당하게 식혀줄 줄 몰읍니다. 날세가 조금만 추어도 덥되 더운 방구들에다가 두여두고 몸이 조금만 편치 못하다면 점(占)을 친다 굿을 한다 하다가는 의사에게도 보이지 안코 무엇인지 알지도 못할 약을 덥허노코 먹여줍니다. 이러케 해서 어린이의 몸을 망처놋습니다. 둘재 그분들은 그 어린이에게 보일 것 아니 보일 것을 몰읍니다. 부부간에 물고 뜻고 하는 싸홈도 보여주기로 합니다. 그리하야 그들은 욕을 배호고 사람 때리기를 배호고 시긔를 배호고 납분 싸홈을 배홉니다. 이러케 그들의 성격(性格)을 파괴식혀 줍니다.

어린이는 몸과 성격이 한 가지 백지(白紙)와 가타야 물드리기에 달렷고 물과 가타야 담기에 달렷습니다. 그들은 물감에 의하야 희게도 될 수 잇고 검게도 될 수 잇스며 그릇에 짤아서 둥글게도 될 수 잇고 모나게도 될 수 잇습니다. 이 물감과 이 그릇은 누가 되겟습니까. 곳 우리 부모형뎨 자매된 사람 또는 우리 사회의 공중입니다.

(三) 丁洪敎, 『朝鮮日報』, 1928.5.9

여러분의 책임이 엇지 크지 안이합니까? 하물며 이 세상에는 천대 밧는 어린이 가난한 집에서 굶주리는 어린이 그 외에 고아(孤兒) 등에 니르러서는 더 말할 수도 업슬 것입니다.

그런 고로 사회가 이것을 돌보아주고 또한 그 사회의 결함(缺陷)을 가뎡에서 보충(補充)해 주어서 될 수 잇는 대로는 우리의 어린이들을 잘 길르고 잘 가르치고 해서 그들의 장래의 행복을 증진(增進) 식혀주자는 것이 이 '어린이날'을 뎡한 본의(本意)올시다.

그럼으로 이 긔회에 우리는 특히 주의하여 주실 몃 가지를 들어 알에와 가티 말삼하고저 합니다.

健康問題

어린이는 신톄의 발육(發育)이 가장 왕성(旺盛)한 시긔임으로 조곰이라도 부주의하면 그 결과가 곳 그 어린이의 한평생의 불행의 원인이 되는 것입니다.

우리 조선에는 아즉까지 아동 사망률(兒童死亡率)에 대한 똑바른 통계(統計)를 알 수 업습니다만은 一九二五年 八月에 경성부(京城府)에서 발표한 自一九二〇年 至一九二四年의 五個年間의 평균(平均)은 한 살 미만(未滿)의 유아사망(乳兒死亡)은 全 生産 千에 對하야 二五五 곳 四分之一이 죽은 것이외다. 그럴 뿐 안이라 五歲 未滿 어린이의 사망이 全 死亡數 千에 四九六이라 하니 죽는 사람의 半數는 어린이올시다. 엇지 놀납지 안습닛가? 서울은 인구의 집단디(集團地)로 뎐염병(傳染病)의 감염(感染)이 비록 다른 디방보다 더할 것을 예상(豫想)할지라도 의료 위생(醫療衛生)의 설비가 뎨일 만흔 서울로서 사망률이 이러하니 그 외의 다른 디방은 더 말할 것도 업슬 것이 안입닛가. 가튼 서울 안에서도 일본 사람은 유아 사망률(乳兒死亡率)이 一六三, 五歲 未滿의 死亡率이 全 死亡 千에 三五九라 하니 그 차이(差異)가 얼마나 만습닛가. 여긔에는 여러 가지 원인(原因)이 잇겟지만은 적어도 이 차이(差異)만은 우리 부형(父兄)네의 위생 관념이 부족한 탓이가 그 대부분이라고 보지 안을 수 업습니다. 이것을 다시 세계의 一歲 未滿 死亡率을 比較하여 보면 진실로 놀나지 안을 수 업습니다. 데일 고율(高率)이라는 일본이 生産 千에 대하야 一四二요 外國으로는 (墺) 一二八, (伊) 一二七, (獨) 一〇五, (白) 八九, (佛) 八九, (丁抹) 八〇, (英國) 七五, (米) 七一, (諾威)[1] 五五, 데일 적은 화란(和蘭)이 四九라고 하니 그러면 우리 조선 사람의 二五五는 화란(和蘭)의 오배 이상이 아닙닛까. 우리는 이것을 평범(平凡)히 볼 수는 업습니다. 이러한 조선에 태여나는 어린이라도 결코 선텬뎍(先天的)으로 날 적부터 그 가튼 불행을 가지고 온 것은 아닙니다.

우리들의 주의에 의하야 그의 사망률(死亡率)을 어느 뎡도까지라도 업새일 수 잇다는 것을 우리는 생각하여야 하겟습니다.

(가) 種痘와 健康診斷

어린이의 우두(種痘)를 꼭 너흘 것은 물론이며 건강진단(健康診斷)도 적어도 한 달에 한번식은 실행하여야 할 것입니다. 의료긔관이 업는 디방에서는 의사와 의생 등을 만나게 되는 긔회마다라도 반드시 잇지 안어야 되겟습니다. 평시의 건강만 밋고 등한히 버려 둘 때는 맛츰내 곳치지 못할 병에 걸리고 마는 것입니다.

(나) 早寢 及 早起 奬勵

어린이를 아참 일즉 니러나게 하는 것은 건강에 조흘 뿐 아니라 사람이 맛당히 직혀야 될 일입니다. 모든 시간뎍 관념이 조긔로부터 시작될 것이오 또한 어린이의 발육 성격에도 큰 관계가 잇슬 것이 사실입니다.

(다) 喫煙 禁止

담배(喫煙)를 먹는 것은 더구나 어린이에게 잇서서는 더 말할 것 업시 큰 해가 잇습니다. 이것은 가뎡과 사회에서 협력하야 절대로 금지하지 안으면 안니 되겟습니다.

(라) 早婚 禁止

조혼(早婚)이 조치 안흔 줄은 누구나 아시는 바이닛까 더 말할 것도 업거니와 우

---

1 낙위(諾威)는 Norway의 음역어이다.

리는 세계 어느 나라 사람보다 조혼으로 말미암아 납분 결과를 가장 만히 보고 잇지 안습니까. 조혼은 어린이의 건강과 정신에 해로울 쑨 안이라 장래 그 가뎡의 불화를 일으키고 종족(種族)이 열퇴(劣退)하야지는 것이 모다 그러한 고로 우리는 이 조혼(早婚)을 절대로 금지하여야 하겟습니다. 적어도 소년단(少年團員 制限 年齡 十八歲 未滿의 少年少女)은 엇더한 사상이 잇드라도 결혼을 식히지 말어주서야 하겟습니다.

어린이날에

方定煥,『朝鮮日報』, 1928.5.8

돈 업고 세력 업는 탓으로 조선 사람들은 맷 밋층 또 맨 미층에서만 釒흐게 생활하야 왓습니다. 그러나 그 불상한 한 사람 중에서도 그 쓰라린 생활 속에서도 또 한층 더 나리눌리고 학대바드면서 참담한 인생이 우리들 조선의 소년소녀이엇습니다.

학대바닷다 하면 오히려 한목 사람 갑이나 잇섯다 할가 — 갓 나서는 부모의 재롱감 작란감 되고 커서는 어른들 일에 편하게 씨우는 긔계나 물건이 되엇섯슬 뿐이요 한목 사람이란 갑이 업섯고 한목 사람이란 수효에 치지 못하야 왓습니다. 우리의 어림(幼)은 크게 자라날 어린이요 새로운 큰 것을 지어낼 어린입니다. 어른보다 十년 二十년 새로운 세상을 지어낼 새 미천을 가젓슬망정 결단코 결단코 어른들의 주머니 속 물건만 될 까닭이 업습니다. 二十년 三十년 낡은 어른의 발 미테 눌려만 잇슬 까닭이 절대로 업습니다.

새로 피어날 싹이 어느 때까지 나리눌려만 잇슬 때 조선의 釒흠은 어느 때까지든지 그대로 니어만 갈 것입니다.

×

그러나 한이 업시 뻐더날 새 목숨 새싹이 어느 때까지든지 눌려 업드려만 잇지 안엇습니다. 七八년 전의 五月 초승! 몃 백년 몃 천년 눌려 업드려만 잇든 조선의 어린이는 이날부터 고개를 들고 이날부터 외치기 시작하얏습니다.

가리운 것은 헤치고 덥힌 것은 볏겨 던지고 새 세상을 지어 놀 새싹은 웃쑬웃쑬 뻐더나기 시작하얏습니다. 그 긔세는 마치 五月 햇볏가티 찬란하고 五月의 새닙(新綠)가티 씩씩하고 또 五月의 새 물가티 맑고 깨긋하얏습니다. 어린 사람의 해방운동이 단톄뎍으로 五百여 처에 니러나고 어린 사람의 생명 량식이 수십 가지 잡지로 뒤니어 나와서 어린이의 살림이 커지고 또 넓어젓습니다.

아아 거룩한 긔념의 날 어린이의 날! 조선에 새싹이 돗기 시작한 날이 이 날이요 조선의 어린이들이 새로운 생활을 어든 날이 이 날입니다. 엄동은 지나낫습니다. 적설(積雪)은 녹아 업서졋습니다. 세상은 五月의 새봄이 되엇습니다. 몃 겹 눌려온 조선의 어린 민중들이여! 다 — 가티 나와 이날을 긔념합시다. 그리하야 다가티 손목을 잡고 五月의 새닙가티 뻐더나가는데 잇습니다. 조선의 희망은 우리가 커가는 데에 잇슬 뿐입니다.

(社說) 世界兒童藝術展覽會

『東亞日報』, 1928.10.2

一

朝鮮에서 처음 되는 計劃인 世界兒童藝術展覽會는 今日부터 열리게 되엇다. 이것이 朝鮮의 教育界 밋 少年運動 線上에 多大한 參考 乃至 刺戟이 될 것을 吾人은 確信한다. 出品國의 數爻 二十에 達하야 비록 簡單한 作品에서라도 各其 色달른 民族의 獨特한 氣品과 才質을 看取할 수 잇슴도 興味잇는 事實이려니와 一方에 잇서서 그 共通點을 發見함으로서 天眞의 世界를 通하야 世界 一家의 實證을 感得함도 利益일 것이다. 더욱이 少年少女의 自由스러운 想像力으로 하야금 廣濶한 地球의 저 씃까지 自由롭게 놀게 함으로 그 眼目과 包括力을 擴大케 하는 等 日常敎課 以上의 多大한 效果가 잇스리라고 생각한다.

二

學校教育의 弊가 均一主義, 注入主義에 多在한 것은 定評이 잇슨 바다. 勿論 多數의 學生을 一教室에서 가르키기 爲하야 어느 程度까지 이러한 注意를 써야 될 것은 不可避의 일이라 할지나 均一主義 및 注入式 教育의 結果는 個性의 自由 且 完全한 發揮를 目的으로 하는 教育의 原義에 不及하는 結果를 만히 생기게 한다. 더욱이 作文, 繪畫, 音樂 等 所謂 藝術教育의 範圍에 들 만한 者에 잇서서는 注入式 쏘는 均一式 教授의 欠陷은 餘地업시 暴露된다. 그리하야 甚한 例를 들자면 小童時代에 이 方面에 天才를 보이든 者라도 學校教育을 마치고 나올 째는 그 特殊한 才質이 다 抹撥되고 平凡 쏘는 平凡 以下의 成績을 가지게 된다. 그 反對로 兒童으로 하야금 그의 天分 쏘는 嗜好를 自由自在하게 發揮케 할 째는 實로 驚嘆할 만한 結果를 生하게 하는 것을 본다. 어쩐 藝術家는 兒童의 作品에 석기인 成人의 作品을 볼 째는 그 拙劣함을 보아 即時 本色을 發見할 수 잇다고까지 말하얏다. 實로 兒童의 專有인 天眞爛漫의 世界

는 成人 된 者의 敢히 窺視치 못할 獨特한 境地가 잇슴을 누가 否認할 것이냐. 兒童藝術展覽會에 잇서서 敎育家 된 者 一般 少年의 指導者로 處하는 者 또는 父母된 者ㅡ 배움을 바들 點이 多大하리라고 생각한다.

三

더욱이나 朝鮮에 잇서서 一般 家庭 또는 社會가 兒童에 對하야 非敎育的 態度를 가지는 일이 만흔 것은 識者가 恒常 痛嘆을 不禁하는 바다. 이 까닭에 特히 少年愛護의 運動은 '어린이날' 等을 中心으로 하야 漸次 進行되는 中에 잇거니와 今回의 藝術展覽會가 朝鮮人의 兒童에 對한 觀念을 世界的 水準에 올리는데 가장 有效한 一 方法임을 吾人은 確信한다. 이것이 在來의 各 學校의 學藝會 等에 비기어 이번의 計劃이 더욱 意味 깁흔 일이라 하는 바다. 여긔에 展開된 自由天眞의 世界는 또한 人類의 進步, 發展의 希望을 表象한 世界다. 새로운 時代가 吾人에게 주는 啓視가 그 가운대 包含되어 잇슬른지 아느냐. 兒童의 世界에 놀며 童心을 다시 불러냄으로 한번 우리의 心神을 淨化할 때에 누구나 喜悅과 希望의 世界를 發見치 안흘 者 잇스리오. 卄世紀는 兒童의 世紀라고 말한 者ㅡ 잇다. 朝鮮의 兒童으로 하야금 그 固有의 權利를 가지게 하자. 그들의 個性을 가장 自由롭게 發達할 機會를 주자. 兒童藝術展覽會는 吾人에게 이러케 가르키지 안는가.

朝鮮少年運動 概觀

壹週年 紀念日을 當하야(1)

丁洪敎,[1] 『朝鮮日報』, 1928.10.16

序言

過去 一年間 우리들의 少年運動은 엇더한 發展을 보왓는가? 다시 말하자면 朝鮮少年聯合會가 創立되든 昨年 十月 十六日로부터 今年 十月 十六日에 일으기까지 朝鮮의 少年運動은 進展이 되엇는가? 衰退가 되엇는가? 만일 進展이 되엇스면 어느 程度까지 이르럿스며! 만일 退步가 되엇다면 어느 程度까지 退步가 되엿는가를 돌아보는 것이 至重至大한 우리의 少年運動을 爲하야 將來 發展上 한갓 講究의 材가 될 줄 압니다. 創立 後 一年間 過去를 回顧하야 우리의 少年運動에 是, 非를 論評하는 것은 自己自體的 未來를 爲하야 活動力을 加하게 될 줄 압니다.

여긔에 잇서서 少總의 創立 後 一年間 少年運動이 어느 部分的으로 進展이 되엇스며 어느 方面에 잇서서 失責이 되엇는가를 — 各 方面으로 探察하야 細密한 데까지 일으도록 批判하는 것이 絶對的으로 必要한 줄 암니다. 그러나 첫재로 筆者 自身이 現今 難關에 處하야 잇스며 쏘한 紙面 關係로 到底히 不可能함니다. 그럼으로 다만 朝鮮少年總聯盟의 一週年 紀念日을 當한 오날에 十月 十六日에 總評도 아니고 批判도 아닌 概括的 回顧記를 重要한 點만 들어서 쓰고저 하는 것입니다. 여긔에 잇서서 完全 完美한 回顧記를 지금에 쓰는 筆者가 執筆하게 되겟다는 것은 避하는 同時에 少年指導者 諸賢과 讀者 一般의 만흔 諒解를 바라면서 스는 것입니다.

少年運動으로 劃時代的 集中

昨年 十月 十六日은 朝鮮少年運動의 劃時期的 慶賀日이외다. — 이날로써 朝鮮의

---

1 원문에 '◇少年聯盟委員長 丁洪敎'라 되어 있다.

少年團體는 全國的으로 陣營을 完結케 되어 朝鮮少年聯合會의 旗 — ㅅ발이 날니게 되엇습니다. — 少總이 創立되기 前에는 우리의 少年運動은 分散的으로 個體的으로 指導層을 가지고 잇게 되엇습이다. 其中에도 五月會와 少年運動協會는 兩大 勢力을 鼎立시키여 全朝鮮的으로 派別의 氣運은 濃厚하야 잇게 되얏습니다. 그리하야 一年에 一大事業으로 擧行되는 '어린이날' 少年 데 — 이때에는 餘地업시 過去 五百年來에 因襲的 態度를 現底히 一般에게 露出시키여 團體를 爲한 派爭的 行動은 全朝鮮的으로 坊坊谷谷에 흩어게 되엇섯습니다. 더욱이나 昨年 五月 一日은 그중에서도 가장 猛烈한 兩 團體 對立에 鬪爭이엇섯습니다. — 이에 一九二七年度 '어린이날'을 經過한 五月會에서는 五月 十五日에 深刻한 考慮下에 朝鮮少年聯合會의 發起準備會를 組織하야 이에 對한 宣言을 各地에 配布하야 비로소 七月 三十日에 少年運動協會와 五月會의 구든 握手로써 發起大會는 京城에서 開催케 되엇습니다. 그에 對한 宣言과 綱領은 일어압니다.

宣言

離散으로부터 統一 集力에 氣分的 運動에서 組織的 運動으로 우리의 少年運動은 方向轉換할 絶對 必然에 當面하엿다. 이 重大한 時期에 立한 우리는 오날까지의 왼 — 갓 事情과 障隔을 超越하야 一致相應 全 運動의 統一을 期하고 이 朝鮮少年聯合會를 創立한다.

綱領

一. 本會는 朝鮮少年運動의 統一的 組織과 充實한 發展을 圖함

一. 本會는 朝鮮少年運動에 關한 研究와 그 實現을 圖함

이와 가티 發表한 數月 後인 一九二七年 十月 十六日에 少年運動에 統一的 陣營인 朝鮮少年聯合會의 完成을 보게 되엇습니다.

(2) 丁洪敎,『朝鮮日報』, 1928.10.18

어린이날 日字 變更

朝鮮少年聯合會의 創立大會 席上에 討議事項은 敎養問題, 體育問題, 財政方針, 어린이날에 關한 件, 組織問題 等 外 數件이엇습니다. 其中에서도 어린이날 問題와 組織問題가 大會의 重大件이엇습니다. ―어린이날인 五月 一日은 世界的으로 勞働者들의 名節인 '메이데이'인 바 朝鮮의 '어린이날'은 在來로 國際的 勞働祭日과 混同이 되어서 世間의 或者는 '어린이날'인지 '메이데이'인지를 그 날에 少年團體의 旗 行列을 보고 그 分別치 못하는 수가 만히 잇게 되어 確實히 조치 못한 關係를 갓고 잇게 되엇습니다. 그러고 朝鮮 가튼 데에서는 아즉 '메이데이'를 擧行치 못하게 되나 當來하는 未久에 그 實現을 본다면 두 運動의 紀念的 行動이 相殺되고 말 것이며 ― 또한 少年運動은 少年運動的 別動機關으로 그 行政을 함이 現今에 處地로 잇는 朝鮮에서는 有利함을 쌀아서 '어린이날'을 五月 第一 日曜日로 日字의 變更을 實現하게 되엇습니다. 이 理由는 前者에 말슴한 것보담도 우리의 少年運動을 잘 살리자는데 잇는 까닭입니다.

그리하야 一九二八年度에 잇서서 團結한 陣營 ― 變更된 日字 ― 五月 第一 日曜日을 期하야 全朝鮮 百五十七個 郡府에서 百萬張의 宣傳 삐라로 統一的 實現을 보게 되엇습니다. 여기 잇서서 全國的으로 旗 行列에 出動된 少年少女는 八萬五千餘名 (通信밧은 것만) 의 盛況을 보게 되어 過去 運動狀態 ― 自然生長的 ― 으로부터 目的意識的 運動으로 飛躍을 하게 되엇섯습니다. 그리하야 一九二八年度 '스로칸'은 '義務敎育實現', '早婚 廢地', '健康注意', '早起奬勵', '虐待防止', '喫煙禁止' 等으로 朝鮮 全土를 舞臺로 이에 對한 實行方針을 講究하며 쌀아서 實現을 보는 곳도 적지 안습니다. = (父兄社會와 兒童社會의 '스로칸'은 畧)

總同盟으로 轉換 다시 總聯盟으로

創立大會에서 組織問題로써 年齡制限에 對한 討議가 長時間을 要하고 잇섯습니다.

왜? 그러하냐 하면 少年運動은 元來 少年運動인 만큼 少年自身的 自治運動을 하여야만 될 것인 바 朝鮮의 少年運動은 在來로 指導級으로써 少年을 代身한 運動인 만큼 年齡에 對한 制限 (其中에는 制限도 잇섯지만) 이 統一이 못 되여 靑年會인지! 少年會인지의 判斷을 하기 어렵게 되엿섯습니다. 그럼으로 會員에 對한 年齡問題가 提出되엇섯스나 그러나 結局 次期 定期大會까지 保留케 되엇다가 一九二八年 三月 二十五日에 第一回 定期大會 席上에서 그 實現을 보게 되는 同時에 聯合會에 對한 組織的 變更도 보게 되엇습니다 = 朝鮮의 少年運動은 自然生長的으로 指導를 계속하든 바 (그중에 그럿치 안은 團體도 잇슴) 一九二七年度와 一九二八年度에 잇서서는 過去運動에 倦怠를 늣기며 必然的으로 그 運動의 形態와 性質을 考察하야 少年運動의 方向轉換을 客觀的 條件과 主觀的 意識下에 어느 目標 밋까지 轉換하지 아니하면 아니 되겟다는 具體的 理論이 各方으로 進出케 되어 드듸어 從來 自由聯合制인 頑昧한 組織制로 民主主義的 中央執權制로 朝鮮少年總同盟의 樹立을 보게 되자 會員의 年齡은 十二歲부터 十八歲까지 하며 指導者는 二十五歲까지 하야 每 團體 三人 以內를 置하야 發言權과 被選擧權만 與하기로 하야 더욱 堅固한 組織的 構成이 되엇습니다.

(3) 丁洪敎, 『朝鮮日報』, 1928.10.19

그러나 當局으로부터 同盟體에 對한 組織體를 不許함으로 書面大會로써 다시 朝鮮少年總聯盟으로 改稱되기까지 일으럿습니다. 定期大會에서 決議한 標語는 이러합니다.

一. 文盲退治는 少年期로부터 하자.

一. 農村少年 敎養에 注力하자.

一. 迷信的 少年運動에 對하야 徹底 排擊하자.

一. 機會主義的인 二重運動者를 徹底히 排擊하자.

一. 朝鮮兒童圖書館 設置를 實行하자.

一. 少年 人身賣買에 對하야 防止運動을 하자.

一. 十八才 以下 早婚防止 運動을 하자.

一. 少年 危險 作業 幼年 勞働 防止 運動을 하자.

一面 一少年會와 各地 聲明書 問題

當局에 不許함을 짤아서 總聯盟으로 改稱한 後 六月 三日에 그에 對한 組織의 討議次로 中央執行委員會를 열게 되엿는 바 地方委員 不參으로 常務委員會로써 面 一 少年會制를 決議하야 同盟을 聯盟으로 支部를 面少年會로 組織變更키로 하엿습니다. (外部的 問題이고 局部的 行政에 對하야는 달은 點이 업슴) 그리하야 書面으로써 各地 細胞團體에 이에 對한 書面을 보내여 決議를 본 후 道聯盟 組織에 努力하야 慶南, 京畿, 全南等의 實現을 보게 되엿는 바 이에 짜라 東萊, 馬山, 利原 等地에서는 一面一少年會에 對하야 聲明書가 出現케 된 것입니다. 그리하야 中央幹部 不信任 等 激言이 나오게 되엿습니다. ―이것은 外部的 情勢와 內部的 訓練이 임이 方向을 轉換하는 同時 進展되여 잇슴에도 不拘하고 中央幹部는(京城 在留 幹部) 獨斷으로 過去 形態를 다시금 構成하는 退步運動을 하고 잇다는 理由이엿섯습니다. 이것은 다만 한아만 알고 둘을 몰으는 自體的 破滅 運動이 안이면 過去에 우리가 스스로 망친 派的鬪가 안인가 합니다. 이 問題는 定期大會인 八月 十九日에 解決코저 하엿스나 全南少年聯盟 事件으로 定期大會는 無期로 延期되고 잇습니다.

(4) 丁洪敎, 『朝鮮日報』, 1928.10.20

全南少聯 公判事件

朝鮮少年總聯盟에서는 道聯盟을 組織하고 잇섯습니다. 그것은 地方的으로 完全한 團結을 하는 同時 中央 陣營에 堅固를 더욱 完成코자 하는 意義에서 慶南과 京畿를 組織하고 第三次로 八月 五日에 全南道聯盟을 組織코자 하엿스나 八月 四日 夜에

光州署로부터는 時期問題라 하야 保安法 第二條로 集會禁止를 宣言케 되엿습니다. 그러나 이미 各地에서는 六十餘名의 代議員이 光州에 集中되고 잇서서 翌日인 五日에도 累次 交涉을 하엿섯스나 絶對 禁止로 懇親會에 긋치고 말엇던 것입니다. 그리하야 五日 夜에 十里許에 잇는 無等山 澄心寺로 구경을 갓는 바 그것이 秘密集會라 하야 保安法 違反으로 四十餘名의 檢束에서 七名은 公判까지에 廻附하야 執行猶豫와 體刑으로써 判決까지 일으게 되얏습니다. 그러나 이번 全南少聯事件이 우리들 少年運動者의 輕擧가 안인 同時 一般社會에서 同情할 點이 잇지 안은가 합니다.

結論

이와 가티 少總이 創立 後 一年間을 回顧하면 多事多難하엿스며 統一로 다시금 少數의 分散的 氣分이 暗示되고 잇섯습니다. 朝鮮의 少年運動은 社會的 諸 運動 中 가장 重大한 責任인 만큼 이번 一週年 紀念日을 當하는 十月 十六日로써 將來에 더욱 統一에 努力함이 少總의 義務이며 定期大會의 '스로칸'과 '어린이날'의 標語를 爲하야 實現을 到達토록 活動하야 朝鮮少年의 利益과 一般社會의 期待를 저바리지 아님이 一週年 紀念을 當하는 朝鮮少年總聯盟의 義務인가 합니다.

(十. 一四)

今年 少年文藝 概評(一)

洪銀星, 『朝鮮日報』, 1928.10.28

今年間(아즉 한 달이 남엇지만)에 우리 귀여운 少年에게 對하야 얼마만한 아릿다운 作品 또는 供獻이 잇섯는가를 엿보는 것도 過히 閑事는 안될 것 갓다. 그러면 概評을 잠간 하야 보자.

'宋影' 氏 = 氏는 朝鮮文壇에서 名聲이 잇는 이다. 이분은 『별나라』, 『어린이』를 本舞臺로 하고 썻는 바 今年 一月號 『어린이』 雜誌에 실린 「쪼겨간 先生님」은 少年文壇에서 큰 '센세이숀'을 널으킨 作品이다. 그 後 『별나라』와 『어린이』의 若干의 作品이 나맛스나 「쪼겨간 先生님」만은 죄다 못하얏다고 볼 수 잇다. 그런데 少年文藝가 흔히 飜譯이 만흠에 反하야 氏에게 잇서서는 創作이 만흔 것이다. 나의 記憶으로는 「나무꾼의 日記」도 꽤 조핫든 듯 생각이 든다.

'方定煥' 氏 = 氏는 맨 처음으로 少年問題를 喚起식힌 만콤 少年運動에 만흔 期待를 준 이로서 그러나 한 가지 遺憾인 것은 近來에 와서는 自己 宣傳이 넘우 만흔 것이다. 『어린이』 雜誌 한 권을 놋코 너무나 自己 誇張, 自己 評價하는 듯한 글을 실는 것이다. 거긔에 조흔 例로는 「나의 어렷슬 째」 가튼 것은 全然 自己誇張이 만흔 것이다. 그러나 『어린이』의 每號마다 실리는 「어린이 讀本」은 實로히 애써서 꾸미는 것을 알 수 잇는 것이다.

'金永八' 氏 = 氏의 少年文藝作品은 別로히 나온 곳이 그리 만치 안흐나 氏가 京城放送局에 잇는이 만치 '라디오' 이야기가 만히 나온 듯한 늣김이 난다. 그리고 氏에 잇서서는 『새벗』을 本舞臺로 하고 '童話劇'이 나온다. 元來의 그가 劇作家이니만큼 童話劇에 잇서서 少年들에게 膾炙를 밧게 된다. 그의 『새벗』의 실린 「三男妹」라는 童話劇은 참으로 듬은 作品이다. 그리고 「理想한 裁判」, 「理想한 戰爭」도 少年들에게 가장 滋味잇게 닑켜지고 잇는 모양이다. 그 外 『少年朝鮮』이라든지 『어린이』라든지 『少年界』 等에 실린 것은 하나 쓸 만한 것이 업다. 地理 冊에서 「나이야가라 瀑布」 가튼 것을 쓰거나 「가을은 哀傷」이라는 것 짜위는 돌이어 안 쓰는 편이 나흘 것 가티 생각 든다.

'延星欽' 氏 = 氏는 小波만큼이나 少年問題에 對하야 腐心하고 잇는 분의 하나이다. 그러나 今年 二十四歲를 一期로 애처롭게 一歸不歸客이 되엇다. 氏는 飜譯을 盛히 하는 이다. 어느나라 文藝運動이든지 初創時期에 잇서서 飜譯物을 是認한다. 짤아서 方小波의 『사랑의 선물』이라든지 李微笑의 『世界一週童話集』[1]을 稱讚한 일도 잇다. 그러나 아즉까지도 飜譯만 할 時期는 아니다. 時代는 점점 進展되고 잇지 안흔가.

初創時代 가티 飜譯만 하고 잇스면 될 수 잇는 것인가. 이것의 조흔 例로는 일즉 丁洪敎 氏의 「새소리 듯는 平吉」이라는 것을 녯날 물건이 된 時代日報에 실엇고 그것을 『銀싸래기』라는 그의 童話集에다 실엇슴을 알고도 그랫는지 몰으고 그랫는지는 몰으지만 『새벗』 十一月 紀念號에 「새소리 듯는 사람」이라고 하야 그것을 飜譯하얏스니 이 무슨 붓그러운 일일가. 나는 眞心으로 말하거니와 譯은 그만두고 創作을 하얏스면 하는 것이다. 짤아서 氏의 것은 評해 줄 만한 것이 하나도 업다. 그리고 氏는 一定한 作品으로 나가지 안는 것이다. 或은 小說 넘우나 不調理하게 흣터저 나온다. 『별나라』를 들고 보면 氏의 것이 二三篇식은 늘 실려 잇다.

(二)

洪銀星, 『朝鮮日報』, 1928.11.1

崔獨鵑 氏 = 氏가 朝鮮文壇에서 小說家로 囑望이 만흐니 만큼 少年小說에 잇서서도 滋味잇는 것이 만흐다. 더욱이 「어더니 사는 會社」는 어린이에게 만흔 歡迎을 밧엇다.

1 방정환 편(方定煥編)의 『世界名作童話集 사랑의 선물』(개벽사, 1922)과 이정호(李定鎬)의 『세계일주동화집(世界一週童話集)』(海英舍, 1926)을 가리킨다.

劉道順 氏 = 氏는 일즉이 『별나라』에 만히 나오든 분이다. 童謠에 잇서서 잘 쓰는 이로 『어린이』에 실린 것은 적으나 감칠맛이 잇는 것 갓다. 그러나 李白이 論文을 써도 詩 내음새가 나는 것 가티 「어머니라는 會社」(少年朝鮮)는 小說로의 별로히 興味가 가저지지 안는다. 童謠로 專門하엿스면 하야 마지안는다.

韓東昱 氏 = 氏의 童話에 잇서서는 '리히리틱'한 맛이 잇는 童話이다. 어느 點에 잇서서는 露西亞의 '와시리 에로센코'의 作品 가튼 곳이 만타. 「별나라를 차저간 少女」이라든지 「젓 업시 자라난 獅子」 等等 만흔 作品이 한 主義에 一貫되여 잇는 것이다. 그리고 氏는 여긔저긔 이 雜誌 저 雜誌에 내논는 法이 업시 『새벗』 한군데만 쓴다. 이곳에 잇서 이분의 獨特한 信條가 잇는 것을 足히 엿볼 수 잇는 것이다.

金南柱 氏 = 氏의 作品은 『어린이』와 『新少年』에서 散見할 수 잇는데 이러케 나오기 때문에 滋味가 업는 것이다. 筆致가 老鍊되고 아름다운 맛이 만타. 그에게 잇서서는 아마 童話가 特長인 것 가티 생각된다. 그 外에 것은 다만 나의 머리에 그저 美文이다 하는 생각밧게 남지 안는다.

李定鎬 氏 = 氏도 創作이 드물고 時代 뒤진 묵은 日本 少年少女 雜誌를 飜譯하기에 겨를이 업는 모양이다. 氏에게 잇서서도 筆致에 美文인 것만은 말하야 두고자 한다. 譯法이 좃타는 말이다.

崔永澤 氏 = 氏는 『少年界』, 『少女界』, 『少年旬報』 等 만흔 곳에서 散見할 수가 잇는 바 다 별노히 取할 바 作品은 못된다. 멧 개 童話만은 쓸 만한 것이 잇는 듯하다.

李明植 氏 = 氏의 作品은 主로 『朝鮮少年』에서 만히 볼 수 잇는데 다 조흔 作品들이다. 그리고 그의 思想에 잇서서 매우 조흔 곳이 만타. 『中外日報』에 실린 멧 개의 作品도 다 조핫고 『새벗』 三週年 紀念號에 실린 「아버지」도 썩 힘드렷다고 본다. 多少 筆致가 써썩하고 사투리 비슷한 곳이 업지 안타.

【訂正】 本紙 二十八日附 本欄 延星欽 氏의 條에 「一歸不歸客」은 張茂釗 氏에게 對한 것인바 誤植되엇삽기 訂正합니다.

(三)　　洪銀星, 『朝鮮日報』, 1928.11.3

琴徹 氏 = 氏의 作品은 『朝鮮日報』에서 「아! 無情」이라는 佛蘭西 文豪 '빅토르 유고'의 「레 ― 미제라불」을 少年讀物로 譯한 것을 비롯하야 『中外日報』의 獨逸 '뮤렌' 女史의 作인 「眞理의 城」 等 長篇 飜譯 讀物이 만헛스나 多少 써치른 솜씨가 보엿고 『少年界』, 『少女界』, 『새벗』, 『少年朝鮮』 等等 여러 곳에서 볼 수가 잇스나 별로히 感心할 作品은 못되고 「이 힘! 무슨 힘!」이라는 것이 얼마간 잘 된 듯하다. 그러나 氏에게 잇서서 熱烈한 思想이 움직이고 잇는 것만은 作品을 通하야 잘 알 수가 잇는 것이다.

辛在恒 氏 = 氏는 主로 童謠를 만히 볼 수 잇는데 늘 平凡하다. 애틋한 兒童에 對한 情緖가 별로 업다. 다시 말하면 詩想이 엷다는 말이다.

劉智榮 氏 = 氏의 作品은 『새벗』, 『少年朝鮮』 等에서 만히 볼 수 잇는데 이분도 어느 누구들 모양으로 飜譯이 甚하다. 筆致는 熟練되고 아름다운 곳이 만흐나 作品이 거의 日本 少年 묵은 雜誌에서 譯한 것이 만타. 甚한 例로는 『새벗』 九月號에 실린 「어머니」라는 것은 『어린이』 雜誌에도 벌서 飜譯된 것을 氏는 또 飜譯하야 讀者들을 웃기게 한 일도 잇다. 그리고 模作도 만허서 어느 號인가 잘 記憶되지 안흐나 『새벗』에 실린 듯한데 「코레라이의 處女」를 '燒增シ'한 것을 볼 수 잇다. 創作에 힘썻스면 조켓다.

丁洪敎 氏 = 氏의 作品은 『少年朝鮮』에서 「로이드 쪼지」와 『中外日報』의 실린 「설구경」(?)이든가를 보고 因해 별로히 作品을 볼 수가 업다. 氏에 잇서서는 退步하는 氣分이 만타. 글이 平凡하고 「로이든 쪼지 傳記」 가튼 것은 飜譯이고 하야 評할 만한 價値도 업는 것이다.

金泰午 氏 = 氏의 作品은 『아희생활』과 『어린이』 等에서 若干 볼 수가 잇는데 별노히 取할 만한 것은 볼 수가 업섯다. 氏에 잇서서는 엇던 混合型的 主義에 깁어 너흐려고 하는 意圖를 볼 수 잇는 것이다.

崔靑谷 氏 = 氏의 作品은 主로 『無窮花』와 『새벗』에서 볼 수 잇고 그 外 『별나

라』에서도 볼 수 잇는데 筆致가 썩썩하고 거북하야 보기에 괴로움을 준다. 그러나 이 氏의 思想에 잇서서는 조흔 傾向이다. 짜라서 世間에 나오는 作品도 흔치 못하다. 「흙무든 사과 껍질」, 「단풍닙」 等 자미잇는 것이 나의 記憶에 써오른다.

尹小星 氏 = 氏의 作品은 『無窮花』, 『새벗』에 만히 볼 수 잇는데 主로 自然科學의 讀物들이다. 別로 이러타 할 取할 것은 업고 少年에게 잇서서는 반드시 읽어두어야 할 것이 만흠은 事實이다. 그러나 '쎈지멘탈'한 筆法으로 失敗한 곳이 만타. 더욱이 「中外日報, 어린이 欄」에 실린 것에 더욱이 그런 것을 만히 볼 수 잇다.

馬春曙 氏 = 氏의 作品은 主로 『少年界』, 『少女界』에 만히 나왓스나 두 少年雜誌가 다 休刊되매 別로히 볼 수가 업다. 『새벗』에서 멧 개의 童謠를 볼 수 잇스나 그리 感心할 作品이 못된다. 氏에게 잇서서는 童話보담도 童謠 便이 훨신 낫다.

(四)

洪銀星, 『朝鮮日報』, 1928.11.4

朴世永 氏 = 氏의 作品은 主로 『별나라』 雜誌에서 만히 볼 수 잇는데 詩는 哀話, 美談, 童話, 童謠, 童畵까지 한다. 가장 多角的이다. 그러나 多角的인 만큼 하나도 시원한 것이 別로히 업다. 專門的으로 童謠로 나갓스면 돌이어 나흘 것 갓다. 꾸준한 努力家인 것만은 事實이다.

高漢承 氏 = 氏의 作品은 『어린이』 新年號, 二月號에서 잠간 볼 수 잇고 그 後로는 一切 消息이 頓絶하다. 그러나 내가 본 氏의 「원한의 화살」이라는 것은 氏의 作品이 안이오 다른 나라 童話를 譯한 것이다. 氏 亦 뒤진 直譯的 童話 輸入을 꽤 질기는 것을 볼 수 잇는 것이다.

梁孤峰 氏 = 氏의 作品은 『별나라』와 『少年朝鮮』 等에서 드문드문 볼 수 잇다. 그리고 그의 單行本 『밤에 우는 새』라는 것을 잠간 본 일이 잇는 바 別로히 感心할 만한 點을 어들 수 업섯다. 쏘 한 가지 不快한 것은 作者의 寫眞을 실은 것이다. 무슨 自家 廣告에 힘쓰는 듯한 늣김이 난다. 그러나 筆致 構造만은 아름다웁게 애쓰는 것

이 氏의 作品에서만 볼 수 잇는 것이다. 技巧에 힘쓰는 이인 듯하다.

李赤星 氏 = 氏의 作品은 主로 『새벗』에서만 볼 수 잇는 분이다. 그러나 덜 된 探偵小說로 精神업시 運轉해 나가는 듯한 것을 볼 때에는 매우 不快한 때가 적지 안타. 더욱 실리는 것마다 日本 少年雜誌의 것을 飜案 或은 模作을 하는 데는 넘우나 少年을 無視하야 쓰는 것 갓튼 感도 업지 안타. 多少 創作的으로 하얏스면 조켓다.

白玉泉 氏 = 氏의 作品도 『새벗』에서만 볼 수 잇는 바 넘우나 千篇一律的으로 歷史冊 飜譯 그대로이다. 조금 技巧라든지 內容을 어린이 感情에 맛도록 썻스면 한다. 그것은 主로 말을 順平하게 쓰고 漢字를 비록 括弧를 치고 넘흐나 넘우 만흔 것은 事實이다. 조금 덜 쓰면 조켓다고 생각한다.

高長煥 氏 = 氏는 『아희생활』, 『새벗』, 『新少年』, 『별나라』 等 거의 안 쓰는 少年雜誌가 업다. 더욱이 童謠, 童話, 美談, 哀話, 닥치는 대로 쓴다. 그러나 氏는 童謠만은 天手的 氣分이 잇다고 볼 수 잇는 것이 만타. 그리고 單行本으로도 만히 힘쓰는 모양이다. 「쿠오레」도 氏의 손으로 譯된 듯하다.

嚴弼鎭 氏 = 氏는 多作인 것을 늣겨진다. 그러나 '스토리'가 俗되고 묵고 자미가 업는 것이 車載斗量이다. 그러한 중에 붓이 썩썩하고 技巧, 描寫가 잘 表現되지 못하얏다고 볼 수 잇다.

童謠硏究(一)

牛耳洞人,[1] 『中外日報』, 1928.11.13

緖言

달아달아 밝은달아
리태백이 노든달아
저긔저긔 저달속에
계수나무 백혓느니
옥독긔로 찍어내고
금독긔로 다듬어서
초가삼간 집을짓고
량친부모 모서다가
천년만년 살고지고

이 童謠는 朝鮮 十三道 어느 고을 어느 地方에 가던지 어린이들의 입에서 불너저 나오는 것을 들을 수 잇게 그만큼 廣布된 有名한 童謠다. 우리 朝鮮서 新文學이 發展되기 前時代에는 이러만 노래를 어린이들이 널리 불럿지만 그것이 童謠인지 民謠인지 詩인지 무엇인지 童謠에 대한 槪念조차 업섯다. 곳 다시 말하면 '이 노래는 우리 어린이들이 부르는 童謠다' 하고 確實한 定義를 세우지 못하얏다. 그러나 우리 朝鮮도 世界의 風潮로 말미암아서 朝鮮 固有의 新文學運動이 發興함을 짜라 最近 우리 文壇에 兒童文學의 運動과 樹立이 長足의 趨勢로 進展 隆盛하야 童謠에 대한 知識이 普

1 이학인(李學仁)의 필명이다.

及된 것은 勿論이요 몃 사람의 童謠作家도 出現하게 되엿고 兒童自身의 童謠도 만히 創作됨을 新聞 雜誌를 通하야 知得할 수가 잇다. 그러기 째문에 兒童을 指導하는 任務를 가진 사람과 또는 兒童文學運動에 努力하는 사람이면 다른 文學運動보다도 第二世 國民의 노래인 童謠運動을 닐으키지 안으면 안 된다. 이 運動이야말로 文壇을 비롯하야 民族的으로 歡喜할 만한 偉業이라고 안이 할 수가 업다. 이것을 絶實히 늣긴 筆者는 童謠가 무엇인지 알녀는 사람과 童謠를 엇더케 지을가 하고 苦心하는 同志들을 爲하야 昨年에 中外日報에 發表하얏던 것[2]을 改作해 볼가하고 붓을 든 배다.

童謠란 무엇인가

우리는 먼저 童謠란 무엇인지 그 定義를 알지 안으면 안 되겟다. 그러면 童謠란 무엇인가.

'童謠는 어린이들이 불르기 쉬운 놀애'이다 말은 처음으로 배우는 젓먹이 어린이라도 부를 수 잇게 쉬운 말로 지은 노래다. 자세히 말하면 '兒童自身이 創作한 詩'의 意味다. 곳 '兒童들이 自己의 感情을 何等의 形式에든지 拘束하지 안코 自己 스스로의 音律을 마추어 부르는 詩'의 意味다.

요사이 朝鮮서 小學校나 普通學校에서 兒童들이 부르는 唱歌는 大部分이, 아니 全部가 功利的 目的을 가지고 지은 散文的 노래이기 째문에 無味乾燥한 노래쑨이어서 寒心하기 짝이 업다. 우리들은 곳 童謠에 뜻을 둔 이들은 藝術美 豊富한 곳 어린이들의 空想과 곱고 깨긋한 情緖를 傷하지 안케 할 童謠와 曲調를 創作해내지 안흐면 안 될 義務가 잇다고 생각한다.

從來의 唱歌라는 것은 全部 露骨的으로 말하면 敎訓 乃至 知識을 너허주겟다 目的한 功利的 歌謠이기 째문에 兒童들의 感情生活에는 何等의 交涉도 가지지 안흔 것을 遺憾으로 생각하고 그 缺陷을 補充하기에 滿足한 內容形式보다도 藝術的 香氣가 잇는 新唱歌를 創作하겟다는 이 童謠運動의 目的이라고 생각한다. 그리하야 新興童謠

2 우이동인(牛耳洞人)의 「童謠硏究(一～八)」(『중외일보』, 1927.3.21～28)를 가리킨다.

의 定義는 藝術美가 豊富한 詩라고 할 수 잇다.'

이제 나는 日本 詩人의 三木露風[3] 氏의 童謠觀을 紹介하겟다. 三木露風 씨는 童謠集『眞珠島』의 序文 中에 말하기를

"童謠는 역시 自己自身을 表現한다. 自己自身을 表現하지 안흐면은 조흔 童謠가 아닙니다. 創作態度로써는 童謠를 創作하는 것도 自己自身을 놀애하는 것이라고 생각합니다. 童謠는 곳 天眞스러운 感覺과 想像이란 것을 쉬운 말로써 놀애한 詩입니다. 쉬운 어린이의 말은 그것은 정말 詩와 다르지 안흔 것을 쉬운 어린이의 말로 나타낸다는 意味입니다. 그리하야 童謠는 詩입니다."

(二)

牛耳洞人, 『中外日報』, 1928.11.14

다음엔 三木露風化[4]와 西條八十[5] 氏와 함게 日本 兒童들에게 尊敬을 밧는 有名한 民謠詩人이며 童謠詩人인 北原白秋[6] 氏의 童謠論을 紹介하겟다.

"童謠는 結局에 어린이말노 쓴 것을 이름이겟다. 나는 童謠를 지을려면 먼저 어린이게로 돌아가라고 늘 말햇스나 그럴 必要는 업고 童謠를 쓸 때에 어린이말 그대로 쓰기만 하면 童謠가 된다고 말하고 십다.

童謠는 어린이 마음을 어린이말노 쓴 歌謠다. 그러치만 純粹한 藝術價値가 잇서야 참으로 童謠의 香氣와 生彩가 保持된다. 童謠도 詩 中에 한아다. 이 詩를 바르게 自覺하고 바르게 나아가는 사람이라야만 眞情한 童謠詩人으로써의 地位가 作定된

---

3 미키 로후(みきろふう, 1889~1964). 일본의 근대 상징주의 시인이자 동요 작가. 「赤とんぼ(고추잠자리)」는 널리 알려진 작품이고, 시집과 동요집으로 『露風集』(東雲堂, 1913), 『真珠島』(アルス, 1921) 등이 있다.

4 '三木露風氏'의 오식이다.

5 사이죠 야소(さいじょうやそ, 1892~1970). 일본의 시인, 작사가, 불문학자이다. 『西條八十全集』(全17巻, 国書刊行会刊, 1991~2007)이 있다.

6 키타하라 하쿠슈(きたはらはくしゅう, 1885~1942). 일본의 시인, 동요작가이다. 『日本伝承童謠集成』 등 다수의 시집과 동요집이 있다.

다. 이 地位의 童心에 常住한다고 하는 것은 容易하지 안타. 詩人으로써 가장 속깁흔 生活이라고 생각한다."

다음에 西條八十 氏의 童謠觀을 보기로 하자. (本文은 同化[7]의 『現代童謠講話』에서 參考하야 쓴 것이 만타는 것을 미리 한마듸 하여 둔다.) 그러면 西條八十 氏의 童謠觀은 엇더한가.

"童謠는 詩라고 할 수 잇다. 世上에는 이 明白한 事實을 알지 못하고 地位를 쓴 사람이 매우 만타. 童謠라고 하면은 오즉 調子의 아름다운 文句와 어린이들의 조와할 題材를 늘어노코 甘味가 만타고 하야 ᄯᅱ이는 놀애만 써도 조타고 생각햇다. 그 외 藝術的 氣韻이란 것은 족음도 생각하지 안는 作者가 만하다. 그것을 注意할 것이라고 생각한다. 나의 意見으로는 童謠는 어대ᄭᅡ지든지 詩人이 써야 될 것이라고 말하는 詩人을 가르치는 것은 아니다. 참으로 詩人의 魂이 엇는 사람으로써 붓을 잡아야 한다. 그리하지 안흐면 우야 從來의 唱歌란 名稱을 童謠라고 불르는 것을 고칠 必要가 어대 잇슬가? 從來의 敎育家이 손에서 지어진 어린이 놀애를 詩人이 대신 마타서 創作하는 것이야말로 新興童謠의 意義를 確立한 것이다."

童謠는 어대ᄭᅡ지던지 純眞하고 自由스럽고 快活한 어린이의 아름다운 마음이 表白되여야 한다. 어린의 눈으로 본 것과 어린이 생각을 表現하지 안으면 안 된다. 어린이가 본 世界, 幻想, 空想, 見解, 等을 表現한 곳에야말노 純情이 잇고 美가 잇고 善이 잇고 眞이 잇다. 童謠에는 普通 詩와 가티 技巧도 必要치 안타. 오즉 單純하게 어린이 말노 어린이 마음 곳 어린이 靈魂을 그리지 안으면 안 된다. 나는 여긔에 어린이 마음을 잘 表現한 童謠 몃 篇을 들어보겟다.

장례

尹福鎭

—一—

마른나무입사귀 훗날리는날

7 '同氏'의 오식이다.

뒷집에귀연도령 죽엇습니다

넘어가는붉은해 빗긴절간엔

구슯흔종짜앙짱 울엇습니다.

— 二 —

가을해빗힘업시 쬐는저녁째

도령님실은상여 써나감니다

쓸쓸한공동묘디 호젓한길로

어린도령장례가 써나감니다

— 三 —

길가에혼자섯는 마른나무닙

지나가는바람에 슯허울고요

산넘어엿보든 저녁햇님은버[8]

슯흔눈물먹음고 도라감니다.

(一九二七. 一〇. 二六)

봄비내리는법

金尙憲

보스락 보스락

　　　봄비가와요

고요한 이밤을

　　　비가내려요

뜰우에 집웅우

　　　속살거려요

나그네 밤만도

8　'버'는 오식으로 잘못 삽입되었다. 윤복진의 원작 동요「장례」(『중외일보』, 1928.4.6)를 보면, 이 행(行)이 '먼산넘어엿보든 저녁햇님은'으로 되어 있다.

외로울것이

비조차 내리는

나그네의밤

얼마나 고향생각

간절할가요

(金尙憲 君은 金億 氏의 長男인 것을 말해 둔다.)

아버님[9]

玄東濂

하로살기가난한

우리집에는

내아버님참으로

불상하지요

해만쓰면일버리

나가섯다가

해가저야쏘다시

도라오서선

매일살길걱정에

잠못자시는

내야벗님만은요

불상하지요

×

9 현동렴(玄東濂)의 동요 「아버님」(『중외일보』, 1928.3.30)의 원문은 다음과 같다. "하로살기가난한 우리집에는 / 내아버님참으로 불상하지요 / 해만쓰면일버리 나가섯다가 / 해가저야쏘다시 돌아오셔선 / 매일살길걱정에 잠못자시는 / 내아버님만은요 불상하지요 / × 구차스런살림인 우리집엔요 / 나늙으신아버님 불상하지요 / 철모르는우리들 벌어먹이려 / 죽도록고생하신 그괴론얼굴 / 넘우나도불상해 볼수업지오 // ―끗―".

구차스런살림인
　　　　우리집엔요
나늙으신아버님
　　　　불상하지요
철모르는우리들
　　　　버러먹이려
죽도록고생하신
　　　　그괴론얼굴
넘우나도불상해
　　　　볼수업지요

(三)

牛耳洞人,『中外日報』, 1928.11.15

이제는 이만하고 처음에 現在 學校에서 가르키는 唱歌에 대하야 簡短이 말한 일이 잇거니와 이제 나는 唱歌와 童謠에 對하야 差異點을 말해 보겟다.

朝起

닐어나오 닐어나오
맑은긔운 아츰날에
새소리가 먼저나오
닐어나오 닐어나오
아츰잠을 일즉깨면
하로일에 덕이라오

닐어나오 닐어나오

아즉잠을 늣게깨면

만악(萬惡)의본이라오

닐어나오 하는소리

놀라서 닮을깨니

상쾌하다 이내마음

반달

푸른하늘銀河물

하얀쪽배엔

桂樹나무한나무

토기한마리

돗대도아니달고

삿대도업시

가기도잘도간다

西쪽나라로

銀河물을건너서

구름나라로

구름나라지나서

어대로가나

멀리서반짝반짝

비추이는것

샛별도燈臺란다

길을차저라

우리는 「朝起」와 「반달」을 創作한 作者의 心理가 퍽 다른 것을 볼 수 잇다. 이러한 놀애는 두 가지로 난홀 수 잇다. 「朝起」를 쓴 作者는 아모 感興도 업는 것을 '어린이에게 일즉 닐어나게 하기 위하야' 쓴 것이요 「반달」을 尹克榮 氏는 이러한 功利的 目的이 하나도 업시 詩的感興이 닐어나서 쓴 것이다. 「朝起」와 가튼 類의 놀애는 어린이들이 學校에서 强制로 배워주면 할 수 업시 불르지만 絶對로 學校 以外에서는 불르지 안는다. 불를내야 別로 잘 記憶도 안 될 것이다. 그러나 「반달」은 學校에서도 가르켜 주지 안흔 놀애이지만 現下 全 朝鮮에 퍼젓다. 「반달」이란 童謠가 짓기도 잘 지엇거니와 더욱이 曲調가 조하서 筆者도 「반달」을 놀애하는 것을 들을 때에는 '工夫고 事業이고 다 — 집어치우고 이 놀애만 늘 들엇스면' 하고 忘我的 恍惚을 感覺한다. 筆者도 심심할 때에 「반달」과 「작은 갈매기」를 불르고 한다. 우리 朝鮮에서도 小學校에서 以前 唱家라고 하는 것을 唱歌 全科目으로 하지 말고 童謠를 가르켜 주지 안흐면 안 될 것이다.

그리고 童謠에는 거츠른 文句가 업시 아름다운 말노 써야 하나니 암만 훌륭한 童謠라 할지라도 읽든지 노래부르던지 할 때에 입에 거슬니면 그 童謠는 아모 價値업는 것이 되고 만다. 그리기 때문에 外國 童謠를 飜譯하는 境遇에 더욱 注意하여야 한다. 年前에 엇썬 사람이 『世界童謠集』인가 무엇인가를 飜譯한 것을 보니싸 全部 거츠런 말노 直譯을 하여서 全部 作品을 버려노은 것을 보왓다. 飜譯하는 境遇에는 平常時에 創作하는 態度로 飜譯하지 안으면 안 된다.

작은갈매기

둥근달밝은밤에 바다가에는
엄마를차즈려고 우는물새가
南쪽나라먼故鄕 그리울때에
늘어진날개까지 저저잇고나

밤에우는물새의 슯흔신세는

엄마를차즈려고 바다를건너
달빗밝은나라를 허매다니며
엄마엄마부르는 작은갈매기

이 놀애의 말이 얼마나 아름답습니까. 붓잡으면 살아질듯한 놀애다. 암만 잘 된 童謠라 할지라도 맘이 보들압지 못하고 거칠고 구든 마듸가 잇스면 眞實한 童謠가 될 수 업다. 이 「작은 갈매기」는 現在 朝鮮童話界의 '王'이라고 부르는 方定煥 氏가 日本 童謠 「濱千鳥」란 것을 「갈매기」라고 題目을 고치어서 飜案한 것이다. 그러면 「濱千鳥」란 原文은 엇더한 것인가.

青い月夜の　濱邊には
親をさがして　鳴く鳥が
海の国から　生れ出る
ぬれたつばさの　銀の色

夜なく鳥の　かなしさは
親をたづねて　海を越え
月ある国は　消えて行く
銀のつばさの　濱千鳥

朝鮮서 「작은 갈매기」가 全 朝鮮에 퍼진 거와 가티 이 「濱千鳥」도 日本 全國, 아니 日本 사람 사는 곳에는 어느 곳이든지 퍼진 것이다.

아마 우리 朝鮮 小學生 中에서도 이 「濱千鳥」를 別로 모를 이가 업슬 줄로 생각한다. 作家로 안저서 어써한 感興을 어덧스면 '이것은 어린이가 부를 것이다'란 생각을 니저서는 안 된다. 그리하야 童謠作家로 안저서는 '어린이'들과 동무가 되어서 '어린이'들의 말에 注意하야 듯고 童謠 創作할 때에는 어린이의 말로 쓰지 안흐면 안 될 것을 니저서는 안 될 것이다.

그러고 쏘 어린이들의 고은 마음을 상치 안흘 — 곳 어린이들에게 낫븐 影響을 줄 作品인가? 조흔 影響을 줄 作品인가를 區分해 보지 안흐면 안 될 것이다.

(四)

牛耳洞人,『中外日報』, 1928.11.17

童謠의 起源

童謠는 어느 째부터 잇섯느냐 하면 '어린이'가 人間世界에 存在하얏슬 그째부터 잇섯다고 하겟다. 그의 拙著『民謠硏究』文의 "民謠 起源을 말하엿는데 童謠도 民謠의 起源과 同一한 過程을 過程하엿다." (此項으로부터 「作者의 感動」, 「藝術이란 무엇인가」, 「童謠도 詩일가」, 「童謠의 種類」 等은 改作할 必要가 업써서 그냥 둔다.)

童謠의 分類

나는 以上에서 童謠의 여러 가지 種類를 말하엿스나 이것을 簡單히 分類한다고 하면 두 가지로 分類하는 것이 조타. 卽 敍事童謠와 抒情童謠 두 가지이니 以上에 記入한 '俚語로써의 童謠'라던가 '寓話로써의 童謠'라던가 等 童謠는 全部 抒情童謠이요 「정직한 나무꾼」과 「쌈안 종희」 等 童話詩는 敍事童謠라고 하겟다. 現在 敍事童謠를 '童話詩'라 함은 不完全한 말이니 今後부터는 '敍事童謠'라고 쓰기를 바란다.

우편통

南應孫 作

길가에 웃득섯는 빨간우편통
한달에 월급이 얼마나되나
비오나 눈오나 사시장춘을
멀니 입벌니고 웃득서잇네

×

멀거니 웃득섯는 빨간우편통

빨간옷 한해한번 가라입고서

무엇을 월급으로 밧고서잇나

편지를 바다먹고 웃득섯다네

사람들아

사람들아 사람들아

나라잇는 사람들아

일하여라 일하여라

나라위해 일하여라

제나라를 위하여서

죽엄을야 두려말고

도라가신 어버이가

이것은 七八年 前에 筆者가 習作한 所謂 童謠란 것인데 前篇과 比較하여 보면 童謠인지 民謠인지 토막글인지 알 수가 업다. 現在 朝鮮에도 童謠가 만히 流行하여 所謂 唱歌라는 것이 어린이 입에서 불러지지 안는 代身에 童謠가 만히 불려진다. 그런데 現在 朝鮮에서 童謠 짓는 이가 童謠라는 것을 아지 못하고 짓씨 때문에 어린이에게는 맛당치 안는 童謠가 생긴다. 쉽게 말하면 戀愛詩나 雜歌 가튼 種類의 노래를 지여서 '童謠'라고 내여놋는다. 이러한 노래는 어린이의 마음을 傷하게 할 쑨만 아니라 아조 어린이의 마음을 버리는 것이다. 사람의 心理란 이상하야서 조흔 것은 배우기 어려워도 나쁜 것은 얼는 배와지는 것이다. 어린이들도 조흔 童謠는 얼는 배우지 못해도 나쁜 童謠는 얼는 배운다. 배우지 안어도 나쁜 童謠는 어린이들이 얼는 배운다. 그러기에 作家가 童謠를 지어놋코 '이것이 어린이에게 必要한 童謠인가' 생각해 보고 發表하지 안으면 안 될 것이다.

달노래[10]

火魂 作

달아달아 밝은달아
부듸부듸 가지마라
네가가면 날이새고
날이새면 해가뜬다
해가쓰고 달쓰는데
인간세월 다라난다
인간세월 가건말건
그야알것 업지만은
우리인생 놀고보면
검은머리 희여저서
썩은세상 남겨놋코
속절업시 죽고만다

이 童謠는 나쁜 童謠라 하야 記載한 것은 아니다. 이 童謠는 말은 어린이의 말이지만 어린이의 마음이 表現되지 안엇다.

(四)

牛耳洞人, 『中外日報』, 1928.11.18

어린이로서는 사람의 生死問題를 생각할 頭腦를 갓지 안혓다. 歲月이 如流하야 늙어서 죽는지도 몰를 것이며 病이 나서 죽는 것도 몰를 것이다. '죽엄' 그것이 무엇

10 정규명(丁圭蓂)의 「달노래」(『매일신보』, 1925.12.6)와 동일한데 지은이 이름이 다른 것은 알 수 없다. 『매일신보』에 수록된 원문은 다음과 같다. "달아달아밝은닭아 / 부듸부듸가지말게 / 네가가면날이새고 / 날이새면해도간다 / 해가고달가는데 / 人間歲月다라난다 / 人間歲月가건말건 / 그야알것업지만은 / 우리人生늙고보면 / 졈운머리희여져셔 / 썩은世上남겨두고 / 속졀업시쥭고만다 // 씃".

인지도 모를 것이다. 그러니까 이러한 어린이의 마음에 不適當한 童謠를 어린이에게 부르게 하는 것은 넘우나 過度한 일이다. 어린 사람에게는 人生問題가 必要치 안타. 어린이에게는 神秘로운 것이 必要하다. 卽 事實과는 正反對로 神秘로운 것을 노래한 童謠라야 어린이들의 好奇心을 산다. 在來 어린이들은 人間世上을 觀察할 때에 全部 神秘하게만 생각하기 때문에 神秘로운 것을 노래하야 어린이들이의 마음에 印象이 잘 되고 또는 어린들의게 歡迎을 밧게 된다.

반달

尹克榮 作

푸른하날銀河물
하얀쪽배엔
桂樹나무한나무
톡기한머리
돗대도아니달고
삿대도업시
가기도잘도간다
西쪽나라로

×

銀河물을건너서
구름나라로
구름나라지나선
어대로가나
멀니서반짝반짝
비초이난것
샛별도燈臺란다
길을차저라

어린이들은 이러한 童謠를 얼마나 조와지는지 모른다. 이런 童謠의 內容이 事實과는 넘우나 써러저 잇는 童謠이지만 어린이들은 이러한 것을 事實로 認定하고 조와하는 것이다.

새봄에게[11]

開城 趙弘淵

봄아봄아 새론봄아
바람에야 몬지털고
가는비에 목욕하고
꼿동모와 풀동모로
산이든지 들이든지
오날날을 마즈련다

봄아봄아 새론봄아
아지랑이 電報하고
버들닙흔 눈찟하고
나비동모 버들동모
學校든지 집이든지
오늘날을 노래하마

이와 가티 어린이들은 봄을 單純하게 보지 안코 普通人으로는 생각지도 못하리만큼 有意하게 보는 것이다. 어린이들은 무엇이든지 어른들과는 다르게 觀察하고 따라서 그럴쯧하게 批判하는 것이다.

---

11 개성(開城) 조홍연(趙弘淵)의 『매일신보』(1924.1.1) 현상문예에 2등으로 당선된 동요로 원문은 다음과 같다. "봄아〰시로운봄아 / 바람에 몬지털고 / 가는비에 목욕하고 / 꼿동모 풀동모로 / 산이든 들이든 / 오날눌을 마즈련다 / ◇ 봄아〰시로운봄아 / 아지랑은 電報하고 / 버들입흔 눈짓하고 / 나뷔동모 벌동모로 / 學校이든 집이든 / 오는날은 노릐하마".

형뎨별

어린이 所載

날저무는 한울에 별이삼형뎨
반짝 반짝 정답게 지내더니
웬일인지 별하나 보이지안코
남은별이 둘이서 눈물흘린다.

이 가티 어린이들은 별이 빤짝빤짝 빗나는 것을 눈물 흘리며 우는 것으로 본다. 바다 갓에서 갈맥이가 짜짜하며 소리 지르는 것을 어린이들은 엄마를 일은 새가 엄마를 차차즈며 우는 우름소리로 보는 것이다.

엄마새

어린이 所載

우리아가 잇느냐고 부르는참새
찍징 찌착 부르는 참새
애기새는 산등성이아즈랑이속
애기새는 골짝이의 안개의속의
우리아가 잇섯다고 부르는참새
착착 찍찍 부르는참새

새가 찍찍 하고 나라 단니니가 이것을 엄마새가 애기새를 차자서 단니며 애기새 부르노라고 찍찍 찍찍 한다고 어린이는 본다. 作家는 이러한 어린이의 像想力과 判斷力을 잘 아러야 할 것이다. 그리하야 조흔 童謠가 엇떠한 것인지 나뿐 童謠가 엇떠한 것인지 알 것이다.

(五)

牛耳洞人,『中外日報』, 1928.11.19

『世界一週童謠集』을 보고

내가 童謠作家로 認定하는 文秉讚 君이 『世界一週童謠集』[12]을 發行하엿다는 新聞廣告를 보고 나는 퍽 반가워 하엿다. 그러나 今日에 그 童謠集을 손에 들고 一篇式 읽어보니 不正한 點이 發見됨에 不快한 感情을 참을 수 업다. 먼저 나는 題目부터 자미업게 생각한다. 일즉이 나의 親友 李定鎬 君이 『世界一週童話集』을 내인 일이 잇다. 그런데 그 童話集 첫머리에두 '어린이'이가 世界一週 旅行을 하는 形式을 꿈이여 노코 한 나라에서 한 가지 童話를 골나서 니야기하는 것으로 꿈이엿다. 그러나 文君의 童謠集엔 그러한 形式도 업시 『世界一週童謠集』이라 햇스니 차라리 『世界童謠集』이라 햇스면 얼마나 조화슬가 한다. 童謠集과 童話集과는 區別이 잇지만 文 君은 넘우나 前 題目 가튼 것을 模倣하기에 애쓴 點이 보인다. 쏘는 文 君의 世界童謠를 모와 노은 努力 感謝한 일이나 譯文이 너머나 不自然하게 되엿다는 것이다. 假令 英國童謠 「자장가」 一面을 보면

애기야울지말고잘자거라
당신은점점잘아난다
얼마안되여서누님이될터이지
아름다운世界에잇는것은
모디당신의것이요

햇스니 이런 譯文이 어대 잇는가. "애기야 울지 말고 잘 자거라" 햇스면 '애기는 점점 잘아난다' 하든지 '너는 점점 잘아난다' 하여야 될 터인데 '애기야' 한 사람이 갑짝이 '당신'이라고 햇스니 讀者는 '애기'와 '당신'을 두 사람으로 보기 쉬울 것이다.

12 문병찬(文秉讚)의 『세계일주동요집(世界一週童謠集)』(永昌書舘, 1927)을 가리킨다.

이것만이 아니다. 여러 가지 童謠를 飜譯한 것을 보면 섯투른 筆才가 露出되엿다. 그리고 또한 가장 우수운 것은 文君이 '자장가'에다 '子長歌'라고 註를 내엿스니 그런 어린애짓이 어대 잇는가.

(六)

牛耳洞人, 『中外日報』, 1928.11.20

자장가는

'자장, 자장, 우리애기 참 잘 잔다'라고 부르는 노래이기 째문에 '자장가'라고 일홈을 지은 것이다. 그러나 '子長歌'라는 일홈은 업는 것이다. 漢文으로는 '子守歌'라는 것이 '자장가'가 아닌가 한다. 또 한가지 고약한 일홈은 「설날」이란 童謠는 尹克榮 氏의 名作의 하나인데 이것을 作者 일홈도 안 부치고 記載하얏스니 이 「설날」이 古來로부터 流行하는 童謠란 말인지 文君 自身이 지엿다는 意味인지 그 本意를 알 수가 업다. 「설날」의 作者가 멀리 가 잇스니까 '관계치 안으려' 하고 挾雜을 햇는지 모르나 나는 文君의 良心을 疑心한다. 더군다나 方定煥 氏 創作 童謠 「허잽이」를 徐三得이란 일홈을 부처서 記載하엿스니 그런 良心업는 짓이 어대 잇는가. 文君은 언제인가 方定煥 氏가 徐德出이란 어린이 童謠를 도적햇다고 거짓말을 新聞에 내엿슬 째에 方定煥 氏가 自己의 創作童謠라고 明白하게 말한 일이 잇지안은가. 더욱히 徐德出이란 어린이가 『어린이』 雜誌에다 '文秉讚이란 사람이 내가 짓지도 안한 童謠를 내것이라고 方先生님을 욕을 햇스니 퍽 이상한 일이다'고 쓴 것을 보지 못하엿는가. 그런데도 불구하고 '徐三得'이란 일홈을 부처노앗스니 文君은 精神에 異狀이 생겻는지 모르나 좀 實際잇게 나아가기를 바라는 바이다. 더군다나 「허잽이」란 童謠가 『朝鮮日報』에 曲譜와 아울러 낫든 것이니 文君보다 讀者가 「허잽이」란 童謠가 方定煥 氏 作品인 것을 더 잘 알 것이다. 나는 「허잽이」란 童謠를 諸君에게 한번 더 보이기 위하야 여긔에 記載해 둔다.

(七)

牛耳洞人,『中外日報』, 1928.11.21

허잽이

누른논에 허잽이
우습고나야
입은벌려 우스며
눈은 성내고
학생모자쓰고서
팔을 벌니고
장대들고 섯는꼴
우습고나야

누른논에 허잽이
맘이조와서
적은새가 머리에
올나안저서
이말저말 놀여도
모른체하고
입만벌려 웃는꼴
우습고나야

(以上에ㅅ것은 昨年 夏期에 京城 갓슬 때 改作하야 두엇든 것이다.)

『童謠作法』을 읽고

日前 筆者는 엇뜬 親舊의 집에 갓다가 그의 책상에서 鄭烈模 著『童謠作法』[13]을

13 정열모(鄭烈模)의 『동요작법』(신소년사, 1925)을 가리킨다.

잠간 보왓다. 나는 만흔 期待를 가지고 一讀하여 보왓스나 너머나 文字 羅列에 不過하엿지 童謠作法이라고 할 수가 업섯다. 一言으로 評하면 金錢이나 얼마 모화볼려는 野卑한 생각으로 『童謠作法』이라 題名하야 어린이들에게 닑키는 것이라고 할 수 잇다. 筆者는 이 『童謠作法』이 조금이라도 價値가 잇스면 黙過하겟스나 너머나 無用한 無價値한 것을 일키여서 童謠를 짓는 어린이들에게 童謠를 잘못 알게 하는 폐단이 잇기에 여긔에 몃 마디 하려 한다.

著者는 아직 童謠라는 것부터 모르고 『童謠作法』[14]을 著作하엿스니 너머나 우습지 안은가 한다.

나무군과작은잔나비

절룩바리의작은잔나비가
무슨지적을햇는지
무슨지적을햇는지
술감탁이의나무군에게마저죽어
모레우푸른재빗의펜키발는
鐵橋의아레地球의곳과곳에꾀힌
칙줄에苦笑의얼골로매달려잇다

이 作品은 黃錫禹 氏의 詩인데 이 것을 著者는 '童謠'로 取扱하엿다. 此 一篇만도 아니다. 그냥 詩와 民謠를 童謠로 取扱한 것이 만히 잇다. 그러면서도 童謠의 良不良을 말햇스니 쏘한 一笑를 禁치 못할 일이 아니냐.

귀곡새

새가운다 새가운다

14 원문에 '(童謠作法)'으로 표기되어 있으나 오식이 분명해 모두 단행본을 표시하는 '『童謠作法』'으로 고쳤다.

놉흔공중 안개속에
적은몸을 감추고서
「고이」「고이」 슯히운다

저와가티 구슬푸게
밤깁도록 우는새는
제몸속에 죽지못한
처녀의혼 귀곡새라
밤은깁허 고요한데
두날개를 벌니고서
안개속을 헤매이며
「고이」「고이」 슬피운다

이것은 벌서 한 三四年 前 普成專門學校에서 發行하던 『時鍾』 誌에 筆者가 習作으로 發表한 것인데 著者는 이것을 가르처

"萬一 意味도 모르는 어른들 말을 그대로 본보와 맵시 잇게 진 童謠가 잇다 하면 그것은 마치 魂업는 흙부처가 되고 말 것이다"라고 말하얏다. 勿論 이 作品은 習作이여서 童謠의 價値가 업다. 하나 著者는

사마구
저애기
사마구
울사마구

거리술집
갈적에

제비가

한쌍

오늘저녁

저달이

푸르기도하여라

한 童謠는 조흔 童謠라 햇스니 讀者도 이 童謠가 참 價値가 잇는가 업는가 알 것이며 이 童謠의 意味가 무엇인지 알는지 모르겟다. 筆者는 盲人이 되엇는지 이 童謠의 意味부터 理解하기 어렵다. 이것 뿐만 아이다. 이와가튼 非詩 非童謠를 童謠라 하야 列擧한 것이 여간 만치 안타.

(八)

牛耳洞人, 『中外日報』, 1928.11.25

아마 著者는 自身의 習作童謠를 되엿던지 안 되엿던지 버리기가 아까워서 모조리 주서모와 놋치 안엇는가 疑心한다. 그리하고도 所謂 童謠 定義에다가 曰 "兒童性이 잇고 가장 高尙한 藝術的 價値가 잇고 語韻까지 音樂的인 것을 眞正한 童謠라 할 것이다. 다시 말하면 童謠란 것은 藝術的 냄새가 놉흔 아희들 노래이니 아름답고 가장 □은 맛 또 世界에 對하여 無限히 憧憬하는 맘이 아희들 興味에 꼭 들어마저서 그것이 그냥 한덩어리가 되고 巧妙하면서도 짓지 안은 생긴 대로여서 마치 들새가 맑아케 개인 하날을 볼 때 아름다운 소리로 노래 부르지 안코는 잇슬 수 업는 것가티 제절로 부른 아희들 詩를 童謠라 한다"란 사람이 그래 되지 안은 意味도차 아지 못한 토막글과 普通 詩를 주서모와 노코도 그것이 '가장 高尙한 藝術的 價値가 잇는 童謠인가'고 다시 著者에게 뭇고 십다. 적어도 所謂 '作法'에 引用하는 童謠는 가장 優秀한 作品을 적어노아야 할 것이다. 그래야 讀者가 얻는 아러보지 되지 안은 童謠, 詩, 民謠 等을 區別도 업시 童謠로 引用하엿스니 讀者는 '作法'을 일고도 엇던 것이 참말 童謠인지 알 수가 업슬 것이다. 筆者는『新詩壇』에 連載하는「新詩研究」中의 一部인「詩魂에 對하야」란 項目을 써야 될 터인데 朱요한 氏 飜譯한 '번스'의 民謠 '내 마음 가는 곳은 하일낸드이지 이곳은 아니다'란 內容을 가진 것 二篇을 引用하여야 되겟기에 지금까지 四方으로 편지하여 求하엿스나 아직 求하지 못하야「詩魂에 對하여」서라는 것을 쓰지 못하고 잇다. 鄭 氏와 가트면 아모것이든지 引用하겟지만 '作法' 等類에다 그와 가티 輕率이 아모것이던지 引用하면 그 '作法'을 버리는 것이다. 그러기 때문에 단 一篇이라도 引用하는 경우에는 퍽 注意하여 選擇하지 안으면 안 된다. 鄭 氏의『童謠作法』에서 理論은 한가지도 거리ㅅ김 업시 되엿다고 본다. 하나 著者는 아직 詩, 民謠, 童謠를 區分할 줄도 모르고 또는 조흔 童謠와 나쁜 童謠를 仔細이 모르기 때문에『童謠作法』을 버리여 노왓다. 이제라도 이러한 點을 注意하여 引用한 안 된 童謠들을 다 — 내버리고 참으로 藝術的 價値가 잇는 童謠만을 골나서 記入하면 가장 完全한『童謠作法』이 되겟다. 著者는 將來의 童謠 作家를 위하여 하로밧비 그 作法을 改作하기 바라며 이것으로 씃막는다. 다음은 嚴弼鎭 編『朝鮮童謠集』[15]에 對하여 말해 볼가 한다.

『朝鮮童謠集』을 읽고

近來 우리 朝鮮文藝界에 兒童文藝 運動과 樹立에 長足의 趨勢로 發展隆盛한 것은 朝鮮民族으로써나 文藝運動者로써나 다 — 稱讚할 일이다. 成人 等의 文藝보다도 將來의 朝鮮 志士, 淑女가 될 兒童의 心靈의 糧食인 兒童文藝運動을 하는 것이야말로 民族的으로 反□的으로 □□할 偉業이다. 그러나 現在까지 兒童文藝에 對하야 積極的으로 活動하는 사람이 업서서 朝鮮童謠, 民謠, 童話 等□이 업는 此際에 兒童藝術教育에 最高 部門의 特效를 가진 童謠集을 더욱이 朝鮮童謠集을 嚴弼鎭 氏의 손을 거처서 發□된 것은 朝鮮兒童 敎化運動에 劃期的으로 助長할 일이다.

15 엄필진(嚴弼鎭)의『조선동요집(朝鮮童謠集)』(彰文社, 1924)을 가리킨다.

(九) 牛耳洞人, 『中外日報』, 1928.11.28

日本 사람들은 우리 朝鮮□, 民謠, 童話 等 諸般 文藝를 根本的으로 硏究 批評하며 또는 그 硏究의 結晶이라고도 할 朝鮮童話 等 朝鮮民謠硏究, 朝鮮童謠集 等 書冊을 自己나라 말로 飜譯 論述하야 世上에 公布하얏다. 그러나 朝鮮서 所謂 文學 云云 藝術 云云하는 사람들은 西洋의 文學藝術은 잘 안다고 '톨스토이'를 말하고 '유고'를 말하고 '쉐쓰피어'를 말하면서도 朝鮮文學藝術에 關하야서는 盲目이여서 아즉까지 朝鮮童話集, 民謠集 하나를 못 꼽이여 노왓다. 이런 것을 遺憾으로 생각하든 筆者는 嚴弼鎭 氏의 努力에 感謝를 表하는 바다. 그러나 『朝鮮童謠集』을 全部 훌터보면 □□된 것과 缺陷된 部分이 적지 안타. 무엇이냐 하면 童謠와 民謠를 確實하게 區別하야 노치 못한 失手이다. 卽 朝鮮童謠集이면은 童謠만 모엿서야 될 터인데 朝鮮民謠가 間間이 석기여 잇다는 것이나 「榮華롭게」, 「일아이들」, 「짤나커든」, 「편지오네」, 「뽕」, 「주머니」, 「꼿할애」, 「밤」, 「싀집살이」 等은 全部 純全한 民謠다. 만약에 이 『朝鮮童謠集』을 鄕土文學 硏究者의 硏究 材料를 收集한 것이면 모르지만 兒童들에게 말하려고 한 것이면 너머나 不注意하지 안엇나 한다. 筆者는 現在 『朝鮮民謠集』을 刊行하려고 計劃 中에 잇지만 童話, 童謠, 民謠는 民謠란 것을 明白하게 區別하지 안으면 안 된다. 그러지 안코 童謠集에다가 民謠를 석거노으면은 單純한 兒童들의 머리에 民謠도 童謠로 認識하게 되면 그때서 더 큰 誤錯이 업다고 생각한다. 嚴弼鎭 氏에게 바라는 것은 『朝鮮童謠集』을 □□ 再刊하게 되면 上記한 民謠 等 "安貧樂道歌는 朝鮮民謠라고 表名햇스니가 關係치 안타고 생각한다"을 빼버리고 그 代身으로 童謠를 記入하면 이 『朝鮮童謠集』은 퍽 完全하게 될 줄 안다. 以上 『世界一週童話集』, 『童謠作法』, 『朝鮮童謠集』에 對하여 一言하여 둔 것은 너머나 쏙 □□한 말 가치 보기 쉽겟스나 童謠硏究에 注意하지 안으면 안 될 點이여서 지나가는 말로 한마디씩 안□나 絶對로 그 □□ □□을 □하기 위하여 이 붓을 □□하엿다는 것을 理解하여 주면 多幸이겟다.

(十)　　　　牛耳洞人, 『中外日報』, 1928.12.1

童謠를 지을랴는 兒童을 爲하야

日本 童謠詩人 北原白秋 氏가 말한 바와 가티 童謠의 世界에는 무엇이 잇는가. 한울이 잇다. 푸르듸 푸른 한울이 잇다. 太陽이 잇고 달이 잇고 별이 잇고 구름이 잇고 또 여긔서부터 季節의 바람과 빛이 잇고 비가 잇고 눈이 잇고 안개가 잇고 또는 地球가 잇다. 우리들의 사는 둥글듸둥군 地球가 잇다. 地球에는 산이 잇고 바다가 잇고 섬이 잇고 내가 잇고 강이 잇고 沙漠이 잇고 湖水와 습이 잇고 그리고 都會와 農村이 잇고 들이 잇다. 들에는 나무가 잇고 풀이 잇고 이끼가 잇고 野菜가 잇고 쏫이 피고 쏫이 진다. 또 새가 잇고 즘승이 잇고 버러지가 잇고 貝類가 잇다. 녯날녯적 니야기가 잇고 동으로 맨든 통이 잇고 집으로 맨든 집이 잇고 제사 지내는 것이 잇고 과자가 잇고 람프가 잇다. 飛行機와 航空船이 잇다. 붉은 벽돌 西洋館이 잇고 안테나가 잇다. 學校가 잇고 家屋이 잇고 아이들의 生活이 잇다. 아아 또 그 낫이 잇고 밤이 잇고 活動寫眞이 잇고 꿈이 잇다. 여러분 童謠의 世界에는 업는 것이 업습니다. 여긔에서 諸君은 본대로, 드른대로, 늣긴대로, 마음 움즉이는 대로 쓰면은 眞實한 童謠가 될 것이외다. 諸君에게는 童謠가 가장 쉬운 文藝作品이외다. 어른들은 제 아모리 詩를 잘 쓴다 할지라도 詩의 一種인 童謠는 여간 해서는 쓰기 어렵습니다. 그러나 諸君에게는 童謠가 머리 속에 가득 찻기 때문에 느끼는 그대로 쓰면 童謠가 될 것이외다. 諸君은 絶對로 童謠를 잘 지을려고 남의 童謠를 본바다 지을려고 애쓰지 말고 諸君 自身의 感動을 쓰지 안으면 안 됩니다. 저 英國에 有名한 詩人 '색쓰피어'라는 사람은 어렷슬 때에 나쁜 어린이들 류에 석겨 노랏는대 그 나쁜 어린이들은 남의 집 羊을 도적하여내다가 主人한테 들켜서 혼인 낫다고 합니다. '색쓰피어'는 그런 나쁜 마음은 업지만 그들 가운데 석겻던 關係로 큰 봉변을 당하고 집에 와서 곳 詩를 卽 童謠를 썻다고 합니다. 勿論 主人에게 원수 갑는 것을 童謠에다가 쓴 것이지요.

(十一)

牛耳洞人, 『中外日報』, 1928.12.2

이 童謠가 '섹쓰피어'가 가장 어렷슬 때에 임처음으로 쓴 詩라고 쓴 엇던 冊에서 본 생각이 남니다. 이와 가티 諸君은 남한테 아모 죄도 업시 욕을 먹엇다든가 매를 마젓다든가 또는 남이 욕먹는 것을 본다든가 매맛는 것을 본다든가 할 때에 諸君의 고요하든 마음은 여러 가지로 뒤설케 될 것이외다. 슯흔 일도 잇고 억울한 일도 잇고 우수운 일도 잇고 여러 가지 마음이 움즉이는 대로 그대로 쓰면 됩니다.

하날

하날아 하날아
너는무엇으로되엿느냐
흰떡으로되엿느냐
구름으로되엿느냐
좀가르켜다오

가마귀

가마귀야 가마귀야
검은옷입은가마귀야
써러진다 조심해라
바다우에써러진다 조심해라

적은새

이가지에서 저가지로
날아가는 적은 새는
찍찍짹짹난다
아아 입부구나적은새야

고양이

양옹양옹고양이

두러누어자는내얼골을할탓다

놀나서이러나서꼬렁지를잡아서

번적들어더니 양옹양옹하고

내손에서 빠저다라낫다

以上 四篇의 童謠는 벌서 五六年 前에 基督敎에서 發行하는『靑年』雜誌에 엇던 어린이가 썻든 것인데 얼마나 어린이의 용어이 童謠에 나타난 것인지 알 것이외다. 이것이 별로 조와 보이지 안치만 어른들의 눈으로 보면 가장 훌륭한 童謠외다. 그리하야 나는 아즉까지 이것을 가지고 잇섯든 것이외다. 바빠서 諸君에게는 이것으로써 끗슴니다.

자장歌에 對하야

나는 각금 방안에서 冊을 본다든가 글을 쓰다가도 겻집에서 자장歌 부르는 노래가 들리면 窓門을 열고 귀를 기울일 쌔가 만타. 나 잇는 집 겻집은 食堂인데 食堂 主人 여편네는 각끔 어린애를 안고 웃습에서 왓다갓다 하며 자장歌를 부른다. 나는 자장歌라고 特別히 조와하여 그러케 귀를 기울이는 것은 아니다. 日本에서 만히 流行하는 이 자장歌는 別달리 曲調가 아름다워서 조와함이다. 이제 그 자장歌를 原文대로 記錄하고 飜譯하여 봅니다.

ねんねやねんねや　おねんや

坊やはよい子だ ねんねしな

坊やの□守は　どこ行た

あの山越で里へ行た

里のみやけに　何もちた

でんでんたいこに　しまうのふゑ

だねにやるのに　かつてさた

坊やにやるのに　かつてさた

坊やはよい子だ　ねんねした

자장자장우리애기잘도자누나

우리애기착한애기잘도자누나

우리애기보는아이어대로 갓나

저건너산을건너서마을에갓다

마을에갓던선물로무엇사왓나

뎅뎅하는적은북에피리사왓나

누구에게줄려고 가지고왓나

우리애기주려고 가지고왓다

우리애기착한애기잘도자누나

이 노래 曲調는 엇지나 아름다운지 아모리 울던 어린아이라도 이 노래를 들으면 가만히 조용하게 쑴나라를 차자 가게 됩니다. 나는 각금 이 노래가 조와서 부르다가 남한테 비우슴도 바덧습니다만은 너머나 아름다운 노래여서 심심하면 自然히 이 노래가 불러짐니다.

얼마나 이 노래를 조와하는지 種種 친구들더러 작난으로 잔등을 쓰러주며 "울지마러라 애기야 여긔 아버지가 잇지 안흐냐. 어듸어듸(トレトレ)" 하고 이 노래를 부르면 처음엔 웃다가도 아름다운 노래 曲調에 친구는 가만히 귀를 기우리는 것을 각금 봅니다.

(十二)

牛耳洞人, 『中外日報』, 1928.12.4

자장자장 잘도잔다
우리애기 입분애기
잘도잔다 자장자장
아직밤이 안샛스니
조흔꿈을 만히꾸라
입분애기 울지말고
잘자거라 자장자장

자장자장 잘도잔다
우리애기 입분애기
잘도잔다 자장자장
해질때에 꼿봉오리
올치는듯 자장자장
입분애기 울지말고
자장자장 잘도잔다

이 자장歌는 嚴弼鎭 氏의 『朝鮮童謠集』에 日本 子守歌로 記入되엿스나 他 地方에서 流行되는지는 모르지마는 東京에서는 이런 자장가를 어더 들을 수 업습니다. 日本에서는 全國을 通하야 上記한 자장歌가 代表的이며 또는 大流行된다고 함니다. 이제 朝鮮 자장歌를 이야기해야겟습니다. 나는 京城에서는 七八年間이나 살어스나 「자장가」를 어더 들은 생각이 나지 안습니다. 오직 '자장 자장 우리 애기 잘도 잔다' 뿐인가 합니다. 그리고 平北 地方에서는

자장자장잘두잔다

우리애기 잘두잔다
건너집애기는 울기만하는데
우리집애기는 자기만 하누

란 것이 만이 流行합니다. 이제 나는 여긔에 全 朝鮮 各 地方에서 流行되는 「자장가」를 例擧해볼가 합니다.

자장가

워리자장 워리자장
이애눈에 잠오너라
우리애긴 잘두잔다
짓는개도 짓지말고
나는새도 나지마라
워리자장 워리자장
이애눈에 잠오너라
우리애긴 잘두잔다

자장가

자장자장 자장자장
우리애기 잠잘잔다
우리애기 잠자는데
압집개도 짓지마소
뒷집개도 짓지마소
자장자장 자장자장

자장가

자장자장 잘두잔다
우리애기 잘두잔다
우리애기 잘두잔다
압산에는 범이울고
뒷산에는 새가운다
자장자장 잘두잔다
우리애기 잘두잔다

자장가

아가야자장자장 어서자거라
저즌자린버리고 마른자리에
아가야자장자장 잘두자누나
쉬웁다얼는자라 어서소학교
기쁘다어느시에 벌서대학교
학사몸이되고서 박사몸이되여라
아가야자장자장 잘두자누나

자장가

아가야자장자장 어서자거라
서산에지는해도 잠을자누나
잠만들면자미잇는 꿈의나라에

가마귀는까우까우참새는짹짹
날즘생도제집을 차자들도다
아가야울지말고 어서자거라

지는해가내일아츰 뜰때까지

내 손에 모인 「자장가」는 이것 뿐인데 朝鮮 全國을 通하야 代表的 「자장가」라고 할 것은 이것인 줄 안다. 아직 曲調는 못들어보왓지만 意味가 퍽 조와 보인다.

자장가

자장자장 잘두잔다
우리애기 잘두잔다
銀子童아 金子童아
壽命長壽 富貴童아
은을주면 너를살가
金을주면 너를살가
國家에는 忠信童이
父母에겐 孝子童이
兄弟에겐 友愛童이
一家親戚 和睦童이
洞內坊內 有信童아
泰山가티 굿세여라
河海가티 깁고깁어
有名天下 하야보자
두리둥둥 잘도잔다
우리애기 잘두잔다

(十三)

牛耳洞人, 『中外日報』, 1928.12.5

너머 짓거린 感이 잇스나 民衆的 意思가 包含된 點을 보아서 代表的 자장歌라고 안이 할 수 업다. 그리고 엇썬 어버이든지 어린아기를 對하야 이러한 希望과 期待를 가질 것은 말할 것도 업겟지만 어린애기에게는 이러한 功利的 意味를 가진 「자장가」보다는 自然과 神□를 意味한 「자장가」가 더 조흘 줄 안다. 웨 그러냐 하면 어린애기에게 功利的 意味가 包含된 「자장가」를 제아모리 불러도 意味도 모를 것이다. 하나 自然과 神□는 어린애기가 直接 體驗하고 잇다고 해도 過言이 안이다. 그러니가 될 수 잇는대로는 이 方面에 □□하고 가장 아름다운 曲調가 必要할 줄 안다. □□ 中外日報 紙上에 金思燁 氏의 「자장가」란 것이 한편 記載되엇는데 퍽 곱게 되엇기에 여긔에 적어 놋습니다.

자장가

金思燁 作

압산절에 종이울여 해다저믈면
참새참새 꿈나라로 춤추며가고
나무나무 나무닙도 잠을잔단다
우리애기 착한애기 잠을자면은
꿈동산에 어엿븐 착한아씨가
압집닭이 울때까지 춤을춘단다
꿈동산의 꿈바다에 온배가쓰고
수정궁속 황금합이 화려하단다
우리애기 착한애기 어서자거라

이 「자장가」를 作曲만 해서 부르면 퍽 조흘 줄 압니다. 「자장가」에는 意味가 좃턴 낫부던 不顧하고 曲調가 아름다워야 할 줄 압니다. 웨 그러냐 하면 울던 어린애기라도 「자장가」의 意味에 잠드는 것이 아니요 自然스럽게 곱게 울니여 나오는 그 멜로디에 취하야 不安을 니저버리고 노래 곡조의 方向을 짜라 꿈의 나라로 가게 되는 짜닭이외다. 英國 자장歌에는

애기야울지말고 잘도자거라
울지말고자면은 점점큰단다
오래잇지안어서 색씨가된다
아름다운세계에 잇는것들은
무엇이든지모다 네것이란다

란 것이 잇는데 이것은 日譯에서 重譯하고 意譯하야서 本 意味는 半分도 表現되지 못하얏슬 줄 암니다. 한데 이 「자장가」의 意味는 別로 神奇하지 못하지만 曲調가 아름다워서 英國의 代表的 「자장가」라고 합니다. 나지막하게 (20여 자 해독 불가) 하고 曲調가 第一重要한 問題임니다. 內容에 들어가서 말하면 必然的으로 民族主義者는 자장歌에다가 民族主義를 表現할 것이며 社會主義는, 宗教家는, 自然主義者는 다 — 各各 自己의 主義를 表現하기 되는 것이외다. 新人間 十一月號에 나는 天道教의 主義主張의 意味를 取하야 이러한 「자장가」를 지여 낸 일이 잇슴니다.

자장가

牛耳洞人 作

자장자장우리애기 잘두나잔다
동무들과놀째에는 성내지말고
한울님벗을섬기여 공경하면서
의표케소곤소곤 노려야한다

자장자장우리애기 잘두나잔다

울지말고얼른자라 어른이되여
대신사의본뜻대로 마음을먹고
땀흘리며피흘리며 일을하여라

자장자장우리애기 잘두나잔다
이세상에사람들은 바다에빠저
건저달라소리치며 애원하는데
목숨바처건질사람 한사람업다

자장자장우리애기 잘두나잔다
아가야울지말고 어서자라서
궁을기단매를저어 힘을다하야
가련한세상사람들 건저주어라

天道敎人으로써는 全體가 어린애들에게 期待하는 것이 이 밧게는 아모것도 업다고 해도 可하다. 이제 基督敎의 「자장가」 二篇을 紹介해 볼가 한다.

(十四)

牛耳洞人, 『中外日報』, 1928.12.6

자장가

자장자장 워리자장
님사너화 자리보와

무수한□ 너희머리
예수께서 세상으로

내려오셔서새아희때
후렴 너와가티보은함은
밧지못하엿도다
너희자리 평안하나
주의자리 가련해
마구의 그 어린예수
강보싸하 뉘엇네
너는친구 무수해도
예수원수만어서
십자가에죽인것을
참아생각못하리

자장자장 워리자장
너를아는 사람은
사랑하는 어머니니
가만이서 자거라
너는예수주로알고
평생밋고섬기라
□시 주와 열일홈□
동거동락 바라네

자장가

옥반같이 잘난애기
울지말고 잘자거라
수박같이 부른내젓
량것먹고 잘자거라

우리애기 잠잘때에
예수너를 품으시사
모든원수 물니치니
념려말고 잘자거라

우리애기 수복동이
(한줄 해독 불가)
너의목숨 강과갓고
너의복은 산과같이
사랑하는 예수께서
네게주실 것이니
우리애기 수복동아
깨지말고 잘자거라
부모님께 화목동아
깨지말고 잘자거라
온순하기 양과갓고
여엽부기 고추가테
여호와의 허락한복
네가누릴 지로다
부모님게 화목동아
깨지말고 잘자거라

이것을 보아도 基督敎人은 어린아이에게 이런 마음을 안 가질 수 업는 것이다.

자장가

자장자장착한애기 잠잘자거라

뒷동산엔눈이와서 희기도하다
한울에서내리온 눈님의애기
소리업시누어서 잠도잘잔다
자장자장착한애기 잠잘자거라

이것은 開闢社에서 年前에 發行하던『婦人』第八號에「外國童謠」란 題目까지 붓처서 記載하얏던 것인데 우리는 이 作品에서 自然을 엇쩌케 곱게 描寫하얏는지 알 수가 잇다. 다시 말하거니와「자장가」의 內容에는 엇썬 意味를 包含시켯던지 關係할 것 업시 曲調가 가장 아름다워야 한다. 암만 몸이 압흔 어린아기일지라도 가만히 잠을 일우게 할 그러한 고흔 보드라운 曲調를 選擇하지 안으면 안 된다.

童謠는 어썬 사람이 지어야 될가.

童謠는 兒童의 歌謠이니까 勿論 兒童이 지어야 될 것이다. 하나 童謠에는 녯날부터 지금까지 遺傳하여온 口傳童謠와 兒童 自身이 지은 童謠와 詩人이 지은 童謠의 三部門이 잇는 以上 兒童 自身이 지은 것이야만 童謠라고 말하기도 困難하다. 그럿치만 嚴密히 말하면 童謠 그 어대까지던지 兒童이 지어야 된다고 나는 斷言한다.

"왜 그러냐 하면 兒童은 엇던 兒童이던지 詩人이다. 兒童의 □□行動은 곳 情緖的이 되며 律動的이 되여서 藝術的 □□을 表示한다." 卽 쉽게 말하면 어린이들이 된 말이고 안 된 말이고 중얼거리며 또는

"어머니, 홍, 나 눈깔사탕 사줘 응 — 어머니"

"아버지, 뒤집 복남이가 날 때려"

라던가,

日常生活의 말이 모다 詩語로 된다.

그리고 몸짓 손짓이 모다 舞踊에 가갑게 되기 때문에 그들의 말은 詩요 그들의 몸짓은 舞踊이다. 더구나 그들은 自然□□에 對해서 直覺的, 直感的 內面 生活을 詩에다가 表現하기 때문에 兒童作品은 自然의 □□다. 成人의 童謠는 노래할려는 創作意識으로부터 지은 創作의 技巧이지만 兒童의 童謠는 內容으로부터 □하야 스사로

□□의 形式이 되고 成人의 것은 形式에 依하야 內容을 統一할려고 하기 째문에 아모리 苦心하야 지여도 兒童 自身의 것만큼 지을 수 없다. (한줄 해독 불가)

童謠는 어대까지던지 兒童自身의 歌謠인데 成人으로써 童心 童謠의 歌謠를 짓는다는 것은 참으로 容易한 일이 안이다.

잠자는 애기

밧머리에 콜콜콜 잠자는애기
잠자는 애기겻헤 개가한마리
작심이로 쌔서논 누역우에는
날느든 잠자리도 쉬여간다네
엄마압바 김매어 세상산다고
□종일 잠자는 귀여운 애기

兒童藝術教育(一)

鄭寅燮, 『東亞日報』, 1928.12.11

우리가 一般 社會文化를 爲하야 一의 事件을 現出시킬 때 거긔엔 必然의 理論的 動機가 잇서야 하고 그리하야 그것이 終結될 때까지 一般 社會의 區區한 檢討에 비최여 主觀에 對한 客觀的 吟味가 업지 못할 것이다. 이것은 歷史進展의 過去 階段이 到來에 參酌되기 爲한 現代的 消化의 意義를 가진 것이니 進行形 中에 있는 一의 主格이 어쩌한 形容詞로서 限定되고 具象化됨으로 다음에는 어쩌한 推測으로 '프레디케이트' 될가 하는 것이 向者 '世界兒童藝術展覽會'를 마치고 나서도 업지 못하든 簡單한 나의 所感이엇다.

新敎育의 理論的 主張이 實際敎育으로 具體化 될 때 거긔에는 여러 가지 形式을 取하게 되지만 그 根本의 共通 思想은 盲目的 服從이 아닌 人格的 自由에 잇는 것이다. 强制的 順從은 奴隷이오 眞正한 意味의 道德的 行爲가 아니다. 不得已한 服從에서가 아니고 必然의 意義를 自己 스스로가 認識하야 비롯오 歸納的으로 斷定된 바 行爲는 當然의 義務 行動이 된다.

在來의 敎育 精神은 始終이 如一한 注入的 服從이엇스며 어쩌한 旣成된 社會의 保守케 하는데 方便的 有爲이엇다. 都會와 地方을 勿論하고 學校 自身이 往往히 學校 以外 사람들의 體面을 尊重히 하기 때문에 學校 全體의 兒童의 敎育을 等閑히 하는 수가 업잔햇다. 더욱이 學校 運用의 機能 形式에서 이러한 例를 흔히 發見할 수 잇거니와 在來 使用되는 敎科書란 것이 兒童의 全人的 敎育 思潮를 尺度하야 생각해 볼진대 그것이 얼마나 兒童을 爲함보다 實은 兒童 以外 사람을 爲한 것이 한 장 한 줄에서라도 檢討하야 指摘할 수 잇든 것이다. 이와 가티 어른을 爲하든가 人間 本然의 敎養 意義 以外의 功利的, 附屬的, 第二的 方便을 써나 兒童自身의 發達을 爲한 敎育 理論이 하로밧비 實踐化 되기를 期待 안흘 수 업는 것이 아닌가?

그럼으로 新敎育의 特色으로 생각한 바 한 가지 目標를 提唱할진대 그것은 다름 아니라 어른이 準備해 둔 方向으로 强制的 服從을 要求할 것이 아니라 兒童自身 가운데 잇는 힘으로써 自然히 發達케 하는 態度를 가저야 하겟다는 것이다. 그리하야 兒童自身의 世界를 開拓하는 創造性을 培養해야 될 것이니 여긔에 비롯오 兒童의 全人的 人格을 가진 自律的 人物이 現出할 것이요 다시 말하면 兒童 自身의 自由 意志에 依하야 敎育者는 그들의 論議 對象이 되고 동무가 되어야 하겟다는 것이다.

다음에 新敎育의 特色을 하나 들면 그것은 主知主義의 反動이니 十九世紀 後半 以來로 物質文明의 發達은 全世界의 産業을 鼓吹하야 그 結果 '헤르베르트'가 말한 바 主知主義는 全世界를 風靡하는 程度의 큰 힘을 가지게 되엇다. 그러니 이 主知主義는 人間의 知的 方面을 偏重한 까닭이요 人間의 意志라든가 感情이 全人格的 獨自存在에 얼마나 만흔 活動力을 가젓는가를 沒覺한 弊害를 가지고 잇는 것이니 이와 가튼 理知 偏重은 사람을 不具로 하야 여러 가지 欠陷된 文明을 보이게 되는 것이다. 知育은 사람을 槪念化 하야 모든 것에 人間生活의 具體的 意識을 가지지 못하고 다만 槪念的 抽象에 빠지는 힘업는 性格을 갓게 되는 수가 잇슬 뿐더러 一面에 잇서서는 사람을 機械化하고 物質化함으로 社會에서는 功利 偏見에 빠지게 되는 可憐한 知識階級이 얼마나 만흘가? 존손 여사가 『Dramatic method of teaching』라는 冊에서 다음 가티 말하얏다.

"우리들은 人間性의 敎育을 돌보지 안코는 科學者도 업고 藝術家도 맨들 수 업다. 그리고 一般은 이 重大한 '人間性의 敎育'을 要求할 줄 몰른다. 그러나 우리들은 少年少女의 天性의 熱烈한 마음을 認識하고 이것을 機械的인 環境에서 分離시키는 대서 적어도 少年少女를 도와 갈 수 잇슬가 한다."

그 다음에 新敎育의 特色을 그 方法에서 觀察하건대 兒童自身의 體驗에 맷겨 自己들의 '實際에 依하야 배우게 하는 것'이니 在來에는 知識의 傳達만을 主로 하야 兒童은 恒常 被動的 地境에서 機械的 暗記의 權化가 되어 잇섯다. 記憶의 成績이 반듯이 人間의 實際 能率을 表示하는 것이 아니다. 推理, 判斷, 創意들을 竝行하기 爲하야 兒童으로 하야금 硏究케 하고 批判케 하고 創作케 하는 것이다. 將次 어른이 되어서 有

效할 것이라고만 해서 兒童이 必要치도 안흘 것을 强制的으로 注入할 것이 아니라 兒童自身 心中으로 要求하는 바를 理解하야 거긔에 指導如何를 區分할 것이니 이는 곳 兒童으로 하야금 自立的 獨唱人으로 誘引케 하는 것이 된다.

(二)

鄭寅燮, 『東亞日報』, 1928.12.12

以上에 말한 바 特色을 가진 敎育論은 곳 所謂 말하는 最近의 藝術敎育이니 人間의 自由性의 見地에서 본다 하드라도 藝術의 創作 가티 作者의 自由를 必要로 하는 것은 업다. 作者의 精神的 自由 업시 眞正한 藝術은 到底히 創造치 안는다. 그리고 主知主義에 對한 反動으로 藝術敎育이 主張됨은 勿論이어니와 知識偏重에 빠지지 안는 全人的 敎育의 見地에서 본다 하드라도 藝術敎育은 만흔 效果를 가젓다 할 수 잇다. 또 新敎育의 方法論으로 생각해 본다 하드라도 '體驗과 作業'은 藝術敎育의 生命이요 圖畵, 音樂, 演劇, 이 모든 것은 그 本質上 兒童의 體驗과 創作을 發揮하는 것이다. 한 걸음 더 나아가서 生活 指導의 立場으로 생각한다 하드라도 兒童의 生活 그것이 벌서 藝術이요 繪畵, 音樂, 舞踊, 劇을 그 專門으로 가르치지 안는다 하드라도 兒童의 生活을 指導하는 方便으로서 얼마나 큰 힘을 가젓든가는 모든 이 方面의 學說에서 能히 肯定되어 잇는 바이다.

그러면 이 藝術敎育이란 것이 무어냐? 하면 狹意로 말하면 藝術의 創作과 鑑賞이니 卽 繪畵, 彫刻, 工藝建築, 音樂, 文藝, 演劇, 舞踊 等 모든 藝術의 鑑賞과 創作을 敎育함이다. 그러나 廣義로 解釋하면 藝術的 精神, 藝術的 方法에 依한 모든 敎育을 意味하나니 이것은 곳 美的 體驗을 通한 人間敎育이다. 이 美的 體驗 乃至 藝術 活動이란 것은 精神과 感覺의 兩者가 有機的으로 調和된 것이니 거긔는 生命의 表現이 잇다. 人間性으로서의 偉大를 構成하려면 知識 技能만이 全人格이 아닌 以上 가장 生命的인 藝術을 基礎로 하야 敎育을 樹立하는 것은 重大한 意義를 가젓다. 藝術은 感情의 所産만이 아니오 거긔에는 理知도 잇고 意志도 잇는 普通의 經驗 普通의 意識보다 더 놉고 크고 깁흔 것이다. 藝術은 官能的이오 美는 一種의 快感이지만 그것은 決코 官能的 快感에 始終하는 것이 아니다. 그것을 通하야 靈感의 地境에 니르게 하는 것이다.

우리에게는 各各 個性이 잇다. '라스킨'은 말하얏다. —"人間의 大小는 絶對的으로 날 때부터 決定되어 잇다. 一의 果實이 葡萄냐 살구냐 決定되어 잇는 것과 마찬가지로 嚴密히 決定되어 잇다. 勿論 教育 境遇 決心 努力은 큰 힘을 가젓다. 다시 말하면 살구 열매가 東風 때문에 妨害되어서 푸른 열매 그대로 땅에 떨어저 발에 짓밟히거나 或은 잘아서 黃金色의 '배르멧트' 가튼 아름다운 것이 된다는 것은 이러한 힘에 依한다. 그러나 葡萄에서 살구 小人物에서 偉人이 나게 하는 것은 技術 努力도 成功치 못하는 것이다."

(三)

鄭寅燮, 『東亞日報』, 1928.12.13

이와 가티 自我發展을 爲한 教育은 어른의 暴虐을 爲한 功利的 手段에 依할 것이 아니라 兒童自身의 滿足과 幸福을 그들의 個性에 依하야 充實케 하는 藝術的 指導에 依할 것이다. '존슨' 女史는 말하얏다. —"兒의 時代는 人生의 가장 幸福스런 때가 되고 십다. — 아니 恒常 그래야 될 것이다 — 라고는 누구든지 一致하는 생각이다. 이 時代는 한번 지내가면 무엇을 일흔 것이 다시 돌아오지 안는 것 가태서 그에 連續되어 오는 幸福이 그것을 代償할 수는 업다. 만일 그러타고 하면 兒童의 時代는 將次 到來한 暗黑時代에 對하야 光의 빗남을 吸收하려는 時代가 아니면 안 된다. 이러케 내가 主張하는 것은 과연 틀린 말일가? 그러고 나의 말하는 日光 그 物件의 힘에 依하야서라야 自然은 우리들의 마음의 가장 尊重한 部分에 우리들 天然의 欲求를 심어준다. 우리는 우리를 둘러 잇는 산 世界의 美를 알고 그 神秘를 取하야 깃버하고 世界에 둘 업는 우리 文學의 傑作에 共鳴 同感할 수 잇는 깃븜 美術의 美에 漸次 親熟해지는 맛, 이 모든 것은 青年의 마음을 태워 업새고 그들의 속에 솟아나는 '가티 하려는' 欲求로 맨들어 技術 傳習의 魂을 죽이는 單調와 束縛에서 써나 그것의 設或 하욤업는 少年의 꿈일지라도 그 少年의 熱烈한 마음의 覺醒을 이르킨다. 이것은 眞實로 헤알일 수 잇는 事實이다.

兒童이 實驗과 硏究를 깃버한 째는 그들의 慾望에 짤하 시키는 것이 조타. 그리하야 그것에 對하야 技術上의 必要를 그들 自身이 깁히 늣길 째는 그째 처음으로 必要한 技術敎育을 주라. 그들의 불가티 熱烈한 意氣를 써서는 안 된다. 이 世界를 進展케 하는 것은 實로 그들의 힘이 아닐가? 이 모든 夢想家들은 畢竟에는 實行者이다."

藝術敎育은 여긔에 큰 힘을 가젓다. 그들의 自由畵를 보라. 그들의 工藝 手藝를 보라. 그들이 遊戲하며 놀애하고 춤추는 것을 보라. 어써한 獨唱 어써한 깃븜이 잇느냐? 이것은 藝術의 自然스런 表現 行動이다. 藝術은 表現이다. 自我發展을 爲하야 表現을 要求한다. 그럼으로 表現에 依하야 自我發展을 圖謀하고 表現에 依한 兒童 自身 生活의 滿足과 幸福을 給與하는 것이 重大한 일이다.

社會 制度, 習慣, 施設을 改善하야 合理된 世上을 現出하는 努力도 努力이려니와 그 內面에 잇서서 人類의 根本 精神을 改造치 안코는 不完全한 것은 勿論이다. 掠奪의 生活에서 合理的 社會 生活을 하게 되는 데는 그 根本 精神에 잇서서 '일 그 自體 가운데 自己의 生命을 發見하며 일 그 物件에 몸을 바치는 깃븜을 가지는 대'서 出發하야 되는 것이니 이것은 곳 生活을 藝術에 接觸시키는 것이다. 일 그 自體에 興味를 가지고 生活 그 속에 自身을 맛보는 人生의 態度는 곳 藝術家가 創作을 할 째와 鑑賞을 할 째와 마찬가지의 心的 過程이 잇는 것이다. 이것은 곳 生活에 藝術을 附加하는 以上 生活 態度에 藝術的 綜合的 統一 感情을 가저야 한다는 것이니 이리하야 生活의 表現이 實社會에 잇서서 여러 가지 束縛 째문에 純粹치 못한 데 對하야 藝術上의 表現의 根本 感情인 純粹 感情이 浸透할 째 거긔에는 生活이 純化가 成立되는 것이다. 그리하야 社會를 根本으로 改造하는 그 自體의 目的 意識으로 轉換되는 수가 업잔하 잇다.

以上에 말한 바 藝術敎育이란 것이 人間敎育으로서 自我發展으로서 또는 社會敎育으로서 만흔 效果를 가진 以上에 한 걸음 더 나아가서 그것이 經濟的 方面으로 進

展 될 때 産業에 關聯되는 것이 잇스니 이는 곳 賞品의 美術化 藝術的 試鍊이 必要하다는 것이다. 또 廣告術로 陳列로 販賣行動의 美的 素養 等을 생각하면 工藝에 對한 鑑賞力과 創作力이 發達될스록 나라의 産業은 興旺케 되는 것이라 할 수 잇다.

이러케 생각해 볼 것 가트면 兒童 藝術의 教育的 價値가 個人의 立場으로서나 社會的 立場으로서나 또는 精神的 見地와 物質的 見地를 區別할 것 업시 적지 안흔 意義를 갖고 잇는 것이다.

朝鮮에 잇서서도 兒童을 自由로운 處地에 두어서 自我를 發達시킨다는 意味로 童話, 童謠, 童劇, 童舞, 그리고 童畵 乃至 自由畵가 幼年 教育에 重大한 地位를 占케 되엇스되 一般 學校 方面에서 보다 所謂 社會的 教育群에서 積極的으로 實踐되어 온 듯하다. 五六年 前부터 『어린이』를 爲始하야 만흔 兒童雜誌가 竹筍가티 솟아나고 各地에서 童話會, 童謠會, 歌劇會 等의 行事가 新聞上에 顯著한 程度의 盛旺을 連續하고 잇는 것은 누구나 다 記憶하고 잇다. 그러나 大體로 보아 一般 家庭 父兄과 學校의 一部는 最近 藝術教育的 效果에 沒覺한 까닭인지 積極的으로 兒童들의 그러한 感謝로운 自發的 自己 表現의 感銘을 妨害케 하는 수가 許多함을 종종 듯는 배 잇다. 이러한 現象은 實로 遺憾스러운 일이요 아모리 無理하게 兒童을 形式的 教育 乃至 偏重的 束縛에 逐入케 한다 하드라도 時代의 必然性과 兒童의 天性은 結局 나가는 대로 나아갈 것인가 생각한다.

꿈결갓흔 空想을 理想에 善導

넘치는 생명력을 됴절한다—童話의 本質

『每日申報』, 1928.12.17

最近[1]에 이르러서는 童話가 아조 民族的으로 되얏습니다. 지금으로부터 七年 以前에 童話協會가 成立되엇는데 當時에는 童話는 結果 거즛말을 가르치는 것이 됨으로 童話는 엇덧튼 科學的이 안이고는 아니 된다는 말까지 잇섯스나 그러나 이는 科學과 藝術과 意味를 잘 理解치 못하는 誤解라 하겟다. 밧구어 말하면 童話의 美와 童話의 興味는 藝術的이다. 萬若 우리들의 生活로부터 藝術이 써난다 하면 그 生活이 限업시 寂寞할 것과 갓치 兒童의 生活로부터 童話를 업새인다 하면 兒童의 世界는 말할 수 업는 寂寞한 世界가 될 것이다. 元來 童話는 空想的이라는 것을 根本으로 한다. 그는 空想이 가득한 世界가 곳 兒童의 世界인 까닭이다. 兒童이 七八歲 되고 보면 恰似히 적은 풀의 싹이 흙덩이를 깨치고 나옴과 갓치 非常한 生長力으로 心身이 發達된다. 그러나 兒童은 그 生命力을 충분히 쓸 도리를 몰으고 또 그를 쓸곳조차 적음으로 조치 못한 작란으로 몸을 쉿칠 사이 업시 活動케 한다. 그리하야 선모슴째의 兒童들은 병신이 아니면 어른들과 갓치 잠시라도 조용히 잇지는 못한다. 이 潑溂[2]한 兒童은 精神的으로도 자라고자 하는 精力이 非常히 旺盛하다. 그러나 이를 表現할 知識, 經驗이 업슴으로 結局 兒童은 限定잇는 範圍에서 自己의 힘 잇는 대로 낫하내이고자 하는 째문에 째로는 얼토당토아니한 空想을 할 째가 만타. 이 나희에 잇는 兒童으로서 萬若 어른이 生覺하는 것을 生覺한다 하면 그 兒童은 精神的으로 弱한 아해이다. 兒童은 어대까지 兒童 갓허야 한다. 그 幼稚한 空想과 想像力을 漸々 引導하야 아지 못하는 가운대 人生을 알게 하는 것이 가장 適切한 것일가 한다. 다음에는 兒童은 食物을 特히 要求한다. 이는 生理的으로 必要한 것으로서 兒童의 구

---

1 전문(全文) 한자 위에 한글로 음을 달았는데, 일본어 독음(讀音)인 후리가나(ふりがな)를 단 것과 같다.
2 '潑剌'의 오식이다.

하는 바에 應하야 童話에는 반드시 먹을 것의 이야기가 잇서야 한다. 童話는 兒童을 對象으로 지은 것으로서 처음에는 兒童이 지은 것이 아니고 녯날에 農夫와 산양군이 지은 것이라 한다. 童話에는 먹을 것의 이야기가 씨임과 함께 寶物이야기도 쏘한 만타. 西洋에서 第一 오릐된 이야기는 原始的의 것으로 漸々 想像이 進步된 것이 '寶物의 指環' 쏘는 '寶物의 燈'과 갓흔 自由自在한 想像을 한 것으로서 童話는 空想을 實地와 갓치 表現한 것이기 兒童으로 하야금 空想으로 理想으로 先導함이 가장 適當하다.

少年文藝 一家言

洪銀星, 『朝鮮日報』, 1929.1.1

一. 序言

少年文藝가 朝鮮에 存在하기는 벌서 二十餘年 前 六堂의 『少年』 雜誌로 비롯된 것은 이제 다시 論할 必要도 업슬 줄 안다.

그런데 六堂의 『少年』 雜誌 創刊 時代에 잇서서는 實로 보잘 것 업는 混沌型의 靑少年 雜誌이엇든 것이다. 짜라서 오늘의 少年 雜誌와는 넘우나 距離가 먼 것이다. 그것은 그 時代에만 가젓든 少年 雜誌라고 할 수밧게 업다. 그러나 좃튼 글튼 少年雜誌가 비롯됨이 二十餘年 前 일인 것만은 否定할 수가 업는 것이다.

이제 내가 말하고저 하는 것은 少年 雜誌가 비롯된 지 二十有餘年 前이라든가 或은 그보담 더 먼저이엿다는 것을 말하자는 것은 아니다. 다만 이 新年을 마지하야 우리는 過去 少年에게 엇더한 作品을 닑켜 왓는가 쏘는 今後에 엇더한 作品을 닑켜야 하겟는가. 아울러는 昨年 以來로 囂囂히 써들어오든 方向轉換이 가장 올흔 것인가 엇던 것인가에 對하여 數言코자 하는 바이다.

多幸히 이 一文이 우리 同志라든지 少年文藝 同好者 間에 도움이 된다면 그마만큼 깃분 일이며 설사 도움이 되지 못한다 하더라도 우리가 少年文藝에 對하야 엇더한 □照, 思想, 方針을 가지고 잇는가를 알 수 잇스리라고 생각한다.

二. 在來의 少年文藝

以上에도 暫間 말한 바와 가티 六堂의 『少年』 雜誌에 잇서서는 우리가 그것을 考察함에 벌서 그것은 少年 雜誌가 아니오 混合型的 그 무엇이엇든 것을 알 수 잇기 째문에 그째의 실엇든 作品(글)은 지금에 우리가 論할 여지도 업고 그 後 멧 해를 지나 方定煥 君의 『어린이』 創刊이라든지 盧永鎬 君의 『새소리』 創刊으로부터 最近 二三

年 前까지를 한 期間으로 하야 본다면 그에서는 우리는 可히 생각할 바가 잇는 줄 안다.

卽 一九二〇年으로부터 一九二五年까지의 少年雜誌는 分明히 純粹 少年 雜誌라고 볼 수 잇고 쏘 少年에 對한 思想 感情을 맛추려고 애쓴 것을 잘 알 수 잇다. 쌀아서 一九二〇年代의 少年 雜誌는 朝鮮文을 基礎로 한 少年 雜誌이며 쏘한 十歲 以上 朝鮮文을 體得할 수 잇는 兒童이면 能히 通讀할 수 잇섯다.

그리하야 六堂의 『少年』이라는 少年 雜誌와는 그 體裁에 잇서서라든지 內容에 잇서서 純粹한 少年 雜誌라 하겟스나 그러나 그것도 亦是 弊가 만엇든 것은 事實이다.

그러면 그 弊는 果然 무엇일가. 純粹 少年 雜誌이면 그 만히 이든 거긔에 弊가 잇다고 할 것이 무엇인가.

그것이 勿論 朝鮮 少年을 根底로 하야 編輯한 것이 잇지만은 그것은 日本의 그것을 그대로 模倣하야 온 그것이엇다. 그때의 少年雜誌 — 새동무, 새소리, 어린이 等 — 은 擧皆 日本의 童話를 飜譯하고 日本의 情操, 感情을 그대로 그린 것이 만헛섯다. 이에 잇서서 이것은 模倣이라는 鐵條網을 넘지 못한 것이엇섯다. 그러나 누구하나 大膽한 飛躍을 試하야 본 사람이 업섯다. 그리하야 오늘날에 少年들이 닑고 잇는 少年雜誌가 아즉도 日本의 直輸入物을 未脫한 境地에 잇는 편이 만타.

三. 昨今의 少年文藝

그리하야 一九二〇年代 以後로부터 오늘날까지 日本의 少年 雜誌의 손등을 헐고 잇는 朝鮮의 少年雜誌는 厚顔의 少年文藝 作家들에게 아즉까지 引用되며 使用되고 잇는 것이다.

그러면 在來의 少年文藝作品 그대로의 舊殼에서 헤매이고 잇느냐 하면 純然히 그런 것이 아니다. 日本의 少年雜誌가 發達됨과 함께 이들도 亦是 進步的 直輸入을 하고 잇는 것이다. 그러나 그것이 日本의 直輸入物인 것만치 少年文藝 讀者들은 相當히 日本 少年 雜誌 知識을 所有하게 되어 二重的의 朝鮮 少年 雜誌를 닑느니보다는 直接 日本의 少年 雜誌를 닑는 便이 돌이어 멧 倍가 낫게 되엇다. 그것은 卽 價格에 잇서서든지 內容에 잇서서든지 모다 朝鮮의 그것보다는 훨신 싼 까닭이다.

於是乎 朝鮮의 少年 雜誌는 危機에 墮하게 되엇든 것이다. 쌀아서 그 情勢는 童話라든지 童謠라든지 一般 少年 讀物에 잇서서 熱烈히 創作을 要求하야마지 안케 되엇다.

이리하야 昨今의 少年文藝는 直輸入的 飜譯宗으로부터 朝鮮的 創作宗으로 건너가랴는 一大 轉機를 짓고 잇는 것이다. 卽 在來의 直輸入 或은 模倣으로부터 脫出하야 엇더한 飛躍으로던지 獨唱의 擧措에 나가랴 하게 되엇다.

그 好例로 一九二九年의 『새벗』 新年號를 본다면 거의 創作으로 썻다 하여도 誇言이 아닌 것이다. 그리고 그것이 多少 在來의 飜譯 作品보다 內容이라든지 技巧에 잇서서 못한 點이 업지 아니할 쑌만 아니라 그것이 創作이라는 意味 아래에서 벌서 우리에게 建設的 一步를 내며 듯게 하는 것이다. 그리하야 우리는 一九二八年에서 一九二九年으로 건너오는 동안에 分明코 在來의 飜譯宗을 退治하고 創作宗에 入한 것을 볼 수 잇는 것이다.

그러면 今後에 創作宗이 엇더한 發展을 하여야 할 것인가.

四. 方向轉換의 是非

一般 少年의 實際 運動에서 問題된 거와 맛찬가지로 少年文藝運動에 잇서서도 方向轉換에 對하야 비록 斷片的이엇스나 問題된 것은 事實이다.

그러면 우리는 이 少年文藝에 잇서서도 果然 方向轉換할 것인가?

勿論 轉換하여야 할 것이다. 그것은 客觀的 情勢로 본다든지 內在的 發展으로 본다든지 어느 편으로 보던지 반드시 轉換치 안흐면 안 될 時期에 達한 까닭이다. 말하자면 우리가 在來에 잇서서 엇더한 偶像을 假設하고 쓰든 作品으로부터 轉換하여야 한다는 것이다. 다시 말하면 在來의 「호랑이 담배」 式의 作品으로부터 가장 現代性을 把握하고 쓰지 안흐면 안 된다는 말이다.

쌀아서 世界的으로도 '안더슨' 童話라든지, '쯔림' 童話, '홉' 童話 等으로부터 '톨스토이' 童話, '젤오센코' 童話, '뮤렌' 童話, 이럿케 階段을 밟지 안흐면 안 된다. 卽 朝鮮의 文化 標準을 가장 잘 表現하고 쏘한 가장 最低的의 標準을 세우고저 함에 이 等의

少年 讀物이 가장 必要하고 가장 實際的인 것이다.

짜라서 少年으로 하야금 또는 最下層 文化階級으로 하야금 좀 더 昇華시키고 좀 더 發展시키고저 하면 우리는 在來의 人道主義?的 「돈키호데 —」 氏의 作品은 닑히지 말어야 한다. 거긔에는 勿論 外的으로 어려운 事情도 업지 안흔 것이다. 그러나 그 事情이 許諾하는 最大 限度 안에서 우리의 理想을 끌고 가지 안흐면 안 될 것이다.

崔寺谷,[1] 琴徹 等 諸君이 多少의 新傾向的 作品을 飜譯 紹介하고 또한 그러한 傾向의 作品을 쓰고 잇는 것은 우리가 무엇보다도 깃부게 생각하는 바이며 또한 必然을 그러하여야 할 것이라고 생각한다. 이곳에서 우리는 少年文藝는 반드시 方向을 轉換하여야 할 것이라고 主張하는 바이다.

五. 今年 少年文藝의 展望

今年의 少年文藝는 果然 엇더할 것인가? 今年의 少年文藝는 在來의 封建的 排他的 主調의 少年 作品으로부터 좀 더 現實的이오 進取的 步武를 내여뒷게 되리라고 생각한다. 그러나 問題는 그러케 簡單하게 긋치고 마는 것이 아니다. 一九二八年代의 그것보다도 더한 質的 變換을 가저와야 할 것이다. 먼저도 말한 바와 가티 이때까지에 新傾向的 作品이 若干 나왓다 하더라도 그것은 飜譯이 만흘 쑨 아니라 우리 朝鮮에 잇는 少年들의 實生活과 距離가 먼 것이엿다.

少年의 讀書 '레 — 벨'이 올으고 少年의 思想이 가장 急進하야 그 긋칠 바를 아지 못하는 이때 우리는 그것을 如何히 指導하여야 할 것인가 또는 그것을 如何히 批判하여야 할 것인가를 생각하여야 할 것이다. 짜라서 우리의 한번 돌아가는 붓긋이 만흔 少年 讀者 大衆에게 엇더한 影響을 줄 것인가를 생각하여야 한다.

卽 一九二九年代의 少年 讀物은 아즉도 封建層에 잇고 小市民層에 잇는 또는 無執着한 少年讀者로 하야금 가장 合理的이오 進取的 情緖를 너허주어야 할 것이라고 생각한다. 그럿키 爲하야 한 개의 作品이라도 疏忽히 쓸 수 업슴은 勿論 그보다도 더

1 '崔靑谷'의 오식이다.

作者 自身의 깨끗한 批判, 冷情한 態度를 갓기를 힘써야 할 것이다. 卽 少年과 少年讀物의 關係 少年讀物과 作者의 關係를 가장 深刻하게 가장 깨끗하게 叫明하고 批判하고 製作하는 데가 비로소 우리는 完全한 少年의 意識 大衆을 어들 수 잇슬 것이다. 먼저도 잠간 이야기한 바이지만 우리는 販賣 政策에 흘으는 作者가 되어서는 決코 少年의 思想的 眞趣와 意識的 行動을 敎示할 수 업슬 것이다.

이 點에 잇서서 우리는 販賣 政策을 쓰는 少年 雜誌는 執筆을 禁할 쑨 아니라 서로 勤愼하여야 할 것이다.

그러치 아니하면 少年文藝 作者로 하야금 墮落을 免치 못하게 할 것이요 讀者 大衆의 길을 그릇틔리고 말 것이다.

六. 結論

元來 나의 생각으로는 昨年의 少年 文藝를 總評하고저 한 것이다. 時間 關係와 紙面 關係上 가장 斷片的이오 散漫的한 이 글을 쓰고 만 것이다. 그러나 우리 少年文藝運動은 우리 少年 作家 自身으로부터 製作되는 作品에 問題되어 잇는 것임으로 나는 「少年文藝 一家言」이라는 題下에 모든 少年文藝 作家로 하야금 엇더한 觀點을 가질 것을 말하고저 함에 지나지 안는다.

쯧트로 簡單히 한마듸 하거니와 엇잿든 우리는 이 一九二九年代에 잇서서 가장 만흔 少年大衆을 獲得하기에 힘써야 할 것이며 쏘한 그들로 하야금 封建層 쏘는 少市層에서 脫키하여야 할 것이다.

當選된 學生 詩歌에 對하야

麗水, 『朝鮮日報』, 1929.1.1

應募된 學生詩歌의 篇數는 豫想하든 바와 가티 非常히 만헛다. 지금 그 正確한 篇數는 記憶하지 못하나 六七百篇이 훨신 넘은 것만은 事實이다. 그러나 한 가지 遺憾인 것은 그 量에 잇서서 豊富한 대신에 그 質에 잇서서 預期를 저바린 感이 업지 아니하엿든 것이다. 勿論 當選된 諸氏의 詩 가튼 훌륭한 것도 잇섯지만은 一般的으로 보아 應募된 詩의 成績은 그리 조치 못하엿다고 할 수 잇다.

平壤 光成高普 車순철 氏의 「曉鐘」은 새 時代의 到來를 暗示하는 조흔 作이다. 單純한 中에도 希望에 찬 情緖를 볼 수 잇다.

第二高普 安柄璇 氏의 「前進」도 조타. 「曉鐘」과 가튼 가러 안진 詩가 아니라 어듸까지든지 激動的인 것이 그 特色이다.

'화살을 견우어 月光을 죽이라. 哀憐 感傷은 우리의 敵이니'

이 두 行이 全篇의 精神을 잘 說明하고 잇다.

元山中學 李貞求 氏의 「삶의 光輝」는 그 構想과 그 技巧가 다 조타. 좀 抽象的이라고 할 수 잇스나 그것쯤은 關係치 안을 줄 안다. 三氏의 佳作을 어든 것은 愉快한 일이다.

이 以外에도 조흔 作이 몃 篇 잇섯스나 그것은 엇더한 不得已한 事情으로 發表를 못하게 되엇다. 그것은 作者에게 未安한 일이나 우리의 現在 境遇로는 엇지 할 수 업는 일이다. 李燦 氏의 것도 그 中의 하나이다. 作者와 讀者의 諒解를 바란다.

— 十二月 三十一日 —

(少年運動 第一期)[1] 天道教少年會 半島少年會(第一聲은 地方에서)
어린이 愛護 宣傳

李定鎬, 『東亞日報』, 1929.1.4

조선의 소년운동(少年運動)도 다른 부문의 운동과 가티 일천구백십구년도에 시작되엇나니 동 년도에 뎨일 먼저 조직된 곳이 안변(安邊), 진주(晋州), 광주(光州) 등디이다. 이것을 필두로 전 조선뎍으로 소년회가 봉긔케 되엇다. 일천구백이십이년[2] 사월 오일에 텬도교(天道敎)의 김긔뎐(金起田), 차상찬(車相瓚), 박달성(朴達成) 제씨의 발긔로 텬도교소년회(天道敎少年會)를 조직한 바 간부는 방뎡환(方定煥), 구중회(具中會), 김긔뎐 제씨이며 '스로간'은 "우리는 참되고 씩씩하게 자라는 가운데 인정만흔 소년이 됩시다"라 하며 회원은 오십사 명 가량이엇다. 이천구백이십삼년[3] 삼월 오일에 리원규(李元珪), 고장환(高長煥) 씨 등의 발긔로 반도소년회(半島少年會)가 창립되며 무산소년운동(無産少年運動)의 첫소리를 첫다. 당시의 지도자는 뎡홍교(丁洪敎), 김형배(金烱培) 씨 등으로 '스로간'은 "소년은 미래의 주인임을 알라. 항상 수양하며 쾌활한 조선의 어린 사람이 되자"라고 하얏다. 전긔 두 단톄가 거듭 창립됨을 짤하 경성 시내에도 동서남북에서 소년운동에 공명하는 단톄가 십여 개나 생기게 되엇다. 한 가지 긔억할 만한 것은 일천구백십사년 십월에 뎡홍교 외 수십 인의 발긔한 '서울소년단'을 경찰로부터 집회 금지를 시키엇나니 이것이 조선소년운동사상에 잇서서 최초의 금지령이엇다.

---

1 '단체추이(團體推移)'(『동아일보』, 1929.1.4)라는 특집으로 '형평운동(衡平運動)'과 '소년운동(少年運動)'을 4기(四期)로 나누어 정리한 것 가운데 '소년운동' 부분이다.

2 천도교소년회(天道敎少年會)의 창립은 1921년이므로, '일천구백이십일년'의 오식이다.

3 '일천구백이십삼년'의 오식이다.

(少年運動 第二期) 어린이날 設定 五月會 成立(總機關 組織에 邁進)

巡廻童話會 開催

이천구백이십사년[4] 봄에 동 협회(少年運動協會)가 일시 협의 긔관으로 창립되엿나니 발긔인은 조철호(趙喆鎬), 방뎡환 씨 외 각 신문 긔관 긔자 수인이엿다. '어린이날'을 오월 일일로 설뎡하고 동 협회는 어린이날을 당하야 일시뎍 회합 긔관에 불과하얏다. 그 뒤 일천구백이십칠년 십월에 조선소년연합회(朝鮮少年聯合會)가 창립되는 동시에 해톄케 되엿다.

일천구백이십오년 오월 삼십일에 뎡홍교, 리원규 제씨의 발긔로 오월회(五月會)(京城少年聯盟)를 창립하고 뎡홍교, 고장환, 방뎡환 제씨가 간부가 되엿다. 이것은 우선 톄일선의 통일뎍 긔관이오 전국뎍 련맹에 잇서서는 난관이 만흠으로 위선 경성만을 상대로 조직하얏든 것이다. 동회의 선언 강령을 소개하면 다음과 갓다.

宣言

우리는 圓滿한 理想과 遠大한 抱負와 堅實한 實力으로써 聯盟의 目的을 徹底히 貫徹코저 이에 宣言하노라.

綱領

一. 우리는 社會進化 法則에 依하야 少年總聯盟을 締結함

一. 共存共榮의 精神으로써 京城少年事業의 增進을 圖謀함

一. 相扶相助의 主義로 人類共存의 思想으로써 時代 潮流에 順應코저 하야 少年聯盟을 完全 充實히 達成코저 한다.

이러한 선언과 강령으로 경성 내 십이 개 소년단톄가 련합하야 오월회를 경성소년련맹으로 하자 하얏스나 당국의 불허로 오월회라는 명목을 그대로 쓰게 되엿다.

---

4 '일천구백이십사년'의 오식이다.

동회는 또다시 일보를 진하야 전 조선뎍 련락을 취하기로 되어 뎨일 회 전 조선 순회동화(巡廻童話)를 하기 위하야 뎡홍교 씨가 출발하얏다.

(少年運動 第三期) 聯合會 創立會 準備會 組織(五月會는 畢竟 解體)

離散에서 統一에

오월회는 상설긔관(尙設機關)이오 운동협회는 비상설긔관(非常設機關)으로 일천구백이십륙칠 량년 '어린이날' 때에 전긔 두 긔관이 대립되어 투쟁한 일도 잇섯다. 일천구백이십칠년 어린이날을 경과한 오월회에서는 동월 십오일에 조선소년련합회 창립준비회(朝鮮少年聯合會創立準備會)를 조직하야 동년 칠월 삼십일에 오월회와 소년운동협회가 서로 손을 잡고 경성에서 발긔대회(發起大會)를 열엇다. 당시의 참가단톄는 사 개 련맹톄와 륙십사 개 단톄이엇다. 창립준비위원으로 김태오(金泰午), 남천석(南千石), 방뎡환(方定煥), 뎡홍교(丁洪教), 최청곡(崔青谷) 제씨 외 칠 인이며 선언과 강령은 다음과 갓다.

宣言

離散으로부터 統一集力에, 氣分的運動에서 組織的運動으로 우리 少年運動은 方向을 轉換할 絶對 必然에 當面하얏다.

이 重大한 時期에 立한 우리는 오늘까지의 옷갓 事情과 障隔을 超越하야 一致相應한 全 運動의 統一을 期하고 이에 朝鮮少年聯合會를 創立한다.

綱領

一. 本會는 朝鮮少年運動의 統一的 組織과 充實한 發展을 圖함

一. 本會는 朝鮮少年運動에 關한 硏究와 그 實現을 圖함

(少年運動 第四期) 中央統一機關 少年總聯盟(早婚과 幼年 勞働 防止)

二重運動을 排斥

오월은 만물이 회생하는 시긔오 소년은 인생의 싹과 갓다 하야 '어린이날'을 오월 일일로 뎡하얏든 것을 '메 데이'와 상충이 된다 하야 오월 뎨일 일요일로 변경하얏다. 조직뎍으로 들어가는 조선의 소년운동을 더욱 완전하게 결성하랴고 일천구백이십팔년 이월 륙일에 오월회를 해톄하고 경성소년련맹(京城少年聯盟)을 동 이월 십이일에 창립하얏다.

조선소년련합회 뎨일회 뎡긔총회인 일천구백이십팔년 삼월 이십 이일에 동 조직톄를 변경하야 조선소년총련맹[5](朝鮮少年總同盟)으로 고치고 동시에 종래의 자유련합제(自由聯合會)이든 조직을 민주주의뎍 중앙집권제(民主主義的中央集權制)를 채용하고 다음과 가튼 강령과 표어를 내세우엇다.

綱領

一. 本總同盟은 朝鮮少年의 權利 及 利益을 主張 代表함

二. 削除

三. 本總同盟은 全 朝鮮少年大衆의 鞏固한 條線의 完成을 期함

標語

一. 文字普及은 少年期부터 하자.

一. 農村少年 教養을 普及하자.

一. 迷信的 少年運動에 對하야 徹底히 排擊하자.

一. 機會主義的인 二重 運動을 徹底히 排擊하자.

一. 朝鮮兒童圖書館 設置를 實行하자.

---

5 '조선소년총동맹'의 오식이다.

一. 少年 人身賣買에 對한 防止運動을 하자.

一. 十八歲 以下 早婚防止運動을 하자.

一. 少年 危險作業, 幼年勞働 防止運動을 하자.

이와 가티 우렁차게 나온 동 총맹에도 경찰의 간섭이 잇게 되엇다. 소년긔관을 총 동맹이라는 것이 불필요하니 명칭을 고치라 하야 동 총동맹을 조선소년총련맹(朝鮮少年總聯盟)으로 또다시 고치엇다.

『쿠오레』를 번역하면서

사랑의 學校(一)

李定鎬, 『東亞日報』, 1929.1.23[1]

『쿠오레』는 어린이 독물 가운데에 가장 경뎐(經典)의 가치를 가젓는 편이 세계뎍으로 잇섯습니다. 이것을 우리 어린이와 일반 가뎡에 소개하고자 하야 사년 전 녀름부터 본지 삼면 아동란에 「학교 일긔」라는 뎨목으로 삼십오회까지 번역한 것을 이번에 다시 소년문학에 만흔 취미를 가진 리뎡호(李定鎬) 군의 손을 빌어 번역을 계속하게 되엇습니다. 우리 어린이와 일반 가뎡에서 만히 읽어주기를 바랍니다. (긔자)

『쿠오레』는 이태리(伊太利)의 문학자(文學者) '에드몬드・데・아미틔쓰' 선생 — (一八四六年에 나서 一九〇八年에 돌아간) — 이 맨든 유명한 책인데 이 책을 맨든 '아미틔쓰' 선생은 원래 이태리의 한 무명 군인(無名軍人)으로 특별히 어린 사람들을 위하야 이 책을 맨든 후에 그 이름이 세계뎍으로 유명해진 어른입니다.

'아미틔쓰' 선생이 이 책을 맨들기에 얼마만한 고심과 얼마만한 노력을 하얏다는 것은 이 책을 낡어보서도 아시겟습니다마는 우선 이 책이 한번 세상에 나타나자 이태리 자국에서는 물론이요 세계 각국에서도 에로 다투어 가며 자긔 나라말로 번역하야 자국의 '어린이 讀本'으로 또는 '어린이 經典'으로 써 오는 것만 보아도 이 책이 얼마나 갑 잇다는 것을 잘 알 수 잇습니다.

그러나 우리 조선에서는 아즉도 이 귀중한 책의 존재를 모르고 지냇스며 이 귀중한 책을 내노아 세계 어린이 문학 운동(文學運動)에 다대한 공헌(貢獻)을 끼치고 세계 어린이들의 가장 존경의 관역이 되어 잇는 '아미틔쓰' 선생의 이름까지 모르고 지낸 것은 넘우도 섭섭한 일이엿습니다.

---

1 「사랑의 學校(一)」에는 실제 작품 내용은 없고, 「『쿠오레』를 번역하면서」만 있다. 「사랑의 學校(二)」(『동아일보』, 1929.1.24)부터 본 내용이 시작된다.

여러분은 동화로 유명한 독일(獨逸)의 ‘끄림하우프 · 뮤흐렌’ 선생이나 뎡말(丁抹)의 ‘안다센’ 선생이나 영국의 ‘오 — 쓰카 와일트’ 선생이나 로국 ‘톨쓰토이’ 선생의 이름을 아는 이는 비교뎍 만흘 것입니다. 쏘 동요(童謠)로 유명한 영국의 ‘스틔븐손’ 선생이나 「파랑새」 연극으로 유명한 백이의(白耳義)의 ‘메텔링크’ 선생이나 우화(寓話)로 유명한 희랍(希臘)의 ‘이숍프’ 선생의 이름을 아는 이는 만하도 이태리의 소년 문학자 ‘아미틔쓰’ 선생의 이름을 아는 사람은 거의 업다고 해도 과언이 아닐만치 전혀 모르고 지냇습니다.

이 책은 다른 이가 맨든 동화나 소설(小說)과 가티 그저 재미잇게 닑히기만 위해서 맨든 헐가의 아동 독물(兒童讀物)이 아니라 어쩌케 햇스면 어린 사람을 가장 완미(完美)한 한목 사람을 맨들어볼가 하는 가장 존귀한 생각으로부터 ‘아미틔쓰’ 선생 자신이 열두 살 먹은 ‘엔리코’라는 소년이 되어 어린이의 교육(敎育)을 중심으로 하고 세상의 수만흔 어린이들을 지도하고 조종하는데 가장 바르고 조흔 방편을 그의 독특한 필치(筆致)로 암시하야 노흔 장편독본(長篇讀本)입니다.

그런 짜닭에 이 책은 그저 닑어서 재미만 잇슬 쑨 아니라 어린 사람을 중심으로 하고 학교(學校)와 가뎡(家庭)과의 관계라든지 학생에 대한 선생의 고심과 애정이라든지 선생에 대한 부형의 리해(理解)와 동정(同情)이라든지 가뎡과 사회(社會), 학교와 사회의 관계라든지 모든 계급에 대한 관계라든지 애국사상(愛國思想)과 희생뎍 정신(犧牲的 精神)이 그야말로 책장마다 숨여 잇서서 닑는 이의 가슴을 쒸놀게 하는 가장 지존지대(至尊至大)한 책입니다.

그리기 째문에 나는 여러 가지 아동 독물 중에 특별히 이 한 책을 선택하야 남류달리 불행한 환경 속에서 가엽게 자라는 여러분에게 단 한 분이라도 더 닑혀들이고 단 한 분이라도 더 유익함이 잇서지기를 바라는 충정(衷情)에서 『동아일보(東亞日報)』를 통하야 이 귀중한 책을 번역하얏습니다.

본래 번역에 재조가 업고 더군다나 이태리의 본국어(本國語)를 모르는 짜닭에 일본(日本) 사람이 번역한 것을 다시 중역(重譯)하는 것이라 원작(原作)을 흠집내지 안코 가장 완전하게 잘 번역이 될는지 그것은 말슴하기 어려우나 하여간 내 마음썻은 결코 원작을 흠집내지 안는 동시에 또한 여러분이 닑기에 슳증나지 안토록 특별한 정성을 다하려 합니다.

童話의 起原과 心理學的 研究(一)

金石淵, 『朝鮮日報』, 1929.2.13[1]

(二)

金石淵, 『朝鮮日報』, 1929.2.14

例를 들면 西洋에서는 獨逸의 '야곱 그림'(1785~1863), 同 '윌헤롬 그림'(1986~1859)이 두 사람은 兄弟이다. 이 두 兄弟가 모은 童話集『킨더 —, 운드, 화우스매헨』(只今은 크림 童話集으로써 英譯, 日譯, 朝鮮譯이 되어 잇다), 佛蘭西에서는 有名한 촬 — 스 페롤트(1628~1708)가 著作한『히스토리스, 오우, 콘테스, 뚜, 텔스, 파쩬』(卽 過去時代의 歷史 及 이야기), 그리고 露西亞 '알렉산터, 니콜라이, 에빗취, 아바나, 쎄엡'(1826~1871)의『포풀라, 텔스』, 東洋에서는 日本의『今昔物語』, 朝鮮의『三國史記』, 이러한 책 속에 印度童話가 만히 包含되어 잇다. 一例를 들어 印度童話가 얼마나 널리 世界에 擴布되어 잇는가를 立證하야 보자. 우리 朝鮮에 「별주부전」이란 이야기가 잇다. 이 이야기는 여러분이 잘 아실 줄로 알고 畧하야 둔다. 이 이야기는 中國의『朝庭事苑』이란 冊에도 잇고 日本에도 잇다. 그리고 西藏에도 阿弗利加의 土人 스와히리 族 사이에도 傳播되어 잇다.

그럼으로 何如間 印度童話는 퍽 널리 世界 各國에 傳播되어 잇다는 것은 事實이다. 卽 '說話'라 하면 大體 神話, 傳說, 童話의 三種을 包含한 것인대 이 三種에 內在하는 性質의 하나로서 說話學上으로 所謂 '遊離性'이란 것이 잇는데 說話라고 하면 神話이든지 傳說이든지 童話든지를 勿論하고 다 그 發生한 原民族 或은 領土를 떠나서

1 조선일보사에 문의해 본 바, 1, 3, 6회는 원문이 부재함을 확인하였다.

다른 民族 或은 다른 地方으로 傳播되어 가는 强한 힘을 가지고 잇다. 이것은 民族間의 交通, 戰爭, 掠奪 結婚 等의 여러 가지 文化的 事業이 仲介가 되어서 니러나는 說話的 現象이다. 이것을 說話上으로 說話의 遊離性이라고 부른다.

이 遊離性은 說話의 本質과 種類에 쌀아서 그의 强度의 差異가 잇다. 卽 神話와 傳說에 잇서서는 이야기의 構成과 存立이 그를 내인(出生) 民族의 실제의 風習과 信仰에 支配되는 程度가 强한 까닭에 그 發生의 根源地를 써나 다른 地方에 傳播되는 힘이 比較的 强하다고 할 수가 잇다. 그러나 童話에 잇서서는 그와 反對로 遊離가 퍽 强하다. 그 理由에는 세 가지가 잇스니 第一 童話에 잇서서 娛樂 쏘는 敎訓을 그 重要한 目的으로 한다. 그럼으로 民族의 宗敎思想이라든가 信仰이란 것에 基礎를 가지는 程度가 아조 薄弱하다는 것, 第二 童話는 形式과 內容이 아조 素朴하고 簡純해서 記憶하기가 좀 쉬운 것, 第三 童話는 人物과 一定한 時代와 場所(場所라기보다 地方)에 支配되지 안코 任意의 人物, 任意의 時代, 任意의 場所에 適合하게 되는 自由性을 가진 것, 이것이 즉 그것이다. 이 세 가지가 童話의 特色이라고도 할 수 잇다.

神話와 傳說은 比較的 遊離性이 約하다. 傳說은 한 地方에서 뿌리가 나 버리는 까닭에 다른 地方에 가지고 가기가 퍽 어려울 쑨 아니라 가저간다고 해도 그 發生의 源地에 잇는 것보다 滋味가 적을 것은 두 말할 것도 업시 여러분의 經驗이 이를 잘 證明할 것이다. 神話도 그럿타.

童話는 西洋 아니 어대 童話라도 朝鮮에 가지고 온다면 朝鮮의 古來 童話가티 만들 수 잇스며 吟味할 수도 잇다만은 傳說가튼 것은 人物, 場所, 時代가 一定하야 잇슴으로 싼 나라의 그것을 朝鮮에 가지고 와서 朝鮮의 傳說처럼 하려면 넘우나 極端인지 모르나 洋服입고 갓 쓴 것 가튼 늣김을 줄 것이며 調和性을 일허버리고 말 것이다.

畧言하면 神話와 傳說은 性質上 國民的이요 地方的임에 反하야 童話는 世界的 人類的 色彩를 만히 가지고 잇다. 그럼으로 童話는 說話 中에 第一 遊離性에 强하며 쌀아서 그 中 强한 擴布性을 가지고 잇다고 할 수 잇다.

神話學者들이 童話에 關하야 特別히 '擴布性' 或은 漂泊說 卽 童話는 發生한 源地를

써나 방방곡곡으로 漂流하여 단인다는 一個의 學說을 세운 것도 이러한 理由에서 니러난 것이다. 이가티 童話는 話中에 第一 强한 遊離性과 擴布性을 가지고 잇슴으로서 東洋의 古 文明國이 童話文學을 통해서 世界 諸地의 民族과 握手하엿다는 것은 興味잇는 事實이며 이 事實이 童話의 起原을 印度라고 하게 된 最大의 原因이 되엇다. 그러나 印度를 모 — 든 童話의 源泉地라고 하는 學說에는 이것을 否認하는 여러 가지 事實이 잇다. 이 事實은 아래와 갓다.

(三) 金石淵, 『朝鮮日報』, 1929.2.15

(四) 金石淵, 『朝鮮日報』, 1929.2.16

第二 神話 渣滓說

神話 渣滓說이란 것은 神話 卽 어느 神格을 中心으로 하야 自然과 人生을 解釋하려는 이야기가 頹廢되어서 그의 正形이 不正形으로 되엇슬 째에 그의 殘留物로써 保存된 것이 卽 童話라고 하는 學說이다.

獨逸의 허 — 로만, 파울이란 사람도 神話의 殘滓란 말을 하얏스며 '막크 쉬뮈랴 —'도 "古代神話의 神들이 古代史의 半神 及 英雄으로 變하얏다. 그리고 그들의 半神 及 英雄이 다시 後世에 이르러 우리들의 童話의 主要한 人物이 되엇다"고 말하얏다. 이런 것은 神話 渣滓說의 代表的 學說이다. 그리고 케 — 벨 博士도 童話는 神話의 찌기(滓)라고 하얏스며 또 神話의 基礎가 되어 잇는 여러 가지 宗敎的 觀念이 民衆의 信仰의 對象이 되는 힘을 이저버리고 단순한 作爲 卽 단순한 空想의 對象이 되엇슬 째에 童話가 생긴다고 하얏다. 이것도 神話 渣滓說이라고 하야도 過言은 아니다.

第二說은 어느 程度까지는 確實한 眞實性을 가졋다. 童話는 엇썬 째는 確實히 神

話의 頹廢된 形式이라고 할 수 잇다. 第一 顯著한 例를 들어 이 說의 어느 程度까지는 眞實한 것을 立證하야 보자. 여러분도 아시는 바와 가티 基督敎와 異敎 — 羅馬人의 밋(信)는 敎나 希臘人의 밋는 敎나 — 何如間 基督敎와 基督敎 以外의 異敎와의 爭鬪 — 이야말로 歐洲 文明史上에서 第一 注目을 쓰으든 文化現象이다.

東洋 一隅에서 이러난 저 基督敎가 羅馬 帝國을 風靡식혀버린 뒤로 여러 가지 宗敎政策에 依하야 異敎徒를 몹시도 壓迫하얏스며 異敎徒를 基督敎化식히려고 無限히 努力하엿다. 卽 基督敎는 布敎人 或은 칼트人 — 이러한 사람들을 예수敎를 傳道하러가는 場所에서 만나기만 하면 異敎徒가 信奉하는 神의 表象과 威力을 여러 가지 方法으로 醜化墮廢식히려 하얏스며 이에 依하야 信仰의 對象 信仰의 主體가 될 만한 힘을 異敎의 神으로부터 剝奪하려고 힘썻다. 異敎의 神이 偉大하며 民衆의 이에 對한 崇仰이 盛하야 가면 예수 敎를 擴布하려고 하여도 뜻대로 되지 안는 까닭에 그것(異敎의 神)을 墮落식혀서 民衆으로 하야곰 自己네들의 神을 崇仰하기에 不足하다는 늣김을 품게 하도록 努力하엿다. 그러면 醜化식히는 手段方法은 如何하엿든가?

第一 異敎의 神을 惡魔化 식힌 것이다. 이 手段에는 二個의 傾向이 잇섯다. 卽 異敎의 神이 男性인 때는 惡魔로 만들어버리고 女性인 때는 巫女로 만들어 버렷다.

第二의 手段은 異敎의 神을 滑稽化 하는 것이엿다. 智力이 조금도 업는 어리석기 짝이 업는 醜態를 가진 巨人의 表象으로 만들어 버리는 것이엿다.

第三의 手段은 異敎의 神을 基督敎의 神 아래서 일하는 所謂 聖徒로 만들어버리는 것이엿다. 그리하면 異敎의 神이 自己 宗敎 中의 一員 — 特히 神 밋헤서 일하는 一員이 되는 까닭에 神으로써의 威嚴이 아조 퍽 縮少하여진다. 이가티 하야 異敎의 神은 或은 惡魔 或은 巨人 或은 聖徒가 되고 말엇다. 쉽게 말하면 始初에 異敎의 神이 가지고 잇든 高貴性, 威嚴 卽 神으로써의 性質을 餘地업시 다 빼앗껴버리고 어썬 우수웁고 怪常스러운 人物로 만들어버렷다. 그리고 惡魔, 巨人, 巫女 或은 聖徒라는 것은 童話가 그 속에 쓰러넛키를 조와하는 劇的人物이엿슴으로 異敎의 神은 這般의 醜化作用으로 말미아마 信仰의 對象으로부터 童話의 對象으로 移轉되엇다.

짤아서 童話가 그 周圍에 모여 오게 되엇다. 이 文化的 宗教 政策的 流轉은 實例를 드는 것이 그 中 알기 쉬울 것임으로 例를 들어 보자.

第一 먼저 異教의 神을 滑稽化 巨人化 식힌 例로써(토아)의 이야기를 들어보자. 이 이야기의 內容은 토아라고 하는 한 巨人이 큰 함머―를 들고 海邊에서 서 잇섯다. 그때에 배 한 척이 지나간다. 自己 압흐로 지나가는 배를 본 토아는 그 배에 태워달라고 말하얏다. 船人은 태워주마고 쉬웁게 許하얏다. 배를 타려고 할 지음에 토아는 배 속에 鍾이 들어 잇지 안는가 물엇다. 事實 船內에 鍾이 들어잇섯다만은 船人들은 그것을 숨기고 업스니 安心하라고 타라 하얏다. 그래서 토아는 安心하고 배우에 발을 올렷다. 그때에 한 사람의 船人이 鍾을 울렷다. 토아는 깜작 놀라서 그만 다러낫다고 하는 것이다. 童話로서는 넘우나 그 內容이 貧弱한 것 갓다.

이 이야기에서는 토아―라는 學的 性格을 一個의 愚昧한 巨人으로 人間에게 飜弄을 당하고 잇스나 本來 토아라는 것은 쓰칸듸나비아 半島의 卽 北歐洲의 宗教神話의 一大 人物로서 異教徒의 崇仰하는 一大 中心이 되여 잇는 雷의 神이다. 그가 손에 쥐고 잇는 鐵椎란 것은 希臘의 宗教神話에 잇서 雷霆神 아스가 쥐고 잇는 던더―볼트와 갓흔 雷의 神으로써의 一種의 特物이라고 한다. 이 神은 바람(風)의 神 오―듼과 가티 北歐洲 諸神 中의 二大 人物이엿다. 그리고 오―듼이 貴族階級의 崇拜하는 對象임에 對하야 토아―는 農民階級의 第一 崇拜하는 神이라 한다. 그런데 우에 말한 이야기에서는 토아―는 神으로서의 威嚴과 高貴를 일허버리고 人間에게 愚弄을 밧는 巨人이 되엿다. 짤아서 그 이야기의 性質도 神話이든 것이 童話로 流轉되엿다. 第二에 異教의 女神이 巫女 윗취 卽 魔法使의 女性이 되엿다는 例를 들어보자.

獨逸 어느 山中 큰 洞穴 속에는 淫蕩한 魔女가 살아 잇섯다. 이 魔女는 樂器를 긔묘하게 타서 그 소리를 들은 人間은 아모리 해도 그곳을 지나가지 못하고 드듸어 洞穴 속에 끌리여드러가서 그 魔女와 同寢하면서 放蕩한 生活을 아니할 수가 업섯다.

中世紀 傳說에 有名한 '단호이젤'이라는 男子도 그 魔女의 樂音에 醉하야 끌리어

들어가 얼마동안 그 洞穴 속에서 淫樂的 生活을 하얏다고 한다. 그러나 '단호이젤'은 이 淫樂的 生活이 조치 못하다는 것을 깨달앗다. 그의 마음속에 潛在하얏든 心靈이 覺醒한 것이다. 그래서 그는 곳 洞穴을 逃亡하야 나와서 羅馬 法王에게 가서 그 膝에 업대어 懺悔하엿다만은 羅馬 法王은 그의 懺悔를 拒絶하야바렷다. 그리고 그러한 異敎의 魔女 卽 '윗취'와 同棲한다는 것은 基督敎에서 到底히 容恕하야 줄 수 업는 大罪惡이다. 萬若 내가 가지고 잇는 이 집행이(杖)에서 싹이 나오면 용서하야 주지만 그러치 안흐면 용서하야 줄 수는 업다고 宣言하얏다. 이 말을 들은 '단호이젤'은 悲哀에 싸여 嘆息을 마지 안타가 나종에는 自暴自棄에 빠저 쏘다시 그 이상한 女性에게 가버렷다고 한다. 그런대 그 後 사흘 만에 法王의 집행이에서는 파 — 란 싹이 나왓다. 神의 恩寵에 놀랜 法王은 四方으로 '단호이젤'을 차저보앗스나 그의 그림자도 차저볼 수가 업섯다고 한다.

이 이야기의 主人公인 洞穴속의 魔女는 一個의 巫女로 妖幻한 超人間的 存在이다. 그러나 이 人物도 本來부터 醜惡한 그런 女魔가 아니라 그 根源을 살펴보면 그는 '캘만' 民族의 古 宗敎 卽 基督敎에서 보면 異敎에서 民衆의 崇拜하는 '홀다'라는 女神이엇다. 그것이 基督敎로 말미아마 魔法使의 魔女가 되엇슴으로 宗敎神話의 中心人物이 될 만한 光榮을 일허버리고 우에 말한 것과 가튼 童話의 主人公으로 出演하게 되고 말앗다.

基督敎徒가 産出한 藝術的 作品 가운대 魔法使의 女子를 그린 그림이 적지 안타만은 그 魔女는 大槪 自己 엽헤 검은 고양이를 가지고 잇다. 이것은 검은 고양이는 女魔法使의 邪惡한 女□을 □象하는 것이라고 基督敎的으로는 解釋되어 잇스나 本來는 愛의 女神으로써의 '홀다'기 愛情象徵이라 하야 自己 엽헤 둔 動物이엇다. 그런 것을 基督敎가 女神을 墮落식혀버리는 同時에 그의 愛物까지 惡魔的 意義를 賦與한 것이다.

마지막으로 異敎의 神을 聖徒로 만들어 버린 例를 들어보면 '쎄인트 듸오늬시어쓰'가 第一 適例일 것이다. 이 '세인트 듸오늬시어쓰'라는 聖徒가 希臘의 '낙소스'에 가는 途中에 생전 보지 못한 珍奇한 植物 한폭이를 보앗다. '듸오늬시어쓰'는 이것을 쑤리채로 뽑아 가지고 가니까 시들어지려고 하얏다. 그래서 길가에 써러저 잇는 원숭이의 뼈를 주어 그 속에 뿌리를 박아 가지고 흙을 너허서 가지고 갓다. 한참 가니까 또 시들어젓다. 이번에는 獅子의 뼈를 주어서 원숭이 뼈채로 그 속에 너헛다. 그러나 또 한참 가니 시들랴 하얏다. 그래서 요번에는 도야지 뼈를 주어서 원숭이 뼈와 사자 뼈와 함께 그 속에 너헛다. 그리하야 '낙소스'에 그 나무를 죽이지 안코 가지고 오게 되어서 그것을 심어 두엇다. 그것이 잘 자라나 紫色의 아조 곱다란 열매가 매첫다. 그 열매를 짜니까 썩 맛잇는 술이 되엿다. 이것을 포도주라고 한다. 그래서 이 葡萄酒를 먹으면 처음에는 원숭이가티 빨게지고 다음에는 獅子가티 狂暴해지고 나종에는 도야지처름 된다고 한다.

(六) 金石淵, 『朝鮮日報』, 1929.2.20

(七) 金石淵, 『朝鮮日報』, 1929.2.21

그러나 이 이야기의 主人公 '디오늬시어쓰'는 本來는 聖徒도 아무것도 안인대 基督教가 異教의 神의 한사람을 이 가티 만들어버린 것이다.

希臘의 술(酒)의 神 '띄오늬'(羅馬의 '빠쎄후스')에 지나지 못하는 것을 國神의 威力을 削減하려고 一 聖徒化시킨 뒤에 그의 일홈까지 '띄오늬소스' 神이 葡萄의 神이며 '낙크소스'가 國神崇拜의 一 中心地이엇다는 것을 利用하야 이러한 童話를 만든 것이다.

이러한 까닭으로 '童話는 神話의 渣滓이라'라고 하는 見解는 어느 程度까지는 眞實하다만은 모든 童話가 神話의 渣滓라고 하는 學說은 確實性이 적다 하기보다 缺乏하엿다. 왜 그러냐? 하면 野蠻人과 未開 民族 사이에는 相異한 二種의 宗教가 爭鬪한다는 文化的 現象은 일어나지 아니함으로써다. 짤아서 宗教政策에 依한 神의 墮廢醜化란 것은 그들 野蠻人과 未開民族에게는 未知의 事象일 것이다. 이러함에도 不拘하고 저들(野蠻人과 未開民族) 사이에는 만흔 神話와 그 以上 더 만흔 童話를 가지고 잇다. 이 事實은 神話渣滓로는 說明할 수가 업다.

神話가 變하야 童話가 된다든가 神이 墮落을 당한다든가 하는 것이 童話 發生의 妖人이 된다고 하는 것은 어쩐 特殊한 文化現象의 存在를 豫想치 안코는 可能性을 가질 수가 업다. 換言하면 特殊한 文化現象의 存在를 豫想한 然後에 비로소 可能性을 가질 수 잇다는 것이다. 그럼으로 그러한 特殊的 事情을 가지고 童話의 起原을 說明한다는 것은 넘우나 蓋然性이 적다고 아니할 수 업다. 한 입으로 말하면 '童話는 神話의 渣滓에 지나지 안는다' 하는 것은 어쩐 一部의 童話에 限하야서만 眞實性을 가질 수 잇스니 童話 全部에는 適用할 수 업다는 것이다.

第三 自然現象 記述說

이 學說은 童話란 것은 原始民族의 自然에 對한 經驗 觀察의 科學的 記錄이라고 하는 것이다. 卽 原始民族이 太陽이라든가, 새벽(曙)이라든가, 비(雨)라든가, 바람(風)이라든가, 이런 모―든 自然 現象 及 自然 物素에 對하야 經驗한 것 觀察한 것을 如實히 記錄한 것이 時代가 오래 됨을 쌀아, 그 根本意義가 晦明케 되어감을 쌀아, 科學的 記述이 이야기化 하야지는 流動이 童話 發生의 原因이라고 하는 것이다. 그러면 如何한 것이 自然의 經驗 觀察의 記錄이냐? 하는 것을 例를 들어 말해보자.

보로―스미쓰라는 사람의 『빅토리아 地方의 原住民』이라는 冊 中에는 이런 이야기가 잇다.

패리간 鳥라는 것은 只今은 黑半白半의 빗을 가지고 잇스나 처음에는 全身이 眞黑이라고 한다.

어느날 한 마리의 패리간 鳥가 人間에게 감족가티 속히운 일이 잇섯다. 패리간 鳥는 이것을 憤히 녁여 人間과 決鬪를 하야 이것을 復讎하려고 全身을 하얏케 무엇으로 칠하기 시작하얏다. (決鬪할 쌔에 몸을 하얏케 칠하는 것은 오―스토리아 土人의 風習이다.) 그 패리간 鳥가 몸에 하얏케 칠을 반 쯤 하얏슬 쌔에 동모의 패리간 鳥가 놀러와서 이것을 보앗다. 지금까지 半白半黑의 패리간 鳥를 보지 못하얏는 까닭에 그

동무의 패리간 鳥는 이를 妖怪인 줄로 알고 입주둥이(嘴)로 쪼아서 죽여버렷다. 그러한 까닭에 패리간 鳥는 오늘날에 半白半黑의 빗을 가지고 잇다 한다.

또한 例는 잣드손 女史의 太平洋 北峰의 神話 及 傳說이라는 冊 속에 잇는 이야기에 依하면 最初에 世上은 조그만한 光明도 업시 全然 暗黑이엿다. 그 까닭은 갈가마귀(鷗) 한 마리가 상자(箱) 하나를 가지고 그 속에다 빗(光)이란 빗은 다 너허버렷다. 光明업는 世上이 不便하다는 것을 새삼스럽게 길게 말할 必要가 업다.

(八) 金石淵, 『朝鮮日報』, 1929.2.24

그래서 그 상자를 빼아서 世上을 밝게 하려고 모―든 動物은 無限히도 努力하엿다만은 그 갈가마귀도 다른 動物이 努力하는 그만치 조심을 하얏다. 그럼으로 그 빗이 들어 잇는 상자를 빼앗지는 못하엿다. 참다못해 크다란 새가 아조 妙한 謀策을 꿈여 머리까지 잇는 나무를 길바락에 쩐저 놋코 갈가마귀에게 가서 散步를 가자고 하얏다. 散步를 간 갈가마귀의 발에 가시가 드러간 것은 말할 나위도 업거니와 압흠에 못 견댈 가시를 빼 달라고 그 새에게 애원하얏다. 그 妙策을 꿈인 새는 어두어서 보이지 안는다고 핑계하엿다. 그러면 빗(光)을 내어 줄 터이니 …… 하면서 갈가마귀는 상자의 문을 조곰 열엇다. 그래서 빗은 조곰 나왓스나 그 새는 아직 가시가 보이지 안는다고 하엿다. 또 조금 열엇다. 그래도 아직 보이지 안는다고 하얏다. 갈가마귀는 빗이 나오는 것 몹시도 앗가웟다만은 가시 뺄 욕심으로 작고작고 상자를 열엇다. 그러는 동안에 빗이 전부 나와 世上이 환―하게 되엇다고 한다.

또 저 有名한 '아쌔로'와 '다후내'의 이야기에 依하면 '아쌔로'라는 太陽의 神이다. 다후내라는 어엿분 아가씨를 戀慕하엿다만은 다후내는 그 사랑을 밧아 주지 안헛다. 그래서 아쌔로는 견듸다 못하야 그 아가씨를 붓잡으려고 쪼차 갓다. 다후내는 다러낫다만은 아쌔로에게 잡히게 되엇다. 그래서 다후내는 大地의 女神 가이아에게 祈禱를 올린 즉 大地에 큰 입(구멍)이 열리엿다. 다후내는 그 열린 입으로부터 쌍

속에 들어가버렷다. 그러니 그 뒤에 月桂樹가 돗아나왓다고 한다. 또 一說에는 아보로가 다후내를 안으니 다후내가 月桂樹로 變하엿다고 한다. 自然 現象 記述說을 主張하는 이들은 이런 이야기를 가지고 本來부터 童話라든가 神話라든 것이 아니라 天然現象의 實際 記述이라고 한다. 그 記述이 몃 百年 몃 千年 지난 뒤에 그 意味를 알 수 업게 되어 비로소 童話로 되엇다고 한다. 다시 말하면 우에 말한 아보로와 다후내에 잇서서 '아뽀로는 太陽이고 다후내는 曉라고 한다. 그리고 希臘人이 未開時代에 太陽은 曉를 쫏는다는 自然現象 記述을 한 것이 뒤에 일으러 그 意味를 일허버리고 쫏는다'는 말이 人格的 音響을 가지고 잇는 까닭에 "太陽이 一個의 人格을 所有한 男神으로 曉가 또 一個의 音響을 所有한 女神으로 變하야 드듸어 太陽의 神이 曉의 女神을 쏘차 단인다는 이야기로 變하엿다" 한다.

童話 發生의 起原을 如此히 自然現象의 科學的 記述의 頹廢라고 하는 것이 自然現象記述說이다. 이것을 한 번 批判하여 보자.

우에 말한 새 낫의 童話 中에 第一 卽 패리칸 鳥의 이야기는 動物學上의 說明이며 第二 卽 光明의 상자 이야기는 自然現象의 說明이다. 二種의 例가 모다 一種의 學術的 설명의 特色은 '原因을 모르는 一 現象을 原因을 아는 一 現象의 或種 가운대 組入한다'는 것이다. 그럼으로 第一, 第二의 이야기는 原則에 잇서서는 學術的 說明이라고 할 수 잇다.

第一, 第二에 例로 든 幼稚한 이야기를 貫하고 잇는 思考의 欲求 — 事物 現象의 原因을 考察해 보랴는 欲求는 文化時代에 잇서서 重大한 만흔 發見 或은 深遠한 洞察에 人類를 指導하는 思想과 그 根本法則을 가티 하고 잇다. 패리칸 鳥의 體色이 엇지 하야 半白半黑일까? 思考해 보려는 欲求는 아인수타인의 相對性原因을 생각할 때의 心的 活動과 同一할 것이다. 그러나 思考의 欲求 그것은 同一할지라도 思考의 方法은 相違할 것이다.

(九) 金石淵, 『朝鮮日報』, 1929.2.27

學術的 科學的 論理에 잇서서는 相似라는 것과 '必然的 含意'라는 것과의 사이에는 嚴密한 區別이 必要하지만 童話的 說明에 잇서서는 恒常 이 두 가지를 混同하고 잇다. 實例를 들면 이러한 迷信의 이야기를 우리는 들을 수 잇다.

엇던 사람이 自己가 미워하는 사람이 잇슬 때 그 사람을 죽이려 할 때는 그 사람과 가튼 집 人形을 만들어 아모도 모르게 深夜에 그 人形을 갓다가 커다란 나무에 부처 세워두고 그 人形의 머리와 가슴과 팔에다가 못(釘)을 저두면 그 미워하는 사람의 가슴, 팔, 머리가 압하서 乃終에는 그 사람이 죽는다고 하는 것이다. 그것은 相似란 것과 必然的 關係란 것과의 混同한 것이다. 집 人形과 미워하는 사람과는 形體에 잇서서는 가트나 兩者 間에는 何等의 必然的 關係는 업다.

그럼으로 科學에 잇서서는 兩者를 混同하는 것은 決코 업다만은 民間信仰과 童話에 잇서서는 恒常 이것을 同一視 한다. 이것이 科學的 記述과 童話的 記述의 本質的 差異의 하나이다.

그리고 다음에 學術的 科學的 說明에 잇서서는 어대까지든지 '空想'이란 것을 排除하려고 하지만 童話에 잇서서는 이 空想이란 것의 活動을 前者와 正反對로 어대까지든지 容認한다. 이것이 또 科學的 敍述과 童話的 敍述의 本質的 差異의 하나이라 하겟다.

또 하나는 科學的 說明에 잇서서는 美的 感情을 刺戟식히면 또는 그것을 保留식혀두자는 目的을 無視한다. 動物 或은 植物의 本體를 科學的으로 說明할 때 讀者에게 美的 觀念을 닐으키려는 것을 主要 目的으로 하야서는 科學的 硏究가 되지 안는다만은 童話에 잇서서는 그런 것 — 이 重要 要素의 하나이다. 그럼으로 童話는 藝術的이며 詩的이래야 될 것이다. 이것이 第三의 差異다.

科學的 說明과 童話的 說明 사이의 이러한 差異를 먼저 머리속에 너허 둔 後에 童話上의 自然現象 記述說을 硏究하야 보자.

童話 起原을 自然現象 記述的이라고 主唱하는 이들은 童話를 自然에 對한 經驗 觀

察의 科學的 記述의 墮落한 變形한 것이라고 主張하는 까닭에 그 외 必然的, 理論的 歸結로서 童話는 그 發生의 最初에 잇서서 다음의 세 가지를 包含하지 안흐면 아니 된다.

卽 第一은 相似란 것과 必然的 含意란 것에 對하야 童話는 最初에 區別되어 잇지 안흐면 아니 될 것이며 第二는 童話는 最初에 잇서서 空想의 潛入을 絶對로 排除하야 잇지 안흐면 아니 될 것이며 第三은 美的 情緖의 刺戟 或은 保持란 것을 度外視 되어 잇지 안흐면 아니 될 것이다.

그러나 民俗學, 民族心理學, 人類學의 實際 證明하는데 依하면 全 民族은 自然現象 自然物素를 科學的으로 觀察하며 記述하는 心的狀態에 니르기 前에 理論的 推理를 無視한 '메직크'라든가 '어늬메즘'이라는 信仰에 支配는[2]

(十)

金石淵, 『朝鮮日報』, 1929.3.2

'메직크'와 '어늬믜즘'이란 엇덧 것인가를 簡單히 말하면 '메직크'란 것은 類似 聯想과 接近 聯想의 그릇된 通用이다. 類似聯想의 그릇된 適用이란 것은 먼저 말한 집 人形과 實際의 人間과 形體上 類似하니까 本質的에도 必然的 關係가 잇는 것가티 생각하는 것이다. 그리고 接近聯想의 그릇된 適用이란 것은 손톱(爪)이라든가 머리털 가튼 것은 本來 人間身體의 一部分인 까닭에 이것을 불에다 태우면 本人이 熱病에 걸린다고 生覺한 것을 意味한다.

다음에 '에늬믜즘'이란 무엇인가 하면 物件 그 自體에 一種의 精靈이 內在하야 가지고 그 精靈이 物件 그 自體를 自己 몸으로 만들어가지고 活動하고 잇다는 信仰이다. 다시 말하면 大地 그 自體에 精靈이 잇서서 大地 그 自體를 自己 몸으로 한 一個의 生物을 만들어 잇다고 보는 見解를 '에늬미즘'이라고 한다.

---

2 신문 편집상의 오류인지 이하 내용이 부재함.

阿弗利加 어느 部族의 信仰에 依하면 大地를 一個의 活物로 역이며 地震이 니러나면 大地가 깃버서 '짠스'를 하는 것이라고 解釋을 한다고 한다. 그래서 地震이 니러나면 土人들은 大地의게 지지 말게 짠쓰를 하라 하고 一齊히 짠쓰를 始作한다고 한다. 그리다가 地震이 넘우 甚하면 이래서는 큰일이라고 하고 요번에는 이곳저곳에 가서 풀과 나무를 힘것 모다 잡아 단긴다고 한다. 이것은 大地의 頭髮을 쥐고 당신의 몸 우에 사람이 살고 잇스니 짠쓰를 그만 그치라고 願하는 意味라고 한다. 이와 가티 生覺하는 것이 '어늬믜즘'이다.

非文明한 民族은 科學的으로 事物現狀을 思考하는 心的 活動에 到達하기 前에 이러한 '메직크', '어늬믜즘' 가튼 理論을 無視한 生覺을 가지고 잇섯다.

그리고 童話는 這般의 反理論的 考察을 心的活動을 特徵으로 한 時代부터 벌서 생겨 잇서서스니까 相似와 必然 合意를 混同하게 空想을 自由로 活動식힌 것 — 卽 非科學的 思想은 말할 나위도 업시 童話의 重要한 本質이 되어 잇섯다. 그럼으로 童話를 科學的 自然 現狀의 記述이라고 하는 第三說은 決코 學術的으로 妥當하다고 할 수는 업다.

第四 興味 欲求說

童話란 것은 各 民族의 心理를 普遍的으로 支配하고 잇는 交話的 本能과 生命的 關係를 가진 興味欲求의 産物이다.

어느 學者는 人間을 支配하고 잇는 여러 가지 本能 가운대 '創造'에 힘을 주는 本能을 摘出하야

第一 交話的 本能

第二 探究的 本能

第三 構成的 本能

第四 藝術的 表現의 本能

의 四種으로 난우엇다. 그리고 이 本能 組織 如何에 依하야 藝術上의 여러 가지 形式이 藝術을 運動의 藝術과 靜止의 藝術로 分하얏다. 後者는 즉 繪畫, 彫刻, 詩 等이다.

이러한 本能 中 交話的 本能이 活動하는 곳에 童話가 이러난 것이다. 交話의 興味는 人類的이며 普遍的이며 世界的이어서 野蕃民族이고 文明한 民族이고를 勿論하고 이야기를 하고 듯는 데는 眞心으로부터 소사나는 愉悅과 牽引을 늣기게 된다. 더구나 野蕃民族, 未開民族은이야기를 하고 듯는데 對해서는 자못 陶醉的 興味를 늣긴다.

萬若에 그것이 熱帶地方 가트면 불이 부틀만한 太陽이 西山에 넘어가고 서늘한 바람이 불어오는 저녁이 되면 野蕃民族, 未開民族은 椰子樹 그늘 밋헤 모여와서 어썬 사람은 눕고 어썬 사람은 안저 이야기의 幕이 열린다. 또 그것이 寒帶地方 가트면 窓外의 寒風寒雪은 念頭에 두지 안코 활활 붓는 불 엽헤 모여 안즈면 이야기가 始作된다.

(十一)

金石淵, 『朝鮮日報』, 1929.3.3

우리 朝鮮서도 시골에서는 째가 여름이면 쓰거운 햇빗 아래 하로 일을 맛친 뒤 달밝은 밤 내(川) 방천에 혹은 돌맹이를 쌀고 或은 지적댁이를 쌀고 돌러안저서 째가 겨을이면 草堂에 모여 안저서 머슴들이 차레차레로 이야기하는 것을 볼 수 잇다.

이러한 現象은 只今도 시골에 가면 만히 볼 수 잇거니와 만흔 旅行者가 實際로 目擊한 바를 記錄하야 둔 것이 적지 안타.

一例를 들면 우리는 露西亞 童話에 熱熱한 蒐集者이엇든 '페ㅅ터리부늬콥'을 들 수 잇다. 이 사람은 官吏엇다. 偶然한 機會에 自己가 駐在하는 村落에는 珍奇한 童話와 傳說과 民間 詩가 만히 傳하여 잇다는 말을 듯고 엇지 하든지 그것을 蒐集하여 보려고 생각을 하엿다. 그러나 그 村落 사람들은 官吏에 對한 非常한 恐怖와 反感을 품고 잇슨 싸닭에 그는 드듸어 官服을 벗어버리고 純然한 一 平民으로 變裝을 하야 가지고 熱心히 四方으로 돌아다니며 童話 蒐集에 努力하엿다. 나는 우리 朝鮮에서도 이런 이가 나오기를 無限히 바란다.

이 피ㅡ다ㅡ란 사람이 어느 날 商船을 타고 어데 갓다 오는 길에 暴風을 만나 어느 조그만 섬에 나렷다. 그리고 어느 집에 들어가 자게 되엇는대 밤중 되어 사람 소리가 숙덕숙덕 들리기에 눈을 떠보니까 마을 사람들이 이글이글 타는 불가에 둘러 안저서 이야기를 자미나게 하고 잇섯다고 한다.

피—다—도 그 이야기에 끌리여 조곰도 움죽이지 안코 가만히 누어서 듯고 잇섯다는 것을 그가 모은 民間童話集 序文에 써두엇다. 이러한 것은 어느 곳에서든지 볼 수 잇는 現象이다.

野蠻民族, 未開民族 或은 文化民族의 三者에 亘하야 到處에 볼 수 잇는 光景이다. 그리고 民族에 普遍한 這般의 强熱한 交話的 本能 及 그것과 生命的 密接한 關係를 가진 興味欲求는 엇지 하든지 某種의 이야기의 存在를 要求하지 안코는 못 견된다. 그리고 그러한 本能과 그러한 欲求가 構成本能과 藝術的 表現의 本能과 結合하는 곳에 集團 情緖를 反映케 하며 或은 이를 깃브게 하는 어쩌한 種類의 이야기가 생긴다. 이것이 卽 童話의 起原이라고 한다. 이것이 第一 適當한 學說 갓다.

그러나 끗트로 한마듸 하여 두지 안흐면 아니 될 것은 童話 起原을 硏究하는대도 여러 가지 各各 다른 立場이 잇스며 다른 方面이 잇스니 우리는 이러한 것을 綜合하야 硏究함으로써 充分한 解釋을 내릴 수 잇다는 것이다.

童話의 科學은 새로운 學問이다. 아즉 充分한 體系와 充分한 組織이 成立되어 잇지 안타만은 世界의 童話 硏究者가 各各 그들의 조와하는 方面으로부터 硏究를 하야 그 모—든 業績이 基礎가 되어서 멀지 안흔 날에 童話學의 殿堂이 建設되기를 바라며 이 小論의 붓을 놋는다.

朝鮮의 童謠 자랑

劉道順, 『어린이』 제7권 제3호, 1929.3

우리는 남에게 이럿타고 뻐젓하게 내놋코 자랑할 만한 것을 만히 가지지 못하얏슴니다. 그리하야 우리는 이 세계의 붓그러운 사람 가온대 한 사람입니다. 엇더한 사람이 우리에게 말을 하기를 '자랑할 만한 것을 가젓느냐' 하고 물으면 '세계 어느 나라의 것보다도 못하지 안은 것을 한 가지 가젓다' 하고 대답 하겟습니다.

그것은 우리의 할어버지들이 녯날 불으든 노래임니다. 노래 즁에도 어린이들을 위하야 생긴 동요(童謠)임니다.

우리의 녯 동요들은 어느 째 엇더한 사람이 지엿는지 그것은 자세히 알지 못하거니와 오늘까지 전해 나려온 동요를 보면 예술의 나라 불란서의 동요보다도 력사 오랜 중국의 동요보다도 못하지 안슴니다.

노래의 생각 노래의 아름다움 이 밧게 엇더한 점으로던지 못하지 안슴니다. 깃븐 노래면 춤이 덩실덩실 나오리 만치 깃브고 슬픈 노래면 눈물이 늣겨지리 만치 되어 잇고 노름의 노래면 힘드는 것을 나즈리 만치 되여 잇고 우슴의 노래면 허리가 끈허지리 만치 되여 잇슴니다. 한 마듸로 말하면 노래로써 을퍼진 법이 털끗만치라도 부족(이상 51쪽)한 것이 업시 되엿다는 말임니다.

동요는 어린이들의 노래로만 뜻이 잇는 것이 안임니다. 나라를 가지고 족속(族屬)을 일운 백성의 고유(固有)한 성정(性情)이 품기워 잇슴니다. 동요는 얼른 보면 어린이들의 알기 쉬운 말 갓지만 이 말속에 픔겨 잇는 뜻은 그 시대(時代)의 살림 — 문물(文物) — 백셩들의 생각을 은연중 표시(表示)하고 잇는 것임니다.

그럼으로 우리의 동요는 우리의 성정을 표시하는 영구한 존재(存在)가 될 것임니다. 짜라서 동요는 어린이들만의 보배가 안이라 그 나라 그 백성의 귀중한 보배일 것임니다.

나는 더 — 말하지 안코 이 아래에 멧 가지의 노래의 실례를 들어 우리의 동요가 엇더엇더한 것이 잇다는 것을 말하겟습니다. 그리고 내가 여기에 쓰는 외에도 조흔 노래가 만습니다만은 지면이 넉넉지 못하야 짧은 노래로만 실례를 삼습니다.

인경쌩! 바라쌩
삼경전에 ᄶᅩ구마쎳다

이 노래는 경기도 일대에서 어린 아히들이 술레잡기 할 적에 부르는 것임니다. 잉경쌩 바라쌩 한 것은 녯날에는 날이 저물 때는 잉경을 스물여들 번을 칫고 바라소리 설은세 번이면 날이 새엿는데 이때에 술라군이 각처로 도라단이며 도적놈들을 잡엇습니다. 이것을 본쪄서 술레잡기 노름을 하며 그와 갓흔 노래를 불으든 것임니다. 이 노래에는 녯날 우리의 살림 모양이 남어 잇지 안습니가.

왁새덕새 너오만이
속곳가래 불붓는다
쌜리가서 복짓개에
물을펴서 씨언저라

이 노래는 평안도 방면에서 부르는 것임니다. 왁새(白鷺)라는 새는 날느는 것이 퍽 느립니다. 그래서 왁새더러 좀 쌜리 날라고 놀려주는 쯧의 노래임니다. 어린이나라에는 즘생들이 친애하는 벗들이 되여 잇는 것임니다.

동모동모 동갑동모
자네집이 어데멘가
대추나무 아홉이선(이상 52쪽)
형제우물 겻집일세

이 노래는 어느 지방에서나 다 부릅니다. 이것은 동무와 동무 사이에 집이 어데냐고 뭇고 집이 어데라고 가르켜 주는 대화를 자미잇게 읊흔 것입니다. 이 노래에 나타난 가리켜 준 집의 광경은 말노 그림을 그린 것이엿습니다.

별짜러가서 달짜러가세
장대들고 대래키차고
뒷동산에 올라가서
별을짜세 달을짜세

이 노래는 어린이들의 무궁한 상상력(想像力)이 표현되여 잇습니다. 어린이의 생각에는 한울이 그리 놉지 안은 것 가티 보입니다. 더욱이 산 우에 한울은 산과 맛대여 잇는 것 갓치 보입니다. 장대만 들엇스면 별도 짜고 달도 쌀 것 갓습니다. 얼마나 아름다운 꿈임니까. 이 생각의힘이 업스면 사람은 크게 타락할 것입니다.

형님형님 사촌형님
우리형제 죽거들랑
앞산에도 뭇지말고
뒷산에도 뭇지말고
고개고개 너머가서
가시밧헤 무더주소
가지한개 열리거던
우리형제 넉시리니
우리들을 보는듯이
부모에게 친신해주

얼마나 슬픈 노래임니까. 이는 자살하는 사람의 유서보다도 더 슬픈 늣김을 줌니다. 이 노래를 을플 째 가련한 형제의 가이 업는 정경이 눈압헤 써올라 가슴 깁히 소사나는 눈물이 목을 매게 합니다. 이 밧게도 조흔 노래는 얼마던지 잇습니다.

이번은 이것만으로 하고 다시 기회가 잇스면 소개할싸 합니다. 그리고 내가 우에 적은 외에도 우리의 노래의 특증은 더 만히 말할 수 잇습니다. 이것도 훗 기회로 밈니다.(이상 53쪽)

(作文講座) 글(文)

崔鶴松, 『새벗』, 1929년 3월호

우리가 글(文)을 쓰는 것은 말(言語) 대신으로 쓰(使用)려는 까닭이외다. 말이나 글이나 그 形式은 다르지만 우리의 思想과 感情을 表現하는데 잇서서는 조곰도 다를 것이 업습니다.

그러나 말에는 글보다 不便한 條件이 잇습니다. 그것은 時間과 空間의 制約을 밧게 되는 것이외다. 어쩌한 말이든지 그 말하는 그 사람의 生命이 잇는 동안에 만들을ㅅ 수 잇는 것입니다.

사람의 生命이란 늘 잇는 것이 아니닛가 그 生命이 끈허지는 날이면 그 말도 다시 들을ㅅ 수 업시 되는 것입니다. 만일 그 사람이 죽지 안코 이 世上에 살어잇다고 하드라도 그 사람이 말하는 그때 그 場所가 아니면 그 사람의 말은 들을ㅅ 수 업는 것입니다. 한 사람의 말이 이 사람의 입과 저 사람의 입을 거처서 古今과 東(이상 4쪽)西에 傳하는 바가 업는 것은 아니지만 그러케 되면 自然히 그릇 傳하여지는 수가 만습니다.

여기서 글의 必要가 생기는 것입니다. 글은 實로 自己가 하고저 하는 말은 東西와 後世에 傳하여주는 信便이라 할ㅅ 수 잇습니다. 이러케 글의 압헤서는 말의 압헤서 든든이 직히든 時間 空間의 制約도 스러지고 마는 것입니다.

그럼으로써 우리 人類는 글을 所重히 녁이는 것입니다.

글은 참말 우리 人類에게 잇서서 所重한 보배외다. 글이 업섯드면 우리는 얼마나 不便하엿겟슴닛가? 또 우리 社會가 이만침 發達도 못되엿슬 것입니다. 人類의 文化는 오로지 글의 힘으로 發達되엿다고 하여도 지나치는 말은 아닐 것입니다.

그러케 큰 것은 말고 우리의 日常生活만 보드라도 글의 貢獻이 얼마나 큼닛가? 千里를 격한 사람끼리라도 편지 한 장이면 서로 意思를 通할ㅅ 수 잇는 것이요 去來

關係라거나 其他 모든 것을 글로서 적어 노흐면 언제든지 닛지 안케 되는 것입니다. 이럼으로써 글은 決코 등한이 볼 것이 아니외다. 글에는 누구나 마음으로써 적는 것을 배와야 할 것이요 쏘 배호면 누구나 적을 수 잇는 것입니다.(이상 5쪽)

少年雜誌에 對하야

少年文藝 整理運動(一)

洪銀星, 『中外日報』, 1929.4.4

朝鮮의 少年運動과 그의 文藝運動은 벌서 八九個 星霜이라는 나히를 먹엇다. 곳 말하자면 方定煥 君의 天道教少年會로부터 或은 盧永鎬 君의 『새소리』[1]로부터 우리는 少年運動과 그의 文藝運動의 對하야 첫 페―지를 잡을 수 잇다. 짜라서 이것으로부터 少年運動과 그의 文藝運動의 火□을 듸인 方, 盧 兩君의 功效도 적지 안흔 것이다.

要컨대 朝鮮의 少年운동이라는 것은 벌서 崔六堂의 『少年』이라든지 『붉은 저고리』, 『아희들보이』로부터 비롯된 것을 우리는 엿볼 수도 잇스나 그러나 그때의 그 것들―『少年』, 『붉은 저고리』, 『아희들보이』는 벌서 少年運動의 그 무엇이라는 것보다도 靑年들의 갓가운 □건이엇섯다고 볼 수 잇는 것이다. 만약에 억지로라도 朝鮮少年運動과 그의 文藝運動을 三個로 分하야 본다면 崔六堂의 『少年』 或은 『붉은 저고리』 時代를 第一期라고 할 수 잇고 그 다음 (한 줄 가량 해독 불가) 少年會, 或은 새소리로부터 어린이의 創刊 時代를 第二期라고 할 수 잇고 昨今의 現狀을을 第三期라고 할 수 잇는 것이다.

그러나 먼저도 잠간 말하엿것니와 崔六堂의 少年 創刊 時代는 벌서 그 時代 그 社會環境이 달엇슴으로 論할 性質이 달너진다고 볼 수 잇다. 곳 말하자면 純粹 少年運動과 그의 文藝運動은 『새소리』 創刊 以後라고 할 수밧게 업다.

내가 웨 이것을 말하는가 하면 우리 同志들 間에 少年問題를 硏究하는 사람이 이 起源論에 잇서서 曰可曰否하야 그 底止할 바를 모르는 까닭이다.

---

1 노영호가 주간(主幹)이 되어 근화사(槿花社)에서 1920년에 창간한 어린이 잡지이다. 노영호는 『普通學校 漢文 及 朝鮮語讀本 難句 文字 熟語 解釋』(1921), 『槿花唱歌』(1921), 『泰西雄辯集(第一集)』(1925) 등을 경성 근화사(京城 槿花社)에서 발간하였다.

이리하야 『새소리』 創刊으로 今日에 至하기까지 벌서 九個 星霜이다. 말하자면 一九二〇年代의 朝鮮少年運動은 비롯되엇다고 말할 수 잇는 것이다.

이와 가티 朝鮮 少年運動과 그의 文藝運動은 方今에 이르러 놀라운 量的 增加를 보게 되고 多少 質的 轉換을 일으키게까지 되엇다.

『새소리』 以後에 나온 少年雜誌를 본다면 大槪 나의 아는 範圍 內에서 보드라도 『어린이』, 『어린□』, 『半島少年』, 『朝鮮少年』, 『새별』, 『少年新報』, 『新進少年』 等等 것이 나왓다가 僅히 『어린이』가 存在해 잇고 그 後 『새벗』, 『아희생활』, 『별나라』, 『무궁화』, 『朝鮮少年』, 『少年界』, 『少女界』, 『少年朝鮮』, 『少年旬報』 等等이 나온 中에 『무궁화』, 『少年, 少女世界』가 다 休刊 或 廢刊케 되고 오늘날까지 구준히 나온다고 할 것은 『新少年』, 『새벗』, 『어린이』, 『별나라』, 『少年朝鮮』, 『朝鮮少年』, 『아희생활』, 『少年旬報』 等等이 存在해 잇다.

그런데 이들 存在해 잇는 少年雜誌의 質的 轉換을 要求하야 마지안는 바는 엇던 少年雜誌를 내어노코 보든지 少年의게 對한 이러타 무엇을 너허준 것이 업다고 하야도 過言이 안일만치 日本 少年 雜誌의 것을 直輸入으로 통재게로 飜譯해 논 것이 半數 以上이다.

當今하야 우리는 이 少年雜誌들의 如斯한 行動에 잇서서 如何한 方法 如何한 運動으로써 整理할 것인가를 論하기에 이를 것이다.

勿論 一般文學上으로 보드래도 乃至 文化上으로 보드래도 外國의 것을 全혀 輸入치 안흔 나라이 업는 것은 잘 알 수 잇는 史實이다. 이것은 大槪 그 나라의 文化의 程度가 低級하고 非文明的인 째에만이 可能한 것이기 째문에 늘 批評家의 붓으로 그 것을 分析하고 批判해 내는 것이다. 여기에 批評家의 存在 理由가 가장 크다고 볼 수 잇는 것이다.

우리는 分明코 少年運動과 그의 文藝運動도 偉大한 批評家를 기다리여 마지안코 쏘한 當今하야 散珠, 或은 □麻가튼 運動을 整理하야 마지안흘 째이다.

於是乎 우리의 觀點은 少年雜誌의 量的 增加보다도 質的 轉換을 부르지저 마지안케 되엇다. 그리고 우리들은 各自의 冷情한 머리로써 이것을 分析하고 批判해 내지

안흐면 안 되게 되엇다.

果然 우리는 이것을 잘 整理하고 잘 轉換식힘에 짤하서 우리의 少年運動과 그의 文藝運動이 가장 組織的이오 大衆的이오 學科的으로 될 수 잇는 것이다.

(二)

洪銀星, 『中外日報』, 1929.4.8

最近 數年來로 어린이 雜誌들은 만히 發展하야 온 것은 前項에서도 暫間 말하엿거니와 各 어린이 雜誌에 잇서서 所謂『어린이 讀本』이라는 것이 揭載되게 된다. 말하자면 이것은 分明코 學校의 그것과 가티 科外讀本으로 읽키려는 意圖에서 나온 것이다. 더 이것을 具體的으로 分析해 본다면 各 少年雜誌에 실니는 童話, 童謠, 少年小說 等보다 좀 더 效果를 내이자는 意圖일 것이다. 말하자면 이『어린이 讀本』이라는 것은 그들이 雜誌 初頭에 실는이 만치 가장 重要히 取扱하고 잇는 것은 自他가 共認하는 바이다.

그런데 이『어린이 讀本』이라는 것이 果然 學科的 科外讀物에 適合하냐? 適合치 아니하냐?하는 問題에 일으게 된다.

나는 말한다. 이『어린이 讀本』이란 □□□□□□도 업는 것이라고 하고 십다. 그것은 웨 그러냐 하면『어린이 讀本』될 만한 內容과 形式을 具備치 못하얏다.

勿論 그것을 上程하는 筆者들로서는 多少 滿足을 늣기는지 몰으지만 나로서는 그것을 볼 때 그들의 頭腦의 低劣한 것을 말하지 안을 수 업다.

첫재로『새벗』社에서 發行한『어린이 讀本』이것은 다른 少年雜誌에서 卷頭에 실는 대신으로 單行本으로 出刊된 것이라고 볼 수 잇다. 그러나 이것의 內容 貧弱이라든지 形式은 나종 問題로 하고라도 그것을 編輯한 이의 常識의 不足을 늣길 수 잇다. 더 나가서 말하면 少年運動이 무엇이고 少年文藝運動이 무엇이고 어린이 讀本이라는 것이 무엇인지 全然히 몰으리의 작란이라고나 할가? 너무나 恨心치 안을 수 업다. 만약에 이것을 營利 本位로 하엿다 하드라도 何必 少年 팔아서 私慾을 채워야 마음에 足할 것인가?

첫재로 少年讀物이라면서 적어도 『어린이 讀本』이라면서 '七十錢'이라는 것은 그 冊의 페—지로 보든지 內容으로 보아서든지 高價이며 그 內容에 들어서는 各 어린이 雜誌에 秩序업시 나온 것을 모라 모하 놋코 그 다음 形式에 잇서서는 길고 짜른 것을 區別치 안허서 닑기에 족음도 讀本이라는 맛을 늣기지 못하게 한다. 이 點에 잇서서는 찰아리 『어린이』에 실리는 方定煥 君의 『어린이 讀本』이 멧 倍 價値가 잇고 組織的이다.

『새벗社』 編輯 二十餘名 先生 執筆의 『어린이 讀本』이라는 것은 누가 編輯하엿는지 잘 모르거니와 失敗로는 完全한 失敗이다. 나의 希望으로는 組版을 갈든지 改編을 하엿스면 조흘 것 갓다.

그 다음 『어린이』에 실리는 方定煥 君의 「어린이」라든지 『별나라』에 실린 「별나라 讀本」에 잇서서는 다들 힘을 쓰는 것은 顯著하다. 짤하서 그들의 少年運動과 文藝運動에 對하야 □쓰는 것을 잘 알 수 잇스나 方 君의 『어린이 讀本』에 잇서서는 飜譯風의 日本臭가 나고 「별나라 讀本」에 잇서서는 文章의 低劣과 粗雜함을 늣기게 된 讀者에 잇서서는 多少 組織的, 思想的, 指導的임에 對하야 後者에 잇서서는 非組織的 無主義的이라고 볼 수 잇다.

要컨대 『어린이 讀本』(一般 어린이 讀本을 稱함)이라는 것은 現今에 잇서서는 方 君의 編輯하는 『어린이 讀本』이 가장 優秀한 데 쏘한 이런한 排列, 이러한 組織, 이러한 思想(족음 뒤진 人道的이나)으로 한다면 學校에서 補充敎材로도 쓸 수 잇슬 것이오 私設書堂가튼 곳에서도 使用하야도 無妨하다고 생각한다.

그리고 『朝鮮少年』, 『少年朝鮮』, 『新少年』 等에 잇어 『어린이 讀本』의 性質을 씌고 나온 멧개의 것이 잇스나 評하기 足하지도 안흔 것임을 말하야 둔다.

이 點에 잇서서 少年雜誌 編輯者는 '讀本'이라고 하는 名稱, '무슨 科'라고 하는 名稱을 濫用하지 안키를 바란다.

童話, 童謠, 其他 讀物

(三)

洪銀星, 『中外日報』, 1929.4.15

다시 붓을 돌리어 各 少年雜誌에 실리는 '童話'와 '童謠'에 對하야 暫間 一言하야 두고 結語로 들어가겟다.

少年雜誌에 잇서서는 特히 朝鮮에 잇서서는 — 그 內容이라는 것의 過半數가 童話, 童謠이다. 童話, 童謠가 만흔 것은 好現象이라고 할 수 잇스나 朝鮮의 童話, 童謠에 對하야 時急히 整理하지 안흐면 안 된다.

童話, 童謠에 取하야 오는 題材는 第二次 問題로 하고 먼저 童話와 童謠를 쓰는 이들의 腦부터 掃除할 必要가 잇다고 본다.

方定煥 君이 少年運動과 그의 文藝運動을 振興식혀온 것은 이곳에서 特記할 事實이다. 그러나 그의 腦는 創作的 機能이 不足하든 感을 이 글을 쓰면서 더욱더욱 늣기게 된다.

그것은 方 君이 一에서 十까지 그의 童話가 非創作이라는 것이다. 거의 岩谷小波의 그것을 그대로 옴겨 온 것이 만타. 이 流風은 日本의 少年 雜誌를 譯하는 버릇을 가르첫다고 볼 수 잇다. 朝鮮에 少年運動이라든지 少年文藝運動이 透徹한 存在가 업슬 때에 日本의 그것이라도 가저다가 振興식힌 것은 고마운 일이다. 이것을 整理하고 또한 朝鮮의 것을 完成하도록 創造的 腦와 公正한 論評이 업섯든 까닭이라고 말하고 십다.

보라! 現今에 움지기고 잇는 所謂 少年雜誌에 실이고 잇는 童話, 童謠가 日本의 그것을 飜譯하고 模作하야 된 것이 얼마나 만흔가. 童謠에 잇서서는 多少 模作을 지나 創作 氣分이 잇스나 童話에 잇서서는 아즉도 翻譯期를 버서나지 못하고 허덕이는 분이 잇다. 甚한 이는 朝鮮에 무슨 童話가 잇느냐고 한다. 죄다 飜譯이라고까지 하게 된다. 그리하야 乃至 朝鮮 童話 否定論者까지 잇게 된 奇現象이다.

朝鮮人으로서 朝鮮的 童話를 못 지어낸다면 이는 分明히 低能한 頭腦를 所有한 분이라고 할 수 잇다. 이러한 분은 速히 少年運動과 그의 文學運動에서 물너가는 것이

少年運動을 爲하야서든지 그 自身을 爲하야 나흘 것이다.

그럼으로 少年 讀物 執筆者는 지금부터는 飜譯을 될 수 잇는 대로 避하여야겟다. 그것은 少年運動과 그의 文藝運動의 效果로 보든지 建設로 보든지 그리하지 아니치 못할 當面에 다다른 任務인 까닭이다.

朝鮮의 少年은 나날히 進步하고 잇서서 普通學校 三四年 程度만 되면 日本 少年雜誌는 넉넉히 닑을 수 잇는 것이다. 그런데 몃 달이나 몃 해 前 것을 飜譯하야 가지고 少年을 瞞着하는 것도 첫재 안 된 일이고 우리 少年文藝 振興에 잇서서도 자미업는 일이다. 同時에 少年 讀者大衆에서 隔離되고 販賣 不振, 經營 困難에까지 이르게 될 것이다.

이와 마찬가지 理由로 創作이 되고 飜譯物보다도 못하게 하면 또한 不振, 隔離 되고 말 것이다.

要컨대 우리는 創作이면서도 다른 나라의 作品보다 優秀한 成結을 가진 것을 내여노키 바라는 바이다. 近者의 發表病에 걸린 未熟 文學靑年은 거의 少年雜誌로 몰리는 現象이 잇다. 그리고 거의 童謠, 童話를 숭내 내고 잇다. 이것은 그리 조치 못한 現象일 쑨 아니라 그들에게 잇서서도 도리어 자미업는 일이다. 좀 더 鍊習하고 討究하야써 執筆하기 바란다. 少年文藝는 一般文藝보담은 더욱 困難한 것이다. 그 까닭은 少年의 思想, 感情에 마저야 할 쑨 아니라 少年을 끌고 올나갈 만한 指導的 精神이 보이지 안흐면 안 된다.

그리하야 비록 童話 一篇 또는 童謠 一篇이 허수록하고 몃 페—지 되지 안는 것이지마는 큰 意義리 가지고 잇는 것이다.

그런데 한 가지 말하고자 하는 것은 少年 그 自身이 쓰는 것은 더욱 謹愼을 要하며 指導的 傾向을 엇도록 그들 自身의게 우리는 힘써주어야 한다. 끗트로 結語 비슷이 말하고자 하는 것은 少年雜誌에는 少年少女의 思想感情에 맛는 讀物을 실고 指導的 精神과 進取的 精神을 鼓吹하지 안흐면 안 될 것이다 하고 말하고 십다. 짜라서 나는 少年運動과 그의 文藝運動의 整理를 提唱하는 바이니 만히 討議되기를 衷心으로 바라서마지 안는 바이다. (完)

朝鮮少年運動의 歷史的 考察(一)

方定煥, 『朝鮮日報』, 1929.5.3

一

朝鮮의 少年運動을 말할 때에 니저버려서는 안 될 것은 慶南 晋州少年會입니다. 그 前에도 어린 사람의 모듬이 全혀 업섯든 것은 아니나 흔히 어느 宗敎의 主日學校나 半講習所式의 少年部나 運動部엇슬 싸름인 故로 그것을 가르켜 少年自身을 主體로 한 社會的 意義를 가진 運動이라고 하기 어렵고 다만 이 晋州少年會라는 것이 己未年 녀름에 生겻는대 이것은 少年會를 爲한 少年會가 아니고 어린 사람들이 모여서 ◯◯萬歲를 부르고 모다 잡혀가 가치어서 그것이 新聞紙上으로도 注目하는 問題거리가 되어 少年會 일홈이 뒤집어씨워진 것 갓습니다.(中畧)

그것이 己未年이니 大年[1] 八年이엇섯는데 다음다음 十年(辛酉) 봄 四月에 니르러 京城 天道敎會 안에서 十三名 少年이 發起人이 되어 朝鮮 五百餘萬의 幼少年을

一. 在來의 倫理的 壓迫으로부터 푸러내어 어린 '사람'으로의 人格을 찻고 지니고 擁護할 것

二. 在來의 쓸쓸하고 캄캄한 無知로부터 푸러내어 새로운 情緖를 涵養할 것

三. 在來의 非社會的 惡習으로부터 푸러내어 새 世上에 새사람이 되기에 맛당한 社會性을 기를 것을 主唱하고 少年會를 組織하고 天道敎少年會의 看板을 부치니 이것이 眞正한 意味의 社會的 性質을 가지고 生긴 朝鮮少年運動의 始初엇습니다.

一週三回의 集會를 勵行하면서 內로는 情緖涵養과 社會的 訓練에 힘쓰고 外로는 倫理的 解放 社會的 解放을 爲하야 努力하게 되자 微微하나마 이 會를 中心하고 그

---

1 '大正'의 오식이다. 'たいしょう(大正)' 원년은 1912년이고 大正 15년 곧 1926년이 마지막이다.

周圍에서부터 먼저 幼少年에 對한 敬語가 쓰이기 始作하고 어린애라는 말 代에 '어린이'라는 새말이 生겻고 言論機關을 비롯하야 各 社會에서도 少年會의 存在와 아울러 어린 사람 世上의 일을 注目하야 取扱하기 始作하엿습니다.

二

한 해를 지나 壬戌年 봄에 니르러는 四百六十餘名의 少年群衆을 가진 天道敎少年會와 各 新聞社 及 社會 有志와 東京 留學生 有志들이 中心이 되어 少年運動의 一般 理解를 徹底 식이고 또 各地에 이 運動을 促進식이기 爲하야 '어린이 달'인 五月을 擇하고 五月에도 第一日을 잡아 '어린이날'로 定하야 運動의 氣勢를 크게 올리니 計劃이 어그러지지 아니하야 少年運動의 必要는 全 民族的으로 깨닷게 되고 運動은 全 朝鮮的으로 퍼저서 各地에 一齊히 니러나니 半島少年會, 明進少年會 等 그 數가 一擧에 百餘를 헤이게 되엇고 따로히 그해 九月에 뽀이스카으트 運動이 니러나고 基督敎會의 少年斥候運動이 니러나고 佛敎少年會가 生기고 基督主日學校에는 基督少年會 看板이 붓고 各會의 少年部는 少年會로 獨立하고 洞里의 體育部까지 少年會로 改造가 되엇습니다.

(二)

方定煥, 『朝鮮日報』, 1929.5.4

三

해가 밧귀어(癸亥) 少年運動 創始 後 三年째 되는 봄이 되니 少年運動이 盛해 가면 갈사록 軍糧으로 指導材料를 要求하게 되어 運動으로는 機關紙의 必要가 생기고 따로히는 少年敎養의 敎材를 찻게 되어 三分一은 機關紙요 三分二는 敎養誌로 小雜誌 『어린이』가 創刊되엇스니 四六倍判 十二頁에 定價 五錢, 只今은 開闢社 刊行으로 되엇지만 當時는 天道敎少年會 編輯部에서 刊行하얏든 것으로 보아 純 運動 雜誌든 것을 알 수가 잇습니다.

誌名으로 『어린이』라 한 것은 幼少年의 倫理的 解放을 高調한 것이나 어린이라

한 '이 字'가 世人마다의 머리에 울리는 것이 決코 적은 것이 아니엇습니다.

三月 二十日에 『어린이』가 創刊되어 童話, 童謠를 中心한 情緖涵養이 크게 나아가고 적으나마 심심치 아니한 教材를 어더 質的으로 한층 充實해진 少年運動은 그 해 第二回째의 '어린이날'을 佛教少年會, 朝鮮少年軍, 天道教少年會가 聯合하야 努力하고 各 地方少年會는 通信으로 連絡하야 어느 便에 기울지 말고 地方團體에서도 쓰기 便하게 하기 爲하야 '朝鮮少年運動協會'란 일홈으로 一致 協力하엿습니다. 이러케 되어 前年보다 一層의 氣勢를 올리니 그 社會的 反應도 적지 아니하야 新少年, 새벗, 해ㅅ발 等의 少年雜誌가 뒤니어 刊行되고 各 新聞은 一齊히 '어린이 欄'을 設하고 出版界에서는 어린이 書籍을 내이기 始作하야 이해에 들어서 거의 世上은 어린이가 차지하는 感이 잇게 되엇습니다.

그리고 이해 五月 一日에는 日本 留學生 中에서 兒童問題를 硏究하는 이들이 모혀서 兒童問題硏究團體 '색동會'가 組織되엇고 이 '색동會'와 '어린이社'의 聯合 主催로 그해 七月 下旬에 京城 天道教堂에서 七日間 全朝鮮少年指導者大會가 開催되어 全鮮 三十餘處의 指導者가 모혀서 처음으로 兒童指導 問題를 學理的으로 硏究 또 討議하엿습니다.(續)

이리하야 안으로는 指導理論의 確立 또 統一에 힘쓰는 同時에 어린이 世上의 精神糧食을 供給하기에 부즈런하고 밧그로는 一般社會를 向하야 少年問題에 對한 注意를 喚起하고 少年保育思想의 宣傳에 努力하야 不過 二三年에 朝鮮 內地에만 少年會가 四百五十餘에 니르고 中國 各地, 米國 하와이에까지 波及하얏습니다. 이리되어 해마다 五月 어린이날은 京城을 中心으로 各 少年團體가 總聯合하야 '朝鮮少年運動協會'라는 名義로 全鮮이 一致 協力하야 盛大히 擧行하엿스니 乙丑年 어린이날에는 東京 大阪에서까지 이날을 紀念하엿습니다.

乙丑年 어린이날이 지나고 그해 첫녀름에 半島少年, 佛教少年 또 한 少年, 三少年會의 發起로 京城 市內 某某 少年運動 指導者 會合이 京城 諫洞 佛教布教堂에서 열리어(參席者 二十人) 京城의 指導者會를 組織하야 名稱을 五月會라 하엿고 나종에 그것

을 少年聯盟으로 고치려다가 警察 干涉으로 못하고 中止된 狀態에 잇다가 이듬해 丙寅年 三月에 다시 五月會로 새로 組織되엿습니다.

그해 五月 어린이날을 압두고 京城 各 少年團體(各 敎會派 少年會, 少年會, 少年斥候隊도 參席) 代表者가 鐘路 靑年會舘에 모히어 어린이날 準備를 協議할 때 今年에도 '朝鮮少年運動協會'란 名義로 海內, 海外가 總聯合하야 하자는 議論에 五月會 代表者로부터 '少年運動은 常設機關이 아니고 每年 어린이날을 爲한 一時的 聯合에 不過한즉 今年부터 五月會 名義로 하자'는 主張이 잇고 '어린이날 運動은 모든 派的 關係를 超越하야 地方少年會까지 一致 協力해 할 것인 故로 네 일홈도 아니요 내 일홈도 아닌 少年運動協會 名으로 할 것이지 京城 內에서도 各會가 다 參加하지 안흔 五月會 名으로 함이 不當하다'는 反對論이 잇서 二三日의 妥協 努力이 奏效치 못하야 丙寅年 어린이날은 少年運動協會로 例年과 가티 하는 外에 五月會는 脫退하야 싸로히 어린이날을 紀念하게 되엿습니다.

(三) 方定煥, 『朝鮮日報』, 1929.5.7

그러나 이해에 昌德宮 殿下의 國喪으로 어린이날은 默默한 中에 그냥 지나고 말엇습니다.

다음 해 丁卯年(昭和 二年)에도 例年과 가티 各派가 少年運動協會로 하고 五月會는 五月會대로 새로히 어린이날을 紀念을 擧行하엿습니다.

이러케 京城에서 싸로히 紀念을 지낸 後 兩쪽이 가티 甚한 遺憾을 늣기어 五月 十四日에 五月會 側에서 먼저 少年聯合會를 지을 일을 發起하고 少年運動協會 側에서도 無條件하고 이에 應하야 이해 十月 十六日에 朝鮮少年聯合會를 創立하니 이로써 二年間의 分立은 完全히 統一되엇습니다.

그리고 이 創立總會에서 어린이날이 勞働祭日과 相衝하는 것과 日曜日이 아님으로 名節 될 수 업다는 理由로 五月 첫 공일로 變更하기로 되엇습니다.

이해 七月 二十四日에는 兒童文藝聯盟이 組織되어 事務所를 堅志洞 無窮花社 內에 두고 活動을 始作하엿슴니다.

이듬해 戊辰年(昨年) 三月 二十五日 朝鮮少年聯合會 第一回 定期大會에서 少年聯合會를 朝鮮少年總同盟으로 하야 單一 組織으로 變更하고 少年 年齡을 十八歲까지로 制限하고 指導者의 年齡을 二十五歲까지로 制限하엿슴니다.

그런데 總 同盟制는 干涉이 잇서 다시 協議하야 聯盟으로 變更되엇슴니다.

여긔서 組織體가 單一體로 變更된 까닭에 少年軍 가튼 團體는 除外되엇고 宗教를 背景으로 하는 少年會는 自體의 立場上 聯盟에 參加 不參加는 自意로 하되 짜로히 會體를 가지게 되엇슴니다.

이해 四月 四日에는 天道教少年聯合會가 組織되엿슴니다.

작년(戊辰年)에는 總聯盟으로서 雨中에 盛大히 어린이날 紀念이 擧行되엇고 天道少年聯合에서도 宣傳紙만 짜로히 印刷하야 配布하엿슴니다.

작년 八月에 總聯盟 第一回 定期大會에서 中央 幹部가 두 군데로 組織되어 總聯盟의 看板을 二處에서 지니게 되엇슴니다. 그러나 아즉 이것은 判斷지어 말하게까지 못 되엇슴으로 여긔에는 이만 머물러 둡니다.

(四)

方定煥, 『朝鮮日報』, 1929.5.10

急한 대로라도 대강대강 작년까지의 일을 긔록하엿스니 이제는 쯧트로 運動上 손해되는 影響이 업슬 範圍 內에서 몃 말슴 부치어 쯧틀 막겟슴니다.

◇

오늘까지 八年 동안의 가장 여튼 歷史를 가진 運動이 最近 어린이날 때에 보는 바와 가티 굉장한 氣勢를 보이게 된 것은 밧게서 보던지 안에서 보던지 깃버할 進展

입니다. 그러나 고요히 안저서 그 實際를 들어다본다면 이 날에 動하는 사람의 거의 半數나가 平素에 少年會團에 參與치 안는 未組職 群衆으로 보아야 하게 됩니다. 이것을 더 詳細히 말슴하자면 平素에 꾸준한 運動이 잇스면서 그 中의 하나로 어린이날 運動이 직혀저야 할 것인대 여러 가지 事情으로 平素의 運動이 마음대로 進展되지 못하고 甚한 境遇에는 全혀 니저바린 듯이 中斷된 狀態께 잇다가 어린이날을 臨迫하여서야 새로 생각난듯키 움즉여 보기 始作하는 會團이 全혀 업지 안흔 까닭입니다. 이런 點으로 볼 때에 어린이날 運動은 여러 가지 本來의 意義와 效果 以外에 까부러지기 쉬운 어느 少年會團을 잡아 일으키여 새 魂을 부르는 데에도 큰 效果가 잇다 할 것입니다.

그러나 우리는 冷靜히 그리 되는 까닭을 생각해야 할 것입니다. 첫재는 指導者 업시는 어린 群衆이 모힐 수 업는 것이요 모혀서 나갈 수 업는 것인데 誠力 잇는 조흔 指導者를 맛나지 못한 까닭이니 少年少女들이 스스로 니웃 洞里의 衝動을 밧아 自己네끼리 그냥 모혀보앗스나 엇지 해 갈 길을 모르고 指導를 밧을 곳도 업서서 그냥 흐터저버리고 마는 것이요, 둘재는 一人 或 二人의 指導者가 잇고 또 그들에게 남다른 誠力이 잇다 하드래도 亦是 그 壽命이 길지 못하고 中間에 解體되거나 업서진 것도 아니요 잇는 것도 아닌 中斷 狀態에 빠지게 되는 것이 普通이니 여긔에는 여러 가지 原因이 잇습이다. 남다른 誠意 하나만으로 少年會 或 少年團을 創設은 하여 노코 家事를 돌아다 볼 사이 업시 거의 寢食을 니저버리고 매여달니나 그러나 그 힘 그 誠力이 외롭습니다. 群衆이 어린 사람들이니 거긔서 돈이 나올 수 업고 洞里 人士의 理解가 업스니 補助가 나올 리 업고 童話會 한 번 討論會 한 번에도 結局 自己 주머니의 담배갑이나 自己 집의 반찬갑을 긁어넛케밧게 아니 되니 뜻잇고 貧寒한 사람이라 그나마 永續할 수 업는 것이요 그 다음에는 沒理解한 少年少女의 父母들의 反對와 警察 及 學校의 干涉을 익여낼 힘이 업는 것입니다. 父母들을 說服식힐 만한 理論이 업는 이가 흔히 잇스니 誠意 하나 쁜만 가지고는 되지 안는 일이요 父兄들의 理解가 업스니 少年會가 다른 힘과 싸홀 힘이 업는 것입니다. 靑年會는 會員이 百名이면 늘 百名의 힘으로 싸호는 것입니다. 委員이나 代表 一人이 싸와도 百名

힘을 가지고 싸호는 것입니다. 그러나 少年會團은 群衆이 어린 사람인 關係로 어느 때든지 指導者 한 사람이나 두 사람이 외로히 싸호는 폭밧게 되지 못하는 것입니다. 이래서 一人 或은 二三人의 외로히 버틔는 힘은 오래지 못하야 안탁가히 꺽겨바리고 말게 되는 것입니다.

(五)

方定煥, 『朝鮮日報』, 1929.5.12

그리고 그 다음에는 외로운 指導者가 不幸히 身病이 잇서도 集會는 中斷되고 또는 家事 또 或은 다른 個人事로 他 地方에 出他를 하여도 會體는 흐너지고 마는 것임니다. 甚하게는 이러한 것이 잇스니 京城에 와서 留學生이 夏期나 冬期 放學에 鄕里에 와 잇는 동안에 少年會를 組織해 노코 잇다가 開學期가 되어 上京하면 少年會는 업서젓다가 다시 다음해 放學期가 되면 다시 組織되고 되고 합니다. 이것 한 가지가 그간의 사정을 제일 잘 설명하는 것입니다.

어느 나라 少年運動을 보든지 國家 補助와 一般 父兄 社會의 補助 後援으로써 자라 가는 것이니 더구나 朝鮮가티 貧寒한데서 無産兒童을 相對하는 少年運動은 다시 더 말할 것이 업는 것입니다. 더구나 이 運動은 警務, 學務 두 方面의 干涉을 밧는 것이요 甚하야는 頑冥한 父兄級의 反對까지 밧는 것이니 物質的으로 쑨 아니라 精神的으로 만흔 後援의 힘을 어더야 할 것입니다. 그러니 이 運動은 그 初期에 잇서서 父兄社會 一般 家庭을 向해서의 理解를 넓히는 努力이 少年 群衆 自身들께의 努力과 竝進햇서야 할 것입니다.

地方에서는 少年會라면 無條件하고 許可를 아니 하고 或은 이미 組織된 少年會를 普通學校 校長이 解散을 식히는 奇怪한 事實까지 잇섯습니다. 그러한 때에 거긔 抗拒할 當者들은 그 學校의 學生들이엇스니 다른 後援의 힘이 업슬 쑨 아니라 父兄들이나 社會의 少年會에 對한 理解가 업섯든 故로 校長도 아모 忌憚업시 그러한 妄擧에 나올 勇氣가 낫섯거니와 當하는 便에서도 아모 말 업시 그양 當해버리고 말게 된 것입니다. 저 丙寅年 봄의 許時謨 事件을 爲始하야 少年 私刑의 慘酷한 事件이 뒤니어 니러나서 各地의 少年團體는 피를 끌이며 奮起하엿스나 모여서 議論 한 번 못하게 干涉을 밧고 아모 事에도 나가지 못하고 말엇습니다. 이러한 때에 干涉을 밧는 것은 決코 少年運動뿐만이 아니지만은 우리가 스스로 內察할 때에 少年運動者는 그 運動圈 內에 그 父兄까지를 쓰러너흘 것을 니저서는 안 될 것이니 이때까지 어머니會, 아버지會를 開催하는 等 그 方面의 努力이 全혀 업섯든 것은 아니나 그러나 甚히 不足하엿든 것만은 事實입니다. 少年自身들의 指導問題와 꼭 가티 父兄들의 理解問題가 急하고 少年讀物이 必要한 것과 꼭 가티 父兄들께 읽힐 少年問題의 書籍이 몹시 必要한 것입니다. 이제부터라도 이 方面에 特別한 努力이 잇서야 할 것을 切實히 깨다라야 할 것입니다. 運動은 單純히 指導에만 긋치는 것이 아닌 까닭입니다.

말이 自然 여러 갈내로 난호이게 되엇슴니다만은 다시 도라와서 少年會 自體를 볼 때에 第一 큰 問題는 前에 말슴한 바와 가티 指導者 問題입니다. 指導者가 업시 自己네끼리 모여 놀다가 그양 흐터저버리는 것은 이미 말슴하엿거니와 一二人 或은 三四人식 指定된 사람이 잇는 中에서도 엇더케 나아갈 길을 — 안으로는 엇더케 少年들을 指導하며 밧그로는 엇더케 父兄들을 닛글고 엇더케 少年會를 끌고 나갈는지 — 몰르는 이가 不小히 계십니다. 어느 地方에를 가보면 少年會를 모르기는 하엿스나 그 指導者로 適任者를 골를 때 '아모는 어린 사람들과 놀기를 잘 하니 그 사람으로 하자' 하거나 '아모는 어린 사람들과 이야기를 잘하니 그가 하게 하자' 하는 等 單純하게 생각해 바리는 이가 잇는 바 그런 이를 보면 처음 얼마동안은 자미 잇는 이야기도 들려주고 마당에서 가티 뛰놀기도 하지만은 그것이 한 달을 못가서 그것만 가지고는 염증이 날 뿐 아니라 아모 指導도 되지 못하고 차차로 한 사람 두 사람씩 떠러지게 되는 고로 漸漸 焦燥해저서 미천 업는 歌劇을 한다거나 淫談 석긴 野談□話를 끌어다가 童話에 代用하거나 하야 少年을 쓰을기에 努力하니 이때부터 벌서 脫線을 始作하는 것입니다. 그러나 脫線 되는 대로나마 그것도 오래 계속되지 못하야 百名이든 會員이 五十名 나종에는 三十名도 못 남게 되다가 결국은 아조 모이지 안케 됩니다.

(六)

方定煥, 『朝鮮日報』, 1929.5.14

根本問題는 指導者가 만히 생겨야 한다는 데에 잇습니다. 우에 말슴한 바 여러 가지 일의 原因을 짓는 指導, 敎養 問題에 關하야는 먼저 記錄한 바와 가티 六年 前에 全鮮 指導大會가 색동會 主催로 京城에서 七日間 열렷섯든 外에 別로히 업섯든 것은 이때까지의 少年運動史를 보는 이 누구나 다 遺感으로 녁일 일입니다. 엇더케든지 兒童問題를 眞實히 硏究하는 이가 만히 생기고 그리하야 스스로 自信이 잇고 一般이 밋고 맛길 만한 조흔 指導者가 만히 生겨나와야 할 것이니 이제로는 少年團體가 만히 生기는 한 엽흐로 少年問題를 硏究하는 機關이 시골이나 서울에 만히 生겨야 하고 少年雜誌가 만히 生기는 한편으로 兒童問題硏究 雜誌가 만히 生겨야 할 것입니다. 그리하야 眞實한 指導者가 더 만히 生겨 나와서 안으로는 조흔 指導 밧그로는 씩씩하면서도 수준한 運動이 生命잇게 자라날 것입니다.

애초에 이 글은 어린이날 前하야 運動史를 알려달라는 만흔 同志들의 要求에 依하야 어린이날 前에 마치려고 쓰기 始作한 것임으로 자세하지 못한 嫌이 업지 안흔 이제 또 니어서 말슴할 것도 만히 잇스나 밧분 대로 아직 이만 쓰치고 未盡한 것은 後日 다시 쓰겟습니다.

어린이날을 당하야 어린이들에게(一)

金泰午, 『東亞日報』, 1929.5.4

먼저 조선을 알고 꾸준이

힘써 뛰어나는 인물이 되자

오월달 첫 일요일 되는 五日날은 우리 '어린이'의 날이올시다. 어린이날! 어린이날! 얼마나 질겁고 깃븐 날입니까? 사랑하는 소년 소녀 여러분! 이 날은 특히 그대들을 위하야 전 조선뎍으로 지키는 명절날이올시다. 경성을 비롯하야 삼천리 근역에 잇는 방방곡곡에는 어린이를 위하야 여러 가지 놀이가 잇스니 아마 여러분들도 어쩌한 놀이에든지 참가하서서 유쾌하게 노실 줄 압니다.

여러분! 지금은 五月이외다. 봄이외다. 눈보라치고 손발이 얼어터지든 겨을은 지내가고 죽엇든 만물이 고개를 들고 웃줄웃줄 뻐더나는 조흔 시절입니다. 뒤ㅅ동산에는 록음이 우거젓고 못자리에는 푸른 모가 잘아고 산기슭 들바테는 이름도 모를 가지각색 꼿이 피어 새로운 봄을 찬양하고 취한 듯합니다. 종달새는 놀애하고 소리개는 춤을 추며 제멋대로 조하합니다. 이러틋 조흔 날에 여러분은 새 옷 닙고 새로운 마음으로 이 조흔 모임에 참가하게 되엇스니 얼마나 깃븐 일입니까.

여러분 눈에 보히는 것도 모다 봄이어니와 여러 소년 소녀는 지금이 한창 인생의 봄이외다. 그 긔세는 마치 五月의 햇볏과 가티 찬란하고 五月의 새닙과 가티 씩씩하고 또는 五月의 샘물과 가티 맑고 깨끗합니다. 여러분 — 이 시절이 얼마나 꼿다운 시절입니까. 아모쪼록 긔운것 뛰면 굿건한 마음으로 씩씩하게 나아가야 하겟습니다. 이 날을 마지하야 특히 여러분께 몃 마듸로 부탁할 말슴이 잇습니다.

첫재 우리가 지금 먹고 닙고 살고 잇는 조선을 잘 알아야 합니다. 여러분은 영국 사람이나 독일 사람이나 미국 사람이 아니고 조선 사람인 것을 니저서는 안 됩니다. 여러분은 조선 짱에서 나서 조선 어머니의 젓을 먹고 숨박꼭질, 솟곱질 동무들이 다 조선 동무이며 말도 조선말을 배윗습니다. 그럼으로 여러분이 아모리 외국 말을 잘 한다 하더라도 독일 사람이나 영국 사람이 될 수 업습니다. 짤하서 여러분이 조선이라는 생각을 한때라도 니저서는 안 됩니다.

조선 사람 전톄가 행복하게 되면 여러분이 행복하게 될 것이오 조선 사람 전톄가 불행하게 되면 여러분도 불행하게 될 것입니다. 그럼으로 우리 조선 소년은 먼저 조선을 알고 조선 사람을 행복스럽게 하는데 가장 큰 기대와 촉망을 가지고 잇습니다.

(二)

金泰午, 『東亞日報』, 1929.5.5

먼저 조선을 알고 쑤준이
힘써 뛰어나는 인물이 되자

둘재 쑤준히 힘씁시다. 우리는 희망 가운대 끈어지지 안는 '굿센 마음'을 기르자는 것입니다. 우리는 대개 참을성이 부족하야 모든 일에 실패하고 마는 것입니다. 그런데 여러분께서 결심하신 그것을 꼭 성공케 할 방책이 잇다 하면 얼마나 깃브겟습니까. 그것은 다른 것이 아니라 곳 '쑤준히 힘씀'에 잇습니다. 쑤준히 힘쓴다는 것은 놀고 십흔 때에 놀지 못하고 자고 십흔 때에 자지 못하고 그냥 그것만 붓들고 힘쓰라는 말은 아니외다. 여러분이 놀고 십흘 때 놀고 자고 십흘 때 자시오. 그러나 어썬 그 일에 대하야 매일에 할 것은 반듯이 그날에 하여야 합니다. 가령 매일에 책을 한 폐지 이상 보기로 하얏스면 그날에 아모리 분주한 일이 잇드라도 꼭 그 책 한 폐지 이상은 보아야 합니다. 어썬 한가한 날은 한 五十 페지 가량이나 보고 분주한 날에는 한 二十여일 동안이나 한 페지도 안 보는 것은 안 됩니다. 꼭 매일 그날에 할 것은 그날에 하고 다음날에 할 것은 다음날에 하며 꼭 그대로 나아가는 것을 쑤준히 하야 나아가는 것이라 하겟습니다.

이와 가티 하는 사람은 꼭 어쩌한 일에든지 결심한 대로 성공하고야 맙니다. 그런데 꾸준히 힘씀에 잇서서 사사(私事)보다도 공사(公事)를 더 중히 녀기고 나아가야 합니다. 다시 말하면 여러분은 어려서부터 자긔 일신보다 여러 사람을 위하는 아름다운 덕과 용긔를 기르기에 꾸준히 힘쓰십시오.

셋재 뛰어나는 인물이 됩시다. 오늘 우리가 '어린이날'로 뎡하고 온 조선 소년 소녀들로 함께 떼를 지어 가지고 긔ㅅ발을 날리며 놀애를 불러서 이 거룩한 날을 긔념하자는 것은 다른 것이 아니라 여러분은 오늘을 인연해서 묵은 때ㅅ국을 모다 떨어버리고 아주 새로운 소년과 소녀가 되어 여러분의 왕성한 원긔와 용맹이 잇는 것을 알아야 합니다. 그러고 이제는 엉석만 부리지 안코 놉흔 리상(理想)과 경륜(經綸)이 잇는 것을 사랑하는 아버지와 어머니에게 보이자는 것입니다. 그런데 여러분은 이 길을 잘못 들면 더 자라날 것도 아주 그만 더 못 자라게 하는 일도 잇습니다. 다 자라지 안헛는데 다 자란 줄 알며 다 되지도 안헛는데 다 된 줄 아는 것처럼 가엽고 불상하고 앗가운 일은 업습니다. 몸으로나 지식으로나 덕행으로나 충실하게 건전하게 자라는 것은 어릴 때 어린이답게 행하는데 잇습니다. 그럼으로 여러분은 력사(歷史)에 나타난 인물 중에 가장 훌륭한 사람으로 하나나 둘을 쏍아서 그이를 모범 삼아 나아가는 생활을 하면 반듯이 훌륭한 인물이 될 것입니다. '나도 이다음에 그런 일을 해 보겟다. 그런 어른이 되어 보겟다' 하는 생각이 잇는 것은 어린이 생활에 방향을 뎡해 주는 것이며 힘과 활동이 되는 것입니다. 률곡(栗谷) 선생과 그리스토라든지 에듸손이라든지와 와싱톤과 린컨이라든지 다 — 조흔 본바들 만큼한 인물입니다.

우리가 어린이날을 뎡하야 해마다해마다 이 날을 긔념하자는 쯧이 여긔 잇는 줄 압니다. 우리 전 조선 륙백만 소년 소녀 여러 일쑨들에게 반듯이 실행 됴건으로 이 몃 가지를 부탁합니다. 하고 십흔 말은 아즉도 만흐나 이런 명절에 넘우 만히 하는 것도 지루하겟스니 고만 두겟습니다.

— (쯧) —

새 戶主는 어린이

생명의 명절 어린이날에

方定煥, 『東亞日報』, 1929.5.5

어린이날이 왓습니다. 오늘이 어린이날입니다. 아 깃거운 명절날에 나는 특별히 세상의 어머니와 아버지들 여러분께 뎨일 긴절한 말슴을 들이겟습니다.

어린이날 특히 이 날에 부모 되시는 이들이 생각해야 할 일, 생각하고 곳 실행해야 할 일이 꼭 한 가지 잇스니 이것을 실행하고 하지 못함으로써 우리들 전톄가 잘 살게 되고 못되는 판단이 달려 잇습니다.

×

그것은 다른 것이 아니라 '각각 자긔 집안의 주장되는 임자를 새로 밧구어 노차' 하는 것입니다. 이때까지의 조선에서는 누구든지 어느 집에서든지 한아버지, 한머니, 그러치 안흐면 아버지, 어머니만 주장하야 그가 주장하고 그가 임자 노릇을 해 왓스나 그것이 잘못된 일이어서 우리가 오늘과 가티 못살게 된 것입니다.

밧브기도 하고 또 길다라케 쓸 지면(紙面)이 업서서 이러케 간단한 말로만 말슴하니까 얼른 잘못 들으면 대단히 섭섭하게도 들리고 또 상스럽게 들리기도 할 말슴이지마는 진정대로 털어노코 말슴하면 한아버지, 한머니는 젊으셧슬 째 자긔 힘썻 재조썻 할 일을 다하고 이제는 무덤으로 가실 날만 갓가워 오는 어른입니다. 다시 말하면 무덤으로 향하야 걸음 것고 게신 어른들입니다. 무덤으로 가는 어른이 임자가 되고 주장이 되어 왼 집안 식구를 끌고 나가니 가는 곳이 무덤밧게 공동묘디밧게 더 잇습니까.

팟으로 메주를 쑨다 하야도 웃어른 말슴이니까 잠자코 짤하가는 것이 잘 하는 짓이오 효도라고 가르켜서 그대로만 지켜 왓스니 조선 사람들은 왼통 이때까지 공동묘디로만 향하고 잇섯든 것입니다.

늙으신 어른들이 무덤을 향하고 가는 이라 하면 어린이들은 살아나려고, 살려고, 일터로, 일터로 아프로 아프로만 나가는 사람입니다. 살려고 새 생명을 가지고 아프로 나아가는 이를 주장을 삼고 임자를 삼아 왼 집안 식구가 그리로 쌀하가야지 무덤을 향하고 뒤ㅅ길로, 뒤ㅅ길로만 가는 사람을 쌀하가서야 되겟습니 까.

다 늙은신 이가 아니라도 젊으신 아버지나 어머니도 벌서 어린아들이나 짜님보다는 二十년 三十년 묵은 사람입니다. 코를 흘리고 아모 철업는 것 가태도 어린 사람은 아버지보다 二十년 三十년 더 새로운 세상을 살아갈 사람이오 새로운 긔운과 생명을 가지고 나온 사람들이오 새것을 생각하고 맨들어 낼 힘을 품고 나온 사람입니다. 족으만 석유 등잔밧게 켤 줄 몰르고 사는 사람이 뎐긔등이나 와사등을 켜고 살 사람을 어쩌케 자긔 마음대로만 이리 쓸고 저리 굴리고 할 수가 잇슬 것입니까.

×

묵은 사람이 새 사람을 보고 내 말만 들어라. 내 말만 들어라 하면서 새 사람의 의견을 업혀 눌르기만 하면 천년만년 가도 새것이 나올 수도 업고 아바지보다 더 새롭고 더 잘난 아들이 잇슬 수가 업는 것입니다. 내 말만 밋지 말고 나보다도 더 잘난 사람이 되어 새것을 생각하고 새 일을 하도록 하라고 써바처 주고 새 의견을 존중해 주어야 한라버지보다는 아버지가 잘나고 아버지보다는 아들이 잘나고 아들아보다도 손자는 더 잘나게 되어 자쑤자쑤 집안이 잘되고 세상이 잘될 것입니다.

×

그런대 조선서는 새 생명을 위할 줄 몰라 왓습니다. 사소한 일로 말슴하드래도, 집 한 채를 지어도 무덤으로 가는 한아버지 생각만 하고 짓지, 어린 사람 생각을 해 가면서 지여본 법이 업고 반찬 한 가지를 작만하되 시어머니 시아버지만 생각하얏지 어린 사람만 생각하면 불효요 천착하다고 흉보아 왓습니다. 어른들만 임자 노릇하노라고 새로 자라나는 새 긔운을 어쩌케 만히 썩거오고 죽여 왓습니가.

새 긔운을 썩거버리고 새 생명을 천대해 오고 그러고도 잘살게 되기만 바라고 잇섯스니 미련하야도 넘우 미련하얏습니다.

×

오늘부터는 어린 사람을 주장을 삼고 어린 사람을 이때까지처럼 나려다보지 말고 쳐다보면서 매매사사를 어린이를 생각해 가면서 어린이들을 잘 키우도록만 하야 가십시다. 그래야 덕을 봅니다. 한 집안도 덕을 보고 한 사회도 덕을 보고 왼 조선이 덕을 봅니다. 어린 사람을 주장을 삼으십시다. 우리를 잘 살게 하야 줄 터주대감으로 밋고 거긔를 위하고 거긔다 정성을 쓰십시다. 왼 조선 아버지 어머니가 한갈가티 이러케 하면 우리는 분명히 잘 살게 됩니다.

×

오늘이 어린이날입니다. 동리집 부인들께까지 이 말슴을 전하서서 다 가티 이것을 이 날부터 실행하십시다.

(社說) 어린이날

『東亞日報』, 1929.5.5

一

오늘 五月 첫재ㅅ 日曜는 朝鮮 어린이의 날이다. 在來의 어린이를 抑壓하고 不自由하게 하든 因襲的 倫理로부터 解放하자. 從來의 어둡고 차든 非人間性을 업새버리고 밝고 쓰거운 人間的 情緖를 涵養하자. 從來의 非社會的 惡風을 깨털이고 文明的 新風紀를 세워보자 하는 趣旨로 半島의 少年이 외치고 나온 날이 오늘 어린이날이다. 從來의 倫理는 長幼有序라 하는 固陋한 東洋的 封建思想에 支配되어 어린이를 虐待하고 어린이를 侮辱하얏다. 어린이는 一家庭의 꼿이 아니오 所有物이엇스며 社會의 未來를 걸머 멘 豫備的 國民이 아니라 使役과 服從의 奴隷이엇섯다. 어린에게는 어른에게 克己思想을 普遍시켯든과 가티 젊잔타는 非活動的, 非情熱的 冷淡思想을 가르처 畸形的 人間을 養成하얏다. 知覺과 體力이 發達치 못한 어린이에게 早婚이란 民族滅亡의 惡風을 强要하야 將次의 國民을 劣弱하게 하고 長者에게 依賴하는 依他思想을 助長하얏다. 家庭的, 社會的, 民族的으로 虐待한 어린이는 이제야 그들의 解放을 爲하야 家庭과 社會와 및 民族의 幸福隆興을 위하야 닐어낫다.

二

이날엔 全朝鮮 五百萬의 少年少女가 旗 行列을 하고 童話會를 開催한다. 勞働者가 '메이데이'를 紀念하는 것가티, 婦人이 國際婦人데이를 紀念하는 것가티, 靑年이 國際靑年데이를 紀念하는 것가티 어린이는 어린이날을 紀念한다. 이 어린이날이 最近 朝鮮서 始初된 것이니만치 世界에서 一齊히 이것을 擧行치 안흘 짜름이다. 어린이날은 朝鮮에만 限한 紀念日이다. 어린이날의 起源은 辛酉年 四月 天道敎少年會가 組織되어 各 方面에 少年運動의 一般的 理解를 부르지저 翌 壬戌年 五月에 그 달을 어린이달이라 하고 그 中에도 第一 日曜를 어린이날이라 定한 것으로써 始初를 삼는다. 그 後 宗敎, 學校, 社會 等 諸 方面으로부터 發生한 數多한 少年會는 이에 한 가지로 되어 全朝鮮的으로 이 날을 어린 날로 定하게 되엇스니 이곳에는 아무러한 政治的 國際的 意味가 업는 것이다. 또 元來가 特殊的 事情에 잇는 朝鮮으로 하야금 이러한 어린이날을 定하게 한 것이니만치 다른 나라, 그 中에도 先進 文明國에는 어린이날을 定할 必要도 업슬 것이다. 家庭과 學校와 社會가 이 어린이를 愛護하고 理解함에 잇서 구타여 이것을 定할 理由가 무엇이 잇스리오.

三

이날은 어린이로 하야금 모든 것을 自由롭게 하게 하라. 自由로 춤추고 自由로 놀애하고 自由로 먹고 自由로 배우게 하라. 그리하고 그들에게 아무러한 拘束과 使役과 줄임과 無智를 주지 말게 하라. 그리하야 그들에게 人間의 自由性을 發揮하고 人間의 情緖를 吐露하게 하라. 早婚을 시키지 말기로 決心하자. 從來의 因襲的 惡道德을 撤廢하자. 父母와 兄弟는 子女와 弟妹를 爲하야 一日의 苦勞를 앗기지 말자. 모든 家庭 모든 小學校 모든 少年團體는 이날을 紀念할 아무러한 主催라도 하라. 이것이 朝鮮의 將來에 對한 光明이며 希望이다. 一民族을 抑壓하는 一民族이 自由에 浴할 수 업는 것가티 一民族의 어린이를 抑壓하는 一民族의 어른은 自由에 浴할 수가 업는 것이다. 그러면 朝鮮 五百萬 어린이의 一身에 幸福시럽거라.

어린이날을 마지며 父母兄姊께!

金泰午, 『中外日報』, 1929.5.6

여러분! 五月 첫공일 五月은 '어린이'의 날이올시다. 어린이는 새 세상의 희망의 꼿이라는 가장 아름다운 '슬로간' 밋헤서 우리는 소년운동(少年運動)을 니르키어 왓습니다. 그리하야 어린 사람의 해방 운동이 단톄덕으로 五百여회에 니러나고 어린 사람의 생명량식이 수십가지 잡지로 뒤니어 나와서 어린 사람의 살림사리가 더 커지고 쏘 넓어젓습니다. 아! 거룩한 긔념의 날! 어린이의 날! 조선소년총련맹(朝鮮少年總聯盟)서 새로히 어린이날에 올 五月 첫 일요일(日曜日)로 작뎡한 이후 금년이 두번째 깃분 긔념일입니다.

이날을 당하야 삼천리 방방곡곡에는 어린이를 위하야 여러 가지 노리가 잇스니 아드님과 싸님을 가지신 여러 부형모매께서는 될 수 잇는 대로 그네들의 마음을 깃부게 하고 새옷도 닙히어 어써한 노리에던지 참가하게 하고 유쾌하게 놀도록 하시기만 바랍니다. 조선의 새싹이 돗기 시작하는 날이 이 날이오 새로운 생활을 어든 날이 이날입니다. 五月의 새닙(新綠)과 가티 씩씩하게 새 세상을 지어낼 새싹은 웃줄웃줄 쌔더납니다. 우리는 그네들을 그대로 잘 쌔더나가게 하는 대에 행복이 잇고 쏘는 잘 살 것입니다.

일즉이 우리 조선 소년은 남과 가티 자랄 째 자라지 못하고 배울 째 배우지 못한 것은 다른 나라 어린이들과는 특수한 환경에 태어난 싸닭이겟지요.

간단히 말하자면 돈 업고 세력 업는 탓으로 조선 사람들은 맷 밋층에서 비참한 생활을 하여 왓습니다. 게다가 재래의 우리 어린이들은 한목 사람의 갑이나 잇섯다 할가 갓 나서는 부모의 재롱감 — 작란감 되고 더 나아가서는 어른 압헤 무릅꿀코 양수거지를 하고 서게 되며 커서는 어른들 일에 편하게 씨우는 긔계나 부릴 것이 되엇슬 뿐이오 이러라면 이러고 저러라면 저리하야 자랄 때 자라지 못하고 피일 때 잘 피지 못하야 다른 나라 소년은 총을 메고 말을 타고 어른의 하는 일을 하게 되어도 조선의 소년은 아버지와 어머니의 만족을 채우기 위하야 자긔보다 일곱 살이나 여듧 살 이상 되는 '안해'를 맛게 되는 것입니다. 다시 말하여 조혼(早婚)이라는 무섭고 놀나운 형태(形態)로써 이것을 준수(遵守)치 아니치 못하게 되엇던 것입니다. 짜라서 이로써 이러나는 필연뎍 불합리(不合理)와 모순(矛盾)은 자손의 저렬(低劣)한 자를 내이게 된 것입니다.

어린이는 가뎡의 '싹'이오 사회의 '순'이오 인류의 '희망'이다. 그리고 그들은 인생의 꼿이오 희망이오 동시에 깃븜이다. 어린이를 위함은 사회의 절대 책임이다. 이러한 표어(標語) 밋헤 一九二二년 이래 소년운동을 八九년 해 내려온 것입니다. 하여간 재래의 소년운동은 어린이 애호운동(愛護運動)을 고취하여 온 것은 사실입니다.

어린이는 인간(人間)으로 생겨날 째부터 세 가지 자연뎍 요구가 잇습니다.

一. 잘 나서(出産) 튼튼하야 하겟습니다.

一. 잘 배워야 하겟습니다.

一. 잘 살어야 하겟습니다.

다 큰(成長) 뒤에 잘 살고 못 사는 것은 자기 책임(責任)이라 하겟지마는 아무것도 모르는 유약(幼弱)한 어린이로 불행한 가뎡에 태어나서 자식뎍 요구를 만족 식히지 못하고 한평생을 불행으로 보낸다면 그 책임이 어린이에게 잇는 것이 안이라 오로지 그 부형의 책임이며 사회 전톄의 련대 책임이라고 하겟습니다.

그런데 어린이를 지도하는데 가장 주의할 것은 첫재 어머니 되시는 이들은 어린이에게 음식을 주는 째를 모릅니다. 젓 먹일 째부터 장성하기까지 만히 먹이기만 하면 조흔 줄 알고 하로 몃 번이라도 째 업시 먹입니다. 그리고 그분들은 어린이 운동을 덕당하게 식혀 줄 줄을 모릅니다. 날세가 조금만 치워도 덥듸 더운 방구들에다가 가둬두고 몸이 조금만 압흐면 '점'을 친다 굿을 한다 하다가는 의사에게도 보이지 안코 무엇인지 알지도 못할 약을 덥허노코 먹여주는 일이 종종 잇습니다. 그리하여 어린이의 몸을 망쳐 놋는 일이 만습니다.

둘째는 그분들은 그 어린이에게 보일 것 아니 보일 것을 모릅니다. 부부간에 물고 뜻고 하는 싸홈도 보여주기도 합니다. 그리하야 그들은 욕을 배우고 사람 때리기를 배우고 낫분 싸홈을 배웁니다. 이러케 그들의 성격을 파괴 식힙니다.

어린이는 몸과 성격이 한 가지와 가타야 물드리기에 달렷고 물과 가타야 담기에 달렷습니다. 그들은 물감에 의하야 히게도 될 수 잇고 검게도 될 수 잇스며 그릇에 짤하서 둥글게도 될 수 잇고 모나게도 될 수 잇습니다. 이 물감과 그릇은 누가 되겟습니까? 곳 우리 부모 형제 자매 된 사람 또는 우리 사회의 공중이 될 것입니다.

말도 잘 하지 못하는 아이들이 나무토막을 가지고 싸혓다 허무럿다 하는 것은 그냥 작란이 안이라 집을 짓고 십허 하는 타고난 버릇(本能)을 가진 까닭이오 남녀를 분간도 못하는 인형가튼 아가씨들이 '장독대' 겻헤서 작은 옵바하고 비닭이처름 마조 안저서 눈쏩만한 그릇에 풀닙새를 담어가지고 '너 먹어라', '아! 이 손님 잡수서' 하고 노는 것은 솟곱작란이 안이라 장래 자라서 살님살이(家庭生活)을 하려는 연극을 미리 하고 잇는 것입니다. 어렷슬 째에 양디 짝에서 노니는 병아리처름 혼자 종알거리든 것이 자라서 성악이 되고 숫거멍으로 벽에다가 란초를 치는 것이 자라서 미술(美術)이 되고 마루 우에서 뛰엄박질을 하는 것이 무도(舞蹈)가 되고 달 밝은 밤에 동모들이 은행(銀杏) 나무 그늘에 모혀서 '숨박꼭질'을 하고 '까치잡기'를 하는 것이 그냥 작란이 안이라 커지면 연극(演劇)이 되는 것이오 그 그림자를 박혀낸 것은 별다른 것이 아니라 활동사진(映畵)임니다.

조선의 부모 형제 자매 제씨여! 이날을 당하야서 여러분은 깁히 생각하야 우리의 어린이를 잘 지도(指導)합시다. 마지막으로 조선소년총련맹의 표어(標語)를 소개하오니 여러분은 이대로 실행하시기만 바람니다.

少年健康注意　　少年教育普及

少年早起獎勵　　少年早婚廢地

少年喫煙禁止　　少年虐待防止

今年의 少年 데—

指導者 諸賢에게

丁洪敎, 『中外日報』, 1929.5.6

五月 第一 日曜!

이날은 우리가 가장 질거히 마저야 하고 가장 깃부게 놀아야 할 날인 것은 두 말을 기다릴 필요가 업다고 하겟슴니다.

그런데 우리는 이 날을 엇더케 깃부게 마지하며 질겁게 마지하여야 할 것임니까?

참으로 우리는 이 날을 마지할 때 기나긴 십년이라는 동안에 파란 만흔 분쟁과 곡절 만흔 우리의 어린이 운동이 오늘에 와서 가장 깨긋이 청산(淸算)되고 짜라서 무엇보담도 실천뎍 행동(實踐的 行動)이 가장 승리(勝利)를 빠르게 한 것을 깃버하야 마지 안는 바임니다.

아울러 지나간 십년이라는 오래인 동안에 족음도 게을리 하지 안코 악전고투(惡戰苦鬪)하야 온 지도자 제현(指導者 諸賢)의 얼골이 무한히 광채(光彩)나고 잇는 것이 보이는 바이며 우리의 어린이 운동이 어린이 모듬다운 테를 메게 되엿다는 것은 진실로 깃버하야 마지 안는 바임니다.

그러나 一九二九年代의 어린이날과 금후(今後)의 어린이운동을 엇더케 할 것인가 — 재래와 가티 지리멸절(支離滅絶)하고 부허무위(浮虛無爲)한 파쟁(派爭)이라든지 쏘는 가설뎍(假說的) 리론(理論)에 순설(脣舌)만 허비하든 때와 가티 할 것인가? 이것은 천부당만부당의 일일 것임니다.

우리는 一九二九年의 오월 첫재 일요일을 마지할 때 진실로 재래의 신물과는[1] 파쟁이 넘우나 괴로웟든 것을 늣기지 아니할 수 업슴니다. 엇젯든 우리는 이 신물나고 괴로운 파쟁 밋헤서 쒸여나와 가장 승리뎍, 실천뎍인 통일운동(統一運動)으로 나

1 '신물 나는'의 오식이다.

온 것을 매우 깃버하야 마지 안흐며 一九二九年代의 소년(少年) 데 — 어린이날을 반듯이 보무정제(步武整齊)히 하고 가장 의식뎍 운동이라고 하야 마지 안는 바입니다.

우리는 압흐로 압흐로 전진하야 나가야 하겟습니다. 보무를 정제히 하고 의식뎍으로 나갑시다. 그곳에서 모든 소년소녀의 대한 가장 진실한 의의를 가저온 것입니다.

동시에 우리는 一九二九年代의 어린이날 — 소년 데 — 는 자연발생뎍(發生的) 긔치(旗幟) 아래로 전면뎍 진출(全面的 進出) 총톄뎍 운동(總體的 運動)을 하게 된 것입니다. 짜라서 一九二九年代의 어린이날은 조직뎍인 것은 물론이며 전면뎍, 총력뎍이며 전조선운동의 일부(一部) 역할(役割)을 과감(果敢)히 행동하여온 것을 우리는 잘 알어야만 할 것입니다.

全朝鮮少年大衆萬歲!

朝鮮少年總聯盟萬歲!

= 五月 第一 日曜 =

(社說) 朝鮮少年運動과 指導者 問題

새로운 方針을 세우라

『東亞日報』, 1929.5.10

一

朝鮮에 少年運動이 唱道되어 坊坊曲曲에 少年少女의 團體가 創設되엇고 '어린이날'의 制定이 잇서 兒童의 名節까지 생긴 現狀이다. 이 運動이 既往에 잇서서 直接 間接으로 朝鮮社會에 莫大한 '썬세이슌'을 닐으키엇고 今後에도 이 運動이 그 宜를 得하고 順序로 發展한다면 民族訓練과 公民敎育에 莫大한 效果를 줄 것은 無疑한 事實이다. 그러나 如斯한 特殊運動은 매양 時勢와 環境의 不可抗的 事情으로 因하야 畸形으로 그 方向이 轉換도 되고 그러치 안흐면 萎縮도 되어 發生의 根本 意義를 忘却하는 實例가 적지 아니 하니 今日의 朝鮮少年運動은 杞憂인지 알 수 업스나 正히 脫線의 危期에 處하얏다고 아니 볼 수 업다. 結合體의 自體內에서 分裂 作用 가튼 것이 닐어나는 것은 그 危機를 雄辯으로 說明함이 아니고 무엇이냐. 어쩌한 運動이든지 大義名分을 니저서는 아니 되는 것이다.

二

우리는 다시 한 번 朝鮮少年의 訓育되는 現狀을 살펴보자. 父母가 子에 對하야 그들의 幸福을 爲하야서는 自己犧牲까지라도 앗기지 안는다는 無條件한 極致의 사랑을 가지는 것이 生物로서의 本能일지는 알 수 업스나 그 訓育하는 方法과 子女에 對한 觀念에 잇서서 父性愛와 母性愛의 存在를 疑心할 만큼 無知하고 無責任하얏다고 볼 수 잇다. 그러면서도 그들은 子女는 사랑하는 것이다 하는 漠然한 道義心이나 衝動的 사랑 알에서 責任을 廻避하얏섯고 더욱이 親子女, 親父母의 그러한 骨肉의 私的關係를 써나서 公民으로서의 어린이, 公民으로서의 어른, 이러한 關係에 잇서서는 幼吾幼하야 以及人之幼라 하는 消極的 個人主義的 觀念으로 社會的 責任은 些小視하야 왓다. 前日의 朝鮮은 더할 것도 업거니와 今日 朝鮮의 어린이의 處地를 보라.

그들을 爲한 特別한 施設이 무엇이냐. 六百萬 兒童 中에 文盲을 免할 運命에 處한 者가 그 얼마나 되느냐. 本能的으로 사랑한다는 마음만의 愛로는 將來 社會 主人의 主人될 資格을 줄 수 업는 것이다. 結果는 多數의 落伍者를 養育할 쑨이다. 落伍者가 만흔 社會에 進展과 隆盛이 잇슬 理가 업다. 만일 잇다면 이것은 奇蹟이라 하겟다. 그럼으로 朝鮮 少年의 生長을 우리의 因習의 限界를 超越하야 冷情히 觀察한다면 決코 幸福스러운 處地에서 遺憾업시 힘잇 자라나는 그들이라 할 수 업다. 今日의 少年運動 가튼 것이 어찌 더 일즉히 닐어나지 안햇든가를 遺憾으로 녀기지 안흘 수 업다.

三

그러나 少年運動은 少年 自體에서 醱酵한 自覺的 運動이 아니오 社會의 進展과 함께 움즉이게 된 他力的 運動인 만큼 決코 對抗的 意識을 가진 運動이 아닌 것을 알아야 될 것이다. 어린이를 좀 더 幸福스러운 生活을 주는 同時에 그들의 將來生活도 幸福으로 引導하자는 것이며 그들의 將來의 幸福은 朝鮮民族의 幸福을 意味하는 것이다. 그럼으로 이 運動은 어린이를 對像으로 한 어른의 運動으로 볼 수 잇다. 이러한 意味에서 이 運動에서 特히 조흔 指導者를 要求하는 同時에 指導者의 使命이 더욱 큰 것이다. 今日의 朝鮮少年運動이 適切한 指導의 缺如도 그러함인지 低氣壓 地帶에 處해 잇는 것은 少年運動 自體를 爲하야 一種의 不安을 아니 늣길 수 업다. 吾人의 理想은 이러한 運動의 우리 社會에서는 不必要하다는 그때의 速現이지만 現下 少年運動이 더욱 眞實化하기를 바라는 바이다. 다시 말하면 이 眞實化는 指導의 淨化를 意味함이다.

(社說) 兒童讀物의 最近 傾向
提供者의 反省을 促함

『東亞日報』, 1929.5.31

一

自由教育의 提唱이 熱烈한 今日에 잇서서 現今 兒童의 學校에서의 一律教育을 萬一 批判한다면 그 效果를 疑心할 充分한 理由가 잇는 것은 勿論이다. 主智的 教育의 餘弊로 情緒教育을 等閑視하는 것도 今日 教育上에 問題가 아니 되는 것이 아니다. 그러나 制度의 變改는 一朝一夕에 能히 할 배 아니오 다만 乾燥無味한 教科書 以外의 課外讀物이나 兒童雜誌 가튼 것으로써 이 缺陷을 얼마큼 補充하는 것은 반가운 事實이다. 그러나 朝鮮의 現相은 반듯이 그러치도 못한 모양이니 兒童의 讀物이 量으로나 質로나 보잘 것이 업는 것은 教科書的 內容을 超越하여야 할 朝鮮兒童 一般 讀物界를 爲하야 크게 遺憾으로 생각하는 바이다.

二

全朝鮮 學齡 兒童을 相對로는 兒童의 讀物을 提供할 수 업다 할지라도 적어도 五十萬에 갓가운 普通學校 兒童만을 相對한다면 雜誌의 種類로서도 相對한 數에 達할 것은 無疑할 일이다. 그러나 朝鮮의 事情은 다른 社會와 달라서 一般 父兄의 兒童教育에 對한 沒理解와 理解는 한다 할지라도 經濟問題로 多大數의 兒童은 無味乾燥한 所謂 教科書 以外에는 知識을 求하랴도 求할 수 업스며 情緒를 淨化케 하랴도 淨化케 할 길이 업다. 이러한 現實을 볼 때에 教育機關의 不滿으로 就學치 못하는 兒童을 爲하야 愛惜하게 생각하는 가튼 程度의 愛惜感을 여긔에서도 가지게 된다. 이러한 意味에서 우리 朝鮮에도 朝鮮的 色彩를 띄고 朝鮮魂을 담은 兒童의 讀物이 다만 幾個라도 充實한 內容을 가지고 나와야 할 것이나 事實에 잇서서는 그러치 못하야 朝鮮의 兒童教育은 적지 안흔 憂慮가 새로워진다.

三

現在 朝鮮에 兒童의 讀物이 업는 바는 아니다. 그 數字에 잇서서는 그것만 해도 內容만 充實하얏스면 當分間의 兒童 讀物의 面目을 維持할 만큼 만타고도 볼 수 잇다. 그러나 可惜한 것은 群小 兒童雜誌가 이것을 어쩌케 兒童에게 보일 수가 잇나 嘆息할 만큼 內容이 貧弱하고 形式이 醜雜하다. 첫재는 雜誌 自體가 兒童을 標準함인지 어른을 標準함인지 分揀할 수 업게 된 것이 만흐니 童話에 잇서서, 童謠에 잇서서, 傳記, 史譚에 잇서서 兒童의 生活과 心理와는 何等의 交涉이 업는 것을 羅列하고 다만 갑 헐하다는 理由로써 兒童의 歡心을 사랴는 傾向이 確實히 보이니 이 얼마나 큰 兒童敎育에 對한 錯覺이냐. 덥허노코 童話요 덥허노코 童謠라 하는 그러한 錯覺的 兒童 讀物觀이 朝鮮의 兒童을 글흣된 方面으로 誘出함을 아는 以上 于先 朝鮮의 兒童 讀物을 整理 淘汰할 必要도 切實히 늣기는 바이다.

四

또 하나 怪常한 것은 일 업는 靑少年의 消日거리로 編輯된 兒童 雜誌의 種類가 늘어갈스록 相當하다 認定할 만한 것도 玉石俱焚으로 世間의 嘲笑와 罵倒를 한 가지 바들 섇 아니라 짤하서 그 自體의 色彩조차 不鮮明하야지며 甚하면 쓸대 업는 販賣政策의 競爭으로 그 存在짜지 危懼를 늣기게 된다. 이것이 恰然히 惡貨幣가 流行하면 良貨幣는 차차 업서진다는 '크레삼' 法則이 讀物에 行하는 것이 兒童을 둔 父兄들의 매우 注意를 要하는 바이다. 그럼으로 萬一 朝鮮의 兒童을 爲한다 함이 비록 營利의 탈 代身 노릇을 아니 한다 하면 쓸대 업는 幾百個 幾千個의 兒童雜誌가 잇는 것보다는 한 개의 完全한 一個가 잇는 것이 兒童의 將來를 爲하야서는 幸福이 될 것이다. 兒童讀物 提供者의 深甚한 注意를 要하고 反省을 促하는 바이다.

童謠雜考 斷想(一)

金泰午, 『東亞日報』, 1929.7.1

近來 新聞이나 雜誌上에서 童謠作品을 만히 對하게 됨은 실로 깃버할 現狀이다. 그런데 朝鮮에 童謠가 업지 안흔 바는 아니나 少年文學建設의 基礎가 되는 이 童謠를 이저버린 代身에 퍽으나 等閑視 하야 왓다.

이것을 遺憾으로 생각한 朝鮮에 잇서서 童謠研究에 뜻 둔 몃 분들의 努力으로 一九二七年 九月 一日을 期하야 '朝鮮童謠研究協會'가 創立된 以後로 그 氣勢는 자못 熾烈하야 新興童謠運動은 날을 거듭할스록 씩씩하게 展開되어 간다.

童謠는 童話와 함께 兒童 心靈의 糧食이오 새 生命의 싹이다. 그리고 童謠는 兒童 精神生活의 一要素가 될 섇만이 아니라 兒童의 藝術이다. 우리가 人性的 敎養에 잇서서 藝術이 絶對的으로 必要한 것과 가티 兒童에게는 무엇보다도 童謠를 要求한다.

童謠는 '어린이의 놀애다.' 놀애는 즉 情緖를 읍졸인 것이다. 各各 그 民族의 情緖를 읍픈 놀애는 오로지 그 民族만 가질 수 잇는 貴한 寶物 中의 하나이다. 더욱 童謠는 그 民族 中에도 가장 貴하고 希望 만흔 어린이들 놀애다. 어린이에게만 非常한 興味를 가지게 하는 것 섇 아니라 어른들쎄도 興味를 가지게 하는 것이니 至今 어느 童謠를 듯거나 부르거나 하면 쌈아케 이처버렷든 兒時쩍 생각이 은근히 가슴 속에 써돌게 되는 것이다. 그리면 永遠히 업서지지 아니하는 兒童性이 잇고 가장 崇高한 藝術的 價値가 잇고 쌀하서 語韻싸지 音樂的인 것을 眞正한 意味의 童謠로써 價値가 잇는 것이다.

近年부터 이러케 朝鮮의 어린 마음을 읍플 수 잇는 다시 말하면 이 아름다운 寶物(童謠)을 차즈려고 쏘는 맨들려고 애쓰는 어린 동무들이 날로 旺盛해가는 것은 實로 當來할 朝鮮 社會를 爲하야 欣喜하기 마지아니한다.

近間 朝鮮서 都會에서나 시골에서 어린이들이 손에 손을 서로 마조잡고 或은 街頭에서 或은 家庭에서 或은 野外에서 즐겁게 놀애(童謠)를 부르며 뛰노는 양을 보게 된다. 새와 가티 꼿과 가티 앵도 가튼 어린 입슐로 그 天眞爛漫하게 부르는 소리 그대로가 自然의 소리이며 그대로가 한울의 소리이다. 비듥이와 토끼와 가티 부드러운 머리를 바람에 휘날리면서 놀애하며 뛰노는 모양은 그야말로 고대로가 自然의 姿態이오 한울의 그림자이다.

童謠는 참으로 어린이들의 作亂터에 꼿이라 할 수 잇스니 꼿 중에도 가장 아름다운 꼿이다. 맑은 作亂터에 아름다운 꼿 그 속으로 어린 벗들은 뛰놀게 된다. 그들에게 作亂터를 빼앗고 꼿들을 짓밟혀 버린다면 얼마나 그네들의 慰勞와 希望을 끈어지게 할 것인가? 왜 그러냐 하면 어린이들은 作亂을 떠나서는 아모러한 깃븜과 希望을 주지 못한 까닭이다. 그리면 童謠는 어린이를 떠나 잇슬 수 업스며 어린이는 童謠를 한시라도 이저서는 아니된다.

그러나 웨 조흔 童謠가 行치 못하는가? 이것은 童謠運動하는 사람으로써 머리를 썩이는 問題의 하나이다. 그것은 부르기에 조흔 놀애가 아니 된 까닭인지 모른다. 우리는 무엇보다도 現下 朝鮮의 客觀的 情勢에 잘 빗최어보아 어린이들에게 '健全한 놀애'를 一層 만히 提供하여야 할 것이다. 特히 朝鮮의 色彩와 朝鮮魂을 담은 것으로 供給함이 가장 注意할 點의 하나이다.

(二)

金泰午, 『東亞日報』, 1929.7.2

◇

童謠의 起源은 가장 먼 것이다. 그것은 人類에게 言語가 생기자마자 存在하얏든 것이다. 왜? 그러냐하면 人間이란 本是 놀애하는 本能을 가젓기 때문이다. 例를 들면 母胎에서 썰어진 갓난아이의 첫 울음소리 그것을 울음이라 하지만 그것은 울음이 아니라 일종의 놀애이다. 더 나아가서 어린아이들을 가만히 注意하야 보면 말도 잘 견우지 못하는 아이라도 무어라 중얼중얼 하고 놀애 부르는 것을 볼 수 잇다. 어쨋든 아모러한 思想이나 言語를 가지기 前부터 놀애할 줄 알앗다는 것은 否定할 수 업는 事實일 것이다. 이것만 보아도 人類歷史가 잇는 初始부터 童謠가 어린이의 입에서 불러젓슬 것은 分明한 事實이라고 생각한다. 그러므로 童謠는 檀君할배 以前부터 잇섯슬 것이오 단군할배도 놀애 불럿슬 것도 否認할 수 업는 事實일 것이다. 그러면 童謠는 참으로 年齡을 가지지 안는 地上의 꼿(天使?)라고 하고 십다.

우리는 童謠를 硏究할 때에 먼저 '童謠가 무엇이냐?' 하는 疑問을 풀어야 할 것이다. 近來 新聞이나 雜誌上에서 童謠 作品을 만히 對하게 되거니와 어쩌한 것이 眞正한 童謠라 하는 것은 確實히 알 사람은 적은 줄 안다.

童謠는 兒童의 歌謠란 뜻이니 歌나 謠나 조선말노는 다 놀애라고 부르지만 억지로 區別하자면 歌는 樂器에 맛초며 부르는 놀애요 謠는 樂器를 떠나서 부르는 놀애이다.(絶對的은 아님) 그런데 童謠를 分類해 보자면 童謠란 單純히 童의 謠라는 뜻만이 아니고 첫재 어린이들의 놀애요, 둘ㅅ재 어린이들을 爲해서의 놀애요, 셋재 어린이들이 놀애해 오는 傳來의 놀애 그것이오, 넷재 詩人이 自己의 藝術的 衝動에서 을픈 詩라도 어린이들이 吟味할 만한 것이면 亦是 童謠라고 할 수 잇다.

다시 말하면 童謠의 定義는 여긔에 잇다고 본다. 童謠란 것은 藝術的 냄새가 豊富한 어린이들 놀애이니 아름답고 깨끗한 딴 世界(幻想世界)에 對하야 無限히 憧憬하는 마음이 어린이들 흥미에 쏙 들어마저서 그것이 그냥 한 덩이리가 되고 假裝하지 안흔 無邪氣하고 天眞한 그대로여서 마치 종달새가 맑아캐 개인 한울을 볼 때 놀애 부르지 안코는 견댈 수 업는 것 가티 제절로 터저나오는 어린이 詩를 童謠라고 한다.

짤하서 永遠히 업서지지 아니하는 兒童性이 잇고 가장 高尙한 藝術的 價値가 잇고 語韻까지 音樂的인 것을 眞正한 童謠라 할 것이다. 그리고 童謠는 어른의 靈까지도 흔들어서 다시금 童心의 世界로 돌아가게 해 줄 수 잇는 것이라야 바야흐로 生命이 잇는 童謠일 것이다.

唱歌와 童謠의 區別은 어쩌한가? 童謠가 어린이의 놀애인 以上 어린이의 마음을 本位로 한 것이라야 할 것은 勿論이다. 在來의 朝鮮에서 幼稚園이나 普通學校에서 兒童들이 불르는 唱歌는 어린이의 마음과 交涉이 업는 大部分이 功利的 目的을 가지고 지은 散文的 놀애이기 때문에 無味乾燥한 놀애뿐이어서 寒心하기 짝이 업다. 唱歌와 童謠는 얼른 보면 어둥비둥 가튼 것 가트나 實上은 거리가 서로 먼 것이다. 世上에서 童謠를 니저버리고 돌아보지 아니한 代身에 읽어야 아모 滋味도 업고 不自然에 빠지거니 事理만 밝히거나 한 唱歌만을 억지로 小學校 課程에까지 너허서 배우게 한 것은 암만 생각해 보아도 異常한 일이다.

從來의 唱歌라는 것은 率直하게 말하자면 自己 少年時代의 單純한 空想과 곱고 깨긋한 맘성을 돌아보거나 하지 안코 다만 理智에만 팔려서 마츰내 平凡한 手工品 가튼 것을 맨들어 내어서 教訓 乃至 知識을 너허주겟다 目的한 功利的 歌謠이기 때문에 兒童의 感情 生活에는 何等의 交涉이 업섯다 하야도 過言이 아닐 것이다.

그럼으로 童謠研究에 뜻 둔 우리는 그 缺陷을 補充하기에 滿足한 內容이나 形式보다도 藝術的 香氣가 잇는 健全한 新童謠를 創作하야 大衆으로 하야금 놀애 부를 수 잇게 하겟다는 것이 우리 新興童謠運動의 '모토'라고 생각한다. 다시 말하면 어린이들의 空想과 곱고 깨긋한 情緖를 傷하지 안케 할 童謠와 曲譜를 創作해 내지 안흐면 안 될 義務가 잇다고 생각한다. 그럼으로 우리는 童謠를 研究함에 꾸준히 努力하여야 할 것은 여긔에 새삼스러히 呶呶할 必要가 업슬 것이다.

(三)

金泰午, 『東亞日報』, 1929.7.3

◇

그런데 童謠란 것은 읽어서 念量하기 보담 自由로운 曲調로 明快하게 놀애하며 질길 것이다. 그러타고 결코 읽어서 念量한다는 것을 니저서는 아니 된다. 童謠는 읽을 것인 同時에 놀애로 부를 것이라 하겟스니 그 意味를 的確히 안 뒤가 아니면

決코 自由로 소리를 내어 놀애하지 못한다는 것을 니저서는 아니 된다. 그러나 어쨋든 童謠는 읽어보기만보다도 아모런 曲調고 제맘 나가는 대로 — 適當하게 놀애 불러서 귀로 듯는 便이 얼마나 월등한지 모르며 듯기만 하야도 그 意味를 分明히 알 수 잇고 텬연스러운 어린이를 마음에서 울어나오는 것이 그 속에 가득찬 것이라야 정말 갑 잇는 童謠라 할 수 잇다.

童謠에 잇서서 짜른 것이 조흔가? 긴 것이 조흔가? 하는 문제도 업잔하 잇스니 童謠는 놀애로 불을 것이기 째문에 넘우 긴 것이면 그 歌調 全部를 暗記하기에도 多少 困難이 잇다. 아모쪼록은 音調가 조하야 할 것이며 대번 알기 쉽게 한 것이라야 할 것이다. 그리고 쓸 데 업시 기다라케 늘어놋는 것보다도 짜른 便이 훨신 낫다고 생각한다. 그러나 일썬 조흔 詩想이 생겻슬 째에 억지로 늘이거나 주리기 위하야 損傷된 힘업고 無價値한 놀애를 맨들지 말기를 바란다. 나는 朝鮮 童謠 中 曲調 부처 놀애하기에 適當한 것은 七五調, 六五調, 四四調 等의 三行 二三節이나 四行 二三篇이 놀애부르기에 朝鮮民族의 情緖에 알맛다고 본다. 여긔에 벗어나면 暗記하기에 不便할 쑨만 아니라 놀애부르기에도 부들어운 맛이 덜하다.

童謠는 어썬 사람이 지을 것인가? 여긔에 對하야 日本 童謠詩人 西條八十 氏는 “童謠는 詩라고 할 수 잇다. 世上에는 이 明白한 事實을 알지 못하고 童謠를 쓴 사람이 만타. 童謠라고 하면은 오즉 調子의 아름다운 文句와 어린이들의 조하할 題材를 늘어노코 甘味가 만타고 뵈이는 놀애만 써도 조흔 것으로 생각하는 이가 만타. 그 藝術的 音韻이라는 것은 족음도 생각하지 안는 作者가 만타는 말이다. 그것을 注意할 것이며 짤하서 나의 意見으로는 어대까지든지 詩人이 써야 될 것이라는 것을 主張하는 것은 나는 世上에 잇는 職業的 詩人을 가르치는 것은 아니다. 참으로 詩人의 魂이 잇는 사람으로써 붓을 잡어야 한다. 왜 그러냐 하면 從來의 唱歌란 名稱을 童謠라고 고칠 必要가 어대 잇슬가? 從來 이 敎育의 손에서 지어진 어린이의 놀애를 詩人이 代身 마타서 創作하는 것이라야말로 新興童謠의 意義를 確立하는 것이다.”

하고 自己의 童謠觀을 말햇다.

나는 여긔에 잇서서 童謠도 藝術的 價値가 잇서야 하고 韻律이 音樂的이여야 한다면 얼른 듯기에 有名한 詩人이 지어야만 훌륭한 童謠를 지으리라고만 생각해서는 잘못된 생각으로 안다. 왜 그러냐 하면 眞正한 童謠는 그 놀애를 부를 少年少女를 눈에 빗친 것 짤하서 그들의 맘에 늣긴 것을 兒童 各自가 日常 使用하는 어린이들 말로 지은 것이라야 할 것이니 萬一에 어린이고 보면 設使 詩人이라 할지라도 얼른 어린이의 맘을 가지게 되기는 매우 어려운 일이다.

그러므로 詩人가티 날카라운 想像力을 가지지 못한 사람에게는 훌륭하고 眞正한 童謠를 지으려 하야도 갑작히 좀처럼 잘 지어지기 어려운 일이다. 그러기 째문에 少年少女들이 이 童謠를 짓는다면 어른들보다 매우 容易한 것이라고 생각한다.

(四)

金泰午, 『東亞日報』, 1929.7.5

◇

어쩌한 童謠가 조흔 童謠며 後世까지 傳할 것인가? 여긔에 잇서서 日本詩人 三木露風 氏는 말하기를

"童謠는 亦是 自己自身을 表現함이다. 自己自身을 表現하지 안흐면 조흔 童謠가 아니 된다. 創作의 態度로써는 童謠를 創作하는 것도 自己自身을 놀애한 것이라야 바야흐로 生命이 잇다. 童謠는 곳 天眞스러운 感覺과 想像이란 것을 쉬운 어린이의 말로 表現하는 意味로써 童謠는 藝術的 냄새가 놉흔 詩라야 한다."

나는 여긔에 잇서서 누구든지 童謠를 지을 째 남에게 稱讚을 밧고 십흔 마음으로 表面만 잘 修裝한다거나 말만 솜씨 잇게 꾸민 것으로 또는 眞實치 못한 거즛으로 놀애 부른다 하면 讀者도 이것을 읽을 째 自然히 그 거즛임을 깨닷게 되는 것이다. 무엇보다도 여긔에 注意하야 조흔 童謠를 지을려면 自己自身의 眞實한 맘에서 울어나오는 놀애라야 반듯이 힘이 잇고 남을 움즉이는 것이다.

거짓이 업는 참된 마음으로 울어나오는 것 가트면 設令 形式과 用語가 多少 不適當하다 하드래도 반듯이 남의 말을 힘 잇게 感動시키는 힘이 잇스며 眞實이란 그것에는 굿센 힘이 잇는 것을 누구나 다 늣기는 바이다.

또 한 마듸 할 것은 童謠를 지을 때 自己와 싼 個性을 가지고 잇는 他人의 批評에 무서워서 自己만 가지고 잇는 그 個性을 抹殺시킨다고 하면 貴重한 作品이 되지 못할 것이다. 藝術的 良心으로 지은 藝術品이 얼마나 貴重하며 價値잇는 것인가. 或 一時에는 남에게 稱讚을 밧지 못한다 하드대로 歲月이 감을 쌀하 그 作品은 은연 중 漸漸 그 眞價가 그 作品을 通하야 나타나는 것이다. 웨 그러냐 하면 여러 번 말해 온 것과 가티 童謠는 亦是 藝術的 創作이기 때문에 自己라는 사람의 個性이 表現되어야 할 것이다.

쯧트로 한 마듸 하야 둘 것은 이것은 처음부터 쓴 動機가 생각나는 대로 斷片的으로 — 童謠의 斷想을 써논 것이니 滿足치 못할 것은 말하지 안허도 알 것이다. 압흐로 얼마 아니 되어 우리 少年 藝術을 建設하고저 하는 慾望을 가진 '童謠는 무엇이냐?' 하고 물으신, 다시 말하면 童謠를 쓰실려는 분과 童謠硏究에 뜻 둔 여러분에게 指針이 될 『童謠硏究』란 冊子가 單行本으로 나올 것이니 그것을 參照하시면 조흘가 합니다. —(終) ……

一九二九.六.一五 雪崗 投

童話 口演 方法의 그 理論과 實際(一)

延星欽, 『中外日報』, 1929.7.15

一. 童話는 催眠術的 育兒法

어린아기를 안ㅅ고

'자 — 장, 자 — 장, 우리 애기 자 — 장'

하고 느릿느릿한 音調로 滋味잇게 句節을 맛치여 「자장가」 노래를 불으면 어린아기를 勿論 어른까지라도 꿈나라로 끌려 들어가는 듯한 늑김을 맛보게 됩니다.

「자장가」는 確實히 一種의 催眠術이라 하야도 過言이 아닐 것입니다.

어린애기를 재울 때 노래불으는 風習은 東洋쁜 아니라 歐米에도 盛行되는 것이니 그 曲調는 좀 달을지 몰라도 哀然한 音調는 東西洋이 한결 갓습니다.

녯날이약이를 듯고 그 意味와 趣味를 分明히 깨달을 줄 알 만한 나희에 일으른 兒童들이 잠들기 前에 「자장가」 代身 그 어머니가 머리맛테서 滋味잇는 이약이를 들려주면 그 이약이를 듯는 동안에 슬몃이 잠이 들어버립니다.

童話를 催眠術的 育兒法이라 하는 理由가 여긔에 잇는 것임니다. 童話는 이 點으로만 본다 하드라도 教育上 價値가 크다 할 수 잇습니다. 우리가 아침 일즉이 나가서 저녁까지 일을 하고 집에 도라와서 그 疲困함을 쉬이기 爲하야 잠ㅅ자리에 들어가 팔과 다리를 쑥 뻣을 그 □□은 極樂이라고도 할만치 實로 地上의 平和는 다 — 그곳으로 모히는 것입니다. 兒童들도 이와 마찬가지로 뛰놀다가 잠ㅅ자리 (이하 4줄 해독 불가) 주면 어린 사람은 더한층 깃버할 쁜 아니라 그 이야기에 感化를 밧게 됩니다. 마음이 便치 안을 때보다도 喜悅의 情에 넘처 잇슬 때는 그 感化를 밧는 품이 더욱 甚한 것임니다. 訓戒의 秘訣은 "먼저 사람의 善良한 點을 稱讚하야 滿足식힌 뒤에 徐徐히 그 올치 못한 點을 깨우처 주는 것에 잇다"고 古人은 說하엿습니다.

잠자다 오줌 싸는 버릇이 잇는 어린이에게 잠들기 前마다 '인제 너는 오줌 싸지 안는 착한 애가 되엿다지 오줌이 마려우면 오줌 마렵다고 해야 한다' 하고 아조 適切하게 일러두면 얼마 잇지 안어서 오줌을 싸지 안케 될 것입니다. 이것도 一種의 催眠術이라 할 수 잇습니다. 어린 사람이 잠들기 前에 그 머리맛테서 녯날이야기를 들녀주는 것도 또한 一種의 暗示를 어린 사람에게 주는 것입니다. 더구나 밤낫으로 哀慕信賴하는 父母에게 이야기를 듯는 것이기 때문에 그 教育상 感化도 또한 큰 것입니다. 그럼으로 「자장가」나 녯날 이야기(童話)는 그 撰擇에 깁흔 注意를 하지 안으면 안 될 것입니다. 더구나 오늘날에 잇서서는 童話의 範圍가 極히 넓어저서 幼兒의 作亂에만 必要하지 안코 少年少女에게까지 歡迎을 밧게 되기에 일은 것은 兒童教育上 깃버할 만한 일이라 할 것입니다. 그러닛가 더구나 그 取捨精選이 絶對 必要한 것은 두말할 것도 업는 事實입니다.

(어린이 講座, 第四講) 童謠 잘 짓는 方法

韓晶東, 『어린이세상』 其31, 1929.8(『어린이』 제7권 제7호 부록)

첫재 童謠는 무엇인가?

이것은 여러 번 한 바도 잇서서 되푸리 되는 듯도 함니다만은 널리 여러분에게 알리들이기 위하야는 여러 번 겹처 말슴하야도 결코 해 된 것은 업스리라고 밋슴니다.

누구의 마음을 가릴 것 업시 그 마음속 한구석에는 언제나 무엇이라고 가르켜 낼 수 업는 아름답고도 고흔 물건이 반듯이 숨어 잇는 것임니다.

사람은 깃부면 웃지요. 슯흐면 울지요. 근심되면 찡그리지요. 성나면 눈을 부릅쓰지요. 이와 가티 감정(感情)이 슷헤 가 달 째는 자기도 알지 못하는 중에 다른 사람에게 자긔 마음의 구석까지 드려다 보이는 것임니다.

그러면 이제 여러분께서 알고 십허 하시는 여러분의 노래 즉 '童謠' 이약이를 하겟슴니다.

童謠는 "여러분들이 가지고 게신 감정(感情)을 고대로 단순(單純)하게 바로 나타내는 '노래'임니다. 다시 말하면 여러분의 감정(感情)이 다을 대로 다앗슬 째의 소리가 곳 감격(感激)의소래 감동(感動)의 부르지즘임니다."

수태 깃불 째 수태 슯흘 째의 여러분의 마음은 결코 고요할 것은 안입니다. 모양으로라도 밧게 나타내고야 말 것임니다. 가령 앗가 말한 것처럼 웃는다든지 운다든지 날뛴다든지 몸을 움추린다든지 엇더케든지 표정으로 혹은 말로 행동으로 나타내고 마는 것임니다.

여기서 童謠는 생기는 것임니다. '아 — 깃브고나', '아 — 슯흐고나' 하면 벌서 이것은 童謠라고 하여도 틀닐 것은 안임니다. 그러나 이것만으로는 童謠의 참다운 감(藝術的 價値)은 업슴니다. 다 가튼 슯흠 다 가튼 情이라도 다른 사람의 깃븜, 서름, 情

보다 달는 그때의 그 사람의 깃븜, 서름, 情이 안이면 그 무슨 참다운 감이 잇겟슴닛가.

다시 말하면 童謠에는 꼭 자아(自我 = 자긔)가 필요하다는 것임니다. 자긔 안이고는 읇흘 수 업는 자긔 독특의 것이 안이면 안 될 것임니다.

둘재 童謠는 엇더케 짓나?

우리는 감정(感情)을 가지고 잇습니다. 그 누가 감흥(感興)이 업스며 감개(感慨)가 업겟슴닛가. 그리고 누구나 童謠를 쓰지 못할 이가 잇겟슴닛가. 그러나 나서부터 열리는 능금나무가 어데 잇겟슴닛가. 맛찬가지로 童謠를 씀에 잇서서는 단련(鍛鍊)이 잇서야 함니다.

그 단련(鍛鍊)하는 법은 첫재 만히 읽고 만히 아라 두는 것임니다. 만히 읽는 동안 저절로 여기 대한 눈이 열려서 이것은 엇쩌코 저것은 엇쩌타 하는 판단(判斷)하는 힘이 생김니다.

이러케 되면 나도 써보겟다 하는 생각이 나서 쓰기를 시작하게 됩니다. 그러나 첫솜씨라 훌륭한 것이 되지 못할 것은 사실임니다. 그러닛가 둘재로 흉내(模倣 = 모방)가 생겨남니다.

이것은 내가 지어내는 말이 안임니다. 엇더한 텬재(天才)라도 처음에 모방(模倣)을 버서날 수는 업는 것임니다. 모방(模倣)을 붓그럽게 생각하는 이가 잇으나 결코 그러치 안습니다. 이것은 다만 완성(完成)하기까지의 경로(經路 = 길)올시다. 그러타고 일생을 두고 흉내만으로 지내도 조흘가 할지도 모르겟지오만은 그것은 그러치 안습니다. 만일에 그런 이가 잇다면 그이는 하로 밧비 노래쓰기를 고만두고 달리 조흔 길을 차저가야 할 것임니다.

먼저도 말한 것처럼 엇더한 것을 읇흘 째든지 다른 사람으로서는 쓸 수 엄는 자긔 독특한 마음의 나타남이라야 비로소 갑 잇는 노래(童謠)임니다. 이러케만 되면 남의 것을 흉내 내인 것일지라도 그것은 그 사람의 참된 늣김이요 참된 정이요 참된 흥일 것임니다.

그 다음 셋재로 만히 지어야 합니다. 그래서 노래의 혼(魂)을 삼도록 힘쓰고 격조(格調 = 격)가 맛도록 힘써야 할 것임니다.

그러기에 될 수 잇는대로 만히 지어서 동무동무 사이에 평(評)도 밧고 곳침도 밧고 한거름 나가서 자긔보다 선배(先輩)의 평과 곳침을 숨김 업시 바다서 만흔 단련(鍛鍊)을 싸어야 할 것임니다. 이러케 되면 이때의 흉내(模倣)는 정말의 흉내가 안이고 찰아리 자긔의 풍(風)과 격(格)을 짓는 데의 엇던 영향(影響)을 밧앗다는 데 지나지 안는 것임니다.

우의 말한 것을 주리여서 말하면 첫재로 만히 읽어서 만히 알아 둘 것.

둘재로 자긔의 독특한 풍을 짓기 위하야는 대가(大家)의 본을 바들 것.

셋재로 만히 지어서 자긔의 순정(純情)의 표현(表現)을 자유(自由)롭게 할 것. 들입니다.

그리고 씃흐로 바라는 것은 언제든지 말 배우는 어린아이처럼 엄마 압바 하지만 말고 하로 밧비 모방(模倣)의 지경(地境)을 넘어서서 독창적 자긔풍(獨創的自己風)을 내이도록 힘쓰십시요. 쏘 한가지 우리는 조선 사람이라는 의미에서 모다가 조선의 예술(藝術)이닛가 조선 맛 나는 향토적 동요(鄕土的童謠)를 읇허 주십시요 하는 것임니다.

여러분은 조선이라는 큰 고향(故鄕)이 잇지요. 그리고 다 각각 조고만 고향(故鄕)이 잇지요. 그리면 큰 고향은 조선의 童謠인 동시에 적은 고향은 디방적(地方的) 童謠라야 할 것임니다. 다시 말하면 방언(方言 = 사투리), 속언(俗諺)들 그 디방의 특별한 맛이 들어 잇는 씃 깁흔 말을 적당한 곳에 적당히 써서 그 말이 안이면 나타낼 수 업는 독특한 것을 짓도록 하여 주십시요. (씃)

童話 口演 方法의 그 理論과 實際

延春欽,[1] 『中外日報』, 1929.9.28

兒童은 엇지하야 童話를 조화하는가. 兒童의 知識은 幼稚한 것입니다. 記憶, 想像作用뿐이고 아즉 判斷이나 推理가튼 高尙한 思考力은 업는 것이나, 그 記憶作用이라든 것도 일즉이 보고 들은 것을 보고들은 고대로 생각해내는 데 지나지 안코 完全한 記憶은 못되는 것이며 想像作用도 이와 가티 自己生覺으로 지여낼 수는 到底히 업는 것입니다. 오즉 아모 생각업시 마음속에 떠올으는 觀念과 觀念이 잘 連絡되여 생기는 일이 만흔데 이것을 所謂 受動作用이라 하야 幼稚하기는 한 想像이지마는 이 想像은 어렷슬 때에 만히 일어나는 것입니다.

이것이 녯날이야기 卽 想像으로 맨들어진 童話를 조화하는 한 理由임니다. 또 어린 사람은 現實과 空想의 區別을 할 줄 모르기 때문에 말 속에서 어린애가 나왓다거나 박속에서 사람이 나왓다 하야도 조곰도 異常스럽게 생각지 아니하며 즘생들과 마조 안저서 서로 이야기를 햇다 하드라도 疑心을 품지 안이하며 자라를 타고 바다속으로 들어갓다거나 보자기를 타고 하늘 위로 올러갓다 하야도 그것이 잇슴즉한 實際의 일로 생각할 뿐만 아니라 그런 이야기를 混沌 思想의 所有者인 兒童들이 幻影하게 됩니다. 幼兒에게(特히 十二三歲 以下의 兒童) 들려줄 이약이 卽 童話를 分類하야 보면 다음과 갓습니다.

一. 「이소프」와 가튼 寓話

二. 「해와 달」 이약이, 「홍부놀부」 이약이 가튼 이약이로 傳해나려오는 民族的 童話

三. 西洋童話를 骨子로 하야 飜案 或은 改作된 童話, 새로 創作된 文學的 趣味가 包含된 創作童話

1 '延星欽'의 오식이다.

四. 歷史를 根據로 하야 지은 歷史傳記

五. 개(犬)의 이약이나 나무이약이 石炭이나 배(舟) 이약이 가튼 庶物譚

(以外에 主로 十七八歲 된 兒童에게 들녀줄 이약이로는 現實에 立脚한 現實的 童話가 잇습니다.)

幼兒에게 들녀줄 이약이로 以上의 다섯 種類 中에서 그들이 第一 조와하는 것을 記錄하자면 다음과 갓습니다.

一. 動物이나 食物이나 무엇을 勿論하고 人格化식히여 사람과 맛찬가지로 서로 이약이를 하게 되는 것에 큰 興味를 갓습니다.

二. 어린 사람이 中心이 된 이약이. 이약이의 主人公이 어린 사람인 것을 조와 합니다.

三. 이약이 속에 나오는 人物이 적은 것을 조와하는데 이는 對話하는 境遇에 三人 以上이 一時에 이약이를 하면 混雜하야 精神이 얼썰썰해지는 까닭입니다.

四. 아모리 教育的 童話라도, 넘우 썩썩하거나 억세어서는 못씁니다. 마치 蛔虫菓子와 가티 달어서 먹기 조케 맨들어가지고 蛔虫을 업새게 하는 것이 조습니다.

五. 넘우 極度로 虐待를 밧는 이약이나 慘酷하게 殺害를 當하는 것 가튼 殘酷한 이약이는 안 하는 게 조습니다.

먼저 以上에 列擧한 童話의 種類를 批評해 본다면 나무나 石炭이약이 가튼 庶物譚은 어린 사람들이 조하하지 안으며 歷史傳記 가튼 것은 關係지는 곳이 廣汎하고 談話 中의 人物이 만허지기 쉬움으로 어린 사람들은 잘 알어듯기 어렵기 째문에 그리 조화하지 안습니다. 그리고 「이소프」 寓話 가튼 것은 그 比喩해 말것이 퍽 滋味잇기는 하나 그 뜻을 잘 몰으기 째문에 어린 사람들은 조〓하지 안습니다.

그리고 現實에 立脚하야 지여진 現實的 童話는 이것을 理解할 만한 相當한 年齡에 일으면 몰라도 그러치 안코는 到底히 이런 것은 興味는 勿論 듯거나 읽기조차 실혀 합니다. 그러면 이제 여긔 남는 것이라고는 녜전부터 傳해 내려오는 民族的 童話와 近來 西洋童話를 骨子로 하야 飜案 或은 改作된 童話와 文學的 趣味가 包含된 創作童話 이 몃 가지일 것입니다. 이것이 어린 사람에게 歡迎밧는 理由는 이 우에도 말한 바와 가티 記憶, 想像時代에 잇서서 現實과 空想의 區別을 할 줄 몰으는 自己네들 思想에 適合하게 되는 까닭입니다.

(2) 延星欽,『中外日報』, 1929.10.1

朝鮮童話와 西洋童話

西洋 童話의 特長은 王子가 나오고 公主가 나와서 慶事롭게 那終에 結婚하는 것이 만흘 것입니다. 그러치 안으면 산양군과 나무군 等의 가난한 집의 아들이 이리저리 徘徊하면서 가진 困難과 波瀾을 격다가 드듸어 國王의 사위가 된다는 것 等이 만습니다. 그리고 그 活動하는 主人公은 男子가 만코 女子가 적습니다. 그러나 日本의 ㅅ 것은 兒孩들이 活動하는 것이 적고 太半이 老婆나 老爺입니다. 그리고 이야기의 줄거리는 여러 가지이지마는 그 末尾는 '그가튼 일을 하면 그가티 罰을 밧는다' 하고 씃을 막어버린 것이 만습니다. 西洋童話는 積極的이지만은 朝鮮의 童話는 消極的의 것이 만습니다. 朝鮮사람은 그런 것을 하면 罰을 밧는다 하야 '罰을 밧는다'는 것으로 낫분 짓을 못하게 하랴는 弊端이 잇습니다. 이것이 卽 消極的 教育法입니다. 이것은 오늘날까지의 朝鮮 사람 氣質이 亦是 保守的이엿기 때문에 時代思潮를 表示하는 것이라고 볼 수 잇습니다.

西洋서는 벌서 前부터 兒童을 硏究하야 兒童의 世界를 幸福스럽게 맨들려고 애를 써 왓지만은 朝鮮서는 道德의 標準이 忠孝本位엿기 때문에 웃사람들을 써받들어서 어썬 사람들은 사람 목에도 가보지 못하고 지내왓습니다.

이 까닭에 어린 사람을 中心으로 한 文學이 듬을게 된 것이니 이약이 속에 어린 사람이 나오지 안는 것도 이 까닭입니다.

西洋 童話에는 鬼神도 나오지만은 女神과 魔術師가 만히 나옵니다. 女神은 朝鮮의 神靈과 가튼 것이라 볼 수 잇스나 大概는 慈悲 깁흔 溫和한 性格을 가젓습니다. 이것은 朝鮮 童話의 무섭기만 한 鬼神과도 달으고 또 부처(佛)나 헛개비와도 달음니다. 全體로 朝鮮의 부처라거나 幽靈은 넘어 威嚴스럽게만 보히여 '罰을 밧는다'는 이 한마듸로 어린 사람들을 威脅하게 되기 때문에 무섭게는 생각할지언정 깃부게나 혹은 상랑스럽게는 생각지 안습니다.

魔術師는 朝鮮의 鬼神이라고 할 수 잇스나 鬼神은 極惡하지만은 魔術師는 變怪스런

術法으로 사람을 못살게 굴지만은 間或 그 術法으로 病者를 도읍는 일이 잇슴니다.

朝鮮의 鬼神은 蠻力蠻行뿐이라 할 수 잇지만은 西洋의 魔術師는 智慧롭고 慈悲스런 點도 잇슴니다. 鬼神의 强盜라면 魔術師는 눈 詐欺師라고나 할가요. 또 西洋 童話에는戀愛의 意味가 包含되여 잇스니 公主의 重病을 곳치여 논 때문에 公主와 結婚하게 되엿다든가 아름다운 公主와 結婚하고 십허서 魔術師에게 請하야 꾀꼬리(鶯)가 되여 大闕 뒤뜰 古木나무에 안저서 날마다 고흔 목소리로 울어대기 때문에 公主의 마음에 들어 王子가 되엿다는 니약이 가튼 것이 잇슴니다. 朝鮮에 紹介되여 잇는 것은 大槪 改 或은 添削을 加하엿지만은 原文으로는 눩기조차 거북할 만치 戀愛의 色彩가 濃厚한 것이 잇습니다. 이것은 西洋風俗이 그런 關係도 잇겟지만은 어린 사람은 예나 지금이나 가튼 어린 사람인 以上 戀愛 가튼 것을 알 理가 업습니다. 이런 것은 斷然히 排除해야 할 것입니다.

(3)

延星欽, 『中外日報』, 1929.10.2

東西洋을 勿論하고 이약이의 材料가 共通되여 잇는 것은 繼母의 이약이입니다. 그리고 그 아들을 虐待하는데 一致되여 잇스니 이것은 一般으로 어린 사람에게 들녀주어 害는 될지언정 有益은 업다는 말이 잇는데 아모리 善良한 繼母의 이약이라도 들녀주지 안는 것이 조흘 줄 압니다.

朝鮮 童話와 西洋童話에 各各 달은 點이 퍽 만흔데도 不拘하고 繼母의 이약이만이 一致한 것은 女子의 偏狹한 氣質이 同一한 것을 表示하는 것일 것입니다.

敎育上 엇더한 童話를 取할가

敎育的이라는 말은 이를 넓은 意味로 解釋하지 안이하면 안 될 것입니다. 萬若 이것을 좁은 意味로 解釋한다면 어린 사람들이 깃버서 들으며 눩기 滋味 잇서 하는

"한갑 진갑 다 — 지내서 허리가 꼬부라진 꼬부랑 할머니가 꼬불꼬불 꼬부라진

꼬부랑 집행이를 잡고 꼬부랑 고개를 넘어가다가 똥이 마려우닛가 다 쓰러저서 꼬부라진 꼬부랑 뒷간으로 긔여들어가서 똥을 누는데 꼬부랑 똥을 눕니다. 무엇? 꼬부랑 똥이 어듸 잇느냐고? 할머니의 허리가 꼬부라젓스닛가 똥도 꼬부라저서 꼬부랑 똥이 나오지 …… 자미잇지 안어요. 그래 꼬부랑 고개 우에 꼬부랑 뒷간에서 꼬부랑 할머니가 꼬부랑 똥을 누는데 그때 마츰 허리가 꼬부랑진 꼬부랑 강아지가 뒷간 밋으로 드러와서 꼬부랑 똥을 먹습니다. 그러닛가 꼬부랑 할머니가 그것을 보고 더러워서 꼬부랑집행이를 집어들고 꼬부랑강아지의 꼬부랑허리를 딱 — 때렷지요. 그러닛가 꼬부랑강아지가 꼬부랑 뒷간에서 꼬부랑할머니의 꼬부랑 똥을 먹다가 꼬부랑 집행이에 꼬부랑허리를 어맛고 '꼬부랑 깽', '꼬부랑 깽' 하면서 다러낫습니다.(어린이 今年 三月 朝鮮자랑號 所載)"

「꼬부랑 할머니」라는 이 가튼 이야기는 어린 사람들에게 들려줄 必要가 잇겟느냐 업겟느냐 하는 議論이 勿論 생길 것입니다. 普通學校 修身書를 보면 一學年이라는 가장 어린 兒童이 入學하는 그 처음부터 '學校'라는 것을 가르칩니다. 그 說話 要領으로 敎師用 第一卷 第二課에 明記한 것을 보면

"…… 여러분 — 우리 學校에 入學한 사람은 學校에서 직혀갈 事項을 仔細히 들어두시오. 學校는 무엇하는 것인지 여러분은 다 — 알겟지요. 學校는 生徒를 가르처서 착한 사람을 맨들기 爲하야 設立한 것이요 여러 生徒가 깃뻐하야 活潑히 學校에 오는 것도 제 各其 착한 사람이 되고저 하는 것이요 또 여러분의 아버지와 어머니께서도 여러분을 가르처서 착한 사람을 만들기 爲하야 學校에 보내는 것이요 …… 그런즉 여러분은 恒常 父母의 마음을 바다서 先生님의 가르치시는 말슴을 잘 듯고 學校規則을 잘 직히며 學問을 힘써 착한 사람이 되도록 決心하지 안으면 못쓰오 ……"

라고 씨여 잇습니다. 또 그 注意事項 中 「目的」이란 題下에 "學校는 生徒를 敎育하야 善良한 人材를 養成하는 곳임을 知케 하며 學校에 잇슬 때와 先生께 對할 때에 注意할 事項을 敎授함이 本課의 目的이니라"라고 씨여 잇습니다. 여섯 살 남짓한 어린 兒童이 入學한지 二三個月도 못 되여 東인지 西인지 아지도 못할 때부터 '어렷슬 때에 工夫를 잘하지 아니하면 자라서 엇더케 되느냐?' 하고 뭇습니다. 이 가튼 四角四

面의 敎訓만이 兒童敎育이 된다 할 것 가트면 以上에 이야기한 「ㅅ고부랑 할머니」 가튼 이야기는 勿論 何等 敎訓이 包含되여 잇지 아니하닛가 곳 却下되고 말 것이니 果然 兒童敎育이란 것이 이 가티 範圍가 좁은 것인지 아닌지를 좀 생각해 보아야 할 것입니다.

(4)

延星欽, 『中外日報』, 1929.10.3

「ㅅ고부랑 할머니」 가튼 이야기는 一種 웃으운 이야기입니다. 別로 勸善懲惡의 意味는 包含되지 안으나 웃으운 趣味와 얼마만한 文學趣味는 맛볼 수가 잇는 것입니다. 좁은 意味의 敎育的은 말고 넓은 意味로 말한다면 敎育的 價値를 認定할 수가 잇슬 것입니다. 그러닛가 敎育的은 말고라도 趣味로 兒童에게 들리기나 닑힐 만한 것입니다.

이러케 되고 보면 兒童에게 들녀줄 談話의 範圍가 퍽 넓어집니다. 엇던 이는 말하기를 "童話는 學校敎育의 不足을 補充하는 것이닛가 家庭에서 늘 들녀주는 것이 조타. 學校에서는 도모지 이야기할 餘暇도 업거니와 그리 必要도 업다"고 하는 것까지 들엇습니다. 그러나 兒童을 敎養하는데 學校와 家庭을 두 쪽으로 짝 갈러야 하겟습닛가?

學校敎育은 學校에서 가르치기 때문에 家庭敎育은 家庭에서 가르치기 때문에 이 가티 일홈을 달리 말하는 것이지 決코 그 가르치는 것이 무슨 差가 잇서서 그러케 일홈한 것은 안인 듯 십습니다. 學校에서 이약이를 들려줄 餘暇가 업다는 것이나 必要가 업다는 것은 修身 敎科書를 敎授하기에 넘우 밧분 탓일 것입니다. 이는 修身 敎科書만 가르치면 고만이지 直接 敎訓도 안 되는 이약이는 해 무얼 하느냐 하는 意味로 그러는 것이겟지마는 實로 이 論議는 넘우 幼稚하다 할 것입니다. 特이 어린 兒童만 모힌 一二學年 生徒에게는 그 修身書보다 童話가 어느 意味로 보든지 適切하다고 생각합니다. 그러나 事實上 修身 時間을 全部 童話로 하기는 事情이 許諾지 안을른지도 알 수 업는 일이닛가 그 修身書를 가르치는 一方 童話를 들려주는 것이 조흐리라고 생각합니다.

그러면 童話를 廣汎한 意味의 教育的 讀物로 取한다면 엇더반 範圍를 가지고 標準을 삼어야 할는지 그 注意 數項을 적는다면 다음과 가튼 것입니다.

一. 滋味잇는 것이 조슴니다. 勿論 이약이가 滋味잇고 업는 것은 이약이하는 口演者의 익숙하고 익숙지 못한 데에 달인 것이지만은 먼저 이약이의 줄거리를 愉快한 것으로 選擇해야 할 것입니다.

二. 넘우 教訓的이라는 것에 기우러지지 말 것입니다. 無害하고 淡泊한 깨끗한 이약이이면 무엇이든지 조켓습니다.

三. 教訓的 이약이면 그것이 積極的이여야겟습니다.

四. 넘우 몹시 슯흔 이약이나 넘우 끔찍스럽게 무서운 것은 取하지 안는 것이 조켓습니다.

五. 목을 매여 죽인다거나 넘우 慘酷한 이약이는 取하지 안는 것이 조켓습니다.

六. 勿論 繼母 이약이는 빼일 것입니다.

쯧으로 내가 經驗한 一例를 말슴하겟습니다.

『世界童話集』에 잇는 「여호(狐)의 裁判」이란 이약이 이 이약이의 概要는

'마음새 낫분 꾀 잇는 여호가 自己 知慧를 밋고 곰(熊)을 속이고 고양이(猫)를 속이여 九死一生의 危險한 境遇를 當하게 하고 톡기(兎)를 속이고 날즘생을 꾀여 모조리 잡아먹엇슬 뿐 아니라 이리(狼)와 決鬪를 하야 敗하면 降伏하겟다고 속이여 이리의 精神업는 틈을 타서 덤벼들어 죽이는 等 殘忍暴惡한 짓을 모조리 하고 돌아단이다가 動物界 大王인 獅子까지 여러번 속이엿스나 最後로 여호가 悔改하겟다고 盟誓하는 것을 밋고 獅子가 男爵을 封하얏다'는 것입니다. 그 童話集 編者도 "이 이약이는 못된 便을 올려 세우고 착한 便은 못되게 하는 것 갓지만은 其實은 이 世上에서는 智慧업는 자는 敗北한다는 것을 比■[2]해 말한 것이지 못된 짓만 하면 쏙 出世한다는

2 '譬喩해'에서 '喩'가 탈락한 것으로 보인다.

意味는 決코 안입니다"고 말하얏습니다.

나도 그 編者의 말을 理解하고 이약이를 幼年班 어린 사람에게 들녀 주엇섯습니다. 그 후 몃 날 뒤에 動物들을 그린 그림책을 보면서 쌀쌀대고 조와하는 어린 兒童한 쎄가 "내가 여호다. 내가 여호다" 하고 서로 닷투어가면서 여호가 되고 십허 하는 것을 보앗습니다. 그래서 나는 "왜 여호가 되고 십허 하느냐?"고 물으닛가 "사자나 곰은 미련하지만 여호가 약으닛가 나두 여호가 되고 십허요" 하고 對答하는 사람이 만헛습니다. 나는 이 對答을 듯고 퍽 놀랏습니다. 이것이 卽 어린 兒童의 判斷力이 不足한 싸닭이니 여호가 곰, 고양이, 이리를 속이고 톡기, 날즘생을 잡아먹은 그 惡行 全部가 어린 사람들 눈에는 모도 成功으로 보인 것이 事實 (한 줄 해독 불가) 愛慕의 念을 일으키게까지 된 것입니다. 이런 것은 但只 어린 사람들 쑨만 안이라 思慮 잇는 大人이라도 間或 惡感化를 밧게 되는 일이 잇습니다. 이는 맛치 投機業者가 一攫千金을 쑴꾸고 잇다가 긔어히 成功한 것만 보고 한 便에 敗家亡身한 사람이 잇는 줄 알면서도 一攫千金을 쑴꾸고 거긔에 投足하는 사람이 만흔 것과 가튼 것입니다. 何如간 「여호의 裁判」은 消極的이라 할 수 잇습니다. 그리고 그 이약이의 主人公은 詐欺漢이요 暴漢임으로 이런 것은 어린 사람에게 들녀주어 百害는 잇슬지언정 一利는 업슬 것이닛가 避하는 게 조켓습니다.

(5) 延星欽, 『中外日報』, 1929.10.4

童話 口演者의 먼저 準備할 것

以上에 말슴한 것은 童話의 理論에 對한 部分입니다만은 이제부터는 童話口演하는 이를 爲하야 몃 가지 注意할 만한 點을 말슴하려 합니다.

演說에는 朗讀演說이란 것이 잇습니다. 이것은 聽衆에게 그리 큰 感動을 주지 못하는 것이 常例입니다. 또 朗讀은 안이나 草稿를 卓上에 올녀놋코 조금 듸려다보다가 이야기를 하고 또 조금 듸려다 보다가 이야기하는 일이 잇습니다. 이것은 全然

히 草稿에 依하야 演說하는 것이니 이것도 亦한 聽衆에게 感動을 주기 어렵습니다. 演說 草稿는 演壇에 올으기 前에 充分히 닑어가지고 그것을 잘 記憶하도록 準備하지 안으면 안됩니다. 더구나 어린 사람들에게 들녀주는 童話는 口演하는 사람 自身이 그 이야기 속의 主人公이 되여가지고 이야기 그것이 聽衆 압헤 事實과 가티 나타나도록 하지 안으면 안됩니다. 萬若 口演者가 草稿를 한 손에 들고 連해 드려다 보면서 '응 …… 그래서 ……' 하고 군소리 석거가며 중얼거렷다가는 큰일입니다.

엇던 사람은 '어린애들에게 들녀주는 이야기닛가 그저 얼음얼음해 버리면 그만이겟지' 하는 妄領ㅅ된 생각을 가지고 登壇하는 일이 間或 잇는데 이것은 어린 사람을 輕蔑하는 點으는만 생각하드래도 容恕 못할 것입니다.

平素부터 어린 사람에게 늘 이야기를 들녀주어서 아조 익숙해진 사람이면 몰라도 그러치 안코 準備업시 달녀들다가는 十中八九는 적지 안은 失敗를 하게 될 것입니다.

大人을 相對로 演說하다가 잘못하면 羞恥이지만은 어린애들을 相對로 이야기하다가 좀 失手하기로 무어 係關할 게 잇겟느냐고 생각해서는 큰 탈입니다. 이 가튼 사람은 '어린이를 敬愛하는 民族이나 國家는 繁榮하고 어린이를 輕蔑하는 民族이나 國家는 衰滅한다'는 것을 몰으는 사람입니다. 어린 사람에게 敬意를 表하지 안는 사람은 人格이 低劣한 사람입니다. 말이 意外로 脫線이 되엿는지도 몰으나 何如間 이 가튼 妄想과 誤見은 當然히 除外해야 할 것입니다.

米國 大統領 候補者로 有名하든 '쁘라이안' 氏는 一世의 雄辯家로 有名하든 사람이엿습니다. 그는 日曜日이면 늘 日曜學校에 가서 少年少女에게 演說을 하야 들녀주엇습니다. 그 草稿는 그 夫人과 함띄 熱心으로 맨들어가지고 이만하면 滋味잇게 이약이할 수 잇겟다는 自信이 생길 때까지 再三再四 練習을 하엿다 합니다.

어린 사람에게 이약이를 들녀주기는 어른에게 主旨가 明確하기만 하면 이약이가 좀 서투르드래도 참ㅅ고 듯지만은 어린 사람은 이약이의 意味가 明確한 外에 滋味잇지 안으면 잘 듯지 안습니다. 엇던 英文學士 한 사람은 當代의 雄辯家로 有名한 사람이엿섯는데 한번은 어린 사람 會合에 招待를 바다 이약이하기로 되엿섯습니다. 그는 相當한 老練家엿든 만치 二三日 前부터 여러 가지로 苦心을 하야 草稿를 맨든 뒤에 充分히 練習해 가지고 演壇에 올너서서 이약이를 始作하엿스나 겨우 十分도 못 되여서 어린 사람들이 뒤써들기 째문에 이약이를 繼續할 수가 업게 되여 준비햇든 이약이를 半도 못하고 그만 두엇습니다. 그래서 '나는 오늘가티 準備를 充分히 한 일도 업거니와 오늘가티 失敗한 일도 업다'고 長嘆을 하엿다 합니다. 익숙한 雄辯家로도 이러 햇스니 그러치 안은 사람이야 더 말해 무엇하겟습닛가? 充分한 準備가 必要합니다.

原稿를 보면서 이약이를 하게 된다면 이약이의 活氣를 일흘 쑨만 안이라 興味를 喚起 식힐 수도 업습니다. 그러닛가 登壇하기 前에 이약이를 미리 暗記는 勿論이요 練習을 充分히 해야 합니다. 엇던 有名한 童話 口演者가 繼母의 이약이를 한 일이 잇섯는데 처음부터 얼마동안은 깁흔 注意로 快活하게 이야기해 내려가다가 거의 이약이를 다 — 맛치게 되자 "繼母 슬하에서 苦生하든 두 아들이 한울 우에서 내려와 보닛가 쯧밧게 그곳에 繼母의 무덤이 잇는 것을 보고 아 — 우리를 못살게 굴든 못된 이의 무덤이 잇구나. 그여히 극성을 부리드니 죽엇구나. 아이그 조와라 하면서 손벽을 첫습니다" 하고 이약이를 하엿습니다. 繼母의 이약이를 어린 사람에게 들녀주는 것이 조치 못하다는 것은 前章에도 말슴햇거니와 이 童話를 들녀준 그 口演者도 平素에는 繼母의 이약이를 들녀주는 것이 조치 못하다고 唱導하든 사람이엿든 것이 틀님업습니다. 그런데 繼母가 죽엇스닛가 조타고 손벽을 첫다고 이약이한 것은 實로 큰 失策입니다. 이 이약이는 퍽 滋味잇섯지만은 이 한마듸 말 째문에 繼母에게 孝養을 다 — 하려는 것 가티 이약이하려든 苦心이 水泡에 돌아가고 말엇습니다. 繼母가 죽은 것을 조와하엿다고 이약이 햇기 째문에 孝子를 맨들녀다가 全혀 그 反對인 不孝子를 맨들고 말엇습니다.

(6) 延星欽,『中外日報』, 1929.10.6

이 失言은 이약이 全部를 破壞한 것은 勿論이요 ᄯᅡ라서 큰 害毒이 包含되게 맨들엇습니다. 어른은 論旨의 可否를 分別할 줄 아닛가 一二의 失言이 잇다드래도 그리 큰 害毒은 업게 되지만은 童話를 듯는 사람은 어린 사람입니다. 그리고 더구나 童話口演하는 이를 紹介할 ᄯᅢ에 아모 先生님이라는 敬語를 쓰게 되닛가 어린 사람들도 亦是 登壇하야 이약이해주는 이를 自己들을 가르치는 先生님과 가티 信任하게 됩니다. 이 가티 信任하는 先生의 입에서 繼母가 죽은 것을 깃버하엿다는 말이 나오게 되엿스니 이는 兒童教育上 큰 害毒이라고 안이 할 수 업습니다. 이러한 失策도 먼저 準備가 不充分한 罪이니 童話 口演者는 반드시 細密한 注意와 充分한 準備를 게을리 말어야 할 것입니다.

童話 口演者의 服裝

어린 사람들의 觀察力은 퍽 機□하기 ᄯᅢ문에 어른들이 精神 못 차리는 點ᄭᅡ지 觀破하는 일이 잇습니다.

이 觀察은 퍽 細密한 故로 그 中에 적은 缺點이라도 잇스면 그 적은 缺點을 가지고 全體를 論評해 버리고 맙니다. 어린 사람들이 어썬 이약이든지 듯고 그 이약이 한 사람은 이약이 하는 法이 퍽 서투르다고 한번 생각한 이상에는 그 생각을 挽回할 수는 잇스나 그것이 그리 容易한 일이 안입니다. 엇젯든지 演說家의 第一 條件은 風采가 조와야 할 것이니 여긔에 對하야 一例를 든다면 '키 크고 몸집이 큰 사람에게 이약이를 듯는 것이 조타'고 어린 사람들이 말하는 것을 보아 얼는 알 수 잇는 것입니다. 그러나 本是 키가 적고 몸집이 적은 것을 갑작이 크게 하거나 ᄯᅮᆼᄯᅮᆼ하게 할 수는 업는 것이나 강말은 몸집 적은 키의 所有者는 이 缺點을 補充하기 爲하야 服裝을 擇하는 것이 必要한 것입니다.

服裝은 平服보다 洋服이 조흐나 洋服이면 후록코트나 普通 洋服이나 아모거나 조습니다. 엇재서 洋服이 조흐냐 하면 洋服은 平服보다 얼는 보기에 快活해 보히며 平

服보다 주체하기가 便하니까 말슴닙니다.

洋服에 對하야 두세 가지 注意할 點은 첫재 演者 自身은 몰나도 聽衆의 눈에 잘 띠는 '넥타이' 가 빗두러젓거나 '카라'가 잘 못되지 안도록 注意할 것이며, 둘재 구두를 닥거 신을 것, 셋재는 와이샤쓰 소매가 洋服 소매 아래에 추윽 느러지지 안토록 미리 注意할 것입니다. 萬若 넥타이가 엽흐로 빗두러지거나 카라가 빠지거나 하면 聽衆의 눈에 퍽 우습게 보이며 구두를 닥거 신ㅅ지 안엇스면 게을은 사람으로 指目됩니다. 와이샤쓰 소매가 洋服 소매 아래로 추윽 느러진 것을 작구 치켜올리면서 이야기를 하게 되면 演者 自身도 성이 가시지만은 어린 사람들의 視線이 그리로만 集中되여 이야기에 對한 注意가 分散되게 됩니다.

(7)

延星欽, 『中外日報』, 1929.10.9

이런 境遇에는 어린 사람들이 '저것 또 흘러나린다' 하고 놀리는 일까지 잇습니다. 그래서 一同이 웃어대기 때문에 이야기 全體가 全部 蹂躪되고 맙니다.

또 머리에다 빠루(기름)가튼 것을 넘우 만히 발러서 빤지르르 하게 하면 모양만 내이는 先生이라는 感을 어린 사람들에게 주어 도로혀 輕薄한 생각을 갓게 합니다. 또 이러타고 머리를 넘우 어푸수수하게 하야도 못씁니다.

머리나 수염은 勿論 짝가야 합니다. 카라는 새로 빤 것이나 때뭇지 안은 것 上衣는 단초 有無까지 잘 삷혀보고 下衣(쓰봉)는 반다시 다리미로 다려서 줄을 곳게 해두는 것이 조흡니다. 西洋서는 쓰봉에 줄이 업서저서 둥그럿케 불쑥 나온 것을 第一 실혀할 쑨 아니라 紳士의 體面上 關係가 된답니다.

平服이면 깨긋이 빠러 입을 것은 勿論 옷고름까지도 잘 매여 남 보기에 凶치 안케 할 것입니다.

登壇하기 前 準備

먼저 演壇에 올으기 前에 注意할 것은 食事입니다.

普通 때 배가 八分쯤 불너야 談話하기 조흔 사람이면 演壇애 올으게 될 때는 六七分쯤 먹으면 조흐나 萬若 食事 後 곳 이약이하게 될 境遇에는 普通 때의 半分만 먹는 것이 좃습니다. 空腹으로 이약이 하는 괴로움보다도 배불을 때 이약이하는 괴로움이 몃 倍나 더한지 몰읍니다.

또 登壇 前에는 아모리 勸하드래도 酒類나 濃厚한 茶水나 菓子나 實果 가튼 것을 먹지 안는 게 좃습니다.

배 속은 아모조록 좀 비여두는 게 조흔 때문입니다.

목소리를 곱게 하기 爲하야 鷄卵 가튼 것을 臨時해서 먹는 이가 잇지만은 이것은 空然한 짓입니다. 普通 이약이 잘하는 이의 말을 들으면 朝飯 먹을 때 날鷄卵 二三個를 먹는 것이 有效하다 하는데 이것이 도로혀 有利한 짓이라 할 것입니다.

다음에는 衣服을 잘 삷혀 볼 것이니 단초가 빠지지나 안엇는지 또 革帶가 늘어저서 洋服 아래통이 넘우 처젓거나 또 넘우 팽팽하게 치켜올려지지나 안엇는지 注意할 것이요 革帶를 넘우 느슨히 매엿스면 흘러내려 거북하고 넘우 밧작 졸엿스면 動作에 거릿기는 일이 만흐닛가요. 옷이나 裝身具에 거릿기는 일이 或時 잇스면 精神을 거긔에 빼앗기기 쉬웁기 때문에 이약이하는데 障碍가 생기게 됩니다.

카라, 넥타이, 쪼기, 쓰봉, 時計에 일으기까지 一一히 잘 整理하야 聽衆의 눈에 거북살스럽게 보히거나 或은 우습게 뵈이지 안토록 할 것입니다. 이것이 威儀를 갓초는데 重要한 條件이 되닛가요.

그리고 될 수 잇는 대로 손발을 말정히 씨슬 것입니다. 맘과 몸을 깨끗이 하야 爽快한 마음으로 이약이를 하게 되면 이약이도 自然히 快活해지고 아모 支障이 업게 되여 이약이를 맛친 뒤에라도 自己 스스로 滿足한 생각을 갓게 됩니다. 自己 스스로 充分히 이약이가 잘 되엿다고 마음속으로 깃버하게 되는 그때에야말로 聽衆을 感動식혓다고 볼 수 잇습니다.

豫定한 時間에 느저서 演士가 숨을 헐너벌떡어리면서 演壇에 뛰여올나 가지고

'時間 前에 올 豫定이엿스나 急한 볼일이 生겨서 不得已 느젓습니다. 容恕하십시요' 하고 인사를 하게 된다면 그 熱心은 大端히 感歎할 일이나 그리 조흔 일이라고는 할 수 업습니다.

萬若 豫定한 時間에 느젓스면 急히 오너라고 흘너내린 쌈이라도 정하게 씻고 登壇하는 便이 口演者 自身에게도 조코 聽衆에게도 조흘 것입니다. 萬若 쌈투성이와 몬지투성이를 해가지고 演壇으로 쒸여올은다면 어린 사람들은 애써서 쒸여온 演士를 同情하기는커냥 쌈과 몬지에 더러워진 얼굴을 보고 웃을 것입니다.

(8)

延星欽, 『中外日報』, 1929.10.10

다음에는 會合 場所가 脫靴해야 할 곳이라면 미리 더럽지 안코 성한 洋襪을 준비해 신을 것이니 萬若 해여진 것이나 더러운 버선을 신은 境遇에는 다시 밧구어 신을 수도 엄는 일이닛가 昌皮[3]스러운 點이 만키 째문에 口演에 支障이 만케 됩니다.

쏘 登壇하기 前에 먼저 前 順序에 잇는 演士의 이약이를 半 以上 들어두는 것이 조흡니다. 첫재 이약이를 巧妙하게 하야 聽衆이 熱心히 들엇는지 그러치 안으면 失敗를 하엿는지 그것을 잘 觀察하야 미리 이약이의 作戰計劃을 쑤며 놋치 안으면 안 됩니다. 萬若 이 가튼 생각이 업시 그대로 失敗하는 境遇면 自己自身의 威信은 둘째요 會合 全體를 不成功으로 맛치게 맨들어 놋코 마닛가요.

엇던 演士는 어린 사람들이거나 말거나 그것은 不關하고 自己의 豫告한 이약이를 坦平으로 하는 것을 보앗습니다. 이러케 되고 보면 이약이를 들으러 온 어린 사람도 가엽거니와 그 會合에도 影響이 만습니다. 豫定한 演題를 變更하는 것은 누구나 조와 할 일은 못되나 境遇에 싸라서 變更하는 것도 조켓습니다. 萬若 變更해도 식원치 안을 境遇에는 짧은 이약이로 擇하야 하는 것이 조흡니다. 이 演題 變更 가

3 '猖披'의 오식이다.

튼 것을 쉽게 하랴면 먼저 登壇한 演士의 이약이를 얼마큼 들어두는 것이 퍽 必要함니다.

演壇에 올은 一瞬間

司會者가 '이제부터 아모 先生님이 나오서서 童話를 하시겟습니다' 하고 紹介를 하면 어린 사람들은 엇던 사람이 나오는가 하야 演士席을 바라보게 됩니다.

紹介 바든 演士는 자리에서 일어나 한거름한거름 演壇으로 向하야 갓가히 갑니다. 이 刹那에 가슴이 울넝거리게 되는데 이 가슴이 울넝거리는 그 鼓動의 大小가 그날 이약이의 運命을 支配하게 됩니다. 그러타고 이 가슴의 鼓動을 맘대로 抑壓하기는 어렵습니다. 이 一瞬間에 滿堂한 聽衆을 自己 眼中에 모와 넛코 快活하게 이약이할 생각을 굿게 가저야 합니다.

"내 퍽 滋味잇게 이약이하리라. 어린 사람에게 큰 感動을 주리라"는 等의 大望은 가질 것 업시 自己가 準備하야 練習한 대로 아모 裝飾함이 업시 無邪氣하게 술술 이약이하겟다는 樂天主義的 생각이 퍽 必要합니다. 그러면 근심이나 또는 괴로움 업시 힘 안 들이고 이약이를 잘 맛칠 수 잇슬 것 업습니다.[4] 登壇할 때는 沈着하고 점잔케 하야 左右를 휘휘 둘러보는 等의 輕忽한 行動은 하지 말 것입니다. 그러나 고개를 숙이고 登壇하여서는 안 됩니다. 이것은 남보기에 意氣가 썩긴 것가티 보히니 까요. 그러타고 또 넘우 傲慢한 態度로 기우러지게 되면 도로혀 輕蔑을 밧기 쉬우니 注意하지 안흐면 안 됩니다.

姿勢는 端正히 갓는 것이 조코 相對者가 貴여운 兒童들이니 무엇에나 無邪氣한 態度를 取하는 것이 조흡니다.

4 '잇슬 것입니다.'의 오식으로 보인다.

(9) 延星欽, 『中外日報』, 1929.10.12

演卓 압헤서서 머리를 숙여 □하면 聽衆은 저절로 머리를 압흐로 숙이게 되는데 이때야말로 演士의 態度나 顔色이나 눈이 向하는 곳에나 兒童의 注意를 把握할 千載一遇의 조흔 機會입니다.

이 機會를 노치고 講談이나 私話를 始作하게 만들어 노흐면 場內가 靜肅해지기 퍽 어렵습니다.

엇던이는 壇上에 올라서 人事가 씃난 뒤에 휴지를 쓰내 들고 긔탄업시 코를 푸는 것을 보앗는데 이것은 좃치 못한 짓입니다. 이런 일은 각금 어른들을 相對로 하는 講演會에서 잇는 일이지마는 어린 사람 會合에서는 크게 삼가야 할 것입니다.

물(水)은 될 수 잇는 대로 자조 마시지 안는 것이 좃습니다. 부득이 물을 먹게 되면 컵에다 조금 짤어서 한 목음에 마셔버리는 것이 조을 줄 압니다. 넘우 자조 먹거나 넘우 여러 목음을 마시게 되면 어린 사람들 눈에 좃치 안어보이는 것은 勿論 威信에도 關係가 됩니다.

經驗者의 말을 들으면 물은 □□에 그리 큰 효과가 업다 합니다.

물은 冷水보다 微溫水가 조흔데 쓰린 물이 더욱 좃습니다. 이 쓸은 물을 드리마시는 게 아니라 吸入□로 □氣運을 吸入하듯키 컵에서 올러오는 水蒸氣를 드리마시는 것이 좃탄 말입니다.

그리고 演卓 압헤 조금 써러저서 右手로 卓上을 若干 집고 左手를 허리에다 대이는 것이 演說 中 一般 姿勢인 모양입니다. 그러나 이것은 넘우 □□로 꾸미는 것가티 보이닛가 좃치 못한 줄 압니다. 兩手에다 힘을 주지 말고 極히 自然스럽게 泰然히 兩手를 演卓에 대이고 섯는 게 조흘 줄 압니다. 그리고 얼골 모양은 눈을 부릅쓰고 니를 악물어서는 무서워 보힙니다. 그럿타고 넘우 지내치게 웃는 얼골을 지여서도 안 되고 그저 빙그레 웃는 態度를 짓는 게 조흔데 이것이 所謂 笑顔입니다. 눈은 自然히 얼골에 짜라서 부드러워 보히겟지만은 그 着眼點은 演壇 우에서 □□의 七分 可量 되는 곳이라야 할 것이니 會場이 十間쯤 된다면 七間쯤 되는 곳이라야 할 것입니다. 그러나 이약이하는 동안에 처음부터 씃까지 압쪽만 바라보면 視線이 돌아오지 안는 쪽에 잇는 兒童들은 속으로

'웨 우리 잇는 쪽은 보질 안어' 하고 不平을 吐하다 그러닛가 會場의 四方은 勿論 二層이나 三層까지 둘러보면서 이약이 해야 할 것입니다. 그리고 이약이를 쓰내는 맨 처음에는 얏고 적은 목소리래야 합니다. 가늘고 적은 목소리로 口演하게 된 □□나 演題의 說明 가튼 것을 먼저 몃 마듸 해 노읍니다. 그러면 兒童들은

"애 — 始作이다. 이약이 始作이다. 그런데 목소리가 넘우 적어서 어듸 들녀야지. 써들지 말고 저 이약이 좀 들어 —"

하고 서로 써들지 말라고 일러가면서 귀를 기우리게 될 것입니다.

처음부터 큰 목소리를 내여서는 안 됩니다. 以上은 登壇한 뒤 一瞬間 童話口演하는 이의 注意할 點입니다.

× ×

(10) 延星欽, 『中外日報』, 1929.10.13

聽衆이 싯그럽게 써들 쌔 登壇은 엇더케 할가

어른들 演說會에는 反對派도 잇고 야지[5]하는 사람들도 잇습니다.

論旨가 조커나 언짠커나 演說 솜씨가 익숙지 못하거나 익숙하거나 그것은 關係하지 안코

'올소!' '아니요!' '그만 두시오!' 하고 뒤써들어서 演說을 中止하게 맨드는 일이 間或 잇는 것을 보앗습니다. 이런 일은 어린 사람 會合에도 絶對 업는 일은 안일 것입니다. 어른들의 演說會 가티 演說하는 사람을 向하야 直接으로 反對 或은 贊成, 야지 가튼 것을 하지도 안코 故意의 妨害를 하지는 안으나 口演者의 목소리가 적어서 들

5 'やじ'는 'やじうま'의 준말로, '야유, 놀림, 또는 그 말'이란 뜻이다.

리지 안커나 이약이가 몹시 뻑뻑하야 잘 알아들을 수 업스면 조용히 안저서 귀담어 들으랴고 하지 안습니다. 自己네와 짝이 맛는 同侔들과 함께 처음은 속은속은 속살거리지만은 나종에는 泰然하게 막우 써들어댑니다. 이것도 한두 사람에 지나지 안으면 問題업겟스나 써들어대는 것이 傳染이 되면 場內가 몹시 싯그러워집니다. '써들지 맙시다' 하고 소리치는 外에는 조금이라도 조용하게 할 方策이 업습니다. 그러나 이런 境遇에 '써들지 맙시다' 하고 罪업는 어린 사람들을 읔박지르는 것은 아조 안 된 것입니다. 이러케 場內가 싯그러워진 그 허물은 演士에게 잇스니까 찰하리 演士가 責任을 갓고 降壇하는 外에는 다른 수가 업슬 것입니다. 어른들의 演說會에서 야지가 일어나고 反對가 일어나는 것은 大概 그 演說을 中止식히려는 故意에서 생기는 일이지만은 어린 사람 會合에서 어린 사람들이 뒤써들어대는 것은 興味업는 이야기에 실증이 난 까닭에 생기는 일입니다. 이 가티 그 이야기에 실증이 나서 뒤써드는데도 不拘하고 다른 이야기를 繼續해 들녀줄 생각이 잇스면 聽衆의 머리를 새롭게 해노아야 할 것입니다. 態度를 壯重하게 가질가 快活하게 가질가 視線은 어느 쪽으로 向해야 하며 音量은 크게 해야 할가 적게 해야 조흘가 하는 것을 새로히 登壇하는 사람이 登壇하는 그 一瞬間에 잘 생각을 하야 온갓 態度를 돌려갓는 것이 퍽 必要합니다. 그러기 때문에 이 우에서도 말슴한 바와 가티 自己보다 먼저 이야기한 演士의 이야기하는 態度와 이야기 듯는 어린 사람들의 狀態를 잘 삷혀둘 必要가 여긔에 잇는 것입니다.

먼저 이야기하든 演士의 失敗한 原因이 이야기가 길기 때문이엿다면 얼른 짧은 이야기를 생각해 가지고 登壇하야 '내가 할 이야기는 퍽 짧은 것입니다' 하고 미리 宣告해 놋코 이야기를 쓰내는 게 조켓고 목소리 적은 것이 失敗의 原因이엿스면 '자미잇는 이야기를 지금 시작하겟습니다' 하고 목소리를 놉히여 이야기하는 게 조켓고 이야기의 意味가 어렵고 또 말을 알어들을 수 업는 것이 失敗의 原因이엿다면 '자 — 이번에는 내가(形容 손구락 하나로 자긔의 코를 누름) 자미잇는이야기를(形容 右手로 뺨을 가볍게 한번 싸림) 짧막하게 하겟습니다'(形容 둘째 손구락 끗츨 엄지손구락으로 눌너 짧다는 뜻을 보임) 하고 빙그레 웃으면서 이야기를 쓰내는 것이 조흘 것입니다.

(11) 延星欽,『中外日報』, 1929.10.16

말과 목소리

童話口演할 때 말은 아조 쉽게 해야 합니다. 間間히라도 어려운 말을 쓰게 되면 아모리 그 이약이가 滋味잇고 어린 사람들에게 適當한 이약이라 하드래도 도모지 알어듯지를 못합니다.

요즈음 出版된 童話集에는 말을 어렵게 쓴 것이 업지 안습니다.

열두세 살쯤 된 少年이 읽으면 意味는 엇더케든지 아지만은 그것을 이약이하고자 할 때는 意味를 몰을 곳이 만습니다. 더구나 열 살 以下의 어린 사람이 읽는다면 도모지 그 意味를 몰을 것입니다.

例를 들어 말하자면 '王子가 臣下를 引率하고 餓鬼城을 征伐하기 爲하야 出發하얏습니다' 하는 文句 가튼 것은 冊을 읽을 줄 아는 어린 사람은 그 뜻을 알 수 잇스나 열 살 以下의 어린 사람은 도모지 모를 것입니다. 이 말을 '王子가 臣下들을 다리고 餓鬼城을 치러 나갓습니다' 한다면 알기 쉬울 것입니다. 童話의 말을 쉽게 하기 때문에 失敗 보는 일은 決코 업습니다.

어썬 口演者의 口演하는 것을 들으면 어린 사람은커녕 어른들로도 알어들을 수 업는 말을 쓰는 일이 間或 잇습니다. 또 넘우 文學的으로 이약이하는 이도 잇는 것을 보앗습니다. 어린 사람에게 文學的 趣味를 길러주는 點으로 생각한다면 조흔 일이나 열 살 以下의 어린 사람이 엇지 알어들을 수가 잇겟습니까? 例를 들면

'黑雲에 가리엿든 十五夜 明月이 中天에 걸리여 잇습니다. 夜深하야 流水까지 잠이 든 것 가튼데 冷風은 强하야 心身을 얼리는 듯합니다. 福童의 집에는 아즉도 燈火가 꺼지지 안엇습니다. 來日 팔 집신을 삼ㅅ고 잇는지?' 하고 쓰느니보다 '날은 몹시 찹습니다. 얼른 집으로 가서 잠이나 자야겟습니다. 바람이 엇지 몹시 부는지 帽子가 몃번이나 불려 날려 갓슴니가. 그런데 福童네 집에는 아즉썻 불이 꺼지지 안엇슴니다. 來日 팔 집신을 삼ㅅ고 잇는지 ……' 하고 쓰는 便이 얼마나 부드럽고 알기 쉽슴닛가?

童話 口演者는 이 點에 特히 着眼을 하야 愼重히 注意해야 할 것입니다.

登壇의 態度는 壯重하게 말은 輕快한 것이 좃코 視線은 四面八方으로 보내일 것입니다.

"내가 지금(形容 잠간 손구락 쯧트로 코를 가르침) 급히 이곳을 오려닛가 저 — 건너편 언덕으로 뭇척 큰(形容 두 팔을 左右와 上下로 버림) 짐을 실은 무거운 구루마를 사람 하나 개 한 마리 모도 단 둘이(形容 손구락 둘을 내여 밀음)서 끌고 올라가랴고 애를 쓰나 짐이 너무 묵어워서 좀처럼 끌려 올러가지를 안엇습니다. 개도 긔운이 지처서 하— 하 —(形容 엇개를 조곰 올은 쪽으로 두 번 기우러트리고 기우러트릴 때마다 한숨을 크게 쉬임) 하고 몹시 숨이 갑버하는 까닭에 내가 좀 밀어주랴고 이 洋服(形容 두 손으로 洋服 아래 위를 만저거림)을 입은 채 영차! 영차(形容 兩쪽 손을 안흐로 내여밀어서 밀어주는 形容을 지음) 하고 구루마 뒤를 밀어주랴닛가 지나가든 사람들이 저 사람이(形容 左便으로 若干 向하고 서서 올흔 쪽 손구락으로 가르침) 밋첫나보아 하면서 웃어대엇습니다만은 남이야 무어라고 하든지 상관할 것 잇나 弱한 사람을 도와주는 것은 힘 센 사람의 依例히 할 일인데! 하고 나는 줄것 언덕꼭닥이에까지 밀어주엇습니다.

(12)

延星欽, 『中外日報』, 1929.10.17

그러닛가 구루마꾼은 참말 고맙습니다. 하고 (形容 右手로 帽子 벗는 모양을 지으면서 고개를 압흐로 조곰 숙임) 인사를 하닛가 엽헤 잇든 개도 꼬리를(形容 올흔쪽 둘재 손구락을 움즈김) 흔들면서 멍멍! 짓드니 인사를(形容 머리를 가볍게 얼른 숙으림) 하엿습니다. 그래서 나는 조흔 일을 하엿구나 하는 생각에 지금까지도 마음이 깃붑니다. 웃엇습닛가! 이약이가 퍽(形容 머리를 얼른 가볍게 숙엿다 치여듬) 자미잇지요."

하고 이약이하면 어린 사람들은 이것이 조곰 전에 잇든 일이요 더구나 정말 그런 일을 하고 온 사람이 目前에 잇슬 뿐 안이라 개가 압장 서서 間或 自己 主人을 助力하느라고 구루마를 썬다는 것은 이약이로도 들엇고 또 目睹하기도 햇기 때문에 스스로 想像에 파뭇치여 이약이 속의 사람이 되어버리고 말다니 이 가튼 種類의 簡單한 이약이를 미리 몃가지式 準備해 두는 게 便利합니다.

'靑山 속에 뭇친 玉도 갈아야만 광이 나네. 落落長松 큰 나무도 싹거야만 棟樑 되네.'

이 가튼 唱歌보다도 어린 사람은

'푸른하눌 은하수 하얀 쪽배엔 계수나무 한 나무 톡기 한 마리'

이 가튼 노래를 더 잘 불읍니다.

몸짓발짓의 온갓 形容을 어린 사람化 하는 것보다 먼저 말을 어린 사람化 식혀야 합니다.

목소리는 옷감을 찌저내는 것 가튼 날카로운 목소리를 내지 안는 것이 조흡니다. 이 목소리는 귀가 쨍쨍 울리여 듯는 사람을 얼른 疲勞하게 맨들기 때문에 大禁物입니다. 목소리는 사람의 天性에 짜라서 나는 것이지만은 이런 목소리는 내지 안토록 注意해야 합니다.

목소리의 제일 緊要한 點은 쏙쏙하고 맑은 것입니다. 그 다음으로는 音量이니 큰 목소리가 一時에 나와도 썩썩 목이 말으지 안케 되고 繼續해서 큰소리가 나와서 넘우 듯기에 괴롭게 되는데 이것은 體格의 大小 與否에 짜라 差異가 잇는 것입니다. 그러닛가 自己의 音量을 잘 생각하야 會場의 貌樣과 形便에 짜라 처음부터 소리를 내여가지고 程度를 加減하지 안으면 안 됩니다.

(13) 延星欽, 『中外日報』, 1929.10.19

京城서 이약이하기 第一 조흔 곳은 내가 이야기해 본 곳으로는 中央靑年會舘, 公會堂, 光熙門 안 禮拜堂, 崇一洞 禮拜堂 이 몃 곳이요, 이야기하기 힘드는 곳으로는 侍天敎堂, 天道敎紀念館입니다. 그 中에 侍天敎堂은 집이 몹시 울녀서 크게 목소리를 내이면 아조 안 들리고 쏘 적게 내이면 무슨 소리인지 몰으게 되기 째문에 이야기하기 몹시 어렵고 天道敎紀念館은 엔간히 큰 목소리가 안이면 견듸여 백이지 못하겟는데 이것도 經驗과 口演方法 關係도 잇겟지만은 紀念館서 童話 口演으로 成功한 이는 小波 方定煥 氏쑨일 것입니다.

何如間 목소리는 쪽쪽하고 맑고 活氣가 잇서야 할 것입니다.

목소리에 活氣가 잇는 것은 맛치 그림(特히 人物)을 그리고 나서 마즈막 눈을 그려 놋는 것이나 맛찬가지입니다. 活氣업는 목소리로 이야기를 하게 되면 아모리 그 이야기가 자미 잇드래도 졸음이 오게 됩니다. 반드시 목소리는 高低, 大小, 緩急, 以外에 活氣가 必要하다는 것을 니저서는 안 됩니다.

다음으로 問題되는 것은 이야기속에서 活動하는 여러 種類의 人物의 목소리를, 할머니 목소리, 할아버지 목소리, 계집애 목소리, 사나히 목소리, 어머니 목소리 가튼 것을 흉내내여야 할가 흉내를 내지 말어야 할가 하는 것입니다.

日本의 講談하는 사람이나 落話[6]하는 사람은 흉내내여 하지만은 童話口演에는 이 假聲을 내지 안는 것이 조흘 줄 압니다. 그 理由는 첫재로 練習하기가 어렵고 둘재로는 넘우 專業的으로 기우러지기 쉬우닛가 말입니다. 兒童敎育의 責任을 진 사람들은 愼重한 態度를 가질 必要가 잇스닛가 목소리의 活氣와 形容으로써 이약이 속의 人物을 살리도록 努力하는 것이 조흘 줄 압니다.

談話 中 人物의 位置

말만 가지고서는 到底히 이약이의 意味를 充分히 나타내기 어려울 쑨 안이라 깁흔 感興을 주기 어려운 째가 往往 잇습니다. 그래서 눈찟, 顔色, 手足 等 形容을 빌어서 說明을 完全히 感銘을 深刻하게 하랴고 애를 쓰는 것입니다. 그럼으로 이 希望을 滿足케 하라면 이약이와 一致되는 그림을 내여부처서 보히는 것이 必要하다고 생각하는데 再昨年에 日本의 優秀한 童話口演家 멧 사람이 京城에 와서 이 그림 童話로 훌륭히 成功한 것을 본 일이 생각납니다. 그림을 그려서 이약이하랴면 그 이약

6 '落語'의 오식으로 보인다. 落語(らくご)는 '만담(漫談)'이란 뜻이다.

이의 主要한 部分을 그려야 하는데 몹시 긴 이약이를 두 張이나 석 張 되는 그림을 가지고는 이약이의 興味를 늣기게 할 수가 업스닛가 되도록 여러 張을 그리는 것이 조흐나 事情이 許諾ㅅ지 안으면 이약이 始初와 이약이 最終 場面만 두 張 그려서 보히는 것도 조흘 줄 압니다.

講演할 때 形容은 主로 自己思想을 言語에 連結식히여 發現하기만 하면 그만이지만은 童話口演할 때 形容은 이와 달라서 口演者는 이약이 속의 人物과 人物과의 活動을 媒介하는 職責을 가젓습니다.

(14) 延星欽,『中外日報』, 1929.10.20

方面이 넓고 퍽 多忙한 同時에 쏘 어렵습니다. 甲이 뭇고 乙이 對答하며 丙이 뭇는 形狀을 明瞭하게 나타내야 할 것이니 어렵지 안습닛가? 이 가튼 對話에 익숙하지 안으면 이약이가 混雜해 지닛가 익숙지 못한 사람은 勿論이요 익숙한 사람이라도 對話는 簡單하게 三人 以下의ㅅ 것을 取하는 것이 좃습니다. 다음으로 問題되는 것은 標題와 가티 對話人物의 位置를 定하는 것입니다. 母子 두 사람이 이약이하는 境遇에 演士 自身의 位置를 어머니로 定하고 右便을 아들로 定하엿다 하면 어머니가 말할 때는 右便으로 머리를 돌리고 이약이할 것이요 아들이 말할 때는 左便을 向하야 이약이해야 할 것입니다.

쏘 夫婦와 아들 세 사람이 이약이할 境遇에 演士 自身의 位置를 主人으로 定하고 妻를 左便, 아들을 右便으로 定하엿다 하면 主人이 그 안해에게 이약이할 때는 左便으로 고개를 돌리고 아들에게 이약이할 때 右便으로 고개를 돌려야 할 것입니다. 안해가 主人에게 이약이할 때는 右便, 아들이 아버지한테 이약이할 때는 左便으로 고개를 돌려야 할 것입니다. 쏘 어머니와 아들들이 이약이하는 境遇에는 어머니의 位置를 演士의 左便, 아들은 右便, 演士에게서 조곰 갓가운 곳을 兄, 먼곳을 아오로 定할 것입니다. 엇던 境遇에든지 이가티 左便을 上坐로 定하는 것이 좃켓습니다. 이

位置 關係가 明確지 안으면 對話가 混雜하게 되여 그저 自問自答하는 것가티 보히기 째문에 이약이의 意味가 不明瞭하게 됩니다.

形容 몃 가지

여긔에 짧은 童話 한 가지를 들어 悲哀, 失望, 恐怖, 驚愕, 嘆願, 思索, 決斷, 感謝, 憤怒, 制止, 嘲笑, 喜悅, 戲謔, 感嘆 等 여러 가지 形容을 써 보겟습니다.

兄 "어머니는 그만 돌아가시고 더구나 불이 나서 말짱 탓스니 이제는 먹을 것도 업고 닙을 것도 업구나. 우리의 신세가 이리 긔박하냐? 혼자 여긔서 좀 기다려라. 내 곳 아젓시 댁에 가서 사정이나 좀 해 보고 올테니."

누의 同生은 광속에서 혼자 그 옵바를 기다리고 잇습니다. 밤은 점점 깁허가고 멀리 절의 鍾소리가 쌩 — 쌩 울려옵니다. 妹 "아이그 무서워."

그째 문을 탕탕 두드리는 소리가 들렷습니다. 누의 동생은 옵바가 돌아왓나 하야 뛰여나가서 희미한 람푸불에 바라보닛가 옵바는 안이고 곰 한 마리가 왼 몸에 피투성이를 하고 서 잇습니다.

(15)

延星欽, 『中外日報』, 1929.10.23

이 童話의 主要한 部分마다 그 表情 卽 形容을 붓친다면 아래와 갓습니다.

= 어머니는 그만 돌아가시고 =

(悲哀의 表情) 목소리는 적고 얏게 또 느리고 묵업게.

얼골은 압흐로 약간 숙이고.

눈은 스르르 감ㅅ고 입은 가만히 담을고. 몸은 上體를 압흐로 조곰 굽히고. 손은 左手를 편 체 左便에 대이든지 左便 귀에다 若干 대이고. 발은 두 발을 다 — 모읍니다.

= 우리의 신세가 왜 이리 긔박하냐. =

(失望의 表情) 얼골은 처음에는 위를 치여다 보다가 점점 숙이여 那終에는 고개를

左便으로 기우러트리고.

눈은 아래로 내리 깔고.

입은 若干 담을고 몸은 上體를 조곰 압으로 기우러트리고 고개를 움추려트리며. 손은 팔을 엇결어 팔장을 끼고 발은 왼발을 압흐로 조곰 내여노읍니다.

= 아이그 무서워 =

(恐怖의 表情) 목소리는 적고 얏고 느리고 묵업게.

얼골은 찡그리고. 눈은 周圍를 둘러보고. 입은 담을고 몸은 목과 억개를 움추럿 트리고. 손은 두 손을 부르쥐고 배ㅅ 근처에 대이고 발은 가만가만 뒤로 退步.

= 에그머니 곰이 왼 거야 =

(驚愕의 表情) 목소리는 크고 놉게 짤고 强하게. 얼골은 조곰 右上으로 向하고 눈은 크게 쓰고. 입은 벌리고. 몸은 조곰 뒤로 제치고 손은 두 손구락을 쩍 벌이고 손구락 씃치 억개 언저리에 알마질 만콤 치여들고 발은 뒤로 조곰 물러섭니다.

= 제발 좀 살녀줍시요 =

(嘆願의 表情) 목소리는 적고 얏고 느리고 묵업게. 얼골은 最初에는 左上으로 向하얏다가 次次 압흐로 숙이고 눈은 얼골에 짤아 그대로 입은 가볍게 담을고

몸은 上體를 압흐로 기우러트리고 손은 左右 손을 마조 잡고

발은 뒤로 退步.

= 이 노릇을 읏더케 해야 조와 =

(思索의 表情) 목소리는 적고 얏게 느리고 묵업게. 얼골은 머리를 左右로 기우러트리고 눈은 내리 깔고 입은 담을고. 몸은 머리에 짤아서 그냥 압흐로 기우러트리고.

손은 팔을 엇가러 팔짱을 끼고 발은 머리를 左便으로 기우려트릴 째는 右足을 뒤로 물립니다.

= 오 — 냐 살녀주마 =

(決斷의 表情) 목소리는 크고 놉게 쌀으고 强하게. 얼골은 흔들며. 눈은 짝 쓰고. 입은 스르르 담을고. 몸은 上體를 조곰 압흐로 기우러트리고. 손은 急히 무릅을 치며. 발은 前進.

= 참말 고맙습니다. =

(感謝의 表情) 목소리는 적고 얏게 느리고 묵업게. 얼골은 머리를 숙이고. 입은 가볍게 담을며. 몸은 허리서부터 압흐로 굽흐리고 손은 左右 兩손구락을 가지런히 하야 左手로 右手를 잡고 무릅 近處에 다이고. 발은 모흡니다.

= 얼른 이 門을 열어라. =

(憤怒의 表情) 목소리는 크고 놉게 빨으고 强하게. 얼골은 머리를 조곰 左便으로 기우러트리고 눈은 눈섭을 치켜올리고 눈동자를 中央으로 모으며 입은 단단히 담을고 몸은 뒤로 제치며 손은 右手를 굿게 쥐여 急히 내여밀고 발은 굴읍니다.

= 그 누군데 나의 집 門을 요란스럽게 이리 두드려 =

(制止의 表情) 목소리는 크고 놉게 빨으고 强하게. 얼골은 양미간을 찝흐리고 머리를 左右로 내여저으며 눈은 右便을 보고 입은 단단히 담을고 몸은 뒤로 조금 제치며 손은 왼쪽 손구락을 버린 채 손을 가슴 근처에서 左右로 흔들고 발은 두발을 모흡니다.

(16)

延星欽, 『中外日報』, 1929.10.26

妹 "에그머니 곰이 왼 거야." 熊 "제발 좀 살녀줍시요. 지금 산양꾼의 총알에 다처서 이렇케 손만 닷치고 쫏겨온 길이올시다."

妹 "좀 도아주고는 십지만 덤벼들어 물면 웃저게. 이 노릇을 웃더케 해야 조와……."

하고 잠깐 생각하는 모양이더니 몸이 떨리는 목소리로 얼른 살려달라고 애걸하는 것을 보고

妹 "오냐 살녀주마."

하고 곰을 광속으로 쓰러드리고 門을 단단히 닷첫습니다.

熊 "아가씨 참말 고맙습니다 ……."

하고 感謝한 人事를 하고 잇스랴닛가

獵師 "이리로 곰이 온 모양이야. 얼른 이 門을 열어라."

하고 門을 막우 두드립니다. 門은 쪽애질 것 갓습니다.

妹 "그기 누군데 남의 집 문을 요란스럽게 이리 두드려."

獵師 "흥! 어서 門 열어!"

산양꾼은 밤이 밝거든 다시 오리라 決心하고 돌아갓습니다.

이번에는 옵바가 돌아왓습니다.

妹 "아이그. 조와라. 옵바가 돌아오섯구나. 옵바가 그 帽子를 써노닛가 웃지 웃으워 보히는지 몰라 ……."

兄 "오 — 네가 닷친 곰을 살녀주엇다고? ……. 하하 참 조흔 일을 하엿다."

흥! 어서 門 열어!

(嘲笑의 表情) 목소리는 적고 얏게 느리고 묵업게. 얼골은 조곰 左便으로 기우러트리고 턱을 내여 밀며. 눈은 아래로 내리 쌀고. 입은 담을고 몸은 조곰 뒤로 제치고 손은 량쪽 둘재 손구락으로 튀기는 形容을 하며. 발은 단단히 붓침니다.

아이그 조와라! 옵바가 도라오섯구나.

(喜悅의 表情) 목소리는 크고 놉게 쌀으고 가볍게. 얼골은 웃음을 먹음고. 눈은 제절로 가늘고 적게 쩌서 左上을 向하며. 입은 조곰 벌이고 몸은 쏫쏫이. 손은 가슴압헤서 左右 손이 相對 되도록 하야 가볍고 速하게 흔들며. 발은 쌍충 쌍충 뛥니다.

(17) 延星欽, 『中外日報』, 1929.11.2

= 옵바가 그 帽子를 쓰닛가 엇지 우스워 보히는지 몰라. =

(諧謔의 表情) 목소리는 크고 놉게 쌀으고 가벼엽게. 얼골은 웃음을 먹음은 체 고개를 右便으로 기우러트리고 눈은 가늘게 視線을 이로 向하며. 입은 벌리고. 몸은 고개와 가튼 方向으로 기우러지고 손은 右便 둘재 손구락으로 左上便을 가르치며.

발은 조곰 退步.

= 하하! 참 조흔 일을 하엿다. =

(感嘆 表情) 목소리는 적고 얏게 느리고 묵업게. 얼골은 조금 左便으로 기우러트리고 눈은 나리깔고. 입은 가볍게 스르르 담을고 몸은 조금 뒤로 제치고. 손은 가볍게 흔들고 右手로 左手를 퍽 가볍게 치며. 발은 두 발을 뒤꿈치만 모읍니다.

以上 열 네 가지 表情을 다 — 말슴하엿습니다마는 똑가튼 表情이라도 때와 境遇에 따라 男子와 女子, 大人과 兒童에 따라 나타내는 表情이 다르고 同一한 表情을 다 — 記錄하자면 限定이 업슬 것이니까 여긔에는 普通 씨워질 만한 것으로 골라서 써 논 것에 지나지 안습니다. 何如間 表情은 自然스러워야 할 것입니다.

演士 自身이 自己 몸을 이야기 속에다 집어너흘 수만 잇다면 이약이 속 人物이 自己自身 가튼 생각만 들게 된다면 自然히 울음도 나오고 웃음도 나오고 怒여운 생각이 불현듯 나서 聽衆에게 眞實한 感動을 줄 수가 잇는 것입니다.

參考事項 一束

童話口演 方法에 對한 것은 微弱하나마 以上으로 긋을 막고 以下에 童話口演上 參考될 만한 事項 몃 가지를 말슴드리고 이 글을 맛치려 합니다.

童話에 誨辭가 必要할가

童話는 이약이 全體가 敎育的일 것이 틀님업스닛가 짜로히 誨辭를 添加할 必要는 업슬 줄 압니다. 그러나 口演上 形便에 依하여 不得已 誨辭를 添加할 必要가 잇슬 境遇에는 이약이를 始作하는 初頭에 極히 簡單히 하는 것이 조켓습니다. 이약이하다가 中間에 誨辭를 느러놋커나 이약이를 맛친 뒤에 誨辭를 느러놋는 것은 일것 興味잇게 感激에 넘치여 들은 이약이의 興味를 消滅하는 것이라고 認定할 수밧게 업습니다. 이것은 맛치 맛잇는 砂糖을 먹이여 마음을 깃부게 해 놋코 쓴 것을 먹이는 것과 가튼 짓입니다.

童話는 徹頭徹尾하게 砂糖의 使命만을 다 — 하여야 합니다.

砂糖도 잘 料理만 하면 藥이 되는 수가 잇스닛가요.

動物을 人格化하는 是非에 對하야

童話에 動物을 人格化하야 이약이하는 것은 어린 사람들에게 거짓말을 하는 것이라 하야 批難하는 이가 적지 안은 모양입니다.

그러나 이 批難은 誤解로 認定할 수밧게 업스니 어찌 — 그러냐 하면 「兒童은 엇더한 童話를 조하 하는가」 하는 題下에 詳論하얏습니다만은 西洋서는 動物이 사람과 가티 言語를 말하는 것가티 幼兒時代부터 이약이해 들녀주는 故로 自然히 動物이 人格化되여 動物을 가엽슨 동무로 녁이게 되고 짜라서 愛護의 念이 깁허지기 때문에 그것을 獎勵하는 現實입니다. 西洋서는 獅子색기를 兒童들이 안어주거나 업어주면서 다리고 놀 쑨 아니라 코끼리가 小兒科 病院으로 病兒를 慰問하러 가서 菓子를 어더먹는 일도 잇다 합니다. 動物을 愛護하는 것은 人情上 업지 못할 일이며 이 點으로만 본다 하드래도 動物을 人格化하야 動物愛護의 念을 길러주는 것은 兒童敎育上 업지 못할 일이라 생각합니다.

(18) 延星欽, 『中外日報』, 1929.11.6

兒童이 울도록 感動시키는 利點

五六歲된 幼兒는 아모리 슯흔 이약이를 들어도 우는 일이 업습니다. 그러나 十歲以上된 兒童은 슯흔 이약이를 들으면 大槪 눈물을 흘립니다. 내가 經驗한 바에 依하면 「가슴에 핀 紅牧丹」이라는 이약이를 듯고 우는 兒童이 만흔 것을 보앗습니다. 사람이란 슯허야만 꼭 울음이 나오는 것이 안입니다. 쑷업시 勇敢스러워도 울고 後悔하는 생각이 나도 울고. 무서워도, 怒여워도, 넘우 깃버도, 슯허도 웁니다. 몹시 感激이 되여 엇절 줄 몰을 境遇에는 自然히 울음이 나옵니다. 더구나 血氣旺盛한 少年少女는 그 時期가 感情에 銳敏한 時期이기 째문에 울기를 잘 합니다. 어느 程度까지는 感情을 修養식히기 위하야 울음 날 만한 이약이를 들녀주는 것이 좃습니다.

그러나 兒童이 울만치 感動식히기는 퍽 어려운 일인 줄 압니다.

童話 中에 노래를 揷入하는데 對한 可否

어른이 이야기하는 境遇라도 이야기 中間에 音樂가튼 것을 집어넛는다면 듯는 사람이 一層 興味를 늣길 것은 事實입니다. 童話에도 間間히 唱歌 謠曲이나 하모니카나 빠이요링 가튼 것을 집어넛는다면 그 노래가 다른 音樂을 잘하고 못하는 것은 不問하고 歡迎을 바들 것입니다. 特히 이 點에 關하야 내가 經驗한 바로 밀우어 본다면 적지 안은 效果가 잇슬 줄 아는데 昨年 三月 十四日에 내가 放送局에서 「아름다운 마음」이라는 童話에다 바이요링을 집어너허 放送한 일이 잇섯는데 그 □□□間에나 또는 들은 사람에게 퍽 感激을 바덧다는 말을 들은 일이 잇습니다. 何如間 童話 中에 間間히 音樂을 너흐면 자못 새로운 興味를 늣기게 할 수가 잇습니다. 그런데 萬若 童話 中에 唱歌를 넛케 된다면 兒童들이 잘 아는 唱歌를 넛는 것이 조흔데 兒童들이 다 ― 알고 잇는 唱歌를 불으면 騷亂해진 會場이라도 一時는 靜肅해질 수가 잇습니다.

談話의 句節은 엇더케?

이약이 句節을 끈엇다 니엇다 하는 것은 웃우운 일 갓지만은 事實은 퍽 必要한 것입니다. 글을 알어듯기 좃케 닑으라면 짤막짤막하게 끈허 닑으면 조치만은 이약이는 그럿케 쉬운 것이 안임니다. 이 이약이 句節을 띄이고 띄이지 안는데 따라서 感興이 크게 左右되는데 一瀉千里의 氣勢로 술술 이약이하지 안으면 안 될 境遇에 萬若 아 ― 음 ― 하고 군소리만 吐하게 된다면 聽衆에게 感動을 秋毫도 줄 수 업게 될 것인가 特히 感情이 激發한 때는 句讀長短에 極히 注意할 必要가 잇습니다.

聽衆을 엇더케 웃켜야 할가?

聽衆을 웃키는 것은 表情과 말에 달녓지만은 奇拔한 이약이를 하야 웃키는 것도

조흘 줄 아는데 가령

學校에 단녀온 어린애한테 들으닛가 나하고 한 반에 잇는 福吉이가 算術 時間에 잠이 들어서 冊床에 업드려 코를 드르렁드르렁 골겟지요. 그러닛가 先生님이 얘 福吉아! 둘에다 셋을 너흐면 몃치냐? 하고 물으시닛가 福吉이는 깜짝 놀라 눈을 휘둥그럿케 쓰고 "아이 어머니 — 벌서 저녁을 먹어 ……" 하고 이약이하엿습니다 하고 말한다면 一同은 깔깔 웃을 것입니다.

이 가튼 웃운 이약이는 眞實한 態度로 이약이하지 안으면 안 되는데 이 가튼 웃우운 이약이를 하는 演士는 決斷코 웃지 말아야 합니다.

慘酷한 이약이는 엇더케

독씨로 말머리을 찍어서, 骸骨이 으스러저 싯뻘건 피를 흘리며 죽엇습니다 할 이약이를 독씨로 머리를 처서 말은 죽어넘어젓습니다 한다면 意味는 變치 안코 쏘 듯기에 먼저 말보다 끔찍스러워 들리지 안습니다. 慘酷한 이약이는 넘우 露骨的으로 이약이하지 안는 것이 조흘 줄 압니다.

(筆者 附記) 以上으로써 쓰랴든 것은 대강 다 — 쓴 모양입니다. 特히 口演 方法 實際에 들어가서 童話 몃 篇을 써가면서 表情과 口演에 對한 注意를 □記해 내려가랴 하엿사오나 넘우 지루한 것도 갓고 時間도 업서서 簡單하나마 이것으로 씃을 맷고 다음 期會에 싸로히 詳細히 써볼가 합니다.

(씃)

少年軍의 起源과 그의 由來

丁世鎭, 『朝鮮講壇』 창간호, 1929.9

朝鮮의 少年軍 運動이 벌서 八九 星霜이라는 歲月에 놀나운 長足의 發展을 하엿스며 七八歲로부터 乃至 十八九歲의 幼少年이 누른 服裝에 씩씩한 軍人 타이푸한 것을 우리는 街路上에서 往々히 볼 수 잇는 것이다.

그런데 朝鮮에서 少年軍이라는 것은 西洋의 쏘이스카우트(Boyskaut)라고 하는 것이니 이 스카우트라는 말은 譯할 것 가트면 斥候隊이라고 할 수 잇는 것이다. 그리하야 直譯的으로 말한다면 少年斥候隊라고 하는 말이 가장 마질 것이나 우리 朝鮮에서는 同志 趙喆鎬 兄이 '少年軍'이라고 命名한 듯하다. 그리고 一部 基督教에서 하는 것 가튼 것은 그대로 斥候隊라고 使用하고 잇다. 쏘한 日本 內地 가튼 데서는 或은 健兒團, 少年團이라고 하고 中國 가튼 데서는 童子團이라고 한다. 그러나 實相은 다 가튼 '쏘이스카우트' 運動인 것만은 속일 수 업는 일이다.

元來 이 '쏘이스카우트'가 일어나기는 一千九百七年에 英國의 한 牧師의 第六番의 아들로 一八五七年 二月 二十二日에 出生한 英國 陸軍 中將 로별—트 쌔덴파월 卿(Sirbert s.s. Badenpaewell)[1]이 最初로 考案해 낸 것이다.

처음에는 自己가 스사로 약간의 少年을 모아가지고 修養團體가티 命名하야던 것이 不過 二十二年이라는 얼마 되지 안는 오날날에 全世界的으로 펴저서 우리 朝鮮 가튼 東海 一隅에 僻地 가튼 곳까지 차저오게 된 것이다.

그리하야 '쌔덴파월' 氏는 이 '쏘이스카우트' 運動(이상 44쪽)이 처음에는 약간의 동리에 잇는 少年을 모아 가지고 다만 小數的의 遊戲 兼 修養機關이 漸次로 良好한 成績을 씌우게 되매 '쌔덴파월' 氏는 據然히 그 榮貴스러운 英國의 陸軍 中將이라는

1 로버트 베이든 파월(Robert Stephenson Smyth Baden-Powell)이 정확한 이름이다.

놉흔 地位를 집어치우고 漸次로 이 運動을 世界的으로 意義를 알이고 또한 널히 宣傳하야 奉公的 實踐의 만흔 收獲을 엇기 爲하야 各地로 巡廻하게 되엇다. 이제 그의 活動한 바를 약간 적어보면 아래와 갓다.

氏는 먼저 廣大한 英國 殖民地를 歷訪한 後에 역시 東洋에는 一九一〇年에 來訪하야 各 民族의 風習을 硏究하얏다. 氏는 一八九三年 頃에 所屬 驃騎兵 十三聯隊에 今日 現行하는 '스카우트' 式 訓練을 試하야 非常한 好果를 得하얏다.

一八九七年 頃에는 壯丁를 入營 前에 修養를 助練케 爲하야(Ais to oScoutuns) 『斥候의 補助』를 出判하얏다.

氏는 一八九九年 — 一九〇〇年間 南阿 戰爭에 嘖々한 驍名을 發揚한 鬼將軍이다. 마치 그 戰爭 中, 將軍은 當時 大佐로서 마훽킹 市街를 守備하고 매우 辛苦의 經驗을 밋 밧엇섯다. 當時 同 市街에 駐屯하든 英國兵은 極히 少數엿섯다. 咄嗟에 포 — 아人의 包圍가 되야 兵備을 增加할 道理가 업는 故로 氏는 不得已 住在한 英國人 中에서 少年勇兵을 募集하야 겨우 一千兵의 兵員을 得하야 少年隊를 組織하야서 一般 偵察 傳令 等에 利用하야 大功을 成하얏고 一九〇一年 南米 警察隊 組織에는 斥候班 組施(Patrol Siystem) 實織하야[2] 技能章까지 授與하얏다. 一九〇七年에는 '쓔라은지' 島에서 學生을 集合하야 野外 敎鍊을 試하야 또 豫想 以外에 成績을 收하게되야 畢竟 此를 續行하야 一九〇八年에 何人이던지 一談할 만한 名著 뽀이쓰카우트라는 斥候 敎範을 公布하얏다. 이로써 보면 氏가 本 運動의 基礎을 少年의 本能的으로 好愛함은 其 冒險心을 滿足히 함이 充分한 斥候에 잇난 것을 明瞭하게 生覺하얏다. 故로 此를 直譯하면 '少年斥候團'이라고 할 수 잇난 것이다. 그래 우리 槿域 三千里 이에도 이 消息을 傳하야 約 一九二二年 十月 五日에 趙喆鎬의 主唱으로서 創設한 朝鮮少年軍은 東洋人의 性格과 道德의 風習이 參照되야 單히 軍事敎育의 糟粕이나 英米式 斥候의 模倣이 안이고 純全한 朝鮮的으로 民族性의 改造와 意氣 發揚에 努力하는 바 社會 大衆 敎化 事業이니 鄕村에 잇서서도 더욱 其 地方事情에 適合케 할 必要가 잇다. 이 갓치

2 '組織(Patrol System) 實施하야'의 오식이다.

하야 完全한 朝鮮 男兒로 世界的 永久平和에 貢獻하자는 것이 少年運動일 것이다.

(未完)(이상 45쪽)

童謠作家에게 보내는 말

金思燁,『朝鮮日報』, 1929.10.8

紙面 制限 關係上에 길게 쓸 수는 업습니다. 다만 總括的으로 몃 마듸 朝鮮 童謠界에 對한 平素 所感되는 바를 적어 볼가 합니다.

朝鮮童謠

지금까지는 참으로 朝鮮 童謠를 볼 수가 업섯고 大概가 外國童謠 輸入한 舶來品가튼 童謠이엇습니다.(다 그런 것은 아니지만)

보름달 왼달

보름달 왼달
할멈은
어대갓슬가

보름달 왼달
동생은 멀리
시골갓다오

보름달 왼달
어머니 언제
쏘다시볼가

作家는 알 수 업스나 鄭烈模 氏가 지은 童謠作法에 잇는 것입니다. 이것은 日本 童謠 作家인 野口雨情[1] 氏가 지은 「十五夜 お月せん」이란 童謠를 고대로 옴겨 썻습니다. 日語로 읽을 때는 藝術의 價値가 잇지만 조선말로 곳친 것을 읽을 때는 조금도 童謠답지 안습니다. 이것을 읽는 第三者로는 참으로 童謠界를 돌아볼 때 寒心한 것이 업지 안습니다. 그러나 그 內容을 取하는 點에 잇서 外國童謠가티 싼 境地를

建設하지 말고 朝鮮 색동저고리 입고 집신 신은 朝鮮心 가진 朝鮮童謠를 求합니다. 그러면 大體 엇더한 것인가? 나는 이러케 말하고 십습니다. 獨特한 環境에 處한 朝鮮少年들에게 朝鮮의 周圍를 입으로 부르도록 할 것입니다. 그리하야 어릴 적부터 朝鮮이란 것을 알닐 것입니다. 이리하야 指揮者도 또한 朝鮮의 周圍 卽 어린이의 生活을 부르도록 할 것이며 이런 童謠를 奬勵하여야 할 것입니다. 그러나 어데까지나 童心을 잊지 마러야 할 것은 勿論입니다.

이런 노래의 例를 들면

아버지[2]

尹福鎭 作

초열을밤 쏘각달 열자나솟아
순이엄마 베틀소리 잠드럿고나
새벽날에 나무가신 늙은아버지
서쪽산에 달이저도 안이오시네
도시짝에 점심밥을 지개에달고
(中略)
압산골에 터벅터벅 나가시드니

---

1 노구치 우죠(のぐちうじょう, 1882～1945). 시인이자 동요・민요 작사가이다. 기타하라 하쿠슈(北原白秋, きたはらはくしゅう), 사이조 야소(西條八十, さいじょうやそ)와 함께 일본 동요계(童謠界)의 3대 시인으로 손꼽힌다.

2 윤복진의 「아버지」(『중외일보』, 1929.2.21)의 원문은 다음과 같다. "一 초열흘밤 쏘각달이 열자나소사 / 순이엄마 뵈틀소리 잠드럿구나 / ◯ 산과들엔 하연눈이 길길히싸혀 / 사람업는 논길산길 뵈지안는데 / ◯ 새벽날에 나무가신 늙은아버지 / 서쪽산에 달이저도 안이오시네 / 二 도시댁에 점심밥을 지개에달고 / 압산골로 터벅터벅 나가시더니 / ◯ 눈바람에 손시렵고 발은어는데 / 날저므러 도라올길 이저바렷나 / ◯ 뒷집처자 자장노래 꿈속에숨고 / 먼동리엔 첫닭소리 들녀오는데".

눈바람에 손시럽고 발은어는데

날저무러 도라올길 이저바렷나

(下略).

句節句節 解剖하야 所感을 쓸 必要도 업습니다. 이것이 조선노래입니다. 이것은 決코 外國人의 흉내도 낼 수 업는 노래입니다. 그리고 또 하나 지금까지 童謠는 (大概가) 十四, 五歲의 少年 少女를 標準한 노래이엿습니다. 그러니 幼稚園 어린이도 불러 뜻을 알 수 잇는 쉽은 노래를 期待합니다. 그리고 少年少女가 부르기 조흔 曲調를 作曲하야 주엇스면 합니다. 이것은 童謠作家에 對한 부탁이 아니라 作曲家에게 부탁하는 바입니다. 이것도 朝鮮童謠 發展上 當面 重大 問題일 줄 압니다.

韓氏童謠에 對한 批判

夕鐘,[1] 『朝鮮日報』, 1929.10.13

나는 아모것도 모르는 農村에 파뭇친 한 사람이외다. 그러나 今般 朝鮮日報社 學藝部에서 文藝作品 讀後感 募集을 機會로 韓晶東 氏의 創作인 『별나라』(一九二八年度 朝鮮童謠選集에 所載된 것)를 읽은 所感을 적어볼가 합니다.

×

나는 晶東 氏의 創作인 『별나라』에서 이런 句節을 發見하엿습니다.

"쏘다시南北에도 금은쏫반짝

하나는王子시오 하나는公主"

右記의 后 句節을 볼 때 나는 읽기는 퍽 順調롭게 잘 되엿스나 "하나는王子시오 하나는公主"라 하얏스니 이것은 獸類로 比하고 노래함인가! 사람을 헤일 적(普通 사람이라도)에는 하나 둘이 가티 못 헤인다는 것을 毋論 업슬 줄 斟酌하시겟기에 更論치 아니합니다. 그런데 더군다나 王님을 形容하야 表示하는 노래이니 만큼 尊敬詞가 必要할 것입니다. 어린아희들을 爲하야 創作한 童謠가 어린이들에게 言語에 對한 矛盾이 宣傳되어 잇습니다. 어린이의 將來에 잇서서 이 用語의 問題가 퍽으나 影響을 씨칠 것입니다. 별을 헤이니까 그러케 하낫 둘 셋다고도 하겟스나 王子와 公主를 쓰러내는 다음에는 그러치 안흘 것입니다. 그러고 晶東 氏쁜만 아니라 現下의 童謠作家가 모다 이 用語에 對하야 十分 注意키를 바라는 바입니다.

1　원문에 '新高山 夕鐘'이라 되어 있다. 석종(夕鐘)은 남응손(南應孫)의 필명이다.

童心에서부터

旣成童謠의 錯誤點, 童謠詩人에게 주는 몃 말(一)

申孤松, 『朝鮮日報』, 1929.10.20

一. 序言

朝鮮에 新童謠運動이 닐어나고 童謠壇이라는 것이 漠然하나마 形成된 것은 已久의 事實이다. 그리는 동안에 童謠詩人도 百出하엿스며 作品도 絶對的 大量産出을 하야 謠壇의 形成에 童謠의 民衆化에 힘썻든 것이다. 짤하서 거긔에 만흔 功獻을 奏한 것도 否定할 수 엄는 事實일 것이다.

그러나 우리가 여긔에 批判眼을 括開하야 冷情하게 反省한다면 얼마나 撞着된 作品行動을 해왓스며 얼마나 曖昧한 理論을 支持하고 왓다는 것을 自覺할 것이며 그 自體가 얼마나치 畸形的으로 發育되엿다는 것짜지도 認識할 것이다. 쏘 一般大衆에게 童謠는 이러하다는 것을 誤傳하야 大衆을 잘못 指導한 重한 犯罪짜지 하엿다는 것을 째달을 것이다. 筆者는 이 모든

現狀을 痛嘆하고 마지안는 者의 하나이다. 一例를 들어보자. 어린이에게 가장 平易하고 喜悅을 줄 童謠가 至極히도 難澁의 律句가 되어 바리엇스며 六七才의 幼童이라도 能히 童謠를 製作할 수 잇는대도 그 能力을 剝奪해 버리고 말앗다. 그 밧게도 多數의 例가 잇스나 그는 後項에서 論할 것이니 여긔서는 잠간 두자. 이와 가티 謠壇에는 一大 低氣壓의 掩襲을 밧고 잇다. 이 低氣壓이 얼마나 繼續될 것이냐. 未久에는 이 低氣壓을 뚤코 光明의 해쌀이 새어나올 것은 當然의 일이다. 그러나 우리에게는 時日의 不待로 이 低氣壓을 뚤코 하로 밥비 光明을 보게 할 勇士를 時急히 要求하는 바이다. 뿌리를 잘못 박은 謠壇을 整栽하고 잘못 指導된 大衆을 바른 길로 引導할 理論이 出現할 것을 企待하는 것이다.

우리의 理論은 事實로 曖昧한 것이엇다. 過多의 理論도 나오지 안혓지만은 數三 發表되엇다 할지라도 그것이 絶對로 깁흔 研究에서 나온 的確한 理論이라고는 못할

것이다. 大槪가 日本의 그것을 譯案한 것에 지나지 못하고 依支한 것에 지나지 못하엿다. 日本의 理論이 誤錯된 것이 아니로대 特殊性이 잇는 朝鮮 兒童이 불늘 童謠이니 거기에 特殊한 무엇도 잇서야 할 것이다. 압헤도 말햇지만은 가장 急한 것이 理論確立일 것이다. 더욱이는 墮落되여가고 邪道로 疾走하는 우리의 童謠壇에 잇서서 말이다. 筆者는 이 小論으로써 絶對로 正確한 理論이라고 固執하는 者가 아니다. 停滯된 水面에 小石을 던짐에 不過하다. 이 던진 小石으로 말미암아 世上에 輿論을 니르키어 排擊 아니면 同意의 論說이 잇게만 된다면 나의 本意를 다하는 것이다.

二. 그릇된 童心

어룬은 童謠를 創作하지 말라고 하고 십다. 그것은 往往히 그릇된 童心을 그리어 어린이로서는 到底히 感得할 수 업는 것을 描出하는 것이 만흠으로써 말이다. 정말로 어룬으로서 어릴 쌔의 가장 純眞한 童心에 도라갈 수 잇는 이가 얼마나 될 것인가. 大槪가 世俗에 물들이여 痲醉된 過去를 解釋함에 지나지 못할 것이다. 여긔에 조금도 汚穢 업시 童心에 歸化할 수 잇는 이가 잇다면 그는 世上에서 最大의 幸福한 이일 것이다. 그러나 絶對로 어룬은 童謠를 짓지 말라는 것은 아니다. 純眞한 童心에 完全히 歸化치 못하는 이는 童謠 創作을 念頭에도 두지 말고 兒童의 世界에 가서 그들이 戱遊하는 것을 注視하고 觀察하는 것이 조흘가 한다.

童謠는 童心의 노래이기에 그릇된 童心으로 불르는 쌔는 그릇된 童謠의 出現을 볼 것이다. 巡査가 長劍을 차고 大路를 지난다. 이것을 본 어린이가 소리 업시 쒀다러 가서 그 칼을 쌥어 보고 십흘 것이며 쓸에 졸고 잇는 고양이의 긴 수염을 하나씀 쌥아보고 십흔 것이 眞正한 童心의 流露가 아니고 무엇이냐. 兒童은 絶對로 夕陽에 田園을 漫步하야 林樹 사이로 隱隱히 흘러오는 寺院의 暮鍾聲에 귀를 기우리는 自然을 讚歎하는 自然詩人輩가 아니며 夜半에 잠을 안 자고 기럭의 소리와 遠犬 소리에 孤獨을 노래하는 센치멘탈이스트가 아님을 말하고 십다. 어린이는 靜的 物體가 아니고 적어도 躍動하는 動的 存在이다. 그들이 夕陽에 鍾소리를 듯고 잇슬 것인가 아니면 해볏에 쏘이는 고초쨍아를 잡고 쒈 것인가는 贅言 할 餘地조차 업다. 數三 實例를 들어 말하자.

들국화

李久月

갈곳나는느진가을 쓸쓸한들에
늦게피인들국화 외로운나무
지나가는찰바람에 연약한몸을
이리굽성저리굽성 몸짓합니다.

×

밤이면갈닙소리 잠못니루어
한을에별세기에 잠못니루고
나제는차자주는 사람이업시
한을만바라보고 눈물이래요

×

남모르게고이고이 자란들국화
이밤새면찬서리에 쏫닙시들고
쏘한밤에나무닙 풀닙과함께
남몰으게이들에서 말라진대요

얼마나 漠然한 同情이냐. 사람에게는 — 어린이에게도 同情이 잇다. 悲哀는 悲哀를 誘起하고 恐怖는 恐怖를 喚呼하며 喜怒는 喜怒를 惹起하는 것이다. 다른 어린이가 우는 것을 보고 한 가지 울며 가여운 사람이 잇다면 마음 편에 悲哀의 情을 니르킬 것이다. 그러나 廣漠한 들 가운데 더욱이나 밤에 한 폭이 들국화의 피고 난 나머지가 찬 서리에 썰고 잇는 것을 想像하야 이에 同情하는 早熟하고 沈鬱한 兒童은 업슬 것이다. 이것으로 보아 이 作者가 얼마나 兒童에 對하야 低劣한 嘆詞를 던지는이란 것을 알 것이다.

(二) 申孤松, 『朝鮮日報』, 1929.10.22

二. 그릇된 동심(續)

풀 배

梁雨庭

시내가에욱어진 풀을뜨더서
곱게곱게적은배 쭘여가지곤
굼주리고헐버선이 모다실고서
눈물업는그나라를 차저서가자

×

어기어차노저어라 삿대저어라
부러오는갈바람에 돗을올려라
은남아너도가자 수동이너도
설음업는그나라를 차저서가자

×

作者는 무엇을 어린이에게 가라치려고 햇는가. 비록 이 짱의 百姓이 굼주리고 헐벗고 눈물과 설음으로 산다 해도 어린이에게 이것을 敎示한다는 것이 父母된 自體가 얼마나 붓그러운 말이냐, 얼마나 矛盾됨을 가라침이냐.

敗北! 敗北 하는 어린이보다 우리의 어린이는 意氣잇게 싸홀 어린이로 指導하여야 할 것이 아닌가. 그쑨 아니라 長成할 그들에게 現實의 沒落과 幻滅을 알릴 必要가 무엇이냐. 이것을 아울러 이 童謠가 何等의 實感이 업고 얼마나 그릇된 童心을 그리엇는지 一見에 알 것이다. 이것을 童謠라고 내여놋코 詩人然하고 主義者然하는 小兒들은 좀 더 自制하야 우리의 어린이에게 敎導할 바가 무엇이며 어린이란 얼마나 넓고 좁고 크고 적은 것이란 것을 硏究하는 것이 조흘가 한다.

(三) 申孤松, 『朝鮮日報』, 1929.10.23

二. 그릇된 童心(續)

×

잠자는 미럭님

尹福鎭

ᄭᅩ불ᄭᅩ불읍내가는 곱은길가에
천년만년미럭님은 잠을잡니다
간들간들낡은마차 소리질러도
콩밧가의미럭님은 잠을잡니다

×

가을해빗ᄶᅡ스한 잠든얼골에
고초ᄶᅢᆼ아모여안저 놀려봅니다
수수밧헤외눈ᄯᅡᆯ이 허잽이바라
ᄲᅡᆰ가벗고춤추는ᄭᅩᆯ 우습지안나

×

ᄭᅩ박ᄭᅩ박콩밧가의 잠든미럭님
천년만년자는잠은 언제ᄭᅢ려오
에라에라어사삿도 달리든길에
낫서투른자동차가 지나갑니다.

兒童은 思想이 單純하고 生活은 限업시 端的이다. 複雜한 思慮와 聯想作用은 하지 못한다. 複雜한 事件일지라도 兒童은 單純化해버리고 마는 것이다. 이 미럭님을 싸고도는 事物이 얼마나 만흔가. 낡은 마차, 콩밧, 고초ᄶᅢᆼ아, 수수밧, 허잽이, 어사삿도, 자동차의 多數가 잇다. 참으로 兒童이 콩밧가의 이 미럭님을 보고 이러한 複雜

한 聯想을 할 수 잇슬 것인가도 疑問이고 어사삿도 지나치든 傳統的인 녯일을 追想 할 能力도 업슬가 한다. 作者가 나히 만흠으로 이따위 생각이 나는 것이지 兒童은 敢히 이런 追想 쏘는 聯想을 하지 못할 것이다. 여긔에 純心無垢한 어린이다운 어린이가 잇서 콩밧가의 미력님을 보고 純眞한 童心의 流露가 여긔에 잇섯다면 그 미력님의 쑉지를 잡고 쒸여줄 것이며 말 타주고 얼골에 풀칠 흙칠을 해 주엇을 것이다.

이런 類의 童謠를 例擧하랴면 限이 업슬 것이니 그만두고 그 因됨이 作者가 넘우나 童謠에 對한 硏究가 업고 認識이 不鮮明한 微弱한 懦弱한 思想을 가젓슴에 잇슬 것이다. 좀 더 어린이의 眞實한 生活을 注視하며 그들의 生活이 如斯히도 端的이고 單純하다는 것을 깨달을 것이고 童謠라는 것은 絶對로 低劣한 嘆詞를 羅列해서 되는 것이 아니고 未熟拙劣한 點이 잇더라도 眞實味가 잇고 어린이다운 生活相이 表現되어 잇서야 되는 것을 짐작하라는 것이다.

(四)

申孤松, 『朝鮮日報』, 1929.10.25

파리

文福永

검은옷을닙은 파리쎄들은
살랑살랑영감처럼 잘도것는다
밤낫업시손비비는 파리쎄들은
내생일밥상우에 올라안저서
어머니와마주서 손을비빈다
나는나는손비비는 파리를보고
조하라춤추고 노래하얏네

× ×

生日날 아츰이다. 喜悅과 滿足으로 이 날을 맛는 그의 마음이 뵈인다. 파리를 通하야 그의 生日을 찾는 질거움이 完全히 表現되엿다. 실증이 날 듯이 달려들든 파리조차 '어머니와 가티 손을 비빈다'라고 善意로 解하며 조하라 춤추고 노래하얏네. 이것으로 그는 橫溢하는 깁븜을 다 말하엿다. 이 作者는 小學生이다. 童心다운 童心으로 노래하엿다.

博覽會

尹元求

촌한아버지 싀골한머니
서울박람회 구경하려고
오신게지요 촌한아버지
시골한머니 고향사투리
듯고서보니 부모님생각
문득납니다.

× ×

서울에서는 博覽會 騷動이 낫다. 시골서는 날마다 數萬의 구경꾼이 모인다. 學校가든 어린 作者는 시골 한아버지 쏠이 하도 우습길래 뒤짜러 가다가 시골 사투리를 들은 것이다.

(五)

申孤松, 『朝鮮日報』, 1929.10.26

作者는 일즉 시골서 살다가 父母를 여윈 것이다. 갈 바 업시 된 作者는 서울 일가ㅅ집에서 다려다 길리운 바 되어 서울 生活 數年에 시골 사투리는 다 니저버리고 서울말이 되여버렷다가 博覽會 구경 온 한아버지 한머니의 하는 말에 刹那的으로 도라가신 아버지 어머님의 얼골이 그리워진 것이다. 愚劣하고 委折한 筆致로 달밤에 강가를 거닐며 天國에 계신 父母님을 생각하는 實在 以上의 哲學化한 센치멘탈이스트類의 童謠와 이 童謠를 比較해 보아라. 비록 말은 '부모님 생각 문득 납니다'의 十字에 限해 잇스나 어린이로써는 父母를 生覺하는 悲絶한 嘆詞라 할지라도 이박게는 업슬 것이다. 만약 이보다도 더 低劣한 虛飾을 햇드랴면 이 童謠에는 普校四年生이라는 作者의 生命을 차저볼 수 업슬 것이다.

三. 그릇된 童謠 몃 가지

詩는 槪念이 아닐 것이다. 쌀아서 童謠도 槪念은 아닐 것이다. 新聞雜誌에 發表되는 童謠를 쏠 때 그것이 擧皆가 槪念을 노래한 것이다. 그 原因을 차즈니 그는 '첫제' 童謠는 짓는 것으로 아는 까닭이다. '둘제' 童心에 도라가서 노래하지 안는 까닭이다. '셋제' 作者가 어린히가 아니고 어른인 까닭이다. 童謠로 노래할 아모 '쇽크'와 實感이 업는대도 不顧하고 나도 童謠를 하나 짓겟다는 虛慾으로 된 말 안 된 말 집어 쓰고 보니 어린이로서는

아모 興味를 갓지 못할 槪念에 지나지 못하는 것이 되고 만다. 童謠는 아모 말이나 格調만 마즈면 되는 것으로 알어서는 아니 될 것이다. 봄은 쌋듯하다, 쏫이 핀다, 새가 운다, 三月 삼질날은 제비가 江南서 온다, 九月九日 날은 江南으로 간다, 가을엔 落葉진다 귀쓰람이가 운다, 이것들이 무슨 實感을 노래한 것인가. 그것은 봄을 說明하고 제비는 江南에서 三月삼일날 와서 九月九日 날 江南으로 간다는 것을 說明하고 가을을 說明하고 限定햇슬 다름이다.

가을

金永一

비나리든한울은 가을바람에

깨끗이도개이어 날은조흔데
강남에서차저온 제비동무는
날이추워갓는지 보이지안코
북국나라찬나라 기럭이들만
구슯흐게울면서 날너다녀요
△
무성하든나무닙 락엽지구요
찬서리만나리어 춥게맨드니
매암이의노래는 어대로가고
귓드램이배쨍이 노래소리만
가을꼿밧화려히 피인속에서
쓸쓸히된가을을 위로합니다

× ×

江南서 오고가는 제비, 北國서 오고가는 기럭이, 가을바람에 지는 落葉, 귓드램이, 배쨍이, 이 모든 것이 얼마나 詩趣를 가젓는지는 몰으지만은 비록 詩趣가 잇다 해도 童謠는 詩趣를 노래하는 것이 아님으로 漠然한 아모 實感업는 것에 지나지 안는다. 가을에 對한 完全한 概念이다. 어느 句節에 어린이다운 生命이 숨어 잇는가. 나는 차저볼 수 업다. 아모리 美辭麗句로써 自然을 讚嘆한다 해도 童謠로서는 **완전히 落第**이다. 이것이 아니더라도 純眞한 어린이다운 가을노래가 잇지 안흘 것인가. 남의 밧 콩대를 썝아다가 콩사리 하는 꼴, 밤 짜라 손톱 밋헤 가시든 이야기 가튼 어린이다운 것이 잇지 아니한가.

概念을 노래한 童謠의 例는 至極히 만타. 더 말할 것도 업다.

× ×

藥 지어오는 밤

李元壽

약지어러갓다가 길이멀어서
혼자오는산길에 해가저무네
아즉도길은멀고 날은어둔데
죽어가든어린누의 엇지되엿다

고개를넘어서니 달이소삿네
멀 — 리우리집에 불이보이네
洞口에어머님이 불너시누나
누이의약을매고 다름질칠세

× ×

作者의 體驗이다. 집에는 最愛의 누의가 알코 잇다. 途中에서 날은 저물고 길은 아즉 멀고 발은 제자리에서 발버둥질 치고 길이 닷지를 안는다. 고개를 넘어서니 달이 쩟다. 집의 불이 뵈인다. 어머니가 불은다. 여긔에 어린이다운 歡呼가 잇다. 이제는 발자욱이 빨리 쩨여진다. 어느 句節에 느릿한 槪念을 볼 수 잇는가.

× ×

술술돼지

尹石重

붓두막에글거논 누룽갱이를
들락날락다먹고 도망가지요

욕심쟁이우리옵바
술 — 술 — 돼지

설탕봉지일부러 쏫찔르고선
엉금엉금기면서 할터먹지요

울기쟁이우리옵바
꿀 — 꿀 — 꿀돼지

보글보글잘끌는 찌개국물을
쩡긋쩡긋열번식 맛을보지요

심술짝지우리옵바
꿀 — 꿀 — 꿀돼지

× ×

表現方法이 妙하고 自由롭다는 것은 뒤두고라도 욕심꾸럭이 옵바에 對한 누이의 어린이다운 批判이 조타. 거긔에 곳 살아질 망정 엿든 嫉妬가 잇는 것도 邪惡이 업서 조타.

(六) 申孤松, 『朝鮮日報』, 1929.10.27

詩는 語句의 羅列이 아니고 情緖의 躍動일 것이다. 童謠도 美辭麗句의 羅列이 아니고 어린이다운 衝動과 感情의 躍動이 잇서야 될 것이다.

× ×

가을바람

고긴빗

짱짜라당짱짜라당

바람이불어오드니

돌도로돌돌도로돌

밤송이굴러가고요

ㅇㅇㅅㅅㅇㅇㅅㅅ

갈닙이떨어집니다

×

짱짜라띵짱짜라띵

바람이건느오드니

붕빠라붕붕빠라붕

갈닙이나라쓰고요

닐나라리닐나라리

갈닙이춤을춥니다

×

한울나라먼곳사는

가을의선들바람

무궁화의가을날이

쏫다워그리웁다고

갈닙들을그더차며

쌀쌀히지나갑니다

× ×

짱짜라당, 돌도로돌, ㅇㅇㅅㅅ, 짱다라띵, 붕바라붕, 닐나리리. 이 무슨 미지근한 形容詞의 羅列이냐. 作者는 이 말들에서 얼마나 자미난 어린이다운 感興이 잇서 童謠가티 羅列해 봣는지는 몰으겟스나 듯고 보는 사람은 귀에 거슬려 도모지 들을 수 업슬 만치 惡感을 주며 內容에서도 槪念에 지나지 안는 것이다. 童謠는 말의 連結, 羅列이 아니라는 것을 알어야 할 것 갓다.

제비

金思燁

새로온제비님 고이길르자
흙으로동구란집 엽부게짓고
버들닙짜모으고 할미꼿썩고
개나리꼿진달내 꼿모다썩거
욹읏붉읏꼿문을 지여새우고
피리피리불면서 제비님맛자(下畧)

× ×

좀 더 童謠는 簡潔하게 쓸 것이며 率直하게 表現하여야 할 것이다. 이 童謠야말로 槪念덩이요 虛飾의 標本이다. 이러한 美辭麗句 속에는 童心이 到底히 깃들릴 수 업다는고나. 그리고

쓸 대 업는 對句를 避하여야 할 것이다. 내가 躍動이 잇서야 한다고 하엿다. 그 躍動이 산속을 그리든 한울을 그리든 마음이 갑작히 집 압내를 그리는 大 飛行式 活躍을 말하는 것이 아님을 짐작할 것이다.

× ×

돌맹이

尹福鎭

산우의돌맹이는 묘한돌맹이
나무쭌이차저와 귀에하구요
바닷가돌맹이는 이쁜돌맹이
조개줍는색시가 반겨하구요
냇가의돌맹이는 귀연돌맹이
빨래하는아씨가 주어가구요

길가의돌맹이는 가연돌맹이

오는이가는이가 차고간대요

×

한 어린이의 마음이 지금 飛行機를 타고 一週를 하는 셈이다. 산 우에서 바닷가로 바닷가에서 냇가로 내ㅅ가서 길가로 이다지 委曲한 連想을 하지 안 해도 "산 우에 돌맹이는 묘한 돌맹이 나무꾼이 차저와 귀해줍니다"로써 完全한 童謠가 되지 안느냐. 이 네 가지의 比較가 넘우나 支離하며 羅列과 對句가 너무나 委細하다. 보리밧헤 종달새에 同情을 하다가 금시에 첨하끗 鳥籠 속의 새를 同情하는 類는 博愛일는지는 몰으나 어린이로써 넘우나 好事家며 부지런하다고 하엿스면 조켓다.

童謠에는 單純한대 味와 美가 잇는 것이다. 이 單純이 童謠의 生命이다. 前項에서도 말햇지만은 兒童의 思想이 單純 以上 더

單純한 것인대 大字典을 내노코 물먹어가며 읽어야 할 童謠가 엇지 兒童心理에 適合한 것이라고 하겟는가.

(七)

申孤松, 『朝鮮日報』, 1929.10.28

尹福鎭 氏 七月에 發表한 童謠 中에 늙은 느틔나무라는 最大 長篇이 잇다. 節數는 五節이요 行數는 總 四十行이며 語數는 無慮 二百五十語를 算하는 氏의 所謂 破格한 自由詩體의 童謠이다. 內容은 쉼쑤다 잠고대 하는 소리를 羅列해 잇다. 이 무슨 어리석은 作亂이뇨. 贅句를 展開해서 紙面을 占하지 아니 하면 天才詩人이라고 해주지 안는단 말인가. 좀 더 體面이 잇스란 말이다. 이짜위 童謠를 發表하기 前에

長篇 敍事 童謠에 對한 論文부터 發表해 놋코 하는 것이 조흘 것 갇다.

이 박게도 無數한 그릇된 童謠가 만흐나 到底히 全部에 손을 대일 수 업서 後日에 밀우고 다음 格調 — 定型律에 對하야 檢討하자.

四. 定型律의 弊害

朝鮮에 처음 童謠 運動이 니러날 째 童謠라는 것은 格調와 句節이 마저야 된다는 것을 宣傳하얏든 까닭으로 지금은 極少數의 自由詩體의 童謠 ― 童詩를 내여노코는 어느 新聞紙 어느 雜誌 어느 누구가 짓든지 童謠라고 일흠 한 것은 모두가 七五, 八五, 四四, 又는 四二等의 格調에 맛초어서 노래하얏스며 이것이 定型律이 되고 말엇다. 妙한 手法과 技巧로 格調를 맛초아 노래한 것은 詩想의 內容도 充分히 感受할 수 잇스며 거긔에 쌀으는 音樂的 氣分도 맛볼 수 잇는 것이다. 後日 童詩에 對한 小論을 쓰기로 하고 여긔서는 主로 定型律로 말미암아 생기는 弊害를 檢討코저 한다.

格調類에 쌀아 거긔에 氣分이 달르다. 四四調는 傳統的 氣分이 잇스며, 七五調는 輕快하며, 八五調는 悲哀의 情을 자아내며, 八七調는 壯嚴 氣分이 잇는 것들이다. 이 固有의 氣分들을 善用하야 씀에 그 以上 더 바랄 것이 업스나 形式보다 內容이 더 重한 童謠를 形式을 均齊하랴다가 內容의 想을 削感하는 弊가 생긴다는 것을 짐작할 것이다. 七五調로 쓰다가 한 字쯤 모자라면 거긔에 얼토당토 안흔 요字類의 充字를 하고보면 語感이라는 것이 달라지는 것이며 四行一節로 맛초다가 一行의 不足을 늣길 째 거긔에 必要업는 贅句를 너어 本質 詩想에 험집을 너흐며 一行쯤의 過剩이 잇스면 그를 削除하고 想을 壓縮함으로 詩想의 削感을 하게 될 것이다.

다음에 이 보다도 더 重大한 弊害가 잇스니 그것은 압헤서 말한 바 童謠가 이로 말미암아

難澁의 律句가 되어버렷다는 것이다. 定型律에 맛초어 쓰랴면 技巧가 能하지 못한 이는 到底히 잘 되지 안는 것이며, 熟達과 練習을 要하는 고로 技巧家가 아니고 詩人이 아닌 어린이들은 童謠는 반다시 定型에서 一字一行이라도 剩餘가 잇스면 안 된다는 誤錯된 認識下에 童謠 創作을 斷念하며 조흔 '쇽크'와 어린이다운 題材가 잇서도 定型의 苦澁에 興味를 喪失하며 倦怠가 생겨 到底히 童謠 製作을 못하게 되는 것이다. 이를 原因하여 朝鮮에는 어린이의 ― 十歲 未滿의 어린이의 創作 童謠를 볼 수 업스며 쌀아서 新聞 雜誌에 許多히 發表되는 童謠의 作者를 알어보면 모두가 수염이 가지가지 벌고 魔醉된 意識의 所有者인 것이다. 이러고 보니 朝鮮의 童謠가 모

다 그릇된 童心을 그린 것이며 實感이 업고 미직은한 槪念과 說明에 지나지 안하며 虛飾과 羅列 又는 對句와 錯雜을 가지게 하는 것이다.

定型律에 對한 實例는 들지 안해도 新聞 雜誌에 發表되는 것이 實例이니 눈 쓰고 批判해 보기를 바란다. 여긔에 한 가지의 例를 들어보자.

코쓰모쓰

金月峰

가을바람 살랑사랑
화단우에부러와
시드른요 코쓰모쓰
그가지 한들한들

힘업시도 숙인고개
요조리 흔더는양
봉오리에 이슬지든
그아츰꿈꾸는가

× ×

作者는 八七調에 맛추노랴고 無限히 애를 쓴 痕跡이 잘 보인다. 詩는 一點 集中을 爲하여 助詞의 削除와 用語의 緊縮을 한다. 그러나 이 童謠類의 助詞 削 外는 것이 아니다.

(八) 申孤松, 『朝鮮日報』, 1929.10.29

넷제 줄에 '시드른요'의 '요'字를 보라. 시드른의 다음에 요 字를 써서 效果과 잇다면 모르거니와 이 '요'字의 適用은 語感을 납부게 한다. 다섯제 줄 '힘업시도'의 '도' 字를 보라. 이 亦是 充數에 쓴 것이다. 둘제 줄 '부러와'의 '와' 字는 그 다음에 '서'가 들어야만 다음과 連結도 되고 語感도 조흘 것이다. 여섯제 줄 '요조리'란 것을 보라. 이것이 '요리조리'란 말인데 요리조리라면 一字가 남어

八七의 定型에 들지 안흠으로 '요조리'라는 不具의 말을 쓴 것이다.

우리는 어린이 作家를 誘導하여 내기 위하여 이 定型律의 難澁을 一掃하여 버리고 童詩의 길로 들어가야 할 것이다. 筆者는 이 童詩에 對하야 後日 提唱하는 理由와 誘導의 方法을 論코저 한다.

五. 童語

童謠를 創作함에 當해서 用語問題도 쉽사리 녁여서는 아니 되는 것이다. 우리들의 말과 어린이들의 쓰는 童語와는 거기에 判然한 區別이 잇슬 것이다. 어룬의 말은 어려웁고 만흠에 對하여 어린이의 말은 쉽고 單純하며 語彙가 좁다. 어룬의 말은 맵시내고 修飾하고 俗되고 느릿하지만은 어린이의 말은 粗雜한 가운데도 無邪氣하며 逆出하는 刹那的 言語이며 快活한 言語일 것이다. 어룬의 말 가운대 어린이가 解할 수 업는 것이 잇는 것과 가티 어린이의 말에도 어룬들이 몰을 말이 잇슬 것 갓다. 이런 意味에서 童謠에 반드시 標準語를 쓰지 아니하여도 될 것이다. 言語 統一에는 矛盾이 될는지 몰으나 어린이의 世界에 쓰는 말이 반드시 標準語라야 된다는 것은 不自然한 것이다.

어린이의 感情을 어린이에게 알리기 위해서 불르자면 거긔에 쓰는 말은 어린이의 말이라야 될 것은 重言할 必要도 업다.

그런데 現下에 잇서서 童謠作家들의 用語例를 보면 만은 誤錯이 잇고 硏究를 要하는 것이 만타. 그들은 童謠를 말의 連結로 알고 말맵시를 내려고 無限히 애쓰고

잇다. 그 말이 어린이로써 쓸 말인가 아닌가는 뒤두고 제 뜻에만 맛고 듯기 조코 好感을 주면 곳 그 말을 童謠 創作에 써보려 한다. 童謠는 言語의 結合이 아니다. 童謠는 感情의 表現이라야 할 것이다.

나의 小論은 이것으로 긋치려고 한다. 써 노코 보니 前後가 倒置된 것도 잇고 連結이 업는 것도 잇다. 이것은 모다 짐작해 닑어 줄 것이고 나는 나의 이 論旨가 어듸까지든지 正堂한 길을 가는 것이라고 自信한다. 그리고 이 小論 가운대 多數의 問題를 提出해 노핫다. 나는 그 어느 것도 完全히 解決 못한 것을 慚悔하며 뒤니어 硏究할 것을 約하야 둔다.

(씃)

(어린이 講座・第五講) 小說 잘 쓰는 方法

金南柱, 『어린이세상』 其32, 1929.10(『어린이』 제7권 제8호 부록)

소설(小說)을 엇더케 하면 잘 쓰나 ― 하는 것을 말슴하기 전에 나는 몃 가지 평소에 늣긴 바를 먼저 말슴하고자 합니다.

대체 소설을 사람들이 무엇 째문에 즉 무슨 목적(目的)과 동긔(動機)로서 이것을 쓰고저 하는가? 이것부터 생각해 볼 필요가 잇슬가 합니다.

내가 생각해 보건대 사람은 누구나 남이 쓴 훌륭한 작품(作品)을 읽고는 그 아름다움에 감복합니다.

이렇게 감복한 다음에는 누구나

'나도 이럿케 훌륭한 소설을 써 보앗스면 ―' 하는 욕망이 이러나는 것은 극히 당연한 일일 줄 생각합니다.

더욱이 남녀 간에 소년긔(少年期)에서 청년으로 넘어갈 째이면 제각의 자긔의 사상(思想)이 엄이 돗는 것입니다.

이러한 째에는 현재 자긔의 눈압헤 보이는 여러 가지를 자긔의 주관적 관념(主觀的觀念)으로 이러케 저러케 새로 건설(建設)도 해 보고 또 되여 잇는 것을 파괴(破壞)도 해 보고 십흔 것은 당연한 일임니다.

즉 자긔의 세계(世界)를 창조(創造)해 보고 십흐다는 말슴임니다.

이러한 욕망이 붓끗을 빌어 낫하나지는 것이 즉 소설이라는 것인데 이상에 말한 것은 가장 조흔 동긔와 목적으로서 소설을 써보고 십흔 것의 하나임니다.

그러나 흔히 소설을 쓰려는 이들 중에는 소설을 쓰면 갑작이 자긔의 명예(名譽)가 올나간다거나 또는 그 외에도 여러 가지로 아름답지 못한 소위 허영(虛榮)에 들써 잇

는 마음을 만족식히기 위하야 이것을 쓰려고 하는 사람이 만히 잇는 모양입니다.

조선에서 직업(職業)으로 소설을 쓰는 것은 여러 가지로 미루어보아 절대로 불가능(不可能) 한 일이라고 여러 사람이 말하고 잇습니다.

사실 그럿습니다. 직업으로는 할내야 할 수도 업스며 또 조치 못한 동긔와 일시덕 홍미(一時的興味)로 이것을 써보는 사람들도 결코 이 일에 성공하지 못하엿습니다.

그러닛가 소설을 쓰려는 이는 반듯이 이러한 모 — 든 것을 초월(超越)한 가장 진실하고 아름다운 생각으로 시작하지 안으면 안 되는 것입니다.

그리고 또 한 가지 말슴할 것은 자긔가 아모리 진실한 생각을 가지고 조흔 소설을 만들녀 하여도 남이 읽어서 감탄(感歎)할 만한 그러한 훌륭한 작품을 써 내여 놋키는 결코 쉬운 일이 안입니다.

그러나 소설을 쓰기가 우에 말한 바와 갓치 그럿케 어렵기만 한 것이냐 하면 그럿치도 안습니다.

사람이면 누구를 물논하고 붓과 조희만 잇스면 또는 입으로 말만 하여서 엽헤 사람에게 필긔로 하더라도 넉넉히 소설은 써지는 것입니다.

그러고 보니 이 보담 더 쉬운 일이 세상에 또 어대 잇겟슴닛가만은 소설은 시작하기는 쉬워도 성공하기는 어려운 것입니다.

세상에 얼마나 만흔 사람이 소설을 써보려 하엿스며 또 써보앗스릿가만은 오늘 우리가 손을 쏩아서 가장 훌륭하다 할 만한 것은 얼마가 못되는 것입니다.

소설은 쉽고도 어려운 것으로 성공하기가 진실노 어려운 것입니다.

또 이것을 잘 써서 일홈 잇는 작품을 내여 보랴면 마음과 정신에 참으로 만흔 고통이 잇어야 하는 것입니다.

엽헤 사람이 이것을 보아 잘 알 수 업슬 것이나 당자가 되여 이것을 쓰기에는 더욱이 마음에 만족한 것을 맨드러 내자면 참으로 고심참담하여야 하는 것입니다.

소설을 엇더케 하면 잘 쓰나? 그 방법은 한 가지로 말슴을 할 수가 업는 것임니다. 세상에 흔히 (소설을 짓는 법)이라거나 혹은 (이러케 하면 소설을 잘 지을 수 잇다)는 등 여러 가지로 만들어 노은 책을 볼 수가 잇지만은 이것은 극히 것만을 말한 것이요 실제로 소설을 지을 때에는 하등의 필요도 업는 것임니다.

소설을 짓는 사람은 이 방면에 특별한 천재(天才)를 요하는 것임니다. 다음에 부즈런하여서 남의 사상을 만히 연구하고 여러 나라의 말을 알어서 고금동서(古今東西)의 훌륭한 소설과 또 그 비평(批評)을 한번식은 보아야 할 것임니다.

그리고 자긔가 한가지의 사상이 잇서 사회(社會)와 인생(人生)에 대하야 엇더한 비평을 게을니하지 안어야 할 것임니다.

이런 것을 처음으로 소설을 쓰려 하는 이에게 그냥 요구한다면 결코 되지 못할 것임니다.

그럼으로 초보로 이것을 써보고자 하는 이는 먼첨 소설을 읽고 늘 마음으로 생각하여서 한가지 소설이 써질 것인가 확실한 자신(自身)이 생겨지거던 그때에 비로소 붓을 들어 써보십시요.

그 방법은 대강의 형식(型式)만 갓추면 절대로 자유일 것임니다. 반듯이 이러케 해야 한다는 형식이 업습니다. 소설은 내용이 가장 중요한 것이닛가 내용만 충실한 것을 선택(選擇)하야 재조쩟 긔묘하게 드리맛추(組織)기만 하면 그만임니다.

소설을 처음부터 쓰기는 어려운 것이나 그 준비로 일긔 감상 편지 가튼 것을 힘드려서 잘 쓰도록 애쓰는 것이 더욱 필요할 줄 압니다.

사람이면 누구나 자긔의 사상과 감정(感情)을 류창하게 붓으로 쓰는 것은 결코 무용한 일이 안임니다. 그러니 압흐로 소설로 출세하지 안을 사람이라도 이것을 련습하여서 해될 것은 결코 업는 것임니다.

그러는 동안에 문장(文章)도 느러가고 문법(文法)도 익숙해진 뒤에는 엇더한 사건(事件)과 사상을 한데 짜고 얽어서 이야기를 만들어보는 것도 조흘 것임니다. 이것이 즉 소설일 것이며 압흐로 련습과 그 사람의 재조로 얼마던지 훌륭한 작품을 나을 수 잇는 것임니다. —끗—

少年運動의 組織問題(一)

金成容, 『朝鮮日報』, 1929.11.26

다른 모—든 社會的 運動에 잇서서는 組織 問題의 重大性을 的確히 强硬히 是認한다. 그러나 少年運動에 잇서서는 一時 機械的으로 組織問題가 提起되어 討議된 以後로 近來에 와서는 그 一部의 持論 및 行爲를 除外하고서는 그러케 問題 삼지 안흐려고 하며 또 안하고 잇다.

그것은 첫재로 少年運動의 機械的 및 抽象的 認識 — 少年과 社會, 少年運動과 社會運動의 關係의 沒認識 — (따라서 少年運動의 根本的 指導原則의 問題) — 에 基礎를 둔 出發이엇든 것을 重要한 原因으로 볼 수 잇는 바 또한 他方으로 反動幹部의 自體 缺陷의 隱蔽와 專橫 及 ××機關으로의 轉化(支配階級에의 合流)를 위한 好個 條件이 되는 것이오 그 運動의 方針, 計劃, 指導, 統制 等의 諸問題는 또한 組織問題 規定의 決定的이라고 할 만한 條件이 되는 것이다.

組織問題를 否認 忘却 (意識的 忘却) 하는 가장 基本的인 理論的 根據는 '少年運動에는 鬪爭이 必要치 안타'는 것이니 이것은 簡單한 問題이면서도 깨끗이 克服하지 안해서는 안 될 問題이다. 우리는 少年과 社會의 辨證法的 關係를 是認 强調한다.(卽 少年問題의 社會關係에 依한 決定)

오늘날 社會와 그 少年을 보라! 社會에 잇서서의 階級關係 民族關係가 少年에 잇서서의 强烈한 壓倒的인 反響을…… 첫재 經濟的 地位에 잇서서 둘재 그 社會的, 倫理的 地位에 잇서서 셋재 그 敎育的 (特히 敎育的 問題는 强調된다) 現狀을 보면 判知할지니 그 政治的 影響은 더구나 엇지 無視하랴? (少年과 社會의 具體的 考察을 別稿하겟다.)

그러면 社會的 諸 矛盾의 解決이 鬪爭을 絶對 强要하는 以上 社會關係와 緊密한 關係 乃至 그것에 依하야 決定되는 少年問題가 엇지 鬪爭을 不要할 것인가? (더욱히 支配階級의 敎育的 定策을 보라!)

(二)

金成容, 『朝鮮日報』, 1929.11.27

이러함으로 社會的 鬪爭에 唯一한 原則的 方法으로 組織問題가 提起되는 以上, 쏘 鬪爭을 必要로 하는 少年運動이 엇지 組織 問題를 緊要치 안타고 拒否할 터인가? '組織的 攻勢에는 組織的 逆襲이 아니면 對立抗爭할 수 업다.' 이제 말하지 안해서는 안 될 것은 少年 乃至 그 運動의 內部的 尺度와 社會的 諸問題의 關係를 明確히 認識, 把握하고 그 鬪爭과 組織의 限界를 規定해야 한다는 것이니 少年運動을 社會的 鬪爭에 公式的으로 引入하려는 것과 少年運動을 社會的 關係를 떠나서 생각하는 것은 兩者가 모다 重大한 誤謬가 아닐 수 업다.

鬪爭과 組織을 否定하는 것은 確實히 運動의 解消와 ××使者로의 轉化를 爲한 反動이 아닐 수 업다. 그것은 卽 强力的인 支配階級의 압헤의 軟弱한 屈服이오 쏘 屈服함으로서 現 制度의 發惡을 維持하고 擁護하는 一翼的 任務를 모름직이 遂行하는 것임으로서다. (저 ― 反動的인 少年愛護主義를 보라! 所謂 一面 一少年會制의 正體를 糾明 暴露하라!)

斷然히 組織問題는 큰 要件이다. 組織上의 問題는 運動의 全 生命을 決定 左右하는 것이다. 내가 組織問題를 論하는 意義도 여긔에 잇다고 할 수 잇나니 少年運動의 現勢는 組織問題의 重要性을 雄辯的으로 證明하고 잇다.

그 孕胎期의 미지근한 陣痛과 誕生 後의 自體 內의 反動的인 矛盾의 包臟에 不拘하

고 朝鮮少年總聯盟의 結成은 少年運動의 一大 飛躍的인 '歷史的'인 轉機가 아닐 수 업다. 그것은 왜 그러냐 하면 그 組織問題 原則의 規定 教養問題의 一般的 定義 樹立 等을 보면 表面上 對外的으로는 意識的이오 組織的인 展開로 認識되엇든 까닭이다.

그러나 우리는 그 미지근한 陣痛과 거기 따르는 反動的 矛盾의 包藏을 重視하지 안흘 수 업섯고 또 問題삼게 되엇나니 少總 結成 後 三個月 만에 內在的 矛盾이 暴露됨을 보고 一時는 失望, 그러나 忿怒와 함께 受難的인 苦鬪의 階段에 登場하고야 말앗다.

(三)

金成容, 『朝鮮日報』, 1929.11.28

그 幹部 諸君의 常務委員會에서 決意 發表(可能할 것인가?)된 所謂 面 單一 少年會制(아울러 方向轉換 否認)는 그들의 僞瞞的인 詭辯 粗雜한 口實의 湧出에 不顧하고 確實히 方向轉換, 組織問題의 認識未熟 乃至 錯誤(意識的 錯誤?)에 基因한 機會主義的인 無原則한 反動的 錯誤임을 暴露하엿나니 그 決意 後의 그 決意 採用을 爲한 地盤 强調의 鐵面皮的인 陰謀 (各地 道聯盟事件을 보라!)와 그들의 背後 …… 를 보면 쉽게 判明된다.

◇

八九個月 동안의 極度로 混亂된 少年運動 未曾有의 波亂(聲明書, 抗議, 警告, 建議)의 途中에 少總 定期大會는 召集 開催되엇다(一九二八. 十二. 二七, 八日) 그 大會의 最大 任務는 過去의 理論的 決算 克服과 進路의 鬪爭的인 樹立이엇든 것인데 果然 그 大會는 그 任務를 遂行하엿는가? 아니다. 그 大會는 期待에 反하고야 말엇나니 全體的 任務의 序論的이오 部分的인 役割(幹部輩의 正體 暴露)을 다 하엿슬 쁜이고 運動 整理 鬪爭의 一層 强烈한 그리고 困難한 前提를 作出(즉 意識的인 分裂이 그것이다.)

이제 나는 分裂 以後의 너무나 明白한 經過를 仔細히 쓰려고 하지 안는다. 大會에

서 選出된 文□까지 正式으로 引繼한 幹部에 對한 當局의 ××과 所謂 大會畢 된 지 二日 後에 二十二名의 代議員(?)으로 開催되엇다는 續會(?)에서 選出된 幹部에 對한 例外的인 保×는 그 經過를 全面的으로 露現하고 잇지 안는가?

이러한 奇怪한 現狀의 渦中에서 斷然 擡頭된 鬪爭은 '少年運動 意識的 統一 建立鬪爭'이니 이 結果는 決定的으로 豫斷할 수 업는 바이지만 所謂 續會 幹部의 召集한 大會(?)의 延期와 그들의 這間의 消息을 들으면 大勢는 旣定되엇다고도 할 수 잇는 것이다.

(四)

金成容, 『朝鮮日報』, 1929.11.29

그러나 우리는 以上에 말한 合法, 不法으로만 分裂의 意義를 規定할 터인가? 아니다. 決코 아니다. 分裂이라 하면 一部 小市民的 인테리겐챠의 詭辯과 가티 危險千萬의 事實이라 하면 모도 다 그런 것이 안이니 이번의 分裂을 綿密 大膽히 分析 糾明하면 實로 分裂을 爲한 '情'的 分裂이엇든가? 안인가?를 알 것이다. 運動의 意識的인 强力的(否定함이라 그러나 固執한다) 인 展開를 爲하야서는 그러한 '한줌'의 反動分子를 掃蕩키 爲한 分裂 不可避의 事實이니 이 分裂의 鬪爭的 克服만이 運動의 汎 統一이 아닌 '意識的 統一'을 나흘 수 잇다는 것이다.

旣히 分裂된 事實을 否定 隱蔽하고 '汎 統一'을 主張하는 小市民輩의 僞瞞은 斷然히 暴露하여야 할 것이니 過去에 失敗를 明確히 自覺한 우리가 왜? 또 再犯하겟는야?

그리고 또 그 所謂 續會 幹部派의 理論的 代表者 丁, 崔 諸君의 「맑스主義 少年運動의 否定 — 少年愛護主義의 樹立」, 「自然生長的으로 全體的(?)으로의 運動의 展開」, 「浮虛無爲한 理論鬪爭 云云」의 公公然한 反動的 論據는 무엇을 말하는가?

理論의 否定, 目的意識의 否定 等의 正體는 우리와 가튼 모 — 든 運動의 歷史에서

明確히 認識한 것이니 그들의 意圖는 納得할 수 잇는 것이다

以上과 가튼 混亂이 依然히 繼續되던 지난 十月 下旬에 黨務書記의 名義로 少總 第三回 全國大會를 召集한 事實이 잇섯고 그 召集으로 因하야 다시 全國에 波瀾이 捲起되엿나니 첫재 不法續會에서 選擧된 不法幹部요 둘재 指導精神이 反動的인 것이요 셋재 萬若 正當한 幹部라고 하더라도 違法으로 召集하엿다는 理由로 幹部와 및 大會까지 否認하고 參加를 拒否하자는 說明 決意 代表 派遣 等이 卽 그것이다.

그런데 大會 召集 責任者의 召集 動機를 들으면 모—든 不法을 超越(?)하고 特別히 諸 懸案을 解決할여고 한 것이라는데 合法 團體로서 不法을 超越한다는 곳에 矛盾이 잇는 것이며 또한 少年 大衆은 意識的 不法 反動性의 不法을 超越하기까지 無知한 雅量도 업거니와 反動을 助長 是認함으로서 諸 懸案이 解決되어질 이도 萬無한 것이니 그 裡面의 ×幕을 ×謀를 엇지 看取치 못하엿스리라고 判定하겟느냐?

그러면 이리하야 開催된 所謂 大會 經過는 果然 如何하엿던가? 나는 이 大會의 事實을 說明함으로서 續會 幹部의 運動線上에서의 地位와 所謂 少總 紛糾의 眞相 正體가 暴露될 것이라고 思料한다.

勿驚! 그 大會는 六個 團體의 參席으로 開催되엿다. 모—든 問題를 超越하야 抑進식힌 까닭에 겨우 代議員의 資格審查의 順席에까지 到達하엿스나 그 順序에서 '加盟願書 全無'의 事實로서 問題가 發端되여 常務書記에 對한 猛烈한 質問이 始作되엿스며 그것은 마츰내 昨年末의 所謂 續會 問題에까지 올라 三四時間 동안의 暴露戰이 繼續되다가 結局 이것으로 少總 大會가 成立될 수 업다고 代議員 全部가 退場하고 散會하엿던 것이니 이 會合의 모—든 雜問題의 說明은 畧하고 나는 그 會合으로 因한 少年運動에의 影響을 考察하려 한다.

續會一派의 無力化(反對派 勢力의 强大化—大會 參加員의 極少數)를 □□한 點에서 또 續會 問題의 强壓的인 質問과 그에 對하야 幹部가 答辯을 謀避하고 또 曖昧하엿던 것

은 긋내 大會 及 續會 幹部에 對한 否認 唾罵를 招來하엿나니 이것은 究極 續會 幹部의 完全한 沒落과 意識的인 少年運動의 一段 '勝'을 意味하는 것이다.

나는 다시 續會 幹部의 沒落에 對한 '意義'를 闡明하지 안흐면 안 된다.

(四) 金成容, 『朝鮮日報』, 1929.12.1

一. 續會 一派의 根本的 理論(?)의 盲目 及 矛盾과 反動的인 轉化는 그들의 沒落의 必然性을 證明한다.

二. 全體的으로 다른 모―든 社會的 運動이 거의 그 正路를 밟고 나―감에 不拘하고 唯獨 少年運動만을 邪道로 引入하려 한 것은 問題의 社會的 提起를 招來한 것

三. 朝鮮의 客觀的 情勢가 意識的 少年團體의 蹶起를 勝利케 하고 續會 一派의 行爲를 容恕치 못할 것이엇는 것

이럼으로 反動 幹部의 沒落을 必然의 歸結이라고 할 수밧게 업다.

이리하야 그 組織問題, 方向轉換, '政治的 ×幕' 等으로 數年동안 苦心 手術 中이던 少年運動의 最初의 '癌'는 完全히 除去된 것이다.

如斯히 決定的으로 어느 程度까지의 分裂을 克服되엿다 하더래도 運動線의 混亂狀態를 繼續하고 잇는 것이니 이러한 少年運動의 統一線을 如何히 克服할 것인가? 이제 몃 가지 過去의 混亂되엿던 原因을 究明하여 보자.

(가) 運動의 原則的 規定이 업섯든 것

(나) 짜라서 意識的 結合으로서의 組織的 統制가 업는 것

(다) 이럼으로 大衆的 基礎의 强大化는커녕 도리어 分散을 招來한 것

(라) 勿論 客觀的 情勢가 不利하엿던 것

(五)

金成容, 『朝鮮日報』, 1929.12.3

그러면 엇더케 할 것인가? 우리는 現下의 客觀的 情勢에 잇서는 決코 統一制의 合法的인 完美한 建立 發展이 可能하리라고는 바라지 안는다.

그러나 이러케 우리의 組織線이 混亂된 以上 그리고 그 混亂의 意識的 克服이 强要되는 以上 우리는 如何한 難境이라도 突破하야 '運動線의 意識的 統一'을 向하야 一定한 計劃意識下에 鬪爭을 展開치 안허서는 到底히 少年運動의 私的 任務를 遂行치 못할 것이다.

'運動의 意識的 統一'이란 理論的 統一, 實踐的 統一의 두 가지를 全部 戰取한 것을 말하는 것이니 實로 이 意識的 統一의 問題는 朝鮮少年運動에 全面的으로 賦與된 歷史的 任務가 아니면 안 된다.

이제 나는 그 '意識的 統一'의 方略을 이러케 提案하며 同志 諸君의 批判을 바란다.

一. 우리는 過去의 組織線(少總)이 막다른 골목에 섯다고 그것을 抛棄하여서는 안 될 것이다. 그 再建을 爲하야 全動向을 集中할 것이다.

二. 激烈하고 全面的이고 全體的인 理論的 展開가 잇서야 한다. 公式的 機械的인 空論的인 理論과 理論의 否定은 兩者가 다 禁物이다.

三. 實踐的 鬪爭을 것처야 할 것이니 意識的이고 大衆的인 結合의 過程은 實踐的(勞働者, 農民, 學生, 少年을 本位로 한) 結合의 過程이다.(勿論, 正當한 理論的 □□ 우에서)

(六)

金成容, 『朝鮮日報』, 1929.12.4

四. 如何한 苦境에 處하엿더래도 '全國的 統一'이 아니면 안 된다. 中央이 空殼이라고 地方的 云云의 問題가 擡頭된다면 一種의 誤謬가 아닐 수 업다.

五. 年齡을 勇斷的으로 引下하야 참된 少年本位의 運動을 맨들지며 指導統制는 如

何한 形態로든지 '靑盟'이 堪當치 안흐면 안 된다.

그리고 實踐的 鬪爭을 것처는 大衆的 基礎 우에선 統一線 確立이 아니면 안 될 것이며 또 全體的 運動과의 關聯을 正確히 認識하고 全體的 影響下에 確固한 組織體를 建設하여야 한다.

이러함으로 우리는 現下 가장 實踐的인 效果的인 '슬로―칸' 아래서 첫재 大衆이 獲得 動員, 둘재 理論鬪爭의 再展開, 셋재 少總大會의 超派的 召集, 넷재 地方的 機關(全國的 連結 우에선) 統一 組織 等을 重要한 '푸로그람'으로 하고 具體的인 計劃的 行動을 取하지 안흐면 안 될 것이며 그 反動 殘滓는 아직 安心하지 말 것이며 또 새로운 反動을 監視하지 안흐면 안 된다.

나는 最後로 少總의 根據地인 京城少年運動의 組織的인 改革을 爲하야 在京 同志들의 必死的 活動이 잇기를 要求하며 以上 나의 粗雜한 提案이 大衆的으로 討議되어 少年運動 局面 打開의 方途에 一助가 되기를 바란다.

(二八. 十一. 二七 京城 旅舍에서) ―

少年文學運動의 片想

特히 童話와 神話에 對하야

丁洪敎, 『朝鮮講壇』 제1권 제2호, 1929.11

朝鮮의 少年文學運動이 일어난 지 임의 十年餘가 되엿다. 少年文學은 무엇을 가리치여 하는 말인가. 이것은 어린 사람을 相對로 하는 '童話'와 '童謠'라고 하겟다. 그리하야 朝鮮에도 이것을 記載하는 少年讀物이 雜誌로 近 十餘種이나 되며 短篇集으로는 近 三十餘種이나 되는 것이다.

그러나 아즉까지 朝鮮 民衆은 少年文學에 잇서서 傍觀的 態度를 가지고 잇스며 여긔에 批判을 나리지 안코 잇는 것이다. 이 얼마나 寒心할 바이랴 — 더욱이나 童話運動에 잇서서 이것을 옛날에 流行되든 것이나 쓰는 것 갓치 생각하고 잇는 것이 現實의 朝鮮人이라 하겟다.

童話와 옛이야기는 全然히 틀니고 잇는 것이다. 童話는 童話로히 옛이야기는 옛이야기로히 分別치 안으면 안이 될 것이다. 여긔에 잇서서 童話를 說明한다는 것보담도 먼저 옛이야기에 대한 歷史를 말할여고 한다.

世界 어느 나라를 勿論하고 나라나라마다 各々 神話가 잇는 것이니 이 神話는 天地가 創造되며 人間의 葛藤味가 內存하고 잇는 것이다.

朝鮮의 神話로 나타나는 高句麗 始祖 檀君이 太白山 檀木下에서 降生하야 人民을 敎化하엿다는 것이며 支那의 神話로는 하늘과 짱이 생긴 後 天皇氏의 아들 十二人이 各々 一萬 二千年의 壽命을 持續하야 나려온 後周 文王과 武王 時代까지 天子의 位를 누구든지 밧지 안코 '해 쓰면 일하고 저녁 되면 쉬이자. 그러고 우물을 파서 물 마시고 밧가러서 먹자' 하는 標語 밋헤서 政治도 다 必要치 안타는 것을 재미잇게 써서 잇스며 이 外에 堯가 自己의 位를 許由라는 사람에게 讓與하고자 한 즉 許由는 天子가 되랴는 말을 들은 것이 自己로써 재미 업다 하야 들은 귀(耳)를 川邊에 가서 쓰々며 그 川邊에서 소(牛)에게 물 먹이는 農夫에게 말한 즉 이 말을 들은 農夫는 별안간에 소를 싼 데로 쓸고 가서 조치 안은 물을 먹이엿다고 입을 씨기엿다고 하는 神話가 잇스며, 이 外 日本, 印度 等 世界 各國에는 이러한 神話가(이상 57쪽) 다— 各々 잇는 것이다.

이러한 神話는 그 나라 國民 間에 自然的으로 流說된 것이고 그 누구라는 作者가 업는 것이다. 이것을 宗教的으로 말하게 되면 神의 啓示에 依하야 생긴 것임으로 이 것은 現代의 思想과 知識에 비치여서 批判할 것이 업슬 것이라고 생각한다. — 왜 — 그러냐 하면 이것은 其 國民의 歷史的 根源이며 宗教的 根源이며 思想的 根源인 까닭이다.

만일 朝鮮에서 朝鮮의 神話를 除外한다면 朝鮮의 對한 固存한 宗教가 업스며 朝鮮의 獨特한 歷史가 업는 것과 가치 여긔에 잇서서 日本이나 支那이나 유다야에서 그 나라 神話를 除外한다면 日本이나 支那이나 '유다야'의 宗教도 歷史도 업게 되는 것이다. 이와 가치 神話라는 것은 前 國民[1]의 깁흔 關係를 가지고 잇게 되는 것이다.

그러고 여긔 잇서서 이 神話와 갓흔 것이 잇스니 이것은 널이 全國的으로 流說되는 것이 안이고 적게 그 地方〱에 흐터저 잇는 것이 잇다. 이것은 傳說이라 하는 바 朝鮮만 보드라도 地方〱이 孝子 烈女의 이야기며 或은 놉흔 山이나 깁흔 늡(沼)에 對한 이야기가 잇는 것이다.

이것은 檀君의 이야기와 달나서 地方的 傳說이라고 하겟다.

그러고 또한 地方的으로 — 公州에 곱나루(熊川)의 이야기라든가 靈岩의 女將軍의 이야기 갓흔 것은 傳說보담 한거름 나아가서 民謠라고 하겟다.

예긔에 잇서서 人智發展에 짜라서 이야기로써의 事實 精確한 이야기를 要求하는 時代가 온 것이다. 그래서 神話, 傳說, 民話 가튼 것을 잘 골나서 한 개의 이야기를 創作하게 된 것이다. 이것을 옛이야기(昔話)라고 하는 것이다. 李舜臣의 幼年時代라든가 鴨綠江上에 뱃사공 노릇하든 金春培의 이야기 갓흔 것이라고 하겟다. 이것을 두 가지로 난을 수 잇스니 한아는 어른들이 들을 '稗史小說'[2]로 되고 한아는 어린아

1 '全國民'의 오식이다.
2 '稗史小說'의 오식이다.

희들이 들은 옛이야기 그대로히 分離식킬 수 잇는 것이다. 여긔에 잇서서 稗史小說은 內容이 近世的 材料를 갓고 잇게 되는 것이다. 그럼으로 이러한 이야기는 歷史의 對한 이야기가 만음으로 或은 學校에서 修身敎科로 使用케도 되는 것이다. 그리하야 지금에 잇서서는 이것을 가지고 어린 사람의 敎化運動을 하고 잇는 것이다.

여긔에 잇서서 한 가지의 問題는 생기게 되는 것이다. 前者와 갓흔 옛이야기는 過去의 자라난 朝鮮의 어린 사람에게 適合하다고 보겟다. 이것을 가지고 只今의 자라나는 朝鮮의 어린 靈들의게 들니여 주게 된다(이상 58쪽)는 것은 電燈 밋헤 油燈이다. 여기에 잇서서 우리는 現代 또한 將來에 잇서서 過去 自然生長的에 이야기를 벌이고 우리가 要求하며 우리 손에 자라나는 少年少女가 要求하는 무엇을 産出치 안으면 안이 될 것이다. 이것은 '童話'이라고 하겟다.

그럼으로 童話는 修身時間에 使用하는 修身談도 안이오 옛날이야기를 改作한 것도 안이다. 童話는 世態의 應한 어린 사람의 窒術[3]이며 少年指導上 指針이라고 하겟다. 그리하야 이것은 一個의 獨立한 創作品이다. 여긔에 잇서서 童話는 널니 全世界的으로 어린 사람을 相對로 하는 理想은 가지엿지만 各々 自國的 現實을 抱容하야 그 나라〳〵의 少年을 指導케 될 것이다.

그러나 朝鮮에 잇서서는 一般的으로 이 童話運動에 잇서서 無關心할 쑨 아니라 童話를 쓴다는 童話家로도 너머나 寒心한 일이 만은 것이다. 이것은 朝鮮少年들에게 適合한 創作的 童話는 업고 十分의 八은 外國의 것이나 옛이야기를 譯하는 데 쓰치는 것이다. 옛이야기라고 반듯이 옛이야기가 안이고 現代人의 作品이라고 반듯이 童話라고 할 수 업는 것이다. 만일 現代人의 作品이라고 하여서 童話라고 하는 것은 너무 無定見한 말이라고 하겟다. 옛이야기와 童話는 形式이 相異한 것이 안이고 精神的으로 서로서로 相異하여야 될 것이다.

옛날이야기라도 童話로 볼 수 잇는 것이 잇스며 近日에 新作品으로도 옛이야기로 볼 수 잇슬 것이다. 맛치 演劇하는 사람들이 갓(笠)쓰고 상투 틀엇다고 하여서 그

---

3 '藝術'의 오식이다.

사람을 舊劇 俳優로 볼 수 업스며 洋服 입엇다고 하여서 新劇 俳優라고 볼 수 업슬 것이다. 그 作品과 思想에 따라서 左右하고 잇슬 것이다. 그럼으로 朝鮮에 잇서서 自己 個人으로 期待하는 바는 참다운 新興 童話作家가 만히 出陣하엿스면 한다. 그러고 一般的으로 이 少年運動과 아울너 少年文學 運動에 잇서서 만흔 援助가 잇슴을 바라는 바이다.(이상 59쪽)

今年에 내가 본 少年文藝運動

反動의 一年

洪曉民, 『소년세계』, 제1권 제3호, 1929.12

朝鮮의 少年이 잇고 짤아서 그에 븟쫏는 少年運動이 잇고 少年文藝運動이 잇는 것은 내가 말하지 아니하여도 여러분이 더 잘 알고 잇는 것이라고 생각합니다.

그런데 過去 一年 동안에 朝鮮少年文藝運動은 果然 엇더케 되엿는가? 한번 생각해 볼 것이라고 생각합니다.

童謠가 몃 百篇 나왓고 童話가 數十篇 나왓고 美談 少年小說 童話劇 傳說 等 어린이들의 머리를 식그럽게 할 만하도록 만히 나왓다고 봅니다. 勿論 어느 편으로 본다면 돌이여 적을는지도 모릅니다. 그러나 『새벗』이라든지 『어린이』라든지 『별나라』든지 『少年世界』 가튼 어린이들이 읽는 雜誌에 숫하게 나온 것을 몰아놋코 볼 째에는 이것도 果然 적지 안흔 것이 누구나 하는 생각이 나는 것이올시다.

그런데 더더구나 新聞紙에 실닌 것까지 친달 것 가트면 실노 몃 千으로 헤일 수 잇는 作品이 나왓다고 볼 수박게 업습니다. 이러케 수만흔 作品이 어린이에게 얼마나 만흔(이상 2쪽) 영향을 주엇슬가요? 한번 생각해 볼 問題입니다.

作者가 쓰고 십허 그야말노 創作熱이라든지 創作 興이 나썻다고 한다든지 어린 사람을 위하야 마지못해 썻다든지 그들 作品이 이 세상에 發表될 째에는 만커나 적거나 독자의 눈을 것치지 안코는 못 백일 것입니다.

이와 同時에 독자 그들 自身이 벌서 얼마만한 評價와 採點을 하고 잇슬 것이요 또한 그 作品(엇더한 作品이든지) 그 갑엇치가 벌서 진여지고 잇는 것임으로 「내가 본 一年間의 朝鮮 少年文藝」라는 것이 별노히 신통할 것도 업슬 것은 勿論이어니와 이 적은 紙面에 누구 것은 엇더코 누구것은 엇더타고 말할 수 업는 것이올시다.

그러나 이곳에 다만 한 가지 말하고자 하는 것은 막연하나마 그 作品의 思想 傾向이 엇더타고 하는 것은 우리가 볼 수 잇는 것이올시다. 먼저도 이 말을 하고자 하야

기다막하게 느러논 것이지만 朝鮮 아니 全世界가 거의 武裝的 平和 가운데서 徐徐히 崩壞作用을 하고 잇기 때문에 모든 것이 反動이 되고 잇습니다.

勿論 어린이를 지도하는 정신이 各個의 作者를 쌀하 달느겟지만은 우리가 이 世紀와 이 處地에 안저서는 엇더한 方面으로 指導하여야 하겟다는 것은 거의 共通되엿다고 봅니다. 쌀하서 이에 반드시 잇서야만 할 모든 作品의 骨子가 쑥 싸지고 다만 哀傷的이요 隱遁的이요 조곰 낫다는 것이 人道主義的이다.

이 世紀 이 時代 사람으로서는 반드시 가저야 할 共通된 思想! 새 思想 進步的 思想에 共通되며 共鳴되여야 그것이야 말노 가장 즐거운 일이며 가장 압흐로 쌔더나가는 일이라고 말할 수 잇습니다.

그러나 보라! 朝鮮少年文藝가 얼마만한 進步的 思想이든가? 얼마만한 進取的 運動이 잇든가? 나는 過去 一年의 朝鮮少年文藝運動은 陰으로 陽으로 날노 反動하고 反動해가며 잇다고 봅니다.(이상 3쪽)

내가 본 少年文藝運動

朴仁範, 『少年世界』, 제1권 제3호, 1929.12

一九二九年 첫 새벽 붉은 햇발을 마즈면서 만흔 생명들과 모든 운동들은 머리를 들고 파리한 주먹이나마 하눌 놉히 처들며 부르지젓다.

"우리는 기운차자! 우리는 뜻잇고 더 큰 발길노 거러가자. 나는 이리〰 민중을 위하리라! 나는 저러케〰 대중(大衆)을 위하리라" 하며 희망(希望)이 가득 찬 태산이라도 뚜르고 나갈 만한 용기가 두 눈에 빗취이엿다. 이제 이러케 하기를 그 중에서도 더 힘차게 브르짓든 소년문예운동에 잇서서도 이제는 이래저래 써나 온 뒷길을 도라보게 되엿다. 맛치 색기(繩)를 쏘든 사람이 쏘아 논 색기를 도라볼 째에 엇던 곳은 가늘고 퉁々하며 거칠〰한 곳과 얌전한 곳도 잇는 것을 발견할 수가 잇는 것과 가티 이 소년문예운동에 잇서서(더욱 금년)는 만흔 굴곡과 파문을 이르키엿다.

요전까지도 오즉 기분(氣分)에서만 휘돌며 안개 속에 잠기인 산과 갓흔 운동이엿다. 그러나 지나온 今年에 만나 온 이 문예운동이 눈에 낫타난 것만을 보자! 순서는 모르겟스나 『반도소년』 『종달새』 『아동화보』 『소년세게』 갓튼 것이 쏘다저 나오지 안엇는(이상 4쪽)가. 말쑥하게 참다운 소년문예운동이 엄청나게 자라나는 아름다운 지난 一年의 거둠(收穫)이 아닌가 말이다. 이제 다시 이 거둠이 다 아름답고 원만하다고 만족을 늣기엿스면 더욱 조켓스나 그럿치 못함이 이제 곳 내가 말하고저 하는 것이다.

아희들과 어른이 먹는 음식이 싸로〰이며 아희들의 옷은 적고 어른의 옷은 큰 것이다. 가난한 집 아희들은 부자집 아희들이 가지고 작난하는 작난감 중에서도 일홈 모르는 것도 만타. 이런 의미에 잇서서 소년문예운동이란 『소년』이 짜르게 되는 것이며 조선소년문예운동이라는 『조선』도 입히게 되는 것이다.

지나온 일년 동안 뿌리 고은 우들리 소년문예운동에 잇서서는 어른에 밥을 아희도 주엇고 만히 멕이고 굼기기도 하엿스며 일본(日本)밥 서양에(西洋) 엇던 썩은 밥도 주서 먹엿다.

때를 따라서 서양과자(西洋菓子)도 먹어야고 일본 팟죽도 먹어야 한다. 그러나 우리는 내 동생을 위하야 나를 위하야 손으로 잘 만들 줄 아는 조선밥을 지여 먹어야겟다. 불량대로! 형세에 붓치지 안케 알맛게 먹어야 한다.

번역이 만엇다. 소년에게는 과한 것이 만엇다 해도 되는 것도 잇섯다.

지나온 소년문예운동은 기운찬 것이엿다. 씩々한 것이엿다. 그러나 너무 물과 불 쏘는 처지를 몰낫고 그야말노 예술을 위한 예술이며 소년이라거나 어린이들을 표준 못한 今年의 소년문예운동이라고 생각한다. 더 자서히 버려서 말을 쓰고 십흐나 지면 관계로 이만큼 쓰고 붓을 막는다. ―(끗) ―(이상 5쪽)

少年會巡訪記

友愛와 純潔에 싸혀서 자라나는 和一샛별會

『每日申報』, 1927.8.14

안국동(安國洞) 네거리를 자내여서 수중방골 사범부속보통학교(師範附屬普校)의 긴 — 담을 끼고 돌면 납작한 기와집 한 채가 보이며 그 집 들창 사이로는 '늙어서도 할미 꿋 젊어서도 할미 꿋' 하며 소녀들에 아름다운 목소리가 흘너나오게 되엿스니 이 집이야말노 지금 차자가는 수송동 빅십사 번지(壽松洞 一一四) 화일(和一) 새ㅅ별회이엿슴니다.

二年 前에 創立

이 화일새ㅅ별회는 지금으로부터 이년 전 즉 일천구빅이십오년 십이월 십삼일 찬바람 부는 십이월에 권농동(勸農洞) 한 구석에서 멧々 동지(同志)가 모듸여서 고고(孤々)히 그 회의 사명(使命)을 불으짓게 되얏스니 그때 회원은 겻우 열다섯 사람뿐이엿섯다고 함니다.

幹部의 大活動

그리하야 간부들은 손과 손을 잡고 힘과 힘을 한데 뭉치여서 한 편으로는 그 근방에 가가호호(家家戶戶)를 방문하며 당신의 아드님과 짜님을 입회(入會)케 하야 주면 될 수 잇는 대로 잘 인도하겟노라며 회원(會員) 모집에 진력하게 되며 한편으로는 회에 사명을 세상에 알니고자 하야 어머니대회나 아버지대회를 열게도 되얏스며 또는 동요음악대회(童謠音樂大會)를 열어서 그 회원의 기릉을 세상 사람에 발휘도 하며 동화회(童話會)를 개최하야 소년소녀를 위하야 정적(情的) 방면으로도 인도하야 날이 가고 달이 거듭할사록 간부들의 밍렬한 활동으로 인하야 회원이 팔십여명에 달하얏스며 세상에 부모님들은 그 회에 사업을 매우 칭찬들도 하얏다고 함니다.

衰退에서 復興

이러케 모—든 사업을 발젼식키든 그 회는 한동안 경비(經費) 문졔로 말미암아 침톄(沈滯)로 쇠퇴(衰退) 되는 상태로 게속하다가 다시 금년 봄에 간부 류희덕(柳熙德) 김영곤(金永坤) 량씨는 어린이데—를 압헤 두고 우리회를 복흥(復興)식키지 안으면 안 되겟다 하야 회관(會舘)을 지금에 수송동으로 옴기인 뒤에 동지(同志) 허선돌(許璇乭) 씨를 마져서 복흥사업과 회원모집에 진력하게 되여 발서 사오차의 큰 사업을 하엿고 회원이 남녀 합하야 륙십여명에 일으게 되엿다고 합니다.

許 氏의 큰 努力

그리하야 허선돌 씨는 이 회에 위원장으로 잇는 동시에 부진상태로 잇는 그 회무를 힘과 돈을 합하야 밍렬히 활동하는 싸닭에 지금에 잇서서는 족음도 거리김업시 회무가 잘 진젼된다고 합니다.

會員 集會日

이와 갓치 회무가 발뎐됨을 짜라서 회원이 날마다 늘음으로 남녀(男女) 회원에 모임날을 짜로 졍하엿는 바

男子는 月 水 金 日

女子는 火 木 土 日

로 난우워서 동요, 동화, 습자, 동화를 련습케 하며 각금각금 원족들도 간다고 합니다.

綱領

一. 어린이들의 必要한 智識을 敎養하야 純潔한 性格을 養成함

一. 어린이들의 友愛와 精神을 修養하야 正義感을 助長하며 義憤에 날쒸게 養成함

現在 幹部

委員長 許璇乭

委員 金永坤 李仁容 柳熙德 李昇鳳

無産兒童의 教養 爲해 努力하는 서울少年會

『每日申報』, 1927.8.15

오날은 팔월 열하로 날.

찌는 듯이 더운 푸른 빗 한울은 어느듯 붉은 노을이 소사 석양이 스러지고 져녁 때를 알이고 잇슬 때이다.

긔자는 어슬넝〳〵하야 멀기도 먼 인왕산 및 루상동(樓上洞) 한 구퉁이에 외로히 잇는 '서울少年會'를 차즈면서 푸로페라를 돌녀 각가수로 회관을 차졋다.

회관 좌우에는 누른 빗 초가집이 쎅々이 둘너섯서고 회관 역시도 초가집이엿습니다. 회 간판은 좀 오릭 되엿다는 의의(意義)를 표현식키는 듯이 글시는 희미한 가운데 쟝릭 만흔 희망이 뭇치엿다는 뜻을 슬그머니 알니고 잇섯습니다. 때가 때인 까닭에 회관은 퍽도 조용하엿섯지만 이 서울소년회를 창립(創立)하야 지금까지 간판을 지고 자긔의 성명과 가치 하는 회쟝(會長) 고장환(高長煥) 씨는 무엇인지 쓰고 잇습니다. 그것은 회원에게 배부할 것과 잡지에 긔재할 녀름철 동요(童謠)를 창작하고 잇섯던 것임니다. 회관 좌우에는 표어(標語)와 강령(綱領)이며 회가(會歌)가 이곳저곳에 부치어 셔 잇섯고 오월회(五月會) 간부들이 박인 사진이 부치여 잇셧습니다.

이 서울소년회는 지금으로부터 이년 젼에 다수한 회원과 가치 창립할 때부터 여러 가지로 문제가 만엇섯지만 회장인 고군은 루상동(樓上洞) 근방에 더욱이나 무산아동이 만히 잇는 이곳에 소년회가 업다는 것은 넘어나 셥셥한 일이라 하야 고통과 고통 사이에 문패를 부치게 된 것임니다.

記者　날이 퍽 더웁습니다.

會員　네 — 대단이 더웁습니다.

記者　소년회에 대한 이야기를 좀 듯고자 잠간 들넛습니다.

會員　네네. 그럿습니가. 이 더우신대 …… (이제부터 회에 대하야 듯기를 시작하얏다.)

◇

問　언제 창립하섯나요.

答　昨年(一九二五年) 十月 一日에 외로운 소리를 내엿지요.

問　네. 어느분이 발긔하셧나요.

答　네. 져와 다섯분이 하얏셧지요.

問　젼에 달은 곳에 게섯지요.

答　네. 半島少年會에 오릐 동안 잇셧습니다.

問　지금 회원이 멧분이나 됨니가.

答　現在에 단이기는 소년이 열대ㅅ명 되고 소녀가 칠팔명 됨이다.

問　그 회원들은 대개 학싱이겟지요.

答　네. 그럿습니다. 노동소년과 가졍이 어려와셔 학교에도 가지 못하는 어린 사람도 멧 명 잇습니다.

問　나히는 몃 살이 만습니가.

答　져이 회는 죠직은 열 살붓터 열여셧 살까지의 소년으로 되어 잇습니다. 그 즁 만키는 열다섯 살일가 봅니다.

問　여기 무슨 규약 갓흔 것 빅인 것 잇습니가.

答　네. 잇습니다. (하고 綱領과 規約과 會歌 빅인 것을 쓰내여 줌)

◇

問　무슨 긔관지를 발힝하심니가.

答　아즉은 업습니다. 할여고 해도 재력이 잇서야지요.

問　여긔 이 규약에 매 수토일요일(水土日曜日)마다 교양회 한다는 것은 꼭々 해나가심니가.

答　네. 대개 하기는 함니다만은 장소가 불편해서요. 요지음은 어렵습니다.

問　경비는 엇더케 써나감니가.

答　네 ― 퍽 어렵습니다. 물논 말슴 안 해도 알으시겟지요. 사회에 동졍이 잇겟슴니가. 무엇이 잇겟슴니가. 그러서 원만히 못해 나가지요. 어듸셔 돈 삼십원식만 대 준다면 ……

問　지도자는 누구심니가.

答　아즉 져 혼자뿐입니다.

問　위원은 누구〳〵심니가.

答　네. 위원은 …… 져이 회는 달은 소년회와 죠금 달나서 소년운동은 소년 자신에게 될 수 잇는 한도까지 맥기고 큰 사람은 배후에서 지도만 해야 겟다는 싱각이 잇셔서 석 달 만에 한번식 갈이게 하야 소년소회 즁에서 셰 사람식 상무간사를 내이지요. 그리고 갈니고 갈니고 하지요.

問　그러면 고문은 누구심니가.

答　김태오(金泰午) 씨 리효관(李孝寬) 씨 외에 네 분이나 기시지요. 졍신상, 물질상 도음으로요 ……

問　춍회는 어느 때 잇슴니가.

答　네. 큰 묘임은 일년에 두 번 삼월과 구월에 졍하고 잇슴니다.

問　큰 사업은 멧 번이나 하겟슴니가.

答　대외젹으로 크게 한 것은 젼년 가을에 죠션 초유로 동요음악무도대회(童謠音樂舞蹈大會)를 하얏섯지요. 그 외 것은 잡스런 것이 만엇섯지요. 그리고 압흐로 큰 일을 작고 하야 나가려 합니다.
될 수만 잇스면 한 사람식이라도 데레다 노코 큰 맘을 갓고 참된 인격자 되도록 가리키고만 십습니다.

會歌

(一)

兒童의世紀라는 活舞臺에서
靈氣로된새結晶 서울少年會

槿域의中心地인 漢陽솝속에
天性을暢達하는 어린이모임

(二)
情다웁고씩々한 우리동무야
堅實한抱負갓고 압장을서서
새로히創造하는 理想鄕으로
씩々한힘내이고 前進합시다.

후렴
平 — 和 — 樂 — 園 서울少年會
기 — 리 — 萬 — 歲 서울少年會

一. 가치모혀 서로 힘껏 도와가며 배우기 힘쓰자. 그리고 압날에 잘 살자.
一. 씩々하고 참된 사람되며 깨를 긔념코자 마음껏 뛰어놀자.

貴여운 少女의 王宮
生光 잇는 가나다會

『每日申報』, 1927.8.16

가을 바람을 마저 오랴는 말복(末伏)의 더위는 마지막으로 자긔의 힘을 한것 발휘하랴는 듯이 나려 쏘이는 져녁 힛발에 대지(大地)를 발부면서 안국동 네거리를 거치여 화동(花洞)에 어엽부고도 아름답게 목졔(木製)로 지은 이층집을 당도하게 되자 들창문 사이로 흘너나오는 레코—트(蓄音機)의 음파(音波)는 푸른 빗 버들 사이로 거치여 나오는 쓸으람이의 '오와시쓰'와 석기여서 북악산 봉오리에 사모치게 되엿스니 이집이야말노 과연 엇더한 집이엿든가? 긔자가 구슬쌈을 흘니며 차저가는 소녀의 왕궁(少女王宮)인 '가나다'회 회관이엿습니다.

일천규빅이십오년 녀름철인 팔월 십칠일 표한죵(表漢鍾), 오즁묵(吳中默) 두 분은 고심에 고심을 거듭한 결과 화동 한 구석에 어린 쳐녀(處女)의 나라 '가나다회'를 건설하게 되자 그때에 쏘한 소격동에 '짜리아'회란 소녀국(少女國)이 잇서 셔로 대립상태로 다소 불평 사이에 암투(暗鬪)가 흘으고 잇셧스나 그 뒤에 '짜리아회'가 업서지고는 오즉 한양(漢陽) 유일의 이채(異彩)를 씌인 봄날에 '가나다회'가 되고 말엇습니다.

童謠界의 스타

그젼 뒤에 소녀들을 예술적(藝術的) 방면으로 인도하겟다는 사명(使命)을 불으짓고 나온 '가나다회'의 간부들은 새로운 동요(童謠)와 그에 작곡(作曲)을 지여셔 회원 열다셧 사람에게 몟 달 동안을 두고 피아노에 반쥬를 마추워서 가라친 결과 무슨 큰 음악회(音樂會)가 열일 때마다 출연치 안으면 안이 될 동요게에 스타가 되고 말게 되엿습니다.

會員 日增月加

이와 가치 소문이 세상에 퍼지자 이 학교 져 학교 싱도(生徒)들은 서로 다투어가며 입회케 되자 오십여명이라는 아름다운 장미의 한 뭉치가 되엿스며 맛치 텬국에 텬사(天使)에 모듬과도 갓하야서 삼청동 일대에는 아름다운 목소리는 봄바람과 가치 휩싸게 되야 누구나 다 — 한 '스윗트 홈'을 련상케 되엿다 합니다.

少女會舘 建築

이와 갓치 회원이 늘어감으로 '가나다회' 후원회(後援會)에서 대 활동을 개시하야 지금에 화동 오십일 번지에다가 오빅여원을 들이여 회관인 소녀궁을 건축하게 되엿습니다. 이렇게 이층으로 회관을 짓자 그 근방에 흐터저 잇는 가졍부인과 일반 소녀들의 문밍퇴치(文盲退治)를 식키지 안으면 안 되겟다 하야 작년 칠월부터 녀자 야학을 개강한 바 지금에 삼십여명이나 되는 재적싱을 가지고 잇스며 그 외 하는 사업으로 일년에 몟 번식 그 회원들에 재죠를 발휘하기 위하야 동요가극(童謠歌劇) 대회를 열며 각금각금 라듸오 방송을 한답니다. 이와 가치 발젼에 노력하는 간부들은 누구일가. 李漢鍾, 吳中默, 李熙昌, 金壽吉, 李貞求 등 오씨라고 하며 모듸이는 시간은 회원과 가치 매일 오후 두 졈으로부터 셕 졈 사이에 모히여서 동요를 편즙한답니다.

이 會舘의 色彩

그러면 이 장미의 모듬 나라에 회관은 엇더한가? 문간 좌우에는 '가나다회'와 야학의 문패가 부치여서 잇고 층다리를 밀고 올나셔서 실내로 들어가면 동편과 남편 구석에는 '풍금'과 '레코 — 트'가 노 잇고 서북편에는 큰 대회마다 박히인 사진과 큰 톄경이 걸니여서 잇스며 벽 가장자리에는 동요작법과 동요에 대한 쇼치엿스며 한복판 벽에는 여름과 청죠(靑鳥)라는 작□에 대한 문졔가 열니여서 누구나 한 번 보면 그 회가 무슨 회인 것을 알게 되며 이와 가치 셜비에 노력한 간부들에게 감사를 안이 드일 수 업슬 것입니다.

◇

끗흐로 바라는 바는 이 회에 사명이 소녀들을 예술적 방면으로 인도한다 하는 것입니다. 요사히에 소녀들은 위협 시긔에 게단을 발고 잇슴으로 이 예술에 허영에 날뛰는 예술을 만들지 마시고 참다운 싱명을 가진 예술에 효과를 나타내면 죠선동요게 대표가 될 '가나다회'가 되기를 간부 졔씨에게 바람니다.(끗)

會歌

一.

무궁화가온대, 잇서오 — ㄴ

우주를빗최이는, 우리가나다회

영원토록빗최이는, 우리가나다회

서광서광가나다회 가나다회

이세상에졔일 라라라라

입을모와 회가를부르자.

一.

동모들아동모들아 노리하며춤도 추 — 어

가나다회를 찬양하자

영원무궁지나도록 가나다회

서광서광가나다회 가나다회

이세상에졔 — 일 라라라라

입을모와 회 — 가를 부르자.

朝鮮의 希望의 새싹 뜻잇는 翠雲少年會

『每日申報』, 1927.8.17

가회동(嘉會洞)의 쇄죽집은 누구나 다 — 상졔교(上帝敎)인 것을 알 것이외다! 쓸쓸한 건물은 아참 저녁으로 돗는 해와 지는 해에 자긔의 고독함을 하소연하고 잇슬 때 이 안에는 희망에 쏫이 봉오리를 뭣게 되고 싱명에 물이 흘으는 취운소년회(翠雲少年會)가 잇는 것임니다. 등 뒤에 취운졍(翠雲亭)은 솔솔 부는 싱기로운 바람에 폐허가 된 자기 넉을 한데 뭉치여 취운에 소년회로 보내여 장내(將來)를 부탁하고 잇슬 때 그에 외로운 넉을 위로하며 원하는 바를 들어주겟다는 의의(意義)가 포함된 셤셤옥수로 눌으는 풍금(風琴) 소리는 아참에 공긔를 깨치고 잇슬 때 헐네벌덕하고 차자가는 긔자는 가회동 빅칠십칠 번지 그 회관에 들어스게 되엿습니다. 실내에 수삼인의 소녀(少女)가 무엇인지 쓰고 잇스며 벽에는 뜻이 깁흔 표어(標語)가 이곳져곳에 붓치여서 잇셧습니다.

이 모듬은 지금으로부터 이년 전 득 일쳔구빅이십오년 칠월 이십륙일에 윤병덕(尹炳德) 외 사 씨에 동지로 가회동 일대에 흐터져 잇는 어린 사람들을 모아서 지역젹으로 그곳 소년회 간판을 붓치고 그 근방 유지(有志)에 힘을 어드랴고 고々히 소리를 치게 되엿습니다. 그러나 리해가 업는 부형들은 도모지 소년회에 사명을 모르는 까닭에 할 수 업시 지역을 버서나 널니 서울 시내 어듸를 물론하고 남녀(男女) 회원을 모집하게 된 바 지금에 이르러셔는 팔십사명(八十四名)이라는 다대수에 집단을 가지게 되엿습니다.

그리하야 현재(現在) 그 회에서 칙임을 진 간부 尹炳德, 金重吉, 金玉仁, 安丁福, 千德基, 金順鳳, 尹雲山, 尹鎬炳, 李玩徽, 沈鍾鉉 등 졔씨는 짬에 노력(勞力)과 물질(物質)

을 합하야 젹극젹으로 그 회를 운젼하고 잇스며 일방으로 밤낫을 헤아리지 안코 회원모집과 부모님끠 소년회에 사명을 알닌다고 합니다.

이럭케 활동하는 간부들은 요지음에 일으러서 날마다 회원을 소집하야 교양부(敎養部), 운동부(運動部), 음악부(音樂部), 연구부(硏究部)에 각각 칙임자는 시간을 난우워셔 졍신에 양식을 너어주회에 힘쓰며 미쥬(每週) 일요일(日曜日)에는 간부와 회원에 습작(習作) 비판회를 열게 되며 미월(每月) 졔일(第一), 졔이(第二) 일요일에는 반듯이 동화대회(童話大會)를 열어셔 일반소년들의 지도에 힘쓰며 매쥬(每週) 토요일(土曜)에는 간부들이 모듸여서 소년운동(少年運動)의 지도(指導)에 대한 연구를 한담니다.

씃흐로 바라는 바는 지금 회원이 남녀로 난우어서 잇다고 하는 바 요사히 소녀들의 풍긔가 매우 험악한 시긔에 잇슴을 알어서 간부 졔씨는 그에 특별한 주의로 참된 소년소녀를 만들어 죠선사회에 긔대하는희망의 싹이 되도록 힘써 주기를 간졀히 바라는 바임니다.

(씃)

綱領

一. 우리는 어린이에 必要한 智識을 넓히며 意識을 鮮明히 하기를 目的함

一. 우리는 어린이 동무에 對한 友愛와 正義에 對한 精神을 修養함

會歌

一.

우리동모모힌곳 취운소년회

아름다운씃동산 쑤미엿구나

구ㅅ셰인그힘은 하눌을뚤코

찬란한그빗은 반돌빗닌다

후렴

동무들아모여라 손목맛잡고

무궁화동산에 맘것쒸놀자

二.

아름다운우리들 취운소년회

우리우리반도에 졔일이로다

참된마음씃씃내 굿게가지면

우리〳〵 반도에 봄이온단다

千名의 大集團을 目標코 活躍하는 愛友少年會

『每日申報』, 1927.8.18

대지(大地) 우에는 갑작이 중천에 검은 구름이 모듸여 들며 한방울 두방울에 비방울이 무악재 고개를 널어오는 바람(風)에 흡쓸니여서 쓸아림과 원한을 품고 겹겹이이 싸인 몬지에 고통과 번민에 날을 보내이는 독립문(獨立門)을 씨스며 써러질 째 악박골 근방에는 삼십륙계(三十六契) 줄힝랑극이 연출하게 되자 약물(藥水) 병 들고 첨마 씃흘 찻는 부녀(父女)들이며 굴비 봉지를 들고 숩속 찻는 신사(紳士)배들이며 두 눈을 꼭 감고 모시 두루막이를 거더 안고 다라나는 희극(喜劇) 가운데에 어듸를 목젹하고 가든 긔자도 한목을 보아서 금화산(金華山)을 등에 질머지고 독립문을 엽헤 씬 후 두말할 것 업시 한숨에 이 골목 져 골목을 거치여서 인왕산(仁旺山) 줄기를 발고 잇는 애우소년학우후(愛友少年學友會)에 문간을 발게 되엿습니다. 이째에 공을 들고 이번 곤구대회(拳球大會)에 칙젼을 싱각하든 회원들이며 일반 부형(父兄)에게 발송할 서신을 박이고 잇든 간부들은 놀넘을 마지 안으며 한바탕 우슴나라로 변하고 말엇습니다.

이 애우소년학우회는 지금으로부터 이년 전 즉 일천구빅이십오년 삼월 일일에 최영윤(崔英潤) 씨의 몃멧 동지가 소년애호(少年愛護)에 소리를 치며 일어난 후 이러 삼년 동안에 간부들은 활동에 활동을 거듭한 결과 청진동(淸進洞)에 광화지부(光化支部)가 잇스며 도념동(都染洞)에 중앙지부(中央支部)를 셜립하야 점々 그 발젼이 젼경성(全京城)을 휩싸 들어올 째 지금에 회원이 소년소녀 합하야 삼빅칠십여명이라는 경성에 유일인 대집단(大集團)을 가지게 되엿습니다.

이와 갓치 대 집단을 가지고 잇는 이 모둠에 젼 칙임자이며 오월회(五月會) 간부

인 최영윤(崔英潤) 씨는 회 사무실이 협착함을 늣기는 동시에 지금에 잇는 힝촌동(杏村洞) 오십삼 번지에다가 자긔 스사로 일빅오십 원이라는 돈을 내여 회관을 건축(建築)하게 되야 회원에 질거워 하는 양이며 부형들에 층찬은 일우 말할 수 업섯다고 함니다.

이럿케 발젼되는 이 모듬에는 리사부(理事部)와 간사부(幹事部)가 잇서셔 저 사무에는 물질(物質)에 대한 칙임을 지게 되고 간사부에서는 이 회에 사무 발젼을 질머지고 나가는 바 현재 간부로는 회장 崔英潤, 委員 申鳳均, 禹東煥, 尹樂永, 安鎔姓, 金益光, 李起炯, 張基祚, 白福男, 金淳同, 金福男 등 졔씨로 교양부(教養部), 운동부(運動部), 죠사부(調査部), 서무부(庶務部)에 부셔를 난우어서 각각 칙임을 지고 소년지도에 그 방향(方向)을 강구하며 발젼칙을 연구하며 나간담니다.

그리하야 이 회에 특별한 사업으로는 이쳔여 명에 독자를 가지고 잇는 소년 잡지(少年雜誌) 학원(學園)을 발힝하얏스며 매달 한 번식 그 회원 즁 무산아동(無産兒童)에게 월사금 삼십젼(三十錢)식을 도와준다 하며 그 외에는 동화회나 음악회 갓든 큰 모듬을 각금각금 개최하야 세상에 소년들에게 부모님께 소년회 사명을 불으짓게 되는 바 도라오는 십일월 이십오일이 이 모듬에 쳔일(千日) 긔렴을 당하야는 회원 일쳔명(一千名)을 모집하고자 지금부터 대 활동이랍니다.

긋흐로 간부 졔씨에 건강을 바라며 회원이 만흔이 만큼 서로히 암투가 업는 가운데 그 지도방침과 발젼을 꾀하는 힘이 서울 쁜만 안이라 젼 죠선젹으로 그 셔광이 밋치는 동시에 미릭에 조션의 어린 사람들에게 잇다는 큰 칙임을 지시고 그에 사명을 긋々내 도달하기를 바람니다.

사진은 최영윤 씨

(긋)

綱領

一. 우리는 한 목에 길을 닥기로 圖함

一. 우리는 現 社會에서 要求하는 일꾼이 되기를 期함

一. 우리는 正義의 큰 일꾼이 되기를 期함

會歌

一.

아름다운우리노리
배달아침깨우쳐서
깁피잠든모든휜벗
그발아리모도와서
산눈지고바다베여
단단平路만들세

二.

세이달안우리팔둑
白頭山의겁을비러
검은구름파헤치며
봉화불을놉히들어
비쏘치며바람막고
영원락쾌만들세

三.

조화만흔동창역은
東海바다넉을품어
고흔션가부르면서

쇠노이고바돌가러
創々격쳔하오세
前進하자︵
우리愛友소년회
우리愛友少年會

후렴
하나뚤々
발비셔압흐로
永遠히︵
손잡고서압흐로
(사진은 회관과 회장)

極樂花 썰기 속에서 자라나는 佛敎少年

『每日申報』, 1927.8.19

갓이 업는 괴로운 바다(苦海) 가운데 암투(暗鬪)로 상살(相殺)에 빗이 가득하엿고 열락(悅樂)으로 음탕(陰湯)이 흘으는 서울에 수송동(壽松洞) 모퉁이로부터는 지상(地上)에 련화대(蓮花臺)이며 극락지(極樂地)는 오즉 여긔에 잇다는 듯이 탁(濁)하고 음(陰)한 공긔(空氣)가 흘으고 잇는 서울에 그 하늘 속으로 맑고도 깨끗한 졀죵(梵鐘) 소리는 '쩔으랑—' 을 거듭할 째마다 사못치고 잇스니 이 종소리가 나는 곳은 그 어데메던고 — 수송동 팔십이 번지에 잇는 삼십대본산(三十大本山)이 모드인 각황사(覺皇寺) 그곳이엿던 것임니다. 이곳에 극락화(極樂花) 쏫봉오리가 밋게 되고 무궁화(無窮花) 싹이 돗게 되엿스니 이곳 어린 사람에 모듬인 죠선불교소년회(朝鮮佛敎少年會)가 잇서셔 셕가불(釋迦佛)에 얼골에서 우슴에 빗이 돌게 하며 빅의인(白衣人)의 마음에는 만흔 긔대를 밧는 것임니다.

이 죠선불교소년회는 지금으로부터 삼년 전 즉 일천구빅이십삼년 팔월 삼십일에 한죵묵(韓宗默), 윤소성(尹小星) 등 몃 사람이 시내 간동 빅십이 번지(諫洞 一一二)에다가 문패를 부친 후 그째 마침 서울소녀단(少年團)을 죠직하랴다가 실패로 도라간 졍홍교(丁洪敎) 씨를 마져 한가지로 여러 가지 사업을 진힝하여 오던 즁 일쳔규빅이십오년 오월에 오월회(五月會) 발긔 단톄로 그 모듬을 창셜한 후 이러 여러 가지 방면으로 소년지도에 노력한 바 일쳔구빅이십륙년 유월 십오일에 불교교무원(佛敎敎務院) 직속으로 모 — 든 경비를 그곳에 지불하게 되엿슴니다.

그 후 졍홍교 씨는 반도소년회(半島少年會)의 젼 칙임을 마튼 후 현재 간부로는 韓英錫, 權相老, 閔丙熙 등 제씨인 바 각 방면으로 그 회 취지를 션젼하며 한편으로는

회원을 모집하야 지금은 신도(信徒)에 자녀(子女)를 위시하야 일반적으로 소년소녀 회원 빅오십명(百五十名)에 큰 모듬이 되엿습니다. 그리하야 졈졈 사무가 발젼됨을 짜라서 보성고등보통학교(普成高普校)가 싼 곳으로 이젼한 후에 곳 그 학교 안의 졔일 넓은 강당 하나를 어더서 집회실(集會室)과 사무실을 만드는 동시에 그곳에다가 보기 좃케 문패를 부치게 되엿습니다.

이와 갓치 활동하는 즁 작년도에는 젼 죠션소년소녀현상웅변대회(全朝鮮少年少女懸賞雄辯大會)를 개최함을 위시하야 동화대회니 쏘는 동요음악대회니 하는 큰 회를 각금 열게 되얏스며 츕고도 추운 지난 섯달에는 팟쥭을 만히 쓸이여서 길써리에 헤미이고 잇는 불상한 거지 어린아희들에게 한 그릇식 대졉하엿습니다. 그째에 일반사회에서는 더 말할 수 업는 칭찬을 바든 것임니다. 금년에는 도라오는 구월(九月)에 졔이회 젼 죠션소년쇼녀현상웅변대회(第二回全朝鮮青年少女懸賞雄辯大會)를 종로 청년회관에서 크게 연다는 바 지금부터 간부들은 그 준비에 분망 즁이라고 함니다.

그리하야 이 회에서는 민쥬(每週) 토요(土曜)에는 음악일(音樂日)노 모듸고 목요일과 일요일에는 운동일(運動日)로 정하야 회원을 모듸게 하며 일요일 밤에 일반인으로 동화대회(童話大會)를 연답니다.

붓을 놀 째에 간부 졔씨에게 긔자는 바라노니 일홈이 불교소년임니다. 물론 불교에 대하야 다소 그쪽으로 수양을 식키시겟지만 될 수 잇는 대로는 어린 아해 째부터 넘어나 종교적 의식을 너어쥬지 마시며 일반적으로 지도하심을 바라는 동시에 씃으로 간부 졔씨와 회원들의 건강을 비옴니다.

(씃)

會歌

一. 體

히말라야솟은봉에
빅셜이개개함은
우리의긔상이오
싼시쓰의양양물
끈임업시흘러감은
우리의힘이로다
쎄싼의열풍을
용감하게헤치면서
닐비나향하야달려가니
우리우리불교소년회

二. 智

억천만겁쌔의줄에
수업는마듸들은
누리의무상이오
졔한업는진리우에
죵횡으로그어논것
고다마의자취로다
무상의고게를
오로지버서나서
진리의바다로모혀드니
우리우리불교소년회

三. 德

감로법의금을잡고

악마를뭇지름은
우리의본분이오
대자비의배를져어
창싱을건너임은
불다의불명이라
삼독의미게에
젼젼하는만흔무리
팔졍의성도로인도하니
우리우리불교소년회

仁旺山下에 자라나는 氣勢 조흔 中央少年會

『每日申報』, 1927.8.20

인왕산(仁王山) 호랑이라 하면 예도 빗부터 만흔이 만큼 그것이 일종에 우는 어린 아희들에게 달낸 때 쓰는 숙어가 되고 말엇던 것임니다. 그러나 지금은 기뜰이든 욱어진 숩이며 그 만튼 호랑이도 간 곳좃차 알 곳 업고 첫가을 산산한 바람은 바위 틈을 거처여 빨내하는 어머니들이 널어노은 검은 빗 힌 빗 옷감을 시치며 오송졍(五松亭)에 녯터를 부듸칠 때 웃둑이 서셔 잇는 새ㅅ파란 솔나무는 그에 씰々한 바람을 비웃고 잇섯스며 마진편 창틈으로는 어린 사람들에 글 닑는 소리가 흘너나와 놉히 써잇는 풀은 하날에 문안을 들이니 이곳이 지금 긔자가 차자가는 죠선즁앙소년회(朝鮮中央少年會)이엿던 것임니다. 문간을 들어서자 좌우 쪽으로 문패 둘이 붓게 되얏스나 한나는 인하청년회(仁下靑年會)의 것이엿스며 한아는 그 어린 사람들이 모듸인 소년회에 문패이엿슴니다.

조션즁앙소년회는 그 일홈이 세상에 부모임 압헤 나타나서 자긔에 사명을 불으지진 지가 겨오 일년 남짓하나 그러나 원릐(元來) 그 모듬이 그 일홈을 가지고 나온 것이 안이라 일쳔구빅이십이년 팔월에 강수명(姜壽命)외 멧멧 소년이 조직한 호용유년회(虎勇幼年會)가 샤무실을 루하동(樓下洞)에다가 두고 하는 사업으로 일년에 한 두번식 곤구대회(拳球大會)에 츌젼함으로 그 회무를 진힝 즁 작년 즉 일쳔구빅이십륙년 사월에 이곳 져곳으로 단이면서 힘잇는 소년회를 죠직하랴다가 실패를 거듭한 리원재(李元在) 씨가 침재되여가는 이 호용유년회를 사직동(社稷洞) 이빅륙십오번로 옴기며 즉시 총회(總會)를 열어서 곳 죠션즁앙소년회라고 고치엿담니다.

그런 뒤에 회장제(會長制)를 의원제(委員制)로 고치며 부서로는 서무(庶務), 교양(教

養), 사회(社會), 연예(演藝), 운동(運動) 등 각부로 난우워서 믜부(每部)에 상무간사를 두고 일을 보는 바 젼 칙임자는 리원재 군이라고 함니다.

그리하야 이 모듬에서는 간부와 회원이 일치하야 족음이라도 소년애호(愛護)에 좀 위반되는 일이 잇다 하면 어듸를 물론하고 젹극젹으로 그를 방지하는 바 작년 칠월에 일어난 순젼 허시모(許時謨)의 소년 사형 사건[1]을 비롯하야 각지에서 일어나는 사형(私刑) 사건에 반듯이 경고문(警告文)을 발송하엿고 또는 실지로 죠사까지도 간담니다.

이와 가치 활동하는 간부는 각금각금 소년 견학단을(少年見學團) 죠직하야 시내에 명소를 구경식키며 또는 림간 강좌(林間講座)를 열어셔 지식계람에 만흔 도음을 쥬는 것임니다. 그리서 도라오는 십월에는 일반젹으로 그 회에 젼과 소년운동에 의々를 션젼키 위하야 회보(會報)를 발힝키로 준비 즁이람니다. 그리서 이빅삼십 명이나 되는 회원은 지금부터 손곱아 그 회보를 기다린다고 함니다.

끗흐로 한 가지 바라는 바든 청년회와 한가지로 사무실이 잇는 것임니다. 지금에 소년운동이 각 방면으로 보아서 그러케 졀실한 응원을 밧지 못하는 동시에 당국자에게까지 쥬목을 밧는다면 부진(不振)에 부진을 거듭하는 동시에 나종에는 침쳬로 그 상태를 계속할 것임니다. 긔자가 말하는 것이 졀대로 청년운동과 사회운동을 배쳑하는 것이 안이라 어린 사람에 싱명은 싱명 그대로히 살니는 동시에 모든 사업에 장해됨이 업게 하기 위하야 타쳐로 사무소를 졍하심을 바라는 동시에 간부 졔씨에 만흔 활동을 바람니다.

---

1 허시모(許時模)는 1925년 4월 9일 조선으로 와 안식교(安息教) 평남(平南) 평원군(平原郡) 순안병원장(順安病院長)이 된 자인데, 병원 내 능금을 아이들이 따가자 그중 김명섭(金明燮)을 붙잡아 초산은(硝酸銀)으로 양 빰에 '도적'이라 새기는 사형을 가한 바가 있고 이 사건으로 기소되었다(「許時模私刑事件에 就하야－우리 所感의 一二」, 『매일신보』, 1926.7.8; 「私刑을 한 許時模 傷害罪로 遂起訴－평양지방법원검사국에서」, 『매일신보』, 1926.7.14).

(5)

綱領

一. 我等은 一般少年에 友愛와 正義의 精神을 涵養하며 意識을 공고히 함을 期함

二. 我等은 一般少年에 必要한 智識을 啓發함을 期함

會舘新築, 會報發行 恩人 맛난 明進少年

장무쇠 씨의 가상한 노력

『每日申報』, 1927.8.22

서울에 북쪽을 이리저리 뒤지며 이곳저곳에 홋터져서 잇는 어린 사람의 모듸인 회관을 차젓스나 모도가 수포(水泡)로 도라가고 헛 짬만 와이사쓰를 빨네하엿다. 이와 가치 간부 한 사람도 만나지 못하고 발길을 돌니인 긔자는 언 듯이 머리속에 동부일대(東部一帶)가 써돌며 먼저 명진소년회(明進少年會)를 찻기로 하고 동대문힝(東大門行) 쌩々이 차에 몸을 던지여서 창경원(昌慶苑) 들어가는 어구에 나리엿다.

느저가는 져녁날은 나의 발길을 몹시 더 재촉하엿슴으로 누른 다리를 지내여 연초공쟝에서 일을 맛치고 몰여가는 가련한 소년소녀들 틈을 비々며 련건동(蓮建洞) 이빅구십륙 번지에 잇는 명진소년회를 당도하엿슴니다. 회관에는 이 구석 저 구석에 걸상이 흐터져셔 잇고 오륙인의 소녀가 칙을 보고 잇섯스며 문 압헤는 연(延) 군이 잇셧슴니다. 무엇보다도 창립 째부터 지금까지 활동하는 쟝무쇠(張茂釗) 씨가 업섯슴으로 다시금 젼군의 안내로 련건동 빅칠십 일 번지 장 씨의 집을 방문하엿슴니다.

이 명진소년회는 그 력사를 말하고자 할 째에는 무엇보담도 장무쇠 씨의 짬의 결졍(結晶)이라고 안이할 수 업슴니다. 쟝 씨는 가난한 고안에 태여낫슴으로 열세 살 째에는 본 사람의 집에 가서 아침 져녁으로 졍밥을 지여셔 쥬며 나졔는 구루마를 쓸어서 그째부터 자긔가 일가로 을마 타서 살림사리를 거듭하일 결과 약간의 모은 돈으로 양졍고등보통학교(養正高普)에 입학케 되엿슴니다. 그러면서 오후로 쏘한 고용을 하며 고학(苦學)에 힘쓰든 일천구빅이십사년 팔월사일 '안데센' 선싱의 긔념일을 당하야 金今童, 朴泰鉉, 李漢順 등 동지로 이 회를 발긔하야 동월 이십삼일에 회원 이십 명으로 명진소년회가 이 세상에 완젼히 탄싱하엿슴니다.

◇

그런 뒤에 회관이 업서 고통을 밧는 장 씨는 슬픈 눈물을 거듭싸으며 어듸에셔 륙빅여원(六百圓)이라는 큰돈을 어더 련건동 젼영필(全榮弼) 씨의 터를 엇더케── 어더서 그 자리에다가 십이월 이십팔일에 보기에도 훌륭한 넓따란 회관을 건축하엿슴니다.

그리하야 즉시 아동도서관(兒童圖書館)을 두워서 일반 아동에게 여러 가지 칙을 회람(回覽)식키여셔 그의 지식을 계발식키엿슴으로 부형들의 칭찬은 일우 말할 수 업섯다고 함니다. 그러고 한편으로는 우산을 만히 사들이여서 비오는 날이면 무산소년에게 빌니여서 교통에 편리를 도와주엇스며 한편으로 죵달새라는 회보 비슷한 잡지를 발힝하야 일반회원들에게 배부하얏다고 함니다. 그것이 다 ─ 무엇보담도 장무쇠 씨의 독담한 활동이엿스며 물질의 능력이엿슴니다. 그리하야 지금까지 이 명진소년회를 위하야 희싱된 금액(金額)이 이쳔여원(二千圓)이라는 큰돈이 들은 것임니다. 그럼으로 빗을 어든 돈에 몰니여서 자긔집에 잇든 젼화(電話)도 쎄기엿스며 집문서도 멧 번이나 잡혓는지 알 수 업다고 함니다.

지금에 간부로는 회장에 張茂釗, 委員 崔聖鎬, 金源培, 金興福, 延点龍 등 졔씨인 바 현재 회원은 남녀 합하야 빅명(百名) 가량이며 지금 사업으로 녀자 야학원(夜學院)을 경영하는 바 싱도가 사십명이나 된담니다.

지금부터 이 명진소년회는 재릐에 기분젹 운동으로부터 간부들이 먼져 그를 연구하는 동시에 조직젹 운동으로 원젼칙을 강구한다고 함니다.

이 모듬을 위하야 지금까지 이쳔여원이라는 큰돈을 희싱식키며 회무를 발젼식키며 일반 소년소녀를 위하야 노력한 장무쇠 씨의 공젹은 영원히 빗날 것이다.

= 사진은 쟝 회장 =

歷史 오래고 터 잘 닥근 天道敎少年會의 깃븜

『每日申報』, 1927.8.23

경운동(慶雲洞) 텬도교당이라면 아즉도 금년 오월 일일 어린이 데―에 인상이 새롭게 솟게 하는 것입니다. 한편에서는 견지동(堅志洞) 시텬교당 넓은 마당에셔 삼쳔여명의 어린 사람이 모희여서 미릐를 뜻잇게 살자는 어린이 데―만세(萬歲)를 불으게 된 것이며 한편에셔 지금에 긔자가 차자가는 텬도교 그 넓은 마당에서 ᄯᅩ한 삼쳔여명의 조션의 미릐 쥬인공이 모도여 뜻잇게 맛는 오월 일일에 만셰를 불으게 된 것임니다. 긔자가 발길을 그곳에 들녀 놀 ᄯᅢ에는 다만 녯 싱각만 자아내며 ᄶᅡ박―하는 구두 소리만 쓸々한 마당에 그 속을 울니며 씨불고 잇는 가을 하늘을 울니게 되엿습니다. 이 안에 개벽사(開闢社)가 잇고 만흔 독자를 가진 『어린이』 잡지사(雜誌社)가 잇는 것임니다. 그리고 우리 소년운동 상에 력사(歷史)가 오릐인 텬도교소년회(天道敎少年會)가 잇서서 서광을 발휘하며 긔자의 발길을 재촉케 하엿습니다. 그리하야 긔자는 그 사무실을 들어서게 될 ᄯᅢ 한편 칙상에는 무엇인지 쓰고 게시든 리졍호(李定鎬) 씨가 나를 마져 쥬엇습니다.

텬도교소년회! 텬도교소년회는 죠션에 소년운동 상 거성(巨星)이며 ᄯᅡ라서 오릐인 력사를 가지게 된 것이외다. 지금으로부터 륙년 젼에는 죠션에 소년회(少年會)가 몃멧 곳이 업슬 만치 소년운동이 얼마나 그 리익을 사회에 주며 얼마나 필요함을 알지 못하든 그ᄯᅢ에 오즉 장차 도라오는 아름다운 죠션을 건셜하랴면 무엇보담도 지금에 자라나는 소년에게 잇다 하야 金起田, 金玉斌, 朴庸准, 朴達成, 車相瓚 등 멧々 선싱은 일쳔구빅이십이년 사월오일[1] 즉 지금으로부터 륙년 젼 텬도교에서 무

1 천도교소년회(天道敎少年會)는 1921년 4월 5일 발기하여 1921년 5월 1일 창립한 것으로 알려져 있다(김정의(金正義), 『한국소년운동사(韓國少年運動史)』, 민족문화사, 1992, 100쪽). 그러나 위의 '륙년 젼

엇보담도 졔일 큰 긔념일인 텬일 긔념날에 지금에 텬도교소년회(天道敎少年會)를 창립하게 되야 회원이 삼십여명에 달하얏다고 함니다.

그리하야 리해가 업고 학교 당국자나 가졍에서는 서울에 소년회가 처음인 만콤 그에 사명을 몰나쥬워 학교에서는 소년회 회원이라면 퇴학을 식히며 일반 부형은 학비까지 대여 쥬지 안는 상태까지 일으러 그때에 회원이라고는 일반 텬도교(天道敎) 신도들의 자졔이엿고 일반젹으로 회원이 별노히 업섯다고 함니다.

그럼으로 간부 졔씨는 소년회의 사명을 션젼할 겸 따라서 회원을 모집하기 위하야 가회동(嘉會洞) 취운졍(翠雲亭)에 젼 경셩소년대운동회(全京城少年大運動會)를 열엇스며 가을에 졔이회(第二回)로 륙상운동을 개최하여서 다소 회원을 모집하게 되엿습니다.

그 뒤 일본으로부터 방졍환(方定煥) 씨가 건너와서 소년회에 관계를 밋게 되고 동화회(童話會)도 자조 열어서 소년회에 엇더함을 일반젹으로 션젼하며 한편으로 개벽사 안에 어린이사를 두어서 『어린이』를 발힝하야 지상으로 그를 션젼하며 소년을 졍젹 방면으로 인도하야 졈졈 사회에서 쇼년운동을 아라쥬는 긔회가 도라오자 소년회에서는 회원 오빅명을 모집하랴는 긔성대(期成隊)를 죠직하야 활동한 결과 사빅명이라는 대집단의 소년회를 조셩(造成)하게 되엿습니다.

◇

그 뒤에 이 소년회에서 빅두산(白頭山)에 대한 강연회를 개최함을 비롯하야 죠선에셔 처음되는 동화극(童話劇)회를 열어서 일반 사회에 동심(童心)에 발젼의 여하를 알니자 그때 수입으로는 이빅여원이라는 물질을 엇게 되엿다고 함니다. 그리하야

텬도교에서 무엇보담도 졔일 큰 긔념일인 텬일 긔념날에 지금에 텬도교소년회(天道敎少年會)를 창립' 했다는 말로 보더라도 이 기사가 1927년 8월 23일 자 기사이므로 1921년이 맞아 위 기사의 오기로 보이지만, '텬일기념날(天日紀念日)'은 천도교의 국경일로 1860년 4월 5일에 '한울님으로부터 무극대도(無極大道)를 받은 날'을 의미해 창립일은 위 기사와 일치하고, 김정의(金正義)와는 상이함을 알 수 있다.

이 동화극이 환영을 밧자 개셩(開城), 인쳔(仁川), 철원(鐵原)에서 초빙하야 그 회를 열엇다고 함니다.

이와 갓치 지금에 경운동 팔십팔 번지에서 간부들은 고통에 눈물을 멧 번이라 짜아내엿스며 뜻이 깁흔 쥬먹인들 멧 번이나 쳣슬가보냐? 이러케 활동을 거듭한 결과 지금에 쳔도교소년회는 금년부터 소년 스스로히 자치졔(自治制)를 실힝하기 위하야 간부도 두 부를 두어서 일을 보게 하엿스니 어른 간부와 어린 사람 간부 그것이외다. 어른들의 뒤에서 자문긔관으로 그 회 사업에 대하야 지도함을 짜라서 어린 사람에 간부는 자긔로서 회를 발젼식키며 그에 지도를 바다 더한층 발젼에 발젼을 거듭하는 바 사회에 즁대문졔이면은 그것은 반드시 자문긔관인 어른들이 하여 나간답니다.

그리하야 지금에 간부로는 方定煥, 具中書, 金起田 등 삼씨가 지도 젼 칙임을 지고 委員으로는 鄭成昊, 朴仁男, 鄭德興, 李大成, 崔貴男, 洪載玉, 羅順燁 등 졔군인 바 현재 회원으로는 오십사명(五四名)이며 경비에 대하야는 텬도교회에셔 나오는 바 사업으로는 각금〳〵 동화회를 개최하는 외에 일쥬일에 한번식 벽신문(壁新聞)을 발힝한답니다.

그러고 한 달에 멧칠을 턱하야 일경한 모듬이 잇스니 졔일 일요일(日曜)에는 세계소식(世界消息), 제일 목요(木曜)에는 훈화(訓話), 제이 일요에는 셰계지리(世界地理), 제이 목요에는 동화(童話), 제삼 일요에는 음악(音樂), 제삼 목요에는 운동(運動), 제사 일요에는 동화, 졔사 목요에는 훈화 등으로 젼 칙임자는 李定鎬, 趙基栞 씨랍니다. 그러고 이 회에 부서는 游樂部, 談論部, 學習部, 慰悅部, 사무를 두어 각각 칙임자는 더욱 발젼을 도모한답니다.

슷호로 력사가 오릐인 만콤 그에 셔광이 죠선에 비치인 그 간부들에 건강을 빌

며 금년부터 쳐음으로 자치졔를 실힝하엿다 하오니 소년 자신이 아즉 사회젹 의식이 박약한이 만콤 또한 짜라서 학습 시긔에 잇는 몸인 만큼 얼어울 것은 사실이외다. 거기에 지도하는 선싱들은 더한층 힘써 아모 장해가 업시 인도하야 주심을 바람니다.

(끗)

綱領

一. 우리는 참되고 씩々하게 자라는 가운데 인졍 만흔 소년이 됩시다.

會歌[2]

귀하다 우리모임 명진쇼년회
착한형졔모여서 억개맛초서
고히⌒ 오르는 아침해갓치
빗취자 셰상사람 어린이가슴

후렴

이세상에 어린이 만셰만만셰
명진소년 우리회 만세만만셰

장하다 우리모임 명진소년회
귀한남매모혀서 짝쥐이고서
출넝쥴랑넘치는 바닷물갓치
끗도업기 한업서 쳔년빅만년

2 '會歌'는 명진소년회가(明進少年會歌)로 보이고 '明進少年會歌'라 한 것은 '천도교소년회가(天道教少年會歌)'로 보인다. 『매일신보』에 「(少年會巡訪記)會舘新築, 會報發行 恩人 맛난 明進少年—장무쇠 씨의 가상한 노력」(1927.8.22)은 '명진소년회'에 관한 기사인데, '明進少年會歌'가 누락된 것으로 보아 8월 22일 자에 수록되어야 할 것이 편집상의 착오로 8월 23일 자 '천도교소년회' 기사에 뒤섞여 실린 것으로 보인다.

明進少年會歌

一.

우리少年동모들모아놀지나
快活하고健全한 사람배우며
가튼마음가튼뜻 한精神으로
기리엉켜즐거울 우리少年會

二.

우리少年동모들 쒸고놀지나
아름답고새로운 씨를뿌리며
죠흔싱각죠흔뜻 한步法으로
기리엉켜즐거울 우리少年會

『무궁화』 고흔 향긔로 동모 찻는 侍天少年

『每日申報』, 1927.8.24

서울에 삼십만 대중을 위하야 울리는 오졍(午正) 쇼리와 한가지로 안국동(安國洞) 일대를 쏘한 '쌩! 쌩!' 하고 울니는 커다란 종소리가 나는 곳이 잇스니 이곳은 견지동(堅志洞) 팔십 번지에 잇는 한양에셔도 둘재 가라면 셜어워 할 쌘쪽집인 시텬교(侍天敎)당이엿스니 이 안에서 장미(薔薇)에 락원이며 미릭의 죠션을 상업(商業)의 여자국(女子國)으로 건셜하랴는 듯한 여자상업학교(女子商業學校)에 교사(校舍)가 그럴듯하게 셔셔 잇고 한 엽헤는 소년문예련밍(少年文藝聯盟)과 무궁화사에 문패와 나라니 부튼 문패가 잇스니 그것은 지금 긔자가 찻는 시쳔교소년회(侍天敎少年會)의 문패이며 그 사무실이엿습니다.

시쳔교소년회는 지금으로부터 일년 전 즉 일천구빅이십오년 일월 일일에 그 교회에서 경영하는 동아학교(東亞學校) 싱도를 목표로 리현규(李顯奎), 리졍욱(李正旭), 윤소성(尹小星) 등 졔씨의 쥬션으로 도라간 최졔우(崔濟愚) 선싱이 염나국에서라도 깃버할 시쳔교소년회의 아름다운 간판을 부치게 되자 회원이 이빅여명에 달하야 창립하든 날부터 회무가 날노 진젼되엿다고 함니다.

그리하야 그 뒤에 동아학교가 문을 닷게 되자 회원이 날노 줄어짐으로 현재 간부로 잇는 위원장 尹小星 씨와 위원 金應漢, 李成賢, 林基用, 金成俊 등 졔씨는 족음도 락심치 안코 더욱〳〵 활동하야 지금에 회원이 팔십여명에 달하야 모—든 경비는 간부들이 자담을 하는 한편 큰일이 잇슬 때에는 다소 시쳔교에서도 나온다고 함니다.

그리하야 지금 시천교소년회에서 자랑할 만한 사업은 농촌소년을 위하야 발간하는 '리후레트' 『무궁화』라는 잡지를 발힝하야 ᄆᆡ월 무료로 각각 독자들에게 배부한담니다. 그리셔 지금에 독자가 삼천여명이라는 듯기에도 만흔 독자를 가지게 되엿습니다. 그러고 한편으로 동화대회를 열어서 일반 소년을 지도하며 회원을 모집하며 도라오는 십월에는 조션소년련합회(朝鮮少年聯合會)의 창립대회를 그념하기 위하야 젼 조선소년소녀웅변대회(全朝鮮少年少女雄辯大會)를 개최한다고 함니다.

이럿케 활동하는 간부들은 셔무부(庶務部), 교양부(敎養部), 음악부(音樂部), 운동부(運動部), 사교부(社交部) 등 각부를 난우워서 각자 칙임을 지고 지도에 노력하는 바 ᄆᆡ주(每週) 토요에는 집힝위원회를 열어셔 소년지도에 대한 련구를 하게 되며 ᄆᆡ주 일요일에는 회원들을 소집하야 동화(童話), 음악(音樂), 운동(運動) 등 각각 모듬을 연다고 함니다.

씃흐로 간부 졔씨의 활동으로 농촌쇼년을 위하야 발힝하는 무궁화의 대발젼과 위원 졔씨의 더욱 만흔 활동이 잇기를 바람니다.

(씃)

綱領

一. 우리는 모든 어린이나 어른이나 父母兄弟로 알고 섬기자.

一. 우리는 사람다운 사람이 되기 爲하야 完全한 씃이 되자.

一. 우리는 서로 사랑하며 서로 ᄯᅱ놀며 서로 배호자.

會歌

一.

어린이의빗은죠션을장식하며
우리들의힘은하날을좁다안해
아름다웁고 바람과밋음만은

우리들의모힘 侍天敎 少年會

후렴

四方에흣터저잇는동모들아

모히여라춤추며노릐불으자

二.

어린이우슴은죠션의우슴이며

우리의마음은조선을左右하네

참되고굿은마음길이〱품은

우리들의모힘 侍天敎少年會

特色잇는 反省會 글벗少年의 美擧

『每日申報』, 1927.8.25

록음(綠陰) 시대를 지내여 쟝차 단풍(丹楓)의 시긔를 쓸어내는 츄풍(秋風) 사이로 산즘싱들의 자유(自由)를 버셔나랴는 신음하는 소리와 도라오는 폐허긔(廢墟期)를 져주한다는 듯한 우룸소리가 흘너 나오는 창경원(昌慶苑)을 거치여셔 무짐과 배주짐이 뒤를 이여서 나오는 동소문(東小門)을 바라보며 발길을 재촉하야 숭사동(崇四洞) 십오 번지에 잇는 글벗소년회(少年會)를 차자들어간 긔자는 이 골목 져 골목을 뒤지여서 억지로히 차진 결과에 긴 — 한숨을 내여 쉬엿습니다.

일천구빅이십륙년에 눈보러가 사람의 살을 어이는 듯하게 날니는 십이월 이십일[1]에 洪淳基 외 멧々 소년이 숭일동(崇一洞), 숭이동(崇二洞), 숭삼동(崇三洞), 혜화동(惠化洞), 숭사동(崇四洞) 일대에 흐터져서 잇는 어린 동무들이 학교에를 갓다오든 시골쟝에를 갓다오든지 하면 한데 모히여서 놀 곳이 업서 이리져리 헤매이며 쓸데업는 작란에 골몰함을 유감으로 역이여서 글벗이라는 소년회를 창립하게 되엿스니 그야말노 그 근방에는 자유로운 소년국(少年國)을 건셜한 것이며 의미가 깁흔 모듬이엿습니다.

그리하야 싱기여 나올 째에 다소 엇더한 소년단톄와 좀 시비가 잇섯스나 현재

---

1 「글벗少年會 一週 記念式 延期」(『東亞日報』, 1928.7.11) 기사에 의하면 "시내 숭사동에 잇는 글벗소년회에서는 오는 십오일이 창립 일주년에 해당함으로 그 긔념식을 전사립숭정학교 교뎡에서 거행하고저 회원일동의 활동과 사회 일반인사의 동정을 바더 대내덕으로 준비하야 오든 중 당국으로부터 긔념가를 금지하는 동시에 옥외집회를 금지함으로 부득이 연긔하게 되엇다 하며 당일에는 사정에 의하야 동소문(東小門) 밧 경국사(慶國寺)로 원족을 가리라더라"라는 내용이 있다. 이에 따르면, '오는 십오일'은 1928년 7월 15일이므로 이날이 일주년이라면 창립일이 1927년 7월 15일이 되어야 해 상충된다. 그러나 조선총독부의 「官內團體一覽表進達の件」(思想問題에 關한 調査書類 6, 京城東大門警察署長, 1929.3.23)에 따르면 글벗少年會의 창립일은 1926년 12월 20일이 맞다.

간부로 잇는 安福山, 李範植, 金學模, 崔永德, 洪淳基 등 졔씨는 그것을 진부하며 한편으로 회원모집과 부형들에게 그 회 사명을 선젼하며 하야 지금에 회원이 륙십여명(六十名)에 달하는 모듬이 되엿담니다.

그리하야 금년 삼월에 회원(會員)의 작품 젼람회(作品展覽會)를 개최한 외에 소년문예(少年文藝)에 한 칙과 연구(硏究)에 대한 칙을 사들이여서 회람문고(回覽文庫)를 세워서 일반 어린 사람들에게 보인다고 하며 사월부터 그 회 사항과 죠선에 일어나는 소년운동(少年運動)의 상태며 일반 소년의 작품이며 명사(名士)들의 글을 어더서 『글벗』이라는 회보를 어린 사람의 손으로 등사판에 박아서 오빅여부를 배부한다고 함니다. 그리하야 모 — 든 경비는 간부들이 자담하는 한편 부형들이 만흔 찬죠를 하야 쥬어서 어렵지 안케 지내여 간담니다.

그리하야 동화회(童話會) 등 큰 모듬을 여는 이외에 매쥬(每週) 토요일(土曜日)이면은 반성회(反省會)라는 회를 열어서 일쥬일 동안 지내인 경과를 한 사람 한 사람식 그 회원 압헤 보고(報告)를 하야 잘못함을 셔로 일너서 뒤에 그런 일이 업도록 하며 잘한 일은 서로 칭찬하야 서로〰그것을 본바다서 지내인다는 바 이 모듬이 열니는 때마다 그 리익됨이 여간히 잇는 것이 안이라고 함니다.

글벗소년회는 그 소년회가 어린 사람들이 자죠자력으로 회무를 진힝하는 지졔에 단톄인 만콤 압흐로 바라는 바 공부에 방해가 업시 또한 부형들이 리해하는 가운데 진젼칙을 강구하며 따라서 한번 시작한 『글벗』을 영원히 계속하는 가운데 찬란한 서광이 빗치도록 노력하심을 간부 졔동무에게 부탁함니다.

(끗)

綱領

가. 우리는 어린이의 親睦을 圖하며 相互扶助의 精神으로 訓練함

나. 우리는 어린이에게 必要한 敎育으로 養成함

後援會의 背景 두고 빗나가는 黎明少年

『每日申報』, 1927.8.26

동쪽으로 서쪽으로 도라오라는 세상에 완미(完美)한 싱활(生活)를 건셜(建設)할 주인공인 어린이의 모듬을 찻기에 골몰한 긔자는 오늘에 발길은 가는 곳마다 헛수고 뿐이엿고 짬에 셰레만 바들 뿐이엿셧다. 허힝에 허힝을 거듭하는 발길을 고만 쉬이기는 셥셥하다는 이보담도 나의 칙임을 그럭케 할 수는 업셧던 까닭에 멧술에 밥으로 져녁에 쥬린 창자를 채우고 이번에는 '꼭'이라는 마음을 가진 후 싸구려 싸구려 하나 실상은 눈쓰고 도젹맛는 셰음으로 갑싼 물건을 돈 만히 쥬고 사는 고가장(高價場)인 종로 일대에 라열(羅列)한 로졈(露店)에 귀 압흐고 쓰기실흔 싸구려 소리를 들으며 일업시 왓다갓다 하는 한산긱에 틈을 비벼 뚤코 다방골을 지내여 녯 물건을 파는 고물상(古物商) 그 속에셔 찬란한 서광을 비치고 잇는 태평통(太平通) 이 졍목(二丁目) 이 빅팔십륙 번지에 잇는 예명소년회(黎明少年會) 문간에 발을 들여노앗습니다. 그러나 회관은 또 '텡々'이 비엿슴으로 억지로— 간부 한 사람을 만나서 이 회 현상을 물엇슴니다.

서울에 이곳져곳에 소년회에 간판이 부치여 잇스나 오즉 남쪽인 태평통 일대에는 즁국인(中國人)의 어린 사람에 모듬은 잇스나 우리의 빅의 소년(白衣少年)에 집단(集團)이 업슴을 무엇보담도 유감으로 싱각하든 김룡문(金龍文) 씨 외 멧々 동지는 서로 의론한 결과 일천구빅이십륙년 '오로라'에 바람이 사나웁게도 몰니여오는 십이월 이십사일에 예명소년회에 깃븜에 날 탄싱날을 맛게 되여 즉시 그날부터 간부들은 비상한 활동을 쉬일새 업시 계속하야 그 근방에 '쑐으죠아' 계급을 망라하야 이 회를 위한 후원회(後援會)를 죠직하야 그날부터 물질에 조음마한 구속도 밧지 안코 경집을 하여가며 강습소(講習所)를 셜립하야 돈이 업서 상당한 학교에를 가지 못

하는 어린 동모를 위하야 쥬학(晝學)과 야학(夜學)으로 교수를 시작하야 만흔 싱도가 잇섯다고 함니다.

이와 가치 창립한 날자는 엿트나 하는 사업은 위대(偉大)하여 동리에셔도 만흔 긔대를 가지고 잇던 즁 금년(今年) 칠월에 아희로부터 나아가셔 다시금 졍우소년회(正友少年會)를 죠직 고희성(高義誠) 군이 그 회 강령(綱領) 문제로 서대문서에서 취죠를 밧는 결과 결국은 해산 명령이 나리자 그 여파로 지금에 이 예명소년회도 아모 리유가 업시 순결한 가운대 자라나는 모듬을 견긔 고희성이가 관게하엿다는 구셜노 번경셔로부터 간부를 불너 소년회가 잇는 것이 좃치 못한 일이니 업새는 것이 좃타는 말을 하여 힘잇게 자라든 사업은 맛치 싹을 잘은 것과 가치 되엿다는데 지금 그 회장은 미일 한 사람에 상무만 간다 함니다.

그럼으로 지금에 간부로 잇는 韓公源, 金龍文, 馬選植, 姜千植, 金漢成, 李明福 등 졔씨는 현재 회원 팔십사 명과 그 근방에 소년을 위하야 젹극젹으로 당국에 양해를 구하는 즁에 잇다는 바 오늘이라도 조흔 량해가 잇스면 지금에 젹립된 이빅여 원과 쏘다시 후원회를 거치어서 나오는 멧빅원에 금젼을 합하야 굉장한 회관을 보기 조케 건축할 예정이라는데 몃칠 안 잇서셔 침톄(沈滯)로 대발전에 칙젼이 젼개되리라 함니다.

◇

이와 갓치 당국에 주목으로 침톄에 잇는 이 모듬을 위하야 쑛쑛내 서광이 비치는 양해가 잇기를 바라며 근심 가운데 활동하는 간부 졔씨에 대활동을 비는 바임니다.

(쑛)

綱領

一. 우리 朝鮮少年으로 하여금 將來 希望 잇는 일쑨이 되기를 期함

一. 少年으로 하여금 씩々하게 자라는 가운데 相扶相助에 힘을 養成키로 圖함

新興氣運이 빗나는 體府洞 曙光少年會

『每日申報』, 1927.8.27

지난날에 헛수고를 채우기 위하야 십륙일 아침에는 밤새도록 빈대 나라와 전징을 하느라고 자지 못한 잠이 쏘다지는 것도 억지로 눈을 비비면서 오젼 일곱 시에 나리는 비도 무릅쓰고 힘업는 다리로 연초공쟝에서 울녀나오는 소집종(召集鍾) 소리를 드르며 광화문통(光化門通)을 지내여 루상동(樓上洞) 우리소년회(少年會)를 천신만고 격그면셔 차젓다. 그리하야 간부이든 리한용(李漢容) 군을 만나 회에 대한 현상을 물엇슴니다. 그러나 무른 것이 도리혀 셥셥하엿다. 그것은 임의 우리소년회를 해톄(解體)하고 말엇다는 소식이엿슴니다. 재리에 다방면으로 만흔 활동이 잇든이 모듬이 엇지하여 눈물겨운 해톄에 일홈을 부치엿던고? 그것은 쳣재 경졔문졔이요 둘재는 간부들에 힘이 업는 가운데 열졍조차 업던 까닭이엿셧슴니다. 그러면 차져 갓든 긔자는 '엇지하야 그와 갓흔 지경에까지 일으럿는냐는' 한숨 겨운 한마듸ㄹ 작별을 지은 후 다시금 갈 바를 몰으다가 톄부동(體府洞) 륙십칠 번지에 잇는 서광소년회(曙光少年會)를 차젓슴니다.

이 서광소년회는 작년 즉 일쳔구빅이십륙년 이월 일일에 윤긔졍(尹基鼎) 씨에 후원으로 멧々 학싱이 모도혀서 수창동(需昌洞), 사직동(社稷洞), 내자동(內資洞), 그 근방 일대에 소년을 망라하야 창립한 후 사무소를 내자동(內資洞) 빅십칠 번지에다가 두고 그 회관에서 동화회(童話會)를 열엇고 쏘는 간친회를 열어셔 셔로 친목을 도옵는 중 소년문고(少年文庫)까지 셜립하야 활동하든 점과 멧 달이 지내인 후 그 외는 졈々 침톄(沈滯)에 쓸아린 상태를 계속하게 되엿슴니다. 그리다가 금년 삼월에 이회 간부들이 모듸여서 의론한 결과 그때 마참 이 회를 마타서 힘 자라는 대로 활동을 하여 본다고 말이 잇든 강수명(姜壽命) 군에 넘겨 쥬기로 한 후 교셥을 한 결과 강

군도 젼부터 뜻이 잇든 것이라 쾌쾌히 승락을 한 후 그때부터 젼 칙임을 지게 되엿습니다.

◇

그리하야 금년 어린이 데 — 에 쳣 사업으로 만흔 회원을 모집하야 그때에 수만흔 어린 동모를 잇쓸고 오월회 쥬최 긔 힝렬에 참가하게 되얏습니다. 그 뒤 아즉 아모 사업도 하지 못하엿고 지금까지 완젼한 회관도 일졍하지 못한 현상임니다.

◇

현재 간부로는 姜壽命, □百起, 金克烈, 李壽童, 朴興植 등 졔군이며 현재로 입회한 회원이 사십여 명인 바 아모 사업도 하지 못하고 쏘한 침톄 즁인 바 강령(綱領) 규약(規約) 회가(會歌) 등 모 — 든 것도 아즉 확졍한 것이 업다고 합니다.

◇

이에 대하야 간부들은 말하되 지금을 몟칠 후에 혁신총회(革新總會)를 열고 간부로부터 모 — 든 것을 개혁한 후 이 산산인 가을를 리용하야 새 긔운과 새 졍신으로 활동을 하여 보겟다 합니다.

◇

오늘은 가는 곳마다 셥셥함이 만엇다. 셔광소년회도 그 현상이 유야무야로 그 외에 사명을 발휘도 못하는 모양인 즁 회에 간판조차 부치지 못하엿스니 그것은 다만 간부들에 활동이 부족함에 잇다 할 것이외다. 이로써 몟십명에 회원은 갈곳을 몰으고 헤믹이는 현상이 싹한 노릇이 안이며 간부로써 참아 볼 바이냐? 긔자는 바라는 바는 지금부터 회원을 위하야 졍신과 힘을 합한 후 간부 졔씨는 대활동을 한 결과 금후에 셔광소년회가 참다운 서광잇는 서광소년회가 되기를 바란다.

(쯧)

革新의 烽火불 아래 更生된 天眞少年會

『每日申報』, 1927.8.28

구진 비 나리는 가을 날에 더움을 무릅쓰고 인왕산(仁王山) 밋해서 자라나고 잇는 텬진소년회(天眞少年會)를 방문하엿스나 회관문은 잠기여서 만흔 희망을 부치고 차져갓든 긔자는 락심에 락심으로 도라오게 되얏습니다. 그리하야 다른 곳에 잇는 소년회에 문간도 몃 곳이나 발벗스나 모도가 다 — 허사이엿셧다. 그리하야 다시금 씨는 더위를 무릅쓰고 실패(失敗)를 복수코자 졔이차로 갓골을 지내여셔 신교동(新橋洞) 사십이 번지에 잇는 텬진소년회를 차졋습니다. 그리하야 간부 신셕긔(申錫基) 씨를 만남으로 오늘에 목적을 달하얏습니다.

이 모듬은 지금으로 칠 년 젼 텬진구락부로 죠직되여 간부로 잇는 河淸金, 申錫基, 洪恩裕 등 삼씨는 열성에 열성을 가하야 회무를 발젼식키든 즁 몃 해 젼 삼일운동(三一運動)이 일어남으로써 당국에 오해를 밧아 만흔 쥬목을 밧게 되엿습니다. 그럼으로 회무는 날노 쇠퇴 되여 나죵에는 침톄에 상태로 근근히 유지하며 나갓습니다.

그러자 다시금 일천구빅이십오년 오월에 趙慶錫, 申錫基, 金正學, 李光俊 등 졔씨는 혁신 총회(革新總會)를 개하고 모든 것을 새롭게 회무를 진젼식키엿습니다.

그러하야 현재 회원이 이빅이십륙명이라는대 집단에 일홈이 서울에 혁혁케 되매 간부 졔씨는 경비를 부담하며 밤에는 로동야학을 시작케 하랴고 만반 준비에 분망 즁이며 이 모듬에 부서는 문예부(文藝部), 운동부(運動部), 서무부(庶務部), 총무부(總務部) 등을 각각 칙임을 지고 활동을 계속 즁 매월(每月) 졔일 토요일에는 집힝위원회를 열고 소년문졔(少年問題) 편구를 거둡하며 미쥬(每週) 토요일에 회원을 소

집하야 동화회(童話會)를 개최하며 ᄯᅩ한 운동 음악 등으로 지도에 젼력한다고 하는 바 지금에 회원과 간부는 도라오는 구월(九月)에 졔칠쥬년을 맛는 긔렴식에 분망 즁이라고 함니다.

ᄭᅳᆺ흐로 간부 졔씨에 대 노력 가운데 력사 오ᄅᆡ인 만큼 더 새로운 빗이 영원이 빗나기를 바람니다.

(ᄭᅳᆺ)

綱領

一. 우리는 天眞으로 團結하자.

一. 우리는 란만 즁에 修養하자.

어린이들의 뜻잇는 모든 모임을 주최해

半島少年會 功績(一)

『每日申報』, 1927.8.30

동서양에 어느 나라를 물론하고 파괴로써 건설을 거듭할사록 그 나라에 건국사에 력사적으로 찬란케 되는 것이며 사람은 나희를 거듭할사록 사회적으로 련밍함으로써 그 사람의 리지가 발달되는 것과 갓치 이졔 일반사회에 집단젹 힝동을 취하는 단톄의 발젼은 그 모듬에 개혁과 혁신이 거듭하며 그 간부의 활동과 사업의 진젼으로써 잇다고 하겟습니다. 이졔 우리 죠션소년운동상에 력사가 가쟝 오릐이엿고 패왕이라고도 할 만한 반도소년회(半島少年會) — 파란이 즁쳡으로 개신(改新)에 소리를 치며 사와 나온 그 반도소년회 — 그 일홈을 죠션의 소년치고는 손곱아 긔역치 못하는 어린이가 업슬 것이며 죠선에 부모치고는 먼져 찬양의 소리가 소사오를 것이외다. 이 모듬 — 이 회 — 를 오늘에 붓을 들게 됨은 넘어나 느진 감이 업지 안은가 하나이다.

이 반도소년회의 일홈이 세상에 빗을 비치게 됨은 일쳔구빅이십삼년 삼월 오일이엿스니 그때에 루하골 일대에는 운동열이 극력하야 그 근처에 흐터져서 잇는 어린 사람들은 권구단(拳球團)이니 축구(蹴球)회는 잇서셔 밍렬젹으로 그것을 숭상케 되엿습니다. 이와 갓치 아해들이 흐터져 노는 것을 유감으로 싱각한 리우상(李爲相)군은 완젼한 모임을 만들지 안으면 안 되겟다 하야 그날에 이 모임의 쳣소리를 질는 이후 역시 하는 사업으로 권구와 축구에 지내지 못하는 운동사업에 불과하엿습니다.

그런 후 동년 구월 일일에 혁신(革新)의 봉화를 들게 되어 완젼한 어린 사람의 집단을 창셜케 되어 대외젹(對外的)이나 대내젹으로 모 — 든 것을 변경케 되얏스니

이럿케 활동에 노력케 된 이는 지금에 쇼년잡지상으로 그 일홈이 혁혁하게 날니는 리원규(李元珪) 씨이엿슴니다. 그때에 간부로는 高長煥, 辛在桓, 朴埈杓, 李元珪, 金炯培, 金孝慶 등 졔씨를 새로운 쇼리를 친 만치 새로운 길을 발기에는 만흔 고통을 멀니치며 대대적으로 하얏슴니다.

그 뒤에 다시금 회 내에는 서로〱 암투가 남모르게 흘으든 즁 간부들은 이곳 져곳으로 흐터져서 고장환 씨는 서울쇼년회를 창립케 되고 박준표, 김형배, 신재환 등 졔씨는 새벗회를 창설케 되고 김효경 씨는 우리쇼년회를 창립케 되여 이 모듬에 일대 파란이 일어낫슴니다. 그러나 리원규 씨는 다시금 뜻마맛 동지를 구하게 되엿스니 그 뒤 간부로는 金鍾喆, 崔東植, 崔奎善 등 졔씨이엿슴니다. 그리하야 또다시 더욱 힘잇는 소리를 치며 일하여 나갓슴니다.

이럭케 파란이 즁쳡하든 이 모듬에서는 이리져리 만흔 사업을 하게 되엿스니 그것은 소년운동계(少年運動界)를 위하야 젼경셩소년축구대회(全京城少年蹴球大會)를 열엇고 일반 무산소년의 교양을 도읍기 위하야는 아동야학원(兒童夜學院)을 셜립하야 문밍퇴치에 진력하엿고 일반 사회적 사업으로는 수재구졔음악대회(水災救濟音樂大會)를 두 번이나 열어서 재민(災民) 구졔에 진력하엿고 젼경셩소년쇼녀현상웅변대회(全京城少年少女懸賞雄辯大會)를 열엇스며 일반소년을 졍적 방면으로 인도하기 위하야 동화 대회도 자죠자죠 열엇고 또한 회원 간에 한달에 한번식 학술경긔대회(學術競技大會)를 열어서 회원의 지식을 계발식키는 등 이와 갓치 다형다각으로 지도에 노력하엿슴니다.

勞働少年을 慰安코자 첫가을 마지 大音樂會

活躍하는 半島少年會(쑷)

『每日申報』, 1927.8.31

이러는 중 사무소를 루하동으로 뎨부동 칠 번지에 옴기여서 쏘한 됴션소년의 문예(文藝) 방면으로 쏘한 지도방침을 지상으로 알니기 위하야 반도소년(半島少年)이라는 잡지를 삼년 동안 발간하여셔 그 부수가 말할 수 업시 만히 나아갓습니다. 그리하야 일천규빅이십오년 오월에는 불교소년회(佛敎少年會)와 이 반도소년회에서는 두 회에 지도자인 졍홍교(丁洪敎) 씨와 리원규(李元珪) 씨는 경성소년련밍(京城少年聯盟) 오월회(五月회)를 발긔하야 창립케 하엿슴니다.

그 뒤에 일반젹으로 사업을 진젼식키며 꾀를 도모하든 위원쟝 리원규 씨는 금년 일월 일일에 소년문예운동을 목젹하고 단연히 퇴회를 하게 되매 이 회에서 엇졀쥬를 모르게 되든 중 젼에 불교소년회에 칙임자이며 지도에 젼력하든 졍홍교 씨를 맛게 되어 더한층 새로운 긔운이 돌며 새로히 소년운동계에 나스게 된 리셔구(李瑞求) 씨를 마져서 한층 힘을 더하게 되엿는 바 아즉 사무소는 루하동(樓下洞) □빅칠십오 번지에다가 림시로 두고 장차 새로운 회관을 작졍하야 보기 죠흔 간판을 부치게 될 터이라고 함니다.

현재 회원은 팔십명이며 모히는 규졍을 회원은 매월 두 번으로 날자는 집힝위원회에서 통일하는 바 모힐 째마다 회명은 변개하야 지도문제로 일반소년에게 말을 하야 졍젹 교육 육젹 교육을 합하야 교양케 되며 간부들은 소년문제 연구에 관한 서칙을 매입하야 지도방침을 연구하는 바 현재 간부로는 總務部에 李瑞求, 丁洪敎 두 분이며 의원으로는 金炯培 외 한 사람이라고 함니다.

그리하야 도라오는 구월 십일에는 서울 시내에 ᄒᆞ터져서 잇는 로동소년을 위하야 로동소년위안음악대회(勞働者慰安音樂大會)를 개최코자 오ᄅᆡ 젼부터 간부 졔씨는 밥부게 준비 즁이라고 함니다.

씃흐로 이 모듬이 력사가 오ᄅᆡ인 만큼 요새히는 새로운 지도자를 마저서 □한 활동케 되엿스니 이 모든 업이 죠션에 빗날 줄 안다.

(씃)

更生의 懊惱에 싸힌 鮮光少年會의 現狀

『每日申報』, 1927.9.2

동소문 아씨서 힘업는 다리로 애죠소년회를 찻기에 진담이 빠진 긔자는 다시금 발길을 돌니여 션광쇼년회(鮮光少年會)를 찻기로 머리속에 너흔 후 가진 힘을 다하야 이곳저곳을 물어서 간부의 한 사람인 졍찬(鄭燦) 씨를 방문하야 이 회의 현상을 물어볼 때 긔자의 눈알이 핑핑 돌만침 허기가 졋섯스나 하여간 아참에 나온 목젹만 일우은 것이 한것 질거웟섯슴니다.

시내 내자동(內資洞) 구 번지에서 그 힘을 쌔들랴는 선광소년회(鮮光少年會)는 지금으로부터 일년 젼 일천구빅이십륙년 칠월 십팔일에 뎨부동 한 모퉁이에서 소리를 치게 되엇스니 그때에 발긔로 鄭燦, 姜燦格, 李鍾甲, 孫永奎, 趙明植 등 졔씨의 단결노써 되여 지금까지 내려오는 즁 회 내에는 다소 분규가 잇서서 간부가 여러 번 변동이 잇섯고 회무도 잘 진젼되지 못하엿다고 함니다.

현재로 힘쓰는 간부 朴浩讚, 李敎弼, 鄭演容, 鄭燦 등 졔씨로 현재 회원은 륙십여 명이라는 바 경비에 대하야셔는 간부들이 젼 칙임을 지고 사업을 진힝하여 나간다고 함니다.

그리하야 믹월 일회식 필운동 필운강습원(弼雲講習院)에서 동화대회를 열며 또한 회원의 긔능을 발휘식키고자 습자대회(習字大會)를 열어서 현상품(懸賞品)을 준다는 바 여긔에 대하야 회원과 간부들의 만흔 취미를 갓게 되엿다고 함니다. 그리고 셰상에 부모님께 쇼년 애호(少年愛護)에 대한 션젼을 하기 위하야 부형대회니 모매대회니 하는 회도 각금 열엇다고 함니다.

◇

이와 가치 활동하든 이 모듬에는 경졔적으로 만흔 핍박을 바더셔 회관을 톄부동으로 혹은 힝촌동으로 혹은 게동으로 써돌게 되야 지금에는 내자동 엇던 회원의 집에 잇스니 문패도 부치지 못하고 잇는 침톄적 현상을 유지하고 잇는 바 간부들은 말하되 “이와 갓흔 현상에 잇는 우리 회로써 션싱을 대하기는 북그러운 노릇이올시다. 그러나 압흐로 혁신 총회를 열고 다시금 새로운 긔세로 사업의 진젼칙과 지도에 대한 방침을 연구코자 함니다” 하고 압날에 긔대로 활동을 개시하랴고 한담니다. 그리서 지금은 회원의 입회도 업스며 위원에 집회도 드물다고 함니다. 이럼으로 이와 갓치 된 회에 회원들은 집을 찾기에 분망 즁이라고 함니다.

綱領

一. 우리 會는 少年運動에 前衛隊가 되기로 期함

一. 우리 會는 씩々하고 참된 少年을 養成하기로 期함

父老들의 理解 엇기에 애를 태오는 愛助少年

『每日申報』, 1927.9.4

팔월 삼십일 아참에는 눈을 비々면서 드문〰가는 구루마 소리와 무 장사의 소리를 들으면서 창경원(昌慶苑)을 거치여서 동소문 엽헤 잇는 경학원을 바라보며 숭이동(崇二洞) 일빅팔십오 번지에 잇는 애조소년회(愛助少年會)를 찻게 되여 잠자는 간부를 끌어내여 뭇기를 시작하엿습니다.

이 애조소년회는 지금으로부터 일년 젼 즉 일쳔구빅이십륙년 칠월 사일에 그 근방에 어린이의 모듬이라고 업슴을 유감으로 싱각한 홍순긔(洪淳基), 리창연(李昌衍), 홍복득(洪福得), 리용범(李用範) 등 졔군의 쥬선으로 그 회의 탄싱에 깃븜을 마지하엿는 바 그때부터 간부들은 어린 사람들이엇지만은 힘과 힘을 서로 합하야 근근동리에 흐터져 잇는 자긔네 동모의 손을 익글어 한가지 회원이 되여 한 뭉치로 우리는 서로 배와 나아가자는 션젼을 하며 회원을 모집하는 한편 싸라셔 어머니나 아버지에게 소년회가 엇더하다는 것을 리해를 식키도록 하야 지금에 회원 삼십여 명에 달하는 것은 노력의 결과가 싱기엿다고 합니다.

이렇케 활동하는 간부들은 쉬임을 싱각지 안코 째째로 동화회를 열며 쏘한 아버지 대회니 어머니 대회라는 모듬을 개최하야 그 회에 사명을 선젼하며 자긔들이 엇더한 쳐지에 잇다는 것을 일반 소년에게 알니어셔 한 사람이라도 소년다운 소년이 되도록 인도하엿다고 합니다.

그 뒤에 그대로 리해 못하는 부모가 잇고 형졔자믹가 만흠을 싸라서 자긔들의 동지를 구하는 데에 다소 영향이 밋침으로 그를 엇지 하면은 죠흘가 하고 회의를 거듭한 결과 유일한 방침으로는 지상으로 선젼함이 가장 젹실하다 하고 금년부터

『애죠(愛助)』라는 회보를 발힝하야 일반 가졍에 난우워 주며 또는 회원에게 분배하야 현하 소년운동에 여하를 알인다고 함니다.

綱領

一. 우리는 少年에게 適合한 敎養이 잇도록 努力하기로 함

一. 우리는 서로 親睦하는 가운데 씩々한 少年이 되도록 로력함

多形에서 統一로 少年機關을 抱容

五月會에 過去 現在(上)

『每日申報』, 1927.9.6

지금으로부터 이십여일을 두고 적으나마 조선의 수부인 서울 시내에 흐터져셔 잇는 압날에 잘 살기 위하야 미리에 우리 사회의 쥬인공이며 졔이세 국민을 지도하는 각 소년회의 현재 상태와 간부들의 활동을 리해가 엄는 셰상에 부모님께 소개케 되는 오늘날에 마즈막으로 누구나 다 ― 죠션의 소년운동 션상에서 엄지손가락을 쏩는 오월회(五月會)를 소개케 된 것이다. 셰계젹(世界的)으로 국졔청년회소년부(國際青年會少年部)가 잇게 되며 일본(日本)에 아동애호련밍(兒童愛護聯盟)이 잇는 반면에 조션에는 오월회가 그 존재를 불으짓는 것임니다.

죠선의 소년운동은 그 운동이 소년자신에 해방운동인 동시에 그 지도운동이라고 하겟나이다. 무궁화 가운데에 잇는 부모님들은 녯날노부터 지금까지 자긔의 자손을 사랑한다는 것이 절대젹 엇더한 애호가 안이엿고 압박과 구속 그 가운데에서 자녀(子女)를 가졍의 꼿으로써 셤기며 양육치 안코 아버지나 어머니가 스스로 가졍에 왕이 되여 맛치 노예 모양으로 사역(使役)하는 까닭에 이에 대한 해방을 부르짓기 위하야 싱긴 것이 소년회이며 이것을 절대로 불으짓는 것이 소년회의 사명이라 하겟나이다.

그리하야 지금까지에 죠션의 소년운동은 초긔인 만큼 부모님께 그러한 사명을 불으짓기 위한 긔분운동(氣分運動)이엿스며 션젼이엿든 일쳔구빅이십오년 오월 삼십일에 조션불교소년회와 반도소년회의 대표 졍홍교(丁洪敎), 리원규(李元珪) 량씨의 준비로 경성소년련밍(京城少年聯盟) 오월회(五月會)를 만흔 동지 단톄로 조직하게 되엿슴니다. 그리하야 다각다형(多角多形)으로 그 지도에 힘쓰든 소년 단톄는 이로

써 졔일차 죠직적 운동으로 들어가게 된 것이다.

그리하야 졔일차로 方定煥, 高漢承, 丁洪敎 등 삼씨의 집힝위원이 선경되여 제일차 사업으로 십일 동안을 두고 경성 시내에 각처로 도라단이며 부모대회(父母大會)를 열어셔 소년지도문졔대강연회(少年指導問題大講演會)를 열어 그에 사명을 불으지즘을 쳣소리로 하야 졔이차로 정홍교 씨는 남션순회동화(南鮮巡廻童話)를 하게 되여 점차로 젼조선적으로 그에 사명을 역셜하게 된 것임니다.

(계속)

七十萬 宣傳紙 全鮮에 널니 配布 (下)

『每日申報』, 1927.9.7

각 소년회 회원의 정적 방면에 교양을 도읍기 위하야 죠선서는 쳐음 되는 현상동화동요대회(懸賞童話童謠大會)를 열엇스며 오월 일일(五月一日) 어린이 데 — 를 당하야는 사회 각 계급에 유지를 망라하야 어린이데 — 준비하게 되엿슴니다. 그리하야 젼 죠션젹으로 륙심여 만 쟝에 션젼지를 산포하고 한편으로 젼 조선에 산재한 소년회 통게표를 작성케 되엿슴니다. 그러다가 리왕에 국상을 당하야 만흔 경비를 들인 어린이데 — 수포로 도라가고 망곡반을 죠직하랴다가 조션소년운동 션상에서 졔일차로 文秉讚, 李元珪, 丁洪敎, 閔丙熙, 劉時鎔 등 오씨는 경찰 당국에 희싱되고 말엇슴니다.

그해 가을 경긔총회에 당션된 崔奎善, 崔英潤, 李元珪, 韓榮憲, 高長煥, 文秉讚, 劉時鎔, 丁洪敎 등 졔씨는 젼죠션소년지도자대회(全朝鮮少年指導者大會)를 열냐다가 사경으로 연긔된 후 순쳔(順天) 사형 사건에 허시모 문졔에 대하야 리원규, 졍홍교 량씨를 자젼거로 순쳔에 파송하야 조사한 후 그 보고 연셜회를 열고자 하다가 금지

로 도라가고 만 후 경성 시내에 이곳져곳을 순회하며 동화회를 열엇습니다. 그리하야 봄에 준비하엿든 어린이데는 가을 추석을 리용하야 릭청각(來青閣)에서 셩대히 개최하고 말엇습니다.

◇

그러든 금년 일쳔규빅이십칠년 오월 일일 어린이데 — 를 당하야 다소 여러 가지에 문졔가 빅출한 사실은 널니 셰상에서 공지하는 바와 갓거니와 끗까지 희싱하려든 오월회에서 엇지 할 수 업시 조션소년군춍본부(朝鮮少年軍總本部)를 비롯하야 재경 사십여 단톄와 구대 잡지사와 합동하야 사회의 만흔 응원 가운데에 삼쳔여명(三千餘名)에 소년으로 경성 쳔지를 움지그렷스며 그날에는 칠십여만장(七十餘萬枚)을 젼 조션 각지 소년회에 배부한 션젼지를 일졔히 쌜이면서 젼 죠션젹으로 이 오월회에 힘을 발휘케 된 것이외다.

◇

이와 갓치 활동하는 조션에 유일한 지도단톄(指導團體)인 오월회(五月會)에서 이번 어린이데 — 에 불상사를 유감으로 싱각하며 쏘한 다형적(多形的)으로 지도하는 죠션에 소년운동을 통일젹으로 그 사명을 불우짓기 위하야 즁앙집권젹으로 조션소년련합회(朝鮮少年聯合會)를 어린이데 — 준비위원(準備委員) 간담회(懇談會) 석상에서 십삼인에 준비위원을 선정하야 준비위원회를 죠직하야 수개월간 활동하든 칠월 삼십일에 젼 조선젹으로 련밍해 오월회를 비롯하야 삼개 련밍과 륙십여 셰표단톄로 대회를 열게 하엿습니다.

◇

이와 갓치 젼 죠션젹으로 조선의 소년운동을 통일키 위하야 노력하는 오월회에 사무소는 아즉 일시로 시내 견지동(堅志洞) 팔십 번지 시텬교당 안에 잇스나 몟칠 후에 다른 곳으로 이젼케 되리라 하며 압날에 사업으로는 소년운동자 츄긔 간담회를 개최할 것과 창립 긔렴식에 관하야 할 것과 순회 동화회 등을 개최할 외에 그타 다른 지도문졔에 대한 사업을 칙젼하고 잇담니다. 그런데 현재 간부로 許璇圭, 尹小星, 高長煥, 崔英潤, 韓榮愚, 丁洪敎, 閔丙熙 등 졔씨라고 함니다.

◇

이와 갓치 조선에 소년운동을 위하야 힘쓰는 오월회에 대하야 일반사회에서는 한 가지를 연구를 실시하며 셔로〱의사를 교환 식키는 가운데에 한갓 감사를 안이 들일 수 업겟나이다.

(쯧)

필자 소개

강창복(姜昌福, ?~?). 신원미상. 작품으로 『별나라』에 1931년 「읽은 뒤 감상」(제50호, 5월호)이 있다.

강창옥(姜昌玉, ?~?). 신원미상. 함경남도 북청군 신창항(新昌港) 출생. 작품으로는 1931년 『별나라』에 발표한 평론 「남의 동요와 제 동요」(제55호, 12월호)가 있다.

고고회(高古懷, ?~?). 신원미상. 황해도 해주읍(海州邑) 출생. 작품으로는 1930년 『동아일보』에 발표한 평론 「유천덕(劉天德) 군의 『수양버들』」(11.1)이 있다.

고문수(高文洙, 1915~?). 황해도 해주(海州) 출생. 해주제이공립보통학교(海州第二公立普通學校)와 황해도 재령(載寧)의 재령공립농업학교(載寧農業學校)를 졸업했다. 1932년 동아일보사의 '1932년도 제2회 학생 브나로드운동 긔자대원'에 연희전문(延禧專門)의 원유각(元裕珏) 등 8명 가운데 한 명으로 선발되었다. 1930년 『동아일보』(1.2)에 '작문' 분야 '일기문' 2등으로 당선되었다. 작품으로는 『어린이』에 1932년 「(독자평단) '어린이'는 과연 가면지(假面紙)일까?—'어린이'에게 오해를 삼는 자에게 일언함」(5월호), 「'어린이'지 오월호 동요 총평」(6월호) 외에 다수의 아동문학 작품을 발표하였다.

고장환(高長煥, ?~?). 소년운동가. 필명은 고긴빗. 1923년 정홍교(丁洪敎) 등과 함께 반도소년회(半島少年會)를 조직하였고, 1925년 9월에는 방정환(方定煥)의 소년운동협회(少年運動協會)에 맞서 경성소년연맹회(京城少年聯盟會)를 창립하였다가 명칭에 대해 일제 당국의 반대가 있자 오월회(五月會)로 바꾸었다. 1927년 10월 소년운동협회와 오월회 계통의 64개 단체가 합쳐 조선소년연합회(朝鮮少年聯合會)(中央常務書記)로 단일화하고, 1928년 회명을 바꾸어 조선소년연맹(朝鮮少年聯盟)으로 개칭하는 등의 일에 주요 역할을 하였다. 1927년 한정동(韓晶東), 정지용(鄭芝溶), 신재항(辛在恒), 김태오(金泰午), 윤극영(尹克榮) 등과 함께 조선동요연구협회(朝鮮童謠硏究協會)를 창립하는데 발기인으로 참여했다. 1928년 전남소년연맹(全南少年聯盟) 사건으로 정홍교, 김태오(金泰午) 등과 함께 보안법 위반으로 기소되었고, 1929년 12월 조선소년연맹 간부로 정홍교(丁洪敎), 최청곡(崔靑谷)과 함께 일제 당국에 검거된 바 있다. 작품으로는 『조선일보』에 1928년 「동요 의의－동요대회에 임하야」(3.13), 1933년 「소년운동 제현께－어린이날에 당하야」(전2회, 5.7~10), 『동아일보』에 「생명의 새 명절, 조선의 『어린이날』－열세돐을 맞으며(上·下)」(5.4~5), 『매일신보』에 1934년 「아동과 문학－일구삼사년의 전망」(전7회, 1.3~28), 1936년 「'어린이날'을 직히는 뜻과 지나온 자최(상·중·하)」(5.3~5) 외에 다수의 아동문학 작품이 있다. (편)저서로는 『파랑새』(박문서관, 1927), 『세계소년문학집』(博文書舘, 1927), 『조선동요선집』(博文書舘, 1929), 번역서인 『동키호－테와 껄리봐 여행기』(博文書舘, 1929), 『현대명작아동극선집』(永昌書舘, 1937) 등이 있다.

고한승(高漢承, 1902~1949). 신극운동가, 아동문학가. 호는 서원(曙園), 포빙(抱氷), 포빙생(抱氷生), 필명은 고마부(高馬夫). (고한용(高漢容)은 고한승과 다른 사람이며, 고짜짜는 고한용의 필명이고, 고사리는 김억(金億)의 필명으로 고한승과 무관하다.) 경기도 개성(開城) 출생. 1914년 개성제일공립보통학교(開城第一公立普通學校)를 졸업하고, 1920년 3월 보성고등보통학교(普成高等普通學校)를 졸업하였다. 1920년 4월, 마해송(馬海松), 진장섭(秦長燮) 등과 함께 『여광(麗光)』 동인으로 활동을 하였다. 1920년 연희전문학교에 입학하였으나 중퇴하고 일본으로 가 1921년 일본 도요대학(東洋大學) 문학과에 입학하였다. 도쿄(東京) 유학 중 신극 연구단체인 극예술협회(劇藝術協會) 창립 회원으로 활동하였다. 1921년 김성형(金星炯), 공진형(孔鎭衡), 고한승(高漢承), 장희순(張熙淳), 공진항(孔鎭恒), 김승영(金昇永), 진장섭(秦長燮), 유기풍(劉基豊), 손인순(孫仁順), 최우용(崔禹鏞), 마상규(馬相圭), 윤광수(尹光洙), 하동욱(河東旭), 공진태(孔鎭泰) 등과 함께 개성 출신 유학생 단체인 송경학우회(松京學友會)를 주도하고 귀국하여 아마추어 학생극 활동을 벌였다. 1921년 7월 11일 개성충교엡윗청년회(開城忠橋엡윗靑年會) 주최로 공진태(孔鎭泰), 진장섭(秦長燮)과 함께 동경유학생 강연회를 하였는데, 고한승은 '예술미(藝術美)와 자연미(自然美)'라는 주제로 강연하였다. 1923년 조준기(趙俊基), 고한승(高漢承), 최승일(崔承一), 최영진(崔瑛珍), 김호성(金昊性), 김광훈(金光薰), 김영팔(金永八), 최문우(崔文愚), 이준업(李俊業) 등과 함께 형설회순회연극단(螢雪會巡廻演劇團)이라는 단체를 조직하여 전국적인 공연활동을 펼쳤다. 『조선일보』의 후원을 받아 조춘광(趙春光)의 「개성(個性)의 눈뜬 후」와 고한승의 「장구(長久)한 밤」 등을 상연하였는데, 특히 「장구한 밤」은 입센과 하우프트만의 영향을 받아 창작한 것으로 가장 위대한 작품이라는 평가를 받기도 했다. 1923년 4월 개성 진장섭의 집에서 김영보(金泳俌), 이기

세(李基世), 최선익(崔善益), 고한승(高漢承), 진장섭(秦長燮), 조숙경(趙淑景), 마해송(馬海松) 등 7명의 회원으로 이루어진 문인회 녹파회(綠波會)를 조직하였다. 1923년 5월, 손진태, 정순철, 고한승, 진장섭, 정병기, 강영호, 조준기 등 8명이 '색동회'를 조직한 후, 『어린이』에 동화를 발표하는 등 소년운동과 아동문학 활동을 활발하게 전개하였다. 1925년 경성(京城)의 소년지도자대회 창립총회를 열고 방정환, 정홍교와 함께 위원이 되는 등 소년운동에 적극 가담하였다. 1926년경 『매일신보』 학예부 기자로 활동하였다. 1927년 영화 연구를 목적으로 심훈(沈熏), 나운규(羅雲奎), 최승일(崔承一), 김영팔(金永八), 이익상(李益相), 김기진(金基鎭), 유지영(柳志永), 안석영(安夕影), 윤기정(尹基鼎), 임화(林和) 등과 함께 영화인회(映畵人會)를 창립하였다. 동화 창작과 구연에 힘썼고, 어린이들의 지위 향상과 인격 향상에 힘을 기울였다. 1928년 개벽사(開闢社)의 상무취체역(常務取締役)에 취임하였다. 1933년 4월 공진항(孔鎭恒), 김학형(金鶴炯), 김재은(金在殷), 고한승(高漢承), 이선근(李瑄根), 김영의(金永義), 박일봉(朴一奉), 김병하(金秉河), 마태영(馬泰榮), 박재청(朴在淸) 등 10명이 동인이 되어 『고려시보』를 발간하였다. 일제 말기 송도항공기주식회사(松都航空機株式會社)를 설립하여 일본군에 비행기를 보내야 한다고 주장하는 등 적극적인 친일행위를 하였고 이로 인해 1949년 6월 반민특위(反民特委)에 의해 친일파로 공민권 정지 5년형을 언도받았다. 이후 친일파로 몰리자 술로 마음을 달래다 화병으로 쓰러져 10월 29일 부산에서 세상을 떠났다. 해방 직후 개벽사(開闢社)에 근무하면서 잡지 『어린이』를 복간 운영하였다.

고화영(高火映, ?~?). 신원미상. 작품으로 『별나라』에 1932년 「조선 초유의 연합 학예회의 감상」(제60호, 7월호)이 있다.

구옥산(具玉山, ?~?). 여성운동가. 1924년 3월경 경성여자고학생상조회(京城女子苦學生相助會) 순회 강연단의 일원으로 구옥산은 배혁수(裵赫秀), 정종명(鄭鍾鳴)과 함께 황해도 장연(長淵), 황해도 은율(殷栗), 평안남도 안주(安州), 평안남도 박천(博川), 평안남도 정주(定州), 황해도 황주(黃州) 등지를 순회하며 여성의 지위 향상과 사회 활동 등에 대해 강연하였다. 작품으로는 『동아일보』에 1932년 평론 「당면문제의 하나인 동요 작곡 일고찰」(4.2)이 있다.

구왕삼(具王三, 1909~1977). 아동문학가, 동요 작곡가, 음악평론가, 찬송가 편집자. 사진작가 및 비평가. 경상남도 김해(金海) 출생. 1930년 12월 김해 야학 폐쇄 문제로 김해청년동맹(金海靑年同盟)의 맹원으로 '로동자 농민 무산시민에게 격함(勞動者農民無産市民에게 檄함)'이라는 격문(檄文)을 산포(散布)하였다가 김해농민연맹(金海農民聯盟) 간부 허성도(許成道)와 함께 출판법 위반으로 검거된 바 있다. 1934년 장로교총회에서 찬송가 개정 편찬을 위해 종교 음악 문헌을 수집하기 위해 찬송가위원회 상무로 일하던 구왕삼(具王三)이 동경에 파견되었다. 이 시기 아이생활사(社)에 재직하면서 음악 평론 활동을 하였다. 해방 이후 사진(寫眞) 작가로 활동하면서 비평도 활발히 하였으며, 1963년 이후 '동아사진콘테스트' 심사위원으로 활동하였다. 작품으로는 『신동아』에 1933년 「아동극에 대한 편견(片見)-동극연구회 조직을 계기하야」(5월호) 등이 있다.

권구현(權九玄, 1902~1937). 시인, 미술가. 호는 흑성(黑星), 필명은 천마산인(天摩山人). 충청북도 영동(永同) 출생. KAPF에 가담하였으나 김화산(金華山) 등이 주도한 아나키스트 문학 편에서 KAPF와 논전을 펼쳤다. 작품으로는 『조선일보』에 1927년 「동화연구의 일단면-동화집 『금쌀애기』를 읽고」(天摩山人; 12.6) 등이 있다. 저서로는 단독 사화집(詞華集) 『흑방(黑房)의 선물』(永昌書館, 1927)이 있는데, 시조와 단곡(短曲, 짧은 악곡) 97편이 수록되어 있다.

김관(金管, 1910?~1945?). 클라리넷 연주가, 음악평론가. 본명 김복원(金福源). 황해도 개성(開城) 출생. 송도고등보통학교(松都高等普通學校)를 졸업하고 연희전문학교(延禧專門學校)를 거쳐 니혼대학(日本大學) 경제학부를 졸업하였다. 1930년대 전반 연희전문 음악부에서 현제명(玄濟明)의 지도하에 김성태, 김대연, 이유선 등과 함께 활동하였다. 1936년 4월 윤복진과 더불어 『음악평론』을 발간하였으나 통권 2호로 폐간되고 말았다. 1938년 2월에는 김관음악연구소(金管音樂硏究所)를 개관하였다. 1941년 3월 25일 설립된 조선음악협회(朝鮮音樂協會)의 이사 14명 중 한국인 이사 함화진(咸和鎭), 계정식(桂貞植), 김원복(金元福), 김재훈(金載勳) 및 평의원 홍난파(洪蘭坡), 김세형(金世炯), 이애내(李愛內) 등과 함께 활동하였다.

김광균(金光均, 1914~1993). 시인, 아동문학가. 호는 우두(雨杜). 경기도 개성(開城) 출생. 송도상업학교(松都商業學校)를 졸업하고 고무공장 사원으로 군산(群山)과 용산(龍山) 등지에 근무하면서 어린 시절부터 시를 쓰기 시작하였다. 1927년 8월 개성소년동맹(開城少年同盟)을 창립하는 등 소년운동과 소년문예운동에 활발하게 참여하였고, 1930년 3월 개성(開城)에서 현동염(玄東炎), 최창진(崔昌鎭) 등과 함께 연예사(硏藝社)를 창립하였다. 1936년 서정주(徐廷柱), 오장환(吳章煥) 등과 함께 시인부락(詩人部落) 동인으로 참여하였고, 1937년에는 자오선(子午線) 동인으로 참여하였다. 작품으로는 『별나라』에 1931년 소년보고문학 「소년부(少年部)는 작구 조직(組織)된다」(제49호, 4월호)외에 다수의 아동문학 작품이 있다.

저서로는 시집 『와사등(瓦斯燈)』(남만서점, 1939), 『기항지(寄港地)』(정음사, 1947), 『황혼가(黃昏歌)』(산호장, 1959), 『추풍귀우(秋風鬼雨)』(범양사, 1986), 『임진화(壬辰花)』(범양사, 1989) 등과 문집 『와우산(臥牛山)』(범양사, 1985)이 있다.

김기전(金起瀍, 1894~1948?). 언론인, 종교인. 호는 소춘(小春). 뒤에 이름을 '金起田'으로 바꾸었다. 평안북도 구성(龜城) 출생. 보성전문(普成專門)을 졸업하였다. 1909년 천도교에 입교하였고, 매일신보사(每日申報社) 기자와, 『개벽(開闢)』의 주필을 역임하였다. 『개벽』과 『조선농민』 등의 잡지에 많은 양의 논설을 발표하였다. 1921년 방정환, 이정호(李定鎬), 박달성(朴達成), 차상찬(車相瓚), 김옥빈(金玉斌), 박용준(朴庸准) 등과 함께 천도교소년회(天道敎少年會)를 조직하여 소년운동을 전개하였다. 1925년 10월에 천도교청년당(天道敎靑年黨)의 조기간(趙基栞), 이돈화(李敦化), 박사직(朴思稷) 등과, 농민운동에 관심이 많은 이성환(李晟煥, 동경유학생), 선우전(鮮于全, 동아일보사 촉탁), 이창휘(李昌輝, 변호사), 박찬희(朴瓚熙, 동아일보 기자), 김준연(金俊淵, 조선일보 기자), 유광렬(柳光烈, 조선일보 기자), 김현철(金顯哲, 시대일보 기자), 최두선(崔斗善) 등과 함께 조선농민사(朝鮮農民社)를 창립하였다. 1948년 3월 1일 반공의거 운동(3·1운동 재현 운동) 시 평양에서 행방불명된 것으로 알려졌다. 작품으로는 『개벽』에 1921년 「가하(可賀)할 소년계의 자각－천도교소년회의 실사(實事)를 부기(附記)함」(10월호) 등이 있다. 저서로는 『천도교 청년당 당지(天道敎靑年黨黨志)』, 『당헌석의(黨憲釋義)』, 『조선지위인(朝鮮之偉人)』 등과 『소춘 김기전 전집』(전3권, 국학자료원, 2010~2011)이 있다.

김기주(金基柱, ?~?). 호 춘재(春齋). 평안남도 평원군(平原郡) 청산면(靑山面) 구원리(舊院里) 출생. 1930년 『매일신보』(12.25)에 『신진동요집(新進童謠集)』을 발간한다고 예고하였다가 『조선동요선집(朝鮮童謠選集)』으로 개제하여 발간한다며 옥고(玉稿)를 보내달라고 하는 등 동요 창작과 보급에 힘을 쏟았다. 작품으로는 『매일신보』에 1931년 「一九三〇년에 대한 「소년문단 회고」를 보고－정윤환(鄭潤煥) 군에게 주는 박문(駁文)」(전2회, 3.1~3) 외에 다수의 아동문학 작품이 있다. 저서로는 동요집 『조선신동요선집 제일집』(평양: 東光書店, 1932)을 발간했다.

김남주(金南柱, 1904~?). 언론인, 아동문학가. 경상남도 삼천포(三千浦) 출생. 1924년 경남교원시험에 합격하여, 1926년까지 울산공립보통학교, 삼천포공립보통학교 훈도(訓導)를 지냈고, 1934년 경기도 청운보통학교의 촉탁교원(囑託敎員)으로 있었다. 『중외일보(中外日

報)』, 1931년 『중앙일보』 편집부장, 1937년 동아일보사(東亞日報社) 사천(泗川) 지국 고문 등으로 활동하였다. 『습작시대(習作時代)』와 『백웅(白熊)』을 합해 문예잡지 『신인(新人)』을 조재관(趙在寬), 진우촌(秦雨村) 등과 함께 발간하였다. 1932년 8월 7일 창립한 조선문필가협회(朝鮮文筆家協會)에 발기인으로 참여하였다. 작품으로는 『어린이』(제7권 제8호) 부록인 『어린이 세상』에 1929년 「(어린이 강좌 · 제오강) 소설 잘 쓰는 방법」(其32, 10월호) 외에 다수의 아동문학 작품이 있다.

김대봉(金大鳳, 1908~1943). 의사, 시인. 호는 포백(抱白). 경상남도 김해(金海) 출생. 평양의학전문학교를 졸업하였고 경성제국대학 세균학 교실에서 연구하고 의원을 개업하였다. 1931년 겨울 김대봉은 김조규(金朝奎), 남궁랑(南宮琅), 황순원(黃順元) 등과 함께 평양(平壤)에서 동요시인사(童謠詩人社)를 발기하였다. 1938년 『맥(貘)』의 창간 동인으로 박남수(朴南秀), 김상옥(金相沃), 김용호(金容浩), 윤곤강(尹崑崗), 임화(林和) 등과 함께 활동하였다. 작품으로는 『중앙일보』에 1932년 「동요 비판의 표준」(전2회, 1.18~19), 「동요단 현상의 전망」(2.22) 외에 다수의 아동문학 작품이 있다. 저서로는 시집 『무심(無心)』(貘社, 1938)이 있다.

김동환(金東煥, 1901~?). 시인. 호는 파인(巴人). 함경북도 경성(鏡城) 출생. 1926년 신원혜(申元惠)와 혼인한 후 서울로 이주하였다. 1921년 일본 도요대학(東洋大學) 영문학과에 진학하였다가 관동대진재로 중퇴하고 귀국하였다. 1929년 6월 종합지 『삼천리(三千里)』를 자영하였고, 1938년에는 자매지 『삼천리문학(三千里文學)』을 간행하였다. 일제말기 친일활동을 하였고, 6 · 25전쟁 중 납북되었다. 아동문학 관련 작품으로는 『조선일보』에 1927년 「학생문예에 대하야」(11.19)가 있다. 저서로는 우리나라 최초의 서사시로 알려진 『국경의 밤』(한성도서주식회사, 1925) 외에, 『승천하는 청춘』(신문학사, 1925), 『삼인시가집(三人詩歌集)』(삼천리사, 1929), 『해당화(海棠花)』(대동아사, 1942) 등이 있다.

김말성(金末誠, ?~?). 신원미상. 작품으로 『사해공론』에 1935년 「조선 소년운동 급 경성 시내 동단체 소개」, 동시 「개고리」(이상 5월호)가 있다.

김명겸(金明謙, ?~?). 아동문학가. 필명 김예지(金藝池). 함경남도 이원군(利原郡) 출생. 1935년 7월 동아일보사 이원지국(利原支局) 군선분국장(群仙分局長)에 임명되었다가, 지국으로 승격하여 11월 1일부터 군선지국장에 임명되었다. 소년문예 단체인 이원(利原) 불꼿社 활동을 하였다. 작품으로는 『별나라』에 1931년 「『파랑새』 發刊을 듣고」(7 · 8월 합호) 외에 다수의 아동문학 작품이 있다.

김병하(金秉河, 1906~?). 곤충학자. 황해도 개성(開城) 출생. 송도고등보통학교(松都高等普通學校)를 나와 독학으로 곤충을 연구하여, 송경곤충연구회(松京昆蟲硏究會), 조선곤충연구회 등을 조직하는 등 곤충학의 권위가 되었다. 『조선농민사전』 편찬을 위해 장단군(長湍郡)에 칩거하기도 하였다. 해방 후 개성 송도중학(松都中學) 교유(敎諭)로 재직하였다. 1933년 4월 『고려시보』 발간 당시 거화(炬火) 공진항(孔鎭恒), 청농(靑儂) 김학형(金鶴炯), 범사초(凡斯超) 김재은(金在殷), 포영(抱永) 고한승(高漢承), 하성(霞城) 이선근(李瑄根), 송은(松隱) 김영의(金永義), 일봉(一峯) 박일봉(朴一奉), 김구(金龜) 김병하(金秉河), 마공(馬公) 마태영(馬泰榮), 춘파(春波) 박재청(朴在淸) 등 10명의 동인 중 한 사람으로 참여하였다. 김병하가 채집한 곤충 표본이 1932년 스페인의 대학과, 1935년 스웨덴 황태자에게, 해방 후 하지(J.R. Hodge) 중장을 통해 워싱턴 대학에 각각 전달되기도 하였다. 여러 가지 발명도 많이 하였는데, 1940년 누점포획기(螻蛄捕獲器)를 발명하여 제국발명장려회로부터 조선 사람으로선 처음으로 금패(金牌) 표창을 받기도 했다. 작품으로는 『조선중앙일보』에 1933년 「곤충동화」(전24회 이상, 1933.11.16~12.31), 1935년 「박물동요연구」(전29회 이상, 1.26~3.21) 등이 있다. 저서로 『농업전문답집(農業專門答集)』(개성, 鄕土社, 1939)이 있다.

김병호(金炳昊, 1906~1961). 시인, 아동문학가. 호는 계림(鷄林), 필명은 탄(彈) 또는 김탄(金彈). 경상남도 진주(晋州) 출생. 1925년 3월 경상남도공립사범학교 특과 졸업 후 조선공립보통학교 교사를 시작으로 경상남도 일대의 교사, 교장으로 근무하였다. 1928년 8월 엄흥섭(嚴興燮), 진우촌(秦雨村), 김찬성(金贊成) 등 신진시인들과 함께 월간 문예잡지 『신시단(新詩壇)』을 발간하였다. 1954년 발광(發狂)하였으며 1961년 부산 해운대에서 동사(凍死)하였다고 한다. 작품으로는 『신소년』에 1930년 「동요강화(童謠講話)」(11월호), 1932년 「조선신동요선집을 읽고」(7월호), 『조선일보』에 1930년 「신춘당선 가요만평 – 삼사분(三社分) 비교합평」(전3회, 1.12~15), 「사월(四月)의 소년지 동요」(전3회, 4.23~26), 『음악과 시』에 1930년 「최근 동요평」(창간호, 8월호), 『중외일보』에 1930년 「최근 동요 평」(전3회, 9.26~28) 외에 다수의 아동문학 작품이 있다.

김사엽(金思燁, 1912~1992). 국문학자. 호는 청계(淸溪). 경상북도 칠곡(漆谷)에서 출생. 1932년 대구고등보통학교(大邱高等普通學校)를 졸업한 후, 1938년 경성제국대학 조선어문학과를 졸업하였다. 1947년 서울대학교 교수, 1953년부터 1960년까지 경북대학교 교수를 역임하였고, 1963년부터 1982년까지 오사카외국어대학(大阪外國語大學) 한국어과에 재직하였으며, 1982년부터 1991년까지 동국대학교 교수 겸 일본학 연구소장으로 한일 문화교류에 힘썼다. 1984년 일본 정부로부터 훈사등욱일소수장(勳四等旭日小綬章)을 받았고, 1985년에는 쌍방 양국의 문화 교류에 기여한 공로로 야마가타반토상(山片蟠桃賞)을 수상하였다. 아동문학 관련 작품으로 『조선일보』에 1929년 발표한 평론 「동요작가에게 보내는 말」(10.8) 외에 다수의 동요 작품을 발표하였다. 저서로 『조선문학사』(정음사, 1948), 『정송강연구』(계몽사, 1950), 『이조시대의 가요연구』(학원사, 1956), 『일본의 만엽집(萬葉集)－그 내포(內包)된 한국적 요소(韓國的要素)』(민음사, 1983) 등과 『김사엽 전집(金思燁全集)』 1～32(박이정, 2004)이 있다.

김성용(金成容, ?～?). 소년운동가, 아동문학가. 필명 두류산인(頭流山人). 함경남도 단천(端川) 출생. 1928년 3월 4일 단천소년동맹 임시총회를 김성용의 사회로 개최하였고, 1929년 4월 27일 어린이날 기념 행사 관련 조선소년총동맹 단천소년동맹의 집회를 금지하자 조선소년총동맹 본부 중앙위원인 김성용이 대회 개최를 교섭한 바 있고, 1929년 11월 4일 조선소년총동맹 단천소년동맹 제2회 대회를 금지하자 조선소년총동맹 본부 중앙위원인 김성용이 교섭하는 등 소년동맹 활동을 하였고, 1930년 1월 25일 단천 역전(驛前)에서 단천청년동맹 창립 기념일 만세 사건으로 구금되기도 하였다. 1930년 5월 이태규(李太圭; 慶南), 박근산(朴權山; 北靑), 최달수(崔達守; 馬山), 지일천(池日天; 利原), 황용암(黃龍岩; 密陽), 정홍조(鄭紅鳥; 彦陽) 등과 함께 조선소년총동맹 전국대회 개최 준비위원으로 활동하였다. 작품으로는 『조선일보』에 1929년 평론 「소년운동의 조직문제」(전7회, 11.26～12.4), 『중외일보』에 1930년 평론 「동심의 조직화－동요운동의 출발 도정」(전3회, 2.24～26), 「동화 운동의 의의－소년문예운동의 신전개」(전4회, 頭流山人; 4.8～11), 「소년운동의 신진로－약간의 전망과 전개 방도」(전5회, 頭流山人; 6.7～12) 등이 있다.

김소운(金素雲, 1907～1981). 시인, 수필가. 본명 김교중(金敎重), 호는 소운(巢雲), 삼오당(三誤堂). 부산 출생. 1920년 일본으로 건너가 도쿄 가세중학교(開成中學校)에 입학했으나 1923년 관동대진재로 중퇴하였다. 일본에 한국 문학을 번역 소개한 것이 가장 큰 활동이자 업적이었다. 1948년에 제막된 우리나라 최초의 시비인 이상화시비(李相和詩碑)를 건립하는데 주도적으로 참여하였다. 작품으로는 『조선일보』에 1933년 서평 「윤석중 군의 근업(近業)－동시집 '일허버린 댕기'」(5.10) 외에 다수가 있다. 저서로는 『조선구전민요집』(第一書房, 1933), 『조선동요선』(岩波書店, 1933), 『조선민요선』(岩波書店, 1933), 『조선민요집』(1941)

과 수필집 『마이동풍첩(馬耳東風帖)』(고려서적, 1952), 『목근통신(木槿通信)』(1952), 『삼오당잡필(三五堂雜筆)』(진문사, 1955), 『건망허망(健忘虛妄)』(남향문화사, 1966), 『물 한 그릇의 행복』(중앙출판공사, 1968), 동화집 『착한 어린이－보리알 한 톨』(수도문화사, 1952), 『김소운수필선집』(전5권, 아성출판사, 1978) 등이 있다.

김약봉(金若鋒, ?～?). 신원미상. 작품으로 『어린이』에 1932년 평론 「김동인(金東仁) 선생의 잡지만평(雜誌漫評)을 두들김－특히 소년잡지 평에 대하야」(8월호)가 있다.

김억(金億, 1896～?). 시인, 평론가. 호는 안서(岸曙), 안서생(岸曙生). 필명은 A.S., 처음 이름은 희권(熙權)인데 뒤에 억(億)으로 개명한 것임. 평안북도 정주(定州) 출생. 오산학교(五山學校)를 거쳐 일본 게이오의숙대학(慶應義塾大學) 영문과에 입학하였으나 아버지의 죽음으로 학업을 중단하고 귀국하였다. 이후 오산고등보통학교(五山高等普通學校), 숭덕학교(崇德學校)의 교원을 역임하였고, 1924년 동아일보사와 매일신보사 기자가 되었으며, 1934년 경성방송국에 입사하기도 하였다. 6·25 전쟁 중 납북되었다. 아동문학 관련 글로는, 한정동(韓晶東)의 「소곰쟁이」(『동아일보』, 1925.3.9) 표절 논란이 일어났을 때 신문사 쪽 고선(考選)위원으로서 『동아일보』에 1926년 발표한 「'소곰쟁이'에 대하여」(10.8)가 있다. 저서로는 최초의 역시집(譯詩集)인 『오뇌(懊惱)의 무도(舞蹈)』(광익서관, 1921), 최초의 창작 시집인 『해파리의 노래』(조선도서주식회사, 1923), 『망우초(忘憂草)』(한성도서주식회사, 1934), 『소월시초(素月詩抄)』(박문서관, 1939), 『동심초(同心草)』(조선출판사, 1943), 번역서 『야광주(夜光珠)』(조선출판사, 1944), 『(조선여류한시선집)꽃다발』(박문서관, 1944) 등과 박경수가 편찬한 『안서(岸曙) 김억전집(金億全集)』(한국문화사, 1987)이 있다.

김영희(金英熹, ?～?). 아동문학가. 필명은 김석연(金石淵), 산양화(山羊花). 경상북도 달성군(達城郡) 현풍(玄風) 출생. 작품으로는 『조선일보』에 1929년 평론 「동화의 기원과 심리학적 연구」(전11회, 2.13～3.3) 외에 신문과 잡지에 다수의 아동문학 작품을 발표하였다.

김오양(金五洋, ?～?). 신원미상. 충청남도 논산군(論山郡) 강경(江景) 출생. 작품으로 1926년 『동아일보』의 '자유종(自由鐘) 난에 「소년운동을 하고 조해(何故阻害)?」(1.27)가 있다.

김완동(金完東, 1903～1963). 호는 포훈(苞薰), 한별. 전라북도 전주(全州) 출생. 전주고등보통학교(全州高等普通學校)를 졸업하고 대구고등보통학교 사범과를 졸업 한 후 줄곧 교직에 종사하였다. 군산공립보통학교(群山公立普通學校) 훈도, 군산청년동맹(群山青年同盟) 활동, 군산제이공립보통학교(群山第二公立普通學校) 설립 운동 등 군산에서 활발한 활동을 하였고,

1930년경 경성(京城)으로 학교를 옮겼다가, 이후 1938년경까지 충청남도 서천(舒川) 일원에서, 1939년경에는 함경북도 소재 사립 보신심상소학교(普信尋常小學校) 교장으로 재직한 것으로 확인된다. 1930년 2월 경성초등학교조선어연구회(京城初等學校朝鮮語硏究會) 창립총회 후 임원으로 선임되었다. 1930년 동아일보 신춘문예에 동화 부문 3등으로 「구원의 나팔소리」(1.9~12)가 입선하고, 1930년 『조선일보』에 신춘현상문예 동화 부문에 「약자의 승리」(전3회, 1.11~15)가 당선되어 등단했다. 작품으로는 『동아일보』에 1930년 평론 「신(新)동화운동을 위한 동화의 교육적 고찰–작가와 평가 제씨에게」(전5회, 2.16~22) 외에 다수의 아동문학 작품이 있다. 저서로는 유고시집으로 『반딧불』(보광출판사, 1965)이 있다.

김완식(金完植, ?~?). 신원미상. 경상남도 창녕(昌寧) 출생. 작품으로 『별나라』에 1932년 「전조선 야학강습소 연합 대학예회를 보고서」(제60호, 7월호)가 있다.

김우철(金友哲, 1915~1959). 아동문학가. 평론가. 필명은 백은성. 평안북도 의주(義州) 출생. 1929년 독서회 및 동맹휴학 사건으로 신의주고등보통학교(新義州高等普通學校)를 출학당해 중퇴하였다. 이 학교를 다닐 때부터 백은성이라는 필명으로 동요를 창작 발표하였다. 1930년을 전후하여 『별나라』, 『신소년』 등에 관여하면서 문단 활동을 시작하였다. 1929년 봄 일본으로 건너갔으나 수학을 포기하고 1931년경 귀국하였다. 1931년 귀국 후 신의주(新義州)에서 안용만, 이원우 등과 프롤레타리아아동문학연구회를 조직하여 그 일원으로 활동하였다. 1932년 6월경 만주(滿洲)로 건너가 3년여 머물렀다. 조선프롤레타리아예술동맹(KAPF)의 후반기 맹원으로 활동하면서 아동문학의 문제를 계급적인 관점에서 논의한 평론을 다수 발표하였다. 1932년 9월 건전 프로아동문학의 건설보급과 근로소년작가의 지도 양성을 임무로 월간 잡지 『소년문학』을 발행함에 있어 송영(宋影), 신고송(申孤松), 박세영(朴世永), 이주홍(李周洪), 이동규(李東珪), 태영선(太英善), 홍구(洪九), 성경린(成慶麟), 송완순(宋完淳), 한철석(韓哲錫), 김우철(金友哲), 박고경(朴古京), 구직회(具直會), 승응순(昇應順), 정청산(鄭青山), 홍북원(洪北原), 박일(朴一), 안평원(安平原), 현동염(玄東炎) 등과 함께 주요 집필가로 참여하였다. 1934년 신건설사(新建設社) 사건에 연루되어 1년여의 옥고를 치렀고, 1936년 6월 적색비밀결사(赤色秘密結社)를 획책한 혐의로 신의주서(新義州署)에 검거되기도 하였다. 해방 후 1946년 북조선문화예술총동맹 평안북도위원회 위원장으로 활동한 것으로 알려져 있다. 1950년 6·25전쟁이 발발하자 종군작가로 활동하면서 인민군 용사들의 영웅성을 노래한 작품들을 창작하였다. 1957년 4월에 발간된『김우철 시선집』(조선작가동맹출판사)에는 해방 전부터 발표한 그의 시 작품이 수록되어 있다. 한설야(韓雪野) 숙청에 따른 당의 문예정책에 반발하여 철도에서 자살한 것으로 알려져 있다. 작품으로는『신소년』에 1932년 평론「11월 소년소설 평 – 읽은 뒤의 인상을 중심 삼고」(1월호),『중앙일보』에 1931년 평론「아동문학에 관하야 – 이헌구(李軒求) 씨의 소론(所論)을 읽고」(전3회, 12.20~23),『조선중앙일보』에 1933년 평론「동화와 아동문학 – 동화의 지위 및 역할(상 · 하)」(7.6~7), 1934년 평론「아동문학의 문제 – 특히 창작동화에 대하야」(전4회, 5.15~18) 외에 다수의 아동문학 작품이 있다. 저서로는 첫 시집『나의 조국』(문화전선사, 1947)이 있다.

김원섭(金元燮, ?~?). 신원미상. 작품으로는 1926년『동아일보』에 발표한「소곰장이를 논함」(10.27)이 있다.

김월봉(金月峰, ?~?). 신원미상. 작품으로『별나라』에 1931년「이고월(李孤月) 군에게」(7 · 8월 합호)가 있다.

김일암(金逸岩, ?~?). 신원미상. 작품으로『별나라』에 1932년「작품 제작상의 제문제」(2 · 3월 합호)가 있다.

김철하(金鐵河, ?~?). 신원미상. 경상남도 남해(南海) 출생.『신소년』 남해지사를 맡고 있었다. 작품으로 1932년『신소년』의 '자유논단' 난에「작품과 작자」(8월호)를 발표하였다.

김첨(金尖, ?~?). 신원미상. 작품으로『조선일보』에 1934년 평론「(藝苑 포스트)아동문학(兒童文學)을 위하야」(12.1) 외에 다수의 아동문학 작품이 있다.

김태영(金台英, ?~?). 신원미상. 작품으로『아희생활』에「동요를 쓰실녀는 분들의게(2,3)」(11월호~12월호) 외에 다수의 아동문학 작품이 있다.

김태오(金泰午, 1902~1976). 시인, 아동문학가. 호는 설강(雪崗), 설강학인(雪崗學人) 정영(靜影). 전라남도 광주(光州) 출생. 광주숭일학교(光州崇一學校)와 경성예술학원(京城藝術學院)을 나와 도쿄 니혼대학(日本大學) 문학예술과를 졸업하였다. 이후 1년 간 의주양실학교(義州養實學校) 교원, 5년간 광주숭일학교 교원, 경성보육학교(京城保育學校) 교원, 해방 후 중앙대학교 교수와 부총장 등을 역임하였다.『아이생활』의 주요 필진이었고, 1927년 8월 조선소년연합회(朝鮮少年聯合會) 창립 준비위원으로서 아희생활사(社)의 파견으로 신의주(新義州), 평양(平壤), 해주(海州), 인천(仁川) 등지를 두루 거쳐 귀경하는 서북지방순회동화 활동을 수행하였다. 1927년 9월 한정동(韓晶東), 정지용(鄭芝鎔), 신재항(辛在恒), 윤극영(尹克

榮), 고장환(高長煥) 등과 함께 조선동요연구협회(朝鮮童謠硏究協會)를 결성하였다. 1928년 8월경 전남소년연맹(全南少年聯盟) 조직과 관련하여 보안법 위반으로 정홍교(丁洪敎), 고장환(高長煥) 등과 함께 기소되어 3개월 금고 형(禁錮刑)으로 수감되었다 12월에 석방된 바 있다. 1930년 1월에는 도쿄(東京)에 있는 조선 소년소녀들을 위한 동화동요대회를 개최하기도 하였다. 1934년 7월경 조선문예가 일동의 '한글철자법 시비에 대한 성명서' 발표에 참여하였다. 작품으로는 『동아일보』에 1927년 평론 「전조선소년연합회 발기대회를 압두고 일언함」(전2회, 7.29~30), 1929년 평론 「동요 잡고 단상(童謠雜考斷想)」(전4회, 7.1~5), 1934년 평론 「조선 동요와 향토예술(상·하)」(7.9~12), 『조선일보』에 1927년 평론 「동화의 원조 안더-센 씨-내 팔월 사일 오십이년제를 마지하며」(8.1), 1928년 평론 「정묘(丁卯) 일년간 조선소년운동-기분운동에서 조직운동에」(전2회, 1.11~12), 평론 「소년운동의 당면 문제-최청곡(崔靑谷) 군의 소론(所論)을 박(駁)함」(전7회, 2.8~16), 평론 「이론투쟁과 실천적 행위-소년운동의 신전개를 위하야」(전6회, 3.25~4.5), 1929년 평론 「예술교육의 이론과 실제」(전9회, 9.23~10.2), 1931년 평론 「소년문예운동의 당면에 임무」(전8회, 1.30~2.10), 1933년 설문 '침체된 조선아동문학을 여하히 발전식힐 것인가'에 응답으로 「건실한 문학 수립」(1.2), 『중외일보』에는 1927년 평론 「심리학상 견지에서 아동독물 선택」(전5회, 11.22~26), 1928년 평론 「소년운동의 지도정신(상·하)」(1.13~14), 「인식착란자의 배격-조문환 군에게 여(與)함」(전5회, 3.20~24), 『조선중앙일보』에 1934년 「소년운동의 회고와 전망(상·하)」(1.14~15), 「동요예술의 이론과 실제」(전5회, 7.1~6) 등과, 신문과 잡지에 다수의 아동문학 작품을 발표하였다. 저서로는 동요집 『설강동요집(雪崗童謠集)』(한성도서주식회사, 1933)과, 시집 『초원(草原)-정영시집(靜影詩集)』(청색지사, 1939) 등이 있다.

김한(金漢, 1909~?). 영화배우, 미술가. 본명 김인규(金寅圭). 서울 출생. 1933년 도쿄미술학교를 졸업했다. 영화 「숙영낭자전」(1928), 「방아타령」(1931), 「새출발」(1939) 등에 출연했다. 작품으로는 『중외일보』에 1927년 평론 「전환기에 선 소년문예운동」(전3회, 11.19~21) 외에 약간의 동화, 소년소설 등이 있다.

김항아(金恒兒, ?~?). 신원미상. 작품으로 『사해공론』에 1935년 「조선소녀예술연구협회 제1회 동요·동극·무용의 밤을 보고…」(제1권 제1호, 5월호)가 있다.

김해강(金海剛, 1903~1987). 시인. 본명 김대준(金大駿). 전라북도 전주(全州) 출생. 1925년 전주사범학교를 졸업하고 전주사범학교와 전주고등학교 등에 재직하며 한평생 교육계에 종사하였다. 1962년 한국예술문화단체총연합회 전라북도 지부 초대 지부장을 역임하였다. 1925년 『조선문단』에 주요한(朱耀翰)의 추천으로 「달나라」가 발표되었고, 1927년 『동아일보』 제1회 신춘문예에 시 「새날의 기원(祈願)」(1.1)이 당선되어 문단에 등단하였다. 작품으로는 『별나라』에 1932년 「사랑하는 소년 동무들에게 – 우리는 좀 더 동무들을 사랑합시다」(2・3월 합호) 외에 다수의 아동문학 작품과 시가 있다. 시집으로 『동방서곡(東方曙曲)』(교육평론사, 1968), 『기도(祈禱)하는 마음으로』(전주합동인쇄소, 1984) 등과 최명표가 편찬한 『김해강시전집』(국학자료원, 2006)이 있다.

김현봉(金玄峰, ?~?). 신원미상. 강원도 춘성(春城) 출생. 작품으로 『어린이』에 1932년 「(소년평단) 철면피 작가 이고월 군을 주(誅)함」(6월호)이 있다.

김혈기(金血起, ?~?). 신원미상. 북만주(北滿洲) 거주. 직공소년. 작품으로 『별나라』에 「투고 작가 여덜 동무에게」(제50호, 5월호)가 있다.

남궁랑(南宮琅, ?~?). 필명 남궁요한(南宮요한). 이름의 한자 표기는 '南宮琅, 南宮浪'이 혼재한다. 평안남도 평양(平壤) 출생. 1931년 1월에 창립된 평양 새글회(會)에 한정동(韓晶東)과 함께 고문으로 활동하였다. 1931년 겨울 남궁랑은 김대봉(金大鳳), 김조규(金朝奎), 황순원(黃順元) 등과 함께 평양(平壤)에서 동요시인사(童謠詩人社)를 발기하였다. 작품으로는 『조선일보』에 1930년 평론 「동요 평자(童謠評者) 태도 문제 – 유 씨(柳氏)의 월평(月評)을 보고」(전4회, 12.24~27) 외에 다수의 아동문학 작품이 있다.

남기훈(南基薰, ?~?). 아동극연구협회나 경성방송아동극연구회(京城放送兒童劇硏究會)의 대표가 남기훈인데 그의 주소지가 경성부(京城府) 창전정(倉前町) 이육일(二六一) 번지로 되어 있다. 1936년 6월 아동극연구협회(兒童劇硏究協會) 창립 위원이었고, 1935년 8월 25일 경성방송아동극연구회를 조직하여 동요극(童謠劇) 「누구 것이 조흐냐」(南基薰 作)를 경성방송국 라디오에서 지휘하는 등 아동극에 많은 활동을 보였다. 1936년 12월 조선소년총연맹(朝鮮少年總聯盟), 경기도소년연맹(京畿道少年聯盟), 경성소년연맹(京城少年聯盟) 등 3 단체를 완전 해체하고 새로운 단체 결성을 위한 '조선아동애호연맹발기회의'를 한 바 진장섭(秦長燮), 김태오(金泰午), 이정호(李定鎬), 정홍교(丁洪敎), 홍순익(洪淳翼), 고장환(高長煥) 등과 함께 창립준비위원으로 활동하였다. 1930년대에 어린이날 행사에 주도적으로 참여하였다. 작품으로는 『조선중앙일보』에는 1936년 「(日評)아동극과 방송단체」(3.10), 「(日評)아동 독품 문제(兒童讀品問題)(상・하)」(3.19~20) 외에 다수의 아동문학 작품이 있다.

남대우(南大祐, 1913~1950). 동요 작가, 아동문학가. 필명은 적우(赤宇), 남양초(南洋草), 남우(南宇). 경상남도 하동(河東) 출생. 1927년 하동공립보통학교(河東公立普通學校), 1929년 하동농업보습학교(河東農業補習學校)를 졸업하였다. 동아일보 하동지국장과, 『만선일보』 하동지국장 및 지방 주재 기자, 1934년 3월 『조선중앙일보』 하동지국 기자가 되었다. 1942년부터 하동공립보통학교 교사로 재직하였다. 해방 후 하동에서 하동문화협회(河東文化協會)를 이끌었다. 1934년 『동아일보』 신춘현상문예 동화 부문에 「쥐와 고양이」(전4회, 1.5~12)가 당선되었다. 작품으로는 잡지 『신소년』에 1934년 평론 「신소년 삼월호 동요를 읽은 뒤의 감상」(4·5월 합호) 외에 신문과 잡지에 다수의 아동문학 작품을 발표하였다. 저서로는 1945년 11월 동시집 『우리동무』 제1집(자가본, 1945.10.18), 1946년 『우리동무』 제2집(하동문화협회, 1946.8.15)를 발간하였다.

남응손(南應孫, ?~?). 필명 남석종(南夕鐘, 南夕鍾), 석종(石鐘). 함경남도 신고산(新高山) 출생. 연희전문학교와 1935년 3월 도쿄 메이지대학(東京明治大學)을 졸업하였다. 1933년 11월 조선아동예술연구협회(朝鮮兒童藝術硏究協會) 창립시 정인섭(鄭寅燮), 현제명(玄濟明), 정홍교(丁洪敎), 백정진(白貞鎭), 최성두(崔聖斗), 김복진(金福鎭), 노천명(盧天命), 유삼열(劉三烈), 김지림(金志淋), 유기흥(柳基興), 원치승(元致升), 모기윤(毛麒允), 한보패(韓寶珮), 이구조(李龜祚), 김성도(金聖道), 신원근(申源根), 원유각(元裕珏) 등과 함께 발기 동인으로 참여했으며, 도쿄서 조선문인사(朝鮮文人社)(事務室, 東京市 神田區 西神田 一の四 昭和ビル 十一號)를 창립할 때에 함효영(咸孝英), 김관(金管), 유치진(柳致眞), 마해송(馬海松) 등과 함께 참여하였다. 작품으로 『아이생활』에 1935년 평론 「일구삼오년 조선아동문학 회고(一九三五年 朝鮮兒童文學回顧)—부(附) 과거의 조선아동문학을 돌봄」(1935년 12월호), 『조선일보』에 1934년 평론 「조선과 아동시(兒童詩)—아동시의 인식과 그 보급을 위하야」(전11회, 5.19~6.1), 평론 「아동극 문제 이삼(兒童劇問題二三)—아동극을 중심으로 하야」(전6회, 1.19~25), 『조선중앙일보』에 1934년 평론 「문학을 주로—아동예술교육의 연관성을 논함(상·하)」(9.4~6), 『매일신보』에 1930년 평론 「매신동요시월평(每申童謠十月評)」(전9회, 南夕鍾; 11.11~21) 외에 다수의 아동문학 작품을 발표하였다. 저서로는 1934년 동요집 『해가 떳나』를 발행하였다.

남철인(南鐵人, ?~?). 신원미상. 『어린이』에 1932년 평론 「최근 소년소설 평」(9월호)을 발표하였다.

노양근(盧良根, 1906~?). 아동문학가. 호는 양아(洋兒, 良兒, 羊兒), 필명은 양근이(陽近而, 壤近而, 羊近而). 황해도 금천(金川) 출생. 『중외일보』 1930년 '동화동요(童話童謠) 급(及) 마(馬)의 전설

(傳說) 가작발표(佳作發表)'에 「義馬」(1930.1.5~6)가 가작 당선되었다. 1931년 『동아일보』 소년소녀 신춘문예에 동요 「단풍」(1.3)이 가작, 동화 「의좋은 동무」가 2등 당선되었고, 1934년 『동아일보』 신춘현상문예에 「눈 오는 날」(전7회, 1.13~23)로 동화(童話) 부문 가작 당선되었으며, 1935년 『동아일보』 신춘현상 문예에 양아(洋兒)라는 필명으로 「조선 학생(朝鮮學生)의 노래」(1.1)가 당선되었다. 1936년 『동아일보』 신춘문예에 동화 「날아다니는 사람」(전9회, 1.1~10)이 당선되었다. 이상의 당선자 소개를 종합하면, 원적(原籍)이 황해도 금천군(金川郡) 백마면(白馬面) 명성리(明城里)이고 당시 주소가 철원군(鐵原郡) 중리(中里) 148(一四八)이며, 학력은 개성(開城) 송도고등보통학교(松都高等普通學校)를 졸업하고, 와세다대학(早稻田大學) 문학 통신 수업(早大文學通信修業)을 하였으며, 고향과 개성(開城), 창도(昌道), 철원(鐵原) 등지에서 다년간 교편생활을 하였다고 되어 있다. 작품으로는 『어린이』에 1932년 평론 「어린이 잡지 반년간 소년소설 총평」(전2회, 6, 7월호) 외에 다수의 아동문학 작품을 발표하였다. 저서로는 동화집 『날아다니는 사람』(조선기념도서출판관, 1938), 장편 소년소설 『열세동무』(한성도서주식회사, 1940) 등이 있다.

로인(?~?). 신원미상. 작품으로 『신소년』에 1933년 「좀더 쉬웁게 써 다고-신년호 박현순(朴賢順) 동무에 글을 읽고」(3월호)가 있다.

마해송(馬海松, 1905~1966). 아동문학가, 수필가. 본명 마상규(馬湘圭). 황해도 개성(開城) 출생. 개성학당을 거쳐 중앙고보, 보성고보에 재학 중 동맹휴학 사건으로 중퇴하고, 1921년 니혼(日本)대학 예술과에서 수학했다. 이때 기쿠치 칸(菊池寬)의 강의를 들으면서 그의 제자가 된다. 1932년 기쿠치 칸이 주재하는 『文藝春秋』 창간 편집에 참여하여 편집장이 되었고 『オール讀物』를 단독 편집하여 공전의 히트를 쳤으며, 1930년 문예춘추사에서 젊은이 대상의 잡지로 발행하다 중단되었던 『モダン日本』을 인수하여 크게 성공시킨다. 1923년 박홍근(朴弘根)이 개성(開城)에서 발행하던 『샛별』에 「어머님의 선물」(『어린이』, 1925년 12월호 재수록), 「바위나리와 아기별」(1923년 開城에서 제2회 어린이날 구연함; 『어린이』, 1926년 1월호) 등을 발표하면서 작품 활동을 시작했다. 박홍근(朴弘根)이 개성(開城)에서 단독으로 발행하던 『샛별』을 1925년부터 편집 일을 맡아보기로 하였다. 1959년 「모래알 고금」으로 아동문학가로서는 최초로 제6회 자유문학상을 수상했고, 「떡배 단배」, 「비둘기가 돌아오면」으로 제1회 한국문학상을 수상했다. 저서로는 동화집 『해송동화집(海松童話集)』(同聲社, 東京, 1934), 『토끼와 원숭이』(신구문화사, 1947), 수필집 『편편상(片片想)』(새문화사,

1948), 『사회와 인생』(世文社, 1953), 『모래알 고금』(가톨릭출판사, 1958), 『요설록(饒說錄)』(신태양사, 1958), 『마해송 아동문학독본』(을유문화사, 1962), 소설 『아름다운 새벽』(민중서관, 1962) 등과, 『마해송전집』(문학과지성사, 2013)이 있다.

문병찬(文秉讚, ?~?). 서울 출생. 1925년 8월 이세훈(李世勳), 김현숙(金賢淑), 임희순(林喜順), 김익순(金益舜) 등과 함께 청구소년회(靑邱少年會)의 간사 중 한 사람으로 활동하였고, 오월회(五月會) 회원이었으며, 고장환(高長煥) 등과 함께 1926년 1월 창립된 서울소년회(서울少年會)의 집행위원 문병찬(文秉讚), 고장환(高長煥), 이원웅(李元雄), 조수춘(趙壽春), 현준환(玄俊煥), 박기훈(朴基薰) 등 6인 중 한 사람이었다. 1926년 3월 12일 서광소년회(曙光少年會)에서 경성소년지도자의 연합기관인 오월회(五月會)의 혁신임시총회(革新臨時總會)를 열었는데, 이원규(李元珪), 고장환, 김효경(金孝慶), 민병희(閔丙熙), 문병찬(文秉讚), 정홍교(丁洪敎), 박준표(朴俊杓) 등 집행위원 중 1인으로 선임되었다. 1926년 8월 이한용(李漢容)과 함께 오월회의 지방순회동화회 및 9월에 있을 전조선소년지도자대회 관련 건으로 북선(北鮮) 지방을 순회하였다. 1926년 청구소년회(靑邱少年會)의 대표로 활동했다. 1927년 정홍교, 전백(全栢), 노병필(盧炳弼), 김택용(金澤用), 최호동(崔湖東), 최규선(崔奎善) 등과 함께 오월회의 '어린이 데이' 준비 위원으로 활동하였다. 1928년 7월 현승(玄崇), 이응석(李應錫), 윤시영(尹始榮), 이창룡(李昌龍), 길승배(吉承培), 김대균(金大均) 등과 함께 노동자들의 손으로 동인제로 만든 『로동군(勞働群)』을 발행하였다. 작품으로는 『동아일보』에 1926년 평론 「소금쟁이를 논함－홍파 군(虹波君)에게」(10.2) 외에 다수의 아동문학 작품이 있다. 저서로는 『조선소년소녀동요집』(대산서림, 1926), 『세계일주동요집(世界一週童謠集)』(영창서관, 1927)이 있다.

민고영(閔孤影, ?~?). 신원미상. 황해도 재령(載寧) 출생. 작품으로 『별나라』에 1932년 「(감상문) 깃뿐 일! 통쾌한 소식－동무들아 섭々해 말나」(제57호, 2·3월 합호)가 있다.

민병휘(閔丙徽, ?~?). 비평가. 경기도 개성(開城) 출생. 학력 미상. 1925년 6월 7일 개성천도교소년회(開城天道敎少年會)의 제1회 임시총회에서 학습부 위원으로 선정되었고, 6월 13일 임시총회에서 대표위원이 되었으며, 6월 25일 창립 3주년 기념식에서 대표로 개회사를 하는 등 소년회 활동을 활발하게 하였다. 1920년대 말기부터 KAPF를 중심으로 평론 활동을 하였으며, 1931년 개성에서 프로연극 단체인 대중극장(大衆劇場)의 창립을 주도하였다. 1931년 5월 서울에 있던 군기사(軍旗社)가 개성(開城)으로 이전하였을 때, 이적효(李赤

曉), 양우정(梁雨庭), 조백원(趙伯元), 한상준(韓相駿), 민병휘(閔丙徽) 등 5인의 편집위원 가운데 한 사람이었다. 2차 방향전환 이후 KAPF 집행부의 미온적 태도를 비판하다 제명당하는 이른바 '군기사건(群旗事件)'의 당사자이다. 해방 후 조선문학가동맹에 가담하였다가 월북하였다. 작품으로는 『중외일보』에 1927년 평론 「소년문예운동 방지론을 배격」(전2회, 7.1~2) 외에 다수의 평론과 수필이 있다.

민봉호(閔鳳鎬, ?~?). 신원미상. 황해도 신천(信川) 출생. 『조선일보』에 1930년 평론 「십일월 소년지 창기개평(創紀概評)」(11.26), 1931년 평론 「(신진(新進)으로서 기성(旣成)에게 선진(先進)으로서 후배에게) 금춘 소년 창작」(전4회, 3.31~4.3)과 다수의 소년소설을 발표하였다.

박고경(朴古京, ?~1937). 아동문학가. 동요 작가. 필명은 박고경(朴苦京). 목고경(木古京). 1930년 『동아일보』 신춘문예에 「편지」가 2등 당선할 때 주소가 평안남도 진남포(鎭南浦) 비석리(碑石里) 166(一六六)으로 되어 있다. 조봉암(曹奉岩) 사건으로 복역하였고, 1934년 평양에서 문화 클럽 관련으로 검거되기도 하였다. 1930년 후반에 만주로 이주하였다. 1932년 송영(宋影), 신고송(申孤松), 박세영(朴世永), 이주홍(李周洪), 이동규(李東珪), 홍구(洪九), 김우철(金友哲), 정청산(鄭青山), 구직회(具直會), 승응순(昇應順), 박일(朴一), 안평원(安平原), 현동염(玄東炎) 등과 함께 건전한 프로아동문학의 건설보급과 근로소년작가의 지도 양성을 임무로 잡지 『소년문학(少年文學)』을 발행하기로 하고 주요 집필자로 활동하였다. 1936년 『조선중앙일보』 신춘문예에 동화 「게산이」(전2회, 1.1~3)가 당선되었다. 작품으로는 『신소년』에 1932년 평론 「대중적 편집의 길로! — 유월호(六月號)를 읽고」(8월호) 외에 다수의 아동문학 작품을 발표하였다.

박목월(朴木月, 1915~1978). 아동문학가, 시인. 본명은 박영종(朴泳鍾). 경상북도 월성군(月城郡) 출생. 1935년 대구 계성중학교(啓聖中學校)를 졸업하였다. 해방 후 1946년 『아동』, 1947년 『동화』 등 아동문학 관련 잡지를 편집하였고, 1950년부터 『시문학』, 1973년부터 시 전문지 『심상(心象)』을 발행하였다. 1962년부터 한양대학교 교수로 재직하였다. 아동문학 관련 작품으로는 『동아일보』에 1939년 서평 「(뿍레뷰)재현된 동심—'윤석중 동시선'을 읽고」(6.9) 외에 다수의 동요 작품이 있다. 저서로는 『동시집』(조선아동회, 1946), 『초록별』(조선아동문화협회, 1946), 『동시교실—지도와 감상』(아데네사, 1957), 『산새알 물새알; 박목월 동요동시집』(문원사, 1961), 『동시의 세계』(배영사, 1963) 등과 박영종이 편찬한 『현대 동요선(現代童謠選)』(한길사, 1948)이 있다.

박병도(朴炳道, ?~?). 아동문학가. 함경남도 원산(元山) 출생. 작품으로는 『별나라』에 1931년 평론 「김혈기(金血起) 군에게」(12월호), 1932년 「맹인적 비평(盲人的批評)은 그만 두라」(2·3월 합호)와 신문 잡지에 다수의 동요, 동화를 발표하였다.

박석윤(朴錫胤, 1898~1950). 언론인이자 만주국(滿洲國) 관료. 전라남도 담양(潭陽) 출생. 최남선(崔南善)의 여동생 최설경(崔雪卿)과 결혼했다. 조선총독부의 후원으로 도쿄제국대학 영어과를 졸업하고 1924년 총독부 관비연구생(總督府官費硏究生)이 되어 영국 케임브리지대학교(Cambridge University)에 유학했다. 귀국 후 『시대일보(時代日報)』 정치부장과 『매일신보(每日申報)』 부사장을 지내며 언론을 통해 조선총독부에 적극 협력했다. 친일단체인 민생단(民生團)을 창단하여 항일 무장 세력 탄압과 귀순에 가담하는 등 적극적인 친일 활동을 하였다. 친일 공로로 만주국(滿洲國)의 폴란드(波瀾) 주재 총영사직을 맡기도 하였다. 1946년 평안남도에서 '친일분자'로 체포되어 1948년 평안남도 재판소에서 '친일반역자' 혐의로 사형 선고를 받았고 항소했으나 6월 9일 최종 사형이 확정되었다. 2009년 친일반민족행위진상규명위원회가 발표한 친일반민족행위 704인 명단에 포함되었다. 소년문예운동 관련 글로는 『동아일보』에 1926년 「영국의 소년군-조철호(趙喆鎬) 선생에게」(전5회, 2.4~22)가 있다.

박세영(朴世永, 1902~1989). 시인, 아동문학가. 카프 회원. 필명 박성하(朴星河), 백하(白河), 혈해(血海), 박혈해(朴血海). 경기도 고양(高陽) 출생. 1917년 배재고등보통학교에 입학하였으나 1919년 3·1 운동 때 등교 거부로 퇴학, 1920년 배재고등보통학교 3학년에 편입학하여 1922년 졸업하였다. 송영(宋影)과 함께 동인지 『새누리』를 발간하고 기행문 「설봉산에서」, 시 「약수터」를 실었다. 1922년 배재고보를 졸업한 뒤 중국으로 가 난징(南京)의 진링대학(金陵大學), 상하이(上海)의 후이링(惠靈)영문전문학교에서 수학하였다. 상하이(上海), 톈진(天津)에 체류하면서 프롤레타리아 문학 운동단체 염군사(焰群社)의 중국 특파원으로 활동했고, 시 「황포강반」 등을 『염군』에 기고했다. 1925년 조선프롤레타리아예술동맹(KAPF)에 참가했다. 귀국 후 송영(宋影)과 함께 카프의 영향 밑에 있던 소년잡지 『별나라』를 편집하면서 당시 많은 독자를 장악하고 있던 천도교 계열의 소년잡지 『어린이』와 대립했다. 1929년 동요극 「어린 소제부」 필화 사건으로 용산경찰서에 한때 구금되었다. 1928년에서 1929년에 걸쳐 『별나라』에 투고된 동요에 대해 선후평을 붙였다. 1930년대에 들어서 평양 고무공장 파업투쟁을 성원하는 「야습」, 「누나」, 여공의 고백 형식으로 쓴 「산골의 공장」, 제국주의 열강의 군비 확장 경쟁을 폭로하는 「1928년」 등의 시를 발표했다. 1934년 카프 토쿄(東京) 지부가 발간한 잡지 『우리 동무』 배포사건에 연루되어 4개월간 구금되었다. 1936년 투옥 경험을 형상화한 시 「산제비」를 발표했고 1938년 시 40편을 골라 시집 『산제비』를 출간했다. 그 후 일제의 억압을 피해 문학창작을 단념하고 해방될 때까지 절필하다가 1945년 8월 청진(淸津) 감옥에서 해방을 맞았다. 1945년 조선프롤레타리아문학동맹 결성에 참여하고 중앙집행위원으로 선임되었다. 조선문학건설본부와 조선프롤레타리아문학동맹을 통합하여 조선문학가동맹(朝鮮文學家同盟)을 결성하고 중앙집행위원이 되었다. 1946년 일제하에 집필했으나 검열로 인해 발표할 수 없었던 카프 시기의 작품을 포함하여 시집 『유화(流火)』를 간행했다. 1946년 5월 11일 어린이날준비위원회가 마련한 '소년문제대강연회'에서 「아동문학운동과 금후 진로」라는 제목으로 강연하였다. 1946년 6월 월북하여 10월 북조선문학예술총동맹(北朝鮮文學藝術總同盟)에 참가하여 출판부장을 맡았다. 1967년 주체문학이 제기된 뒤에도 다른 작가들과는 달리 숙청되지 않고 줄곧 시작(詩作) 활동에 종사했다. 작품으로는 『별나라』에 1932년 평론 「도식화한 영역을 넘어서—동요 동시 창작가에게」(2·3월 합호), 「동요 동시는 엇더케 쓰나」(1933년 12월호, 1934년 1월호, 2월호) 외에 다수의 아동문학 작품이 있다. 저서로는 『산제비』(中央印書舘, 1938; 별나라사출판부, 1946) 시집 『진리』, 1952년 전선문고시집의 하나로 시집 『승리의 나팔』, 『박세영 시선집』(조선작가동맹출판사, 1956), 시집 『붉은 기발 휘날린다』(조선작가동맹출판사, 1959), 장편서사시 『밀림의 력사』(조선문학예술총동맹출판사, 1962) 등이 있다.

박승극(朴勝極, 1909~?). 소설가, 비평가. 경기도 수원(水原) 출생. 1924년 배재고등보통학교에 입학하여 1928년 4년 수료한 후, 일본의 대학에 입학했으나 사상불온으로 퇴학당하고 귀국했다. 고향 수원에서 조선프롤레타리아예술동맹 수원 지부를 결성하고 계급문학운동에 앞장섰다. 1930년대 중반 창작방법논쟁에 적극적으로 참여함으로써 비평가의 입지를 굳혔다. 1930년 수원에서 우리나라 최초로 프롤레타리아 미술전람회를 개최하여 농촌 청년에 대하여 혁명의식을 고취하였다. 1931년 수진농민조합 사건(水振農民組合事件)으로 구금되었다가 1932년에 석방되었다. 해방 후 1945년 조선문학건설본부(朝鮮文學建設本部)와 조선프롤레타리아문학동맹, 1946년 조선문학가동맹(朝鮮文學家同盟) 및 건국준비위원회(建國準備委員會) 등에 가담하였다. 1946년 2월 15일 민주주의민족전선(民主

主義民族戰線) 결성에 참여하고, 1948년 8월 25일 해주(海州)에서 열린 남조선인민대표자대회에서 제1기 최고인민회의 대의원으로 선출되었다. 작품으로는 『별나라』에 1933년 소년문학 강좌「소년문학에 대하야」(12월호), 1934년 평론「소년문학에 대하야(二)」(1월호) 외에 다수의 평론과 작품이 있다. 저서로는 수필집 『다여집(多餘集)』(금성서원, 1938)과, 박승극문학전집편집위원회가 편찬한 『박승극 문학전집』(전3권, 학민사, 2001~2011)이 있다.

박승택(朴承澤, ?~?). 신원미상. 출판사 청조사(靑鳥社) 대표를 역임했다. 작품으로 『동아일보』에 1927년「염근수 급 우이동인(廉根守及牛耳洞人)에게」(4.2)가 있다.

박아지(朴芽枝, 1905~1959). 아동문학가. 본명 박일(朴一). 함경남도 명천(明川) 출생. 중국에서 중학을 졸업하고 도쿄(東京)로 가 도쿄세이소쿠영어학교(東京正則英語學校)를 거쳐 도요대학(東洋大學)을 중퇴하였다. 귀국 후 전라남도 완도중학원(莞島中學院)에서 교편을 잡았으나 학교가 폐쇄되어 그만두고는 귀향하여 농촌 생활을 하면서 신간회 일에 분주하였다. 1926년 12월 진우촌(秦雨村), 한형택(韓亨澤), 김도인(金道仁), 유도순(劉道順), 박아지(朴芽枝), 양재응(梁在應), 염근수(廉根守), 엄흥섭(嚴興燮) 등과 함께 『습작시대(習作時代)』 발간을 도모했다.(창간호는 1927년 2월호) 1931년 서울로 와 채물상(菜物商), 과일 행상, 하루 17 시간 이상 산양유(山羊乳) 배달을 하였다. 1927년 동아일보 신춘현상당선자 중에 시가(詩歌) 부문 입선자로 도쿄(東京)의 박아지(朴芽枝)가 명단에 올라 있고(『동아일보』, 1926.12.31), 1930년 『매일신보』 신춘현상문예에는 명천(明川) 박아지(朴芽枝)라는 이름으로 민요「감자 파는 처녀」(1.1)가 선외 가작으로 당선되었으며, 1932년에는 『중앙일보』 신춘문예에 시「밀행」(朴一; 1.1)이 1등 당선되었는데, 다른 신문에 투고한 것이 친구들 사이에 말썽이 되어 고민을 했다고 한다. 해방 후 송영(宋影), 박세영(朴世永), 엄흥섭(嚴興燮) 등과 함께 『별나라』 복간에 참여하고, 『우리문학』 편집에 관여하였으며, 조선문학가동맹(朝鮮文學家同盟)의 아동문학 분과에서도 활동하였다. 1946년 박세영(朴世永), 송영(宋影), 이찬(李燦) 등과 함께 월북하였다. 저서로는 시집 『심화(心火)』(우리문학사, 1946)와 북한에서 발간한 시집 『종다리』(조선작가동맹출판사, 1959)가 있다.

박양호(朴養浩, ?~?). 신원미상. 작품으로는 『소년세계』에 1932년「본지 일년간 문예운동에－송년편감(送年片感)」(제3권 제12호, 12월호)이 있다.

박팔양(朴八陽, 1905~1988). 시인. 호는 여수(麗水), 김여수(金麗水), 여수산인(麗水山人), 여수학인(麗水學人), 김니콜라이. 경기도 수원(水原) 출생. 1912년 재동공립보통학교에 입학해

1916년 졸업하고, 1916년 4월 배재고등보통학교에 입학하여 1920년 졸업한 후 2년 뒤 1922년 경성 법학전문학교(京城法學專門學校)를 졸업했다. 경성 법전 재학 시 정지용(鄭芝溶), 박제찬(朴濟瓚), 전승영(全承泳) 등 휘문고보생과 김용준(金鎔俊), 김경태(金京泰), 이세기(李世基), 김화산(金華山) 등과 함께 등사판 동인지 『요람(搖藍)』을 발간했다. 김화산, 이세기 등과 함께 한국 현대시사에서 최초의 사화집인 『폐허의 염군(焰群)』(조선학생회, 1923)에 「물노래」를 발표했다. 1925년 조선프롤레타리아예술동맹(KAPF) 맹원으로 활동하였지만, 1934년 예술주의적 동호인 단체인 구인회(九人會)에 가담하는 등 다양한 문학적 경향을 보여주었다. 1925년 안석주(安碩柱), 윤극영(尹克榮), 김기진(金基鎭) 등과 함께 소년소녀단체인 '따리아회'의 지도자로 참여하였다. 『동아일보』, 『조선일보』, 『중외일보』 기자와 1931년 11월 『중앙일보』 사회부장을 역임하였다. 1937년 만주 신경(新京)으로 이주하여 『만선일보(滿鮮日報)』 기자로 취직했다. 해방 후에는 조선문학가동맹(朝鮮文學家同盟)에 가담하였다가 월북하였다. 북한에서 『로동신문』 부주필, 조선작가동맹 부위원장 등을 역임했으며, 1966년 반당 종파 분자로 숙청되었다가 1981년 복권되었으며 1988년 10월 4일 사망하였다. 작품으로는 『동아일보』에 1927년 '소년문학운동 가부'를 묻는 설문에 「진정한 의미의 건전한 문학을」(4.30), 1930년 「(문단탐조등)'표절' 혐의의 진상-동요 '가을」에 대하야」(9.23), 『조선일보』에 1929년 평론 「당선된 학생시가에 대하여」(1.1) 외에 다수의 아동문학 작품을 발표하였다. 저서로는 시집 『여수시초(麗水詩抄)』(박문서관, 1940)가 있다.

박홍제(朴弘濟, 1911~?). 근우회 중앙집행위원장(槿友會中央執行委員長)을 지낸 정종명(鄭鍾鳴)의 아들이다. 1925년 1월 18일 박대성(朴大成), 윤석중(尹石重), 박홍제(朴弘濟), 이기용(李基庸), 김두형(金斗衡) 외 7인과 함께 서울 무산소년회(無産少年會) 발기회를 하고 24일 창립총회를 하였다. 1930년 5월 1일 박홍제는 메이데이에 오월격문(五月檄文) 사건을 일으켜 치안유지법 위반 및 출판법 위반으로 징역 1년 6개월 언도를 받고, 19세의 나이에 모친과 함께 서대문형무소에 갇혔다가 김천(金泉) 소년형무소에서 옥살이를 한 바 있다. 1925년 『소년운동(少年運動)』을 창간하려 한 바 있고, 1927년에는 최독견(崔獨鵑), 홍은성(洪銀星) 등과 함께 『소년조선(少年朝鮮)』을 창간하였다. 모친은 박홍제를 투사로 만들려고 하였으나 "詩나 童謠나 小說을 쓰는 것에 熱中"하였다. 작품으로 『조선일보』에 1927년 평론 「운동을 교란하는 망평망론(忘評忘論)을 배격함-적아(赤兒)의 소론(所論)을 읽고」(12.12)가 있다.

방정환(方定煥, 1899~1931). 아동문학가. 호는 소파(小波). 이 외에도 소파생(小波生), 목성(牧星), 잔물, 서삼득(徐三得), ㅅㅎ생, ㅈㅎ생, ㅁㅅ생, 서몽(曙夢), 한긔자, 몽견초(夢見草), 몽중인(夢中人), 운정(雲庭), SP생, 삼산인(三山人), 삼산생(三山生), 파영(波影), 김파영(金波影), 은파리, 성서인(城西人), 깔깔박사, 길동무, 운정(雲庭, 金雲庭, 方雲庭), 일기자(一記者), 쇳파리, 복면귀(覆面鬼) 등 여러 개의 필명이 있다. 1918년 보성전문학교, 1920년 도요대학(東洋大學) 철학과에 입학하였다. 1921년 김기전(金起田), 이정호(李定鎬) 등과 함께 천도교소년회(天道敎少年會)를 조직하여 소년운동을 전개하였다. 1923년 아동 잡지 『어린이』를 창간하였고, 아동보호 운동과 아동문학의 보급에 일생을 바쳤다. 1930년 『중외일보』에 배상철(裵相哲)이 쓴 「문인의 골상평(骨相評)—후중득격자(厚重得格者) 방정환」(8.12)과 1932년 『동광(東光)』에 이정호(李定鎬)가 쓴 「오호 방정환 그의 1주기를 맞고, 고금인물순례기」(제37호, 9월호)는 그에 대한 인물평이다. 작품으로는 『개벽』에 1923년 「새로 개척되는 '동화(童話)'에 관하야—특히 소년 이외의 일반 큰 이에게」(제31호, 1월호), 『동아일보』에 1925년 「동화작법—동화 짓는 이에게」(1.1), 1926년 「'허잽이'에 관하야(상·하)」(10.5~6), 『조선일보』에 1927년 「조선소년운동의 역사적 고찰」(전6회, 5.3~14)이 있다. 저서로는 『사랑의 선물』(開闢社, 1922), 『소파전집(小波全集)』(박문출판사, 1940) 등이 있다.

백학서(白鶴瑞, ?~?). 아동문학가. 황해도 신천군(信川郡) 온천면(溫泉面) 장재리(長財里) 출생. 재령공립보통학교(載寧公立普通學校)를 졸업하였다. 작품으로는 『매일신보』에 1931년 평론 「매신 동요평(每申童謠評)—9월에 발표한 것」(전8회, 10.15~25)이 있다.

밴댈리스트(?~?). 신원미상. 『동아일보』에 1924년 「에취·지·웰스」(12.29)와 1925년 「동요(童謠)에 대(對)하야(未定稿)」(1.21) 등의 글을 남겼다.

북악산인(北岳山人, ?~?). 신원미상. 작품으로는 『중외일보』에 1927년 논설 「조선 소년운동의 의의—오월 일일을 당하야 소년운동의 소사(小史)로」(5.1)이 있다.

빈강어부(濱江漁夫, ?~?). 신원미상. 작품으로는 『어린이』에 1932년 평론 「소년문학과 현실성—아울러 조선소년문단의 과거와 장래에 대하야」(5월호)가 있다.

설송(雪松, ?~?). 신원미상. 필명 설송아(雪松兒)라고도 함. 작품으로는 『소년세계(少年世界)』에 1932년 평론 「소세(少世) 10월호 동요시(童謠詩)를 읽고」, 「1932년의 조선 소년문예운동은 엇더하엿나」(이상 12월호) 등을 발표하였다.

성촌(星村, ?~?). 신원미상. 함경남도 원산(元山) 출생. 세우사(細友舍) 회원. 작품으로는 『매일신보』에 1931년 「전식(田植) 군의 동요평을 읽고－그 불철저한 태도에 반박함」(전4회, 9.6~10)과 다수의 아동문학 작품이 있다.

손길상(孫桔湘, ?~?). 경상남도 진주(晋州) 출생. 진주의 정상규(鄭祥奎), 이재표(李在杓) 등과 함께 새힘사(社)를 통해 소년문예활동을 하였고, 1930년경 진주청년동맹(晋州靑年同盟) 소년부에서 활동하였으며, 노동야학(勞動夜學) 활동을 하였다. 1933년 10월에는 '일본 반제 및 조선공산청년동맹원 가담 혐의 건'으로 일본 경시청에 피검되었다가 같은 해 12월 기소보류 처분되어 풀려난 적이 있다. 1936년경 만주국 문교부(滿洲國文敎部)에 재직하였다. 신경조선인청년회(新京朝鮮人靑年會) 활동을 하였고, 신경에서 재만 조선아동학교(在滿朝鮮兒童學校) 교육의 보조적 역할과 아동 정서교양의 일환을 목적으로 아동문학연구회(兒童文學硏究會)를 조직하여 활동하였다. 작품으로는 『신소년』에 1931년 평론 「『신소년(新少年)』 9월 동요평」(11월호) 외에 다수의 아동문학 작품이 있다.

손진태(孫晉泰, 1900~?). 민속학자이자 국사학자. 호는 남창(南滄). 1900년 경상남도(현 부산광역시) 동래(東萊) 출생. 일본 와세다 대학(早稻田大學) 졸업 후 1932년 조선민속학회를 창설하였다. 6·25전쟁 중 서울대 문리대 학장 재직 중 납북되었다. 작품으로는 『신민(新民)』에 1927년 평론 「조선의 동요와 아동성」(2월호) 외에 다수의 아동문학 작품이 있다. 저서로는 『조선고가요집(朝鮮古歌謠集)』(刀江書院, 1929), 『조선신가유편(朝鮮神歌遺篇)』(향토연구사, 1930), 『조선민담집(朝鮮民譚集)』(향토연구사, 1930), 『조선민족설화(朝鮮民族說話)의 연구(硏究)』(을유문화사, 1947) 등이 있다.

송남헌(宋南憲, 1914~2001). 독립운동가, 현대사 연구가, 아동문학가. 경상북도 문경(聞慶) 출생. 1934년 대구사범학교(大邱師範學校)를 졸업하고, 서울 재동국민학교(齋洞國民學校) 교사로 재직하면서 아동문학가로 활동하였다. 1943년 허헌(許憲) 등과 함께 대한민국 임시정부의 활동과 광복군의 전과를 주위에 전했다는 '경성방송국 라디오 단파방송' 사건(朝鮮臨時保安法 違反)으로 서대문형무소에서 8개월의 옥고를 치렀다. 해방 후 우사(尤史) 김규식(金奎植) 선생의 비서실장을 맡아 좌우합작과 남북 협상에 참여하였다. 1961년에는 군사정부에 의해 혁신정당 활동을 한 혐의로 좌익으로 몰려 1963년까지 옥고를 치렀다. 작품으로는 『동아일보』에 1939년 평론 「창작동화의 경향과 그 작법에 대하야(상·하)」(6.30~7.6), 「예술동화의 본질과 그 정신－동화작가에의 제언」(전6회, 12.2~10), 1940년 「아동문학의 배후(상·하)」(5.7~9), 『매일신보』에 1941년 평론 「명일(明日)의 아동연극－동극회

일회 공연을 보고」(5.12) 등이 있다. 저서로는 『해방 3년사』(성문각, 1976), 『한국현대정치사』(성문각, 1980), 『김규식 박사 전집』(전5권) 중 『몸으로 쓴 통일독립운동사』, 『송남헌 회고록—김규식과 함께 한 길』(이상 송남헌 외 지음, 한울, 2000) 등이 있다.

송순일(宋順鎰, 1902~1950). 시인, 소설가. 필명은 송양파(宋陽波), 양파(陽波). 황해도 안악(安岳) 출생. 6·25 때 48세로 사망한 것으로 알려졌다. 20세에 미션계 중학을 졸업한 것이 학력의 전부이고, 황해도 안악군(安岳郡) 소재 사립안신보통학교(私立安新普通學校)에서 1927년 6월부터 교사생활을 하여 1937년 10월 근속 십주년 표창을 받았다. 1926년 재령청년연맹(載寧青年聯盟) 창립 시 검사위원으로 참가하였다. 1926년 11월 재령무산청년회(載寧無産青年會)에서 주최한 학교교육과 사회교육 중 어느 것이 우선이냐는 주제의 토론에 사회교육이 우선이라는 측 토론자로 나섰다. 1937년 안악 안신보통학교(安岳 安新普通學校) 10주년 근속으로 표창을 받았다. 작품으로는 『동아일보』에 1924년 「(자유종) 아동의 예술교육」(9.17) 외에 다수의 시, 소설, 평론 등이 있다.

송악산인(松岳山人, ?~?). 신원미상. 작품으로 『매일신보』에 1926년 「부녀에 필요한 동화—소년 소녀의 량식」(12.11), 「동요를 장려하라—부모들의 주의할 일」(12.12) 등이 있다.

송영(宋影, 1903~1979). 소설가, 극작가, 아동문학가. 본명 송무현(宋武鉉). 필명은 송동량(宋東兩), 앵봉산인(鶯峯山人), 석파(石坡). 서울 출생. 1919년 배재고등보통학교를 중퇴하고 1922년 일본으로 가 유리 공장의 견습직공으로 일하면서 노동 체험을 쌓았다. 1922년 말 결성된 염군사(焰群社)의 구성원으로서 극단 '염군'을 조직하고 활동하다가 1925년 조선프롤레타리아예술동맹(KAPF)의 맹원으로 가담하여 대표적인 소설가, 극작가로 활동하였다. 1934년 신건설사 사건(新建設社事件)으로 검거되어 옥고를 치르기도 했다. 해방 후 이기영(李箕永), 한설야(韓雪野) 등과 함께 조선프롤레타리아예술연맹을 결성하고 1946년 6월에 월북하여 북조선문학예술총동맹 중앙 상무위원, 제2, 4기 최고인민회의 대의원, 조국전선 중앙위원, 조·소친선협회 위원, 조국평화통일위원회 상무위원 등을 거쳤다. 작품으로 1925년 『개벽(開闢)』의 현상 공모에 소설 「느러가는 무리」(송동량; 제61호, 7월호)가 3등 당선되어 등단하였고, 이어 1927년 『문예시대』에 「석공조합 대표」(1월호) 등 초기 프롤레타리아 소설의 중요한 작품을 남겼다. 작품으로는 『별나라』에 1931년 평론 「아동극의 연출은 엇더케 하나?」(3월호), 1933년 「소학교 극의 새로운 연출(二)」(제73호, 12월호), 1934년 「동극연구회 주최의 '동극·동요의 밤'을 보고」(鶯峯山人; 제75회, 2월호) 외에 다수의 아동문학 작품이 있다.

송완순(宋完淳, 1907~?). 동요시인, 아동문학가, 평론가. 필명은 구봉학인(九峰學人), 구봉산인(九峰山人), 송구봉(宋九峰), 송소민(宋素民), 소민학인(素民學人), 호랑이, 한밧, 송타린(宋駝麟) 등이 있다. 충청남도 대전군(大田郡) 진잠면(鎭岑面) 출생. 조선프롤레타리아예술동맹(KAPF)에 가입하였으나 1930년 4월 20일 KAPF를 중상했다는 이유로 중앙위원회의 결의로 제명당했다. 1932년 송영(宋影), 신고송(申孤松), 박세영(朴世永), 이주홍(李周洪), 이동규(李東珪), 태영선(太英善), 홍구(洪九), 성경린(成慶麟), 김우철(金友哲), 박고경(朴古京), 구직회(具直會), 승응순(昇應順), 정청산(鄭青山), 홍북원(洪北原), 박일(朴一), 안평원(安平原), 현동염(玄東炎) 등과 함께 건전 프로아동문학의 건설보급과 근로소년작가의 지도양성을 목표로 월간『少年文學』을 발간하기로 하였다. 해방 후에는 조선문학가동맹에 가담하였고, 1946년 조선문학가동맹 중앙집행위원회에서 아동문학부 위원을 보선(補選)할 때 박세영(朴世永) 등과 함께 아동문학부 위원이 되었다. 1949년 1월경 박노갑(朴魯甲), 박계주(朴啓周) 등과 함께『소년소녀소설전집』을 회현동(會賢洞)의 민교사(民教社)에서 발간하기로 하였다. 1949년 11월경 자진하여 정지용(鄭芝溶), 정인택(鄭人澤), 양미림(楊美林), 박노아(朴露兒) 등과 함께 국민보도연맹에 가맹하였다가 그 후 월북하였다. 아동문학 비평 작품으로는『중외일보』에 1928년「공상적 이론의 극복－홍은성 씨(洪銀星氏)에게 여(與)함」(전4회, 1.29~2.1), 1930년「개인으로 개인에게－군(君)이야말로 '공정한 비판'을」(전8회, 九峰學人; 4.12~20),「동시 말살론(童詩抹殺論)」(전6회, 九峰學人; 4.26~5.3),「동요의 자연생장성 급 목적의식성」(전6회, 宋九峰; 6.14~?),「동요의 자연생장성 급 목적의식성 재론」(전4회, 九峰學人; 6.29~7.2),『조선일보』에 1930년「비판자를 비판－자기변해(自己辯解)와 신 군(申君) 동요관 평」(전21회, 九峯山人; 2.19~3.19),「조선 '푸로'예맹(藝盟)과 '푸로' 예술운동－제일선(第一線)인가 제삼선(第三線)인가」(전10회, 宋駝麟; 4.5~18),「'푸로레' 동요론」(전14회, 7.5~7.22), 1931년「(자유평단－신진으로서 기성에게, 선진으로서 후배에게) 공개 반박－김태오(金泰午) 군에게」(3.1), 1945년「아동문학의 기본 과제」(전3회, 12.5~7),『동아일보』에 1938년「동요론 잡고(童謠論雜考)－연구 노트에서」(전4회, 1.30~2.4),『새벗』에 1930년「조선동요의 사적 고찰」(5월호),『비판』에 1939년「아동문학 기타」(9월호),『영화연극』에 1939년「아동과 영화」(창간호, 11월호),『인민』에 1946년「아동문화의 신 출발」(1월호),『신세대』에 1946년「조선 아동문학 시론－특히 아동의 단순성 문제를 중심으로」(제

2호, 5월호), 『민보』에 1947년 「아동출판물을 규탄」(5월호), 『아동문화』에 1948년 「아동문학의 천사주의－과거의 사적 일면(史的一面)에 관한 비망초(備忘草)」(11월호) 등이 있다. 저서로는 해방 후 프리체(V.M. Friche)의 『구주문학발달사(歐洲文學發達史)』(개척사, 1949)를 번역하였다.

송창일(宋昌一, ?~?). 아동문학가. 평안남도 평양(平壤) 출생. 1930년 평안북도 소학교 및 보통학교 교원 시험에서 제2종에 합격하였다. 이후 평양 광성보통학교(光成普通學校) 등에서 교사를 했다는 기록이 있다. 1933년 『동아일보』 주최의 '제3회 학생 계몽운동' 보도에 보면 '평양부(平壤府)'에서는 빈민 아동 중심으로 평양 정진여자보통학교(正進女子普通學校)에서 7월 24일부터 8월 7일까지 한글, 산술, 역사 등을 가르쳤는데 송창일도 교사로 참여하였다. 작품으로는 『동아일보』에 1939년 평론 「동화문학과 작가」(전5회, 10.17~26), 『조선중앙일보』에 1934년 평론 「동요운동 발전성(童謠運動 發展性)－기성문인, 악인(旣成文人, 樂人)을 향한 제창」(전2회, 2.13~14), 「아동문예의 재인식과 발전성」(전4회, 11.7~17), 「아동극 소고－특히 아동성을 주로」(전6회, 5.25~6.2) 외에도 다수의 동시와 동요를 발표하였다. 저서로는 평양에서 동화집 『참새 학교』(平壤愛隣院, 1938)를 발간하였다.

승응순(昇應順, 1910~1937). 아동문학가. 대중가요 작사가. 필명은 승효탄(昇曉灘). 대중가요 작사 시 금릉인(金陵人), 금능인(金能仁), 남풍월(南風月), 추엽생(秋葉生) 등의 필명을 사용했다. 황해도 금천군(金川郡) 갈현리(葛峴里) 출생. 1927년 금천공립보통학교(金川公立普通學校)를 졸업하였다. 상급학교에 진학하지 못하다가 1928년 보성고등보통학교(普成高等普通學校)에 입학했으나 1930년경 맹휴사건으로 퇴학당하였고, 1931년 4월 연희전문학교(延禧專門學校) 문과 별과에 입학에서 한 학기 수업 후 중퇴했다. 보성고보 재학 중 성경린(成慶麟) 등과 함께 동요 창작 모임인 '희망사'를 조직하였다. 1931년 9월 소용수(蘇瑢叟), 이정구(李貞求), 전봉제(全鳳濟), 이원수(李元壽), 박을송(朴乙松), 김영수(金永壽), 신고송(申孤松), 윤석중(尹石重), 최경화(崔京化)와 함께 신흥아동예술연구회(新興兒童藝術研究會)를 창립 발기하였다. 1932년에 원유각(元裕珏), 정진석(鄭鎭石) 등과 함께 동인지 『문학(文學)』 창간에 참여하고, 『소년문학』의 집필자로 활동하였으며, 라디오 드라마를 연출하기도 하였다. 1933년 「무명초」라는 작품으로 포리돌 레코드회사에서 작사가로 데뷔하여, 이후 오케 레코드 문예부장으로 재직하면서 많은 양의 대중음악 가사를 작사했는데, 「타향」('타향살이'로 널리 알려져 있음), 「이원애곡」, 「사막의 한」을 위시해 100여 편이 훨씬

넘는다. 작품으로는『신소년』에 1932년 평론「조선소년문예단체소장사고(朝鮮少年文藝團體消長史稿)」(9월호), 『문예광(文藝狂)』에 1930년 평론「조선소년문예고(朝鮮少年文藝考)」(2월호) 외에도 다수의 동요 작품이 있다.

신고송(申孤松, 1907~?). 아동문학가. 본명은 신말찬(申末贊)이고 호는 고송(孤松, 鼓頌), 필명은 신찬(申贊). 경상남도(현 울산광역시) 울주군(蔚州郡) 언양(彦陽) 출생. 1928년 대구사범학교를 졸업하고 대구에서 보통학교 교사를 하다가 사상불온을 이유로 청도 유천보통학교(清道楡川普通學校)로 좌천되었다가 이어 해임된 후, 프롤레타리아 문예운동에 뛰어들었다. 1930년 이주홍(李周洪), 엄흥섭(嚴興燮) 등과 함께 소년 잡지『무산소년(無産少年)』을 발간하기로 하였다. 1931년 9월 소용수(蘇瑢叟), 이정구(李貞求), 전봉제(全鳳濟), 이원수(李元壽), 박을송(朴乙松), 김영수(金永壽), 승응순(昇應順), 윤석중(尹石重), 최경화(崔京化)와 함께 신흥아동예술연구회(新興兒童藝術硏究會)를 창립 발기하였다. 1932년 8월경 정당한 프롤레타리아 연극 건설을 목표로 이귀례(李貴禮), 이상춘(李相春), 강호(姜湖), 송영(宋影), 권환(權煥) 등과 함께 극단『신건설』을 결성하였다. 1932년 12월 건전 프로 아동문학의 건설보급과 근로소년작가의 지도 양성을 임무로 송영(宋影), 신고송(申孤松), 박세영(朴世永), 이주홍(李周洪), 이동규(李東珪), 태영선(太英善), 홍구(洪九), 성경린(成慶麟), 송완순(宋完淳), 한철석(韓哲錫), 김우철(金友哲), 박고경(朴古京), 구직회(具直會), 승응순(昇應順), 정청산(鄭青山), 홍북원(洪北原), 박일(朴一), 안평원(安平原), 현동염(玄東炎) 등과 함께 월간잡지『소년문학(少年文學)』을 발행하였다. 1932년 12월 '별나라사 사건' 때문에 출판법 위반으로 기소된 바 있다. 해방 후 조선프롤레타리아문학동맹의 중앙집행위원으로 활동하다 1946년 월북하였다. 작품으로는『조선일보』에 1927년 평론「9월호 소년잡지 독후감(九月號少年雜誌讀後感)」(전5회, 10.2~7), 1929년 평론「동심(童心)에서부터－기성동요의 착오점, 동요시인(童謠詩人)에게 주는 몇 말」(전8회, 10.20~29), 1930년「새해의 동요운동－동심 순화와 작가유도」(전3회, 1.1~3), 『중외일보』에 1930년「동심(童心)의 계급성(階級性)－조직화(組織化)와 제휴(提携)함」(전3회, 3.7~9), 「동요운동의 당면문제는?」(전2회, 5.14~18), 『중앙일보』에 1932년 평론「연극운동의 전망」(전4회, 3.22~28), 『조선중앙일보』에 1936년「아동문학 부흥론(兒童文學復興論)－아동문학(兒童文學)의 르네쌍스를 위하여」(전5회, 1.1~2.7) 외에 신문과 잡지에 다수의 동요 작품이 있다. 저서로는 김봉희가 편찬한『신고송문학전집 1,2』(소명출판, 2008)이 있다.

신영철(申瑩澈, 1895~1945). 아동문학가. 호는 효산(曉山), 약림(若林). 충청남도 서천(舒川) 출생. 일본 도요대학(東洋大學) 철학과를 졸업하고, 도쿄 유학생들로 조직된 색동회(會) 간사로 활동하였다. 1925년 개벽사(開闢社)에 입사하여 2월부터 『어린이』의 기자 일을 맡아보고, 『개벽』 폐간 후 속간된 『별건곤(別乾坤)』을 주재하였다. 1926년 『신여성』 제26호(1926.5)부터 편집기자로 참여하였다. 만주(滿洲)의 『만선일보(滿鮮日報)』에서 염상섭, 안수길(安壽吉), 이종환(李鍾桓) 등과 함께 옮겨 가 학예부장을 지냈다. 저서로 황의돈(黃義敦), 신영철(申瑩澈)이 공동으로 지은 『(新體美文)학생서한(學生書翰)』(鴻文園, 1926)과, 편저서로 『싹트는 대지(大地)』(新京, 滿鮮日報社出版部, 1941)가 있다.

심훈(沈熏, 1901~1936). 소설가, 시인, 영화인, 독립운동가. 본명은 대섭(大燮), 호는 해풍(海風). 서울에서 출생. 1915년 경성제일고등보통학교에 입학하였고 1919년 3·1운동에 가담하였다가 투옥·퇴학당하였다. 1920년 중국으로 망명하여 1921년 항저우(杭州) 치장대학(之江大學)에 입학하였다. 1923년 사회주의 문화운동 조직인 염군사(焰群社)에 참가하였다. 1924년 동아일보사에 입사하였으나 철필구락부(鐵筆俱樂部) 사건으로 이듬해 해직되고, 1925년 고한승(高漢承), 김영보(金泳俌), 이경손(李慶孫), 최승일(崔承一), 김영팔(金永八), 안석주(安碩柱) 등과 함께 극문회(劇文會)를 조직하였다. 아동문학 관련 작품으로는 『조선일보』에 1927년 「경성보육학교(京城保育學校)의 아동극 공연을 보고」(전2회, 11.16~18), 1928년 평론 「아동극과 소년영화—어린이의 예술교육은 엇던 방법으로 할가」(전3회, 5.6~9) 등이 있다. 저서로는 『그날이 오면』(한성도서주식회사, 1949)과, 『심훈전집(沈熏全集)』(전3권, 탐구당, 1966)이 있다.

안덕근(安德根, 1907~?). 황해도 해주(海州) 출생. 필명 안영(安英). 해주청년회 집행위원 등을 역임하면서 사회운동 분야에서 열심히 활동하다가 1926년 11월 남천(南川)으로 이사를 하였다. 김팔봉(金八峯)의 「조선문학의 현재와 수준」(『신동아』 4권 1호)에 따르면, 1934년을 전후한 시점에, 안덕근(安德根)을 동반자 작가로 분류하고 있다. 1925년 해주문예협회(海州文藝協會)의 임원으로 활동하였고, 1926년 5월 해주노동연맹(海州勞働聯盟) 발회식에 참여하여 해주청년회 집행위원 자격으로 축사를 하였고, 1927년 신간회(新幹會) 해주지회 간사로 활동하였을 뿐만 아니라, 중앙집행위원으로도 활동하였다. 1927년 6월 해주(海州) 지역 신극 연구단체인 민영회(民暎會) 창립을 주도하고 각본 부(脚本部)의 집행위원으로 활동하였다. 1927년 9월 해주청년회(海州青年會) 정기총회에서 교육부 위원으로 선임되었다. 1928년 5월 조선프롤레타리아예술동맹 해주 지부 좌장으로 임시총회를 주재하고 교양부 임원으로 활동하였으며, 1932년 5월 해주청년동맹(海州青年同盟)의 동맹원 등 26명과 함께 비밀결사를 조직했다는 등의 이유로 검거되기도 하였다. 1933년 6월 14~15일, 해주청년동맹(海州青年同盟) 주최로 임화(林和), 이갑기(李甲基)를 초청하여 '해주문예강연(海州文藝講演)'을 개최할 때 안덕근이 '조선문학(朝鮮文學)의 신계단(新階段)'이란 제목으로 강연을 하였고, 1934년 8월 해주삼남수재구제회(海州三南水災救濟會)에서 연극회를 개최한 바 안덕근의 작품 「경쟁이중주(競爭二重奏)」를 공연하였다. 해방 후 1947년 조선신문기자회(朝鮮新聞記者會)의 재정부장을 역임하기도 하였다. 작품으로 『매일신보』에 1926년 평론 「동화의 가치」(1.31), 『조선일보』에 1930년 평론 「푸로레타리아 소년문학론」(전12회, 10.18~11.7) 등이 있다.

안정복(安丁福, ?~?). 소년운동가. 취운소년회(翠雲少年會)의 간부 등으로 소년운동을 하였고, 경성 꾀꼬리사(社) 회원이었다. 1927년 7월 취운소년회 동화대회의 연사로 참여하였다. 1928년 2월 경성소년연맹(京城少年聯盟) 발기회에서 준비위원으로 선임되었고, 7월 27일 제1회 정기대회에서 고장환(高長煥)이 위원장이 되고 안정복은 상무서기로 선출되었다. 1928년 7월 29일 조선소년총연맹(朝鮮少年總聯盟) 경기도소년연맹(京畿道少年聯盟) 창립대회에서 중앙 상무서기로 선임되었다가 중앙집행위원회에서 조사부장(調査部長)으로 임명되었다. 1928년 7월~8월에 걸쳐 개최된 취운소년회의 임간동화대회에서 이정호(李定鎬), 홍은성(洪銀星), 안준식(安俊植)을 초청하였는데 취운소년회에서는 김옥인(金玉仁)과 안정복(安丁福)이 연사로 참여하였다. 작품으로는 『중외일보』에 1930년 「파쟁에서 통일로-어린이날을 압두고(상·중·하)」(4.21~25), 「전국 동지에게 소총 재조직(少總再組織)을 제의함」(6.6) 등을 발표하였다.

안준식(安俊植, ?~?). 소년운동가, 아동문학가. 필명 안운파(安雲波), 운파(雲波). 본적은 경성부(京城府) 혜화동(惠化洞) 89-3번지이고 『별나라』를 발간할 당시의 주소는 경성부(京城府) 영락정(永樂町) 1-65번지였다. 1925년 9월 경성(京城) 동부를 중심으로 무산청년들의 모임인 동광청년회(東光青年會)를 창립하였다. 1925년 서울야학교를 보광학교(普光學校)로 확장하여 무산아동과 직업아동 교육을 할 때 강인희(姜仁熙), 박병훈(朴秉勳) 등과 함께 무보수로 교육하였다. 1925년 서울야구단을 조직하여 단원으로 활동하였으며, 1926년 신광소년회(新光少年會)를 맡아 운영하였다. 1927년에는 이강흡(李康洽) 등과 함께 성북소년회(城北少年會)를 창립하여 위원으로 활동하였으며, 1927년 1월 유도순(劉道順), 박동석(朴東石), 김도인(金道仁), 한형택(韓亨澤), 진종혁(秦宗爀), 최병화(崔秉和), 강병국(姜炳國), 노수현(盧壽鉉), 주요한(朱耀翰), 양재응(梁在應), 염근수(廉根守) 등과 함께 아동문제연구회인 '꽃별회'를 창립하였다. 1927년 4월에는 연성흠(延星欽), 이정호(李定鎬), 장무쇠(張茂釗), 박상엽(朴祥燁), 박노일(朴魯一) 등과 함께 아동문제연구 단체인 '별탑會'를 창립하였다. 월간 어린이 잡지 『별나라』(1926년 6월 창간)의 주간, 1934년 6월에 창간한 월간 문학지 『문학창조(文學創造)』의 편집 겸 발행인이었다. 1927년 7월 30일 조선소년운동협회(朝鮮少年運動協會)와 오월회(五月會)를 중심으로 양분되어 있던 소년운동 단체를 통합하기 위한 조선소년연합회(朝鮮少年聯合會) 결성 시 창립 준비위원으로 활동하였고, 1927년 10월 16일 조선소년연합회 창립대회 시에 사회를 보고 중앙검사위원으로 활동하였다. 1928년 4월 별탑회(會) 주최 정기동화회 연사로 참여하였고, 1929년 7월에는 조선아동예술작가협회(朝鮮兒童藝術作家協會) 창립에 김영팔(金永八), 양재응(梁在應), 최병화(崔秉和), 염근수(廉根守) 등과 함께 집행위원으로 참여하였다. 1932년 9월 경 비밀결사를 조직해 적색잠행운동을 하려다가 별나라사 인쇄인이었던 이유기(李有基)와 함께 구금되었고, 1932년 11월 경 연극운동사(演劇運動社)에서 발간한 『연극운동』을 매개로 모종 운동을 했다는 혐의로 신고송(申孤松), 이귀례(李貴禮), 임화(林和) 등과 함께 구금되기도 했다. 해방 후 1947년 2월 조선소년지도자협의회를 조직하기 위해 준비위원으로 활동하였다. 작품으로는 『조선일보』에 1932년 「전선 무산아동 연합 대학예회(全鮮無産兒童聯合大學藝會)를 열면서－별나라 육주년 기념(六週年紀念)에 당(當)하야」(전2회, 5.28~29), 『별나라』에 1932년 「연합 학예회를 맛치고－여러분께 감사한 말삼을 드림」(제60호, 7월호) 외에 다수의 동화와 소년소설이 있다.

안평원(安平原, ?~?). 동화 작가. 경상북도 영천군(永川郡) 금호면(琴湖面) 출생. 보통학교를 졸업한 뒤 상급학교에 진학하지 못한 것으로 보인다. 1932년 9월 건전 프로 아동문학의 건설 보급과 근로 소년작가의 지도 양성을 목표로 송영(宋影), 신고송(申孤松), 박세영(朴世永), 이주홍(李周洪), 이동규(李東珪), 태영선(太英善), 홍구(洪九), 성경린(成慶麟), 송완순(宋完淳), 한철석(韓哲錫), 김우철(金友哲), 박고경(朴古京), 구직회(具直會), 승응순(昇應順), 정청산(鄭青山), 홍북원(洪北原), 박일(朴一), 현동염(玄東炎) 등과 함께 『소년문학(少年文學)』을 창간하였다. 작품으로는 『신소년』에 1934년 소론(小論) 「알기 쉽게 감명잇게 씁시다－삼월호를 읽고 늣긴 바 잇서 글 쓰는 동무들에게 제의함」(4·5월 합호) 외에 다수의 동화, 소년소설이 있다.

양가빈(梁佳彬, ?~?). 아동문학가. 평안남도 평양(平壤) 출생. 필명 양천(梁天). 작품으로는 『조선중앙일보』에 1933년 「『동요 시인』 회고와 그 비판」(전2회, 10.30~31) 이외에 다수의 동요 작품이 있다.

양명(梁明, 1902~?). 일제강점기 사회주의 운동가. 다른 이름은 이강(李江, Lee Kang), 양건록(梁健錄), 양건일(梁建一). 경상남도 통영(統營) 출생. 1919년 무렵 베이징대학(北京大學) 문과에서 수학하였다. 1924년 북경에서 결성된 혁명사(革命社)에 가입하고 잡지 『혁명(革命)』 발행에 참여하였다. 1925년 8월 조선일보 기자로 근무하면서 안광천(安光泉)의 소개로 조선공산당에 입당했다. 1926년 3월 레닌주의 동맹 결성에 참여하였고, 12월 조공 제2차 대회에 참석하여 중앙위원 후보로 선임되었고 고려공산청년회 책임비서가 되었다. 1931년 12월부터 이듬해 8월 15일까지 모스크바의 동방노력자공산대학에서 연구원으로 있었다. 1932년 모스크바에서 「만주사변과 조선」, 「조선의 민족개량주의에 관해」를 집필하여 코민테른 간행물 『민족 식민지문제 자료』에 게재했고, 1934년경 모스크바에서 외국문 출판사 한글 담당 직원이 되었다. 아동문학 관련 평론으로는 1925년 『조선문단(朝鮮文壇)』에 「문학상(文學上)으로 본 민요 동요(民謠童謠)와 그 채집(採輯)」(9월호)이 있다.

양미림(楊美林, ?~?). 아동문학가. 본명 양제현(梁濟賢). 황해도 송화군(松禾郡) 출생. 1936년 11월경 경성중앙방송국(京城中央放送局) 제이방송과(第二放送課) 아동부 주임으로 취임하였다. 1945년 조선문학동맹 아동문학부 위원으로 활동하였다. 1947년 8월 10일 조선출판신문(朝鮮出版新聞)을 창간하여 발행인이 되었다. 1947년 양재응(梁在應), 윤소성(尹小星), 남기훈(南基薰), 안준식(安俊植), 정홍교(丁洪敎), 윤석중(尹石重), 현덕(玄德), 정태병(鄭泰炳), 김원룡(金元龍), 최병화(崔秉和) 등과 함께 어린이날 전국준비위원회의 준비위원 및 당무위원(當務委員)으로 활동하였다. 1949년 11월경 자진하여 정지용(鄭芝溶), 정인택(鄭人澤), 송완순(宋完淳), 박노아(朴露兒) 등과 함께 국민보도연맹에 가맹하였다가 그 후 월북하였다. 작품으로는 『아이생활』에 1937년 평론 「방송에 나타난 아동문예계의 한 단면」(제140호, 10월호), 『동아일보』에 1940년 평론 「아동문제 관견(管見)」(전5회, 6.2~14), 1947년 평론 「아동문학에 있어서 교육성과 예술성(상·중·하)」(2.4~3.1), 서평 「김원룡(金元龍) 동시집 내 고향을 읽고」(11.6), 『조선교육』에 평론 「아동독물 소고」(12월호) 외에 다수의 평론과 논설이 있다. 저서로는 정태병(鄭泰炳)과 공역한 번역서로 『연애와 결혼』(문화출판사, 1948)이 있다.

양우정(梁雨庭, 1907~1975). 아동문학가. 정치가. 본명 양창준(梁昌俊), 해방 후 1949년 양우정(梁又正)으로 개명. 경상남도 함안군(咸安郡) 출생. 함안보통학교(咸安普通學校)를 졸업하고, 대구고등보통학교(大邱高等普通學校)에 입학하였으나 4학년 때 반일학생 사건에 관련되어 퇴학당하였다. 이후 일본으로 가 와세다대학(早稻田大學) 전문학부 경영학과를 다니다 중퇴하고 귀국하였다. 귀국 후 신간회(新幹會) 지방 지부에 가담하기도 하고 농민소작쟁의에 참가하기도 하였다. 1928년 KAPF 중앙위원이 되었고 김기진(金基鎭)이 사회부장, 박영희(朴英熙)가 문예부장을 맡고 있던 『중외일보』에 시를 발표하기 시작하였다. 1930년 9월 『음악과 시』를 발행하였는데 발행인 겸 편집인이었다. 1930년 12월에 이적효(李赤曉), 엄흥섭(嚴興燮) 등과 함께 KAPF 개성지부에서 기관지 『군기(群旗)』를 발행하였는데 주간을 맡았고, KAPF 쇄신동맹을 결성하였다가 이로 인해 1931년 4월 개성지부가 해체되고 KAPF에서 제명당했다. 1931년 10월 '중국공산당 동만(東滿) 특위 조선국내공작위원회(朝鮮國內工作委員會) 사건 및 반제동맹(反帝同盟) 사건에 연루되어 4년간 서대문형무소에서 복역하였고, 1936년에는 경남문학청년동맹(慶南文學靑年同盟) 사건에 연루되어 다시 1년간 복역하였다. 감옥 생활 후 어렵게 생활하다가 친일잡지 『녹기(綠旗)』에도 관여하였다. 해방 후 언론계에 투신하여 1945년 11월 창간한 반공신문 『대동신문(大東新聞)』 주필, 1946년 3월에 『현대일보』를 창간하고 이어 『평화일보』 창간, 1948년 영자지 『유니언타임스』 창간, 1949년 1월에 『연합신문』, 1952년 4월에 『동양통신』을 창설하였다. 대한독립촉성국민회(大韓獨立促成國民會)의 선전부장으로 반탁 투쟁에 앞장서기도 하다가 정계에 입문하여 이승만(李承晩)의 총애를 받아 1950년 5월 함안에서 무소속으로 제2대 민의원에 당선되었다. 이어 자유당을 결성하고 제2인자가 되었다가 정국은(鄭國殷) 사건이라는 간첩단 사건에 연루되어 1953년 10월에 체포 징역 7년 판결을 받았으나 이승만의 총애로 1954년 2월 특사로 석방되었다. 작품으로는 『중외일보』에 1930년 평론 「작자로서 평가에게 - 부정확한 입론의 위험성, 동요 평가에게 주는 말」(전2회, 2.5~6) 외에 다수의 아동문학 작품이 있다.

엄창섭(嚴昌燮, ?~?). 아동문학가. 경상북도 영주군(榮州郡) 풍기면(豊基面) 성내동(城內洞) 출생. 작품으로는 『동아일보』에 1930년 평론 「(문단탐조등)'가을'을 표절한 박덕순(朴德順) 군의 반성을 촉한다」(11.4), 평론「정신 업는 표절자 김경윤(金景允)에게」(11.30) 이외에 다수의 동요 작품을 발표하였다.

엄흥섭(嚴興燮, 1906~?). 소설가, 평론가, 아동문학가. 필명 엄항(嚴響). 충청남도 논산(論山) 출생. 1926년 경상남도공립사범학교(慶尙南道公立師範學校)를 졸업하였다. 인천(仁川)의 문예잡지『습작시대(習作時代)』, 공주(公州)의 문학 동인지『백웅(白熊)』, 진주(晋州)의 시 전문지『신시단(新詩壇)』등의 동인으로 활동하였다. 1930년 전후 조선프롤레타리아예술동맹(KAPF)에 가담해 중앙집행위원이 되기도 하였으나 1931년 군기(群旗) 사건으로 KAPF를 떠났다. 해방 후 1946년 3월『인천신문(仁川新聞)』편집국장을 역임하였다. 1945년 9월에 결성된 조선프롤레타리아문학동맹에 이기영(李箕永), 한설야(韓雪野) 등과 함께 집행위원으로 가담하였고, 1946년 조선문학가동맹(朝鮮文學家同盟) 소설부 위원으로 활동하다, 1951년 6·25 전쟁 중 월북하였다. 작품으로는『별나라』에 1934년 소년문학 강좌「작문·수필 이야기」(1월호~2월호) 외에 다수의 동요, 동화 작품이 있다. 저서로는 단편집『길』(한성도서주식회사, 1938),『세기의 애인』(광한서림, 1939), 박화성, 한인택, 이무영, 강경애, 조벽암 등과 같이『신가정(新家庭)』에 연재한 연작소설을 묶은『파경』(중앙인서관, 1939), 소설집『행복』(영창서관, 1941), 소설집『정열기』(한성도서주식회사, 1941),『봉화』(성문당서점, 1943),『흘러간 마을』(백수사, 1948),『인생사막』(학우사, 1949) 등이 있다.

연성흠(延星欽, 1902~1945). 교육자, 아동문학가, 소년운동가. 호는 호당(皓堂), 호당생(皓堂生), 호당학인(皓堂學人), 과목동인(果木洞人). 야간학교 배영학원(培英學院)을 설립하여 무상교육을 하였다. 1924년 4월 홍순준(洪淳俊; 洪銀星), 김영팔(金永八) 등과 함께 등사판 동인지『백범(白帆)』을 발행하였다. 1924년 6월부터 주간(主幹)으로 소년소녀잡지『어린 벗』을 발행하였다. 1924년 소년단체 명진소년회(明進少年會)와 1927년 아동문학연구단체인 별탑회(별塔會)를 결성하였다. 해방 후에는 1945년 김영일(金英一), 최병화(崔秉和)와 더불어 아동예술연구단체인 호동원(好童園)을 창립하였다. 작품으로는『중외일보』에 1929년「동화구연 방법의 그 이론과 실제」(전18회, 9.28~11.6), 1930년「영원(永遠)의 어린이 안더-슨 전(傳)」(전39회, 4.3~5.31),『조선일보』에 1927년「안더슨 선생의 동화창작상 태도」(전6회, 8.11~17),「시월(十月)의 소년잡지(少年雜誌)」(果木洞人; 11.3~8) 외에 다수의 동화 작품이 있다.

염근수(廉根守, 1907~2003). 아동문학가. 필명은 낙랑(樂浪), 랑랑, 랑랑生. 황해도 백천(白川) 출생. 1921년 양정고등보통학교(養正高等普通學校)에 입학하여 수학하였다. 『별나라』 편집에 관여하였는데, 1926년경부터 『별나라』의 내표지에 그림을 그렸고, 1929년경부터 『조선일보』에 이정호(李定鎬), 양재응(梁在應), 최병화(崔秉和) 등의 작품에 삽화를 그렸다. 1928년 1월부터 『새벗』의 편집에 관여하였고, 1930년 10월 20일자로 창간된 『백두산(白頭山)』의 편집주간을 맡았다. 1992년 새싹회(회장 윤석중)에서 주는 제20회 새싹문학상을 수상했다. 작품으로는 『동아일보』에 1927년 「(문단시비)김려순(金麗順) 양과 새로 핀 무궁화-이학인(李學仁) 형께 올님」(3.9) 외에 다수의 동요, 동화 작품이 있다. 저서로 시집 『다래 아가씨』(오상출판사, 1989), 『서낭굿』(누리기획, 1992)과 동시집 『물새발자욱』(누리기획, 1992)이 있다.

요안자(凹眼子, ?~?). 신원미상. 작품으로는 『동아일보』에 1924년 「동화에 대한 일고찰-동화작자에게」(12.29)가 있다.

원유각(元裕珏, ?~?). 아동문학가, 교원. 1931년 연희전문(延禧專門) 문과 본과에 입학하였고, 1931~2년에 동아일보 중심의 학생 브나로드 운동에 대원으로 참여하였다. 1932년 문학 연구와 발표 기관을 표방하며 동인잡지 『문학(文學)』을 승응순(昇應順), 정진석(鄭鎭石), 홍두표(洪斗杓) 등과 함께 창간하였다. 1933년 11월 정인섭(鄭寅燮), 현제명(玄濟明), 정홍교(丁洪敎), 백정진(白貞鎭), 최성두(崔聖斗), 김복진(金福鎭), 노천명(盧天命), 유삼열(劉三烈), 남응손(南應孫), 김지림(金志淋), 유기홍(柳基興), 원치승(元致升), 모기윤(毛麒允), 이구조(李龜祚), 김성도(金聖道), 신원근(申源根) 등과 함께 조선아동예술연구협회(朝鮮兒童藝術研究協會)를 결성하여 회장에 취임하고, 1934년 동회 주최 '동화의 밤'에 연사로, 1934년 '조선어린이날중앙준비회'의 재정부 위원, 1935년 '조선어린이날준비협의회'의 총무부 준비위원 등 소년운동 및 소년문예운동에 주도적으로 활동하였다. 1939년에는 경기도 초등교원 시험에 합격하여 경기도 평택 성동심상소학교 촉탁교원(囑託敎員)으로 시작해 경기도 일원의 소학교 훈도로 근무하였으며, 해방 후 1950년대에도 경기도 일원의 초등학교 교장으로 근무한 것으로 확인된다. 작품으로는 『조선중앙일보』에 1934년 평론 「조선 신흥 동요운동의 전망」(전5회, 1.19~24) 외에 다수의 아동문학 작품이 있다.

월곡동인(月谷洞人, ?~?). 신원미상. 아동문학가. 작품으로 『조선일보』에 1930년 초역(抄譯)한 「동요 동화와 아동교육」(전3회, 3.19~21)이 있다.

여성(麗星, ?~?). 신원미상. 작품으로 『매일신보』에 1932년 「『동요시인(童謠詩人)』 총평-유월호(六月號)를 읽고 나서」(전7회, 6.10~17)를 발표하였다.

유도순(劉道順, 1904~1945). 시인, 동요 작가, 언론인. 호는 월양(月洋), 월야(月夜, 月野), 홍초(紅初). 평안북도 영변(寧邊)에서 출생. 니혼대학(日本大學) 영문과를 졸업하고 『시대일보』, 『매일신보』 기자 생활을 하였다. 1927년 1월 박동석(朴東石), 김도인(金道仁), 한형택(韓亨澤), 진종혁(秦宗爀), 최병화(崔秉和), 안준식(安俊植), 강병국(姜炳國), 노수현(盧壽鉉), 주요한(朱耀翰), 양재응(梁在應), 염근수(廉根守) 등과 함께 아동문제연구회인 '꽃별회'를 창립하였다. 1945년 소련군에게 학살당하였다. 작품으로는 『어린이』에 1929년 평론 「조선의 동요 자랑」(3월호) 외에 다수의 동요, 동화 작품이 있다. 저서로 시집 『혈흔(血痕)의 묵화(黙華)』(청조사, 1926), 아동소설집 『아동 심청전(兒童深淸傳)』(活文社, 1928)이 있다.

유백로(柳白鷺, ?~?). 신원미상. 작품으로 『중외일보』에 1930년 평론 「소년문학과 리아리즘—푸로 소년문학운동」(전5회, 9.18~26) 이외에 다수의 평론이 있다.

유봉조(劉鳳朝, ?~?). 신원미상. 1928년 4월경 동아일보사 함경남도 홍원군(洪原郡)의 홍원 지국 기자로 활동한 것으로 보아 함남 홍원 출생으로 보인다. 작품으로는 『중외일보』에 1927년 평론 「소년문예운동 방지론을 읽고」(전4회, 5.29~6.2) 이외에 다수의 시 작품이 있다.

유운경(柳雲卿, ?~?). 서울 출생. 1931년 『동아일보』 신춘현상에 좌우명 부문에 가작으로 당선되었는데 이때 주소가 '市内 需昌洞 二二六ノ三'인 이었다. 작품으로는 『매일신보』에 1930년 평론 「동요동시 제작 전망(童謠童詩製作展望)」(전22회, 11.2~29)을 발표하였고, 이외에 다수의 시, 논설, 수필 등이 있다. 저서로 『무정세월(無情歲月)』(太華書舘, 1926)이 있다.

유재형(柳在衡, 1907~1961). 아동문학가, 언론인, 교육자. 필명은 유촌(柳村), 유촌학인(柳村學人). 충청북도 진천군(鎭川郡) 출생. 1927년 청주공립농업학교를 졸업하고 진천군 이월면의 서기 겸 기수로 임용되었고, 1931년 9월 제천군 농회 기수로 근무하다 1934년 5월 사임하였다. 1934년 5월부터 조선총독부 촉탁으로 진천, 괴산, 충주 등지에서 근무하였다. 1930년 4월경 『동아일보』 진천지국 기자로 취임하였다. 1930년 진천의 신명야학(新明夜學)이 무산아동을 대상으로 교육을 함에 있어 조선성공회(朝鮮聖公會) 신부 임인재(壬寅宰) 등과 함께 무보수로 교수하였다. 1946년 3월 충주중학교에서 교직생활을 시작하였으며, 1952년 4월부터 1961년까지 충주고등학교에서 근무하였다. 시인 신경림(申庚林)은 그의 문하생이었고, 유종호(柳宗鎬, 문학평론가, 전 이화여자대학교 교수)는 그의 아들이다. 작품으로는 『조선일보』에 1930년 평론 「조선일보 구월동요(朝鮮日報九月童謠)」(전2회, 10.8~

9), 「조선, 동아 시월 동요(朝鮮東亞十月童謠)」(전3회, 11.6~8), 1931년 평론 「조선, 동아 양지(朝鮮東亞兩紙)의 신춘 당선동요 만평(상 · 중 · 하)」(2.8~11) 외에 다수의 동요, 동시가 있다. 저서로 시집 『대추나무 꽃피는 마을』(1954), 『종소리와 꽃나무』(대재각, 1957)가 있다.

유지영(柳志永, 1896~1947). 아동문학가, 언론인. 호는 팔극(八克), 버들쇠. 아동문학가이자 언론인. 와세다대학(早稻田大學)을 다니다 도쿄음악전문학교로 전학하였다. 1919년 5월 『매일신보』에 공채 입사한 이후 『조선일보』, 『시대일보』, 『동아일보』 등의 기자로 활동했다. 기자로 재직하면서 동요, 동화 및 희곡을 발표하였다. 영화평을 써서 관객들에게 도움을 주는 친목단체인 찬영회(讚映會)를 일간지 학예부 기자들인 이서구(李瑞求), 이익상(李益相), 최독견(崔獨鵑), 심훈(沈熏) 등과 함께 조직하였고, 1927년 영화 연구를 목적으로 심훈(沈熏), 나운규(羅雲奎), 최승일(崔承一), 김영팔(金永八), 이익상(李益相), 김기진(金基鎭), 고한승(高漢承), 안석영(安夕影), 윤기정(尹基鼎), 임화(林和) 등과 함께 영화인회(映畵人會)를 창립하였다. 1927년 조선소년운동협회(朝鮮少年運動協會) 어린이날 준비위원회 선전부 위원이 되었다. 해방 후 정치에 참여하였으나 곧 병사하였다. 작품으로는 『어린이』에 1924년 평론 「동요 지시려는 분씌」(2월호), 평론 「동요 짓는 법」(4월호) 외에 다수의 동요 작품이 있다.

유현숙(劉賢淑, ?~?). 여성운동가이자 교육자. 1922년 4월 1일 김영준(金永俊), 전유덕(田有德), 유현숙(劉賢淑), 이완구(李玩昫) 등 20여 명의 신여성과 함께 여성운동의 일환으로 서울에서 여자고학생상조회(女子苦學生相助會)를 조직하여, 불우한 여성에 대한 교육을 도왔다. 1923년경부터 갑자유치원(甲子幼稚園) 원장을 역임하였다. 작품으로 『동아일보』에 1933년 「'동심잡기(童心雜記)'를 읽고－윤석중(尹石重) 씨에게 답함」(전3회, 12.26~28)이 있다.

윤고종(尹鼓鍾, 1912~1977). 언론인, 평론가. 함경남도 함흥(咸興) 출생. 함흥 영생중학교 졸업. 1934년 『동아일보』 신춘현상 문예평론으로 「조선문단(朝鮮文壇)을 논(論)함」(1.14~20)이 당선되어 문단 활동을 시작하였다. 작품으로는 『매일신보』에 1931년 평론 「표절에 대하야－효정(曉汀) 군에게 드림」(4.8), 「예술가와 표절」(전2회, 5.22~23) 등이 있다. 저서로는 5인 수필집 『쑥꽃 사어록(私語錄)』(범조사, 1959)을 출판하였고, 사후 장남 윤의목에 의해 『윤고종문집(尹鼓鍾文集)』(아이스토리, 2008)이 발간되었다.

윤극영(尹克榮, 1903~1988). 동요 작가, 작곡가. 서울시 종로구 소격동(昭格洞)에서 출생. 1921년 경성고등보통학교를 졸업하고 경성법학전문학교에 입학하였으나 중퇴하고, 일본 도쿄음악학교(東京音樂學校), 도요음악학교(東洋音樂學校) 등에서 성악과 바이올린을 전공하였다. 1923년 방정환(方定煥), 손진태(孫晉泰), 조재호(趙在浩), 정순철(鄭順哲), 마해송(馬海松) 등과 함께 색동회를 창립하였다. 1924년 한국 최초의 어린이 동요 단체인 다알리아회를 조직하여 우리말 동요를 창작 보급하였다. 1926년 간도(間島)로 이주하여 동흥중학(東興中學)에서 음악과 작문을 지도하였고, 동요작곡집인 『반달』을 펴냈다. 이후 광명중학, 광명여고에서 교사로 재직하였다. 1940년 다시 간도로 가 '하얼빈 예술단'을 조직하였으나 일제의 압력으로 1년 만에 해산하였다. 1941년 오족협화회(五族協和會)에 가입하였다. 1946년 팔로군(八路軍)에게 재산을 몰수당하고 투옥되어 복역 중 중병에 걸려 풀려났다. 1947년 간도를 탈출하여 서울로 돌아왔다. 작품으로는 『신여성』에 1924년 「노래의 생명은 어대 잇는가」(7월호)를 발표하였다. 저서로는 우리나라 최초의 동요작곡집인 『윤극영동요작곡집(尹克榮童謠作曲集) 반달』(다리아회, 1926)과, 『윤극영 111곡집』(세광출판사, 1964) 등이 있다.

윤복진(尹福鎭, 1907~1991). 아동문학가. 필명은 김수향(金水鄕), 김귀환(金貴環)이고 호적명은 윤복술(尹福述). 대구(大邱) 출생. 1914년 대구의 희원(喜瑗)보통학교와 계성학교(啓聖學校)를 나와 일본 니혼대학(日本大學) 전문부와 호세이대학(法政大學) 영문과를 졸업했다. 1930년 『동아일보』 신춘문예 현상모집에서 김귀환이란 이름으로 투고한 「동리의원」(1.1)이 1등으로 당선되었다. 해방 후 조선문학가동맹 아동문학분과위원회 사무장을 맡았다. 1950년 월북하여 조선작가동맹 중앙위원회의 작가로 꾸준히 작품 활동을 하였다. 작품으로는 『조선일보』에 1930년 평론 「삼 신문(三新聞)의 정월 동요단 만평(正月童謠壇漫評)」(전9회, 2.2~12) 『동화(童話)』에 1936년 「(성공의 길) 동요 짓는 법」(7·8월 합호), 「(아동문학강좌) 동요 짓는 법(2·3·완)」(1936년 10월호, 1937년 3월호~4월호), 『매일신보』에 1940년 「(신간평) 윤석중 씨 동요집 『억게동무』를 읽고」(7.30), 『아이생활』에 「선후감(選後感)」(1940년 9·10월 합호, 1941년 4월호~5월호, 1942년 1월호), 1943년 「독자 동요선」(1월호) 등을, 해방 후 『조선일보』에 1945년 「(민족문화 재건의 핵심) 아동문학의 당면 임무(상, 하)」(11.27~28), 『영남일보』에 1946년 평론 「아동문학의 진로」(1.9), 『인민평론』에 1946년 평론 「아동에게 문학을 어떻게 읽힐가」(창간호, 3월호), 『어린이나라』에 1950년 「동요고선을 맡고서」(3월호), 「뽑고 나서」(4·5월 합호), 동요집 『꽃초롱별초롱』에 1949년 「(跋文) 나의 아동문학관」(8월), 『시문학(詩文學)』에 1950년 평론 「석중(石重)과 목월(木月)과 나－동요문학사의 하나의 위치」(6월호) 외에 다수의 동요, 민요 작품이 있다. 저서로는 박태준이 곡을 붙여 등사판으로 발간한 하기 보모 강습회 교재용 『동요곡보집(童謠曲譜集)』(1929), 『중중떼떼중』(등사판, 무영당서점, 1931), 『양양범버궁』(등사판, 무영당서점, 1932), 『도라오는 배』(등사판, 무영당서점, 1934), 『물새발자옥』(교문사, 1939) 등이 있고, 편저로 『초등용가요곡집』(파랑새사, 1946), 『세계명작 아동문학선집』 1(아동예술원, 1949)이 있으며, 동요집으로 『꽃초롱별초롱』(아동예술원, 1949)과 번역서로 『전락(轉落)의 역사(歷史)』(모던출판사, 1949)가 있다.

윤석중(尹石重, 1911~2003). 호 석동(石童). 서울 출생. 1921년 교동공립보통학교(校洞公立普通學校)에 입학하여 4년 만에 졸업하고, 1925년 사립 양정고등보통학교(養正高等普通學校)에 입학하였으나 1929년 자퇴하였고, 1930년 일본으로 가 도쿄 세이소쿠영어학교(東京正則英語學校)에서 영어공부를 하다가 생활 곤란과 외조모의 요청으로 1년이 안 돼 귀국하였다. 1923년 심재영, 설정식과 독서회 '꽃밭사'를 조직하였고, 1924년 진주의 소용수(蘇瑢叟), 합천의 이성홍(李聖洪), 마산의 이원수(李元壽), 울산의 서덕출(徐德出), 언양의 신고송(申孤松), 수원의 최순애(崔順愛), 대구의 윤복진(尹福鎭), 원산의 이정구(李貞求), 안변의 서이복(徐利福), 안주의 최경화(崔京化) 등과 소년문예단체 '기쁨사'를 창립하였다. 1924년 『신소년』에 동요 「봄」(5월호)이 입선되었다. 1925년 박대성(朴大成), 박홍제(朴弘濟), 이기용(李基庸), 김두형(金斗衡) 등과 함께 서울무산소년회(無産少年會) 발기에 참여하였다. 1925년 『어린이』에 「옷둑이」(4월호)가 입선되었고, 『동아일보』에 제1회 신춘문예에 동화극(童話劇) 「올뱀이의 눈」(전3회, 5.9~13)이 선외가작으로 선정되었다. 1926년 조선물산장려회(朝鮮物産奬勵會)에서 모집한 「조선물산장려가」(金永煥 作曲; 9.1)가 1등으로 뽑혀 이름이 널리 알려지게 되었다. 1927년 여름 언양의 신고송(申孤松), 대구의 윤복진(尹福鎭)과 함께 울산으로 서덕출(徐德出)을 찾아가 합작동요 「슯흔 밤」을 창작하였다. 1931년 9월 소용수(蘇瑢叟), 이정구(李貞求), 전봉제(全鳳濟), 이원수(李元壽), 박을송(朴乙松), 김영수(金永壽), 승응순(昇應順), 신고송(申孤松), 최경화(崔京化)와 함께 신흥아동예술연구회(新興兒童藝術研究會)를 창립 발기하였다. 1933년 아이동무사(社) 주최로 평양 백선행기념관(白善行記念館)에서 윤석중동요발표회(尹石重童謠發表會)를 개최하였다. 1933년 차상찬(車相瓚), 최영주(崔泳柱)의 권유로 개벽사(開闢社)에 입사하여 『어린이』 편집을 맡았다. 1934년 『어린이』가 폐간되자 학예부장 이태준(李泰俊)의 주선으로 『조선중앙일보』 편집 기자로 입사하였다. 1935년 『소년중앙』, 『중앙』 등의 편집을 맡았다. 1936년 『조선중앙일보』의 폐간으로 이은상(李殷相)의 주선으로 조선일보사(朝鮮日報社)로 자리를 옮겨, 『소년』, 『소년

조선일보』의 편집을 맡았다. 1939년 봄 백석(白石), 방종현(方鍾鉉) 등의 주선으로 조선일보 방응모(方應模) 사장의 계초(啓礎)장학금을 받아 일본 유학길에 올라 조치대학(上智大學) 신문학과에서 공부를 하다가 1944년 징용장이 나오자 징용을 피해 귀국하였다. 1945년 조선아동문화협회(朝鮮兒童文化協會)를 조직하고 을유문화사(乙酉文化社)를 창립한 뒤, 1946년 2월 『주간소학생』 창간호를 발간하였다. 1966년 어린이 선도사업 유공자로 선정되어 정홍교(丁洪敎)와 함께 문화훈장 국민장을 받았다. 1967년 한국문인협회 아동문학분과위원장을 맡았다. 1978년 필리핀의 라몬 막사이사이 재단이 주는 라몬 막사이사이상(언론 문학 창작 부문)을 수상하였다. 1986년 대한민국예술원 원로회원(아동문학)이 되었고, 1989년 대한민국 예술원상을 수상하였고, 1992년 인촌상을 수상하였다. 작품으로는 『동아일보』에 1934년 평론 「『童心雜記』에 대한 나의 변해(辯解) - 유현숙(劉賢淑) 씨의 질의와 충고에 답함」(전3회, 1.19~23) 외에 다수의 동요 작품이 있다. 저서로는 『윤석중동요집』(신구서림, 1932), 『잃어버린 댕기』(계수나무회, 1933), 『조선아동문학전집』(신선문학전집 제4권, 1938), 『윤석중 동요선』(박문서관, 1939), 『초생달』(박문출판사, 1946), 『굴렁쇠』(수선사, 1948), 『아침까치』(산아방, 1950), 『엄마 손』(학급문고간행회, 1960), 『어린이를 위한 윤석중 시집』(학급문고간행회, 1960), 『우리민요 시화곡집』(학급문고간행회, 1961), 『윤석중 아동문학독본』(을유문화사, 1962), 『윤석중 동요집』(민중서관, 1963), 『윤석중 동요 525곡집』(세광출판사, 1980), 『어린이와 한평생』(범양사출판부, 1985), 『새싹의 벗 윤석중전집』(전30권, 웅진출판사, 1988) 등이 있다.

윤지월(尹池月, ?~?). 신원미상. 동요 작가. 이명은 윤지월(尹池越). 함경남도 이원군(利原郡) 출생. 작품으로는 『신소년』에 평론 「1932년의 아동문예계 회고(자유논단)」 이외에 다수의 동요 작품이 있다.

윤철(尹鐵, ?~?). 아동문학가. 평안북도 정주(定州) 출생. 작품으로는 『신소년』에 1932년 평론 「1932년을 마즈며 소년문예운동에 대해서」(1월호), 장편소설 「바다ㅅ가의 농촌(제2회)」(6월호) 등이 있다.

이고월(李孤月, ?~?). 아동문학가. 본명 이화룡(李華龍). 함경북도 무산(茂山) 출생. 1934년 무산명륜학교(茂山明倫學校)에 입학하였다. 작품으로는 『별나라』에 1931년 평론 「반동적 작품을 청산하자!!」(5월호), 1932년 평론 「회색적 작가(灰色的作家)를 배격하자」(1월호) 외에 다수의 동요, 수필 등이 있다. 저서로 1931년 11월 동요집 『파랑새』를 발행하였다.

이광수(李光洙, 1892~1950). 소설가. 호는 춘원(春園), 장백산인(長白山人), 고주(孤舟), 외배, 올보리 등. 아명은 보경(寶鏡)이고, 익명으로 노아자(魯啞子), 닷뫼, 당백, 경서학인(京西學人) 등을 사용. 평안북도 정주(定州) 출생. 1905년 일진회(一進會) 유학생으로 선발되어 도일 대성중학(大城中學)에 입학하였으나 학비곤란으로 귀국, 이듬해 다시 도일 메이지학원(明治學院) 중학부에 편입하여 학업을 계속하였다. 1915년 9월 김성수(金性洙)의 후원으로 도일하여 1916년 와세다(早稻田) 대학 철학과에 입학하였다. 1937년 수양동우회(修養同友會) 사건으로 투옥되었다 병보석으로 출감한 후, 1939년 친일어용단체인 조선문인협회(朝鮮文人協會) 회장이 되었고 카야마 미쯔로[香山光郎]로 창씨개명을 한 후 본격적인 친일 행위를 하였다. 해방 후 반민특위에 의해 서대문형무소에 수감되었으나 불기소 처분을 받았다. 1950년 7월 납북되었다. 아동문학 관련 작품으로는 『청춘』에 1918년 평론 「자녀중심론」(9월호), 1921년 노아자(魯啞子)란 필명으로 『개벽』에 발표한 「소년에게」(전5회, 1921년 11월호~1922년 3월호), 『아이생활』에 1936년 「윤석중 군의 집을 찾아」(11월호) 등과 다수의 소설이 있다.

이구조(李龜祚, 1911~1942). 아동문학가. 평안남도 강동군(江東郡) 출생. 사리원농업학교(沙里院農業學校)를 졸업하고 1933년 연희전문학교(延禧專門學校)에 입학하면서 장서언(張瑞彦), 설정식(薛貞植), 모기윤(毛麒允), 김성도(金聖道), 조풍연(趙豐衍) 등과 함께 문우회(文友會) 회원이 되었다. 문우회 시절 시, 동요 창작과 동화, 소년소설 창작도 병행하였으며 1937년 연희전문학교 문과를 졸업하고 신촌상업학교 강사로 재직하였다. 1933년 정인섭(鄭寅燮), 현제명(玄濟明), 정홍교(丁洪敎), 김복진(金福鎭), 노천명(盧天命), 유삼열(劉三烈), 남응손(南應孫), 유기흥(柳基興), 원치승(元致升), 모기윤(毛麒允), 김성도(金聖道), 원유각(元裕珏) 등과 함께 조선아동예술협회(朝鮮兒童藝術協會)를 창립하면서 발기 동인으로 참가 연구부장(硏究部長)으로 활동하였다. 작품으로는 『조선중앙일보』에 1936년 평론 「아동문예시론」(전7회, 8.7~14), 『동아일보』에 1940년 평론 「어린이문학 논의」(전3회, 5.26~30) 외에 다수의 동요, 소년소설 등이 있다. 저서로는 『까치집』(예문사, 1940)이 있다.

이돈화(李敦化, 1884~1950?). 천도교 사상가. 호 야뢰(夜雷), 백두산인(白頭山人), 두암(豆菴). 함경남도 고원(高原) 출생. 6·25전쟁 중 납치되어 사망은 명확하지 않다. 1902년 동학(東學)에 입도하여, 1920년 『개벽(開闢)』을 창간하여 주간을 맡아 1926년 폐간될 때까지 천도교 교리 해석 관련 글을 실었다. 작품으로는 『개벽』에 1921년 「신조선의 건설과 아동문제」(12월호)가 있다. 저서로는 『인내천요의(人乃天要義)』, 『수운심법강의(水雲心法講義)』, 『천도교교리독본』, 『신인철학(新人哲學)』 등이 있다.

이동규(李東珪, 1911~1952). 아동문학가, 소설가, 평론가. 호는 철아(鐵兒). 경성부(京城府) 행촌동(杏村洞) 출생. 1929년 조선소년문예협회(朝鮮少年文藝協會) 회원으로 활동했다. 1932년 신소년사(新少年社)에 입사해 편집 일을 보았다. 1932년 7월경 신고송(申鼓頌)의 권유로 『신소년』 사무소에서 KAPF에 가맹하였고, 1934년 2월부터 KAPF 문학부의 부원이 되었다. 1932년 9월 건전 프로 아동문학의 건설보급과 근로 소년작가의 지도 양성을 목표로 송영(宋影), 신고송(申孤松), 박세영(朴世永), 이주홍(李周洪), 태영선(太英善), 홍구(洪九), 성경린(成慶麟), 송완순(宋完淳), 한철석(韓哲錫), 김우철(金友哲), 박고경(朴古京), 구직회(具直會), 승응순(昇應順), 정청산(鄭青山), 홍북원(洪北原), 박일(朴一), 안평원(安平原), 현동염(玄東炎) 등과 함께 『소년문학(少年文學)』을 창간하였고, 12월 이기영(李箕永), 한설야(韓雪野), 백철(白鐵), 송영(宋影) 등 당대의 프롤레타리아 작가들과 함께 『문학건설(文學建設)』 창간에 관여하였다. 1934년 KAPF 제2차 검거(신건설사(新建設社) 사건)로 피검되어 전주형무소에 수감되었다가 1935년 12월 집행유예로 석방되었다. 해방 후 1945년 9월 17일 조선프롤레타리아작가동맹에 가입하였고, 11월 조선문화창조사(朝鮮文化創造社)를 조직하여 김용호(金容浩), 이동규(李東珪), 박석정(朴石丁) 등이 종합월간잡지 『문화창조(文化創造)』를 발간하였다. 1946년 조선문학가동맹(朝鮮文學家同盟)에 가입하여 중앙집행위원으로 선출되었으나, 3월말에서 4월 중순 경 월북한 것으로 확인된다. 1950년 6·25 전쟁이 발발하자 종군작가단의 일원으로 남하, 문화공작 요원으로 경남 지방에 파견되었다가 인민군 후퇴 중 월북 길이 막혀 지리산에서 이현상(李鉉相) 휘하의 남부군(南部軍) 문화지도원으로 편입되었다가 1952년 지리산 거림골 환자트에서 사살된 것으로 알려졌다. 작품으로는 『별나라』에 1932년 평론 「소년문단 시감(時感)」(1월호), 『신소년』에 1931년 평론 「동요를 쓰려는 동무들에게」(11월호), 1932년 평론 「일농졸·이적아 두상(一農卒李赤兒頭上)에 일봉(一棒) ― 아울러 이원규(李元珪) 두상(頭上)에도」(鐵兒; 6월호), 『중앙일보』에 1932년 평론 「소년문단의 회고와 전망」(1.11) 외에 다수의 동요, 소년소설이 있다. 저서로 강혜숙이 편찬한 『이동규 선집』(현대문학사, 2010)이 있다.

이병기(李炳基, ?~?). 신원미상. 작품으로는 『조선일보』에 1930년 평론 「동요 동시의 분리는 착오 ― 고송(孤松)의 동요운동을 읽고」(전2회, 1.23~24)가 있고, 이외에 다수의 아동문학 작품이 있다.

이상화(李相和, 1901~1943). 시인. 호는 무량(無量), 상화(尙火, 想華), 백아(白啞). 대구(大邱) 출생. 1917년 현진건, 백기만, 이상백(李相佰)과 더불어 『거화(炬火)』를 대구에서 발행하면서 시작 활동을 하였다. 백조(白潮) 동인으로 본격적인 문단 활동을 하였으며, 1919년 3·1 운동 때는 백기만(白基萬) 등과 함께 대구 학생 봉기를 주도하였다가 실패하였다. 1946년 김소운(金素雲)의 발의로 대구 달성공원에 우리나라 최초의 시비가 건립되었다. 아동문학 관련 글로 『동아일보』에 1924년 「선후(選後)에 한마듸」(7.14)가 있다.

이서찬(李西贊, ?~?). 신원미상. 만주 안동현(滿洲安東縣) 거주. 『신소년』에 1933년 「(자유논단) 소세동지문예회(少世同志文藝會)! 그 정체를 폭로함」(5월호), 『조선일보』에 1933년 평론 「벽소설(壁小說)에 대하야」(6.13) 등을 발표하였다.

이설정(李雪庭, ?~?). 신원미상. 작품으로 『조선중앙일보』에 1936년 일평(日評) 「위기를 부르짖는 소년문학」(2.19)이 있다.

이연호(李連鎬, ?~?). 신원미상. 함경북도 명천(明川) 출생. 1933년 『신소년』 '독자통신' 난에 올린 질문을 보면, 잡지 『집단(集團)』에 관한 것과, '집단사'와 '연극운동사'와의 관계, 조선서 발행하는 푸로 잡지 종류, 일본 푸로 기관지, 경성(京城)의 일본 사상서적 판매점, 카프의 멤버 등을 묻고 있어, 무산 아동문학에 관심을 두고 있는 소년문사로 짐작된다. 작품으로 『신소년』에 1933년 「박군의 글을 읽고」, 평론 「신소년 신년호에 대한 비판—그의 과오를 지적함」(이상 3월호) 등을 발표하였다.

이원우(李園友, 1914~1985). 소설가, 아동문학가. 필명 이동우(李東友), 리동우. 평안북도 의주(義州) 출생. 의주보통학교(義州普通學校)를 졸업한 후, 신의주 제지공장에서 노동하면서 문학 창작 수업을 하였다. 1931년경 신의주에서 김우철(金友哲), 안용만(安龍灣) 등과 더불어 프로레타리아아동문학연구회를 결성하였다. 1934년 신건설사(新建設社) 사건 곧 카프 제2차 검거 사건에 연루되어 체포되었지만 예심에서 풀려났다. 해방 직후 북조선문학예술총동맹 평안북도위원회 위원장을 맡았고, 조선작가동맹 아동문학 분과에 가담하여 창작활동을 하였다. 작품으로는 『신소년』에 1934년 평론 「우리 마을에 왓든 극단들은 이런 것이다」(李東友; 2월호), 평론 「『신소년』 신년호의 독후감」(李東友; 3월호), 『조선중앙일보』에 1935년 평론 「진정(眞正)한 소년문학(少年文學)의 재기(再起)를 통절(痛切)이 바람」(전2회, 11.3~5) 외에 다수의 동요, 시 그리고 수필 등을 발표하였다.

이익상(李益相, 1895~1935). 언론인, 소설가. 호는 성해(星海). 전라북도 전주(全州) 출생. 보성중학(普成中學)을 졸업하고 니혼대학(日本大學) 사회과를 졸업하였다. 『조선일보』와 『동아일보』의 학예부장을 거쳐 『매일신보』의 편집국장 대리를 다년간 역임하였다. 파스큘라(PASKYULA) 동인, 카프(KAPF) 발기인으로 참여하였고, 사회주의를 지향하는 지식인 작가의 성격을 나타내었다. 1926년 김기진(金基鎭), 이상화(李相和), 박영희(朴英熙), 김복진(金復鎭) 등과 함께 『문예운동(文藝運動)』을 창간하였고, 1926년 오월회(五月會) 주최 현상 동요동화 대회에 이서구(李瑞求), 장명호(張明鎬), 박철(朴哲) 등과 함께 심사위원으로 참석하였다. 1926년 12월 문예운동사(文藝運動社) 주최 문예대강연회에 조명희(趙明熙), 박팔양(朴八陽), 이량(李亮), 박영희(朴英熙), 최승일(崔承一), 김기진(金基鎭), 방정환(方定煥), 김동환(金東煥), 홍기문(洪起文) 등과 함께 연사로 참석하였고, 1929년 6월 문예가협회(文藝家協會) 문예강연회에 최독견(崔獨鵑), 박팔양(朴八陽), 이은상(李殷相), 김기진(金基鎭) 등과 함께 연사로 참석하였다. 1929년 6월 신우회경성지회(信友會京城支會) 주최의 소년문예대강연(少年文藝大講演)에 방정환(方定煥), 방인근(方仁根), 이종린(李鍾麟), 김기진(金基鎭), 변성옥(邊成玉), 김동환(金東煥) 등과 함께 연사로 참석하였다. 1930년 1월 조선일보사(朝鮮日報社) 주최의 신춘맞이 조선의 제 문제에 대한 원탁회의 제7분과인 '조선문예운동'에 염상섭(廉想涉), 김기진(金基鎭), 김억(金億), 노풍 정철(蘆風鄭哲), 윤백남(尹白南), 최상범(崔像範), 최학송(崔鶴松) 등과 함께 참석하였다. 작품으로는 『조선일보』에 1924년 평론 「동화에 나타난 조선 정조(情操)」(전2회, 10.13~20) 외에 다수의 아동문학 작품이 있다. 저서로 단편집 『흙의 세례』(문예운동사, 1926), 나까니시 이노스께 저(中西伊之助 著), 이익상 역(李益相 譯) 『여등(汝等)의 배후(背後)에서』(건설사, 1930)와, 최명표가 편찬한 『이익상 문학전집』(전4권, 신아출판사, 2011)이 있다.

이정구(李貞求, 1911~1976). 시인. 아동문학가. 함경남도 원산(元山) 출생. 원산에서 원산제이공립보통학교(元山第二公立普通學校)를 졸업하고 중학교를 나와 1937년 3월 일본 교토제국대학(京都帝國大學) 법학부를 마친 후 평안북도 여러 지역에서 교원생활을 하였다. 1929년 『조선일보』 현상문에 동시 부문에 「삶의 광휘(光輝)」(1.1)가 가작 입선되고, 이듬해 1930년 1월에 시 부문에 「내 어머님」(1.4)이 당선되어 문단에 등단했다. 『동아일보』 1927년 현상당선 아동작품에 「단풍닙」(1.22)이 시가 3등으로 당선되었다. 해방 후 대학에서 교편을 잡고 교육과 창작 활동을 하였다. 1950년 종군작가로 활동하면서 김일성을 찬양하는 작품들을 많이 창작하였다. 작품으로는 『중외일보(中外日報)』에 1928년 평론 「동요와 그 평석(評釋)」(전5회, 3.24~28) 외에 다수의 아동문학 작품이 있다. 저서로 시집 『새 계절』(文化戰線社, 1947)이 있다.

이정호(李定鎬, 1906~1939). 동화 작가, 아동문화 운동가. 호는 미소(微笑), 미소생(微笑生), 정호생(靜湖生). 천도교소년회(天道敎少年會) 회원으로 일찍부터 아동문화운동에 참가하였다. 최병화(崔秉和), 연성흠(延星欽) 등과 함께 아동문화연구단체인 '별탑회'를 조직하여 아동문화운동에 힘을 쏟았다. 개벽사(開闢社)에 입사하여 방정환을 도와 『어린이』, 『신여성(新女性)』 등의 잡지를 편집하였다. 1925년 5월 경성도서관아동실(京城圖書館兒童室)에서 열린 현대소년구락부(現代少年俱樂部) 주최의 동화대회에 정순철(鄭順哲), 고한승(高漢承)과 함께 참여하였고, 1926년 10월 천도교당(天道敎堂)에서 열린 별나라사 주최 동화회에 방정환(方定煥), 고한승(高漢承), 정홍교(丁洪敎) 등과 함께 참여하였으며, 1927년 8월에는 경성방송국 고한승(高漢承), 방정환(方定煥)과 함께 3인이 천일야화(千一夜話) 중에서 「흘러가는 삼남매(三男妹)」를 연속 방송하였다. 1936년 5월에 매일신보사(每日申報社)에 입사하여 1939년 사망 당시까지 근무했다. 1936년에는 라디오에 출연하여 동화 등을 구연하기도 했다. 작품으로는 『어린이』에 1923년 「『어린이』를 발행하는 오늘까지 우리는 이러케 지냇습니다」(3.20), 매일신보』에 1925년 논설 「소년운동의 본질 – 조선의 현상과 및 오월 일일의 의의」(5.3) 외에 다수의 아동문학 작품이 있다. 저서로는 세계 각국의 동화들을 번안 수록한 『세계일주동화집(世界一週童話集)』(어린이사, 1926)을 엮었고, 국내에 처음으로 아미치스(Edmondo de Amicis)의 *Cuore*를 번역하여 『사랑의 학교』(以文堂, 1933)라는 이름으로 발간하였다.

이종수(李鍾洙, 1906~1989). 영어영문학자. 호는 한산(閑山). 평안남도 평양(平壤) 출생. 1929년 3월 경성제국대학 법문학부(영어영문학 전공)와 동 대학원을 졸업하고 미국 뉴멕시코 대학과 위스콘신대학을 졸업하였다. 이후 『동광』과 『조선일보』 기자, 경성사범학교 교사를 거쳐, 1946년 서울대학교 사범대학 교수로 부임, 이후 사대학장 등을 역임하였다. 1953년 9월 한미문화교류 차원에서 미 국무성 초청으로 도미하였다. 작품으로는 『조선일보』에 1934년 평론 「전조선 현상동화대회를 보고서(상 · 중 · 하)」(3.6~8) 등이 있다.

이종영(李鍾泳, ?~?). 신원미상. 작품으로 『조선일보』에 1934년 「신춘현상동요동화 선후감(選後感)」(1.9~10)이 있다.

이주홍(李周洪, 1906~1987). 아동문학가이자 소설가. 호는 향파(向破, 香波). 필명 방화산(芳華山), 여인초(旅人草), 망월암(望月庵). 경상남도 합천(陝川) 출생. 한학을 수학하다 합천보통학교에 입학하여 신학문을 배우고 1918년 졸업하였다. 1924년 서울의 한성중학원을 졸업하고, 일본 히로시마(廣島)에서 노동과 학업을 병행하였고, 1926년부터 1928년까지 도쿄의 세이소쿠(正則) 영어학원에서 학업을 계속했다. 1928년 『신소년』에 「배암색기의 무도」(5월호)를 발표한 후 소년소설, 동요, 동시, 동화 등 다양한 갈래의 작품을 발표하였다. 1929년 『조선일보』 신춘문예에 단편 「가난과 사랑」(1.1)이 선외가작으로 입선되고 아동문학 잡지 『신소년(新少年)』을 편집하였다. 1930년 『음악과 시』 창간 인쇄인, 1931년 프롤레타리아 동요집 『불별』(중앙인서관) 발간, 1936년 『풍림(風林)』 발간, 1940년 『신세기』 편집장으로 일했다. 1943년 『매일신보』 현상모집에 희곡 「여명」이, 조선영화주식회사 공모에 시나리오 「장미의 풍속」이 당선되었다. 일제강점기 말 체포되어 거창형무소에 수감되었다가 1945년 8월 16일 석방되었다. 해방 후 조선프롤레타리아문학동맹 중앙집행위원, 조선문학가동맹 아동문학부 위원을 지냈고, 『새동무』를 편집하였다. 1949년부터 부산수산대학교(현 부경대학교) 교수로 재직하였다. 1979년 대한민국 예술원상, 1984년 대한민국 문학상 아동문학 부문 본상을 수상하였다. 1981년 이주홍아동문학상과 1987년 이주홍문학연구상이 제정되었다. 작품으로는 『조선일보』에 1931년 평론 「아동문학운동 일년간－금후 운동의 구체적 입안」(전9회, 2.13~21) 외에 다수의 동요, 동화, 아동극, 소년소설 등이 있다. 아동문학 관련 저서로는 동화집으로 『못난 돼지』(경문사, 1946), 소년소설집 『비오는 들창』(현대사, 1955), 『피리부는 소년』(세기문화사, 1955), 『외로운 짬보』(세기문화사, 1959), 『섬에서 온 아이』(태화출판사, 1968), 『못나도 울 엄마』(1977), 『이주홍 아동문학독본』(을유문화사, 1966), 『(이주홍 소년소설)아름다운 고향』(창작과비평사, 1990), 『(이주홍 동화집)사랑하는 악마』(창작과비평사, 1990) 등 다수가 있다.

이청사(李青史, ?~?). 아동문학가. 필명 청사(青史), 청사생(青史生). 작품으로는 『매일신보』에 1932년 평론 「동요・동시 지도(童謠・童詩 指導)에 대하야」(전9회, 7.12~21), 1934년 평론 「동화(童話)의 교육적 고찰」(전7회, 3.25~4.5) 이외에 다수의 동화 작품이 있다.

이학인(李學仁, 1904~?). 시인, 동요 작가. 경성(京城) 출생. 필명은 우이동인(牛耳洞人), 이성로(李城路). 일본 도쿄(東京)에서 잡지 『제삼전선(第三戰線)』을 발행하였고, KAPF의 맹원이 되어 제1차 방향전환을 주도하고 동경지부를 만들어 활동한 이북만(李北滿), 조중곤(趙重

滾), 한식(韓植), 김두용(金斗鎔), 홍효민(洪曉民), 고경흠(高景欽), 홍양명(洪陽明), 장준석(張準錫), 전철박(全澈珀), 이학인(李學仁) 등 일군의 신진들을 가리키는 제삼전선파(第三戰線派)의 일인이다. 『별나라』의 동인이고, 1935년 2월 휴간 중이던 『조선문단(朝鮮文壇)』을 복간하기도 했다. 1934년 『신동아(新東亞)』 현상문예에 소설 「아주머니」(1934.4)가 2등 당선되었다. 아동문학 관련 평론으로는 『동아일보』에 1926년 「글 도적놈에게」(10.26), 1927년 「조선동화집(朝鮮童話集) 새로 핀 무궁화(無窮花)를 읽고서—작자 김려순 씨(作者金麗順氏)에게」(2.25), 「염근수 형(廉根守 兄)에게 답함」(3.18) 등과, 『중외일보』에 1927년 평론 「동요연구」(전8회, 3.21~28), 1928년 평론 「민요연구」(전49회, 8.5~10.24), 이전에 발표한 '동요연구'를 보완한 「동요연구」(전14?회, 11.13~12.6?) 등이 있다. 저서로는 시집 『무궁화(無窮花)』(희망사, 1924.6)가 있다.

이헌구(李軒求, 1905~1982). 문학평론가, 불문학자. 호는 소천(宵泉). 함경북도 명천(明川) 출생. 1916년 광진보통학교(廣進普通學校)를 졸업하고, 독학으로 1920년에 중동학교(中東學校) 중등과에 입학, 그 뒤 보성고등보통학교(普成高等普通學校)로 편입학하여 1925년에 졸업하였다. 그 해 일본으로 건너가 와세다대학(早稻田大學) 제1고등학원 문과에 입학, 1931년에 문학부 불문학과를 졸업하였다. 대학 재학 중 김진섭(金晉燮), 손우성(孫宇聲), 장기제(張起悌), 정인섭(鄭寅燮), 이선근(李瑄根), 김명엽(金明燁), 김온(金膃), 서항석(徐恒錫), 조희순(曺喜淳) 등과 함께 해외문학연구회(海外文學硏究會)를 조직하여 서구문학을 소개하였다. 1931년 극예술연구회(劇藝術硏究會) 창립 동인이고, 1936년 조선일보 학예부 기자로도 활동하였다. 해방 후 중앙문화협회, 전조선문필가협회의 창립회원으로 활동하였고, 이화여자대학교 문리과대학장을 역임하였으며, 1973년 예술원상을 수상하였다. 작품으로는 『조선일보』에 1931년 평론 「아동문예(兒童文藝)의 문화적 의의(文化的意義)—녹양회(綠羊會) '동요 동극(童謠童劇)의 밤'을 열면서」(전3회, 12.6~10), 1938년 서평 「(新刊評) 찬란한 동심의 세계—아동문학집 평(兒童文學集評)」(12.4), 『조광(朝光)』에 1935년 「톨스토이와 동화의 세계」(제1호, 11월호) 등이 있다. 저서로 『문화와 자유』(삼화출판사, 1952), 『모색(摸索)의 도정(途程)』(정음사, 1965) 등이 있다.

이호접(李虎蝶, ?~?). 신원미상. 아동문학가. 평안북도 태천군(泰川郡) 출생. 1931년 『매일신보』 신년 현상문 당선발표(1.1)에 동요 부문 '우수품(優秀品)'으로 「눈사람」(1.3)이 당선되었다. 『매일신보』에 1931년 평론 「동요 제작 소고」(전5회, 1.16~21) 외에 다수의 아동문학 작품이 있다.

이활용(李活湧, ?~?). 신원미상. 함경북도 무산군(茂山郡) 삼장(三長) 출생으로 추정됨. 작품으로 『별나라』에 1931년 「나면 되는 투고가에게 일언함」(12월호)이 있다.

임화(林和, 1908~1953). 시인, 평론가, 문학운동가. 본명은 임인식(林仁植). 서울 출생. 필명은 성아(星兒), 김철우(金鐵友), 쌍수대인(雙樹臺人), 청로(青爐) 등이 있다. 1921년 보성중학(普成中學)에 입학하였다가 1925년 중퇴하였다. 1926년부터 시와 평론을 발표하기 시작하였고, 1927년 박영희(朴英熙), 윤기정(尹基鼎) 등과 만나면서 KAPF에 가담하였다. 1930년 일본으로 가 이북만(李北滿) 중심의 무산자(無産者) 그룹에서 활동하였고 이듬해 귀국하여 1932년부터 1935년까지 KAPF의 서기장을 맡아 문단의 주역이 되었다. '신건설사' 사건 이후 1935년 KAPF 해산계를 내었고, 출판사 학예사(學藝社)를 운영하였다. 일제 말기 일제의 신체제 문화운동에 협조하는 등 친일 행보를 보였다. 해방 후 조선문학건설본부(朝鮮文學建設本部)를 통해 문인들을 규합, 1946년 2월 조선문학가동맹(朝鮮文學家同盟) 주최의 전국문학자대회를 성황리에 개최하였다. 1947년 11월 월북하기 전까지 박헌영(朴憲永), 이강국(李康國) 노선인 민주주의민족전선(民主主義民族戰線)의 기획차장으로 활동하였고, 월북 후 조소문화협회(朝蘇文化協會) 중앙위원회 부위원장으로 활동하다가, 휴전 직후 1953년 8월에 '조선민주주의인민공화국 정권 전복 음모와 반국가적 간첩 테로 및 선전선동 행위에 대한 사건'으로 사형을 언도 받고 처형당했다. 아동문학 관련 작품으로는 『별나라』에 1931년 「무대는 이럿케 장치하자-(조명과 화장(化粧)짜지)」(제48호, 3월호), 1934년 「아동문학 문제에 대한 이삼(二三)의 사견(私見)」(제75호, 2월호) 등과, 『신소년』에 1932년 강좌(講座) 「글은 엇더케 쓸가」(4월호) 등을 발표하였다. 저서로는 시집 『현해탄(玄海灘)』(동광당서점, 1938), 『문학의 논리』(학예사, 1940), 『현해탄』의 재판인 『회상시집(回想詩集)』(건설출판사, 1947), 『찬가(讚歌)』(백양당, 1947), 편저로 『조선민요선』(학예사, 1939) 등이 있다.

자하생(紫霞生, ?~?). 신원미상. 작품으로는 『조선(朝鮮)』에 1930년 평론 「만근(輓近)의 소년소설 급 동화의 경향」(전3회, 제153호 : 7월호, 제156호 : 10월호, 제157호 : 11월호) 등이 있다.

장선명(張善明, 1909~?). 소년운동가, 아동문학가. 평안북도 의주(義州) 출생. 1926년 5월 의주 푸로동지회 임시총회에서 간사부(幹事部) 위원을 맡았다. 1926년 6월 『어린이』 「독자담화실」에 『어린이』는 소년뿐만이 아니라 청년들도 보고 있으므로 '간단하고 쉬운 론문'을 모집해 내달라고 요청하였다. 1927년 6월 의주(義州)에서 이명식(李明植), 유종원(劉宗元)과 함께 소년 잡지 『조선소년(朝鮮少年)』을 창간하였다. 1928년 4월 9일 창립된 의주청년동맹(義州青年同盟)의 집행위원 및 집행위원회의 문화선전부 부원으로 활동하였고, 1929년 9월 의주청년동맹 집행위원장이 되었다. 1929년 9월 의주청년동맹 의주 지회에서 노동야학을 설치하여 강사로 활동, 1930년 2월 의주청년동맹(義州青年同盟) 제2회 정기대회에서 부의장에 선임되었다. 1930년 9월 근우회(槿友會) 주체 의주 학술강연회에서 '소년운동의 사적 고찰과 당면 임무'라는 주제로 강연을 하였고, 1930년 10월 의주청년동맹에서 농촌계몽운동의 일환으로 순회강연을 하였는데 연사로 참여하였다. 1930년 11월 신의주(新義州)에서 조선청년동맹(朝鮮青年同盟) 평안북도연맹(平安北道聯盟) 창립할 때 집행위원에 참여하였고, 1931년 3월 20일 신의주청년동맹 주창엽(朱昌燁)의 장례식에 참여하여 행한 조사(弔詞)가 불온하다는 이유로 신의주서(新義州署)에 검속되기도 하였다. 1931년 5월 의주청년동맹에서 어린이날을 기념하여 소년소녀웅변대회를 개최하면서 부형을 대상으로 소년문제에 대한 강연을 하였는데 연사로 참여하였으며, 1931년 5월에는 어린이날 관련 포스터와 관련하여 출판법 위반으로 박완식(朴完植), 김봉두(金奉斗) 등과 함께 의주경찰서에 검속되었다가 석방되기도 하는 등 청년동맹 활동을 하였다. 작품으로는 『동아일보』에 「신춘동화 개평(新春童話概評) ―삼대 신문(三大新聞)을 주로」(전7회, 2.7~15), 『조선일보』에 1930년 「소년문예의 이론과 실천」(전4회, 5.16~19) 등과 다수의 아동문학 작품이 있다.

장혁주(張赫宙, 1905~1998). 소설가. 본명은 장은중(張恩重). 일본명은 노구치 미노루(野口稔), 뒷날 필명은 노구치 카쿠츄우(野口赫宙). 대구(大邱) 출생. 1921년 대구고등보통학교에 입학하였으나 4학년 때 학생 파업에 가담하여 무기정학을 당한 뒤로 학교생활에 염증을 느끼고 문학에 관심을 두었다. 1926년 대구고보를 졸업한 후 대구, 청송, 예천 등지에서 교편을 잡았다. 1932년 일본어로 쓴 「아기도(餓飢道)」가 『카이조(改造)』의 현상문예에 2등 입선하여 문단에 진출하게 되었다. 일제 말기 일본의 식민정책에 적극 참여하여 일본문학보국회의 황도조선연구회(皇道朝鮮研究會) 위원과 대륙개척문학위원회(大陸開拓文學委員會) 위원 등을 역임하였고, 이로 인해 해방 후 귀국하지 못하고 6·25전쟁을 취재한 『오호 조선(嗚呼朝鮮)』을 출간하고 일본에 귀화하였다. 아동문학 관련 글로는 『동아일보』에 1934년 발표한 서평 「(신간평)해송동화집 독후감(海松童話集讀後感)」(5.26) 외에 다수의 평론, 소설 등이 있다.

적아(赤兒, ?~?). 신원미상. 『별나라』와 『신소년』에 다수의 작품을 발표한 새동요운동사(새童謠運動社)의 정적아(鄭赤兒)와 동일인으로 추정된다. 작품으로는 『중외일보』에 1927년 「십이월호 소년잡지 총평」(전8회, 12.3~11)이 있다.

전소성(田小惺, ?~?). 신원미상. 작품으로는 『신민』에 1928년 평론 「소년운동에 대한 편감(片感)」(제34호, 2월호)이 있다.

전수창(全壽昌, ?~?). 개성(開城) 호수돈(好壽敦)여학교 교원으로 재직하였고, 개성(開城)의 유명한 동화가로 활약하였다. 1924년 5월 어린이날을 기념하여 개성소년회(開城少年會), 소년잡지 『샛별』사, 『햇발』사 외 유지들이 발기하여 동화와 동요, 가극 등을 들려줄 때 전수창은 고한승(高漢承)과 함께 이를 맡았다. 1928년 4월 개성소년연맹에서 어린이날을 기념하기 위해 준비위원회를 조직하였을 때 사회 측(社會側)의 준비위원으로 활동하였다. 작품으로는 『동아일보』에 1930년 평론 「현 조선동화(現朝鮮童話)」(전5회, 12.26~30)를 발표했다.

전식(田植, 1912~?). 아동문학가. 평안북도 선천(宣川) 출생. 동림공보(東林公普) 졸업하고, 삼성학원(三省學院)에서 교편을 잡았다. 1932년 『매일신보』에 동화 「새도롱」(전2회, 1.3~7)이 1등으로 당선되었다. 작품으로는 『매일신보』에 1931년 평론 「신년 당선 동요 평(新年當選童謠評)」(1.14), 평론 「7월의 매신(每申)-동요를 읽고」(전9회, 7.17~8.11), 평론 「반박이냐? 평(評)이냐?-성촌(星村) 군의 반박에 회박(回駁)함」(전5회, 9.18~23) 등을, 『조선일보』에 1934년 「동요 동시론 소고」(전3회, 1.25~27) 등과 다수의 아동문학 작품이 있다. 저서로는 신영철(申瑩澈)의 문화서관(文化書舘)에서 발간한 『전식동요집(田植童謠集)』(문화서관, 1934), 『전식동요집(田植童謠集)』(호무社, 1935) 등이 있다.

전영택(田榮澤, 1898~1968). 소설가, 목사. 호는 늘봄, 장춘(長春), 추호(秋糊), 춘추(春秋), 소운(小雲). 평양 출생. 1910년 평양 대성학교(大成學校)를 2년 수학하고 진남포 삼숭학교(三崇學校)와 서울 관립의학교 교원으로 근무하였다. 1918년 아오야마 학원(青山學院) 중학부를 졸업한 후, 이어 동 고등학교, 1923년 아오야마 학원 신학부를 졸업하였다. 1930년 미국 퍼시픽신학교에서 신학(神學), 사회학(社會學)을 연구하였고, 흥사단(興士團)에도 입단하였다. 1936년 종교시보(宗教時報) 주필을 역임하였다. 1961년 한국문인협회(韓國文人協會) 초대 이사장을 지냈다. 1919년 김동인(金東仁), 주요한(朱耀翰), 김환(金煥)과 함께 『창조(創

造)』 동인으로 활동하였다. 작품으로는 『개벽』에 1924년 「소년문제의 일반적 고찰」(제47호, 5월호), 『신가정(新家庭)』에 1934년 평론 「(아동을 위하야, 其四) 소년문학 운동의 진로」(5월호) 외에 다수의 아동문학 작품이 있다. 저서로는 『생명(生命)의 봄』(雪華書舘, 1926), 『조선전내동화집』(수선사, 1949), 『하늘을 바라보는 여인』(정음사, 1958), 동화집 『사랑의 등불 - 전영택 단화(短話), 동화집』(기독교서회, 1959) 등과, 표언복이 편찬한 『늘봄 전영택 전집』(전5권, 목원대 출판부, 1994)이 있다.

전춘파(全春坡, ?~?). 신원미상. 작품으로는 『매일신보』에 1930년 「평가(評家)와 자격과 준비 - 남석종(南夕鍾) 군에게 주는 박문(駁文)」(전5회, 12.5~11) 외에 다수의 아동문학 작품이 있다.

정리경(鄭利景, ?~?). 아동문학가, 교사. 평안남도 평양(平壤) 출생. 평양에서 교원 생활을 하였다. 1921년 4월 은산청년회(殷山靑年會) 주최 특별대강연회에서 '청년회의 취지'라는 제목으로 강연을 하였고, 순천청년회(順川靑年會) 총무를 지냈다. 1924년 순천 의영학교 교장(順川宜英學校 校長)으로 재직하였고, 1924년 9월 국제청년(國際靑年)데이 기념 강연회에서 '국제 청년데이와 조선 청년운동'이란 제목으로 강연하였다. 1925년 7월경 평안남도 순천군(順川郡) 『시대일보(時代日報)』 지국의 '고문 급 촉탁(顧問及囑托)'을 맡았었다. 1928년 7월 순천유학생회(順川留學生會)의 강연회에서 '인류사회의 사적 고찰'이란 제목으로 강연하였다. 1928년 9월 서북인쇄(西北印刷)라는 회사를 운영하였다. 1929년 7월 평양에서 『반도소년(半島少年)』을 창간하였고, 1930년 12월 『대중공론(大衆公論)』의 이사로 선임되었다. 작품으로는 『매일신보』에 1926년 「어린이와 동요(童謠)」(9.5), 「사회교육상으로 본 동화와 동요 - 추일(秋日)의 잡기장(雜記帳)에서」(10.17) 외에 다수의 작품이 있다.

정병기(丁炳基, 1902~1945). 아동문학가, 소년운동가. 황해도 출생. 전라북도 진안군(鎭安郡)에서 금광을 하던 부유한 집안의 둘째 아들로 자랐다. 경성고등보통학교(京城高等普通學校)를 졸업하고, 1920년 초에 일본 와세다대학(早稻田大學)을 다녔다. 1923년 색동회 창립에 참가한 8인 곧 방정환(方定煥), 강영호(姜英鎬), 손진태(孫晉泰), 고한승(高漢承), 정순철(鄭順哲), 조준기(趙俊基), 진장섭(秦長燮), 정병기(丁炳基) 중의 한 사람이다. 조선소년운동협회(朝鮮少年運動協會) 회원으로 활동했다. 작품으로는 『시대일보(時代日報)』에 1925년 「동화의 원조(元祖) - 안델센 선생(오십년제(五十年祭)를 □□□」(8.10) 외에 다수의 작품이 있다.

정성채(鄭聖采, 1899~1950). 호는 구도(具道). 서울 종로구 권농동(鐘路區勸農洞) 출생. 경신학교(儆新學校)를 졸업하고 연희전문학교(延禧專門學校) 문과에서 수업하다 중퇴하였다. 1921년부터 중앙기독교청년회(中央基督教青年會)의 소년부 간사로 활동하였다. 1922년 9월 소년척후대(少年斥候隊)를 발대하였다. 1924년 3월 조철호(趙喆鎬)의 조선소년군(朝鮮少年軍) 등 서울과 인천의 척후대 4 단체들이 중앙기독교청년회관에서 모여 상호연락과 통일을 목적으로 중앙기관인 소년척후단조선총연맹(少年斥候團朝鮮總聯盟)을 조직하였다. 1924년 4월 중국 베이징(北京)에서 열린 제1회 극동국제보이스카우트대회(極東國際少年斥候團大會)에 소년척후단조선총연맹의 부간사 자격으로 참석하였다. 해방 후 1948년부터 1950년까지 한국보이스카우트연맹의 간사장이 되었고, 『합중민보』 발행인, 주일한국전권대사 겸 주일본연합군사령부 파견 외교사절 단장 등을 역임했다. 6·25 전쟁 중 납북되어 정확한 생사를 확인하기 어렵다. 작품으로는 『동아일보』에 1927년 '소년문학운동가부(少年文學運動可否)'라는 설문에 대한 답문인 「이상에 치우침보다 실제생활로」(4.30)가 있다.

정세진(丁世鎭, ?~?). 조선소년군, 어린이날 행사 등의 일에 주로 관여하였다. 1929년 조선소년군총본부(朝鮮少年軍總本部) 비서부장, 부사령장(副司令長)을 역임하는 등 소년운동에 많은 활동을 하였다. 해방 후 김구(金九)를 총재로 조선소년군이 새 출발할 때에 이사로 활동하였다. 작품으로는 『조선강단(朝鮮講壇)』에 1929년 논설 「소년군의 기원과 그의 유래」(9월호)를 발표했다.

정순철(鄭順哲, 1901~1950?). 동요 작곡가. 鄭淳哲로도 썼다. 충청북도 옥천(沃川) 출생. 어머니 최윤(崔潤)은 동학의 2세 교조인 해월 최시형(海月崔時亨)의 딸이다. 1919년 보성고등보통학교(普成高等普通學校)를 졸업한 후, 1922년 일본 도요음악학교(東洋音樂學校) 선과에 입학하였다. 1923년 도쿄(東京)에서 방정환(方定煥), 진장섭(秦長燮), 손진태(孫晋泰), 고한승(高漢承), 정병기(丁炳基), 윤극영(尹克榮) 등과 함께 색동회를 창립하였다. 1923년 어린이사(社)와 도쿄의 색동회에서 주최하여 6일 동안 진행된 소년관계자 간담회에서 윤극영과 함께 제3일의 '동요에 관한 실제론'을 강연하였고, 1925년 6월 명진소년회(明進少年會)에서 개최한 동요동화회(童謠童話會)에 방정환과 함께 참여하였으며, 1926년 7월 정칙강습소(正則講習所)를 후원하기 위해 조선문예협회(朝鮮文藝協會)에서 주최한 대음악회에 홍난파(洪蘭坡) 등과 함께 출연하였다. 1926년 8월 어린이사에서 소년 소녀를 위하여 납량동화동극동요대회(納凉童話童劇童謠大會)를 개최하였을 때 방정환, 진장섭(秦長燮), 정인섭(鄭寅燮) 등과 함께 참여하여 동요를 발표하였다. 1927년 6월 『어린이』 잡지 오개년 기념으로 경성독자대회(京城讀者大會)를 개최하였는데 방정환, 고한승, 이정호 등과 함께 연사로 참여하여 동요 독창에 대해 강연하였으며, 1928년 동요단체인 가나다회(會)에서 경성방송국(京城放送局, JODK) 후원으로 처음으로 동요 독창회를 개최하는데 정순철이 중심 역할을 하였다. 1929년 2월 25일 조선 가요의 민중화를 위해 이광수, 주요한, 김정식(金廷湜) 등과 함께 조선가요협회(朝鮮歌謠協會)를 창립할 때 발기인의 한 사람이었다. 1927년부터 1938년까지 동덕여자고등보통학교(同德女子高等普通學校) 교사로 재직하였고, 1931년 경성보육학교(京城保育學校) 학생들을 지도하였다. 1939년 두 번째로 일본 유학을 갔다가 1941년 귀국하였다. 1942년부터 1946년까지 중앙보육학교(中央保育學校) 교수를 지냈다. 1950년 6·25 전쟁 중 납북되어 생사가 불명이다. 작품으로는 『신여성(新女性)』에 1924년 「동요를 권고함니다」(6월호), 『어린이』에 1933년 「노래 잘 부르는 법－동요 「옛이야기」를 발표하면서」(2월호) 등이 있다. 저서로는 동요 작곡집 『갈닙피리』(문화서관, 1929), 동요곡집 『참새의 노래』(동덕여자고등보통학교, 1932)가 있다.

정윤환(鄭潤煥, ?~?). 아동문학가. 경상남도 남해(南海) 출생. 남해소년문예사(南海少年文藝社) 사장과 남해신우사(南海新友社) 관련 일을 하였다. 남해소년문예사는 1930년 9월 정윤환의 퇴사와 함께 해산되었다. 『매일신보』가 '전래동요'를 수집할 때에 여러 차례 남해(南海) 방면의 전래동요를 수집 기보(寄報)하였다. 작품으로는 『매일신보』에 1931년 평론 「1930년 소년문단 회고」(전2회, 2.18~19) 외에, 신문 잡지에 다수의 아동문학 작품을 발표하였다.

정인과(鄭仁果, 1888~1972). 개명 전의 본명은 정의종(鄭顗鍾)이고 창씨개명한 이름은 德川仁果 또는 悳川仁果이다. 평안남도 순천군(順川郡) 출생. 평양 숭실중학교와 숭실전문학교를 졸업하고 1913년 미국으로 유학하여 1921년 샌프란시스코 신학교를 졸업하였다. 3·1 운동 후 상하이 임시정부에 미주지역 대표인 안창호(安昌鎬)를 수행하여 임시정부 의원으로 임명되었다. 1920년 임시의정원 의원직과 외무차장 직을 사임하고 미국으로 가 1922년 프린스턴신학교, 1923년 프린스턴대학교에서 문학사 학위를 받고, 이어 콜럼비아대학교 대학원에서 교육학을 공부하였다. 1924년 귀국한 뒤 1937년 수양동우회 사건으로 구속되었다가 풀려난 뒤 본격적인 친일 활동에 나섰다. 1942년 『기독교신문』을 발간하여 종교인으로서 대표적인 친일활동을 하여, 해방 후 1949년 2월 반민특위에 체포되었고, '대한의 유다'라는 별명이 붙을 정도의 지나친 친일 행적으로 개신교회에 복귀하지 못하였다. 1925년 조선주일학교연합회에서 『아희생활』을 창간할 때 편집인이었고 1940년대 사장을 지냈다. 작품으로는 『아이생활』에 1936년 「(社說)십년 전을 돌아보노라(본지 창간 정신의 재인식)」(3월호), 1937년 「(社說)본지 창간 십일 주년을 맞으면서」(3월호) 등이 있다.

정인섭(鄭寅燮, 1905~1983). 시인, 평론가, 영문학자. 호는 눈솔, 필명은 설송(雪松), 화장산인(花藏山人). 경상남도 울주군(蔚州郡) 언양(彦陽) 출생. 1929년 3월 와세다(早稻田) 대학 영문학과를 졸업하고, 연희전문학교(延禧專門學校) 교수로 재직하였다. 1922년 색동회의 발기인(馬海松, 尹克榮, 方定煥, 曺佐鎬 등)으로 『어린이』에 동시, 동극, 동화 등을 발표하였고, 1926년 와세다 대학 재학 중 김진섭(金晋燮), 김온(金鎾), 이하윤(異河潤), 손우성(孫宇聲) 등과 해외문학연구회(海外文學硏究會)를 조직하였다. 1928년 7월 하기휴가 때에 귀국하면서 세계아동예술작품(兒童畵, 人形類, 手工品, 兒童劇, 參考品, 兒童雜誌, 圖書類 등) 700여점을 들여와 마산(馬山)에서 전람회를 개최하였다. 1930년대에 일본으로부터 귀국하면서 프롤레타리아문학파와 민족주의문학파를 동시에 비판하였다. 1933년 11월 경성방송소년예술단체(京城放送少年藝術團體)인 조선아동예술연구협회(朝鮮兒童藝術硏究協會)의 고문, 그리고 1935년 6월 창립된 두루미會를 후원하였다. 1936년 아동지 『동화(童話)』 창간에 편집고문으로 참여하였다. 1939년 10월 20일 국민정신총동원조선연맹에 가맹한 조선문인협회(朝鮮文人協會)의 회칙 기초위원(起草委員) 이광수(李光洙), 유진오(兪鎭午), 박영희(朴英熙), 최재서(崔載瑞), 정인섭(鄭寅燮) 중 한 사람으로 참여하였다. 작품으로는 『동아일보』에 1928년 「아동예술교육」(전3회, 12.11~13), 『동화(童話)』에 1936년 「동화의 아버지 소파 선생 생각」(7·8월 합호) 외에 다수의 아동문학 작품이 있다. 저서로는 *Folktales from Korea*(Grove Pr., New York, 1952), 『한국문단논고(韓國文壇論考)』(新興出版社, 1958), 『세계문학산고(世界文學散考)』(동국문화사, 1960), 『색동저고리』(정연사, 1962), 『비소리 바람소리』(정음사, 1968), 『색동회 어린이 운동사(運動史)』(학원사, 1975) 등이 있다.

정진석(鄭鎭石, ?~?). 경기도(京畿道) 출생. 1931년 4월 남응손(南應孫), 원유각(元裕珏), 지헌영(池憲英) 등과 함께 연희전문학교(延禧專門學校) 문과 본과에 입학하여 1935년 졸업한 후, 1938년 3월 일본 메이지대학(明治大學) 법학과를 졸업한 것으로 확인된다. 1931년 『조선일보』의 현상 공모에 「문자보급가」(1.6)가 선외가작으로 당선되었다. 1932년 김천규(金天圭), 원유각(元裕珏), 승응순(昇應順), 정진석(鄭鎭石), 김호규(金昊奎), 강영주(姜榮周), 양기철(梁基哲), 홍두표(洪斗杓), 장현직(張鉉稷) 등이 동인이 되어, 문학연구 창작 발표 동인지로 『문학』을 발간하였다. 1932년 11월 신석우(申錫雨), 정인보(鄭寅普), 서연희(徐延禧), 유진태(俞鎭泰), 이희간(李喜侃), 윤복영(尹福榮) 등과 함께 고(故) 우당(右堂) 이회영(李會榮)을 조문하였다. 1933년 5월 윤석중(尹石重)의 『잃어버린 댕기』 출판기념회 발기인으로 이광수(李光洙), 윤백남(尹白南), 주요한(朱耀翰), 이은상(李殷相), 박팔양(朴八陽), 정인섭(鄭寅燮), 이태준(李泰俊), 현제명(玄濟明), 홍난파(洪蘭坡), 독고선(獨孤璇), 신명균(申明均), 최봉칙(崔鳳則), 승응순(昇應順) 등과 함께 참여하였다. 해방 후 『자유신문(自由新聞)』의 발행인, 편집인 겸 주필을 맡았다. 해방 후 1946년 전조선문필가협회(全朝鮮文筆家協會)와 1947년 과학자동맹(科學者同盟) 서울시 지부 위원장을 역임하였다. 작품으로는 『조선일보』에 1931년 평론 「조선 학생극의 분야(상 · 중 · 하)」(11.29~12.2) 등이 있다.

정청산(鄭青山, 1909~?). 아동문학가, 소년운동가. 필명은 정재덕(鄭在德), 정철(鄭哲),[1] 녹수(綠水). 경성부(京城府) 출생. 경성제국대학 급사, 인쇄소 사무원 등을 지냈다. 1931년 6월 용을소년회(龍乙少年會) 집행위원 중 한 사람으로 어린이날을 기해 노농소년회(勞農少年會)라는 결사를 조직한 혐의로 치안유지법 위반이 되어 기소되어 징역 1년 6개월에 집행유예 3년의 판결을 받은 바 있고, 1934년 7월 중순부터 전라북도 경찰부가 중심이 되어 전국적으로 검거를 한 소위 신건설사사건(新建設社事件)으로 기소된 건은 1935년 12월 모두 집행유예 판결이 났으나 정청산과 박완식(朴完植)은 앞의 치안유지법 위반 사건 관련 전과(前科)로 "一年 懲役, 三百日 未決通算" 처분을 받았고, 앞의 집행이 유예되었던 징역 1년 6개월 형도 추가되었다. 해방 후 월북하였다. 작품으로는 『별나라』에 1931년 「(읽은 뒤의 감상)『불별』은 우리들의 것」(鄭哲; 통권49호, 4월호), 1932년 「소년소설육인집을 보고」(鄭哲; 통권60호, 7월호), 『신소년』에 1933년 「출판물에 대한 몃 가지 이야기」(鄭哲; 5월호), 「소년문학 써-클 이약이」(8월호) 외에 다수의 동화, 동요 작품이 있다.

정홍교(丁洪教, 1903~1978). 소년운동가, 아동문학가. 호는 일천(一天). 서울 출생. 양정고등보통학교를 졸업하고, 동경(東京) 세이소쿠학교(正則學校) 고등과를 수료하였다. 1921년 8월 반도고학생친목회(半島苦學生親睦會)를 결성하여 사교부장으로 활동하였다. 1923년 3월

1 정철(鄭哲)은 정노풍(鄭蘆風)의 본명으로 알려져 있으나(「본지집필제가(本誌執筆諸家)」, 『문예공론(文藝公論)』 제2호, 1929.6), 이동규(李東珪)의 「少年文壇의 回顧와 展望」(『中央日報』, 1932.1.11)에 의하면 정청산(鄭青山)의 다른 이름이기도 하다("童話에 잇서서 鄭青山(鄭哲) 氏의 『두더지와 쥐나라 전쟁』 宋素民 氏의 『코기리의 末路』 玄東炎 氏의 『꿈 깨인 산양개』 등이 잇고 童劇에 朴世永 氏의 『홍개미』 『掃除夫』 等 申孤松 氏의 『삼조애비는 어데갓서』 吳庚昊 氏의 『무엇을 할가?』 洪九 氏의 『우지마라 누나야』 등을 들 수 잇다"). 박경수는 "(2쪽)에서 정노풍이 아닌 다른 정철(鄭哲)이 존재할 것"이라 한 바 있는데 정청산이 바로 그일 가능성이 높다.

반도소년회(半島少年會)를 조직하여 무산소년운동에 참여하였다. 1925년 5월 사회주의 계열의 오월회(五月會)를 창립하였다. 그 뒤 오월회는 경성소년연맹(京城少年聯盟)으로 개칭했으나 일제의 불허로 다시 오월회라는 명칭을 사용했다. 1927년 10월 조선소년연합회(朝鮮少年聯合會)가 창립되자 중앙집행위원을 맡았고, 1928년 3월 조선소년총동맹(朝鮮少年總同盟)을 조직해 위원장에 취임하였다. 1928년 전남소년연맹 사건으로 기소되어 금고형에 처해지고 1929년에 체포되기도 하였다. 방정환의 동심주의 소년운동과는 노선을 달리하는 사회주의, 무산소년운동을 전개했다. 1924년 『소년주보(少年週報)』, 1927년 『소년조선(少年朝鮮)』을 창간하고, 1928년 『소년시대(少年時代)』 주간, 1928년 11월 정인섭, 현제명(玄濟明), 김복진(金福鎭), 남응손(南應孫), 유기흥(柳基興), 이구조(李龜祚), 김성도(金聖道), 원유각(元裕珏) 등과 함께 조선아동예술연구협회(朝鮮兒童藝術硏究協會)를 조직하여 고문(顧問)이 되었으며, 1934년 『라디오 세계』의 주간으로 활동하기도 했다. 해방 후에는 한국소년지도자협회 회장, 한국아동문학회 최고위원 등을 역임하였고, 1952년부터 1956년까지 『소년시보(少年時報)』를 순간(旬刊)으로 발행하였다. 1955년 6월 발족한 한국자유문학자협회(韓國自由文學者協會)의 아동문학 분과위원장을 맡았다. 1966년에 대한민국 문화훈장, 1971년 대통령 포상을 수상하였다. 작품으로는 『매일신보』에 1926년 「동화의 종류와 의의」(4.25), 『조선강단(朝鮮講壇)』에 1929년 「소년문학운동의 편상(片想)—특히 동화와 신화에 대하야」(제1권 제2호, 11월호) 외에 다수의 소년운동 및 소년문예운동에 관한 글과 아동문학 작품이 있다. 저서로 『금쌀애기』(행림서림, 1925), 『은쌀애기』(대산서림, 1926), 『금닭』(동화출판사, 1947), 『박달 방망이』(南山少年敎護相談所, 1948) 등이 있다.

조문환(曹文煥, 1907~1949). 소년운동가, 독립운동가. 전라남도 영암(靈巖) 출생. 보통학교를 졸업하고 조선일보사 목포지국 기자, 동아일보사 영암지국장을 역임하였다. 1924년 동경(東京)의 조선인 고학생 단체인 형설회(螢雪會)의 임원으로 활동하였고, 1926년 목포 무산청년회, 목포 청년동맹 상무서기로 활동하였고, 1927년 7월 조선소년연합회(朝鮮少年聯合會) 창립 준비위원으로 참가하여, 중앙집행위원 및 조사연구부원으로 선출되어 활동하였다. 신간회(新幹會) 목포지회 간사로 활동하기도 하였다. 1928년 8월 광주(光州) 무등산 징심사(澄心寺)에서 개최된 조선소년총연맹(朝鮮少年總聯盟) 전남도소년연맹(全南道少年聯盟) 창립대회 관련 사건으로 체포되었다 석방되었다. 1927년 8월 고려공산청년회(高麗共産青年會)에 가입하여 목포 야체이카(ячейка, 공산당 등의 세포조직)에 배속되었고, 이후 활동으로 1928년 8월경 일경(日警)에 체포되어 징역 2년형을 언도받고 옥고를 치르기도 하였다. 아동문학 관련 평론으로 『조선일보』에 1928년 「특수성의 조선 소년운동—과거 운동과 금후 문제」(전7회, 2.22~3.4)를 발표한 바 있다.

조용만(趙容萬, 1909~1995). 소설가, 영문학자. 호는 아능(雅能), 필명 이중완(李重完). 서울 출생. 경성제일고등보통학교를 졸업하고 경성제국대학(京城帝國大學) 법문학부(法文學部) 영문과를 졸업하였다. 1933년 『매일신보』 학예부 기자로 입사하여 학예부장 겸 논설위원을 지냈고, 친일문학인들이 결성한 조선문인협회(朝鮮文人協會) 발기인으로 참가했으며, 태평양전쟁 이후 『국민문학』에 일본어 작품을 발표하기도 하는 등 국책문학(國策文學)에 앞장섰다. 1933년 8월 이태준(李泰俊), 이종명(李鍾明), 정지용(鄭芝鎔), 김기림(金起林), 이무영(李無影), 김유영(金幽影), 이효석(李孝石), 유치진(柳致眞) 등과 함께 결성한 구인회(九人會)의 일원으로 활동하였고, 1933년 『매일신보』에 입사하여 1938년 5월 학예부장, 1942년 11월 논설위원 전임 겸 사진순보(寫眞旬報) 주임을 지냈다. 1943년 6월경 조선문인보국회(朝鮮文人報國會)의 소설희곡부회(小說戲曲部會)의 평의원을 지냈고, 1945년 5월 결전문학총서(決戰文學叢書)를 발간하기로 함에 따라 향산광랑(香山光郎), 이무영(李無影), 유진오(兪鎭午), 정인택(鄭人澤), 김사량(金史良), 정비석(鄭飛石) 등과 함께 집필 작가로 선정되기도 하였다. 『코리아타임스』 주필을 지냈으며, 1953년부터 고려대학교 영문학과 교수로 재직하였다. 작품으로는 『매일신보』에 1933년 서평 「윤석중(尹石重) 씨의 동시집 『일허버린 댕기』와 김태오(金泰午) 씨의 설강동요집(雪崗童謠集)」(7.5) 등이 있다. 저서로는 소설집 『고향에 돌아와도』(동명사, 1974), 『구인회 만들 무렵』(정음사, 1984), 『영결식』(소설문학, 1986), 수필집 『방(房)의 숙명(宿命)』(삼중당, 1962), 『청빈(淸貧)의 서(書)』(교문사, 1969), 「세월의 너울을 벗고」(교문사, 1986), 연구 저서로 『육당 최남선』(삼중당, 1964), 『일제하 한국신문화운동사』(정음사, 1974) 등이 있다.

조철호(趙喆鎬, 1890~1941). 독립운동가, 소년운동가. 호는 관산(冠山). 경기도 시흥군(始興郡) 출생. 구한말 무관학교를 졸업하고 1913년에 지청천(池靑天), 이응준(李應俊) 등과 함께 일본육군사관학교(日本陸軍士官學校)를 졸업하였다. 오산학교(五山學校), 중앙학교(中央學校) 등에서 체육교사로 재직하였다. 오산학교 재직 시인 1919년 3·1운동이 일어나자 전교생을 지도하여 만세 시위를 주도하였다가 옥고를 치렀다. 1921년 북경(北京)에서 열린 극동잼버리에 대표로 참가하였다가 이를 계기로 소년운동을 시작하였다. 1922년 소년독립군의 배양에 뜻을 두고 조선소년군(朝鮮少年軍)을 창단하였는데 '보이스카우트'의 효시다. 1926년 6·10만세 운동에 관여하였다가 1927년 3월 만주 북간도로 망명 이주하였으며, 간도 용정(龍井)의 동흥중학교(東興中學校)에서 교편을 잡았다. 1931년부터 1939년까지 동아일보사(東亞日報社)에 재직하였고, 조선소년군 총사령으로 취임하여 보이스카우트 재건 운동을 전개하였으나 1937년 일제에 의해 조선소년군이 강제 해산당하였다. 1939년 보성전문학교(普成專門學校) 교련 교사로 근무하다 여러 차례의 옥고로 인해 사망하였다. 작품으로는 『동아일보』에 1924년 논설 「소년군에 관하야」(10.6), 1925년 「조선 소년군」(1.1), 「소년군의 진의의(眞意義)」(1.28), 1934년 「어린이 운동의 역사—일구이일 년부터 현재까지(상·하)」(5.6~9), 1935년 「야영의 방법에 대하야(상·중·하)」(5.5~9) 등을, 『현대평론』에 1927년 「소년군(少年軍)의 필요를 논함」(제1권 제1호, 1월호) 등을 발표하였다.

조탄향(趙灘鄕, ?~?). 신원미상. 趙彈響으로도 썼다. 작품으로 『동아일보』에 1930년 '문단탐조등(文壇探照燈)' 난에 「이성주(李盛珠) 씨 동요 『밤엿장수 여보소』는 박고경(朴古京) 씨의 작품」(전2회, 11.22~23), 「『갈멕이의 서름』을 창작연 발표(創作然 發表)한 이계화(李季嬅) 씨에게」(전2회, 11.28~29) 등을 『조선일보』에 1930년 동요 「전봇대」(11.23), 동요 「보고 십허」(12.5) 등을 발표하였다.

조형식(趙衡植, ?~?). 신원미상. 작품으로 『신소년』에 1931년 소년시 「갑판(甲板)에서」(7월호), 『별나라』에 1932년 「우리들의 동요시에 대하야」(2·3월 합호)가 있다.

주요섭(朱耀燮, 1902~1972). 소설가. 호는 여심(餘心), 여심생(餘心生). 평안남도 평양 출생. 평양 숭덕소학교, 숭실중학을 다니다 1918년 일본 아오야마학원(靑山學院)에 편입하였고, 1921년 후장대학(滬江大學) 교육학과를 졸업하고, 1928년 미국 스탠포드대학(Stanford University) 대학원에서 교육심리학을 전공한 뒤 귀국하여 동아일보사(東亞日報社)에 입사하여 『신동아(新東亞)』의 주간으로 일하다가, 1934년 중국 베이징 푸렌대학(輔仁大學) 교수로 취임하였다. 시인 주요한(朱耀翰)의 동생이다. 아동문학 관련 작품으로 『학등(學燈)』에 1933년 평론 「아동문학 연구 대강(大綱)」(창간호, 10월호)이 있다.

주요한(朱耀翰, 1900~1979). 시인, 언론인, 정치가. 호는 송아(頌兒), 낭림산인(狼林山人), 벌꽃, 낙양(落陽), 구리병(句離甁), 한청산(韓靑山), 백민(白民), 백선(白船). 평안남도 평양(平壤) 출생. 소설가 주요섭(朱耀燮)의 형이다. 1912년 평양숭덕소학교, 1918년 일본 메이지학원(明治學院) 중등부, 1919년 도쿄제일고등학교(東京第一高等學校)를 거쳐, 1925년 상하이(上海) 후

장대학(滬江大學) 공업화학과(工業化學科)를 졸업하였다. 귀국 후 『동아일보』와 『조선일보』의 학예부장, 편집국장 및 논설위원 등을 역임하였다. 1927년 유도순(劉道順), 박동석(朴東石), 김도인(金道仁), 한형택(韓亨澤), 진종혁(秦宗爀), 최병화(崔秉和), 안준식(安俊植), 강병국(姜炳國), 노수현(盧壽鉉), 양재응(梁在應), 염근수(廉根守) 등과 함께 아동문학 연구단체인 '꽃별회'를 창립하였다. 1935년 3월 조선기념도서출판관(朝鮮記念圖書出版舘)을 창설할 때 주요한(朱耀翰)은 권상노(權相老), 김성수(金性洙), 방응모(方應謨), 송진우(宋鎭禹), 여운형(呂運亨), 이극로(李克魯), 이윤재(李允宰), 이은상(李殷相), 정인과(鄭仁果), 조만식(曹晩植) 등과 함께 발기인이 되었고, 이어 평의원으로 선출되었다. 1936년 아동 잡지 『동화(童話)』를 창간할 때 주요한은 정인섭(鄭寅燮), 최인화(崔仁化), 이광수(李光洙), 전영택(田榮澤), 김동인(金東仁), 주요섭(朱耀燮) 등과 함께 주요 집필자로 참여하였다. 1937년 수양동우회(修養同友會) 사건 이후 친일의 길로 나아가, 1938년 12월 수양동우회를 대표하여 주요한이 종로서(鐘路署)에 국방헌금으로 4,000원을 헌금하였으며, 1940년대에는 조선문인협회, 조선문인보국회, 조선임전보국단, 조선언론보국회 등 친일 단체의 간부를 역임하였고, 학병 권유 연설에 적극 가담하기도 하였다. 해방 후 대한무역협회 회장, 부흥부 장관 및 상공부 장관, 대한일보사 사장, 대한해운공사 대표이사 등을 지냈다. 1979년 국민훈장 무궁화장을 추서 받았다. 작품으로는 『아이생활』에 1931에서 1933년에 걸쳐 「동요감상」, 「동요월평」, 「동요작법 평」 외에 다수의 아동문학 작품이 있다. 저서로는 『(요한시집)아름다운 새벽』(조선문단사, 1924), 『(춘원, 요한, 파인 合作)이광수, 주요한, 김동환 시가집(李光洙, 朱耀翰 金東煥 詩歌集)』(삼천리사, 1929), 『봉사꽃, 일명 鳳仙花－시조와 소곡』(세계서원, 1930), 『사막의 꽃』(대성서림, 1935), 『안도산 전서(安島山全書)』(삼중당, 1963; 샘터사, 1979; 범양사출판부, 1990; 흥사단출판부, 1999), 『자유의 구름다리』(문선사, 1956) 등과, 『주요한 문집－새벽 1, 2』(요한기념사업회, 1982)가 있다.

차빈균(車斌均, 1914~?). 평안북도 영변(寧邊) 출생. 영변공립농업학교(寧邊公立農業學校) 재학 당시 과중노동(過重勞働)에 저항하여 동맹휴학을 단행하였고, 이에 학교 당국으로부터 주모자 중 한 사람으로 지목되어 퇴학처분을 당하게 되자 학교에 쇄도하여 교장에게 반항하였다. 이것을 이유로 기소되어, 1933년 9월 22일 징역 6개월(집행유예 2년) 처분을 받았다. 작품으로는 『조선일보』에 1934년 평론 「(藝苑 포스트) 아동문학(兒童文學)을 위하야」(11.3) 외에 신문과 잡지에 아동문학 작품을 발표하였다.

채규삼(蔡奎三, ?~?). 아동문학가. 필명 채몽소(蔡夢笑), 누형(淚馨). 함경남도 정평(定平) 출생. 1932년 함흥공립농업고등학교(咸興公立農業高等學校)에 입학하였다. 1932년 8월 함경남도 정평군 고산면 무인가 야학사건(無認可夜學事件)으로 구금되었다가 석방되었다. 작품으로는 『별나라』애 1932년 평론 「이고월(李孤月) 군에게」(1월호) 외에 신문과 잡지에 다수의 아동문학 작품을 발표하였다.

최규선(崔奎善, ?~?). 소년운동가, 아동문학가. 필명 최청곡(崔靑谷). 한일은행에 근무하였고, 『별나라』 동인이자 집필진이며, 조선소년연합회(朝鮮少年聯合會) 재정부 부장, 조선소년총연맹(朝鮮少年總聯盟)의 상임서기를 맡아 소년운동과 아동문학에 많은 노력을 기울였다. 1948년 8월 소년운동자연맹(少年運動者聯盟)의 준비위원 중 한 사람으로서 정부수립 경축 모자대회(母子大會)를 추진하였다. 작품으로는 『중외일보』에 1927년 평론 『방향(方向)을 전환(轉換)해야 할 조선소년운동(朝鮮少年運動)」(전2회, 8.21~22), 『동아일보』에 논설 「어린이날을 어써케 대할 것인가?」(1928.5.6), 『조선일보』에 1928년 논설 「소년운동(少年運動)의 당면문제(當面問題)」(전4회, 1.19~22), 「어린이날의 역사적 사명(歷史的使命)」(5.6), 1930년 평론 「소년문예에 대하야」(5.4), 1931년 논설 「부형사회에 드리는 몃 말씀」(1.1) 외에 다수의 아동문학 작품을 신문과 잡지에 발표하였다. 저서로는 번역동화집으로 『왜?』(별나라社, 1929)와 『어린 페터』(流星社, 1930)가 있다.

최남선(崔南善, 1890~1957). 사학자, 문인. 호는 육당(六堂), 육당학인(六堂學人), 한샘, 남악주인(南嶽主人), 곡교인(曲橋人), 육당학인(六堂學人), 축한생(逐閑生), 대몽(大夢), 백운향도(白雲香徒). 서울 출생. 1904년 황실 유학생으로 선발되어 일본에 건너가 동경부립제일중학교(東京府立第一中學校)에 입학하였다가 자퇴하고, 1906년 와세다대학(早稻田大學) 고등사범부 지리역사과에 입학하였다가 중퇴하였다. 1907년 출판사 신문관(新文館)을 창설하여 민중을 계몽하는 내용의 책을 발간하였고, 1908년 『소년(少年)』을 창간하였으며, 이후 『붉은져고리』(1913), 『아이들보이』(1913), 『청춘(靑春)』(1914) 등의 잡지를 발간하였다. 1919년 3・1만세운동 때는 독립선언문을 작성하였으나 투옥 후 석방되자 일제의 감시와 규제를 받아 친일의 길을 걸었다. 작품으로는 『소년(少年)』에 1910년 「소년의 기왕(旣往)과 및 장래」(6월호) 등이 있다. 주요 저서로 『심춘순례(尋春巡禮)』(白雲社, 1926), 『백두산근참기(白頭山覲參記)』(한성도서주식회사, 1927), 『금강예찬(金剛禮讚)』(한성도서주식회사, 1928), 창작 시조집인 『백팔번뇌(百八煩惱)』(동광사, 1925) 등과, 『육당최남선전집(六堂崔南善全

集)』(전15권, 高麗大學校 亞細亞問題硏究所 六堂全集編纂委員會 編, 현암사, 1973~1975)이 있다.

최병화(崔秉和, 1905~1951). 아동문학가. 호는 접몽(蝶夢), 나비꿈('나븨꿈', '나뷔꿈'). 서울 출생. 연희전문학교(延禧專門學校)를 졸업하였다. 1926년 『별나라』 창간 당시부터 김도인(金道仁), 김영희(金永喜), 이정호(李定鎬), 이학인(李學仁), 이강흡(李康洽), 염근수(廉根守), 방정환(方定煥), 박누월(朴淚月), 박아지(朴芽枝), 송영(宋影), 유도순(劉道順), 양재응(梁在應), 안준식(安俊植), 연성흠(延星欽), 진종혁(秦宗爀), 한정동(韓晶東), 최규선(崔奎善), 최희명(崔喜明) 등과 함께 동인으로 참여하였고, 1928년 3월경부터 1929년경까지는 인쇄인 역할을 하기도 하였다. 1926년 12월 최병화는 진우촌(秦雨村), 한형택(韓亨澤), 김도인(金道仁), 유도순(劉道順), 박아지(朴芽枝), 양재응(梁在應), 염근수(廉根守), 엄흥섭(嚴興燮) 등과 함께 『습작시대(習作時代)』 발간을 도모했다.(창간호는 1927년 2월호) 1927년 1월 최병화는 유도순(劉道順), 박동석(朴東石), 김도인(金道仁), 한형택(韓亨澤), 진종혁(秦宗爀), 강병국(姜炳國), 노수현(盧壽鉉), 주요한(朱耀翰), 안준식(安俊植), 양재응(梁在應), 염근수(廉根守) 등과 함께 아동문제연구회인 '꽃별회'를 창립하였다. 1929년 2월 별탑회 주최 특별 동화 동요회에 연성흠(延星欽), 안준식, 이정호(李定鎬), 고익상(高翊相), 김태원(金泰沅), 송영(宋影), 박세영(朴世永) 등과 함께 순회 연사로 참여하였다. 1929년 7월 최병화는 김영팔(金永八), 안준식, 양재응(梁在應), 염근수 등과 함께 집행위원이 되어 조선아동예술작가협회(朝鮮兒童藝術作家協會)를 창립하였다. 1936년 '목마사(木馬社)'를 거쳐 경성부청 토목과(京城府廳土木課)에서 근무했다. 『삼천리』에 1940년 「문사부대(文士部隊)와 '지원병(志願兵)'」이란 제하에 최병화는 이광수, 최정희(崔貞熙), 유진오(兪鎭午), 정인섭(鄭寅燮), 이선희(李善熙), 최영주(崔泳柱), 방인근(方仁根), 모윤숙(毛允淑), 지봉문(池奉文), 임영빈(任英彬), 최영수(崔永秀), 함대훈(咸大勳), 안석영(安夕影), 홍효민(洪曉民), 박원식(朴元植), 정비석(鄭飛石), 김동환(金東煥) 등과 함께 육군 지원병 훈련소 입영 경험에 대해 친일적 발언을 하였는데, 「교수, 식사(敎授,食事)의 정연(整然)」(제12권 제10호, 12월호)이 그것이다. 해방 후 1945년 김영일(金英一), 연성흠(延星欽) 등과 함께 아동예술연구단체 호동원(好童園)을 창립하였다. 1946년 2월 조선문학가동맹(朝鮮文學家同盟)의 전국문학자대회에 참가하였다. 1949년 6월 국민보도연맹에 가입하였다. 1949년 『희망의 꽃다발』이 발간되었을 때는 12월 12일 윤복진(尹福鎭), 윤석중(尹石重), 박목월(朴木月), 이원수(李元壽)가 발기하여 출판기념회를 열었다. 1950년 4월 9일에는 김영일(金英一)의 시집 『다람쥐』의 출판기념회를 최병화와 함께 김철수(金哲

洙), 임원호(任元鎬), 박목월, 김원룡(金元龍), 박인범(朴仁範), 윤복진, 이원수가 발기하여 개최하였다. 1951년 이원수(李元壽)와 함께 월북을 시도하였으나 이원수의 권유로 남하하다가 폭사하였다. 작품으로는 『별나라』에 1933년 「(隨想)세계명작 감격 삽화」(통권73호, 12월호) 외에 다수의 동화, 소년소설이 있다. 저서로는 소년소설 『희망의 꽃다발』(민교사, 1949), 『꽃피는 고향』(박문출판사, 1949), 『즐거운 자장가』(명문당, 1951) 등이 있다.

최영주(崔泳柱, 1905~1945). 아동문학가. 본명(本名)은 최신복(崔信福). 필명 적두건(赤頭巾), 푸른소. 경기도 수원(水原) 출생. 배재학교(培材學校)를 거쳐 일본의 니혼대학(日本大學)을 졸업하였다. 수원에서 화성소년회(華城少年會)를 조직하여 소년운동에 투신하였다. 색동회 회원이다. 1927년 개벽사(開闢社)에 입사하여 『학생』, 『어린이』 등의 잡지 편집에 종사하면서 세계명작을 번안하여 『어린이』, 『소년』에 연재하기도 했다. 『중앙(中央)』, 『신시대(新時代)』, 『박문(博文)』, 『여성(女性)』 등의 뛰어난 편집자로 이름을 떨쳤다. 1941년 1월부터 1941년 8월까지 『신시대』의 주간으로 활동하면서 일제의 내선일체 정책과 황민화 정책, 일본의 침략전쟁을 찬양하고 지원병 제도를 선전하는 글을 기고하여 민족문제연구소의 『친일인명사전』에 이름이 올라 있다. 이원수(李元壽)의 부인이자 「오빠생각」을 지은 최순애(崔順愛)는 여동생이다. 작품으로는 『어린이』에 1932년 「회고 십년간」(9월호) 외에 다수의 아동문학 작품이 있다. 저서로 『소파전집(小波全集)』(박문서관, 1941)을 편찬하였고, 작품집으로 『호드기』가 있다.

최영택(崔永澤, ?~?). 호는 노경(老耕). 1923년 2월 잡지 『부인계(婦人界)』를 발행, 1925년 11월 '카우만'과 함께 『주일학생(主日學生)』을 창간, 1929년 6월 도쿄(東京)에서 『실업지조선(實業之朝鮮)』을 발행하였다. 최호동(崔湖東)의 형이다. 작품으로는 『중외일보』에 1927년 평론 「소년문예운동 방지론(少年文藝運動防止論)」(전5회, 4.17~23). 「내가 쓴 소년문예운동 방지론(少年文藝運動防止論)」(전3회, 6.20~22)이 있다. 저서로는 기독교적 색채가 많은 동화집 『별바다』(學生社, 1926)와 『세계위인임종록(世界偉人臨終錄)』(東盛堂書店, 1939)이 있다.

최해종(崔海鍾, 1898~1961). 한문학자, 대학 교수. 호는 소정(韶庭). 일제 강점기 동아일보 기자와 경북지국장을 역임하고 민주당 경북도당 총무와 진보당 중앙 위원을 역임하는 등 정치인으로서도 활약하였고, 제1회 한의사 국가고시에 합격하여 한의사로도 활동하였다. 경북예술가협회 회장(부회장은 박목월)을 역임했다. 부친은 통정대부(通政大夫)를 지낸 일화 최현달(一和崔鉉達)이다. 저서로 『시해운주(詩海韻珠)』(한성도서주식회사, 1937), 『한국한

문학사』(청구대학, 1958), 『소정시고(韶庭詩稿)』(필사본) 등이 있다.

최호동(崔湖東, ?~?). 아동문학가이자 아동문화 운동가. 『동아일보』 기자 생활을 했고, 조선주보사(朝鮮週報社) 대표, 1925년 12월 최연택(崔演澤)과 함께 소년소녀에게 역사, 종교, 과학 등의 지식을 함양케 할 목적으로 잡지 『담해(潭海)』를 발간하고, 1926년 소년소녀잡지 『소년계(少年界)』를 발행하였고, 1928년 3월에 창간된 영화 잡지 『문예영화(文藝映畵)』와 『문화운동(文化運動)』을 발행하였다. 1927년 최규선(崔奎善), 전백(全柏), 윤소성(尹小星), 정홍교(丁洪敎), 고장환(高長煥) 등과 함께 조선소년연합회(朝鮮少年聯合會) 발기 준비위원으로 참여하였다. 노경 최영택(老耕崔永澤)의 동생이다. 작품으로는 『동아일보』에 1926년 「'소금쟁이'는 번역이다」(10.24), 1927년 「(文壇是非)염근수(廉根守) 형에게」(3.16) 외에 다수의 아동문학 작품이 있다.

표양문(表良文, 1907~1962). 정치인. 국회의원. 서울 출생. 전문학교 입학자 시험 검정에 합격하였고, 세브란스 의전 미생물학 기수(技手), 인천항무청장 등을 역임했다. 1947년 제2대 인천 부윤(仁川府尹), 1949년 인천시 승격과 함께 인천시장이 되고, 제3대 민의원(자유당)을 지낸 대한민국의 정치인이다. 일제강점기 조선소년군 총본부이사회 집회를 개최하고 소년군 훈련 등을 실시함으로써 일경의 시찰 대상이 되었다고 한다. 작품으로 『동아일보』에 1932년 논설 「(新騎士道)조선소년군의 진로를 밝힘」(전4회, 10.7~12) 등이 있다.

한석원(韓錫源, 1894~?). 목사. 평안남도 평양(平壤) 출생. 일본에 유학하여 고베 칸사이학원(神戶關西學院) 신학부를 졸업하였다. 이후 정동교회(貞洞敎會)에서 예배를 보았고, 1920년 피어선 기념 성경학원 원감으로 재직하다가 조선주일학교연합회(朝鮮主日學校聯合會) 대표자로 피선되었다. 세계주일학교 시찰단 환영위원회의 총무부장을 맡았다. 1921년 이상재(李商在), 안국선(安國善) 등과 함께 조선아동보호회(朝鮮兒童保護會) 발기인으로 활동하였다. 1921년 11월 1일부터 8일까지 제1회 조선주일학교 대회를 개최함에 있어 총간사로 행사를 총괄하였다. 1928년 7월 미국 로스앤젤레스에서 개최된 세계주일학교 대회에 조선 대표로 출국하였다가 바로 휴런(Huron)대학에서 유학하였다. 『아이생활』의 주간을 맡았다. 1941년 장로교중앙위원회 석상에서 정춘수(鄭春洙), 정인과(鄭仁果) 등과 함께 교회 기금 및 종(鐘) 용해 수익금 등을 가지고 일본군에 비행기 2대, 전투기용 기관총 7대, 군용 자동차 2대 등을 헌납하고, 신자들로부터 유기 그릇 2천여 점을 징수하여 일제에 바쳐 해방 후 반민특위에 기소되었다. 1940년대 『아이생활』의 주간을 맡았다. 아동문학 관련 작품으로 『아이생활』에 1936년 「본지 역대 주간의 회술기(懷述記)」(3월호) 등이 있다. 저서로는 『종교계 제명사(諸名士) 강연집』(활문사서점, 1922), 『(최근) 주일학교론』(W.A.Athearn, 韓錫源 譯, 朝鮮耶蘇教書會, 1922), 『(音譜附 脚本) 소년소녀가극집 제일집』(활문사서점, 1923), 『표정유희 유치원(表情遊戲幼稚園) 노래』(영창서관, 1928)가 있다.

한설야(韓雪野, 1900~1976). 소설가, 평론가. 본명은 한병도(韓秉道), 필명은 만년설(萬年雪), 한형종(韓炯宗), 김덕혜(金德惠). 함경남도 함흥(咸興) 출생. 경성고등보통학교에 입학하였다가 함흥고보로 전학하여 1919년에 졸업하였고, 1921년 니혼대학(日本大學)을 3년 다니다가 1923년 귀국했다. KAPF에 가담하여 문단 활동을 했다. 1934년 신건설사(新建設社) 사건으로 투옥되었다가 집행유예로 석방되었다. 해방 후 이기영(李箕永)과 함께 조선프롤레타리아예술동맹을 조직하였다. 북한 정권 창출에 관여하였으나 1950년대 숙청되었다가, 1976년 고향인 함흥에서 사망한 것으로 알려졌다. 아동문학 관련 작품으로 '소금쟁이' 논란이 한창일 때, 『동아일보』에 1926년 「예술적 양심이란 것」(10.23)을 발표하였다. 많은 양의 소설과 평론이 있다.

한정동(韓晶東, 1894~1976). 시인, 아동문학가. 호는 호 서학산인(棲鶴山人), 성수(星壽), 백민(白民). 평안남도 강서(江西) 출생. 1918년 평양고등보통학교(平壤高等普通學校)를 졸업하였다. 1925년 「소금쟁이」, 「달」, 「갈닙배」(이상 1925.3.9)가 동아일보 신춘문예에 당선되어 작품 활동을 시작하였다. 한정동의 「따오기」는 윤극영(尹克榮)의 작곡으로 널리 애창된 동요이다. 1936년부터 1939년까지 『조선일보』, 『동아일보』 기자로 활동하였고, 1939년 이후 진남포중학교 교사로 재직하였다. 1950년 월남한 후 부산 국제신문사 기자, 서울 덕성여자고등학교 교사를 역임하고, 한국아동문학회 회장을 맡기도 했다. 노래동산회와 서울교육대학교가 주관한 '고마우신 선생님 상'을 수상하여 그 상금과 그 동안의 원고료를 모아 1969년 한정동아동문학상(韓晶東兒童文學賞)을 제정하였다. 작품으로는 『동아일보』에 1926년 평론 「(文壇是非)소곰쟁이는 번역인가」(10.9), 『조선일보』에 1930년 평론 「'사월(四月)의 소년지 동요'를 닑고」(5.6) 외에 다수의 평론과 아동문학 작품이 있다. 저서로는 『갈닙피리』(青羽出版社, 1958), 『꿈으로 가는 길』(문예출판사, 1968) 등이 있다.

한철염(韓哲焰, ?~?). 신원미상. 아동문학가. 『별나라』 중앙지사를 맡았다. 『신소년』에 1932년 평론 「'붓작난' 배(輩)의 나타남에 대하야」(8월호), 평론 「최근 푸로 소년소설 평 — 그의 창작방법에 대하야」(10월호) 외에 다수의 동요, 동시가 있다.

함대훈(咸大勳, 1906~1949). 신극 운동가, 소설가, 번역 문학가. 호는 일보(一步). 황해도 송화(松禾) 출생. 중앙고등보통학교를 졸업하고, 니혼대학(日本大學) 경제과에 입학한 후, 1931년 동경외국어학교 노어과(露語科)를 졸업하였다. 해외문학파(海外文學派) 동인이다. 1931년 극예술연구회(劇藝術研究會) 창립 동인으로 연극 활동에 참여하여 러시아 작품을 번역하기 시작하였다. 해방 직후 경찰에 투신하여 군정청 공안국장과 공보국장을 지냈다. 1947년 국립경찰전문학교 교장으로 취임하여, 재직 중 순직하였다. 아동문학 관련 작품으로 『조선일보』에 1935년 「아동예술과 잡감 편편(雜感片片)」(7.15) 등을 발표하였다. 작품집으로는 『폭풍전야(暴風前夜)』(世昌書舘, 1949), 『청춘보(青春譜)』(京鄉出版社, 1947), 『희망의 계절』(경향출판사, 1948), 번역희곡집 『밤 주막』(朝鮮工業文化社, 1954) 등이 있다.

현송(玄松, ?~?). 신원미상. 작품으로 『신소년』에 1932년 평론 「신년호 소설 평」(2월호)을 발표하였다.

현동염(玄東炎, ?~?) 아동문학가, 소년운동가. 이명으로 玄東廉, 玄東濂이 있다. 황해도 개성(開城) 출생. 1927년 10월 개성 소년문예사(少年文藝社) 임원으로 동화음악대회를 개최하였고, 출판부와 선전부 임원을 맡았으며, 1928년 개성(開城) 소년문예사의 임원으로 조직부를 맡았다. 1928년 7월 개성소년연맹(開城少年聯盟) 중앙집행위원회에서 조사부장의 역할을 맡았다. 1929년 『조선일보』 신춘현상문예에 동화 「눈물의 선물」(전3회, 1.4~6)이 당선되었다. 1930년 개성청년동맹(開城青年同盟)의 집행위원을 역임했고, 이 시기에 개성 경찰서에 의해 박광수(朴光秀) 등과 함께 가택 수색을 당하고 취조를 당했다. 1930년 3월 김광균(金光均), 최창진(崔昌鎭) 등과 함께 연예사(硏藝社)를 창립하여 문예부 임원을 맡았다. 1931년 1월 개성노동조합(開城勞働組合) 임시대회에서 민병휘(閔丙徽) 등과 함께 새로 임원으로 선정되었다. 1932년 6월 주의자(主義者)로 지목되어 개성서(開城署)에 검거되어 박광수, 공영상(孔榮祥) 등과 함께 취조를 받았다. 1932년 개성의 프롤레타리아 극단인 대중극장(大衆劇場)의 공연에 김병국(金炳國)과 함께 문예부(이때 閔丙徽는 연출부를 맡음)를 맡아 활동하였다. 1933년 개성에서 이병렬(李炳烈), 박일봉(朴一峯), 민병휘(閔丙徽) 등과 함께 학술문예 연구잡지를 발간하기로 하였다. 1936년 7월 개성 기자구락부(記者俱樂部)를 창립하였는데 조선일보(朝鮮日報) 기자 자격으로 정보위원에 임명되었다. 1936년 7월 개성 고려청년회(高麗青年會) 주최 제3회 전조선단체정구대회에 대회 임원의 한 사람으로 참여하였고, 1939년 4월 개성시민운동회에도 대회 임원으로 참여하였으며,

1940년 고려청년회에서 제21회 전개성시민대운동회에도 대회 임원으로 참여하였다. 1950년 6월 10일 개성극장에서 '멸공웅변대회(滅共雄辯大會)'가 있었는데 심사위원 중의 한 사람으로 참석하였다. 해방 후 1945년 8월 조선문화건설중앙협의회(朝鮮文化建設中央協議會) 결성에 아동문학위원회 회원으로 참여하였다. 1946년 3월 전조선문필가협회 회원으로 참여하였고, 1949년 12월 한국문학가협회(韓國文學家協會)의 추천회원으로 참여하였다. 작품으로는 『조선일보』에 1931년 평론 「동화교육 문제 ― '전씨(全氏)의 현조선동화'론 비판」(전4회, 2.25~3.1) 외에 동요, 소년소설 등 다수의 아동문학 작품이 있다.

호인(虎人, ?~?). 신원미상. 송완순(宋完淳)의 필명 가운데 '호랑이'가 있어 송완순으로 추정되나 확인이 필요하다. 작품으로는 『신소년』에 1932년 평론 「아동예술 시평(時評)」(8월호~9월호), 1933년 평론 「아동문예 시평」(3월호)을 발표하였다.

홍구(洪九, 1908~?). 아동문학가. 소설가. 평론가. 본명 홍장복(洪長福). 필명 홍순열(洪淳烈). 서울 출생. 1930년 경기상업학교를 졸업하였다. 1931년 카프(KAPF)에 가입한 뒤 문학활동을 시작하였다. 1934년 카프 맹원들과 함께 신건설사 사건으로 검거 투옥되었다. 『신소년(新少年)』 편집에 관계하였다. 1936년 12월 창간된 『풍림』 편집을 이주홍(李周洪)과 함께 맡았다. 해방 후 조선문학가동맹 중앙집행위원회 위원 겸 홍보부장을 지냈으며 월북하였다. 작품으로는 『신소년』에 1932년 「아동문학 작가의 프로필」(8월호), 1933년 평론 「아동문예 시평」(3월호) 외에 다수의 아동문학 작품이 있다. 저서로는 소설집 『유성(流星)』(아문각, 1948)이 있다.

홍은성(洪銀星, 1904~1976). 소설가, 평론가. 본명은 홍순준(洪淳俊). 주로 홍효민(洪曉民)으로 문단 활동을 하였으나, 아동문학 관련 필명으로는 대체로 홍은성(洪銀星)을 썼다. 다른 필명은 은성학인(銀星學人), 은성생(銀星生), 은별, 銀별, 안재좌(安在左), 안인호(安釼虎), 정복영(鄭復榮), 미명(美鳴), 홍훈(洪薰), 효민학인(曉民學人), 성북동인(城北洞人), 궁정동인(宮井洞人) 등이 있다. 경기도 연천(漣川) 출생. 1924년 동경 세이소쿠(正則) 영어학교를 졸업하였다. 1922년 9월 최초의 프로문화 운동 단체인 『염군(焰群)』이 결성되자 이호(李浩), 이적효(李赤曉), 지정신(池貞信), 윤기정(尹基鼎) 등과 함께 여기에 동참하였다. 1924년 4월 연성흠(延星欽), 김영팔(金永八) 등과 함께 등사판 동인지 『백범(白帆)』을 발행하였다. 1927년 11월 최독견(崔獨鵑), 백남규(白南奎), 박홍제(朴弘濟), 박원기(朴元起), 최남선(崔南善), 이서구(李瑞求), 김을한(金乙漢) 등과 함께 『소년조선』의 집필 동인으로 참가하였다. 1927년 조중곤(趙重滾), 김두용(金斗鎔) 등과 함께 『제삼전선(第三戰線)』을 발간하였고 대체로 동반자적 입장을 견지했다. 일본 유학 중 이북만(李北滿)이 주도한 조선프롤레타리아예술가동맹 도쿄지부를 통해 KAPF에 가입하였다. 해방 후 홍익대학(弘益大學)에서 후진을 양성하였다. 아동문학 관련 평론을 다수 발표하였는데, 『중외일보』에 1927년 평론 「소년운동과 그의 문예운동의 이론 확립」(전4회, 12.12~15), 1928년 「소년운동의 이론과 실제」(전5회, 1.15~19), 「문예시사감 단편(文藝時事感斷片)」(전3회, 1.26~28), 1929년 「소년잡지에 대하야-소년문예 정리운동」(전3회, 4.4~15), 『조선일보』에 1927년 「소년잡지 송년호 총평」(전5회, 12.16~23), 1928년 「재래의 소년운동과 금후의 소년운동」(전2회, 1.1~3), 서평 「(쑥 레뷰)청춘과 그 결정(結晶)-세계소년문학집을 읽고」(1.11), 「소년연합회의 당면임무-최청곡 소론(崔青谷所論)을 박(駁)하야」(전5회, 2.1~5), 「금년 소년문예 개평(概評)」(전4회, 10.28~11.4), 1929년 「소년문예일가언(少年文藝一家言)」(1.1), 『아이생활』에 1931년 「조선동요의 당면임무」(4월호) 등을 발표하였다. 저서로는 평론집 『문학과 자유』(광한서림, 1939), 『노서아 문학사(露西亞文學史)』(동방문화사, 1947), 『행동지성과 민족문학-홍효민 평론선집』(일신출판사, 1980) 등이 있다.

홍익범(洪翼範, 1899~1943). 언론인, 소년운동가. 함경남도 정평군(定平郡) 출생. 1925년 와세다대학(早稻田大學) 정경과(政經科)를 졸업한 후 1926년 2월 도미(渡美) 오하이오(Ohio)주 테니슨대학을 졸업하고, 콜럼비아대학(Columbia University)에서 석사학위를 받고 1932년 귀국하였다. 귀국 후 『동아일보』 논설기자를 지냈고, 1940년 『동아일보』 폐간 후 일본의 필망(必亡)을 예언하였다가 구속되었고 보석 후 사망하였다. 작품으로는 『신가정(新家庭)』에 1934년 홍익범, 현상윤(玄相允), 안준식(安俊植), 김두헌(金斗憲), 임봉순(任鳳淳)과 함께 「조선 소년운동의 방책」을 제시하였는데, 그 가운데 홍익범은 「지도자와 자원(資源)」(이상 5월호)이란 제목의 글을 발표하였다.

홍종인(洪鍾仁, 1903~1998). 언론인, 예술가. 평안남도 평양(平壤) 출생. 평양고등보통학교(平壤高等普通學校) 3학년 재학 중 3·1운동에 가담하였다가 퇴학당하자 1921년 정주 오산학교(五山學校)에 편입하여 졸업했다. 1925년 6월 『시대일보(時代日報)』 평양지국 기자를 시작으로, 1929년부터 1940년 강제 폐간될 때까지 『조선일보』 기자로 활약했다. 이후 『매일신보』 기자로 근무하다가, 해방 후 다시 『조선일보』에 복귀해 1959년부터 회장을 역임했다. 동·서양 음악에 조예가 깊어 음악 평론가로 소개될 정도였으며 도예, 미술, 스포

츠 등 다방면에 관심이 있었다. 작품으로는 『동아일보』에 1932년 「근간의 가요집」(전5회, 8.10~15), 『중외일보』에 1930년 「아동문학의 황금편－사랑의 학교(상·중·하)」(1.29~2.1) 등이 있다. 저서로 논설집 『인간의 자유와 존엄－홍종인 논설집』(수도문화사, 1967)이 있다.

홍파(虹波, ?~?). 신원미상. 작품으로 『동아일보』 신춘문예 당선작인 「소금쟁이」 논쟁이 일어났을 때 1926년 「당선동요 '소금장이'는 번역인가」(9.23), 「'소곰장이를 논함'을 낡고」(10.30) 등이 있다.

찾아보기

/ ㅈ /

/ ㅊ /

/ ㅍ /

/ ㅎ /